U0636064

中國古典文學基本叢書

元好問詩編年校注

上册

〔金〕元好問　著
狄寶心　校注

中華書局

圖書在版編目(CIP)數據

元好問詩編年校注:典藏本/(金)元好問著;狄寶心校注. —北京:中華書局,2018.9 (2024.10 重印)
(中國古典文學基本叢書)
ISBN 978-7-101-13376-9

Ⅰ.元… Ⅱ.①元…②狄… Ⅲ.古典詩歌-詩集-中國-金代 Ⅳ.I222.746

中國版本圖書館 CIP 數據核字(2018)第 165074 號

責任編輯:張 耕
責任印製:管 斌

中國古典文學基本叢書
元好問詩編年校注(典藏本)
(全三册)
〔金〕元好問 著
狄寶心 校注
*
中 華 書 局 出 版 發 行
(北京市豐臺區太平橋西里 38 號 100073)
http://www.zhbc.com.cn
E-mail:zhbc@zhbc.com.cn
三河市宏達印刷有限公司印刷
*
850×1168 毫米 1/32 · 52⅜印張 · 6 插頁 · 1200 千字
2018 年 9 月第 1 版 2024 年 10 月第 2 次印刷
印數:2001-3000 册 定價:280.00 元

ISBN 978-7-101-13376-9

目録

卷二　隱居嵩山時期

卷三　三爲縣令時期

卷四　朝官囚徒時期

卷五　晚年奔波時期

卷六　姑從原編之作

前言

一、元好問的生平與思想

元好問字裕之，號遺山，秀容（今山西省忻州市）人。系出鮮卑族拓跋氏，唐代詩人元結是其先祖。曾祖元春於北宋末年遷忻。生父元德明、兄長元好古皆有詩名。嗣父元格曾任山東掖縣、河北冀縣、山西陵川、甘肅隴城等地縣令，在隴城兼任鳳翔府路第九處正將，亦能詩。

遺山生於金章宗明昌元年（一一九〇），時金章宗偃武修文，尊崇儒學，國泰民安，經濟繁榮，文化昌盛，有「小堯舜」之譽，時代氛圍和家學淵源使其幼年便受到很好的文化薰陶。遺山五歲時隨嗣父至掖縣。七歲能詩，人稱神童。十一歲至冀州，學士路宣叔賞其俊爽，教之爲文。十四歲將習舉子業，嗣父特意選任儒風濃厚的陵川爲官，讓他師從郝天挺問學。當時金朝取士只以詞賦爲重，學者致力律賦，對詩、策、論俱不留心。郝天挺深知其弊，令遺山肆意經傳，貫穿百家，六年而業成，其一生人品學問奠基於此。

遺山二十一歲時，嗣父病卒於官任，遂自隴城扶柩還鄉。此後五六年間，成吉思汗率蒙古大軍頻頻南侵，河朔州縣大半殘破，忻州被屠，死者十萬，金都由中都（今北京市）南遷汴京(今河南省開封市),遺山也於貞祐四年(一二一六)攜家避亂南渡,客居三鄉(今屬河南省宜陽縣)。這時,深厚的文學素養和飽經戰亂的生活遭遇使其詩作大放異彩。二十八歲時,他以詩謁見文壇泰斗禮部尚書趙秉文,被譽爲「少陵以來無此作」,於是名震京師,人稱「元才子」。又作《論詩三十首》,以「詩中疏鑿手」自任,對自漢至宋的詩人流派進行評價,褒揚風雅正體,貶斥僞邪詩風,成爲詩歌批評史上的重要人物。而就在這一年他參加舉試又名落孫山。反思自十六歲以來屢試屢敗的教訓,深感所學與當時科考陋習不合,特别是南渡後生計已無保障,這兩者迫使他對仕隱有所抉擇,於是在次年移居嵩山,並在葉縣等地買田,轉向隱逸生涯。然遺山用世之心極强,始終没有放棄舉試的機會,終於在三十二歲時登詞賦進士第。當時輿論大嘩,認爲禮部尚書趙秉文是「元氏黨人」,「取人逾新格」,遺山「憤而不就選」,「往來箕、潁間數年而大放厥辭。於是家按其什,人嚼其句,洋溢於里巷,吟諷於道路,巍然坡、谷復出也」。正大元年,遺山再試博學宏辭科,中選,任國史院編修官。按説宿願已償,史館又爲群英薈萃之地,可與師友朝夕相處,但他在史館日很不得志,鬱鬱寡歡,終於在次年又辭官歸隱嵩山。此後不久,又曾被徵聘入商帥完顔鼎幕府,到方城、南陽等地,但爲時僅幾月即辭歸。

遺山三十八歲時攜家離開隱居十年的嵩山赴任内鄉縣令,這是他一生最爲快活的時期。其時金朝國土日縮，軍費日巨，所需皆賴河南一地供給，橫徵暴斂，民不堪負，四處離散，田地荒蕪。詩人長期受儒家思想的薰陶，努力推行仁政，力求爲官一任，造福一方，採取約束下吏、抑制豪强、招撫流亡、恢復農耕等措施，當地縣志載其政績有「勞撫流亡，邊境寧謐」語，認爲是「循吏也，不當徒以詩人目之」。閑暇之際，他飽覽内鄉山水，飲酒作詩，放浪形骸，不拘小節，人稱「神仙」。只是好景不長，次年冬他便因丁母憂出居縣東南白鹿原。其後曾代任鎮平令，應徵入鄧州帥移剌瑗幕府。四十二歲時出任南陽令，奏請詔免賦税，恢復農耕，「善政尤著」。

這年七月，遺山調任尚書省掾。此時妻子張氏病卒於南陽，大女遠嫁，二女入道，他帶着日夜哭泣的三女和三歲的幼子來到汴京，然而一場更大的災難即將降臨。一二二九年蒙古主力西征，只留少量部隊在漢地作戰，金朝得以苟延殘喘。此時蒙古西征主力回師，以雷霆萬鈞之勢掃滅西夏，攻克陝西重鎮鳳翔。鑒於金軍退守潼關，蒙軍又分兵借道南宋，順漢水東下，從南北兩面進軍河南。一二三二年正月蒙軍在鈞州消滅金軍主力，三月圍攻汴京，激戰十六晝夜不克，遂轉攻其他州縣。年底，汴京食盡，金哀宗出奔。其間遺山在圍城中備受驚懼、飢餓之苦。次年正月，汴京西面元帥崔立發動兵變，以城降蒙古。遺山被迫受任左司員外郎，曾爲避免同仁流血，主動參與了爲崔立撰功德碑事，又在蒙古大軍入城之際，上書主持其事的蒙古中書令耶律楚材，請求保全安置優秀文人。這年五月，他作爲亡金官員被押往山東聊城。

囚居聊城兩年，是遺山一生最爲淒惶的時期，一家人住在破廟中，孤獨寂寞，飢寒交迫，由朝官淪爲囚徒的失落感與金哀宗自殺、金朝徹底滅亡的淒涼感使他悲傷欲絶。此時他開始編撰《中州集》，以詩存史，並撰《南冠録》與《壬辰雜編》等史書。四十六歲時，他徙居冠氏，承蒙尊崇文士的冠氏帥趙天錫的多方惠顧，再加此地多亡金故舊，其心情逐漸好轉，曾先後游歷濟南、泰山等地。四十八歲時，遺山羈管山東之期將滿，先隻身返鄉安置遷家事宜，闊别二十年，劫後餘生之喜與事往人非之悲使他感慨萬千。次年秋他攜家返鄉，途經濟源休養半年，至五十歲始到家。

遺山歸鄉後原擬是要隱居故里，脱棄世事，作一遺民以了殘生的，但後來並未履行自己的誓言。一者是爲故國修史，他經常往來於晉冀魯豫，採集遺逸，「有所得，輒以寸紙細字親爲記録」，「雜録近世事至百餘萬言，捆束委積，塞屋數楹，名之曰野史亭」。再者是爲保全知識分子、延續傳統文化奔走呼號，當時他已成爲一代宗工，「銘天下功德者盡趨其門」。借此機遇，他周旋於蒙古中書令耶律楚材父子及漢人世侯之間，褒獎仁政，宣揚文教，并親自執教培養後學。六十三歲時，他又進見接管漢地事務的忽必烈，奉之爲儒教大宗師，請求蠲免儒者兵賦，使耶律楚材優待知識分子的政策得以延續。此後他爲往來方便移家於河北獲鹿。一二五七年卒，歸葬忻州。

遺山的思想與傳統文人多有不同。他身爲拓跋氏後裔，生活在女真、蒙古政權之下，對漢文化的吸收多有抉擇。他以儒學爲本，向往文治，反對暴政，孔子所提倡的仁人志士的人生價值觀是其一生的行動指南，但有些思想超出傳統儒學之外。

首先，在遺山詩文中極少見「胡」、「虜」等賤視少數民族之語，即使偶爾涉及，如《讀靖康僉言》之「三百年間幾降虜」，也是只從文化層面上對北方少數民族蔑稱，絶不像南宋文人那樣既從文化也從人種血統上駡金人爲「逆胡」、「醜虜」。他晚年編撰金代詩歌總集《中州集》，將其中的女真人、渤海人、契丹人、南宋人都視爲中州人物，不分中外，不辨華夷，只着眼於中華文化，超越了儒家夏夷之大防的傳統觀念。進而他以道統定正統，認爲能行孔孟之道即爲中國之君，把積極推行漢法的忽必烈稱爲賢王。其《劉時舉節制雲南》詩把忽必烈的軍隊視爲「漢家」，把忽必烈征大理視爲統一中華的舉動。

其次，遺山繼承了孟子「民爲貴，社稷次之，君爲輕」的思想，與漢宋儒學所規定的君臣禮義有别。其《壬辰十二月車駕東狩後即事》詩之「蛟龍豈是池中物，蟣蝨空悲地上臣」，即是對金哀宗只顧自己逃命而不顧金都吏民的指責。面對故國淪亡、生民涂炭，遺山呼喊的是「秋風不用吹華髮，滄海横流要此身」，旨在伸志，而文天祥則是「人生自古誰無死，留取丹心照汗青」，旨在守節。遺山冒險勸説汴京留守投降以保全在京百萬人民性命，以民命爲重，社稷爲輕。上書耶律楚材，進見忽必烈，力求保全延續傳統文化，這與南宋滅亡時文天祥等人的行爲南轅北轍。即使是遺山詩詞中對故國的懷戀，也多着眼於昔日的文治昌盛，與文天祥、林景熙、鄭思肖的故君情結有别。

再次，遺山受北方少數民族豪邁粗獷率真任情風尚的習染，爲人豪爽滑稽，不拘小節，與謙謙君子温文爾雅的儒家風範判然有别，特别是在愛情方面思想很開放。其《摸魚兒》（問蓮根）詞對青年男女相愛却受到家長阻撓雙雙投水而死的遭遇表示同情，這種對有違禮教的男女私情的肯定，在此前的文學史上是没有的。他對究心於天理人欲的宋儒很反感，其《東平學府記》批評他們「居山林，木食澗飲，以德言之，則雖爲人天師可也，以之治世則亂」，「緩步闊視，以儒自名」，「竊無根源之言，爲不近人情之事」。要之，遺山比較務實，在志節這一天平上傾向於求志，使自己的行動服從於時代的需求，與宋末詩人傾向於求節不同。

遺山於道、釋兩家也兼收並蓄，有所抑揚。他對宋代以來道士裝神弄鬼、畫符作法的荒誕之術不屑一顧，但對道士超脱塵世的高情雅致十分羡慕，特别是對全真教首領丘處機勸導成吉思汗勿濫殺，「億兆之命，懸於好生惡死之一言」的功績稱頌不已。他對佛家本於普救衆生的教義，勸阻蒙古貴族奴役中原人民的功績也予充分肯定，對佛教徒「死生一節，强不可奪；大小一志，牢不可破。故無幽而不窮，無高而不登，無堅而不攻」的堅韌精神也表示由衷的敬佩。

二、遺山的詩歌創作

遺山一生著述甚豐，金亡前側重於文學方面，有《錦機》、《杜詩學》、《東坡詩雅》等，皆佚。金亡後側重於史學方面，有《壬辰雜編》、《金源君臣言行録》等，雖已亡佚，但元修《金史》多取材於此。今存僅有金代詩歌總集《中州集》及詩選《唐詩鼓吹》。至所自作，文有二百餘篇，「有繩尺，備衆體」，「碑版誌銘諸作，尤爲具有法度」。清人編《金元明八大家文選》，視其爲北方文派之首。其《續夷堅志》有二百餘篇，在文言筆記小説發展史上占重要地位。其詞現存三百八十餘首，詞風「疏快之中，自饒深婉」，「得剛柔兼濟之妙」，爲蘇、辛後一大家。其散曲雖然僅有十幾首，但「由宋詞變元曲始於遺山」，開風氣之先。其成就最高的是詩，現存近一千四百首。

元好問晚年曾對弟子言：「某身死之日，不願有碑誌也。其墓頭樹三尺石，書曰『詩人元遺山之墓』足矣。」這是詩人的自我鑒定，認爲其詩歌成就高於其他。他還曾將自己與蘇軾相比，説「論人雖甚愧，詩亦豈不如」，認爲其詩成就不比蘇軾差。元人郝經《遺山先生墓銘》也言其詩「上薄風、雅，中規李、杜，粹然一出於正，直配蘇、黄氏」。清人沈德潛等編選《宋金三家詩選》，所收爲蘇軾、陸游、元好問，把黄庭堅也剔去。王士禛《帶經堂詩話》言遺山詩「七言妙處，或追東坡而軼放翁」。趙翼《甌北詩話》進而將上三人細加比較，説：「元遺山才不甚大，書卷也不甚多，較之蘇、陸，自有大小之别。然正惟才不大，書不多，而專以精思鋭筆，清鍊而出，故其廉悍沉摯處，較勝於蘇、陸……蘇、陸古體詩，行墨間尚多排偶，一則以肆其辯博，一則以侈其藻繪，固才人之能事也。遺山則專以單行，絶無偶句，搆思窅渺，十步九折，愈折而意愈深，味愈雋，雖蘇、陸亦不及也。」翁方綱《石洲詩話》及《七言詩三昧舉隅》也説：「遺山以五言爲雅正，蓋其體氣較放翁淳静。然其鬱勃之氣，終不可掩，所以急發不及入細，仍是平放處多耳。但較放翁，則已多停蓄矣……遺山七言歌行，真有牢籠百代之意。而却亦自有間筆、對筆，又攙和以平調之筆，又突兀以疊韻之筆，此固有陸務觀所不能到者矣。」「蘇、黄之後，放翁、遺山兩家並馳詞場，而遺山更爲高秀。」

從中國詩歌史的角度看，元遺山不僅是有金一代的傑出代表，也是他那一時代南北中國的巨擘。清初汪琬《讀宋人詩五首》即持這種觀點：「後村傲睨四靈間，高與前賢隔一關。若向中原豎旗鼓，堂堂端合讓遺山。」曾國藩《詳注十八家詩鈔》從通史的角度拔選了詩歌史上十八位大家、名家（曹植、阮籍、陶潛、謝靈運、鮑照、謝朓、李白、杜甫、王維、孟浩然、韓愈、白居易、杜牧、李商隱、蘇軾、黄庭堅、陸游、元好問），以元遺山爲殿軍。當代詩人、福建社科院研究員蔡厚示在「紀念元好問八百誕辰」研討會上提出元好問是「八百年以來第一人」。今人章必功在《元好問暨金人詩傳・導論》中認爲：「元好問是金詩第一人。如果在歷史上排隊，可以在屈原、李白、杜甫、陶潛之後，與王維、曹操、李賀、李商隱、蘇軾、陸游等人一道排在隊伍的前列。」在「一九八五年全國第一次元好問討論會」上，山西大學歷史系教授郝樹侯先生又從民族的角度評價，認爲元好問屬鮮卑拓跋氏後裔，又生活在女真、蒙古政權下，稟受了北方民族慷慨雄放的氣質，是我國少數民族的最偉大的詩人。臺灣學者吕正惠《中國文學史上的元好問》亦持此論，説「元好問應該是中國文學史上最有成就的、也是文化史上最具有意義的『非漢族』作家」。

遺山詩之所以得到如此高的評價，這主要歸功於他的那些感慨亂亡之作。清人從繼承的角度着眼，在元遺山祠堂樹匾，謂之「杜林嫡派」。清人趙翼進而與杜甫比較，謂遺山詩「七言律則更沉摯悲涼，自成聲調，唐以來律詩之可歌可泣者，少陵十數聯外，絶無嗣響，遺山則往往有之」。今人張晶《遼金詩史》在此基礎上又辟蹊徑，認爲「遺山詩之所以堪入『大家』之列，一則在於其可歌可泣、震撼人心的悲劇審美效應，二則在於他爲詩史提供了新的藝術範本……詩人是以在這歷史慘劇中所激發起的强烈主體感受，來攝取當時的客觀情景，熔鑄成有巨大歷史容量的審美意象。這些意象不以指實某些具體史實爲目的，却又有着深刻的時代内容，因而，這些意象顯得頗爲厚重；同時，這些意象又有鮮明的主體傾向，帶着詩人的激情與個性，易於使人受到强烈的感染與震撼」。日本吉川幸次郎《中國詩史・關於元好問》也從這一方面立論：「這個世紀最傑出的詩人就是他。同時代南宋『江湖派』的小詩人們根本不是他的對手。他在這個世紀前半葉吟詠的亡國悲哀，雖然也成爲世紀後半葉具有相同命運的南宋詩人們吟詠的内容，但就詩人的力度而言，也不及他。他不僅僅是這個世紀的第一人，也是中國第一流詩人中的一員……他不喜歡把那敏鋭的反應立即輕率地表現出來，而是認真地審視這些刺激，審視到對象的各個部分。因此，在他的詩中，無意義的句子是很少的。這種深思熟慮的表達，被認真地反復提鍊，就顯得越發渾重淳厚。在渾重淳厚這一點上，他也許堪爲杜甫以後的第一人。」章必功又從興廢鼎革歷史的角度比較：「如果單看歷史上生當興廢之際的詩人，由魏入晉的嵇康、阮籍，由梁、陳入西魏、北周的庾信，由北齊入隋的薛道衡，由隋入唐的虞世南，由唐入蜀的韋莊，由南唐入宋的李煜，由宋入元的汪元量、王沂孫，由元入明的高啓，由明入清的錢謙益、吴偉業、屈大均等，那麽由金入元的元好問憑着他的『國難詩』和《論詩三十首》就足以排在第一位。」近人陳中凡《元好問及其喪亂詩》着眼於《續小娘歌十首》之類詩篇，認爲「這類詩是用竹枝詞體唱出的民歌，用接近人民的俚語，抒寫他們深藏在心底的痛楚……成爲當代人民的歌手，放出詩壇異樣的光彩」。

遺山的紀亂詩，按其經歷身份可劃分五個時期。一、避亂流亡期（一二一四—一二一七）：這一時期遺山先避兵於忻州、陽曲之間，後流亡到河南三鄉，詩作或反映蒙古南侵給人民帶來的災難，或感傷金都南遷國勢衰弱，或抒發鄉思離情。這時他身爲學子，年輕氣盛，作品中洋溢着收復河山、重振國威的豪情。其現實主義創作方法帶動了金末詩壇由宗宋到宗唐的轉變。二、隱居嵩山期（一二一八—一二二六）：這十年間遺山雖曾出仕，但爲期很短，與下層人民朝夕相處，其紀亂詩多從農民的角度着筆，或反映金末的苛政，或揭露吏治的弊端，或展示人禍天災帶來生活的窮困，視野寬廣，用筆辛辣，諷刺絶妙，詩藝更趨成熟。三、三爲縣令期（一二二七—一二三一）：當身爲地方基層官吏時，其紀亂詩的内容與情調又發生了變化。上面催徵賦税的公文紛繁，督責嚴苛，下面民不堪命，四處逃亡，田地荒蕪，無人佐軍。遺山在這一矛盾中既憂國也憂民，對國難當頭「軍租星火急」表示理解，對民力疲憊不堪表示同情。四、朝官囚徒期（一二三二—一二三八）：

這一時期國家由危急到滅亡，個人由朝官成囚徒，滄桑巨變成就了詩人的輝煌，其紀亂詩達到登峰造極的地步，「國家不幸詩家幸，賦到滄桑句便工」即指此。實際上這類深感大勢已去、末日將臨的詩作從遺山在南陽聽到鳳翔淪陷的消息後就開始了，接着便是汴京保衛戰、金哀宗出奔、兩宫北遷，一幕幕驚心動魄的歷史畫卷奔赴筆底。當遺山從亡金遺臣的角度反映蒙軍入汴大肆擄掠的暴行時，多用白描手法和淺顯語言直陳所見，不再像寫金末暴政那樣隱晦曲折心慈手軟了。編管山東後的紀亂詩或寫淮右戰局、蔡州城破、崔立被誅等時事，或抒今昔興亡之感、巢傾卵覆之悲，佳作迭出。這一階段的紀亂詩側重寫國亡前後的重大歷史事件和沉痛之感，堪稱「詩史」。其濃縮史實的意象，悲壯激越的情調，出神入化的用典，後人稱之爲「遺山體」。五、晚年奔波期（一二三九—一二五七）：歸鄉後近二十年，遺山四處奔波，「其天懷所感激，偶遇一物焉而伸之；其孤憤所鬱結，偶遇一事焉而發之」，其詩藝老手渾成。紀亂佳作多集中於重至燕都和河南時，大多詩作已不如前一階段沉痛，也有針砭時弊的詩作，如《雁門道書所見》等，但很少。

遺山山水詩的成就也很突出。寫優美之景的名句「寒波淡淡起，白鳥悠悠下」曾被王國維作爲無我之境的例證，然最具個性特色的還是描繪壯美的詩篇。尤其是晚年，詩人放情山水，多宏篇巨製，以文爲詩，隨意揮灑，寫景窮形盡相，議論層出不窮，想象豐富，語言老健，格調蒼涼，其高寒的意境是詩人悲壯情懷與北國高山大川雄偉氣概交響的産物，寄寓了一代偉人的胸襟氣度。

遺山的題畫詩有近二百首，既有唐人那類賞畫論畫之作，也注重宋人的「詩補畫外意」，但最具特色的是，他把所題之畫作爲引爆其詩情的導火綫，或寫離亂之思，或興盛衰之悲，或評判歷史，或針砭現實，爲題畫詩開拓了廣闊的表現空間，開後世趙孟頫、鄭思肖、鄭板橋等將題畫詩與社會現實、個人經歷情感緊密結合之先河。

遺山的論詩詩也久負盛名，其觀點使之成爲詩歌批評家，其體式對後世的論詩詩影響巨大。

遺山詩就體裁言七律的成就最高，其次是七古，再次是七絶。沈德潛《説詩晬語》謂「元裕之七言古詩氣王神行，平蕪一望時，常得峰巒高插、濤瀾動地之概……絶句寄託遥深，如《出都門》、《過故宫》等篇，何減讀庾蘭成《哀江南賦》」。趙翼《甌北詩話》謂遺山「七言律則更沉摯悲涼，自成聲調」。此皆深得三昧之言，可供參考。

遺山詩風的形成與其個性、遭遇和深厚的文學素養有關。趙翼謂「蓋生長雲、朔，其天稟本多豪健英傑之氣，又值金源亡國，以宗社丘墟之感，發爲慷慨悲歌，有不求而自工者，此固地爲之，時爲之也」，此誠中的之論，但還需要補充兩點：一者是崇尚雄壯的個性之形成，與其本爲鮮卑族後裔，血管裏流淌着游牧民族奔放的熱血，又成長於女真族政權之下，深受當世粗獷豪邁民風的習染有關。再者是遺山雖以風雅爲正體，但在藝術表現方面兼收並蓄。尤其是對唐宋詩，他宗唐而不棄宋，廣泛繼承了宋人以文爲詩、以議論爲詩、以俗爲雅、以故爲新等表現手法，這與南宋及元、明詩人分唐界宋、壁壘森嚴的門户之見截然不同。劉熙載謂遺山詩「兼杜、韓、蘇、黄之勝，儼有集大成之意」，繆鉞謂遺山「元明之後無與頡頏」，多着眼於此。

關於元好問的現存詩作，明弘治李瀚全集本收詩一千二百八十餘首，清施國祁《元遺山詩集箋注》續採詩集本系統八十餘首，姚奠中主編《元好問全集》又有增補。本書收詩共九零八題一千三百七十首，原則是：

（一）原集中誤收前人詩者删，如《雜詩四首》出宋汪藻《詠古四首》，《春日寓興》出宋曾鞏《城南二首》。

（二）原集中也有見於後人集中者，如《荆棘中杏花》亦見南宋謝枋得《疊山集》，《蜀昭烈廟》、《新野先主廟》也見元元明善《清河集·謁先主廟二首》，很難説一定是後人之作，故收之。

（三）對後人輯佚補入之詩，則視具體情況而定。如施本補入《歸潛堂》、姚本補入

《西溪二仙廟留題》、《過陽泉馮使君墓》、《方城八景》、《三崗四鎮》、《金鳳井》、《游濟源》、《聖阜危樓》，應是遺山之作，故收之。然從地方志中補入的詩極不可靠，如《神山古刹》、《雁門關外》二詩，則以存疑處理。至於姚本所收《别冠氏諸人詩》、《送鄭户曹賦席上果》等篇，原屬蘇軾等人所作，已有人專文辯正，故不收。

三、遺山詩集的版本校注編年

（一）遺山詩的版本系統

遺山詩的祖本有二：一爲蒙古中統三年嚴忠傑所刻張德輝類次的全集本，收詩一千二百八十首；一爲蒙古至元七年所刻曹益甫搜補的詩集本，比前者多八十餘首。二者各自單行。全集系統有明弘治李瀚本（簡稱李全本）、清康熙華希閔本（簡稱華本）、四庫全書本；詩集系統有明弘治李瀚本（簡稱李詩本）、明末毛氏汲古閣本（簡稱毛本）。《四庫全書總目·遺山詩集二十卷》謂「毛晉從全集摘出」，誤）、清吕氏南陽講習堂本（簡稱吕本）。清道光二年所刻施國祁《元遺山詩集箋注》（簡稱施本）以華本爲底本，以李全本和曹益甫本爲主校本，將全集系統和詩集系統的詩合爲一體。其後所刻全集如道光陽泉山莊張穆本、光緒讀書山房方戊昌本及一九九〇年山西人民出版社出版姚奠中主編本、二〇〇四年山西古籍出版社再版修訂本（簡稱姚本）所收詩皆承施本而有所增益。

（二）前人校勘遺山詩的得失及對策

首次對遺山詩作全面系統校勘的是施國祁。他所用的主校本——至元曹益甫本今已不存，因此他在資料的占有方面優於後人。然施本徑改原文，不出校記，且用校勘正史的方法校勘詩集，求善不求真。校勘正史旨在爲讀者提供正確的史料，故原本確實有誤，則可依據史實資料徑改，在校記中説明。校勘詩集則不然。讀者除研究詩作外，還要從中了解研討作者的學養等。前人往往從遺山詩用典失誤處着眼討論其學養淵源。周壽昌《思益堂日札》舉《洛陽》「城頭大匠論蒸土，地底中郎待摸金」，謂：「查初白云：『摸金校尉，非中郎也。東坡誤用，先生仍不改。』夫遺山用典，尚承東坡之誤，謂非服習坡詩有素乎？」蔣伯超《通齋詩話》舉《答石子章因送其行》「鐵檠豪宕見胡釭」（姚本據兩唐書改「釭」爲「缸」），認爲元氏此誤從唐人小説中來，進而得出「趙耘菘言遺山才不甚大，書卷亦不甚多，信然」的結論。其實元氏此類失誤很多：如《論詩三十首》「無力薔薇卧晚枝」，施據秦觀《春日》詩改「晚」爲「曉」，而元氏《詩文自警》及《中州集・王中立傳》引此句皆作「晚」，足見稿本原如此；《寄辛老子》「可能逋客待侯巴」（施本根據《漢書》改「巴」爲「芭」）、《寄答溪南詩老辛願敬之》「骯髒誰能作樓護」（按《西京雜記》「樓」作「婁」）、《麥歎》「辨作高敬通」（按《後漢書・高鳳傳》，「敬」應作「文」）亦屬此類。尤其是詩末自注疏誤更多。《内鄉縣齋書事》：「遠祖次山《舂陵行》云：『思欲委符節，引竿自刺船。』」二句出自元結《賊退示官吏》。《論詩三十首》之九末注：「『陸蕪而潘静』，語見《世説》。」「静」原書作「浄」。同詩之十九自注：「天隨子詩：『無多藥草在南榮……』」《全唐詩》「草在」作「圃近」。他如《癸巳五月三日北渡三首》自注：「『桑梓其剪爲龍沙乎？』郭璞語。」《自題寫真二首》自注：「孫綽：『雖没泉壤，屍且不朽。』」《希顔挽詩五首》自注：「『溘焉溟漠，旌紀寂寥』，《魏書・隱逸傳》中語。」引文皆有誤。由此看來，依前人那種直接替古人改錯的校法不一定符合原稿面貌（當然前人直接改動正文有些是對的，如河南水名「淅」原本多作「浙」、「潁」原本多作「穎」之類，顯屬刻印因形近音近而訛，絶非作者本意，直接改動正文可免除讀者翻查校記之勞）。更有甚者，施本往往無他本依據臆改原詩，如《賦粹中師竹拂子》「誰知拂月披風意」，僅據《傳燈録》「薄披明月，細抹清風」語，改「拂」爲「抹」。校勘遺山詩用力較多的是姚本。它在吸收前人校勘成果的基礎上，廣泛搜羅其他版本，把校勘重點放在前人未見的資料上（可惜未用李詩本），出詳細的校勘記羅列異文。這種校法，其利在於讀者有一本在手，便可了解多種版本的有關異文；其弊一是對各種版本一視同仁，不分主校本、參校本；二是僅用對校法列異文，不辨是非優劣。因此，它不利於呈現文本原貌，使人無所適從。此外姚本也有擅改原文因校益訛者。如《雜著五首》「衣食固無端」，姚本據陶潛《庚戌歲九月中於西田穫早稻》詩改「無」爲「其」。然逯欽立校《陶淵明集》引南宋曾集本云「一作無」，按元詩上句「稟氣寡所諧」推之，遺山應該用此本，改動後反使原詩因果連貫的意脈不暢。

近人王永祥撰《元遺山詩集校勘記》，列出李全本與毛本的異文三百多處，實際遠不止此。許多異文不能用因形近音近而訛來解釋，顯屬兩種不同稿本所致。我認爲遺山對其詩稿多有改動（如《鄭州上致政賈左丞相公》「帝城此後瞻依近」，其《東平賈氏千秋録後記》「此後」作「百里」。劉祁《歸潛志》卷九所録元氏與李汾在史院唱和時的首唱之作《金谷怨》肯定是元詩的初稿，把它與集中的《芳華怨》比勘，可以看出其改動幅度之大），全集本與詩集本所據稿本不一。而且詩集本勝於全集本。如《出京》「塵土免相涴」，詩集本「免」作「久」，與詩題注「史院得告歸嵩山侍下」合觀，句指久在史院被仕途紅塵所污，故下句有「夢寐見清潁」之想。如作「免」，則下句無的放矢。故知詩集本勝。《贈答劉御史雲卿四首》「惜君别匆匆」，詩集本作「别君惜匆匆」。此詩爲元劉初交時作，我考定作於興定四年，時遺山至汴京參加府試，劉雲卿時以監察御史兼任監試官，家居汴京。全集本句意與此相反，故知詩集本勝。然而遺憾的是詩集本流傳不廣，歷代刻印全集以全集本爲底本自不待言，即使是施國祁、萬廷蘭等所印詩集，也以全集本爲底本，甚爲可惜。

本書的校勘目標是力求接近稿本原貌。爲此擬從以下方面着手：

甲、版本的選擇

毛本刊刻較早，收詩較全，校勘較精，故以此作底本。元代張德輝類次的全集本和曹益甫搜補的詩集本今已失傳，明代李全本、李詩本和毛本是現存最早的版本，較爲接近詩稿原貌。施本曾以曹本爲校本，應視爲重要的參校本，其他如明潘選本、清郭元釪《全金詩》（簡稱郭本）、顧嗣立《元詩選》等所用底本不明，大致不出前者藩籬，不足據（對李全本未收詩參用郭本）。本書以毛本爲底本，以李詩本、李全本、施本爲主校本。

乙、校勘原則

圍繞旨在恢復元氏詩稿原貌的目標，本書的校勘原則是求真不求善：即對李詩本、毛本與李全本訛誤相同的文字，除上面提及的「淛」、「頴」之類顯屬刻印訛誤可據施本等逕改外，對是作者失誤還是刊印訛誤難以確定者，一律只在校記中説明。

（三）前人箋注遺山詩的得失及對策

至今爲遺山全詩作注的僅有施國祁本。施氏是金史專家，其注在時代背景、人物事件、典章文物等方面徵引有關資料宏富，功績甚偉。然往往將這些資料羅列於詩題之下，有堆積之嫌，於讀者理解句意尚隔一層；遺山詩有「詩史」之譽，不僅反映時事甚多，而且交游廣泛，用典出入經史，兼及佛、道。施本失注處太多，大多詩篇與無注同，不適應今人需求；且誤注處亦多，此錢鍾書《談藝録》多有舉證，不煩贅述。

此外皆爲選注本，較重要的有夏敬觀《元好問詩》，一九三九年商務印書館發行，選入一百八十九首；郝樹侯《元好問詩選》，一九五九年人民文學出版社出版，選入二百二十六首；陳沚齋《元好問詩選》，一九八五年廣東人民出版社出版，選入一百一十首。這些選注本雖多有可採之處，但一是選詩太少，二是不知者不注（如《秋蠶》「朝來飼却上馬桑」句，「上馬桑」一詞工具書未收，郝選不注），三是注解不到位（如《自菊潭丹水還寄嵩前故人》「正有牛刀恐亦難」，夏注只引《論語》「割雞焉用牛刀」，而不引《中州集》張仲昇《寄人宰縣》「割雞良暫屈，製錦要專工」以點明它與題旨的關係，此皆不熟悉詩人與友人交往之故），四是誤注處不少（如《石嶺關書所見》「連營突騎紅塵暗」句，陳注謂詩貞祐二年遺山避兵時作，句指蒙古軍。是年蒙軍乃自南而北回掃，遺山避兵不當取路石嶺關，故知陳説誤）。

本書的注解目的是爲研究者服務的，兼顧本科生、研究生層次的讀者，重在爲他們提供有關資料。因此，注解典故側重徵引原始文獻；徵引文獻時不局限於時代較早者，而是兼顧元氏的學養視野。如《論詩三十首》評秦觀詩「有情芍藥含春淚，無力薔薇卧晚枝」，宋人敖陶孫《臞翁詩評》已有「秦少游詩如時女步春，終傷婉弱」之説，但注引《中州集·王中立傳》「予嘗從先生學，問作詩究竟當如何，先生舉秦少游《春雨》詩云……破却工夫，何至學婦人」，可知其論詩觀點得之於王中立，對研究者了解其詩學淵源有益。本書注重徵引時人文獻與典故互證。如《贈答劉御史雲卿四首》「君家珠玉淵」，不僅要注出「珠玉淵」的出處，而且徵引劉祁《歸潛志》所載趙秉文爲其家書「叢桂蟾窟」事。對於前人之注，正其所失，補其未備。所採納者，不一一指明出處；正誤者除重要問題外，一般也不一一考辨。在人物介紹方面，不同於施本長篇徵引，只作概括性簡介，指明資料來源，以備讀者進一步深究。對疑難詞句，作必要的串講疏通。

（四）前此對遺山詩作年研究的得失及對策

前人編撰《遺山年譜》較重要的有翁方綱、淩廷堪、施國祁、李光廷、繆鉞五種。前三者所及詩作甚少，用力最勤、編詩最多的是李光廷《廣元遺山年譜》（簡稱李《譜》），編詩多達一千二百餘首，爲後人再作此項工作奠定了厚實的基礎。但李《譜》失之輕率者也多，尤其可惜的是他不作深細的考證，以致許多推斷合理的觀點不爲繆鉞等使用（如元氏甲戌南渡、移居嵩山、出仕鎮平、再游黄華等的行迹及有關詩的作年）。繆鉞《元遺山年譜彙纂》（簡稱繆《譜》）對詩作編年比李氏謹慎，但發表時間較早（《國風》，一九三五年），所見資料不多，而且也時有失誤。筆者所撰《元好問年譜新編》吸收前人和時賢的成果，對李《譜》詩作編年的推斷作進一步考查論證，所引用的資料比前人更廣，訂正李、繆疏誤亦多。但由於學力淺薄，對詩未經系統的校讀，理解不深，考慮不周，亦多有失誤。如《芳華怨》，李《譜》附録於正大二年下，未予論證。繆《譜》根據劉祁《歸潛志》所載元氏與李汾在國史院作詩唱和鬥工，「元和其詩，先子稱工」事，定在正大元年作。拙《譜》從繆説。今再據《歸潛志》所載「正大初，先君由葉令召入翰林，諸公皆集余家，時春旱有雨……後月餘，先君以疾不起」及趙秉文、元好問等有關記述，認爲元氏與劉從益春季同在史院只能在正大二年。劉從益的生卒年也由此推翻舊説。再如《壬辰十二月車駕東狩後即事五首》，前人皆據詩題定爲天興元年作，現據《金史·哀宗紀》考定金哀宗決定東狩在壬辰十二月二十六，詩中所言「只知河朔歸銅馬，又説臺城墮紙鳶……衣冠不及廣明年」，所指時事乃天興二年正月事，故定組詩爲天興二年作。

爲了方便讀者研究遺山詩思想内容和藝術成就的演變軌跡，本書首次在拙《譜》的基礎上，對其全部詩作按時序編排。對前人的編年成果，重點參考李、繆兩家。從之者，闡明理由；不從者，另作考證。對難以年限斷而可以時段斷者，則附於各個時段之後（如三鄉時、嵩山時、内鄉時等）。對作時不明者，則依原本分體裁置於書末。

四、撰寫本書的經過

自上世紀八十年代，學界始注重遺山詩研究，但基礎性的研究成果不多。傳統的做法是先搞年譜、校注，而後再作精深研究。我先編撰了《元好問年譜新編》，應中華書局之邀完成了《元好問詩詞選》，注釋了部分詩作，正準備撰寫《元好問詩編年校注》時，不想雙耳突聾。正當自己覺得該做些什麽和該怎樣做的時候遭此横禍，真是氣急敗壞，痛不欲生。醫生勸我：身體最重要，它如一串數字前面的「一」，如「一」不存在，後面的「〇」再多也没有意義。於是我決心把事業放下，痛改前非，脱胎换骨，重新做人。然多年的志趣哪能説放就放得下，成天保養身體，無所事事，如同行屍走肉，心情反而更加焦躁。再加忻州師範學院領導再三關顧，還特意爲我購買高檔助聽器，對我繼續爲學院做貢獻寄予厚望。爲此，我抱着「士爲知己者死」的心態重操舊業，決心把《元好問詩編年校注》申請成全國高校古委會的古籍整理項目。

此書二〇〇五年冬開工，二〇〇六年夏精心填寫了申請表提交高校古委會。不久又接到申請教育部項目的通知，就一併報上。没有想到它在古委會和教育部皆予立項，真是喜出望外。我還把部分稿子寄給中華書局，希望立項資助出版。他們認爲「從部分稿子來看，這是一個比較成熟的項目」。得到有關專家的看重，我的幹勁更足了，不分節假日，全力以赴，力求在保證質量的前提下如期完成。

撰寫此書時，學院聘請了已退休的趙林恩老師協助我工作。他在佛學方面較爲熟悉，在這方面解決了許多難題。遇到難注的典故，先生查閲有關資料，盡心竭力。我敬佩的老師孫育華教授爲我審稿，彌補漏注，解決疑難，出力甚多。中文系張静博士爲部分詩作了前期注釋，予以參考。我的同事劉福燕、學生張國英、賈利君、裴永亮、劉霖溪等在編排有關索引、校對和查閲資料方面多有幫助。在此，我對爲本書的完成出過力的上述同仁表示感謝。

現在此書將面世，深恐名不符實，辜負厚望。一者因客觀方面工期緊迫，再者因主觀方面學養尚淺，此書的完成並不盡如人意。尤其是在注釋方面，可資借鑒的前人成果太少，解釋及徵引資料難以一一到位。這類工程確非一蹴而就，需要多次加工，才能後出益精。願將此作抛磚引玉，希望批評指正。

狄寶心　二〇〇八年四月於忻州師院

凡例

一、校勘

（一）以明末毛晉本爲底本，以明弘治戊午李瀚刊詩集本（李詩本）、全集本（李全本）、清道光二年刊施國祁《元遺山詩集箋注》（施本）爲主校本。對李全本所缺之詩，則以清康熙郭元釪《全金詩》本（郭本）爲參校本。後世所補之詩，則以二〇〇四年山西古籍出版社出版姚奠中主編《元好問全集》修訂本（姚本）及有關書籍互校。

（二）底本正確而他本誤者不出校記；底本誤而李詩本、李全本正確者直接據改，出校；底本、李詩本、李全本誤且顯屬因形近、音近、顛倒而訛者據施本酌改，出校；諸本皆誤者則在校記中説明。

（三）底本與李詩本、李全本兩通者出校，必要時説明善否的理由。别本異文雖不足據但可能産生歧義者，酌情出校。一詩數首者另加其一其二等分首重排序號，題序中的校記置於第一首之下。

（四）通用字（包括通假字、古今字等）選用規範字，不出校記。

（五）校號用①、②等表示，置於所校字之句後。

二、注解

（一）注號用〔一〕、〔二〕等表示，置於題、句之後。一題數首者，按其一、其二等分首重排序號。題序的注解置於第一首之下。

（二）爲了讀者查閲方便，凡徵引本集者用二〇〇四年山西古籍出版社出版姚奠中、李正民整理修訂的《元好問全集》本，爲了節省篇幅，一律不標卷數。詩題完全相同者加括號注明詩體。

（三）主要徵引書籍如劉祁《歸潛志》等，不一一表明作者及其時代；一般常見的書如「二十四史」、《世説新語》等亦省略作者及其時代；徵引詩句出處要標明時代、作者、篇名。爲了節省篇幅，如陶淵明、杜甫、蘇軾等衆所周知的作家不標時代。

三、編年

（一）編年中金代只標明年號甲子，蒙古則標明廟號甲子，書末附《元好問年譜簡編》，明確公元、遺山年歲與金蒙年代甲子的對應關係。

（二）每首詩作點明李、繆的編年觀點，以便讀者查考。

（三）編年理由已在注解或同期作品中闡明者，不再贅述。

卷一　南渡前及三鄉時期

西溪二仙廟留題①〔一〕

期歲之間一再來〔二〕，青山無恙畫屏開〔三〕。出門依舊黄塵道〔四〕，啼殺金衣唤不回〔五〕。

〔校〕

①此詩姚本補收，其校記云：「此詩曾刻於陵川西溪二仙廟過殿之壁，又刻於元好問野史亭中。」

〔注〕

〔一〕二仙廟：在今山西省陵川縣城南五里處。廟後殿廊檐内有金陵川狀元趙安時所撰《重修真澤二仙廟碑》，言二仙女爲唐貞元時人，受後母虐待，仰天號訴，感動上蒼，乘龍仙去。閻鳳梧等《全遼金文》收此文。

〔二〕期歲：一年。

〔三〕「青山」句：謂青山依舊像彩繪的屏風一樣展示。恙：憂慮。

〔四〕黄塵道：黄塵飛揚的道路，兼喻凡俗的塵世。

〔五〕金衣：上引趙碑文言二仙「俱换仙服，絳衣金縷」。又金衣爲黄鶯的别名。句暗用唐金昌緒《春怨》「打起黄鶯兒，莫教枝上啼。啼時驚妾夢，不得到遼西」詩意，謂黄鶯直叫，二仙所居清幽雅境如夢破難尋。

〔編年〕

此詩舊佚，編年向無考。元墓野史亭中石刻有《春服既成同冠者五六人重謁二仙廟》，末云「時泰和乙丑清明前三日并州元好問題」，下附刻此詩。本集《題張彦寶陵川西溪圖》詩有「不到西溪四十年，溪光林影想依然。當時膝上王文度，五字詩成衆口傳」句，自注：「此縣，先君子舊治，宴游西溪，僕以童子侍焉。」此次宴游，有遺山嗣父元格等在，屬泰和甲子年事。次年元氏「同冠者五六人重謁二仙廟」，故本詩首句有「期歲之間一再來」，是知作於泰和五年乙丑。

初發潞州〔一〕

潞州住久似并州〔二〕，身去心留不自由。白塔亭亭三十里〔三〕，漳河東畔幾回頭〔四〕。

〔注〕

〔一〕潞州：金州名，治所在今山西省長治市。

〔二〕「潞州」句：遺山在陵川縣從郝天挺問學六年。「潞州住久」當指此。然陵川縣金屬澤州。李《譜》云：「按《金史·地志》，河東南路澤州，貞祐四年隸潞州，縣陵川。則陵川當屬潞州。」并州：爲古九州之一，其地當今山西省大部及内蒙、河北之一部。三國之後則以今太原市附近地區爲并州。遺山自稱「并州元好問」，知此用指其故鄉。

〔三〕亭亭：聳立、孤峻貌。

〔四〕漳河：水名，即濁漳河，古稱潞水、潞川。流經上黨盆地。《漢書·地理志》：「長子縣鹿谷山，濁漳水所出。東至鄴，入清漳。」

〔編年〕

郝經《遺山先生墓銘》：「年十有四，其叔父爲陵川令，遂從先大父學……六年而業成。」本集《郝先生墓銘》：「先人既罷官，留事先生又二年，然後歸。」李《譜》編於泰和八年戊辰，從之。繆《譜》未編。

結楊柳怨〔一〕

長樂坡前一杯酒〔二〕，鄭重行人結楊柳〔三〕。可憐楊柳千萬枝，看看盡入行人手。輕煙細雨緑相和，惱亂春風態度多。路人愛是風流樹，無奈朝攀暮折何。朝攀暮折何時了，不道行人暗中老。素衣今日洛陽塵〔四〕，白髮明朝塞城草。柳色年年歲歲青，關人何事管離情。春風誰向丁寧道，折斷長條莫再生①〔五〕。

〔校〕

①長：李全本作「柔」，兩通。

〔注〕

〔一〕詩題：清乾隆《欽定續通志》卷一二七謂唐以後「新題樂府未嘗被管弦者」，屬「草木」類。結楊柳：用柳條打結。古人用以贈別。《三輔黄圖·橋》：「灞橋在長安東，跨水作橋。漢人送客至此橋折柳贈别。」

〔二〕長樂坡：地名。在今陝西省西安市郊。宋樂史《太平寰宇記》卷二五：「長樂坡在滻水之西岸，舊名滻坂。隋文帝惡有反字，改名長樂坡。」

〔三〕行人：出行的人。

〔四〕「素衣」句：晉陸機《爲顧彦先贈婦二首》其一：「京洛多風塵，素衣化爲緇。」

〔五〕「春風」二句：言有誰能向春風叮嚀，不要再吹生柳條。唐賀知章《詠柳》：「碧玉妝成一樹高，萬條垂下緑絲縧。不知細葉誰裁出，二月春風似剪刀。」

〔編年〕

李、繆未編。詩有「長樂坡」句，當在長安時作。遺山泰和八年戊辰以秋試留長安八九月（本集《送秦中諸人引》云：「予年二十許時，侍先人官略陽，以秋試，留長安中八九月。」《蝶戀花》〔沙際春歸〕題注云：「戊辰歲長安中作。」）。姑繫於此年。

長安少年行〔一〕

黄衫少年如玉筆〔二〕，生長侯門人不識。道逢豪客問姓名，袖把金鞭側身揖。卧駝行橐錦帕蒙〔三〕，石榴壓漿銀作筒。八月蒼鷹一片雪，五花驕馬四蹄風。日暮新豐原上獵〔四〕，三更歌舞灞橋東〔五〕。

〔注〕

〔一〕詩題：《樂府詩集》有此題，屬雜曲歌辭。

〔二〕黄衫：隋唐時少年穿的黄色華貴服裝。杜甫《少年行》：「黄衫年少來宜數，不見堂前東逝波。」

〔三〕卧駝行橐：横馱行囊。錦帕蒙：以錦帕遮蓋。

〔四〕新豐：縣名。漢高祖七年置，唐廢。治所在今陝西省臨潼縣西北。

〔五〕灞橋：橋名。在長安東，跨灞水作橋。

〔編年〕

李《譜》編於大安元年己巳下「附録」中。繆《譜》未編。遺山「以秋試留長安八九月」（《送秦中諸人引》）事在泰和八年戊辰（見本集《蝶戀花》〔一片花飛春意減〕題注），姑繫於是年。

隋故宫行〔一〕

渭川楊柳先得春〔二〕，二月鶯啼百囀新。長春宫中千樹錦〔三〕，暖日晴雲思煞人。君王半醉唱吴歌〔四〕，絳仙起舞顰翠蛾〔五〕。吴兒謾説曾行樂〔六〕，三十六宫能幾多〔七〕。千秋萬古金銀闕〔八〕，海没三山一毫髮〔九〕。繁華夢覺人不知，留得寒螿泣秋月〔一〇〕。

〔注〕

〔一〕詩題：清乾隆《欽定續通志》卷一二七謂唐以後「新題樂府未嘗被管弦者」，屬「宫苑」類。

〔二〕渭川：指渭水。源出今甘肅省，横貫陜西省中部，至潼關入黄河。

〔三〕長春宫：唐行宫名。故址在今陜西省大荔縣境内。始建於北周，毁於五代時。杜甫《題鄭縣亭子》：「雲斷嶽蓮臨大路，天晴宫柳暗長春。」

〔四〕「君王」句：元陶宗儀《説郛》引唐顔師古《大業拾遺記》載，「（煬）帝乃嘲之曰：『箇人無賴是横波，黛染隆顱簇小蛾。幸得留儂伴成夢，不留儂住意如何。』帝自達廣陵，宫中多效吴言，因有儂語也。」

〔五〕絳仙：隋代美女名。吴姓，煬帝妃。元陶宗儀《説郛》引唐顔師古《大業拾遺記》載，絳仙善畫長蛾眉，由是殿脚女争效爲長蛾眉。司官吏日給螺子黛五斛，號爲蛾緑螺子黛，出波斯國，每顆值十金，獨絳仙得賜螺黛不絶。

〔六〕謾説：休説。

〔七〕三十六宫：漢時長安有離宫三十六所。漢張衡《西京賦》：「離宫别館，三十六所。」

〔八〕金銀闕：傳説海上三神山仙人所居用黄金白銀建造的宫闕。見《文選·郭璞〈游仙詩〉》「神仙排雲出，但見金銀臺」李善注引《漢書》。

〔九〕三山：指海上三神山蓬萊、方丈、瀛洲。上二句言繁華易逝。

〔一〇〕寒螿：寒蟬。

〔編年〕

李《譜》認爲在長安時作，編於大安元年己巳。繆《譜》未編。按：泰和八年戊辰遺山以秋試留長安中八九月（見《長安少年行》編年），詩當作於是年。

出京

巫峽歸雲底處尋〔一〕，高城渺渺暮煙沉。春風不剪垂楊斷，繫盡行人北望心。

〔注〕

〔一〕巫峽歸雲：《文選·宋玉〈高唐賦序〉》：「昔者先王（指楚懷王）嘗游高唐，怠而晝寢，夢見一婦人曰：『妾，巫山之女也，爲高唐之客。聞君游高唐，願薦枕席。』王因幸之。去而辭曰：『妾在巫山之陽，高丘之阻。旦爲朝雲，暮爲行雨。』」此指理想的美夢。

〔編年〕

李《譜》據「北望心」，謂「京」指燕京，遂編於崇慶元年壬申下「附録」中。本集《兩山行記》：「予二十許，自燕都試，乃與客登南樓。」施《譜》繫此於「二十歲」（大安元年己巳）下。是年燕都舉行省試，施國祁《金源劄記・選舉志》謂省試題爲《儉德化民家給之本賦》。李《譜》謂遺山至「燕都試」乃府試，非。燕都非府試處，且崇慶元年遺山府試在太原，參見本集《十七史蒙求序》。故從施《譜》，定此詩爲大安元年己巳至燕都省試失敗出京後作。繆《譜》未編。

陽興砦〔一〕

亂石通樵逕〔二〕，重崗擁戍城〔三〕。山川帶淳朴〔四〕，鷄犬見升平。雨爛沙仍軟〔五〕，秋偏氣自清〔六〕。年年避營馬〔七〕，幾向此中行。繇州入府〔八〕，避騎兵奪馬者，多繇此路。

〔注〕

〔一〕陽興砦：地名，在今山西省陽曲縣。《宋史・地理二》：「陽曲，有百井、陽興二砦。」

〔二〕樵逕：打柴人走的小路。

〔三〕重崗：重疊的山崗。戍城：駐軍的城堡。指陽興砦。

〔四〕帶：含有。南朝齊孔稚珪《北山移文》：「風雲淒其帶憤，石泉咽而下愴。」

〔五〕雨爛：謂盛雨期已過。爛：熟盡。唐元稹《和友封題開善寺十韻》：「藏經霑雨爛，魔女捧花嬌。」

〔六〕秋偏：入秋。本集《外家南寺》：「一庭風露覺秋偏。」

〔七〕營馬：軍用馬。詩指搜括民間馬匹。《金史・衛紹王紀》大安三年三月下載：「括民間馬。」

〔八〕繇州入府：從忻州到太原府。

〔編年〕

《嘉慶重修一統志》「陽興砦」條載，「在陽曲東北一百里」，「防禦要地」。按詩末自注，知此詩乃遺山自忻州至太原爲避騎兵奪馬，不走石嶺關大路，繞道陽興砦一帶時所作。本集《南冠録引》云：「大安庚午，府君卒官，扶護還鄉里……因循二三年，中原受兵，避寇陽曲、秀容之間，歲無寧居。」大安三年，蒙古大舉侵金，攻克今山西大同、朔州等地，戰火波及忻、代等縣。是年三月，金廷下令搜括民間馬匹。味詩末「年年避釁馬，幾向此中行」，應作於此後一二年即崇慶元、二年間。貞祐二年蒙古軍由南回軍北掃，太原、陽曲、忻州都遭到極大的破壞，與詩中所寫環境不合。李《譜》附録此詩於貞祐三年，不妥。繆《譜》未編年。

避兵陽曲北山之羊谷題石龕〔一〕

冥鴻正恐絓疑網〔二〕，脱兔不忘投茂林〔三〕。世故驅人真有力〔四〕，天公困我本無心①。

〔校〕

①本：李全本、施本作「豈」。

〔注〕

〔一〕羊谷：山名，在今山西省陽曲縣。石龕：供神像的小石洞。

〔二〕冥鴻：高飛的鴻雁。漢揚雄《法言·問明》：「鴻飛冥冥，弋人何篡焉！」絓：同掛，絆。疑網：疑慮中的網羅。詩指戰禍。

〔三〕脱兔：脱逃之兔。蘇軾《書韓幹〈牧馬圖〉》：「平沙細草荒芊綿，驚鴻脱兔争後先。」《中州集》卷七《王萬鍾傳》：「貞祐二年州（忻州）破，死者十萬餘人。」《中州集》卷五趙元《修城去》：「傾城十萬户，屠滅無移時。敵兵去境已逾月，風吹未乾城下血。」二句當指其時争先逃難，雖劫後餘生仍驚魂未定的情事。

〔四〕世故：世事變故。

〔編年〕

施、李、繆諸《譜》繫此詩於貞祐二年甲戌。按詩題及本集《外家别業上梁文》「南，羊谷山中好石龕。杖屨一游無脚力，會稽禹穴更須探」，陽曲北山之羊谷與忻州繫舟山之禹王洞鄰近。本集《南冠録引》言「迨大安庚午，府君卒官，扶護還鄉里……因循二三年，中原受兵，避寇陽曲、秀容之間，歲無寧居」，詩應作於這段時間。味詩中「冥鴻」、「脱兔」皆與逃脱劫難有關，當作於貞祐二年三月忻州被屠後。

梁園春五首車駕遷汴京後作〔一〕

其一

軍從南去三回勝〔二〕，雪自冬來二尺强①。今歲長春多樂事，内家應舉萬年觴〔三〕。長春，德陵誕節名〔四〕。

〔校〕

①冬：施本作「東」，蓋以與上句「南」對仗而臆改。按此屬借對，如杜甫《曲江二首》「酒債尋常行處有，人生七十古來稀」。

〔注〕

〔一〕詩題：《樂府詩集》等無此題，遺山即事名篇。梁園：漢梁孝王園囿，在汴京。車駕遷汴：指貞祐二年金宣宗由中都遷汴事。

〔二〕三回：多層環繞。南朝梁王褒《上庸公陸騰勒功碑》：「巴水三回，吴阻夷陵之縣。」

〔三〕内家：皇家。皇宫稱大内，故名。萬年觴：祝壽的酒杯。

〔四〕德陵：金宣宗陵。誕節：此指金宣宗生日長春節。《金史・宣宗紀》四年三月「丙寅，長春節，宋遣使節來賀」。

其二

暖入金溝細浪添〔一〕，津橋楊柳緑纖纖〔二〕。賣花聲動天街遠〔三〕，幾處春風揭繡簾。

〔注〕

〔一〕金溝：即汴都金水河。源出滎陽黄堆山，北宋時導引貫皇城内廷後苑。

〔二〕津橋：龍津橋的簡稱。《金史·地理中》謂汴京城門「南外門曰南薰，南薰北新城門曰豐宜，橋曰龍津橋」。纖纖：形容細長。

〔三〕天街：京城的街道，在宫城外。宋范成大《州橋》：「州橋南北是天街。」

其三

上苑春濃晝景閑〔一〕，緑雲紅雪擁三山〔二〕。宫牆不隔東風斷，偷送天香到世間。

〔注〕

〔一〕上苑：皇帝的花園。

〔二〕三山：傳説東海有蓬萊、方丈、瀛洲三座神山，此指豪奢的園林假山，本集《西園》（七古）有「當時三山初奏功，三山宫闕雲錦重」句。王基《元好問與開封相關詩略論》（《忻州師專學報》一九九〇年第一期）云：「汴京平坦如砥，本無山崗。夷山也因平坦得名。但城内確有幾處相對來説高一點的地方，俗稱爲山。現尚有『三山不顯』之説。」

其四

樓觀沉沉細雨中〔一〕，出牆花木亂青紅。朱門不解藏春色，燕宿鶯喧處處通。

〔注〕

〔一〕觀：宮門前的建築，以登高觀遠，故名。沉沉：深邃貌。

其五

雙鳳簫聲隔綵霞〔一〕，宮鶯催賞玉谿花。誰憐麗澤門邊柳，瘦倚東風望翠華〔二〕。龍德宮有玉谿館。麗澤，燕都西門名。

〔注〕

〔一〕雙鳳簫聲：舊題漢劉向《列仙傳》載：蕭史與秦穆公女在鳳臺吹簫作鳳鳴，數年後皆隨鳳凰飛去。此指音樂聲之美。

〔二〕翠華：天子的旗以翠羽爲飾，故稱。

〔編年〕

詩題下注云：「車駕還汴京後作。」《金史・宣宗紀》載車駕至汴在貞祐二年七月。又組詩第一首有「今歲長春多樂事，内家應舉萬年觴」，末注：「長春，德陵誕節名。」按宣宗葬德陵，長春節在三月（《宣宗紀》貞祐四年三月下有賀長春節事）。合觀上兩者，組詩當作於貞祐三年春。元氏是時在汴京，本集《答聰上人書》：「仆自貞祐甲戌南渡，時犬馬之齒二十有五。」《中州集・張翰傳》載貞祐二年遺山見岳丈張翰在户曹應對邠州書生詰難事，詳考見拙《譜》。李、繆二《譜》亦繫於是年。

石嶺關書所見〔一〕

軋軋旃車轉石槽〔二〕，故關猶復戍弓刀〔三〕。連營突騎紅塵暗〔四〕，微服行人細路高〔五〕。已化蟲沙休自歎，厭逢豺虎欲安逃〔六〕。青雲玉立三千丈，元只東山意氣豪〔七〕。

〔注〕

〔一〕石嶺關：在忻州城南六十里與陽曲交界處，是晉北到太原的交通要塞。

〔二〕軋軋：車行輪軸的磨擦聲。旃車：用氈做圍棚的車。旃，同氈。石槽：形容石嶺關路兩側山勢陡峭似槽。

〔三〕「故關」句：指金軍依舊戍守石嶺關。貞祐二年蒙古軍北歸，途中曾屠忻州城，金石嶺關守軍未能阻擋，故云「猶復」。

〔四〕「連營」句：言金軍勢衆兵精積極備戰的情形。突騎：用於衝鋒陷陣的精鋭騎兵。

〔五〕「微服」句：言難民對金軍積極備戰缺乏信心而外逃的情形。微服：便服。

〔六〕「已化」二句：言死於屠城之禍的人猶勝於生。化蟲沙：《太平御覽》卷九一六引《抱朴子》：「周穆王南征，一軍盡化。君子爲猿爲鶴，小人爲蟲爲沙。」後以蟲沙喻戰死的士兵與遇難的群衆。豺虎：喻蒙古軍。

〔七〕「青雲」二句：襲用杜甫《春望》「國破山河在」的對比筆法，謂繫舟山脈高插雲霄，只有它原貌仍舊，豪氣不減。元：同「原」。東山：指繫舟山脈，在元氏家鄉之東。

〔編年〕

此詩繆《譜》據本集《敏之兄墓銘》及《中州集》所載《王萬鍾傳》、趙元《修城去》詩，定在貞祐二年，認爲「蓋是年避兵時作」。按《元史·太祖紀》所載上年「秋分兵三道，命皇子朮赤、察哈台、窩闊台爲右軍，循太行而南，取保、遂、安肅、安、定、邢、洺、磁、相、衛、輝、懷、孟，掠澤、潞、遼、沁、平陽、太原、吉、隰，拔汾、石、嵐、忻、代、武等州而還」和《金史·宣宗上》所載貞祐二年正月「辛未，大元兵徇彰德府」，「乙未，大元兵徇懷州」，及貞祐二年三月忻州被屠事，這次蒙古陷忻城的進軍路綫是由南而北，石嶺關乃蒙軍必經要塞，元氏避兵不會取此路。因此，李《譜》定此詩爲是年蒙軍北撤後元氏赴試汴京時路經此地作，這又與詩中所云避亂外逃的情形不合。趙廷鵬等《論元遺山的喪亂詩》（《文學遺産》一九八六年六期）遂又認爲詩作於是年元氏避兵陽曲兵後返鄉時，這也與外逃的詩意不合。本集《故物譜》云：「貞祐丙子之兵，藏書壁間，得存。兵退，予將奉先夫人南渡河，舉而付之太原親舊家。自餘雜書及先人手寫《春秋》三史、《莊子》、《文選》之等尚千餘册並畫百軸，載二鹿車自隨……是歲寓居三鄉。」《金史·宣宗上》也載貞祐四年二月「大元兵圍太原」，「攻下霍山諸隘」。這次避亂南逃，元氏携家帶車，必經石嶺關，與詩中所言「軋軋旃車轉石槽，故關猶復戍弓刀」及「厭逢豺虎欲安逃」等情事盡合。故定爲貞祐四年丙子作。

過晉陽故城書事〔一〕

惠遠祠前晉溪水〔二〕，翠葉銀花清見底。水上西山如卧屏〔三〕，鬱鬱蒼蒼三百里。中原北門形勢雄，想見城闕雲煙中〔四〕。望川亭上閱今古〔五〕，但有麥浪摇春風〔六〕。君不見，繫舟山頭龍角秃〔七〕，白塔一摧城覆没。薛王出降民不降〔八〕，屋瓦亂飛如箭鏃①。汾流決入大夏門〔九〕，府治移著唐明村〔一〇〕。只從巨屏失光彩，河洛幾度風煙昏〔一一〕。東闕蒼龍西玉虎，金雀觚稜上雲雨〔一二〕。不論民居與官府，仙佛所廬餘百所。鬼役天財千萬古〔一三〕，争教一炬成焦土〔一四〕。至今父老哭向天，死恨河南往來苦〔一五〕。南人鬼巫好機祥②〔一六〕，萬夫畚鍤開連岡。官街十字改丁字，釘破并州渠亦亡③〔一七〕。幾時却到承平了，重看官家築晉陽。

〔校〕

①鏃：毛本作「簇」。據李詩本、李全本改。　②機：李全本作「機」，二字通用。　③釘：李詩本、李全本注「去聲」。

〔注〕

〔一〕晉陽故城：遺址在今山西省太原市西南晉源鎮附近。晉陽城始建於春秋末，歷經北齊、隋、唐的擴建，成爲北方的軍事重鎮。五代時後唐、後晉、後漢、北漢皆於此勃興。宋太平興國四年

（九七九），宋軍圍攻晉陽，北漢主劉繼元投降。宋太宗因此地久爲龍興之地，把晉陽城徹底毁壞。

〔二〕惠遠祠：即晉祠，祀西周成王弟叔虞。祠在今太原市西南懸甕山麓。晉水發源於此。

〔三〕西山：即懸甕山，太原盆地西緣山脈。卧屏：横放的屏風。

〔四〕「中原」二句：故晉陽城高大雄偉，是中原北面的門户。清顧炎武《日知録》載：太原府在唐爲北都。晉陽宫在都之西北，宫城周二千二百五十步，崇四丈八尺。都城左汾右晉，潛邸在中，長四千三百二十一步，廣三千一百二十二步，其崇四丈。汾東曰東城，貞觀十一年長史李勣築。兩城之間有中城，武后時築，以合東城。宫南有大明城，故宫城也。

〔五〕望川亭：在懸甕山頂，北齊時建造。

〔六〕麥浪：麥苗風吹起伏貌。箕子朝周，過故殷墟，感傷宫室毁壞，滿目禾黍，因作《麥秀》之詩歌之。詩暗用此典。

〔七〕繫舟山：在太原盆地之北。傳説大禹治水曾繫舟於此，故名。龍角秃：傳説繫舟山爲龍角，懸甕山爲龍尾，晉陽城爲龍城。宋太宗爲破其風水，所以毁晉陽城後，又把繫舟山頭鏟平，謂拔「龍角」。

〔八〕「薛王」句：《宋史·太宗紀》載，太平興國四年五月，北漢主繼元遣使納款。薛王：指北漢主劉繼元。其母先嫁薛釗，生繼恩，再嫁何氏，生繼元。北漢主劉承鈞收二人爲養子，改從劉姓。

遺山誤以爲繼元本姓薛，故稱薛王。

〔九〕「汾流」句：《宋史·太祖紀》載，開寶二年三月，宋軍北引汾水灌太原城。閏五月，雉圮，水注城中。

〔一〇〕「府治」句：《宋史·太宗紀》載，太平興國七年二月，徙并州治唐明鎮。宋陸游《老學庵筆記》載，宋太平興國四年平太原，降爲并州，廢舊城，徙居於榆次。今太原則又非榆次，乃三交城也。城在舊城東北三十里，亦形勝之地。本名故軍，又嘗爲唐明鎮有晉文公廟，甚盛。平太原後三年，帥潘美奏乞以爲并州，從之。以是徙晉文公廟，以廟之故址爲州治。

〔一一〕「只從」二句：言自從晉陽重鎮被毁，中原失去屏障，遼金軍隊長驅直入黃河、洛河流域。

〔一二〕「東闕」二句：言晉陽宫闕壯麗。中國古代風水學青龍主東方，朱雀主南方，白虎主西方，因以蒼龍、玉虎、金雀爲宫闕名。觚稜：宫殿屋脊。

〔一三〕鬼役天財：鬼神的製作，上天的材物。形容建築的精美，工程的浩大。「財」通「材」。

〔一四〕「争教」句：《宋史·太宗紀》載，太平興國四年五月占領太原，以榆次縣爲新并州，築新城，盡徙太原餘民於新城，遣使督之。既出，即命縱火。

〔一五〕「至今」二句：《宋史·太祖紀》載，開寶二年，宋軍水注晉陽不克，「命兵士遷河東民萬户於山東」。開寶九年，党進敗北漢軍於太原城北，命忻、代行營都監郭進遷山後諸州民。

〔一六〕「南人」句：南人迷信鬼神巫師，喜談吉凶之兆。顧炎武《日知録》：「及劉繼元之降宋，太宗以此地久爲創伯之府，又宋主大火，有參辰不兩盛之説，於是一舉而焚之矣。」

〔一七〕「官街」二句：宋人爲了截斷龍脈，築新城時把路建成「丁」字形。「丁」與「釘」諧音，寓意釘破龍城晉陽。渠：指北宋。

〔編年〕

李《譜》附録於貞祐三年，繆《譜》未編年。細味「只從巨屏失光彩，河洛幾度風煙昏」、「至今父老哭向天，死恨河南往來苦」及末二句，與貞祐四年丙子元氏携家避亂河南時的意興吻合。姑定於是年。

虞坂行〔一〕丙子夏五月將南渡河，道出虞坂，有感而作。

虞坂盤盤上青石，石上車蹤深一尺。當時騏驥知奈何，千古英雄淚横臆〔二〕。龍蟠於泥易所歎〔三〕，麟非其時聖爲泣〔四〕。玄龜竟墮余且網〔五〕，老鳳常飢竹花實①〔六〕。天生神物似有意，驗以乖逢知未必〔七〕。若論美好是不祥，正使不逢何足惜。孫陽騏驥不並世〔八〕，百萬億中時有一。乃知此物非不逢，轅下一鳴人已識。我行坂路多閲馬，敢謂群空如冀北〔九〕。孫陽已矣誰汝知，努力鹽車莫稱屈。

〔校〕

①花：毛本作「芝」。據李詩本、李全本、施本改。

〔注〕

〔一〕虞坂：位於今山西省安邑縣南三十里，俗名青石槽，南通茅津渡。

〔二〕「當時」二句：《戰國策·楚策四》：「汗明曰：『君亦聞驥乎？夫驥之齒至矣，服鹽車而上太行，蹄申膝折，尾湛胕潰，漉汁灑地，白汗交流，中阪遷延，負轅不能上。伯樂遭之，下車，攀而哭之，解紵衣以冪之。驥於是俛而噴，仰而鳴，聲達於天，若出金石聲者。何也？彼見伯樂之知己也。』」臆：胸。

〔三〕「龍蟠」句：《左傳·昭公二十九年》：「秋，龍見於絳郊。魏獻子問於蔡墨，曰：『吾聞之：蟲莫知於龍，以其不生得也。謂之知，信乎？』對曰：『人實不知，非龍實知。』」

〔四〕「麟非」句：《春秋·哀公十四年》：「春，西狩獲麟。」杜預注：「麟者，仁獸，聖王之嘉瑞也。時無明王，出而遇獲。仲尼傷周道之不興，感嘉瑞之無應，故因《魯春秋》而修中興之教，絶筆於『獲麟』之一句。」

〔五〕「玄龜」句：《莊子·外物》：宋元君問余且漁何得，對曰：「且之網得白龜焉，其圓五尺。」《史記·龜策列傳》作「豫且」。

〔六〕「老鳳」句：《詩·大雅·卷阿》：「鳳凰鳴矣，于彼高崗。」鄭箋：「鳳凰之性，非梧桐不棲，非竹實不食。」竹花實：竹花所結之實。《莊子·秋水篇》謂鵷鶵非練食不食指此。杜甫《述古三首》：「鳳凰從東來，何意復高飛。竹花不結實，念子忍朝飢。」

〔七〕「天生」二句：《孟子·告子下》：「孟子曰：舜發於畎畝之中……故天將降大任於是人也，必先苦其心志。」詩基此而論。

〔八〕孫陽：即伯樂，春秋秦穆公時人，善相馬。《莊子·馬蹄》唐陸德明釋文引石氏《星經》：「伯樂，天星名，主典天馬。孫陽善馭，故以爲名。」漢東方朔《七諫·怨世》：「驥躊躇於弊輂兮，遇孫陽而得代。」

〔九〕群空如冀北：唐韓愈《送温處士赴河陽軍序》：「伯樂一過冀北之野而馬群遂空。夫冀北馬多天下，伯樂雖善知馬，安能空其群邪？解之者曰：『吾所謂空，非無馬也，無良馬也。』」

〔編年〕

據詩題下自注，知作於貞祐四年夏攜家南渡時，諸譜無異辭。

八月并州雁三鄉時作〔一〕

八月并州雁，清汾照旅群〔二〕。一聲驚晚笛，數點入秋雲。滅没樓中見，哀勞枕畔聞〔三〕。南來還北去，無計得隨君〔四〕。

〔注〕

〔一〕并州：爲古九州之一，其地當今山西大部及内蒙古、河北之一部。三國之後則以今太原附近地區爲并州。三鄉：鎮名，在今河南省宜陽縣西，金屬福昌縣。

〔二〕清汾：清澈的汾水。汾水是黄河支流，流經太原。

〔三〕哀勞：大雁的哀鳴聲。

〔四〕君：指雁。

〔編年〕

詩題下注「三鄉時作」。遺山興定二年春自三鄉移居嵩山（詳考見《寄英禪師，師時住龍門寶應寺》編年），居三鄉在貞祐四年至興定元年間。李、繆皆繫於貞祐四年丙子，從之。

洛陽古城曦陽門早出

乘月出曦陽，黎明轉北岡。荒村自鷄犬，長路足豺狼。天地憐飄泊，風霜憶閉藏。微吟訴行役①〔一〕，凄斷不成章。

〔校〕

①訴：毛本作「許」，形近而訛。據李詩本、李全本、施本改。

〔注〕

〔一〕微吟：小聲吟詠。行役：行旅的凄苦。

〔編年〕

李《譜》定在貞祐四年丙子作。繆《譜》未編。本集《孫伯英墓銘》：「貞祐丙子，予自太原南渡。故人劉昂霄景玄愛伯英，介予與子交，因得過其家。」伯英家居洛陽，知是年遺山曾至洛陽，且「長路」句亦與避亂南渡的行迹合，故從李《譜》。

箕山〔一〕

幽林轉陰崖〔二〕，鳥道人跡絶。許君棲隱地〔三〕，惟有太古雪。人間黄屋貴〔四〕，物外秖自潔〔五〕。尚厭一瓢喧〔六〕，重負寧所屑〔七〕。降衷均義稟〔八〕，汩利忘智決〔九〕。得隴又望蜀〔一〇〕，有齊安用薛〔一一〕。干戈幾蠻觸〔一二〕，宇宙日流血〔一三〕。魯連蹈東海〔一四〕，夷叔採薇蕨〔一五〕。至今陽城山〔一六〕，衡華兩丘垤〔一七〕。古人不可作〔一八〕，百念肝肺熱。浩歌北風前，悠悠送孤月。

〔注〕

〔一〕箕山：在今河南省登封縣東南。

〔二〕陰崖：背陽的山崖。

〔三〕「許君」句：晉皇甫謐《高士傳》：許由字武仲，陽城槐里人，爲人據義履方。堯讓天下於許由，不受，遁耕於中嶽潁水之陽，箕山之下。

〔四〕黄屋：古代帝王之車用黄繒爲車蓋。此代指帝王權位。

〔五〕物外：超脱世事之外。

〔六〕「尚厭」句：《太平御覽》引《琴操》：「許由無杯器，常以手捧水。人以一瓢遺之，由操飲畢，以瓢掛樹。風吹樹，瓢動，歷歷有聲。由以爲煩擾，遂取捐之。」箕山有棄瓢巖，相傳爲許由棄瓢處。

〔七〕「重負」句：《莊子·讓王》：「堯以天下讓許由，許由不受。」寧所屑：豈堪勞煩。

〔八〕「降衷」句：《書·湯誥》：「惟皇上帝，降衷於下民。」孔穎達正義曰：「天生烝民，與之五常之性，使有仁義禮智信，是天降善於下民也。天既與善於民，君當順之。」句謂人皆天稟五常善性。

〔九〕汩利：沉迷於利。宋趙與時《賓退録》卷四：「世之慕紛華汩利禄事表襮者，聞其風泚其顙矣。」智決：明智的決斷。

〔一〇〕「得隴」句：《後漢書·岑彭傳》載，建武八年，彭引兵從車駕破天水，圍西城。敕彭書曰：「兩城若下，便可將兵南擊蜀虜。人苦不知足，既平隴，復望蜀。」後以「得隴望蜀」喻貪得無厭。

〔一一〕「有齊」句：《戰國策·齊策四》載，馮諼爲齊相孟嘗君收債於薛，爲得民心，矯命燒毁債券。後又助孟嘗君復相位，請立宗廟於薛，稱之「狡兔三窟」。

〔一二〕「干戈」二句：《莊子·則陽》：「有國於蝸之左角者曰觸氏，有國於蝸之右角者曰蠻氏，時相與争地而戰，伏尸數萬。」

〔一三〕「宇宙」句：杜甫《歲暮》：「天地日流血，朝廷誰請纓。」

〔一四〕「魯連」句：《史記·魯仲連列傳》：「彼秦者，棄禮義而上首功之國也，權使其士，虜使其民。彼即肆然而爲帝，過而爲政於天下，則連有蹈東海而死耳，吾不忍爲之民也。」

〔一五〕「夷叔」句：《史記·伯夷列傳》：「武王已平殷亂，天下宗周，而伯夷、叔齊恥之，義不食周粟，隱於首陽山，採薇而食之。」

〔一六〕陽城山：在今河南省登封縣東北。許由葬於箕山之巔，陽城之南（《高士傳》）。

〔一七〕衡華：南嶽衡山、西嶽華山。丘垤：小土堆。元李京《雪山》：「麗江雪山天下絶，積玉堆瓊幾千疊。足盤厚地背摩天，衡華真成兩丘垤。」上二句贊揚許由高尚，謂衡華二嶽與許由葬地箕山相比，如兩個小土堆。

〔一八〕作：及。

〔編年〕

郝經《遺山先生墓銘》：「下太行，渡大河，爲《箕山》、《琴臺》等詩。趙禮部見之，以爲少陵以來無此作也，以書招之。」本集《趙閑閑真贊》：「興定初，某始以詩文見故禮部閑閑公。公若以爲可教，爲延譽諸公間。又五年，乃得以科第出公之門。」遺山貞祐四年南渡，興定元年拜見趙秉文，二詩作於其間。繆《譜》謂「先生見趙在次年（興定元年），則《箕山》等詩殆即是年作」。味《箕山》「惟有太古雪」、「浩歌北風前」諸句，當作於冬，故從繆《譜》，編於貞祐四年丙子。李《譜》附於興定三年下嵩山詩總録中，不妥。

元魯縣琴臺〔一〕

荒城草木合，破屋風雨侵。千年一琴臺，睠焉涕盈襟〔二〕。遺愛食縣社，公寧不堪任〔三〕。此臺即甘棠〔四〕，忍使無餘陰。旁舍高以華，大豪日捐金〔五〕。蒼雲玄武暮〔六〕，鬼物憑陰岑〔七〕。尚德抑玄虚〔八〕，墜典誰當尋〔九〕。我與薦寒泉〔一〇〕，百拜公來臨〔一一〕。公來不能知，落日下飢禽。懷哉空山裏，鶴飛猿與吟〔一二〕。當年于蔿歌，補衮一何深〔一三〕。承平示得意〔一四〕，獨能正哇淫〔一五〕。君相此一時〔一六〕，又復悟良箴〔一七〕。諛臣坐廢黜〔一八〕，合亦起幽沉①〔一九〕。蒲輪竟頹轂〔二〇〕，香草空深林〔二一〕。寂寞授書室②，孤甥舉遺衾〔二二〕。生平諒已然〔二三〕，薄俗矧來今〔二四〕。千山爲公臺，萬籟爲公琴。夔曠不並世〔二五〕，月露爲知音。人間蹄涔耳〔二六〕，已矣非公心。元道州《文編》以元魯山爲元魯縣。又，臺今爲玄武祠，故及之③。

〔校〕

①合：李全本、施本作『盍』。按元德秀再未復出的仕履及後二句詩意，李全本、施本善。②授書室：毛本作「援書空」，形近而訛。據李詩本、李全本、施本改。③之：施本無。

〔注〕

〔一〕元魯縣：元德秀的尊稱。元德秀，唐河南人，字紫芝。官魯山縣（今河南省魯山縣）令，無名利心，愛山水，彈琴自娱。天下高其行，稱元魯山，唐元結元道州《文編》稱元魯縣。兩《唐書》有傳。琴臺：在魯山縣城北，元德秀爲尹時築，唐顔真卿《顔魯公集》有《魯山縣琴臺碑記》。

〔二〕睠：同「眷」。《詩·小雅·大東》：「睠言顧之，潸焉出涕。」

〔三〕「遺愛」二句：謂後人懷念元德秀的恩德品行，在縣裏社廟中供奉他，難道不應該嗎？《新唐書·元德秀傳》載：「家苦貧，乃求爲魯山令。前此墮車足傷，不能趨拜，太守待以客禮。有盜繫獄，會虎爲暴，盜請格虎自贖，許之。吏白：『彼詭計，且亡去，無乃爲累乎？』德秀曰：『許之矣，不可負約。即有累，吾當坐，不及餘人。』明日盜尸虎還，舉縣嗟歎……所得奉禄，悉衣食人之孤遺者。歲滿，笥餘一縑，駕柴車去。」唐皮日休《七愛詩·元魯山》：「吾愛元紫芝，清介如伯夷……三年魯山民，豐稔不暫饑。三年魯山吏，清慎各自持。」

〔四〕甘棠：樹名，即棠梨。傳説周武王時，召伯巡行南國，曾憩甘棠樹下，決獄政事，各得其所。後人思其德，懷棠樹不敢伐，作《甘棠》詩，見《詩·召南》。後世以「甘棠」稱頌循吏的美政和遺愛。

〔五〕捐：捨棄。二句謂琴臺周圍的房屋高大華麗，富豪之家天天用錢增築私第。

〔六〕玄武：末注謂琴臺今爲玄武祠。玄武原爲古代神話中的北方之神，其形爲龜，或龜蛇合體，後爲道教所崇奉，即真武神。

〔七〕憑：任隨。陰岑：昏暗深邃貌。句謂任憑鬼物在昏暗的琴臺遺址上的玄武祠中活動。

〔八〕玄虚：此指虚無荒誕的鬼神，如玄武等。

〔九〕「墜典」句：謂廢棄的祀典誰來尋繼。

〔一〇〕薦：祭奠。

〔一一〕公：指元德秀。

〔一二〕「鶴飛」句：韓愈《柳州羅池廟碑》：「春與猿吟兮，秋鶴與飛。」

〔一三〕「當年」二句：《新唐書·元德秀傳》：「玄宗在東都，酺五鳳樓下，命三百里縣令、刺史各以聲樂集……河内太守輦優伎數百，被錦繡，或作犀象，瓌譎光麗，德秀惟樂工數十人，聯袂歌《于蔿于》。《于蔿于》者，德秀所爲歌也。帝聞，異之，歎曰：『賢人之言哉！』謂宰相曰：『河内人其涂炭乎？』乃黜太守。」補衮：帝王穿衮龍之衣，故稱補救規諫帝王的過失爲補衮。

〔一四〕得意：指《于蔿于》歌。

〔一五〕哇淫：鄙俗淫靡之樂，詩指河内聲樂。

〔一六〕「君相」句：謂唐玄宗與宰相當時聖明。

〔一七〕良箴：療效好的針砭。比喻元德秀的勸誡。

〔一八〕「諛臣」句：指上引河内太守因諛被黜事。

〔一九〕幽沉：退隱。

〔二〇〕蒲輪：用蒲草裹輪，使車不振動，古時徵聘賢士時用之，以示禮敬。轂：車輪中間車軸貫入處的圓木。句謂朝廷未徵聘賢士。

〔二二〕「香草」句：謂賢者空老山林。

〔二三〕「寂寞」二句：唐李華《元魯山墓碣銘》：「堂内有篇簡、巾褐、枕履、琴杖、簞瓢而已，堂下有接賓之位，孤甥受學之室。過是而往，無以送終。」

〔二三〕諒已然：確已如此。

〔二四〕矧：況且。

〔二五〕夔：傳説爲舜的樂官，精通音樂。曠：師曠，春秋時晉平公之樂師，以知音名。

〔二六〕蹄涔：牛馬路上所留足迹中的積水，比喻容量微小。晉郭璞《游仙詩》：「東海猶蹄涔，崑崙若蟻堆。」

〔編年〕

郝經《遺山先生墓銘》：「下太行，渡大河，爲《箕山》、《琴臺》等詩。趙禮部見之，以爲少陵以來無此作也，以書招之。」繆《譜》謂此詩與《箕山》同時作，繫於貞祐四年丙子，從之。李《譜》附於興定三年下，不妥。

女几山避兵送李長源歸關中〔一〕

山骨稜稜雪花白〔二〕，北風不貸單衣客〔三〕。與君此別欲何言〔四〕，若箇男兒不湮阨〔五〕。相濡相呴尚可活〔六〕，轢釜何曾厭求索〔七〕。從知鮫鱷無隱鱗〔八〕，芥視三山需一擘〔九〕。自古飢腸出奇策，漢廷諸公必動色〔一〇〕，見君軒蓋長安陌〔一一〕。

〔注〕

〔一〕女几山：在福昌縣（今河南省宜陽縣）西南。本集《故物譜》云：「貞祐丙子……寓居三鄉。其十月，北兵破潼關，避于女几之三潭。」《金史·宣宗紀》載，是年十月，蒙古兵取潼關，次嵩、汝間。十一月退至澠池，十二月由三門集津北渡。李長源（一一九二——一二三二）：名汾，平晉（今山西省太原市）人，避亂入關，京兆尹子容愛其才，招致門下。《中州集》有傳。

〔二〕山骨：山脊。稜稜：高峻貌。稜，「棱」的俗字。本集《十一月五日暫往西張》：「林煙漠漠鴉邊暗，山骨稜稜雪外青。」

〔三〕貸：寬免。

〔四〕君：指李長源。

〔五〕若箇：哪個。湮阨：困滯。

〔六〕相濡相呴：《莊子·大宗師》：「泉涸，魚相與處於陸，相呴以濕，相濡以沫。」呴：吐出。濡：浸漬。此喻同處困境的人互相幫助。

〔七〕轢釜：用勺刮鍋。《漢書·楚元王傳》：「初，高祖微時，常避事，時時與賓客過其丘嫂食。嫂厭叔與客來，陽爲羹盡，轑釜，客以故去。已而視釜中有羹，繇是怨嫂。」「轑釜」，唐顏師古注：

「服虔曰：『轑，轢也。』以勺轢釜，令爲聲也。」句言其熱情款待李汾，無嫌棄之意。

〔八〕鮫鱷：鯊魚和鱷魚，喻强悍不馴者。隱鱗：神龍隱匿其鱗，喻賢者待時而動。句謂李長源志宏才豪，鋒芒畢露，喜求人知。《中州集·李汾傳》言李曠達不羈，好以奇節自許。避亂入關，京兆尹子容愛其才，招致門下。留二年，去，之涇州，謁張公信甫，一見即以上客禮之。《歸潛志》言李汾喜讀史書，覽古今成敗治亂，慨然有功名心。爲人尚氣，跌宕不羈，頗褊躁，觸之輒怒。嘗以書謁行臺胥相國鼎，胥未之禮也。長源後投以書，盡發胥過惡。

〔九〕芥視：小視。三山：泛指群山。擘：分裂。《文選·張衡〈西京賦〉》：「綴以二華，巨靈贔屓，高掌遠蹠，以流河曲，厥跡猶存。」薛綜注：「巨靈，河神也……古語云：此本一山當河，水過之而曲行，河之神以手擘開其上，足踏離其下，中分爲二，以通河流。手足之迹，於今尚在。」句用「巨靈擘山」典，期待李汾做一番驚天動地的事業。

〔一〇〕「漢廷」句：謂金朝陝西諸路地方官一定會改變面容，笑臉相迎。

〔一一〕軒蓋：帶篷蓋的車，顯貴者所乘。

〔編年〕

據詩題及注〔一〕，知作於貞祐四年丙子冬。李、繆同。

并州少年行〔一〕

北風動地起，天際浮雲多〔二〕。登高一長嘯〔三〕，六龍忽蹉跎〔四〕。我欲橫江鬬蛟鼉〔五〕，萬弩迸射陽侯波〔六〕。或當大獵燕趙間，黄熊朱豹皆遮羅①〔七〕。男兒萬馬隨撝訶〔八〕，朝發細柳暮朝那〔九〕，掃雲黑山布陽和〔一〇〕。歸來明堂見天子〔一一〕，黄金横帶冠峨峨〔一二〕。人生只作張騫傅介子〔一三〕，遠勝僵死空山阿〔一四〕。君不見，并州少年夜枕戈〔一五〕，破屋耿耿天垂河〔一六〕，欲眠不眠淚滂沱。著鞭忽記劉越石〔一七〕，拔劍起舞鷄鳴歌〔一八〕，東方未明兮奈夜何〔一九〕。

〔校〕

①熊：施本作「羆」，蓋據《詩·大雅·韓奕》「獻其貔皮，赤豹黄羆」臆改。

〔注〕

〔一〕詩題：清乾隆《欽定續通志》卷一二七謂唐以後「新題樂府未嘗被管弦者」，屬「游俠」類。并州少年：曹植《白馬篇》：「借問誰家子，幽并游俠兒。」李白《少年行》：「經過燕太子，結託并州兒。」本集《雪後招鄰舍王贊子襄飲》「君不見并州少年作軒昂」，詩尾注：「并州少年謂李汾長源。」李長源，太原（古屬并州）人，尚游好俠，時人陳賡《送李長源》有「千金善保并州器，要放崑崙入馬蹄」之稱，故以此名篇。

〔二〕「北風」二句：《詩·邶風·北風》：「北風其凉，雨雪其雱。」朱熹《集傳》認爲象徵國家的危亂。

此喻蒙古南侵，天下動亂。

〔三〕長嘯：撮口發出悠長清越的聲音。古人常以此述志抒情，《文選·嘯賦》：「邈跨俗而遺身，乃慷慨而長嘯。」

〔四〕六龍：天子車駕。古代天子之車駕六馬，故代指。蹉跎：傾跌。句指貞祐二年金宣宗由中都南遷汴京顛沛流離事。又：六龍代指太陽、時間，蹉跎解爲虛度時光，句解爲時光流逝，壯志未酬亦可。杜甫《别唐十五誡因寄禮部賈侍郎》：「歌罷雨凄惻，六龍忽蹉跎。」

〔五〕横江：横越江上。鬭蛟鼉：《吕氏春秋·知分》：「荆有次非者，得寶劍于干遂。還反涉江，至於中流，有兩蛟夾繞其船……於是赴江刺蛟，殺之而復上船。」詩指平息戰亂。本集《水調歌頭·賦三門津》〔黄河九天上〕：「不用燃犀下照，未必佽飛强射，有力障狂瀾。」

〔六〕陽侯波：《淮南子·覽冥訓》「陽侯之波」高誘注：「陽侯，陵陽國侯也。其國近水，溺死於水。其神能爲大波，有所傷害，因謂之陽侯之波。」

〔七〕黄熊朱豹：《詩·大雅·韓奕》：「獻其貔皮，赤豹黄羆。」《爾雅·釋獸》：「羆如熊，黄白文。」遮羅：攔截捕捉。唐韓愈《石鼓歌》：「蒐於岐陽騁雄俊，萬里禽獸皆遮羅。」

〔八〕撝訶：亦作「撝呵」，揮斥。韓愈《石鼓歌》：「雨淋日炙野火燎，鬼物守護煩撝呵。」

〔九〕細柳：地名，在今陝西省咸陽市西南渭河北岸。《史記·絳侯周勃世家》：「文帝之後六年，匈奴大入邊……以河内守(周)亞夫爲將軍，軍細柳……天子先驅至，又不得入。先驅曰：『天子且至。』軍門都尉曰：『將軍令曰：軍中聞將軍令，不聞天子之詔。』居無何，上至，不得入……文帝曰：『嗟乎，此真將軍矣！』」後以「細柳營」爲治軍嚴明的典故。朝那：縣名。漢置，屬安定郡。漢初匈奴冒頓單于至朝那。《新唐書・張仁愿傳》載築三受降城，於牛頭朝那山北置烽候千八百所。

〔一〇〕黑山：在今陝西省榆林縣西南。唐高宗時裴行儉大破突厥餘部於此。陽和：春天的暖氣。此喻朝廷的恩威。

〔一一〕明堂：皇帝用以祭祀、接見諸侯、選拔人才等的廳堂。《木蘭詩》：「歸來見天子，天子坐明堂。」

〔一二〕黄金横帶：《戰國策・齊策六》：「當今將軍東有夜邑之奉，西有菑上之虞，黄金横帶，而馳乎淄、澠之間。」「横金」是宋代標識官階高低的一種佩戴。宋洪邁《容齋隨筆・仕宦捷疾》：「權尚書、御史中丞、資政端明殿閣學士、直學士、正侍郎、給事中，金御仙花帶，不佩魚，謂之横金。」

〔一三〕張騫：漢武帝時自告奮勇出使西域，「於是西北國始通於漢矣」（《史記・大宛列傳》）。傅介子：《漢書・傅介子傳》載，西漢昭帝時傅介子出使樓蘭建奇功。

〔一四〕山阿：山中曲處。

〔一五〕夜枕戈：《晉書・劉琨傳》：「琨少負志氣，有縱横之才，善交勝己……與范陽祖逖爲友，聞逖被用，與親故書曰：『吾枕戈待旦，志梟逆虜，常恐祖生先吾著鞭。』」本集《湧金亭示同游諸君》：「長安城頭烏尾訛，并州少年夜枕戈。」

〔一六〕耿耿：明亮貌。南朝齊謝朓《暫使下都夜發新林至京邑贈西府同僚》：「秋河曙耿耿，寒渚夜蒼蒼。」

〔一七〕「著鞭」句：見注〔一五〕引《劉琨傳》。後用作勇於進取的典故。越石：劉琨字。

〔一八〕「拔劍」句：《晉書·祖逖傳》：「（逖）與司空劉琨俱爲司州主簿，情好綢繆，共被同寢。中夜聞荒雞鳴，蹴琨覺，曰：『此非惡聲也。』因起舞（劍）。」後用「聞雞起舞」比喻愛國志士及時奮發。《河汾諸老集》陳賡《送李長源》有「月下孤鴻枕上雞」，亦以祖逖比李汾。

〔一九〕奈夜何：對長夜難明怎麼辦。此喻指理想抱負難以實現。

〔編年〕

李《譜》繫於興定元年，繆《譜》未編。按《女几山避兵送李長源歸關中》，李汾貞祐四年冬歸關中。從有關記載看，李至元光二年始東返。按本詩所言戰亂的背景及年輕的意興，當貞祐四年丙子與李汾游從時作。

愚軒爲趙宜之賦〔一〕

心生心化誰摶控〔二〕，舉世倀倀皆大夢。百年只辨作朝三，争識羣狙先汝弄〔三〕。人人具此清浄眼〔四〕，妄翳無根嗟自種〔五〕。天機嗜欲涇渭雜〔六〕，道念紛華鄒魯鬨〔七〕。令人却羨愚軒愚①〔八〕，一蹴藩籬開廓空②〔九〕。愚軒虛室久生白〔一〇〕，掌上精真元自洞〔一一〕。氣筵神火俱長物，豈有古方傳魯宋〔一二〕。人言此眼本無負，死恨冥行人所共〔一三〕。智愚何預阿堵中〔一四〕，或者桔槔賢抱瓮〔一五〕。病瘖能指跛能履〔一六〕，眉睫雖存寧復動。我云俗士蔽一曲〔一七〕，全笑不全從古衆。渠儂六鑿日相攘〔一八〕，內不錙銖徒外重〔一九〕。守宮緣壁夸覆射〔二〇〕，懸蝨如輪規命中〔二一〕。天和一洩不知止〔二二〕，膏火自焚良可痛〔二三〕。從教目比方相多〔二四〕，纔與瞽師論伯仲〔二五〕。先生真是有道者，老境一愚聊自送。五官止廢而神行〔二六〕，就令有眼將無用。寄謝諸方五味禪〔二七〕，葛藤莫作金鎚頌〔二八〕。

〔校〕

①羨：李全本、施本作「澹」。　②空：李全本下注「去聲」。

〔注〕

〔一〕愚軒：趙元之號。《中州集·趙元傳》：「字宜之，定襄人。經童出身。舉進士不中，以年及調鞏西簿。未幾失明。」趙元南渡後居三鄉、盧氏、嵩山，正大中卒，有《愚軒集》。其詩頗爲時人所重，趙秉文、李純甫等極稱頌之。

〔二〕心生心化：佛家認爲世界萬物皆由心變現。《金剛三昧經》：「三界之心，名爲別境。是境虛妄，從心化生。」摶控：主持。

〔三〕「百年」二句：《莊子·齊物論》：「勞神明爲一而不知其同也，謂之朝三。何謂朝三？狙公賦芧曰：『朝三而暮四。』衆狙皆怒。曰：『然則朝四而暮三。』衆狙皆悦。名實未虧而喜怒爲用，亦因是也。」後用以刺愚者易於迷惑。

〔四〕清浄眼：清澈無垢之眼。《楞嚴經》：「亦令十方一切衆生獲妙微密性浄明心，得清浄眼。」

〔五〕妄翳：虚妄的目障。蘇軾《次韻黄魯直赤目》：「天公戲人亦薄相，略遣幻翳生明珠。」《中州集》李純甫《趙宜之愚軒》有「神憎鬼妒天公狙，戲將片雲翳玄珠」句。

〔六〕天機嗜欲：《莊子·大宗師》：「其耆欲深者，其天機淺。」天機：天賦靈機。涇渭雜：清濁不分。

〔七〕「道念」句：《史記·禮書》：「自子夏，門人之高弟也，猶云『出見紛華盛麗而説，入聞夫子之道而樂，二者心戰，未能自決』。」鄒魯：孔孟的故鄉。此代指孔門弟子子夏。鬨：鬥争。

〔八〕「令人」句：《中州集》李純甫《趙宜之愚軒》：「屏山有眼不如無，安得恰似愚軒愚。」

〔九〕蹴：踢踏。藩籬：喻指紛華之類的妄翳。

〔一〇〕虚室久生白：空明的心境生出光明。《莊子·人間世》：「虚室生白，吉祥止止。」陸德明《經典釋文》：「崔譔云：『白者，日光所照也。』司馬彪云：『室，比喻心。心能空虚，則純白獨生也。』」

〔一一〕掌上：極言愛撫。精真：精粹純真。洞：通達。

〔一二〕「氣簁」二句：《晉書・范甯傳》：「甯嘗患目痛，就中書侍郎張湛求方，湛因嘲之曰：『古方，宋陽里子少得其術，以授魯東門伯……用損讀書一，減思慮二，專内視三，簡外觀四，旦晚起五，夜早眠六。凡六物熬以神火，下以氣簁，蘊於胸中七日，然後納諸方寸。修之一時，近能數其目睫，遠視尺捶之餘。長物不已，洞見牆壁之外。』」簁：篩子。長物：好的東西。

〔一三〕死恨：極恨。冥行：盲目而行。

〔一四〕阿堵：六朝人口語，猶這，這個。此指眼睛。《世説新語・巧藝》：「顧長康畫人，或數年不點目精。人問其故，顧曰：『四體妍蚩，本無闕少於妙處，傳神寫照，正在阿堵中。』」

〔一五〕「或者」句：《莊子・天地》：「（子貢）見一丈人方將爲圃畦，鑿隧而入井，抱甕而出灌，滑滑然用力甚多而見功寡。子貢曰：『有械於此，一日浸百畦，用力甚寡而見功多，夫子不欲乎？』爲圃者仰而視之曰：『奈何？』曰：『鑿木爲機，後重前輕，挈水若抽，數如泆湯，其名爲槔。』爲圃者忿然作色而笑曰：『吾聞之吾師，有機械者必有機事，有機事者必有機心。機心存於胸中，則純白不備……吾非不知，羞而不爲也。』」桔槔：井上樹架用杠杆汲水的一種工具。王安石《絶句》：「桔槔俯仰妨何事，抱甕區區老此身。」

〔一六〕病瘖：嗓啞失音。跛能履：《易・履》：「跛能履，不足以與行也。」跛：一足瘸。

〔一七〕俗士：見識淺陋的俗人。蔽一曲：《荀子・解蔽》：「凡人之患，蔽於一曲，而闇於大理。」曲：局部。

〔一八〕「渠儂」句：《莊子·外物》：「心無天游，則六鑿相攘。」六鑿：成玄英疏謂指耳目等六孔，陸德明釋文引司馬彪曰：「謂六情攘奪。」

〔一九〕錙銖：比喻微小。句謂内不精細只重外觀。

〔二〇〕「守宫」句：《漢書·東方朔傳》：「上嘗使諸數家射覆，置守宫盂下，射之，皆不能中。朔自贊曰：『臣嘗受《易》，請射之。』乃别蓍布卦而對曰：『臣以爲龍又無角，謂之爲虵又有足，跂跂脈脈善緣壁，是非守宫即蜥蜴。』」守宫：指壁虎。因其常守伏於宫牆屋壁以捕食蟲蛾，故名。覆射：古時的一種猜物游戲，往往用占卜。

〔二一〕「懸蝨」句：《列子·湯問》載，紀昌學射於飛衛，以牛毛繫一蝨於南窗，日夜注視。三年之後，目視蝨大如車輪。於是引弓射蝨，矢貫蝨心而懸毛不絶。規：告勉。

〔二二〕「天和」句：《文子·下德》：「目悦五色，口肥滋味，耳淫五聲，七竅交争，以害一性，日引邪欲，竭其天和。」天和：人體之元氣。

〔二三〕「膏火」句：《莊子·人間世》：「山木自寇也，膏火自煎也。」成玄英疏：「膏能明照以充燈炬，爲其有用，故被煎燒。」

〔二四〕方相：驅邪開路之神。《周禮·夏官·方相氏》：「方相氏，掌蒙熊皮，黄金四目……帥百隸而時難（儺），以索室驅疫。」

〔二五〕瞽師：盲樂師。伯仲：兄弟，指差别微小。二句言目多傷神，略同于無。

〔二六〕止：通「職」，指職能。

〔二七〕「寄謝」句：《五燈會元》卷三「廬山歸宗寺智常禪師」條：「僧辭，師問甚麽處去，曰：『諸方學五味禪去。』師曰：『諸方有五味禪，我這裏秖有一味禪。』」五味禪：唐代僧人、華嚴宗五祖宗密，認爲禪有淺深，階級殊等，分别一切禪爲五種：外道禪、凡夫禪、小乘禪、大乘禪、最上乘禪。後禪門相對於祖師一味之禪而稱其爲五味禪。

〔二八〕葛藤：葛草之藤。禪門中人，每謂文字言詮猶如葛藤，蔓條錯綜纏綿，皆是分别是非。金鎞：古代治眼病的工具。形如箭頭，用來刮眼膜，使盲者復明。佛教謂世俗之人經佛理開導纔能覺悟，如同盲人經良醫用金鎞刮眼始得明目。《涅槃經》卷八：「如目盲人爲治目故，造詣良醫，是時良醫即以金鎞決其眼膜。」

〔編年〕

李《譜》附此詩於貞祐四年下，認爲遺山到三鄉之初在趙元家作。此詩無疑作於元、趙同居三鄉時，詩人抓住趙元目盲説事，用典奇多，乃精心之作，應在初往時，故從李《譜》。繆《譜》未編。

論詩三十首丁丑歲三鄉作

其一

漢謡魏什久紛紜〔一〕，正體無人與細論〔二〕。誰是詩中疏鑿手〔三〕，暫教涇渭各清渾〔四〕。

〔注〕

〔一〕漢謠魏什：漢魏時代的詩歌。什：詩篇。《詩經》中的雅、頌部分多以十篇爲一組，故稱。紛紜：雜亂。句謂漢、魏詩的優良傳統爲後世出現的一些僞體所攪亂。

〔二〕正體：與杜甫《戲爲六絶句》「别裁僞體親風雅」相對而言，指《詩經》的「風雅」詩風。

〔三〕疏鑿手：晉郭璞《江賦》：「巴東之峽，夏后疏鑿。」此指區分詩體正、僞源流的高手。

〔四〕暫：立刻。涇渭各清渾：涇水清，渭水濁，流至陝西省境内匯合，清濁相混。

其二

曹劉坐嘯虎生風〔一〕，四海無人角兩雄。可惜并州劉越石〔二〕，不教横槊建安中〔三〕。

〔注〕

〔一〕曹劉：曹植與劉楨，建安詩人中最傑出者。南朝梁鍾嶸《詩品》評曹詩「骨氣奇高，詞彩華茂」，評劉詩「真骨淩霜，高風跨俗」，皆列爲上品，因並稱。《詩品序》：「曹劉殆文章之聖。」宋嚴羽《滄浪詩話》「曹劉體」：「子建、公幹也。」按：本集《自題中州集後五首》云：「鄴下曹劉氣盡豪，江東諸謝韻尤高。若從華實評《詩品》，未便吴儂得錦袍。」知元氏於「曹劉」詩風看重的是豪壯之氣，且對鍾嶸的論詩標準不滿。遺山於「三曹」特推重曹操的詩，如下首「壯懷猶見缺壺歌」及《木蘭花慢》〔渺漳流東下〕「風流千古《短歌行》，慷慨缺壺聲。想釃酒臨江，賦詩鞍馬，詞氣縱横」。以此觀之，此處「曹」兼指曹操。虎生風：《淮南子·天文訓》：「虎嘯而谷風至。」

此喻雄壯詩風産生動人心魄的力量。

〔二〕劉越石：西晉劉琨字越石，官并州刺史。鍾嶸《詩品》謂其詩「源出於王粲，善爲淒戾之詞，自有清拔之氣」。

〔三〕横槊：《舊唐書·杜甫傳》：「曹氏父子鞍馬間爲文，往往横槊賦詩。」建安：漢獻帝年號（一九六——二一九）。其時三曹（曹操、曹丕、曹植）、七子（王粲、劉楨、孔融、陳琳、徐幹、阮瑀、應瑒）詩「慷慨以任氣，磊落以使才」，風格剛健，故有「建安風骨」之稱。

其三

鄴下風流在晉多〔一〕，壯懷猶見缺壺歌〔二〕。風雲若恨張華少〔三〕，温李新聲奈爾何〔四〕。鍾嶸評張華詩：「恨其兒女情多，風雲氣少。」

〔注〕

〔一〕鄴下風流：指建安詩風。鄴：古地名，今屬河北臨漳。建安時期曹操據守鄴城，召攬文士。

〔二〕缺壺歌：《晉書·王敦傳》：「每酒後輒咏魏武帝（曹操）樂府歌曰：『老驥伏櫪，志在千里。烈士暮年，壯心不已。』以如意打唾壺爲節，壺邊盡缺。」

〔三〕「風雲」句：鍾嶸《詩品》評西晉張華詩：「其源出王粲。其體華豔，興托不奇……疏亮之士，猶恨其兒女情多，風雲氣少。」風雲：指雄壯豪邁的詩風。張華：西晉太康時期著名詩人。

〔四〕温李新聲：指晚唐温庭筠、李商隱的華豔詩風。《新唐書·李商隱傳》：「在令狐楚府，楚本工章奏，因授其學。商隱儷偶長短，而繁縟過之。時温庭筠、段成式俱用是相誇，號『三十六體（三人兄弟排行皆爲十六，故名）』。」

其四

一語天然萬古新〔一〕，豪華落盡見真淳〔二〕。南窗白日羲皇上〔三〕，未害淵明是晉人〔四〕。柳子厚，唐之謝靈運①；陶淵明，晉之白樂天②。

〔校〕

①唐：李全本作「晉」。此句施本置於第二十首「謝客風容」下，「唐」作「宋」。②晉：李全本、施本作「唐」。

〔注〕

〔一〕一語天然：謂陶淵明詩脱口而出，語言自然而不雕飾。宋嚴羽《滄浪詩話·詩評》：「謝所以不及陶者，康樂（謝靈運封康樂公）之詩精工，淵明之詩質而自然耳。」本集《繼愚軒和党承旨雪詩四首》：「愚軒（金末詩人趙元之號）具詩眼，論文貴天然。頗怪今時人，雕鐫窮歲年。君看陶集中，飲酒與歸田。此翁豈作詩，直寫胸中天。天然對雕飾，真贋殊相懸。」

〔二〕「豪華」句：宋葛立方《韻語陽秋》：「陶潛、謝朓詩，皆平淡有思致……大抵欲造平淡，當自組麗中來。落其華芬，然後可造平淡之境。」施注引此，仍着眼於語言藝術。本集《華光梅》評黄庭堅詩云：「草聖前頭一樹春，豪華落盡只天真。」此承黄庭堅《别楊明叔》詩「皮毛剥落盡，惟有真實在」而來。再參本集《送欽叔内翰并寄劉達卿郎中、白文舉編修五首》之四「聞君作損齋，似覺豪華非。懲忿與窒欲，百年有良規」，則「豪華落盡見真淳」亦指人格修養，即風格即人之意。真淳：真實淳厚。本集《中州集·趙秉文傳》謂其五言詩「真淳簡淡學陶淵明」，《閑閑公墓銘》又謂「真淳古淡似陶淵明」。

〔三〕「南窗」句：陶淵明《與子儼等疏》：「常言五六月中，北窗下卧，遇涼風暫至，自謂是羲皇上人。」羲皇上人：遠古伏羲氏時代之人。

〔四〕未害：不妨礙。淵明：《宋書·陶潛傳》：「陶潛字淵明，或云淵明字元亮。」東晉獨樹一幟的田園詩人，被後世譽爲隱逸之祖。句謂陶崇尚古人，任真自得，不爲晉代「真風告退，大僞斯興」的時風所習染。

其五

縱橫詩筆見高情〔一〕，何物能澆磈磊平〔二〕。老阮不狂誰會得〔三〕，出門一笑大江横〔四〕。

〔注〕

〔一〕縱横詩筆：言阮籍作詩思路開闊，縱横馳騁。鍾嶸《詩品》謂阮籍詩「其源出於《小雅》，無雕蟲之功。而《詠懷》之作，可以陶性靈，發幽思。言在耳目之内，情寄八荒之表，洋洋乎會於風雅，使人忘其鄙近，自致遠大，頗多感慨之詞」。高情：高雅之情。宋嚴羽《滄浪詩話·詩評》：「黄初之後，惟阮籍《詠懷》之作，極爲高古，有建安風骨。」

〔二〕磈磊：不平之氣。《世説新語·任誕》：「王孝伯問王大：『阮籍何如司馬相如？』王大曰：『阮籍胸中壘塊，故須酒澆之。』」

〔三〕「老阮」句：阮籍借酒佯狂，「時人多謂之癡」。《晉書·阮籍傳》：「本有濟世志，屬魏晉之際，天下多故，名士少有全者，籍由是不與世事，遂酣飲爲常。」

〔四〕「出門」句：宋黄庭堅《王充道送水仙花五十枝欣然會心爲之作詠》：「坐對真成被花惱，出門一笑大江横。」此借以象喻阮籍鬱結深廣興寄微茫的情懷和詩風。

其六

心畫心聲總失真〔一〕，文章寧復見爲人①。高情千古閑居賦〔二〕，争信安仁拜路塵〔三〕。

〔校〕

①寧：李全本作「仍」。

〔注〕

〔一〕心畫心聲：漢揚雄《法言·問神篇》：「故言，心聲也；書，心畫也。聲畫形，君子小人見矣。」本集《自題二首》：「鏡中自照心語口，後世何須揚子雲。」句言揚雄之説不完全符合創作實際。

〔二〕閑居賦：晉潘岳作，述恬淡高潔的情懷。

〔三〕「争信」句：《晉書·潘岳傳》：「字安仁……岳性輕躁，趨世利。與石崇等諂事賈謐，每候其出，與崇輒望塵而拜。」清查慎行《初白庵詩評》：「古來文行背馳者多矣，豈獨一安仁耶！」詩以潘岳爲典型，誅伐文行不一者。

其七

慷慨歌謠絶不傳〔一〕，穹廬一曲本天然〔二〕。中州萬古英雄氣，也到陰山敕勒川〔三〕。

〔注〕

〔一〕「慷慨」句：謂漢魏歌謠雄壯激昂的傳統後世斷絶不傳。唐陳子昂《與東方左史虬修竹篇序》：「漢魏風骨，晉宋莫傳……仆嘗暇時觀齊、梁間詩，彩麗競繁，而興寄都絶。」

〔二〕穹廬一曲：指北朝樂府《敕勒歌》。詩有「天似穹廬，籠蓋四野」句，故稱。《樂府詩集》引《樂府廣題》，言北齊高歡攻後周玉壁城，士卒死者十四五，使斛律金唱《敕勒歌》以激勵士氣。歌詞本鮮卑語。

〔三〕陰山：陰山山脈，西起河套西北，横亘於内蒙南境，東與興安嶺相接。敕勒川：指北方游牧民族地區。敕勒：古代北方民族名。《新唐書·回鶻傳》：「回紇，其先匈奴也。俗多乘高輪車，元魏時亦號高車部。或曰敕勒，訛爲鐵勒。」

其八

沈宋横馳翰墨場〔一〕，風流初不廢齊梁〔二〕。論功若准平吴例，合著黄金鑄子昂〔三〕。

〔注〕

〔一〕沈宋：指初唐詩人沈佺期、宋之問。《舊唐書·沈佺期傳》：「佺期善屬文，尤長七言之作，與宋之問齊名，時人稱爲沈、宋。」

〔二〕齊梁：指南朝齊梁詩體。其風格綺豔，且重視格律，拘忌聲病。《新唐書·宋之問傳》：「魏建安後汔江左，詩律屢變，至沈約、庾信，以音韻相婉附，屬對精密。及之問、沈佺期，又加靡麗，回忌聲病，約句準篇，如錦繡成文。學者宗之。」

〔三〕「論功」二句：《吴越春秋》：「范蠡既去……於是越王乃使良工鑄金，象范蠡之形，置之坐側。」《新唐書·陳子昂傳》：「唐興，文章承徐、庾餘風，天下祖尚，子昂始變雅正。初，爲《感遇詩》三十八章，王適曰：『是必爲海内文宗。』乃請交。子昂所論著，當世以爲法。」准：依照。合著：應該用。子昂：初唐詩人，開盛唐詩風的先驅。

其九

鬭靡誇多費覽觀〔一〕，陸文猶恨冗於潘〔二〕。心聲只要傳心了，布穀瀾翻可是難〔三〕。「陸蕪而潘浄①」，語見《世説》。

〔校〕

①浄：《世説新語·文學》：「孫興公云潘文淺而浄。」李詩本、毛本、李全本皆作「静」，當刊印之訛。施本改作「浄」，從之。

〔注〕

〔一〕鬭靡誇多：比鬭辭藻之勝，誇耀才學之多。唐韓愈《送陳秀才彤序》：「讀書以爲學，纘言以爲文，非以誇多而鬭靡也。」

〔二〕「陸文」句：《世説新語·文學》引孫綽語：「潘（岳）文淺而淨，陸（機）文深而蕪。」又云：「潘文爛若披錦，無處不善；陸文若排沙簡金，往往見寶。」《晉書·陸機傳》：「機天才秀逸，辭藻宏麗。張華嘗謂之曰：『人之爲文，常恨才少，而子更患其多。』」

〔三〕布穀瀾翻：蘇軾《戲用晁補之韻》：「知君忍饑空誦詩，口頰瀾翻如布穀。」布穀：鳥名。瀾翻：言辭不盡貌。可是：却是。難：患，憂。句謂恃才逞辭是作詩的大毛病。

一〇

排比鋪張特一途，藩籬如此亦區區〔一〕。少陵自有連城璧〔二〕，争奈微之識珷玞①〔三〕。事見元稹《子美墓誌》。

〔校〕

①珷玞：李全本、施本作「碔砆」，二者通用。

〔注〕

〔一〕「排比」二句：唐元稹《唐故工部員外郎杜君墓係銘》比較李白、杜甫詩優劣時稱讚杜「至若鋪陳終始，排比聲韻，大或千言，次猶數百，詞氣豪邁而風調清深，屬對律切而脱棄凡近，則李尚不能歷其藩翰，況堂奥乎」。二句謂長篇排律只詩之一體，且屬「誇多」之列，在杜詩中並非上乘。

〔二〕少陵：杜甫號少陵野老。連城璧：以價值連城的美玉喻杜詩的精華成就。

〔三〕微之：元稹字微之。中唐著名詩人，詩風靡麗，稱「元和體」。珷玞：似玉的石頭。

一一

眼處心生句自神〔一〕，暗中摸索總非真。畫圖臨出秦川景〔二〕，親到長安有幾人。

〔注〕

〔一〕「眼處」句：謂親見實境，引發感情，自能寫出絕妙的詩句。組詩第二十九「池塘春草謝家春，萬古千秋五字新」即此意。

〔二〕「畫圖」句：宋代著名山水畫家范寬作畫力主師法自然，遍歷秦中，觀覽奇勝，作品有《秦川圖》。本集《范寬秦川圖》詩贊之。秦川：泛指秦嶺之北甘肅、陝西平川地帶。

一二

望帝春心託杜鵑，佳人錦瑟怨華年〔一〕。詩家總愛西昆好〔二〕，獨恨無人作鄭箋〔三〕。

〔注〕

〔一〕「望帝」二句：唐李商隱《錦瑟》：「錦瑟無端五十弦，一弦一柱思華年。莊生曉夢迷蝴蝶，望帝春心託杜鵑。」此借以概括李詩意象精美、哀怨深長、寓意幽微的風格。望帝：古蜀國王，名杜宇，號望帝。託杜鵑：《太平御覽》引《十三州志》載，望帝使鼈靈鑿巫山治水，有功。自以德薄，禪位鼈靈，亡去，化爲杜鵑。死時適二月，杜鵑鳴，故蜀人憐之。

〔二〕西昆：宋初楊億等詩效溫庭筠、李商隱之華麗典雅，有《西昆酬唱集》，稱西昆體。此指李商隱詩。《中州集·劉汲傳》引李純甫《西嵓集序》也謂：李義山喜用僻事，下奇字，晚唐人多效之，號西昆體。清翁方綱《石州詩話》：「西昆者，宋初翰苑也。是宋初館閣效温、李體，乃有西昆之目，而晚唐温、李時，初無西昆之目也。」按：以義山詩爲西昆體，在元氏以前已有混用不別者。宋惠洪《冷齋夜話》謂：「詩到李義山，謂之文章一厄。以其用事僻澀，時稱西昆體。」

〔三〕鄭箋：東漢鄭玄爲《詩經》毛氏傳作箋，爲《毛詩傳箋》，簡稱「鄭箋」。句感歎無人像鄭玄那樣爲意旨微茫的義山詩作透徹的箋注。

一三

萬古文章有坦途，縱横誰似玉川盧〔一〕。真書不入今人眼〔二〕，而輩從教鬼畫符①〔三〕。

〔校〕

①而：李全本、施本作「兒」。按「而」通「汝」，不失苛刻。李詩本、毛本較勝。

〔注〕

〔一〕玉川盧：晚唐詩人盧仝自號玉川子。元辛文房《唐才子傳》謂其性高古介僻，詩尚奇譎，讀者難解。

〔二〕真書：楷書，也稱正書。此借字之正體喻詩歌正體。

〔三〕鬼畫符：道教徒用朱筆在紙上涂畫似字非字的符箓，佯稱神鬼所畫。金代李純甫、李天英等詩學李賀、盧仝，主張師心而不師古，形成險怪詩派，趙秉文《答李天英書》曾以書法批評之：「昔人謂之書法，豈是率意而爲之也？ 又須真積力久，自楷法中來，前人所謂未有未能坐而能走者。」此二句蓋指此。 元好問《詩文自警》：「要奇古，不要似鬼畫符。」

一四

出處殊涂聽所安〔一〕，山林何得賤衣冠〔二〕。 華歆一擲金隨重〔三〕，大是渠儂被眼謾〔四〕。

〔注〕

〔一〕「出處」句：以出仕與隱居代指仕宦詩和隱逸詩，謂其風尚雖異，心安於「吟詠情性」即可，無需軒輊。 杜甫《清明》：「鍾鼎山林各天性，濁醪粗飯任吾年。」

〔二〕「山林」句：《晉書・謝萬傳》：「善屬文，敘漁父、屈原、季主、賈誼、楚老、龔勝、孫登、嵇康四隱四顯爲《八賢論》，其旨以處者爲優，出者爲劣。」山林：指隱逸詩派。 衣冠：指仕宦詩派。

〔三〕「華歆」句：《世説新語・德行》：「管甯、華歆共園中鋤菜，見地有片金，管揮鋤與瓦石不異，華捉而擲去之。」句謂華歆心儀富貴，手雖擲金而心實重之。

〔四〕謾：欺騙。 句謂世人多著眼於華歆的擲金行爲而不識其内心。 二句蓋指隱者之詩的清高並非都是表裏如一。

一五

筆底銀河落九天〔一〕，何曾顦顇飯山前〔二〕。 世間東抹西涂手，枉著書生待魯連〔三〕。

〔注〕

〔一〕「筆底」句：語出李白《望廬山瀑布》「飛流直下三千尺，疑是銀河落九天」，代指其雄奇奔放的詩風。

〔二〕「何曾」句：唐孟棨《本事詩·高逸》：「白才逸氣高……故戲杜曰：『飯顆山頭逢杜甫，頭戴笠子日卓午。借問别來太瘦生，總爲從前作詩苦。』蓋譏其拘束也。」宋本《太白詩集》無此詩，宋人疑後人僞作。遺山詩中多用此典，如《天涯山》：「詩狂他日笑遺山，飯顆不妨嘲杜甫。」《留贈丹陽王煉師》：「當時笑伴今誰在，詩客淒涼飯顆山。」此句謂李白詩才敏捷，脱口成章，用不着憔悴苦吟。

〔三〕魯連：魯仲連，戰國齊人，曾退圍趙秦軍而不受賞。李白常以魯仲連自比，胸懷壯志。上二句謂世上那些隨意評論的人們，枉把以魯仲連自比的李白視爲書生。宋黄徹《䂬溪詩話》曾論李白云：「余竊謂，如論其文章豪逸，真一代偉人；如論其心術事業，安可施廊廟。」

一六

切切秋蟲萬古情，燈前山鬼淚縱橫〔一〕。鑑湖春好無人賦〔二〕，岸夾桃花錦浪生〔三〕。

〔注〕

〔一〕「切切」二句：喻指中唐詩人李賀的詩風。李賀作詩嘔心瀝血，喜用鬼、死、血、淚等字，聲情淒苦，意境幽暗陰冷，人稱鬼才。山鬼：山中鬼魅。元薩都剌《過居庸關》：「草根白骨棄不收，冷雨陰風泣山鬼。」

〔二〕鑑湖：在今浙江紹興會稽山北麓，波平如鏡，景色秀麗。

〔三〕「岸夾」句：李白《鸚鵡州》：「煙開蘭葉香風暖，岸夾桃花錦浪生。」上二句感歎李賀詩缺乏李白那種生機勃勃、熱烈明麗的詩境。

一七

切響浮聲發巧深〔一〕，研摩雖苦果何心。浪翁水樂無宫徵〔二〕，自是雲山韶濩音〔三〕。水樂，次山事。又其《欸乃曲》云：「停橈静聽曲中意，好是雲山韶濩音。」

〔注〕

〔一〕切響浮聲：仄聲、平聲。《宋書·謝靈運傳》：「若前有浮聲，則後須切響。一簡之内，音韻盡殊；兩句之中，輕重悉異。妙達此旨，始可言文。」此即後來唐人近體詩所講聲律的平仄調配。

〔二〕浪翁：指中唐詩人元結，元自號浪士。水樂：元結《水樂説》：「元子於山中尤所躭愛者，有水樂。水樂，是南磴之懸水，淙淙然。」宫徵：古音階名，此指人爲的聲律。

〔三〕雲山：雲霧繚繞的高山。韶濩：樂名，相傳爲成湯所作。元結《欸乃曲序》：「大曆初，結爲道州刺史，以軍事詣都使。還州，逢春水，舟行不進，作《欸乃曲》，令舟子唱之，以取適於道路云。」其三云：「停橈静聽曲中意，好是雲山韶濩音。」

一八

東野窮愁死不休〔一〕，高天厚地一詩囚〔二〕。江山萬古潮陽筆〔三〕，合在元龍百尺樓〔四〕。

〔注〕

〔一〕東野：中唐詩人孟郊之字。窮愁死不休：歐陽修《六一詩話》：「孟郊、賈島，皆以詩窮至死。而平生尤自喜爲窮苦之句。」

〔二〕高天厚地：《詩經·正月》：「謂天蓋高，不敢不局；謂地蓋厚，不敢不蹐。」孟郊《贈别崔純亮》：「出門即有礙，誰謂天地寬。」詩囚：苦吟詩人。本集《放言》：「長沙一湘累，郊島兩詩囚。」

〔三〕潮陽筆：指韓愈的作品。韓愈曾因諫迎佛骨被貶爲潮州刺史，故云。

〔四〕元龍百尺樓：《三國志·魏書·陳登傳》載，陳登字元龍，許汜拜訪時，陳自上大牀睡，讓客人睡下牀。許汜將此事告訴劉備。劉備説：君有國士之名，今天下大亂，帝王失所，望君憂國忘家，有救世之意，而君求田問舍，言無可採。「如小人欲卧百尺樓上，卧君於地，何但上、下牀之間邪」。上二句謂韓愈詩風豪壯，地位在孟郊之上。蘇軾《讀東野詩》有「未足當韓豪」句。

一九

萬古幽人在澗阿〔一〕，百年孤憤竟如何〔二〕。無人説與天隨子，春草輸贏校幾多①〔三〕。天隨子詩：「無多藥草在南榮②，合有新苗次第生。稚子不知名品上，恐隨春草鬭輸贏。」

〔校〕

①校：毛本避明熹宗朱由校諱，省作「挍」，據李全本、李詩本改。施本作「較」，誤。此處指計量而非角逐。②「無多」句：《全唐詩》「草」作「圃」，「在」作「近」。遺山誤記。

〔注〕

〔一〕幽人：幽居的隱士。此指陸龜蒙。唐陸龜蒙《自遣詩三十首》：「幽人帶病慵朝起，只問春山盡日欹。」澗阿：山澗曲隱處。《新唐書·隱逸·陸龜蒙傳》謂陸少高放，通六經大義，尤明《春秋》。舉進士，一不中，不樂，拂衣去，居松江甫里，多所論撰。不喜與流俗交，雖造門，不肯見。時謂江湖散人。

〔二〕孤憤：孤獨悲憤。陸龜蒙《村夜二篇》：「長吟倚清瑟，孤憤生遥夜。」本集《校笠澤叢書後記》：「龜蒙，高士也。學既博贍，而才亦峻潔，故其成就，卓然爲一家。然識者尚恨其多憤激之辭而少敦厚之義。若《自憐賦》、《江湖散人歌》之類，不可一二數。標置太高，分别太甚，鏤刻太苦，譏駡太過。唯其無所遇合，至窮悴無聊賴以死……宋儒謂唐人工於文章而昧於聞道，其大較然，非獨一龜蒙也。」二句謂自古以來隱者僻居山林，超然自樂。陸終生感慨孤憤，最終又能怎樣？元好問《詩文自警》：「要感諷，不要出怨懟。」

〔三〕「無人」二句：意謂無人告誡陸龜蒙，鬥草的輸贏之間相差無多，又何必區區計較呢？意即對人生得失無須「分别太甚」。天隨子：陸龜蒙之號。春草輸贏：即鬥草游戲。或對花草名，或鬥草的多寡等。校：差。

二〇

謝客風容映古今〔一〕，發源誰似柳州深〔二〕。朱弦一拂遺音在〔三〕，却是當年寂寞心〔四〕。

〔注〕

〔一〕謝客：南朝宋謝靈運幼寄養僧舍，族人因名曰客兒，世稱謝客。風容：指謝詩模山範水，豔麗新奇的詩風。

〔二〕「發源」句：《中州集》卷三王庭筠《獄中賦萱》有元氏評：「柳州怨之愈深，其辭愈緩，得古詩之正。其清新婉麗，六朝辭人少有及者……大都柳出於雅。」清查慎行《初白庵詩評》：「以柳州接康樂，千古特識。」句謂柳宗元山水詩繼承謝靈運詩風，高出唐山水詩人諸家。柳州：柳宗元貶任柳州刺史，世號柳柳州。

〔三〕「朱弦」句：《禮記·樂記》：「清廟之瑟，朱弦而疏越，壹倡而三歎，有遺音者矣。」朱弦：以樂器之精美喻柳詩之精工婉麗。唐劉禹錫《彭陽唱和集引》：「鏗然如朱弦玉磬，故名聞於世間。」

〔四〕「却是」句：意謂柳宗元精工婉麗的山水詩中表現的却是他當年不幸被貶的寂寞哀怨之情。

二一

窘步相仍死不前〔一〕，唱酬無復見前賢〔二〕。縱横正有淩雲筆，俯仰隨人亦可憐〔三〕。

〔注〕

〔一〕窘步相仍：與末句「俯仰隨人」都是指次韻詩緊隨原唱，拘束於韻脚，寸步不得自由之狀。

〔二〕「唱酬」句：劉祁《歸潛志》卷八：「凡作詩，和韻（和他人詩詞，仍用原韻，韻同但前後次第不同的叫同韻，同韻且前後次第相同的叫次韻或步韻）爲難。古人贈答皆以不拘韻字。迨宋蘇、黄，凡唱和，須用元韻，往返數回以出奇。余先子頗留意。故每與人唱和，韻益狹，語益工，人多稱之。嘗與雷希顔、元裕之論詩，元云：『和韻非古，要爲勉强。』先子云：『如能以彼韻就我意何如？亦一奇也。』」

〔三〕「縱横」二句：杜甫《戲爲六絶句》：「庾信文章老更成，凌雲健筆意縱横。」金王若虚《滹南詩話》引慵夫語：「次韻實作者之大病也。詩道至宋人，已自衰弊，而又專以此相尚，才識如東坡，亦不免波蕩而從之，集中次韻者幾三之一。雖窮極技巧，傾動一時，而害於天全多矣。」

二二

奇外無奇更出奇，一波纔動萬波隨〔一〕。只知詩到蘇黄盡〔二〕，滄海横流却是誰〔三〕。

〔注〕

〔一〕「奇外」二句：詩至杜甫、韓愈已開宋調，再至蘇軾、黄庭堅，盡變爲宋詩。合觀組詩其二十七「百年纔覺古風回，元祐諸人次第來。諱學金陵猶有説，竟將何罪廢歐梅」，知此指蘇、黄一洗唐調，時人波蕩追隨的詩風變革。宋釋惠洪《冷齋夜話》：「華亭船子和尚偈曰：『千尺絲綸直下垂，一波纔動萬波隨。』」

〔二〕「只知」句：宋劉克莊《後村詩話》：「元祐後，詩人疊起，一種則波瀾富而句律疏，一種則鍛煉精而情性遠，要之不出蘇、黄二體而已。」蘇黄：指宋詩代表作家蘇軾、黄庭堅。句謂以吟詠情性爲本的古詩正脈至蘇黄損傷殆盡。當時遺山與李汾等引領宗唐思潮，晚年又在此基礎上提倡以誠爲本（《楊叔能小亨集引》），故其論詩着眼於此。

〔三〕滄海横流：狂流泛濫。此句指責蘇、黄是元祐詩風以才學爲詩、以議論爲詩、以文字爲詩，有失詩詠情性之正體的始作俑者。

二三

曲學虚荒小説欺〔一〕，俳諧怒駡豈詩宜〔二〕。今人合笑古人拙，除却雅言都不知〔三〕。

〔注〕

〔一〕曲學：指説唱文學，如諸宮調之類。小説：《漢書・藝文志》：「小説家者流，蓋出於稗官。街談巷語，道聽途説者之所造也。」宋朱弁《風月堂詩話》：「（參寥）與客評詩，客曰：『世間故實小説，有可以入詩者，有不可以入詩者。惟東坡全不揀擇，入手便用，如街談巷説鄙俚之言，一經坡手，似神仙點瓦礫爲黄金。』」句用互文言虚假荒誕的虚構文學不宜入詩。另解「曲學」爲邪僻之學，與「小説」皆相對正學而言，亦通。

〔二〕俳諧：戲謔取笑的言辭。怒駡：宋嚴羽《滄浪詩話・詩辨》謂近代諸公「其末流甚者，叫噪怒張，殊乖忠厚之風，殆以駡詈爲詩。詩而至此，可謂一厄也」。本集《贈祖唐臣》：「詩道壞復壞，知言能幾人？陵夷隨世變，巧僞失天真。鬼域姦無盡，優伶伎畢陳。謗傷應皆裂，淫褻亦肌淪。瑉玉何曾辨，風華秖自新。」《别李周卿三首》：「詩人玉爲骨，往往墮塵滓。衣冠語俳優，正可作婢使。」上二句所言指此。其《楊叔能小亨集引》：「初予學詩，以數十條自警。」其中有「無怨懟，無謔浪」等。

〔三〕雅言：古雅純正之言。指詩文雅文學。《論語·述而》：「子所雅言，《詩》《書》執禮，皆雅言也。」

二四

有情芍藥含春淚，無力薔薇卧晚枝①〔一〕。拈出退之山石句，始知渠是女郎詩〔二〕。

〔校〕

①晚：宋秦觀《淮海集·春日五首》作「曉」，施本據改。按：李全本、李詩本、毛本皆作「晚」，且本集《詩文自警》及《中州集·王中立傳》所引也皆作「晚」，足見其原作如此。或遺山誤記，或秦詩别本如此。

〔注〕

〔一〕「有情」二句：語出秦觀《春日五首》之二。宗廷輔《古今論詩絶句》：「此首排淮海。上二句即以淮海詩，狀淮海詩境也。」

〔二〕「拈出」二句：《中州集》卷九《王中立傳》：「予嘗從先生學，問作詩究竟當如何？先生舉秦少游《春雨》詩云：……此詩非不工，若以退之『芭蕉葉大梔子肥』校之，則《春雨》爲婦人語矣。破却工夫，何至於學婦人。」宋敖陶孫《臞翁詩評》：「秦少游如時女步春，終傷婉弱。」退之：中唐著名詩人韓愈之字。山石：韓愈詩篇名。中有「芭蕉葉大梔子肥」句。

二五

亂後玄都失故基〔一〕，看花詩在只堪悲〔二〕。劉郎也是人間客，枉向春風怨兔葵〔三〕。

〔注〕

〔一〕亂後：指中唐永貞王叔文革新政治失敗及「八司馬事件」之後。玄都失故基：指永貞革新派人物亡散事。

〔二〕「看花」句：唐劉禹錫《元和十一年自朗州承召至京戲贈看花諸君子》：「紫陌紅塵拂面來，無人不道看花回。玄都觀裏桃千樹，儘是劉郎去後栽。」唐孟棨《本事詩·事感》：「其詩一出，傳於都下。有素疾其名者，白於執政，又誣其有怨憤。他日見時宰，與坐，慰問甚厚。既辭，即曰：『近日新詩，未免爲累。奈何！』不數日，出爲連州刺史。」句謂因看花詩導致再次被黜，實在可悲。

〔三〕「劉郎」二句：劉禹錫《再游玄都觀絶句並引》：「余貞元二十一年爲屯田員外郎時，此觀未有花。是歲出牧連州，尋貶朗州司馬。居十年，召至京師。人人皆言有道士手植仙桃，滿觀如紅霞，遂有前篇以志一時之事。旋又出牧，今十有四年，復爲主客郎中。重游玄都觀，蕩然無復一樹，唯兔葵（野菜名）、燕麥動摇於春風耳。」明瞿佑《歸田詩話·夢得多感慨》：「劉夢得初自嶺外召還，賦看花詩云……以是再黜。久之，又賦詩云『種桃道士歸何處，前度劉郎今又來』，譏刺並及君上矣。」二句謂劉禹錫也是人世間的匆匆過客，對「桃花净盡菜花開」徒興盛衰興亡之感。按：此詩論中唐詩人劉禹錫，組詩排列似失當。今人郭紹虞《元好問論詩三十首小箋》：「昔人謂蘇軾詩初學劉禹錫（《後山詩話》言蘇詩始學劉禹錫，故多怨刺），亦以蘇詩即事感興之作，易爲人摭拾陷害之故。或元氏此詩雖詠劉事而旨在論蘇，故以厠於論蘇黄各首之間。」元好問《中州集·王庭筠·獄中賦萱》評柳宗元詩「怨之愈深，其辭愈緩，得古詩之正」，東坡「愛而學之，極形似之工，其怨則不能自掩」，「大都柳出於雅，坡以下皆有騷人之餘韻」。其《東坡詩雅引》云：「詩之亡久矣。雜體愈備，則去風雅愈遠，其理然也。近世蘇子瞻絶愛陶、柳二家，極其詩之所至，誠亦陶、柳之亞。然評者尚以其能似陶、柳，而不能不爲風俗所移爲可恨耳。」郭説可從。

二六

金入洪鑪不厭頻〔一〕，精真那計受纖塵〔二〕。蘇門果有忠臣在〔三〕，肯放坡詩百態新〔四〕。

〔注〕

〔一〕洪鑪：大火爐。此句用金入洪爐不斷錘煉以去雜質喻詩詠情性之旨。本集《陶然集詩序》：

「方外之學有『爲道日損』之説，又有『學至於無學』之説，詩家亦有之……詩家所以異於方外者，渠輩談道，不在文字，不離文字；詩家聖處，不離文字，不在文字。唐賢所謂『情性之外，不知有文字』云耳。」

〔二〕精真：精粹純真。元氏所倡「情性」基於孟子的「性善」論，包含真與善。本集《陶然集詩序》：「詩之極致，可以動天地，感鬼神，故傳之師，本之經，真積力久而有不能復古者。自『匪我愆期，子無良媒』……之什觀之，皆以小夫賤婦滿心而發，肆口而成，見取於採詩之官，而聖人删詩亦不敢盡廢……蓋秦以前，民俗醇厚，去先王之澤未遠，質勝則野，故肆口成文，不害爲合理。使今世小夫賤婦滿心而發，肆口而成，適足以汙簡牘，尚可辱採詩官之求取邪？」

〔三〕蘇門：蘇軾名重當時，又喜納文士。其友生中有黄庭堅、秦觀、張耒、晁補之，稱蘇門四學士。益以陳師道、李廌，稱蘇門六君子。

〔四〕坡詩：蘇軾號東坡居士，故以此稱其詩。百態新：指蘇軾對古風唐詩的全面新變。這是對蘇詩以「鬥靡誇多」爲新，有失風雅傳統的批評。

二七

百年纔覺古風回〔一〕，元祐諸人次第來〔二〕。諱學金陵猶有説〔三〕，竟將何罪廢歐梅〔四〕。

〔注〕

〔一〕「百年」句：宋初西昆體興，重典雅工麗，往復唱酬，乏真情實感。至宋仁宗時，蘇舜欽、梅堯臣、歐陽修等出，「風雅之氣脈復續」。

〔二〕元祐：宋哲宗年號（一〇八六——一〇九四）。諸人：指蘇軾、黄庭堅、陳師道等。他們的詩稱「元祐體」，最具宋詩的新變特色。

〔三〕諱學金陵：王安石罷相後居金陵（今江蘇省南京市），詩學杜甫，鍛煉精工，時號「荆公體」。然由於新舊黨争，蘇軾等對其經術文章抨擊甚烈。

〔四〕歐梅：指歐陽修、梅堯臣。歐是北宋詩文復古革新運動的領袖，以韓愈爲宗，詩風質樸自然，不尚聲律，一洗西昆體的綺靡晦澀。梅堯臣詩風古淡，與蘇舜欽爲歐「左右驂」。宋嚴羽《滄浪詩話》：「歐陽公學韓退之古詩，梅聖俞學唐人平澹處。至東坡、山谷始自出己意以爲詩，唐人之風變矣。」

二八

古雅難將子美親〔一〕，精純全失義山真〔二〕。論詩寧下涪翁拜〔三〕，未作江西社裏人〔四〕。

〔注〕

〔一〕「古雅」句：謂黄庭堅詩學杜甫側重於「無一字無來處」（《答洪駒父書》），「句法簡易」（《與王觀復書》），忽視其反映現實、古樸敦厚的風雅傳統。子美：杜甫字。

〔二〕「精純」句：宋朱弁《風月堂詩話》：「黄庭堅用昆體工夫而造老杜渾成之地。」王若虚《滹南遺老集》駁之，謂昆體工夫與老杜境界「如東食西宿，不可相兼」。案：朱所言昆體指晚唐李商隱詩，並引其擬杜詩句「歲月行如此，江湖生渺然」，謂「真是老杜語也」。元氏論詩未必着眼於此。從組詩之十二所舉「望帝春心托杜鵑，錦瑟佳人怨華年」看，蓋指李詩學杜之用典施事多而精當且與寄情言志渾然一體而言。句謂黄庭堅也走李商隱學杜之路，倡以故爲新，點鐵成金，但是失却了李詩情意深厚、細致綿渺的特色。義山：李商隱字。

〔三〕論：評量。寧：寧肯。涪翁：黄庭堅别號。句謂黄氏在評論詩歌方面見解精當，值得下拜。本集《杜詩學引》引其父德明語：「近世唯山谷最知子美……山谷之不注杜詩，試取《大雅堂記》讀之，則知此翁注杜詩已竟。可爲知者道，難爲俗人言也。」黄文所云「子美詩妙處，乃在無意於文。夫無意而意已至，非廣之以國風雅頌，深之以離騷九歌，安能咀嚼其意味」，此與元氏所倡「因事以陳辭，辭不迫切而意獨至」（《陶然集詩序》），「東坡聖處，非有意於文字之爲工，不得不然之爲工也」（《新軒樂府引》）吻合。

〔四〕江西社：指江西詩社。宋吕本中作《江西詩社宗派圖》，列黄庭堅、陳師道等二十五人。其中江西人較多，宗主黄庭堅亦是，故稱江西詩社。本集《自題中州集後》：「北人不拾江西唾，未要曾郎借齒牙。」

二九

池塘春草謝家春〔一〕，萬古千秋五字新。傳語閉門陳正字〔二〕，可憐無補費精神〔三〕。

〔注〕

〔一〕「池塘」句：南朝宋謝靈運《登池上樓》：「池塘生春草，園柳變鳴禽。」宋葉夢得《石林詩話》：「世多不解此語（即「池塘」二句）爲工，蓋欲以奇求之耳。此語之工，正在無所用意，猝然與景相遇，借以成章，不假繩削，故非常情所能到。」

〔二〕「傳語」句：陳師道，字無己，官秘書省正字，是江西詩派三宗之一。陳作詩愛閉門苦思，黄庭堅《病起荆江亭即事》有「閉門覓句陳無己」句。

〔三〕「可憐」句：宋陳師道《後山詩話》：「荆公詩（《韓子》）云：『力去陳言誇末俗，可憐無補費精神。』而公平生文體數變，暮年詩益工，用意益苦。」此再借王詩以評陳，譏刺他閉門苦思，背離了「眼處心生句自神」的創作正途。

三〇

撼樹蚍蜉自覺狂〔一〕，書生技癢愛論量〔二〕。老來留得詩千首，却被何人校短長①。

〔校〕

①校：毛本作「挍」，避明熹宗朱由校諱。據李詩本、李全本、施本改。

〔注〕

〔一〕撼樹蚍蜉：比喻不自量力。唐韓愈《調張籍》：「李杜文章在，光焰萬丈長。不知群兒愚，那用故謗傷。蚍蜉撼大樹，可笑不自量。」蚍蜉：大螞蟻。

〔二〕技癢：身懷技藝，急欲表現。論量：評論衡量。

〔編年〕

李、繆據詩題下自注「丁丑歲三鄉作」，定在興定元年。有據「老來留得詩千首」、「亂後玄都失故基」諸語，謂組詩乃詩人晚年作者（《江海學刊》一九八九年第四期周本淳《元好問〈論詩絶句〉非青年之作》），臆測之辭，證據不足，從自注。

秋日載酒光武廟〔一〕

美酒良辰邂逅同〔二〕，赤眉城北漢王宫〔三〕。百年星斗歸天上〔四〕，萬古旌旗在眼中〔五〕。草木暗隨秋氣老，河山長爲昔人雄。一杯徑醉風雲地〔六〕，莫放銀盤上海東〔七〕。

〔注〕

〔一〕光武廟：在三鄉。本集《定風波》（熊耳東原漢故宫）題序云：「三鄉光武廟懷故人劉公景玄。」光武：東漢劉秀謚號。《中州集》卷七有劉昂霄《中秋日同辛敬之魏邦彦馬伯善麻信之元裕之燕集三鄉光武廟諸君有詩昂霄亦繼作》，與本詩用韻亦同，乃同時唱和之作。

〔二〕「美酒」句：指劉昂霄詩中所言諸君中秋節燕集三鄉光武廟事。

〔三〕「赤眉」句：言光武廟在赤眉城北。

〔四〕「百年」句：謂當時的傑出人物辭世歸天。古人認爲帝王將相屬天界的星斗下凡。

〔五〕旌旗：代指戰爭。

〔六〕徑：即。《史記·淳于髡傳》：「執法在傍，御史在後，髡恐懼俯伏而飲，不過一斗徑醉矣。」風雲地：風雲際會君臣相得之地。

〔七〕銀盤：代指月。

〔編年〕

遺山貞祐四年夏寓居三鄉，興定二年春還居嵩山，詩作於秋，在貞祐四年或興定元年間。李、繆皆繫於興定元年丁丑，從之。

三鄉雜詩三首①

其一

夢寐滄州爛熳游〔一〕，西風安得釣魚舟〔二〕。薄雲樓閣猶烘暑②〔三〕，細雨林塘已帶秋。

〔校〕

①三首：施本無此二字。　②猶：李全本作「尤」。

〔注〕

〔一〕滄州：隱士居處。南朝齊謝朓《之宣城郡出新林浦向板橋》：「既歡懷禄情，復協滄洲趣。」李善注引漢揚雄《檄靈賦》：「世有黄公者，起於滄洲，精神養性，與道浮游。」爛熳：放浪。前蜀韋莊《庭前桃》：「曾向桃源爛熳游，也同漁父泛仙舟。」

〔二〕釣魚舟：指隱逸生活。

〔三〕烘：炎熱。

其二

尖新秋意晚晴中〔一〕，六尺筇枝滿袖風〔二〕。草合斷橋通暗緑，竹摇殘照漏疏紅〔三〕。

〔注〕

〔一〕尖新：新穎。

〔二〕筇枝：竹杖。

〔三〕紅：指陽光。

其三

溪南老子坐詩窮〔一〕，窮到簞瓢更屢空〔二〕。五鳳樓頭無手段〔三〕，碧鷄坊外有家風〔四〕。

〔注〕

〔一〕溪南老子：辛願字敬之，福昌人。遺山三鄉時詩友。因居女几山，自號女几野人，溪南詩老。本集有《寄答溪南詩老辛願敬之》詩。《中州集》有傳。坐詩窮：因作詩而窮困。

〔二〕簞瓢：簞食瓢飲的縮簡，形容安貧樂道的生活。《論語·雍也》：「一簞食，一瓢飲，在陋巷，人不堪其憂，回也不改其樂。賢哉回也。」簞：古代盛飯的圓形竹器。屢空：《論語·先進》「回也其庶乎，屢空。」何晏集解：「屢猶每也。」《中州集·辛願傳》謂其年二十五始知讀書，杜詩韓筆，未嘗一日去其手，詩律深嚴，而有自得之趣。田五六十畝，歲入不足，一牛屢爲追胥所奪，竟賣之以爲食。衆雛嗷嗷，張口待哺。

〔三〕「五鳳」句：李白《古風》四十六：「隱隱五鳳樓，峨峨横山川。」句指辛願無李白憑才華爲翰林的運氣。本集《李白騎驢圖》有「風流五鳳樓前客」句。

〔四〕碧雞坊：地名，在今四川省成都市。古成都有坊一百二十，第四曰碧雞坊。杜甫《西郊》詩：「時出碧雞坊，西郊向草堂。」句謂辛詩繼承杜甫。本集《寄辛老子》「百錢卜肆成都市，萬古詩壇子美家」即此意。

〔編年〕

李《譜》編在貞祐四年，繆《譜》編在興定元年。按遺山貞祐四年夏至三鄉，興定二年春移居嵩山。詩有「尖新秋意晚晴中」句，知作於此二年秋。姑編於興定元年丁丑。

勝概〔一〕三鄉作

勝概煙塵外〔二〕，新詩杖屨間〔三〕。偶隨流水去，澹與暮雲還。吾道三緘口〔四〕，時情一解顏〔五〕。從今便高卧，已負半生閑。

〔注〕

〔一〕勝概：佳境。杜甫《奉留贈集賢院崔于二學士》：「故山多藥物，勝概憶桃源。」

〔二〕煙塵：人煙塵世。

〔三〕「新詩」句：謂新詩得於外出游歷中。

〔四〕吾道：我的處世之道。三緘口：封口三重，形容説話十分謹慎。漢劉向《説苑·敬慎》：「孔子之周，觀於太廟，右陛之前有金人焉，三緘其口。而銘其背曰：『古之慎言人也。戒之哉，戒之哉！無多言，多言多敗。』」

〔五〕解顔：開顔而笑。句謂於時事人情以一笑了之。

〔編年〕

李、繆皆繫於興定元年丁丑。按詩末「從今便高卧，已負半生閑」，當是年秋試落第後決意棄世歸隱時作。關於是年秋試事，本集無明文可考。但從《示崔雷詩社諸人》、《雪後招鄰舍王贊子襄飲》諸詩中可以看出，遺山在移居嵩山前後確實對自己屢次舉試失敗進行過深刻反思，對仕隱問題進行過痛苦的抉擇。詳考見拙《譜》。

落魄〔一〕

落魄宜多病，艱危更百憂〔二〕。雨聲孤館夜，草色故園秋。行役魚頳尾〔三〕，歸期烏白頭①〔四〕。中州遂南北〔五〕，殘息付悠悠〔六〕。

〔校〕

①烏：李詩本、毛本作「鳥」，形近而訛。據李全本、施本改。

〔注〕

〔一〕落魄：窮困失意。《史記·酈生傳》：「好讀書，家貧落魄，無以爲衣食業。」

〔二〕艱危：此指國事時勢艱難危險。

〔三〕行役：因服役或公務而跋涉在外。詩指行旅之事。魚赬尾：魚尾變赤。《詩·周南·汝墳》：「魴魚赬尾，王室如燬。」注：「赬，赤色。魚勞則尾赤。」

〔四〕烏白頭：喻願望難以實現。《史記·荆軻傳》司馬貞索隱：「燕丹子曰：『丹求歸。』秦王曰：『烏頭白，馬生角，乃許耳。』」

〔五〕中州：指黄河中下游地區。《金史·宣宗紀》興定元年九月下載：「辛卯，大元兵徇隰州及汾西縣，癸巳，攻沁州。」「丁酉，薄太原城，攻交城、清源。癸卯，立沿河冰牆鹿角。」句當由此興發感歎，謂此後中州便以黄河爲界，南北隔絶了。

〔六〕殘息：餘年。悠悠：即不可預測的未來。

〔編年〕

李、繆皆繫之於貞祐四年丙子。按「落魄」指窮困失意，兼及志行兩端，見《史記·酈生傳》集解。詩中又有「雨聲孤館夜」、「行役魚頳尾」，寫獨在外地勞而無功的窘困狀況，當作於南渡後不久且獨在外地困窘失意之時，故定於興定元年秋試落第作。《金史·宣宗紀》載興定元年九月蒙古軍攻太原等地，金在黄河沿岸立冰牆鹿角，事與「歸期烏白頭」、「中州遂南北」詩句亦合。

鬱鬱

鬱鬱羈懷不易開〔一〕，更堪寥落動淒哀〔二〕。華胥夢破青山在〔三〕，梁甫吟成白髮催〔四〕。秋意漸隨林影薄，曉寒都逐雁聲來。并州近日風聲惡①〔五〕，悵望鄉書早晚回。

〔校〕

①近：毛本、郭本作「舊」。據李詩本、施本改。聲：施本作「塵」。

〔注〕

〔一〕羈懷：寄居他鄉的情懷。

〔二〕寥落：寂寞冷落。

〔三〕華胥夢：《列子·黄帝》：「（黄帝）晝寢而夢，游於華胥氏之國……其國無帥長，自然而已。」用指理想抱負。興定元年舉試失敗，遺山決意棄仕歸隱，故有此句。

〔四〕梁甫吟：古樂府《楚調曲》名，原爲挽歌，聲調悲涼，後常用以抒發懷才不遇的抑鬱心情。《三國志·蜀書·諸葛亮傳》：「亮躬耕隴畝，好爲《梁父吟》。」

〔五〕「并州」句：指太原、汾西等地被蒙古軍攻掠事。參見《落魄》「中州遂南北」句注。

〔編年〕

詩中「華胥夢破青山在，梁甫吟成白髮催」，亦言理想破滅，棄仕歸隱之情。「并州近日風聲惡，悵望鄉書早晚回」，與興定元年九月蒙古軍攻太原事合，故定在是年作。李《譜》定在明年，繆《譜》未編。

古意二首①

其一

七歲入小學，十五學時文〔一〕。二十學業成〔二〕，隨計入咸秦〔三〕。秦中多貴游〔四〕，幾與書生親。年年抱關吏，空笑西來頻〔五〕。在昔學語初，父兄已卜鄰〔六〕。跛鼈不量力〔七〕，强欲緣青雲〔八〕。四十有牧豕〔九〕，五十有負薪〔一〇〕。寂寥抱玉獻〔一一〕，賤薄倡優陳〔一二〕。青衫亦區區②〔一三〕，何時畫麒麟〔一四〕。遇合僅一二，寒飢幾何人③。誰留章甫冠〔一五〕，萬古徒悲辛。

〔校〕

①二：李全本作「一」，誤。　②衫：李詩本、毛本作「山」，合觀下句，知音近而訛。據李全本、施本改。　③寒飢：李全本、施本作「飢寒」。

〔注〕

〔一〕「七歲」二句：周代貴族子弟八歲入小學，十五歲入大學（見《大戴禮·保傅》）。其後各代設立的官學有小學、大學（太學）。時文：科舉應試之文。劉祁《歸潛志》卷八：「金朝取士，止以詞賦爲重……（學者）止力爲律賦，至於詩、策、論，俱不留心，其弊基於爲有司者止考賦，而不究詩、策、論也。」本集《郝先生墓銘》：「泰和初，先人調官中都，某甫成童學舉業。先人思所以引致者，謀諸親舊間，皆曰：『濩澤風土完厚，人質直尚義……爲子求師，莫此州爲宜。』於是先人乃就陵川令之選。」郝經《遺山先生墓銘》：「年十有四，其叔父爲陵川令，遂從先大父學。」

〔二〕「二十」句：郝經《遺山先生墓銘》：「（郝天挺）遂令肆意經傳，貫串百家，六年而業成。下太行，渡大河。」遺山十四歲從郝天挺問學，十九歲離開陵川。「二十」舉整數而言。

〔三〕「隨計」句：本集《送秦中諸人引》：「予年二十許時，侍先人（元格）官略陽（隴城，金屬秦州，古略陽地，在今甘肅省秦安縣東北），以秋試留長安中八九月。」《蝶戀花》〔一片花飛春意減〕題下注：「戊辰歲長安中作。」知遺山十九歲春在長安。隨計：漢時徵召之人隨郡國計吏至京師，後指舉人赴試。咸秦：秦都咸陽（今陝西省咸陽市），故稱。句指到長安府試。

〔四〕貴游：無官職的王公貴族。

〔五〕「年年」二句：謂屢試不第。抱關吏：守門的小吏。

〔六〕父兄：遺山生父元德明，兄元好古俱有詩名。卜鄰：選擇好鄰居。此指向父兄學習。

〔七〕跛鼈：《荀子·修身》：「故蹞步不休，跛鱉千里。」詩喻指愚笨遲鈍。

〔八〕青雲：喻科舉出仕。古代主持考試的春官稱青雲。

〔九〕「四十」句：《史記·公孫弘傳》：「家貧，牧豕海上。年四十餘，乃學《春秋》雜説。」

〔一〇〕「五十」句：《漢書·朱買臣傳》：「家貧，好讀書，不治産業。常艾薪樵，賣以給食。擔束薪，行且誦書……妻羞之，求去。買臣笑曰：『我年五十當富貴，今已四十餘矣。女苦日久，待我富貴報女功。』」上二句以大器晚成者自勉。

〔一一〕抱玉獻：漢劉向《新序·雜事五》載，荆人卞和得玉璞而獻之，被誤以爲石而斷其雙足。「和乃奉玉璞而哭於荆山中，三日三夜，泣盡而繼之以血」。後用喻懷才不遇。

〔一二〕倡優：歌舞雜技藝人。二句謂其積極赴試，却被官方如視倡優獻藝一樣輕賤鄙薄。《漢書·枚乘傳》：「爲賦乃俳，見視如倡。」

〔一三〕青衫：代指未出仕的學子。《詩·鄭風·子衿》：「青青子衿，悠悠我心。」漢毛亨傳：「青衿，青領也，學子之所服。」

〔一四〕畫麒麟：《漢書·蘇武傳》載，漢宣帝甘露三年，畫霍光等十一位功臣圖像於麒麟閣。後用作建功立業、流芳百世的典故。杜甫《前出塞九首》其三：「功名圖麒麟，戰骨當速朽。」

〔一五〕章甫冠：禮帽。《論語·先進·子路曾皙冉有公西華侍坐章》：「宗廟之事，如會同，端章甫，願爲小相焉。」詩指儒者舉子業。

其二

桃李弄嬌嬈〔一〕，梨花澹丰容〔二〕。盈盈兩無語〔三〕，⿰角戠⿰角戠争春風〔四〕。春風何許來，草木誰青紅。天公亦老矣，何意夸兒童。昨朝花正開①，今朝花已空。川流不肯駐〔五〕，併與繁華東。楩楠千歲姿〔六〕，骯髒空谷中〔七〕。陽和不擇地〔八〕，亦復難爲功。本無兒女心〔九〕，安用尤天公〔一〇〕。

〔校〕

①朝：李全本、施本作「夜」。

〔注〕

〔一〕嬌嬈：妍媚。

〔二〕丰容：美好的容貌姿態。

〔三〕盈盈：風姿美好。

〔四〕䈽䈽：聚集貌。

〔五〕「川流」句：《論語·子罕》：「子在川上曰：『逝者如斯夫！不舍晝夜。』」後喻時光流逝。

〔六〕楩：木名。《墨子·公輸》：「荆有長松、文梓、楩、枏、豫章。」

〔七〕骯髒：直挺貌。

〔八〕陽和：春天的暖氣。

〔九〕兒女心：愛憐之心。指由桃梨春盛而瞬息已空，楩楠雖有棟梁之質，而陽和不到空谷也難成材之事生發的愛憐多情之心。

〔一〇〕尤：責怨。

〔編年〕

味詩「寂寞抱玉獻，賤薄倡優陳」、「誰留章甫冠，萬古徒悲辛」，亦爲舉試失意而作。姑編在興定元年丁丑。繆《譜》未編。李《譜》編在崇慶元年，謂「詩無避亂意，當在燕試不遇後作」，不妥。興定元年舉試失敗後，元氏始對長期屢試不遇進行深刻反思，明年所作《示崔雷詩社諸人》等即是。

永寧南原秋望〔一〕

浩浩西風入敝衣，茫茫野色動清悲。洗開塵漲雨纔定〔二〕，老盡物華秋不知〔三〕。烽火苦教鄉信斷，砧聲偏與客心期〔四〕。百年人事登臨地，落日飛鴻一線遲〔五〕。

〔注〕

〔一〕永寧：金縣名，在福昌縣（今河南省宜陽縣）西。

〔二〕塵漲：亦作「塵障」，指飛揚障目的塵土。宋秦觀《晚出左掖》：「出門塵障如黄霧，始覺身從天上歸。」

〔三〕物華：自然景色。

〔四〕砧聲：搗衣聲。古代婦女置布於砧上，用杵捶擊，以便製衣。秋是備寒的季節，這時的搗衣聲最能引起思鄉之情。客心：客居他方的思鄉之心。期：會合。

〔五〕一線遲：形容遲久地遥望飛鴻漸遠漸小行如一線。

〔編年〕

遺山集中常以永寧代指三鄉（三鄉鎮在福昌、永寧縣交界處），如《張仲經詩集序》「客居永寧，永寧有趙宜之、辛敬之、劉景玄」即是。詩作於遺山秋居三鄉時。李《譜》定在貞祐四年，繆《譜》未編。味「烽火」二句，應滯留已久，故定於興定元年丁丑。

◎南渡前及三鄉時期未編年之作

湘中詠〔一〕

楚山鶴鳴風雨秋〔二〕，楚岸猿啼送客舟。江山萬古騷人國〔三〕，猿鳥無情也解愁。西北長安遠於日〔四〕，憑君休上岳陽樓〔五〕。

〔注〕

〔一〕詩題：清乾隆《欽定續通志》卷一二七謂唐以後「新題樂府未嘗被管弦者」，屬「山水」類。

〔二〕鶴鳴：《詩·小雅·鶴鳴序》：「誨宣王也。」鄭玄箋：「教宣王求賢人之未仕者。」後因以「鶴鳴」指賢者隱居。

〔三〕騷人：屈原作《離騷》，因稱屈原或《楚辭》作者爲騷人。

〔四〕長安遠於日：《晉書·明帝紀》：「長安使來，因問帝曰：『汝謂日與長安孰遠？』對曰：『長安近。不聞人從日邊來，居然可知也。』元帝異之。明日，宴群僚，又問之。對曰：『日近。』元帝失色，曰：『何乃異間者之言乎？』對曰：『舉目則見日，不見長安。』由是益奇之。」

〔五〕「憑君」句：杜甫《登岳陽樓》：「昔聞洞庭水，今上岳陽樓。」岳陽樓：在今湖南省岳陽市。

〔編年〕

李、繆未編。詩有賢者期仕意，當未入仕途時作，故編於「南渡前後」。

孤劍詠〔一〕

鬱鬱重鬱鬱，夜半長太息。吟成孤劍詠〔二〕，門外山鬼泣〔三〕。清霜稜稜風入骨〔四〕，殘月耿耿燈映壁〔五〕。君不見，一飢縛壯士，僵卧時自惜。黄鵠一舉摩蒼天，誰念樊籠束修翼〔六〕。

〔注〕

〔一〕詩題：宋郭茂倩《樂府詩集》無此題，屬即事名篇的樂府新題。

〔二〕孤劍詠：唐孟郊《送韓愈從軍》：「坐作群書吟，行爲孤劍詠。」

〔三〕山鬼：山神。《楚辭·九歌》有《山鬼》篇。

〔四〕稜稜：嚴寒貌。

〔五〕耿耿：明亮貌。

〔六〕樊籠：關鳥獸的籠子。

〔編年〕

李《譜》編於興定元年丁丑下「附録」中，謂是年舉試不遇之作，證據不足。繆《譜》未編。詩有懷才不遇意，當作於未仕時，姑編於「南渡前後」。

三鄉時作

山林鐘鼎不相兼〔一〕，説著浮名夢亦嫌〔二〕。菽水盡歡吾豈敢〔三〕，老親自愛薺虀甜〔四〕。

〔注〕

〔一〕山林：借指隱逸情趣。鐘鼎：鐘鳴鼎食的簡稱，此指仕宦功利。

〔二〕浮名：虚名。此指功名。

〔三〕菽水：豆和水。指粗茶淡飯，形容生活清苦。《禮·檀弓下》：「子路曰：『傷哉！貧也！生無以爲養，死無以爲禮也。』孔子曰：『啜菽飲水，盡其歡，斯之謂孝。』」後用以稱晚輩對長輩的供養。遺山攜家避亂三鄉，嗣母張氏同往，故云。

〔四〕老親：指嗣母張氏，元格妻。正大五年遺山官内鄉時卒。薺：野菜名。《詩·谷風》：「誰謂荼苦，其甘如薺。」

〔編年〕

李、繆皆繫於興定元年丁丑。遺山貞祐四年夏寓居三鄉，興定二年春移居嵩山，此詩作於興定元年的可能性較大，定爲寓居三鄉時作較爲穩妥。詩題當爲後來追補。

步虛詞三首〔一〕後二首三鄉時作

其一

閬苑仙人白錦袍〔二〕，海山宫闕醉蟠桃〔三〕。三更月底鸞聲急，萬里風頭鶴背高。

〔注〕

〔一〕詩題：宋郭茂倩《樂府詩集》七八引《樂府解題》：「《步虛詞》，道家曲也。備言衆仙縹緲輕舉之美。」

〔二〕閬苑：閬風之苑。《文選・張衡〈思玄賦〉》：「登閬風之層城兮，構不死而爲牀。」李善注引《淮南子》曰：「崑崙虛有三山：閬風、版桐、玄圃，層城九重。」

〔三〕海山宫闕：傳説海中仙山上的宫殿。《史記・封禪書》：「自威、宣、燕昭使人入海求蓬萊、方丈、瀛洲。此三神山者，其傳在渤海中……諸仙人及不死之藥皆在焉。其物禽獸盡白，而黄金銀爲宫闕。」蟠桃：傳説中的仙桃。漢王充《論衡・訂鬼》引《山海經》：「滄海之中，有度朔之山。上有大桃木，其屈蟠三千里。」《漢武帝内傳》載：西王母以仙桃四顆與漢武帝。後人混合兩種傳説，遂有王母蟠桃之説。

其二

萬神朝罷出通明〔一〕，和氣歡聲滿玉京〔二〕。見説人間有新異，緑章封事謝昇平〔三〕。

〔注〕

〔一〕通明：神殿名。蘇軾《上元侍飲樓上三首呈同列》：「仙風吹下御爐香，侍臣鵠立通明殿。」

〔二〕玉京：天帝所居之地。道教稱爲三十二帝之都，在無爲之天。李白《廬山謡寄盧侍御虚舟》：「遥見仙人彩雲裏，手把芙蓉朝玉京。」

〔三〕緑章：舊時道士祈天時用青藤紙朱書所寫的奏文。也叫青詞。封事：密封的奏章。宋陸游《花時遍游諸家園》：「緑章夜奏通明殿，乞借春陰護海棠。」

其三

琪樹明霞碧落宫〔一〕，歌音嫋嫋度泠風①〔二〕。人間聽得霓裳慣〔三〕，猶恐鈞天是夢中〔四〕。

〔校〕

①泠：李詩本、毛本作「冷」。據李全本、施本改。

〔注〕

〔一〕琪樹：神話中的玉樹。碧落：道家稱天界爲碧落。唐白居易《長恨歌》：「上窮碧落下黄泉。」

〔二〕嫋嫋：微細貌。泠風：小風。《莊子・齊物論》：「泠風則小和。」

〔三〕霓裳：《霓裳羽衣曲》的省稱，唐玄宗時宮樂。本集《題商孟卿家明皇合曲圖》：「宮腰不案《羽衣》譜，疾舞底用牧猪奴。」

〔四〕鈞天：鈞天廣樂的略語。《史記・趙世家》：「（趙簡子）曰：『我之帝所甚樂，與百神游於鈞天，廣樂九奏萬舞，不類三代之樂，其聲動人心。』」

〔編年〕

按詩作非實寫。李、繆皆繫組詩於興定元年丁丑。據題注，後二首作於三鄉時。第一首作時難定。姑繫於此。

虞鄉麻長官成趣園二首〔一〕

其一

鑿池水交流，築屋山四繞①。衡門在人境〔二〕，三逕深以悄〔三〕。中庭八九樹，晨坐聽百鳥。人生信多慮，長寢容未了〔四〕。虚舟有天游〔五〕，我定物自擾〔六〕。豈不與世並，自是萬物表〔七〕。達觀無不可〔八〕，言外當意曉〔九〕。

〔校〕

①屋：李全本作「群」。

〔注〕

〔一〕虞鄉麻長官：虞鄉，金縣名，今山西省永濟市東。麻長官，指麻平甫。本集《藏雲先生袁君墓表》載：「中條靈峰觀，唐賢羅通舊隱，歲久頽圮，不庇風雨，（袁）先生率同志麻長官平甫共葺之，命高弟喬知先象之居焉。」案：王慶生《金代文學家年譜》引光緒《山西通志》卷一百二十六《鄉賢録·麻秉彝》「子邦憲，武略將軍、河中府軍資庫副使。邦寧，武義將軍，鳳翔縣令」，言「未知何人爲麻革之父」。合觀本集《故規措使陳君墓誌銘》「南渡河，愛永寧山水之勝，遂欲終隱……三縣大夫士所聚賈吏部損之、趙漕使慶之、麻鳳翔平甫、劉鄧州光甫，日有觴詠之樂」及麻革《游龍山記》「余生中條王官五老之下。長侍先人西觀太華，迤邐東游洛，因避地家焉。如女几、烏權、白馬諸峰（在洛西永寧），固已厭登」，可知麻平甫即邦寧，曾任鳳翔縣令。其父名麻秉彝，其子麻革。平甫晚年寓居永寧。成趣園：按麻平甫晚年居永寧及元氏居三鄉之行跡，該園應在永寧。李《譜》認爲在虞鄉，不妥。

〔二〕衡門：横木爲門，喻簡陋的房屋。《詩經·陳風·衡門》：「衡門之下，可以棲遲。」後借指隱者所居。人境：人所居止的地方。陶淵明《飲酒》：「結廬在人境，而無車馬喧。」

〔三〕三逕：《文選》謝靈運《田南樹園激流植援》李善注引漢趙岐《三輔決録》：「蔣詡字元卿，隱於杜陵。舍中三逕，惟羊仲、求仲從之游。」後稱隱士所居田園爲「三逕」。陶淵明《歸去來兮辭》：「三逕就荒，松菊猶存。」

〔四〕長寢：死亡。漢孔融《臨終詩》：「生存多所慮，長寢萬事畢。」容：宜。

〔五〕虚舟：無人駕御的船隻。《莊子·山木》：「方舟而濟於河，有虚船來觸舟，雖有惼心之人，不怒。」後因以比喻胸懷恬淡曠達。天游：放任自然。《莊子·外物》：「胞有重閬，心有天游……心無天游，則六鑿相攘。」郭象注：「游，不繫也。」成玄英疏：「虚空，故自然之道游其中。」蘇軾《和陽行先》：「室空惟法喜，心定有天游。」

〔六〕「我定」句：謂自我心定，就不會受外物擾亂。

〔七〕「豈不」二句：謂雖處塵世，堪爲凡衆的表率。

〔八〕達觀：漢賈誼《鵩鳥賦》：「達人大觀兮，物無不可。」

〔九〕「言外」句：謂未明説的言外之意應當從大意的角度體味領悟。

其二

蹉跎匡山游，爛熳彭澤酒①〔一〕。慨然千載上，懷我平生友〔二〕。夫君負奇節〔三〕，劍氣鬱星斗〔四〕。爲吏非所堪，徑去如避走。王官唐以還〔五〕，寂寞蓋已久。柴車君來隱〔六〕，清風動林藪〔七〕。至今溪上詩，往往在人口。淵明不可作〔八〕，此士寧復有②。

〔校〕

①熳：李詩本、李全本、施本作「漫」。二字通用。　②士：施本作「事」。

〔注〕

〔一〕「蹉跎」二句：《晉書·陶潛傳》載陶淵明「未嘗有所造詣，所之唯至田舍及廬山游觀而已」。刺史王弘「每令人候之，密知當往廬山，乃遣其故人龐通之等齎酒，先於半道要之。潛既遇酒，便引酌野亭，欣然忘進。弘乃出與相見，遂歡宴窮日。潛無履，弘顧左右爲之造履。左右請履度，潛便於坐申脚令度焉。弘要之還州，問其所乘，答云『素有脚疾，向乘籃輿，亦足自返』，乃令一門生二兒共轝之至州」。蹉跎：虚度光陰。此指消遣。匡山：指廬山，因周時匡俗隱此得名。施注引《南史·劉慧斐傳》游匡山事及杜甫《不見》詩「匡山（此指四川江油縣西之大匡山）讀書處，頭白好歸來」，不妥。爛熳：放浪。彭澤：代指陶潛，因陶潛曾任彭澤令。《晉書·本傳》：「在縣公田悉令種秫穀，曰：『令吾常醉於酒足矣。』」

〔二〕「慨然」二句：宋朱熹《陶公醉石歸去來館》：「予生千載後，尚友千載前。」

〔三〕夫君：施注引屈原《九歌》「思夫君兮太息」句，誤。夫，助詞，無意。君：指麻長官平甫。

〔四〕「劍氣」句：言剛正之氣凌雲。《晉書·張華傳》載，華因斗牛星間常有紫氣，請雷煥觀天象。煥認爲是寶劍之精，上徹於天，劍在豫章豐城。華派煥任豐城令，掘獄屋基，得雙劍。

〔五〕王官：中條山王官谷。唐代司空圖曾居此，有先人田，遂隱不出。唐以還：唐代以來。

〔六〕君：指麻平甫。

〔七〕林藪：山林水澤之間，借指隱居之地。

〔八〕作：起。詩指再世。

〔編年〕

繆《譜》未編。李《譜》據本詩「王官唐以還」，謂王官即虞鄉（王官谷在虞鄉縣東南十里中條山中，唐末司空圖曾歸隱於此），故認爲詩與《虞坂行》（題注：「丙子夏五月，將南渡河，道出虞坂，有感而作。」）同時作。時遺山舉家南逃，不當有此閑情逸致，逗留游玩。按詩「至今」諸句，知李《譜》所引「王官」四句乃追述之辭，並非定在虞鄉所作。麻平甫之子麻革《游龍山記》（劉祁《歸潛志》卷十三附録）云：「余生中條王官五老之下，長侍先人西觀太華，迤邐東游洛，因避地家焉。如女几、烏權、白馬諸峰（諸峰在永寧，參見本集《竹林禪院記》）固已厭登。」按此，麻氏父子已移居洛西。本詩應作於貞祐四年至興定二年春遺山在三鄉時。

萬化如大路〔一〕

萬化如大路，物我適相遭。往來限鄰屋，夢寐阻同袍〔二〕。斷金幾何人〔三〕，年運劇銷膏〔四〕。相歡顧不足，爾戈奚暇操〔五〕。古來太山名，達觀等秋毫〔六〕。蠻觸徒能國〔七〕，蜾蠃竞誰豪〔八〕。曠蕩覽八紘〔九〕，美惡自爲曹〔一〇〕。造物無巧擇，大塊有并包〔一一〕。暴公今在亡〔一二〕，轉燐起蓬蒿①〔一三〕。孤心既悄悄，衆口益嗷嗷。同塵寧當悔〔一四〕，枉己乃爲勞。鹿門有高躅〔一五〕，世網儻能逃。

〔校〕

①轉：毛本作「韓」。據李詩本、李全本、施本改。燐：施本作「瞬」。

〔注〕

〔一〕詩題：《莊子·大宗師》：「若人之形者，萬化而未始有極也。」謂人生而死，死而生，千變萬化，無有窮極。

〔二〕同袍：謂兄弟。魏曹植《朔風》：「昔我同袍，今永乖別。」二句謂交往只限於鄉鄰，而夢寐心求的兄弟却因路遠阻隔不能見面。

〔三〕斷金：語出《易·繫辭》：「二人同心，其利斷金。」後謂同心協力或情深義厚。

〔四〕年運：謂不停地運行的歲月。銷膏：燈燭燃燒時耗費油膏。句謂年華流逝極快。

〔五〕「爾戈」句：用「同室操戈」典。事見《左傳·昭公元年》。

〔六〕「古來」二句：《莊子·齊物論》：「天下莫大於秋毫之末而太山爲小。」

〔七〕「蠻觸」句：《莊子·則陽》：「有國於蝸之左角者曰觸氏，有國於蝸之右角者曰蠻氏。」

〔八〕「蜾蠃」句：《文選·劉伶〈酒德頌〉》：「二豪侍側，焉如蜾蠃之與螟蛉。」蜾蠃：寄生蜂的一種。古人認爲它不産子，哺養螟蛉爲子。

〔九〕曠蕩：遼闊。八紘：八方極遠之地。《淮南子·地形訓》：「九州之外，乃有八殥……八殥之外，而有八紘，亦方千里。」

〔一〇〕曹：組。

〔一一〕大塊：大地。《莊子·齊物論》：「夫大塊噫氣，其名爲風。」并包：《莊子·徐無鬼》：「聖人并包天地。」

〔一二〕暴公：人名。春秋時以讒名世。《詩序》：「《何人斯》，蘇公刺暴公也。暴公爲卿士，而譖蘇公焉。故蘇公作是詩以絶之。」

〔一三〕轉燐：明朱謀㙔《駢雅》卷五：「鬼火曰轉燐。」

〔一四〕同塵：用「和光同塵」典，比喻混同於世俗，不立異趣。

〔一五〕「鹿門」句：《後漢書·逸民傳·龐公》：「後遂攜其妻子登鹿門山，因採藥不反。」唐孟浩然《夜歸鹿門歌》：「余亦乘舟歸鹿門。」鹿門：山名，在今湖北省襄樊市。高躅：指有崇尚品行的人。

〔編年〕

李《譜》附録於興定元年丁丑下，認爲是年舉試失敗後作。繆《譜》未編。按「鹿門」二句乃預爲歸隱之辭，詩當隱居嵩山之前作，編在三鄉時期。

卷二　隱居嵩山時期

寄英禪師，師時住龍門寶應寺〔一〕

我本寶應僧，一念墮儒冠。多生經行地〔二〕，樹老井未眢〔三〕。一窮縛兩腳，寸步百里難。空餘中夜夢，浩蕩青林端〔四〕。故人今何如〔五〕，念子獨輕安〔六〕。孤雲望不及〔七〕，冥鴻杳難攀〔八〕。前時得君詩，失喜忘朝餐〔九〕。想君亦念我，登樓望青山〔一〇〕。山中多詩人，杖屨時往還〔一一〕。但苦詩作祟〔一二〕，況味同酸寒〔一三〕。清涼詩最圓〔一四〕，相和尚住清涼。往往似方干〔一五〕。半年卧床席，瘧我疥亦頑〔一六〕。《本草》「松枝」條：「松脂涂疥，頑者三兩度。」濟甫詩最苦，僧源字濟甫，宋州人。寸晷不識閑〔一七〕。傾身營一飽，船上八節灘〔一八〕。安行詩最工，慕容安行，山陽人，臨潼簿。六馬鳴和鑾〔一九〕。鬱鬱飢寒憂，慘慘日在顏。老秦詩最和，秦略字簡夫，陵川人。平易出深艱〔二〇〕。脱身豺虎叢，白髮羅悍鰥〔二一〕。張侯詩最豪，前登封令張效，字景賢，雲中人。驚風卷狂瀾。竅繁天和洩〔二二〕，外腴中已乾。城中崔夫子，崔遵字懷祖，燕人。老筆鬱盤盤。家無儋石儲，氣壓風騷壇〔二三〕。我詩有凡骨〔二四〕，欲换無金丹〔二五〕。呻吟二十年〔二六〕，似欲見一斑。大笑揶揄生〔二七〕，已復不相寬。愛君梅花篇，入手如彈丸。愛君山堂句，深静如幽蘭。詩僧第一代，無媿百年間〔二八〕。思君復思君，恨不生羽翰〔二九〕。何時溪上石，清坐兩蒲團。

〔注〕

〔一〕英禪師：名性英，字粹中，號木庵。著名詩僧。貞祐初渡河居洛西，與辛願、趙元、劉昂霄、元遺山游，住龍門、嵩少二十年，仰山五六年。參見本集《木庵詩集序》。龍門：山名。在今河南省洛陽市南，伊闕之西，隔伊河與東山（香山）相對峙。

〔二〕多生：佛教以衆生造善惡之業，受輪回之苦，生死相續，謂之「多生」。經行：佛教語。謂在一定的處所緩慢地往返步行。

〔三〕智：枯竭。

〔四〕浩蕩：放縱任意。屈原《離騷》：「怨靈修之浩蕩兮，終不察夫民心。」

〔五〕故人：指三鄉時諸詩友辛敬之等。本集《木庵詩集序》：「貞祐初南渡河，居洛西之子蓋，時人固以詩僧目之矣。三鄉有辛敬之、趙宜之、劉景玄，予亦在焉。三君子皆詩人，上人與相往還，故詩道益進。」

〔六〕輕安：輕健安康。

〔七〕孤雲：喻隱居閑散之人。唐劉長卿《送方外上人》：「孤雲將野鶴，豈向人間住。」

〔八〕暝鴻：高飛的鴻雁，喻避世隱居的人。

〔九〕「前時」二句：《論語·述而》：「子在齊，聞《韶》，三月不知肉味。」詩用此典言英禪師詩美妙引人入勝。失喜：喜極不能控制。

〔一〇〕青山：指嵩山。

〔一一〕杖屨：手杖與鞋。此指扶杖漫步。杜甫《祠南夕望》：「興來猶杖屨，目斷更雲沙。」

〔一二〕「但苦」句：宋楊萬里《和蕭伯和韻》：「睡去恐遭詩作祟，愁來當遣酒行成。」

〔一三〕況味：境況和情味。酸寒：猶寒酸，喻貧士窘拘之態。案：此與詩的意脈不合。疑「寒」當作鹹。「酸鹹」代指興趣嗜好。韓愈《酬司門盧四兄雲夫院長望秋作》：「雲夫吾兄有狂氣，嗜好與俗殊酸鹹。」

〔一四〕「清涼」句：相禪師，名弘相，王氏，住嵩山清涼寺。本集《清涼相禪師墓銘》謂其「詩則清而圓，有晚唐以來風調。其深入理窟，七縱七横，則又於近世詩僧不多見也」。

〔一五〕方干：唐大中時人，舉進士，因貌醜下第。隱居會稽鏡湖，終身不出，以詩名江南。

〔一六〕「半年」二句：本集《興福禪院功德記》：「予居嵩前，往來清涼，如吾家别業。」二句意謂常在清涼寺相和尚處「卧床席」，使我的皮膚也起繭了。疥頑：施注：「《證類本草》引《鬼遺方》治疥癬：松膠香研細，約酌少入，少輕粉滚令匀。凡疥癬，上先用油涂了，未一日便乾。頑者，三兩度。」

〔一七〕晷：日影，比喻時光。

〔一八〕「船上」句：八節灘在伊河龍門段，原有九峭石聳立，經白居易倡議開鑿，始通舟楫。句就近取比,喻濟甫作詩刻苦不輟,詩思苦澀。黄庭堅《絶句》:「春來詩思何所似,八節灘頭上水船。」

〔一九〕六馬:古代帝王的車駕用六馬。和鸞:車鈴。《詩·小雅·蓼蕭》:「和鸞雝雝,萬福攸同。」毛傳:「在軾曰和,在鑣曰鸞。」

〔二〇〕「老秦」二句:《中州集·秦略傳》謂其「詩尚雕刻而不欲見斧鑿痕……殆荆公所謂『看似尋常最奇崛,成如容易却艱難』者」。本集《通真子墓碣銘》:「閑居嵩山,與西溪翁(秦略自號西溪道人)爲詩酒之友者十五年。」

〔二一〕惸鰥:無兄弟妻子的人。上二句言秦略貞祐避亂南渡和晚年喪妻事。《中州集》選秦略《悼亡》、《白髮》詩。

〔二二〕「竅繁」句:《文子·下德》:「目悦五色,口肥滋味,耳淫五聲,七竅交争,以害一性,日引邪欲,竭其天和。」天和:人體之元氣。

〔二三〕「家無」二句:《中州集·崔遵傳》:「南渡後,不就舉選,居嵩山二十年,課僮僕治生,生理亦粗給。前輩如趙吏部子文、張左丞信甫、馮亳州叔獻,或懷祖丈人行,皆與之詩酒相往來。」儋石:也作「擔石」。班固《漢書·揚雄傳上》:「家産不過十金,乏無儋石之儲。」形容米粟儲存甚少。

〔二四〕凡骨:凡人的氣質。

〔二五〕金丹:古代方士煉金石爲藥,故名。此指改變凡俗的良藥。宋陸游《夜吟》:「夜來一笑寒燈下,始是金丹换骨時。」

〔二六〕「呻吟」句：本集《南冠録引》：「予自四歲讀書，八歲學作詩。」

〔二七〕揶揄：嘲弄。《世説新語・任誕》「襄陽羅友有大韻」劉孝標注引《晉陽秋》：「出門，於中路逢一鬼，大見揶揄，云：『我只見汝送人作郡，何以不見人送汝作郡？』」句指屢試不第歸隱嵩山事。

〔二八〕「愛君」六句：本集《木庵詩集序》：「出世住寶應，有《山堂夜岑寂》及《梅花》等篇傳之京師，閑閑趙公、内相楊公、屏山李公及雷、李、劉、王諸公，相與推激，至以不見顔色爲恨。予嘗以詩寄之云：『愛君山堂句，深靖如幽蘭。愛君梅花詠，入手如彈丸。詩僧第一代，無愧百年間。』曾説向閑閑公，公亦不以予言爲過也……閑閑作疏留之云：『書如東晉名流，詩有晚唐風骨。』」

〔二九〕羽翰：翅膀。

〔編年〕

此詩繆《譜》定爲興定元年作，云：「按《龍門雜詩》有『學詩二十年』之句，《寄英禪師》有『呻吟二十年』之句，先生八歲學詩，至是二十年矣。又此二詩皆涉及英禪師，據《木庵詩集序》，先生與英禪師相往還，時方在三鄉。故此二詩殆是年作。」李《譜》則據「不見木庵師」，謂遺山貞祐四年在三鄉初見英禪師時作。皆誤。按詩題，英禪師時已住洛陽龍門而非三鄉，且本詩中所及相禪師諸人皆居嵩山，詩人與之「杖屨時往還」，應在移居嵩山後。遺山自三鄉移居嵩山在興定二年戊寅春，據詩「半年卧床席，瘧我疥亦頑」，詩作於是年秋。

關于遺山自三鄉移居嵩山在興定二年春，拙《譜》對此曾有考辨，現録于下：

遺山二十八歲尚在三鄉（《論詩三十首》詩題下注：「丁丑歲三鄉作」），三十歲已移居嵩山（《孝女阿秀墓銘》謂其「興定己卯，生於登封」），其自三鄉移居嵩山就在此二三年間。李《譜》定移居事於二十九歲，證以《雪後招鄰舍王贊子襄飲》，繆《譜》於是年下引李説，卻謂「先生本年行迹在本集中無明文可考，李説乃臆測之詞，姑附于此」。

案：李《譜》關于興定元年舉試失敗次年移居嵩山的推測是正確的（但關于是詩作年的推斷有誤，理由見上述），惜其無力證，致以至今尚有疑議，很有必要再細加闡説。

按《中州集》卷六《王渥傳》有「興定二年進士」語，《金史·宣宗紀》是年下也有「特賜經義進士王彪等十三人及第」語，可知上年確有府試。以遺山自十六歲以來每試必赴的行迹推測，這場舉試斷無不至之理。再者，遺山自三鄉移居嵩山，確爲其仕隱出處的一大抉擇。本集卷二《學東坡移居》詩「舊隱嵩山陽」，已明確道出自三鄉移居嵩山之目的。趙元《書懷寄元弟裕之》（《中州集》卷五）詩云：「有子罷讀書，求種山間田。」更明確點出遺山歸隱嵩山的原因，是舉試出仕的希望破滅後不得已爲之。本集卷九《示崔雷詩社諸人》所云「一寸名場心已灰，十年長路夢初回」，「賣劍買牛真得計，腰金騎鶴恐非才」及卷三《雪後招鄰舍王贊之襄飲》所云「五車載書不堪煮，兩都覓官自取忙。無端學術與時背，如瞽失相徒倀倀」，「賣刀買犢未厭早，腰金騎鶴非所望」，都是歸隱嵩山後向朋友們吐露的激憤之語。這仕隱出處的抉擇和激憤不平的言辭，都起因於舉試不遇。且歸隱嵩山，又恰在興定元年舉行府試之後。以此看來，李《譜》認爲遺山二十八歲府試不遇是很切合事理的。

關於遺山二十九歲遷居嵩山的問題，再補述於下：

（一）《中州集》卷七有崔遵《和裕之二首》，第一首云：

行李西來便得君，相從回首七經春。君方備悉原思病，我亦私憐仲父貧。底事却成今日别，枯腸難著此愁新。鳶肩火色真將驗，馬虎何勞更問辛。

詩爲遺山出嵩山，崔遵與之贈别唱和所作。按首句，崔、元遷居嵩山的時間很接近，尤可注意的是「相從回首七經春」句。

遺山最遲在三十歲時已遷居嵩山。如這年春移居，再下推六年，在三十六歲。然遺山三十六歲春尚在史館供職，夏始歸嵩山，與本詩情事不合。假定贈詩事在三十四歲春，上溯六年，則移居事推在二十八歲春，然是年遺山尚在三鄉，假定之説絶難成立。若遺山二十九歲春移居嵩山，至三十五歲春恰是「七經春」。而且是年夏五月遺山赴試博學鴻詞，考中後出任史館編修，此與崔詩所云「君方備悉原思病」（「原思病」典出《莊子·讓王》，此以孔子弟子原憲之貧喻遺山隱居嵩山時的生計窮困）及「鳶肩火色真將驗」（「鳶肩火色」語見《新唐書·馬周傳》。岑文本言馬周「鳶肩火色，騰上必速」，此謂飛黄騰達之徵兆）的情事相吻合。

再考崔詩第二首首二句云：「不幸還能作幸民，十年同醉潁川春。」據末句「未唱驪駒鼻已辛」，知詩亦爲送遺山出嵩山而作。以第一首「相從回首七經春」指遺山二十九歲至三十五歲推之，「十年」則至三十八歲，此與遺山是年挈家至官内鄉的行迹亦合。以此再論「七經春」句，如遺山三十歲夏移居嵩山，「七經春」則推至三十七歲時，且是年夏遺山自嵩山至方城完顔鼎幕府，崔詩贈以「鳶肩火色」亦似無不可。然照此推之，「十年」則至四十歲，而此時遺山早已移家内鄉，絶無在嵩山與崔辭别贈詩之舉。此可爲遺山二十九歲移居嵩山之力證。

（二）本集卷二有《寄英禪師師時住龍門寶應寺》詩。此是遺山給三鄉時的詩友、後移住洛陽龍門山寶應寺的和尚英上人禪師的寄詩。詩中所及相和尚、秦略、張效、崔遵諸人，皆住在嵩山。味詩中「想君亦念我，登樓望青山。山中多詩人，杖屨時往還」諸語，詩必定是作於遺山移居嵩山之後。再從向英禪師介紹嵩山詩友的情形及「半年卧床席，瘧我疥亦頑」之語看，詩應是遺山移居嵩山之初（約半年）所作。再按：詩中自注有「前登封令張效」語。本集卷三十八《登封令薛侯去思頌》載：「興定二年冬十月二日，詔以王屋令薛侯菘登封。侯之來，前政適爲飛語所被，群小焰焰，如芬絲，如沸糜，殆若不復能措手者。」薛侯名居中，文謂其次年離登封任，而遺山最遲亦在次年移居嵩山。若張效任登封令在薛居中之後，則薛、張是半年間相繼卸任的，此與常理不合，是則張效任登封令在薛居中之前。本集卷七有《送登封令西上》云：「罷縣人稱屈，悠悠復此行。渭城秋雁到，秦嶺暮雲平。」詩中所言張效被罷，縣人稱屈的情況，與《登封令薛侯去思頌》所云「前政適爲飛語所被」諸語相合。張侯被罷西上在深秋，與薛菘任登封的時間亦合。按此，張被罷在興定二年秋，秋末西上。《寄英禪師》詩作于張被罷任後西上前。再據詩「半年卧床席」語，知遺山移家嵩山在興定二年二十九歲春。

（三）本集卷四十一《水調歌頭》六題序云：「賦德新王丈玉溪，溪在嵩前費莊，兩山絶勝處也。」詞云：

空濛玉華曉，瀟灑石淙秋。嵩高大有佳處，元在玉溪頭。翠壁丹崖千丈，古木寒藤兩岸，村落帶林丘。今日好風色，可以放吾舟。百年來，算惟有，此翁游。山川邂逅佳客，猿鳥亦相留。父老雞豚鄉社，兒女籃輿竹几，來往亦風流。萬事已華髮，吾道付滄洲。

卷九《玉溪》詩云：

邂逅詩翁得勝游，煙霞直欲盡嵩丘。玉溪如此不一到，今日曠然消百憂。林影蒼茫開霽曉，岸容瀟灑帶新秋。酒材已辦須君釀，要及西風入釣舟。

王革，居嵩山。按詞詩所云，詩人與王革初次「邂逅」在嵩山玉溪，「萬事已華髮，吾道付滄洲」、「酒材已辦須君釀，要及西風入釣舟」，都是遺山絶意仕進一心歸隱思想的表現。由此可知，遺山與王革初交，在其移居嵩山之後。以此再看卷十四《和德新丈》詩：

二年老眼暗兵塵，今日逢君喜事新。結伴還鄉有成約，不應先作北歸人。

李《譜》據「二年」句及遺山二十七歲南渡事，繫此詩於二十八歲下。如遺山與王革初交在移居嵩山後的認定不誤，則此「二年」唯當實指丙子夏至戊寅夏，詩詞乃遺山二十九歲秋作。此亦可證遺山在二十九歲時已遷居嵩山。

還有《孫伯英墓銘》所言「貞祐丙子，予自太原南渡，故人劉昂霄景玄愛伯英，介予與之交，因得過其家……又明年，客有來嵩山者，云伯英其爲黄冠師矣」，「又明年」即戊寅。種種材料皆可以説明，遺山是在二十九歲春移居嵩山的。

龍門雜詩二首〔一〕

其一

石樓繞清伊〔二〕，塵土天所限①〔三〕。人言無僧久，草滿不復剗。灘聲激悲壯〔四〕，山意出高蹇〔五〕。當年香山老，挂冠遂忘返〔六〕。高情留詩軸〔七〕，清話入禪版〔八〕。誰言海山去〔九〕，蕭散仍在眼〔一〇〕。溪寒不可涉，倚杖西林晚〔一一〕。

〔校〕

①限：李全本作「恨」。

〔注〕

〔一〕龍門：指洛陽龍門山。詳見《寄英禪師師時住龍門寶應寺》注〔一〕。

〔二〕石樓：石築的樓臺。清伊：指伊河。源出河南省欒川縣伏牛山北麓，流經洛陽西南。

〔三〕「塵土」句：謂塵土俗氣被山河阻隔。

〔四〕灘：指龍門八節灘。

〔五〕高蹇：孤傲貌。

〔六〕「當年」二句：《舊唐書·白居易傳》：「會昌中，請罷太子少傅，以刑部尚書致仕。與香山僧如滿結香火社，每肩輿往來，白衣鳩杖，自稱香山居士……遺命不歸下邽，可葬於香山如滿師塔之側，家人從命而葬焉。」

〔七〕高情：脱俗之情。詩軸：題上詩的卷軸。

〔八〕清話：高雅的言談。禪版：倚版。僧人坐禪時倚身或安手的器具。

〔九〕海山：海上仙山。海山去：指白居易仙逝。

〔一〇〕蕭散：閑散瀟灑。

〔一一〕西林：西山樹林。龍門山在伊闕西，香山在伊闕東。故有上二句。

其二

不見木庵師〔一〕，胸中滿泥塵。西牕一握手，大笑傾冠巾。青山有佳招，一游負因循〔二〕。老筇動高興〔三〕，萬景森前陳〔四〕。乾元先有期，清伊亦知津〔五〕。細看潛溪樹，高卧香山雲〔六〕。學詩二十年，鈍筆死不神。乞靈白少傅〔七〕，佳句儻能新。遥遥洛陽城，梅花千樹春。山中有忙事，寄謝城中人。

〔注〕

〔一〕木庵師：英禪師號木庵，詳見《寄英禪師師時住龍門寶應寺》注〔一〕。

〔二〕負因循：指超脱過去的功名追求。

〔三〕筇：竹子，可做手杖。高興：高雅的興致。

〔四〕森：衆盛貌。

〔五〕「乾元」二句：意謂上蒼早先有約與我在此期會，過伊河我也知道它的渡口。

〔六〕香山：在伊闕東，與龍門山隔河相對。

〔七〕白少傅：白居易曾任太子少傅。

〔編年〕

詩亦英禪師初住洛陽龍門寶應寺時作。《寄英禪師師時住龍門寶應寺》云「呻吟二十年」，本詩亦云「學詩二十年」。二詩作時相近，姑繫於興定二年。味詩意，此詩當英禪師初住龍門寺遺山拜訪時作，上詩屬拜訪後寄贈之作。

送登封張令西上〔一〕

罷縣人稱屈，悠悠復此行。渭城秋雁到，秦嶺暮雲平。道路衣從典〔二〕，風塵劍已鳴〔三〕。山西多俠客〔四〕，莫説是書生。

〔注〕

〔一〕登封張令：本集《寄英禪師師時住龍門寶應寺》「張侯詩最豪」後自注：「前登封令張效，字景賢，雲中人。」

〔二〕「道路」句：謂旅途窮困，衣物可任憑典當。

〔三〕「風塵」句：謂戰亂不息，壯心激烈，欲慷慨報國。晉王嘉《拾遺記》：「（帝顓頊）有曳影之劍，騰空而舒。若四方有兵，此劍則飛起，指其方則克伐。未用之時，常於匣裏如龍虎之吟。」

〔四〕山西：華山之西。《漢書·趙充國辛慶忌傳贊》：「秦漢已來，山東出相，山西出將……何則？山西天水、隴西、安定北地，處勢迫近差胡，民俗修習戰備，高上勇力鞍馬騎射。」

〔編年〕

此詩李《譜》定於興定三年，繆《譜》未編。按《寄英禪師》詩中向英禪師介紹嵩山諸友之狀，及「半年卧床席，瘧我疥也頑」諸語，是詩作於遺山興定二年春移居嵩山半年後。本集《登封令薛侯去思頌》「興定二年冬十月二日，詔以王屋令薛侯莅登封。侯之來，前政適爲飛語所被，群小焰焰，如棼絲，如沸糜，殆若不復能措手者」與首句「罷縣人稱屈」合觀，其「前政」即張效。詩作於興定二年戊寅秋。

示崔、雷詩社諸人〔一〕

一寸名場心已灰〔二〕，十年長路夢初回〔三〕。江山似許供詩筆①〔四〕，麋粥猶能到酒杯②〔五〕。賣劍買牛真得計〔六〕，腰金騎鶴恐非才〔七〕。游從肯結鷄豚社〔八〕，便約歲時相往來③。

〔校〕

①似：施本、郭本作「自」。②杯：李詩本、毛本作「材」，誤。據李全本、施本改。③約：毛本作「欲」，與上句因果不切。據李詩本、李全本、施本改。

〔注〕

〔一〕崔：崔遵，字懷祖，北燕人。少在太學有賦聲。南渡後，不就選，居嵩山二十年。正大末死於兵亂。《中州集》卷七有傳。雷：雷淵，渾源（今山西省渾源縣）人。崇慶二年進士及第，歷仕東阿令等職。興定間曾閑居嵩山（《中州集》卷六雷淵《愛詩李道人若愚嵩陽歸隱圖》有「我家嵩山凡再期」詩句），興定四年赴徐州移刺瑗幕府。正大間在汴京任翰林編修、監察御史等職。正大八年卒。

〔二〕名場：古代讀書人求功名的場所，指科舉考試。

〔三〕「十年」句：《中州集·王渥傳》謂其「興定二年進士」，知興定元年有府試。遺山自十六歲赴并州府試（見《摸魚兒·雁丘辭》「問世間情是何物」），屢敗屢試，至此始作沉痛反思。其《雪後招鄰舍王贊子襄飲》云：「五車載書不堪煮，兩都覓官自取忙。無端學術與時背，如瞽失相徒倀倀。」

〔四〕「江山」句：謂江山似乎允諾提供作詩的素材。

〔五〕糜粥：粥之稠者。《宋史·范仲淹傳》：「食不給，至以糜粥繼之。」句謂淡飯薄酒還可粗給。

〔六〕賣劍買牛：《漢書·龔遂傳》載，宣帝任遂爲渤海太守。遂見齊俗奢侈，好末技，不田作，勸民務農桑。民有帶持刀劍者，使賣劍買牛。遺山自三鄉移居嵩山，是仕隱的抉擇。其《學東坡移居八首》云：「舊隱嵩山陽，筍蕨豐饋餉。乾坤兩茅屋，氣壓華屋上。」友人趙元《書懷繼元弟裕之韻四首》對此也云：「嵩箕有奇姿，出雲何悠然……有子罷讀書，求種山間田。」句意同宋陸游《貧甚作短歌排悶》「唯有躬耕差可爲，賣劍買牛悔不早」。

〔七〕腰金騎鶴：南朝殷芸《小説》：「有客相從，各言所志。或願爲揚州刺史，或願多資財，或願騎鶴上升。其一人曰：『腰纏十萬貫，騎鶴上揚州。』欲兼三者。」

〔八〕雞豚社：古時祭祀土地神後鄉人聚餐的交誼活動。元汪元亨《雁兒落過得勝會·歸隱》曲：「恥隨鴛鴦班，笑結雞豚社。」

〔編年〕

此詩李《譜》編在興定二年戊寅，繆《譜》未編。按詩「一寸名場心已灰」、「賣劍買牛真得計」諸語，應爲元氏放棄舉試，決意歸隱，初上嵩山時作。故從李《譜》。

玉溪①〔一〕

邂逅詩翁得勝游〔二〕，煙霞真欲盡嵩丘②〔三〕。玉溪如此不一到，今日曠然消百憂〔四〕。林影蒼茫開霽曉〔五〕，岸容瀟灑帶新秋。酒材已辦須君釀〔六〕，要及西風入釣舟。

【校】

①李全本題下有「端氏」二字，按端氏在今山西沁水縣，題注誤。②嵩：李詩本、毛本作「松」，「崧」之訛。據李全本、施本改。

【注】

〔一〕玉溪：源出嵩山少室玉華峰，故名。

〔二〕詩翁：指王革。本集《水調歌頭》［空濛玉華曉］題序云：「賦德新王丈玉溪，溪在嵩前費莊兩山絶勝處也。」王革字德新，臨潢（《中州集》卷七小傳謂臨潢人，《歸潛志》卷五謂宏州人。案：臨潢，金之北京，在今内蒙古巴林左旗東南。宏州，即金之弘州，在今河北省陽原縣。據其「孤身去國五千里」詩句，當從《中州集》）人。詩筆尖新。年輩長於遺山，故稱「詩翁」。勝游：快意的游覽。

〔三〕「煙霞」句：言山林真欲占盡嵩山之勝。上引《水調歌頭》云：「空濛玉華曉，瀟灑石淙秋。嵩高大有佳處，元在玉溪頭。翠壁丹崖千丈，古木寒藤兩岸，村落帶林丘。」

〔四〕曠然：豁然開朗。

〔五〕霽曉：雨後晴朗的早晨。

〔六〕酒材：釀酒的材料，如米、曲蘖等。

〔編年〕

李、繆未編年。按前引《水調歌頭》詞「空蒙玉華曉，瀟灑石淙秋。嵩高大有佳處，原在玉溪頭」，「百年來，算惟有，此翁游」，知遺山與王德新初交在嵩山玉溪，時在秋季。本詩有「邂逅詩翁得勝游，煙霞真欲盡嵩丘」，「岸容瀟灑帶新秋」語，時地皆合，知與詞同時作。又本集《和德新丈》云：「二年老眼暗兵塵，今日逢君喜事新。」李《譜》認爲「二年」應從遺山貞祐四年南渡連算，故繫於興定元年。然是年遺山尚在三鄉，與上述不合。「二年」實指貞祐四年夏至興定二年夏，詩作於興定二年戊寅秋在嵩山與王革初交時。

和德新丈

二年老眼暗兵塵，今日逢君喜事新。結伴還鄉有成約，不應先作北歸人。

〔編年〕

興定二年戊寅作。見《玉溪》編年考。李《譜》定在興定元年，繆《譜》未編。

溪上〔一〕

短布單衣一幅巾〔二〕，暫來閑處避紅塵。低昂自看水中影，好箇山間林下人。

〔注〕

〔一〕溪：指南溪，發源於今河南省登封縣少室山南麓。本集《南溪》詩有「前年去年花下醉，今年冷落花應嗔」句，《摸魚兒》「笑青山不解留客」有「山僧乞（去聲，借與義）我溪南地」句，知遺山隱居嵩山之所地近南溪。

〔二〕短布單衣：《史記·叔孫通傳》：「叔孫通儒服，漢王憎之。迺變其服，服短衣，楚製，漢王喜。」司馬貞索隱：「孔文祥云：『短衣便事，非儒者衣服。』」幅巾：古代男子用絹一幅束髮，稱爲幅巾。《後漢書·鮑永傳》：「悉罷兵，但幅巾與諸將及同心客百餘人詣河内。」注：「幅巾謂不著冠，但幅巾束首也。」遺山放棄科考自三鄉移居嵩山隱耕，故如此裝束。

〔編年〕

詩云「暫來閑處避紅塵」，當興定二年移居嵩山之初作。李《譜》附録於興定三年下嵩山時期。繆《譜》未編。

老樹

老樹高留葉，寒藤細作花〔一〕。沙平時泊雁，野迥已攢鴉〔二〕。旅食秋看盡〔三〕，行吟日又斜。干戈正飄忽〔四〕，不用苦思家①。

〔校〕

①苦思：李全本作「若回」。

〔注〕

〔一〕寒藤：枯藤。

〔二〕迥：遠。攢：聚集。

〔三〕旅食：客居寄食。南朝齊江孝嗣《北戍琅琊城》：「薄暮苦羈愁，終朝傷旅食。」

〔四〕飄忽：指生活動蕩飄泊。

〔編年〕

按詩前四句，當作於山居時。興定二年戊寅秋，蒙古木華黎自西京（今山西省大同市）入河東，克太原、平陽及忻、代、澤、潞、汾、霍等州，詩言「干戈正飄忽」，當是年秋居嵩山時作。李《譜》繫于貞祐四年下，繆《譜》未編。

懷益之兄 時在閿鄉〔一〕

牢落關河雁一聲〔二〕，干戈滿眼若爲情〔三〕。三年浪走空皮骨〔四〕，四海相望只弟兄。黄耳定從秋後到〔五〕，白頭新自夜來生。西樓日日西州道〔六〕，欲賦窮愁竟不成〔七〕。

〔注〕

〔一〕益之：名好謙，遺山長兄（從《家譜》）。閿鄉，金縣名，屬陝州。本集《承奉河南元公墓銘》謂叔父元升貞祐四年自秀容避亂河南，客居嵩山。無子，以好謙之子摶奉其後。按此，好謙南渡亦與元升、遺山同時。

〔二〕牢落：孤寂。

〔三〕若爲情：難以爲情，感情上承受不了。

〔四〕「三年」句：杜甫《將赴成都草堂途中有作先寄嚴鄭公五首》：「三年奔走空皮骨，信有人間行路難。」浪走：四處奔走。皮骨：形容軀體瘦瘠。

〔五〕黄耳：《晉書·陸機傳》：「機有駿犬，名曰黄耳，甚愛之。既而羈寓京師，久無家問，笑語犬曰：『我家絶無書信，汝能齎書取消息不？』犬摇尾作聲……遂至其家，得報還洛。」後用作傳遞家書的典故。

〔六〕「西樓」句：形容思兄情切，望眼欲穿。閿鄉在嵩山西，故云。

〔七〕窮愁：困窮而憂傷。杜甫《奉贈王中允維》：「窮愁應有作，試誦《白頭吟》。」

〔編年〕

詩有「三年浪走空皮骨，四海相望只弟兄」句，後句所言當屬興定元年家叔元升卒後事，按此，前句「三年」的上限應指貞祐四年南渡。此句襲用杜甫《將赴成都草堂途中有作先寄嚴鄭公五首》其四

「三年奔走空皮骨」句，易「奔」爲「浪」，有自嘲輕率徒爲意，當作於興定二年戊寅舉試失敗後。李《譜》謂「三年」的上限是「甲戌」，遂定在貞祐四年作，不妥。繆《譜》未編。

雪後招鄰舍王贊子襄飲〔一〕

去年春旱百日强，小麥半熟雨作霜。青山無情不留客〔二〕，單衣北風官路長。遺山山人伎倆拙〔三〕，食貧口衆留他鄉。五車載書不堪煮〔四〕，兩都覓官自取忙〔五〕。無端學術與時背〔六〕，如瞽失相徒倀倀〔七〕。今年得田昆水陽〔八〕，積年勞苦似欲償。鄰牆有竹山更好，下田宜秋稻亦良〔九〕。已開長溝掩烏芋〔一〇〕，稍學老圃分紅薑〔一一〕。宋公能詩雅好客〔一二〕，勸我移家來水傍。一閑入手豈易得〔一三〕，夢中我馬猶玄黄〔一四〕。君不見，并州少年作軒昂，鷄鳴起舞望八荒，夜如何其夜未央〔一五〕。賣刀買犢未厭早，腰金騎鶴非所望〔一六〕。河南冬來已三白〔一七〕，土膏墳起如蜂房〔一八〕。嵩山東頭玉斾出〔一九〕，父老知是豐年祥。南溪酒熟梅花香〔二〇〕，高聲爲唤牆東王①〔二一〕。便當過我取一醉，聽歌長安金鳳凰。鄰舍宋可，字予之，隱君子也。并州少年謂李汾長源。《長安金鳳凰》者，齊梁間田舍兒所歌。

〔校〕

①爲：毛本作「高」。據李詩本、李全本、施本改。

詩學。」

〔注〕

〔一〕王贇子襄：元王惲《碑陰先友記》：「王贇，字子襄，登封人。性直諒，生平游元、劉間，好

〔二〕青山：指嵩山。

〔三〕遺山：又名神山，在今山西省定襄縣神山村。清樊焕章《元遺山志》載，平地壘石，孤峰獨峙，突兀如盤，似所遺而成，故稱遺山。山頂舊有佛寺，規模壯麗，下俯滹沱、牧馬二河，爲古定襄八景之一。金泰和八年重修山頂佛寺，餘貲新建山房十餘所，以備讀書者居。元好問歸鄉後讀書於此，因以自號。其自稱「遺山」始見於此。山人：山居者，多指隱士。

〔四〕五車載書：《莊子・天下》：「惠施多方，其書五車。」後用此形容藏書多或讀書多，著書多。

〔五〕兩都覓官：指中都（今北京市）和汴京赴試。

〔六〕「無端」句：劉祁《歸潛志》卷八：「金朝取士，止以詞賦爲重。學者止力爲律賦，至於詩、策、論，具不留心。」《金史・趙秉文傳》：「金自泰和、大安以來，科舉之文，其弊益甚。蓋有司唯守格法，所取之文卑陋陳腐，苟合程度而已。稍涉奇峭，即遭絀落，於是文風大衰。貞祐初，秉文爲省試，得李獻能賦，雖格律稍疏而詞藻頗麗，擢爲第一，舉人遂大喧噪。」無端：無奈。學術：指較爲專門、有系統的學問。

〔七〕瞽：目盲。相：引導扶助者。倀倀：無所適從。

〔八〕昆水：在今河南省葉縣。

〔九〕下田：下等田地。秫：高粱或穀物之黏者。

〔一〇〕烏芋：荸薺的别稱，也稱地梨。色烏，其根如芋，多年生草本植物，通常栽培在水田裏。

〔一一〕老圃：老菜農。分紅薑：將肥大多瓣的紅薑掰開分别埋種。

〔一二〕宋公：宋可字予之，武陟（今河南省武陟縣）人，隱居葉縣。《中州集》卷九《薛繼先傳》附録其事，謂正大末司農楊慥曾薦宋可等六君子於朝，《金史·隱逸傳》據此立傳。

〔一三〕一閑入手：指隱居歸耕事。

〔一四〕玄黃：疾病的通稱。《詩·周南·卷耳》：「陟彼高岡，我馬玄黃。」句指赴試坎坷事。

〔一五〕「君不見」四句：用祖逖與劉琨聞鷄起舞典謂指李汾志氣昂揚奮發。參見《并州少年行》注〔一〕、〔一八〕。未央：未盡。《詩·小雅·庭燎》：「夜如何其？夜未央。」

〔一六〕「賣刀」二句：謂放棄科舉，決心務農。詳見《示崔雷詩社諸人》注〔六〕、〔七〕。

〔一七〕三白：三場雪。山西農諺：「今冬三場雪，來年好收麥。」

〔一八〕土膏：土地的膏澤、肥力。墳起：凸起。

〔一九〕玉旆：形容山崖積雪似白旗。合觀本集卷九《望嵩少二首》「田父占年驚玉旆」，知此爲當地之豐年吉兆。

〔二〇〕南溪：發源於登封縣少室山南麓，爲潁水的上源之一。本集《南溪》詩：「南溪酒熟清而醇，北溪梅花發興新。」

〔三〕牆東王：典出《後漢書·逸民傳·逢萌》「時人爲之論曰：『避世牆東王君公。』」借指王贊子襄。元王惲《秋澗集》卷十六《祭子襄先生》：「先生隱德居嵩丘，得號牆東四十秋。結駟退慚知道在，詩壇吟苦入冥搜。眼中耆宿有今日，地下雷元是舊遊。」

〔編年〕

李《譜》引「去年」以下十句，言「此指去年不遇最爲明晰，而未説移家也」，定此詩爲興定二年作。《金史·宣宗紀》載，興定二年六月，「上以久旱，諭宰臣治京冤獄」。七月，「以旱災，詔中外」。此與「去年春旱」句合，知前四句言移居嵩山後之事。青山：指嵩山。遺山隱居嵩山後躬耕於此（趙元《書懷繼元弟裕之韻四首》：有子罷讀書，求種山間田），蓋因山地遇旱成災，下年遂買田昆陽（《遺山樂府》卷二《臨江仙·賦德新丈》：「自笑此身無定在，北州又復南州。買田何日遂歸休？向來元落落，此去亦悠悠。赤日黄塵三百里，嵩丘幾度登樓。故人多在玉溪頭。」遺山興定二年秋與王革結交，買田事應在明年）。此詩當作於興定三年己卯。若依李《譜》，「去年」遺山尚在三鄉，則與「青山」、「積年」等句所言情事不合。繆《譜》未編。

商正叔隴山行役圖二首〔一〕

其一

隴坂經行十過春〔二〕，也隨風土變真淳〔三〕。吴山汧水不必畫〔四〕，留在秦音已可人。

〔注〕

〔一〕商正叔：商平叔之弟，名道，字正叔，曹南（今山東省曹縣）人，詳見本集《曹南商氏千秋録》。

〔二〕隴坂：即隴山。六盤山南段的別稱。本集《送秦中諸人引》：「予年二十許時，侍先人官略陽（隴城，今甘肅省秦安縣東北）。」《南冠録引》：「大安庚午，府君卒官，扶護還鄉里。」

〔三〕風土：風俗。真淳：真摯淳樸。本集《送詩人李正甫》：「秦游得豪宕，晉産餘真淳。」

〔四〕吴山汧水：在甘肅省六盤山南麓。《水經注·渭水上》：「（吴）山下石穴廣四尺，高七尺，水溢石空，懸波側注……北流注於汧。」

其二

夢中陳跡畫中詩，前日行人鬢已絲〔一〕。我亦寒亭往來客，因君還寄出關詩①。

〔校〕

①詩：施本：「案兩叶詩字，係刊誤，今改作『辭』。」

〔注〕

〔一〕前日行人：指商正叔。

〔編年〕

李《譜》謂首句「隴坂經行」指遺山大安二年自隴城扶柩還鄉事，故繫詩於興定三年己卯。從之。繆《譜》未編。

薛明府去思口號七首〔一〕

其一

能吏尋常見〔二〕，公廉第一難。只從明府到，人信有清官。

〔注〕

〔一〕薛明府：指薛居中（字鼎臣），曾任王屋、登封縣令，有政聲。《金史·王浩傳》載，初，辟舉法行，縣官甚多得人。如登封薛居中等，皆清慎才敏，極一時之選。明府：宋周煇《清波雜誌》：「古治百里之邑，令拊其俗，尉督其奸。故令曰明府，尉曰少府。」去思：本集《登封令薛侯去思頌》云：「興定二年冬十月二日，詔以王屋令薛侯蒞登封……明年，邑之民有借寇之舉。會官以辟舉令法不便者，一切罷之……於是刻石頌德，以致其去思之心焉。」口號：古詩標題用語，表示隨口吟成。

〔二〕能吏：有才能會辦事的官吏。《漢書·張敞傳》：「（蕭）望之以爲敞能吏，任治煩亂。材輕，非師傅之器。」案：遺山貶能吏，尚循吏（《史記·太史公自序》「奉法循理之吏，不伐功矜能，百姓無稱，亦無過行，作《循吏列傳》」）。本集《登封令薛侯去思頌》：「大概侯之治，仁心之爲質，不屑屑於法禁。人有犯，薄示之辱，教以改過而已。至於老奸宿惡，不可以情用者，深治而痛繩之，終不以爲誇也。故吏畏而愛，民愛而畏。」他三爲縣令時，即以薛侯「貸逋賦以寬流亡，假閑田以業單貧」的功績爲楷模。

其二

畫諾由官長〔一〕，昂頭顧吏頻。只從明府到，判筆不傳神〔二〕。

〔注〕

〔一〕畫諾：在文書上簽字，表示同意照辦。《後漢書·黨錮列傳序》載，汝南太守宗資任功曹范滂，郡謡曰：「汝南太守范孟博（滂之字），南陽宗資主畫諾。」

〔二〕「判筆」句：謂輔佐地方長官處理政事的僚屬所撰文書不再起決定性作用了。

其三

麇鹿山中盡，公廚破幾錢〔一〕。只從明府到，獵户得安眠。

〔注〕

〔一〕公廚：官府的廚房。二句謂公廚待客，竭盡山珍，破費無算。

其四

木索人何罪〔一〕，纍纍滿獄中〔二〕。只從明府到，牢户二年空〔三〕。

〔注〕

〔一〕木索：鐐銬繩索等刑具。此用作動詞。

〔二〕纍纍：接連成串。

〔三〕「只從」二句：本集《登封令薛侯去思頌》：「侯之來，前政適爲飛語所被，群小焰焰，如棼絲，如沸縻，殆若不復能措手者。侯曰：『内之不治，不可以言外。』於是退悍卒，並冗吏，決留務，釋滯獄。不旬日，縣中廓廓無事。」

其五

驛舍無歌酒，清談了送迎〔一〕。即看明府去，畫鼓有新聲〔二〕。

〔注〕

〔一〕「驛舍」二句：言薛鼎臣接待官員務爲簡樸。《中州集》趙元《薛鼎臣罷登封》：「弄人鼓笛不相疑，便著當場傀儡衣。終日抱飢唯飲水，也和醉客一時歸。」末注：「鼎臣，材大夫。宰登封，有惠政。令以例罷，故有上句。」

〔二〕「畫鼓」二句：意謂薛居中去後，驛館裏又要歌舞送迎了。畫鼓：有彩繪的鼓。詩以鼓的精美形容音樂的奢華。宋陸游《日出入行》：「高樓錦繡中天開，樂作畫鼓如春雷。」

其六

舊日逃亡屋，鐮鋤色色新〔一〕。即看明府去，還作賣牛人。

〔注〕

〔一〕「舊日」二句：本集《登封令薛侯去思頌》：「貸逋賦以寬流亡，假閑田以業單貧……方春勸耕，遭田父野叟於途，慰以農里之言，而勉之孝弟之訓。懇切至到，人爲感動，以爲前乎此未嘗有令惠吾屬之如此也。」色色：各種各樣。

其七

疾惡看平日，天然御史材〔一〕。豪姦休鼓舞〔二〕，驄馬即西來〔三〕。

〔注〕

〔一〕「疾惡」二句：謂從平日言行可以看出薛令憎恨邪惡，具有御史那種彈劾糾察、剛正廉明的稟賦。《中州集》張仲升《寄人宰縣》亦以此稱頌遺山：「積弊奸贓後，遺黎喘汗中。不存憂世志，底用讀書功。嫉惡看平日，知君有古風。」

〔二〕豪姦：強横邪惡的人。

〔三〕驄馬：《後漢書·桓典傳》：「拜侍御史，是時宦官秉權，典執政無所回避。常乘驄馬，京師畏憚。」後「御史驄」用作稱頌御史執法嚴明的典故。杜甫《陪章留後侍御宴南樓》：「屢食將軍第，仍騎御史驄。」

〔編年〕

據本集《登封令薛侯去思頌》，詩作於興定三年己卯。李、繆同。

同希顔、欽叔玉華谷分韻得軍華二字二首〔一〕

其一

並山一逕入秋雲，草樹低迷劣可分〔二〕。開道無煩謝康樂〔三〕，挽彊須得李將軍〔四〕。時有虎害，故戲云。

〔注〕

〔一〕希顔：雷淵之字。詳見《示崔、雷詩社諸人》注〔一〕。欽叔：李獻能字欽叔，河中（今山西省永濟市西南）人。貞祐三年以省元賜第，廷試第一，宏詞優等。授應奉翰林文字，考滿再留，在翰苑十年。正大末卒。玉華：少室山三十六峰之一，因産玉膏得名。

〔二〕劣：僅。

〔三〕「開道」句：《宋書·謝靈運傳》：「尋山陟嶺，必造幽峻。巖嶂千重，莫不備盡……嘗自始寧南山伐木開徑，直至臨海，從者數百人。」康樂：謝靈運封康樂公。

〔四〕挽彊：拉硬弓。句用李廣射虎事，見《史記·李將軍列傳》。

其二

深山水木湛清華〔一〕，興到窮探亦未涯〔二〕。轉石猶能起雷雨〔三〕，題詩自合動煙霞。轉石，當日事①。

〔校〕

①尾注：李詩本、毛本「當」作「常」，形訛，據李全本、施本改。李全本無「事」字。

〔注〕

〔一〕湛：澄明貌。清華：清麗秀美之景。晉謝混《游西池》：「景仄鳴禽集，水木湛清華。」

〔二〕窮探：盡探幽勝。

〔三〕「轉石」句：見本集《龍潭》尾注。

〔編年〕

興定四年庚辰六月作。《中州集》卷六王渥《送裕之還嵩山》附雷淵題記，云：「興定庚辰六月望，予與河南元好問、趙郡李獻能同游玉華谷。」同卷有雷淵《玉華山中同裕之分韻送欽叔得歸字》、李欽叔《玉華谷同希顔、裕之分韻得秋字》詩。本集《水調歌頭》〔山家釀初熟〕詞序「少室玉華谷月夕，與希顔、欽叔飲，醉中賦此」，亦言此事。詩即是時與雷、李唱和所作。李、繆同。

同希顔、欽叔玉華谷還會善寺即事二首〔一〕

其一

高風捲盡四山雲，泉石煙霞得細分。大是山靈設清供〔二〕，惜無佳句答殷勤。

〔注〕

〔一〕會善寺：在登封西北太室山南麓積翠峰下。

〔二〕清供：清雅的供品。如新歲以松竹梅供几案，謂之歲朝清供。

其二

詩翁徹骨愛煙霞〔一〕，别似劉君住玉華〔二〕。鐵笛不曾從二草〔三〕，頭巾久已挂三花〔四〕。趙隱芝，子端同年進士〔五〕。令任城，爲猾吏所誣，遂隱居。今年八十餘，自言仙胎已成，不久去世云。

〔注〕

〔一〕詩翁：指尾註「趙隱芝」。

〔二〕别：特别。劉君住玉華：本集《水調歌頭》〔山家釀初熟〕詞序：「玉華詩老，宋洛陽耆英劉幾伯壽也。劉有二侍妾，名萱草、芳草，吹鐵笛騎牛山間，玉華亭榭遺址在焉。」宋朱弁《風月堂詩話》：劉幾字伯壽，洛陽人。文彦博留守洛陽，集士大夫老而賢者於富弼府第，人稱洛陽耆英會，劉即其一。劉築室嵩山玉華峰下，號玉華庵主。

〔三〕二草：指劉二侍妾萱草、芳草。

〔四〕三花：嵩山少室有貝多樹，一年開花三次，故名。唐楊炯《少室山少姨廟碑》：「餘基隱嶙，仍知萬歲之亭；古木摧殘，尚辨三花之樹。」李白《鳴臯歌奉餞從翁清歸五崖山居》：「去時應過嵩少間，相思爲折三花樹。」本集《浣溪沙》〔爲愛劉郎駐玉華〕：「爲愛劉郎駐玉華，暗將心事許煙霞……鐵笛不須從二草，頭巾長擬挂三花。」

〔五〕趙隱芝：不詳。子端：王庭筠字子端，大定十六年進士，金代中期著名詩人。

〔編年〕

與《同希顔、欽叔玉華谷分韻得軍華二字二首》同時作。李、繆皆定在興定四年庚辰，從之。

會善寺〔一〕

白塔沉沉插翠微〔二〕，魏家宫闕此餘基〔三〕。人生富貴有遺恨，世事廢興無了期。勝概只今歸鷲嶺〔四〕，煙花從昔繞龍墀〔五〕。長松想是前朝物，及見諸孫賦黍離〔六〕。

〔注〕

〔一〕會善寺：見上詩其一注〔一〕。

〔二〕翠微：青緑的山色。

〔三〕「魏家」句：會善寺原爲北魏孝文帝的離宫。《中州集》馮璧《同裕之再過會善寺有懷希顔》：「寺元魏離宫，十日來凡兩。」

〔四〕「勝概」句：謂昔日宏麗的北魏離宫如今成爲佛寺。鷲嶺：靈鷲山，在古印度摩揭陀國王舍城東北，相傳釋迦牟尼曾在此居住和説法多年，因代稱佛地。

〔五〕龍墀：丹墀，宫殿的赤色臺階或赤色地面。此指元魏離宫。

〔六〕諸孫：本家子孫後裔。北魏鮮卑皇族拓拔氏，至孝文帝遷都洛陽，改元氏。遺山系出於此。馮璧《同裕之再過會善寺有懷希顔》有「今同魏諸孫，再到風煙上」句。黍離：《詩·王風·黍離》：「彼黍離離，彼稷之苗。」《詩序》曰：「《黍離》，閔宗周也。周大夫行役至於宗周，過故宗廟宮室，盡爲禾黍。閔周室之顛覆，彷徨不忍去而作是詩也。」後世用作亡國之痛的典故。

〔編年〕

與《同希顔、欽叔玉華谷還會善寺即事二首》同時作，李、繆編於興定四年庚辰，從之。

龍潭①〔一〕

層冰積浩蕩〔二〕，陵谷互吞吐②。窈窕轉幽壑〔三〕，突兀開浄宇③〔四〕。回頭山水縣〔五〕，亦復墮塵土。孤雲鐵梁北〔六〕，宇宙一仰俯〔七〕。風景初不殊〔八〕，川途忽脩阻〔九〕。寒潭海眼浄〔一〇〕，黝黑自太古④〔一一〕。蟄龍何年卧，萬國待霖雨〔一二〕。誰能裂蒼崖，雷風看掀舉。山中人歲旱，則轉大石入潭以駭龍，瞬息致雨，故云。

〔校〕

①龍潭：李詩本、毛本、施本此前有「劉曲」二字。趙廷鵬《讀元遺山詩劄記》（《太原師專學報》一九九三年第二期）謂山西省沁水縣有劉曲河，至劉曲村匯爲三潭，上曰雨潭，中曰雷潭，下曰風潭，《沁水縣誌》所列十景有「劉曲飛簾」，與《龍潭》詩描寫的景象相差甚遠，屬後人誤加。故據李全本删。

②互：李詩本作「玄」（「㡳」的異體字），毛本作「㡳」。據李全本、施本改。③開：毛本作「閒」，形訛。據李詩本、李全本、施本改。④黕：李全本作「黙」。

〔注〕

〔一〕龍潭：潭名，在登封。本集《摸魚兒》〔笑青山不解留客〕詞題序云：「正月二十七日，予與希顔陪馮内翰丈游龍母潭。韓吏部鈞於龍潭遇雷事，見《天封題名》，即此地也。」歐陽修《集古録·跋》：「右退之題名，在洛陽嵩山天封官石柱上刻云。」

〔二〕浩蕩：壯闊貌。

〔三〕窈窕：深邃貌。

〔四〕突兀：高貌。浄宇：指清浄開闊的境地。

〔五〕山水縣：在山水中的縣城。此指登封縣城。唐韓愈《縣齋讀書》：「出宰山水縣，讀書松桂林。」

〔六〕鐵梁：趙廷鵬引清初景日昣《説嵩》：嵩山鐵梁峽有二：南曰小峽，北曰大峽。懸崖峭壁，俯瞰杳冥。龍潭所在地懸練峰在鐵梁峽東北。

〔七〕「宇宙」句：謂仰觀俯視，高山深谷盡收眼底。

〔八〕殊：特出。

〔九〕「川途」句：以山路長陡形容山勢高峭。

〔一〇〕海眼：泉眼。古人認爲井泉之水潛流地中，通江海，故稱。

〔一一〕黮黑：深黑。

〔一二〕「蟄龍」二句：王安石《龍泉寺石井》：「山腰石有千年潤，海眼泉無一日乾。天下蒼生待霖雨，不知龍向此中蟠。」

〔編年〕

李《譜》附録於興定三年下嵩山詩總録中。繆《譜》據《中州集》馮璧詩《元光間予在上龍潭，每春秋二仲月，往往與元、雷游歷嵩少諸藍》及注〔一〕引《摸魚兒》詞，定本詩於元光二年作。但詞所言正月雷雨大作，與詩「蟄龍何年卧，萬國待霖雨」的久旱情形不合。而本集《同希顔、欽叔玉華谷分韻得軍華二字二首》末二句「轉石猶能起雷雨，題詩自合動煙霞」及自注「轉石，當日事」，與本詩末二句「誰能裂蒼崖，雷風看掀舉」及自注「山中人歲旱則轉大石入潭以駭龍，瞬息致雨」合。故詩亦興定四年庚辰作。本集《寄趙宜之》詩言「自我來嵩前，旱乾歲相仍」，知其時久旱。

虎害

北山虎有穴，南山虎爲羣。目光如電聲如雷，倚蕩起伏山之垠〔一〕。百人一飽不留骨，敗衣墜絮徒紛紛。空谷絶樵聲，長路無行塵。呀呀垂涎口〔二〕，眈眈闞城闉〔三〕。天地豈不仁，社公豈不神〔四〕。哀哀太山婦〔五〕，叫斷秋空雲。可憐封使君，生不治民死食民〔六〕。世上無復裴將軍，北平太守今何人〔七〕。

〔注〕

〔一〕倚蕩：指虎聲在山谷回旋震蕩。垠：邊際。

〔二〕呀呀：張口。唐韓愈《月蝕詩效玉川子作》：「月蝕於汝頭，汝口開呀呀。」

〔三〕闞：窺視。城闉：瓮城（城曲重城）門。南朝宋鮑照《行藥至城東橋》：「嚴車臨迥陌，延瞰歷城闉。」

〔四〕社公：土地之神。

〔五〕太山婦：《禮記·檀弓下》：「孔子過泰山側，有婦人哭於墓者而哀。夫子式而聽之，使子路問之曰：『子之哭也，壹似重有憂者。』而曰：『然。昔者吾舅死於虎，吾夫又死焉，今吾子又死焉。』」唐李賀《猛虎行》：「泰山之下，婦人哭聲。」

〔六〕「可憐」二句：《太平御覽·述異記》：「漢宣城郡守封邵，一日忽化虎，食郡民……故時人語曰：『無作封使君，生不治民死食民。』」使君：太守的敬稱。

〔七〕「世上」二句：《新唐書·裴旻傳》載，裴旻爲龍華軍使守北平。多虎，旻善射，一日斃虎三十一。

〔編年〕

李《譜》編在興定四年。本集《同希顔、欽叔玉華谷分韻得軍華二字二首》有「開道無煩謝康樂，挽彊須得李將軍」句，自注：「時有虎害，故戲云。」本詩以「虎害」爲題，末句「北平太守今何人」也用裴旻射虎典，當作於興定四年庚辰。繆《譜》據《金史・宣宗紀》言元光二年（一二二三）有虎害事，謂詩當元光二年作。按首四句寫山中之虎，與《金史・宣宗紀》所言「開封縣境有虎咥人」事發生在平原不合，且本集所言虎害事比《金史》更切近，應選擇第一手資料爲據。

西園〔一〕興定庚辰八月中作

西園老樹摇清秋，畫船載酒芳華游。登山臨水祛煩憂〔二〕，物色無端生暮愁。百年此地旃車發〔三〕，易水迢迢雁行没〔四〕。梁門回望績成堆〔五〕，滿面黄沙哭燕月〔六〕。熒熒一炬殊可憐〔七〕，膏血再變爲灰煙〔八〕。富貴已經春夢後〔九〕，典刑猶見靖康前〔一〇〕。當時三山初奏功〔一一〕，三山宫闕雲錦重〔一二〕。璧月瓊枝春色裏〔一三〕，畫欄桂樹雨聲中。秋山秋水今猶昔，漠漠荒煙送斜日。銅人攜出露槃來，人生無情淚沾臆〔一四〕。麗川亭上看年芳〔一五〕，更爲清歌盡此觴〔一六〕。千古是非同一笑，不須作賦擬阿房〔一七〕。

〔注〕

〔一〕西園：在北宋都城汴京（今河南省開封市）附近。北宋末年宋徽宗動用了大量人力物力，把江南地區的名花奇石運到汴京，妝點園林，當時京都百里之内，名園遍佈，西園即其中之一，至金朝尚有留存。王基《元好問與開封相關詩略論》（《忻州師專學報》一九九〇年第一期）言西園乃泛指京西諸園。主指瓊林苑，宴進士之所。

〔二〕祛：消除。

〔三〕「百年」句：公元一一二七年，北宋徽、欽二宗被金人俘虜，押解至東北。旃：同氈。

〔四〕易水：河名，流經今河北省易縣。徽宗北遷時經此地（欽宗經雁門）。

〔五〕梁門：汴京城門。汴京一帶爲戰國魏都大梁，故稱。繡成堆：喻汴京城樓宮闕等建築壯麗密集。

〔六〕哭燕月：在燕地月下哭泣。燕：古國名。此泛指今河北北部和遼寧西端。

〔七〕熒熒：火光閃爍貌。殊：極。

〔八〕「膏血」句：民脂民膏一變而爲園林，再變而爲灰煙。

〔九〕「富貴」句：昔日富貴繁華已如一場春夢，匆匆而逝。宋趙令畤《侯鯖録》卷七：「東坡老人（蘇軾）在昌化，嘗負大瓢，行歌於田間。有老婦年七十，謂坡云：『内翰昔日富貴，一場春夢。』」句用此典。

〔一〇〕典刑：同典型，具有代表性的事物。靖康：宋欽宗年號（一一二六——一一二七）。

〔一一〕三山：汴京皇城外東北艮嶽園有萬歲山，峰高九十步，分東西二嶺直接南山，遂有「三山」之説，見宋僧祖秀《華陽宫紀事》。奏功：成功。該園政和七年興建，宣和四年竣工。

〔一二〕雲錦：彩雲。

〔一三〕璧月瓊枝：南朝江總《玉樹後庭花》：「璧月夜夜滿，瓊樹朝朝新。」

〔一四〕「銅人」二句：唐李賀《金銅仙人辭漢歌》序言魏明帝詔宫官取漢武帝所鑄捧露盤銅人，銅人潸然淚下。人們常以此寄託興亡之悲。臆：胸。

〔一五〕年芳：芬芳美景。

〔一六〕清歌：無音樂伴奏的歌。

〔一七〕阿房：指唐杜牧《阿房宫賦》。杜賦借秦始皇大興土木建阿房宫導致亡國事，諷刺當時朝廷的窮奢極欲。

〔編年〕

按詩題注，興定四年庚辰八月作。是年遺山至汴京赴秋試，見本集《興定庚辰太原貢士南京狀元樓宴集題名引》。李、繆同。

贈答劉御史雲卿四首〔一〕

其一

舊聞劉君公，學經發源深〔二〕。驊騮萬里氣〔三〕，聖途已駸駸〔四〕。大梁語三日〔五〕，副我夙所欽。濂溪無北流①〔六〕，此道日西沈。百年牛山木〔七〕，不復秀穹林〔八〕。南風雖寥寥〔九〕，聞弦猶賞音。獨憐夸毗子〔一〇〕，一我無古今〔一一〕。共學君所貪，適道我豈任〔一二〕。相酬無别物，徒有好賢心。

〔校〕

①北：李全本作「比」，形訛。

〔注〕

〔一〕劉雲卿：名從益，渾源（今山西省渾源縣）人。大安元年進士。貞祐初釋褐長葛簿，攝許州幕。貞祐末爲陳州防禦判官，調提舉南京路榷貨事。興定初居喪淮陽。起復拜監察御史。興定五年罷御史任，元光二年起爲葉縣令。正大二年召爲應奉翰林文字（考見《芳華怨》詩編年），逾月而卒。

〔二〕「舊聞」二句：劉從益曾祖撝（南山翁），金初詞賦狀元。其家四世有八人中進士。劉祁《歸潛志》卷九載其父子不學佛、道二家，趙秉文引誘學佛不從事。卷十二《辯亡》謂金朝「學止於詞章，不知講明經術爲保國保民之道，以圖基祚久長」，可知劉氏父子篤好儒學。

〔三〕驊騮：赤色駿馬。周穆王八駿名。

〔四〕聖途：儒家聖學之途。駸駸：馬疾速奔走貌。《詩·小雅·四牡》：「駕彼四駱，載驟駸駸。」

〔五〕大梁：戰國魏都，即今河南開封，金宣宗貞祐二年遷都於此。

〔六〕濂溪：北宋理學家周敦頤的别號。金與南宋對峙時，「程學盛於南，蘇學盛於北」（清王士禛

《帶經堂詩話》，翁方綱《石州詩話》）。

〔七〕牛山木：《孟子·告子上》：「孟子曰：『牛山之木嘗美矣，以其郊於大國也，斧斤伐之，可以爲美乎？』」宋朱熹《齋居感興》：「哀哉牛山木，斤斧日相尋。」牛山，在今山東省淄博市。春秋時齊景公泣牛山，即其地。

〔八〕穹林：幽深的樹林。

〔九〕南風：相傳虞舜作五弦琴，歌《南風》。見《孔子家語·辯樂》等書。寥寥：稀少。

〔一〇〕夸毗子：《詩·大雅·板》：「天之方懠，無爲夸毗。」朱熹集傳：「夸，大；毗，附也。小人之於人，不以大言夸之，則以諛言毗之也。」阮籍《詠懷》：「如何夸毗子，作色懷驕腸。」

〔一一〕一我：獨我。本集《東平府新學記》：「合謾疾而爲聖癲，敢爲大言，居之不疑，始則天地一我，既而古今一我。」《楊叔能小亨集引》：「初予學詩，以十數條自警云……無爲天地一我，今古一我。」

〔一二〕「共學」二句：《論語·子罕》：「可與共學，未可與適道。」共學：與他人一道學習。適道：同他人一道取得某種成就。

其二

阿京吾所畏〔一〕，早生號能文〔二〕。初無王家癖〔三〕，聲光自流聞。此行不虛來，得接大小君〔四〕。信知珠玉淵〔五〕，足當羔雁羣〔六〕。君家有箕裘〔七〕，聖學待册勳〔八〕。但使本根在，枝葉復何云〔九〕。殷勤五色筆〔一〇〕，未用摧千軍。

〔注〕

〔一〕阿京：劉雲卿子劉祁字京叔，年輩比元氏小，故用昵稱。吾所畏：《孟子・公孫丑上》：「或問乎曾西曰：『吾子與子路孰賢？』曾西蹵然曰：『吾先子之所畏也。』」後稱品格端重、使人敬畏的朋友爲「畏友」。

〔二〕「早生」句：元王惲《碑陰先友記》載，劉祁資純粹，早以文章擅名。《渾源劉氏世德碑》謂劉祁少穎異，爲學能自刻苦，有奇童目。弱冠舉進士，應試失意，即閉户讀書，務窮遠大，一放意於古文。與御史公退居於陳，相與講明六經，直探聖賢心學，推於躬行踐履，振落英華，收其真實。文章議論，粹然一出於正。士論咸謂得斯文正脈之傳。

〔三〕王家癖：唐初王福時之子勔、勮、勃、勸等皆有文才。福時嘗向韓思彦誇讚諸子，思彦戲曰：「武子有馬癖，君有譽兒癖，王家癖何多耶？」事見《新唐書・文藝傳上・王勃》。後用爲長輩喜愛稱譽子弟的典實。

〔四〕大小君：《後漢書・桓郁傳》載，後漢桓榮、桓郁父子通經學，有《桓君大小太常章句》，句用此典指劉從益與劉祁父子。

〔五〕珠玉淵：傑出英才的淵藪。《世説新語・容止》：「有人詣王太尉，遇安豐、大將軍、丞相在坐……語人曰：『今日之行，觸目見琳琅珠玉。』」劉祁《歸潛志》卷十載：「余高祖南山翁……

金朝初開進士舉，中魁甲……凡四世八人也。在南京時，中奉君嘗求書『八桂堂』於趙閑閑。閑閑曰：『君家豈止八桂而已耶？』爲書『叢桂蟾窟』四字云。」

〔六〕羔雁羣：《禮·曲禮下》：「凡贄，天子鬯，諸侯圭，卿羔，大夫雁。」後用作徵聘的禮物。《後漢書·陳紀傳》：「父子並著高名，時號三君（父寔，弟諶）。每宰府辟召，常同時旍命，羔雁成群，當世者靡不榮之。」劉從益與其子劉祁、劉郁俱有文名，故用此典。

〔七〕箕裘：《禮·學記》：「良冶之子，必學爲裘；良弓之子，必學爲箕。」謂子弟習見多聞，因能善繼世業。

〔八〕聖學：聖人之學，即孔子之學。册勳：敘功封賜。

〔九〕「但使」二句：朱熹《朱子語類》：「道者，文之根本；文者，道之枝葉。」

〔一〇〕五色筆：比喻文才。《南史·江淹傳》：「嘗宿於冶亭，夢一丈夫自稱郭璞，謂淹曰：『吾有筆在卿處多年，可以見還。』淹乃探懷中，得五色筆一以授之。爾後爲詩，絶無美句，時人謂之才盡。」

其三

學道有通蔽〔一〕，今人乃其尤〔二〕。温柔與敦厚〔三〕，掃滅不復留。高蹇當父師〔四〕，排擊劇寇讎〔五〕。真是未可必〔六〕，自私有足羞。古人相異同〔七〕，寧復操戈矛〔八〕。春風入萬物，枯枿將和柔〔九〕。克己未有加，歸仁亦何由〔一〇〕。先儒骨已腐，百罵不汝酬。胡爲文字間，刮垢搜瘢疣〔一一〕。吾道非申韓，哀哉涉其流〔一二〕。大儒不知道〔一三〕，此論信以不。我觀唐以還，斯文有伊周〔一四〕。開雲揭日月，不獨程張儔〔一五〕。聖途同一歸，論功果誰優。户牖徒自闢①，膠漆本易投〔一六〕。九原如可作〔一七〕，吾欲起韓歐。

〔校〕

①闢：李詩本、李全本、施本作「開」。

〔注〕

〔一〕學道：學習儒家學説。《論語·陽貨》：「君子學道則愛人。」通蔽：通達蔽塞。

〔二〕尤：突出。句謂今人學儒之「蔽」尤其突出。

〔三〕「温柔」句：《禮·經解》：「温柔敦厚，《詩》教也。」疏：「温，謂顔色温潤；柔，謂性情和柔。」

〔四〕高蹇：孤傲。

〔五〕「排擊」句：排斥抨擊之烈如待寇讎。

〔六〕真是：絶對正確。《莊子·知北游》：「黄帝曰：『彼無爲謂真是也。』」

〔七〕異同：不同。

〔八〕操戈矛：喻争鬥。

〔九〕枯枿：枯枝。枿：樹木經斫伐後重新生長的枝條。

〔一〇〕「克己」二句：《論語·顔淵》：「克己復禮爲仁。」

〔一一〕瘢疣：疤痕和贅瘤。比喻過失和缺點。

〔一二〕「吾道」二句：申韓，戰國時申不害和韓非的合稱。兩人皆法家，尚嚴厲。本集《東平府學記》謂理學家「静生忍，忍生敢，敢生狂，縛虎之急，一怒故在，宜其流入於申、韓而不自知也」。

〔一三〕「大儒」句：金趙秉文《性道教説》：「周、程二夫子紹千古之絶學……其徒遂以韓、歐諸儒爲不知道，此好大之言也。」宋朱熹《雜學辨·蘇氏易傳》批評蘇軾所言之「道」非儒家之道。

〔一四〕斯文：《論語·子罕》：「天之將喪斯文也。」指禮樂制度。後指儒者文人及儒學文章。伊周：伊尹、周公。兩人在商初和周初皆曾攝政立法。此指唐宋古文領袖韓愈、歐陽修。

〔一五〕「開雲」二句：蘇軾《潮州韓文公廟碑》：「自東漢以來，道喪文弊，異端並起……（韓愈）文起八代之衰，而道濟天下之溺。」程張儔：北宋理學創始人程頤、程顥和張載之輩。

〔一六〕「聖途」四句：謂韓歐古文家與程張理學家皆以倡明儒道爲指歸，原本殊途同歸，容易同氣相投，不必同室操戈。

〔一七〕九原：墓地。晉卿大夫墓地爲九原，故名。韓歐：指韓愈、歐陽修。

其四

老鶴何許來，澹與孤雲同。相值太虚室〔一〕，悠然復西東。聖學要深談，别君惜匆匆①。何時沂水上，同詠舞雩風〔二〕。

〔校〕

①別君惜：李全本、施本作「惜君别」。按「别」者應指遺山自己，劉雲卿時任御史，在汴京。詳見編年。

〔注〕

〔一〕太虚室：天空。

〔二〕「何時」二句：《論語·先進》：「莫春者，春服既成，冠者五六人，童子六七人，浴乎沂，風乎舞雩，詠而歸。」沂水：在今山東省曲阜縣南。舞雩：魯國祭天求雨的場所。

〔編年〕

李《譜》據首篇「大梁」句，定此詩作於正大元年（劉從益正大二年由葉縣令入京任應奉翰林文字，李《譜》誤定爲正大元年事）。繆《譜》謂此詩「蓋作於汴京，惟在何時則不可考矣」。詩如作於翰林任上時，爲何詩題不稱「翰林」而稱「御史」？此與情理不合。且遺山在元光二年已與劉從益唱酬於葉縣（劉祁《歸潛志》卷九：「余先子翰林令葉時，同郝坊州仲純賦《昆陽懷古》詩……元裕之云：『英威未覺消沉盡，試向春陵望鬱葱。』」），這與本詩「舊聞劉君公，學經發源深」，「大梁語三日，副我夙所欽」之初見情形也不合。故知李《譜》誤。按：遺山南渡後以廣交文壇名流爲其增進學識之途，在三鄉、嵩山與劉從益的鄉親魏璠、雷淵交往甚密。雷、魏亦定會將劉從益的學業爲人（劉攝許州幕時，屏山、二張、雷、魏諸公皆在焉。見《歸潛志》）告於遺山，只是由於劉初爲外官，繼又居喪淮陽，一直未能相見。「舊聞劉君公，學經發源深」，蓋即謂此。又其子劉祁《歸潛志》卷二麻知幾小傳載：「興定末，試開封府，詞賦乙，經義魁。再試南省，復然……知幾試開封，先子爲御史，監試，王翰林從之、李翰林之純爲有司，因相與讀舉子之文，見其有雄麗者，相謂曰：『是必知幾。』因擢爲魁，已而果然。」這次開封府試在興定四年秋，遺山也參試，劉從益恰爲監試官，斷無不拜訪之理。「大梁語三日，副我夙所欽」，也符合其久仰盛名，相見恨晚之情（元光二年遺山曾到葉縣拜訪劉從益，組詩應作於此前，而不應作於此後劉任翰林應奉時）。再者，詩第二首有「阿京吾所畏，早生號能文」，「此行不虚來，得接大小君」之句，亦與《歸潛志》卷九所載劉祁於「興定末，試南京」之事吻合。故知詩作於興定四年庚辰秋。

王子端内翰山水同屏山賦二詩〔一〕

其一

鄭虔三絶舊知名〔二〕，付與時人分重輕〔三〕。遼海東南天一柱〔四〕，胸中誰比玉峥嶸〔五〕。

〔注〕

〔一〕王子端：名庭筠，子端其字，自號黄華山主，又號雪溪，蓋州熊嶽（今遼寧省蓋縣）人。大定十六年進士，仕至翰林修撰。金中期著名詩人，又工書善畫，山水墨竹享譽當世。《中州集》卷三、《金史》卷一二六有傳。《歸潛志》卷七等載其事。屏山：李純甫字之純，號屏山。宏州襄陰

（今河北省陽原縣）人。承安二年經義進士。南渡後再入翰林，連知貢舉。元光二年病卒。

〔二〕鄭虔三絶：鄭虔，盛唐時人，工書畫，將其詩畫呈獻，唐玄宗署曰：「鄭虔三絶。」見《新唐書·文藝傳》。劉祁《歸潛志》卷八載趙秉文少嘗寄黄華詩曰：「寄語雪溪王處士，年來多病復何如？浮雲世態紛紛變，秋草人情日日疏。李白一盃人影月，鄭虔三絶畫詩書。情知不得文章力，乞與黄華作隱居。」

〔三〕「付與」句：劉祁《歸潛志》卷十載趙秉文語：「王子端才固高，然太爲名所使。每出一聯一篇，必要時人皆稱之，故止是尖新。其曰：『近來徒覺無佳思，縱有詩成似樂天。』不免爲物議也。」（王若虚《滹南集》有詩《王子端》云：「近來陡覺無佳思，縱有詩成似樂天。」其小樂天甚矣。予亦嘗和爲四絶：「功夫費盡謾窮年，病入膏肓不可鐫。寄語雪溪王處士，恐君猶是管窺天。」「東涂西抹鬬新妍，時世梳妝亦可憐。人物世衰如鼠尾，後生未可議前賢。」「妙理宜人入肺肝，麻姑搔癢豈勝鞭。世間筆墨成何事，此老胸中具一天。」）又載李屏山於前輩中止推王子端庭筠，嘗曰：「東坡變而山谷，山谷變而黄華，人難及也。」明楊慎《升庵詩話·劉静修跋王子端書》：「『子端衰衣起遼海，後學一變争奇新。黄山驚歎竹谿泣，鍾鼎騷雅潛精神』，默翁語也。『雪溪仙人詩骨清，畫筆尚餘詩典刑。聲光舊塞天壤破，議論今著兒曹輕』，遺山語也（見本集《王黄華墨竹》）。二公之言必有能辨之者。東坡謂書至於顔柳，而鍾王之法益微；詩至於李杜，而魏晉以來高風絶塵亦少衰矣。朱文公亦以爲然。默翁蓋知此者，是以不取於子端矣。子端名庭筠，號雪溪。黄山，趙秉文也（誤，金中期著名詩人趙渢號黄山）。竹谿，党學士（党懷英）也。默翁，徒單修撰（徒單鎰，歷任世宗至宣宗四朝，早年曾任國史院編修官，兼修起居注、翰林待制，監修國史等職）也。」

〔四〕「遼海」句：本集《王黄華墨竹》：「豈知遼江一派最後出，運斤成風刃發硎。」「百年文章公主盟，屏山見之跽且擎。」《中州集·黄華先生王庭筠》：「子端詩文有師法，高出時輩之右。」

〔五〕玉峥嶸：指剛正高潔、鬱勃不平的情懷。王庭筠才高氣清却一生坎坷。承安元年因趙秉文上書指斥胥持國事被杖下獄。本集《王黄華墨竹》有「雪溪仙人詩骨清」、「有物於此鳴不平，悲耶嘯耶誰汝令！只恐破窗風雨夜，怒隨雷電上青冥」句。《中州集》李屏山《子端山水同裕之賦》：「遼鶴歸來萬事空，人間無地著詩翁。只留海岳樓中景，長在經營慘淡中。」

其二

萬里承平一夢間〔一〕，風流人物與江山。眼明今日題詩處，却見明昌玉筍班〔二〕。

〔注〕

〔一〕萬里承平：金世宗、章宗時南北講和，任賢臣，重農桑，尚節儉，宇内承平安康，有「小堯舜」之譽。本集《甲午除夜》：「神功聖德三千牘，大定明昌五十年。」

〔二〕明昌：金章宗年號。玉筍班：唐末朝士風貌秀異有才華者，人稱玉筍，得與其列者稱玉筍班。施注引《唐書·李宗閔傳》李典貢舉，多取名士，世謂玉筍班事，不妥。王庭筠大定十六年進士第，與「明昌」不切合。

〔編年〕

此詩李《譜》編在興定五年，繆《譜》未編。劉祁《歸潛志》卷一「李純甫」條云：「宣宗南渡，再入翰林。時丞相朮虎高琪擅權，擢爲左司都事。公審其必敗，以母老辭去。俄而高琪誅死，識者智之。再入翰林，連知貢舉。」《金史·宣宗紀》載，高琪被誅在興定三年十二月。李復入翰林知貢舉在興定四年。《歸潛志》卷二「麻知幾」條云：「興定末，試開封府，詞賦乙，經義魁。再試南省，復然……知幾試開封，先子爲御史，監試，而王翰林從之，李翰林之純爲有司。」這次開封府試遺山亦參試。李屏山卒於元光二年（詳考見《李屏山挽章二首》編年），其生前與遺山唱和唯在興定四、五年間。以遺山喜交名流的性格，詩當興定四年庚辰作。

横波亭爲青口帥賦〔一〕

孤亭突兀插飛流〔二〕，氣壓元龍百尺樓〔三〕。萬里風濤接瀛海，千年豪傑壯山丘〔四〕。疏星淡月魚龍夜〔五〕，老木清霜鴻雁秋〔六〕。倚劍長歌一盃酒，浮雲西北是神州〔七〕。

〔注〕

〔一〕横波亭：在今江蘇省贛榆縣。青口帥：青口，今贛榆縣治。移剌粘合（漢名瑗），契丹族，世襲猛安。興定元、二年間曾築營於嵩山少室，興定三年伐宋，興定四年駐防青口。《歸潛志》卷二謂移剌粘合「弟兄俱好文，幕府延致名士。初帥彭城（徐州），雷希顔在幕。楊叔能、元裕之皆游其門」。按遺山無至徐州之行迹，與移剌粘合結交在興定二年嵩山時。正大間，遺山與楊叔能曾在鄧州移剌粘合幕府。

〔二〕孤亭：指横波亭。突兀：高聳特出貌。飛流：湍急的河流。此當指流經青口的小沙河。

〔三〕元龍百尺樓：語出《三國志·陳登傳》，詳見《論詩三十首》一八注〔四〕。

〔四〕「萬里」二句：謂亭東與浩瀚的大海相接，千年一遇的豪傑鎮守於此，更使山河雄壯。

〔五〕魚龍夜：指秋日。杜甫《秦州雜詩》其一：「水落魚龍夜，山空鳥鼠秋。」杜修可注引《水經注》：「魚龍以秋日爲夜。龍秋分而降，蟄寢於淵，故以秋日爲夜也。」此暗喻潛在的危險。

〔六〕鴻雁秋：大雁南飛的秋季。古來北方少數民族往往在秋高馬肥之季進兵中原，故有此句。

〔七〕浮雲西北：指黄河以北淪陷地區。句言金的主戰場在北方，而非南疆。金宣宗時往往失地於蒙古，取償於南宋。漢人在朝者除楊雲翼外皆避而不言。元氏對楊氏之諫屢爲推崇（見本集《内相文獻楊公神道碑銘》），其詞《水龍吟》「少年射虎名豪」「江淮草木，中原狐兔，先聲自遠……問元戎早晚，鳴鞭徑去，解天山箭」，也視北方爲主戰場。神州：中國的别稱。

【編年】

此詩繆《譜》未編。李《譜》編在興定三年。其言「此當與寄希顔詩同寄」有理，但希顔赴任徐州移剌瑗幕府在興定四年六月後。本集《滿江紅》〔元鼎詩仙〕題序云：「送希顔之官徐州。」詞云：「元鼎詩仙，知音少，喜君留迹。」此即指興定四年六月元氏與雷淵、李叔欽同游少姨廟得古仙詞事，《水調歌頭》［雲山有宫闕］題序言之甚詳。詞繼云「還有恨，故山飛去，石城瓊壁」，即指雷淵離嵩赴官事（石城、瓊壁，少室山三十六峰名）。本詩應作於興定四年庚辰秋。

寄趙宜之趙時在盧氏〔一〕

大城滿豺虎，小城空雀鼠〔二〕。可憐河朔州〔三〕，人掘草根官煮弩。北人南來向何處，共説莘川今樂土〔四〕。莘川三月春事忙，布穀勸耕鳩唤雨。舊聞抱犢山〔五〕，摩雲出蒼稜〔六〕。長林絶壑人迹所不到，可以避世如武陵〔七〕。煮橡當果穀，煎术甘飴餳〔八〕。此物足以度荒歲，況有麋鹿可射魚可罾〔九〕。自我來嵩前，旱乾歲相仍。耕田食不足，又復違親朋。三年西去心，籠禽念飛騰。一瓶一鉢百無累，恨我不如雲水僧〔一〇〕。嵩山來幾層，不畏登不得，但畏不得登〔一一〕。洛陽一夕秋風起①，羨煞吴中張季鷹②〔一二〕。

〔校〕

①夕：李全本、施本作「昔」，二字通用。　②羨煞吴中：毛本此四字空缺。據李詩本、李全本、施本補。

〔注〕

〔一〕趙宜之：趙元字宜之，定襄（今山西定襄縣）人。貞祐中避亂南渡，初在三鄉，後移盧氏（今河南省盧氏縣)。

〔二〕空雀鼠:《新唐書·張巡傳》:「至是食盡……至羅雀掘鼠,煮鎧弩以食。」

〔三〕河朔州:黄河以北的州縣。

〔四〕「共説」句:《中州集》趙元《次韻裕之見寄二首》:「莘川擬作桃源隱。」本集《高門關》:「莘川百里如掌平,閑田滿眼得人耕。」莘川:地當在盧氏。樂土:《詩·魏風·碩鼠》:「逝將去女,適彼樂土。」

〔五〕抱犢山:也名抱犢砦,在盧氏縣東南,山極高峻。昔人多避兵於此。

〔六〕「摩雲」句:言山脊高出雲外。

〔七〕避世如武陵:用陶淵明《桃花源記》典。

〔八〕「煎朮」句:明李時珍《本草綱目·草一·朮》引蘇頌曰:「劚取生朮,去土水浸,再三煎如飴糖。」朮:草名。根莖可入藥。飴餳:用麥芽或穀芽等熬成的糖。

〔九〕罾:魚網。用作動詞。

〔一〇〕「一瓶」二句:唐僧貫休《陳情獻蜀皇帝》:「一缾一鉢垂垂老,千水千山得得來。」雲水僧:行脚僧雲游四方,行蹤飄忽不定,如行雲流水,故稱。

〔一一〕「嵩山」三句:《新唐書·五行志二》:「高宗自調露中欲封嵩山,屬突厥叛而止;後又欲封,以吐蕃入寇遂停。時童謡曰:『嵩山凡幾層,不畏登不得,但恐不得登。三度徵兵馬,傍道打騰騰。』」

〔三〕「洛陽」二句：《世説新語・識鑒》：「張季鷹辟齊王東曹掾，在洛。見秋風起，因思吳中菰菜羹、鱸魚膾，曰：『人生貴得適意，爾何能羈宦數千里以要名爵。』遂命駕便歸。」

〔編年〕

李《譜》編在興定四年，繆《譜》編在興定三年。本詩有「自我來嵩前」、「三年西去心」句。遺山於興定二年春移居嵩山，詩作於興定四年庚辰。

寄希顔二首（其二）後一首，希顔在徐州幕時作〔一〕

湖海故人仍騎曹〔二〕，彭門千里入憑高〔三〕。山頭杜甫長年瘦〔四〕，樓上元龍先日豪〔五〕。水落魚龍失歸宿秀①〔六〕，天長鴻雁獨哀勞。酒船早晚東行辦，共舉一杯持兩螯〔七〕。

〔校〕

①秀：李全本無此注。

〔注〕

〔一〕希顔：雷淵之字。詳見《示崔、雷詩社諸人》注〔一〕。徐州幕府：移剌瑗曾任徐州帥，詳見《横波亭》注〔一〕。

〔二〕湖海：指瀕海之地徐州，兼指粗獷不羈。《三國志·魏書·陳登傳》載許汜言陳有「湖海氣」，本集《希顔墓銘》：「南渡以來，天下稱宏傑之士三人：曰高廷玉獻臣，李純甫之純，雷淵希顔。」騎曹：指騎曹參軍一類小官。本集《送曹吉甫兼及通甫》：「意氣羨君豪，憐君屈騎曹。」雷時任徐州觀察判官。

〔三〕彭門：即彭城，爲徐州治所。

〔四〕「山頭」句：典出唐孟棨《本事詩·高逸》，詳見《論詩三十首》一五注〔二〕。遺山體形清瘦，常用此典自比。如本集《天涯山》：「詩狂他日笑遺山，飯顆不妨嘲杜甫。」

〔五〕樓上元龍：典出《三國志·魏書·陳登傳》，詳見《論詩三十首》一八注〔四〕。元氏常用陳登此典指雷淵。如組詩第一首「樓上元龍莫笑人」。

〔六〕「水落」句：杜甫《秦州雜詩》：「水落魚龍夜，山空鳥鼠秋。」杜修可注引《水經注》：「魚龍以秋日爲夜。龍秋分而降，蟄寢於淵，故以秋日爲夜也。」此用杜詩喻雷淵不宜屈居微職，大材小用。本集《滿江紅·送希顔之官徐州》〔元鼎詩仙〕：「淮海地，雲雷夕。自不負，須如戟。望幕中談笑，隱如勍敵。此老何堪丞掾事，佳時但要江山筆。」

〔七〕「酒船」二句：《晉書·畢卓傳》：「卓嘗謂人曰：『得酒滿數百斛船，四時甘味置兩頭，右手持酒杯，左手持蟹螯，拍浮酒船中，便足了一生矣。』」

〔編年〕

詩題下注：「後一首，希顔在徐州幕府時作。」希顔於興定四年六月後赴移剌粘合幕府（考見《横波亭》編年），興定五年已爲英王府文學（《歸潛志》卷一謂其「興定末，召爲英王府文學」，本集有《聞希顔得英王記室》），詩作於此二年間。味「水落魚龍失歸宿，天長鴻雁獨哀勞」二句，知乃秋日懷人之作，故定在興定四年庚辰。李《譜》「元光二年癸未」下謂《寄希顔二首》其二當作於興定四年庚辰之前，誤。繆《譜》編於元光二年，謂二詩非一時作。

南溪〔一〕

南溪酒熟清而醇，北溪梅花發興新〔二〕。前年去年花下醉，今年冷落花應嗔①〔三〕。梅花娟娟如静女〔四〕，寂寞甘與荒山鄰。詩人愛花山亦好，幽林穹谷生陽春〔五〕。風鬟峩峩一尺雲〔六〕，芳香幽卧如相親〔七〕。山堂夜半北風惡，一點相思愁殺人。

〔校〕

①冷：毛本作「泠」。據李詩本、李全本、施本改。

〔注〕

〔一〕南溪：發源於嵩山少室南麓，爲潁水上源之一。

〔二〕發興新：引發新的興致。

〔三〕冷落：冷淡地對待。嗔：怪怨。

〔四〕娟娟：明媚美好貌。静女：《詩・邶風・静女》：「静女其姝，俟我於城隅。」朱熹《集傳》：「静者閑雅之意。」

〔五〕穹谷：漢班固《西都賦》：「其陽則崇山隱天，幽林穹谷。」注：「穹谷，深谷也。」陽春：温暖的春天。此指梅花盛開如春。

〔六〕風鬟：女子的美髮。一尺雲：女子高髻。用以形容梅花形態之美。

〔七〕幽卧：静卧。

〔編年〕

本集《雪後招鄰舍王贇子襄飲》有「南溪酒熟梅花香，高聲爲唤牆東王」句（王贇，登封人。詳見詩注），《摸魚兒》［笑青山不解留客］有「山僧乞我溪南地」句，知遺山移居嵩山之所在南溪附近。詩作於嵩山時期。遺山興定二年移家嵩山，按「前年去年」句，當作於興定四年庚辰。李《譜》附於興定三年下嵩山時期總録中。繆《譜》未編。

探花詞五首〔一〕

其一

禁裏蒼龍啓九關〔二〕，殿前鸚鵡唤新班〔三〕。沉沉緑樹鞭聲遠，娲娲薰風扇影閑。

〔注〕

〔一〕詩題：《樂府詩集》等無此題，遺山即事名篇。探花：此非指殿試一甲第三名，而指探花宴。唐李淖《秦中歲時記》：「進士杏園初宴，謂之探花宴。差少俊二人爲探花使，徧游名園。」

〔二〕蒼龍：漢代宫闕名，在未央宫東。後亦泛指宫闕。本集《過晉陽故城書事》：「東闕蒼龍西玉虎。」九關：指宫闕門。

〔三〕新班：新的位次，此指新科進士。

其二

浩蕩春風入繡鞍，可憐東野一生寒。皇州花好無人管，不用新郎走馬看〔一〕。

〔注〕

〔一〕「浩蕩」四句：唐孟郊《登科後》：「昔日齷齪不足誇，今朝放蕩思無涯。春風得意馬蹄疾，一日觀盡長安花。」東野：孟郊之字。皇州：猶帝都。此指汴京。新郎：此指新科進士。

其三

六十人中數少年，風流誰占探花筵〔一〕。阿欽正使才情盡〔二〕，猶欠張郎白玉鞭〔三〕。李欽用二十七，張夢祥少一歲，又未婚云。

〔注〕

〔一〕「六十」二句：宋魏泰《東軒筆録》卷六：「進士及第後，例期集一月……又選最年少者二人爲探花使，賦詩，世謂之探花郎。」

〔二〕阿欽：李欽用名獻甫，李獻能欽叔之從弟，《中州集》卷十列入「三知己」。本集《遽然子墓碣銘》：「天下愛予者三人：李汾長源、辛愿敬之、李獻甫欽用，皆有天下重名。」

〔三〕白玉鞭：李白《玉壺吟》：「朝天數换飛龍馬，敕賜珊瑚白玉鞭。」上二句謂李欽用長張夢祥一歲，未能作爲探花使賦詩以展示才華。

其四

美酒清歌結勝游，紅衣先爲渚蓮愁〔一〕。曲江共説櫻桃宴〔二〕，不見西園風露秋〔三〕。

〔注〕

〔一〕「紅衣」句：唐趙嘏《長安晚秋》：「紫豔半開籬菊静，紅衣落盡渚蓮愁。」紅衣：荷花瓣的别稱。渚蓮：水邊的荷花。

〔二〕曲江：即曲江池。在今陝西省西安市東南。唐時宴進士於曲江杏園。櫻桃宴：賀進士及第之宴。五代王定保《唐摭言》三《慈恩寺題名游賞賦詠雜紀》：「新進士尤重櫻桃宴。（唐僖宗）乾符四年，永寧劉公第二子覃及第……於是獨置是宴，大會公卿。時京國櫻桃初出，雖貴達未適口，而覃山積鋪席。」

〔三〕西園：園名，在汴京之西。詳見《西園》（七古）注〔一〕。

其五

人物風流見藹然〔一〕，逼人佳筆已翩翩。龍津春色年年在〔二〕，莫著新銜惱必先〔三〕。

〔注〕

〔一〕藹然：盛多貌。

〔二〕龍津：橋名，在汴京城南外城南薰門與裏城丹鳳門之間的蔡河上。龍津春色喻指登科的機遇。金張大節《同新進士吕子成輩宴集狀元樓》：「龍津橋上黄金榜，三見門生是狀元。」

〔三〕「莫著」句：《御定全唐詩》韓儀《記知聞近過關試》：「短行軸了付三銓，休把新銜惱必先。今日便稱前進士，好留春色與明年。」明胡震亨《唐音癸籤》卷一八：「韓儀《與關試後新人》詩有『休把新銜惱必先』句，此『必先』又謂下第同人也。」句謂莫以新進士頭銜撩撥下第之人。

〔編年〕

興定五年辛巳春遺山登詞賦進士第後作。李、繆同。

張彦遠江行八詠圖奉試時所見①〔一〕

楚江平浸楚山流②，放眼江山得意秋。一寸霜毫九雲夢〔二〕，合教轟醉岳陽樓〔三〕。

〔校〕

①試：李全本、施本作「使」。遺山生平無奉命出使事。「奉試」當指興定五年廷試。②江：施本

作「山」。山：施本作「江」。

〔注〕

〔一〕張彦遠：唐代畫家。有《歷代名畫記》。金元之際有張彦遠，見本集《太原贈張彦遠》，但此人不當有畫江南山水之作。

〔二〕雲夢：古澤名。古之雲夢説法不一。一説本二澤，雲在江北，夢在江南；一説雲夢實爲一澤，可單言「雲」或「夢」。大致包括現在湖南省湘陰縣以北、湖北省安陸市以南、武漢市以西的地區。

〔三〕岳陽樓：在今湖南省岳陽市城西門上，三層，始建於唐，下瞰洞庭湖。

〔編年〕

按詩題自注「奉試」，當興定五年春在汴京作。李《譜》編於蒙古乃馬真后元年壬寅下「附録」中，不妥。繆《譜》未編。

家山歸夢圖三首〔一〕

其一

別却并州已六年〔二〕，眼中歸路直於弦。春晴門巷桑榆緑，猶記騎驢掠社錢〔三〕。

〔注〕

〔一〕家山歸夢圖：興定五年遺山友人李治之父李平甫所畫，原名「繫舟山圖」。《中州集》有趙秉文《繫舟山圖裕之先大夫嘗居此山之東巖》、楊雲翼《李平甫爲裕之畫繫舟山圖閑閑公有詩某亦繼作》。趙宜之《題裕之家山圖》言其事由云：「雁門一開豺虎場，駕言投迹嵩之陽」，「東巖風物知猶在，説與寄庵神已會。一揮淡墨能似之，清輝遠寄形骸外」。家山：家鄉之山，代指故鄉。此指繫舟山。

〔二〕「别却」句：本集《故物譜》：「貞祐丙子之兵……兵退，予將奉先夫人南渡河。」《虞阪行》題注：「丙子夏五月，將南渡河，道出虞阪，有感而作。」自貞祐四年（丙子）至興定五年，遺山離鄉已六年。

〔三〕掠社錢：收取社事活動所需要的攤派錢。本集《雪中自洛陽還嵩山》：「夢裏西家掠社錢。」

其二

繫舟南北暮雲平〔一〕，落日滹河一線明〔二〕。萬里秋風吹布袖〔三〕，清暉亭上倚新晴〔四〕。

〔注〕

〔一〕繫舟：山名，在今忻州城東。傳説上古洪水泛濫時，此地一片汪洋，大禹曾繫舟於此，故名。後因趙秉文《繫舟山圖》詩有「便稱元子讀書山」句，又名讀書山。

〔二〕滹河：即滹沱河，發源於今山西省繁峙縣，流經繫舟山脈東北部。

〔三〕布衲：古人以布衣象徵平民身份。遺山進士及第後未就選，故稱。

〔四〕晴暉亭：在汴京。

其三

游騎北來塵滿城，月明空照漢家營。卷中正有家山在，一片傷心畫不成〔一〕。

〔注〕

〔一〕「一片」句：唐高蟾《金陵晚望》：「世間無限丹青手，一片傷心畫不成。」本集屢用其語：《懷州子城晚望少室》：「十年舊隱抛何處？一片傷心畫不成。」《重九後一日作》：「重陽擬作登高賦，一片傷心畫不成。」

〔編年〕

據「别却并州已六年」句及本組詩其一注〔一〕，知詩爲興定五年辛巳在汴京時作。李、繆同。

感事

舐痔歸來位望尊〔一〕，騂騂雷李入平吞〔二〕。飢蛇不計撑腸裂，老虎争教有齒存。神理定須償宿業①〔三〕，債家猶足褫驚魂〔四〕。且看含血曾誰噀〔五〕，猪嘴關頭是鬼門〔六〕。

〔校〕

①理：李詩本、毛本、施本作「聖」。據李全本改，參見注〔三〕。

〔注〕

〔一〕舐痔：《莊子·列禦寇》：「秦王有病召醫，破癰潰痤者得車一乘，舐痔者得車五乘。」句謂謗者以諂媚得尊位。

〔二〕雷李：指雷淵與李欽叔。平吞：齊吞。宋蘇轍《明日復賦》：「平吞百澗暴，滅盡三洪惡。」句謂連傑出人士雷、李一併攻擊。

〔三〕神理：冥冥之中主持善惡報應的天理。本集《答中書令成仲書》：「與渠輩無血讎，無骨恨，而乃樹立黨與，撰造事端，欲使之即日灰滅。固知有神理在，然亦何苦以不貲之軀蹈覆車之轍而試不測之淵乎？」宿業：佛教指前世行善或作惡所造成而見於今世的後果。

〔四〕債家：放債人。詩指受謗人。褫：奪。

〔五〕「且看」句：宋釋曉瑩《羅湖野録》：「（崇覺空）嘗頌野狐話曰：『含血潠人，先污其口。』」比喻用惡毒語言誣衊他人。潠：噴。

〔六〕猪嘴關：宋蔡絛《鐵圍山叢談》：「熙寧間，東平有名士王景亮者，喜名貌人，後反爲人號作『猪觜關』。世所謂鄆有『猪嘴關』由此始。」後以指任意誣衊他人的人。

〔編年〕

郝經《遺山先生墓銘》：「登興定五年進士第，不就選。」本集《趙閑閑真贊》：「興定初，某始以詩文見故禮部閑閑公。公若以爲可教，爲延譽諸公間。又五年，乃得以科第出公之門。公又謂當有所成就也，力爲挽之。獎借過稱，旁有不平者。宰相師仲安班列中倡言，謂公與楊禮部之美、雷御史希顔、李内翰欽叔爲元氏黨人，公不之衄也。」《寫真自贊・嵩山中作》：「立心於毁譽失真之後而無所衄，横身於利害相磨之場而莫之避。」故郝樹侯《元好問傳》謂是年「憤而不就選」。施注謂此詩因師仲安誹謗事而發，從之，故定在興定五年辛巳。李《譜》則存疑於正大元年下，繆《譜》未編。按本集《趙閑閑真贊》載正大元年趙秉文讀遺山試宏詞科文所云「人言我黨元子，誠黨之邪」，知遺山受謗事在正大元年前。

聞希顔得英府記室〔一〕

近得髯參信〔二〕，知從兔苑游〔三〕。文星映朱邸〔四〕，勝概減黄樓〔五〕。進退存中道〔六〕，功名接上流〔七〕。徒懷貢公喜〔八〕，塵土隔瀛洲〔九〕。

〔注〕

〔一〕希顔：雷淵之字。詳見《示崔、雷詩社諸人》注〔一〕。英府：金宣宗第二子英王守純之府。記室：官名。東漢置，掌章表書記文檄。後世因之，或稱記室參軍等。

〔二〕髯參：「髯參軍」的省稱。晉郄超爲桓温記室參軍，多髯，有奇才，多蒙眷拔，時人稱「髯參軍」（見《世説新語・寵禮》）。本集《雷希顔墓銘》：「調徐州觀察判官，召爲荆王（英王守純正大元年始封荆王，此乃元氏後來追述之辭）府文學兼記室參軍。」「爲人軀幹雄偉，髯張口哆，顔渥丹，眼如望羊。」故本集中多用「髯參」稱雷淵。如《臨江仙》［試上古城城上望］：「河山君與我，獨恨少髯參。」題序云：「孟津河山亭同欽叔賦，因寄希顏兄。」

〔三〕兔苑：即兔園，漢文帝子劉武（梁孝王）的園囿，亦稱「梁園」。詩指英王府。

〔四〕文星：即文昌星。舊時傳説爲主文運的星宿。朱邸：漢諸侯王第宅，以朱紅漆門，故稱朱邸。

〔五〕黃樓：宋熙寧間黃河決口，水至彭城。太守蘇軾使民蓄土積石爲備。水退，增築徐城，在城之東門建大樓，粉以黃土。蘇轍、秦觀等作《黃樓賦》。此代指徐州。句謂雷淵離徐後，彭城帥移剌瑗幕府的勝況因之減色。

〔六〕中道：中庸之道，無過無不及。

〔七〕上流：上層人物。《南史·謝晦傳論》：「加以身處上流，兵權總己。」

〔八〕貢公喜：《漢書·王吉傳》：「吉與貢禹爲友，世稱『王陽（王吉字之陽）在位，貢公彈冠』，言其取捨同也。」南朝梁劉孝標《廣絶交論》：「是以王陽登則貢公喜。」後用此典言因友人得官，自己也準備出仕的欣喜之情。杜甫《承沈八丈東美除膳部員外郎阻雨未遂馳賀奉寄此詩》：「徒懷貢公喜，颯颯鬢毛蒼。」

〔九〕瀛洲：唐太宗於宮城西作文學館，杜如晦、房玄齡、陸德明、孔穎達、虞世南等十八人，並以本官爲學士。訪以政事，討論典籍。當時稱選中者爲「登瀛州」。

〔編年〕

劉祁《歸潛志》卷一謂雷淵「授徐州觀察判官。興定末，召爲英王府文學」。按《金史·荊王守純傳》

載，宣宗第二子守純興定三年進封英王，正大元年進封荆王。雷淵興定四年秋官徐州（見《横波亭》編年），召爲英王府文學當在興定五年。詩作於興定五年辛巳。李、繆同。

贈答楊焕然〔一〕

詩亡又已久，雅道不復陳〔二〕。人人握和璧〔三〕，燕石誰當分〔四〕。關中楊夫子〔五〕，高誼世所聞①〔六〕。十年玄尚白〔七〕，藜藿甘長貧〔八〕。有來河冰篇②〔九〕，四海付斯文〔一〇〕。斯文有定在，桓生知子雲〔一一〕。古來知己難，萬里猶比鄰〔一二〕。千人國中和，要非心所親〔一三〕。東楚西南秦，望君勞我神〔一四〕。相逢不得語，别去徒殷勤。白雲不可贈〔一五〕，相思秋復春。

〔校〕

①誼：李全本作「誨」。　②冰：李全本、施本作「水」。

〔注〕

〔一〕楊焕然：楊奂字焕然，號紫陽先生，乾州奉天（今陜西省乾縣）人。在金屢舉進士不中。癸巳北渡，寓居冠氏。蒙古太宗十年戊戌試東平，賦論第一，出任河南路課税所長官兼廉訪使，在官十年。有《還山集》等行於世，人稱「關西夫子」。《元史》有傳。

〔二〕雅道：風雅之道。

〔三〕和璧：即和氏璧，典出《韓非子·和氏》。句言人人自以爲是。

〔四〕燕石：《山海經》三《北山經》：「北百二十里曰燕山，多嬰石。」晉郭璞注：「言石似玉，有符彩嬰帶，所謂燕石者。」《後漢書·應劭傳》「宋愚夫亦寶燕石」注：「宋之愚人得燕石梧臺之東，歸而藏之，以爲大寶。」

〔五〕「關中」句：本集《楊府君墓碑銘》：「今奂學爲通儒，有『關中夫子』之目。」「百餘年來關中士大夫有重望者，皆莫能出其右。」

〔六〕高誼：高尚的德行。

〔七〕「十年」句：《漢書·揚雄傳》：「時雄方草《太玄》，有以自守，泊如也。或謿雄以玄尚白。」師古注：「玄，黑色也。言雄作之不成，其色猶白，故無禄位也。」本集《故河南路課税所長官兼廉訪使楊君神道之碑》：「泰和、大安間，入仕者惟舉選爲貴科，榮路所在，人争走之。程文之外，翰墨雜體，悉指爲無用之技。尤諱作詩，謂其害賦律尤甚。至於經爲通儒，文爲名家，不過翰苑六七公而已。君授學之後，其自望者不碌碌。舉業既成，乃以餘力作爲詩文，下筆即有可觀。」楊奂不屑於「舉子學」，聲譽雖隆，却赴試屢敗，故元氏又歸咎於「無端學術與時背」（《雪後招鄰舍王贊子襄飲》）了。

〔八〕藜藿：貧者所食野菜。藿：豆葉。藜：似藿而赤。

〔九〕河冰篇：當指楊奂詩，其集中無此篇。

〔一〇〕付：通「附」。親附。斯文：此文，此詩。句謂楊詩成爲四海之人學習的榜樣。

〔一一〕「斯文」二句：《漢書·揚雄傳》：「時大司空王邑、納言嚴尤聞雄死，謂桓譚曰：『子嘗稱揚雄書，豈能傳於後世乎？』譚曰：『必傳。顧君與譚不及見也……揚子之書文義至深，而論不詭於聖人，若使遭遇時君，更閲賢知，爲所稱善，則必度越諸子矣。』」本集《閑閑公墓銘》：「桓譚有言：『凡人賤近貴遠，親見揚子雲，故輕其書。若使更閲賢善，爲所稱道，其傳世無疑。』」

〔一二〕「萬里」句：魏曹植《贈白馬王彪》：「丈夫志四海，萬里猶比鄰。」唐王勃《送杜少府之任蜀州》：「海内存知己，天涯若比鄰。」

〔一三〕「千人」二句：《文選·宋玉〈對楚王問〉》：「客有歌於郢中者，其始曰《下里》、《巴人》，國中屬而和者數千人……其爲《陽春》、《白雪》，國中屬而和者不過數十人。」二句謂對《下里》、《巴人》之類俗詩及其「千人國中和」的審美效應並不看重。

〔一四〕「東楚」二句：遺山寓居河南，楊奂西歸陝西，故云。

〔一五〕「白雲」句：南朝梁陶弘景《詔問山中何所有賦詩以答》：「山中何所有？嶺上多白雲。只可自怡悦，不堪持寄君。」

〔編年〕

本集《故河南路課税所長官兼廉訪使楊君神道之碑》載：「興定辛巳，以遺誤下第。同舍盧長卿，李欽若、欽用昆季惜君連蹇，勸試補臺掾。」以李氏兄弟同遺山的親密關係和楊奂富贍的才學及遺山極顧交識名流的性格，元、楊初交於是時。詩當作於興定五年辛巳。所言「斯文有定在，桓生知子雲」及「古來知己難」諸語，與其下第事合。李、繆據奂正大初將上萬言策事，繫詩於正大元年，不妥。詩無一語及此。

繼愚軒和党承旨雪詩四首〔一〕

其一

南來何所如，孤根轉風蓬。以彼萬里途，寄此一畝宮〔二〕。明窗一繩床，稍覺紛華空〔三〕。唯餘作詩癖，尚與當年同。人言詩窮人〔四〕，無詩吾自窮。此世等夢耳，誰窮復誰通。茹噎當快吐，聊此寬吾胸。

〔注〕

〔一〕愚軒：趙元之號。詳見《愚軒爲趙宜之賦》注〔一〕。党承旨：党懷英（一一三四—一二一一），字世傑，奉符（今山東省泰安市）人。官至翰林學士承旨，大安三年卒。党在明昌間主盟文壇，趙秉文爲之撰墓碑，有「文似歐公，詩如陶謝」語。《中州集》有傳及《雪中四首》詩，趙元《書懷繼元弟裕之韻四首》後二首步党詩韻。遺山四詩全步党韻。

〔二〕一畝宮：《禮記·儒行》：「儒有一畝之宮，環堵之室，蓽門圭窬，蓬户甕牖。」

〔三〕紛華：《史記·禮書》：「自子夏，門人之高弟也，猶云：『出見紛華盛麗而説，入聞夫子之道而樂，二者心戰，未能自決。』」句言淡忘名利世俗。

〔四〕「人言」句：宋歐陽修《梅聖俞詩集序》言「詩窮而後工」。党懷英《雪中四首》有「詩人固多貧，深居隱茅蓬」句。

其二

今古幾詩人，擾擾劇毛粟〔一〕。吾愛陶與韋〔二〕，泠然扣冰玉〔三〕。大雅久不作，聞韶信忘肉〔四〕。求音扣寂寞，一歎動鄰屋〔五〕。水風清鶴夢〔六〕，月露洗蟬腹〔七〕。白頭兩遺編〔八〕，吟唱心自足。誰爲起九原〔九〕，寒泉薦芳菊①〔一〇〕。

〔校〕

①芳：施本作「秋」。

〔注〕

〔一〕劇：極。毛粟：形容衆多。

〔二〕陶與韋：指陶淵明與韋應物。

〔三〕泠然：形容聲音清越。喻指陶、韋詩清淡高潔。

〔四〕「聞韶」句：《論語·述而》：「子在齊，聞《韶》，三月不知肉味……曰：『不圖爲樂之至于斯也！』」韶：虞舜時樂名。

〔五〕「求音」二句：謂誦讀陶、韋詩知其寂寞遁世的情懷，感歎之聲驚動了鄰居。本集《論詩三十首》論謝靈運詩也云：「朱弦一拂遺音在，同是當年寂寞心。」

〔六〕清鶴夢：超凡脱俗的向往。唐司空圖《與李生論詩書》：「地凉清鶴夢，林静肅僧儀。」

〔七〕「月露」句：蟬飲而不食，腹内清空，比喻高潔的軀體。宋陸游《齋居書事》：「平生風露充蟬腹，到處雲山寄鶴軀。」

〔八〕兩遺編：指陶、韋二人遺留的詩集。

〔九〕九原：晉卿大夫之墓地在九原，後用作墓地的代稱。

〔一〇〕薦：祭奠。本集《元魯縣琴臺》：「我與薦寒泉，百拜公來臨。」

其三

老麻臥雲壑〔一〕，澗松上峥嶸〔二〕。斯文要棟梁，頽圮可力撐。匠石殊未來〔三〕，破屋燈青熒。乾坤有二鳥，一息當一鳴〔四〕。區區用舍間，而亦隨重輕。百挽迹莫前①，一怒怨已盈〔五〕。臨風三太息，此意何時平。

【校】

①莫：施本作「不」。

【注】

〔一〕老麻：指麻知幾。《中州集》麻知幾《元裕之以山游見招兼以詩四首爲寄因以山中之意仍其韻》四詩用韻同此。麻九疇（一一七四——一二三二），字知幾，易州（今河北省易縣）。《中州集·麻九疇傳》作莫州，《續夷堅志》「麻神童」條作獻州，從《歸潛志》與《金史》）人。少有神童之譽，南渡後讀書遂平（今河南省遂平縣）西山中。興定末試汴京，聲譽大振。其《贈裕之》「向來三度見君詩，常望西山（指嵩山）有所思。誰料并州天絶處，相逢梁苑雪消時」，當作於興定五年。是年廷試以誤絀，已而隱居，不爲科舉計。

〔二〕「澗松」句：晉左思《詠史》：「鬱鬱澗底松，離離山上苗。以彼徑寸莖，蔭此百尺條。」峥嶸：山高貌。

〔三〕匠石：古代名石的巧匠。《莊子·徐無鬼》：「郢人堊慢其鼻端，若蠅翼，使匠石斲之。匠石運斤成風，聽而斲之，盡堊而鼻不傷，郢人立不失容。」此指能選拔文士的人。唐韓愈《爲人求薦書》：「及至匠石過之而不眄，伯樂遇之而不顧，然後知其非棟梁之材、超逸之足也。」

〔四〕「乾坤」二句：韓愈《雙鳥詩》：「雙鳥海外來，飛飛到中州。一鳥落城市，一鳥集巖幽。不得相伴鳴，爾來三千秋。」蘇軾《書丹元子所示李太白真》：「謫仙非謫乃其游……化爲兩鳥鳴相酬，一鳴一止三千秋。」句謂人生晦顯相接替。

〔五〕「百挽」二句：《歸潛志》「麻知幾」條：「興定末，試開封府，詞賦乙，經義魁。再試南省，復然。聲譽大振，南都婦人小兒皆知名。及廷試，以誤絀，士論惜之。已而隱居，不爲科舉計。」

其四

愚軒具詩眼〔一〕，論文貴天然。頗怪今時人，雕鐫窮歲年。君看陶集中，飲酒與歸田〔二〕。此翁豈作詩，直寫胸中天①。天然對雕飾，真贗殊相懸。乃知時世妝，粉緑徒争憐②。枯淡足自樂〔三〕，勿爲虚名牽。

〔校〕

①直：李詩本、毛本、施本作「真」，與下句「真贗」用字重複，二字古通用。從郭本。　②憐：郭本作「妍」，下注「一作憐」。

〔注〕

〔一〕詩眼：對詩的賞鑒能力。蘇軾《次韻吴傳正〈枯木歌〉》：「君雖不作丹青手，詩眼亦自工識拔。」

〔二〕「君看」二句：陶淵明有《飲酒詩》和《歸園田詩》，此指陶詩的兩大題材。

〔三〕枯淡：質樸平淡。宋胡仔《苕溪漁隱叢話前集·五柳先生下》：「予觀古今詩人，惟韋蘇州得其清閑，尚不得其枯淡。」

〔編年〕

據趙元《書懷繼元弟裕之韻四首》第四首和作「嵩箕有奇姿，出雲何悠然。雲山足佳處，留客今幾年。

有子罷讀書，求種山間田」諸語，知組詩作於移居嵩山後。又按麻知幾《贈裕之》「相逢梁苑雪消時」及其「興定末，試開封府」的行跡，二人「相逢」在興定五年春試汴京時。遺山「以山游見招兼以詩四首爲寄」，應爲汴京分别後不久之事。組詩當興定五年辛巳作。李《譜》附於貞祐四年。繆《譜》未編。

送欽叔内翰並寄劉達卿郎中、白文舉編修五首〔一〕

其一

忽忽歲云暮〔二〕，烈烈風霜威。舉頭望長安〔三〕，游子從此歸〔四〕。我有平生懷〔五〕，愛君如連枝〔六〕。半年姜肱被〔七〕，所樂良不貲〔八〕。尚恨人事異，離合無定時。送君酒一杯，侑以彈鋏辭〔九〕。上言行路難，下言長相思〔一〇〕。

〔注〕

〔一〕欽叔：李獻能字欽叔。詳見《同希顔、欽叔玉華谷分韻得軍華二字二首》其一注〔一〕。劉達卿：劉光謙字達卿，沈州（今遼寧省瀋陽市）人。泰和三年進士。《中州集·劉光謙傳》云：「好問爲舉子時，識於登封，相得甚歡。尊酒間談笑有味，使人不能忘也。」白文舉：白華字文舉，隩州（今山西省河曲縣）人。貞祐三年進士。與元好問幼時結交，過從甚密。華爲元曲四大家白樸之父。

〔二〕歲云暮：謂一年將盡。《詩·小雅·小明》：「昔我往矣，日月方除，曷云其還，歲聿云莫。」

〔三〕長安：代指金都汴京。

〔四〕「游子」句：孟郊《游子吟》：「慈母手中線，游子身上衣。臨行密密縫，意恐遲遲歸。」游子：指李欽叔。

〔五〕平生懷：猶平生歡，素來交好。

〔六〕連枝：即連理枝，兩樹的枝條連生在一起。喻同胞兄弟姐妹。南朝梁周興嗣《千字文》：「孔懷兄弟，同氣連枝。」

〔七〕姜肱被：《後漢書·姜肱傳》：「肱與二弟仲海、季江，俱以孝行著聞。其友愛天至，常共卧起。」李賢注引謝承《後漢書》：「肱感《愷風》之孝，兄弟同被而寢。」後用作兄弟友愛的典故。

〔八〕良不貲：確實難以計量。

〔九〕侑：勸人（吃喝）。彈鋏辭：《戰國策·齊策四》：「齊人有馮諼者，貧乏不能自存，使人屬孟嘗君，願寄食門下……居有頃，倚柱彈其劍，歌曰：『長鋏歸來乎，食無魚！』」後成爲窮困求助，自抒憤懣或懷才不遇之典。鋏：劍柄。

〔一〇〕「上言」二句：套用《漢樂府·飲馬長城窟行》「上言加餐飯，下言長相憶」句式。上言：前邊講。行路難：樂府雜曲歌辭篇名。《樂府解題》：「《行路難》，備言世路艱難及離别悲傷之意。」下言：後邊説。長相思：樂府雜曲歌辭篇名，内容多寫男女或友朋久别思念之情。

其二

六月渡盟津〔一〕，十月行汜水〔二〕。風濤脱沉舟，冰雪危墮指〔三〕。孝子在中野〔四〕，永念負甘旨〔五〕。家貧親已老，形瘵心欲死〔六〕。古稱季路孝，負米曾百里〔七〕。顧作鯉與魴，寧當怨赬尾〔八〕。君歸不可緩，獻壽迫歲始。遥知慈母心，已爲烏鵲喜〔九〕。

〔注〕

〔一〕盟津：即孟津。金縣名，屬河南府，在今河南省孟津縣東。武王伐紂，與八百諸侯會盟於此，故名。

〔二〕汜水：《金史·地理中》有汜水縣，屬鄭州，今河南省滎陽市。按：此水名《漢書》作「汜」，《水經注》作「汜水」，後多從《水經》。《中州集》李獻能《滎陽古城登覽寄裕之》有「關河落日歲云暮」句，用語時地都與本詩首句合。知是時元、李同游汜水。本集有《楚漢戰處》，當爲和作。

〔三〕墮指：凍掉手指。《漢書·高帝紀下》：「上從晉陽連戰，乘勝逐北，至樓煩，會大寒，士卒墮指者什二三。」

〔四〕孝子：指李欽叔。《中州集·李獻能傳》謂李「廷試第一人，宏詞優等（貞祐三年事，見《金史·李獻能傳》），授應奉翰林文字，在翰苑凡十年……家故饒財，盡於貞祐之亂。京師冷官，食貧口衆，無以自資。太夫人素豪侈，厚於自奉，小不如意，則有金魚墮地之譴。人視之殆不堪其憂，而欽叔處之自若也。」中野：荒野之中。語出《易・繫辭傳》。

〔五〕甘旨：指養親的食物。唐白居易《奏陳情狀》：「臣母多病，臣家素貧；甘旨或虧，無以爲養。」

〔六〕形瘵：久病而憔悴貌。

〔七〕「古稱」二句：《孔子家語》：「子路見於孔子曰……昔者由也事二親之時，常食藜藿之實，爲親負米百里之外。」季路：子路，孔子弟子。

〔八〕「顧作」二句：《詩・周南・汝墳》：「魴魚赬尾，王室如燬。」毛傳：「赬，赤也。魚勞則尾赤。」後用以形容人困苦勞累，負擔過重。二句反用其意，謂李回視自身像鯉魴赬尾，但爲孝親毫無怨言。

〔九〕烏鵲喜：舊題師曠《禽經》：「靈鵲兆喜。」張華注：「鵲噪則喜生。」漢劉欣《西京雜記》卷三：「乾鵲噪而行人至。」

其三

一年不製衣，春服犯霜風。一日僅兩食，腸胃不得充。生平萬里氣〔一〕，頓入低回中。田夫怒攘臂〔二〕，縮首甘盲聾。老兵賜顏色，歡喜無所容。求索厭朋友，勞苦慚僕僮。無聊，又復招災凶〔三〕。我有一樽酒，澆君塊磊胸〔四〕。君年始三十〔五〕，白髮成一翁。顧以寸心微，受此百慮攻。君窮復何辭，不見閑閑公〔六〕：文章二百年，不救四壁空〔七〕。

〔注〕

〔一〕萬里氣：形容志氣高遠昂揚。劉祁《歸潛志》卷二：「欽叔爲人眇小而黑色，頗有鬚。善談論，每敷説今古，聲鏗亮可聽。」

〔二〕攘臂：捋衣出臂。

〔三〕招災凶：疑指師仲安誹謗事，詳見《感事》（七律）編年引《趙閑閑真贊》。

〔四〕塊磊胸：心中鬱結不平。《世説新語·任誕》載王忱謂阮籍胸中壘塊，故須以酒澆之。

〔五〕「君年」句：《中州集·冀禹錫傳》：「欽與京少予兩歲。」據此知李欽叔生於明昌三年。

〔六〕閑閑公：趙秉文（一一五九——一二三二），字周臣，號閑閑居士。磁州滏陽（今河北省磁縣）人。大定二十五年進士，官至禮部尚書、翰林侍讀學士。工詩善書，爲金末文壇領袖。與楊雲翼掌文柄，時號「楊趙」。本集有《閑閑公墓銘》，《中州集》卷三有小傳，《歸潛志》卷一、七、八、九、十載其事。

〔七〕「文章」二句：宋歐陽修《贈王介甫》詩：「翰林風月三千首，吏部（指韓愈）文章二百年。」楊雲翼《李平甫爲裕之畫繫舟山圖閑閑公有詩某亦繼作》謂趙「禮部天下士，文盟今歐韓」。本集《閑閑公墓銘》：「主盟吾道將四十年，未嘗以大名自居。仕五朝，官六卿，自奉如寒士，不知富貴爲何物。」劉祁《歸潛志》卷九亦言趙素清貧。「文章二百年」，極言文章精妙，爲二百年來所未有。語本《南史·謝朓傳》：「朓善草隸，長五言詩。沈約常云：『二百年來無此詩也。』」四壁空。用司馬相如「家徒四壁」典。

其四

君性我所諳，我心君所知。凡我之所短，君亦時有之。謀事恨太鋭〔一〕，臨斷恨太遲。持論恨太高，徇俗恨太卑〔二〕。人道自近始〔三〕，貧富理不齊〔四〕。君自不得飽，欲療何人飢。乞醯乞諸鄰，聖哲有明譏〔五〕。被髮救鄉人〔六〕，智者所不爲。且如與人交，交有非所宜。白黑不復擇，豁豁傾心脾〔七〕。泛愛豈不可〔八〕，後悔終自貽①。又如與人言，寧復無失辭。刺口論成敗②〔九〕，白眼談歌詩〔一〇〕。世故轂黄間③，能不發其機〔一一〕。聞君作損齋〔一二〕，似覺豪華非〔一三〕。懲忿與窒慾〔一四〕，百年有良規。與子各努力，歲晚以爲期。

〔校〕

①後：李詩本、毛本作「復」。據李全本、施本改。　②刺：李詩本、毛本、李全本作「剌」，形訛。據施本改。　③黄：李詩本、毛本作「簧」，誤。據李全本、施本改。

〔注〕

〔一〕鋭：急速。

〔二〕徇俗：順從世俗。

〔三〕「人道」句：《禮記》：「親親，尊尊，長長，男女之有别，人道之大者也。」金趙秉文《性道教説》：

「雖聖學如天，亦必自近始。」

〔四〕「貧富」句：謂人生之貧富與懲惡揚善的天理不吻合。

〔五〕「乞醯」二句：《論語·公治長》：「子曰：『孰謂微生高直？或乞醯焉，乞諸其鄰而與之。』」醯：醋。

〔六〕「被髮」句：《孟子·離婁下》：「今有同室之人鬭者，救之，雖被髮纓冠而救之，可也。」被髮：來不及束髮，表示急於救人。

〔七〕豁豁：敞開貌。

〔八〕泛愛：《中州集·辛愿傳》：「一時主文盟者又皆汎愛多可，坐受愚弄。」

〔九〕刺口：多言饒舌。韓愈《寄盧仝》：「彼皆刺口論世事，有力未免遭驅使。」

〔一〇〕白眼：《晉書·阮籍傳》：「籍又能爲青白眼，見禮俗之士，以白眼對之。」後用以表示鄙薄或厭惡。

〔一一〕「世故」二句：謂世俗人情嫉妒美好。劉祁《歸潛志》卷十：「貞祐初，詔免府試，而趙閑閑爲省試，有司得李欽叔賦，大愛之。蓋其文雖格律稍疏，然詞藻莊嚴絶俗，因擢爲第一人，擢麻知幾爲策論魁。於是舉子輩譁然，訴於臺省，投狀陳告趙公壞了文格，又作詩譏之。」彀黄間：張滿弓弩。張衡《南都賦》：「騄驥齊鑣，黄間開張。」李善注：「黄間，弩。」

〔一二〕損齋：取《易·損》和《老子》「爲道日損」之義名其齋。本集《陶然集詩序》：「方外之學有『爲道日損』之説，又有『學至於無學』之説。」

〔一三〕豪華：豪奢華麗。指奢侈的欲望。本集《論詩三十首》其四評陶有「豪華落盡見真淳」句。

〔一四〕懲忿與窒慾：《易·損》：「君子以懲忿窒欲。」謂戒止憤怨，杜塞情欲。宋朱熹《感尚子平事》：「我亦近來知損益，只將懲窒度餘生。」

其五

古人遥相望，每恨不同時〔一〕。同時得古人〔二〕，歡樂良在兹。君歸豈不佳，交游滿京師。門前車馬來，笑言慰所思。細話洛陽事，高詠嵩山詩。宮壺發新篘〔三〕，宮梅耿幽姿。故應劉與白〔四〕，亦復念微之〔五〕。

〔注〕

〔一〕「古人」二句：陳子昂《登幽州臺歌》：「前不見古人，後不見來者。念天地之悠悠，獨愴然而涕下。」

〔二〕古人：此指李欽叔，謂其有古人風致。

〔三〕宮壺：宮廷酒壺，代指御酒。新篘：新漉取的酒。篘：濾酒的器具。

〔四〕劉與白：指劉達卿與白文舉。

〔五〕微之：唐元稹字微之。中唐元稹、白居易、劉禹錫三人才情相當，交誼甚厚。故此二句用以比況自己與白華、劉達卿的情誼。元王博文《天籟集·序》言遺山贈白華子白樸詩有「元白通家舊，諸郎獨汝賢」句。

〔編年〕

《中州集》卷六《冀禹錫傳》：「在京師時，希顏、仲澤、欽叔、京父相得甚歡，升堂拜親，有昆弟之義。而不肖徒以文字之故得幸諸公間。希顏長予六歲，澤長四歲，欽與京少予二歲。」組詩三有「君年始三十」，知作於興定五年辛巳。李、繆同。

楚漢戰處 同欽叔賦〔一〕

虎擲龍拏不兩存〔二〕，當年曾此賭乾坤〔三〕。一時豪傑皆行陣〔四〕，萬古山河自壁門①〔五〕。
原野猶應厭膏血，風雲長遣動心魂。成名豎子知誰謂，擬唤狂生與細論〔六〕。

〔校〕

①山河：李全本、施本作「河山」。

〔注〕

〔一〕楚漢戰處：指劉邦、項羽争奪天下的主戰場。在滎陽、汜水一帶有東西廣武城，西爲漢，東爲楚。欽叔：指李欽叔，見《同希顏、欽叔玉華谷分韻得軍華二字二首》其一注〔一〕。

〔二〕虎擲龍拏：虎龍跳躍抓拿争鬥。《漢書·揚雄傳·校獵賦》：「熊羆之拏攫，虎豹之凌遽。」

〔三〕「當年」句：韓愈《過鴻溝》：「誰勸君王迴馬首，真成一擲賭乾坤。」

〔四〕行陣：行武戰陣。

〔五〕壁門：軍營之門。

〔六〕「成名」二句：《晉書·阮籍傳》載，籍登廣武觀楚漢戰處，歎曰：「時無英雄，遂使豎子成名。」豎子：猶小子，對人的鄙稱。狂生：阮籍爲人狂放，故稱。

〔編年〕

上詩《送欽叔内翰并寄劉達卿郎中、白文舉編修五首》有「半年姜肱被，所樂良不貲」、「六月渡盟津，十月行汜水」諸語，知興定五年十月元、李二人曾同游汜水等地。《中州集》李欽叔有《滎陽古城登覽寄裕之》，當是時作。本集有《楚漢戰處同欽叔賦》、《鴻溝同欽叔賦》、《水調歌頭·西京汜水故城登眺賦》「牛羊散平楚」。本詩「虎擲龍挐」的言事下語與李詩同，亦當是時作。李《譜》定在元光元年，不妥。繆《譜》未編。

鴻溝同欽叔賦〔一〕

劉郎著手乾坤了，未害與渠分九州〔二〕。夸兒衣綉自楚楚〔三〕，作計豈復西鴻溝〔四〕。雌雄自決已無策，尺寸必争唯上流。韓生已死言猶在〔五〕，千載令人笑沐猴〔六〕。

〔注〕

〔一〕鴻溝：古渠名。由滎陽北引黄河水曲折東至淮陽入潁水。項羽、劉邦約中分天下，以鴻溝爲界，西爲漢，東爲楚，即此。

〔二〕害：妨礙。渠：指項羽。二句謂劉邦志在一統天下，未受與項羽約以鴻溝爲界的約束。《史記・項羽本紀》載，劉邦遣使與項羽約以鴻溝爲界，欲西歸，聽張良、陳平言又東擊楚軍。

〔三〕「夸兒」句：《史記・項羽本紀》：「項羽引兵西屠咸陽，殺秦降王子嬰，燒秦宫室，火三月不滅，收其貨寶婦女而東。人或説項王曰：『關中阻山河四塞，地肥饒，可都以霸。』項王見秦宫室皆以燒殘破，又心懷思欲東歸，曰：『富貴不歸故鄉，如衣繡夜行，誰知之者。』」夸兒：好炫耀自己的人。此指項羽。

〔四〕「作計」句：謂項羽信守以鴻溝爲界的約定，再不打算越過鴻溝與劉邦争天下。西鴻溝：《史記・項羽本紀》：「漢王復使侯公往説項王，項王乃與漢約，中分天下，割鴻溝以西者爲漢，鴻溝而東者爲楚。項王許之，即歸漢王父母妻子。」

〔五〕「韓生」句：《史記・淮陰侯列傳》載韓信評項羽語：「項王喑噁叱咤，千人皆廢，然不能任屬賢將，此特匹夫之勇耳。項王見人恭敬慈愛，言語嘔嘔，人有疾病，涕泣分食飲，至使人有功當封爵者，印刓敝，忍不能予，此所謂婦人之仁也……項王所過無不殘滅者，天下多怨，百姓不親附，特劫於威彊耳。名雖爲霸，實失天下心。」

〔六〕沐猴：《史記·項羽本紀》：「説者（即上引説項王都關中者）曰：『人言楚人沐猴而冠耳，果然。』」楚人稱獮猴爲沐猴。沐猴而冠，即獮猴戴帽子，喻人虚有儀表。

〔編年〕

興定五年辛巳作，詳見前詩《楚漢戰處同欽叔賦》編年。李《譜》定在元光元年。繆《譜》未編。

蟾池〔一〕

老蟇食月飽復吐，天公一目頻年瞽〔二〕。下界新增養蟾户，玉斧誰憐修月苦〔三〕。郡國蟾池知幾所〔四〕，碧玉清流水仙府〔五〕。小蟾徐行腹如鼓，大蟾張頤怒於虎。渠家眉間有黄乳，膏粱大丁正須汝①〔六〕。何人敢與月復讎，疾過池頭不容語〔七〕。向來屬私今屬官〔八〕，從今見蟇當好看〔九〕，爬沙即上青雲端〔一〇〕。

〔校〕

①粱：毛本、李全本作「梁」，形訛。據李詩本、施本改。

〔注〕

〔一〕蟾：蟾蜍，俗稱癩蝦蟆。神話傳説謂「羿請無死之藥於西王母，姮娥竊之以奔月……遂託身於月，是爲蟾蜍」（《後漢書·天文志上》「言其時辰之變」注引）。蟾池：養蟾蜍的池子。施本謂

「詩指南渡近侍局使也」。

〔二〕「老蟇」二句：唐盧仝《月蝕詩》有「傳聞古老説，蝕月蝦蟇精」，「皇天要識物，日月乃化生。走天汲汲勞四體，與天作眼行光明。此眼不自保，天公行道何由行」語。《淮南子·説林訓》：「月照天下，蝕於詹諸。」高誘注：「詹諸，月中蝦蟆，食月。」二句謂蝦蟆經常食月，天公就多年瞎着一隻眼睛。

〔三〕「玉斧」句：玉斧，仙斧。唐段成式《酉陽雜俎》前集卷一《天咫》載，大和中，鄭仁本表弟與王秀才游嵩山，迷路，「見一人，布衣甚潔白，枕一襆物，方眠熟……二人因就之，且問其所自。其人笑曰：『君知月乃七寶合成乎？月勢如丸，其影，日爍其凸處也。常有八萬二千户修之，予即一數。』因開襆，有斤鑿數事，玉屑飯兩裹。」句謂今世下界又增添了專門養蟾蜍的人家，食月的蟾蜍更多了，月亮就更不明了。

〔四〕郡國：郡和國的並稱。漢初兼採封建與郡縣制，郡直屬中央，國分封諸侯。後世用以泛指地方行政區劃。

〔五〕水仙府：水中神仙的府第。

〔六〕「小蟾」四句：劉祁《歸潛志》卷七：「金朝近習之權甚重，置近侍局於宮中，職雖五品，其要密與宰相等，如舊日中書，故多以貴戚、世家、恩倖者居其職，士大夫不預焉。南渡後，人主尤委任，大抵視宰執臺部官皆若外人，而所謂心腹者則此局也。其局官以下，所謂奉御、奉職輩，本以傳詔旨、供使令，而人主委信，反在士大夫右。故大臣要官往往曲意奉承，或被命出外，帥臣郡守百計館饋，蓋以其親近易得言也。然此曹皆膏粱子弟，惟以妝飾體樣相誇，膏面鑷鬚，鞍馬、衣服鮮整，朝夕侍上，迎合諂媚。」渠：他。眉間有黄乳：疑指效婦人涂「額黄」。古代婦女用黄色染料涂飾前額。唐李商隱《無題》詩之一：「壽陽公主嫁時妝，八字宫眉捧額黄。」膏粱大丁：指富貴人家的子弟。四句喻近侍局頤指氣使，仗勢欺人的奉職、奉御皆屬描眉畫額的公子哥。

〔七〕「何人」二句：意謂什麽人敢替月報仇？人們路過蟾池邊時皆趨而避之。

〔八〕「向來」句：言由膏粱子弟變爲近侍局官員。

〔九〕好看：善視，另眼相看。

〔一〇〕「爬沙」句：唐韓愈《月蝕詩效玉川子作》：「爬沙脚手鈍，誰使汝解緣青冥。」爬沙：今忻州俗語指爬行，用於仕途升遷，指向上爬。

〔編年〕

《金史·宣宗下》載，興定五年三月，「諭宰臣曰：『今奉御、奉職多不留心採訪外事。聞章宗時近侍人秩滿，以所採事定升降。今亦宜預爲考覈之法，以激勸人。』」李《譜》據此編在是年，姑從之。繆《譜》未編。

寄答溪南詩老辛愿敬之〔一〕

五年不唤溪南渡〔二〕，日夕心馳洛西路。山中今日見君詩〔三〕，惆悵良辰又相誤。龍蛇大澤變風景〔四〕，虎豹天門鬱煙霧〔五〕。丈夫不合把鋤犂〔六〕，青鬢無情忽衰素〔七〕。平泉漫作窮愁志〔八〕，笠澤休題自憐賦〔九〕。長安正有五侯鯖，骯髒誰能作樓護①〔一〇〕。青燈老屋深蓬蒿，蝙蝠掠面莎鷄號〔一一〕。劍歌夜半激悲壯〔一二〕，松風萬壑翻雲濤。區區墓上曹征西〔一三〕，我知慚愧王東皋〔一四〕。人生只有一杯酒，螟蛉蜾蠃安能豪〔一五〕。

〔校〕

①樓：《西京雜記》作「婁」。《漢書》有《樓護傳》。

〔注〕

〔一〕辛愿：字敬之，福昌（今河南省宜陽縣西）人。居女几山下，以力田爲業，自號「女几野人」，又號溪南詩老。讀書精博，「杜詩韓筆未嘗一日去其手」，「詩律深嚴而有自得之趣」，是遺山「三知己」之一。《中州集》有傳。

〔二〕溪南：溪南詩老的省稱。本集多以此稱辛愿，如《過劉子中故居》：「何時却與溪南老，紫蓋山前共往還。」

〔三〕山：嵩山。遺山時居於此。

〔四〕龍蛇大澤：《左傳·襄公二十一年》：「其母曰：『深山大澤，實生龍蛇。』」杜預注：「言非常之地，多生非常之物。」《漢書·揚雄傳》：「君子得時則大行，不得時則龍蛇。」劉祁《歸潛志》卷二「辛願」條：「平生不爲科舉計，且未嘗至京師，砉然中州一逸士也……嘗謂王鬱飛伯曰：『王侯將相，世所共嗜者，聖人有以得之亦不避。得之不以道，與夫居之不能行己之志，是欲澡其身而伏於廁也。此言他人難聞，子宜保之。』此可見其志趣也。」句謂辛願人才傑出，隱居女几，境因人勝。

〔五〕虎豹天門：《楚辭·招魂》：「魂兮歸來，君無上天些。虎豹九關，啄害下人些。」王逸注：「言天門凡有九重，使神虎豹執其關閉，主啄齧天下欲上之人而殺之也。」本集《臨江仙》〔自笑此身無定在〕詞有「故人天末賦《招魂》」句。題序言「西山同欽叔送溪南詩老歸女几」並引辛詞：「誰識虎頭峰下客，少時有意功名。清朝無路到公卿。蕭蕭茅屋下，白髮老書生。」（《中州樂府》有此詞，題序云「河山亭留別欽叔裕之」）句謂辛願雖有意功名但仕途渺茫無路可達。

〔六〕「丈夫」句：《中州集·辛願傳》：「田五六十畝，歲入不足，一牛屢爲追胥所奪，竟賣之以爲食。衆雛嗷嗷，張口待哺。雅負高氣，不能從俗俯仰，迫以饑凍，又不得不與世接。」

〔七〕「青鬢」句：言辛願頭髮稀疏蒼白。《中州集》卷五趙元《詩送辛敬之東歸二首》有「風霜滿頭人不識」之句。

〔八〕「平泉」句：《舊唐書·李德裕傳》載李「東都於伊闕南置平泉别墅」，「初貶潮州，雖蒼黄顛沛之中，猶留心著述，雜序數十篇，號曰《窮愁志》」。《中州集·辛願傳》：「其枯槁憔悴、流離頓踣往往見之於詩。」漫：徒然。

〔九〕「笠澤」句：本集《校笠澤叢書後記》：「（陸）龜蒙，高士也。學既博贍，而才亦峻潔，故其成就卓然爲一家。然識者尚恨其多憤激之辭而少敦厚之義，若《自憐賦》、《江湖散人歌》之類，不可一二數。標置太高，分别太甚，鎪刻太苦，譏駡太過。唯其無所遇合，至窮悴無聊賴以死，故鬱鬱之氣不能自掩。」笠澤：陸龜蒙有《笠澤叢書》。

〔一〇〕「長安」二句：《西京雜記》二：「婁護豐辯，傳食五侯間，各得其歡心，競致奇膳。護乃合以爲鯖，世稱五侯鯖，以爲奇味焉。」鯖：魚和肉合在一起的菜。後稱美味佳肴爲「五侯鯖」。骯髒：剛直倔强貌。漢趙壹《刺世嫉邪賦》：「伊優北堂上，抗髒倚門邊。」樓護：《漢書·樓護傳》：「五侯兄弟争名，其客各有所厚，不得左右，唯護盡入其門，咸得其歡心。」《歸潛志》謂辛願平生「未嘗至京師」，「朝士大夫願交而不得也」。

〔一一〕莎鷄：蟲名。俗名紡織娘。唐李賀《房中思》：「誰能事貞素，卧聽莎鷄泣。」

〔一二〕劍歌：彈劍而歌。暗用戰國孟嘗君客馮諼彈鋏典。李白《古風》之三九：「且復歸去來，劍歌《行路難》。」

〔一三〕墓上曹征西：曹操《讓縣自明本志令》：「欲望封侯作征西將軍，然後題墓道，言『漢故征西將軍曹侯之墓』，此其志也！」

〔一四〕王東皋：王績歸隱故里，躬耕於東皋，故時人號東皋子，有《東皋子集》。見《舊唐書・隱逸傳》。

〔一五〕「人生」二句：晉劉伶《酒德頌》：「兀然而醉，豁爾而醒。靜聽不聞雷霆之聲，熟視不睹泰山之形。不覺寒暑之切肌，利欲之感情，俯觀萬物，擾擾焉如江漢之載浮萍。二豪侍側焉，如蜾蠃之與螟蛉。」螟蛉蜾蠃：《詩・小雅・小宛》：「螟蛉有子，蜾蠃負子。」《傳》：「螟蛉，桑蟲也。蜾蠃，蒲盧也。」《箋》：「蒲盧取桑蟲之子，負持而去，煦嫗養之，以成其子。」蜾蠃是一種寄生蜂，產卵於螟蛉幼蟲體內，吸取養料，其後代即從螟蛉幼蟲體內孵出。古人誤認爲蜾蠃養螟蛉爲子。後因稱養子爲「螟蛉」。二句意謂人生多艱，唯有以酒澆愁，窮困潦倒如螟蛉蜾蠃怎能豪壯。蠃、羸通。

〔編年〕

詩有「五年不喚溪南渡」句，元氏興定二年自三鄉遷居嵩山，虚數五年是元光元年。《中州集・辛願傳》：「元光初，予與李欽叔在孟津。敬之自女几來，爲之留數日。」按本集《浣溪沙・宿孟津官舍》「一夜春寒滿下廳」、《鷓鴣天・孟津作》「總道忘憂有杜康」有「桃紅李白春千樹」、《臨江仙・孟津河山亭同欽叔賦，因寄希顏兄》「試上古城城上望」有「人家誰有酒，吾欲典春衫」，知元光初遺山與欽叔確曾春游孟津，與《送欽叔内翰并寄劉達卿郎中、白文舉編修》之「六月渡盟津」非一事。詩應元光元年壬午春作於孟津與辛願相見前。李《譜》定在元光元年，繆《譜》未編。

北邙〔一〕

驅馬北邙原，踟躕重踟躕〔二〕。千年富貴人，零落此山隅〔三〕。萬冢不復識，榛莽餘龜趺〔四〕。賢愚同一盡，感極增悲歔。粤人惟物靈〔五〕，生也與道俱。一爲物所眩，遂爾迷厥初。蜕骨幾山邱，百年不須臾〔六〕。歸盡固其理，交喪亦已愚〔七〕。陳迹有足悲，奈此萬化途。焉知原上冢，不有當年吾。

〔注〕

〔一〕北邙：即邙山。因在洛陽之北，故名。

〔二〕踟躕：徘徊不前貌。

〔三〕「千年」二句：東漢、魏、晉的王公公卿多葬於北邙。

〔四〕榛莽：雜亂叢生草木。龜趺：碑下的龜形石座。

〔五〕「粤人」句：宋陳經《尚書詳解》：「人爲萬物之靈。」粤：助詞。用在語首表示鄭重語氣。

〔六〕須臾：片刻。

〔七〕交喪：《莊子·繕性》：「由是觀之，世喪道矣，道喪世矣，世與道交相喪也。」後因以「交喪」喻衰亂。此指自然死亡的「歸盡」與人爲的「爲物所眩」，迷失本我二者交喪。

〔編年〕

《中州集·辛願傳》：「元光初，予與李欽叔在孟津。敬之自女几來，爲之數日留。」本集《臨江仙》〔今古北邙山下路〕題序云：「自洛陽往孟津道中作。」繆《譜》據《辛願傳》繫此詞於元光元年。故詩亦當元光元年壬午作。李《譜》繫此詩於興定四年庚辰（本集《水調歌頭》〔雲山有宮闕〕題序云：「庚辰六月，游玉華谷回，過少姨廟。」李《譜》認爲「玉華谷」在洛陽，遂以爲是年遺山至洛陽），誤。玉華谷在嵩山。繆《譜》未編。

送希顔赴召西臺兼簡李汾長源〔一〕

昨日游嵩丘，今日西臺行。勞生好夢亦大少〔二〕，枕中馬嘶車鐸鳴〔三〕。山林之樂無虧成〔四〕，胡爲解蘭縛塵纓〔五〕。蒼生望君須一起〔六〕，我知無地逃功名。關中得君作金城〔七〕，氣象已覺西山平〔八〕。諸人誰出仲卿右〔九〕，一座想爲相如傾〔一〇〕。風華浩蕩春冥冥〔一一〕，馬頭仙掌遥相迎〔一二〕。長安市上見李白〔一三〕，爲我一醉秦東亭〔一四〕。

〔注〕

〔一〕希顔：雷淵之字。詳見《示崔、雷詩社諸人》注〔一〕。西臺：唐時中書省的别稱。按詩意，當指陝西行省。李汾長源：李汾字長源，詳見《女几山避兵送李長源歸關中》注〔一〕。

〔二〕勞生：辛勞的生活。《莊子·大宗師》：「夫大塊載我以形，勞我以生。」

〔三〕馬嘶車鐸鳴：宋黄庭堅《書贈俞清老》：「馬嘶車鐸鳴，群動不遑安。」

〔四〕虧成：缺損與完滿。《莊子·齊物論》：「道之所以虧，愛之所以成。果且有成與虧乎哉？果且無成與虧乎哉？有成與虧，故昭氏之鼓琴也；無成與虧，故昭氏之不鼓琴也。」宋王安石《昭文齋》：「當緣琴不鼓，人不見虧成。」

〔五〕解蘭縛塵纓：南朝齊孔稚珪《北山移文》：「昔聞投簪逸海岸，今見解蘭縛塵纓。」解蘭：指放棄隱居生活（蘭爲隱士所佩）。縛塵纓：爲塵世的繩索所束縛。

〔六〕「蒼生」句：《晉書·謝安傳》載謝安隱居東山，「諸人每相與言：安石不肯出，將如蒼生何」。君：指雷淵。

〔七〕「關中」句：漢賈誼《過秦論》：「天下已定，秦王之心，自以爲關中之固，金城千里，子孫帝王萬世之業也。」金城：言城之堅，如金鑄成。

〔八〕氣象：指預示吉凶的雲氣跡象。興定五年，蒙古木華黎攻打陝西，故有上二句。

〔九〕「諸人」句：《漢書·王章傳》：「王章字仲卿，泰山鉅平人也。少以文學爲官，稍遷至諫大夫，在朝廷名敢直言……初，章爲諸生學長安，獨與妻居。章疾病，無被，卧牛衣中，與妻決，涕泣。其妻呵怒之曰：『仲卿，京師尊貴在朝廷人誰踰仲卿者？』」

〔一〇〕相如：藺相如不畏强秦，屢挫其志。見《史記·藺相如傳》。

〔一一〕風華：風光。冥冥：高遠貌。

〔一二〕仙掌：西嶽華山峰名。《文選·張衡〈西京賦〉》：「綴以二華……厥跡猶存」李善注：「古語云，此本一山，當河水過之而曲行，河之神以手擘開其上，足蹋離其下，中分爲二，以通河流，手足之跡，於今尚在。」

〔一三〕李白：借指李汾。汾豪放不羈，以奇節自許，爲詩有幽并豪俠歌謡慷慨之氣，時在秦中，故有末二句。

〔一四〕秦東亭：杜甫《醉歌行》：「春光淡沲秦東亭，渚蒲牙白水荇青。」宋黄希《補注杜詩》：「秦東亭，即京城門外東亭，送别多於此處。」

〔編年〕

《金史·雷淵傳》：「尋遷東阿令，轉徐州觀察判官。興定末，召爲英王府文學兼記室參軍，轉應奉翰林文字。」未言及西臺。李《譜》謂「赴召西臺之事，大抵方赴召往西，又即召爲英府記室，故史不敘也」。據本集《聞希顔得英府記室》「近得髯參信，知從兔苑游。文星照朱邸，勝概減黄樓（黄樓指徐州，詳見詩注）」，知希顔由徐州調任英府記室，非自嵩山而往。《中州集·李汾傳》謂汾元光末自關中來汴京任史院從事，曾與應奉雷淵、李欽叔交惡，知詩作於元光二年李汾來汴之前。《中州集》卷六馮璧有《元光間予在上龍潭每春秋二仲月往往與元雷游歷嵩少……》及《同裕之再過會善寺有懷希顔》詩，知元光元二年希顔曾居嵩山，後出行。本集《臨江仙》〔試上古城城上望〕題序云：「孟津河山亭同欽叔賦因寄希顔兄。」知元光元年雷淵外出，本詩當元光元年作。李《譜》定在興定五年，不妥。繆《譜》未編。

緱山置酒 同内翰馮丈叔獻、雷兄希顔賦詩，分韻得賓字〔一〕

靈宫肅清曉，細柏含古春。人言王子喬，鶴馭此上賓〔二〕。白雲山蒼蒼，平田木欣欣。登高覽元化〔三〕，浩蕩融心神。西望洛陽城，大路通平津。行人細如蟻，擾擾争紅塵。蓬萊風濤深〔四〕，鬢毛日夜新。殷勤一杯酒，媿爾雲間人〔五〕。

〔注〕

〔一〕緱山：又名緱氏山，在今河南省偃師市南，下有通登封大道。馮璧字叔獻，真定（今河北省正定縣）人。承安二年進士，歷州縣，召入翰林。宣宗朝屢以使指鞫大獄，不畏彊暴。《中州集·馮璧傳》言「興定末以同知集慶軍節度使事致仕。居嵩山龍潭者十餘年，諸生從之游與四方問遺者不絶。賦詩飲酒，放浪山水間，人望以爲神仙焉」。雷兄希顔：雷淵字希顔，詳見《示崔、雷詩社諸人》注〔一〕。

〔二〕「靈宫」四句：漢劉向《列仙傳》上：「王子喬者，周靈王太子晉也。好吹笙，作鳳凰鳴。游伊、洛之間，道士浮丘公接以上嵩高山。三十餘年後……見柏良，曰：『告我家，七月七日待我於緱氏山巔。』至時果乘白鶴駐山頭，望之不得到，舉手謝時人，數日而去。亦立祠於緱氏山下及嵩高首焉。」靈宮：指供奉神靈的宮闕樓觀。此當指王子喬祠。上賓：此指作客於天帝之所，即道教所謂羽化登仙。《逸周書·太子晉解》：「吾後三年，上賓於帝所。」

〔三〕元化：大自然的變化。唐陳子昂《感遇詩》之六：「古之得仙道，信與元化并。」

〔四〕蓬萊：海上三仙山之一。句謂仙境難達。

〔五〕爾：指王子喬等成仙之人。

〔編年〕

據馮璧《元光間予在上龍潭每春秋二仲月往往與元、雷游歷嵩少諸藍……》，知本詩作於元光元、二年間。李《譜》定在興定五年，繆《譜》定在元光二年。合觀上二詩，故繫於元光元年壬午。

贈汴禪師〔一〕

道重疑高謇，禪枯耐寂寥〔二〕。蓋頭茅一把〔三〕，繞腹篾三條①〔四〕。趙子曾相問〔五〕，馮公每見招②〔六〕。風波門外客〔七〕，無事且相饒〔八〕。

〔校〕

①繞：李詩本、毛本作「饒」，訛。據本集《告山贇禪師塔銘》及李全本、施本改。②馮：李詩本、毛本作「憑」，誤。據李全本、施本改。

〔注〕

〔一〕汴禪師：嵩山龍興寺僧，工詩。

〔二〕「道重」二句：本集《告山贇禪師塔銘》：「汴南遷後，嗣法虚明亨公，在法兄弟最後蒙印可於臨濟一枝，亭亭直上，不爲震風淩雨之所摧偃。龍興焚蕩之餘，破屋數椽，日與殘僧三四輩灌園自給，不肯輕傍時貴之門。予嘗以五言贈之，有『大道疑高謇，禪枯耐寂寥。蓋頭茅一把，繞腹篾三條』之句。意其孤峻自拔如此，必有所從來。」高謇：孤傲貌。

〔三〕「蓋頭」句：言用一把茅作草庵，蓋在頭上，以蔽風雨。《五燈會元》卷二：荷澤神會禪師謁六祖，祖曰：「此子向後，設有把茆（茅）蓋頭，也只成得個知解宗徒。」宋王安石《次韻致遠木人洲》：「年多但有柳生肘，地僻獨無茅蓋頭。」

〔四〕「繞腹」句：語出禪宗公案「古德三篾」。《五燈會元》卷五：「祖（馬祖）問：『子近日見處作麼生？』師（藥山）曰：『皮膚脱落盡，唯有一真實。』祖曰：『子之所得，可謂協於心體，布於四肢。既然如是，將三條篾束取肚皮，隨處住山去。』」意謂藥山對佛法已領悟，可以隨處住山，接引學人。篾：用竹劈成的長薄片。句指用其束腹忍飢。上二句謂汴禪師生活艱苦，佛學深厚。

〔五〕趙子：施注：「即元，字愚之（趙元字宜之，號愚軒。『愚之』誤）。」案：此二句意在借名人襯托汴禪師的身價，且「趙子」的地位應高於馮璧，故應指金末文壇領袖趙秉文。

〔六〕馮公：指馮璧。《中州集》卷六馮璧有詩題《元光間予在上龍潭每春秋二仲月往往與元、雷游歷

嵩少諸藍汴公方事參訪每相遇輒揮毫賦詩以道閑適之樂……》

〔七〕「風波」句：謂佛門之外世俗風波中人。《莊子·天地》：「我之謂風波之民。」成玄英疏：「夫水性雖澄，逢風波起；我心不定，類彼波瀾，故謂之風波之民也。」

〔八〕饒：惠益。句言從汴師請教佛理使己受益。

〔編年〕

此詩有「馮公每見招」句，與馮璧《元光間予在上龍潭……》同時作。李《譜》定在元光元年，繆《譜》定在元光二年。參考上三詩，從李《譜》。

麥歎〔一〕

借地乞麥種，徼倖今年秋。乞種尚云可，無丁復無牛。田主好事人，百色副所求〔二〕。盻盻三百斛〔三〕，寬我飢寒憂。我夢溱南川〔四〕，平雲緑油油。起來望河漢，旱火連東州。四月草不青，吾種良漫投〔五〕。田間一太息，此歲何時周〔六〕。向見田父言，此田本良疇。三歲廢不治平①，種則當倍收。何如落吾手，羊年變鷄猴〔七〕。身自是旱母〔八〕，咄咄將誰尤〔九〕。人滿天地間，天豈獨我讐。正以賦分薄，所向困拙謀②〔一〇〕。不稼且不穡，取禾亦何繇〔一一〕。辦作高敬通③，惡雨將漂流〔一二〕。吾貧有濫觴，賢達未始羞。單衣適至骭〔一三〕，一劍又蒯緱〔一四〕。焉知寄食餓，不取丞相侯。作詩以自廣〔一五〕，時用商聲謳〔一六〕。

〔校〕

①平：李全本無此注。②困：毛本作「因」，形訛。據李詩本、李全本、施本改。③敬：應作「文」。高鳳字文通，見《後漢書·高鳳傳》。李詩本、毛本、李全本、施本皆作「敬」，當遺山誤記。

〔注〕

〔一〕歎：樂府詩體名。

〔二〕百色：各種各樣。副：符合，引申爲滿足。

〔三〕盻盻：夏敬觀注引《孟子·滕文公上》「使民盻盻然，將終歲勤動」，謂「音『係』，勤苦貌」，不通。「盻」通「盼」。

〔四〕溱南川：指登封東部一帶。溱：水名。源出河南省密縣，東南會洧水。

〔五〕良漫投：確實白撒出去。

〔六〕周：周年，用作動詞，即過完一年。

〔七〕「羊年」句：農諺：「猪狗年，好收田，但怕雞猴那二年。」言雞猴年歉收。

〔八〕旱母：旱魃，能致旱災的神。《南史·梁宗室推傳》：「歷淮南、晉陵、吴郡太守。所臨必赤地大旱，吴人號『旱母』焉。」

〔九〕咄咄：驚怪聲。《世説新語·黜免》載，晉殷浩被桓温廢免，整日用手在空中寫「咄咄怪事」。

尤：怨恨，歸咎。

〔一〇〕「正以」二句：正因爲天賦資質差，所作所爲皆因計謀拙笨而陷入困境。

〔一一〕「不稼」二句：《詩·魏風·伐檀》：「不稼不穡，胡取禾三百億兮。」稼：種植穀物。穡：收割穀物。

〔一二〕「辦作」二句：《後漢書·高鳳傳》載，高鳳字文通，「少爲書生，家以農畝爲業，而專精誦讀，晝夜不息。妻嘗之田，曝麥於庭，令鳳護雞。時天暴雨，而鳳持竿誦經，不覺潦水流麥」。宋陳與義《連雨不能出有懷同年陳國佐》：「欲過蘇端泥浩蕩，定知高鳳麥漂流。」辦：懲治。

〔一三〕「單衣」句：《史記·鄒陽列傳》：「甯戚飯牛車下，而桓公任之以國。」裴駰《集解》引應劭曰：「齊桓公夜出迎客，而甯戚疾擊其牛角商歌曰：『南山矸，白石爛，生不遭堯與舜禪。短布單衣適至骭，從昏飯牛薄夜半，長夜曼曼何時旦？』」骭：小腿骨，亦指小腿。

〔一四〕「一劍」句：《史記·孟嘗君傳》：「孟嘗君問傳舍長曰：『客（馮諼）何所爲？』答曰：「馮先生甚貧，猶有一劍耳，又蒯緱。」蒯緱：用草繩纏結劍柄。

〔一五〕自廣：自我寬慰。

〔一六〕商聲：悲愴之聲。

〔編年〕

詩有「羊年變雞猴」句，李、繆據之謂元光二年癸未作，從之。

濦亭同麻知幾賦〔一〕

零落棲遲復此游〔二〕，一尊聊得散羈愁〔三〕。天圍平野莽無際，水遶孤城閑不流①。元是「深」字，知幾請予改作「閑」字。柳意漸回淮浦煖〔四〕，雁聲仍帶塞門秋〔五〕。登高望遠令人起〔六〕，欲買煙波無釣舟〔七〕。

〔校〕

①流：李詩本、毛本作「留」，音訛。據李全本、施本改。

〔注〕

〔一〕濦亭：《濦亭》詩施注：「《宣和畫譜》：王穀正叔居郾城。邑之南城有小亭，下臨濦水，榜曰濦亭。南通淮蔡，北達箕潁。川原明秀，甚類江鄉景物。」麻知幾：麻九疇字知幾，詳見《繼愚軒和党承旨雪詩四首》其三注〔一〕。麻時居郾城。

〔二〕零落棲遲：漂泊失意。唐李賀《致酒行》：「零落棲遲一杯酒，主人奉觴客長壽。」

〔三〕羈愁：客居異地的愁悶。

〔四〕淮浦：淮河水濱。《詩·大雅·常武》：「率彼淮浦，省此徐土。」濦水入淮河，故有是句。

〔五〕塞門：邊關。

〔六〕起：興起。

〔七〕「欲買」句：活用「煙波釣徒」典。唐張志和去官後，居江湖間，每垂釣，不設餌，自愉而已。自稱「煙波釣徒」。

〔編年〕

本集《真定府學教授常君墓銘》：「元光癸未，予過鄜城，見麻徵君知幾。」李、繆據之定在元光二年癸未，從之。

濦亭

春物已清美〔一〕，客懷自幽獨〔二〕。危亭一徘徊，翛然若新沐〔三〕。宿雲澮川野①〔四〕，元氣浮草木〔五〕。微茫盡楚尾〔六〕，平遠疑杜曲〔七〕。生平遠游賦〔八〕，吟諷心自足。朅來著世網〔九〕，抑抑就邊幅〔一〇〕。人生要適情，無榮復何辱。乾坤入望眼，容我謝羈束。一笑白鷗前，春波動新緑。

〔校〕

①澮川野：李全本、施本作「淡野川」。

〔注〕

〔一〕清美：形容初春清新的秀色。

〔二〕幽獨：寂寥孤獨。《楚辭·九章·涉江》：「哀吾生之無樂兮，幽獨處乎山中。」

〔三〕脩然：《莊子·大宗師》：「脩然而往，脩然而來而已矣。」成玄英注：「脩然，無繫貌也。」

〔四〕宿雲：夜晚的雲氣。澮：水流動的樣子。此指宿雲在川野上飄動。

〔五〕元氣：此指初春昇騰之氣。

〔六〕楚尾：今江西省北部，春秋時期爲吴、楚兩國接界之處，稱「吴頭楚尾」。宋張孝祥《念奴嬌·欲雪呈朱漕元順》：「家在楚尾吴頭。」

〔七〕杜曲：地名。在今陝西省長安縣東少陵原東南。

〔八〕遠游賦：《楚辭·遠游》：「悲時俗之迫阨兮，願輕舉而遠游。」唐李商隱《安定城樓》用王粲《登樓賦》典，有「王粲春來更遠游」句。

〔九〕朅來：何來。朅通「盍」。

〔一〇〕抑抑：屈抑不舒暢。邊幅：本指布帛的邊緣，此借指世情習俗的規則。

〔編年〕

地點、季節、情調與上詩同，李、繆皆定在元光二年癸未，從之。

灃水 聞鄢城張伯玉訃音作〔一〕

灃水復灃水，東望雁行没。殷勤一杯酒，遥酹灃亭月①〔二〕。永懷紫髯郎，冠佩見突兀〔三〕。

岩岩石青峙②，鬱鬱松秀發〔四〕。裴回功名會〔五〕，脱落豪俠窟〔六〕。中州有士論，指與雷李屈〔七〕。挂弓須扶桑，洗劍必溟渤〔八〕。皇天靳美器〔九〕，一世惜英物。神交付冥漠③〔一〇〕，生氣凜毛髮〔一一〕。古來天下馬〔一二〕，萬里入超忽〔一三〕。良樂不並世〔一四〕，燕市空駿骨〔一五〕。狂歌叫秋雲，北風撼林樾〔一六〕。

〔校〕

①濦：李全本作「隱」。隱亭在陽翟縣西，唐陽翟令陳寬建。濦亭在郾城（見《濦亭同麻知幾賦》詩注）。此指後者。李全本誤。②岩岩：施本據《世説・容止》改作「巖巖」。二字通用。③冥：李詩本、毛本作「溟」。據李全本、施本改。

〔注〕

〔一〕濦水：源出今河南省登封縣，爲潁水三源中的中源。潁水東至臨潁縣西，又別出爲大濦水、小濦水。大濦水東南至郾城縣，與汝水合。張伯玉：張瑴字伯玉，許州臨潁（今河南省臨潁縣）人。少有俊才，爲人豪邁不羈。居許州郾城，有園囿，田宅甚豐。樂交游，賓客滿門。好收古器物。年未五十，病腦疽死。

〔二〕濦亭：在郾城，詳見《濦亭同麻知幾賦》注〔一〕。

〔三〕「永懷」二句：李白《司馬將軍歌》：「身居玉帳臨河魁，紫髯若戟冠崔嵬。」紫髯：紫色鬍鬚。孫權有紫髯將軍之稱，見《三國志・吴志》。紫髯郎：指張伯玉。《歸潛志》卷二「張瑴」條言

「美豐姿，髯齊於腹」。

〔四〕「岩岩」二句：《世説新語·容止》：「山公（濤）曰：『嵇叔夜（康）之爲人也，巖巖若孤松之獨立，其醉也傀俄若玉山之將崩。』」岩岩：高峻貌。此二句言張穀身材魁梧，氣度雄勁。

〔五〕「裴回」句：《中州集·張瑴傳》言其弟瑴：「舉進士，有聲場屋。及再上不中，即拂衣去。嘗自言：『丈夫子娶非尚主，官不徒步至宰相，不屑可也。』」裴回，義通「徘徊」。

〔六〕「脱落」句：《歸潛志》卷二謂瑴「從屏山游，與雷、李諸君及余先子善」。《中州集·張瑴傳》謂瑴「氣質豪爽，在之純（李屏山）、希顔（雷淵）伯仲間」。脱落：放蕩不羈。

〔七〕「中州」二句：《歸潛志》卷二謂其「以詩酒自放，偃然爲西州豪俠魁」。李純甫《送李天經》：「髯張元是人中雄，喜如俊鶻盤秋空，怒如怪獸拔古松，老我不敢嬰其鋒。」雷李：指雷淵、李純甫。本集《雷希顔墓銘》：「南渡以來，天下稱宏傑之士三人：曰高廷玉獻臣、李純甫之純、雷淵希顔。」

〔八〕「挂弓」二句：《中州集·張瑴傳》引瑴《賦畫石》「腹非經笥，口不肉食。胸中止有磊磊落落百千萬之怪石。興來茹噎快一吐，將軍便欲闕弓射。氣母忽破碎，物怪紛狼藉。有時醉狂頭插筆，寫盡人間雪色壁」，謂「其顛放如此」。扶桑：神話中木名，爲日出之處。溟渤：溟海與渤海，泛指大海。三國魏阮籍《詠懷詩》：「彎弓挂扶桑，長劍倚天外。」

〔九〕「皇天」句：意謂上天吝惜美才，不讓英傑久留人間。

〔一〇〕神交：尚未見面而仰慕其人引之爲友爲神交。遺山至鄜城時未得張穀接納（引文見編年），不久張卒，兩人無交。冥漠：死亡。

〔一一〕「生氣」句：《世説新語·品藻》：「庾道季（龢）云：廉頗、藺相如雖千載上，使人懍懍恒如有生氣。」生氣：活力，生命力。凜毛髮：本集《張主簿草堂賦大雨》：「萬里風雲開偉觀，百年毛髮凜餘威。」此言張穀的餘威仍使人害怕顫抖。《歸潛志》卷二言張穀個性暴烈剛嚴：「俗子少不愜意，輒罵。年四十餘不娶。有一妾，因小過以鐵簡殺之。」

〔一二〕天下馬：天下之良馬。《莊子·徐無鬼》：「吾相馬，直者中繩，曲者中鉤，方者中矩，圓者中規，是國馬也，而未若天下馬也。」

〔一三〕超忽：精神高逸貌。唐皮日休《桃花塢》：「窮深到兹塢，逸興轉超忽。」

〔一四〕良樂：春秋時晉王良和秦伯樂的並稱。王良善御馬，伯樂善相馬。

〔一五〕「燕市」句：《戰國策·燕策一》載：燕昭王求賢，郭隗曰：「臣聞古之君人有以千金求千里馬者，三年不能得。涓人言於君曰：『請求之。』君遣之，三月得千里馬，馬已死，買其骨五百金。」

〔一六〕林樾：林木。

〔編年〕

本集《范寬秦川圖》詩末自注：「予七年前過鄜城，伯玉知予來，而都無賓主意，予以偃蹇而去。爾後雖願交而髯歿矣，未嘗不以爲恨也。」此當元光二年遺山至鄜城時事。《歸潛志》卷二「史學優」條載其《哭屏山》詩：「張侯新作九原人伯玉，梁子今爲戰血塵仲經父。四海交游零落盡，白頭扶杖哭之純。」子純指李純甫，卒於元光二年春（詳考見下《李屏山挽章二首》），張瑴卒於李純甫之前，詩作於元光二年春。李《譜》繫在正大元年，誤。繆《譜》未編。

李屏山挽章二首〔一〕

其一

世法拘人蝨處褌〔二〕，忽驚龍跳九天門〔三〕。牧之宏放見文筆〔四〕，白也風流餘酒尊〔五〕。落落久知難合在〔六〕，堂堂元有不亡存〔七〕。中州豪傑今誰望〔八〕，擬喚巫陽起醉魂〔九〕。

〔注〕

〔一〕李屏山：李純甫號屏山。詳見《王子端内翰山水同屏山賦二詩》其一注〔一〕。挽章：挽詞。《歸潛志》卷十：「屏山之殁，諸公祭文、挽詩數十篇，雷（淵）、宋（九嘉）倡之。」

〔二〕蝨處褌：《晉書·阮籍傳》：「著《大人先生傳》，其略曰：『……獨不見羣蝨之處褌中，逃乎深縫，匿乎壞絮，自以爲吉宅也……然炎丘火流，焦邑滅都，羣蝨處於褌中而不能出也。君子之處域内，何異夫蝨之處褌中乎？』」褌：褲襠。句謂人世間約定俗成的法則對人的約束如同蝨處褲襠深縫壞絮中那樣局促。《歸潛志》卷一「李純甫」條：「公爲人聰敏，於學無所不通。少自負其才，謂功名可俯拾，作《矮柏賦》，以諸葛孔明、王景略自期。由小官上萬言書，援宋爲證，甚切。當路者以迂闊見抑，士論惜之。中年，度其道不行，益縱酒自放，無仕進意。得官未嘗成考，旋即歸隱。居閑，與禪僧、士子游，惟以文酒爲事。嘯歌袒裼，出禮法外，或飲數月不醒……其自贊曰：『軀幹短小而芥視九州，形容寢陋而蟻蝨公侯，語言蹇吃而連環可解，筆札訛癡而挽回萬牛。寧爲時所棄，不爲名所囚。是何人也耶？吾所學者浄名莊周。』」

〔三〕龍跳九天門：以龍歸於天喻李純甫之死。《歸潛志》卷一「李純甫」：「故士大夫歸附，號爲當世龍門。」

〔四〕「牧之」句：《舊唐書·杜牧傳》：「牧好讀書，工爲詩文，嘗自負經緯才略……上宰相書論兵事。」《歸潛志》卷一「李純甫」：「泰和南征，兩上疏，策其勝負。章宗咨異，給送軍中。後多如所料。宰執奇其文，薦入翰林。」

〔五〕「白也」句：杜甫《春日憶李白》：「白也詩無敵，飄然思不羣。」「李白一斗詩百篇」（杜甫《飲中八仙歌》），李純甫與之類似。《中州集》謂其「性嗜酒，未嘗一日不飲，亦未嘗一飲不醉。眼花耳熱後，人有發其談端者，隨問隨答，初不置慮，漫者知所以統，窒者知所以通。傾河瀉江，無有窮竭。」

〔六〕「落落」句：言其志向孤高，蚤知難與世人合羣。《後漢書·耿弇傳》：「帝謂弇曰：『……將軍前在南陽建此大策，常以爲落落難合，有志者事竟成也。』」

〔七〕「堂堂」句：謂其意氣磊落中原本就有不朽之價值在。

〔八〕中州豪傑：《中州集·李純甫傳》：「迄今論天下士，至之純與雷御史希顔，則以中州豪傑數之。」

〔九〕巫陽起醉魂：《楚辭·招魂》：「帝告巫陽曰：『有人在下，我欲輔之。魂魄離散，汝筮予之。』」巫陽：傳説中的神巫。醉魂：《歸潛志》卷九載：「及其屬疾，蓋酒後傷寒，至六七日發黄，徧身如金，迄卒，色不變，醫所謂酒疸者。交游因戲之曰：『屏山平日喜佛，今化爲丈六金身矣。』」

其二

談麈風流二十年〔一〕，空門名理孔門禪〔二〕。諸儒久已同堅白〔三〕，博士真堪補太玄〔四〕。孫況小疵良未害〔五〕，莊周陰助恐當然〔六〕。遺編自有名山在〔七〕，第一諸孤莫浪傳〔八〕。

〔注〕

〔一〕「談麈」句：《中州集·李純甫傳》：「三十歲後，遍觀佛書，能悉其精微。既而取道學書讀之。著一書，合三家爲一，就伊川、横渠、晦庵諸人所得者而商略之，毫髮不相貸，且恨不同時與相詰難也。」《歸潛志》卷一「李純甫」條：「晚自類其文，凡論性理及關佛、老二家者，號内稿，其餘應物文字如碑誌、詩賦，號外稿，蓋擬《莊子》内外篇。又解《楞嚴》、《金剛經》、《老子》、《莊子》，又有《中庸集解》、《鳴道集説》，號爲中國心學西方文教。」談麈：古人清談時所執的麈尾。借指清談。

〔二〕「空門」句：空門，指佛教。名理，指魏晉及其後清談家辨析事物名和理的是非異同，此指宋儒理學。孔門，即儒教。禪，指佛理。句言李純甫援儒入佛。《歸潛志》卷一附録李純甫《重修面壁庵記》：「屏山居士，儒家子也……深愛經學，窮理性之説。偶於玄學似有所得，遂於佛學亦有所入。學至佛則無可學者，乃知佛即聖人，聖人非佛，西方有中國之書，中國無西方之書也。」元耶律楚材《湛然集・楞嚴外解序》：「余故人屏山居士牽引《易》、《論語》、《孟子》、《老子》、《莊》、《列》之書與此經相合，緝成一編，謂之『外解』。」又《屏山居士鳴道集序》：「屏山居士年二十有九，閲復性書……注《首楞嚴》、《金剛》、《般若》、《贊釋迦文》、《達摩祖師夢語》、《贅談翰墨佛事》等數十萬言，會三聖人理性之學，要終指歸佛祖而已。」

〔三〕「諸儒」句：同堅白，指戰國名家公孫龍的「離堅白」和惠施的「合同異」之辯。對「堅白石」這一命題，公孫龍認爲「堅」、「白」是脱離「石」而獨立存在的實體，從而誇大了事物之間的差别性而抹殺了其統一性；惠施看到事物間的差異，但以「全同異」的同一，否定了差别的客觀存在。《歸潛志》卷九載：「興定間，（李純甫）再入翰林。時趙閑閑爲翰長，余先子爲御史，李欽止、欽叔、劉光甫俱在朝。每相見，輒談儒佛異同，相與折難。」

〔四〕「博士」句：博士，古代學官名。源於戰國，秦及漢初掌古今史事待問及書籍典守。武帝時立五經博士，專掌經學傳授。太玄：揚雄模仿《周易》作《太玄經》，見《漢書・揚雄傳》。句謂李純甫也足堪對儒學有所補益。

〔五〕孫況小疵：唐韓愈《讀荀子》：「荀與揚，大醇而小疵。」孫況：荀子名況，因避漢宣帝詢諱改荀作孫。《五百家注昌黎文集》：「伊川曰：『荀卿才高而其言多過，子雲才短而其言多失……』曰小疵謂有不合於孔子者。』」李純甫援儒入佛，説「佛即聖人，聖人非佛，西方有中國之書，中國無西方之書」，曾受到時人的抨擊。遺山認爲這是「小疵」，不足爲害。

〔六〕「莊周」句：蘇軾《莊子祠堂記》：「（莊子）作《漁父》、《盜蹠》、《胠篋》，以詆訾孔子之徒，以明老子之術，此知莊子之粗者。余以爲莊子蓋助孔子者……莊子之言皆實予而文不予，陽擠而陰助之。」《歸潛志》卷九載：「屏山嘗言：『我祖老子，豈敢不學老莊。』」

〔七〕遺編：遺留後世的著作。名山：司馬遷《報任少卿書》：「仆誠已著此書，藏之名山，傳之其人，通邑大都。」

〔八〕孤：《孟子·梁惠王下》：「幼而無父曰孤。」《中州集·李純甫傳》：「子仝，字稚川，今居鎮陽。」浪傳：輕率傳佈。杜甫《泛江送魏十八倉曹還京因寄岑中允參范郎中秀明》：「見酒須相憶，將詩莫浪傳。」

〔編年〕

《歸潛志》卷一言李純甫：「正大末，由取人踰新格，出倅坊州。未赴，改京兆府判官。卒於南京，年四十七。」《金史·李純甫傳》亦言正大末，卒於汴。皆誤。金末太醫張子和《儒門事親》卷二「立諸時氣解利禁忌式三」條：「元光春，京師翰林應奉李屏山得瘟疫癥，頭痛，身熱，口乾，小便赤澀。渠素嗜飲，醫者便與酒癥丸犯巴豆利十餘行……豈知種種客熱疊發併作，目黄斑，生潮熱，血泄大喘，大滿。後雖有承氣下之者，已無及也。」知李屏山卒於元光間。遺山元光二年初春至郾城時張瑴尚健在，張瑴又卒於李屏山之前（見《溷水聞郾城張伯玉訃音作》編年引史學優詩），故斷李卒於元光二年癸未，此詩作於是時。李《譜》繫在正大六年，誤。繆《譜》未編。

子和麋鹿圖〔一〕

白髪刁騷一禿翁〔二〕，塵埃無處避西風〔三〕。野麋山鹿平生伴，惆悵相看是畫中。

〔注〕

〔一〕子和：姓張，睢州考城（今河南省睢縣北）人。精於醫，其法宗劉守真完素，曾召入太醫院，名重東州。爲人放誕，作詩，嗜酒。久居陳（今河南省淮陽縣）。麻知幾與之善，將其醫術整理成書。

〔二〕刁騷：稀落。

〔三〕「塵埃」句：《晉書·王導傳》：「時（庾）亮雖居外鎮，而執朝廷之權，既據上流，擁强兵，趣向者多歸之。導内不能平，常遇西風塵起，舉扇自蔽，徐曰：『元規（庾亮之字）塵污人。』」

〔編年〕

張子和與麻知幾相繼死於金末。詳見《歸潛志》卷六。遺山無至陳之行，詩當元光二年至郾城與麻知幾、張子和交游時作。李《譜》附於蒙古憲宗七年丁巳下，繆《譜》未編。

葉縣雨中時嵩前旱尤甚〔一〕

春旱連延入麥秋，今朝一雨散千憂〔二〕。龍公有力回枯槁，客子何心歎滯留〔三〕。多稼即看連楚澤，歸雲應亦到嵩邱。兵塵浩蕩乾坤滿，未厭明河拂地流〔四〕。

〔注〕

〔一〕葉縣：今河南省葉縣，即漢之昆陽。

〔二〕散千憂：杜甫《落日》：「濁醪誰造汝，一酌散千憂。」

〔三〕客子：詩人自指。

〔四〕明河：天河。

〔編年〕

本集《葉縣中嶽廟記》：「癸未之夏，余過昆陽。」李、繆據此繫於元光二年癸未，從之。

拙庵爲温甫賦〔一〕

毫端棘末幾人争〔二〕，愚智相懸賦分平〔三〕。畢竟世間誰是巧，鬢毛愁白可憐生。

〔注〕

〔一〕温甫：移剌買奴，字温甫，自號拙軒，契丹人。好讀史，慷慨有氣義，喜交士大夫。嘗爲宣撫使虎賁都尉，提兵赴關中，後由商南全軍而回，病死。詳見《歸潛志》卷六。金趙秉文《滏水集》有《拙軒賦》。

〔二〕毫端棘末：喻極細微之物。

〔三〕賦分：天賦姿質。句謂人的先天稟賦相差無幾，而對蠅頭小利的取捨態度却差距甚大。

〔編年〕

《歸潛志》卷六：「移剌都尉買奴」條云：「正大初，先子令葉，余往省，會温甫，屬余爲《拙軒銘》。」劉從益令葉遺山往訪時在元光二年癸未，《歸潛志》卷九載其事。李《譜》編於是年，從之。繆《譜》未編。

黄金行 贈王飛伯①〔一〕

王郎少年詩境新，氣象慘澹含古春〔二〕。筆頭仙語復鬼語，只有温李無他人〔三〕。天公著詩貧子身，子曾不知乃自神〔四〕。人間不買詩名用，一片青衫衡霍重〔五〕。兒貧女富母兩心，何論同袍不同夢〔六〕。入門唤婦不下機〔七〕，淚子垢面兒啼飢。君詩只有貧女謡〔八〕，何曾夢見金縷衣〔九〕。外家翁媪日有語，嫁女書生徒爾爲。昆陽城下三更酒〔一〇〕，醉膽輪囷插星斗〔一一〕。一夕詩腸老蛟吼②〔一二〕，十尺長人墮車走。斫頭不屈三萬言，欲向何門復低首〔一三〕。

何人壽我黄金千〔一四〕，使君破鏡飛上天〔一五〕。

〔校〕

①贈王飛伯：李全本、施本無此四字。　②夕：李全本作「昔」。

〔注〕

〔一〕黄金行：樂府詩題。清乾隆《欽定續通志》卷一二七謂唐以後「新題樂府未嘗被管弦者」，屬「游俠」類。王飛伯：王鬱（一二〇四—一二三三）字飛伯，大興（今北京市大興縣）人。善詩文，受知於程震、李欽叔、麻知幾。劉從益令葉，飛伯來投，遂與劉祁定交。天興元年秋被殺。詳見《歸潛志》卷三。

〔二〕古春：春一年一度，自古而然，因稱春天曰古春。唐李賀《蘭香神女廟三月中作》：「古春年年在，閑緑摇暖雲。」

〔三〕「筆頭」二句：宋嚴羽《滄浪詩話·詩評》：「人言太白仙才，長吉鬼才，不然。太白天仙之詞，長吉鬼仙之詞耳。」温李：温庭筠、李商隱。

〔四〕「天公」二句：宋歐陽修《梅聖俞詩集序》：「予聞世謂詩人少達而多窮。夫豈然哉？蓋世所傳詩者，多出於古窮人之辭也……蓋愈窮則愈工。」

〔五〕衡霍：《爾雅·釋山》：「霍山爲南嶽。」邢昺疏：「『衡山一名霍……而云衡霍，一山二名者，本衡山，一名霍山。』」句謂王鬱以布衣書生而名重南方。

〔六〕同袍：猶同衾。古用於夫妻間的互稱。《古詩十九首·凜凜歲云暮》：「錦衾遺洛浦，同袍與我違。」吕延濟注：「同袍，謂夫婦也。」同夢：《詩·齊風·雞鳴》：「蟲飛薨薨，甘與子同夢。」鄭玄箋：「蟲飛薨薨，東方早明之時，我猶樂與子卧而同夢，言親愛之無已。」後以爲夫妻情深之典。

〔七〕「入門」句：《戰國策·秦策一》：「（蘇秦）説秦王書十上而説不行，黑貂之裘弊，黄金百斤盡，資用乏絶，去秦而歸……至家，妻不下絍。」《歸潛志》卷三「王鬱」條：「年十八，父殁。家素富，貲累千金，遭亂，蕩散無幾。」

〔八〕貧女謡：代指窮困飢寒的情思。

〔九〕金縷衣：飾以金縷的舞衣。亦兼指曲詞名。唐闕名《金縷衣》：「勸君莫惜金縷衣，勸君須惜少年時。」此代指富貴豪華的内容。

〔一〇〕昆陽：古地名，即金葉縣地。

〔一一〕輪囷：高大貌。

〔一二〕一夕：一朝。老蛟吼：蘇軾《郭祥正家醉畫竹石壁上郭作詩爲謝且遺古銅劍二》：「一雙銅劍秋水光，兩首新詩争劍鋩。劍在床頭詩在手，不知誰作蛟龍吼。」

〔一三〕「斫頭」二句：《歸潛志》卷三「王鬱」條：「儀狀魁奇，目光如鶻，步武翩然，相者云病鶴狀貌也……雖聰穎絶人，然涉世日淺，頗驁傲不通徹。」《中州集·王鬱傳》引李欽叔贈詩：「憶昔潁亭見飛伯，恍若夢中見李白。」

〔一四〕「何人」句：唐顧況《棄婦詞》：「憶昔未嫁君，聞君甚周旋。綺羅錦繡段，有贈黄金千。」

〔一五〕破鏡飛上天：唐孟棨《本事詩・情感》載：「南朝陳太子舍人徐德言，娶後主妹樂昌公主。時陳政方亂，德言知國破時兩人不能相保，因破鏡與妻各執其半，約他年正月望日賣於都市，冀得相見。及陳亡，妻果没入楊素家。德言依期至京……見有蒼頭賣半鏡，因引至其居，出半鏡合之……素知之，即召德言，還其妻。」後以破鏡重圓比喻夫妻離散或離婚後重又完聚。

〔編年〕

《歸潛志》卷九：「余先子翰林令葉時，同郝坊州仲純賦《昆陽懷古》詩，諸公多繼作……元裕之云：『英威未覺消沈盡，試向春陵望鬱蔥。』王飛伯云：『落日一川英氣在，西風萬葉戰聲來。』後云：『誰倚城樓弔興廢，一聲長笛暮雲開。』」此爲元光二年癸未遺山至葉縣時事，詩亦是時作。李《譜》定在是年，繆《譜》未編。

昆陽二首〔一〕

其一

古木荒煙集暮鴉，高城落日隱悲笳〔二〕。并州倦客初投迹〔三〕，楚澤寒梅又過花〔四〕。滿眼旌旗驚世路〔五〕，閉門風雪羨山家。忘憂只有清罇在，暫爲紅塵拂鬢華。

〔注〕

〔一〕昆陽：漢縣名。即金葉縣，今河南省葉縣。

〔二〕「高城」句：本集《臨江仙·飲昆陽官舍有懷》「世故迫人無好況」：「昆陽城下酹蒼蟾。乾坤悲永夜，笳鼓覺秋嚴。」劉從益任葉縣令，遺山拜訪，故有是舉。悲笳：胡笳是我國北方民族的一種管樂器，其音悲壯激烈。

〔三〕投迹：前往投身。

〔四〕楚澤：葉縣屬戰國後期的楚地。

〔五〕世路：世間人事的經歷。

其二

去日黃花半未開〔一〕，南來忽復見寒梅。淹留歲月無餘物〔二〕，料理塵埃有此杯〔三〕。老馬長途良憊矣〔四〕，白鷗春水亦悠哉。商餘説有滄洲趣〔五〕，早晚乾坤入釣臺〔六〕。

〔注〕

〔一〕黃花：菊花。

〔二〕淹留歲月：虛度光陰。無餘物：用「別無長物」典，見《世説新語·德行》。

〔三〕料理塵埃：消遣塵俗。二句出金劉鐸《澠池驛舍用苑極之郎中韻》：「淹留歲月頭如雪，汩没風塵眼更花。」

〔四〕老馬長途：杜甫《江漢》：「古來存老馬，不必取長途。」謂老馬雖不能取長途，而猶可以知道解惑。此謂用違其長。良憊：確實疲憊。

〔五〕商餘：《新唐書·元結傳》載，元結少居商餘山，著《元子》十篇，後以此指元氏鄉里。滄洲趣：隱居的情趣。南朝齊謝朓《之宣城郡出新林浦向板橋》：「既歡懷禄情，復協滄洲趣。」

〔六〕釣臺：釣魚臺。周太公望、莊子、漢嚴子陵垂釣處皆稱釣臺。後以此代指隱者生活。

〔編年〕

李、繆二《譜》據元光二年癸未遺山至葉縣之行跡，繫詩於是年。按《雪後招鄰舍王贊子襄飲》「今年得田昆水陽」，元氏在此地有田營耕。是則來往頻繁，在昆陽之詩亦非一時作。本詩首二句與注引《臨江仙》詞皆言及縣城，作於元光二年劉從益任葉縣時的可能性較大，姑從之。

光武臺〔一〕

東南地上游，荆楚兵四衝〔二〕。游子十月來，登高送長鴻。當年赤帝孫〔三〕，提劍起蒿蓬〔四〕。一顧澧水斷〔五〕，再顧新都空〔六〕。雷霆萬萬古，青天看飛龍〔七〕。巍然此遺臺①，落日荒煙重。誰見經綸初〔八〕，指麾走群雄②。白水日夜東〔九〕，石麟幾秋風〔一〇〕。空餘廣武歎〔一一〕，無復雲臺功〔一二〕。

〔校〕

①巍：李全本、施本作「巋」。 ②麾：李全本、施本作「揮」。

〔注〕

〔一〕光武：指東漢光武帝劉秀。光武臺：葉縣城南二十里有光武臺。

〔二〕荆楚：楚國最早的疆域約當古荆州地區，故稱荆楚。兵四衝：控扼四方的用武要地。

〔三〕赤帝孫：指漢高祖劉邦的後裔劉秀。《史記·高祖紀》載，劉邦於大澤斬蛇起義，有一老嫗哭曰：「吾子，白帝子也，化爲蛇，當道，今爲赤帝子斬之，故哭。」

〔四〕蒿蓬：草野。唐陳子昂《感遇》詩之三五：「感時思報國，拔劍起蒿萊。」

〔五〕滍水：即今河南省葉縣境内的沙河。句指劉秀破王莽將王尋於昆陽，士卒争赴溺死，滍水爲不流事，見《後漢書·光武帝紀》。

〔六〕新都：指洛陽。更始初都於此，後被光武所驅。

〔七〕「雷霆」二句：喻光武以雷霆萬鈞之力掃滅群雄一統天下。

〔八〕經綸：整理絲縷，理出絲緒叫經，編絲成繩叫綸。引申爲籌劃治理國家大事。《易·屯》：「雲雷屯，君子以經綸。」

〔九〕白水：源出湖北省棗陽縣東六十里之大阜山。劉秀屬棗陽人，見《後漢書·漢武帝紀》。《方輿紀要》：「縣有光武舊宅，宅枕白水，張衡所謂龍飛白水也。」

〔一〇〕石麟：古代帝王陵前石雕的麒麟。句出前蜀韋莊《上元縣》：「止竟霸圖何物在，石麟無主卧秋風。」

〔一一〕廣武歎：《晉書·阮籍傳》載，籍登廣武（在今河南省滎陽縣東北），觀楚漢交戰處，歎曰：「時無英雄，使豎子成名！」

〔一二〕雲臺功：《後漢書·馬武傳論》：「永平中，顯宗追感前世功臣，乃圖畫二十八將於南宮雲臺。」後用作建功立業流芳百世的典故。此指光武中興事。

〔編年〕

詩詠東漢光武帝劉秀起兵事，味「東南」二句，當在葉縣時作。《嘉慶重修一統志·南陽府》謂「光武臺」一在葉縣南二十里。《歸潛志》卷九載遺山與劉從益等賦「昆陽懷古」事，李、繆二《譜》定爲元光二年癸未作，從之。

射虎

虎跡鬖鬖近九關〔一〕，豈知飛將乃黄間〔二〕。弦弧霹靂應手破，從騎斕斑載錦還〔三〕。得意雲雷捲勍敵〔四〕，回頭藜藿但空山。寢皮食肉男兒事〔五〕，未分書生袖手閑〔六〕。

〔注〕

〔一〕九關：指都城。

〔二〕飛將：《史記·李廣傳》：「廣居右北平，匈奴聞之，號曰『漢之飛將軍』。」黄間：漢張衡《南都賦》：「騄驥齊鑣，黄間開張。」李善注：「黄間，弩。」《漢書·李廣傳》：「廣身自以大黄射其裨將。」

〔三〕錦：指被射死的虎。

〔四〕雲雷：《易·屯》：「《彖》曰：屯，剛柔始交而難生，動乎險中，大亨貞。」按，《屯》之卦象爲《坎》上《震》下，《坎》之象爲雲，《震》之象爲雷。因以「雲雷」喻險難環境。勍敵：强勁之敵。

〔五〕寢皮食肉：《左傳·襄公二十一年》：「然二子者譬于禽獸，臣食其肉寢處其皮矣。」

〔六〕未分：不甘願。

〔編年〕

《金史·宣宗下》「元光二年十一月」下載：「開封縣境有虎咥人，詔親軍百人射殺之，賞射獲者銀二十兩，而以内府藥賜傷者。」前四句當指此事。詩當元光二年癸未作。李、繆未編。

寄希顔二首〔一〕（其一）

僵卧嵩丘七見春，商餘歸計一廛新〔二〕。悠悠華屋高貲意〔三〕，兀兀田夫野老身〔四〕。動色雲山如有喜〔五〕，忘機鷗鳥亦相親〔六〕。巃嵸潦倒今如此〔七〕，樓上元龍莫笑人〔八〕。

〔注〕

〔一〕希顔：雷淵之字。詳見《示崔、雷詩社諸人》注〔一〕。

〔二〕商餘：遺山先祖元結少隱居商餘山。詳見《昆陽二首》其二注〔五〕。一廛：一夫所居房地。《孟子·滕文公上》：「遠方之人，聞君行仁政，願受一廛而爲氓。」上二句言隱居嵩山躬耕事。

〔三〕悠悠：思念貌。《詩·邶風·終風》：「莫往莫來，悠悠我思。」鄭玄注：「言我思其如是，心悠悠然。」高貲：資財雄厚。本集《最高樓》〔商於路〕：「問華屋高貲誰不戀？問美食大官誰不羨？」

〔四〕兀兀：勤勉貌。

〔五〕動色：臉上顯出受感動的表情。

〔六〕「忘機」句：《世説新語·言語》：「林公曰：『（佛圖）澄以石虎爲海鷗鳥。』」劉孝標注引《莊子》曰：「海上之人好鷗者，每旦至海上，從鷗游，鷗之至者數百而不止。其父曰：『吾聞鷗鳥從汝游，取來玩之。』明日之海上，鷗舞而不下。」後以「鷗鳥忘機」表示淡泊名利的隱逸生活。

〔七〕麤疏：粗忽疏慢。《三國志·吴志·魯肅傳》：「張昭非肅謙下不足，頗訾毁之，云肅年少麤疏，未可用。」

〔八〕樓上元龍：借用三國陳登代指雷淵，詳見本詩其二注〔五〕。

〔編年〕

李《譜》據首句「僵卧嵩丘七見春」繫於元光二年下，謂「丙子南渡，自丁丑至此，凡七見春也，次句『商餘』指昆陽田」，繆《譜》從之。按：句中明確指「僵卧嵩丘」，遺山丙子、丁丑尚在三鄉，自戊寅始移居嵩山，故知李自「丙子」算起有誤。《中州集》崔遵《和裕之二首》皆言自嵩山送遺山出仕，其一云「相從回首七經春」，其二云「十年同醉潁川春」，從遺山出仕行迹看，前者當正大元年至汴赴宏詞送别事，後者當正大四年出仕内鄉令送别事。遺山戊寅春移居嵩山，至正大元年春正好「七見春」，故定爲正大元年甲申作（詳見《寄英禪師，師時住龍門寶應寺》編年）。

燕府白兔

仙穎迷離望莫攀①〔一〕，争教失脚下高寒〔二〕。吸殘灝露瑶窗曉〔三〕，搗盡玄霜玉杵閑〔四〕。顧影乍疑雲外見〔五〕，寫生何似鏡中看〔六〕。褐衣擾擾皆三窟〔七〕，幾在祥經咳唾間〔八〕。

〔校〕

①穎：毛本作「潁」，訛。據李詩本、李全本、施本改。

〔注〕

〔一〕仙穎迷離：形容兔眼被細毛遮蔽的樣子。《樂府詩集·木蘭詩》：「雄兔脚撲朔，雌兔眼迷離。」

〔二〕高寒：高寒之處，指月亮。傳説月中有白兔。

〔三〕灝露：白露。灝，同「皓」。瑶窗：用玉裝飾的窗。

〔四〕「擣盡」句：古代神話謂月中有白兔擣藥，始見於漢樂府《董逃行》：「教敕凡吏受言，採取神藥若木端，玉兔長跪擣藥蝦蟇丸。奉上陛下一玉柈，服此藥可得神仙。」玄霜：仙藥名。

〔五〕顧影：自顧其影。有自矜之意。《後漢書·南匈奴傳》：「昭君豐容靚飾，光明漢宫，顧景裴回，竦動左右。」

〔六〕寫生：描繪實物。

〔七〕褐衣：粗布衣裳，古代貧賤者所穿。此指世俗。擾擾：紛亂貌。三窟：用「狡兔三窟」典，見《戰國策·齊策四》。

〔八〕祥經：祥瑞的經籍圖書。咳唾：《莊子·漁父》：「孔子曰：『曩者生生有緒言而去，丘不肖，未知所謂，竊待於下風，幸聞咳唾之音，以卒相丘也。』」後以此美稱他人的言語、詩文等。

〔編年〕

《金史·哀宗上》正大元年春正月下：「邠州節度使移剌术納阿卜貢白兔，詔曰：『令有司給道里費，縱之本土。禮部其徧諭四方，使知朕意。』」《歸潛志》卷四「楊雲翼」條：「其應制《白兔》詩云：『光摇玉斗三千丈，氣傲金風五百霜。』」李、繆據此謂詩正大元年甲申作。從之。

從希顔覓篤耨香二首〔一〕追録

其一

緑洋奇品賽濃梅〔二〕，永憶薰爐試淺灰〔三〕。尤物也知人愛惜〔四〕，簾篩風動只縈回〔五〕。

〔注〕

〔一〕篤耨香：香料名。宋陳敬《陳氏香譜》卷一「篤耨香」條：「葉廷珪云，出真臘國，亦樹之脂也。樹如松杉之類而香藏於皮，樹老而自然流溢者也。色白而透明，故其香雖盛暑不融。」宋無名氏《百寶總珍集》八：「篤耨，泉廣路客販到，如白膠香相類。如黑篤耨，多是合香使用。此香氛氤不散。」宋陸游《書枕屏》：「西域兜羅被，南番篤耨香。」

〔二〕緑洋：真臘屬國。《陳氏香譜》卷一「沉水香」條：「真臘之真又分三品，緑洋最佳，三濼次之，勃羅間差弱……緑洋、三濼、勃羅間皆真臘屬國。」濃梅：一種調劑成的香料名，又名返魂梅。見《陳氏香譜》卷三「韓魏公濃梅香」條。

〔三〕薰爐：用於熏香的爐子。句謂在薰爐中試燒篤耨，僅有淺薄餘灰，雜質很少，使人長久眷念。

〔四〕尤物：珍貴的物品。

〔五〕「簾篩」句：言風吹簾動香氣不散。

其二

自倚詩情合得消〔一〕，暮寒新火覺無聊〔二〕。懸知受用無多在〔三〕，試往新詩乞斷瓢〔四〕。

〔注〕

〔一〕「自倚」句：謂自恃詩情應該能够控制。

〔二〕新火：古代鑽木取火，四季各用不同的木材，易季時新取之火稱新火。

〔三〕懸知：預知。受用：享用。

〔四〕斷瓢：宋陳敬《陳氏香譜》卷一「篤耨香」條：「香之性易融，而暑月之融多滲於瓢，故斷瓢而爇之，亦得其典型，今所謂葫蘆瓢者是也。」

〔編年〕

按宋方勺《泊宅編》上所載「近歲除直秘閣者尤多，兩浙市舶張苑進篤禄香得之，時號篤禄學士」，此物屬貢品，詩當遺山與希顔同在汴京時作。二人在汴在正大元、二年間（正大八年同在汴僅月餘雷希顔即卒），按「簾篩風動」、「暮寒新火」諸語，詩當作於秋。李《譜》繫於正大元年甲申（正大二年夏遺山離汴），從之。繆《譜》未編。

帝城二首史院夜直作

其一

帝城西下望孤雲〔一〕，半廢晨昏媿此身〔二〕。世俗但知從仕樂，書生只合在家貧。悠悠未了三千牘〔三〕，碌碌翻隨十九人〔四〕。預遣兒書報歸日〔五〕，安排鷄黍約比鄰〔六〕。

〔注〕

〔一〕「帝城」句：《新唐書·狄仁傑傳》：「薦授并州法曹參軍。親在河陽，仁傑登太行，反顧，見白雲孤飛，謂左右曰：『吾親舍其下。』瞻依久之。雲移，乃得去。」帝城：指汴京。

〔二〕晨昏：「晨昏定省」的略稱。《禮記·曲禮上》：「凡爲人子之禮，冬温而夏凊，昏定而晨省。」南朝梁任昉《上蕭太傅固辭奪禮啓》：「饑寒無甘旨之資，限役廢晨昏之半。」句謂因出仕不能朝夕侍奉老母而感慚愧。

〔三〕三千牘：《史記·滑稽列傳》：「朔（東方朔）初入長安，至公車上書，凡用三千奏牘。」後用指進呈皇帝的長篇奏疏。蘇軾《次韻子由送千之姪》：「閉門試草三千牘，仄席求人少似今。」此指史館文案工作。

〔四〕「碌碌」句：《史記·平原君傳》：「毛遂左手持槃血而右手招十九人曰：『公相與歃此血於堂下。公等碌碌，所謂因人成事者也。』」碌碌：平庸無能貌。

〔五〕「預遣」句：施注：「惟七卷《阿千始生》詩云『四十舉兒子』，而先生是年僅三十五歲，乃有『預遣兒書』一語，殊不合。」繆《譜》云：「『兒』字不必拘看，女亦未嘗不可稱兒。先生長女生於己巳年，至是已十六歲矣。」按：「預遣兒書」謂預先派人把兒子的家書送回家，報告辭官歸去的日期。兒，詩人自指。

〔六〕鷄黍：指餉客的飯菜。比鄰：近鄰。陶潛《雜詩》之一：「得歡當作樂，斗酒聚比鄰。」

其二

羈懷鬱鬱歲駸駸〔一〕，擁褐南窗坐晚陰〔二〕。日月難淹京國久，雲山唯覺玉華深〔三〕。鄰村爛熳鷄黍局〔四〕，野寺荒涼松竹林。半夜商聲入寥廓〔五〕，北風黄鵠起歸心〔六〕。

〔注〕

〔一〕羈懷：羈旅情懷。歲駸駸：喻時光流逝如馬快行貌。

〔二〕擁褐：穿着粗布衣服。蘇軾《次韻柳子玉·地爐》：「細聲蚯蚓發銀瓶，擁褐横眠天未明。」

〔三〕玉華：指嵩山玉華谷。本集有《同希顏、欽叔玉華谷還會善寺即事二首》。

〔四〕雞黍局：農家豐盛的筵會。蘇軾《和歸田園居六首》：「願同荔枝社，長作雞黍局。」

〔五〕商聲：五音中的商音。古人將五音與五行等匹配，故用指秋聲，即秋天自然界的聲音。三國魏阮籍《詠懷》之十：「素質游商聲，淒愴傷我心。」

〔六〕黄鵠起歸心：《漢書·西域傳下·烏孫國》：「昆莫年老，語言不通，公主（江都王建女細君）悲愁，自爲作歌曰：『居常土思兮心内傷，願爲黄鵠兮歸故鄉。』」後以「黄鵠」指離鄉游子。

〔編年〕

遺山在史館的時間，本集僅言「正大初」（見《太原昭禪師語録引》、《漆水郡侯耶律公墓誌銘》），據本集《杜詩學引》言「乙酉之夏，自京師還，閑居嵩山」，知正大二年夏遺山已辭史館職，而《水調歌頭》〔長安夏秋雨〕詞題序云：「與欽叔飲，時予以同州録事判官入館，故有判司之語。」《蝶戀花·甲申歲南都作》〔牢落羈懷愁有信〕有「流水浮生，幾見中秋閏」語，可見正大元年夏秋間已入史館。此詩作於秋，故定爲正大元年甲申作。李、繆同。

懷叔能〔一〕

別却楊侯又一年〔二〕，西風每至輒淒然〔三〕。酒官未得高安上〔四〕，詩印空從吏部傳〔五〕。三沐三薰知有待〔六〕，一鳴一息定誰先〔七〕。黄塵憔悴無人識，今在長安若個邊〔八〕。

〔注〕

〔一〕叔能：楊宏道字叔能，淄川（今山東省淄博市）人。在金嘗監麟游酒稅。金末至南宋，任唐州司户。北還寓家濟源。見元鮮于樞《困學齋雜録》。以詩聞於世，本集有《楊叔能〈小亨集〉引》。

〔二〕「別却」句：本集《楊叔能〈小亨集〉引》：「興定末，叔能與予會於京師，遂見禮部閑閑公及楊吏部之美……及將往關中，張左相信甫……皆以長詩贈別。」興定五年春汴京省試時元、楊初交，故有此句。侯：對士大夫的尊稱。杜甫《與李十二白同尋范十隱君》：「李侯有佳句，往往似陰鏗。」

〔三〕「西風」句：遺山在汴京，楊叔能至關中，故云。

〔四〕「酒官」句：蘇軾《與子由同游寒溪西山》：「高安酒官雖未上，兩脚垂欲穿塵泥。」次公注：「高安，筠州也。」按《潁濱遺老傳》云，子瞻以詩得罪朝廷，輒從坐謫監筠州鹽酒稅。」楊叔能《養浩齋記》：「余以正大元年監麟游酒税。」其《别鳳翔治中艾文仲·詩序》又云：「余自京兆從劉監察光甫到鳳翔，而府帥郭公仲元囑文仲，請余教其子姪於府學。麥既熟，上交不至，辭赴麟游造麯。八月，上交至而罷監務。造麯已竟，雖上交至，例不當罷。蓋彼貨吏而罷余也。」句當指此。

〔五〕「詩印」句：詩印，詩的刻本。此指文壇領袖們的評價。本集《楊叔能〈小亨集〉引》：「興定末，叔能與余會於京師，遂見禮部閑閑公及楊吏部之美。二公見其《幽懷久不寫》及《甘羅廟》詩，嘖嘖稱歎不已，今世少見其比。及將往關中，張左相信甫、李右司之純、馮内翰子駿皆以長詩贈别，閑閑作引……叔能用是名重天下。」句謂空有詩名，無濟於事。

〔六〕三沐三薰：爲表示尊重優待，再三熏香、沐浴。《國語·齊語》：「（管仲）比至，三釁三沐之。桓公親迎之於郊。」

〔七〕一鳴一息：謂有時得志有時失意，互相更替。用典見《繼愚軒和党承旨雪詩四首》其三注〔四〕。元劉秉忠《守常二首》：「得失紛紛不必窮，一鳴一息古今同。」

〔八〕「今在」句：楊叔能在關中數年，行跡不定，故有此句。

〔編年〕

李《譜》據「别却」句編於元光元年，繆《譜》亦云：「按先生上年與楊叔能會於京師，而詩中有『别却楊侯又一年』句，故知爲此年（元光元年）作。」按「又一年」非指一年，應指興定五年别後二三年。據「酒官」句，當作於正大元年楊叔能夏任酒官秋被辭退後。再據「西風」句，知詩作於正大元年甲申秋。

夢歸

虚庭霜夜寒，落葉風自掃。恍如南窗月，坐失西山道〔一〕。長安佳麗地〔二〕，游子自枯槁〔三〕。人生家居樂，學稼苦不早〔四〕。衡門眼中見〔五〕，歸意滿秋草〔六〕。夜長夢已盡〔七〕，愁絶令人老。

〔注〕

〔一〕「坐失」句：指出仕史館有違隱居嵩山的初衷。坐失：白白地失掉。

〔二〕長安：代指汴京。李《譜》坐實爲陜西長安，誤。

〔三〕枯槁：《戰國策·秦策一》載蘇秦説秦王，書十上而説不行，資用乏絶，去秦而歸，形容枯槁。

〔四〕學稼：學種莊稼。《論語·子路》：「樊遲請學稼，子曰：『吾不如老農。』」唐錢起《東皐早春寄郎四校書》：「禄微賴學稼，歲起歸衡茅。」

〔五〕衡門：横木爲門，喻簡陋的房屋。《詩·陳風·衡門》：「衡門之下，可以棲遲。」詩指嵩山隱居之所。

〔六〕「歸意」句：宋賀鑄《青玉案》「凌波不過横塘路」：「試問閑愁都幾許？一川煙草，滿城風絮，梅子黄時雨。」

〔七〕夢：即詩題回歸嵩山之夢。

〔編年〕

李《譜》據詩有「長安佳麗地」，定爲金章宗泰和八年在長安時作，繆《譜》從之。按：其時遺山方事科舉，且嗣父尚在隴城任，家境優越，不會有「學稼苦不早」的悔恨。本集常以「長安」代指汴京，如《送欽叔内翰并寄劉達卿郎中、白文舉編修》「舉頭望長安，游子從此歸」、《水調歌頭·史館夜直》「形神自相語」「長安自古歧路，難似上青天」、《水調歌頭·與欽叔飲，時予以同州録事判官入館，故有判司之語》「長安夏秋雨」。此詩中「西山」應指嵩山，《浣溪沙·史院得告歸西山》即是。味全詩與《帝城二首》相近，皆有棄仕歸隱意，且作於秋，故定爲正大元年甲申秋在汴京任國史院編修時作。

野菊座主閑閑公命作〔一〕

柴桑人去已千年〔二〕，細菊斑斑也自圓①。共愛鮮明照秋色，争教狼藉卧疏煙。荒畦斷壠新霜後②，瘦蝶寒螿晚景前〔三〕。只恐春叢笑遲暮，題詩端爲發幽妍〔四〕。

〔校〕

①斑斑：李詩本、李全本作「班班」。二字通用。②壠：毛本作「瓏」，訛。據李詩本、李全本、施本改。

〔注〕

〔一〕座主：唐宋時進士稱主試官爲座主。閑閑公：趙秉文號閑閑。見《送欽叔内翰并寄劉達卿郎中、白文舉編修五首》其三注〔六〕。

〔二〕柴桑人：《宋書·隱逸傳》：「陶潛字淵明……尋陽柴桑（今江西省九江市）人也。」陶淵明愛菊，故有是句。

〔三〕螿：蟬。晚景：指晚秋的景色。

〔四〕端爲：須爲。幽妍：幽隱之美。

〔編年〕

《歸潛志》卷八：「正大初，趙閑閑長翰苑，同陳正叔、潘仲明、雷希顔、元裕之諸人作詩會，嘗賦《野菊》。趙有云：『岡斷秋光隔，河明月影交。荒叢號蟋蟀，病葉挂蠨蛸。欲訪陶彭澤，柴門何處敲？』諸公稱其破的也。」李、繆據此定在正大元年甲申秋作，從之。

野菊再奉座主閑閑公命作

晚景蕭疏畫不成〔一〕，晚花作意出繁英〔二〕。鮮明獨向霜露見，爛熳却隨蒿艾生〔三〕。南國騷人知有待〔四〕，西風胡蝶更多情。南山正在悠然處〔五〕，安得芳樽與細傾。

〔注〕

〔一〕蕭疏：稀疏冷落。

〔二〕作意：故意。唐陸龜蒙《寄懷華陽道士》：「銜煙細草無端緑，冒雨閑花作意馨。」繁英：繁盛的花。

〔三〕爛熳：散亂貌。

〔四〕南國騷人：指陶淵明。待：寄托。

〔五〕「南山」句：陶潛《飲酒》之五：「採菊東籬下，悠然見南山。」「南山」即廬山。

〔編年〕

此詩與上詩同時作，李、繆定在正大元年甲申作，從之。

題張左丞家范寬秋山横幅〔一〕

層崖閟長陰〔二〕，細逕緣絶巘〔三〕。梯雲欄干峻〔四〕，廓廓清眺展〔五〕。斜陽半天赤，飛鳥大江遠。清霜張秋氣，草樹生意剪。風雷斫堅敵①，旗旆紛仆偃。崢嶸峰巒出，莽蒼林薄晚〔六〕。盤盤范家筆〔七〕，老懷寄高蹇〔八〕。經營入慘澹〔九〕，得處乃蕭散〔一〇〕。嵩丘動歸興〔一一〕，突兀青在眼〔一二〕。何時卧雲身〔一三〕，團茅遂疏嬾〔一四〕。

【校】

①雷：毛本作「雪」，訛。據李詩本、李全本、施本改。

【注】

〔一〕張左丞：張行信字信甫，莒州日照（今山東省日照市）人。大定二十八年進士，正大元年三月哀宗起爲尚書左丞，尋復致仕家居，葺園池汴城東。正大八年二月卒，年六十九。《金史》有傳。范寬：宋代著名山水畫家，作畫主師法自然。

〔二〕層崖：高聳的山崖。閟：掩蔽。

〔三〕絶巘：極高的山峰。

〔四〕「梯雲」句：謂山勢高聳入雲，穿雲而上，山頂有欄干憑眺處。欄干：用竹木等做成的遮攔物。

〔五〕廓廓：空曠貌。清眺展：悠閑地遠望。

〔六〕林薄：《楚辭·九章·涉江》：「露申辛夷，死林薄兮。」王逸注：「叢木曰林，草木交錯曰薄。」

〔七〕盤盤：寬廣巨大貌。范家筆：指范寬山水畫的筆調情致。

〔八〕高蹇：孤傲貌。

〔九〕「經營」句：作畫前先用淺淡顏色勾勒輪廓，苦心構思，經營位置。參見南朝齊謝赫《古畫品録》。杜甫《丹青引・贈曹將軍霸》：「詔謂將軍拂絹素，意匠慘澹經營中。」

〔一〇〕蕭散：閑散。

〔一一〕「嵩丘」句：謂引發歸居嵩山之興。遺山在汴京任史館職時常思歸居嵩山，參見本集《夢歸》、《帝城》諸詩。

〔一二〕突兀：高貌。句言高峻的嵩山浮現在眼前。

〔一三〕卧雲：喻指隱居。白居易《酬元郎中同制加朝散大夫書懷見贈》：「終身擬作卧雲伴，逐月須收燒藥錢。」

〔一四〕團茅：圓形茅屋。疏嬾：懶散。三國魏嵇康《與山巨源絶交書》：「性復疏懶，筋駑肉緩。」

〔編年〕

李《譜》定在正大二年，繆《譜》定在正大元年。本集《拙軒銘引》：「左轄公以拙軒自號，徵文於某……公以清白傳世德，以忠信結人主，出入四朝，再秉鈞軸。」末句指正大元年三月哀宗起用事。《金史・哀宗紀》是年十二月下尚有張行信任左丞的記載，此後則無。合觀本傳「尋復致仕」之語，當正大二年已去職，知《拙軒銘引》作於正大元年，詩亦是時作。

黄筌龜藏六圖爲張左丞賦〔一〕

無心舒卷付皇天，不幸刳腸亦偶然〔二〕。世上疑謀待君決〔三〕，可能藏六便安全〔四〕。

〔注〕

〔一〕黄筌：宋初成都人，善畫花鳥，入圖畫院。龜藏六：《法句譬喻經》：「龜從河出水，狗欲噉龜，龜縮頭尾四脚，藏於甲中，遂不敢噉。沙門説偈云：『藏六如龜，防意如城。慧與魔戰，勝則無患。』」

〔二〕刳腸：剖腹摘腸。《莊子·外物》：「仲尼曰：『神龜能見夢於元君，而不能避余且之網，知能七十二鑽而無遺筴，不能避刳腸之患。』」張行信仗義直言，不避權貴，上書彈劾胡沙虎、高琪等權要，幾經貶黜。二句有此喻意。

〔三〕「世上」句：以靈龜可用於占卜決疑喻張行信可操持國政。《金史·張行信傳》：「哀宗即位，徵用舊人，起爲尚書左丞。」

〔四〕藏六：《阿含經》：「有龜被野干所包，藏六而不出，野干怒而捨去。」注：「野干，獸名。干音犴。龜首尾及四足凡六。」後用以喻畏禍而不出頭。《金史·張行信傳》：「起爲尚書左丞，言事稍不及前，人望頗減。」

〔編年〕

與前詩都是題畫詩，當同時在張左丞家作，故定在正大元年甲申。李《譜》定在正大二年。繆《譜》未編。

摘瓜圖二首，樗軒家物〔一〕

其一

四摘空留抱蔓詩〔二〕，阿婆真作木腸兒〔三〕。履霜只説琴心苦〔四〕，不見房陵道上時〔五〕。

〔注〕

〔一〕樗軒：完顏璹字子瑜，自號樗軒，封密國公，越王允功長子。金朝自鄭、厲二王之後，對宗人族禁甚嚴，諸公子皆不得與外間交通，故璹「家居止以講誦、吟詠爲樂」，「所藏法書名畫，幾與中秘等」，「其詩號《如庵小稿》」。

〔二〕「四摘」句：《舊唐書·承天皇帝倓傳》載，武后方圖臨朝，所生四子，長曰孝敬皇帝，爲太子監國，被鴆殺。繼立雍王賢爲太子。太子賢每日憂惕，知必不保全，無由敢言，乃作《黄臺瓜詞》：「種瓜黄臺下，瓜熟子離離。一摘使瓜好，再摘令瓜稀。三摘猶尚可，四摘抱蔓歸。」

〔三〕阿婆：指武則天。木腸兒：以木石心腸喻冷酷無情的人。

〔四〕履霜：樂府琴曲名。相傳爲周尹吉甫子伯奇所作。伯奇因後母讒言而被逐，自傷無罪，清晨在霜地上徘徊，鼓琴作曲，因名《履霜操》。見《樂府詩集》五七。

〔五〕「不見」句：《新唐書·中宗紀》：「高宗崩，以皇太子即皇帝位，而皇太后（武則天）臨朝稱制。嗣聖元年正月，廢居於均州，又遷於房州。」房陵：唐縣名，房州治所，今屬湖北省房縣。

其二

高鳥長憂挂網羅，如庵日月坐消磨①〔一〕。憑君莫話前朝事，比似黄臺摘更多〔二〕。如庵，密國公所居。

〔校〕

①坐：施本作「共」。

〔注〕

〔一〕「如庵」句：《中州集·密國公璹傳》：「明昌以來，諸王法禁嚴，諸公子皆不得與外間交通，故公得窮日夕於書，讀《通鑑》至三十餘過。」坐：空，徒然。

〔二〕「憑君」二句：《金史·世宗諸子傳》載鎬王永中、鄭王永蹈及其子女被章宗誅滅事。黄臺：指上首注引李賢《黄臺瓜詞》。

〔編年〕

興定五年六月越王卒後，禁忌稍緩。本集《如庵詩文序》云：「元光以後，王薨，門禁稍緩，文士稍遂款謁。」《密公寶章小集》亦云：「元光以後門鑰廢，文士稍得連壺觴。」《歸潛志》卷一「完顏璹」條載：「一時文士如雷希顏、元裕之、李長源、王飛伯皆游其門。」四人同在汴京當正大初遺山任史館職時，姑編於正大元年甲申。李《譜》附於蒙古憲宗七年下，繆《譜》未編。

閻商卿還山中〔一〕

阿卿去月從我來〔二〕，今日西山成獨往〔三〕。野人不是城中物，澗飲巖棲夢餘想〔四〕。翰林濕薪爆竹聲〔五〕，待詔履穿沾雪行〔六〕。蘭臺從事更閑冷①〔七〕，文書如山白髮生。孤燈靜照寒窗宿，北風夜半歌黄鵠〔八〕。田家閉門風雪深，梅花開時酒應熟〔九〕。半世虚名不療貧〔一〇〕，棲遲零落百酸辛〔一一〕。憑君莫向山中説，白石清泉笑殺人。

〔校〕

①冷：毛本作「吟」，形訛。據李詩本、李全本、施本改。

〔注〕

〔一〕閻商卿：其人不詳，按詩意當爲元氏嵩山友人。

〔二〕阿卿：閻商卿的暱稱。

〔三〕西山：指嵩山。因在汴京西，故稱。本集《浣溪沙》〔萬頃風煙入酒壺〕題序：「史院得告歸西山。」

〔四〕餘想：不盡的情思。宋孫覿《七星巖》：「山川發餘想，鍾鼓眩昔聞。」句言澗飲巖棲的不盡情思進入夢境。

〔五〕「翰林」句：宋黄庭堅《觀伯時畫馬》：「儀鸞供帳饕蝨行，翰林濕薪爆竹聲。」翰林：此指翰林學士，正三品。金翰林院兼掌國史院事。《金史·趙秉文傳》：「哀宗即位，再乞致仕，不許。改翰林學士同修國史兼益政院説書官。」本集《送欽叔内翰并寄劉達卿郎中、白文舉編修五首》謂趙秉文生計窮困云：「君窮復何辭，不見閑閑公：文章二百年，不救四壁空。」

〔六〕待詔：原指學有專長在翰林院等待詔命者，唐有翰林待詔官名，負責四方表疏批答。《金史·百官·翰林學士院》無此職，有翰林待制，正五品。

〔七〕蘭臺：班固曾任蘭臺令史，故後世用作史官的代稱。從事：佐史。時遺山任國史院編修官，正八品。

〔八〕歌黄鵠：用漢烏孫公主思鄉典，見《帝城二首》其二注〔六〕。

〔九〕「梅花」句：本集《南溪》：「南溪酒熟清而醇，北溪梅花發興新。」

〔一〇〕半世虚名：郝經《遺山先生墓銘》：「下太行，渡大河，爲《箕山》、《琴臺》等詩。趙禮部見之，以爲少陵以來無此作也，以書招之。於是名震京師，目爲元才子。」

〔一一〕棲遲零落：漂泊落拓。唐李賀《致酒行》：「零落棲遲一杯酒，主人奉觴客長壽。」

〔編年〕

李、繆據「蘭臺」句謂正大元年甲申任國史院編修官時作，從之。

汴梁除夜追録〔一〕

六街歌鼓待晨鐘〔二〕，四壁寒齋只病翁。鬢雪得年應更白，燈花何喜也能紅〔三〕。養生有論人空老〔四〕，祖道無詩鬼亦窮〔五〕。數上聲日西園看車馬①〔六〕，一番桃李又春風〔七〕。

〔校〕

①上聲：施本無此注。

〔注〕

〔一〕汴梁：金都南京。今河南省開封市。除夜：一年最後一天夜晚。

〔二〕六街歌鼓：京城設置的報時警衆的鼓。六街：六條中心大街。唐長安、宋汴京皆有六街。

〔三〕「燈花」句：舊題漢劉歆《西京雜記》卷三：「陸賈曰：夫目瞤得酒食，燈火華得錢財。」

〔四〕養生有論：指道家煉外丹、内丹以求長生的養生術。三國魏嵇康有《養生論》。

〔五〕祖道：古代爲出行者祭祀路神，並飲宴送行。

〔六〕西園：在汴京西。參見《西園》（七古）注〔一〕。

〔七〕「一番」句：宋黄庭堅《寄黄幾復》：「桃李春風一杯酒，江湖夜雨十年燈。」

〔編年〕

遺山除夜在汴京，一在正大元年，再者是正大八年至天興元年。此詩只訴窮困，無危亡感。李《譜》

編於正大元年甲申，從之。繆《譜》未編。

寄辛老子〔一〕

草堂西望渺煙霞〔二〕，夢寐西南一徑斜。爲羡鸞凰安枳棘〔三〕，悔將猿鶴入京華〔四〕。百錢卜肆成都市〔五〕，萬古詩壇子美家〔六〕。後日從翁問奇字〔七〕，可能逋客待侯巴①〔八〕。

〔校〕

①巴：施本據《漢書》改作「芭」。按李詩本、毛本、李全本皆作「巴」，當詩人錯記，屬稿本之誤，而非刊印之訛。

〔注〕

〔一〕辛老子：指三鄉友人辛願。年長於遺山，故稱。本集《自題中州集後五首》：「愛殺溪南辛老子，相從何止十年遲。」

〔二〕草堂：暗用杜甫草堂典。辛願詩學杜甫，故用是典。

〔三〕鸞凰：鸞與凰，皆鳳屬。屈原《離騷》：「鸞皇爲余先戒兮，雷師告余以未具。」此喻指辛願。枳棘：枳木與棘木。二木多刺，因常用以比喻艱難險惡的環境。《後漢書·循吏傳·仇覽》載，考城令王涣對仇覽言：「枳棘非鸞鳳所棲，百里豈大賢之路。」

〔四〕猿鶴：自喻稟性野逸，喜歡山林。遺山性格放蕩不羈，任職史館甚覺苦悶。本集《水調歌頭·

史館夜直》：「形神自相語，咄諾汝來前。天公生汝何意，寧獨有奇偏……五車書，都不博，一囊錢。長安自古歧路，難似上青天。」

〔五〕「百錢」句：《漢書·王貢兩龔鮑傳》載，蜀人嚴君平卜筮於成都市，得百錢足自養，則閉肆下簾而授《老子》。《中州集·辛願傳》載其貧困嗜學事。

〔六〕「萬古」句：言辛願詩學杜甫在創作和評論方面的成就。《中州集·辛願傳》謂其「杜詩韓筆，未嘗一日去其手」。「詩律深嚴，而有自得之趣」。「敢以是非白黑自任。每讀劉、雷、李、張、杜、王、麻諸人詩，必爲之探源委，發凡例，解絡脈，審音節，辨清濁，權輕重……至論朋輩中有公鑒而無姑息者，必以敬之爲稱首」。本集《過三鄉望女几郫，追懷溪南詩老辛敬之二首》：「萬山青繞一徑斜，好句真堪字字誇……百錢卜肆成都市，萬古詩壇子美家。」《自題中州集後五首》：「文章得失寸心知，千古朱弦屬子期。愛殺溪南辛老子，相從何止十年遲。」

〔七〕奇字：《漢書·揚雄傳》：「劉棻嘗從雄學作奇字。」師古注：「古文之異者。」

〔八〕逋客：避世之人。辛願自號「女几野人」。侯巴：《漢書·揚雄傳》：「家素貧，耆（嗜）酒，人希至其門。時有好事者載酒肴從游學，而鉅鹿侯芭常從雄居，受其《太玄》、《法言》焉……卒，侯芭爲起墳，喪之三年。」

〔編年〕

詩當正大元、二年間在汴京史館任時作。時辛願居三鄉，故言「草堂西望」、「夢寐西南」。李《譜》附於正大八年調任汴京作，不妥。《金史·辛愿傳》載其「正大末，歿洛下」。且「悔將」句亦與《帝城二首·史院夜直作》「日月難淹京國久，雲山唯覺玉華深」及《水調歌頭》〔長安夏秋雨〕之「知我是狂夫，禮法略苛細，言語任乖疏」合。正大八年元氏由南陽縣令調任汴京，不當自比「猿鶴」。姑編於正大元年甲申。繆《譜》未編。

京都元夕〔一〕

袨服華妝著處逢〔二〕，六街燈火鬧兒童〔三〕。長衫我亦何爲者，也在游人笑語中。

〔注〕

〔一〕元夕：元宵，正月十五夜。

〔二〕袨服：美麗的衣服。

〔三〕六街：原指唐代長安城中六條大街。後爲都城鬧市之通稱。

〔編年〕

李《譜》編於正大二年乙酉。從之。繆《譜》未編。

西園〔一〕

百草千花雨氣新，今朝陌上有游塵〔二〕。皇州春色濃於酒，醉殺西園歌舞人〔三〕。

〔注〕

〔一〕西園：在汴京。詳見《西園》（七古）注〔一〕。

〔二〕陌：道路。游塵：浮游的塵土。言游人甚多。

〔三〕「皇州」二句：宋林昇《題臨安邸》：「山外青山樓外樓，西湖歌舞幾時休！暖風熏得游人醉，直把杭州作汴州。」皇州：京城。

〔編年〕

李《譜》謂正大二年乙酉在汴京作，從之。繆《譜》未編。

鄭州上致政賈左丞相公①〔一〕時被命就公訪先朝逸事

黄閣歸來屨舄輕〔二〕，天將五福畀康寧〔三〕。四朝人物推耆舊〔四〕，萬古清風在典刑〔五〕。鄭圃亦能知有道〔六〕，漢庭久欲訪遺經〔七〕。帝城此後瞻依近②〔八〕，長傍孤南候極星〔九〕。

〔校〕

①左：李詩本、毛本、李全本均作「右」，施本改爲「左」。按本集《東平賈氏千秋録後記》，元氏至鄭州訪先朝遺事時，賈益謙早以尚書左丞致仕。左丞官銜高於右丞。元賈初交，應稱左丞。且《中州集》傳目亦稱「賈左丞益謙」，遺山詩稿本不會誤記，當傳刻形近而訛。故據施本改。②此後：本

集《東平賈氏千秋録後記》作「百里」。「百里」屬客觀陳述，而「此後」强調此次造訪後的效應，較勝。

〔注〕

〔一〕賈左丞：賈益謙，本名守謙，避哀宗諱改。東平（今山東省東平縣）人。衛紹王時任參知政事，貞祐三年任尚書省右丞，同年進拜尚書左丞，四年正月致仕居鄭州。正大三年卒。

〔二〕黄閣：漢代丞相聽事閣及漢以後三公官署廳門涂黄色，故稱。舄：鞋。單底爲履，複底而著木者爲舄。

〔三〕五福：《尚書・洪範》：「五福：一曰壽，二曰富，三曰康寧，四曰攸好德，五曰考終命。」宋歐陽修《紀德陳情上致政太傅杜相公》：「事國一心勤以瘁，還家五福壽而康。」畀：給予。康寧：無疾病。

〔四〕四朝人物：賈益謙大定十年進士，歷仕世宗、章宗、衛紹王、宣宗四朝。

〔五〕清風：高潔的品格。典刑：亦作「典型」，典範。宋蘇舜欽《代人上申公祝壽》：「天爲移文象，人思奉典型。」

〔六〕鄭圃：古地名，在今河南省中牟縣西南。《列子・天瑞》：「子列子居鄭圃，四十年人無識者。國君、卿大夫視之，猶衆庶也。」本集《東平賈氏千秋録後記》載賈益謙答詩，有「鄭圃道尊何敢望，漢庭書在子當傳」句。

〔七〕「漢庭」句：《漢書・伏生傳》：「孝文時，求能治《尚書》者，天下亡有，聞伏生治之，欲召。時伏生年九十餘，老不能行，於是詔太常，使掌故朝錯往受之。」《金史·胥鼎傳》：「（興定）五年三月，上遣近侍諭鼎及左丞賈益謙曰：『卿等皆名臣故老，今當何以處之。欲召赴尚書省會議，恐與時相不合，難於面折，故令就第延問，其悉意以陳，毋有所隱。』元光元年五月，上勑宰相曰：『前平章胥鼎、左丞賈益謙、工部尚書札里吉、翰林學士孛迭，皆致政老臣，經練國事，當邀赴省與議利害。』仍遣侍官分詣四人者諭意焉。」

〔八〕瞻依：尊仰而親近之。《詩·小雅·小弁》：「靡瞻匪父，靡依匪母。」

〔九〕弧：古星名。又名天弓。《史記·天官書》「（狼星）下有四星曰弧，直狼」張守節正義：「弧，九星，在狼東南，天之弓也。以伐叛懷遠。」極星：南極星。亦稱壽星或老人星。《晉書·天文志》：「老人一星，在弧南，一曰南極……見則治平，主壽昌。」

〔編年〕

本集《東平賈氏千秋録後記》言，哀宗即位，史官乞因《宣宗實録》，遂及衛紹王。元氏以編修官身份至鄭州就訪賈益謙，留連二十許日，獻此詩。在鄭之作還有《仆射陂醉歸即事》，句云「春波澹澹沙鳥没」。遺山正大元年夏秋間至二年夏任史館職，知至鄭獻詩事在正大二年乙酉。李、繆定在是年，施氏謂正大元年作，不妥。

將上書莘國幕府感懷呈賈明府〔一〕

兵家世不乏小杜〔二〕，風鑒今誰如老龐〔三〕。自許奇謀傾幕府，不防幽夢落蓬窗〔四〕。驚烏繞月枝難穩〔五〕，羸驥嘶風氣未降〔六〕。愛惜平生請纓手〔七〕，一簑休憶弄秋江。

〔注〕

〔一〕莘國：《金史·胥鼎傳》載，興定元年正月進拜平章政事，封莘國公。胥鼎，代州繁峙（今山西省繁峙縣）人。幕府：將帥在外的營帳。泛指軍政大吏的府署。賈明府：味末二句，賈明府當屬致政者舊，施注「賈明府已見卷八」，謂指賈益謙，本集《東平賈氏千秋録後記》言李純甫有《上賈明府求易説》，從之。

〔二〕「兵家」句：《舊唐書·杜牧傳》載，牧自負經緯才略，上宰相書論兵事，「李德裕稱之。注曹公所定《孫武十三篇》行於代」。

〔三〕「風鑒」句：風鑒：指品評人物。老龐：指龐德公。《三國志·龐統傳》裴松之注引《襄陽記》：「諸葛孔明爲卧龍，龐士元爲鳳雛，司馬德操爲水鏡，皆龐德公語也。德公，襄陽人……統，德公從子也。」

〔四〕幽夢：隱約的夢境。蓬窗：以蓬草爲窗，指貧者所居之室。

〔五〕「驚烏」句：曹操《短歌行》：「月明星稀，烏鵲南飛。繞樹三匝，何枝可依。」此喻指天下離亂，不能安居。

〔六〕「羸驥」句：宋王明清《揮麈録》：「漢馬嘶風，邊鴻翻月。」《晉書·王敦傳》：「（王敦）既素有重名，又立大功於江左，專任閫外，手控彊兵……每酒後輒詠魏武帝樂府歌曰：『老驥伏櫪，志在千里；烈士暮年，壯心不已。』」嘶風：迎風嘶叫。

〔七〕請纓手：《漢書·終軍傳》：「南越與漢和親，乃遣軍使南越，説其王，欲令入朝，比内諸侯。軍自請：『願受長纓，必羈南越王而致之闕下。』軍遂往説越王，越王聽許，請舉國内屬。」杜甫《歲暮》：「天地日流血，朝廷誰請纓？」

〔編年〕

李《譜》繫於貞祐三年下，胥鼎興定元年始封爲莘國公，故知李説誤。繆《譜》未編。詩後四句勸賈明府出仕。《金史·哀宗紀》載，正大二年四月，「起復平章政事致仕莘國公胥鼎爲平章政事，行省事於衛州，進封英國公」。胥鼎與賈益謙皆是致仕閑居威望甚隆的元老重臣，宣宗屢下旨懇請參議朝政（見《鄭州上致政賈左丞相公》注〔七〕），今胥鼎復出山重振朝綱，遺山有感於此，故勸賈氏再次爲國效力。胥、賈皆正大三年卒，詩應作於正大二年乙酉遺山拜訪賈氏之後。

僕射陂醉歸即事〔一〕

多生曾得江湖樂〔二〕，每見陂塘覺眼明〔三〕。詩酒共尋前日約，風陰新自夜來晴。春波澹澹沙鳥没，野色荒荒煙樹平。醉踏扁舟浩歌起〔四〕，不須紅袖出重城。是日招樂府不至。

〔注〕

〔一〕僕射陂：《新唐書·地理二》「管城」條：「有僕射陂，後魏孝文帝賜僕射李沖，因以爲名。」地在今河南省鄭州市東南。

〔二〕多生：佛教以衆生造善惡之業，受輪回之苦，生死相續，謂之「多生」。句謂前世喜愛江湖。

〔三〕陂塘：池塘，指僕射陂。

〔四〕浩歌：放聲歌唱。

〔編年〕

詩當正大二年乙酉春至鄭州賈益謙處採訪史事時作。李、繆同。

寄王丈德新二首①德新時在汝州〔一〕

其一

沙際春還去，雲頭雨不成。興來誰共醉，事往獨含情。紫邏留行客〔二〕，黄流隔戍城〔三〕。岸花何處在，空憶櫂歌聲②。孟津時事〔四〕。

〔校〕

①丈：毛本、李詩本、李全本皆作「文」。本集有《和德新丈》詩，《水調歌頭》〔空濛玉華曉〕詞題序

云：「賦德新王丈玉溪。」《石州漫》〔擊築行歌〕詞題序云：「赴召史館，與德新丈別於岳祠西新店。」知屬刊印因形近而訛，而非詩人稿本之誤。據施本改。②櫂：李詩本、李全本作「擢」，二字通用。

〔注〕

〔一〕王丈德新：王革字德新。見《玉溪》注〔二〕。汝州：今河南省臨汝縣。施注據《中州集·王革傳》所載「正大中，以六赴廷試，賜出身，調宜君簿」，謂題注汝州，當即主宜君簿時，誤。宜君在陝西。

〔二〕紫邏：《金史·地理志》載：汝州梁縣有紫邏山。杜甫《送賈閣老出汝州》有「雲山紫邏深」句。行客：指王德新。

〔三〕黄流：黄河洪流。戍城：指王文所在地汝州。句謂有黄河阻隔，王氏所在汝州遠離前綫，比較安全。

〔四〕櫂歌：劃船時所唱之歌。孟津時事：本集《江城子·夢德新丈因及欽叔舊游，河山亭在孟津》：「河山亭上酒如川，玉堂仙，重留連。尤恨春風，桃李負芳年。長記鶯啼花落處，歌扇後，舞衫前。」此指元光間元氏與王革、李欽叔春游孟津時事。

其二

清汝風華地〔一〕，平生記此游。酒能千日醉，春必萬金酬。攬鏡非遲暮〔二〕，逢花儘滯留。只應歌笑處，偏欠李郾州。欽叔時赴郾州幕官〔三〕。

〔注〕

〔一〕清汝：相傳紫邏山口爲大禹所鑿，導汝水自東出。風華：優美。

〔二〕攬鏡：持鏡對照。

〔三〕欽叔時赴鄜州幕官：《金史·李欽叔傳》：「貞祐三年，特賜詞賦進士，廷試第一人……授應奉翰林文字，在翰苑凡十年，出爲鄜州觀察判官。」鄜州：今陝西省富縣。

〔編年〕

李、繆據詩末注「欽叔時赴鄜州幕官」及《金史·李欽叔傳》「貞祐三年，特賜詞賦進士，廷試第一人……授應奉翰林文字，在翰苑凡十年，出爲鄜州觀察判官」，謂李欽叔出任鄜州在正大二年乙酉，詩作於是時。從之。

孟州夾灘飲承之御史家同欽叔作〔一〕

萸酒禁愁得①〔二〕，芳梅發興饒〔三〕。紛紜聊且置〔四〕，塊磊故須澆〔五〕。雞黍成前約〔六〕，干戈有此宵。平生楊大理〔七〕，惜不與佳招。雲卿赴召五日矣〔八〕。

〔校〕

①萸：李詩本、李全本、施本作「美」。

〔注〕

〔一〕孟州：即今河南省孟州市。承之御史，不詳。欽叔：李欽叔。見《玉華谷同希顔、欽叔分韻得軍華二字二首》其一注〔一〕。

〔二〕萸酒：茱萸酒。禁愁得：擺佈愁懷，使之無愁。杜甫《草堂即事》：「蜀酒禁愁得，無錢何處賒？」

〔三〕發興：引發興致。本集《南溪》：「南溪酒熟清而醇，北溪梅花發興新。」

〔四〕紛紜：多亂貌。喻指世事紛爭混亂。置：擱開。

〔五〕塊磊：指胸中鬱結不平之氣。句用《世説新語·任誕》所言阮籍胸中磊塊故須酒澆之典。

〔六〕「雞黍」句：《後漢書·范式傳》載，山陽范式與汝南張劭同在京師太學。各歸故里告别時，范與張相約定，二年後某日至汝南拜尊親。至其日張殺雞作黍，范果至。後以「雞黍約」作情意誠篤、恪守信用的典故。此句亦用孟浩然《過故人莊》「故人具雞黍，邀我至田家」詩意，言友人盛情款待。

〔七〕平生：舊交。楊大理：其人不詳。大理：掌刑法的官。此當指「承之御史」。

〔八〕雲卿：劉從益字雲卿。

〔編年〕

施注引《歸潛志》卷九「正大初，先君由葉令召入翰林」，謂詩末自注「雲卿赴召」指劉從益事，從之。

劉召入翰林事在正大二年乙酉（詳見《芳華怨》詩編年考），詩亦是年作。李《譜》繫在元光元年，不妥。繆《譜》未編。

芳華怨①〔一〕

娃兒十八嬌可憐，亭亭裊裊春風前。天上仙人玉爲骨，人間畫工畫不出〔二〕。小小油壁車〔三〕，軋軋出東華〔四〕。金縷盤雙帶〔五〕，雲裾踏雁沙〔六〕。一片朝雲不成雨〔七〕，被風吹去落誰家。少年豈無恩澤侯②〔八〕，金鞍繡帽亦風流。不然典取鸘鷞裘〔九〕，四壁相如堪白頭〔一〇〕。金谷樓臺悄無主③〔一一〕，燕子不來花著雨。只知環珮作離聲〔一二〕，誰向琵琶得私語〔一三〕。無情鸂鶒翡翠兒〔一四〕，有情蜂雄蛺蝶雌〔一五〕。勸君滿酌金屈卮〔一六〕，明日無花空折枝〔一七〕。

〔校〕

①芳華怨：即《歸潛志》卷九所録「金谷怨」，但文字多不同。②侯：李全本作「候」，訛。③悄：李詩本、毛本作「俏」，形訛。據李全本、施本改。

〔注〕

〔一〕詩題：清乾隆《欽定續通志》卷一二七謂唐以後「新題樂府未嘗被管弦者」，屬「怨思」類。《歸潛志》卷九載，金哀宗召故駙馬仆散阿海女子入宫，後因人言阿海有罪，又被放出。元氏因賦《金谷怨》（即此詩）。

〔二〕「人間」句：宋王安石《明妃曲》：「意態由來畫不成，當時枉殺毛延壽。」

〔三〕油壁車：婦女所乘之車，因車壁以油塗飾而得名。《玉臺新詠·錢塘蘇小小歌》：「妾乘油壁車，郎騎青驄馬。」

〔四〕東華：金汴京宫門名。見《金史·地理中》。

〔五〕金縷：應指用金絲繡在腰帶上的穗狀物。《歸潛志》作「繡帶盤綾結」。

〔六〕「雲裾」句：唐李賀《美人梳頭歌》：「妝成鬖鬌欹不斜，雲裾數步踏雁沙。」雲裾：飄動如雲的衣裾。踏雁沙：形容女子步履娉婷。元薩都剌《淩波曲》：「象床舞罷嬌無力，雁沙踏破參差跡。」

〔七〕「一片」句：用《文選·宋玉〈高唐賦序〉》「巫山雲雨」典。指阿海女子被遣出宫事。

〔八〕恩澤侯：《漢書》有《外戚恩澤侯表》。

〔九〕典取鸘鸘裘：劉歆《西京雜記》卷二：「司馬相如初與卓文君還成都，居貧愁懣，以所著鸘鸘裘就市人陽昌貰酒，與文君爲歡。」鸘鸘：水鳥名。其羽毛可制爲裘，甚珍貴。

〔一〇〕四壁相如：《史記·司馬相如列傳》：「文君夜亡奔相如，相如乃與馳歸成都，家居徒四壁立。」

〔一一〕金谷：地名，在今河南省洛陽市西北。晉太康中石崇築園於此。句用石崇愛妓緑珠墜樓事，言美女人去樓空。

〔一二〕環珮：女子所佩玉飾。《禮記·經解》：「行步則有環佩之聲。」杜甫《詠懷古迹》：「畫圖省識春風面，環珮空歸月夜魂。」

〔一三〕「誰向」句：晉石崇《王昭君辭·序》：「昔公主嫁烏孫，令琵琶馬上作樂，以慰其道路之思；其送明君（王昭君）亦必爾也。其造新之曲，多哀怨之聲。」杜甫《詠懷古迹》：「千載琵琶作胡語，分明怨恨曲中論。」私語：指樂聲所傳達的情懷。

〔一四〕鸂鶒：水鳥名。形大於鴛鴦，多紫色，好並游。俗稱紫鴛鴦。翡翠兒：《異物志》：「翠鳥形如燕，赤而雄曰翡，青而雌曰翠。」晉左思《吴都賦》：「山雞歸飛而來棲，翡翠列巢以重行。」

〔一五〕「有情」句：唐李商隱《柳枝五首》：「花房與蜜脾，蜂雄蛺蝶雌。」

〔一六〕「勸君」句：唐于武陵《勸酒》：「勸君金屈巵，滿酌不須辭。」金屈巵：亦作金曲巵，酒器。宋孟元老《東京夢華録》：御筵酒盞，皆屈巵。如菜碗樣而有把手。

〔一七〕「明日」句：唐無名氏《金縷衣》：「勸君莫惜金縷衣，勸君須惜少年時。有花堪折直須折，莫待無花空折枝。」

〔編年〕

《歸潛志》卷九載，元裕之、李長源同鄉里，各有詩名。由其不相上下，頗不相咸……元嘗權國史院編修官，時末帝召故駙馬都尉仆散阿海女子入宫，俄以人言其罪，又蒙放出。元因賦《金谷怨》樂府詩

（即此詩），李見之，作《代金谷佳人答》一篇拒焉，一時士人傳爲笑談。元詩云……李詩云……元和其詩，先子稱工。據此知詩作於元氏任國史院編修官時，且劉從益亦在場。遺山正大元年夏五月試博學宏詞，夏秋間任國史院權編修官。本集《水調歌頭》〔長安夏秋雨〕詞序云：「與欽叔飲，時予以同州録事判官入館，故有判司之語。」正大二年六月初，辭史院職歸嵩山（本集《杜詩學引》：「乙酉之夏，自京師還，閑居嵩山……六月十一日，河南元某引」）。按《歸潛志》卷九所載「正大初，先君由葉令召入翰林，諸公皆集余家。時春旱有雨，諸公喜而賦詩……後月餘，先君以疾不起」，劉從益卒於春夏間。與詩合觀，元、劉二人同在史院（劉從益時任翰林應奉，金末翰林院與國史院合署辦公。任翰林應奉往往兼任國史院編修，雷淵即如是）惟在正大二年乙酉。李《譜》附於正大二年，繆《譜》定在正大元年。

後芳華怨

江南破鏡飛上天〔一〕，三五二八清光圓。豈知汴梁破來一千日，寂寞菱花仍半邊〔二〕。白沙漫漫車轆轆，鵾鷄絃中杜鵑哭①〔三〕。塞門憔悴人不知，枉爲珠娘怨金谷〔四〕。樂府初唱娃兒行〔五〕，彈棊局平心不平〔六〕。只今雄蜂雌蝶兩不死，老眼天公如有情。白玉搔頭緑雲髮〔七〕，玫瑰面脂透肉滑〔八〕。春風著人無氣力〔九〕，不必相思解銷骨〔一〇〕。洛花絶品姚家黄〔一一〕，揚州銀紅一國香〔一二〕。千圍萬繞看不足，雨打風吹空斷腸。丹砂萬年藥〔一三〕，金印八州督〔一四〕，不及秦宫一生花裏活〔一五〕。長門曉夕壽相如，儘著千金買消渴②〔一六〕。

〔校〕

①鯤：應作「鵾」，李詩本、毛本、李全本、施本皆誤。②消：李全本作「痟」。

〔注〕

〔一〕破鏡：喻殘月。《玉台新詠·古絶句》：「何當大刀頭，破鏡飛上天。」二句暗用南朝陳徐德言夫婦破鏡重圓事，見唐孟棨《本事詩·情感》。

〔二〕「寂寞」句：《太平御覽》引東方朔《神異經》：「昔有夫婦將别，破鏡，各執半以爲信。」後以破鏡喻夫婦分離。菱花：古銅鏡中，六角形的或鏡背刻有菱花的叫菱花鏡，詩文中常以菱花作鏡的代稱。宋秦觀《調笑令·輦路江楓古》：「菱花半璧香塵汙，往日繁華何處？」

〔三〕鯤鷄弦：用鵾鷄筋做的琵琶弦。鵾鷄又爲琴曲名，屬古相和歌。漢張衡《南都賦》：「寡婦悲吟，《鵾鷄》哀鳴。」杜鵑哭：傳説杜鵑鳥爲古蜀王杜宇之魂所化，晝夜悲鳴，其聲哀切，常以形容哀痛之甚。句意爲琵琶聲中彈奏出極度悲傷的情調。

〔四〕「塞門」二句：謂應關注國勢衰弱給被擄掠至塞外的婦女帶來的不幸，不必着眼於李汾《代金谷佳人答》所云緑珠爲石崇殉情的悲怨。

〔五〕娃兒行：應指前唱《芳華怨》。

〔六〕「彈棊」句：《後漢書·梁統傳附梁冀》：「能挽滿、彈棊。」注引《藝經》：「彈棊，兩人對局，白黑棊各六枚……其局以石爲之。」唐李商隱《無題》：「莫近彈棊局，中心最不平。」

〔七〕搔頭：簪的别稱。緑雲鬢：烏黑濃密的頭髮。

〔八〕面脂：潤面的油脂。

〔九〕春風：喻美麗的容貌。杜甫《詠懷古迹》之三：「畫圖省識春風面，環珮空歸月夜魂。」

〔一〇〕解：能够。銷骨：猶銷魂，形容極度哀傷。宋賀鑄《和人傷春》：「縱使相思解銷骨，此情終未作黄塵。」

〔一一〕姚家黄：洛陽牡丹名貴品種之一。出於民姚氏家，見宋歐陽修《洛陽牡丹記·釋名》。五代王周《和杜運使，巴峽地暖，節物與中土異，黯然有感》：「花品姚黄冠洛陽，巴中春早羡孤芳。」

〔一二〕揚州銀紅：揚州芍葯名貴品種之一。明李時珍《本草綱目》：「昔人言洛陽牡丹、揚州芍葯甲天下。」

〔一三〕丹砂：道士烹煉神丹之大藥。在道教煉服諸藥中爲最上之藥。南朝梁武帝《閶闔篇》：「但使丹砂就，能令億萬年。」明李時珍《本草》：「丹砂，久服通神明不老。」

〔一四〕「金印」句：指高級官員。

〔一五〕「不及」句：唐李賀《秦宫詩》：「秦宫一生花底活。」

〔一六〕「長門」二句：漢司馬相如《長門賦序》：「孝武皇帝陳皇后，時得幸，頗妒，别在長門宫，愁悶悲思。聞蜀郡成都司馬相如，天下工爲文，奉黄金百斤爲相如、文君取酒，因于解悲愁之辭。」漢劉歆《西京雜記》卷二：「長卿素有消渴疾，及還成都，悦文君之色，遂以發痼疾。」宋陸游《秋思》：「相如病渴年來劇，釀酒傾家畏不供。」儘：本作盡，有放任之意。

〔編年〕

李、繆據「汴梁破來一千日」定爲蒙古太宗七年乙未作。按上引《歸潛志》卷九所言「元和其詩，先子稱工」語，其和作當即此詩，知作於正大二年乙酉。「汴梁破來」句乃泛用「破鏡」典，無需坐實。至於所及被擄掠塞外之婦女事，指金宣宗獻衛紹王女於成吉思汗亦可，不必局限於金亡後史事。

寄欽用〔一〕

顑頷京華苜蓿盤〔二〕，南山歸興夜漫漫〔三〕。長門有賦人誰買〔四〕，坐塌無氊客亦寒①〔五〕。蟲臂偶然煩造物〔六〕，麞頭何者亦求官〔七〕。故人東望應相笑〔八〕，世路羊腸乃爾難。

〔校〕

①塌：李全本作「搨」，訛。施本改作「榻」。按：《正字通·土部》：「塌，《同文備考》：『塌，牀著地而安也。』從𦐇，近地之意。」亦指土炕。《太平廣記》卷四百七十一引《集異記》：「女乃嚴一土塌，上布軟草。」從李詩本、毛本。

〔注〕

〔一〕欽用：李獻甫字欽用，河中（今山西省永濟市）人，欽叔從弟，與遺山同年進士，爲其「三知己」

之一。歷任咸陽簿、行臺掾、長安令等職。

〔二〕苜蓿盤：以苜蓿草爲食，形容小官清苦冷落的生活。南漢王定保《唐摭言》卷十五《閩中進士》：「（薛令之）累遷左庶子。時開元東宫官僚清澹，令之以詩自悼，復紀於公署，曰：『朝旭上團團，照見先生盤。盤中何所有？苜蓿長闌干。』」

〔三〕南山：應指嵩山。李《譜》謂「『南』當作『西』」，是。用陶淵明《飲酒》「悠然見南山」典亦通。

〔四〕「長門」句：漢司馬相如《長門賦序》言漢武帝皇后陳阿嬌失寵居長門宫，奉黄金百斤請相如作賦代抒愁思以期武帝感悟。句言有司馬相如之才而無人認可，無補於窮困。

〔五〕坐塌無氊：《南史·江革傳》：「（謝）朓嘗行還過侯革，時大寒雪，見革弊絮單席，而耽學不倦，嗟歎久之，乃脱其所著襦，並手割半氊與革充卧具而去。」

〔六〕「蟲臂」句：《莊子·大宗師》：「偉哉造化！又將奚以汝爲？將奚以汝適？以汝爲鼠肝乎？以汝爲蟲臂乎？」言生而爲人，死則四肢化作蟲臂，成爲至微至賤之物。宋陸游《書病》：「昏昏但思向壁卧，蟲臂鼠肝寧暇恤！」句言出身卑微。

〔七〕「麞頭」句：《舊唐書·李揆傳》載，揆秉政，苗晉卿數次舉薦元載。揆自恃門望，因元載出身寒門，説：「龍章鳳姿之士不見用，麞頭鼠目之子乃求官。」

〔八〕故人東望：《中州集·李獻甫傳》：「歷咸陽簿，辟行臺掾。屬正大初，夏人請和……授慶陽總帥府經歷官。」按此，李欽用時任京兆行臺掾。

〔編年〕

詩亦在汴爲官思歸之作，李、繆繫於正大二年乙酉，從之。

寄西溪相禪師〔一〕

青鏡流年易擲梭〔二〕，壯懷從此即蹉跎〔三〕。門堪羅雀仍未害〔四〕，釜欲生魚當奈何〔五〕。萬事自知因懶廢，一官原不校貧多①〔六〕。拂衣明日西溪去〔七〕，且放雲山入浩歌。

〔校〕

①校：毛本作「挍」，避明熹宗諱。據李詩本、李全本、施本改。

〔注〕

〔一〕相禪師：名弘相，王氏，沂水（今山東省沂水縣）人。幼出家，最後住持嵩山清涼寺。工詩文，與遺山往來密切。年六十四卒。

〔二〕「青鏡」句：《雲笈七籤》卷一一三：「紅顔三春樹，流年一擲梭。」句謂青銅鏡中年華像擲梭般流逝。

〔三〕蹉跎：挫折。

〔四〕門堪羅雀：《史記·汲黯傳》：「始翟公爲廷尉，賓客闐門；及廢，門外可設雀羅。」

〔五〕釜欲生魚：《後漢書・范冉傳》載其生計貧困，有時糧粒盡。鄉人歌曰：「甑中生塵范史雲（冉字史雲），釜中生魚范萊蕪（冉曾被委任萊蕪縣）。」

〔六〕一官：指史館編修官之職。《金史・百官志》：「編修官，正八品。」校：差。

〔七〕西溪：在嵩山清涼寺西。本集《清涼相禪師墓銘》：「奉師遺骨，塔於西溪之上。」

〔編年〕

李《譜》據詩「一官」句，定爲正大四年作。繆《譜》未編。本集《清涼相禪師墓銘》云：「今年西堂成，約予來習静度此夏。比京師歸而師歿矣。」遺山正大四年任内鄉令後無夏自京師歸嵩山的行迹。其出仕後夏自京師歸嵩山惟在正大二年。詩有辭官歸隱意，知作於正大二年乙酉辭史館職前。

李道人嵩陽歸隱圖〔一〕

北山范寬筆，老硬無妍姿〔二〕。南山小平遠，澹若韋郎詩①〔三〕。嵩陽古仙村，佳處我所知。長林連玉華②〔四〕，細路入清微③。連延百餘家，柴門水之湄〔五〕。桑麻蔽朝日，雞犬通垣籬。媿我出山來，京塵滿山衣〔六〕。春風四十日，夢與孤雲飛〔七〕。可笑李山人〔八〕，嗜好世所稀。逢人覓詩句，不恤怒與譏〔九〕。道人本無事，何苦塵中爲。京師不易居，我癡君更癡。山中酒應熟，幾日是歸期。

〔校〕

①韋：李全本作「常」，誤。　②玉：李全本作「王」，形訛。　③細：毛本作「納」，訛。據李詩本、李全本、施本改。

〔注〕

〔一〕李道人，名若愚，河東（今山西省）人，家居嵩山。參見《中州集》雷淵《愛詩李道人若愚嵩陽歸隱圖》、麻知幾《李道人嵩陽歸隱圖》。

〔二〕「北山」二句：元陶宗儀《説郛》卷九十二言：「（范寬）游秦中，遍觀奇勝，落筆雄偉老硬，真得山之骨法。」

〔三〕「南山」二句：南方山水畫派與北派重實尚雄不同，寓實於虚，畫面平遠。韋郎：指中唐詩人韋應物。

〔四〕長林：深林。玉華：少室山峰名。

〔五〕湄：水邊高崖。

〔六〕山衣：隱者所穿之衣。唐王建《從軍後寄山中友人》：「愛仙無藥住溪貧，脱却山衣事漢臣。」南朝齊謝朓《酬王晉安》詩：「誰能久京洛，緇塵染素衣。」二句暗用此典。

〔七〕「春風」二句：言東風頻吹，孤雲西飛，夢與之俱，思歸嵩山。時遺山母居嵩山，二句暗用狄仁傑望雲思親之典（見《帝城二首》其一注〔一〕）。

〔八〕山人：仙道隱者之稱。李山人：指李道人若愚。

〔九〕「逢人」二句：雷淵《愛詩李道人若愚嵩陽歸隱圖》：「叩門剥啄者誰子？道人面有熊豹姿。披圖二室忽當眼，貫珠編貝多文辭。我離山久詩筆退，摹寫豈復能清奇！再三要索不忍拒，依依但記經行時。道人愛山復愛詩，嗜好成癖未易醫。」

〔編年〕

李、繆據詩「媿我出山來」四句定爲正大二年乙酉春在汴京史館任時作，從之。

出京史院得告歸嵩山侍下①

從宦非所堪，長告欣得請〔一〕。驅馬出國門，白日觸隆景〔二〕。半生無根著，飄轉如斷梗〔三〕。一昨隨牒來〔四〕，六月阻歸省。城居苦湫隘〔五〕，群動日蛙黽〔六〕。慚媿山中人，團茅遂幽屏〔七〕。塵泥久相涴②〔八〕，夢寐見清潁③〔九〕。矯首孤飛雲〔一〇〕，西南路何永。

〔校〕

①下：李全本無此字。　②久：李全本、施本作「免」，詩意不連貫，與下句因果關係不切。涴：毛本作「浣」，形訛。據李詩本、李全本、施本改。　③潁：李詩本、李全本作「穎」，誤。

〔注〕

〔一〕長告：「長休告」的省稱。官吏長期去職休假。《漢書·丙吉傳》：「及居相位，上寬大，好禮讓。掾史有罪臧，不稱職，輒予長休告。」

〔二〕「驅馬」二句：唐韓愈《感二鳥賦》：「出國門而東騖，觸白日之隆景。」國門：國都的城門。隆景：炎灼的日光。

〔三〕斷梗：折斷的葦梗。比喻漂泊不定。宋陸游《拆號前一日作》：「飄零隨處是生涯，斷梗飛蓬但可嗟。」

〔四〕隨牒：據以授官的委任狀。《漢書·匡衡傳》：「平原文學匡衡材智有餘，經學絶倫。但以無階朝廷，故隨牒在遠方。」顔師古注：「隨牒，謂隨選補之恒牒，不被超擢者。」句敘遺山試宏詞科後授官。本集《水調歌頭》〔長安夏秋雨〕題序云：「時予以同州録事判官入館，故有判司之語。」《金史·選舉二》：「宏詞，上等遷兩官，次等遷一官。」進士及第授官從八品，國史院編修官爲正八品，知遺山試宏詞僅遷一官，屬次等。

〔五〕湫隘：低下狹小。本集《警巡院廨署記》：「汴京官府寺舍，百年以來無復其舊。車駕南渡，百司之治往往以民居爲之。如兩警院之繁劇緊要者，亦無定所焉……久之，得故教授位於樂善坊之東。教官廢久，屋爲民居，罅漏衰傾，風雨弗庇。」國史院官舍亦大致相似。

〔六〕蛙黽：即蛙。句謂衆人擠在低下狹小的民居裏辦公，擁擠嘈雜像池塘裏的青蛙。

〔七〕團茅：圓形茅屋。幽屏：隱僻之處。

〔八〕涴：污染。唐韓愈《合江亭》：「願書巖上石，勿使泥塵涴。」

〔九〕清潁：潁水源出登封縣，此代指嵩山。

〔一〇〕孤飛雲：用狄仁傑望雲思母典，詳見《帝城二首》其一注〔一〕。

〔編年〕

本集《杜詩學引》：「乙酉之夏，自京師還，閑居嵩山。」詩作於正大二年乙酉。李、繆同。

乙酉六月十一日雨

一旱近兩月，河洛東連淮〔一〕。驕陽佐大火〔二〕，南風捲黄埃。草樹青欲乾，四望令人哀。時時怪事發，雨雹如李梅。我夢天河翻，崩騰走雲雷。今日復何日，駃雨東南來〔三〕。元氣淋漓中〔四〕，焦卷意已回。良苗與新潁〔五〕，鬱鬱無邊涯音崖。書生如老農，苦樂與之偕。閶闔吉語①〔六〕，一笑心顔開。酉年酒如漿〔七〕，乾溢安能栽②。唯當作高廩，多具樽與罍。家人笑問我，君田安在哉。駃雨與「快」同音③，見《魏志》。

〔校〕

①閶闔：李詩本、李全本作「閭閻」。　②栽：李全本作「裁」。　③駃雨：施本引原注無「雨」字。

〔注〕

〔一〕「一旱」二句：謂黄河、洛河至淮河流域兩月無雨。金時黄河東南入淮河。《金史·哀宗紀》

載，正大二年四月甲午，以京畿旱，遣使慮囚。五月丁丑，以旱甚，責己，避正殿，減常膳，赦罪。

〔二〕大火：大火星。

〔三〕駃：晉崔豹《古今注・雜注》載，曹真有駃馬，名驚帆，言其馳驟如烈風吹帆之快。

〔四〕元氣：哲學上指陰陽未分之氣，此指鋪天蓋地雨霧茫茫的氣勢。

〔五〕新穎：植物新吐的毛葉。

〔六〕閭閻：里巷内外的門。後多借指里巷。

〔七〕「酉年」句：舊題漢東方朔《靈棋經》「第七年豐卦」晉顔幼明注：「大梁諺曰：『太在酉，乞漿得酒。』言其豐也。」

〔編年〕

李、繆據詩題編於正大二年乙酉，從之。

飲酒五首襄城作〔一〕

其一

西郊一畝宅〔二〕，閉門秋草深。床頭有新釀，意愜成孤斟。舉杯謝明月，蓬蓽肯相臨〔三〕。願將萬古色，照我萬古心。

〔注〕

〔一〕襄城：今河南省襄城縣，金時隸屬汝州。此地遺山亦置田，本集《良佐鏡銘》「丙戌夏四月，予過汜南」，即指襄城地（此爲南汜，東汜在滎陽）。李《譜》謂即昆陽地，誤。

〔二〕一畝宅：古人用以比喻貧士所居。《禮記·儒行》：「儒有一畝之宫，環堵之室，蓽門圭窬，蓬户甕牖。」

〔三〕蓬蓽：「蓬門蓽户」的省語，即用草荆編成的門户。上二句暗用李白「舉杯邀明月，對影成三人」詩。

其二

去古日已遠，百僞無一真①。獨餘醉鄉地〔一〕，中有羲皇淳〔二〕。聖教難爲功〔三〕，乃見酒力神。誰能釀滄海，盡醉區中民。

〔校〕

①僞：李詩本、毛本作「爲」。「僞」通「爲」，本集《酒裏五言説》引此詩作「僞」，從李全本、施本。

〔注〕

〔一〕醉鄉：醉酒後神志不清的境界。

〔二〕羲皇：伏羲氏，上古時人。陶淵明《與子儼等疏》：「自謂是羲皇上人。」

〔三〕「聖教」句：謂聖人之教已不能再使風俗淳樸。

其三

利端始萌芽，忽復成禍根〔一〕。名虛買實禍，將相安足論。驅驢上邯鄲〔二〕，逐兔出東門〔三〕。離官寸寸樂①〔四〕，里社有拙言。離官寸寸樂①，晉俚諺云然②。

〔校〕

①寸寸：李全本、施本作「寸亦」。　②俚：李全本作「陸」。

〔注〕

〔一〕「利端」二句：老子《道德經》：「禍兮福之所倚，福兮禍之所伏。」端：苗頭。

〔二〕「驅驢」句：唐沈既濟《枕中記》：「府吏引從至其門而急收之。（盧）生惶駭不測，謂妻子曰：『吾家山東，有田五頃，足以禦寒餒，何苦求祿。而今及此，思衣短褐乘青駒行邯鄲道中，不可得也。』」

〔三〕「逐兔」句：《史記・李斯傳》：「斯出獄，與其中子俱執，顧謂其中子曰：『吾欲與若復牽黃犬俱出上蔡東門逐狡兔，豈可得乎？』」

〔四〕寸寸樂：每段時刻都樂。

其四

萬事有定分，聖智不能移〔一〕。而於定分中，亦有不測機〔二〕。人生桐葉露，見日忽已晞〔三〕。唯當飲美酒，儻來非所期〔四〕。

〔注〕

〔一〕「萬事」二句：《宋書·顧覬之傳》：「覬之常謂秉命有定分，非智力所移。」

〔二〕不測機：隱微難測之事。意即預料不到的危殆之事。

〔三〕「人生」二句：言人有生之年短暫。《樂府詩集·長歌行》：「青青園中葵，朝露待日晞。」

〔四〕「唯當」二句：《古詩十九首》其十三：「不如飲美酒，被服紈與素。」儻來：意外得到的東西。《莊子·繕性》：「物之儻來，寄也。」成玄英疏：「儻者，意外忽來者耳。」此指榮華富貴。

其五

此飲又復醉，此醉更酣適〔一〕。徘徊雲間月，相對澹以默〔二〕。三更風露下，巾袖警微濕。浩歌天壤間〔三〕，今夕知何夕？

〔注〕

〔一〕酣適：暢快舒適。

〔二〕澹以默：恬澹静默。

〔三〕浩歌：放聲歌唱。

〔編年〕

本集《酒裏五言説》：「『去古日已遠，百僞無一真……』此予三十六七時詩也。」遺山三十七歲時，四月至商帥完顏鼎處，中秋後始返嵩山，故李《譜》謂「下年無安放，當在此年（正大二年乙酉）……詩『離官寸亦樂』，亦告歸時也」，繆《譜》亦然，從之。

後飲酒五首 陽翟作①〔一〕

其一

少日不能觴，少許便有餘。比得酒中趣，日與杯杓俱。一日不自澆，肝肺如欲枯。當其得意時，萬物寄一壺〔二〕。作病知奈何，妾婦良區區〔三〕。但媿生理廢，飢寒到妻孥〔四〕。吾貧蓋有命，此酒不可無。

〔校〕

①作：李全本無此字。

〔注〕

〔一〕陽翟：今河南省禹州市，金屬鈞州。李《譜》謂「此汜南地，先生亦有營耕」，誤。

〔二〕「當其」二句：當領悟到飲酒旨趣時，可以抛開世間萬物的牽絆，寄情於酒。

〔三〕「作病」二句：《世説新語·任誕》：「劉伶病酒，渴甚，從婦求酒。婦捐酒毁器，涕泣諫曰：『君飲太過，非攝生之道，必宜斷之。』……伶跪而祝曰：『天生劉伶，以酒爲名。一飲一斛，五斗解醒。婦人之言，慎不可聽。』」

〔四〕「但媿」二句：陶淵明《與子儼等疏》：「自量爲己，必貽俗患，僶俛辭世，使汝等幼而饑寒……念之在心，若何可言！」生理：謀生之道。孥：兒女。

其二

金丹换凡骨〔一〕，誕幻苦無實①。如何杯杓間，乃有此樂國〔二〕。天生至神物，與世作酣適。豈曰無妙理，滉瀁莫容詰〔三〕。康衢吾自樂，何者爲帝力〔四〕。大笑白與劉〔五〕，區區頌功德。

【校】

①苦：李詩本、毛本、李全本皆作「若」，施本作「苦」。按既言「誕幻」，則「若無實」成贅語。作「苦」則有興味，較勝。當刊印形訛。據施本改。

【注】

〔一〕金丹：道教煉丹名詞。古代方士、道士用黄金煉成「玉液」，或用鉛汞等物煉成藥金（還丹），稱爲金丹。認爲服之能長生不老。葛洪《抱朴子・金丹》：「服神丹令人壽無窮已，與天地相畢，乘雲駕龍，上下太清。」

〔二〕樂國：安樂的處所。《詩・魏風・碩鼠》：「逝將去女，適彼樂國。」

〔三〕滉瀁：浮動貌。此句描述醉酒後神智恍惚的感受。

〔四〕「康衢」二句：唐歐陽詢《藝文類聚》引《帝王世紀》：「（堯時）天下大和，百姓無事，有五十老人擊壤於道。觀者歎曰：『大哉，帝之德也！』老人曰：『吾日出而作，日入而息……帝何力於我哉？』」康衢：四通八達的道路。帝力：帝王的作用、恩德。

〔五〕白與劉：白居易《酒功贊》言晉劉伶嗜酒，有《酒德頌》，自己亦嗜酒，作《酒功贊》以繼之。

其三

客從嵩少來，貽我招隱詩。爲言學仙好，人間竟何爲。一笑顧客言，神仙非所期。山中如有酒，吾與爾同歸。

其四

酒中有勝地〔一〕，名流所同歸。人若不解飲，俗病從何醫。此語誰所云，吾友田紫芝〔二〕。紫芝雖吾友，痛飲真吾師〔三〕。一飲三百杯〔四〕，談笑成歌詩。九原不可作〔五〕，想見當年時。

〔注〕

〔一〕勝地：美妙的境界。《世説新語·任誕》：「王衛軍云：『酒正自引人箸勝地。』」

〔二〕田紫芝：字德秀，滄州（今河北省滄州市）人。少孤，養於外家定襄趙氏，故多居於忻。能詩，與遺山交密。貞祐初卒於兵禍，年二十三。《中州集》有傳。

〔三〕「痛飲」句：杜甫《醉時歌》：「忘形到爾汝，痛飲真吾師。」

〔四〕「一飲」句：李白《將進酒》：「烹羊宰牛且爲樂，會須一飲三百杯。」

〔五〕九原：墓地。句謂田紫芝死不復生。

其五

飲人不飲酒，正自可飲泉〔一〕。飲酒不飲人，屠沽從擊鮮〔二〕。酒如以人廢，美禄何負焉〔三〕。我愛靖節翁〔四〕，於酒得其天〔五〕。龐通何物人，亦復爲陶然〔六〕。兼忘物與我，更覺此翁賢〔七〕。

〔注〕

〔一〕「飲人」二句：謂僅出於人格提升的需要則不必飲酒，只飲清泉可矣。

〔二〕「飲酒」二句：言只圖口舌之樂而不體會飲酒的妙理，則不如從屠牲賣酒者去吃喝。

〔三〕美禄：《漢書·食貨志》：「酒者，天之美禄。」二句謂人（不懂酒的妙用）負酒並非酒負人。

〔四〕靖節翁：陶淵明卒後友朋私謚「靖節」。

〔五〕「於酒」句：言陶在飲酒中領悟到他的自然本性。本集《繼愚軒和党承旨雪詩四首》之二：「君看陶集中，飲酒與歸田。此翁豈作詩，直寫胸中天。」

〔六〕「龐通」二句：《宋書·陶潛傳》：「潛嘗往廬山，弘令潛故人龐通之齎酒具於半道栗里要之……既至，欣然便共飲酌。」陶然：醉樂貌。

〔七〕「兼忘」二句：陶淵明《飲酒二十首》之十四：「不覺知有我，安知物爲貴。」

〔編年〕

本集《酒裏五言説》言與《飲酒五首》同一時期作，李、繆編於正大二年乙酉，從之。

雜著五首

其一

稟氣寡所諧〔一〕，衣食固無端①〔二〕。所業在農桑②〔三〕，甘以辭華軒〔四〕。田家豈不苦③〔五〕，歲功聊可觀〔六〕。帶月荷鋤歸〔七〕，裴回丘壠間〔八〕。曖曖遠人村〔九〕，紛紛飛鳥還〔一〇〕。養真衡茅下〔一一〕，庶無異患干〔一二〕。遥謝荷蓧翁〔一三〕，躬耕非所歎〔一四〕。

〔校〕

①無：集陶句，陶詩作「其」，逯欽立校注《陶淵明集》引宋曾本云「一作無」。 ②農：陶詩作「田」。 ③苦：李全本作「若」，誤。

〔注〕

〔一〕「稟氣」句：出《飲酒二十首》之九。稟氣：天賦的氣質。

〔二〕「衣食」句：出《庚戌歲九月中於西田穫早稻》。上二句謂因稟性與追求利禄的世道很少符合，故人生賴以生存的衣食就没有來源。姚本據陶詩改「無」爲「其」，詩意不通貫。

〔三〕「所業」句：出《雜詩十二首》之八。

〔四〕「甘以」句：出《戊申歲六月中遇火》。華軒：華美的殿堂。借指仕宦生涯。

〔五〕「田家」句：出《庚戌歲九月中於西田穫早稻》。

〔六〕「歲功」句：出《庚戌歲九月中於西田穫早稻》。歲功：一年農事的收穫。

〔七〕「帶月」句：出《歸園田居五首》之三。

〔八〕「裴回」句：出《歸園田居五首》之四。丘壟：田地。

〔九〕「曖曖」句：出《歸園田居五首》之一。曖曖：昏昧貌。

〔一〇〕「紛紛」句：出《歲暮和張常侍》。

〔一一〕「養真」句：出《辛丑歲七月赴假還江陵夜行涂口》（逯欽立箋注本云：各本作「涂中」，誤。《藝文類聚》作「涂口作」。今從《昭明文選》）。養真：養性修真。衡茅：衡門茅舍。

〔一二〕「庶無」句：出《庚戌歲九月中於西田穫早稻》。異患干：意外之禍相犯。

〔一三〕「遥謝」句：出《丙辰歲八月中於下潠田舍穫》。荷蓧翁：《論語・微子》：「子路從而後，遇丈人，以杖荷蓧。」後世用指隱者。

〔一四〕「躬耕」句：出《庚戌歲九月中於西田穫早稻》。

其二

守拙歸田園①〔一〕，淹留自無成〔二〕。長吟掩柴門〔三〕，遂與塵事冥〔四〕。素月出東嶺〔五〕，夜景湛虛明〔六〕。揮杯勸孤影〔七〕，杯盡壺自傾〔八〕。遥遥望白雲〔九〕，千載有深情②〔一〇〕。

〔校〕

①田園：陶詩作「園田」。②深：逯欽立校注本作「餘」。校記：「曾本、蘇寫本、焦本云，一作：『斯人久已没，千載有深情。』」

〔注〕

〔一〕「守拙」句：出《歸園田居五首》之一。

〔二〕「淹留」句：出《飲酒二十首》之十六。淹留：長期隱退。《楚辭·九辯》：「蹇淹留而無成。」詩用其意。姚本據陶詩《九日閑居》改「自」爲「豈」，使句意完全相反，與詩人此一時期所作《飲酒五首》等所表現的尚隱逸棄事功的意向不合。

〔三〕「長吟」句：出《癸卯歲始春懷古田舍二首》之二。

〔四〕「遂與」句：出《辛丑歲七月赴假還江陵夜行涂口》。塵事：塵世之事。冥：隔絶。

〔五〕「素月」句：出《雜詩十二首》之二。

〔六〕「夜景」句：出《辛丑歲七月赴假還江陵夜行涂口》。湛：空明貌。虛明：清澈明亮。

〔七〕「揮杯」句：出《雜詩十二首》之二。

〔八〕「杯盡」句：出《飲酒二十首》之七。

〔九〕「遥遥」句：出《和郭主簿二首》之一。

〔一〇〕「千載」句：出《詠荆軻》。

其三

榮叟老帶索〔一〕，原生納決履①〔二〕。邈哉此前脩〔三〕，久而道彌著〔四〕。人生少至百〔五〕，每每多憂慮〔六〕。量力守故轍〔七〕，餘榮何足顧〔八〕。棲遲固多娱〔九〕，幾人得其趣〔一〇〕。

〔校〕

①納決：李詩本、毛本作「快納」，與上句意不合。陶詩作「納決」，據李全本、施本改。

〔注〕

〔一〕「榮叟」句：出《詠貧士七首》之三。《列子·天瑞》：「孔子游於泰山，見榮啓期行乎郕之野，鹿裘帶索，鼓琴而歌。」帶索：以繩索爲衣帶。形容貧寒清苦。

〔二〕「原生」句：出《詠貧士七首》之三。《韓詩外傳》載，原憲居魯，子貢往見之。「原憲楮冠黎杖而應門，正冠則纓絶，振襟則肘見，納履則踵決」。納：穿。決：同「缺」。破裂。決履：破鞋。

〔三〕「邈哉」句：出《詠貧士七首》之七。前脩：前代賢人。

〔四〕「久而」句：出《詠二疏》。彌著：更顯著。

〔五〕「人生」句：出《飲酒二十首》之十五。

〔六〕「每每」句：出《雜詩十二首》之五。

〔七〕「量力」句：出《詠貧士七首》之一。故轍：過去的生活方式。

〔八〕「餘榮」句：出《詠二疏》。

〔九〕「棲遲」句：出《九日閑居》。棲遲：隱逸休息。

〔一〇〕「幾人」句：出《詠二疏》。

其四

桃李羅堂前〔一〕，霜露榮悴之〔二〕。咄咄俗中惡〔三〕，人道每如茲〔四〕。冬嶺秀孤松〔五〕，卓然見高枝〔六〕。提壺撫寒柯①〔七〕，懷此貞秀姿〔八〕。願留就君住〔九〕，終身與世辭〔一〇〕。

〔校〕

①撫：陶詩作「掛」。

〔注〕

〔一〕「桃李」句：出《歸園田居五首》之一。

〔二〕「霜露」句：出《形贈影》。悴：憔悴。

〔三〕「咄咄」句：出《飲酒二十首》之六。咄咄：驚怪貌。《後漢書·嚴光傳》：「咄咄子陵，不可相助爲理耶？」俗中：《世説新語·任誕》：「我輩俗中人，故以儀軌自居。」句言世俗之人對高士驚怪厭惡。

〔四〕「人道」句：出《飲酒二十首》之一。人道：人世間。

〔五〕「冬嶺」句：出《四時》。

〔六〕「卓然」句：出《飲酒二十首》之八。

〔七〕「提壺」句：出《飲酒二十首》之八。寒柯：寒枝。

〔八〕「懷此」句：出《和郭主簿二首》之二。

〔九〕「願留」句：出《擬古九首》之五。君：指孤松。

〔一〇〕「終身」句：出《飲酒二十首》之十二。

其五

世短意恒多〔一〕，時駃不可追①〔二〕。感彼柏下人〔三〕，泫然沾我衣〔四〕。運生會歸盡〔五〕，彼此更共之〔六〕。理也可奈何〔七〕，一觴聊可揮〔八〕。酒中有深味〔九〕，情隨萬化遺〔一〇〕。西南望崑墟〔一一〕，靈人侍丹池〔一二〕。我無騰化術〔一三〕，帝鄉不可期〔一四〕。且極今朝樂〔一五〕，千載非所知〔一六〕。

〔校〕

①駃：陶詩作「駛」，施本亦作「駛」，李詩本、毛本、李全本作「駃」。追：陶詩作「稽」。

〔注〕

〔一〕「世短」句：出《九日閑居》。逯引李注：「《古詩》：『生年不滿百，常懷千歲憂。』而淵明以五字盡之。」

〔二〕「時駃」句：出《雜詩十二首》之十。駃：同「快」。參見《乙酉六月十一日雨》注〔三〕。

〔三〕「感彼」句：出《諸人共游周家墓柏下》。柏下人：指墓中人。因墓地多植松柏，故稱。

〔四〕「泫然」句：出《詠三良》。泫然：流淚貌。

〔五〕「運生」句：出《連雨獨飲》。言人生遷化必有終結。

〔六〕「彼此」句：出《飲酒二十首》之一。句謂無論什麽樣的門第與個人，其歸於死亡的結局都是一樣的。

〔七〕「理也」句：出《雜詩十二首》之八。

〔八〕「一觴」句：出《還舊居》。揮：傾杯飲酒。

〔九〕「酒中」句：出《飲酒二十首》之十四。

〔一〇〕「情隨」句：出《於王撫軍座送客》。萬化：大自然。遺：遺忘。

〔一一〕「西南」句：出《讀山海經十三首》之三。崑墟：崑崙虚。《山海經·海内東經》：「國在流沙中者，埻端、璽㬂，在崑崙虚東南。」

〔一二〕「靈人」句：出《讀山海經十三首》之六。靈人：指神羲和，神話中太陽的母親。逯引《山海經·大荒南經》：「甘水之間，有羲和之國。有女子名曰羲和，方日浴於甘淵。」

〔一三〕「我無」句：出《形贈影》。騰化術：飛升成仙之術。

〔一四〕「帝鄉」句：出《歸去來兮辭》。帝鄉：神仙世界。

〔一五〕「且極」句：出《游斜川》。

〔一六〕「千載」句：出《己酉歲九月九日》。

〔編年〕

詩集陶淵明詩句而成，以陶之酒杯澆己之塊磊，述辭官隱居之情，與前兩組飲酒詩意趣吻合，當同一時期所作，姑編於正大二年乙酉。李《譜》附於興定元年下，認爲因是年舉試不遇而作。是時元氏未歸隱躬耕，與詩「量力守故轍」不合。繆《譜》未編。

方城道中懷山中幽居〔一〕

技拙違時用〔二〕，年饑與食謀。江山貧士歎〔三〕，日月賈胡留〔四〕。楚客頻招隱〔五〕，文園故倦游〔六〕。衡門有幽事〔七〕，還我北窗秋〔八〕。

〔注〕

〔一〕方城：今河南省方城縣，屬南陽市。

〔二〕「技拙」句：指辭史館職歸耕事。

〔三〕貧士歎：晉陸雲《寒蟬賦》：「若夫歲聿云暮，上天其涼，感運悲聲，貧士含傷。」杜甫《秋日荆南述懷三十韻》：「休爲貧士歎，任受衆人咍。」貧士：窮儒生。句言國難當頭，一介儒生只有感歎而已。

〔四〕賈胡留：《後漢書·馬援傳》：「伏波類西域賈胡，到一處輒止，以是失利。」李賢注：「言似商胡所至之處輒停留。賈音古。」蘇軾《鬱孤臺》：「不隨猿鶴化，甘作賈胡留。」

〔五〕「楚客」句：《楚辭》淮南小山《招隱士》：「王孫兮歸來，山中兮不可以久留。」

〔六〕「文園」句：《史記·司馬相如傳》載，司馬相如「稱病閑居，不慕官爵」，因曾任孝文園令，故後世以「文園」代稱。句指應徵入完顏斜烈幕府事。

〔七〕衡門：横木爲門。《詩·陳風·衡門》：「衡門之下，可以棲遲。」後用指隱者所居。幽事：勝景。杜甫《秦州雜詩》之九：「叢篁低地碧，高柳半天青。稠疊多幽事，喧呼閱使星。」

〔八〕北窗：陶淵明《與子儼等疏》：「常言五六月中，北窗下卧，遇涼風暫至，自謂是羲皇上人。」

〔編年〕

《金史·完顏彝傳》載，正大三（《金史·完顏彝傳》作「二」，從本集《贈鎮南軍節度使良佐碑》）年，從兄完顏斜烈罷帥職，例爲總領，屯方城。本集《良佐鏡銘》云：「丙戌夏四月，予過汜南，良佐請銘其鏡。」完顏彝字良佐，小字陳和尚。遺山與良佐正大三年相識，後入完顏斜烈幕府。是年良佐因毆方城鎮防軍葛宜翁致死入獄十八月，正大四年完顏斜烈病卒。此詩當正大三年丙戌赴完顏斜烈幕府時道中作。繆《譜》繫於是年，李《譜》未編。

中秋雨夕商帥國器筵中作〔一〕

南樓高興在胡牀〔二〕，十日秋陰負一觴。庾老未應妨嘯詠〔三〕，素娥多自怨昏黄〔四〕。此生此夜不長好〔五〕，行雨行雲有底忙〔六〕。却恐哦詩太愁絶，且燒銀燭看紅妝。

〔注〕

〔一〕商帥國器：《金史·忠義傳·完顏斜烈》載，完顏斜烈名鼎，字國器，自壽泗元帥轉安平都尉，鎮商州，故稱「商帥」。

〔二〕「南樓」句：《晉書·庾亮傳》：「亮在武昌，諸佐吏殷浩之徒，乘秋夜往共登南樓。俄而不覺亮至，諸人將起避之。亮徐曰：『諸君少住，老子於此處興復不淺。』便據胡牀與浩等談詠竟坐。」高興：高雅的興致。胡牀：一種可以折疊的輕便坐具。因從胡地傳入，故名。亦稱馬扎。

〔三〕庾老：以庾亮代指商帥。

〔四〕素娥：嫦娥。因月色白，故云素娥。

〔五〕「此生」句：蘇軾《陽關詞三首·中秋月》：「此生此夜不長好，明月明年何處看。」

〔六〕有底：爲甚。蘇軾《答孔周翰求書》：「吟詩寫字有底忙。」

〔編年〕

詩作於商帥幕府，李、繆定在正大三年丙戌，從之。

丹霞下院同仲澤、鼎玉賦〔一〕時從商帥軍至南陽

鞍馬怱怱去復還，霜鐘今得見豐山〔二〕。千年香火丹霞老〔三〕，滿眼興亡白水閑〔四〕。壯志自憐消客路，深居誰得似禪關〔五〕。只應頻有西來夢〔六〕，夜夜青林杳靄間〔七〕。

〔注〕

〔一〕丹霞下院：即《續夷堅志·方長老前身》所言之「丹霞寺」，在南陽（今河南省南陽市）。仲澤：王渥（一一八六—一二三二）字仲澤，太原人。興定二年進士。壽州防禦使奥屯邦獻、商州防禦使完顔斜烈、武勝軍節度使移剌粘合愛其才，連辟三府經歷官，在軍中十年。天興初歿於陣。博通經史，善議論，工書，擅琴，詩爲其專門之學。《金史》有傳。《中州集》卷六有王渥《游丹霞下院同裕之、鼎玉分得留字》詩。鼎玉：姓王，遺山同年進士。本集《一落索》「人見何郎新來瘦」題序云：「戲王同年鼎玉。」餘不詳。施注謂當燕人王鉉。

〔二〕霜鍾：《山海經·中山經》：「（豐山）有九鍾焉，是知霜鳴。」郭璞注：「霜降則鍾鳴，故言知也。」豐山：在今河南省南陽市東北三十里。王渥《游丹霞下院同裕之、鼎玉分韻得留字》有「霜落豐山白水收」句。

〔三〕丹霞老：唐代禪僧天然曾住丹霞，有燒木佛取暖之奇行，《五燈會元》載其事。本集《答俊書記學詩》之「百篇吾不惜眉毛」即用其典。

〔四〕白水：水名。《金史·地理志》載南陽縣有白水。

〔五〕禪關：禪門。

〔六〕西來夢：遺山隱居嵩山，當指此。

〔七〕杳靄：雲霧飄緲貌。蘇軾《初入廬山》之二：「自昔懷清賞，神游杳靄間。」

〔編年〕

李、繆據題注編於正大三年丙戌，從之。本集《水龍吟》〔少年射虎名豪〕題序云：「從商帥國器獵於南陽，同仲澤、鼎玉賦此。」

十日登豐山

十日登高發興新〔一〕，豐山孤秀出塵氛〔二〕。村墟帶晚鴉噪合，林壑得霜煙景分。芳臭百年隨變滅，短長千古只紛紜。詩成一歎無人會，白水悠悠入暮雲。

〔注〕

〔一〕發興新：激發新的意興。

〔二〕塵氛：塵土霧氣。

〔編年〕

李、繆定在正大三年丙戌秋隨完顏斜烈至南陽時作，從之。

豐山懷古

豐山一何高，古屋蒼煙重。開門望吴楚①，鳥去天無窮。連山横巨鼇②，白水亘長虹。川原鬱佳氣，自古南都雄〔一〕。炎精昔季興〔二〕，卧龍起隆中〔三〕。落落出奇策〔四〕，言言揭孤忠〔五〕。時事有可論，生晚恨不逢〔六〕。漢賊不兩立，大義皎日同〔七〕。吴人操等耳，忍與分河潼〔八〕。奪操而與權〔九〕，何以示至公。一民漢遺黎，尺地漢故封。守民及守土，天地與相終。不能禦寇讐，顧以寇自功③〔一〇〕。既異鴻溝初④〔一一〕，又非列國從〔一二〕。一券捐半産⑤〔一三〕，二祖寧汝容〔一四〕。端本一已失〔一五〕，孤唱誰當從。至今有遺恨，廟柏號陰風〔一六〕。舊聞清泠淵〔一七〕，天籟如撞鐘〔一八〕。山經野人語⑥〔一九〕，誕幻欺孩童。開元有亂階〔二〇〕，鹿飲温泉宫〔二一〕。黄猿何爲者，乃爾能嘯兇〔二二〕。乾坤之大音〔二三〕，久鬱理當通。清霜旦夕落，佇爾驚羣聾〔二四〕。孔明自謂漢室季興。清泠淵⑦，黄猿出，見廟碑述開元事。

〔校〕

①開：毛本作「閑」，形訛。據李詩本、李全本、施本改。②連：施本作「迎」，訛。③功：李全本、施本作「攻」。④鴻：李詩本、毛本作「洪」。據李全本、施本改。⑤捐：李全本、施本作「損」。兩通。⑥經：李詩本、毛本作「徑」。按前二句談《山海經》所言豐山霜降鐘鳴事，據李全

本、施本改。⑦泠：毛本作「冷」。據李詩本、李全本、施本改。

〔注〕

〔一〕南都：東漢光武帝劉秀籍貫南陽郡，郡治宛（南陽）在京都洛陽之南，故稱。漢張衡《南都賦》即指此。

〔二〕炎精：指火德。漢朝應火運而興，故稱。諸葛亮《爲後帝伐魏詔》：「庶憑炎精祖宗威靈相助之福，所向必克。」季興：中興，復興。《三國志・蜀書十二》有諸葛亮語：「天下之人思慕漢室……以隆季興之功。」

〔三〕卧龍：《三國志・諸葛亮傳》：「（徐庶）謂先主曰：『諸葛孔明者，卧龍也。』」隆中：《三國志・諸葛亮傳》裴松之注引《漢晉陽秋》：「亮家於南陽之鄧縣，在襄陽城西二十里，號曰隆中。」

〔四〕落落：形容多而連續不斷。

〔五〕言言：句句。孤忠：忠貞自持，不求人體察的節操。

〔六〕「時事」二句：謂當時之事有可争論者，可惜自己出生晚世不能與諸葛亮一起争辯。

〔七〕「漢賊」二句：《三國志・諸葛亮傳》：「（先主）因屏人曰：『漢室傾頹，姦臣竊命，主上蒙塵。孤不度德量力，欲信大義於天下。』」

〔八〕「吴人」二句：謂孫權與曹操皆爲漢賊，何以忍心割荆州地於吴。河潼：本集《嘉議大夫陝西東路轉運使剛敏王公神道碑銘》之「以鑲河潼」及《平叔墓銘》之「正月河潼失守」皆指黄河潼關，此與詩意不合。疑此處借蒙金以黄河潼關爲界而言之。

〔九〕「奪操」句：《三國志・先主傳》載，建安二十年，劉備與孫權連和，分荆州江夏、長沙、桂陽三郡東屬。

〔一〇〕顧：反而。句言反而自以寇（指分荆州事）爲功。

〔一一〕鴻溝：指劉邦與項羽以鴻溝爲楚漢之界事。

〔一二〕列國：指戰國時合縱連横事。從：「縱」的古字。

〔一三〕一券：指劉、孫簽約割讓荆州三郡事。

〔一四〕二祖：指漢高祖劉邦和東漢光武帝劉秀。

〔一五〕端本：正本。

〔一六〕廟柏：杜甫《古柏行》：「孔明廟前有老柏，柯如青銅根如石。」以上二十句有借古論今意。本集《内相文獻楊公神道碑銘》：「貞祐以後，主兵者不能外禦大敵，而取償於宋，故頻歲南伐。有沮其兵者，不謂之與宋爲地，則疑與之有謀。進士至宰相，於他事無不言，獨論南伐，則一語不敢及……公主貢舉，且取『高帝以天下爲度』命題以諷焉。」《横波亭・爲青口帥賦》「倚劍長歌一杯酒，浮雲西北是神州」，《水龍吟・從商帥國器獵於南陽》「少年射虎名豪」「江淮草木，中原狐兔，先聲自遠……問元戎早晚，鳴鞭徑去，解天山箭」，皆有舍宋抗蒙意。

〔一七〕清泠淵：水名。《山海經・中山經》：「神耕父處之，常游清泠之淵，出入有光。」郭璞注：「清泠水，在西鄂縣（漢置，南朝宋省，故治在南陽縣南）山上。」清乾隆《河南通志》卷五十二：「清泠淵，在（南陽）府城東北三十里豐山後。」

〔一八〕「天籟」句：指《山海經》所言豐山霜降鐘鳴事。見《丹霞下院同仲澤、鼎玉賦》注〔二〕。

〔一九〕山經：指《山海經》。野人：村野之人。

〔二〇〕開元：唐玄宗年號。亂階：禍根。《三國志・先主傳》：「曩者董卓造爲亂階，自是之後，羣兇縱横，殘剥海内。」

〔二一〕温泉宫：唐宫殿名。在今陝西省臨潼縣南驪山麓，其地有温泉。太宗時建湯泉宫，高宗時改名温泉宫，玄宗時擴建，改名華清宫。天寶十五年毁於兵火。句指安禄山之亂。

〔二二〕「黄猿」二句：參見尾註：「清泠淵，黄猿出，見廟碑述開元事。」

〔二三〕大音：《老子》：「大音希聲。」意謂至大之音則不辨宫商，猶如無聲。此指正義事理。

〔二四〕「清霜」二句：用《山海經》所言霜落鍾鳴事，希望自己的議論能驚醒時人。佇：期待。爾：代指詩中議論。

〔編年〕

與上詩同時作。李、繆皆定在正大三年丙戌，從之。

留别仲澤

避俗無機日見侵〔一〕，逐貧不去巧相尋〔二〕。半生與世未嘗合，前日入山唯不深〔三〕。緑水紅蓮慚大府〔四〕，清泉白石識初心〔五〕。相思命駕非君事〔六〕，能寄詩來或賞音。

〔注〕

〔一〕「避俗」句：指從軍完顏斜烈幕府事。

〔二〕逐貧：驅逐貧窮。漢揚雄《逐貧賦》：「貧遂不去，與我游息。」

〔三〕「前日」句：指辭史館職歸嵩山事。

〔四〕緑水紅蓮：稱美幕府之詞。《南史·庾杲之傳》：「（王儉）乃用杲之爲衛將軍長史。安陸侯蕭緬與儉書曰：『盛府之僚，實難其選，庾景行汎緑水，依芙蓉，何其麗也。』時人以入儉府爲蓮花池，故緬書美之。」本集《浣溪沙·方城仙翁山北水莊成，而良佐以事繫獄，以此寄之》「百折清泉」：「百折清泉繞舍鳴，隔年楊柳緑陰成。藕花多處一舟輕。」大府：指完顏斜烈幕府。

〔五〕清泉白石：代指隱居嵩山的閑適之趣。本集《閻商卿還山中》：「憑君莫向山中説，白石清泉笑殺人。」

〔六〕相思命駕：《晉書·嵇康傳》：「東平吕安服康高致，每一相思，輒千里命駕。」君：指王仲澤。王任完顏斜烈府經歷官，故有此句。

〔編年〕

詩作於正大三年丙戌辭完顔斜烈幕府職歸嵩山時。《中州集》載王仲澤《送裕之還嵩山》：「高懷不受簿書侵，清潁鷗盟欲重尋。老去宦情知我薄，閑來道念見君深。對牀夜語他年夢，滿馬西風此日心。嵩頂勝游誰得共，佇聞仙馭待知音。」元詩即次此詩韻。李《譜》定在是年，繆《譜》未編。

即事 商帥國器見免從軍〔一〕

逋客而今不屬官〔二〕，住山盟在未應寒〔三〕。書生本自無燕頷〔四〕，造物何嘗戲鼠肝〔五〕。會最指天容我懶①〔六〕，鴟夷盛酒盡君歡〔七〕。到家慈母應相問〔八〕，爲説將軍禮數寬〔九〕。

〔校〕

①最：《莊子·人間世》作「撮」，二字通用，見《莊子·秋水》陸德明釋文。

〔注〕

〔一〕商帥國器：即完顔斜烈。見《中秋雨夕》注〔一〕。

〔二〕逋客：避世之人。南朝齊孔稚珪《北山移文》：「請回俗士駕，爲君謝逋客。」

〔三〕住山盟：與山盟約，久居於此。《北山移文》載周顒初隱鍾山：「其始至也，將欲排巢父，拉許由，傲百氏，蔑王侯，風情張日，霜氣横秋……務光何足比，涓子不能儔。」

〔四〕燕頷：《後漢書·班超傳》：「相者指（超）曰：『生燕頷虎頸，飛而食肉，此萬里侯相也。』」

〔五〕「造物」句：《莊子·大宗師》：「偉哉造化，又將奚以汝爲？將奚以汝適？以汝爲鼠肝乎？以汝爲蟲臂乎？」原意爲以人之大，亦可以化爲鼠肝蟲臂等微賤之物，後用「鼠肝蟲臂」比喻微末輕賤之物。上二句言自身相窮命薄，不怨天尤人。本集《麥歎》有「正以賦分薄」、「咄咄將誰尤」語。

〔六〕會最指天：《莊子·人間世》：「支離疏者，頤隱於臍，肩高於頂，會撮指天。」陸德明釋文引司馬彪曰：「會撮，髻也。古者髻在頂中，脊曲頭低，故髻指天也。」本集《送弋唐佐還平陽》：「會最上指冠峨峨，豈肯俯首春官科。」

〔七〕鴟夷：盛酒器。《藝文類聚》引揚雄《酒賦》：「鴟夷滑稽，腹大如壺。盡日盛酒，人復藉酤。」

〔八〕慈母：指嗣母張氏。時隨遺山居嵩山。

〔九〕「爲説」句：杜甫《嚴公仲夏枉駕草堂兼攜酒饌》：「非關使者徵求急，自識將軍禮數寬。」將軍：指完顏斜烈。句指題注所言事。

〔編年〕

與上詩同時作。李、繆定在正大三年丙戌，從之。

方城八景①〔一〕

松陂煙雨

堤上槎枒幾個松〔一〕，汪洋陂水映遥空。曉看煙雨連青嶂，疑是當年杖化龍〔三〕。

【校】

①組詩毛本、李全本無，姚本據嘉靖七年《南陽府志》卷三新補。按「玉筍班」、「起思親」諸語，其用典意致與遺山它詩吻合，當補入。

【注】

〔一〕方城：金縣名，今河南省方城縣。

〔二〕槎枒：樹木枝杈歧出貌。

〔三〕杖化龍：《後漢書·方術·費長房傳》：「長房辭歸，翁與一竹杖，曰：『騎此任所之，則自至矣。既至，可以杖投葛陂中也。』……即以杖投陂，顧視則龍也。」

大乘夕照〔一〕

山勢巍峨翠竹圍，樓臺金碧影相輝。老僧托鉢歸來後，猶對斜陽補衲衣〔二〕。

【注】

〔一〕大乘：佛教教派。據詩二、三句，知此是寺名。

〔二〕衲衣：僧衣。僧徒的衣服常用許多碎布補綴而成，故稱衲衣。

蓮塘夜月

花嬌欲語水縈紆，添得嫦娥色更殊〔一〕。午後老龍因睡覺，幾回錯認是明珠〔二〕。

〔注〕

〔一〕嫦娥：以月中仙人代指月光。

〔二〕「午後」二句：《莊子·列禦寇》：「河上有家貧恃緯蕭而食者，其子没於淵，得千金之珠。其父謂其子曰：『以石來鍛之！夫千金之珠，必在九重之淵而驪龍頷下。子能得珠者，必遭其睡也。使驪龍而寤，子尚奚微之有哉！』」明珠：喻月。

煉真春暮〔一〕

風擺殘花點藥爐〔二〕，東君無計可支吾〔三〕。道人日誦黄庭罷〔四〕，曳杖松林看鶴雛。

〔注〕

〔一〕煉真：道家燒煉金丹以求全真長生。

〔二〕藥爐：煉丹爐。

〔三〕東君：司春之神，代指春天。支吾：對付。句言對春逝無計可施。

〔四〕黄庭：《黄庭經》，道教修煉經典，包括《上清黄庭内景經》和《上清黄庭外景經》，闡述養身修煉原理。

仙翁雪霽〔一〕

觀宇巍峨紫翠間，葛公從此煉丹還〔二〕。六花舞罷難尋處〔三〕，樹木妝成玉筍班〔四〕。

〔注〕

〔一〕仙翁：山名，傳有葛洪觀丹井，故名。本集《浣溪沙》「百折清泉繞舍鳴」題序云：「方城仙翁山北水莊成。」

〔二〕葛公：晉葛洪號抱朴子，著名煉丹家。《晉書》本傳載葛煉丹於羅浮山下。此處所言爲民間傳説。

〔三〕六花：雪花。

〔四〕玉筍班：英才濟濟的朝班。典出《新唐書·李宗閔傳》，詳見《王子端内翰山水同屏山賦二詩》其二注〔二〕。此處指雪中樹木。

落川雲望

一川渺渺逝如斯〔一〕，上有浮雲接水涯。蒼狗白雲從變態〔二〕，令人望處起親思〔三〕。

〔注〕

〔一〕逝如斯：《論語·子罕》：「子在川上曰：『逝者如斯夫，不捨晝夜。』」

〔二〕蒼狗白雲：杜甫《可歎》：「天上浮雲如白衣，斯須改變如蒼狗。」

〔三〕「令人」句：用狄仁傑「望雲思親」典，見《帝城二首》其一注〔一〕。

羅漢清嵐〔一〕

山堆螺髻插春旻〔二〕，羅漢知誰爲立名。一抹嵐光堪羡處，恍如匹練曬新晴。

〔注〕

〔一〕羅漢：佛教名詞。佛教小乘所追求的最高果位。此指山，因形似羅漢而名。

〔二〕螺髻：佛的髮髻形如螺，稱螺髻，後泛指佛、菩薩、羅漢等聖者的髮髻。此指山形。旻：天。

堵陽釣磯①〔一〕

一片臨流氣勢雄，垂楊相蔭水溶溶。子陵已去無人釣〔二〕，分付蒼苔碧蘚封。

〔校〕

①堵：姚再版本作「渚」。姚初版本、閻鳳梧《全遼金詩》本作「堵」。按：堵（音者）陽故城在方城縣東。姚再版本誤。

〔注〕

〔一〕堵陽：漢縣名，故城在方城縣東堵水之陽。磯：水邊突出的巖石或石灘。

〔二〕子陵：東漢嚴光字子陵，垂釣富春江，釣處爲嚴陵瀨。此處或爲民間傳説。

〔編年〕

按《落川雲望》末二句用典，組詩作於正大五年遺山嗣母卒之前，當正大三年在方城商帥幕府時作

（惟寫景春、夏、冬皆有，與在商帥幕府的季節不完全吻合，故志疑於此）。李、繆未編。

答弋唐佐魯山人，有志道學①〔一〕

遭亂無安地，分憂得若人〔二〕。鄉鄰存世譜〔三〕，骨肉到情親。信默餘天粹②〔四〕，咀嚅有道真〔五〕。懷哉沂水上，同詠舞雩春〔六〕。

〔校〕

①題注：郭本無。　②信：郭本作「㝉」。

〔注〕

〔一〕弋唐佐：名彀英，魯山（今河南省魯山縣）人。治經史，集有《諸家通鑒節要》。晚年授館平陽張存惠魏卿家，本集有《送弋唐佐還平陽》等詩作。爲其父作《臨海弋公阡表》。道學：儒家的道德學問。

〔二〕若人：這個人。《論語·憲問》：「君子哉若人！尚德哉若人。」

〔三〕世譜：家世譜系。唐元德秀曾官魯山令。遺山先祖元結也曾隱居魯山縣商餘山。句謂元、弋先世曾爲鄉鄰，記載見於《世譜》。

〔四〕信默：誠信少語。天粹：天然純粹。

〔五〕咀嚅：體味；專研。道真：道德、學問之真義。

〔六〕「懷哉」二句：《論語·先進》載，孔子命子路、曾點、冉有、公西華各言其志，曾點曰：「莫春者，春服既成，冠者五六人，童子六七人，浴乎沂，風乎舞雩，詠而歸。」舞雩，祭天禱雨之處。

〔編年〕

李《譜》編於正大三年丙戌，謂《送弋唐佐還平陽》所云「我從商餘之山過龜羅，聞君六經百家富研摩」即此時。龜羅在寶豐，此是由商帥幕回。繆《譜》未編。按詩題注，詩當初交之作，故從李《譜》。

潁亭留别 同李治仁卿、張肅子敬、王元亮子正分韻得畫字①〔一〕

故人重分攜〔二〕，臨流駐歸駕〔三〕。乾坤展清眺〔四〕，萬景若相借〔五〕。北風三日雪，太素秉元化〔六〕。九山鬱崢嶸〔七〕，了不受陵跨〔八〕。寒波澹澹起，白鳥悠悠下。懷歸人自急〔九〕，物態本閑暇。壺觴負吟嘯，塵土足悲咤〔一〇〕。回首亭中人〔一一〕，平林淡如畫〔一二〕。

〔校〕

①治：施本據蘇天爵《名臣事略·内翰李文正公碑》改作「治」。按李仁卿本名治，後改作「冶」。李獻奇《金程震墓碑》（《中原文物》一九八七年第三期）謂「碑上確係『欒城李冶題額』無疑」。

〔注〕

〔一〕潁亭：在陽翟縣（今河南省禹州市）西。唐陽翟令陳寬建，並作《潁亭記》。李冶（一一九二—

一二七九），真定（今河北省正定縣）人。其父李遹辭官居陽翟，遺山多次登門拜訪。冶正大七年進士及第，金亡後居崞縣（今山西省原平市），晚年居河北省元氏縣封龍山，與遺山、張德輝稱「龍山三老」。張肅（？—一二七八）字子敬，河中（今山西省永濟縣）人。李冶侄婿。王元亮（？—一二四三）字子正，後單名粹。平州（今河北省盧龍縣）人。工詩。時與從弟王鬱居陽翟。

〔二〕分攜：離别。

〔三〕流：指潁水。駐歸駕：停下歸去的車馬。

〔四〕展清眺：放眼遠望。

〔五〕借：憑借，依存。

〔六〕「太素」句：言大自然掌持萬物的變化。太素：《列子·天瑞》：「太素者，質之始也。」元化：萬物本源的變化。唐陳子昂《感遇》：「古之得仙道，信與元化並。」

〔七〕九山：本集《李參軍友山亭記》：「由龍門而東，其北爲轘轅，南爲潁谷。轘轅，嵩高在焉；潁谷，潁水在焉。南北道合爲告成。告成維天地之中，測景臺在焉。又東爲陽翟，連延二百里間，少室、大箕、大陘、大熊、大茂、具茨在焉。爲山者九，而嵩高以峻極爲嶽。」《中州集》李欽叔《追憶潁亭汎舟寄陽翟諸友》有「矯首九山雲，迢迢傷遠目」句，《送王飛伯歸陽翟》有「三楚迢迢動離思，九山落落助高情」句，王渥《潁亭》有「九山西絡煙霞去，一水南吞澗壑流」句。

〔八〕了不：全不。蘇軾《送顧子敦奉使河朔》：「十年卧江海，了不見愠喜。」本集《忻州天慶觀重建功德記》：「鶴既至，翔舞階庭，了不驚異。」

〔九〕懷歸：《詩·小雅·出車》：「豈不懷歸，畏此簡書。」人：詩人自指。

〔一〇〕「壺觴」二句：言此次從軍幕府辜負隱逸旨趣，塵容俗狀令人悲歎。

〔一一〕亭中人：指李治等送别的人。

〔一二〕平林：平原上的林木。

〔編年〕

此詩李《譜》附於興定三年下嵩山時期總録中，繆《譜》未編。味詩中「臨流駐歸駕」、「懷歸人自急」、「壺觴負吟嘯，塵土足悲吒」，當久别嵩山自外地辭官歸來路經陽翟諸人餞别時作。劉達科《遼金元詩選評》定於正大二年夏遺山辭史館職歸嵩山時作，但這與詩「北風三日雪，太素秉元化」不合，且自汴京回嵩山不需繞道陽翟。正大三年遺山辭完顔斜烈幕府職時在深秋（從軍南陽時所作《十日登豐山》有「十日登高發興新」，知九月作），自方城歸嵩山路經陽翟，故定爲正大三年丙戌作。

除夜

一燈明暗夜如何〔一〕，夢寐衡門在澗阿①。物外煙霞玉華遠〔二〕，花時車馬洛陽多。折腰真有陶潛興〔三〕，扣角空傳甯戚歌〔四〕。三十七年今日過，可憐出處兩蹉跎〔五〕。

〔校〕

①夢寐：施本作「寐夢」，倒。

〔注〕

〔一〕夜如何：夜何時。《詩·小雅·庭燎》：「夜如何其？夜未央。」

〔二〕玉華：少室山峰名。借指隱居嵩山的生涯。

〔三〕「折腰」句：《晉書·陶潛傳》：「郡遣督郵至縣，吏白應束帶見之，潛歎曰：『吾不能爲五斗米折腰，拳拳事鄉里小人邪！』」句指辭史館及方城幕府事。

〔四〕「扣角」句：《吕氏春秋·舉難》：「甯戚飯牛，居車下，望（齊）桓公而悲，擊牛角疾歌。」詩指出仕不如意事。

〔五〕蹉跎：失意。

〔編年〕

李、繆據「三十七年今日過」，定爲正大三年丙戌作，從之。

别程女〔一〕

芸齋淅淅掩霜寒〔二〕，别酒青燈語夜闌①〔三〕。生女便知聊寄託〔四〕，中年尤覺感悲歡〔五〕。

松間小草栽培穩，掌上明珠棄擲難〔六〕。明日緱山東畔路〔七〕，野夫懷抱若爲寬〔八〕。

〔校〕

①語夜：毛本作「夜語」。據李詩本、李全本、施本改。

〔注〕

〔一〕程女：指遺山長女真，因嫁程思温，故稱。

〔二〕芸齋：書齋。宋沈括《夢溪筆談》：「古人藏書辟蠹用芸。」本集《秋懷》：「虚堂淅淅掩霜清。」

〔三〕闌：晚，殘盡。

〔四〕聊寄託：姑且安身。古以女兒爲外人，故云。

〔五〕「中年」句：謂中年嫁女感傷更加强烈。《世説新語·言語》：「謝太傅語王右軍曰：『中年傷於哀樂，與親友别，輒作數日惡。』」本集《寄劉繼先》：「謝公哀樂感中年。」

〔六〕掌上明珠：南朝梁江淹《傷愛子賦》：「曾憫憐之慘淒，痛掌珠之愛子。」

〔七〕緱山：緱氏山，在登封西北通往偃師的路上。本集《御史程君墓表》：「舉君之柩，祔於金昌府芝田縣某里大中君之新塋。」《金史·地志中》有芝田縣，在緱氏山東北。

〔八〕野夫：田野之人。遺山耕居嵩山，故稱。若爲：如何。

〔編年〕

本集卷三十五《忻州天慶觀重建功德記》：「曩予嬰年，先大夫攜之四方，十八乃一歸。」遺山娶張氏當此年。按本集卷二《示程孫四首》「生女四十年，今有爲父樂」及「明年吾六十」語，遺山十九歲時生長女。親家程震卒於正大元年三月（本集卷二十一《御史程君墓表》），時長女年十七，在此前出嫁似覺太小，應在程思温守父孝期滿後。元陸文圭《牆東類稿》卷十六《題程子充少監家藏二詩遺墨前一詩程御史臨終遺其子端甫詩也後一詩元遺山女初適端甫時送别詩也端甫子充之父元氏子充之母翰苑諸公題述遍矣》詩，有「各贈驪珠五十六」「正大去今八十年」句。李《譜》附録於正大五年，時遺山已移居内鄉，與「明日緱山東畔路」之登封送女出嫁不合。金代官員丁憂期爲二十七月。程思温守孝期滿在正大三年六月。詩有「掩霜寒」語，當作於正大三年秋末家居嵩山時。

留别龍興汴禪師、普照鑑禪師〔一〕

十年不見木庵師〔二〕，二老相從又一時〔三〕。俚曲只知無白雪〔四〕，遺音誰謂有朱絲〔五〕。書難盡信何如默〔六〕，人各爲家枉自私〔七〕。三月春風滿桃李，青青留看歲寒枝〔八〕。

〔注〕

〔一〕龍興：寺名，在嵩山。汴禪師：見《贈汴禪師》注〔一〕。普照：寺名。鑑禪師：不詳。

〔二〕木庵師：英禪師號木庵，曾住洛陽龍門、嵩山少林等寺。詳見本集《木庵詩集序》等。

〔三〕二老：指汴禪師、鑑禪師。

〔四〕「俚曲」句：用《下里》、《巴人》、《陽春》、《白雪》典，見《文選·宋玉〈對楚王問〉》。

〔五〕「遺音」句：《禮記·樂記》：「清廟之瑟，朱弦而疏越，壹倡而三歎，有遺音者矣。」遺音：不絶之餘音。朱絲：代指精美的樂器，形容音樂或詩歌極其美好。

〔六〕書難盡信：《孟子·盡心下》：「孟子曰：『盡信書不如無書。』」

〔七〕枉：違曲。不公正。

〔八〕「青青」句：《論語·子罕》：「歲寒，然後知松柏之後彫也。」

〔編年〕

李《譜》編於正大四年丁亥下「附録」中，謂「在嵩山時，英上人已是寄詩（指《寄英禪師，師時住龍門寶應寺》詩），則戊寅（興定二年）遷嵩不相見，至此十年」，從之。詩當携家赴内鄉任告别嵩山友人作。繆《譜》未編。

贈湛澄之四章〔一〕

其一

眼花看碧漸成朱〔二〕，兀兀陶陶樂有餘〔三〕。柳岸醉僧堪一笑，强教分别竟何如〔四〕。

〔注〕

〔一〕湛澄之：嵩山僧人，餘不詳。

〔二〕「眼花」句：南朝梁王僧孺《夜愁示諸賓》：「誰知心眼亂，看朱忽成碧。」此形容醉眼矇矓。

〔三〕兀兀陶陶：醉酒貌。

〔四〕「柳岸」二句：宋江少虞《事實類苑》卷四十六《風和尚》載，邢州開元寺僧法明落魄不檢，嗜酒好博，每飲至大醉，惟唱柳永詞。其逝時留一頌曰：「平生醉裏顛蹶，醉裏却有分別。今宵酒醒何處，楊柳岸曉風殘月。」二句對風和尚醉中的「分別」持否定態度。

其二

兒女團圞龐行婆，漉籬活計苦無多①〔一〕。布囊歸去詩千首，猶欠庭珪墨一螺〔二〕。

〔校〕

①籬：施本作「羅」，形訛。本集《續夷堅志·濟源靈感》：「人得之，以長漉籬挹取。」

〔注〕

〔一〕「兒女」二句：《五燈會元·馬祖一禪師法嗣·龐藴居士》：「有男不婚，有女不嫁。大家團圞頭，共説無生話。」宋葉適《劉夫人墓誌銘》：「昔龐藴夫婦破家從禪，至賣漉籬自給，男女不婚嫁，争相爲死。」漉籬：用金屬絲或竹篾柳條等製成的能漏水的用具，有長柄，用來撈東西。參見校記①。

〔二〕庭珪墨：古名墨。宋蔡襄《端明集》謂之天下第一。庭珪：元陶宗儀《説郛》：「『李庭珪墨』條載：「唐末墨工李起與其子庭珪自易水渡江，遷居歙州。本姓奚，江南賜姓李氏。庭珪始名庭邽，其後改之。」螺：墨的量詞。唐段公路《北户録·米餅》：「前朝短書雜説，即有呼……墨爲螺、爲量、爲丸、爲枚。」二句謂湛澄之詩尚欠高妙。

其三

十年不見山堂老〔一〕，賴有澄之在眼中。總道木庵枯淡好〔二〕，東風花柳各青紅〔三〕。

〔注〕

〔一〕山堂老：指英禪師。本集《寄英禪師，師時住龍門寶應寺》有「愛君山堂句，深静如幽蘭。詩僧第一代，無媿百年間」句，故稱。《留別龍興汴禪師、普照鑑禪師》：「十年不見木庵師，二老相從又一時。」

〔二〕木庵：英禪師之號。本集《木庵詩集序》謂英禪師詩「於蔬筍中別爲無味之味」。

〔三〕「東風」句：謂湛澄之詩與英禪師詩相比，各有千秋。

其四

散聖風流有別傳〔一〕，漆瞳一照出人天①〔二〕。石門故事君知否〔三〕，好佐涪翁學刺船〔四〕。

〔校〕

①照：李詩本、毛本、施本作「點」。句本蘇軾《贈僧》，據李全本改。

〔注〕

〔一〕散聖：猶散仙。比喻放曠不羈、自由閑散的人。別傳：史部分類之一。一般記載一人的遺聞逸事，以補本傳之不足。

〔二〕「漆瞳」句：蘇軾《贈僧》：「玉骨猶含富貴餘，漆瞳已照人天上。」漆瞳：烏黑如漆的眼瞳。人天：佛教語，指六道中的人道和天道。句謂湛澄之佛學造詣深。

〔三〕石門：宋代名僧惠洪有《石門文字禪》。

〔四〕「好佐」句：黄庭堅《贈惠洪》：「脱却衲衫著蓑笠，來佐涪翁刺釣船。」涪翁：黄庭堅號。詩人用以自指。

〔編年〕

本集《留别龍興汴禪師、普照鑒禪師》詩有「十年不見木庵師，二老相從又一時」句，李《譜》謂「在嵩山時，英上人已是寄詩（指《寄英禪師，師時住龍門寶應寺》），則戊寅還嵩不相見，至此十年」，遂編於正大四年丁亥由嵩山還内鄉前作。本詩亦有「十年不見山堂老」句，當正大四年丁亥還内鄉前在嵩山作。繆《譜》未編。

追録舊詩二首

其一

短褐單衣長路塵〔一〕，十年回首一呤呻〔二〕。孤居無着竟安往①〔三〕，宿債未償今更新〔四〕。相馬自甘齊客瘦〔五〕，食鮭誰顧庾郎貧〔六〕。聞君話我才名在〔七〕，不道儒冠已誤身〔八〕。自用韻，答張之純。

〔校〕

①着：李詩本、毛本作「看」，形訛。施本作「著」，兩通。據李全本改。

〔注〕

〔一〕短褐單衣：用甯戚飯牛典。見《麥歎》注〔三〕。短褐：粗布短衣，平民所穿。《史記・秦始皇本紀》：「夫寒者利裋褐。」司馬貞索隱：「趙岐曰：『褐以毛毳織之，若馬衣。或以褐編衣也。』裋一音豎，謂褐布豎裁，爲勞役之衣，短而且狹，故謂之短褐，亦曰裋褐。」

〔二〕十年回首：遺山自興定二年戊寅至正大四年丁亥，居嵩山凡十年。

〔三〕無着：無所依托。

〔四〕宿債：指往日隱居嵩山的情趣。

〔五〕「相馬」句：《史記・滑稽列傳》：「當其（齊人東郭先生）貧困時，人莫省視，至其貴也，乃争附之。諺曰『相馬失之瘦，相士失之貧』，其此之謂邪。」

〔六〕「食鮭」句：《南史・庾杲之傳》：「清貧自業，食唯有韭菹、瀹韭、生韭、雜菜。任昉嘗戲之曰：『誰謂庾郎貧，食鮭嘗有二十七種。』」

〔七〕君：即尾注「張之純」。張澄字之純，别字仲經，洺水（今河北省永年縣）人。

〔八〕「不道」句：杜甫《奉贈韋左丞丈二十二韻》：「紈絝不餓死，儒冠多誤身。」

其二

潦倒聊爲隴畝民，一犁分得雨聲春〔一〕。功名何物堪人老，天地無心誰我貧〔二〕。潁上雲煙隨處好①〔三〕，洛陽桃李幾番新。悠悠世事休相問，牟麥今年晚得辛〔四〕。用崔懷祖韻〔五〕。

〔校〕

①潁：李詩本、李全本作「穎」，訛。

〔注〕

〔一〕「一犁」句：謂雨量適中，正好春耕。蘇軾《如夢令》〔爲向東坡傳語〕：「歸去，歸去，江上一犁春雨。」

〔二〕「天地」句：《莊子·大宗師》：「（子桑）曰：吾思夫使我至此極者而弗得也。父母豈欲吾貧哉？天無私覆，地無私載，天地豈私貧我哉？求其爲之者而不得也。」

〔三〕潁上：潁水之上。潁水源於嵩山，崔懷祖居嵩山，故云。

〔四〕牟麥：大麥。明李時珍《本草綱目·穀一·大麥》：「牟麥，麥之苗粒皆大於來（小麥），故得大名。牟亦大也。通作麰。」晚得辛：辛日來得遲。指成熟得晚。宋陶穀《清異録》：「積麥以十辛，良。下子不得過三辛，收潑不得過三辛，上場入倉亦用辛日。」

〔五〕崔懷祖：崔遵之字。詳見《示崔、雷詩社諸人》注〔一〕。

〔編年〕

《中州集》卷七崔遵《和裕之二首》其二云：「不幸還能作幸民，十年同醉潁川春。酒船載我雖堪老，仕路有時或爲貧。少室山人三日惡，夷門紙貴一番新。益知哀樂終年事，未唱驪駒鼻已辛。」這與本詩第二首韻脚相同，「用崔懷祖韻」指此。崔詩乃贈别之作。「仕路有時或爲貧」説遺山此次出山是爲做官的。「十年同醉潁川春」指二人同居嵩山已十年（興定二年至正大四年）。由此可見，崔詩作於正大四年遺山自嵩山任内鄉縣令時。組詩第二首也是年作。組詩第一首也有「十年」句，按尾注「自用韻答張子純」及本集《張仲經詩集序》所云「及餘官西南，仲經……挈家就余内鄉」，應作於正大四年丁亥剛上任内鄉令後。李《譜》編於興定四年庚辰下「附録」中，謂「十年」句「指已巳試秦，詩應在戊寅」，不妥。繆《譜》未編。

出山〔一〕

松門石徑靜無關①，布襪青鞋幾往還〔二〕。少日漫思爲世用〔三〕，中年直欲伴僧閑。塵埃長路仍回首〔四〕，升斗微官亦强顔〔五〕。休道西山不留客〔六〕，數峰如畫暮雲間。

〔校〕

①徑：李詩本、李全本、施本作「路」。

〔注〕

〔一〕出山：晉謝安少有重名，高卧東山，屢辟不出。及桓温請爲司馬，始出仕治事。見《晉書·謝安傳》。後以「出山」比喻出仕。此指離嵩山赴内鄉任職。

〔二〕「布襪」句：杜甫《奉先劉少府新畫山水障歌》：「若耶溪，雲門寺，吾獨胡爲在泥滓，青鞋布韈從此始。」布襪青鞋：隱者或平民的裝束。

〔三〕「少日」句：本集《南冠録引》：「十八，先府君教以民政……自少日有志於世，雅以氣節自許，不甘落人後。」漫思：任意思量。

〔四〕「塵埃」句：遺山曾出仕任國史院編修官職，今再次出仕，故云。

〔五〕「升斗」句：斗米之俸的小官也忍辱擔任。本集《自鄧州幕府暫歸秋林》：「升斗微官不療飢，中林春雨蕨芽肥。」《中州集》崔遵《和裕之二首》有「仕路有時或爲貧」句。

〔六〕西山：指嵩山。

〔編年〕

本集《長慶泉新廟記》：「正大丁亥，予承乏是邑（内鄉縣）。」李《譜》據「升斗」句定此詩於正大四年丁亥作。參證「中年」、「塵埃」二句，詩作於中年再度出仕時，故從李《譜》。繆《譜》未編。

示懷祖〔一〕

憔悴經年卧澗阿〔二〕，囊中無物只詩多。自驚白鬢先潘岳〔三〕，人笑藍衫似采和〔四〕。狗盜雞鳴皆有用〔五〕，鶴長鳧短果如何〔六〕。乘閑便作歸田賦〔七〕，付與牛童扣角歌〔八〕。

〔注〕

〔一〕懷祖：遺山嵩山詩友崔遵之字，詳見《示崔、雷詩社諸人》注〔一〕。

〔二〕憔悴經年：指正大二年辭史院職後至正大四年初赴内鄉任前蟄居嵩山的失意辛酸生活。澗阿：山澗彎曲處。本集《除夜》詩：「一燈明暗夜如何，寐夢衡門在澗阿。」

〔三〕「自驚」句：晉潘岳《秋興賦序》：「余春秋三十有二，始見二毛。」二毛，頭髮華白。本集《寄劉光甫》：「陶潛貧里營三徑，潘岳秋來見二毛。」

〔四〕「人笑」句：《太平廣記》：「藍采和常著破藍衫，一脚著靴，一脚跣行。」藍采和，道教傳説人物，八洞神仙之一。

〔五〕狗盜雞鳴：有卑微技能者。戰國時孟嘗君曾賴之脱離秦國。見《史記·孟嘗君列傳》。

〔六〕鶴長鳧短：《莊子·駢拇》：「長者不爲有餘，短者不爲不足。是故鳧脛雖短，續之則憂；鶴脛雖長，斷之則悲。」後以「鶴長鳧短」比喻物各有其性，順其自然，各得其宜。鳧：野鴨。

〔七〕歸田賦：《文選·張衡〈歸田賦〉》李善注：「《歸田賦》者，張衡仕不得志，欲歸於田，因作此賦。」

〔八〕「付與」句：蘇軾《哨遍》［爲米折腰］詞序：「陶淵明賦《歸去來》有其詞而無其聲。余治東坡，築雪堂於上，人俱笑其陋。獨鄱陽董毅夫過而悦之，有卜鄰之意。乃取《歸去來》詞稍加隱括，使就聲律，以遺毅夫。使家童歌之，時相從於東坡，釋耒而和之，扣牛角而爲之節，不亦樂乎。」

〔編年〕

《中州集》崔遵《和裕之二首》之二有「十年同醉潁川春」、「仕路有時或爲貧」諸語，應爲遺山自嵩山官内鄉時的贈别之作。此詩亦是時作，詩「憔悴」句亦應指辭史館職歸嵩山後事。李《譜》定爲正大四年丁亥離别嵩山友時作，從之。繆《譜》未編。

◎嵩山時期未編年之作

太室同希顔賦〔一〕

壯矣嵩維嶽〔二〕，盤盤上窈冥。中天瞻巨鎮〔三〕，元氣有遺形〔四〕。雨入秦川黑，雲開楚岫青。鰲掀一柱在〔五〕，萬古壓坤靈〔六〕。

〔注〕

〔一〕太室：即嵩山。山有石室，故名。希顔：雷淵字希顔。詳見《示崔、雷詩社諸人》注〔一〕。

〔二〕嵩維嶽：《詩·大雅·嵩高》：「嶽高維嶽，駿極於天。」毛傳：「山大而高曰嵩；嶽，四嶽也。」

〔三〕巨鎮：一方的主山。

〔四〕元氣：中國古代哲學概念，指産生和構成天地萬物的原始物質。

〔五〕「鰲掀」句：古代神話謂女媧斷鰲足以立四極，是爲天之四柱。

〔六〕坤靈：古人對大地的美稱。

〔編年〕

詩作於移居嵩山之初。李《譜》定在興定四年，謂是年六月元氏與雷希顔、李欽叔同游玉華谷，詩亦此時作。繆《譜》未編。姑附於嵩山時期。

同希顔再登箕山

千年箕山祠〔一〕，蘿徑深以悄。桂樹不復見〔二〕，禿薮餘秋篠〔三〕。盤盤盡絶頂，石冢平木杪〔四〕。長風萬里來，筋骸覺輕矯。側身望巖竇，解衣憩林表。是時夏春交，野色亂青縹〔五〕。川光乍明滅，地脈互縈繞〔六〕。岡巒蟻垤出〔七〕，井邑蜂衙擾〔八〕。紅塵洛陽昏，白雲太行曉。元功信冥漠①〔九〕，一覽疑可了。悟彼東山人，胸中魯宜小〔一〇〕。

〔校〕

①元：李詩本、毛本作「玄」，二字通用。從李全本、施本。

〔注〕

〔一〕箕山祠：祀上古隱者許由之祠。本集《箕山》有「許君棲隱地」句。

〔二〕桂樹：許慎《説文解字》：「桂，江南木。」《楚辭・招隱士》：「桂樹叢生兮山之幽。」王逸注：「桂樹芬香，以興屈原之忠貞也。山之幽，遠去朝廷而隱藏也。」後以此喻隱士的高潔情操。

〔三〕秃藪：凋疏貌。篠：小竹。

〔四〕石冢：《史記・伯夷傳》：「太史公曰：余登箕山，其上蓋有許由冢云。」杪：樹梢。

〔五〕縹：青緑色。

〔六〕地脈：地的脈絡，此指山川。

〔七〕蟻垤：蟻封。蟻穴外隆起的小土堆。此指箕山周圍的山巒。

〔八〕蜂衙：蜂巢。

〔九〕元功：天功，謂宇宙自然之功。冥漠：玄妙莫測。

〔一〇〕「悟彼」二句：《孟子・盡心上》：「孔子登東山而小魯，登泰山而小天下。」

〔編年〕

箕山在登封縣。詩作於家居嵩山初。時雷希顔居嵩山，見《示崔、雷詩社諸人》。李《譜》定在興定四年與《箕山》同時作，不妥。繆《譜》未編。

啓母石〔一〕

書載涂山世共知〔二〕，誰傳頑石使人疑〔三〕。可憐少室老突兀，也被人呼作阿姨〔四〕。

〔注〕

〔一〕啓母石：《漢書·武帝紀》載元封元年春正月行幸緱氏，詔曰：「朕用事華山，至於中嶽，獲駮麃，見夏后啟母石。」顔師古注：「應劭曰：『啓生而母化爲石。』文穎曰：『在嵩高山下。』師古曰：『啓，夏禹子也。其母涂山氏女也。禹治鴻水，通轘轅山，化爲熊，謂涂山氏曰：『欲餉，聞鼓聲乃來。』禹跳石，誤中鼓。涂山氏往，見禹方作熊，慚而去，至嵩高山下化爲石。方生啓，禹曰：『歸我子。』石破北方而啓生。事見《淮南子》。」按今本《淮南子》無此文。《中州集》雷淵《啓母石同裕之賦》：「千古崩崖一罅開，强將神怪附郊禖。無情頑石猶貽謗，貝錦徒爲巷伯哀。」

〔二〕書載涂山：書，指《尚書》。《史記·夏本紀》：「禹曰：『予辛壬娶涂山，辛壬癸甲生啓。予不子，以故能成水土功。』」司馬貞索隱：「杜預云『涂山在壽春東北』，皇甫謐云『今九江當涂有禹廟』，則涂山在江南也。《系本》曰『涂山氏女名女媧』，是禹娶涂山氏號女媧也。又按：《尚書》云『娶于涂山，辛壬癸甲，啓呱呱而泣，予弗子』。」

〔三〕頑石：堅石，指啓母石。句謂涂山氏行至嵩山下化石的傳聞使世人對《尚書》的記載徒增疑問。

〔四〕「可憐」二句：嵩山少室山頂有少姨廟，相傳涂山氏化石後其妹嫁禹，稱少姨。唐楊炯《少室山少姨廟碑》：「少姨廟者，則《漢書·地理志》嵩高少室之廟也。其神爲婦人像者，則故老相傳云啓母涂山之妹也。」

〔編年〕

家居嵩山時作。李《譜》編於興定三年下嵩山詩總録中。繆《譜》未編。

少林〔一〕

雲林入清深，禪房坐蕭爽。澄泉潔餘習〔二〕，高鳥喚長往〔三〕。我無玄豹姿〔四〕，漫有紫霞想〔五〕。回首山中雲，靈芝日應長〔六〕。

〔注〕

〔一〕少林：即少林寺，在登封西少室山北麓。佛教禪宗發源地。

〔二〕潔：清潔。餘習：没有改掉的、遺留的習染。此指世俗的習慣。

〔三〕長往：指避世隱居。晉潘岳《西征賦》：「悟山潛之逸士，卓長往而不返。」

〔四〕「我無」句：南朝齊謝朓《之宣城出新林浦向板橋》：「雖無玄豹姿，終隱南山霧。」玄豹姿：《列女傳》：「（陶）答子治陶三年，名譽不興，家富三倍……妻曰：『妾聞南山有玄豹，霧雨七日而不下食者，何也？欲以澤其毛而成文章也。故藏而遠。害犬彘不擇食以肥其身，坐而須死耳。』」

〔五〕漫：徒然。紫霞：紫色雲霞。道家謂神仙乘紫霞而行。《文選·陸機〈前緩聲歌〉》：「獻酬既已周，輕舉乘紫霞。」劉良注：「衆仙會畢，乘霞而去。」

〔六〕靈芝：傳説中的仙瑞之草。

【編年】

居嵩山時作。李、繆未編。

少林雨中

西堂三日雨，氣節變蕭森。偃卧復欹卧〔一〕，長吟時短吟〔二〕。鐘魚四山静〔三〕，松竹一燈深。重羨禪棲客，都無塵慮侵。

【注】

〔一〕偃卧：仰卧。欹卧：側卧。

〔二〕長吟：拉長聲音吟詩。杜甫《解悶》之七：「陶冶性靈存底物，新詩改罷自長吟。」短吟：用短促之聲吟詩。

〔三〕鐘魚：指寺院的鐘聲和木魚聲。唐常建《題破山寺後禪院》：「萬籟此都寂，但餘鐘磬音。」

〔編年〕

居嵩山時作。李《譜》附於興定三年嵩山詩總録，繆《譜》未編。

少室南原

地僻人煙斷，山深鳥語譁。清溪鳴石齒〔一〕，暖日長藤芽。緑映高低樹，紅迷遠近花。林間見鷄犬，直疑是仙家①〔二〕。

〔校〕

①疑：李全本、施本作「擬」。

〔注〕

〔一〕石齒：齒狀的石頭。

〔二〕「林間」二句：漢王充《論衡·道虚》：「(淮南)王遂得道，舉家昇天，畜産皆仙，犬吠於天上，雞鳴於雲中。此言仙藥有餘，犬雞食之，並隨王而昇天也。」

〔編年〕

詩當移居嵩山之初作。李《譜》附於興定三年下嵩山時期總録中，繆《譜》未編。

德禪師清涼草堂〔一〕

舊隱伊陸巷〔二〕，把茅入宴息〔三〕。新居蘭若峰〔四〕，老屋補漏坼①〔五〕。鐘魚有勝氣〔六〕，瓶錫無滯迹〔七〕。回頭仙人隊〔八〕，談笑初未隔。結草幾成壞〔九〕，逆旅誰主客〔一〇〕。道人那計許②〔一一〕，一笑山月白。多生負詩債〔一二〕，秋物苦催索。遥知得新句，嵩少爲動色〔一三〕。上人舊隱伊陽，伊陽有伊陸巷。仙人隊者，女几山諸峰名。

〔校〕

①坼：李詩本作「拆」。②計：李全本作「許」。

〔注〕

〔一〕德禪師：嵩山清涼寺僧。本集《清涼相禪師墓銘》：「清涼，唐廢寺。大定中，第一代琇公開荆棘，立之在兩山間，初無所知名。琇殁後，遂虚席。久之，西巖德來居。德，輩流中號爲楚楚者，又屏山李公爲之護持，苟可以用力，則無不至，而亦竟無所成。蓋又一再傳，而得吾西溪師。」《興福禪院功德記》：「予居嵩前，往來清涼，如吾家别業。自第一代琇公而下，若草堂德、山主通、西溪相與相之徒顯、靖、雋諸人，皆有道行可紀，故嘗稱述之。」

〔二〕伊陸巷：詩末自注在伊陽，即今河南省嵩縣。

〔三〕把茅：言用一把茅作簡陋小草庵。宴息：休息。

〔四〕蘭若峰：嵩山峰名，在清涼寺附近。本集《清涼相禪師墓銘》：「嘗同游蘭若峰。」

〔五〕坼：裂開。

〔六〕鐘魚：指鐘聲和木魚聲。

〔七〕瓶錫：僧侶所用的鉢盂和錫杖。句言雲游無定，隨緣而居。

〔八〕回頭：回想。仙人隊：尾註謂女几山諸峰名。《金史·地理志》載福昌縣有女几山。

〔九〕結草：猶結茅，建造簡陋的房屋。

〔一〇〕逆旅：迎止賓客之所。

〔一一〕道人：僧人的别稱。《世説新語·言語》：「竺法蘭在簡文坐，劉尹問：『道人何以在朱門？』」計：考慮，在意。許：這些。

〔一二〕多生：佛教謂生死輪回爲「多生」。此謂平生。詩債：謂索詩或要求和作，未及酬答，如同負債。

〔一三〕嵩少：嵩山有太室山、少室山，故稱。

〔編年〕

初居嵩山時作。李《譜》附於興定三年下嵩山時期總録中，繆《譜》未編。

送郝講師住崇福宫①郝，平晉人〔一〕

大方之家幾知津〔二〕，郝君七十老斲輪〔三〕。書文五車喙三尺〔四〕，劇談混沌今猶神〔五〕。太玄博士爲絶倒〔六〕，君言誇矣天公嗔〔七〕。長安冠蓋羅青雲〔八〕，洛陽車馬争紅塵。怪君掉頭不肯住〔九〕，寂寞來作由東鄰②〔一〇〕。嵩高維嶽古所秩〔一一〕，三十六帝有外臣〔一二〕。玄都石壇待飈馭〔一三〕，宫殿突兀松輪囷〔一四〕。上界仙人鄧雲山，洞天治所名司真〔一五〕。蓬萊方丈去不遠〔一六〕，明星玉女時相親〔一七〕。瑶華可擷蘭可紉〔一八〕，煙霞永隔塵中人。黄鶴一去不復返③〔一九〕，白鷗萬里誰能馴〔二〇〕。爲我殷勤謝鄧君〔二一〕，玉華歲晚當平分〔二二〕。

〔校〕

①住：李詩本、毛本作「任」。據李全本、施本改。②由：毛本作「繇」，訛。據李詩本、李全本、施本改。③鶴：李詩本、李全本、施本作「鵠」。

〔注〕

〔一〕郝講師：名不詳。講師指講解經籍的人。本集《通玄大師李君墓碑》言「講師郝君道本，名重一時」，疑即其人。平晉，金縣名，在今山西省太原市。崇福宫，道觀名，在登封縣北嵩山萬歲峰下（《嘉慶一統志》）。

〔二〕大方之家：見多識廣、明曉大道的人。《莊子·秋水》：「今我覩子之難窮也，吾非至於子之門則殆矣，吾長見笑於大方之家。」知津：知道渡口，借指識途。

〔三〕七十老斲輪：《莊子·天道》：「輪扁曰：『臣也以臣之事觀之。斲輪徐則甘而不固，疾則苦而不入。不徐不疾，得之於手，而應於心，口不能言，有數存焉於其間，臣不能以喻臣之子，臣之子亦不能受之於臣。是以行年七十而老斲輪。』」後世用「斲輪」喻指經驗豐富、技藝精湛。

〔四〕書文五車：《莊子·天下》：「惠施多方，其書五車。」後用以形容讀書多，著述多。喙三尺：《莊子·徐無鬼》：「丘(孔子)願有喙三尺。」後用指能言善辯。唐馮贄《雲仙雜記》卷九引唐張鷟《朝野僉載》：「陸餘慶爲洛州長史，善論事而繆於決判。時嘲之曰：『説事即喙長三尺，判事則手重五斤。』」

〔五〕劇談：暢談。混沌：天地未開闢前的元氣狀態。《易·乾鑿度上》：「氣形質具而未相離，謂之混沌。」

〔六〕太玄博士：西漢揚雄曾仿《周易》著《太玄經》。博士：秦官，掌通古今。絶倒：極爲佩服。《晉書·衛玠傳》：「琅邪王澄有高名，少所推服，每聞玠言，輒歎息絶倒。故時人爲之語曰：『衛玠談道，平子絶倒。』」

〔七〕誇：誇耀，引申爲鋪張。嗔：責怪。唐李賀《野歌》：「男兒屈窮心不窮，枯榮不等嗔天公。」

〔八〕「長安」句：長安，漢唐古都，借指京師。冠蓋：古代官吏的冠服和車蓋，借指官吏。羅：排列。句謂京師大大小小的官吏似天空的雲彩一樣密佈。

〔九〕「怪君」句：杜甫《送孔巢父謝病歸游江東兼呈李白》：「巢父掉頭不肯住，東將入海隨煙霧。」

〔一〇〕由東鄰：《新唐書·田游巖傳》：「召赴京師，行及汝，辭疾入箕山，居許由祠旁，自號『由東鄰』，頻召不出。」上四句謂郝講師摒棄世俗功利，隱居嵩山道觀。

〔一一〕嵩高維嶽：《詩·大雅·嵩高》：「嵩高維嶽，駿極於天。」秩：秩祀，依禮封拜祭祀。《孔叢子·論書》：「孔子曰：『高山五嶽定其差，秩祀所視焉。』」

〔一二〕「三十」句：李白《金陵與諸賢送權十一序》：「吾希風廣成蕩漾浮世，素受寶訣，爲三十六帝之外臣。」三十六帝：道教稱神仙居住的天界有三十六重，有三十六天帝。外臣：方外之臣。

〔一三〕玄都：神仙所居之處。石壇：石做的高臺，用於祭祀。飈馭：神駕。宋王明清《揮麈後録》卷二：「類曾城與丹丘，仍飈馭之來翔。」

〔一四〕輪囷：高大屈曲貌。

〔一五〕「上界」二句：本集《藏雲先生袁君墓表》）：「嘗獨行山間，遇異人自稱衡岳主者蕭正之，謂先生三世學道，乃今有成，『吾於蓬山仙注院見吾子名氏，却後當爲孝廉貞浄仙人，代鄭雲叟爲少室伯，主司真洞天。』言訖失所在。」鄧雲山：疑即「鄭雲叟」之訛。鄭雲叟：名遨，《新五代史》載其入少室爲道士。

〔一六〕蓬萊方丈：傳説中海上二仙山名，此泛指仙境。

〔一七〕明星玉女：皆指仙女。李白《西岳雲臺歌送丹丘子》：「明星玉女備灑埽，麻姑搔背指爪輕。」

〔一八〕瑶華：《楚辭·九歌·大司命》：「折疏麻兮瑶華，將以遺兮離居。」王逸注：「瑶華，玉華也。」

蘭可紉：《楚辭·離騷》：「紉秋蘭以爲佩。」紉：聯綴。

〔一九〕「黄鶴」句：唐崔灝《黄鶴樓》：「黄鶴一去不復返，白雲千載空悠悠。」《南齊書·州郡志下》：「夏口城據黄鵠磯，世傳仙人子安乘黄鵠過此上也。」

〔二〇〕「白鷗」句：杜甫《奉贈韋左丞丈二十二韻》：「白鷗没浩蕩，萬里誰能馴。」馴：使之順服。

〔二一〕鄧君：指鄧雲山。

〔二二〕玉華：嵩山少室峰名。

〔編年〕

居嵩山時作。李《譜》附於興定三年下嵩山時期總録中。繆《譜》未編。

嵩山玉鏡〔一〕

玉鏡見何許①，今旦東山陲〔二〕。積雨洗昏霾〔三〕，旭日發光輝〔四〕。光輝奪人目，灩灩如動移〔五〕。初如秋月圓，漸如曙星微〔六〕。曙星未能久②，併與晨露晞〔七〕。此鏡何從來，造化秘莫窺③〔八〕。山精或寶氣，恍惚令人疑。誰爲問嶽祇〔九〕，山川英秀會有歸。不能生申與甫瑞王國〔一〇〕，萬丈光芒徒爾爲。

〔校〕

①玉鏡見：此三字毛本缺。據李詩本、李全本、施本補。　②未：李詩本、李全本、施本作「不」。

③秘：毛本作「祕」。二字通用。從李詩本、李全本、施本。

〔注〕

〔一〕玉鏡：一種光綫折疊而形成的奇景。

〔二〕陲：邊。

〔三〕昏霾：灰塵。

〔四〕「旭日」句：謂玉鏡像旭日一樣光耀。

〔五〕灧灧：水波動蕩閃光貌。此形容玉鏡光閃貌。

〔六〕曙星：指啓明星。

〔七〕晨露晞：《詩・秦風・蒹葭》：「蒹葭凄凄，白露未晞。」晞：乾。

〔八〕秘：神秘。

〔九〕祇：同「祇」，地神。

〔一〇〕生申與甫：《詩・大雅・崧高》：「維嶽降神，生甫及申。」毛傳：「嶽降神靈和氣，以生申、甫之大功。」甫，甫侯；申，申伯。都是周宣王的舅父，朝之重臣，相傳是古四嶽後裔。

〔編年〕

居嵩山時作。李《譜》附於興定三年下嵩山時期總録中。繆《譜》未編。

秋懷嵩山中作

涼葉蕭蕭散雨聲〔一〕，虚堂淅淅掩霜清〔二〕。黄華自與西風約，白髮先從遠客生〔三〕。吟似候蟲秋更苦〔四〕，夢和寒鵲夜頻驚〔五〕。何時石嶺關頭路〔六〕，一望家山眼暫明〔七〕。

〔注〕

〔一〕蕭蕭：形容樹葉飄落聲。

〔二〕淅淅：細微的聲響。

〔三〕「黄華」二句：宋陳與義《次韻家叔》：「黄花不負秋風意，白髮空隨世事新。」黄華：菊花。

〔四〕「吟似」句：言吟詠聲如秋季蟲鳴微弱淒苦。

〔五〕「夢和」句：謂夢中情境與寒夜鵲鳴交織，頻頻驚醒。曹操《短歌行》：「月明星稀，烏鵲南飛。繞樹三匝，何枝可依。」後世用「寒鵲繞枝」喻客子無所依託。唐劉滄《秋日夜懷》：「遶枝寒鵲客情傷。」

〔六〕石嶺關：在詩人故鄉忻州。

〔七〕眼暫明：眼光突然發亮。感情激動貌。本集《太原》：「夢裏鄉關春復秋，眼明今得見并州。」

〔編年〕

居嵩山時作。李《譜》據末二句謂「時未聞忻信」，並引《元史》所載木華黎自西京入河東克太原、平陽及忻、代等州事，定在興定二年作。繆《譜》未編。

潁谷封人廟〔一〕

洩洩潁谷雲①〔二〕，瀰瀰潁川水〔三〕。封君去我久〔四〕，水雲自清美。人言君善諫，微意得鄭子。特於悔悟時，一語發天理〔五〕。夫孝動天地②，土苴及頑鄙〔六〕。反身而未誠〔七〕，善諫且敗矣。如何千歲下③，乃與茅焦比〔八〕。我行潁川道，永念負甘旨〔九〕。願作赬尾魴④〔一〇〕，因之日千里〔一一〕。

〔校〕

①潁：李詩本、毛本、李全本作「穎」，訛。據施本改。②夫：施本作「大」。③歲：李全本、施本作「載」。④赬：李詩本、李全本作「頳」。二字通用。

〔注〕

〔一〕潁谷封人廟：潁谷：在河南省登封市西南，潁水發源地。北魏酈道元《水經注·潁水》：「今潁水有三源奇發，右水出陽乾山之潁谷。」封人：春秋時爲典守封疆官。《左傳·隱公元年》：「潁考叔爲潁谷封人。」《嘉慶重修一統志·河南府三》「潁考叔廟」條：「在登封縣西南潁谷。今稱孝伯廟。」施本引元王惲《秋澗集·潁封人廟詩序》：「在宋樓鎮西三里古堤上。」宋樓鎮屬尉氏縣，興定二年陞爲洧川縣。此與詩題不合，二者非一處。

〔二〕洩洩：《左傳·隱公元年》：「公入而賦：『大隧之中，其樂也融融。』姜出而賦：『大隧之外，其樂也洩洩。』」杜預注：「洩洩，舒散也。」此形容雲飄散的樣子。

〔三〕灖灖：形容河水流動和暢的樣子。二句借用鄭莊公與武姜之賦寫潁谷水雲之清美。潁川水：即潁水。

〔四〕封君：指潁考叔。

〔五〕「人言」四句：《左傳·隱公元年》載鄭伯克段于鄢，因其母參與公叔段政變事，發誓黄泉下始相見。後悔。潁考叔知之，往諫，受鄭伯賜食捨肉欲留給其母，感發鄭伯孝心，遂有隧洞相見母子和好事。微意：微妙的用意。鄭子：鄭伯。

〔六〕土苴：渣滓。喻微賤之物。《莊子·讓王》：「道之真以治身，其緒餘以爲國家，其土苴以治天下。」頑鄙：愚鈍鄙陋。《老子》：「衆人皆有以，而我獨頑以鄙。」二句謂孝道中的低級層次亦能感動頑劣之人。

〔七〕反身：反過來要求自己。《易·蹇》：「君子以反身修德。」

〔八〕茅焦：戰國齊人。漢劉向《説苑·正諫》：秦始皇母后私通嫪毐，毐以假父之尊專國事，驕縱爲亂。始皇取而車裂之，遷太后於萯陽宫。令曰：敢以太后事諫者戮。死者已二十七人，而茅焦猶冒死上謁，解衣伏質，喻以利害。始皇悟而赦之，迎太后歸咸陽，尊焦爲上卿。

〔九〕甘旨：指養親的食物。白居易《奏陳情狀》：「臣母多病，臣家素貧，甘旨或虧，無以爲養。」上二句謂其外出，不能孝敬母親，始終慚愧不已。

〔一〇〕赬尾魴：《詩·周南·汝墳》：「魴魚赬尾，王室如燬。」毛傳：「赬，赤也。魚勞則尾赤。」後用指勞苦奔波。

〔一一〕「因之」句：謂願意爲獲取孝敬母親的東西日行千里。

〔編年〕

嵩山時期作。李《譜》附於興定三年下嵩山時期總録中，繆《譜》未編。

秋蠶

室人篋中無寸縷〔一〕，一箔秋蠶課諸女〔二〕。朝來飼却上馬桑〔三〕，隔簇仍聞竹間雨〔四〕。阿容阿璋墨滿面〔五〕，晝徹灰城前致語〔六〕。上無蒼蠅下無鼠〔七〕，作繭直須如甕許〔八〕。東家追胥守機杼〔九〕，有桑有稅吾猶汝〔一〇〕。官家恰少一絇絲①〔一一〕，未到打門先自舉。

〔校〕

①恰：毛本作「却」。據李詩本、李全本、施本改。

〔注〕

〔一〕室人：妻子。篋：小箱子。縷：綫。

〔二〕箔：養蠶的器具。課：佈置工作併考覈。

〔三〕上馬桑：蠶事俗語，蠶吐絲做繭前最後一次喂的桑葉。飼罷驅蠶進灰城。「城」上遍設用稻草之類紮成的叉開的「馬子」，故稱「上馬桑」（見《太原師專學報》一九九三年第二期趙廷鵬《讀遺山詩劄記》）。

〔四〕簇：供蠶吐絲作繭的用具，多用莊稼幹作成。竹間雨：形容蠶食桑葉的聲響。

〔五〕阿容阿璋：遺山長女名真，次女名嚴（《大德碑本遺山先生墓銘》），此當二人之小名。

〔六〕徹：完畢。灰城：蠶作繭的地方。詳見注〔三〕。

〔七〕「上無」句：阿容阿璋祈禱所説的話。唐王建《簇蠶辭》：「但得青天不下雨，上無蒼蠅下無鼠。」

〔八〕「作繭」句：蘇軾《和子由踏青》：「宜蠶使汝繭如甕，宜畜使汝羊如麕。」

〔九〕追胥：催徵税收的小吏。

〔一〇〕汝：指上句之「東家」。

〔一一〕絇：量詞，同「束」。

〔編年〕

本集《孝女阿秀墓銘》：「孝女阿秀……元好問第三女也，興定己卯（興定三年）生於登封。」按此「阿容阿璋」應指長女與次女。「墨滿面」，稚氣十足，當少年時事。金制官田輸租，私田輸税（《金史·

食貨二》)。遺山居三鄉時致力於舉試，由「賣劍買牛真得計」(《示崔、雷詩社諸人》)、「賣牛買犢未厭早」(《雪後招鄰舍王贊子襄飲》)可知，購置私田乃移居嵩山後所爲。詩「有桑有稅吾猶汝」亦屬嵩山時事。合觀二者，詩當移居嵩山之初作。李《譜》附於興定三年下嵩山時期總録中，繆《譜》未編。

寄答趙宜之兼簡溪南詩老〔一〕

窗影朧朧納暝陰〔二〕，風聲浩浩急霜砧〔三〕。秋鴻社燕飄零夢〔四〕，潁水嵩山去住心〔五〕。黄菊有情留小飲〔六〕，青燈無語伴微吟。故人憔悴蓬茅晚〔七〕，料得老懷如我今〔八〕。

〔注〕

〔一〕趙宜之：趙元字宜之。詳見《愚軒爲趙宜之賦》注〔一〕。溪南詩老：辛願之號。詳見《三鄉雜詩三首》其三注〔一〕。

〔二〕朧朧：微明貌。晉潘岳《悼亡詩》：「歲寒無與同，朗月何朧朧。」暝陰：陰暗。宋宋祁《擬杜子美峽中意》：「落日容雲作暝陰。」

〔三〕霜砧：寒秋時搗衣的砧聲。

〔四〕秋鴻社燕：燕爲夏候鳥，鴻爲秋候鳥。因多以喻相距之遠，相見之難。本集《春風來》有「來鴻去燕遥相望」句。

〔五〕去住心：留戀的感情。南宋張元幹《戊辰春二月晦日同棲鸞子送所親過寶積題壁間》：「精舍經行地，征人去住心。」

〔六〕小飲：小酌。場面簡單而隨便的飲酒。

〔七〕故人：指趙宜之和辛願。

〔八〕老懷：衰老悲傷的情懷。

〔編年〕

李《譜》附於興定三年下嵩山時期總録中，繆《譜》未編。《中州集》有趙元《次韻裕之見寄二首》，用韻與此詩全同，當屬和作。詩有「莘川擬作桃源隱」句，莘川在盧氏，合觀詩題「兼簡溪南詩老」即三鄉詩人辛敬之，知時趙元擬移居盧氏縣而尚居三鄉。本集《寄趙宜之》有「自我來嵩前，乾旱歲相仍」和「三年西去心」句，知興定四年趙元已自三鄉還居盧氏。此詩作於興定二年至興定四年間。

山中寒食

小雨班班浥曙煙〔一〕，平林簇簇點晴川〔二〕。清明寒食連三月，潁水嵩山又一年。樂事漸隨花共減，歸心長與雁相先。平生最有登臨興，百感中來只慨然。

〔注〕

〔一〕班班：通「斑斑」，形容繁密衆多。浥：濡濕。

〔二〕平林：平原上的林木。

〔編年〕

據「潁水嵩山又一年」句，知嵩山時期作。李《譜》附於興定三年下嵩山時期總録中。繆《譜》未編。

山中晚春

雲光金碧聚〔一〕，林煙彩翠新〔二〕。山花發較晚，今年兩見春〔三〕。

〔注〕

〔一〕金碧：形容光彩華麗。

〔二〕彩翠：鮮豔翠緑之色。

〔三〕兩見春：兩次見春花盛開。山上比平原冷，其花比平原開得遲，故云。

〔編年〕

李《譜》編於興定三年己卯下「總録」中，謂嵩山中作。本集《山中寒食》有「潁水嵩山又一年」句，「山中」指嵩山，從之。繆《譜》未編。

山居雜詩六首

其一

瘦竹藤斜挂，叢花草亂生①。林高風有態，苔滑水無聲。

〔校〕

①叢：李全本作「幽」。

其二

石潤雲先動，橋平水漸過。野陰添晚重，山意向秋多。

其三

樹合秋聲滿，村荒暮景閑。虹收仍白雨，雲動忽青山。

其四

川迴楓林散，山深竹港幽〔一〕。疏煙沉去鳥，落日送歸牛。

〔注〕

〔一〕竹港：當爲叢竹掩蔽之水灣。本集《八聲甘州》〔半仙亭盤輿雪中回〕：「竹港咽冰泉。」《秋色橫空》〔松液香凝〕：「愛竹港，冰泉落枕馨。」

其五

漲落沙痕出，堤摧岸口斜。斷橋堆聚沫〔一〕，高樹閣浮槎〔二〕。

〔注〕

〔一〕聚沫：聚積的洪水渣沫。

〔二〕閣：通「擱」，此指掛留。浮槎：木筏。

其六

鷺影兼秋静，蟬聲帶晚凉。陂長留積水〔一〕，川闊盡斜陽。

〔注〕

〔一〕陂：澤畔障水之岸。

〔編年〕

李《譜》附於興定三年下嵩山時期總録中，從之。繆《譜》未編。

山居二首

其一

斜陽高樹挂晴虹〔一〕，肅肅微凉雨氣中。一道鷺鷥花不斷〔二〕，蜜香吹滿馬頭風①。

〔校〕

①蜜：毛本、李全本作「密」，訛。據李詩本、施本改。

〔注〕

〔一〕晴虹：燈的别名。清厲荃《事物異名録·器用·燈》：「《韻府》：『晴虹即燈也。』」此喻夕陽爲燈。

〔二〕鷺鷥花：又稱忍冬、金銀花。

其二

詩腸搜苦怯茶甌，信手拈書却枕頭。簷溜滴殘山院静〔一〕，碧花紅穗媚涼秋。

〔注〕

〔一〕山院：當嵩山之居。本集《鷓鴣天》〔抛却浮名恰到閑〕：「山院静，草堂寬。一壺濁酒兩蒲團。題詩寄與王夫子，乘興時來看藥欄。」詞有「蒲團」句，「王夫子」指嵩山詩友王革，其「山院」在嵩山。

〔編年〕

李《譜》附於興定三年下嵩山時期總録，從之。繆《譜》未編。

後灣别業

薄雲晴日爛烘春〔一〕，高柳清風便可人。一飽本無華屋念〔二〕，百年今見老農身〔三〕。童童翠蓋桑初合〔四〕，瀲瀲蒼波麥已勻〔五〕。便與溪塘作盟約，不應重遣濯纓塵〔六〕。

〔注〕

〔一〕爛烘：强烈地熏烤。

〔二〕華屋：華麗的房屋，代指富貴。曹植《箜篌引》：「生存華屋處，零落歸山丘。」

〔三〕百年：一生，終身。

〔四〕童童翠蓋：《三國志·蜀志·先主傳》：「有桑樹生高五丈餘，遥望見童童如小車蓋。」童童：茂盛重疊貌。

〔五〕瀲瀲：動蕩閃光貌。蒼波：指麥浪。勻：廣平貌。

〔六〕濯纓：洗濯繫冠的絲帶。典出《楚辭·漁父》「滄浪之水清兮，可以濯吾纓」，後用以表示避世隱居。句指不再出仕。

〔編年〕

後灣别業是遺山在嵩山住所之外另置的田園。李《譜》在辯定《雪後招鄰舍王贊子襄飲》爲興定二年作時謂其在葉縣，並據「一飽」二句定此詩爲興定三年作。按遺山營耕田園多處，「後灣」在何地，難考。要之，此詩作於居嵩山之初。繆《譜》未編。

九月晦日王村道中①〔一〕

水涸沙仍溼，霜餘草更幽。煙光藏落景〔二〕，山骨露清秋〔三〕。坐食知何益〔四〕，行吟只自愁〔五〕。隨陽見鴻雁〔六〕，三歎惜淹留〔七〕。

〔校〕

①王：李全本、施本作「玉」。

〔注〕

〔一〕晦日：農曆每月的最後一天。王村：郝樹侯《元好問詩選》謂「在登封西鄉」。

〔二〕落景：夕陽。

〔三〕山骨：山中的巖石。

〔四〕坐食：光消費而不從事生産。即「坐吃山空」之意。

〔五〕行吟：邊走邊吟。《楚辭·漁父》：「屈原既放，游於江潭，行吟澤畔。」

〔六〕隨陽：跟着太陽運行。《書·禹貢》「陽鳥攸居」孔穎達疏：「日之行也，夏至漸南，冬至漸北，鴻雁之屬，九月而南，正月而北。」唐李治《送閻伯均往江州》：「唯有隨陽雁，年年來去飛。」

〔七〕三歎：多次感歎。淹留：滯留。三國魏曹丕《燕歌行》：「慊慊思歸戀故鄉，君何淹留寄他方？」上二句意致同本集《續小娘歌十首》之六：「雁到秋來却南去，南人北渡幾時回。」

〔編年〕

郝樹侯《元好問詩選》謂王村在登封西鄉，未言所據。遺山在三鄉和移居嵩山初期，思歸之作甚多。

後國勢日衰，歸鄉無望，詩中此意漸淡。此詩當居嵩山之初作。李《譜》據末二句定爲興定二年蒙古軍侵占河東時作。繆《譜》未編。

題伊陽楊氏戲虎圖〔一〕

大斑哆笑口侵耳①〔二〕，小斑蓄縮如乞憐①〔三〕。戲鬬真成兩勍敵〔四〕，發機誰在卞莊前〔五〕。

〔校〕

①斑：李詩本、李全本作「班」。二字通用。

〔注〕

〔一〕伊陽：金縣名，今河南省嵩縣。楊氏：未詳。

〔二〕哆：張口貌。

〔三〕蓄縮：畏懼，退縮。

〔四〕勍敵：强大的敵人。

〔五〕「發機」句：《史記·張儀列傳》：「（卞）莊子欲刺虎，館竪子止之，曰：『兩虎方且食牛，食甘必争，争則必鬬，鬬則大者傷，小者死，從傷而刺之，一舉必有雙虎之名。』卞莊子以爲然……一舉果有雙虎之功。」發機：發動的時機。

〔編年〕

李《譜》附於興定三年下嵩山時期總録，伊陽地近登封，從之。繆《譜》未編。

賦粹中師竹拂子〔一〕

了却香嚴一擊緣①〔二〕，滿梳華髮伴談玄。誰知拂月披風意②〔三〕，已具鈴鎚未落前③〔四〕。

〔校〕

①擊：李全本作「繫」，形訛。句用《景德傳燈録》香嚴智閑擊竹而悟典。②拂：施本據《傳燈録》「薄披明月，細抹清風」語改作「抹」，不妥。③鈴：李詩本、毛本作「鈴」，形訛。據李全本、施本改。

〔注〕

〔一〕粹中：英禪師字粹中，詳見《寄英禪師，師時住龍門寶應寺》注〔一〕。竹拂子：用竹製成的拂塵。

〔二〕「了却」句：《景德傳燈録》卷十一「香嚴禪師」條：「鄧州香嚴智閑禪師，青州人也……一日因山中芟除草木，以護瓦礫擊竹作聲，俄失笑間，廓然省悟。」

〔三〕「誰知」句：意謂揮動竹拂子，在拂月披風之間，頓悟禪機。

〔四〕鈴鎚：梵語音譯，亦作「犍椎」，意爲「聲鳴」。指寺院中木魚、鐘、磬等報時、誦經敲打的器具。

〔編年〕

本集《木庵詩集序》謂英禪師「住龍門、嵩少二十年」。《中州集》秦略有《同希顔、裕之賦樂真竹拂子》，屬嵩山時事。此詩亦當家居嵩山時作。李《譜》附於興定三年下嵩山時期總録，繆《譜》未編。

書生

書生千古一虀腸〔一〕，蓋世功名不自償〔二〕。更笑登封武明府〔三〕，兩盂白粥半生忙〔四〕。

〔注〕

〔一〕虀腸：食虀之腸。喻生活貧困。虀：細切後用鹽醬等浸漬的蔬果，如醃菜類。

〔二〕償：抵償。

〔三〕武明府：其人不詳，任登封令。明府：周煇《清波雜志》：「古治百里之邑，令拊其俗，尉督其奸。故令曰明府，尉曰少府。」本集《薛明府去思口號七首》之「薛明府」即指登封令薛居中。武任登封令當在薛後。

〔四〕「兩盂」句：《宋史·范仲淹傳》載范刻苦求學，「食不給，至以糜粥繼之」。

〔編年〕

李《譜》附於興定三年下嵩山時期總録，從之。繆《譜》未編。

答俊書記學詩〔一〕

詩爲禪客添花錦，禪是詩家切玉刀〔二〕。心地待渠明白了〔三〕，百篇吾不惜眉毛〔四〕。

〔注〕

〔一〕俊書記：嵩山僧人。見本集《暠和尚頌序》。本集《清涼相禪師墓銘》載相禪師有徒名「雋」，疑即此人。書記：禪林六頭首之一，掌管文書翰墨者的職稱。

〔二〕「詩爲」二句：本集《暠和尚頌序》：「予獨記屏山語云：『東坡、山谷俱嘗以翰墨作佛事，而山谷爲祖師禪，東坡爲文字禪。』且道《暠和尚百則語》附之東坡歟？山谷歟？予亦曾贈嵩山雋侍者學詩云：『詩爲禪客添花錦，禪是詩家切玉刀。』暠和尚添花錦歟？切玉刀歟？」添花錦：增添光彩。黄檗宗大智《碧巖種電鈔》稱贊臨濟宗汾陽善昭的頌古詩爲「禪院花錦」。切玉刀：《列子·湯問》：「西戎獻昆吾之劍……用之切玉如切泥焉。」此用利器比喻作詩的竅門。禪宗公案多用非理性思維象喻參悟，與詩人的形象思維有相通處，故云。

〔三〕「心地」句：旨在希望俊書記等學詩之僧明白詩與禪的關係。本集《陶然集詩序》：「方外之學有『爲道日損』之説，又有『學至於無學』之説，詩家亦有之……詩家所以異於方外者，渠輩談道不在文字，不離文字；詩家聖處不離文字，不在文字。」心地：佛家謂心爲萬法之本，生出善惡諸行，恰如大地之生出果穀，故名。

〔四〕惜眉毛：禪家以爲泄露秘密就會得麻瘋病脱落眉毛。《碧巖録》第八則：「翠巖夏末示衆云：『一夏以來，爲兄弟説話，看翠巖眉毛在麽？』」句謂願意多講作詩奥妙。

〔編年〕

本集《興福禪院功德記》云：「予居嵩前，往來清涼，如吾家别業。」李《譜》附于興定三年下嵩山時期總録，從之。繆《譜》未編。

寄答景玄兄〔一〕

故人相念不相忘，頻着書來約對牀〔二〕。甚喜樵夫與争席〔三〕，所憂簿吏復登堂〔四〕。春風和氣隨詩到，洛水秦山引興長。奮袖高談夜窗白，幾時危坐聽琅琅〔五〕。「簿吏復登堂」，李長吉語。景玄去歲大爲催科所困。

〔注〕

〔一〕景玄：劉昂霄（一一八五——一二二三）字景玄，陵川（今山西省陵川縣）人。博學强記，所學「無所不窺，六經百氏外，世譜官制與兵家所以成敗者爲最詳」。與遺山初識於太原，後二人同居三鄉，交往甚密。元光二年病卒。《中州集》有傳。

〔二〕對牀：宋蘇轍《後省初成直宿呈子瞻》：「射策當年偶一時，對牀夜雨失前期。」後用以喻親友相聚的歡樂。

〔三〕争席：争座次。表示彼此融洽無間，不拘禮節。《莊子·寓言》：「其往也，舍者迎將其家，公執席，妻執巾櫛，舍者避席，煬者避竈；其反也，舍者與其争席矣。」

〔四〕簿吏復登堂：李賀《感諷五首》：「縣官踏飧去，簿吏復登堂。」

〔五〕「奮袖」二句：《中州集·劉昂霄傳》：「（景玄）好横策危坐，掉頭吟諷，幅巾奮袖，談辭如雲。四座聳聽，噤不得語。」琅琅：清亮的聲音，此借指談吐。

【編年】

詩作於興定二年離三鄉移居嵩山後至元光二年劉昂霄未卒前。李《譜》附於興定三年下嵩山時期總録。繆《譜》未編。

送詩人秦略簡夫歸蘇墳別業①〔一〕

三月不見君，渴心欲生塵〔二〕。論文一樽酒〔三〕，雅道誰當陳〔四〕。昨朝見君臨水句〔五〕，乃知抽青配白非詩人②〔六〕。南山明月北山雲，恨君不作由東鄰③〔七〕。擊鮮爲具非無好事者〔八〕，天隨杞菊年年新〔九〕。石田茅屋連蘇墳，兩兒力耕足養親〔一〇〕。君詩或者昌晚節〔一一〕，不應道路長逡巡④〔一二〕。白髮刁騷一幅巾〔一三〕，豐年鄉社樂閑身。蹇驢馱入醉鄉去〔一四〕，袖中知有眉山春〔一五〕。

〔校〕

①略：此字李詩本、毛本無，據李全本、施本補。②配：施本據柳宗元《讀韓愈所著毛穎傳後題》「取青妃白」句改作「妃」，不妥。③由：毛本作「繇」，訛。據李詩本、李全本、施本改。④逡巡：李詩本、李全本、施本作「逡逡」。

〔注〕

〔一〕秦略：字簡夫，陵川人，南渡後居嵩山。《中州集》小傳言其少舉進士不中，即以詩爲業。詩尚雕刻，而不欲見斧鑿痕，故頗有自得之趣。蘇墳：地名。秦略别業在其附近，由「石田茅屋連蘇墳」句可知。餘不詳。蘇軾、蘇轍墳在郟縣，地近嵩山，疑指此。元王惲《謁蘇墳》：「神嵩崩騰萬馬東，汝流西來横玉虹。山川秀潤不少悴，知有峨眉老仙宅其中。」

〔二〕渴心生塵：思念殷切。唐盧仝《訪含曦上人》：「三入寺，曦未來。轆轤無人井百尺，渴心歸去生塵埃。」後用爲思念舊友之典。本集《通真子墓碣銘》：「予始成童，及識通真子之大父。閑居嵩山，與西溪翁（秦略，自號西溪道人）爲詩酒之友者十五年。」

〔三〕「論文」句：杜甫《春日憶李白》：「何時一樽酒，重與細論文。」

〔四〕雅道：風雅正道。本集《論詩三十首》之一：「漢謡魏什久紛紜，正體無人與細論。」其「正體」相對於杜甫《戲爲六絶句》「别裁僞體親風雅」之「僞體」，指風雅傳統。

〔五〕臨水句：《中州集》秦略《白髮詩》：「臨水時自照，照我鬢與眉。」

〔六〕抽青配白：以青配白，比喻詩文講求搭配對稱。唐柳宗元《讀韓愈所著毛穎傳後題》「韓子之怪於文也，世之模擬竄竊，取青妃白，肥皮厚肉，柔筋脆骨，而以爲辭者之讀之也。」妃：《爾雅》曰：「配也。」元胡祗遹《紫山大全集·士辨》：「爲士者曷嘗以雕雲鏤月之詩，抽青配白之文，蓬頭垢面之廉，閉目忘言之謹，以欺世取寵哉。」

〔七〕由東鄰：《新唐書·田游巖傳》：「長史李安期表其才，召赴京師。行及汝，辭疾入箕山，居許由祠旁，自號由東鄰，頻召不出。」此指秦略離嵩山往蘇墳事。

〔八〕「擊鮮」句：《漢書·陸賈傳》：「（賈）謂其子曰：『與女約：過女，女給人馬酒食極欲，十日而更……數擊鮮，毋久溷女爲也。』」師古注：「鮮謂新殺之肉也。溷，亂也。言我至之時，汝宜數數擊殺牲牢，與我鮮食，我不久住，亂累汝也。」句用此典謂秦略會受到兒子親友豐盛的款待。具：此指備辦飲食。

〔九〕天隨杞菊：唐陸龜蒙號天隨子，其《杞菊賦》序：「天隨子宅荒，少牆屋，多隙地，著圖書所，前後皆樹以杞菊。春苗恣肥，日得以採擷之，以供左右杯案。」明方孝儒《味菜軒記》：「若杜子美於韭薤，陸龜蒙之於杞菊，蘇子瞻之於蘆菔、蔓菁，莫不遂稱之見於詠歌。」

〔一〇〕兩兒：本集《通真子墓碣銘》：「生二子，通真其長也。」

〔一一〕「君詩」句：意謂秦詩或許該寫表現晚節方面的内容。

〔一二〕逡巡：却行，恭順貌。

〔一三〕刁騷：頭髮稀落貌。本集《麋鹿圖》：「白髮刁騷一禿翁，塵埃無處避西風。」

〔一四〕蹇驢：跛蹇駑弱的驢。醉鄉：醉酒中的境界。唐王績《醉鄉記》：「阮嗣宗、陶淵明等十數人，並游於醉鄉，没身不還，死葬其壤。」

〔一五〕眉山春：眉山指蘇軾、蘇轍的出生地，即今四川省眉山市。明劉昌《中州名賢文表》收元王惲《謁蘇墳》，題下注：「在汝州陝（訛，應作郟）縣釣臺鄉峨眉山前。」按此，詩指蘇墳之眉山。春：唐人多稱酒爲春。唐李肇《國史補下》：「酒則有郢州之富水，烏程之若下，滎陽之土窟春，富平之石凍春，劍南之燒春。」句謂人雖盡醉，袖中還藏着眉山春酒。

〔編年〕

李《譜》附於興定三年下嵩山時期總録，從之。繆《譜》未編。

茗飲〔一〕

宿酲未破厭觥船〔二〕，紫筍分封入曉煎〔三〕。槐火石泉寒食後〔四〕，鬢絲禪榻落花前。一甌春露香能永，萬里清風意已便。邂逅華胥猶可到〔五〕，蓬萊未擬問群仙〔六〕。

〔注〕

〔一〕茗飲：飲茶。

〔二〕酲：酒醉後神志不清。觥船：容量大的飲酒器。

〔三〕紫筍：茶名。蘇軾《宿臨安静土寺》：「覺來烹石泉，紫筍發輕乳。」陸游《病酒新愈獨卧蘋風閣戲書》詩自注：「紫筍，蒙頂之上者，其味猶重。」分封：宋金時煎茶之法。注湯後用箸攪茶乳，使湯水波紋幻變爲種種形狀。宋楊萬里《澹庵座上觀顯上人分茶》：「分茶何似煎茶好，煎茶不似分茶巧……紛如擘絮行太空，影落寒江能萬變。」

〔四〕槐火：用槐木取火。相傳古時往往隨季節變換燃燒不同的木柴以防時疫，冬取槐火。《東坡志林》載，蘇軾在黄州，夢詩句云：「寒食清明都過了，石泉槐火一時新。」夢中曰：「火固新矣，泉何以新？」答曰：「俗以清明淘井，故云。」

〔五〕華胥：《列子·黄帝》：「（黄帝）晝寢而夢，游於華胥氏之國。華胥氏之國在弇州之西，台州之北，不知斯齊國幾千萬里，蓋非舟車足力之所及，神游而已。其國無師長，自然而已。」此指桃花源式的夢境。

〔六〕蓬萊：古代傳説中的海上神山名，代指仙境。

【編年】

味詩所言「禪榻」等情事，應爲嵩山時作。李《譜》附於興定三年下嵩山時期總録，繆《譜》未編。

放言〔一〕

韓非死孤憤〔二〕，虞卿著窮愁〔三〕。長沙一湘纍〔四〕，郊島兩詩囚〔五〕。人生定能幾，肝膽日相讐①。井蛙奚足論〔六〕，禪虱良足羞〔七〕。正有一朝樂，不償百年憂。古來帝王師，或從赤松游〔八〕。大笑人間世，起滅真浮漚〔九〕。曾是萬户封，不博一掉頭②〔一〇〕。有來且當避，未至吾何求。悠悠復悠悠，大川日東流〔一一〕。紅顔不暇惜，素髮忽已稠。我欲升嵩高，揮杯勸浮丘〔一二〕。因之兩黄鵠〔一三〕，浩蕩觀齊州〔一四〕。

〔校〕

①膽：李詩本、李全本、施本作「肺」。　②博：李詩本作「愽」，李全本作「恃」。

〔注〕

〔一〕放言：放縱其言，不受拘束。

〔二〕韓非：戰國時韓國公子，先秦法家之集大成者。因受到秦王重視，被邀出使秦國，李斯等妬忌他的才能，進讒於秦王而殺之。孤憤：《史記·韓非子列傳》：「（韓非）悲廉直不容於邪枉之臣，觀往者得失之變，故作《孤憤》。」司馬貞索隱：「孤憤，憤孤直不容於時也。」

〔三〕「虞卿」句：《史記·平原君虞卿列傳》：「卒去趙，困於梁。魏齊已死，不得意，乃著書，上採《春秋》，下觀近世……凡八篇。」太史公曰：「然虞卿非窮愁，亦不能著書以自見於後世云。」虞卿：戰國時游説之士。爲趙國上卿，故號爲「虞卿」。

〔四〕長沙：西漢賈誼被貶爲長沙王太傅，故稱。湘纍：指屈原。《漢書·揚雄傳上》：「因江潭而湋記兮，欽弔楚之湘纍。」顔師古注引李奇曰：「諸不以罪死曰纍，荀息、仇牧皆是也。屈原赴湘死，故曰湘纍也。」句謂賈誼是屈原式的人物。

〔五〕郊島：指中唐詩人孟郊、賈島。詩囚：指苦吟的詩人。郊、島以苦吟稱於世，故稱詩囚。本集《論詩三十首》之十八：「東野窮愁死不休，高天厚地一詩囚。」

〔六〕井蛙：《莊子·秋水》：「井蛙不可以語於海者，拘於虚也……曲士不可以語於道者，束於教也。」句謂不與孤陋寡聞的人談論人生。

〔七〕褌虱：三國魏阮籍《大人先生傳》：「世人所謂君子，惟法是修，惟禮是克……君子之處域内，何異夫蝨之處褌中乎！」句謂羞爲「世人所謂君子」之人。

〔八〕「古來」二句：《史記·留侯世家》：「願棄人間事，欲從赤松子游耳。」明何景明《張良》詩：「一遇黄石公，還從赤松子。」帝王師：張良輔佐劉邦，言聽計從，故稱。赤松子：相傳爲上古時神仙。

〔九〕「大笑」二句：總括上述史事，指出人生和世事的變幻無常。浮漚：水面上的泡沫。因易生易滅，常用以比喻人生的短暫或世事的變幻無常。

〔一〇〕「曾是」二句：萬户封，食邑萬户的封賞，即萬户侯。《戰國策·齊策四》：「令曰，有能得齊王頭者，封萬户侯。」博：换取。掉頭：回頭看。二句謂即使是萬户侯的封賞，也不回顧眷戀。

〔二〕「大川」句：喻指時光的流逝。《論語·子罕》：「子在川上曰：『逝者如斯夫，不捨晝夜。』」

〔三〕「我欲」二句：《文選·郭璞〈游仙詩〉之三》：「左挹浮丘袖，右拍洪崖肩。」李善注引《列仙傳》：「浮丘公接王子喬以上嵩高山。」浮丘：即浮丘公，古代傳説中的仙人。

〔三〕黄鵠：黄鶴。《南齊書·州郡志下》：「夏口城據黄鵠磯，世傳仙人子安乘黄鵠過此上也。」

〔四〕齊州：即中州，猶言中國。見《爾雅·釋地》邢昺注。上四句言願像王子喬一樣隨浮丘公乘黄鶴升大漫游。

〔編年〕

據詩「我欲升嵩高」句，知亦嵩山時作。李《譜》附於興定三年下嵩山時期總録，繆《譜》未編。

陽翟道中〔一〕

長路伶俜裏〔二〕，羇懷蒼莽中①〔三〕。千山分晚照②，萬籟入秋風〔四〕。頻見參旗縮〔五〕，虚傳朔幕空〔六〕。故園歸未得，細問北來鴻〔七〕。

〔校〕

①蒼莽：李詩本、李全本、施本作「莽蒼」。②晚：李全本作「落」。

〔注〕

〔一〕陽翟：金縣名，今河南省禹州市。遺山居嵩山時多往來於此。本集《後飲酒五首》題注云「陽翟作」，疑遺山在陽翟有田産。

〔二〕伶俜：孤單。

〔三〕羈懷：羈旅情懷。蒼莽：遼闊無際貌。

〔四〕萬籟：自然界的各種聲響。

〔五〕參旗：《晉書·天文上》：「參旗九星，在參西，一曰天旗，一曰天弓，主司弓弩之張，候變禦難。」縮：指光度微弱收縮。《晉書·天文上》：「參星失色，軍敗散。」句指河東（今山西省中南部）的金軍失利。

〔六〕「虚傳」句：謂所傳蒙古軍敗走潰散都是空虚不實的消息。朔幕：指北兵蒙古營帳。

〔七〕「細問」句：暗用蘇武雁足傳書典。

〔編年〕

按注〔一〕，當居嵩山時作。李《譜》定在興定元年作，證據不足。繆《譜》未編。

鈞州道中〔一〕

野陰莽蒼日將夕，歲律崢嶸風有聲〔二〕。從昔南山歌短褐〔三〕，何時北闕請長纓〔四〕。

〔注〕

〔一〕鈞州：金州名，治陽翟（今河南省禹州市）。

〔二〕歲律峥嶸：歲時節令將盡。《文選·鮑照〈舞鶴賦〉》：「歲峥嶸而愁暮，心惆悵而哀離。」李善注：「歲之將盡，猶物之高。」

〔三〕「從昔」句：唐歐陽詢《藝文類聚》卷九十四引《琴操》：「甯戚飯牛車下，叩角而商歌曰：『南山矸，白石爛，生不逢堯與舜禪。短布單衣裁至骭，長夜漫漫何時旦？』齊桓公聞之，舉以爲相。」短褐：粗布短衣。古代貧賤者或僮竪之服。

〔四〕北闕：古代宫殿北面的門樓，是大臣等候朝見或上書奏事的地方。請長纓：《漢書·終軍傳》：「軍自請：『願受長纓，必羈南越王而致之闕下。』」二句表明詩人有用世意。

〔編年〕

遺山居嵩山時常往來於陽翟，詩作於居嵩山時。李《譜》定在興定元年，不妥。繆《譜》未編。

潁亭〔一〕

潁上風煙天地回〔二〕，潁亭孤賞亦悠哉〔三〕。春風碧水雙鷗静，落日青山萬馬來。勝概消沉幾今昔〔四〕，中年登覽足悲哀〔五〕。遠游擬續騷人賦〔六〕，所惜匆匆無酒杯。

〔注〕

〔一〕潁亭：在陽翟，見《潁亭留别》注〔一〕。

〔二〕潁上：地名，在潁水下游。此指潁水下游一帶。

〔三〕孤賞：獨自賞玩。悠哉：閑適貌。

〔四〕勝概：美好的事物。

〔五〕「中年」句：《世説新語·言語》載，謝安語王羲之曰：「中年傷於哀樂，與親友别，輒作數日惡。」本集《别程女》：「中年尤覺感悲歡。」

〔六〕「遠游」句：《楚辭》有《遠游賦》，王逸《楚辭章句》認爲是屈原所作。按王粲《登樓賦》言其客居荆州的愁懷，有「信美而非吾土」句，李商隱《安定城樓》有「王粲春來更遠游」句，與遺山此時的心境更切合。

〔編年〕

詩有「中年」句，亦家居嵩山時作。李《譜》附於興定三年下嵩山時期總録，繆《譜》未編。

驅猪行黄臺張氏莊作〔一〕

沿山蒔苗多費力①〔二〕，辦與豪猪作糧食②〔三〕。草庵架空尋丈高〔四〕，擊版摇鈴鬧終夕③。孤犬無猛噬〔五〕，長箭不暗射〔六〕。田夫睡中時叫號，不似驅猪似稱屈。放教田鼠大於兔，任使飛蝗半天黑。害田争合到渠邊〔七〕，可是山中無橡朮〔八〕。長牙短喙食不休〔九〕，過處一抹無禾頭。天明壠畝見狼藉，婦子相看空淚流。旱乾水溢年年日，會計收成纔什一〔一〇〕。

資身百備粟豆中〔一一〕，儋石都能幾錢直〔一二〕。兒童食糜須愛惜④〔一三〕，此物羣猪口中得，縣吏即來銷税籍〔一四〕。

〔校〕

①沿：毛本作「沿」，訛。據李詩本、李全本、施本改。②辦：李詩本作「辨」，二字通用。③版：李全本作「板」，二字通用。④糜：李全本作「糜」，二字通用。

〔注〕

〔一〕驅猪行：即事名篇的新題樂府。黄臺：《嘉慶一統志·開封府》言在陽翟東北四十里。

〔二〕莳：栽種。

〔三〕豪猪：身黑，肩背毛長如棘，穴居，晝伏夜出，以草爲食，傷禾稼。

〔四〕草庵：田裏搭的草棚。連下句可知爲晚上驚趕野猪用。尋：八尺爲尋。

〔五〕噬：咬。

〔六〕「長箭」句：豪猪又名箭猪，全身生棘毛，尖如針，長者至尺許，其端白。平時毛向後，遇敵則竪毛以爲防禦。句謂豪猪公然前來食禾，肆無忌憚。

〔七〕争合：怎應。

〔八〕橡术：橡栗和术草。

〔九〕喙：鳥獸的嘴。

〔一〇〕會計：總計。

〔一一〕資身：資養自身；立身。《漢書·韓信傳》：「寄食於漂母，無資身之策。」句謂農家所用的各種生活資料皆靠糧食换取。

〔一二〕儋石：儋通「甔」。儋容一石，故稱儋石。

〔一三〕糜：粥。

〔一四〕銷税籍：注銷税籍，謂完納賦税。全句謂縣吏就要來按税籍規定的數額征收租税了。

〔編年〕

本集《後飲酒五首》題注謂「陽翟作」，知此處遺山有營耕。詩亦嵩山時期作。李《譜》附於嵩山時期總録，繆《譜》未編。

納涼張氏莊二首〔一〕

其一

小橋深竹午風便〔二〕，一道垂楊帶亂蟬。山下行人遮日去，却從茅屋問瓜田。

〔注〕

〔一〕張氏莊：在陽翟黄臺。見《驅猪行》題注及注〔一〕。

〔二〕便：安適。

其二

樹陰環合水縈回，樹下行人坐緑苔。絶似叢蒙山下路，眼中唯欠繫舟嵬〔一〕。叢蒙、繫舟皆鄉中山，鄉人謂之繫舟嵬。

〔注〕

〔一〕繫舟：山名，在忻州城東。

〔編年〕

詩亦居嵩山時在陽翟作。李《譜》據末二句言鄉思之情附於興定二年。繆《譜》未編。

洧川行〔一〕

洧川道邊日欲西，誰家少婦掩面啼。漫漫長路行不徹〔二〕，粉綿鏡衣手自攜〔三〕。自言娼家女〔四〕，家在梁門東〔五〕。夫婿輕薄兒，新人不相容。憶初在家時，只辦放嬌慵①〔六〕。爺娘惜女如惜玉，近前細看面發紅。無端嫁作蕩子婦〔七〕，流落棄擲風埃中。可憐桃李花，顔色嬌蒙茸〔八〕。朝看花枝好，暮看花枝空。安得明珠三百斛，重簾複幕圍春風〔九〕。

〔校〕

①辦：李詩本作「辨」。二字通用。

〔注〕

〔一〕詩題：《樂府詩集》等無此題，遺山即事名篇。淯川：舊縣名，在今河南省尉氏縣地，金興定二年四月以尉氏縣之宋樓鎮置淯川縣。

〔二〕徹：盡。

〔三〕粉綿：擦鏡之物。古時以銅爲鏡，用綿蘸粉磨拭，使之光亮。宋陸游《古別離》：「粉綿磨鏡不忍照，女子盛時無十年。」

〔四〕娼家：以歌舞爲業的人家。

〔五〕梁門：北宋汴京裏城西正門。本集《西園》：「梁門回望繡成堆。」

〔六〕「只辦」句：謂只曉得一味撒嬌懶散。嬌慵：柔弱倦怠貌。

〔七〕蕩子：品行放蕩不端的人。

〔八〕蒙茸：柔嫩鮮豔貌。唐羅鄴《芳草》：「廢苑牆南殘雨中，似袍顏色正蒙茸。」

〔九〕春風：喻美麗的容貌。杜甫《詠懷古迹》之三：「畫圖省識春風面，環珮空歸月夜魂。」

〔編年〕

居嵩山時在淯川作。李《譜》定在興定元年。金興定二年始置淯川縣，前此唐、宋、金稱尉氏縣，故知不妥。繆《譜》未編。

梁縣道中〔一〕

青山簇簇樹重重，人在春雲浩蕩中。也是杏花無意況〔二〕，一枝臨水卧殘紅。

【注】

〔一〕梁縣：金縣名，今河南省臨汝縣東，金屬汝州，見《金史·地理中》。

〔二〕意況：情趣。

【編年】

當居嵩山時在梁縣作。李《譜》附於興定三年下嵩山時期總録，繆《譜》未編。

王子文琴齋〔一〕

天上秋風月底霜，求凰一曲鬢絲長〔二〕。相如四壁消何物〔三〕，直要文君典鷫鸘〔四〕。

【注】

〔一〕王子文：《歸潛志》卷五：「王彧子文，洺州（今河北省永年縣）人。少擢第，南渡，爲省掾。睹時政將亂，一旦棄妻子，徑入嵩山，剪髮爲頭陀，自號照了居士……後十餘年，忽下山歸其家，復與妻子如舊。妻死，更娶。正大壬辰遭亂，不知所終。」《中州集》有傳。

〔二〕求凰一曲：男子求偶的典故。《史記・司馬相如列傳》：「是時卓王孫有女文君新寡，好音，故相如繆與令相重，而以琴心挑之。」司馬貞《索隱》：「其詩曰：『鳳兮鳳兮歸故鄉，遨游四海求其凰。』」

〔三〕相如四壁：《史記・司馬相如列傳》：「文君夜亡奔相如，相如乃與馳歸成都，家居徒四壁立。」消何物：上書載，相如常有消渴疾。此指無錢買酒解消渴。

〔四〕「直要」句：漢劉歆《西京雜記》卷二：「司馬相如初與卓文君還成都，居貧愁懣，以所著鷫鸘裘就市人陽昌貰酒與文君爲歡。」

〔編年〕

李《譜》據王子文棄家入山事，附於興定三年下嵩山時期總録，從之。繆《譜》未編。

春寒

草木荒城屋數椽，春寒閭巷益蕭然。僮奴樵爨頭如葆〔一〕，稚女跳梁屨又穿〔二〕。白石鯉魚空尺半〔三〕，朱門食客自三千〔四〕。松枝麈尾山中滿〔五〕，去去南華有内篇〔六〕。

〔注〕

〔一〕樵爨：打柴做飯。頭如葆：《漢書・燕王旦傳》：「當此之時，頭如蓬葆，勤苦至矣。」服虔曰：「頭久不理，如蓬草羽葆也。」師古曰：「草叢生曰葆。」

〔二〕跳梁：跳躍。

〔三〕「白石」句：《古詩源・飯牛歌》之二：「滄浪之水白石粲，中有鯉魚長尺半。敝布單衣裁至骭，清朝飯牛至夜半。」典出甯戚飯牛，詳見《麥歎》注〔三〕。此處喻指生活貧困至極。

〔四〕「朱門」句：《史記・魏公子列傳》：「士以此方數千里争往歸之，致食客三千人。」

〔五〕麈尾：古以駝鹿尾爲拂塵，因稱拂塵爲麈尾。

〔六〕去去：表示決絶之意。南華：《南華真經》的省稱，即《莊子》的别名。内篇：指《莊子》内七篇，相對「外篇」、「雜篇」而言。一般認爲「内篇」是莊周本人的著作。

〔編年〕

李《譜》附此詩於興定二年後。嵩山多松（本集《出山》有「松門石路静無關」句），當時友人多用拂塵（本集有《賦粹中師竹拂子》、秦略有《同希顔、裕之賦樂真竹拂子》），味「松枝」句，當家居嵩山時作。繆《譜》未編。

追録洛中舊作

樂府新聲緑綺裘〔一〕，梁州舊曲錦纏頭〔二〕。酒兵易壓愁城破〔三〕，花影長隨日脚流〔四〕。萬里青雲休自負〔五〕，一莖白髮儘堪羞。人間只怨天公了，未便天公得自由①〔六〕。

〔校〕

①由：毛本作「繇」。二字通用。從李詩本、李全本、施本。

〔注〕

〔一〕樂府：音樂官署。緑綺裘：用緑色的繡錦綢緞做的大衣。

〔二〕梁州舊曲：梁州曲，即《涼州曲》，唐大曲名。唐李頻《聞金吾妓唱〈梁州〉》：「聞君一曲古《梁州》，驚起黄雲塞上愁。」錦纏頭：古代歌舞藝人演畢，客以羅錦爲贈，置之頭上，謂之「錦纏頭」。杜甫《即事》：「笑時花近眼，舞罷錦纏頭。」

〔三〕「酒兵」句：唐韓偓《殘春旅舍》：「禪伏詩魔歸浄域，酒衝愁陣作奇兵。」

〔四〕日脚：將落的斜陽。

〔五〕萬里青雲：喻遠大的抱負。

〔六〕「未便」句：言天公也不是隨心所欲的。未便：不隨便。

〔編年〕

味「萬里」二句，詩人尚懷青雲之思，當壯年所作。李《譜》附於嵩山時期，繆《譜》未編。遺山在三鄉、嵩山時常至洛陽，姑從李《譜》。

超化〔一〕

秋風嫋嫋入僧窗〔二〕，盡得諸山草木香。却恨大梁三日醉〔三〕，不來超化作重陽。又云「擬借扁舟弄秋水，自嫌塵土涴沙鷗」，餘不記。

〔注〕

〔一〕超化：施注：「案：《寰宇訪碑録》有元遺山題超化寺詩，大口正書，至治二年二月立，在河南密縣，未知爲元世何人所刻，或即此詩否？」

〔二〕嫋嫋：吹拂貌。

〔三〕大梁：指汴京。

〔編年〕

李《譜》繫此詩於興定四年，認爲遺山是年汴京秋試後回嵩山路經密縣超化寺而作。本集《洞仙歌》〔青錢白璧〕題序云：「超化蘸碧軒，得欽叔書，有相調之語，因代書以寄。」兩者意興不同，非一時作。姑附於嵩山時期。繆《譜》未編。

畫馬爲邢將軍賦〔一〕

大宛城下戰骨滿〔二〕，駑駘入漢龍種藏〔三〕。將軍此紙何處得，便覺房駟無光芒〔四〕。人中馬中兩勍敵〔五〕，天門雁門皆戰場〔六〕。并州父老應相望，早晚旌旗上太行。

〔注〕

〔一〕邢將軍，其人不詳。

〔二〕「大宛」句：《史記・大宛列傳》：「天子（漢武帝）既好宛馬……拜李廣利爲貳師將軍，發屬國六千騎，及郡國惡少年數萬人，以往伐宛。」戰骨：戰死的兵卒。

〔三〕「駑駘」句：《史記・大宛列傳》：「宛乃出其善馬，令漢自擇之……漢軍取其善馬數十匹，中馬以下牡牝三千餘匹。」駑駘：劣馬。龍種：駿馬。《漢書・大宛列傳》：「宛別邑七十餘城，多善馬。馬汗血，言其先天馬子也。」龍：郭璞注《爾雅・釋天》：「龍爲天馬。」

〔四〕房駟：星宿名。二十八宿之一，蒼龍七宿之第四宿。古時以爲主車馬，故名房駟。

〔五〕勍敵：勁敵。

〔六〕天門：蒼龍七宿角宿中之兩星。雁門：關名，在今山西省代縣北。

〔編年〕

李《譜》據「并州」二句附此詩於貞祐三年下，謂「是南渡後望王師之救并州，當在汴作」。味末二句，「應相望」乃移居河南後之推想。詩對金朝收復并州尚存幻想，應爲南渡後早期之作。姑附於嵩山時期。繆《譜》未編。

汴禪師自斵普照瓦爲硯，以詩見餉，爲和二首①〔一〕

其一

寺廢瓦不毁，硯奇功亦多。已知良斵少，更奈苦心何。挺挺剛無敵〔二〕，津津潤可呵〔三〕。羽陽陵谷變〔四〕，冰井字書訛〔五〕。贈比黄金璞〔六〕，辭慚紫石歌②〔七〕。遥知玉音在〔八〕，洗耳俟研磨。長吉有紫石硯歌③〔九〕。

〔校〕

①斵：李全本作「斷」，以「已知良斵少」推之，訛。瓦：毛本作「石」，以「寺廢瓦不毁，硯奇功亦多」推之，訛。據李詩本、李全本、施本改。②紫：毛本作「潔」，誤。據李詩本、李全本、施本改。

③尾注：施本無。

〔注〕

〔一〕汴禪師：嵩少間龍興寺僧，工詩。普照：寺名。在兖州，本集《告山賛禪師塔銘》有「兖州之普照」語。

〔二〕挺挺：形容瓦硯質地堅硬。

〔三〕「津津」句：宋彭乘《墨客揮麈》：「孫之翰，人嘗與一硯，直三十千。孫曰：『硯有何異，而如此之價也？』客曰：『硯以石潤爲賢。此石呵之則水流。』」

〔四〕羽陽：宫名。《後漢書・地理志》載，陳倉縣有羽陽宫，秦武王起。本集《朝中措》〔添丁名字入新收〕詞題序云：「小兒子生，適有遺羽陽宫瓦者，因以羽陽字之。」施注：「《書苑》：『近有長安民餉羽陽宮瓦十餘枚。』」陵谷變：《詩・小雅・十月之交》：「高岸爲谷，深谷爲陵。」

〔五〕冰井：古臺名。建安十八年魏武帝建於鄴城西北。其冰室有井，藏冰及石墨。佚名《河朔訪古記》卷中載冰井瓦「有『千秋』及『萬歲』之字，其紀年非『天保』即『興和』，蓋東魏、北齊之年號也」。

〔六〕黄金璞：黄金璞玉。用喻所贈物之珍貴。

〔七〕紫石歌：唐李賀《楊生青花紫石硯歌》：「端州石工巧如神，踏天磨刀割紫雲。」

〔八〕玉音：對別人言辭的敬稱。

〔九〕長吉：唐李賀之字。

其二

點化鉛仍見，堅凝鐵易穿〔一〕。何年埋朽壤，此日睹青天。古色秋煙重，哀音夜雨懸。有刀堪切玉〔二〕，是鏡不名磚〔三〕。佛廕淪空劫〔四〕，書林結後緣〔五〕。禪河一勺水〔六〕，更擬就師傳〔七〕。

〔注〕

〔一〕「點化」二句：佚名《河朔訪古記》載，「北齊起鄴南城，其瓦皆以胡桃油油之……其油處必有細紋，俗謂之琴紋。有白花，謂之錫花。相傳當時以黄丹鉛錫和泥，積歲久，故錫花乃見」。「鄴人有言曰，曹魏銅爵臺瓦，其體質細潤，而其堅如石，用以爲研，不費筆而發墨，此乃古所重者」。

《舊五代史·桑維翰傳》:「桑維翰試進士,有司嫌其姓,黜之。或勸勿試,維翰持鐵硯示人曰:『鐵硯穿,乃改業。』」

〔二〕「有刀」句:《列子·湯問》:「西戎獻昆吾之劍:用之切玉如切泥焉。」本集《答俊書記學詩》:「詩爲禪客添花錦,禪是詩家切玉刀。」句言汴禪師有利器自斲瓦爲硯。

〔三〕「是鏡」句:《五燈會元》卷三載,懷讓見馬祖坐禪,乃取一磚磨。馬祖問作甚,答曰作鏡。馬祖説:「磨磚豈得成鏡邪?」懷讓曰:「磨磚既不成鏡,坐禪豈得作佛?」句言瓦硯堅硬光滑如鏡。

〔四〕淪:滲入。空劫:佛教語。成、住、壞、空四劫之末。謂世界滅壞之後、再造之前的空虚階段。

〔五〕「書林」句:謂汴禪師與文人士林結成日後的緣分。

〔六〕「禪河」句:蘇軾《西山詩和者三十餘人再次前韻爲謝》:「願求南宗一勺水,往與屈賈湔餘哀。」

〔七〕師:指汴禪師。

〔編年〕

李《譜》編於丁巳蒙古太宗七年下「總附」中,謂詩有「寺廢瓦不毁」句,「是亂後詩」。繆《譜》未編。按:「寺」指普照寺,非必毁於金亡。遺山與汴禪師交往多在嵩山時,且本詩末二句「禪河一勺水,更擬就師傳」,與元光間所作《贈汴禪師》末二句「風波門外客,無事且相饒」意致相同,當嵩山時期作。

怒虎行答宋文之〔一〕

怒虎當道卧，百里不敢唾。紛紛射彪手〔二〕，一見弧矢墮。誰知世有李將軍，霹靂弦聲驚石破〔三〕。昨日雙南金，今日緑綺琴〔四〕。贈君無别物，唯有百年心。

〔注〕

〔一〕怒虎行：清乾隆《欽定續通志》卷一二七謂唐以後「新題樂府未嘗被管弦者」，屬「鳥獸」類。宋文之：潞（今山西省長治市）人。正大中居嵩山中。《中州集·趙吏部伯成》載，哀宗即位，召趙伯成爲吏部尚書，坐爲飛語所中罷官，卒於嵩山中。「潞人宋文之説其臨終甚明了也」。

〔二〕彪：虎。

〔三〕「誰知」二句：用李廣射虎中石没鏃典，詳見《史記·李將軍列傳》。

〔四〕「昨日」二句：晉張載《擬四愁》：「佳人遺我緑綺琴，何以贈之雙南金。」雙南金：指品級高、價值貴的優質銅，亦指黄金。緑綺琴：古琴名。傳説漢司馬相如作《玉如意賦》，梁王悦之，賜以緑綺琴。

〔編年〕

李、繆未編。據注〔一〕，知詩作於嵩山時期。

九月七日夢中作詩續以末後二句①

桃花紅深李花白，昨日成團今日拆②。歌聲滿耳何處來，楊柳青旗洛陽陌〔一〕。拊君背，握君手，朝鐘暮鼓無了期。世事於人竟何有，青青鏡中髮，忽忽成白首〔二〕。六國印，何如負郭二頃田〔三〕。千載名，不及即時一杯酒〔四〕。

〔校〕

①二：李全本作「一」。②拆：李全本、施本作「折」。

〔注〕

〔一〕青旗：指酒旗。

〔二〕「青青」二句：李白《將進酒》：「君不見，高堂明鏡悲白髮，朝如青絲暮成雪。」

〔三〕「六國」二句：《史記·蘇秦列傳》：「蘇秦喟然歎曰：『且使我有洛陽負郭田二頃，吾豈能佩六國相印乎？』」

〔四〕「千載」二句：《晉書·張翰傳》：「翰任心自適，不求當世。或謂之曰：『卿乃可縱適一時，獨不爲身後名邪？』答曰：『使我有身後名，不如即時一杯酒。』時人貴其曠達。」

〔編年〕

李《譜》據「楊柳青旗洛陽陌」句，編於興定四年庚辰下「附録」中，謂是年至洛陽作。李誤認爲「玉華谷」在洛陽（見《北邙》編年），本年無至洛陽的確證，詩當三鄉、嵩山時期在洛陽作。繆《譜》未編。

飲酒

江南秋泉雲液濃〔一〕，遼東抹利玉汁鎔〔二〕。椰瓢朝傾荔枝緑①〔三〕，螺杯暮捲珍珠紅〔四〕。此酒誰所留，今日乃汝逢。仙人一丸藥，洗我芥蔕胸〔五〕。金沙一散風雨疾〔六〕，世事盡與浮雲空。東家劉伯倫〔七〕，西家王無功〔八〕。醉鄉日月萬萬古，眼中擾擾誰爲雄。人會有歸盡，飲不飲所同。所恨獨醒人，百年枯槁中〔九〕。獨醒恨未通，獨醉恨未公。安得清江變醇酎②，盡回天地入春風〔一〇〕。

〔校〕

①枝：李詩本、李全本、施本作「支」。二字通用。　②酎：毛本作「酹」，訛。據李詩本、李全本、施本改。

〔注〕

〔一〕雲液：古代揚州名酒。宋陸游《庵中晨起書觸目》：「朱擔長瓶列雲液，絳囊細字圻龍團。」自注：「雲液，揚州酒名。」

〔二〕抹利：即茉莉花。此指一種酒。

〔三〕荔枝緑：酒名。宋黄庭堅《廖致平送緑荔枝，爲戎州第一，王公權荔枝緑酒亦爲戎州第一》：「王公權家荔枝緑，廖致平家緑荔枝。」注：「廖王家酒皆爲戎州第一。」

〔四〕珍珠紅：美酒名。《宣和遺事》前集引唐李賀《將進酒》詩：「琉璃鍾，琥珀濃，小槽酒滴珍珠紅。」宋蔡絛《西清詩話·紅麯酒》：「李賀云：『酒滴珍珠紅。』夏彦剛云：『江南人造紅麯酒。』」

〔五〕芥蔕：亦作「芥蒂」，指細小的梗塞物，引申爲梗塞，常用喻積在心中的怨恨、不滿。

〔六〕「金沙」句：《參同契》卷上：「金砂入五内，霧散若風雨。」金沙：道家煉成的丹藥。此喻指酒。

〔七〕劉伯倫：魏晉時「竹林七賢」之劉伶字伯倫，喜飲酒。

〔八〕王無功：初唐詩人王績字無功，嗜酒。曾作《醉鄉記》。

〔九〕「所恨」二句：《楚辭·漁父》：「屈原既放，游於江潭，行吟澤畔，顔色憔悴，形容枯槁……曰：『舉世皆濁我獨清，衆人皆醉我獨醒。』」本集《鷓鴣天》「只近浮名不近情」「醒復醉，醉還醒，靈均憔悴可憐生。離騷讀殺渾無味，好個詩家阮步兵」，用意同此。

〔一〇〕「安得」二句：本集《飲酒五首》之二「誰能釀滄海，盡醉區中民」與此意近。醇酎：味厚的美酒。李白《陪侍郎叔游洞庭醉後三首》其三：「巴陵無限酒，醉殺洞庭秋。」

〔編年〕

李《譜》編於興定三年己卯下嵩山時期總録中。按注〔九〕、〔一〇〕所引本集詩詞，皆遺山在嵩山時作，故從李《譜》。繆《譜》未編。

雪中自洛陽還嵩山

道人薄有塵外緣〔一〕，迫入塵埃私自憐①。三十六峰一茅屋〔二〕，夢裏西家掠社錢〔三〕。津津喜色見眉宇，峩峩青城當眼前。蹇驢徑入風煙去，恰是梅花欲雪天。

〔校〕

①入：李全本作「人」，形訛。

〔注〕

〔一〕道人：遺山自稱。本集《外家别業上梁文》有「遺山道人」語。薄：略微。塵外緣：塵世之外的緣份。

〔二〕三十六峰：嵩山少室山有三十六峰。遺山嵩山之居所在少室山，句謂此。

〔三〕掠社錢：收取集資慶祝社日的攤派錢。

〔編年〕

據詩題，知嵩山時期作。李《譜》編於元光元年壬午下「附録」中，不足據。繆《譜》未編。

荆棘中杏花

墻東荒蹊抱村斜，荆棘狼藉盤根芽。何年丹杏此留種，小紅濈濈争春華〔一〕。野人慣見謾不省〔二〕，獨有詩客來咨嗟〔三〕。天真不到鉛粉筆〔四〕，富艷自是宫闈花。曲池芳逕非宿昔，蒼苔濁酒同天涯〔五〕。京師惜花如惜玉，曉擔賣徹東西家①〔六〕。杏花看紅不看白，十日忙殺游春車。誰家園亭有此樹，鄭重已著重幃遮。阿嬌新寵貯金屋〔七〕，明妃遠嫁愁清笳〔八〕。落花縈簾拂床席，亦有飄泊沾泥沙。天公無心物自物，得意未用相陵誇。黄昏人歸花不語，唯有落月啼栖鴉。

〔校〕

①擔：李詩本、毛本、李全本作「檐」，當刊印形訛。據施本改。

〔注〕

〔一〕濈濈：聚集貌。

〔二〕謾不省：輕慢不在意。

〔三〕咨嗟：歎息。

〔四〕天真：指天然的色質。南唐馮延巳《憶江南》之一：「玉人貪睡墜釵雲，粉消妝薄見天真。」鉛粉：白色粉末，亦稱鉛白。古代婦女化妝用品。

〔五〕「蒼苔」句：用白居易《琵琶行》「同是天涯淪落人」詩意，謂卧藉蒼苔的紅杏與持飲濁酒的詩客都遠離宫廷。

〔六〕曉擔賣徹：謂早晨擔賣杏花者高聲吆喝。

〔七〕「阿嬌」句：用漢武帝「金屋藏嬌」典。《太平御覽》卷八八引《漢武故事》載，長公主抱漢武帝膝上，問娶婦。漢武帝曰：「若得阿嬌作婦，當作金屋貯之也。」

〔八〕「明妃」句：晉石崇《王明君辭序》言王昭君出塞，「其造新曲，多哀怨之聲」。

〔編年〕

李《譜》編於興定三年己卯下嵩山時期總録中，謂屬興定五年未及第前之作。詩將荒野杏花與京師杏花對舉，以前者自喻，奉勸後者不必得意陵誇，屬未仕時意興，故編於嵩山時期。繆《譜》未編。

春日

里社春盤巧欲争〔一〕，裁紅暈碧助春情〔二〕。忽驚此日仍爲客，却想當年似隔生。貧裏虀鹽憐節物〔三〕，亂來歌吹失歡聲。南州剩有還鄉伴〔四〕，戎馬何時道路清。歐陽詹《春盤賦》「裁紅暈碧，巧助春情」爲韻〔五〕。

〔注〕

〔一〕春盤：古代風俗，立春日以韭黄、果品、餅餌等簇盤爲食，或饋贈親友，稱春盤。

〔二〕裁紅暈碧：指選取各色蔬果等食品。

〔三〕虀鹽：醃菜和鹽。借指清貧生活。節物：應節的物品。

〔四〕南州：黄河以南州縣。

〔五〕歐陽詹：字行周，唐晉江人。與韓愈同年進士及第，任國子四門助教。有《歐陽行周集》。

〔編年〕

李《譜》據「南州剩有還鄉伴，戎馬何時道路清」編於興定元年丁丑。繆《譜》未編。按「忽驚此日仍爲客，却想當年似隔生」句，滯留「南州」較久，「里社」二句，與隱居嵩山的行迹相合。故編在嵩山時期。

度太白嶺往昆陽①〔一〕

斷崖絶壁裂蒼頑〔二〕，竟日長林窈窕間〔三〕。舊許煙霞歸白髮〔四〕，悔隨塵土出青山。飢蚕濈濈催人老〔五〕，野鶴昂昂羨汝閑。畏景方隆路方永〔六〕，南風回首暮雲還。

〔校〕

①太：施本作「大」。

〔注〕

〔一〕太白嶺：所在地不詳。施注謂太白山在陝西武功縣，非。昆陽：金葉縣。治所在今河南省葉縣南。按本集《雪後招鄰舍王贊之襄飲》「今年得田昆水陽」，遺山居嵩山時在昆陽有耕地。

〔二〕蒼頑：青色頑石。

〔三〕窈窕：深遠貌。

〔四〕「舊許」句：唐李商隱《安定城樓》：「永憶江湖歸白髮，欲回天地入扁舟。」

〔五〕濈濈：象聲詞。細碎的聲音。

〔六〕畏景：夏日的太陽。

〔編年〕

李《譜》謂「悔隨塵土出青山」「是告歸後」，遂編於正大二年乙酉。繆《譜》編於元光二年癸未。本集《葉縣中嶽廟記》：「癸未之夏，余過昆陽。」此與詩題及「畏景」句盡合。然此時尚未出仕，姑編於嵩山時期。

醉後

蚤歲披書手不停〔一〕，中年所得是忘形〔二〕。天公不禁人間酒，崔瑗虛留座右銘〔三〕。身後山丘幾春草，醉來日月兩秋螢。柴門老雨青苔滿①〔四〕，一解狂歌且自聽②〔五〕。

〔校〕

①老：李詩本、毛本作「苦」，據李全本、施本改。 ②解：李全本作「醉」。

〔注〕

〔一〕披書：批閲書籍。

〔二〕忘形：超然物外，忘了自己的形體。《莊子·讓王》：「故養志者忘形，養形者忘利，致道者忘心矣。」

〔三〕「崔瑗」句：唐歐陽詢《藝文類聚》卷二三：「後漢崔瑗《座右銘》曰：「無道人之短，無説己之長。施人慎勿念，受施慎勿忘。俗譽不足慕，唯仁爲紀綱。」

〔四〕老雨：歷時久之雨。

〔五〕解：樂曲、詩歌或文章的章節。

〔編年〕

李《譜》編於興定三年己卯下「總録」中，謂嵩山時作。繆《譜》未編。詩寫中年放蕩曠達情懷，姑從李《譜》。

洛陽高少府瀍陽後庵五首〔一〕

其一

溪上弄明月，風露發新警〔二〕。心空無一塵，萬竹掃秋影。

〔注〕

〔一〕高少府：其人不詳。少府：縣尉的别稱。瀍陽：瀍水之北。瀍水源出今河南省洛陽市西北，東南流經洛陽舊縣城東入洛水。

〔二〕新警：最初警示。

其二

一水隨人意，蔬畦復芋溝。風波河洛近〔一〕，莫放出山流。

〔注〕

〔一〕風波：喻指塵世險惡。河洛：黄河和洛河。

其三

韭早春先緑，菘肥秋未黄〔一〕。殷勤遶畦水，終日爲君忙〔二〕。

〔注〕

〔一〕「韭早」二句：《南齊書·周顒傳》：「文惠太子問顒：『菜食何味最勝？』顒曰：『春初早韭，秋末晚菘。』」菘：蔬菜名。通常稱白菜。

〔二〕君：指菘。

其四

地僻境逾静，林疏秋已分〔一〕。清溪一片月，修竹四山雲。

〔注〕

〔一〕「林疏」句：言樹木開始落葉，已過晝夜相齊的秋分季節。

其五

方外人長樂〔一〕，山中物自幽。百年梅福隱〔二〕，萬古謫仙游〔三〕。

〔注〕

〔一〕方外：世外，指隱居處。

〔二〕梅福：《漢書·梅福傳》：「梅福字子真，九江壽春人也。少學長安，明《尚書》、《穀梁春秋》，爲郡文學，補南昌尉……王莽顓政，福一朝棄妻子，去九江，至今傳以爲仙。其後，人有見福於會稽者，變名姓，爲吴市門卒云。」

〔三〕謫仙：謫居世間的仙人。李白被時人稱爲「謫仙」。

〔編年〕

早年在洛陽作，姑編於嵩山時期。李《譜》認爲遺山興定四年曾至洛陽，編此詩於興定四年庚辰下「總附」中，誤。繆《譜》未編。

早起

北舍南鄰獨樂聲〔一〕，裌衣晨起覺秋清。豆田欲熟朝朝雨①，喚殺雙鳩不肯晴〔二〕。

〔校〕

①田：毛本作「苗」，與「熟」字不合。據李詩本、李全本、施本改。

〔注〕

〔一〕獨樂：玩具名。北魏賈思勰《齊民要術・種榆白楊》：「梜者，鏇作獨樂及盞。」繆啓愉校釋：「『獨樂』，即『陀螺』，小兒玩具。」

〔二〕「喚殺」句：清陳元龍《格致鏡原》卷七十九：「田家雜占：鳩鳴有還聲者謂之呼婦，主晴；無還聲者謂之逐婦，主雨。」

〔編年〕

李《譜》編於興定三年己卯下「總録」中，謂嵩山時期作，從之。繆《譜》未編。

送窮〔一〕

日吉時良利動遷，可能顔巷卜終焉〔二〕。主人不倦奴星倦①，辛苦年年縛草船〔三〕。

〔校〕

①奴星：李詩本、毛本、李全本作「星奴」，倒。據施本及注〔三〕改。

〔注〕

〔一〕送窮：舊時驅送窮鬼的一種習俗。其時日多有不同。一般以正月晦日爲送窮日。唐韓愈《送窮文》李翹注：「予嘗見《文宗備問》云：顓頊高辛時，宫中生一子，不著完衣。宫中號爲窮子。其後正月晦死。宫中葬之，相謂曰：今日送却窮子。自爾相承送之。」又唐訓方《里語徵實》引《四時寶鏡》：「正月晦日衣弊食糜，是日祀於巷，曰送窮鬼。」

〔二〕顏巷：《論語·雍也》：「子曰：『賢哉，回也！一簞食，一瓢飲，在陋巷，人不堪其憂，回也不改其樂。賢哉，回也！』」卜終焉：選擇終老於此。

〔三〕「主人」二句：唐韓愈《送窮文》：「元和六年正月乙丑晦，主人使奴星結柳作車，縛草爲船，載糗與粻。牛繫軛下，引帆上檣，三揖窮鬼而告之曰：聞子行有日矣。」奴星：韓文奴僕之名星者。

〔編年〕

李《譜》據「可能顏巷卜終焉」，編於興定三年己卯下「總録」中，謂嵩山時期作，從之。繆《譜》未編。

楊柳

楊柳青青溝水流，鶯兒調舌弄嬌柔。桃花記得題詩客，斜倚春風笑不休〔一〕。

〔注〕

〔一〕「桃花」二句：唐孟棨《本事詩·情感》載，唐詩人崔護清明日游長安城南，曾到一人家叩門求飲。有女子獨自站在桃花樹下，眉眼間對崔頗有情意。次年清明崔護特意再來此地，桃花依舊而女子却無。於是題詩門上：「去年今日此門中，人面桃花相映紅。人面不知何處去，桃花依舊笑春風。」

〔編年〕

李《譜》編於興定三年己卯下「總録」中，謂嵩山時期作。從之。繆《譜》未編。

書貽第三女珍〔一〕

珠圍翠繞三花樹〔二〕，李白桃紅一捻春〔三〕。看取元家第三女，他年真作魏夫人〔四〕。

〔注〕

〔一〕貽：贈。第三女珍：施注《大德碑本遺山先生墓銘》「女順，早卒」云：「案集有《書貽第三女珍》詩。又《孝女阿秀墓銘》云『元好問第三女也』即此。」本集《孝女阿秀墓銘》謂其生於興定三年己卯，卒於天興元年壬辰。

〔二〕三花樹：嵩山有三花樹，見《同希顔、欽叔玉華谷還會善寺即事二首》其二注〔四〕。此喻指詩人的三個姑娘。

〔三〕捻：本指聚合成股。因稱成群的人爲「捻」。

〔四〕魏夫人：宋襄陽人，道輔之姊，曾子宣（曾布）丞相之妻，封魯國夫人。《詞林紀事》卷十九載：朱晦庵（朱熹）云：「本朝婦人能文者，唯魏夫人及李易安二人而已。」本集《秀隱君山水》：「圖上風煙看瀟灑，畫家亦有魏夫人。」

〔編年〕

按首二句，當長女、次女皆未出嫁前作。長女出嫁在正大三年秋（見《别程女》編年考），知詩作於嵩山時期。李《譜》編於蒙古憲宗七年丁巳下「總附」中。繆《譜》未編。

戲相師〔一〕

珥貂簪筆起鋤犂〔二〕，何必人人貫伏犀〔三〕。胸次九流君自了〔四〕，看來唯少醉如泥。

〔注〕

〔一〕相師：指嵩山清涼寺僧相禪師。本集《清涼相禪師墓銘》述其生平。參見《寄英禪師，師時住龍門寶應寺》注〔一四〕。

〔二〕珥貂：漢代侍中、中常侍的帽子上都插貂尾爲飾。簪筆：插筆於冠或笏，以備書寫。古代帝王近臣、書吏、士大夫均有此裝束。鋤犂：農耕。指出身微賤。

〔三〕「何必」句：《新唐書·袁天綱傳》：「見竇軌曰：『君伏犀貫玉枕，輔角完起，十年且顯，立功其在梁益間邪。』」伏犀：指人前額至髮際骨骼隆起。迷信以爲顯貴之相。唐韓愈《送僧澄觀》：「有僧來訪呼使前，伏犀插腦高頰權。」

〔四〕胸次：胸中。九流：先秦至漢初的學術流派總稱，即：法、名、墨、儒、道、陰陽、縱横、雜、農家。

〔編年〕

相禪師卒於正大二年（參見《寄西溪相禪師》編年），詩應此前在嵩山中作。李《譜》編於蒙古憲宗七年丁巳下「總附」中。繆《譜》未編。

卷三　三爲縣令時期

内鄉縣齋書事

吏散公庭夜已分〔一〕，寸心牢落百憂薰〔二〕。催科無政堪書考〔三〕，出粟何人與佐軍〔四〕。飢鼠遶床如欲語，驚烏啼月不堪聞〔五〕。扁舟未得滄浪去〔六〕，慚愧舂陵老使君〔七〕。遠祖次山《舂陵行》云①：「思欲委符節，引竿自刺船。」故子美有「興含滄浪清」之句。

〔校〕

①舂陵行：按「思欲委符節，引竿自刺船」出自元結《賊退示官吏》詩，遺山誤記。

〔注〕

〔一〕夜已分：指夜半。

〔二〕牢落：孤寂，無所依託。

〔三〕「催科」句：《新唐書·陽城傳》載，城愛百姓，「撫字心勞，催科政拙，考下下」。催科：催收租税。租税有科條法規，故稱催科。書考：簿書記載官吏考覈的政績。句謂自己拙於催科，無政績可考。

〔四〕出粟佐軍：金代的一種賣官制度。本集《信武曹君阡表》：「椿大安中出粟佐軍，仕爲綏德令。」《千户趙侯神道碑》又稱「入粟佐軍」。

〔五〕驚烏啼月：曹操《短歌行》：「月明星稀，烏鵲南飛。繞樹三匝，何枝可依。」清沈德潛《古詩源》謂「喻客子無所依托」。

〔六〕滄浪：《孟子·離婁》：「滄浪之水清兮，可以濯我纓；滄浪之水濁兮，可以濯我足。」後泛指江湖隱居之所。按詩末引遠祖元結及杜甫詩句，句謂未能像元結一樣辭官歸隱。

〔七〕春陵老使君：指唐詩人元結，遺山遠祖。元結任道州（春陵故地）刺史，同情人民疾苦，作《春陵行》。

〔編年〕

本集《長慶泉新廟記》：「正大丁亥，予承乏是邑（内鄉）。」詩作於正大四年丁亥任内鄉令時。李、繆同。

宿菊潭〔一〕

田父立馬前〔二〕，來赴長官期〔三〕。父老且勿往〔四〕，問汝我所疑。民事古所難，令才又非宜〔五〕。到官已三月，惠利無毫釐。汝鄉之單貧〔六〕，寧爲豪右欺〔七〕。聚訟幾何人〔八〕，健鬬復是誰〔九〕。官人一耳目，百里安能知。東州長官清，白直下村稀〔一〇〕。我雖禁吏出，將無夜叩扉。教汝子若孫〔一一〕，努力逃寒飢。軍租星火急，期會切勿違①〔一二〕。期會不可違，鞭朴傷汝肌〔一三〕。傷肌尚云可，夭閼令人悲〔一四〕。

〔校〕

①勿：李全本、施本作「莫」。

〔注〕

〔一〕菊潭：亦名菊水、菊泉，在今内鄉縣西北。北魏酈道元《水經注·湍水》：「湍水又南，菊水注之。水出西北石澗山芳菊溪，亦言出析谷，蓋溪澗之異名也。源旁悉生菊草，潭澗滋液，極成甘美。云此谷之水土，餐挹長年。」隋以此名縣，唐宋詩人孟浩然、司馬光等皆來游題詠。

〔二〕田父：年老的農人。

〔三〕期：約會。

〔四〕父老：鄉里年老且德高望重者的尊稱。

〔五〕「民事」二句：言縣令屬基層官吏，直接處理民衆之事，自古以來都認爲難辦。而自己又缺乏當縣官的才能。

〔六〕單貧：勢力孤單經濟貧困的人。

〔七〕豪右：豪族。古以右爲上，豪族居閭右，故稱。

〔八〕聚訟：招攬人們打官司的訟師。指聚衆吵鬧亦通。

〔九〕健鬬：經常鬥毆。

〔一〇〕白直：兩晉南北朝時在官當值無月薪的小吏。後泛指官府額外的吏役。《宋書·禮志五》：「諸鎮常行，車前後不得過六隊，白直，夾轂，不在其限。」《隋書·百官志中》：「自州、郡、縣，各因其大小置白直，以供其役。」宋吴曾《能改齋漫録》卷二又言「今世在官當直人謂之白直」。合觀後二句「我雖禁吏出，將無夜叩扉」，此「白直」應指「在官當直」的小吏。

〔一一〕若：和，與。

〔一二〕期會：指繳軍租的期限。

〔一三〕鞭朴：鞭與朴皆爲刑具名，屬刑之輕者。

〔一四〕夭閼：摧折而死。

〔編年〕

據「到官」句，知詩作於正大四年丁亥。李、繆同。

西齋夜宴

飄零無物慰天涯〔一〕，酒伴相逢飲倍加。誤謬君當略彭澤〔二〕，回旋我亦笑長沙〔三〕。金釵醉彈迎春髻①〔四〕，銀燭光摇半夜花。只欠東山游録事〔五〕，不來堅坐看紛譁〔六〕。叔能、信之、張、杜諸人皆在②，而麟之獨不至〔七〕。

〔校〕

①醉：施本作「翠」。　②杜：毛本作「社」。此指杜仲梁，形訛。據李詩本、李全本、施本改。

〔注〕

〔一〕「飄零」句：謂客人飄零天涯，無物款待安慰。

〔二〕誤謬：差錯。陶淵明《飲酒》：「但恨多謬悮，君當恕醉人。」彭澤：陶淵明曾任彭澤令。此借以自指。

〔三〕「回旋」句：《史記·五宗世家·長沙定王》「故王卑溼貧國」，裴駰集解引漢應劭曰：「景帝後二年，諸王來朝，有詔更前稱壽歌舞。定王但張袖小舉手，左右笑其拙。上怪問之，對曰：『臣國小地狹，不足回旋。』」

〔四〕鬌：下垂貌。迎春髻：婦女的髮型。金代有官伎，句指官伎爲舞。

〔五〕游録事：即詩末自注中麟之，姓游名叔，官鳳翔府録事。

〔六〕堅坐：久坐。紛譁：紛亂喧嘩。

〔七〕「叔能」句：本集《張仲經詩集序》：「及余官西南，仲經偕杜仲梁、麻信之、高信卿、康仲寧挈家就余内鄉。」楊叔能：名宏道，淄川（今山東省淄博市）人。麻信之：名革，虞鄉（今山西省永濟市）人。張仲經：名澄，洺水（今河北省永年縣）人。杜仲梁：名仁傑，長清（今山東省長清縣）人。

〔編年〕

按本集《張仲經詩集序》所云「及余官西南」諸語，此詩應作於正大四年丁亥。李、繆同。

送高信卿〔一〕

高卿去歲山中居，橡朝栗暮分猿狙〔二〕。今年移家入城市，甑中生塵釜生魚〔三〕。文窮智亦窮，五鬼更嘯呼〔四〕。乃翁延客著上座〔五〕，兩兒已復遭揶揄〔六〕。三冬兔園册〔七〕，牧豎叫語䶕〔八〕。濕薪煙滿眼，破硯冰生須。賣符與行藥〔九〕，不養堂堂軀。無衣思南州，千里走單車〔一〇〕。我嘗相夫君，不是山澤臞〔一一〕。十八學擊劍，二十了陰符①〔一二〕。平生結交王與李〔一三〕，袖中頗有魚麗圖〔一四〕，文武志膽誰不如。不能拔劍斫蛟鱷，亦當赤手降於菟〔一五〕。胡爲堅坐守寒飢，坐令兒女悲窮途。萬事糊涂酒一壺，别時聊爲鼓嚨胡〔一六〕。中原麟鳳今如此，莫道皇家結網疏〔一七〕。

〔校〕

①了：毛本作「力」。從李詩本、李全本、施本改。

〔注〕

〔一〕高信卿：高永（一一八七——一二三二）字信卿，漁陽（今河北省薊縣）人。少作舉子讀書，略通即棄之。爲人不顧細謹，有幽、并豪俠之風。南渡居嵩州，出入李純甫之門，其學遂進。其詩豪宕譎怪，不爲法度所窘。正大壬辰歿於京師，年四十六。《中州集》有傳，《歸潛志》卷三載其事。

〔二〕「橡朝」句：用狙公養猿朝三暮四典（出《莊子·齊物論》），言生活窮困窘迫。杜甫《乾元中寓居同谷縣作歌七首》：『歲拾橡栗隨狙公，天寒日暮山谷裏。』

〔三〕「甑中」句：用范甑生塵典。詳見《寄西溪相禪師》注〔五〕。

〔四〕五鬼：唐韓愈《送窮文》把智窮、學窮、文窮、命窮、交窮稱之謂虐害自己的「五鬼」。

〔五〕「乃翁」句：《中州集·高永傳》：「賓客入門則盡家所有爲具，不爲明日計。人以此愛之。」

〔六〕揶揄：戲弄。句指又用狙公養猿之法勸哄兩兒。

〔七〕兔園册：書名。唐虞世南著，十卷。五代時流行民間，爲村塾讀本。後佚。詩指淺近的教科書。

〔八〕牧豎：牧童。上二句言冬教村塾的情形。

〔九〕賣符：出賣趨吉避凶的仙符。行藥：外出行醫。

〔一〇〕「無衣」二句：指正大四年高信卿至内鄉事。本集《張仲經詩集序》云：「及余官西南，仲經偕杜仲梁、麻信之、高信卿、康仲寧挈家就余内鄉。」杜甫《發秦州》：「無食問樂土，無衣思南州。」

〔一一〕山澤臞：指困於山野形容清瘦之人。《漢書·司馬相如傳下》：「相如以爲列仙之儒居山澤間，形容甚腥。此非帝王之仙意也。」

〔一二〕陰符：古兵書名。後泛指兵書。

〔一三〕王與李：《中州集·高永傳》載其與李純甫、王士衡游從事，當指此。施注謂「李」指李汾，不妥。

〔一四〕魚麗圖：魚麗，古代戰陣名。《左傳·桓公五年》：「爲魚麗之陣。」

〔一五〕「亦當」句：蘇軾《送范純粹守慶州》：「當年老使君（指范仲淹），赤手降於菟。」於菟：虎的别稱。《左傳·宣公四年》：「楚人謂乳穀，謂虎於菟。」

〔一六〕鼓嚨胡：謂不敢公開言説，私下傳語。語出《後漢書·五行志一》所載漢桓帝時童謡：「請爲諸君鼓嚨胡。」

〔一七〕「中原」二句：唐陳陶《閑居雜詩》：「一顧成周力有餘，白雲閑釣五溪魚。中原莫道無麟鳳，自是皇家結網疏。」

〔編年〕

詩有「今年移家入城市，甑中生塵釜生魚……無衣思南州，千里走單車」句，合觀注〔一〇〕所引《張仲經詩集序》，指高信卿赴内鄉事。詩作於正大四年丁亥。李《譜》謂「高卿去歲山中居」指「内鄉山居」，故編於戊子正大五年「附録」中，不妥。繆《譜》未編。

半山亭招仲梁飲〔一〕

孤城鬱鬱山四周，外人乍到如纍囚〔二〕。半山亭前淅江水①，只可與君消百憂。江山百年有此客，雲樹六月生涼秋。世上紅塵争白日，一丘一壑去來休〔三〕。

〔校〕

①淅：李詩本、毛本、李全本作「浙」，應刊印形訛。據施本改。

〔注〕

〔一〕半山亭：在金内鄉縣西北三四十里處，宋張舜民建。本集《滿江紅·江上窪尊》題序云：「内鄉半山亭，浮休居士張芸叟窪尊石刻在焉。」遺山任内鄉令時與張仲經等詩友游從於此。仲梁：杜仁傑字仲梁。參見《西齋夜宴》注〔七〕。

〔二〕纍囚：被拘囚的人。纍：同「縲」，古時拘繫犯人的大索。

〔三〕「世上」二句：意爲世俗競争名利於紅塵白日下，不如來去丘壑中罷了。紅塵：車馬揚起的飛塵。去來休：宋牛敦儒《相見歡》〔瀧州幾番清秋〕：「人間事，如何是，去來休。」

〔編年〕

李、繆定在正大四年丁亥，從之。

和仲梁〔一〕

林影兼秋薄，雲陰帶晚涼。石潭魚近藻，沙渚雁留一作含霜①。笑語無長路，登臨豈異鄉。一樽堪共醉，惜不是重陽。

〔校〕

①留：施本作「含」。李全本尾注云：「雁留霜作含霜。」

〔注〕

〔一〕仲梁：即杜仲梁。

〔編年〕

李《譜》編於正大四年丁亥下，謂杜仲梁來内鄉時作，從之。繆《譜》未編。

去歲君遠游送仲梁出山〔一〕

去歲君遠游，今年客他州。青天萬古一明月，只與行人生暮愁。問君游何許，情多地遐兮徧處處①〔二〕。金鞭斷折騏驥死〔三〕，萬里長鴻思一舉〔四〕。憶初識子梁王臺，清風入座無纖埃〔五〕。華嶽峰尖見秋隼〔六〕，金眸玉爪不凡材②〔七〕。西園日晴花滿煙〔八〕，五雲樓閣三山巔〔九〕。玉樹瑤林照春色〔一〇〕，青錢白璧買芳年〔一一〕。三年一夢南陽道〔一二〕，汴水迢迢入秋草。弩雲心事人不知〔一三〕，千首新詩怨枯槁〔一四〕。破屋仰見星，疏衾風露清〔一五〕。匣中有長劍，爲君鳴不平〔一六〕。泥涂久辱思一濯〔一七〕，去去舉足皆清泠③〔一八〕。鄧州大帥材望雄④〔一九〕，愛客不減奇章公〔二〇〕。軍中宴酣笳鼓競〔二一〕，銀燭吐焰如長虹。幕中多士君又往，談笑已覺南夷空〔二二〕。東州春回十月後〔二三〕，梅花分香入春酒〔二四〕。平生得意欽與京〔二五〕，青眼高歌望君久〔二六〕。淅江南下青沄沄⑤〔二七〕，石門細路蒼煙屯〔二八〕。五松平頭白日静〔二九〕，千山萬山如亂雲。菊源不逐時事改〔三〇〕，芝嶺自與商顔鄰〔三一〕。他日相思一回首⑥，漁舟時問武陵人〔三二〕。欽，謂欽叔；京，即京父也。樂天書以微之爲微⑦〔三三〕。

〔校〕

①遐：李詩本、毛本作「僻」。此用唐韓愈《感春四首》詩句，據李全本、施本改。偏處處：李全本「偏」作「偏」，訛。毛本「處處」作「處」，佚。據李詩本、施本補。②睥：李詩本、毛本作「睛」。此用杜詩成句，據李全本、施本改。③冷：施本作「泠」，兩通。④帥：毛本、李全本作「師」。本集《鄧州相公命賦喜雨》及《鄧州新倉記》皆稱移刺瑗爲「帥」。知此屬刻寫形訛，據李詩本、施本改。⑤淅：李詩本、毛本、李全本作「浙」，此屬刻寫形訛。據施本改。⑥相：李全本作「想」。⑦微之：李詩本、毛本作「徵之」，形訛。微之，元稹字。據李全本改。爲微：毛本下衍

「之」字。句出白居易《與元微之書》，據李詩本、李全本、施本改。

〔注〕

〔一〕君：指杜仁傑。仲梁：杜仁傑之字。山：指内鄉。遺山官内鄉後，仲梁來此游從，不久即到鄧州帥移剌瑗幕府。

〔二〕「問君」二句：唐韓愈《感春四首》：「我所思兮在何所，情多地遐兮徧處處。」

〔三〕「金鞭」句：杜甫《哀王孫》：「金鞭斷折九馬死，骨肉不待同馳驅。」

〔四〕「萬里」句：《漢書·張良傳》：「鴻鵠高飛，一舉千里。」

〔五〕「憶初」二句：元王惲《玉堂嘉話》：「李翰林欽叔一日與杜仲梁在茶肆中，有司召公（李欽叔）甚急。公曰：『無他，多是要撰文字。渠留此勿去，少即當來。』已而果至，曰爲戒諭百官草詔。」按《詔》有「朕新即大位」語，當正大元、二年間事。再與本詩「玉樹瑶林照春色」句合觀，遺山春在汴京在正大二年，與杜仲梁初識於是時。梁王臺：即吹臺。在今河南省開封市東南禹王臺公園内。相傳爲春秋時師曠吹樂之臺。漢梁孝王增築曰明臺，故曰梁王臺。

〔六〕「華嶽」句：杜甫《魏將軍歌》：「魏侯骨聳精爽緊，華嶽峰尖見秋隼。」華嶽：高大的山。隼：又名鶻，鷹類中最小者。

〔七〕「金眸」句：杜甫《見王監兵馬使説近山有白黑二鷹二首》：「萬里寒空只一日，金眸玉爪不凡材。」上二句以鷹喻杜仲梁的形神狀態。

〔八〕西園：在汴京，詳見《西園》（七古）注〔一〕。

〔九〕五雲樓：豪華富麗的樓閣。三山：本集《西園》（七古）：「當時三山初奏功，三山宫闕雲錦重。」此處指西園的人造山。

〔一〇〕玉樹瓊林：形容樹林華美。本集《幽蘭》：「鈞天帝居清且夷，瑶林玉樹生光輝。」

〔一一〕「青錢」句：唐李賀《相勸酒》：「青錢白璧買無端。」芳年：青春年華。

〔一二〕「三年」句：按注〔五〕，遺山初識杜仲梁在正大二年。正大四年杜氏至内鄉，「三年一夢」謂自初識至再見期間恍如一夢。南陽：金縣名，在内鄉東。

〔一三〕拏雲：淩雲。喻志向高遠。拏：牽引。李賀《致酒行》：「少年心事當拏雲，誰念幽寒坐嗚呃。」

〔一四〕枯槁：窮困潦倒。《戰國策·秦策一》：「（蘇秦）説秦王書十上而説不行，黑貂之裘弊，黄金百斤盡……形容枯槁，面目黧黑。」

〔一五〕疏衾：粗布被子。

〔一六〕「匣中」二句：晉王嘉《拾遺記》：「帝顓頊有曳影之劍，騰空而舒。若四方有兵，此劍則飛起，指其方則克伐。未用之時，常於匣裏如龍虎之吟。」後用匣中劍鳴比喻胸懷壯心而報國無門。

〔一七〕「泥涂」句：《左傳·襄公三十年》：「使吾子辱在泥涂久矣。武（趙武）之罪也。」泥涂：草野之意。喻指卑下之地位。

〔一八〕去去：遠去。

〔一九〕鄧州大帥：指移剌瑗。瑗本名粘合，字庭玉，契丹人。由洛陽移鎮鄧州，見本集《鄧州相公命賦喜雨》句中自注。

〔二〇〕奇章公：唐牛僧孺，敬宗時封奇章郡公。牛僧孺在洛陽歸仁里府第常置佳石美木，與賓客相娛樂。見《新唐書·本傳》。《歸潛志》卷五謂移剌瑗「弟兄俱好文，幕府延致名士」。

〔二一〕笳鼓競：《南史·曹景宗傳》：「時，韻已盡，唯餘『競』、『病』二字。景宗便操筆，斯須而成，其辭曰：『去時兒女悲，歸來笳鼓競。借問行路人，何如霍去病？』帝歎不已。」笳鼓：軍樂。

〔二二〕南夷空：韓愈《送温處士赴河陽軍序》：「伯樂一過冀北之野，而馬群遂空。」後用喻善於識别人才的人，能把賢才選拔一空。鄧州爲金南邊重鎮，移剌瑗幕府時有王渥、楊叔能等文人。二句謂鄧州幕府人才薈萃，南邊夷蠻之地的人才盡聚於此。

〔二三〕東州：鄧州在内鄉東，故稱。春回十月後：古人以夏曆十月爲小春。《皇極經世書解》：「冬欲寒而先暖，謂之小春。」

〔二四〕「梅花」句：宋歐陽修《漁家傲》〔十月小春梅蕊綻〕：「十月小春梅蕊綻，紅爐畫閣新裝遍。」

〔二五〕欽與京：指李欽叔和冀京父。李叔欽，詳見《同希顔欽叔玉華谷分韻得軍華二字二首》。冀京父（一一九二—一二三三）：龍山（今遼寧省建昌縣北）人。崇慶二年進士。金哀宗時任應奉翰林文字。《中州集》有傳。

〔二六〕「青眼」句：杜甫《短歌行贈王郎司直》：「仲宣樓頭春色深，青眼高歌望吾子。」青眼：指對人喜愛和器重。典見《世説新語·簡傲》所載阮籍之青白眼。

〔二七〕沄沄：水流洶湧貌。

〔二八〕石門：石門山。本集《石門》施注：「案嘉靖《河南志》，南陽府石門山下引此詩。」

〔二九〕五松平：地名。地近石門。本集《五松平》：「竹港晨露白，石門秋氣寒。」

〔三〇〕菊源：即菊水。在金内鄉縣東南，流入湍水。

〔三一〕芝嶺：指陝西省藍田山，秦末商山四皓曾在此隱居採芝，因稱。元王逢《謝木仲毅員外過烏涇别業》：「芝嶺歸泰（秦）皓，桃源記晉潛。」商顔：指商山。蘇軾《書王定國所藏王晉卿畫著色山二首》「白髮四老人，何曾在商顔」次公注：「商山亦名商顔。」

〔三二〕武陵人：用陶淵明《桃花源記》典。引以自喻。

〔三三〕「樂天」句：唐白居易《與元微之書》有「微之於我也，其若是乎」句。

〔編年〕

詩爲在内鄉送友人杜仲梁東投鄧州帥移剌瑗幕府贈别之作。李、繆皆繫於正大四年丁亥。據「憶初識子梁王臺」及「三年一夢南陽道」二句，從之。

劉光甫内鄉新居〔一〕

豸冠平日凜秋霜〔二〕，老去聲名只閉藏〔三〕。父老漸來同保社〔四〕，兒童久已愛文章。蔬隨隙地皆成圃，竹放新梢欲過墻①。爲向長安舊游道〔五〕，世間元有北窗涼〔六〕。

〔校〕

①梢：李詩本、毛本作「稍」，形訛。據李全本、施本改。

〔注〕

〔一〕劉光甫：劉祖謙（一一七六—一二三三？），字光甫，安邑（今山西省運城市西北）人。承安五年進士，南渡後召爲大理司直，拜監察御史。正大初爲右司都事，除武勝軍節度副使，召爲翰林修撰，遭亂北遷，爲兵士所殺。《歸潛志》卷四載其事。《中州集》有傳。内鄉新居：本集《東坡詩雅引》：「正大己丑河南元某書於内鄉劉鄧州光父之東齋。」《張仲經詩集序》載劉解武勝軍副使職，移居内鄉。遺山南渡初在永寧，已與劉有交（見本集《費縣令郭明府墓碑》），故劉有卜居内鄉之舉。

〔二〕豸冠：即獬豸冠。獬豸是古代傳説中的一種能辨曲直的神獸。冠以獬豸名，代指御史等執法官吏。劉光甫做過監察御史，故稱。凜秋霜：對邪惡不平之事凜若秋霜，態度威嚴。《中州集·本傳》：「歷州縣，有政迹。拜監察御史，以鯁直稱。」

〔三〕閉藏：藏伏，隱匿。

〔四〕保社：舊時鄉村的一種民間組織，因依保而立，故稱。

〔五〕長安：代指汴京。劉光甫在京任職久，與趙秉文、宋九嘉、雷淵等交密。

〔六〕北窗涼：晉陶淵明《與子儼等疏》：「常言五六月中，北窗下卧，遇涼風暫至，自謂是羲皇上人。」後用以表示悠閑自適之情。

〔編年〕

本集《張仲經詩集序》：「及余官西南，仲經偕杜仲梁、麻信之、高信卿、康仲寧挈家就余内鄉。時劉内翰光甫方解鄧州倅，日得相從文字間。」按此，劉光甫解鄧州節度副使職到内鄉賦閑在正大四年丁亥。詩賦其新居，當是時作。繆《譜》定在正大六年，不妥。從李《譜》。

劉鄧州家聚鴨圖〔一〕

沙浦空明洲景微〔二〕，枯荷折葦澹相依。若爲化作江鷗去〔三〕，拍拍隨君貼水飛〔四〕。

〔注〕

〔一〕劉鄧州：指劉光甫。劉曾任鄧州節度副使，故稱。

〔二〕空明：空曠澄澈。

〔三〕若爲：倘能。

〔四〕君：指《聚鴨圖》中之鴨。

〔編年〕

李、繆定在正大四年丁亥，從之。

文湖州草蟲爲劉使君賦〔一〕

造物無心筆有神〔二〕，翾翾飛動百年新〔三〕。蟲魚瑣細君休笑，學會屠龍老却人〔四〕。

〔注〕

〔一〕文湖州：北宋文同，字與可。元豐間出守湖州，故稱文湖州。善畫竹及山水。劉使君：指劉光甫。漢時稱刺史爲使君，後世用以尊稱州郡長官。劉光甫曾任鄧州節度副使，故稱。

〔二〕造物：創造萬物者。筆有神：指文同的畫藝神妙。

〔三〕翾翾：飛貌。《楚辭·九歌·東君》：「翾飛兮翠曾，展詩兮會舞。」洪興祖補注：「翾，小飛也。」百年：文同卒於一零七九年，距正大四年一百四十八年，「百年」舉整數而言。新：指畫面形象新奇生動，玩味無窮。

〔四〕屠龍：《莊子·列禦寇》：「朱泙漫學屠龍於支離益，單（殫）千金之家，三年技成而無所用其巧。」謂藝高而不爲世人所重的技術。此處指治理國家的才能。句謂學會治世的本領而不爲所用會悲傷衰老的。

〔編年〕

此詩李《譜》繫於興定元年遺山與劉光甫同在三鄉時作，誤。劉任武勝軍節度副使在正大間。繆《譜》繫於正大四年丁亥，從之。

段志堅畫龍爲劉鄧州賦〔一〕

猪龍可豢亦可屠〔二〕，世人畫蛇復畫魚。天飛忽入阿堅筆，始覺衆史欺庸愚〔三〕。腥風萬里來，白浪横江湖。一麾走海若〔四〕，再顧失天吴〔五〕。浩蕩明河翻〔六〕，尾鬣慘不濡〔七〕。只愁紙上出雷火，摶控大千如此珠〔八〕。天生神物與化俱〔九〕，滅没變見何所無。逆鱗自古不受觸〔一〇〕，乃今縮頭隨卷舒。怪得堂堂髯御史〔一一〕，平生長有雨隨車〔一二〕。

〔注〕

〔一〕段志堅：全真教徒，輯録其師尹志平所述成《清和真人北游語録》。劉鄧州：劉光甫曾任鄧州節度副使，故稱。

〔二〕「猪龍」句：《太真外傳》載，唐玄宗嘗與安禄山夜宴，安醉卧，化爲一猪而龍首。左右遽告帝，玄宗曰：「此猪龍，無能爲。」終不殺。《史記·夏本紀》載，夏孔甲時，天降雌雄二龍，使劉累豢養。雌龍死，劉殺龍給孔甲食。

〔三〕「天飛」二句：言段志堅所畫的龍形象飛動，看後才覺他人之畫相形見絀，不真切。衆史：衆畫師。宋王安石《純甫出僧惠崇畫要予作詩》：「畫史紛紛何足數，惠崇晚出吾最許。」

〔四〕海若：海神。《莊子·秋水》：「（河伯）望洋向若而歎。」

〔五〕天吴：水神名。《山海經·海外東經》：「朝陽之谷，神曰天吴，是爲水伯。」又《大荒東經》：「有神人，八首人面，虎身十尾，名曰天吴。」

〔六〕明河：天河。

〔七〕「尾鬣」句：《易·未濟》：「小狐汔濟，濡其尾，無攸利。」孔穎達疏：「小才不能濟難事，同小狐雖難渡水而無餘力，必須水汔方可渡川；未及登岸而濡其尾，濟不免濡，豈有所利？」後以「濡尾」比喻力不勝任。此反用其典。《莊子·田子方》：「其神經乎大山而無介，入乎淵泉而不濡」。鬣：同「鬛」，動物頭頸上的毛。

〔八〕摶控：主持，操縱。大千：大千世界。珠：龍口中有珠。此借指龍。

〔九〕化：造化。

〔一〇〕逆鱗：倒生的鱗片。《韓非子·説難》言龍「喉下有逆鱗徑尺，若人有嬰之者則必殺人」。

〔一一〕髯御史：劉光甫曾任監察御史。故用此代稱。

〔一二〕雨隨車：《後漢書·鄭弘傳》：「拜爲騶令，政有仁惠，民稱蘇息。遷淮陽太守。」《後漢書補逸·鄭弘》：「（弘）消息繇賦，政不煩苛。行春天旱，隨車致雨。」後用作稱頌地方官行仁政的典故。

〔編年〕

此詩題稱「劉鄧州」，李《譜》認爲作於劉光甫家居内鄉時，附於正大四年丁亥下，從之。繆《譜》未編。

聞仲澤丁内艱〔一〕

升堂未幾訃音聞〔二〕，凶服衰羸日念君〔三〕。昨夜東南雷雨惡，遥知號哭遶新墳。

〔注〕

〔一〕仲澤：王渥之字。詳見《丹霞下院同仲澤鼎玉賦》注〔一〕。丁内艱：即丁母憂，古代官員母喪丁憂去職守孝。

〔二〕升堂：指王渥初任寧陵縣令事。

〔三〕凶服：喪服。君：指王渥。

〔編年〕

《中州集·王渥傳》：「興定二年進士，調管州司候，不赴。壽州防禦使邦獻、商州防禦使國器、武勝節度使庭玉愛其才，連辟三府經歷官，在軍中凡十年。舉寧陵令，未赴，丁太夫人憂，廬墓三年。服除，復授寧陵。正大七年與宋人議和……使還，以寧陵課最，遷一官，入爲尚書省掾。」「嘗與予行内鄉山中，馬上賦詩云『霜風十月餘，千山錦崢嶸』。」按正大三年完顔良佐入獄，次年完顔斜烈又卒，王渥冬十月到内鄉與遺山游當在鄧州帥移剌瑗幕府中，且據「在軍中凡十年（興定二年至正大四年）」及「廬墓三年。服除，復授寧陵。正大七年」諸語，其母應卒於正大四年末。詩亦是年作。李《譜》繫此詩於正大三年，不妥。繆《譜》未編年。

自菊潭丹水還寄嵩前故人〔一〕

臘雪春泥晚未乾，馬迎殘照入荒寒。初無鳧舄將安往①〔二〕，正有牛刀恐亦難〔三〕。倦客不知歸路遠〔四〕，孤城唯覺暮山攢〔五〕。黄金鍊出相思句〔六〕，寄與同聲別後看〔七〕。

〔校〕

①往：李詩本、毛本作「在」，不通。據李全本、施本改。

〔注〕

〔一〕菊潭：見《宿菊潭》注〔一〕。丹水：發源於陝西省商縣，流經金内鄉。嵩前：指嵩山。

〔二〕鳧舄：《後漢書·方術傳上·王喬》：「王喬者，河東人也。顯宗世，爲葉令。喬有神術，每月朔望，常自縣詣臺朝。帝怪其來數，而不見車騎，密令太史伺望之。言其臨至，輒有雙鳧從東南飛來。於是候鳧至，舉羅張之，但得一隻舄焉。乃詔尚方診視，則四年中所賜尚書官屬履也。」

〔三〕牛刀：《論語·陽貨》：「子之武城，聞弦歌之聲。夫子莞爾而笑，曰：『割雞焉用牛刀？』」《中州集》張仲升《寄人宰縣》詩有「割雞良暫屈，制錦要專工」、「莫教循吏傳，獨載魯山翁」諸語，句當針對故人的這些嘉勉而言。

〔四〕倦客：客游他鄉對旅居生活感到厭倦的人。詩人自指。本集《昆陽二首》有「并州倦客初投迹」句。

〔五〕孤城：指内鄉縣城。本集《半山亭招仲梁飲》有「孤城鬱鬱山四周」句。

〔六〕「黄金」句：唐盧仝《與馬異結交》：「白玉璞裏斲出相思心，黄金礦裏鑄出相思淚。」

〔七〕同聲：《易·乾》：「同聲相應，同氣相求。」漢賈誼《新書·胎教》：「故同聲則處異而相應，意合則未見而相親。」後喻指志趣相同者。句指嵩前故人。

〔編年〕

遺山正大四年五月已在内鄉縣任（本集《長慶泉新廟記》：「正大丁亥，予承乏是邑。夏五月，赤旱近百日……予率父老詣焉。」），正大五年十月已丁母憂出居白鹿原長壽山村（本集《行齋賦並序》：「戊子冬十月，長壽新居成。仲經張君從予卜鄰。」）。據「臘雪春泥晚未乾」，應作於正大五年戊子正月。李、繆皆繫於正大四年，不妥。

戊子正月晦日内鄉西城游眺〔一〕

雄蜂雌蝶爲花狂，陌上游人醉幾場〔二〕。前日少年今白髮，却來閑處看春忙。

〔注〕

〔一〕晦日：農曆每月的末日。

〔二〕陌上：田間小道。

〔編年〕

詩作於正大五年戊子正月。李、繆同。

春日半山亭游眺〔一〕

日照春山花滿煙，獨携尊酒此江邊〔二〕。江流滚滚望不極，世事悠悠私自憐〔三〕。小草不妨懷遠志〔四〕，芳蘭誰爲發幽妍〔五〕。千年石壁留詩在，會有騷人一慨然〔六〕。

〔注〕

〔一〕半山亭：在内鄉。詳見《半山亭招仲梁飲》注〔一〕。

〔二〕江：指内鄉淅江。

〔三〕世事悠悠：指天下形勢渺茫難測。正大四年，蒙古軍西征主力回師滅西夏入陜西，關中大震。金增築中京城，浚汴京城壕。

〔四〕「小草」句：《世説新語·排調》：「謝公始有東山之志，後嚴命屢臻，勢不獲已，始就桓公司馬。

於時人有餉桓公藥草，中有遠志，公取以問謝：『此藥又名小草，何一物而有二稱？』謝未即答，時郝隆在坐，應聲答曰：『此甚易解：處則爲遠志，出則爲小草。』」本集《洞仙歌》（黄塵鬢髮）：「似山中遠志，漫出山來，成個甚？只是人間小草。」句言身雖出仕而心存隱逸。

〔五〕芳蘭：蘭花。古人常用喻清高隱逸的君子。幽妍：幽美。喻高潔的德行。

〔六〕騷人：詩人。

【編年】

此詩作於内鄉半山亭。李《譜》繫於正大六年，繆《譜》則繫於正大四年。按「小草」句之用典，乃言在官思隱之意，按「日照」句，知作於春，而遺山於春季在内鄉任上應在正大五年，依據詳見《自菊潭丹水還寄嵩前故人》編年。故編於正大五年戊子。

春歸

野杏溪桃三兩枝，春歸也作送春詩。東君自愛長安好〔一〕，能住山城得幾時〔二〕。

【注】

〔一〕東君：司春之神。長安：代指京都。

〔二〕山城：李《譜》謂指内鄉城。本集《半山亭招仲梁飲》有「孤城鬱鬱山四周」句，從之。

〔編年〕

李《譜》編於正大五年戊子在内鄉任上作，從之。繆《譜》未編。

乙卯二月二十一日歸自汴梁，二十五日夜久旱而雨，偶記内鄉一詩，追録於此，今三十年矣

桑條沾潤麥溝青①〔一〕，軋軋耕車鬧曉晴〔二〕。老眼不隨花柳轉，一犂春事最關情。

〔校〕

①青：毛本作「清」。二字通用。從李詩本、李全本、施本。

〔注〕

〔一〕麥溝：即麥壠。此代指麥苗。

〔二〕耕車：耕根車。古代天子親耕藉田時所乘之車。漢蔡邕《獨斷》：「三蓋車名耕根車，一名芝車，親耕藉田乘之。」味詩意，此「耕車」指一般農具。

〔編年〕

「乙卯」指蒙古憲宗五年，遺山六十六歲，詩題所云「三十年」乃舉整數，不必實推。詩寫關心内鄉春日農事，當春在内鄉任時作，故定在正大五年戊子。李《譜》定在正大四年，不妥。繆《譜》繫於蒙古

憲宗五年乙卯，時乃「追録」，而非作時。

張主簿草堂賦大雨〔一〕

淅樹蛙鳴告雨期〔二〕，忽驚銀箭四山飛。長江大浪欲横去聲潰〔三〕，厚地高天如合圍。萬里風雲開偉觀，百年毛髮凛餘威〔四〕。長虹一出林光動，寂歷村墟空落暉〔五〕。

〔注〕

〔一〕張主簿，遺山官内鄉時的僚屬。本集《張仲經詩集序》：「及來内鄉，嘗阻雨板橋張主簿草堂，同賦《淅江觀漲》詩。」蓋張主簿即板橋鎮（在金内鄉縣南）人。本集《贈張主簿偉》有「從今弟姪通家了，莫向瓜田認故侯」句，應即此人。

〔二〕淅樹：樹葉潮濕，爲下雨的徵兆。指淅江兩岸之樹亦通。蛙鳴：亦雨前徵兆。告雨期：預告雨將來臨。

〔三〕長江：指淅江。横潰：横流決堤。

〔四〕「百年」句：謂歷經艱險的詩人也爲大雨的威勢所震攝膽怯，連毛髮都豎了起來。

〔五〕寂歷：寂静冷清。

〔編年〕

本集《張仲經詩集序》言「同賦《淅江觀漲》」，後又云「是年出居縣西南白鹿原」，《行齋賦》序云「戊子冬十月，長壽新居成」，按此，「是年」即正大五年戊子。此詩當與《淅江觀漲》同時作。李、繆同。

阻雨張主簿草堂

溼暑雲氣鬱，浸淫去聲成積雨①〔一〕。南風竊陰機〔二〕，萬籟困掀舉〔三〕。飛濤限江岸〔四〕，懸流迫茅宇。塊坐百慮滋〔五〕，歸興生鳥羽。兒童十日約，竹馬候門廡〔六〕。曾是百里程②，川涂忽遐阻。少游去我久，念子平生語。款段劣可乘，羸餘果何取〔七〕。河汾敝廬在〔八〕，坐滯西南楚〔九〕。世事不可期，客心徒自苦。

〔校〕

①浸：李全本、施本作「漫」。唐韓偓《荷花》：「浸淫因重霧，狂暴是秋風。」　②程：李詩本、毛本作「城」，與下句「川涂」不合，音訛。據李全本、施本改。

〔注〕

〔一〕浸淫：浸潤。積雨：久雨。此處指暴雨。

〔二〕竊陰機：播降雨雪。唐韓愈《辛卯年雪》：「翕翕陵厚載，譁譁弄陰機。」本集《岐陽三首》：「突騎連營鳥不飛，北風浩浩發陰機。」

〔三〕萬籟：指各種聲音。掀舉：指雷風震蕩。本集《龍潭》「誰能裂蒼崖，雷風看掀舉」自注：「山中人歲旱則轉大石入潭以駭龍，瞬息致雨。故云。」

〔四〕限：阻隔。

〔五〕塊坐：獨坐。

〔六〕「兒童」二句：《後漢書·郭伋傳》：「到西河美稷，有童兒數百，各騎竹馬，於道次迎拜……及事訖，諸兒復送至郭外，問：『使君何日當還？』伋謂別駕從事，計日當告之。行部既還，先期一日，伋爲違信于諸兒，遂止於野亭，須期乃入。」竹馬：孩童把竹竿當馬騎，故稱。

〔七〕「少游」四句：《後漢書·馬援傳》：「吾從弟少游常哀吾慷慨多大志，曰：『士生一世，但取衣食裁足，乘下澤車，御款段馬，爲郡掾吏，守墳墓，鄉里稱善人，斯可矣。致求盈餘，但自苦耳。』」李賢注：「款，猶緩也，言形段遲緩也。」款段：即款段馬，行動遲緩的馬。後用作安於下位的典故。

〔八〕「河汾」句：施注引《舊唐書·王績傳》謂指王通聚徒河汾事，不妥。句當指詩人故鄉舊居。河汾：黄河與汾水的並稱。此代指詩人故鄉。

〔九〕「坐滯」句：指滯留内鄉。西南楚：内鄉縣戰國時期地屬楚國。

【編年】

與前詩同時作。李、繆定在正大五年戊子，從之。

觀淛江漲①〔一〕

一旱千里赤，一雨坦屋敗。淛故以江名①，暴與衆壑會〔二〕。初驚沙石捲，稍覺川谷隘。雷風入先驅②，大塊供一噫③〔三〕。千帆鼓前浪，萬馬接後派。崩崖不暇顧，拔木無留礙。憑陵如藉勢〔四〕，洄洑各有態。平分乍舒徐，怒觸忽碎壞〔五〕。雲蒸楚樹杪〔六〕，雪映商嶺背〔七〕。髣髴千丈潮，恍與海門對④〔八〕。佽飛鬬蛟鱷〔九〕，燃犀出鱗介〔一〇〕。陽侯富陰族〔一一〕，萬首露光怪。翠蕤澹偃蹇〔一二〕，鉦鼓亂礌磕〔一三〕。永懷疏鑿力，重歎神禹大〔一四〕。乾坤海爲壑〔一五〕，未礙變橫潰。納汙非無處，流惡聊自快。投詩與龍盟，滌蕩煩一再。時拜大赦五日矣〔一六〕。

〔校〕

①淛：毛本、李詩本作「浙」，訛。據李全本、施本改。②先：毛本作「兆」，不通。據李詩本、李全本、施本改。③大：李全本作「火」，形訛。④恍：李詩本、毛本作「況」。按：「況」同「況」，見《玉篇·冫部》。「況」通「恍」，見《説文》。俗作「恍」。據李全本、施本改。

〔注〕

〔一〕詩題：本集《張仲經詩集序》所言「同賦《淛江觀漲》」即此詩。同賦者有張仲經。淛江：源出盧氏縣，南流至淅川縣入丹江。

〔二〕暴：形容迅猛的勢態。

〔三〕「大塊」句：《莊子·齊物論》：「夫大塊噫氣，其名爲風。」大塊：大自然。噫：呼氣。

〔四〕憑陵：侵淩進逼。句意謂洪水猛烈横行，好像依仗什麽勢力。

〔五〕「平分」二句：謂洪水未匯集在一處時勢態舒展緩慢，遇到阻礙時突然暴怒所觸即壞。

〔六〕杪：樹梢。楚：内鄉屬戰國時楚國的地界，故稱。

〔七〕商嶺：又名商山，崛起於陝西商縣東，綿延至金内鄉西南。

〔八〕恍：形容浩瀚渺茫模糊不清的樣子。海門：海口。内河通海之處。上二句暗與錢塘江潮比況。

〔九〕「佽飛」句：《吕氏春秋·知分》：「荆有次非者，得寶劍於干遂。還反涉江，至於中流，有兩蛟夾繞其船……於是赴江刺蛟，殺之而復上船。」《淮南子·道應訓》作「佽飛」。

〔一〇〕「燃犀」句：南朝宋劉敬叔《異苑》卷七：「晉温嶠至牛渚磯，聞水底有音樂之聲。水深不可測，傳言下多怪物，乃燃犀角而照之。須臾，見水族覆火，奇形異狀。」

〔一一〕陽侯：傳説中的波濤之神。《淮南子·覽冥訓》：「武王伐紂，渡於孟津，陽侯之波，逆流而擊之。」高誘注：「陽侯，陵陽國侯也。其國近水，溺死於水。其神能爲大波，有所傷害，因謂之陽侯之波。」陰族：水族。

〔一二〕翠蕤：飾以翠羽的旗幟。偃蹇：高聳貌。

〔一三〕鉦鼓：古代行軍時用的打擊樂器，似鐘而狹長，有柄。硡磕：大聲。《魏書·術藝傳·張淵》：「河鼓震雷以硡磕。」上二句言水族隊伍的聲勢。

〔一四〕「永懷」二句：意謂永遠懷念大禹鑿山疏河的偉大功績。《史記·夏本紀》載大禹治水事。

〔一五〕「乾坤」句：《孟子·告子章句下》：「禹之治水……以四海爲壑。」

〔一六〕「時拜」句：《金史·哀宗紀》正大五年下載，「六月壬戌，以旱，赦雜犯死罪已下」。

〔編年〕

據《張主簿草堂賦大雨》所引《張仲經詩集序》及尾注和《金史·哀宗紀》有關記載，知此詩作於正大五年六月。李、繆同。

馬鄧驛中大雨〔一〕

萬壑千巖一雨齊，先聲噴薄捲湍溪〔二〕。投林鳥雀不暇顧，移穴蛟龍應自迷。便恐他山藏厚夜〔三〕，豈知高樹有晴霓〔四〕。兩江合向西南鬪〔五〕，坐想風雲入鼓鼙〔六〕。馬鄧西南，兩淅水相合處也①。

〔校〕

①淅：毛本、李詩本、李全本皆作「浙」，屬刊印形訛。據施本改。

〔注〕

〔一〕馬鄧：又稱馬蹬，在金内鄉板橋鎮南十餘里，西臨淅水、丹水交合處。有城，即淅川故城。金時設驛。

〔二〕先聲：先發的聲威。噴薄：洶湧激蕩貌。

〔三〕「便恐」句：《莊子·大宗師》：「夫藏舟於壑，藏山於澤。」厚夜：長夜，指不明之境。

〔四〕晴霓：即虹。

〔五〕兩江：指淅江和丹水。

〔六〕鼓鼙：古代軍中用的大鼓和小鼓。此喻指雄壯的波濤聲。

〔編年〕

應與上三首同時即正大五年戊子官内鄉時作。李《譜》定在是年，繆《譜》未編。

鸛雀崖北龍潭〔一〕

層崖閟頑陰〔二〕，水木深以阻。湍聲半空落，洶洶如怒虎①〔三〕。風生木葉脱，魄動不敢語。何年渾沌竅〔四〕，靈物此棲處。初從一綫溜，開鑿到神禹〔五〕。雲雷鼓飛浪②〔六〕，噴薄齊萬弩〔七〕。藏珠驪龍頷〔八〕，百斛快一吐。油油入無底〔九〕，細散不濡縷〔一〇〕。歸藏海有穴，汎溢愁下土。南峰天一柱，萬古鎮幽府〔一二〕。江山有奇探，落景迫行旅〔一三〕。多慙茹芝人③〔一三〕，終年看飛雨。

〔校〕

①洶洶：李全本作「淘淘」。②雷：李全本作「雨」。③慙：李全本作「勉」。

〔注〕

〔一〕鸛雀崖：本集《寄女嚴三首》注：「鸛崖、魚窟，在内鄉往盧氏道中。」

〔二〕閟：掩蔽，隱藏。頑陰：深陰。

〔三〕洶洶：形容響聲宏大。

〔四〕渾沌竅：《莊子·應帝王》言南海之帝儵與北海之帝忽爲中央之帝渾沌鑿七竅，七日而死。此指崖窟。

〔五〕「初從」二句：言洞窟水滴石穿，功同大禹開鑿。

〔六〕雲雷：《易·屯》：「《彖》曰：屯，剛柔始交而難生。動乎險中，大亨貞。」按，「屯」之卦象坎上震下，「坎」之象爲雲，「震」之象爲雷。因以「雲雷」喻險難環境。此指水道地形險峻。

〔七〕噴薄：浪花飛濺灑散貌。

〔八〕「藏珠」句：《莊子·列禦寇》：「夫千金之珠，必在九重之淵，而驪龍頷下。」此喻晶瑩的水珠。本集《游黄華山》：「雷公怒擊散飛雹，日脚倒射垂長虹。驪珠百斛供一瀉，海藏翻倒愁龍公。」

〔九〕油油：流動貌。

〔一〇〕「細散」句：形容飛散的水珠極其細小。濡縷：霑濕一縷。

〔一一〕「南峰」二句：本集《水調歌頭·賦三門津》〔黄河九天上〕謂砥柱山：「人間此險何用？萬古祕神姦。不用燃犀下照，未必佽飛强射，有力障狂瀾。」幽府：此指水族之居所。

〔一二〕落景：夕陽。

〔一三〕茹芝人：採食芝草的隱者。杜甫《北風》：「吾慕漢初老，時清猶茹芝。」《九家集注杜詩》：「商山四皓以秦之亂，避之入山。方漢之初，可以出矣，而猶茹芝焉。則以畏禍之心未能已也。」

〔編年〕

李、繆皆據本集《記夢》尾注「戊子七月二十四日，内鄉往盧氏，宿走馬平」所言行迹，繫此詩於正大五年戊子，從之。

記夢

天上材官老不材〔一〕，從教兀兀走塵埃〔二〕。夢中望拜通明殿〔三〕，曾見金書兩字來〔四〕。戊子七月二十四日，内鄉往盧氏，宿走馬平。夜夢拜天帝像，遂觀法駕，導引畫幄。最前負弩三人中有金書小字題裕之者，夢中不自知其爲予也①。

〔校〕

①予：毛本、李詩本作「子」，形訛。據李全本、施本改。

〔注〕

〔一〕材官：武卒或供差遣的低級武職。不材：不（在天上）忠守材官的職責。

〔二〕兀兀：昏沈貌。

〔三〕通明殿：傳説中玉帝的宫殿。

〔四〕金書：天神的詔書。

〔編年〕

正大五年戊子作。李、繆同。

楊之美尚書挽章〔一〕

冠蓋龍門此日空〔二〕，人知麟出道將窮〔三〕。景星明月歸天上〔四〕，和氣春風在眼中〔五〕。千古孫劉有餘責〔六〕，一時燕許更誰同〔七〕。受恩知己無從報〔八〕，獨爲斯文泣至公〔九〕。

〔注〕

〔一〕楊之美：名雲翼，之美其字，樂平（今山西省昔陽縣）人。明昌五年進士，貞祐南渡後任禮部、吏部尚書等職，與趙秉文代掌文柄。正大五年八月終於翰林學士，年五十九。詳見本集《内相文獻楊公神道碑銘》。挽章：哀悼死者的詞章，也稱挽詞。

〔二〕冠蓋龍門：士望甚隆之人的府第。《南史·袁昂傳》：「昂雅有人鑒，游處不雜，入其門者號登龍門。」

〔三〕麟出道將窮：《孔叢之·記問》：「（孔子）泣曰：『予之於人，猶麟之於獸也，麟出而死，吾道窮矣。』」

〔四〕景星：《史記·天官書》：「景星常出於有道之國。」正義曰：「狀如半月，生於晦朔，助月爲月明。」

〔五〕和氣春風：和善的態度。《中州集·禮部楊公雲翼》：「與人交，款曲周密。」

〔六〕「千古」句：《三國志·魏書·辛毗傳》：「時中書監劉放、令孫資見信於主，制斷時政，大臣莫不交好，而毗不與往來。毗子敞諫曰：『今劉、孫用事，衆皆影附，大人宜小降意，和光同塵，不然必有謗言。』毗正色曰：『就與劉、孫不平，不過令吾不作三公而已，何危害之有？』」後毗果因孫資、劉放謗言，不得任尚書仆射。本集《嘉議大夫陝西東路轉運使剛敏王公神道碑銘》「直道不容，竟爲彊臣所摧折，蓋蔽賢之禍，孫、劉輩實當之」、《内翰馮公神道碑銘》「朝廷用違其長……孫、劉輩有不得不任其責」，皆指孫資、劉放害賢事。餘責：没有償還盡的罪責。

〔七〕燕許：唐玄宗時名臣燕國公張説、許國公蘇頲的並稱。《新唐書·蘇頲傳》：「自景龍後與張説以文章顯，稱望略等，故時號『燕許大手筆』。」《中州集·楊雲翼傳》：「南渡後二十年，與禮部閑閑公代掌文柄，時人號『楊趙』。」

〔八〕受恩知己：《中州集》楊雲翼《李平甫爲裕之畫繫舟山圖閑閑公有詩某亦繼作》：「我嘗讀子詩，一倡而三歎……他日傳吾道，政要才行完。會使此山名，與子俱不刊。」本集《内相文獻楊公神道碑銘》載其子恕之語：「先公平生以國士待吾子。」

〔九〕至公：科舉時代對主考官的敬稱。謂其大公無私。

〔編年〕

本集《内相文獻楊公神道碑銘》載，楊卒於正大五年八月初七。李、繆繫詩於本年，從之。

内相楊文獻公哀挽三章，效白少傅體〔一〕

其一

征南諫疏無多語〔二〕，大度高皇有至仁〔三〕。留得青囊一丸藥〔四〕，異時猶可活斯民。

〔注〕

〔一〕内相楊文獻公：本集《内相文獻楊公神道碑銘》：「（正大二年）設益政院於内廷，取老成宿德充院官，極天下之選，得六人，而公爲選首。名爲經筵，實内相也。」文獻：楊雲翼謚號。白少傅體：白居易詩歌的風格。白居易曾任太子少傅。唐元稹《白氏長慶集序》言其「諷諭之詩長於激，閑適之詩長於遺，感傷之詩長於切」。

〔二〕「征南」句：《中州集·楊雲翼傳》：「宣宗頻歲南伐，事勢有決不可者。論議之際，時相多以避嫌不敢言。公獨直言極諫，以爲兩淮生靈皆陛下赤子，不能外禦北兵，而取償於宋，以天下爲度者，不如是也。」遺山常以蜀、吴、魏三國之形勢喻金、宋與蒙古（見《豐山懷古》），此句表彰楊氏不避偏愛南宋漢族政權之嫌仗義直言的品格及把蒙古視爲主要敵人的戰略眼光（本集《横波亭·爲青口帥賦》之「倚劍長歌一杯酒，浮雲西北是神州」及《水龍吟·從商帥國器獵於南陽〔少年射虎名豪〕之「江淮草木，中原狐兔，先聲自遠……問元戎早晚，鳴鞭徑去，解天山箭」皆視蒙古爲主要敵人）。

〔三〕「大度」句：本集《内相楊公神道碑銘》：「（征南諫疏）章奏，不報。是秋，公主貢舉，且取『高帝以天下爲度』命題以諷焉。」句言楊雲翼認爲漢高祖劉邦以天下爲度乃屬最大的仁愛。

〔四〕「留得」句：青囊，古代醫家存放醫書的布袋。《内相楊公神道碑銘》：「公自興定、元光間病風痹，至是稍愈。上親問療之之術，對曰：『無他，但治心耳。此心和平，則邪氣不干。豈獨治身？至於治國亦然。人君必先正其心，然後可以正朝廷、正百官，遠近萬民，莫不一於正矣。』上矍然知其爲『醫諫』也。」

其二

中臺啓事山吏部〔一〕，東閣詞臣何水曹〔二〕。松柏蕭蕭一丘土，龍門依舊泰山高〔三〕。

〔注〕

〔一〕「中臺」句：《晉書·山濤傳》載，濤除尚書僕射，加侍中，領吏部。故稱山吏部。「所奏甄拔人物，各爲題目，時稱『山公啓事』」。中臺：指尚書省。啓事：陳述事情的書函。

〔二〕「東閣」句：《梁書·文學上·何遜傳》載，八歲能詩，爲名流所稱。「天監中，起家奉朝請，遷中衛建安王水曹行參軍，兼記室。王愛文學之士，日與游宴。」東閣：古稱宰相招致款待賓客的地方。詞臣：文學侍從之臣。

〔三〕龍門：士望甚隆之人的府第。典見《楊之美尚書挽章》注〔二〕。

其三

姓名三字金甌重〔一〕，事業千年片簡青〔二〕。試向雲間望光彩，看從何地現文星〔三〕。

〔注〕

〔一〕金甌重：《新唐書·崔琳傳》：「初，玄宗每命相，皆先書其名。一日書琳等名，覆以金甌。」

〔二〕「事業」句：言楊功績彰著，將載入史册。

〔三〕文星：又名文曲星、文昌星，傳説主文運。古有天人感應説，文曲星光照所屬之地出人才。楊雲翼死後將轉生他方，文星現出即其轉生地。上二句言此。

〔編年〕

正大五年戊子作。李、繆同。

長壽新居三首同仲經賦〔一〕

其一

地古村墟迥〔二〕，川回縣郭斜〔三〕。蒲池餘老節〔四〕，菊水引去聲新芽①〔五〕。卜築欣成趣〔六〕，歸耕覺有涯。迎門顧兒女，今日是山家。

〔校〕

①去聲：毛本、施本無此注。據李詩本、李全本補。

〔注〕

〔一〕長壽新居：長壽，村名，在金内鄉縣東南石澗山芳菊谷（即菊潭）。《風俗通》言「谷中有三十餘家，不復穿井，悉飲此水。上壽百二三十，中壽百餘，下七八十者，名之大夭」。本集《新齋賦並序》：「予既罷内鄉，出居縣東南白鹿原，結茅菊水之上。」「新居」指此。仲經：張澄字仲經。本集《行齋賦序》：「戊子冬十月，長壽新居成，仲經張君從予卜鄰。」

〔二〕村墟：村落。迥：僻遠。

〔三〕縣郭：縣城的外郊。

〔四〕蒲池：《史記・封禪書》：「北穿蒲池溝水。」顔師古注：「蒲池，爲池而種蒲也。」老節：指枯蒲。

〔五〕菊水：見《宿菊潭》注〔一〕。

〔六〕卜築：擇地建住宅。

其二

隱去初心在①〔一〕，親朋復此偕〔二〕。荒田歸別業〔三〕，高樹表新齋〔四〕。泉石深三逕〔五〕，風塵限兩崖〔六〕。青山坐終日，無物寄幽懷〔七〕。

〔校〕

①初心：李詩本、毛本作「心初」，倒。據李全本、施本改。

〔注〕

〔一〕「隱去」句：謂當初就向往去職歸隱。

〔二〕親朋：指張仲經。張仲經是遺山三鄉時詩友，又隨遺山移居内鄉長壽村。

〔三〕別業：本宅外另建的住宅。

〔四〕新齋：本集《新齋賦並序》：「予既罷内鄉，出居縣東南白鹿原，結茅菊水之上，聚書而讀之……乃名所居爲新齋。」

〔五〕三逕：《文選》李善注引《三輔決録》：漢蔣詡隱居時，於舍前竹下開了三條小路，只與求仲、羊仲兩人往來，後人遂以三逕作爲隱士居所之稱。陶淵明《歸去來兮辭》：「三逕就荒，松菊猶存。」

〔六〕「風塵」句：言山崖阻隔，世俗無染。本集《龍門雜詩二首》：「石樓繞清伊，塵土天所限。」

〔七〕「青山」二句：《宋書·陶潛傳》：「嘗九月九日無酒，出宅邊菊叢中坐久，值（王）弘送酒至，即便就酌，醉而後歸。」此反用其典，言無酒以寄寓幽微的情懷。

其三

昔有姜夫子〔一〕，來家寂寞濱〔二〕。墓田耕已熟，碑石字猶新。詩酒娱中歲〔三〕，山林有外臣〔四〕。三生可信否〔五〕，吾亦記前身①〔六〕。宣和中〔七〕，姜夢得處士常隱於此，墓碣在焉。夢得曾上書仁宗，既老，以詩酒自娱。碣文説，地名白鹿原長壽村也。

〔校〕

①記：李詩本、毛本作「寄」，音訛，有本集《留贈丹陽王煉師》其三「敝盡貂裘白髮新，京華旅食記前身」句可證。據李全本、施本改。

〔注〕

〔一〕姜夫子：指尾注所提及的宋人姜夢得。

〔二〕濱：近水的地方。句謂姜夫子來偏僻清静的菊水之旁安家。

〔三〕中歲：中年。

〔四〕外臣：方外之臣，指隱居不仕者。

〔五〕三生：佛教語，指前生、今生、來生。

〔六〕前身：前生。

〔七〕宣和：宋徽宗年號。

〔編年〕

本集《行齋賦》：「戊子冬十月，長壽新居成。」詩作於正大五年戊子。李、繆同。

内鄉雜詩〔一〕

行吟溪北復溪南〔二〕，風日烘人酒易酣〔三〕。無限春愁與誰語，梅花嬌小杏花憨〔四〕。

〔注〕

〔一〕雜詩：謂興致不一遇物即言之詩。

〔二〕行吟：邊走邊吟詠。

〔三〕酣：醉。

〔四〕憨：嬌痴。本集《杏花雜詩十三首》有「杏花牆外一枝横」。「竇兒元自太憨生」句。

〔編年〕

李、繆皆繫於正大五年戊子。從之。

内鄉雜詩①

犬吠桃源近〔一〕，鶯聲柳巷深〔二〕。蒼苔留醉卧，青竹伴幽尋〔三〕。

【校】

①内鄉：二字施本無。

【注】

〔一〕「犬吠」句：陶淵明《桃花源記》有「阡陌交通，雞犬相聞」句。桃源：代指仙境或避世隱居之地。

〔二〕「鶯聲」句：《中州集》敏之兄詩有《讀裕之弟詩稿有「鶯聲柳巷深」之句，漫題三詩其後》，知該句是遺山早年的得意之作。

〔三〕幽尋：探尋幽勝之景。

【編年】

李、繆皆繫於正大五年戊子，姑從之。

長壽山居元夕〔一〕

微茫燈火共荒村，黄葉漫山雪擁門。三十九年何限事，只留孤影伴黄昏。

〔注〕

〔一〕長壽山居：遺山丁母憂後之居，在内鄉縣長壽山村。詳見《長壽新居三首》其一注〔一〕。元夕：舊稱農曆正月十五日爲上元節，是夜稱元夕。

〔編年〕

李《譜》繫於正大五年戊子，繆《譜》繫於正大六年己丑。遺山正大五年十月始移居長壽山居，「三十九年」指已度過的年華，從繆《譜》。

示姪孫伯安〔一〕

伯安入小學〔二〕，穎悟非凡兒。屬句有夙性〔三〕，説字驚老師。見汝挾書歸，憶我青衿時〔四〕。青衿昨日耳，齒髮忽如茲。讀書誤人多〔五〕，闊疏亦天資〔六〕。元無倚天劍〔七〕，可斷扶桑枝〔八〕。倚梯望青冥〔九〕，愚者知笑之。壯事已無取，老謀欲何施〔一〇〕。幸此掌中孫，未染如素絲。就令好紙筆，門户誰當支〔一一〕。我有商餘田〔一二〕，汝壯可耘耔。便當學種樹〔一三〕，未用城南詩〔一四〕。伯安方讀韓集《符讀書城南》。

〔注〕

〔一〕姪孫伯安：按本集《鎮平寄姪孫伯安箋》之「不見經年日念渠」及《南冠録引》之「伯男子叔儀、

姪孫伯安皆尚幼，未可告語」，伯安當隨從遺山。疑爲元好謙之孫，搏之子。搏繼嗣元德清。德清南渡後不久卒，故有是舉。

〔二〕小學：古人八歲入小學。家塾黨庠皆爲小學，如今之初等教育。

〔三〕屬句：撰句。古代多指作詩及聯句。夙性：天賦。

〔四〕青衿：《詩·鄭風·子衿》：「青青子衿，悠悠我心。」毛傳：「青衿，青領也。學子之所服。」

〔五〕「讀書」句：杜甫《奉贈韋左丞文二十二韻》：「紈絝不餓死，儒冠多誤身。」

〔六〕闊疏：粗疏。

〔七〕倚天劍：宋玉《大言賦》：「方地爲車，圓地爲蓋，長劍耿耿倚天外。」後以「倚天長劍」喻英雄氣概。

〔八〕扶桑枝：舊題漢東方朔《十洲記》：「扶桑在碧海之中……長者數千丈，大二千餘圍。樹兩兩同根偶生，更相依倚，是以名爲扶桑。」三國魏阮籍《詠懷》三十八：「彎弓掛扶桑，長劍倚天外。」

〔九〕「倚梯」句：唐竇鞏《送劉禹錫》：「今日太行平似砥，九霄初倚入雲梯。」青冥：青天。《楚辭·九章·悲回風》：「據青冥而攄虹兮，遂儵忽而捫天。」句喻指通過舉試出仕實現人生理想。

〔一〇〕「壯事」二句：《國語·晉語一》：「郤叔虎曰：『既無老謀，而又無壯事，何以事君？』」韋昭注：「言己無謀，又恥無功也。」壯事：壯舉。老謀：深遠的謀略。本集《感事》：「壯事本無取，老謀何所成。」

〔二〕「就令」二句：謂即使伯安喜歡讀書，可門户誰來支應。觀下二句，意即想讓伯安繼承農事家業。其時元氏長子尚未出生。

〔三〕商餘田：遺山先祖唐詩人元結《五規・心規》：「元子病游世，歸於商餘山中。」本集《寄希顏二首》有「商餘歸計一廛新」句。此指詩人内鄉的田地。

〔三〕種樹：唐韓愈《送石處士赴河陽幕》：「長把種樹書，人云避世士。」句指學習農業生産。

〔四〕城南詩：唐韓愈《符讀書城南》題注云：「符，愈之子。城南，愈别墅。」詩首云：「木之就規矩，在梓匠輪輿。人之能爲人，由腹有詩書。」旨在勸學。

〔編年〕

李《譜》附録於正大三年下，未言依據。繆《譜》未編年。詩作於居内鄉時。本集《鎮平寄姪孫伯安筆》作於正大七年正月，有「試教學寫問安書」語，應在「入小學」之後，故附本詩於正大六年己丑。

阿千始生〔一〕

四十舉兒子，提孩聊自誇〔二〕。夢驚松出筍，兆應竹生花〔三〕。田不求千畝，書先備五車〔四〕。野夫詩有學，他日看傳家。

〔注〕

〔一〕阿千：遺山長子撫之昵稱。本集《南冠録引》、《天壇雜詩十三首》稱「叔儀」，《眼兒媚》（阿儀醜筆學雷家〕稱「阿儀」。

〔二〕提孩：幼兒。此指提抱幼兒。

〔三〕竹生花：竹管生花。竹管即筆。五代王仁裕《開元天寶遺事·夢筆頭生花》言，李白曾夢見所用之筆頭上生花，從此才情横溢，文思敏鋭。

〔四〕「書先」句：《莊子·天下》：「惠施多方，其書五車。」後世用「五車書」形容藏書多。

〔編年〕

據首句，詩作於正大六年己丑，李、繆同。

夜雪

三更殘醉未全醒〔一〕，夢裏嬌兒索乳聲〔二〕。茅屋不知門外雪，黄紬衾煖紙窗明〔三〕。

〔注〕

〔一〕三更：夜間十一點至一點。

〔二〕嬌兒：指阿千。

〔三〕黄紬：黄綢。

〔編年〕

李《譜》繫於正大六年己丑。繆《譜》未編。按此詩云「黄紬衾煖」，《鎮平書事》（本年作，詳見後）亦有「半窗紅日擁黄紬」句，知二詩作於同一時期，「嬌兒」也必指阿千，故從李《譜》。

姨母隴西君諱日作三首〔一〕

其一

竹馬青衫小小郎〔二〕，阿姨懷袖阿娘香〔三〕。一龕白骨黄河隔〔四〕，遥望并門哭斷腸①〔五〕。

〔校〕

①并：李全本、施本作「梁」。

〔注〕

〔一〕姨母：指遺山嗣母張氏之妹。隴西君：指嗣母張氏。遺山嗣父元格曾任隴城縣令，故稱。諱日：忌日。人死亡之日。

〔二〕竹馬：竹竿。小孩跨着竹竿當馬騎，故稱。

〔三〕「阿姨」句：俗語云姨姨懷中能聞到母親的香氣。

〔四〕「一龕」句：遺山嗣母張氏卒於正大五年，葬於今河南省熊耳山。故云。

〔五〕并門：指太原。

其二

病起拈針眼末花，團圞兒女運司衙〔一〕。今年得在應猶健，更好從頭説外家〔二〕。

〔注〕

〔一〕運司：古代官名。轉運使司轉運使、鹽運使司鹽運使的省稱。

〔二〕外家：外祖母家。二句謂姨母今年如果活着身體猶健，能給我更好地講説外家的奇事。

其三

寶鏡煌煌照九州，埋藏曾及見諸劉。鄷城今日無雷焕，紫氣誰當辨斗牛〔一〕。陽曲劉氏家大寶鏡，能照天地四方，以前知休咎。其家埋地中，人不得見也。明昌、泰和中，北方兵動，渠父子欲卜之。一日，先以旃幕障中庭，乃扃閉門户甚嚴。及掘鏡出，光耀爛然，一室盡明，如初日之照。鏡中見北來兵騎，穰穰無數，餘三方都無所睹。因大駭曰：「不可！不可！」即埋之。姨母時伏牀下，得竊窺焉。兵火後，此家唯一兒子在。姨母能指鏡處，存否則不知也。故予詩及之。

〔注〕

〔一〕「鄷城」二句：傳説三國吴未滅時，斗牛二星之間，常有紫氣。及吴滅，紫氣愈明。豫章人雷焕妙達緯象，言紫氣爲豫章鄷城寶劍之精，上徹於天。尚書令張華即補焕爲鄷城令，密令尋之。焕到縣，掘獄屋基，得雙劍。一曰龍泉，一曰太阿。其夕，紫氣不復見。見《晉書·張華傳》。此處反其意用之，因無人識紫氣，寶鏡存否不可知。

〔編年〕

遺山嗣母卒於正大五年，詩當正大六年己丑嗣母忌日作。李《譜》引「一龕白骨黄河隔，遥望梁門哭斷腸」，認爲北渡後作，編於天興三年甲午下「附録」中，不妥。繆《譜》未編。

范寬秦川圖 張伯玉殁後同麻徵君知幾賦〔一〕

亂山如馬争欲前，細路起伏蛇蜿蜒。秦川之圖范寬筆，來從米家書畫船〔二〕。變化開闔天機全〔三〕，濃澹覆露清而妍。雲興霞蔚幾千里〔四〕，著我如在峨嵋巔①〔五〕。西山盤盤天與連〔六〕，九點盡得齊州煙〔七〕。浮雲未清白日晚，矯首四顧心茫然〔八〕。全秦天地一大物，雷雨須洞龍頭軒〔九〕。因山分勢合水力，眼底廓廓無齊燕〔一〇〕。我知寬也不辦此，渠寧有筆如修椽〔一一〕。紫髯落落西溪君〔一二〕，長劍倚天冠切雲〔一三〕，望之見之不可親。元龍未除湖海氣②〔一四〕，李白豈是蓬蒿人〔一五〕。愛君恨不識君早，乃今得子胸中秦，作詩一笑君應聞〔一六〕。

予七年前過郾城〔一七〕，伯玉知予來，而都無賓主意〔一八〕，予亦偃蹇而去〔一九〕。爾後雖願交而髯殁矣，未嘗不以爲恨也。今日子思兄弟出此圖〔二〇〕，求予賦詩，酒惡無聊中勉爲賦此③〔二一〕。畫本米元章家物，有韓子蒼題名〔二二〕，元章以爲中立〔二三〕，而元暉以爲中正〔二四〕。以予觀之，此特張髯胸中物耳④，知者當不以吾言爲過云。

〔校〕

①著：李詩本、毛本作「看」。此當表示使令，據李全本、施本改。②氣：李詩本、毛本作「氛」，形訛。《三國志·陳登傳》作「湖海氣」，本集《横波亭》用此典亦作「氣壓元龍百尺樓」。據李全本、施本改。③勉：李詩本、毛本作「俛」，二字通用。從李全本、施本。④特：李詩本、毛本作「時」，

不通。據李全本、施本改。

〔注〕

〔一〕范寬：宋代著名畫家，山水主師法自然，遍歷秦中，觀覽奇勝，作品境界雄偉，筆法老硬。秦川：指秦嶺以北甘肅、陝西一帶山川。張伯玉：張敳字伯玉。詳見《瀑水》注〔一〕。麻徵君知幾：麻九疇字知幾，哀宗朝曾經徵聘，故稱徵君。詳見《繼愚軒和党承旨雪詩四首》其三注〔一〕。

〔二〕「秦川」二句：謂《秦川圖》，范寬畫，原藏於宋代書法家米芾家中。米家書畫船：宋黄庭堅《戲贈米元章》：「滄江盡夜虹貫月，定是米家書畫船。」米芾字元章。

〔三〕變化開闔：指畫中景物的變化和結構的複雜。天機：造化的奥妙。

〔四〕雲興霞蔚：雲氣升騰，彩霞聚集。

〔五〕峨嵋：山名，在今四川省西南。

〔六〕西山：秦川西端之山。

〔七〕「九點」句：盡收九州於眼底。唐李賀《夢天》：「遥望齊州九點煙，一泓海水杯中瀉。」王琦注：「九州遼闊，四海廣大，而自天上視之，不過點煙杯水。」

〔八〕矯首：翹首。心茫然：因迷濛不清而心感渺茫。

〔九〕「全秦」二句：全秦的山川如一條巨龍，在雷雨彌漫中龍頭西昂。全秦：戰國秦所轄之地，即今陝西、甘肅等地。澒洞：彌漫。

〔一〇〕「因山」二句：順着山勢走向，匯聚河水之力，衝積成遼闊的平川，俯視眼界開闊，目無齊燕之地。廓廓：遼闊貌。齊燕：戰國時國名。齊地在今山東，燕地在今河北北部及遼寧西端。

〔一一〕「我知」二句：我知范寬也畫不出這麽雄偉的圖畫，他哪有如椽的巨筆呢？有筆如修椽：典出《晉書·王珣傳》：「珣夢人以大筆如椽與之，既覺，語人云：『此當有大手筆事。』俄而帝崩，哀册謚議，皆珣所草。」後遂以「如椽筆」比喻筆力雄健。

〔一二〕落落：形容孤高，與人難合。西溪君：指張伯玉。

〔一三〕長劍倚天：典出宋玉《大言賦》，喻英雄氣概。詳見《示姪孫伯安》注〔七〕。冠切雲：屈原《九章·涉江》：「帶長鋏之陸離兮，冠切雲之崔嵬。」王逸注：「切雲，當時高冠之名。」

〔一四〕「元龍」句：言張伯玉像陳登那樣，没有除掉高岸不群的的豪氣。元光二年，遺山到郾城，張伯玉不願結交，故云。句用陳登典。見《論詩三十首》一八注〔四〕。

〔一五〕「李白」句：李白《南陵别兒童入京》有「仰天大笑出門去，我輩豈是蓬蒿人」句。蓬蒿人：在鄉間生活的凡人。

〔一六〕「作詩」句：蘇軾《書丹元子所示李太白真》：「手污吾足乃敢瞋，作詩一笑君應聞。」

〔一七〕「予七年」句：遺山於元光二年到郾城拜訪麻知幾等。

〔一八〕無賓主意：未盡地主之誼接納賓客。

〔一九〕偃蹇：傲慢。

〔二〇〕子思：張伯玉之子。

〔二一〕酒惡：醉後不適。

〔二二〕韓子蒼：韓駒，字子蒼，北宋人，曾官秘書省正字，專管校正御前書籍，故書畫中常有其題名。

〔二三〕中立：范寬字仲立，中同仲。

〔二四〕元暉：米芾之子友仁字元暉。中正：范寬名中正。按句中意，中立、中正非一人。

〔編年〕

詩末自注云：「予七年前過郾城。」本集《真定府教授常君墓銘》：「元光癸未，余過郾城。」李《譜》據此推算，定爲正大六年己丑作。繆《譜》繫於正大八年，言「此詩至遲當是本年作」。從李《譜》。

此日不足惜

此日不足惜，此酒不可無。頗怪昌黎公，亦復爲世儒〔一〕。天生至神物，與人作華胥〔二〕。一酌舌本彊①〔三〕，二酌燥吻濡〔四〕。三酌動高興〔五〕，四酌色敷腴〔六〕。連綿五六酌，枯腸潤如酥。眼花耳熱後，萬物寄一壺〔七〕。十酌未渠央〔八〕，百觚亦奚拘〔九〕。人生一世間，忽若過隙駒〔一〇〕。有酒不解飲，問君誰與娱〔一一〕。君不見，東家騎鯨李〔一二〕，膽滿六尺軀。萬言黃石策〔一三〕，八陣夔州圖〔一四〕。酒酣起舞不稱意，長吁青雲指夷吾〔一五〕。又不見，西家紫髯郎〔一六〕，老氣雄萬夫。狂歌飲燕市，擊筑聲嗚嗚〔一七〕。倚天長劍插少室〔一八〕，頗欲四海皆東湖〔一九〕。鷹揚虎視今焉如，河山永隔黃公壚〔二〇〕。銜杯直待秋井塌，青苔白骨憐君愚〔二一〕。少年覓計生白鬚〔二二〕，捫參歷井無危途〔二三〕，榮不滿睫良區區〔二四〕。就令一朝便得八州督，爭似高吟大醉窮朝晡〔二五〕。餘名安得潤枯骨〔二六〕，四十豈不知頭顱〔二七〕。此日不足惜，此酒不可無。太虛爲室月爲燭〔二八〕，醉倒不用春風扶〔二九〕。

〔校〕

①彊：李全本作「疆」，形訛。施本作「强」，二字通用。

〔注〕

〔一〕「此日」四句：唐韓愈《此日足可惜贈張籍》詩有「此日足可惜，此酒不可嘗」句。昌黎公：韓愈的尊稱。韓氏郡望爲昌黎，故名。世儒：當世的儒學大師。

〔二〕華胥：《列子·黄帝》：「（黄帝）晝寢，而夢游於華胥氏之國……其國無師長，自然而已；其民無嗜欲，自然而已……」句言酒能把人帶入美妙的境地。

〔三〕舌本彊：舌根僵直。

〔四〕燥吻濡：乾燥的嘴唇沾濕。

〔五〕高興：高雅的興致。

〔六〕色敷腴：容光焕發。

〔七〕「眼花」二句：李白《俠客行》：「三杯吐然諾，五嶽倒爲輕。眼花耳熱後，意氣素霓生。」本集《後飲酒五首》其一：「當其得意時，萬物寄一壺。」

〔八〕渠央：匆遽完結。渠，通「遽」，倉促。

〔九〕觚：大酒杯。

〔一〇〕「人生」二句：言人生短暫。《莊子·知北游》：「人生天地之間，若白駒之過郤（隙）。」

〔一一〕「有酒」二句：有酒不懂得飲酒的樂趣，哪還有什麽可使人歡娱？

〔一二〕騎鯨李：俗傳李白醉騎鯨魚，溺死潯陽，後用爲詠李白之典。此指李純甫。其爲人見《李屏山挽章二首》其一注〔一〕。施注謂指李長源，非。

〔一三〕「萬言」句：李純甫在泰和南征時曾兩次上書獻策朝廷。黄石：秦時隱士，授張良《太公兵法》，爲王者師。

〔一四〕「八陣」句：諸葛亮曾在夔州（今重慶市奉節縣）布八陣圖練兵。《歸潛志》卷一「李純甫」條：「少自負其才，謂功名可俯拾，作《矮柏賦》，以諸葛孔明、王景略自期。」二句言李純甫獻策朝廷，其謀略可比張良和諸葛亮。

〔一五〕「長吁」句：長歎空有青雲壯志而未能像管仲那樣爲人所識。夷吾：管仲之名，賴友鮑叔牙相知推薦，佐齊桓公爲霸主，曾言「生我者父母，知我者鮑子也」。《歸潛志》「李純甫」條：「由小官上萬言書，援宋爲證，甚切。當路者以迂闊見抑，士論惜之。」

〔一六〕紫髯郎：指張伯玉。本集《范寬秦川圖》「紫髯落落西溪君」即是。

〔一七〕「狂歌」二句：《史記·刺客列傳》：「荆軻即至燕，愛燕之狗屠及善擊筑者高漸離。荆軻嗜酒，日與狗屠及高漸離飲於燕市，酒酣以往，高漸離擊筑，荆軻和而歌於市中，相樂也。」詩用此典寫張伯玉狂放的性格。《中州集》李純甫《送李經》詩有「髯張元是人中雄」，「縱飲高歌燕市中」語。筑：古代的一種弦樂器。似箏，以竹尺擊之，聲音悲壯。

〔一八〕倚天長劍：典出宋玉《大言賦》。本集《范寬秦川圖》有「紫髯落落西溪君，長劍倚天冠切雲」句，形容張伯玉超邁孤高的氣度。少室：指嵩山西峰少室山。

〔一九〕「頗欲」句：東湖，湖名。在今湖北省武漢市武昌東郊。爲楊汊湖、湯林湖、郭鄭湖、喻家湖、牛巢湖的總稱。李白《陪侍郎叔游洞庭醉後》：「巴陵無限酒，醉殺洞庭秋。」此化用其意，言其醉膽輪囷。

〔二〇〕「鷹揚」二句：意謂李、張二人飛揚雄視，而今已逝，陰陽永隔，使人空懷傷感。黄公壚：晉王戎與阮籍、嵇康曾飲於黄公壚，後阮、嵇亡，戎再過此店，爲之傷感。後人遂用爲傷逝憶舊之典。

〔二一〕「銜杯」二句：李純甫、張伯玉皆嗜酒。李因飲酒過度死，張亦以樂死。二句謂李、張縱情豪飲，今雖已白骨生青苔，也愚得可愛。秋井：陵墓。杜甫《蘇端薛復筵簡薛華醉歌》：「忽憶雨時秋井塌，古人白骨生蒼苔，如何不飲令心哀。」

〔二二〕覓計：尋求生計。

〔二三〕「捫參」句：李白《蜀道難》有「捫參歷井仰脅息，以手撫膺坐長嘆」句，極言蜀道之高險。此處反用其意，言爲達目的無所畏懼。

〔二四〕良區區：太微小。

〔二五〕窮朝晡：從辰時到申時，意爲終日。

〔二六〕「餘名」句：《列子·楊朱》：「矜一時之毁譽，以焦苦其神形，要死後數百年中餘名，豈足潤枯骨？何生之樂哉？」

〔二七〕「四十」句：蘇軾《送段屯田分得于字》：「四十豈不知頭顱。」王十朋注引陶弘景與從兄書云：「昔仕宦，期四十左右作尚書郎，即投簪高邁。今三十六，方作奉朝請。頭顱可知，不如早去。」

〔二八〕「太虚」句：《新唐書·張志和傳》：「陸羽常問：『孰爲往來者？』（張）對曰：『太虚爲室，明月爲燭，與四海諸公共處，未嘗少别也，有何往來？』」太虚：宇宙。

〔二九〕「醉倒」句：宋辛棄疾《西江月》〔醉裏且貪歡笑〕：「昨夜松邊醉倒，問松我醉何如。只疑松動要來扶，以手推松曰去。」

〔編年〕

李、繆皆據詩「四十豈不知頭顱」句，定爲正大六年己丑作，從之。

從鄧州相公覓酒，時在鎮平〔一〕

寒日山城雪四圍，空齋孤坐意多違。江州未覺風流減，可使陶潛望白衣〔二〕。

〔注〕

〔一〕鄧州相公：指移剌瑗。移剌瑗時任鄧州武勝軍節度使。相公：漢魏以來拜相者必封公，故稱丞相爲相公。金時多稱將帥爲相公。如《歸潛志》卷六載郭仲元俗號郭大相公，郭阿里俗號郭三相公。鎮平：縣名，金末置。在今河南省南陽市西。《金史·地理志》未載。

〔二〕「江州」二句：南朝宋檀道鸞《續晉陽秋·恭帝》：「王宏爲江州刺史。陶潛九月九日無酒，於宅邊東籬下菊叢中摘盈把，坐其側。未幾，望見一白衣人至，乃刺史王宏送酒也，即便就酌而後歸。」詩以白衣王宏代指「鄧州相公」移剌瑗，以陶淵明自喻。

〔編年〕

此詩諸《譜》皆認爲是遺山任鎮平令時作，但對何時任鎮平有異議。凌《譜》據大德碑《遺山先生墓銘》所載「初筮，除鎮平令。再轉内鄉，遂丁艱憂。終喪，正大中辟鄧（施本大德碑作「申」，從《山右石刻叢編·大德碑》）州南陽令」之仕履，推測「先生乙酉歲居嵩山，丁亥已轉内鄉令，則官鎮平，應在丙戌」。施《譜》進而提出新證：「考本集《夾谷碑》云『正大三年，初置申州』，《南陽上梁文》云『改隸新州』，《宋·理紀》淳祐五年四月『鈐轄王雲襲鄧州鎮平縣』，《元·地志》『南陽府，金爲申州，有南陽、鎮平二縣』。」認爲：「是正大三年初升南陽縣爲申州，即立鎮平縣。可知夾谷於是年刺新州，先生即於是年初筮新縣，無可疑者。」「又本集有《鎮平覓酒》、《寄筆》、《書事》、《寄家》、《書懷》等詩，并爲正大三年作。」繆《譜》從之。翁《譜》則據本集《鎮平縣齋感懷》「四十頭顱半白生」句，認爲官鎮平在正大六年。李《譜》從翁説，并認爲是「攝鎮平篆」。按：本集《資善大夫武寧節度使夾谷公神道碑銘》載：「（正大）三年，召爲户部郎中。初置申州，擢公爲刺史。明年城洛陽，授同知中京留守兼同知金昌府事。留守移剌瑗雅敬公，事無巨細，諮之而後行。」據此，知移剌瑗在正大四年尚任中京留守。又，《金史・撒合輦傳》正大四年八月下載：「未幾……出爲中京留守兼行樞密院事。初，宣宗改河南府爲金昌府，號中京。又擬少室山頂爲御營，命移剌粘合（瑗）築之。至是撒合輦爲留守。」與前者合觀，知移剌瑗調離中京留守任在正大四年八月。本集《鄧州相公命賦喜雨》「雲來端合自中天」句中注：「帥從洛陽移鎮。」知移剌瑗由中京留守調任鄧州武勝軍節度使。由上可知，此詩定作於正大四年八月移剌瑗調任鄧州節度後。遺山於正大四年五月已在内鄉任上（本集《長慶泉新廟記》「正大丁亥，予承乏是邑。夏五月，赤旱近百日……予率父老詣焉」），可見其任鎮平在内鄉之後。對此，還有詩可證。本集《自鎮平暫往秋林道中寄家》云：「風雨塵埃了半生，西山歸去眼暫明。浮雲夫婿今如此，莫遣迎門有歎聲。」詩應爲遺山罷鎮平任後所作。秋林即秋林夏館山，《嘉慶一統志》言其在内鄉縣北，「泉水甚勝，湍水出焉」。遺山任内鄉時始有在此地建别業置耕田之意（本集《臨江仙・内鄉北山》：「夏館秋林山水窟，家家林影湖光。三年間爲一官忙。簿書愁裏過，筍蕨夢中香。父老書來招我隱，臨流已蓋茅堂。白頭兄弟共商量，山田尋二頃，他日作桐鄉。」），本集《自鄧州幕府暫歸秋林》有「歸來應被青山笑，可惜緇塵染素衣」句，知遺山丁母憂時已有此别業。後來在汴京被圍時作《懷秋林别業》，有「茅屋蕭蕭淅水濱」、「二頃田園入夢頻」語，知此地確有茅屋和耕田。按此，本集《清平樂》（垂楊小渡）題序之「罷鎮平歸西山草堂」與《自鎮平暫往秋林道中寄家》之「西山歸去」皆指由鎮平歸秋林别業，可見遺山在内鄉任之後始任鎮平。凌、施、繆所云丙戌任鎮平之説欠妥，不如上引本集内證可靠。故從《鎮平縣齋感懷》之「四十頭顱半白生」句，定任鎮平在正大六年（詳見拙《譜》及《文學遺産》一九九九年第三期《關於元遺山出仕鎮平的問題》。繆《譜》認爲「四十」乃舉成數約略言之，此指四十上下尚可，把三十七歲説成「四十」，與情理不合）。據本集《鎮平寄姪孫伯安箋》「不見經年日念渠」及《清平樂・罷鎮平歸西山草堂》（垂楊小渡），遺山罷鎮平在正大七年春。故知其鎮平諸作亦非同年作。此詩有「寒日山城雪四圍」句，知作於冬，故繫於正大六年己丑。

鎮平書事

勸農冠蓋已歸休〔一〕，了却逋懸百不憂〔二〕。可是諸人哀老子，半窗紅日擁黄紬〔三〕。

〔注〕

〔一〕勸農冠蓋：指勸農司的官員。休：語助辭。猶言「了」。

〔二〕逋懸：拖欠。

〔三〕黄紬：黄綢。蘇軾《和孫同年卞山龍洞禱晴》：「看君擁黄紬，高卧放晚衙。」

〔編年〕

任鎮平時作。據「了却逋懸」知作於夏秋收穫後。李《譜》編在正大六年己丑，從之。繆《譜》定在正大三年。

鎮平縣齋感懷

四十頭顱半白生〔一〕，静中身世兩關情〔二〕。書空咄咄知誰解〔三〕，擊缶嗚嗚却自驚〔四〕。老計漸思乘款段〔五〕，壯懷空擬漫峥嶸①〔六〕。西窗一夕無人語，挑盡寒燈坐不明。

〔校〕

①漫：施本作「謾」。

〔注〕

〔一〕「四十」句：蘇軾《送段屯田分得于字》：「四十豈不知頭顱。」詳見《此日不足惜》注〔二七〕。

〔二〕「静中」句：言閑静之時細思自己的經歷、遭遇，情繫仕隱兩端。

〔三〕書空咄咄：《晉書·殷浩傳》：「浩雖被黜放，口無怨言……但終日書空作『咄咄怪事』四字而已。」此句感歎仕途失意。

〔四〕擊缶嗚嗚：《漢書·楊惲傳》載其《報孫會宗書》：「奴婢歌者數人，酒後耳熱，仰天拊缶而呼烏烏。」後用作曠達自適或抒發憤懣的典故。缶：瓦質的打擊樂器。此指瓦盆。此句感歎貧困，謂敲擊空瓦盆驚歎無儲糧。

〔五〕乘款段：《後漢書·馬援傳》載馬少游勸馬援曰：「士生一世，但取衣食裁足，乘下澤車，御款段馬……斯可矣。」李賢注：「款，猶緩也，言形段遲緩也。」後世用作安於下位的典故。

〔六〕壯懷：青壯時期的懷抱。漫峥嶸：指不着邊際的高大志向。

〔編年〕

正大六年己丑末作。李《譜》同，繆《譜》定在正大三年。

鎮平寄姪孫伯安筆〔一〕

隆顱犀角掌中珠〔二〕，不見經年日念渠〔三〕。領取阿翁郎管筆〔四〕，試教學寫問安書。

〔注〕

〔一〕伯安：本集《示姪孫伯安》有「伯安入小學，穎悟非凡兒」，「見汝挾書歸，憶我青衿時」語，《南冠録引》有「歲甲午，羈管聊城」，「伯男子叔儀、姪孫伯安皆尚幼，未可告語」語，知姪孫伯安就養遺山家中。

〔二〕隆顴：凸額。犀角：指額上髮際隆起之骨。相士以隆顴犀角爲貴相。

〔三〕渠：代伯安。

〔四〕鄖管筆：當爲毛筆之一種。

〔編年〕

任鎮平時作。據本集《清平樂·罷鎮平歸西山草堂》〔垂楊小渡〕，知至遺山下年春始離鎮平任。詩言「不見經年」，故定爲正大七年庚寅。李《譜》定在正大六年，繆《譜》定在正大三年。

自鎮平暫往秋林道中寄家〔一〕

風雨塵埃了半生，西山歸去眼增明〔二〕。浮雲夫婿今如此〔三〕，莫遣迎門有歎聲。

〔注〕

〔一〕秋林：秋林夏館山。嘉慶《重修一統志》謂其在今内鄉縣北一百五十里處，「泉水甚勝，湍水出焉」。遺山任内鄉令時始有在此地建别業、置田畝之意。本集《臨江仙·内鄉北山》〔夏館秋林〕詞云：「夏館秋林山水窟，家家林影湖光……父老書來招我隱，臨流已蓋茅堂。白頭兄弟共商量，山田尋二頃，他日作桐鄉。」不久即如願以償。本集《自鄧州幕府暫歸秋林》及《懷秋林别業》詩可證。寄家：寄書信於家。時遺山家在内鄉白鹿原長壽山村。遺山罷鎮平任後徑往秋林别業，故寄書。

〔二〕西山：即指秋林。因其在鎮平之西，故云。參見本集《清平樂》〔垂楊小渡〕題序：「罷鎮平歸西山草堂。」

〔三〕浮雲：喻飄泊無定。

〔編年〕

正大七年庚寅作，詳説見前《鎮平寄姪孫伯安箋》。李《譜》繫在上年，不妥。繆《譜》定在正大三年。

寄女嚴三首〔一〕

其一

鸖崖魚窟路間關〔二〕，旬月無繇一往還。寒食歸寧見鄰女〔三〕，舉家回首望西山〔四〕。鸖崖魚窟在内鄉往盧氏道中。

〔注〕

〔一〕嚴：元遺山之次女。《忻州志》載：適盧氏縣進士楊思敬。夫卒，遂爲女冠。

〔二〕鸖崖魚窟：見尾注。本集有《鸖雀崖龍潭》詩。間關：曲折。

〔三〕歸寧：指已嫁女子回娘家看望父母。本集《吴子英家靈照圖二首》其二尾注：「時女嚴在盧氏，約歸寧未至。」

〔四〕西山：指内鄉西盧氏一帶的山峰。

其二

添丁學語巧於絃〔一〕，詩句無人爲口傳。竹馬幾時迎阿姊〔二〕，五更教誦木蘭篇〔三〕。

〔注〕

〔一〕添丁：生男孩。此指生長子阿千。

〔二〕竹馬：竹竿。小孩以此當馬騎，故稱。

〔三〕木蘭篇：即北朝民歌《木蘭詩》。此爲遺山教幼兒誦讀的詩篇。本集《即事》：「阿茶能誦木蘭行。」

其三

眼前兒女最關情，不見經年百感并。聞道全家解禪理，擬從香火問無生〔一〕。

〔注〕

〔一〕無生：佛教語。謂没有生滅，不生不滅。唐王維《登辨覺寺》：「空居法雲外，觀世得無生。」

〔編年〕

李《譜》定在正大七年庚寅，繆《譜》未編。遺山長子阿千生於正大六年，其「學語巧於絃」當次年事，故從李《譜》。

吴子英家靈照圖二首〔一〕

其一

船入西江萬有空①〔二〕，漉籬活計百錢功〔三〕。阿靈了却無生話〔四〕，想得蕭然似卷中〔五〕。

〔校〕

①西江：毛本作「江西」，倒。據李詩本、李全本、施本改。

〔注〕

〔一〕吴子英：遺山舊友，在三鄉時與之相識。本集《定風波》（離合悲歡酒一壺）尾注云：「北燕吴子英。」按本詩，吴時在内鄉。靈照圖：《五燈會元》載，襄州居士龐蘊，一女名靈照。龐公將入滅，令女靈照出視日蚤晚，及午以報。女遽報曰：「日已中矣，而有蝕也。」居士出户觀次，靈照即登父座，合掌坐亡。居士笑曰：「我女鋒捷矣。」

〔二〕「船入」句：《鹽山拔隊和尚語録》卷一：「龐居士問馬祖：『不與萬法爲侶，是什麽人？』祖云：『待汝一口吸盡西江水，向汝道。』居士便豁然大悟焉。」

〔三〕漉籬活計：宋葉適《劉夫人墓誌銘》：「昔龐蘊夫婦破家從禪，至賣漉籬自給，男女不婚嫁，争相爲死。」漉籬：用金屬絲或竹篾柳條等制成的能漏水的用具，有長柄，用來撈東西。百錢功：晉皇甫謐《高士傳·嚴遵》：「隱居不仕，常賣卜於成都市，日得百錢以自給。」此指掙錢很少。

〔四〕「阿靈」句：《五燈會元·馬祖一禪師法嗣·龐蘊居士》：「有男不婚，有女不嫁。大家團圞頭，共説無生話。」阿靈：指靈照。了却：徹底領悟。無生話：佛教語，指無生無滅的佛法真諦。

〔五〕蕭然：悠閑貌。卷：指《靈照圖》。

其二

抱犢山高記洛川〔一〕，寸腸西去似繩牽〔二〕。而今恰羡龐家好①，兒女生來只眼前〔三〕。時女嚴在盧氏，約歸寧未至。

〔校〕

①恰：施本作「却」。

〔注〕

〔一〕抱犢山：在今河南省盧氏縣東南。洛川：《金史·地理志》載盧氏縣境有洛水。

〔二〕「寸腸」句：元嚴嫁在盧氏，故云。

〔三〕「而今」二句：用龐蘊家「有男不娶，有女不嫁」事。

〔編年〕

李《譜》附録在正大五年下。按詩其二末注「時女嚴在盧氏，約歸寧未至」語，當與《寄女嚴三首》同期作，故定在正大七年庚寅。繆《譜》未編。

送吴子英之官東橋且爲解嘲〔一〕

柴車歷鹿送君東〔二〕，萬古書生蹭蹬中〔三〕。良醖暫留王績醉〔四〕，新詩無補玉川窮〔五〕。駒陰去我如決驟〔六〕，蟻垤與誰争長雄〔七〕。快築糟丘便歸老〔八〕，世間馬耳過春風〔九〕。

〔注〕

〔一〕吴子英：見上詩注。東橋：不詳。解嘲：因被人嘲笑作解釋。

〔二〕歷鹿：同「轣轆」，車輪轉動聲。

〔三〕蹭蹬：困頓失意。

〔四〕「良醖」句：《新唐書·隱逸傳·王績》：「故事，官給酒日三升。或問：『待詔何樂邪？』（績）答曰：『良醖可戀耳！』」良醖：美酒。句指吴子英之官東橋事。

〔五〕「新詩」句：元辛文房《唐才子傳·盧仝》載，唐詩人盧仝，家甚貧，僅破屋數間。玉川，盧仝之號，見《新唐書·盧仝傳》。

〔六〕駒陰：易逝的光陰。決驟：迅速奔跑。《莊子·知北游》：「人生天地之間，若白駒過隙，忽然而已。」

〔七〕蟻垤：蟻穴外隆起的小土堆。長雄：《漢書·鮑宣傳》：「少豪俊，易長雄。」顔師古注：「長，爲之長帥也；雄，爲之雄豪也。」句謂官微俸薄，難以出人頭地，豪氣滿懷。

〔八〕糟丘：酒糟堆積如山，極言酒多。

〔九〕馬耳過春風：即馬耳東風，比喻充耳不聞，無動於衷或互不相干。李白《答王十二寒夜獨酌有懷》詩之二：「世人聞此皆掉頭，有如東風射馬耳。」

〔編年〕

當與《吴子英家靈照圖二首》同期作，李《譜》附録於正大七年庚寅，從之。繆《譜》未編。

被檄夜赴鄧州幕府〔一〕

幕府文書鳥羽輕〔二〕，敝裘羸馬月三更。未能免俗私自笑〔三〕，豈不懷歸官有程〔四〕。十里陂塘春鴨鬧〔五〕，一川桑柘晚煙平〔六〕。此生只合田間老，誰遣春官識姓名〔七〕。

〔注〕

〔一〕被檄：被檄文徵召。鄧州幕府：指鄧州武勝軍節度使移剌瑗帥府。幕府：古時將帥在外，以帳幕爲府署，故軍政大吏的府署也稱幕府。

〔二〕鳥羽輕：徵召文書上插鳥羽，以示緊急。

〔三〕未能免俗：《世説新語·任誕》載，阮咸家貧，夏日見富人曬衣庭中，皆綢緞，自以竿掛大布褌出中庭，言「未能免俗，聊復爾耳」。此指赴鄧州幕府事。

〔四〕豈不懷歸：《詩·小雅·出車》：「王事多難，不遑啓居。豈不懷歸，畏此簡書。」官有程：幕府檄書指定到達的期限。上二句套用宋陸游《思子虡》：「未能免俗予嗟老，豈不懷歸汝念親。」

〔五〕陂塘：池塘。

〔六〕柘：黄桑。葉可飼蠶。

〔七〕春官：《周禮》載春官爲禮官，掌典禮。後世把掌貢舉的禮部亦稱爲春官。句言有人舉薦自己。

〔編年〕

遺山應鄧州帥移剌瑗之徵在何年，本集無明文可考。李《譜》據本集《謝鄧州帥免從事之辟》「一時墨經果何心」句，認爲在丁母憂期間。又據正大六年任鎮平，八年任南陽，遂繫應徵事爲正大七年。繆《譜》亦同，從之。施《譜》繫《謝鄧州帥免從事之辟》、《鄧州相公命賦喜雨》於正大五年，以爲徵召事在是年，欠妥。

寄劉光甫〔一〕

山澤臞儒亦自豪〔二〕，塵埃俗吏豈勝勞。陶潛貧裏營三徑〔三〕，潘岳秋來見二毛〔四〕。芻狗已陳甘自棄〔五〕，轅駒未脱欲安逃〔六〕。因風寄謝劉夫子，極口推稱恐太高〔七〕。

〔注〕

〔一〕劉光甫：即劉祖謙。正大間曾任武勝軍節度副使，解任後移居内鄉。參見《劉光甫内鄉新居》注〔一〕。

〔二〕臞儒：清瘦的儒者。含有隱居不仕之意。《漢書·司馬相如傳》：「相如以爲列仙之儒居山澤間，形容甚臞，此非帝王之仙意也。」

〔三〕「陶潛」句：陶淵明《歸去來兮辭》：「三逕就荒，松菊猶存。」

〔四〕「潘岳」句：晉潘岳《秋興賦序》：「余春秋三十有二，始見二毛。」二毛：頭髮斑白。

〔五〕芻狗：古代祭祀時用草扎成的狗。《莊子・天運》：「夫芻狗之未陳也，盛以篋衍，巾以文繡，尸祝齋戒以將之；及其已陳也，行者踐其首脊，蘇者取而爨之而已。」遺山曾任縣令，丁憂解職，因以自喻。

〔六〕轅駒：車轅下之幼馬。《史記・魏其武安侯傳》：「今日廷論，局趣效轅下駒。」裴駰集解：「俛頭於車轅下，隨母而已。」喻觀望畏縮，不敢動作。句謂官府徵辟，册命難違。與《被檄夜赴鄧州幕府》「未能免俗私自笑，豈不懷歸官有程」意近。

〔七〕「因風」二句：蓋劉光甫曾以前武勝軍節度副使之身份向現任武勝軍節度使移刺瑗「極口推稱」過詩人，故云。

〔編年〕

李《譜》繫於正大八年，以爲作於南陽任上。按遺山被任南陽縣令須經朝廷按丁憂期滿的有關程序起復。味末二句，應指劉光甫向移刺瑗舉薦，故定爲正大七年庚寅任鄧州幕府從事時作。繆《譜》未編。

鄧州相公命賦喜雨〔一〕

輕陰十日暮春前，和氣朝來雨沛然①〔二〕。河潤定應連上國〔三〕，雲來端合自中天〔四〕帥從洛陽移鎮〔五〕。烽零帶溼閑幽障〔六〕，麥壟分青入廢田。共識使君霖雨手〔七〕，調元消息在今年〔八〕。

【校】

①雨：李全本作「已」。

【注】

〔一〕鄧州相公：指移剌瑗。詳見本集《横波亭》及《從鄧州相公覓酒，時在鎮平》詩注。

〔二〕和氣：指天地間陰氣與陽氣交合而成之氣，萬物由「和氣」而生。沛然：充盛貌。《孟子·梁惠王上》：「天油然作雲，沛然下雨。」

〔三〕河潤：《莊子·列禦寇》：「河潤九里，澤及三族。」上國：京師。

〔四〕端合：應當。中天：天空正中，代指洛陽一帶的上空。從自注看，句謂移剌瑗從洛陽移鎮鄧州把雨帶來了。

〔五〕「帥從」句：指移剌瑗由中京洛陽留守調任鄧州武勝軍節度使。本集《資善大夫武寧軍節度使夾谷公神道碑銘》：「明年（正大四年）城洛陽，授同知中京留守兼同知金昌府事。留守移剌瑗雅敬公，事無巨細，諮之而後行。」

〔六〕烽零：清查初白評「零」字疑訛。幽障：邊塞上的小城堡。《後漢書·祭肜傳論》：「至乃卧鼓邊亭，滅烽幽障者將三十年。」句言地方太平，烽煙不舉，城堡閑置。

〔七〕使君：對州郡長官的尊稱，此指鄧州相公。霖雨手：導致及時雨的本領，兼喻國家急需的人才。

〔八〕調元：調和陰陽，振興國事。宋唐庚《内前行》：「明日化爲甘雨來，官家唤作調元手。」消息：端倪，徵兆。

〔編年〕

李、繆皆定於正大七年庚寅遺山任職移剌瑗幕府時作，從之。

鄧州城樓〔一〕

鄧州城下湍水流①〔二〕，鄧州城隅多古丘〔三〕。隆中布衣不復見〔四〕，浮雲西北空悠悠〔五〕。長鯨駕空海波立〔六〕，老鶴叫月蒼煙愁〔七〕。自古江山感游子，今人誰解賦登樓〔八〕。

〔校〕

①湍：李詩本、李全本「湍」下有注：「音專。」

〔注〕

〔一〕鄧州：今河南省鄧州市。

〔二〕湍水：源出内鄉秋林，流經鄧州，至新野入白河。

〔三〕城隅：城根偏僻空曠處。古丘：古墓。

〔四〕隆中布衣：指諸葛亮。《三國志·蜀書·諸葛亮傳》「好爲《梁父吟》」裴松之注引晉習鑿齒《漢晉春秋》：「亮家於南陽之鄧縣，在襄陽城西二十里，號曰隆中。」諸葛亮《出師表》：「臣本布衣，躬耕於南陽。」

〔五〕「浮雲」句：本集《横波亭爲青口帥賦》有「浮雲西北是神州」句，指被蒙古軍侵占的國土。

〔六〕長鯨：《左傳·宣公十二年》：「古者明王伐不敬，取其鯨鯢而封之，以爲大戮。」杜預注：「鯨鯢，大魚名，以喻不義之人吞食小國。」句指蒙古入侵，勢力强大，所到處天翻地覆。

〔七〕「老鶴」句：鶴夜半而鳴，其聲淒厲。

〔八〕「自古」二句：漢王粲《登樓賦》：「登兹樓以四望兮，聊暇日以銷憂……雖信美而非吾土兮，曾何足以少留！」詩人以王粲事自比，言因戰亂客居他方登樓思鄉之情。

〔編年〕

李、繆皆定於正大七年庚寅在鄧州移剌瑗幕府時作，從之。

新野先主廟 次鄧帥韻〔一〕

一軍南北幾扶傷，長坂安行氣已王〔二〕。豪傑盡思爲漢用，江山初不假吴强〔三〕。兩朝元老心雖壯〔四〕，再世中興事可常〔五〕。寂寞永安宫畔土〔六〕，争教安樂似山陽〔七〕。

〔注〕

〔一〕新野：今河南省南陽市新野縣。先主：指三國蜀主劉備。次鄧帥韻：鄧帥指鄧州武勝軍節度使移剌瑗。《歸潛志》卷六：「南渡後，諸女直世襲猛安、謀克往往好文學……移剌廷玉（移剌瑗字廷玉）、温甫總領、夾谷德固、朮虎士、烏林答肅孺輩，作詩皆可稱。」

〔二〕「長阪」句：《三國志·先主傳》載，建安十二年，曹操南征劉表。會表卒，其子劉琮左右及荆州人多歸先主。到當陽時，衆十萬餘，日行十餘里。「或謂先主曰：『宜速行保江陵。今雖擁大衆，被甲者少，若曹公兵至，何以拒之？』先主曰：『夫濟大事必以人爲本，今人歸吾，吾何忍棄去！』」郝經《陵川集》卷三十六《先大父墓銘》載，金廷禁止流民南渡，郝天挺上書曰：「昔昭烈當陽之役，既窘甚，猶徐其行以俟荆襄遺民，曰成大事者必資于衆人，歸而棄之，不祥。君子謂漢統四百年，此一言可以續之。」

〔三〕「豪傑」二句：言劉備之所以成三國鼎立之勢，主要在於得人心，而非借助於吴國之力。

〔四〕兩朝：劉備和劉禪兩朝。句指諸葛亮等元老重臣立志恢復漢室。

〔五〕再世：指劉備、劉禪兩代。

〔六〕永安宫：公元二二二年，劉備伐吴戰敗後，駐軍白帝城（今重慶市奉節縣），建永安宫，卒於此。

〔七〕安樂：劉禪降後被封爲安樂縣公。山陽：漢獻帝被廢後封爲山陽公。

〔編年〕

李、繆皆定於正大七年庚寅在鄧州移剌瑗幕府時作，從之。

巨然秋山爲鄧州相公賦〔一〕

筆端游戲三昧〔二〕，物外平生往還〔三〕。爲問阿師何在〔四〕，白雲依舊青山。

〔注〕

〔一〕巨然：南唐江寧開元寺僧，工山水畫，師董源。有「前有荆關，後有董巨」之譽。鄧州相公：指移剌瑗。

〔二〕三昧：佛教語，梵文音譯。意爲「定」，即排除一切雜念，將心專注於一境。後稱解脱束縛爲三昧。此指繪畫藝術的佳境。宋董逌《廣川畫跋》三《勘書圖》：「至於神明頓發，意態隨出，顧非畫入三昧，不能造此地。」

〔三〕「物外」句：指巨然遁入佛門事。

〔四〕阿師：指僧巨然。

〔編年〕

李、繆皆定於正大七年庚寅在鄧州移剌瑗幕府時作，從之。

自鄧州幕府暫歸秋林〔一〕

升斗微官不療飢〔二〕，中林春雨蕨芽肥〔三〕。歸來應被青山笑〔四〕，可惜緇塵染素衣〔五〕。

〔注〕

〔一〕鄧州幕府：移刺瑗幕府。秋林：在内鄉。遺山在此有别業。詳見《自鎮平暫往秋林道中寄家》注〔一〕。

〔二〕「升斗」句：言官微俸薄，生計窮困。遺山時在移刺瑗幕府供職，見本集《被檄夜赴鄧州幕府》詩。

〔三〕中林：林野。《詩·周南·兔罝》：「肅肅兔罝，施于中林。」馬端辰通釋：「《爾雅》：『牧外謂之野，野外謂之林。』中林猶云中野。」蕨：山菜名。

〔四〕「歸來」句：南朝齊孔稚圭《北山移文》《五臣注〈文選〉》吕向云：「鍾山在都北。其先，周彦倫隱於此山，後應詔出爲海鹽縣令，欲却過此山。孔生乃借山靈之意移之，使不許得至。」句暗用此典。

〔五〕「可惜」句：南朝齊謝朓《酬王晉安》：「誰能久京洛，緇塵染素衣。」緇塵：黑色灰塵。常喻世俗污染。素衣：此指白色喪服。遺山時丁母憂。

〔編年〕

李、繆皆定於正大七年庚寅在鄧州移剌瑗幕府時作，從之。

曉發石門渡湍水道中〔一〕《水經》：湍音專。

疏星澹秋明，陰霞絢朝映〔二〕。積雨成坐愁〔三〕，晨光動幽興〔四〕。石門歸馭引〔五〕，湍浦漁舠並①〔六〕。曠蕩萬景新〔七〕，歸藏四山静〔八〕。平湖風漪緑，遠岸秋沙浄。洋洋游鯈逝②〔九〕，汎汎輕鷗泳〔一〇〕。隱顯乖夙心〔一一〕，感寓見真性〔一二〕。倦游徒自悼③〔一三〕，違己時安竟④〔一四〕。憂端從中來〔一五〕，茫茫發孤詠〔一六〕。

〔校〕

①舠：李全本、施本作「刀」。《詩・衛風・河廣》：「誰謂河廣，曾不容刀。」陸德明釋文：「刀，字書作舠。」　②鯈：李詩本、毛本作「魚」，兩通。《莊子・秋水》：「儵魚出游從容。」儵，同鯈，魚名。從李全本、施本。　③徒：施本作「時」，兩通。　④時：李詩本、李全本、施本作「將」。

〔注〕

〔一〕石門：在鄧州。見《去歲君遠游送仲梁出山》注〔二八〕。湍水：源出内鄉，流經鄧州。

〔二〕陰霞：雲霞。南朝宋謝靈運《游赤石進帆海》：「水宿淹晨暮，陰霞屢興没。」李善注：「《河圖》

曰：『崐崘山有五色水，赤水之氣，上蒸爲霞，陰而赫然。』」

〔三〕坐愁：因久坐而愁悶。

〔四〕幽興：幽雅的興致。

〔五〕馭：車駕。

〔六〕舠：小船。

〔七〕曠蕩：寬廣。

〔八〕歸藏：指雲霧斂藏。

〔九〕洋洋：《孟子·萬章上》：「少則洋洋焉，攸然而逝。」趙岐注：「洋洋，舒緩摇尾貌。」

〔一〇〕汎汎：浮行貌。

〔一一〕夙心：平素的心願。

〔一二〕感寓：因物興感，寄托感慨。真性：本性。

〔一三〕倦游：厭倦游宦生涯。

〔一四〕安竟：何時終結。

〔一五〕憂端：愁緒。

〔一六〕茫茫：渺茫。孤詠：獨自吟詠。

〔編年〕

李《譜》定於正大七年庚寅在鄧州移剌瑗幕府時作，繆《譜》未編年。按詩意作於鄧州任職時，從李

《譜》。然李所云「以上五詩（指《五松平》、《石門》、《獨峰楊氏幽居》、《曉發石門渡湍水道中》、《渡湍水》）皆不仕意，是由鄧州回内鄉道中作」則不盡然。

石門〔一〕

兩崖懸絶倚山垠①〔二〕，草逕低迷劣可分〔三〕。潭影乍從明處見，竹香偏向静中聞。石林萬古不知暑，茅屋四鄰唯有雲。曳杖行歌羨樵叟，此生何計得隨君。

〔校〕

①懸：李全本作「横」。

〔注〕

〔一〕石門：山名，在鄧州。參見《去歲君遠游送仲梁出山》注〔二八〕。

〔二〕懸絶：險峻峭絶。山垠：山邊。

〔三〕劣：僅。

〔編年〕

李《譜》定於正大七年庚寅在鄧州移刺瑗幕府任職時作，從之。繆《譜》未編。

渡湍水〔一〕

〔一〕湍作專呼，見《水經》。

悠悠人事眼中新〔二〕，悄悄孤懷百慮紛〔三〕。伎倆本宜閑處著〔四〕，姓名誰遣世間聞。秋江澮沱如素練〔五〕，沙浦空明行暮雲。早晚扁舟載煙雨，移家來就野鷗羣。

〔注〕

〔一〕湍水：源出金内鄉縣東北山中，東南流經鄧州城北，至新野合白河。

〔二〕悠悠：層出不窮貌。

〔三〕孤懷：孤單的情懷。

〔四〕伎倆：技能。此聯與本集《被檄夜赴鄧州幕府》「此生只合田間老，誰遣春官識姓名」意近。

〔五〕澮沱：形容風光明浄。

〔編年〕

李《譜》定於正大七年庚寅在鄧州幕府時，從之。繆《譜》未編。

五松平〔一〕

竹港晨露白〔二〕，石門秋氣寒〔三〕。湍流落澗壑①，細路深茅菅。江平白石出，竟日沿清灣〔四〕。四顧不見人，山鳥時間關〔五〕。蒼崖入地底，煙靄青漫漫。力盡不能過，却坐空長歎。青天白雲閑，可望不可攀。虛名竟何得，行路乃爾難〔六〕。

〔校〕

①落：李詩本、毛本作「濯」。據李全本、施本改。

〔注〕

〔一〕五松平：地名，在鄧州，詳見《去歲君遠游送仲梁出山》注〔二九〕。

〔二〕竹港：見《山居雜詩六首》其四注〔一〕。此與「石門」相對，應爲鄧州之地名。

〔三〕石門：在鄧州，詳見《去歲君遠游送仲梁出山》注〔二八〕。

〔四〕竟日：終日。

〔五〕間關：形容鳥鳴宛轉。

〔六〕「行路」句：《樂府解題》：「《行路難》，備言世路艱難及離别悲傷之意。」

〔編年〕

詩亦寫於鄧州，「虚名竟何得」與《渡湍水》「姓名誰遣世間聞」意同，亦言被人舉薦爲官有迫不得已之意。李《譜》定於正大七年庚寅在鄧州幕府時作，從之。繆《譜》未編。

獨峰楊氏幽居〔一〕

村墟瀟灑帶新晴〔二〕，落日千山一片青。世外衣冠存太樸〔三〕，雲間雞犬亦長生〔四〕。清江兩岸多古木，平地數峰如畫屏。惆悵朝陽一茅屋，酒船茶竈負生平〔五〕。

〔注〕

〔一〕獨峰：不詳。詩有「清江」句，與《五松平》「江平白石出，竟日沿清灣」合，疑「獨峰」也在鄧州一帶。楊氏：不詳。幽居：僻静的居處。

〔二〕村墟：村莊。

〔三〕世外衣冠：隱居於塵世之外的士紳。衣冠：古代士以上的服裝。後引申指代士紳。太樸：原始質樸。

〔四〕「雲間」句：《神仙傳》卷四《劉安》：「（劉）安臨去時，餘藥器置在中庭，雞犬舐啄之，盡得昇天。故雞鳴天上，犬吠雲中也。」

〔五〕茶竈：烹茶的小爐竈。《新唐書·隱逸·陸龜蒙》：「不乘馬，升舟設篷席，齎束書、茶竈、筆牀、釣具往來。」

〔編年〕

李《譜》繫於正大七年庚寅遺山任鄧州幕時，姑從之。繆《譜》未編。

月觀追和鄧州相公席上韻〔一〕

月觀知名舊，池亭發興偏。露涼驚夜鶴，風細咽秋蟬。緑泛兵厨酒〔二〕，紅依幕府蓮〔三〕。無緣逐清景〔四〕，空羨飲中仙〔五〕。

〔注〕

〔一〕月觀：從「知名舊」可知爲一賞月處所，有臺榭池亭。鄧州相公：指鄧州節度使移剌瑗。

〔二〕兵厨酒：《晉書・阮籍傳》：「籍聞步兵厨營人善釀，有貯酒三百斛，乃求爲步兵校尉。」此指軍中佳釀。

〔三〕幕府蓮：《南史・庾杲之傳》：「（王儉）乃用杲之爲衛將軍長史。安陸侯蕭緬與儉書曰：『盛府元僚，實難其選。庾景行（杲之字）泛緑水，依芙蓉，何其麗也！』時人以入儉府爲蓮花池，故緬書美之。」後因以「蓮花府」爲幕府之美稱。

〔四〕清景：清光。多指月光。曹植《公宴》：「明月澄清景，列宿正參差。」此借指月觀内鄧州幕府的賞月宴會。

〔五〕飲中仙：指鄧州幕府酒宴中的賓客。杜甫有《飲中八仙歌》，分别描述了李白、賀知章等八人的醉態。

〔編年〕

李、繆皆定於正大七年庚寅在鄧州幕時作，從之。

謝鄧州帥免從事之辟〔一〕

憂端擾擾力難任〔二〕，世事駸駸日見臨〔三〕。三載素冠容有愧〔四〕，一時墨絰果何心〔五〕。首丘自擬終殘喘〔六〕，陟屺誰當辨苦音〔七〕。遥望朱門涕横落〔八〕，相公恩德九泉深〔九〕。

〔注〕

〔一〕鄧州帥：指移剌瑗。從事：官名。此指金代帥府徵聘的文職官員。辟：徵召。

〔二〕憂端：愁緒。擾擾：煩亂貌。

〔三〕駸駸：《詩·小雅·四牡》：「駕彼四駱，載驟駸駸。」毛傳：「駸駸，驟貌。」本集《癸巳四月二十九日出京》：「塞外初捐宴賜金，當時南牧已駸駸。」此形容急迫。

〔四〕三載素冠：指爲父母守孝三年的禮制。遺山時丁母憂。素冠：白帽。此代指喪服。

〔五〕墨經：以喪服從戎。《左傳·僖公三十三年》：「子墨衰經。」杜預注云：「晉文公未葬，故襄公稱子。以凶服從戎，故墨之。」上二句言以丁憂之身而任職幕府，有愧對老母之意。

〔六〕首丘：《禮記·檀弓上》：「古之人有言曰：『狐死正丘首。』仁也。」句言其心繫母喪，願歸居守孝，以終殘年。

〔七〕陟屺：《詩·魏風·陟岵》：「陟彼屺兮，瞻望母兮。」鄭玄箋：「此又思母之戒，而登屺山而望也。」後因以「陟屺」爲思母之典。

〔八〕朱門：貴族富豪之家，此指移剌瑗帥府。横落：交錯落下。杜甫《過郭代公故齋》：「壯公臨事斷，顧步涕横落。」

〔九〕相公：指移剌瑗。九泉：地下深處。句指移剌瑗的恩德施及埋在地下的嗣母。指至死不忘亦通。

〔編年〕

李《譜》繫於正大七年庚寅任職移刺瑗幕府時，繆《譜》則據「三載」二句繫於正大五年下，謂「本年先生丁艱後罷官閑居，鄧州帥辟之，而先生不應辟也」。按：《金史·宣宗紀》「興定三年十月下」載「敕凡立功將士有居喪者特起復還授」及「詔陝西行省，從七品以下官……丁憂待闕隨宜任使」，遺山亦在「隨宜任使」之列。本集有《被檄夜赴鄧州幕府》，亦可知被徵辟之緊急難辭。本詩有「三年素冠容有愧，一時墨絰果何心」句，說明當時應辟了，不是「不應辟」。細味本詩「世事」、「陟屺」諸句，當解幕府職時作。且遺山任鄧州幕職，其友劉光甫曾舉薦（詳見本集《寄劉光甫》）。若正大五年作，是年十月遺山始丁母憂出居内鄉白鹿原長壽新居，友人不當在這種時候舉薦。故從李《譜》。

岐陽三首〔一〕

其一

突騎連營鳥不飛〔二〕，北風浩浩發陰機〔三〕。三秦形勝無今古〔四〕，千里傳聞果是非〔五〕。偃蹇鯨鯢人海涸〔六〕，分明蛇犬鐵山圍〔七〕。窮途老阮無奇策〔八〕，空望岐陽淚滿衣。

〔注〕

〔一〕岐陽：舊縣名，因在岐山之陽，故名。唐時爲鳳翔府。金置總管府，是西部陝甘的軍事重鎮。

〔二〕突騎：用於衝鋒陷陣的精鋭騎兵。句謂蒙古軍兵精勢衆。

〔三〕北風：《詩·邶風·北風》：「北風其涼，雨雪其雱。」宋朱熹《集傳》認爲北風象徵國家的危機。發陰機：降雪。唐韓愈《辛卯年雪》：「翕翕陵厚載，譁譁弄陰機。」

〔四〕三秦：秦朝亡後，項羽三分關中，分封章邯爲雍王，司馬欣爲塞王，董翳爲翟王，領有秦故地，因稱關中爲三秦。形勝：地理形勢優越。《史記·高祖本紀》：「秦，形勝之國。」裴駰集解引張晏曰：「秦地帶山河，得形勢之勝便者。」

〔五〕「千里」句：《金史·哀宗上》載，正大八年春正月，大元兵圍鳳翔府。四月大元兵平鳳翔府。《元史·太宗紀》載，三年辛卯春二月，克鳳翔。二史所載克鳳翔之月份不一。蓋鳳翔被克在二月，因屠城，信息至四月始傳到金廷，且非官方正式傳遞，故句云「傳聞果是非」。

〔六〕「偃蹇」句：唐司空圖《與李生論詩書》：「鯨鯢人海涸，魑魅棘林幽。」偃蹇：巨大兇暴貌。鯨鯢：《左傳·宣公十二年》：「古者明王伐不敬，取其鯨鯢而封之，以爲大戮。」注：「鯨鯢，大魚名，以喻不義之人吞食小國。」句謂蒙古軍就像巨大的鯨魚在人海中肆虐，人世的末日即將來臨。

〔七〕「分明」句：言如蛇似犬的蒙古大軍合圍鳳翔城勢如鐵桶。鐵山圍：唐王勃《上劉右相書》：「鐵山四面，金城千里。」施注引《長阿含經》「海外有山，即是大鐵圍山」，陳沚齋《元好問詩選》從之。此言佛教之聖境，與詩境不諧。陳中凡《元好問及其喪亂詩》（《文學研究》一九五八年第一期)所言「三秦形勝爲中原屏障,如果不能固守,則全國成了涸海中的『鯨鯢』,『鐵山』圍困中的『蛇犬』,只有束手待斃而已」,也理解有誤。趙廷鵬等《論元遺山的喪亂詩》(《文學遺産》一九八六年六期)謂「用寶雞的蛇山和扶風的犬丘表現三秦形勝像大鐵圍山,廣袤而險要。詩人把『人海涸』和『鐵山圍』兩個尖鋭對立的意象組接在一起,暗暗托出一片苦心:造成人海涸的悲慘景象,不是因爲失去地利和人和」,也較牽强。此聯皆用超現實的意象化筆法,不必一一坐實。

〔八〕窮途老阮:《晉書·阮籍傳》:「(籍)時率意獨駕,不由徑路,車跡所窮,輒慟哭而反。」後用作「窮途末路」之典。時蒙古主力横掃亞歐,滅國四十,回師掃滅西夏,又克鳳翔,陝西不保。金失右臂,退守河南一地,亡國滅頂之災即將來臨,故有此感。

其二

百二關河草不横〔一〕,十年戎馬暗秦京〔二〕。岐陽西望無來信〔三〕,隴水東流聞哭聲〔四〕。野蔓有情縈戰骨〔五〕,殘陽何意照空城〔六〕。從誰細向蒼蒼問,爭遣蚩尤作五兵〔七〕。

〔注〕

〔一〕百二關河:形容秦、隴地勢險要。《史記·高祖本紀》:「秦,形勝之國,帶山河之險,懸隔二千里,持戟百萬,秦得百二焉。」集解引蘇林曰:「得百中之二焉。秦地險固,二萬人足當諸侯百萬人也。」草不横:《漢書·終軍傳》「軍無横草之功」顔師古注:「言行草中,使草偃卧，故云横草也。」

〔二〕「十年」句：杜甫《愁》詩：「十年戎馬暗萬國，異域賓客老孤城。」金宣宗興定五年，木華黎率蒙古軍攻掠關中，至此已十年。 秦京：秦都咸陽，此代指秦故地。

〔三〕「岐陽」句：杜甫《喜達行在所三首》：「西憶岐陽信，無人遂却回。」

〔四〕「隴水」句：古樂府《隴頭歌辭》：「隴頭流水，鳴聲幽咽。遥望秦川，心肝斷絶。」隴水：渭水的上游，流經甘肅東部，故名。 哭聲：既指隴水嗚嗚聲，亦指淪陷區流民的哭聲。《金史·哀宗上》正大八年四月下載：「大元兵平鳳翔府。兩行省棄京兆，遷居民於河南。」《中州集》雷琯《商歌十章·序》：「客有自關輔來，言秦民之東徙者餘數十萬口，攜持負載，絡繹山谷間，晝餐無糗糒，夕休無室廬，饑羸暴露，濱死無幾。間有爲秦聲寫去國之情者……幽抑而淒厲，若訴而怒焉。及其放也，嗚嗚焉，愔愔焉。極其情之所之，又若弗能任焉者。」

〔五〕「野蔓」句：南朝梁江淹《恨賦》：「試望平原，蔓草縈骨。」

〔六〕「殘陽」句：描述鳳翔被屠後的慘狀。 蒙古國策：「凡城邑以兵得者悉坑之。」（姚遂《序江漢先生死生》）鳳翔久攻乃克，以例當屠，且蒙古大帥木華黎於元光二年攻鳳翔不克而卒，故窩闊台「詔從臣分誅居民，違者以軍法論」（劉因《孫公亮先塋碑》）。

〔七〕蚩尤：傳説中東方九黎族的首領，以金屬作兵器，與黄帝戰於涿鹿之野，失敗被殺。 五兵：《周禮·夏官·司兵》：「掌五兵五盾。」鄭玄注引鄭司農語：「五兵者，戈，殳，戟，酋矛，夷矛。」

其三

眈眈九虎護秦關〔一〕，懦楚孱齊机上看①〔二〕。禹貢土田推陸海②〔三〕，漢家封徼盡天山③〔四〕。北風獵獵悲笳發，渭水蕭蕭戰骨寒④。三十六峰長劍在〔五〕，倚天仙掌惜空閑⑤〔六〕。

〔校〕

①机：李詩本、毛本作「杌」。據李全本、施本改。②推：李全本作「雄」。③徼：李詩本、毛本作「檄」，形訛。據李全本、施本改。④蕭蕭：李全本、施本作「瀟瀟」。⑤惜：毛本作「借」，形訛。據李詩本、李全本、施本改。閑：毛本作「間」，形訛。據李詩本、李全本、施本改。

〔注〕

〔一〕九虎：《漢書·王莽傳下》：「（王莽）拜將軍九人，皆以虎爲號，號曰『九虎』。」後用以喻强悍之軍。施注謂金宣宗興定二年九月戊子置秦關等處九守禦使。合觀下句「懦楚孱齊」，此當指金朝初年守衛秦境的將士。

〔二〕懦楚：指天會五年金人扶植北宋的降臣張邦昌在河南一帶建立的傀儡國。孱齊：指天會八年金人扶植南宋的降臣劉豫在山東一帶建立的傀儡國。孱：懦弱。机：切肉的砧板。《三國志·魏書·吴質傳》：「汝非机上之屠肉。」

〔三〕禹貢：《尚書》篇名。土田：《禹貢》中記載土壤和田地的情況。推陸海：《禹貢》記述關中所屬的雍州：「厥土惟黄壤，厥田爲上上。」陸海：《漢書・地理志》：「（秦地）有鄠、杜竹林，南山檀柘，號稱陸海，爲九州膏腴。」顔師古注：「言其地高陸而饒物産，如海之無所不出，故云陸海。」

〔四〕「漢家」句：漢武帝天漢二年，將軍李廣利率兵與匈奴右賢王大戰於天山（顔師古注：「即祁連山也。匈奴謂天爲祁連。」），敗之，于是漢朝的勢力達於天山之外。此指金初的强盛。封徼：疆界。

〔五〕三十六峰：郝樹侯《元好問詩選》謂指嵩山三十六峰，言「嵩山可以做防堵敵人的屏障」。合觀下句「倚天仙掌」，當指中原的傑出人物。

〔六〕仙掌：華山東峰名仙掌峰。因山巖上有裂隙，下窺山勢如人之五指狀，故稱。句以如倚天長劍的仙掌峰喻傑出人才。此句譴責金廷不唯才是舉的用人政策。《金史・哀宗上》：「（正大）八年春正月，大元兵圍鳳翔府。遣樞密院判官白華、右司郎中夾谷八里門諭閿鄉行省進兵，合達、蒲阿以未見機會不行。復遣白華諭合達、蒲阿將兵出關以解鳳翔之圍，又不行。」《歸潛志》卷六：「南渡之後，爲將帥者多出於世家，皆膏粱乳臭子。若完顔白撒，止以能打毬稱。」不僅將帥用本族人，朝廷軍政亦如此。《元史・張德輝傳》載其應對忽必烈所提出「金以儒亡」的疑問時說：「宰執中雖用一二儒臣，餘皆武弁世爵，及論軍國大事，又不使預聞，大抵以儒進者三十之一，國之存亡，自有任其責者，儒何咎焉？」《歸潛志・辨亡》言金初「能用遼宋人材，如韓企先、劉彦宗、韓昉輩」，至金末宣宗「偏私族類，疏外漢人，其機密謀謨，雖漢相不得預。人主以至公治天下，其分别如此，望群下盡力，難哉」。哀宗也「闇於用人，其將相止取從來貴戚。雖不殺大臣，其驕將多難制不馴」。遺山鄉友趙元《修城去》亦有「城根運土到城頭，補城殘缺終何益？君不見得一李勣賢長城，莫道世間無李勣」的悲慨。本集《朝中措》〔醉來長鋏爲誰彈〕「一帶秦川如畫，夕陽仙掌空閑」亦歎惜李汾不爲世所用。

〔編年〕

按組詩其一注〔五〕，應正大八年辛卯四月在南陽任上作。李、繆同。

宛丘歎〔一〕

秦陽陂頭人迹絶①〔二〕，荻花茫茫白於雪。當年萬家河朔來〔三〕，盡出牛頭入租帖〔四〕。蒼髯長官錯料事②〔五〕，下考大笑陽城拙〔六〕。至今三老背腫青〔七〕，死爲逋懸出膏血〔八〕。君不見，劉君宰葉海内稱，飢摩寒拊哀孤惸。碑前千人萬人泣，父老夢見如平生。冰霜紈袴渠有策〔九〕，如我碌碌當何成。荒田滿眼人得耕，詔書已復三年征〔一〇〕。早晚林間見鷄犬，一犂春雨麥青青〔一一〕。髯李令南陽，配流民以牛頭租，迫而逃者餘萬家。劉雲卿御史宰葉，除逃户税三萬斛③，百姓爲之立碑頌德。賢、不肖用心相遠如此。李之後十年，予爲此縣，大爲逋懸所困。辛卯七月，農司檄予按秦陽陂田〔一三〕，感而賦詩。李與劉皆家宛丘，故以《宛丘歎》命篇。

【校】

①迹：毛本作「遼」。「遼絶」指遥遠，久遠，與詩意不合。據李詩本、李全本、施本改。②料：李詩本、毛本作「科」。據李全本、施本改。③三：李詩本作「二」。

【注】

〔一〕宛丘：《金史·地理中》「陳州」條下有宛丘縣，即今河南省淮陽縣。歎：樂府詩體名。

〔二〕秦陽：金地名，在南陽，見詩尾自注。陂：堤岸。

〔三〕「當年」句：金宣宗貞祐二年遷都汴京後，河朔官民大量南遷，句指此。

〔四〕「盡出」句：謂官分牛於民，按牛頭計税。《金史·食貨二》「牛頭税」條載，猛安謀克部女直户所輸之税，其制每耒牛三頭爲一具，賦粟一石。帖：官方文書。

〔五〕蒼髯長官：即尾注所言「髯李」。《南陽縣志》卷四「職官」、卷九「溝渠」載，宣宗興定五年李國瑞知南陽縣，報創開水田四百餘頃，詔升職二等。料事：處理政事。

〔六〕「下考」句：《新唐書·陽城傳》載，城愛百姓，「自署曰：『撫字心勞，追科政拙，考下下』」。

〔七〕三老：《漢書·高帝紀上》：「舉民年五十以上，有修行，能帥衆爲善，置以爲三老，鄉一人。」

〔八〕死：極力。逋懸：指逃亡户所拖欠的租税。膏血：猶言民脂民膏。《新唐書·陸贄傳》載贄上書：「於是榷算之科設，率貸之法興。禁防滋章，吏不堪命，農桑廢於追呼，膏血竭於笞捶。」

〔九〕「君不見」六句：金趙秉文《滏水集・故葉令劉君遺愛碑》：「起爲葉令，下車修學講義，聳善抑惡。一之曰勵而教之，二之曰惠而安之。姦吏惡少，望風革面。君曰：『未有也，事有大於此者。葉，劇邑也，路當要衝，歲入七萬餘石。自擾攘之後，户減三之一，田不毛者千七百頃，而賦仍舊，可乎？』請於大司農，減二（粤雅堂本作「三」）萬石，民賴以濟，流民自歸者數千。未幾，被召。百姓詣省請留，不果。授應奉翰林文字，逾月以疾卒。遺民聞之，以端午罷酒樂，爲位而哭。越明年，使李道人來乞銘。」《中州金石記》卷五：「《葉令劉從益惠政碑》，正大四年八月立，趙秉文撰並行書，在葉縣。」葉縣：今河南省葉縣西南。平生：老友。冰霜紈袴：指劉對當地豪惡無情打擊，「姦吏惡少，望風革面」事。

〔一〇〕「詔書」句：《金史・食貨二》泰和八年下載：「詔諸路農民請佃荒田者，與免租賦三年。」句謂朝廷下旨已恢復免征三年租賦的優惠政策。

〔一一〕「早晚」二句：《中州集》康錫《按部南陽有贈》：「魯山佳政霑鄰邑，白水歡謡見路人。縣務清談君自了，農郊夙駕我何勤。星河直上冰輪轉，桃李前頭玉樹春。海宇疲民望他日，草堂那得遽移文。」《河南通志》卷五六《名宦・南陽府》謂遺山在内鄉「勞撫流亡，邊境寧謐」，而「知南陽縣，善政尤著」，亦可説明其奏減賦税，招收流亡，恢復農耕的政績。

〔一二〕按：巡視。

〔編年〕

正大八年辛卯七月在南陽任上作。李、繆同。

出鄧州〔一〕

本無奇骨負功名〔二〕，取次誰教髀肉生〔三〕。未到白頭能幾日，六年留滯鄧州城〔四〕。

〔注〕

〔一〕鄧州：《金史·地理中》載，鄧州，武勝軍節度使。轄穰城、南陽、内鄉三縣，治所穰城，今河南省鄧州市。

〔二〕奇骨：非凡的形體相貌。漢王充《論衡·講瑞》：「以相奇言之，聖人有奇骨體，賢者亦有奇骨。」唐張謂《同孫構免官後登薊樓》：「嘗矜有奇骨，必是封侯相。」負：承受。

〔三〕取次：任意。髀肉生：《三國志·蜀書·先主傳》裴松之注引《九州春秋》：「備往荆州數年，嘗於表坐起至厠，見髀裏肉生，慨然流涕。還坐，表怪問備。備曰：『吾常身不離鞍，髀肉皆消。今不復騎，髀裏肉生。日月若馳，老將至矣，而功業不建，是以悲耳。』」後因以「髀肉復生」形容久處安逸，無所作爲。

〔四〕「六年」句：繆《譜》：「先生自正大三年從商帥南陽，至此六年矣。」

〔編年〕

李、繆皆繫於正大八年辛卯，當離南陽任入汴京時作。

◎內鄉時期未編年之作

寄贈龐漢茂弘〔一〕

之子貧居久，詩文日有功。苦心唯我見，高誼許誰同〔二〕。萬里虎食肉〔三〕，一鳴鷄長雄〔四〕。皇天老眼在，且莫怨丘中〔五〕。

〔注〕

〔一〕龐漢：《中州集》載，龐漢，字茂弘，平晉（今山西省太原市）人。正大末年進士，沉毅有志略，待次內鄉北山，兵亂遇害。

〔二〕高誼：指高尚的德行。龐漢安貧樂道，故如此云。

〔三〕「萬里」句：《後漢書·班超傳》：「相者指（超）曰：『生燕頷虎頸，飛而食肉，此萬里侯相也。』」

〔四〕「一鳴」句：用唐李賀《致酒行》「雄鷄一聲天下白」句意，謂鷄鳴日出，天地清明，喻壯志得酬。

〔五〕「皇天」二句：反用杜甫《聞惠二過東溪特一送》「皇天無老眼，空谷滯斯人」句意。丘中：指隱居山林。

〔編年〕

作於內鄉時期。按「之子」、「皇天」諸句，時龐漢尚未進士及第。按《金史》所載，正大末最後一次考試是正大七年，知詩作於正大四年到七年之間。李《譜》繫於正大四年，繆《譜》未編。

峽口食鯿魚有感〔一〕

無奈微雲疏雨何，孟公詩律費研磨〔二〕。憑君莫愛襄陽好，縮項鯿魚刺鯁多〔三〕。

〔注〕

〔一〕峽口：鎮名，在內鄉縣。見《金史·地理中》「內鄉」條下。鯿魚：生活在淡水中，身體側扁，頭小而尖，細鱗。唐孟浩然《峴潭作》：「試垂竹竿釣，果得槎頭鯿。」

〔二〕孟公：指孟浩然。研磨：研求琢磨。本集《論詩三十首》十七：「切響浮聲發巧深，研磨雖苦果何心。」

〔三〕「憑君」二句：杜甫《解悶十二首》之六：「復憶襄陽孟浩然，清詩句句盡堪傳。即今耆舊無新語，漫釣槎頭縮頸鯿。」襄陽：孟浩然，襄陽人，世稱孟襄陽。二句言孟詩不順暢。

〔編年〕

內鄉時期作。李《譜》繫於正大四年，繆《譜》未編。

贈鶯

鄰牆擁高樹，深樾蔭衡宇〔一〕。山禽十百種，晨夕所棲處。獨愛黃栗留〔二〕，婭姹如稚女〔三〕。笑啼啼又笑，宛轉工媚嫵〔四〕。低窺疑欲下，轉眄忽驚舉〔五〕。花暗柳陰陰，尚記兒時語〔六〕。詩家此尤物〔七〕，名字喧樂府〔八〕。天真異絲竹①〔九〕，容服仍楚楚②〔一〇〕。宮額畫眉闊，黛黑抹金縷〔一一〕。恨不掌上看，毛羽得細數。山城無與樂，好鳥亦求侶。時持貫珠來③〔一二〕，有唱當和汝。

〔校〕

①異：李全本、施本作「累」。　②容：李全本作「客」。　③持：李全本、施本作「將」。

〔注〕

〔一〕樾：樹蔭。衡宇：簡陋的房屋。衡：橫木爲門。

〔二〕黃栗留：黃鶯的別名。亦名「黃鸝留」。

〔三〕婭姹：明媚貌。

〔四〕「宛轉」句：形容黃鶯叫聲抑揚動聽惹人喜愛。

〔五〕轉眄：轉眼。喻時間短。

〔六〕「花暗」二句：《中州集》卷十載元敏之詩《讀裕之弟詩稿，有「鶯聲柳巷深」之句，漫題三詩其後》，「兒時句」蓋指此。

〔七〕尤物：珍奇之物。

〔八〕「名字」句：樂府詩中有《喜遷鶯》、《春鶯囀》等題。

〔九〕絲竹：弦樂器與竹管樂器。代指音樂。

〔一〇〕容服：儀容服飾。楚楚：鮮明貌。

〔一一〕「宮額」二句：謂黄鶯額部有像宫女所畫之眉，青黑底色上搽抹著金色條紋。

〔一二〕貫珠：成串的珍珠。此喻珠圓玉潤的詩詞聲韻。

〔編年〕

李《譜》謂「山城」指内鄉，編於金正大五年戊子「附録」中。繆《譜》未編。詩當内鄉時期作。

懷粹中〔一〕

醉解不復寐，吟君田舍詩。從知石門老〔二〕，未比木庵師〔三〕。日月淹書尺〔四〕，江山入鬢絲〔五〕。何因重談笑，却似少林時〔六〕。

〔注〕

〔一〕粹中：英禪師字粹中，著名詩僧。詳見《寄英禪師師時住龍門寶應寺》注〔一〕。

〔二〕石門老：宋代名僧惠洪有《石門文字禪》，故稱。

〔三〕木庵師：英禪師之號。

〔四〕「日月」句：謂時光被淹没於書札中。

〔五〕「江山」句：謂江河日下、國家危亡的悲傷使兩鬢斑白。

〔六〕「却似」句：英禪師曾住嵩山少林寺。本集《少林藥局記》有「少林英禪師爲余言」句。

〔編年〕

李《譜》編於正大四年丁亥下「附録」中，謂居内鄉時作，姑從之。繆《譜》未編。

◎金亡前未編年之作

採杞〔一〕

仙苗不擇地〔二〕，榛莽散秋實〔三〕。微霜緑未隕，濃露紅欲滴。方書尚服餌〔四〕，僮僕課採拾。花葉久已厭〔五〕，功實從此得〔六〕。苦荼薦奇味，凡醞化靈液〔七〕。人傳東坡事〔八〕，世驗西河術〔九〕。詆口亦自佳〔一〇〕，輕骨況可必。維物多似是，致用相萬一。向非觀玉篇〔一一〕，誰爲分杞棘。

〔注〕

〔一〕杞：枸杞。落葉小灌木。中醫以果實、根皮入藥。

〔二〕仙苗：明朱橚《救荒本草》「枸杞」條：「一名地仙苗。」

〔三〕榛莽：雜亂叢生的草木。

〔四〕「方書」句：宋唐慎微《證類本草》「枸杞」條：「久服堅筋骨輕，身不老，耐寒暑。」方書：醫書。

〔五〕「花葉」句：枸杞嫩時的花葉可食。

〔六〕功實：實際的功效。

〔七〕凡醖：普通酒。上二句謂酒中泡入枸杞後苦中有奇味，成爲益壽延年的靈液。

〔八〕「人傳」句：蘇軾《周教授索枸杞因以詩贈録呈廣倅蕭大夫》：「扶衰賴有王母杖（枸杞一名王母杖），名字於今掛仙録……時復論功不汝遺，異時謹事東籬菊。」

〔九〕西河術：清王子接《絳雪園古方選注》卷七：「淮南《枕中記》載，西河女子用地骨（即枸杞）皮爲服食，則知泄氣而仍有補益之功。」卷八「四神丸」條：「西河女子所載服食之法，惟服枸杞子，經歲不輟，能延年耐老。」

〔一〇〕「詆口」句：謂服食枸杞的效用即使誇大虛傳，其口味尚佳。

〔一一〕觀玉篇：唐陳子昂《觀玉篇·序》載，陳氏在甘肅張掖見到枸杞，向同官言其藥效。有人認爲它是白棘，並作《採玉篇》譏陳。陳「心知必是，由於獨見之故，被奪於衆人，乃喟然而歎曰：『嗟乎！人之大明者，目也；心之至信者，口也……玄黄甘苦亦可斷而不惑矣！而路傍一議，二子增疑，况君臣之間、朋友之際乎？自是而觀之，則萬物之情可見也』」。末四句言世間事物多像枸杞，得賞識而致用者僅萬中有一。

〔編年〕

李《譜》附録於興定元年，繆《譜》未編。按詩末四句感歎枸杞難得真賞之寓意，詩當作於金亡之前。金亡後，元氏多次感歎後悔出仕（本集《臨江仙》〔昨日故人留我醉〕有「九萬里風安稅駕，雲鵬悔不卑飛。回頭四十七年非」句）。

西窗

西窗鳥聲千種好，樹陰離離動微風①〔一〕。青山滿前掩書坐，欲話懷抱無人同。花枝不笑緑鬢改〔二〕，尊酒自與黄金空。少年樂事總消歇〔三〕，落日澹澹天無窮。

〔校〕

①陰：施本作「影」。

〔注〕

〔一〕離離：濃密貌。

〔二〕緑鬢：烏黑而有光澤的鬢髮。

〔三〕總：皆。

〔編年〕

本集《校笠澤叢書後記》云：「甲午四月二十有一日，書於聊城寓居之西窗。」李、繆皆謂本詩即指聊城之西窗，故定在天興三年甲午。按：聊城在平原，與「青山滿前」句不合。在遺山詩中，「西窗」借指屋舍。如《龍門雜詩二首》「西窗一握手，大笑傾冠巾」、《鎮平縣齋感懷》「西窗一夕無人語，挑盡寒燈坐不明」，皆非指聊城之西窗。味「掩書坐」、「話懷抱」、「緑鬢改」諸語，當作於早年。姑置於金亡前。

聞欽叔在華下〔一〕

翰林仙人詩酒豪〔二〕，平生嵇阮參游遨〔三〕。山中草棘滿霜雪，可惜渠家宮錦袍〔四〕。聞君忍飢讀離騷〔五〕，思之不見心爲勞。舉頭西望忽大笑，太華落落長庚高〔六〕。

〔注〕

〔一〕欽叔：即李獻能。詳見《同希顔、欽叔玉華谷分韻得軍華二字二首》其一注〔一〕。華下：華山之下。本集《念奴嬌》〔雲間太華〕詞序云：「欽叔、欽用避兵太華絶頂，以書見招，因爲賦此。」二者當同時事。

〔二〕翰林仙人：借用李白典故，指李獻能欽叔。《中州集》本傳：「在翰院，應機敏捷，號得體。趙秉文、李純甫嘗曰：『李獻能天生今世翰苑才。』故每薦之，不令出館。」

〔三〕嵇阮：指魏晉之際的嵇康、阮籍。

〔四〕宮錦袍：《新唐書·李白傳》載，李白被賜金放還，嘗乘舟自採石至金陵，「著宮錦袍，坐舟中，旁若無人」。

〔五〕離騷：《楚辭》篇名，屈原的代表作。

〔六〕太華：華山的別稱。落落：清楚、分明的樣子。長庚：傍晚出現在西方天空的金星。

〔編年〕

李《譜》附於正大八年辛卯，繆《譜》未編。欽叔正大八年十二月末河中破奔陝州，行省以權左右司郎中。下年十一月遇害。其時危亂，與詩中所言「忍飢讀離騷」不合。作年不確，姑置於金亡前。

東湖次及之韻〔一〕

西山山頭山月白，倒影漣漪舞寒碧。竹溪花島要君詩〔二〕，醉墨幾番枯研滴〔三〕。東湖佳處詩已盡①，矯首不知川路隔〔四〕。當年韓賈文章伯②〔五〕，物色分留到佳客〔六〕。此州何必減蘇州，頻有詩人來列職〔七〕。一時人境偶相值〔八〕，萬古風流餘此席。三堂風月今猶昔〔九〕，擬拂塵纓問投跡〔一〇〕。因君寄謝使君公③〔一一〕，却恐他年厭求索。

〔校〕

①湖：施本作「州」。　②文章：李詩本、毛本無此二字，據郭本、施本補。　③謝：施本、郭本作「詩」。

〔注〕

〔一〕東湖：施注引唐韓愈《奉和虢州劉給事使君三堂新題二十一詠·月臺》「南館城陰闊，東湖水氣多」，謂指虢州（今河南省靈寶市）之東湖。按詩中多用韓詩典，從之。及之：施注：「《中州集》劉治中濤字及之，或是。」遺山贈答詩用典，多與所贈答之人的姓名有關。如《贈答雁門劉仲修》用漢劉向典。施說可從。劉濤，字及之，夏津（今山東省夏津縣）人，明昌二年進士，以彰德治中致仕。

〔二〕竹溪花島：上引韓愈組詩中有《竹溪》、《花島》二詩。

〔三〕枯研：乾涸的硯池。句謂劉及之醉墨揮灑使硯池乾涸。

〔四〕矯首：昂首。

〔五〕韓賈：指唐代詩人韓愈和賈島。

〔六〕「物色」句：謂邀請佳客欣賞美景。

〔七〕「此州」二句：謂唐詩人韋應物任蘇州刺史，虢州也有詩人劉伯芻任刺史，文采風流，不減前者。

〔八〕人境：傑出的人物和美好的環境。

〔九〕三堂風月：韓愈《奉和虢州劉給事使君三堂新題二十一詠·序》：「虢州刺史宅連水池竹林，往往爲亭臺島渚，目其處爲三堂。劉兄……又作二十一詩以詠其事，流行京師，文士争和之。余與劉善，故亦同作。」風月：此指詩文。

〔一〇〕投跡：舉步前往。

〔一一〕君：指及之。使君公：指現任地方長官，其人不詳。

〔編年〕

李《譜》據「東州（州，李詩本、毛本、郭本作「湖」，施本作「州」）」句，認爲作於山東東平，故編於蒙古太宗八年丙申下總録中。繆《譜》未編。按：詩詠唐虢州（今河南省靈寶市）事，劉及之年長，當作於金亡前。

望歸吟〔一〕

塞雲一抹平如截，塞草離離卧榆葉。長城窟深戰骨寒〔二〕，萬古牛羊飲冤血。少年錦帶佩吴鈎〔三〕，獨騎匹馬覓封侯。去時只道從軍樂〔四〕，不道關山空白頭。北風吹沙雜飛雪，弓弦有聲凍欲折。寒衣昨夜洛陽來，腸斷空閨擣秋月。年年歲歲望還家，此日歸期轉未涯。誰與南州問消息，幾時重拜李輕車〔五〕。

〔注〕

〔一〕詩題：清乾隆《欽定續通志》卷一二七謂唐以後「新題樂府未嘗被管弦者」，屬「别離」類。

〔二〕長城窟：漢陳琳《飲馬長城窟行》：「飲馬長城窟，水寒傷馬骨。」

〔三〕「少年」句：南朝宋鮑照《結客少年場行》：「驄馬金絡頭，錦帶佩吴鈎。」吴鈎：一種彎形的刀。

〔四〕從軍樂：漢王粲《從軍詩五首》其一：「從軍有苦樂，但問所從誰。所從神且武，焉得久勞師。」

〔五〕李輕車：指李蔡。《漢書·李廣傳》：「初，廣與從弟李蔡俱爲郎，事文帝。景帝時，蔡積功至二千石。武帝元朔中，爲輕車將軍，從大將軍擊右賢王，有功中率，封爲樂安侯。」

〔編年〕

李、繆未編。詩感歎北方邊疆軍中將非其人，當作於金亡前。

十月

十月常年見早梅，今年二月未全開。春寒春暖花如故，年去年來老漸催〔一〕。大藥誰傳軒后鼎〔二〕，習仙虚築漢宫臺〔三〕。憑君撥置人間事〔四〕，不負浮生只此杯〔五〕。

〔注〕

〔一〕「春寒」二句：唐劉希夷《代悲白頭翁》：「年年歲歲花相似，歲歲年年人不同。」

〔二〕大藥：道家金丹。軒后鼎：軒，指軒轅氏，即黄帝。后：帝王。《史記·封禪書》：「黄帝採首山銅，鑄鼎於荆山下。」後以「軒轅鼎」稱道教煉丹爐。

〔三〕「習仙」句：漢武帝迷信神仙之説，在長安建章宫前造神明臺，上鑄銅仙人，手托承露盤以儲露水，和玉屑服之，以求長生。

〔四〕撥置：擱置。

〔五〕浮生：語本《莊子·刻意》：「其生若浮，其死若休。」以人生在世，虚浮不定，因稱人生爲「浮生」。杯：指酒。

〔編年〕

李《譜》據本集《癸卯歲杏花》「讀書山前二月尾，向陽杏花未全開」、「今年閏年好寒節，花開不妨遲一月」，謂《十月》亦同時作，故編在蒙古乃馬真后二年癸卯。按：本詩指梅花而非杏花，忻州無梅花，詩當金亡前在河南作。繆《譜》未編。

有寄

飛鴻來處是營平〔一〕，喜向斜封見姓名〔二〕。千里吕安思叔夜〔三〕，五更殘月伴長庚〔四〕。關河秋興風景暮，長路渴心塵土生〔五〕。南渡詩人吾未老，幾時同醉鳳凰城〔六〕。

〔注〕

〔一〕飛鴻：指信。營平：營州和平州，在今河北省唐山市東。金末二州已非所有，此當指東北方的邊地。

〔二〕斜封：謂非朝廷正式任命封授（官爵）。上二句謂從來信中看到老友在某節鎮幕府任官，非常高興。

〔三〕「千里」句：《晉書·嵇康傳》：「東平吕安服（嵇）康高致，每一相思，輒千里命駕，康友而善之。」叔夜：嵇康之字。

〔四〕「五更」句：韓愈《東方半（一作未）明》：「東方半（一作未）明大星没，獨有太白配殘月。」長庚：西天的金星。

〔五〕「長路」句：唐盧仝《訪含曦上人》：「三入寺，曦未來。轆轤無人井百尺，渴心歸去生塵埃。」喻訪友不遇，思念殷切。後用「渴心生塵埃」爲想望舊友之典。

〔六〕鳳凰城：指京城。杜甫《復愁》之九：「由來貔虎士，不滿鳳凰城。」仇兆鰲注：「鳳凰城，指長安。」

〔編年〕

李《譜》據「南渡詩人」句編於興定三年乙卯下「總録」中，謂居嵩山時作。繆《譜》未編。李説不足據，編於金亡前。

贈答同年敬鼎臣〔一〕

四海屏山放一頭〔二〕，争教塵土走東州〔三〕。長身奉米侏儒飽〔四〕，束髮從軍妄尉侯〔五〕。千首新詩工作祟，百壺清酒未消憂。悠悠世事今如此，付與煙波著釣舟。

〔注〕

〔一〕同年：同榜進士之互稱。敬鼎臣：敬鉉字鼎臣，易水（今河北省易縣）人。金興定五年詞賦進士，主郟城簿，改白水令。金亡北渡，寓居順天張柔處。仕蒙古爲中都提舉學校官。著有《春秋備忘》。

〔二〕屏山：金末文壇領袖李純甫之號。放：讓。元耶律楚材《屏山居士〈鳴道集〉序》：「屏山臨終，出此書付敬鼎臣，曰：『此吾末後把交之作也，子其秘之，當有賞音者。』」句謂名震四海的李屏山猶謙讓敬鼎臣。

〔三〕東州：東方州縣。李《譜》謂指東平，不妥。

〔四〕「長身」句：《漢書·東方朔傳》：「侏儒長三尺餘，奉一囊粟，錢二百四十。臣朔長九尺餘，亦奉一囊粟，錢二百四十。侏儒飽欲死，臣朔飢欲死。」

〔五〕「束髮」句：妄尉，「諸妄校尉」的省稱。《漢書·李廣傳》：「廣與望氣王朔語云：『自漢擊匈奴，廣未嘗不在其中，而諸妄校尉已下，材能不及中，以軍功取侯者數十人。廣不爲後人，然終無尺寸功以得封邑者，何也？』」張晏注：「妄，猶凡也。」《中州集》耶律履《史院從事日感懷》：「一戰得侯輸妄尉，長身奉粟媿侏儒。」上二句本此。

〔編年〕

李《譜》編於蒙古太宗八年丙申下「總附」中，謂乙未至戊戌在東平作。繆《譜》未編。詩感歎待遇微薄，功名不立，非金亡後之作。故編於金亡前。

贈麻信之〔一〕

梁苑同來手重分〔二〕，洛西清語意尤親①〔三〕。相期晚歲定知我〔四〕，可道古人唯有君〔五〕。霽日光風開白晝〔六〕，瓊林珠樹照青春〔七〕。陸機舊有三間屋，便擬東頭著弟雲〔八〕。

〔校〕

①清：施本作「情」。

〔注〕

〔一〕麻信之：麻革字信之，虞鄉（今山西省永濟市東）人。早年客居洛西永寧，正大中與張澄、杜仁傑隱居內鄉。天興二年在汴京，崔立碑事及之。本集《寄中書耶律公書》向耶律楚材推薦秀士中有之。金亡後北渡。晚年居平陽（今山西省臨汾市）任職經籍所，教授而終。參見《虞鄉麻長官成趣園二首》其一注〔一〕、《麻張杜諸人詩評》等。

〔二〕梁苑：指汴京。

〔三〕洛西：洛陽之西。清語：清談高論。句當指永寧（今河南省洛寧縣）、福昌（今河南省宜陽縣）交往時事。

〔四〕相期晚歲：約定晚年同居。宋林光朝《惠安縣丞陳君行狀》：「毅夫有百年生死之心，每相期晚歲，作室婚姻，同一處。」元吴澄《又次韻張仲默》：「志合豈辭千里遠，相期晚歲共分陰。」

〔五〕「可道」句：謂麻革可與古人同道。

〔六〕霽日光風：指雨過天晴時的明浄景象，用以喻人品高尚，胸襟開闊。

〔七〕瓊林珠樹：樹的美稱。喻俊才。

〔八〕「陸機」二句：《世説新語·賞譽》：「蔡司徒在洛，見陸機兄弟住參佐廨中，三間瓦屋，士龍住東頭，士衡住西頭。」本集《寄楊飛卿》：「三間老屋知何處，慚愧雲間陸士龍。」二句以陸機自比，以陸雲比麻信之。

〔編年〕

李《譜》據「洛西」句，編於蒙古乃馬真后三年甲辰下附録中，謂遷母墳經洛西時作。按甲辰麻革在平陽，無由相會。據「相期晚歲」句，詩作於早年，故編於「金亡前」。繆《譜》未編。

杏花雜詩十三首〔一〕

其一

杏花墻外一枝横〔二〕，半面宫妝出曉晴〔三〕。看盡春風不回首，寶兒元自太憨生①〔四〕。

〔校〕

①自：施本作「是」。

〔注〕

〔一〕雜詩：謂興致不一，不拘流例，遇物即言之詩。

〔二〕「杏花」句：宋葉紹翁《游園不值》：「春色滿園關不住，一枝紅杏出牆來。」

〔三〕半面宫妝：《南史·梁元帝徐妃傳》：「妃以帝眇一目，每知帝將至，必爲半面妝以俟。」

〔四〕寶兒：姓袁，隋煬帝楊廣之妃。宋尤袤《全唐詩話》載，煬帝召虞世基起草詔令，袁寶兒目不轉睛注視世基。煬帝命世基作詩嘲諷，有「學畫鴉兒半未成，垂肩嚲袖太憨生」之句。

其二

露華浥浥泛晴光〔一〕，睡足東風倚緑窗〔二〕。試遣紅妝映銀燭，湘桃争合伴仙郎〔三〕。

〔注〕

〔一〕露華：露水。浥浥：濕潤貌。

〔二〕「睡足」句：形容杏花未開前的狀態。

〔三〕「湘桃」句：元王惲《碧桃青鳥圖》：「瀛洲仙集海微茫，翠鳥湘桃更異常。似爲碧霄宫寂寂，故傳芳信到劉郎。」南朝宋劉義慶《幽明録》載，東漢劉晨、阮肇入天台山採藥，遇仙女，吃仙桃，歸來已是晉代。句謂杏花勝于桃花。

其三

嫋嫋纖條映酒船〔一〕，緑嬌紅小不勝憐〔二〕。長年自笑情緣在〔三〕，猶要春風慰眼前〔四〕。

〔注〕

〔一〕嫋嫋：細長柔美貌。酒船：指大酒杯。

〔二〕「緑嬌」句：宋晏幾道《臨江仙》〔旖旎仙花解語〕：「緑嬌紅小正堪憐。」

〔三〕長年：老年。情緣：情分。

〔四〕「猶要」句：還要春風吹放杏花來慰藉。

其四

暖日園林可散愁，每逢花處儘遲留〔一〕。青旗知是誰家酒〔二〕，一片春風出樹頭。

〔注〕

〔一〕儘：任憑。

〔二〕青旗：酒旗。

其五

紛紛紅紫不勝稠，争得春光競出頭。却是梨花高一著，隨宜梳洗儘風流〔一〕。

〔注〕

〔一〕儘：最。

其六

露浥清華粉自添〔一〕，隔溪遥見玉簾苫〔二〕。眼看桃李飄零盡，更揀繁枝插帽檐。

〔注〕

〔一〕露浥：潤濕的露珠。清華：清秀美麗。

〔二〕玉簾苫：形容杏花的繁盛。玉簾：白色的簾子。杏花遠看盡白色。苫：遮蓋。

其七

小橋南北夢幽尋，殘醉瞢騰不易禁〔一〕。一樹杏花春寂寞，惡風吹折五更心。

〔注〕

〔一〕瞢騰：形容模模糊糊，神志不清。禁：控制。

其八

西山漠漠有無中，幾日園林幾樹紅。燕子銜將春色去，錯教人恨五更風。

其九

屈指殘春有別期，春風争忍片紅飛。若爲釀得千日酒，醉著東君不放歸〔一〕。

〔注〕

〔一〕東君：司春之神。

一〇

楚客離魂不易招〔一〕，野春平碧水迢迢。垂楊也被多情惱，瘦損春風十萬條。

〔注〕

〔一〕「楚客」句：《楚辭》有《招魂》篇，傳爲屈原因楚懷王被騙入秦客死而作。句寫杏花落後難以復原的感想。本集《杏花落後分韻得歸字》有「寫生正有徐熙在，漢苑招魂果是非」句。

一一

小雨班班曉未匀〔一〕，煙光水色畫難真。西園春物知多少〔二〕，一樹垂楊惱殺人。

〔注〕

〔一〕班班：斑點衆多貌。班，通「斑」。

〔二〕西園：指汴京西園。詳見《西園》（七古）注〔一〕。

一二

魏紫姚黄有重名〔一〕，洛陽車馬鬧清明。吹殘桃李風纔定，可是東君別有情。

〔注〕

〔一〕魏紫姚黄：兩種名貴的牡丹花。宋歐陽修《洛陽牡丹記・花釋名》載，姚黄爲千葉（指花瓣）黄花，培育於宋代姚氏家；魏紫爲千葉肉紅花，出自魏相仁溥家。

一三

紅妝翠蓋惜風流，春動香生不自由〔一〕。莫向芸齋厭閑冷〔二〕，小詩供作錦纏頭〔三〕。韓偓：「嚥三清之瑞露，春動七情；咀五色之靈芝，香生九竅。」〔四〕

〔注〕

〔一〕「紅妝」二句：言杏花色美味香，使詩人情不自禁被吸引而來。

〔二〕芸齋：書齋。本集《别程女》「芸齋淅淅掩霜寒」指嵩山之書齋。

〔三〕錦纏頭：古代歌舞藝人演畢，客以羅錦爲贈，置之頭上，謂之「錦纏頭」。後作贈送女妓財物的通稱。上二句謂杏花莫嫌詩人窮困寒酸，詩人將以小詩代錦纏頭爲贈。

〔四〕尾注：韓偓《香奩集》自敘語。韓偓：晚唐詩人。三清：道家指玉清、太清、上清，是神仙居住的仙境。七情：喜怒哀懼愛惡欲。指各種感情。九竅：面部七竅及大小便處。

〔編年〕

李《譜》據組詩第十一首「西園」句，謂春在汴京作，故編於正大二年乙酉。本集《臨江仙》〔醉眼紛紛桃李過〕末注云：「『小橋南北夢裏尋，殘醉瞢騰不易禁。一樹杏花春寂寞，惡風吹折五更心』，此予二十年前嵩山中詩也。」此即組詩第七首。可見組詩非作於一時一地。故編在「金亡前」作。繆《譜》未編。

右司正之家渭川千畝圖二首〔一〕

其一

官街塵土霧中天，入眼荒寒一灑然〔二〕。大似終南山下看〔三〕，北風和雪捲蒼煙。

〔注〕

〔一〕右司正之：王特起，字正之。代州崞縣（今山西省原平市）人。年四十餘登泰和三年進士第，官至司竹監使。知識精深，好學善議。音樂技藝，無所不能。長於辭賦，出入經史。與李純甫爲忘年交。《中州集》卷五有小傳。《歸潛志》卷四載其事。元張之翰《西巖集》有《右司正之家渭川千畝圖》詩。渭川：指甘肅、陝西渭河流域。

〔二〕荒寒：荒遠淒寒。灑然：形容神氣一下子清爽。

〔三〕終南山：山名。在今陝西省西安市西南。其地多竹。

其二

老眼蕭郎筆有神〔一〕，巖姿洲景盡天真。情知一段幽閑趣，不必清談著晉人〔二〕。

〔注〕

〔一〕蕭郎：唐代畫家。唐白居易《畫竹歌並序》：「協律郎蕭悦善畫竹，舉時無倫……植物之中竹難寫，古今雖畫無似者。蕭郎下筆獨逼真，丹青以來惟一人。」

〔二〕清談：謂魏晉時期崇尚老莊、空談玄理的風氣。清談重心集中在有無、本末之辯。

〔編年〕

金末在汴京作。李《譜》編於興定五年辛巳下「附録」中。繆《譜》未編。

倫鎮道中見槐花〔一〕

名場奔走競官榮，一紙除書誤半生〔二〕。笑向槐花問前事〔三〕，爲君忙了竟何成〔四〕。

〔注〕

〔一〕倫鎮：所在地不詳。按「一紙」句，當在河南。今山東省禹城市有倫鎮，非。

〔二〕除書：拜官授職的文書。

〔三〕「笑向」句：唐李公佐《南柯太守傳》載，淳于棼飲古槐樹下，醉，夢入大槐安國，被召爲駙馬，又任南柯太守，享盡榮華富貴。醒後在古槐樹下看到一蟻穴。「前事」當指此。

〔四〕君：指槐花。

【編年】

按「一紙」句，當作於金亡前。李《譜》據之謂任内鄉時作，編於正大四年丁亥。繆《譜》未編。

天門引[一]

秦王深宫不得近①，從破衡成欲誰信[二]。白頭游客困咸陽，憔悴黄金百斤盡[三]。海中仙人黄鶴舉，大笑人間争腐鼠[四]。丈夫何意作蘇秦，六印才堪警兒女[五]。古來多爲虚名老，不見阿房浄如掃[六]。千年虎豹守天門[七]，一日牛羊卧秋草。

【校】

①宫：李全本、施本作「居」。

【注】

[一]詩題：清乾隆《欽定續通志》卷一二七謂唐以後「新題樂府未嘗被管弦者」，屬「宫苑」類。

[二]從破衡成：南北爲從（縱）。從破指六國之盟破裂。東西爲衡（横）。衡成指秦國和六國個别結合。二句指蘇秦説秦惠王不果事，見《戰國策·秦一》〔蘇秦始將連横〕。

[三]「白頭」二句：《戰國策·秦一》〔蘇秦始將連横〕：「（蘇秦）説秦王書十上而説不行，黑貂之裘弊，黄金百斤盡。」

〔四〕争腐鼠：《莊子・秋水篇》：「惠子相梁，莊子往見之。或謂惠子曰：『莊子來，欲代子相。』於是惠子恐，搜於國中，三天三夜。莊子往見之，曰：『南方有鳥，其名爲鵷雛……非練實不食，非醴泉不飲。於是鴟得腐鼠，鵷雛過之，仰而視之曰，嚇！今子欲以子之梁國嚇我耶？』」

〔五〕六印：六國相印。句指蘇秦佩六國相印榮歸故里妻嫂拜迎事。

〔六〕阿房：秦之阿房宫，被項羽焚毁。

〔七〕「千年」句：《楚辭・招魂》：「虎豹九關，啄害下人些。」

〔編年〕

李《譜》編於大安元年己巳下，謂「是試秦不遇詩」。按：詩寫欲仕不得的感慨，當作於未仕之前，但非必試秦時。編在金亡之前。繆《譜》未編。

蛟龍引〔一〕

古劍咸陽墓中得，抉開青雲見白日。蛟龍地底氣如虹〔二〕，土花千年不敢蝕①〔三〕。洪鑪烈焰初騰精②〔四〕，横海已覺無長鯨。世上元無倚天手〔五〕，匣中誰解不平鳴〔六〕。割城恨不逢相如〔七〕，佐酒恨不逢朱虚③〔八〕。尚方未入朱雲請〔九〕，盟盤合與毛生俱〔一〇〕。誰念田文坐中客，只將彈鋏歎無魚〔一一〕。

〔校〕

①土：毛本作「玉」。據李詩本、李全本、施本改。　②焰：李全本作「㸌」。　③佐：毛本缺此字。據李詩本、李全本、施本補。

〔注〕

〔一〕詩題：清乾隆《欽定續通志》卷一二七謂唐以後「新題樂府未嘗被管弦者」，屬「龍魚」類。蛟龍：指劍。《晉書·張華傳》載，雷焕得豐城寶劍，其子持其劍經延平津，劍躍出墮水化爲龍。

〔二〕「蛟龍」句：用豐城劍紫氣衝斗牛典，詳見《晉書·張華傳》。

〔三〕土花：金屬器皿表面長期受泥土剥蝕而留下的痕迹。

〔四〕洪罏：大火爐。騰精：指鐵水翻騰上湧。

〔五〕倚天手：使用倚天劍的能手。

〔六〕「匣中」句：晉王嘉《拾遺記》卷一：「帝顓頊有曳影之劍，騰空而舒。若四方有兵，此劍則飛起，指其方則克伐。未用之時，常於匣裏如龍虎吟。」後用以喻胸懷壯志而報國無門。

〔七〕「割城」句：《史記·廉頗藺相如列傳》：「遂與秦王會於澠池……秦之群臣曰：『請以趙十五城爲秦王壽！』藺相如亦曰：『請以秦之咸陽爲趙王壽！』秦王竟酒，終不能加勝於趙。」

〔八〕「佐酒」句：《史記·齊悼惠王世家》：「燕飲，高后令朱虚侯劉章爲酒吏。章自請曰：『臣，將種也，請得以軍法行酒。』……頃之，諸吕有一人醉，亡酒，章追，拔劍斬之而還……自是之後，諸呂憚朱虛侯。」

〔九〕「尚方」句：《漢書・朱雲傳》：「雲上書求見，公卿在前。雲曰：『今朝廷大臣上不能匡主，下亡以益民，皆尸位素餐，孔子所謂「鄙夫不可與事君」，「苟患失之，亡所不至」者也。臣願賜尚方斬馬劍，斷佞臣一人以厲其餘。』」

〔一〇〕「盟盤」句：《史記・平原君列傳》：「毛遂曰：『從定乎？』楚王曰：『定矣。』毛遂謂楚王之左右曰：『取鷄狗馬之血來。』毛遂奉銅槃而跪進之楚王曰：『王當歃血而定從，次者吾君，次者遂。』遂定從於殿上。」

〔一一〕「誰念」二句：《戰國策・齊策四》〔馮諼客孟嘗君〕：「左右以君（孟嘗君）賤之（馮諼），食之草具。居有頃，倚柱彈其劍，歌曰：『長鋏，歸來乎！食無魚。』」田文：即孟嘗君。

〔編年〕

李《譜》據「古劍咸陽墓中得」編於大安元年己巳，謂是年在長安時作。繆《譜》未編。按詩末二句用馮諼客孟嘗君初遭冷遇典，通篇抒懷才不遇之感慨，當是未入仕途之作，然未必作於在長安時，姑編於金亡前。

中國古典文學基本叢書

元好問詩編年校注

中册

〔金〕元好問　著

狄寶心　校注

中華書局

卷四　朝官囚徒時期

京居辛卯八月六日作

四壁秋蟲夜語低〔一〕，南窗孤客枕頻移〔二〕。野情自與軒裳隔〔三〕，旅食難堪日月遲〔四〕。平子歸田元有約〔五〕，魏舒襆被恐無期〔六〕。一莖白髮愁多少，慚愧家人賦扊扅〔七〕。

〔注〕

〔一〕四壁：用「家徒四壁」典，見《史記·司馬相如傳》。

〔二〕孤客：單身旅居外地的人。遺山任南陽令時妻張氏卒，故自稱「孤客」。

〔三〕軒裳：車服。代指官位爵禄。

〔四〕旅食：寄食，客居。唐韓愈《祭十二郎文》：「故捨汝而旅食京師，以求斗斛之禄。」難堪日月遲：陶淵明《怨詩楚調》：「造夕思雞鳴，及晨願烏遷。」上句言願夜之速旦，下句言願朝之速暮。此化用其意。

〔五〕「平子」句：本集《示懷祖》：「乘閑便作歸田賦，付與牛童扣角歌。」平子歸田：後漢張衡字平子，其《歸田賦》云：「游都邑以永久，無明略以佐時……超埃塵以遐逝，與世事乎長辭。」

〔一〕魏舒襆被：《晉書·魏舒傳》：「入爲尚書郎。時欲沙汰郎官，非其才者罷之。舒曰：『吾即其人也。』襆被而出。」襆被：用包袱裹束衣被，意爲整理行裝。遺山入京任尚書省左司都事，句言官任難辭。

〔七〕賦扊扅：北齊顔之推《顔氏家訓·書證》：「古樂府歌《百里奚詞》曰：『百里奚，五羊皮。憶别時，烹伏雌，吹扊扅，今日富貴忘我爲！』『吹』當作炊煮之『炊』……然則當時貧困，並以門牡木作薪炊爾。」扊扅：門閂。

〔編年〕

正大八年辛卯八月在汴京任尚書省左司都事時作，李、繆同。

希顔挽詩五首

其一

官銜寥落在銘旌〔一〕，十命寧論重與輕①〔二〕。不作漢家賢傳去〔三〕，空勞明主識蕭生〔四〕。

「溘焉溟漠，旌紀寂寞」，《魏書·隱逸傳》中語②。

〔校〕

①十：李詩本、李全本、施本作「才」。②溘焉溟漠，旌紀寂寞：二句見《魏書·儒林·徐遵明傳》，「漠」作「没」，「寞」作「寥」。《魏書·隱逸傳》中語：毛本作「《魏書》中《隱逸傳》語」，據李全

本、施本改。

〔注〕

〔一〕「官銜」句：本集《雷希顔墓銘》：「終於翰林修撰。累官大中大夫。」銘旌：靈柩前書寫死者官銜的旗幡。《後漢書·趙咨傳》：「復重以牆翣之飾，表以旌銘之儀。」李賢注引《禮記》：「銘，明旌也。以死者爲不可别，故以其旗識之。」

〔二〕十命：指比「九賜」更多一種賜予的特殊榮譽。三國蜀諸葛亮《答李嚴書》：「若滅魏斬叡，帝還故居，與諸子並升，雖十命可受，况於九邪！」古代並無十命之制，此乃假設之詞。

〔三〕漢家賢傅：《漢書·蕭望之傳》載其曾任太子太傅。後遭宦官弘恭、石顯等排擠，「竟飲鴆自殺。天子聞之驚，拊手曰：『曩固疑其不就牢獄，果然殺吾賢傅』」。

〔四〕「空勞」句：《漢書·蕭望之傳》：「地節三年夏，京師雨雹，望之因是上疏，願賜清閑之宴，口陳災異之意。宣帝自在民間聞望之名，曰：『此東海蕭生邪？下少府宋畸問狀，無有所諱。』」本集《雷希顔墓銘》：「希顔正大初拜監察御史。時主上新即大位，宵衣旰食，思所以宏濟艱難者爲甚力。希顔以爲天子富於春秋，有能致之資，乃拜章言五事，大略謂：精神爲可養，初心爲可保。人君以進賢退不肖爲職，不宜妄費日力，以親有司之事。上嘉納焉。庚寅之冬，朔方兵突入倒回谷，勢甚張。平章芮公逆擊之，突騎退走，填壓溪谷間，不可勝算。乘勢席卷，則當有謝玄淝水之勝。諸將相異同，欲釋勿追。奏至，廷議亦以爲勿追便。希顔上書，以破朝臣孤注之論，謂：『機不可失，小勝不足保。天所予不得不取。』引援深切，灼然易見。而主兵者沮之，策爲不行。後京兆、鳳翔報：『北兵狼狽而西，馬多不暇入銜。數日後知無追兵，乃聚而攻鳳翔。』朝廷始悔之。」

其二

山立揚休七尺身〔一〕，紫髯落落照青春〔二〕。從教不入麒麟畫〔三〕，猶是中朝第一人〔四〕。

〔注〕

〔一〕山立揚休：《禮記·玉藻》：「頭頸必中，山立，時行，盛氣顛實，揚休玉色。」「山立」鄭注：「不動摇也。」「揚休」孔疏：「『揚』通『陽』……如盛陽之氣生養萬物也。」本集《嘉議大夫陝西東路轉運使剛敏王公神道碑銘》：「衣冠堂堂，珪璋顒顒。山立揚休，頹岱嵩而不吾壓，凜乎其有漢名卿之風。」七尺身：本集《雷希顏墓銘》：「紫髯八尺傾漢庭。」

〔二〕「紫髯」句：本集《雷希顏墓銘》：「爲人軀幹雄偉，髯張口哆，顏渥丹，眼如望羊。遇不平，則疾惡之氣見於顏間，或嚼齒大罵不休。雖痛自摧折，猝亦不能變也。食兼三四人，飲至數斗不亂，杯酒淋漓，談謔間作。辭氣縱横，如戰國游士；歌謡慷慨，如關中豪傑；料事成敗如宿將，能得小人根株窟穴如古能吏；其操心危，慮患深，則又似夫所謂孤臣孽子者。平生慕孔融、田疇、陳元龍之爲人，而人亦以古人期之。故雖其文章號一代不數人，而在希顏，仍爲餘事耳。」落落：磊落。青春：春季草木茂盛，其色青緑，故稱。此形容容光焕發。

〔三〕從教：聽任。麒麟畫：《漢書·蘇武傳》：「甘露三年……上（漢宣帝）思股肱之美，迺圖畫其人於麒麟閣，法其形貌，署其官爵姓名。」後用作建功立業、流芳百世的典故。

〔四〕「猶是」句：本集《雷希顔墓銘》：「南渡以來，天下稱宏傑之士三人：曰高廷玉獻臣、李純甫之純、雷淵希顔。」中朝：漢代朝官自武帝以後有中朝、外朝之分。中朝即内朝。此指朝廷中。

其三

人間無路問天公，自古才難更阨窮〔一〕。日月不爲千載計〔二〕，江山長惜萬夫雄。

〔注〕

〔一〕阨窮：困厄窮迫。

〔二〕千載：此指千年一遇的人材。

其四

萬古文章有正傳，驊騮争道望君先〔一〕。傷心一入重泉後，再得斯人又幾年。

〔注〕

〔一〕「萬古」二句：本集《雷希顔墓銘》：「其文章號一代不數人。」《歸潛志》卷一「雷淵」條：「公博學有雄氣，爲文章專法韓昌黎，尤長於敘事。詩雜坡、谷，喜新奇。」

其五

一世龍門屬李膺〔一〕，待君提拂遂騰升。千年荆棘龜趺在〔二〕，會有人尋下馬陵〔三〕。

〔注〕

〔一〕「一世」句：《後漢書·李膺傳》：「是時朝廷日亂，綱紀積阤，膺獨持風裁，以聲名自高。士有被其容接者，名爲登龍門。」

〔二〕龜趺：刻作龜形的碑座。

〔三〕下馬陵：唐李肇《國史補》卷下：「舊説董仲舒墓，門人過皆下馬，故謂之『下馬陵』。」

〔編年〕

本集《雷希顔墓銘》：「希顔年四十六，以（正大）八年辛卯八月二十有三日暴卒。」詩作於是時。李、繆同。

過希顔故居四首

其一

缺壺聲裏短歌行〔一〕，星斗闌干醉膽横〔二〕。虎視鷹揚何處在〔三〕，道邊孤冢可憐生〔四〕。

〔注〕

〔一〕「缺壺」句：《晉書·王敦傳》：「酒後輒詠魏武樂府歌，曰『老驥伏櫪，志在千里。烈士暮年，壯心不已。』以如意打唾壺爲節，壺口盡缺。」本集《論詩三十首》之三：「鄴下風流在晉多，壯懷猶見缺壺歌。」短歌行：曹操樂府詩題有《短歌行》。按：「老驥」四句出曹操《步出夏門行》其二。

〔二〕闌干：横斜貌。醉膽横：醉酒後膽氣豪横。《歸潛志》卷一「雷淵」條：「善飲啖，然未嘗見大醉。酒間論事，口吃而甚辯，出奇無窮，此真豪士也。」

〔三〕虎視鷹揚：形容雄氣外射，威風凜凜。本集《雷希顔墓銘》：「爲人軀幹雄偉，髯張口哆，顔渥丹，眼如望羊。」

〔四〕可憐生：可憫，可悲。生：詞尾，無義。

其二

鶴蓋成陰著處同〔一〕，一時人物酒杯中〔二〕。臣門如市心如水〔三〕，世俗論量恐未公①〔四〕。

〔校〕

①論：李全本下注：「平聲。」

〔注〕

〔一〕鶴蓋成陰：南朝梁劉孝標《廣絶交論》：「雞人始唱，鶴蓋成陰。」鶴蓋：形如飛鶴的車蓋。句言雷淵與名士大夫交往密切。著處：到處。

〔二〕「一時」句：本集《九日讀書山用陶詩「露淒暄風息，氣清天曠明」爲韻賦十詩》言雷與趙秉文等名流會聚飲酒云：「往年在南都，閑閑主文衡。九日登吹臺，追隨盡名卿。酒酣公賦詩，揮灑筆不停。蛟龍起庭户，破壁春雷轟。堂堂髯御史，痛飲亦精明。亦有李與王，玉樹含秋清。我時最後來，四座頗爲傾。」

〔三〕「臣門」句：《漢書·鄭崇傳》：「（趙昌）知其見疏，因奏崇與宗族通，疑有姦，請治。上責崇曰：『君門如市，人何以欲禁切主上？』崇對曰：『臣門如市，臣心如水。願得考覆。』」師古謂「臣心如水」，「言至清也」。

〔四〕世俗論量：《歸潛志》卷十：「正大間，雷希顔、李欽叔俱在翰林。王鶚伯翼以新進狀元亦入院爲應奉，然其趨向各不同。故當時館中有云：『凡在院諸公，有侯門戚里者，有秦樓謝館者，有田夫野老者。』侯門戚里者謂雷交權要也，秦樓謝館者謂李狎歌酒也，田夫野老者謂王爲其鄉人通請託也。」

其三

暮去朝來萬化途〔一〕，飛揚跋扈亦區區〔二〕。劇談不盡平生意〔三〕，能有精微入夢無〔四〕。

〔注〕

〔一〕萬化：萬物變化。句謂人生人死的變化猶如暮去朝來一樣平常。

〔二〕飛揚跋扈：謂意氣舉動，越出常軌，不受約束。杜甫《贈李白》詩：「痛飲狂歌空度日，飛揚跋扈爲誰雄？」區區：匆忙。區，通「驅」。句謂一代偉人雷淵在生死路上也與凡人一樣匆忙。

〔三〕「劇談」句：《漢書·揚雄傳上》：「口吃不能劇談，默而好深湛之思。」《歸潛志》卷一：「（雷淵）口吃而甚辯。」劇談：暢談。平生意：平生的懷抱。

〔四〕精微：精細深微。《禮記·中庸》：「故君子尊德性而道問學，致廣大而盡精微，極高明而道中庸。」

其四

把臂論交分最深〔一〕，三夫成虎古猶今〔二〕。百年唯有區區在，地下纔應識此心〔三〕。

〔注〕

〔一〕把臂：握持手臂。表示親密。

〔二〕三夫成虎：即三人成虎。《戰國策·魏二》：「夫市之無虎明矣，然而三人言而成虎。」喻謡言可以惑衆，使人認假爲真。

〔三〕「百年」二句：謂雷的才智死後纔被人世蓋棺定論。本集《雷希顔墓銘》：「蓋自近朝，士大夫始知有經濟之學。一時有重名者非不多，而獨以獻臣爲稱首。獻臣之後，士論在之純。之純之後在希顔。希顔死，遂有『人物渺然』之歎。」區區：清黄生《義府·區區》：「『區區』，少意，蓋指此心而言，猶云『方寸』耳。」

〔編年〕

李《譜》繫在正大八年辛卯，繆《譜》未編。按「希顔故居」在汴京，詩應作於正大八年或天興元年雷淵卒後遺山在汴京時，姑從李《譜》。

題省掾劉德潤家驂鸞圖，並爲同舍郎劉長卿記異。劉在方城先有碧簫之遇，如芙蓉城事云〔一〕

千劫情緣萬古期〔二〕，樓中蕭史姓名非〔三〕。洞天花落秋雲冷〔四〕，腸斷青鸞獨自飛〔五〕。

〔注〕

〔一〕劉德潤：兖州（今山東省兖州市）人。金末任省掾之職。後任行臺詳議官。見本集《宣武將軍孫君墓碑》。劉長卿：金末尚書省郎。餘不詳。方城：金縣名。今河南省方城縣。碧簫之遇：用蕭史弄玉典（詳見注〔三〕）。唐李商隱《送從翁從東川弘農尚書幕》：「素女悲清瑟，秦娥弄碧簫。」芙蓉城事：蘇軾《芙蓉城》詩序：「世傳王迥字子高，與仙人周瑶英游芙蓉城。」

〔二〕劫：佛教名詞。古印度傳説世界經歷若干萬年毁滅一次，重新再開始，這一周期叫一「劫」。情緣：謂男女間愛情的緣分。句謂久長的情緣千載難逢。

〔三〕蕭史：相傳爲春秋時人。漢劉向《列仙傳・蕭史》載，蕭史善吹簫，作鳳鳴。秦穆公以女弄玉妻之，作鳳樓，教弄玉吹簫。鳳來，弄玉乘鳳，蕭史乘龍，夫婦同仙去。此句寫劉長卿「碧簫之遇」。

〔四〕洞天：道教稱神仙的居處，意謂洞中别有天地。

〔五〕青鸞：古代傳説中鳳凰一類的鳥。句言痛心女子獨自離去。

〔編年〕

當正大八年辛卯在汴京任尚書省掾時作。李《譜》編於正大八年辛卯下「附録」中。繆《譜》未編。

追用座主閑閑公韻上致政馮内翰二首[一]

其一

峻坂平生幾疾驅[二]，歸休甫及引年初[三]。東門太傅多祖道[四]，北闕詩人休上書[五]。皁櫪老歸千里驥[六]，白雲閑釣五溪魚[七]。非熊有兆公無恙[八]，會近君王六尺輿[九]。

〔注〕

〔一〕座主：進士稱主考官爲座主。閑閑公：趙秉文號閑閑老人，遺山興定五年進士及第的主考官。致政：歸還政事。馮内翰：指馮璧。詳見《緱山置酒》注〔一〕。

〔二〕「峻阪」句：本集《内翰馮公神道碑銘》：「自衛紹王專尚吏道，繼以高琪當國，朝士鮮有不被其折辱者。公憂畏敬慎，不忽遺細微，故自釋褐至今將三十年而公私無笞贖之玷。」峻阪：陡坡。喻指仕途險阻。

〔三〕「歸休」句：按《内翰馮公神道碑銘》載，馮璧六十歲（興定五年）致仕。歸休：辭官退休。引年：古禮對年老而賢明者加以尊養。《禮記·王制》：「凡三王養老，皆引年。」後官吏六十歲年老告退也稱引年。

〔四〕「東門」句：《漢書·疏廣傳》載，疏廣爲太子太傅，其侄疏受爲太子少傅。廣謂受曰：「吾聞知足不辱，知止不殆，功遂身退，天之道也。」遂上疏乞骸骨。公卿大夫故人邑子設祖道，供張東都門外，觀者皆曰賢大夫。祖道：古人在出行前祭祀路神和飲宴送行稱祖道。

〔五〕「北闕」句：唐孟浩然《歲暮歸南山》：「北闕休上書，南山歸敝廬。」北闕：古代宫殿北面的門樓。是臣子等候朝見或上書奏事之處。

〔六〕「皁櫪」句：曹操《步出夏門行》其二：「老驥伏櫪，志在千里。烈士暮年，壯心不已。」皁櫪：養馬之所。

〔七〕「白雲」句：唐陳陶《閑居雜興五首》之二：「一顧成周力有餘，白雲閑釣五溪魚。」

〔八〕非熊有兆：隱士將被起用的徵兆。《六韜·文師》載，文王將往渭水邊打獵，行前占卜，卜辭曰：「田於渭陽，將大得焉。非龍非螭，非虎非羆，兆得公侯。天遣汝師以之佐昌。」後果見太公坐渭水邊垂釣，與之語而大悦，遂同車而歸，拜爲師。古熊羆連稱，後遂以「非熊」爲姜太公的代稱。

〔九〕「會近」句：《漢書·袁盎傳》：「臣聞天子所與共六尺輿者，皆天下豪英。」六尺輿：帝王所乘的車。

其二

草堂人物列仙臞，萬壑松風酒一壺〔一〕。少日打門無俗客，老年争席有樵夫。巨源不入竹林選〔二〕，元亮偶成蓮社圖〔三〕。野史他年傳耆舊〔四〕，風流一一似公無〔五〕？

〔注〕

〔一〕「草堂」二句：本集内翰《馮公神道碑》：「致仕，徑歸嵩山。愛龍潭山水，有終焉之志。結茅并玉峰下，旁有長松十餘，名之曰『松庵』，因以爲號。」「臺閣舊游、門生故吏問遺山中者不絶。」「客至廢書，清談雅論，俗事不掛口。或與之徜徉泉石間，飲酒賦詩，悠然自得。」「所釀酒名『松醪』，東坡所謂『歎幽姿之獨高』者，惟公能盡之。」「山多蘭，每中春作華。山僧野客，人持數本詣公，以香韻高絶者爲勝，少劣則有罰，謂之『鬬蘭』。『鬬蘭』、『松醪』，遂爲山中故事。」列仙臞：《漢書·司馬相如傳》：「相如以爲列仙之儒居山澤間，形容甚臞，此非帝王之仙意也，乃遂奏《大人賦》。」

〔二〕「巨源」句：《宋書·顔延之傳》：「出爲永嘉太守。延之甚怨憤，乃作《五君詠》，以述竹林七賢。山濤、王戎以貴顯被黜。」巨源：竹林七賢山濤之字。

〔三〕「元亮」句：陶淵明字元亮。《蓮社高賢傳》：「時遠法師（慧遠）與諸賢結蓮社，以書招淵明。淵明曰：『若許飲則往。』許之，遂造焉，忽攢眉而去。」

〔四〕野史：私人著述的史書。與「正史」相對而言。耆舊：年高望重者。

〔五〕風流：此指風雅瀟灑。

〔編年〕

李《譜》定在興定五年，以爲馮致政時所作。按「草堂」二句，知詩作於馮歸隱嵩山之後，李《譜》誤。施注認爲「此詩先生當作於圍城中，爲馮内翰歸嵩山時所上」，繆《譜》亦定在天興元年。按趙秉文《滏水集》卷七《慶學士叔獻七十壽二首》有「乞得閑身七十餘」，「能爲開興作頌無」句。開興爲正大九年正月所改年號。四月又改元天興。知趙、馮二人天興元年曾同在汴京。從之。

雙峰競秀圖爲參政楊侍郎賦〔一〕

江煙霏霏雲拂石①〔二〕，山木蕭蕭山鬼泣〔三〕，江岸人家失南北。兩峰突兀何許來〔四〕，元氣淋漓洗秋碧〔五〕。畫家晴景費經營〔六〕，共愛移山入杳冥〔七〕。安得北風吹雨去，倚天長劍看峥嶸〔八〕。

〔校〕

①江：毛本作「紅」，形訛。據李詩本、李全本、施本改。

〔注〕

〔一〕參政楊侍郎：《金史·哀宗上》載開興元年三月壬寅，户部侍郎楊慥權參知政事，六月罷任。楊慥：字叔玉。代州五臺（今山西省五臺縣）人。承安五年進士，累官爲權參知政事。天興二年卒。《中州集》有傳。

〔二〕霏霏：彌漫。

〔三〕「山木」句：屈原《山鬼》：「風颯颯兮木蕭蕭。」

〔四〕突兀：高聳貌。

〔五〕元氣淋漓：此指雲霧彌漫。秋碧：指秋日碧緑的山色。

〔六〕經營：藝術上的構思、刻畫。

〔七〕杳冥：陰暗迷茫貌。

〔八〕倚天長劍：喻指畫中雙峰。

〔編年〕

李《譜》定在正大元年。楊慥官户部侍郎，在天興元年，故知李《譜》誤。繆《譜》定在天興元年。本集《雲巖》詩序云：「楊户部叔玉購石，得之壬辰圍城中，以示余，且命作詩，危急存亡之際不暇及也。」詩作於天興元年壬辰三、四月間蒙古軍圍攻汴京城遺山與楊慥交往時。

圍城病中文舉相過〔一〕

擾擾長衢日往回，病中聊得避喧埃〔二〕。愁多頓覺無詩思，計拙唯思近酒杯。潘岳鏡中渾白髮〔三〕，江淹門外即蒼苔〔四〕。生涯若被傍人問①，但説經年鼠不來〔五〕。

〔校〕

①傍：施本作「旁」。

〔注〕

〔一〕圍城：指金天興元年三、四月蒙古兵圍攻汴京事。文舉：白華字文舉，與遺山交密，時在汴京圍城中。李《譜》謂指張特立，按《金史》卷一二八《張特立傳》，張於正大四年任御史，即被白撒杖五十，左遷邳州軍事判官。至是遂歸田里（見《元史》卷一九九）。據此知是時張特立不在汴京。按本集《别張御史》「晚學天教及老成，翰林詩裏羨鴻冥。簞瓢此日歸顔巷，銅墨當時動漢庭」諸語，遺山至被羈山東時始識張特立。故知李説不妥。

〔二〕「擾擾」二句：《歸潛志》卷十一《録大梁事》云：「圍城時自朝士外，城中人皆爲兵，號防城丁壯。下令，有一男子家居，處死。太學諸生亦選爲兵。」長衢：大道。

〔三〕「潘岳」句：晉潘岳《秋興賦序》：「余春秋三十有二，始見二毛。」文云：「斑鬢髟以承弁兮，素髮颯以垂領。」

〔四〕「江淹」句：南朝梁江淹《青苔賦》：「余鑿山楹爲室，有青苔焉。」

〔五〕「但説」句：言家無餘糧。《歸潛志·録大梁事》：「時京師被圍數月，倉廩空虚。」圍城乏食，故鼠不至。本集《懷秋林别業》：「空牆無穴鼠嫌貧。」

〔編年〕

《金史·哀宗上》載，天興元年三月癸卯，蒙古軍攻汴，四月戊午，許和。詩作於雙方交戰時。李、繆同。

懷秋林別業〔一〕

茅屋蕭蕭淅水濱①〔二〕，豈知身屬洛陽塵〔三〕。一家風雪何年盡〔四〕，二頃田園入夢頻〔五〕。高樹有巢鳩笑拙〔六〕，空墻無穴鼠嫌貧〔七〕。西南遥望腸堪斷〔八〕，自古虚名只誤人〔九〕。

〔校〕

①蕭蕭：李全本作「瀟瀟」。淅：李詩本、毛本作「浙」，形訛。據李全本、施本改。

〔注〕

〔一〕秋林別業：遺山在内鄉時建。詳見《自鄧州幕府暫歸秋林》注〔一〕。

〔二〕茅屋：指秋林別業。淅水：源出盧氏山，流經内鄉。

〔三〕「豈知」句：指在汴京爲官。南朝齊謝朓《酬王晉安》：「誰能久京洛，緇塵染素衣。」

〔四〕風雪：喻指困苦環境。

〔五〕二頃田園：《尚史》卷七十七：「蘇秦喟然歎曰：『使我有洛陽田二頃，吾豈能佩六國相印乎？』」唐崔日知《冬日述懷奉呈韋祭酒張左丞蘭臺名賢》：「既重萬鍾樂，寧思二頃田！」遺山在秋林別業有田產。本集《臨江仙・內鄉北山》〔夏館秋林山水窟〕：「白頭兄弟共商量，山田尋二頃，他日作桐鄉。」

〔六〕「高樹」句：舊題師曠《禽經》：「鳩拙而安。」舊題張華注：「鳩，鳲鳩也。《方言》云：蜀謂之拙鳥。不善營巢，取鳥巢居之，雖拙而安處也。」此言其本有遠禍避世之所而不居，連鳩也嗤笑笨拙。

〔七〕「空牆」句：言家無儲糧。參見《圍城病中文舉相過》注〔五〕。

〔八〕西南遥望：內鄉秋林在汴京西南，故云。

〔九〕虛名：本集《飲酒五首》：「利端始萌芽，忽復成禍根。名虛買實禍，將相安足論。」

〔編年〕

按「洛陽塵」及「西南遥望」（秋林在汴京西南）諸語，詩作於汴京。李《譜》定在正大八年，繆《譜》未編。按「空牆無穴鼠嫌貧」與《圍城病中文舉相過》「生涯若被傍人問，但說經年鼠不來」生存境遇吻合，且「腸堪斷」語極沉痛，也非初入京城之語，故定於天興元年壬辰在汴京作。

浩然師出圍城，賦鶴詩爲送〔一〕

夢寐西山飲鶴泉〔二〕，羨君歸興渺翩翩〔三〕。昂藏自有林壑態〔四〕，飲啄暫隨塵土緣①〔五〕。

遼海故家人幾在〔六〕，華亭清唳世空憐〔七〕。明年也作江鷗去，水宿雲飛共一天〔八〕。

〔校〕

①啄：毛本作「喙」，形訛。據李詩本、李全本、施本改。

〔注〕

〔一〕浩然：本集有《跋耶律浩然山水卷》，知浩然姓耶律，當爲嵩山道人，餘不詳。施注謂：浩然屬耶律楚材族人，「豈亦中書君（蒙古中書令耶律楚材）理索者耶？《元朝名臣事略》卷五《中書耶律文正王》：『初汴京未下，奏遣使入城，索取孔子五十一世孫孔元措。』」聊備一説。圍城：指金天興元年蒙古軍圍汴京事。

〔二〕飲鶴泉：泉名，在嵩山。本集《望嵩少二首》其二尾注言「飲鶴池在緱山」，或指此。

〔三〕君：明指詩題所云鶴，暗喻浩然師。歸興：思歸的興致。渺翩翩：展翅高飛。

〔四〕「昂藏」句：以鶴喻浩然師有仙風道骨的隱逸氣度。昂藏：氣度軒昂。

〔五〕飲啄：《莊子·養生主》：「澤雉十步一啄，百步一飲，不蘄畜乎樊中。」塵土：塵世。

〔六〕遼海故家：陶潛《搜神後記》卷一：「丁令威，本遼東人，學道於靈虚山。後化鶴歸遼，集城門華表柱。時有少年，舉弓欲射之。鶴乃飛，徘徊空中而言曰：『有鳥有鳥丁令威，去家千年今始歸。城郭如故人民非，何不學仙冢纍纍？』遂高上衝天。」後以「遼海故家」稱久别的故鄉。耶律浩然屬遼朝皇族。

〔七〕華亭清唳：華亭，古地名，又名華亭谷，在今上海市松江縣西。三國吴封陸遜爲華亭侯於此。南朝宋劉義慶《世説新語・尤悔》：「陸平原（機）河橋敗，爲盧志所讒，被誅，臨刑歎曰：『欲聞華亭鶴唳，可復得乎？』」後引爲感慨生平，悔入仕途之典。

〔八〕水宿雲飛：晉左思《蜀都賦》：「雲飛水宿，哢吭清渠。」末二句言詩人亦將追隨浩然師過山林野鶴的生活。

〔編年〕

李、繆據詩題「圍城」定在天興元年壬辰，從之。

跋耶律浩然山水卷〔一〕

六月三泉松桂寒，西風早晚送歸鞍。無因料理黄塵了，只得青山紙上看〔二〕。

〔注〕

〔一〕耶律浩然：見《浩然師出圍城，賦鶴詩爲送》注〔一〕。

〔二〕「無因」二句：謂身爲京官，無法脱身隱居山林，只能看山水畫。

〔編年〕

本集與耶律浩然交往之作，唯見《浩然師出圍城，賦鶴詩爲送》、《浩然雪行圖》與此詩，當同時作。故編於天興元年壬辰在汴京時。李、繆未編。

浩然雪行圖〔一〕

曲江花柳自升平〔二〕，雪澗冰橋去國情〔三〕。枉却卷中留好語〔四〕，畫師寒乞可憐生〔五〕。

〔注〕

〔一〕浩然：指耶律浩然。詳見《浩然師出圍城賦鶴詩爲送》注〔一〕。

〔二〕曲江：地名。在唐都長安。此泛指京都。

〔三〕雪間冰橋：積雪的山澗和冰封的河水。去國：離開京都。

〔四〕枉却：猶辜負。

〔五〕寒乞：寒酸。

〔編年〕

天興元年壬辰在汴京作。李《譜》編於乃馬真后二年癸卯下「總附」中，謂晚年在燕京作。繆《譜》未編。

雨後丹鳳門登眺〔一〕

絳闕遥天霽景開〔二〕，金明高樹晚風回〔三〕。長虹下飲海欲竭〔四〕，老雁叫羣秋更哀〔五〕。劫火有時歸變滅〔六〕，神嵩何計得飛來〔七〕。窮途自覺無多淚〔八〕，莫傍殘陽望吹臺〔九〕。

〔注〕

〔一〕丹鳳門：施注：「南京北門曰丹鳳。」陳沚齋《元好問詩選》云：「汴京宫城北門。」《金史·地理中》「汴京條」：「宫城門，南外門曰南薰，南薰北新城門曰豐宜，橋曰龍津，橋北門曰丹鳳。」趙廷鵬《讀遺山詩札記》（太原師專學報，一九九三年第二期）：「《金史》中記載的這段地志史實，是根據遺山好友楊奂的《汴故宫記》改寫的。楊奂的《汴故宫記》只是纂其大概，記述簡略，名稱、方位都不十分準確。金朝的汴京是在宋代東京的基礎上營建的，共有外城、裏城和皇城三道城牆。外城的正南門叫南薰門。《汴故宫記》未説明三重城體制，只説『皇城南外門曰南薰』。而《金史》竟改寫爲『宫城門，南外門曰南薰』，這就容易使人把外城的正南門誤當成皇城的南門。裏城正南門叫丹鳳門，宋時叫朱雀門，門南臨蔡河，有橋叫龍津橋。從南薰門沿御街北行，過龍津橋，穿丹鳳門，再往北走，穿過汴河上的州橋，就到了皇城。皇城就是宫城，正南門叫承天門，宋時稱宣德門或宣德樓。承天門内的正殿叫大慶殿。《汴故宫記》記述過簡，只説『南城之北，新城門曰豐宜，橋曰龍津橋，北曰丹鳳』。這記述原本不錯，『北曰丹鳳』原指龍津橋之北有『丹鳳門』，而《金史》却改成『北門曰丹鳳』。從此一誤再誤，施國祁又改爲『南京北門曰丹鳳』。」據此可知，丹鳳門爲汴京裏城的南正門。

〔二〕絳闕：紅色城樓。霽景：雨後晴明的景色。

〔三〕金明：池名。在汴京西，周九里十三步，是五代後周世宗爲伐南唐操練水師開鑿的水池，宋太祖亦曾訓練神衛水軍於此。宋徽宗時成爲有名的游弋之地。

〔四〕「長虹」句：宋沈括《夢溪筆談》卷二十一《異事》：「世傳虹能入溪澗飲水，信然。熙寧中，予使契丹，至其極北黑水……是時新雨霽，見虹下帳前澗中……兩頭皆垂澗中。」此句寓意同《岐陽三首》其二「偃蹇鯨鯢人海涸」，指蒙古軍將毀滅人世。

〔五〕老雁叫群：杜甫《孤雁》：「孤雁不飲啄，飛鳴聲念群。誰憐一片影，相失萬重雲。望盡似猶見，哀多如更聞。」

〔六〕劫火：漢武帝開鑿昆明池，得黑灰。竺法蘭説：「世界終盡，劫火洞燒，此灰是也。」（《高僧傳》）佛教認爲，世界末日時，有大水大火大風之災，把一切毀滅，稱之爲「劫火」。此喻蒙古戰禍。

〔七〕神嵩：嵩山。武則天改嵩山爲「神嶽」。此喻軍事屏障。

〔八〕「窮途」句：《晉書·阮籍傳》：「時率意獨駕，不由徑路，車迹所窮，輒慟哭而反。」

〔九〕吹臺：在今河南省開封市東南禹王臺公園内。相傳爲春秋時師曠吹樂之臺。漢梁孝王增築曰明臺。因梁孝王常案歌吹於此，故亦稱吹臺。阮籍《詠懷》詩之六十：「駕言發魏都，南向望吹臺。簫管有遺音，梁王安在哉！」本集《九日讀書山用陶詩「露淒暄風息，氣清天曠明」爲韻賦十詩》有句云：「往年在南都，閑閑主文衡。九日登吹臺，追隨盡名卿。」

〔編年〕

天興元年壬辰四月蒙古軍罷攻汴京後作。李、繆同。

讀靖康僉言〔一〕

浚郊沙海浩茫茫〔二〕，河廣纔堪一葦航〔三〕。顛沛且當懲景德〔四〕，規模何必罪朱梁〔五〕。滄溟不掩蛟龍窟〔六〕，大地同歸雀鼠鄉〔七〕。三百年間幾降虜〔八〕，長星無用出光芒〔九〕。

〔注〕

〔一〕靖康僉言：書名。元陶宗儀《説郛》卷四十四有《靖康朝野僉言》，備載靖康時金人攻汴始末。施注引《書録題解》謂夏少曾作。靖康：宋欽宗年號。僉言：衆人之説。

〔二〕浚郊：《詩·鄘風·干旄》：「孑孑干旄，在浚之郊。」毛傳：「浚，衛邑。」在今河南省濮陽市。沙海：古地名，在今河南省開封市西北。句謂從浚郊到沙海廣大地區一片浩茫。

〔三〕「河廣」句：《詩·衛風·河廣》：「誰謂河廣，一葦杭之。」此句極言黄河不寬易渡，不足爲汴京北邊天塹。

〔四〕「顛沛」句：景德元年，契丹敗宋兵於洺州。真宗用寇准言，親禦契丹於澶州。契丹圍澶州，宋遣曹利用與契丹議和。和議成，宋歲以銀十萬、絹二十萬予契丹，是爲澶淵之盟。句謂徽、欽二宗理應對宋真宗的顛沛屈辱引以爲戒。

〔五〕規模：籌謀。朱梁：五代後梁，爲朱温所建，故稱。朱温原爲黄巢農民軍將領，後降唐，繼而代唐自立。金人滅北宋時，也有降金者，被扶植爲傀儡政權，如張邦昌稱楚帝，劉豫稱齊帝。句謂徽、欽效法澶淵之盟終至亡國，用不着怪罪叛將的篡逆。

〔六〕滄溟：大海。蛟龍窟：喻指京師。本集《出都二首》其二：「滄海忽驚龍穴露。」

〔七〕雀鼠鄉：雀鼠繁盛之地，形容荒無人煙。

〔八〕「三百」句：後晉開運三年，晉將杜威、李守貞降契丹，汴京陷，晉出帝降。宋靖康元年，金軍陷汴京，欽宗至青城求和。金天興元年，蒙古軍攻汴，金哀宗求和。

〔九〕長星：古星名。類似彗星，有長形光芒，主戰争。《漢書·文帝紀》：「（八年）有長星出於東方。」顔師古注引文潁曰：「孛、彗、長三星，其占略同，然其形象小異……長星多爲兵革事。」《金史·天文志》：「（天興元年）閏九月己酉，彗星見東方，色白，長丈餘……凡四十有八日。」

〔編年〕

據「長星」句及《金史·天文志》，知作於天興元年九月間。李、繆同。

壬辰十二月車駕東狩後即事五首〔一〕

其一

翠被匆匆見執鞭〔二〕，戴盆鬱鬱夢瞻天〔三〕。只知河朔歸銅馬〔四〕，又説臺城墮紙鳶〔五〕。血肉正應皇極數〔六〕，衣冠不及廣明年〔七〕。何時真得攜家去，萬里秋風一釣船。

〔注〕

〔一〕壬辰十二月車駕東狩：《金史·哀宗下》載，（天興元年）十二月丙子朔，以事勢危急，遣近侍即白華問計。甲申，詔議親出。庚子，上發南京。辛丑至開陽門外，有人來報「京西三百里之間無井竈，不可往。東行之議遂決」。壬寅，次杞縣。癸卯，次黄城。甲辰，次黄陵岡。

〔二〕翠被：用翡翠羽做成的披肩。「被」通「帔」。《左傳》：「（楚）王皮冠、秦復陶、翠被、豹舄，執鞭以出。」宋王應麟《困學紀聞·左氏》：「楚之興也，篳路藍縷；其衰也，翠被豹舄。國家之興衰，視其儉侈而已。」執鞭：駕車。此指金哀宗的車駕。

〔三〕「戴盆」句：漢司馬遷《報任安書》：「僕以爲戴盆何以望天。」《歸潛志·録大梁事》：「時末帝既出，人情愈不安，日夜顒望東征之捷。」句言詩人留守汴京，心繫車駕東狩後的事態而無緣親睹。鬱鬱：幽暗貌。

〔四〕「只知」句：《後漢書》載，漢光武破「銅馬賊」，收其衆，兵遂數十萬，關西號爲銅馬帝。《金史·白撒傳》：「十二月甲辰，車駕至黄陵岡。白撒先降大兵（《金史·哀宗紀》「兵」作「名」，是）兩寨，得河朔降將。上赦之，授以印及金虎符。群臣議以河朔諸將前導，鼓行入開州，取大名、東平，豪傑當有響應者，破竹之勢成矣。」

〔五〕「又説」句：唐李亢《獨異志》載，梁太清三年，侯景圍臺城，簡文縛紙鳶飛空，告急於外。景令善射者射之，及墮，化爲禽鳥飛入雲中。《歸潛志・録大梁事》：「俄聞北渡，前鋒方交戰，有功，取蒲城。進取衛州。白撒等望見北兵，遽勸上登舟船南渡，從官多攀從不及，死於兵。而驍將徒單百家、高顯、劉奕輩初不知上去，已而軍士皆散没，上以餘兵狼狽入歸德，杜門。京民大恐，以爲將不救矣。」臺城：晉宋間稱朝廷禁省爲臺，所以禁城也稱臺城。此指金哀宗困守的歸德。

〔六〕血肉：指喪亂生靈涂炭。皇極數：皇極術數的推算。宋邵雍撰《皇極經世書》，起唐堯甲辰，至後周顯德己未，凡治亂興亡，皆以卦象推之。《歸潛志》卷七言興定初修建汴京子城時，「於地中得一石碣，上有詩云：『瑞雲靈氣鎖城東，他日還應與北同。歲月遷移人事變，却來此地再興功。』」《續夷堅志・歷年之讖》：「國初種人純質，每舉觴惟祝一百二十歲而已……至哀宗天興三年蔡州陷，適兩甲子周矣。歷年之讖遂應。」

〔七〕「衣冠」句：《資治通鑒》載，唐僖宗廣明元年十一月丁卯，黄巢陷東都，留守劉允章率百官迎謁。十二月壬午旦夾攻潼關，關上兵皆潰。田令孜聞巢已入關，帥神策兵五百奉帝自金光門出，百官皆莫之知。《金史・白撒傳》：「凡攻（衛州）三日不克。及聞河南大兵濟自張家渡至衛西南，遂班師。大兵踵其後，戰於白公廟，敗績，白撒等棄軍遁。劉益、張開皆爲民家所殺。車駕還次蒲城東三十里。白撒使人密奏劉益一軍叛去。點檢抹撚兀典、總領温敦昌孫時侍行帳中，請上登舟，上曰：『正當決戰，何遽退乎？』少頃，白撒至，倉皇言於上曰：『今軍已潰，大兵近在堤外，請聖主幸歸德。』上遂登舟，侍衛皆不知，巡警如故。時夜已四更矣，遂狼狽入歸德。」句指《歸潛志》所云「上登舟船南渡，從官多攀從不及」事。

其二

慘澹龍蛇日鬬争，干戈直欲盡生靈〔一〕。高原水出山河改〔二〕，戰地風來草木腥〔三〕。精衛有冤填瀚海〔四〕，包胥無淚哭秦庭〔五〕。并州豪傑知誰在①，莫擬分軍下井陘〔六〕。

〔校〕

①知：李詩本、李全本作「今」。

〔注〕

〔一〕「慘澹」二句：杜甫《喜晴》：「干戈雖横放，慘澹鬬龍蛇。」慘澹：暗澹凄慘。龍蛇：喻指蒙金。《陰符經》：「天發殺機，龍蛇起陸。」《易經》：「龍戰於野，其血玄黄。」兼指龍（辰）年或蛇（巳）年。古人認爲歲在龍蛇，賢人有厄（《後漢書・鄭玄傳》）。二句言蒙金天天惡戰，生民屠戮殆盡。

〔二〕「高原」句：喻世事滄桑。《詩・小雅・十月之交》：「百川沸騰，山冢萃崩。高岸爲谷，深谷爲陵。」

〔三〕「戰地」句：杜甫《垂老别》：「積屍草木腥，流血川原丹。」

〔四〕「精衛」句：《山海經》載，炎帝有女名女娃，游於東海，溺而不返。化爲精衛鳥，常銜西山之木石以堙東海。瀚海：大海。也指蒙古高原的大沙漠。

〔五〕「包胥」句：《史記・伍子胥列傳》：「申包胥走秦告急，求救於秦。秦不許。包胥立於秦廷，晝夜哭，七日七夜不絶其聲。秦哀公憐之，曰：『楚雖無道，有臣若是，可無存乎！』乃遣車五百乘救楚擊吴。」此句感歎金臣無如包胥那樣的救國者。

〔六〕「并州」二句：施注謂指「河朔九公事」。高步瀛《唐宋詩舉要》曰：「經略河朔必分兵出井陘，然金時情勢不同，經略河朔已非計，故云莫更分兵下井陘也。」按此二句意在期盼太行健兒派兵直搗敵人後方爲汴京解圍。是時太行山有反抗蒙古軍的義軍。井陘：關名，在太行山脈中部東側（今河北省石家莊市西），形勢險要，爲兵家必争之地。莫擬：莫不是要。莫：否定性指代副詞。

其三

鬱鬱圍城度兩年〔一〕，愁腸飢火日相煎〔二〕。焦頭無客知移突〔三〕，曳足何人與共船〔四〕。白骨又多兵死鬼，青山元有地行仙〔五〕。西南三月音書絶〔六〕，落日孤雲望眼穿〔七〕。

【注】

〔一〕圍城度兩年：壬辰三月蒙古軍圍汴，按組詩第一首「只知」、「又説」、「衣冠」諸句所及史實，組詩當作於癸巳年初，故云「度兩年」。

〔二〕「愁腸」句：《歸潛志・録大梁事》載，時京師被圍數月，倉廩空虚。冬十月，果下令自親王宰相以下，皆存三月糧，計口留之，人三斗，餘入官。十二月，朝議以食盡無策，末帝親出東征。百姓食盡，無以自生，米升值銀二兩。貧民往往食人殍，死者相望，官日載數車出城，一夕皆剮食其肉淨盡。縉紳士女多行丐於街，民間有食其子。錦衣、寶器不能易米數升。人朝出不敢夕歸，懼爲飢者殺而食。

〔三〕「焦頭」句：《漢書·霍光傳》：「臣聞客有過主人者，見其竈直突，傍有積薪。客謂主人更爲曲突，遠徙其薪，不者且有火患。主人嘿然不應。俄而家果失火，鄰里共救之，幸而得息。于是殺牛置酒，謝其鄰人，灼爛者在於上行，餘各以功次坐，而不録言曲突者。人謂主人曰：『鄉使聽客之言，不費牛酒，終亡火患，今論功而請賓，曲突徙薪者亡恩澤，燋頭爛額爲上客耶？』主人乃寤而請之。」突：煙囱。句指金廷無深謀遠慮者。

〔四〕「曳足」句：《後漢書·馬援傳》載，援進營壺頭。敵乘高守隘，水疾，船不得上。會暑甚，士卒多疫死，援亦中病，遂困，乃穿岸爲室，以避炎氣。敵每升險鼓譟，援輒曳足以觀之，左右哀其壯意，莫不爲之流涕。曳足：拖着足。後世用爲英勇將領的典實。共船：同舟共濟。此句感歎金廷無忠勇大將爲國家出力。

〔五〕地行仙：《楞嚴經》卷八：「有十種仙，阿難，彼諸衆生，堅固服餌，而不休息，食道圓成，名地行仙。」亦用以比喻閑散安逸的人。合觀下二句及《懷秋林别業》「西南遥望腸堪斷，自古虚名只誤人」，此句應指詩人在内鄉的隱逸生涯。郝樹侯《元好問詩選》謂「這裏比喻金朝的官吏都是些貪圖安樂的享受者」，可供參考。

〔六〕「西南」句：杜甫《春望》：「烽火連三月，家書抵萬金。」本集《南冠録引》：「歲甲午，羈管聊城。益之兄邈在襄漢，遂有彼疆此界之限。」據此知詩人之兄時在鄧州一帶。句當指此。

〔七〕落日孤雲：杜甫《春日憶李白》：「渭北春天樹，江東日暮雲。」

其四

萬里荆襄入戰塵〔一〕，汴州門外即荆榛〔二〕。蛟龍豈是池中物〔三〕，蟣蝨空悲地上臣〔四〕。喬木他年懷故國〔五〕，野煙何處望行人〔六〕。秋風不用吹華髮，滄海横流要此身〔七〕。

〔注〕

〔一〕「萬里」句：《元史·睿宗拖雷傳》載，辛卯歲，拖雷帥右軍自鳳翔渡渭水，過寶雞，入宋境，沿漢水東下，從南面攻金。壬辰春，與金軍主力戰於三峰山，大破之。繼與太宗中軍會合攻鈞州，金精兵健將在此役損失殆盡。荆襄：指湖北、河南一帶。

〔二〕「汴州」句：意同杜甫《春望》「國破山河在，城春草木深」，言汴京經歷壬辰鏖戰後的荒涼景象。荆榛：野地叢生的小灌木。《歸潛志·録大梁事》載汴京城内狀況：「其貴家第宅與夫市中樓館木材皆撤以爨。城中觸目皆瓦礫廢區，無復向來繁侈矣。」其城外荒蕪可以想見。

〔三〕「蛟龍」句：《三國志·周瑜傳》：「瑜上疏曰：『劉備以梟雄之姿……恐蛟龍得雲雨，終非池中之物也。』」句指金哀宗出奔事。

〔四〕「蟣蝨」句：唐盧仝《月蝕詩》：「地上蟣蝨臣仝告愬帝天皇。」詩喻卑微的臣子。空悲：無濟於事的悲傷。

〔五〕「喬木」句：《孟子·梁惠王》：「所謂故國者，非謂有喬木之謂也，有世臣之謂也。」喬木：高大的樹木。故國：舊日的都城。古人在都城外種植樹木，故以喬木象徵故國。

〔六〕「野煙」句：唐昭宗被朱全忠挾持，在興元作《菩薩蠻》詞，有「野煙生碧樹，陌上行人去」語。行人：出行和出征之人，此指金哀宗。

〔七〕「滄海」句：意謂喪亂之世需要自己補救。滄海橫流：晉范甯《穀梁傳序》：「孔子觀滄海之橫流，乃喟然而歎曰：『文王既沒，文不在茲乎！』」《晉書·王尼傳》：「(尼)常歎曰：『滄海橫流，處處不安也。』」

其五

五雲宮闕露盤秋〔一〕，銀漢無聲桂樹稠〔二〕。複道漸看連上苑〔三〕，戈船仍擬下揚州〔四〕。曲中青冢傳新怨〔五〕，夢裏華胥失舊游〔六〕。去去江南庾開府，鳳凰樓畔莫回頭〔七〕。

〔注〕

〔一〕五雲：指皇帝所在地。唐王建《贈郭將軍》詩：「承恩新拜上將軍，當值巡更近五雲。」本集《出都二首》其一：「行過蘆溝重回首，鳳城平日五雲多。」露盤秋：唐李賀《金銅仙人辭漢歌》序：「魏明帝青龍元年八月，詔宮官牽車西取漢孝武捧露盤仙人，欲立置前殿。宮官既拆盤，仙人臨載乃潸然淚下。唐諸王孫李長吉遂作《金銅仙人辭漢歌》。」

〔二〕「銀漢」句：用李賀《金銅仙人辭漢歌》「畫欄桂樹懸秋香」、「空將漢月出宮門」詩意。銀漢：天河。

〔三〕「複道」句：《資治通鑒・秦始皇二十六年》：「自雍門以東至涇渭，殿屋、復道、周閣相屬。」胡三省注：「復，與複同……複道，閣道也。上下有道，故謂之復。」上苑：供帝王玩賞、打獵的園林。

〔四〕「戈船」句：隋煬帝窮奢極欲，大業十二年乘龍舟南游揚州。唐李商隱《隋宮》：「紫泉宮殿鎖煙霞，欲取蕪城作帝家。」戈船：《西京雜記》卷六：「昆明池中有戈船、樓船各數百艘。樓船上建樓櫓，戈船上建戈矛，四角悉垂幡旄。旍葆麾蓋，照灼涯涘。」

〔五〕「曲中」句：青冢，漢王昭君墓。在今内蒙古自治區呼和浩特市南。傳説當地多白草而此冢獨青，故名。杜甫《詠懷古迹五首》其三：「一去紫臺連朔漠，獨留青冢向黄昏。畫圖省識春風面，環佩空歸月夜魂。千載琵琶作胡語，分明怨恨曲中論。」《金史・宣宗上》貞祐二年三月下載：「庚寅，奉衛紹王公主歸於大元太祖皇帝，是爲公主皇后。」《金史・哀宗下》天興二年四月下載：「甲午，兩宮北遷。」

〔六〕夢裏華胥：《列子・黄帝》：「（黄帝）晝寢而夢，游於華胥氏之國。」句指昔日京都繁華已成夢幻，永遠消失了。

〔七〕「去去」二句：庾開府指北周文學家庾信。庾信初仕梁，出使西魏被留。歷仕西魏、北周，官至驃騎大將軍、開府儀同三司，世稱庾開府。庾信哀痛梁朝的滅亡，作《哀江南賦》，有句云「倚弓於玉女窗扉，繫馬於鳳凰樓柱」。

〔編年〕

此詩施、李、繆皆據詩題定在天興元年作。按金哀宗決定東狩已是臘月二十六，次黄陵岡已是臘月二十八，渡黄河攻衛州在下年初一。詩中所言「只知河朔歸銅馬，又説臺城墮紙鳶」應爲下年事，且詩又有「鬱鬱圍城度兩年」句。故定組詩作於天興二年初。

李仲華湍流高樹圖二首〔一〕

其一

細密功夫足自神，經營慘澹欲誰親〔二〕。却應林影湍聲外，猶欠吴山小筆春〔三〕。

〔注〕

〔一〕李仲華：尾注提及，餘不詳。

〔二〕經營慘澹：指作畫前先用淺淡顏色勾勒輪廓，苦心構思，經營位置。南朝齊謝赫《古畫品録》以經營位置爲繪畫六法之一。杜甫《丹青引贈曹將軍霸》：「詔謂將軍拂絹素，意匠慘淡經營中。」本集《竹溪夢游圖》：「意外荒寒下筆親，經營慘澹似詩人。」親：喜愛。

〔三〕「猶欠」句：謂缺乏江南山水畫派以虛傳神尚平遠之美的意境。本集《李道人嵩陽歸隱圖》：「北山范寬筆，老硬無姸姿。南山小平遠，澹若韋郎詩。」

其二

小景風流恰入時〔一〕，留題紙尾竟何辭。不因脱兎投林了〔二〕，何處而今更有詩〔三〕。癸巳正月之變〔四〕，逆黨中有欲謀害己者，賴仲華力爲營護得釋，故篇末有及。

〔注〕

〔一〕小景：指小幅山水風物畫。宋米芾《畫史》：「王詵學李成皴法，以金碌爲之，似古今觀音寶陁山狀作小景，亦墨作平遠，皆李成法也。」

〔二〕脱兎投林：指脱險。本集《避兵陽曲北山之羊谷題石龕》：「冥鴻正恐絓疑網，脱兎不忘投茂林。」

〔三〕「何處」句：唐韓愈《鎮州路上酬裴司空》：「風霜滿面無人識，何處如今更有詩。」

〔四〕癸巳正月之變：指天興二年癸巳正月二十三崔立兵變事。《歸潛志・録大梁事》：「時崔立爲西面都尉，權元帥，同其黨韓鐸等舉兵。藥安國者，北方人，素驍勇，爲先鋒以進，横刀入尚書省，崔立繼之。二執政見而大駭曰：『汝輩有事當好議。』安國先殺習你阿不，次殺奴申，又殺左司郎中納合德輝，擊右司郎中楊居仁、聶天驥，創甚。省掾皆四走，竄匿民家。崔立既殺二人，提兵尚書省，號令衆庶曰：『吾爲二執政閉門悞衆，將餓死，今殺之以救一城民。』」

〔編年〕

李《譜》附録於蒙古憲宗七年丁巳下，蓋以詩末自注所言爲追述之辭。按壬辰癸巳之變，遺山友人十不存一，元、李二人再見的可能性極小。故定在天興二年癸巳作。繆《譜》未編。

俳體雪香亭雜詠十五首①〔一〕亭在故汴宫仁安殿西

其一

滄海横流萬國魚〔二〕，茫茫神理竟何如〔三〕。六經管得書生下，闊劍長槍不信渠〔四〕。

〔校〕

①十五首：李詩本、毛本作「一十五首」，與本集《杏花雜詩十三首》、《游天壇雜詩十三首》、《臺山雜詠十六首》等命題體例不合。據李全本、施本改。

〔注〕

〔一〕俳體：俳諧體的略稱，指帶有游戲性質的詩文體格，故名。雪香亭：《金史·地理中》載，仁安之次曰純和殿，正寢也。純和西曰雪香亭，亭北則后妃位也。雜詠：隨事吟詠。

〔二〕「滄海」句：象喻蒙古鐵騎横掃亞歐，滅國四十，回師東滅西夏、金的威勢。滄海横流：詳見《壬辰十二月車駕東狩後即事五首》其四注〔七〕。

〔三〕茫茫神理：冥冥之中的天理、正義。

〔四〕「六經」二句：謂蒙古人崇尚武力，不受儒家倫理、人世規範的約束。六經：《詩》、《書》、《禮》、《樂》、《易》、《春秋》。

其二

洛陽城闕變灰煙〔一〕，暮虢朝虞只眼前〔二〕。爲向杏梁雙燕道①〔三〕，營巢何處過明年。

〔校〕

①梁：李全本作「園」。

〔注〕

〔一〕「洛陽」句：《金史·哀宗上》：「（天興元年）三月丁亥，大元軍平中京（洛陽），留守撒合輦投水死。」

〔二〕暮虢朝虞：《左傳·僖公五年》：「晉侯復假道於虞以伐虢。宮之奇諫曰：『虢，虞之表也。虢亡，虞必從之。晉不可啓，寇不可翫，一之謂甚，其可再乎？諺之謂「輔車相依，脣亡齒寒」者，其虞虢之謂也。』……冬十二月丙子朔，晉滅虢，虢公醜奔京師。師還，館於虞，遂襲虞，滅之。」後因以「暮虢朝虞」比喻覆滅相繼，禍不旋踵。郝樹侯《元好問詩選》：「此指宋與蒙古軍聯合滅金而言。」陳沚齋《元好問詩選》亦然。與上句合觀，此言洛城已毁，汴城也將隨之毁滅。後二句即承此而來。郝、陳二説誤。

〔三〕杏梁：漢司馬相如《長門賦》：「刻木蘭以爲榱兮，飾文杏以爲梁。」後以泛指華麗的屋宇。

其三

落日青山一片愁，大河東注不還流。若爲長得熙春在〔一〕，時上高層望宋州〔二〕。

〔注〕

〔一〕熙春：閣名，在汴京。宋徽宗時所修。《歸潛志》卷七：「正大末，北兵入河南，京城作防守計，宫盡毁之。其樓亭材大者，則爲樓櫓用……荒蕪所存者，獨熙春一閣耳。」

〔二〕「時上」句：時金哀宗逃往歸德，故云。宋州：隋、唐、北宋置，金置歸德府（治今河南省商丘縣南），見《金史·地理中》。

其四

醇和旁近洞房環〔一〕，碧瓦參差竹樹閑①。批奏内人輪上直〔二〕，去年名姓在窗間。醇和，殿名。

〔校〕

①樹：李全本作「木」。

〔注〕

〔一〕醇和：即純和殿，皇帝的寢宫。環：環繞。

〔二〕「批奏」句：金朝皇帝批帖子，要將宫女唤到牀前輪流值班。元楊奂《録汴梁宫人語十九首》：

「一入深宫裏，經今十五年。長因批帖子，呼到御牀前。」

其五

天上三郎玉不如〔一〕，手中白雨趁花奴①〔二〕。御屏零落宣和筆〔三〕，留得華清按樂圖〔四〕。

〔校〕

①雨：毛本、施本作「羽」，音訛。據李詩本、李全本改。

〔注〕

〔一〕三郎：指唐玄宗。本集《題商孟卿家明皇合曲圖》：「三郎擫管仰面吹，天公大笑嗔不得。寧王天人玉不如，番綽樂句不可無。」

〔二〕「手中」句：《太平廣記·羯鼓·玄宗》引《羯鼓録》：「玄宗性俊邁……謂内官曰速召花奴將羯鼓來。」白雨：形容手擊羯鼓的歡快節奏。《太平廣記·羯鼓·宋璟》引《羯鼓録》：「璟又謂上（唐玄宗）曰：『頭如青山峰，手如白雨點，按此即羯鼓之能事。』」趁：同「稱」，此指得心應手。花奴：唐玄宗時汝南王李璡的小名。宋范成大《題〈開元天寶遺事〉》詩之一：「御前羯鼓透春空，笑覺花奴手未工。」句言汝南王李璡擊羯鼓節奏歡快自如。

〔三〕御屏：皇帝用的屏風。宋田錫《御覽序》：「可以銘於座隅者，書於御屏；可以用於帝道者，録爲御覽。」宣和：宋徽宗年號。

〔四〕華清：唐玄宗時宫名，在今陝西省臨潼縣城南驪山麓。按樂圖：《新唐書·王維傳》：「客有以

《按樂圖》示者，無題識。維徐曰：『此《霓裳》第三疊最初拍也。』客未然，引工按曲，乃信。」按樂：奏樂。上二句言汴宮内御屏上有宋徽宗所繪唐明皇按樂圖。

其六

詩仙詩鬼不謾欺〔一〕，時事先教夢裏知〔二〕。禁苑又經人物散，荒涼臺榭水流遲。十年前①，商帥國器方城夢中得後二句②，爲言如此。

〔校〕

①十：李詩本、毛本作「廿」，誤。李全本、施本作「十」，近是，據改。按《金史·完顔彝傳》「正大二年，紏烈（商帥國器）落帥職，例爲總領，屯方城」及元氏正大三年至方城商帥幕府事，疑「十」乃「七」之誤。②帥：毛本作「仲」，誤。據李詩本、李全本、施本改。

〔注〕

〔一〕「詩仙」句：詩仙指李白，詩鬼指李賀。二人均有夢中得詩預見後時事之詩。

〔二〕時事：眼前的事，即汴京淪陷改朝换代禁苑荒涼事。先教夢裏知：指尾注所言商帥夢後得句，即「禁苑」二句所言事。

其七

金縷歌詞金曲巵〔一〕，百年人事鬢成絲〔二〕。重來未必春風在，更爲梨花住少時。

〔注〕

〔一〕「金縷」句：唐孟郊《勸酒》：「堂上陳美酒，堂下列清歌。勸君金曲巵，勿謂朱顔酡。」金縷歌：詞調名。亦名《賀新郎》。金曲巵：酒杯名。元劉秉忠《樓上》：「睡起重持金曲巵，要憑芳酒緩離思。」句言承平時金廷的奢侈生活。

〔二〕百年人事：指金朝的百年際運。

其八

楊柳隨風散緑絲，桃花臨水弄妍姿。無端種下青青竹，恰到湘君淚盡時〔一〕。

〔注〕

〔一〕「無端」二句：晉張華《博物志》卷八：「堯之二女，舜之二妃，曰湘夫人。舜崩，二妃啼，以涕揮竹，竹盡斑。」

其九

琵琶心事曲中論〔一〕，曾笑明妃負漢恩〔二〕。明日天山山下路，不須回首望都門。

〔注〕

〔一〕「琵琶」句：杜甫《詠懷古迹五首》其三：「千載琵琶作胡語，分明怨恨曲中論。」

〔二〕明妃：王昭君，漢元帝時宫女，賜嫁南匈奴王。晉時避司馬昭諱，改稱明君，即明妃。此首感歎兩宮北還事。《金史·哀宗下》：「（天興二年四月）癸巳，崔立以梁王從恪、荆王守純及諸宗室男女五百餘人至青城，皆及於難。甲午，兩宮北還。」

一〇

爐薰浥浥帶輕陰〔一〕，翠竹高梧水殿深。去去旃車雪三尺〔二〕，畫羅休縷麝香金〔三〕。泥金色如麝香，宫中所尚。

〔注〕

〔一〕浥浥：香氣盛貌。蘇軾《臺頭寺步月得人字》：「浥浥爐香初泛夜，離離花影欲摇春。」

〔二〕「去去」句：言兩宫北還事。

〔三〕「畫羅」句：施注引《藝林伐山》：宋徽宗宫人，多以麝香色縷金羅爲衣裙。畫羅：有畫飾的絲織品。唐温庭筠《和友人悼亡》：「玉貌潘郎淚滿衣，畫羅輕鬢雨霏微。」

一一

羅綺深宫二十年，更持桃李向誰妍。人生只合梁園死，金水河頭好墓田〔一〕。

〔注〕

〔一〕「人生」二句：唐張祜《縱游淮南》：「人生只合揚州死，禪智山光好墓田。」梁園：在汴京東南，漢梁孝王築。此代指汴京。金水河：發源於嵩山附近，流經汴京，宋建隆年間引入宫城中，灌注宫内的池苑。《金史·地理中》「開封府祥符縣」條下有「金水河」。元蔣子正《山房隨筆》

云：「金國南遷，浸弱不支，又遷睢陽。某后不肯播遷，寧死於汴。元遺山有詩『羅綺深宫』云云。」《金史·寶符李氏傳》載，末帝寶符李氏，國亡從太皇太后北遷，至宣德州，居摩訶院。會當同后妃赴龍庭，將發，於佛像前自縊死。蔣所言某后當指此。與本詩所詠無關。

一二

苦才多思是春風〔一〕，偏近騷人悵望中。啼盡杜鵑枝上血〔二〕，海棠明日更應紅。

〔注〕

〔一〕「苦才」句：宋黄庭堅《行邁雜篇六首》：「簇簇深紅間淺紅，苦才多思是春風。」

〔二〕「啼盡」句：《爾雅·釋鳥》：「子巂出蜀中，今所在有之，其大如鳩。以春分先鳴，至夏尤甚，日夜號深林中，口爲流血。」傳説蜀王杜宇死後，化爲杜鵑鳥。杜甫《杜鵑》：「杜鵑暮春至，哀哀叫其間。我見常再拜，重是古帝魂。」

一三

暖日晴雲錦樹新，風吹雨打旋成塵。宫園深閉無人到，自在流鶯哭暮春。

一四

萬户千門盡有名，眼中歷歷記經行。賦家正有蕪城筆〔一〕，一段傷心畫不成〔二〕。

〔注〕

〔一〕「賦家」句：南朝宋鮑照《蕪城賦·登廣陵城作》寫竟陵王劉誕叛亂後廣陵（故城在今江蘇省江

都縣東北）的荒涼景象，通過昔盛今衰的對比表現興亡之感。

〔二〕「一段」句：唐高蟾《金陵晚望》：「世間無限丹青手，一片傷心畫不成。」

一五

暮雲樓閣古今情，地老天荒恨未平〔一〕。白髮累臣幾人在〔二〕，就中愁殺庾蘭成〔三〕。

〔注〕

〔一〕地老天荒：謂改朝換代。

〔二〕累臣：古時被拘囚於異國的官吏對所在國國君的自稱。亦泛指被拘繫之臣。

〔三〕庾蘭成：南朝梁庾信小字蘭成，梁亡後被强留在北國，作《哀江南賦》悼念故國。元氏常引以自喻，《壬辰十二月車駕東狩後即事五首》其五：「去去江南庾開府，鳳凰樓畔莫回頭。」

〔編年〕

施注：「初白評云，此十五首當是癸巳春未出汴京以前作，時哀宗尚在歸德，故第三首『時上高城望宋州』一句，乃十五首詩眼也。」李、繆也定在天興二年癸巳，從之。夏敬觀《元好問詩選》反駁説：「以意揣之，兩宮初出，好問不過稍後數日（北遷），此數日中，斷無即入游宮内之理。而其後即被拘繫，亦不得游。此詩殆不過以雪香亭命題，非必實至其地。蓋北渡途中所作，以寓興亡之感者。」可供參考。

雜著四首〔一〕

其一

白髮劉郎老更癡〔二〕，人間那有後天期〔三〕。茂陵石馬專相待〔四〕，種下蟠桃屬阿誰〔五〕。

〔注〕

〔一〕雜著：隨興而發，興致不一之作。

〔二〕劉郎：指漢武帝劉徹。

〔三〕後天期：指期望長生不老。

〔四〕茂陵：漢武帝陵墓。

〔五〕「種下」句：《漢武内傳》載，七月七日，西王母降，以仙桃四顆與帝。帝食輒收其核。王母問帝，帝曰：「欲種之。」王母曰：「此桃三千年一生實，中夏地薄，種之不生。」帝乃止。

其二

白髮中官解道詩〔一〕，殷勤仍爲惜花枝。雪香亭上清明宴〔二〕，記得君王去歲時。

〔注〕

〔一〕中官：朝内的官，指宦官。解道詩：會詠詩。

〔二〕雪香亭：汴京皇宫亭名。詳見《俳體雪香亭雜詠十五首》其一注〔一〕。

其三

六朝瓊樹掌中春，回首胡妝一面新〔一〕。生羨石家金谷裏〔二〕，千年獨有墜樓人〔三〕。

〔注〕

〔一〕「六朝」二句：亦感歎兩宫北遷事。謂朝代更替，受故君寵愛的妃嬪們身着胡裝獻媚蒙古權貴。六朝瓊樹：猶「六朝金粉」，指美女。掌中春：寵愛美女，視如掌上明珠。

〔二〕生：最。石家金谷：指晉石崇在洛陽所建的金谷園。

〔三〕墜樓人：《晉書·石崇傳》：「崇有妓曰緑珠，美而豔，善吹笛。孫秀使人求之……崇正宴於樓上，介士到門。崇謂緑珠曰：『我今爲爾得罪。』緑珠泣曰：『當效死於官前。』因自投於樓下而死。」後用作殉情的典故。

其四

燕語鶯啼百囀新，長廊寂寂不逢人。東君去作誰家客〔一〕，花柳無情各自春。

〔注〕

〔一〕東君：司春之神。

〔編年〕

李、繆據「雪香」二句定在天興二年癸巳兩宫北遷後在汴京作，從之。

癸巳四月二十九日出京

塞外初捐宴賜金〔一〕，當時南牧已駸駸〔二〕。只知灞上真兒戲〔三〕，誰謂神州遂陸沉〔四〕。華表鶴來應有語〔五〕，銅盤人去亦何心〔六〕。興亡誰識天公意，留著青城閲古今〔七〕。國初取宋，於青城受降。

〔注〕

〔一〕「塞外」句：施注：「《金史·移剌子敬傳》：正隆中，詔子敬宴賜諸部。《徒單克寧傳》：大定二十五年，左丞相守道，賜宴北部。《完顔守貞傳》：監察御史蒲剌都劾奏守貞前宴賜北部，有取受事，不報。《李愈傳》：字景韓，絳之正平人。明昌二年，授曹王傅，王奉命宴賜北部，愈從行。還過京師，表言諸部所貢之馬，可委招討司受於界上，量給回賜，務省費以廣邊儲。擬自臨潢至西夏，臨邊創設重鎮數十，仍選猛安謀克勳臣子孫有材力者，使居其職。田給於軍者，許募漢人佃種，不必遠輓牛頭粟，而兵自富强矣。上覽奏納用焉。自是五年一宴賜，人以爲便。」郝樹侯《元好問詩選》：「金自正隆以後，爲了和好蒙古，常常舉行宴賜。明昌二年，規定每五年宴賜一次（《金史·李愈傳》）。」陳沚齋《元好問詩選》：「金國爲了加强邊境的守備，自海陵王正隆年間始，即向北方邊境各部賜給宴會用的金錢。金章宗明昌二年起，規定每五年宴賜一次，派遣官吏前往主持其事。郝建樑先生謂『爲了和好蒙古，常常舉行宴賜』，非是。」按《金史・李愈傳》所言「諸部所貢之馬，止可委招討司受於界上，量給回賜，務省費以廣邊儲」，此「諸部」指蒙古。至於「上納用焉。自是命五年一宴賜，人以爲便」，即指愈《表》所言「擬自臨潢至西夏，沿邊創設重鎮十數，仍選猛安謀克勳臣子孫有材力者使居其職」而言，應指北邊將帥。味第三句承首句，第四句承次句，句指金章宗明昌二年規定宴賜北邊將帥事。

〔二〕「當時」句：《金史・章宗紀》：明昌五年二月，命宣徽使移剌敏、户部主事赤盞實理哥相視北邊營屯，經畫長久之計。承安元年春正月大鹽濼群牧使移剌覩等爲廣吉剌部兵所敗，死之。丁亥，國子學齋長張守愚上平邊議三篇，特授本學教授，仍以其議付史館。是年，金加封蒙古鐵木真以扎兀惕忽里名號。騣騣：馬快行貌。二句謂金朝宴賜北邊守將時，蒙古已有南下牧馬之意。

〔三〕「只知」句：《史記・絳侯周勃世家》載，漢文帝視察灞上、棘門的駐軍營地，直馳而入。來到周亞夫的駐地，將士戒備森嚴，不得入。文帝言此真將軍也，灞上、棘門軍若兒戲。句用此典，言金朝將帥無能，武備松弛。

〔四〕「誰謂」句：《世説新語・輕詆》載，東晉大將桓温眺望中原，慨然説，遂使神州陸沉，百年丘墟，王夷甫諸人不得不任其責。後以神州陸沉指國家滅亡。

〔五〕「華表」句：《搜神後記》載，遼東人丁令威學道成仙，千年後化作白鶴回到故鄉，落在城門的華表上，歌曰：「有鳥有鳥丁令威，去家千年今始歸。城郭如故人民非，何不學仙冢纍纍。」後用指滄桑巨變。華表：樹立在宮殿廣場等處飾有花紋的標柱。

〔六〕銅盤人去：用唐李賀《金銅仙人辭漢歌》詩序所云魏官遷漢宮銅人事，參見《西園》（七古）注〔一四〕。

〔七〕「留著」句：《歸潛志》：大梁城東五里號青城，乃金國初粘罕駐兵受宋二帝降處，當時后妃皇族皆詣焉，因盡俘而北。後天興末，末帝東遷，崔立以城降北兵，亦於青城下寨，而后妃內族復詣此地，多戮死，亦可怪也。青城：有二，南青城在南薰門外，爲宋祭天齋宮；北青城在封丘門外，爲宋祭地齋宮。此指南青城。

〔編年〕

天興二年癸巳四月作。李、繆同。

癸巳五月三日北渡三首

其一

道傍僵臥滿纍囚〔一〕，過去旃車似水流。紅粉哭隨回鶻馬〔二〕，爲誰一步一回頭。

〔注〕

〔一〕纍囚：被拘繫的人。此指蒙古將士虜掠的中原人。

〔二〕回鶻：即回紇，古代民族名，居漠北。此指蒙古。

其二

隨營木佛賤於柴，大樂編鐘滿市排〔一〕。擄掠幾何君莫問，大船渾載汴京來〔二〕。

〔注〕

〔一〕大樂：太常寺下屬官署，掌宫廷奏樂。句謂金宫樂器在集市上買賣。《元史・禮樂二》載，太宗十年孔元措奏：「今禮樂散失，燕京、南京等處，亡金太常故臣及禮册、樂器多存者，乞降旨收録。」

〔二〕渾：全。

其三

白骨縱橫似亂麻，幾年桑梓變龍沙〔一〕。只知河朔生靈盡，破屋疏煙却數家。桑梓其剪爲龍沙乎①，郭璞語。

〔校〕

①沙：《晉書・郭璞傳》作「荒」。當遺山誤記。

〔注〕

〔一〕「幾年」句：《晉書・郭璞傳》：「惠、懷之際，河東先擾。璞筮之，投策而歎曰：『嗟乎！黔黎將湮於異類，桑梓其翦爲龍荒乎！』」桑梓：桑樹和梓樹，植於村社家宅，後用作故鄉的代稱。此指繁榮的村落。龍沙：《後漢書・班超傳贊》：「定遠慷慨，專功西遐。坦步葱、雪，咫尺龍沙。」李賢注：「葱嶺、雪山，白龍堆沙漠也。」後泛指沙漠之地。

〔編年〕

天興二年五月作，李、繆同。

五月十二日座主閑閑公諱日作〔一〕

厝火誰能救已然〔二〕，直教憂疾送華顛〔三〕。贈官不暇如平日，草詔空傳似奉天〔四〕。故壘至今埋恨骨〔五〕，遺宗何力起新阡〔六〕。門生白首渾無補〔七〕，陸氏莊荒又一年〔八〕。

〔注〕

〔一〕詩題：本集《閑閑公墓銘》：「以（天興元年）夏五月十有二日，春秋七十有四，終於私第之正寢。」座主：遺山興定五年進士及第時，趙秉文任主考官，故稱。閑閑：趙秉文之號。諱日：人死之日。

〔二〕「厝火」句：《漢書·賈誼傳》：「夫抱火厝之積薪之下而寢其上，火未及燃，因謂之安。方今之勢，何以異此？」厝：置。然：「燃」的本字。

〔三〕「直教」句：本集《閑閑公墓銘》：「時公已老，日以時事爲憂，雖食息頃未能忘。每聞一事可便民，一士可擢用，大則奏章，小則爲當路者言，慇勤鄭重，不能自已。竟用是得疾。」華顛：白頭。《後漢書·崔駰傳》：「唐且華顛以悟秦，甘羅童牙而報趙。」

〔四〕「草詔」句：《唐書·陸贄傳》：「（贄）嘗爲帝言：『今盜徧天下，宜痛自咎悔，以感人心……』

帝從之。故奉天所下制書，雖武人悍卒，無不感動流涕。」本集《閑閑公墓銘》：「開興改元，北兵由漢中道襲荆襄，京師戒嚴。上命公爲赦文，以布宣悔悟哀痛之意。公指事陳義，辭情俱盡。城下之役（指天興元年三四月間的汴京保衛戰），國家所以感人心、作士氣者，公與有力焉。」

〔五〕「故壘」句：本集《閑閑公墓銘》：「時軍國多故，賻祭不及……越二日，權殯開陽門外二百步，有待也。」

〔六〕遺宗：後代。阡：墳墓。上二句謂趙閑閑尚權殯，子孫無力舉葬。

〔七〕門生：科舉考試及第者對主考官自稱「門生」。元氏自謂。渾：全。

〔八〕陸氏莊荒：唐李冗《獨異志》：「唐崔群爲相，清名甚重。元和中，自中書舍人知貢舉。既罷，夫人李氏因暇日常勸其樹莊田以爲子孫之計。笑答曰：『余有三十所美莊良田遍天下，夫人復何憂？』夫人曰：『不聞君有此業。』群曰：『吾前歲放春榜三十人，豈非良田耶？』夫人曰：『若然者，君非陸相門生乎？然往年君掌文柄，使人約其子簡禮，不令就春闈之試。如君以爲良田，則陸氏一莊荒矣。』群慚而退，纍日不食。」後世用作科舉考試方面杜絶行私請托之典。此指恩師趙秉文的權殯墓地荒涼。

〔編年〕

李、繆皆據「陸氏莊荒又一年」句繫在天興二年癸巳。按「又一年」恐非指一年，姑從之。

淮右〔一〕

淮右城池幾處存〔二〕，宋州新事不堪論〔三〕。輔車謾欲通吳會〔四〕，突騎誰當擣薊門〔五〕。細水浮花歸別澗，斷雲含雨入孤村〔六〕。空餘韓偓傷時語①〔七〕，留與纍臣一斷魂〔八〕。

〔校〕

①偓：李詩本、毛本、李全本作「渥」，當刊印之訛。據施本改。

〔注〕

〔一〕淮右：淮河之西。古以西方爲右，故稱。此指靠近南宋的金西南邊境地帶。

〔二〕「淮右」句：天興二年，南宋乘金危亡之際，攻打淮西州縣。五月，金鄧州節度使移剌瑗降宋。七月，武仙兵敗於淅川，七萬餘人降宋。

〔三〕「宋州」句：宋州，隋、唐、北宋置，金置歸德府，見《金史·地理中》。天興二年正月，金哀宗逃入歸德，二月元帥官奴率忠孝軍兵變，殺尚書左丞等官員三百人，囚金哀宗於照碧堂，獨攬大權。六月，金哀宗誅官奴及其黨，自歸德遷蔡州。

〔四〕「輔車」句：輔，面頰；車，牙牀骨。《左傳·僖公五年》：「諺所謂『輔車相依，脣亡齒寒』者，其虞、虢之謂也。」謾：枉，徒。吳會：吳郡、會稽，代指南宋。《金史·哀宗紀》天興二年八月下載，哀宗遣使借糧於南宋，言：「大元滅國四十，以及西夏，夏亡及於我，我亡必及於宋。脣亡齒寒，自然之理。若與我連和，所以爲我者亦爲彼也。」至宋，宋不許。

〔五〕薊門：古地名，即薊丘，在今北京德勝門外。此代指蒙古。天興二年六月蒙古軍復取洛陽，金勇將强伸戰敗死。郝樹侯《元好問詩選》謂指此。

〔六〕「細水」二句：借用晚唐韓偓《春盡》詩句喻其巢傾卵覆、漂浮無依的悲慘淒苦。斷雲：片雲。

〔七〕韓偓：唐末詩人。昭宗時官兵部侍郎、翰林學士承旨。憤朱温跋扈，詩多傷時之作。

〔八〕纍臣：拘繫之臣。詩人時被羈管聊城，故云。

〔編年〕

按前四句所言事，詩當天興二年癸巳六月金哀宗平息官奴之亂由歸德遷蔡州後不久作。時遺山被羈管山東聊城。李、繆同。

南冠行 癸巳秋爲曹得一作①〔一〕

南冠纍纍渡河關〔二〕，畢逋頭白乃得還〔三〕。荒城雨多秋氣重〔四〕，頹垣敗屋深茅菅②〔五〕。漫漫長夜浩歌起〔六〕，清涕曉枕留餘漕。曹侯少年出紈綺〔七〕，高門大屋垂楊裏。諸房三十侍中郎〔八〕，獨守殘編北窗底〔九〕。王孫上客生光輝〔一〇〕，竹花不實鵷鸞飢〔一一〕。絲桐切切解人語〔一二〕，海雲喚得青鸞飛〔一三〕。梁園三月花如霧，臨錦芳華朝復暮〔一四〕。阿京風調阿欽才〔一五〕，暈碧裁紅須小杜〔一六〕。長安張敞號眉嫵〔一七〕，吴中周郎知曲誤〔一八〕。香生春動一詩成，瑞露靈芝滿窗户〔一九〕。魚龍吹浪三山没，萬里西風入華髮〔二〇〕。無人重典鸘鷞裘，展轉空床卧秋月〔二一〕。寶鏡埋寒灰，鬱鬱萬古不可開〔二二〕。龍劍出地底，青天白日驅雲雷〔二三〕。層冰千里不可留，離魂楚些招歸來〔二四〕。生不願朝入省，暮入臺〔二五〕，願與竹林嵇阮同舉杯〔二六〕。郎食猩猩唇，妾食鯉魚尾〔二七〕，不如孟光案頭一盂水③〔二八〕。黄河之水天上流，何物可煮人間愁。撑霆裂月不稱意，更與倒翻鸚鵡洲〔二九〕。安得酒船三萬斛，與君轟醉太湖秋〔三〇〕。

〔校〕

①癸巳秋爲曹得一作：李全本無此句。②深：施本作「生」。③盂：李詩本、李全本、施本作「杯」。

〔注〕

〔一〕南冠：本指楚冠，後用作囚犯的代稱。《左傳·成公九年》：「晉侯觀於軍府，見鍾儀，問之曰：『南冠而縶者誰也？』有司對曰：『鄭人所獻楚囚也。』」曹得一：其人不詳。施注疑與曹居一昆弟行。

〔二〕纍纍：衆多貌。河關：此指黄河渡口。癸巳年汴京淪陷，蒙古軍押解亡金官民北渡。參見本集《癸巳五月三日北渡三首》。

〔三〕畢逋頭白：畢逋，烏鴉的別稱。《史記·荊軻傳》司馬貞索隱引《燕丹子》曰：「丹求歸，秦王曰：『烏頭白，馬生角，乃許耳。』丹乃仰天歎，烏頭即白，馬亦生角。」後用以比喻不可能實現的事。

〔四〕荒城：指聊城（今山東省聊城市）。癸巳夏遺山被解至聊城。秋氣：秋日淒清、肅殺之氣。

〔五〕「頹垣」句：形容曹、元居所的殘破荒涼。詩人羈囚聊城時住至覺寺中。見本集《密公寶章小集》自注。茅菅：茅草。

〔六〕浩歌：放聲歌唱。

〔七〕曹侯：指曹得一。紈綺：細而有花的絲織品，富貴人所穿。此指富貴人家。

〔八〕諸房：同宗各房。侍中郎：漢代在原官職上特加的榮銜，兼任這種官職的經常在皇帝左右侍奉。

〔九〕殘編：指磨損破舊的書籍。北窗底：陶淵明《與子儼等疏》：「常言五六月中，北窗下卧，遇涼風暫至，自謂是羲皇上人。」後常用此形容隱者高致。本集《論詩三十首》之四：「南窗白日羲皇上，未害淵明是晉人。」

〔一〇〕王孫：王的子孫。後泛指貴族子弟。上客：貴賓。

〔一一〕「竹花」句：竹花，竹子開的花。實，竹實，竹子所結的籽實，形如小麥，也稱竹米。鵷鶵：鳳凰一類的鳥。《韓詩外傳》卷八：「鳳乃止帝東園，集帝梧桐，食帝竹實，没身不去。」杜甫《述古》：「鳳凰從天來，何意復高飛。竹花不結實，念子忍朝饑。」

〔一二〕絲桐：指琴。古人多用桐木制琴，練絲爲弦，故名。切切：急促而細碎。解人語：表達出人的心聲。

〔一三〕海雲：杜甫《朝獻太清宫賦》：「九天之雲下垂，四海之水皆立。」後用「海立雲垂」比喻文辭雄麗，壓倒一切。此形容琴聲美妙。青鸞：古代傳説中鳳凰一類的神鳥。

〔一四〕「梁園」二句：言曹氏在汴京縱情游賞的情形。梁園：西漢梁孝王在汴梁所築園囿。臨錦：臨錦堂，在汴京。本集《鷓鴣天》〔臨錦堂前春水波〕題序云：「隆德故宫同希顔、欽叔、知幾諸人賦。」

〔一五〕阿京：冀禹錫字京父，龍山（今遼寧省建昌縣北）人，崇慶二年進士。金哀宗時擢爲應奉翰林文字。《中州集》卷六有傳。風調：風度。阿欽：指李欽叔。詳見《同希顔欽叔玉華谷分韻得軍華二字二首》其一注〔一〕。

〔一六〕暈碧裁紅：唐歐陽詹《春盤賦》以「裁紅暈碧，巧助春情」爲韻。本集《春日》：「里社春盤巧欲争，裁紅暈碧助春情。」本指採摘涂染春盤食品，此指叠用華麗的辭藻。暈：涂抹。小杜：指杜仁傑，字仲梁，長清（今山東省長清縣）人。正大初在汴京。

〔一七〕張敞：漢宣帝時爲京兆尹，無威儀，常「爲婦畫眉，長安中傳張京兆眉憮」。見《漢書·張敞傳》。

〔一八〕「吴中」句：《三國志·吴書·周瑜傳》載，周瑜年二十四，被孫策授爲建威中郎將，「吴中皆呼爲周郎」。「瑜少精意於音樂，雖三爵之後，其有闕誤，瑜必知之，知之必顧。故時人謡曰：『曲有誤，周郎顧。』」

〔一九〕「香生」二句：唐韓偓《香奩集》自敘：「咀五色之靈芝，香生九竅；咽三清之瑞露，春動七情。」二句謂曹歌詩類似韓偓清美感人。

〔二〇〕「魚龍」二句：言蒙古入侵，汴京淪陷，曹氏受戰亂流離之苦。三山：本指傳説中海上蓬萊等三座仙山，元氏用指代汴京的豪華園囿。本集《西園》（七古）有「當時三山初奏功，三山宫闕雲錦重」句。

〔二一〕「無人」二句：言曹生計窘迫漂泊。鷫鸘裘：用鷫鸘鳥羽做的外衣。《西京雜記》載，司馬相如貧困，出賃鷫鸘裘换酒，與文君爲歡。

〔二二〕「寶鏡」二句：唐盧仝《月蝕詩》：「百鍊鏡，照見膽。平地埋寒灰……便似萬古不可開。」本集《姨母隴西君諱日作三首》末注：「陽曲劉氏家大寶鏡，能照天地四方，以前知休咎。其家埋地中，人不得見也。明昌、泰和中，北方兵動，渠父子欲卜之。一日，先以旃幕障中庭，乃扃閉門户甚嚴。及掘鏡出，光耀爛然，一室盡明，如初日之照。鏡中見北來兵騎穰穰無數，餘三方都無所睹，因大駭曰：『不可，不可！』即埋之。姨母時伏牀下，得竊窺焉。」

〔二三〕「龍劍」二句：《晉書·張華傳》載，吴滅晉興之際，斗牛間常有紫氣。晉尚書張華以此請教雷焕。焕言是寶劍之精，上徹於天，在豫章豐城。華任焕爲豐城令，掘獄屋基，入地四丈，得一石函，光氣非常。中有雙劍：一名龍泉，一名太阿。其子持此劍行經延平津，劍忽從腰間躍出墜水，繼見兩龍各長數丈，光彩照水，波浪驚沸，於是失劍。後用「豐城劍」喻賢才被埋没。

〔二四〕「層冰」二句：《楚辭·招魂》：「北方不可以止些！層冰峨峨，飛雪千里些！歸來兮，不可以久些！」楚些：《招魂》以「些」爲句末語氣辭，故言。此處指代《招魂》詩。

〔二五〕省臺：古代朝廷中的重要部門。此代指高官。

〔二六〕竹林嵇阮：三國魏末嵇康、阮籍等常宴集於竹林之下，人稱「竹林七賢」。

〔二七〕「郎食」二句：唐李賀《大堤曲》：「郎食鯉魚尾，妾食猩猩脣。」猩猩之脣，肉之美者。

〔二八〕「不如」句：《東觀漢記·梁鴻傳》載，梁鴻隱居避患，寄居别人廊屋下，爲人舂米。每次回家，妻子孟光將飯菜盤舉到齊眉高處，恭敬地放在他面前。後世以「舉案齊眉」作夫婦相敬如賓之典。

〔二九〕「黄河」四句：活用李白《將進酒》「黄河之水天上來」與《宣州謝朓樓餞别校書叔雲》「舉杯消愁愁更愁」、「人生在世不稱意」及《江夏贈韋南陵冰》「我且爲君槌碎黄鶴樓，君亦爲我倒却鸚鵡洲」句。撑霆裂月：形容聲氣驚人。此指發泄怨憤的力度。鸚鵡洲：在今湖北漢陽西南江中。後漢黄祖爲江夏太守，其子大會賓客，有人獻鸚鵡，禰衡作賦，因以爲名。

〔三〇〕「安得」二句：用李白《陪侍郎叔游洞庭醉後》「巴陵無限酒，醉殺洞庭秋」句意。

〔編年〕

據題注，知作於天興二年秋。李、繆同。

曹得一扇頭〔一〕

機中秦女仙去〔二〕，月底梅花晚開〔三〕。只見一枝疏影，不知何處香來〔四〕。

〔注〕

〔一〕扇頭：扇面。此指扇面上的畫。本集《題劉才卿湖石扇頭》：「扇頭喚起西園夢，好似熙春閣下看。」

〔二〕機：織布機。機中：猶閨閣之中。秦女仙去：漢劉向《列仙傳》卷上載，蕭史善吹簫，能致孔雀白鶴於庭。穆公有女字弄玉，好之。公遂以女妻焉。日教弄玉作鳳鳴。一旦皆隨鳳凰飛去。

〔三〕月底：月光之下。

〔四〕「只見」二句：用宋林和靖《山園小梅》「疏影横斜水清淺，暗香浮動月黄昏」詩意。

〔編年〕

遺山與曹得一直接交往見於詩者唯上二首，極可能是同時之作。李、繆皆定爲天興二年癸巳作，從之。

四哀詩

李欽叔〔一〕

赤縣神州坐陸沉〔二〕，金湯非粟禍侵尋〔三〕。當官避事平生恥，視死如歸社稷心〔四〕。文采是人知子重〔五〕，交朋無我與君深。悲來不待山陽笛〔六〕，一憶同衾淚滿襟〔七〕。

〔注〕

〔一〕李欽叔：李獻能字欽叔。詳見《同希顏欽叔玉華谷分韻得軍華二字二首》其一注〔一〕。

〔二〕赤縣神州：戰國齊人騶衍創立「大九州」學説，謂「中國名曰赤縣神州。赤縣神州内自有九州，禹之序九州是也，不得爲州數。」坐：遂。陸沉：指國家滅亡。語出《世説新語·輕詆》，詳見《癸巳四月二十九日出京》注〔四〕。

〔三〕金湯非粟：《文選·永明九年策秀才文五首》「金湯非粟而不守」注：「神農之教，雖有石城湯池，帶甲百萬，而無粟者弗能守也。」句指天興元年十一月因缺糧發生兵變欽叔遇害事。《金史·徒單兀典傳》：「時趙偉爲河解元帥，屯金雞堡，軍務隸陝省，行省月給糧以贍其軍……偉軍食又盡，屢白陝省，云無糧可給。偉私謂其軍言：『我與李員外郎(李欽叔)有隙，坐視我軍飢餓，不爲存恤。』……入城劫殺阿不罕奴十剌、李獻能。」侵尋：漸進。

〔四〕「當官」二句：《金史·徒單兀典傳》：「或謂偉軍餉不繼，以劫掠自資，一日詣李獻能，獻能斬之，曰：『從宜破敵不易。』由是憾之。乃乘奴十剌宴飲不設備，選死士二十八人……殺行省以下官屬二十一人，獻能最爲所恨，故被害尤酷。」李欽叔時任陝州行省左右司員外郎。

〔五〕「文采」句：李欽叔以省魁及第，又中宏詞，在翰苑十餘年，才思敏捷，詞藻宏麗，趙秉文與李純甫詩他「天生今世翰苑才」。元王惲《玉堂嘉話》卷四載其撰詔輕松迅速事。

〔六〕山陽笛：山陽，漢縣名，在今河南省修武縣西北，魏末嵇康曾居於此。嵇被司馬昭殺害後，其友向秀經其故居，作《思舊賦》悼之。其序有「鄰人有吹笛者，發聲寥亮。追思曩昔游宴之好，感音而歎」之句。後世用作悲悼亡友的典故。

〔七〕一憶同衾：興定五年後半年，遺山與欽叔一起同寢暢游。本集《送欽叔内翰并寄劉達卿郎中、白文舉編修五首》有「半年姜肱被，所樂良不貲」句。

冀京父〔一〕

先公藻鑑識終童，曾拔崑山玉一峰〔二〕。不見連城沽白璧，蚤聞烈火燎黄琮〔三〕。重圍急變紛紛口，九地忠魂耿耿胸〔四〕。欲弔南雲無覓處①〔五〕，士林能不泣相逢〔六〕。

〔校〕

①南雲：李詩本、毛本作「雲南」，倒。據李全本、施本改。

〔注〕

〔一〕冀京父：冀禹錫字京父。詳見《南冠行》注〔一五〕。

〔二〕「先公」二句：《歸潛志》「冀禹錫小傳」言其「幼聰敏絶倫，年十九，擢大興魁」。先公：當指冀京父的已逝之父。藻鑑：品藻和鑒别人才。終童：漢終軍少即出衆，因以喻指少年有爲的人。崑山玉：崑崙山的美玉，喻指文章之美。南朝梁陸佐公《新刻漏銘》：「陸機之賦，虚握靈珠；孫綽之銘，空擅崑玉。」。

〔三〕「不見」二句：連城沽白璧，用《史記・藺相如傳》所載秦王以十五城换趙王和氏璧典。黄琮：黄色瑞玉，祭祀用之。《周禮・春官・大宗伯》：「以蒼璧禮天，以黄琮禮地。」《中州集・冀禹錫傳》載其初任沈丘簿，被縣令誣陷，「坐廢十年。朝臣薦其才者積數十人，終爲銓曹所礙」。二句感歎冀氏天賦其才而仕途坎坷。

〔四〕「重圍」二句：《金史・官奴傳》載，天興二年官奴在歸德發動兵變，「殺朝官左丞李蹊已下三百餘人……都事冀禹錫投水死。」《中州集・冀禹錫傳》：「官奴之變，家人勸京父羸服免禍，不從。人有自外至者，京父問：『賊入禁中否？』曰：『禁中賊滿矣！』乃自投水中。」

〔五〕南雲：指安史之亂張巡守睢陽時部將南霽雲。《新唐書・忠義傳・張巡》：「又降霽雲，未應。巡呼曰：『南八，男兒死爾，不可爲不義屈！』霽雲笑曰：『欲將有爲也，公知我者，敢不死！』亦不肯降。乃與姚闇、雷萬春等三十六人遇害。」

〔六〕士林：指文人士大夫階層。

李長源〔一〕

冀都事死東州禍〔二〕，李翰林亡陝府兵〔三〕。方爲騷人箋楚些〔四〕，更禁書客墮秦坑〔五〕。石苞本不容孫楚〔六〕，黄祖安能貸禰衡〔七〕。同甲四人三横貫〔八〕，此身雖在亦堪驚。

〔注〕

〔一〕李長源：李汾字長源。詳見《女几山避兵送李長源歸關中》注〔一〕。

〔二〕冀都事：指冀禹錫，金哀宗至歸德，授左右司都事兼應奉翰林文字。東州禍：指官奴在歸德發動兵變事。《中州集·冀禹錫傳》言其卒時爲天興二年三月。

〔三〕李翰林：指李欽叔。陝府兵：指陝州行省所屬部隊，即趙偉統領的兵士。

〔四〕騷人：文人。箋楚些：作招魂的詩賦。《楚辭·招魂》句尾皆有「些」字。本集《摸魚兒》〔恨人間情是何物〕：「招魂楚些何嗟及，山鬼自啼風雨。」

〔五〕禁：承受。書客：文友。此指李長源。墮秦坑：用秦始皇焚書坑儒典言李長源被害。《金史·李汾傳》載汾「去客唐、鄧間，恒山公武仙署行尚書省講議官。既而仙與參知政事完顔思烈相異同，頗謀自安，懼汾言論，欲除之。汾覺，遁泌陽。仙令總帥王德追獲之，鎖養馬平，絶食而死」。《金史·哀宗紀》載其卒時在天興元年六月。蓋遺山知其死訊晚於冀禹錫和李欽叔，故如此云。

〔六〕「石苞」句：《晉書·孫楚傳》：「楚才藻卓絶，爽邁不群，多所陵傲，缺鄉曲之譽……復參石苞驃騎軍事。楚既負才氣，頗侮易於苞。初至，長揖曰：『天子命我參卿軍事。』因此而嫌隙遂構。苞奏楚與吴人孫世山共訕毁時政，楚也抗表自理，紛紜經年。」《中州集·李汾傳》：「元光末用薦書得從事史館……長源素高亢，不肯一世，乃今以斗食故，人以府史蓄之，殊不自聊……諸人積不平，而雷、李尤所切齒。乃以嫚罵官長訟於有司。」

〔七〕「黄祖」句：《後漢書·禰衡傳》載禰衡少有才辯，尚氣剛傲。「後復侮慢於表，表恥不能容，以江夏太守黄祖性急，故送衡與之」，遂受其害。此句以「黄祖」借指武仙，以「禰衡」借指李長源。《中州集》王元粹《哭李長源》詩有「以才見殺人皆惜，忤物能全我未聞」句。

〔八〕「同甲」句：同甲，年齡相同。霣：通「殞」，死亡。《中州集·冀禹錫傳》：「欽與京少予二歲……欽没於其年（天興元年）十一月，年四十一；京没於又明年（天興二年）之三月，年四十二。」《中州集》李汾《感寓述史雜詩五十首序》：「正大庚寅，予行年三十有九。」三人皆小遺山兩歲。

王仲澤〔一〕

太學聲華弱冠馳〔二〕，青雲岐路九霄飛〔三〕。上前論事龍顔喜〔四〕，幕下籌邊犬吠稀〔五〕。壯志相如頭碎柱〔六〕，赤心嵇紹血沾衣〔七〕。從來聖牘褒忠義〔八〕，誰爲幽魂一發輝①。

〔校〕

①輝：施本作「揮」。

〔注〕

〔一〕王仲澤：王渥字仲澤。詳見《丹霞下院同仲澤鼎玉賦》注〔一〕。

〔二〕「太學」句：太學，國學。我國古代設於京城的最高學府。弱冠：古時以男子二十歲爲成人，初加冠，因體猶未壯，故稱弱冠。《歸潛志》卷二「王渥」條：「少游太學，有詞賦聲，屢中高選。」

〔三〕「青雲」句：言王渥從其他通徑馳騁仕途。《中州集·王渥傳》：「興定二年進士，調管州司候，不赴。壽州防禦使邦獻、商州防禦使國器、武勝節度庭玉愛其才，連辟三府經歷官，在軍中凡十年。」入爲樞密院經歷，又改爲左右司員外郎。

〔四〕「上前」句：《金史·白華傳》載，正大六年，「上召忠孝軍總領蒲察定住、經歷王仲澤、户部郎中刁璧及華諭之曰：『李全據有楚州……以璧、仲澤爲參謀，同往沂、海界招之』」。王渥見金哀宗的資料唯見於此。

〔五〕「幕下」句：唐李德裕節度劍南西川，建籌邊樓，四壁畫邊地險要，日與習邊事者籌畫其上。犬吠稀：形容邊境安寧、狗不驚叫的情形。句言王渥任幕府經歷官的功績。

〔六〕「壯志」句：用藺相如持和氏璧出使秦庭欲抱玉撞柱迫使秦王履約典。《中州集·王右司渥》：「正大七年，朝廷與宋人議和，擇可爲行人者，仲澤以才選……宋人愛其才，有『中州豪士』之目。」

〔七〕「赤心」句：《晉書·嵇紹傳》：「紹以天子蒙塵，承詔馳詣行在所。值王師敗績於蕩陰，百官及侍衛莫不潰散，唯紹儼然端冕，以身捍衛，兵交御輦，飛箭雨集，紹遂被害於帝側，血濺御服……及事定，左右欲浣衣，帝曰：『此嵇侍中血，勿去。』」《金史·内族思烈傳》：「思烈急於入京，不聽仙策，於是左右司員外郎王渥乃勸思烈曰：『武仙大小數百戰，經涉不爲不多，兵事當共議。』思烈疑其與仙有謀，幾斬之。渥自以無愧於内，不懼也。已而，思烈果敗，渥殁於陣。」其卒時，《中州集·冀禹錫傳》言在天興元年七月，《金史·哀宗紀》及《武仙傳》皆言京水之役戰敗在是年八月。

〔八〕聖牘：聖人的述作。

〔編年〕

四人中卒時冀氏最晚，在天興二年癸巳三月。味「方爲」、「更禁」諸語，詩應冀氏卒後不久作，故編於是年。李《譜》附於蒙古憲宗七年丁巳下總録中，繆《譜》未編。

十二月六日二首

其一

倀鬼跳梁久〔一〕，群雄結構牢〔二〕。天機不可料〔三〕，世網若爲逃〔四〕。白骨丁男盡〔五〕，黄金甲第高〔六〕。閶門隔九虎，休續楚臣騷〔七〕。

〔注〕

〔一〕倀鬼：傳説被虎吃掉的人變成鬼後，又作助虎吃人的幫凶，這種鬼叫倀鬼。此用以喻南宋爲虎作倀。跳梁：同「跳踉」，跳躍。

〔二〕「群雄」句：指蒙宋諸路兵馬合力圍攻金哀宗所在地蔡州。結構：連結構築。

〔三〕天機：神秘的天意。此指事態的發展。

〔四〕世網：比喻社會上的法律、禮教、風俗等對人的束縛。此指亂世給人們帶來的厄運。若爲：怎能。

〔五〕丁男：成年男子。古時男二十以上爲丁。

〔六〕甲第：豪門貴族的宅第。上二句活用杜甫《自京赴奉先縣詠懷五百字》之「朱門酒肉臭，路有凍死骨」句，比照戰爭的後果。

〔七〕「閶門」二句：屈原《離騷》：「吾令帝閽開關兮，倚閶門而望予。」閶門：天帝宮廷之門。此喻指金主的宮廷。九虎：喻指上達天聽須通過的層層權力機構。二句言人微言輕，難達天廷，無需像屈原那樣作詩傷懷。

其二

海内兵猶滿，天涯歲又新。龍移失魚鱉〔一〕，日食鬭麒麟〔二〕。草棘荒山雪，煙花故國春〔三〕。聊城今夜月，愁絶未歸人。

〔注〕

〔一〕「龍移」句：韓愈《龍移》：「天昏地黑蛟龍移，雷驚電激雄雌隨。清泉百丈化爲土，魚鱉枯死吁可悲。」詩喻金哀宗出逃，丟失臣民。

〔二〕「日食」句：漢劉安《淮南子·天文訓》：「麒麟鬥而日月食。」此喻滅金戰争的酷烈。日食：日蝕。

〔三〕煙花：繁花似錦，煙霧迷蒙。比喻金都昔日的繁榮景象。

〔編年〕

金哀宗天興二年六月自歸德往蔡州，天興三年正月蔡州淪陷自縊。詩作於天興二年癸巳臘月。李、繆同。

癸巳除夜

鼎定周元重〔一〕，薪安漢已然〔二〕。不隨南渡馬，虛泛北歸船〔三〕。身並枯蜩化，心争脱兔先〔四〕。塵埃嗟落泊①，光景强留連〔五〕。往事青燈裏，浮生白髮前②〔六〕。更殘鐘未動，猶屬出京年〔七〕。

〔校〕

①泊：李詩本、李全本、施本作「薄」。　②生：李全本作「心」，不通。

〔注〕

〔一〕「鼎定」句：鼎定，定鼎。相傳夏禹鑄九鼎，以象九州。歷商至周，作爲傳國重器。因稱定立國都謂「定鼎」。《左傳·宣公三年》：「成王定鼎于郟鄏。」元：同「原」。此句意在指責金朝由中都遷汴，未作慎重考慮。本集《閑閑公墓銘》言趙秉文曾倡議遷都山東。未果。

〔二〕「薪安」句：《漢書·賈誼傳》：「夫抱火厝之積薪之下而寢其上，火未及燃，因謂之安，方今之勢，何以異此！」句指金廷南渡後仍苟且偷安。《歸潛志》卷七：「南渡之後，爲宰執者往往無恢復之謀，上下同風，止以苟安目前爲樂……因循苟且，竟至亡國。」

〔三〕「不隨」二句：言自己當初未仕，未能隨金廷南遷，後來没有實現收復故土的理想，却作爲亡國之臣被羈押北渡。

〔四〕「身並」二句：言自己身如枯蜩那様卑微，胸懷却争先恐後，如同脱兔般迅速。蜩：蟬。

〔五〕「塵埃」二句：言其被囚受辱，窮困潦倒，留戀時光，强顔偷生。落泊：窮困失意，流落無依。

〔六〕浮生：《莊子·刻意》：「其生若浮，其死若休。」以人生在世虚浮無定，故稱。

〔七〕出京年：指癸巳年。本集有《癸巳四月二十九日出京》詩。

〔編年〕

天興二年癸巳除夕夜作。李、繆同。

密公寶章小集〔一〕

天東長白大寶幢〔二〕，天河發源導三江〔三〕。有木蔽映山朝陽，云誰巢者雛鳳凰〔四〕。雲間吐氣日五色，百鳥不敢言文章〔五〕。名都盤盤魏大梁〔六〕，黄金甲第羅康莊〔七〕。王家書絶畫亦絶，欲與中秘論低昂〔八〕。密公書院無絲簧〔九〕，窗明几潔凝幽香〔一〇〕。元光以後門鑰廢，文士稍得連壺觴〔一一〕。客來喜色浮清揚，典衣置酒餘空箱〔一二〕。生平俊氣不易降，眼中俗物都茫茫①〔一三〕。淵明素琴嵇阮酒〔一四〕，妙意所寄誰能量。在昔武元握乾綱〔一五〕，扶桑爲弓射八荒〔一六〕，獵取取一作兩大國如驅羊。民風樸魯資鷙彊，文治未及武剋剛〔一七〕。興陵之孫越王子〔一八〕，天以人瑞歸明昌〔一九〕。十三執經侍帝傍〔二〇〕，十八健筆陵阿房〔二一〕。撑腸文字五千卷〔二二〕，靈臺架構森鋪張〔二三〕。高陽苗裔襲衆芳〔二四〕，胡不置之貢玉堂〔二五〕。袖中正有活國手〔二六〕，地下纔得修文郎〔二七〕。悲風蕭蕭吹白楊〔二八〕，丘山零落可憐傷〔二九〕。承平故態耿猶在②〔三〇〕，拂拭寶墨生輝光〔三一〕。恰似如庵連榻坐〔三二〕，一甌春露澹相忘。

「明昌寶玩」、「羣玉中秘」，内府圖書印也。越邸有柳公權《紫絲鞋》〔三三〕、歐率更《海上》〔三四〕、楊凝式《乞花》等帖〔三五〕，然獨推元章《華佗》爲古今絶筆〔三六〕。宋《畫譜·山水》以李成爲第一〔三七〕，國朝張太師浩然〔三八〕、王内翰子端奉旨品第書畫〔三九〕，謂成筆意繁碎，有畫史氣象〔四〇〕，次之荆、關、范、許之下〔四一〕。密公識賞超詣，亦以此論爲公。郭乾暉《雀棘》〔四二〕，公以爲當在太古無上，唐以來諸人筆虚筆實，皆非其比，故予詩及之。欅軒，公自號也。又所居有如庵，詩集號《如庵小藁》。越王諸子惟欅軒貧甚，典衣沽酒之句，蓋實録云。甲午三月二十有一日，爲輔之書於聊城至覺寺之寓居〔四三〕。

〔校〕

①都：施本作「多」。　②耿：李全本作「耹」。「耹」同「眇」，亦通。

〔注〕

〔一〕密公：密國公的省稱。指完顔璹，詳見《摘瓜圖二首，欅軒家物》其一注〔一〕。寶章：珍貴的書法真跡。

〔二〕長白：指今吉林省之長白山。金發源於此。寶幢：刻有佛號和經咒的石柱。

〔三〕「天河」句：清阮葵生《茶餘客話》卷十三：「鴨緑江、松花江、黑龍江，稱三江，其源在長白山頂。」

〔四〕雛鳳凰：喻指有才華的弟子。唐李商隱《韓冬郎即席爲詩相送一座盡驚因成二絶寄酬兼呈畏之員外》：「桐花萬里丹山路，雛鳳清於老鳳聲。」

〔五〕「百鳥」句：宋梅聖俞《老人泉》：「歲月不知老，家有雛鳳皇。百鳥戢羽翼，不敢呈文章。」文章：錯雜的色彩或花紋。

〔六〕「名都」句：金都汴京屬戰國魏都大梁所在地。盤盤：寬廣貌。

〔七〕「黄金」句：謂豪門貴族的宅第羅列在四通八達的街道兩旁。

〔八〕「王家」二句：王家，指完顔璹家。其父爲越王。絶：絶品。《中州集·密國公璹傳》：「家所藏法書名畫，幾與中秘等。」中秘：宫廷珍藏圖書文物之所。

〔九〕絲簧：弦管樂器。此代指音樂。

〔一〇〕「窗明」句：本集《如庵詩文序》載名勝過密公家，「明窗棐几，展玩圖籍」。

〔一一〕「元光」二句：本集《如庵詩文序》：「自明昌初鎬、厲等二王得罪後，諸王皆置傳與司馬、府尉、文學，名爲王府官屬，而實監守之。府門啓閉有時，王子若孫及外人不得輒出入。出入皆有籍，訶問嚴甚……元光以後，（越）王薨，門禁緩，文士稍遂款謁。」

〔一二〕「客來」二句：《中州集·完顔璹傳》：「家至貧，不能具酒肴設蔬飯與之共食，焚香煮茗，盡出藏書商略之，談大定、明昌以來故事，或終日不聽客去。」本集《如庵詩文序》：「名勝過門……典衣置酒，或終日不聽客去。」

〔一三〕「生平」二句：謂密公氣度英俊，高雅脱俗。本集《如庵詩文序》：「使君得時行所學，以文武之材，當顓面正朝之任，長轡遠馭，何必減古人！」

〔一四〕淵明素琴：《晉書·陶潛傳》：「性不解音，而畜素琴一張，絃徽不具。每朋酒之會，則撫而和之，曰：『但識琴中趣，何勞弦上聲！』」後用作意趣高雅的典故。嵇阮酒：竹林七賢之嵇康、阮籍以嗜酒曠放爲高。

〔一五〕武元：太祖完顔阿骨打的謚號。乾綱：朝綱。

〔一六〕扶桑：神話中樹木名，爲日出之處。八荒：八方荒遠之地。

〔一七〕文治：文治浸潤。武尅剛：以武力征服剛强。本集《令旨重修真定廟學記》：「洪惟大朝，受天景命，薄天内外，罔不臣屬，武尅剛矣。」

〔一八〕興陵：金世宗完顔雍的陵墓。越王：金世宗之子，名永功，大安二年封越王。句謂完顔璹爲金世宗之孫，越王之子。

〔一九〕人瑞：學德均優之人。《唐書·鄭肅傳》載，鄭肅字仁表，嘗以閥閲文章自高，曰：「天瑞有五色雲，人瑞有鄭仁表。」明昌：金章宗年號。

〔二〇〕「十三」句：完顔璹卒於壬辰歲，年六十一（一一七二——一二三二），由此知帝指金世宗。

〔二一〕阿房：唐杜牧有《阿房宫賦》。

〔二二〕「撑腸」句：南宋劉過《吕大方以改之下第賦贈》：「撑腸文字五千卷，吟哦得意揚修鞭。」

〔二三〕靈臺：佛家語，指心。森：衆盛貌。句謂密國公才華横溢。

〔二四〕高陽：傳説中古代部族的首領顓頊號高陽氏。苗裔：指後世子孫。句同屈原《離騷》「帝高陽之苗裔兮」，也認爲女真皇族完顔氏爲炎黄之後代。元氏還稱契丹族耶律氏爲顓頊後裔，本集《尚書右丞耶律公神道碑》有「高陽苗裔襲衆芳」句。按《晉書·慕容廆載記》云：「廆又遷於徒河之青山。廆以大棘城即帝顓頊之墟也，元康四年乃移居之。」今人認爲此顓頊墟在遼西（見《光明日報》二〇〇九年十二月一日艾明範《顓頊之墟在遼西》）。元氏所云亦蓋有據。

〔二五〕玉堂：宫殿的美稱。唐宋以後，稱翰林院爲玉堂。

〔二六〕活國：猶救國。《南史·王珍國傳》：「時郡境苦饑，（王珍國）乃發米散財以賑窮乏。高帝手敕云：『卿愛人活國，甚副吾意。』」

〔二七〕修文郎：陰曹掌著作之官。傳説晉蘇韶死後現形，對他的兄弟説：「顏淵、卜商，今見在爲修文郎。修文郎凡有八人，鬼之聖者。」（《太平廣記》卷三一九引晉王隱《晉書》）

〔二八〕「悲風」句：《文選·古詩十九首》之十四：「白楊多悲風，蕭蕭愁殺人。」後用指墓地。

〔二九〕丘山零落：《晉書·謝安傳》載，謝安扶病乘輿入西州門，尋薨。其甥羊曇素爲安所愛重，特感傷。不覺至西州門，悲感不已，以馬策叩扉，誦曹植《箜篌引》詩曰：「生存華屋處，零落歸山丘。」慟哭而去。

〔三〇〕承平故態：本集《如庵詩文序》：「鑪薰名椀，或澄蜜一杯，有承平時王家故態，使人愛之而不能忘也。」耿：明顯貌。

〔三一〕寶墨：珍貴的書畫。句指尾注所言密公評價書畫精當事。

〔三二〕如庵：密公室名，見尾注。

〔三三〕柳公權：唐代書法家。

〔三四〕歐率更：唐代書法家歐陽詢官至太子率更令，故稱。

〔三五〕楊凝式：五代後周人，工顛草。

〔三六〕元章《華佗》：本集《續夷堅志四・華佗帖》：「米元章《華佗帖》，二十八字。靖康之變，流落民間。歷三四傳，乃入越王府。」元章：北宋米芾之字。

〔三七〕李成：宋代山水畫家。《宣和畫譜》卷十一《山水二・李成》：「於時凡稱山水者，必以成爲古今第一。」

〔三八〕張太師浩然：金代張浩字浩然，官至太師。

〔三九〕王内翰子端：王庭筠字子端，官翰林修撰。

〔四〇〕畫史：猶畫師。宋王安石《純甫出僧惠崇畫要予作詩》：「畫史紛紛何足數，惠崇晚出吾最許。」

〔四一〕荆關范許：荆，荆浩，字浩然，後梁時山水畫家。關，關仝，後梁時山水畫家，從荆浩學，有出藍之譽。范，范寬，宋代山水畫家。許，許道寧，宋代山水畫家。

〔四二〕郭乾暉：南唐花鳥畫家。

〔四三〕輔之：李天翼字輔之，固安(今河北固安)人。貞祐二年進士，歷滎陽、長社、開封三縣令，有治聲，遷右警巡使。汴京淪陷，寓居聊城。《中州集》有傳。元氏交游中另有郭輔之者，非此人。有本集《徐威卿相過，留二十許日，將往高唐，同李輔之贈别二首》可證。

〔編年〕

據尾注所言「甲午」云云，知作於天興三年三月二十一日。李、繆同。

徐威卿相過，留二十許日，將往高唐，同李輔之贈别二首〔一〕

其一

衣冠八座文昌府〔二〕，襆被三年同舍郎〔三〕。蕩蕩青天非向日，蕭蕭春色是他鄉。傷時賈誼頻流涕〔四〕，卧病王章自激昂〔五〕。保社追隨有成約〔六〕，不應關塞永相望。

〔注〕

〔一〕徐威卿：徐世隆（一二〇〇——一二八五）字威卿，陳州西華（今河南省西華縣）人。登正大四年進士第，辟爲縣令，辭而務學。癸巳年河南破，輦母北渡，入嚴實東平幕府爲掌書記。詳見元蘇天爵《元朝名臣事略》。高唐：縣名，今山東省高唐縣，在聊城北。李輔之：即李天翼，與遺山同被羈管聊城，見上詩《密公寶章小集》尾注。

〔二〕八座：亦作「八坐」，封建時代中央政府的八種高級官員。歷朝制度不一，所指不同。隋唐以六尚書、左右仆射及令爲「八座」。文昌府：唐武則天改尚書省爲文昌臺，後以「文昌」爲尚書省的别稱。

〔三〕襆被：用包袱裹束衣被，意謂整理行裝。《晉書·魏舒傳》：「入爲尚書郎。時欲沙汰郎官，非其才者罷之。舒曰：『吾即其人也。』襆被而出。」同舍郎：同居一室的郎官，泛指同僚。遺山自正大八年至天興二年爲京官，恰爲「三年」。句謂三年間在尚書省忝居其職，欲辭未得。

〔四〕「傷時」句：《漢書·賈誼傳》載，賈誼憂世傷時上書陳時事，其《治安策》云：「臣竊惟時勢，可爲痛哭者一，可爲流涕者二，可爲長太息者六。」

〔五〕「卧病」句：《漢書·王章傳》載，王章漢成帝時任京兆尹，剛直敢言。在長安爲學生時曾貧病交加，卧牛衣中泣。其妻言：「京師尊重，誰逾仲卿（章之字）。今值病厄，不自激昂，方涕泣，何鄙也！」遺山在汴京有病事，見本集《圍城病中文舉相過》。

〔六〕保社：古時地方基層行政單位，十家爲一保，二十五家爲社或里。句謂隱居鄉里。

其二

東南人物未彫零〔一〕，和氣春風四座傾〔二〕。但喜詩章多俊語〔三〕，豈知談笑得新名〔四〕。二年阻絶干戈地〔五〕，百死相逢骨肉情。别後相思重回首，杏花尊酒記聊城〔六〕。

〔注〕

〔一〕東南人物：指徐世隆。其籍貫西華在汴京東南，故云。

〔二〕「和氣」句：當指徐世隆入東平幕府春風得意的情形。

〔三〕俊語：高妙的言辭。

〔四〕「豈知」句：言徐世隆輕而易舉得到東平府的賞識。

〔五〕「二年」句：指天興元年至二年河南的戰亂。

〔六〕聊城：今山東省聊城市。遺山天興二年被羈管於此地。

【編年】

詩末有「杏花尊酒記聊城」句。遺山天興二年癸巳五月始北渡，乙未春移居冠氏，詩當天興三年甲午春作。李、繆同。施注據《元朝名臣事略·太常徐公》引《墓碑》「癸巳河南破，公輩太君北渡。嚴武惠公知公名，招致東平幕府」語，謂「此事當即過留時也」，非。

聊城寒食〔一〕

輕陰何負探花期〔二〕，白髮於春自不宜。城外杏園人去盡，煮茶聲裏獨支頤〔三〕。

【注】

〔一〕聊城：金縣名，今山東省聊城市。寒食：節日名。在清明節前一日或兩日。

〔二〕探花：看花。唐時稱進士及第後杏園初宴時採折名花的人，常以同榜中最年少的進士二人爲之。與下句合觀，詩暗用此典。

〔三〕支頤：手托住臉腮。

【編年】

遺山天興二年癸巳夏至聊城，乙未春已至冠氏，詩作於天興三年甲午春。李、繆同。

喜李彦深過聊城〔一〕

圍城十月鬼爲鄰①〔二〕，異縣相逢白髮新。恨我不如南去雁，羨君獨是北歸人〔三〕。言詩匡鼎功名薄〔四〕，去國虞翻骨相屯〔五〕。老眼天公只如此②，窮途無用説悲辛〔六〕。

〔校〕

①月：毛本作「日」，訛。據李詩本、李全本、施本改。②眼：毛本作「恨」。本集《平定鵲山神應王廟》有「老眼天公誰耦畸」句，《後芳華怨》有「老眼天公如有情」句。據李詩本、李全本、施本改。

〔注〕

〔一〕李彦深：本集《浣溪沙》（緑綺紅埃試拂絃）題序云：「懷李彦深。李，濟南（今山東省濟南市）人。」詞有「金馬玉堂梁苑客」句，知李曾在汴京。

〔二〕「圍城」句：蒙古兵自天興元年三月圍汴京，天興二年正月崔立兵變投降，長達十個月。鬼爲鄰：指隨時都有死亡的危險。圍城期間繼激戰後是糧荒、瘟疫、兵變，汴京死亡上百萬人。

〔三〕「羨君」句：李彦深是濟南人，河南淪陷後北歸故里，故云。

〔四〕「言詩」句：《漢書·匡衡傳》載，匡衡善於解説《詩經》，「諸儒爲之語曰：『無説《詩》，匡鼎來；匡説《詩》，解人頤。』」顔師古注：「服虔曰：『鼎，猶言當也，若言匡且來也。』應劭曰：『鼎，方也。』張晏曰：『匡衡少時字鼎，長乃易字稚圭……』師古曰：『服、應二説是也。賈誼曰

「天子春秋鼎盛」，其義也同，而張氏之説蓋穿鑿矣。』」按，元氏此處也沿襲張説之誤。衡因上書直言免官，杜甫《秋興八首》有「匡衡抗疏功名薄，劉向傳經心事違」句。

〔五〕「去國」句：《三國志·吴書·虞翻傳》：「孫權以爲騎都尉。翻數犯顔諫争，權不能悦，又性不協俗，多見謗毁，坐徙丹陽涇縣。」後再貶交州，虞自認爲相貌命運不好。骨相屯：骨骼相貌不好，命運艱難。「屯」通「迍」。

〔六〕「窮途」句：暗用阮籍窮途慟哭典。詳見《岐陽三首》其一注〔八〕。

〔編年〕

詩作於羈管聊城時（癸巳夏至乙未春），李、繆皆繫於天興三年甲午，姑從之。

即事

逆竪終當鱠縷分，揮刀今得快三軍〔一〕。燃臍易盡嗟何及〔二〕，遺臭無窮古未聞。京觀豈當誣翟義〔三〕，衰衣自合從高勳〔四〕。秋風一掬孤臣淚〔五〕，叫斷蒼梧日暮雲〔六〕。

〔注〕

〔一〕「逆竪」二句：逆竪：叛逆的小子。此指金末叛將崔立。《金史·崔立傳》載，天興元年十二月，金哀宗東狩。二年正月，汴京西面元帥崔立發動兵變，自立爲鄭王，納款降蒙。三年六月，崔立被部將李伯淵所殺。「伯淵繫立屍馬尾，至内前號于衆曰：『立殺害劫奪，烝淫暴虐，大逆不道，古今無有。當殺之不？』萬口齊應曰：『寸斬之未稱也。』乃梟立首，望承天門祭哀宗。伯淵以下軍民皆慟，或剖其心生噉之」。

〔二〕燃臍：《後漢書·董卓傳》載，董卓被王允、吕布所殺，屍體陳列在長安市上。「卓素充肥，脂流於地。守屍吏然火置卓臍中，光明達曙，如是積日」。嗟何及：嗟歎莫及，憾恨未盡。

〔三〕「京觀」句：京觀，把敵兵屍體堆積，用土封蓋，以示戰功。京，高丘；觀，謂形如闕。《漢書·翟方進傳》載王莽平定翟義討伐義軍後下詔曰：「蓋聞古者伐不敬，取其鱷鯢築武軍，封以爲大戮，於是乎有京觀以懲淫慝。」遂取翟義等屍築成京觀五處，各方六丈，高六尺。建表木書曰「反虜逆賊鱷鯢」。

〔四〕「衰衣」句：《契丹國志·太宗本紀》載，契丹人張彦澤嗜殺成性，與閤門使高勳有隙，殺其叔及弟。遼太宗後聞張劫掠，判處死刑，命高勳監斬。被張所害的家屬穿衰衣哭隨詬罵。處刑後高命剖其心以祭死者。衰衣：喪服。「衰」同「縗」。

〔五〕孤臣：亡國失勢之臣，詩人自指。

〔六〕蒼梧：《禮記·檀弓》謂舜南巡狩，崩，葬於蒼梧之野，後因指帝王遠死之所。此指金哀宗葬所。《金史·哀宗紀》載，奉御絳山收哀宗骨瘞之汝水之上。

〔編年〕

崔立被誅事《金史·崔立傳》載謂天興三年六月甲午，《元文類》曹居一《李伯淵傳》載謂甲午（天興三年）秋七月。詩作於當時聽到崔立被誅的消息後，屬快人心胸的即興之作。李、繆同。

秋夜

九死餘生氣息存〔一〕，蕭條門巷似荒村。春雷謾説驚坯户〔二〕，皎日何曾入覆盆〔三〕。濟水有情添别淚〔四〕，吴雲無夢寄歸魂〔五〕。百年世事兼身事，尊酒何人與細論。

〔注〕

〔一〕「九死」句：謂歷經汴京淪陷前後的艱險，劫後餘生，氣息奄奄，勉强生存。本集《喜李彦深過聊城》有「圍城十月鬼爲鄰」句。

〔二〕「春雷」句：《禮記·月令》謂仲春之月「日夜分，雷乃發聲，始電，蟄蟲咸動，啓户始出」；仲秋之月，「雷始收聲，蟄蟲坯户」。謾：徒。坯户：用泥土封閉洞穴。

〔三〕「皎日」句：言日光何曾射進覆置的盆中。上二句用唐駱賓王《幽縶書情通簡知己》「覆盆徒望日，蟄户未經雷」句，言沉冤難白。諸《譜》皆謂此因爲崔立撰功德碑事而言。天興二年正月，汴京西面元帥崔立以拯救一城生靈爲名發動兵變，殺死汴京二留守，投降蒙古。四月，黨人獻媚邀寵，責令翰林學士王若虚撰寫碑文歌頌崔立兵變的功德。王若虚以理拒之，言學士是爲國家起草詔令的，而且下屬爲官長歌頌功德，難以取信於後。於是崔黨又讓太學生劉祁、麻革作碑文。二人認爲此事有污名節，再三推辭，交差應付。遺山崔立之變後任左司員外郎，位處機要，深知觸怒崔立的危害，故忍辱負重，主動參與促成其事。

〔四〕「濟水」句：杜甫《奉寄高常侍》：「天涯春色催遲暮，別淚遥添錦水波。」濟水：源出河南濟源，東流經山東。

〔五〕「吴雲」句：杜甫《東屯月夜》：「天寒不成寢，無夢寄歸魂。」金哀宗卒於南邊蔡州，「吴雲」指此，本集《甲午除夜》有「空將衰淚灑吴天」句。

〔編年〕

李《譜》謂「此亦指甘露碑（崔立功德碑），然是至聊城後作」，故編在天興二年癸巳。繆《譜》未編。味詩「蕭條」句，應屬聊城所作。關於爲崔立撰功德碑引發的士林非議應在天興三年甲午崔立死後。劉祁《歸潛志·序》言其甲午歲歸鄉，其《録崔立碑事》當甲午歲應對士林非議之辯解。詩應作於天興三年甲午。

送仲希兼簡大方〔一〕

家亡國破此身留，留滯聊城又過秋。老去天公真憒憒〔二〕，亂來人事轉悠悠〔三〕。棋中敗局從誰覆〔四〕，鏡裏衰容只自羞。方外故人如見問〔五〕，爲言乘興欲東流。

〔注〕

〔一〕仲希：姓完顔。元王惲《秋澗集》有《哭友親完顔仲希墓》。同書卷四十六《雜著·題戒》：「仲希出金源世胄。少以孤兒隸羽林宿衛者有年。爲人慷慨尚風誼，善馳射。北渡後折節讀書，樂與士夫交游……如遺山先生一代巨公，雖汎愛無間，翰墨之作初不輕與，至於君，題其居曰『元齋』，繼其德曰『吾弟』。復有篇贈，稱道其志。向非尚友重義，得如是乎！」大方：姓郭。本集《廣威將軍郭君墓表》載其子：「次曰擇善，棄家爲黃冠。」施注謂即此人。本集《送郭大方》詩有「雲裝煙駕渺翩翩，是處林泉有静緣」及「忘言秋水聊揮麈」句，言其爲道士，與施説合。從之。

〔二〕潰潰：同憒憒，昏亂貌。

〔三〕悠悠：遥遠無望。

〔四〕棋中敗局：本集《出都二首》其二有「歷歷興亡敗局棋」句。覆：翻覆。句言望亡金死灰復燃。

〔五〕方外故人：指郭大方。方外：世俗之外。《莊子·大宗師》：「孔子曰：『彼游方之外者也，而丘游方之内者也。』」後世泛指僧道。

〔編年〕

詩有「留滯聊城又過秋」句。遺山癸巳年夏羈管聊城，乙未年春已移居冠氏，故李《譜》繫於天興三年甲午，從之。繆《譜》未編。

送郭大方

雲裝煙駕渺翩翩〔一〕，是處林泉有静緣〔二〕。存殁共驚初劫後，交游空記十年前。忘言秋水聊揮麈〔三〕，得意高山未絶絃〔四〕。明月太虚君自了〔五〕，相思休泛剡溪船〔六〕。

〔注〕

〔一〕雲裝煙駕：以雲爲衣裝，煙爲車駕。傳説仙道可乘雲駕霧，故云。

〔二〕静緣：静因之道。意謂心要保持虚静，並能順應物理。

〔三〕忘言：《莊子·外物》：「言者所以在意，得意而忘言。」言心中領會其意，不必停留在言語層次上。秋水：《莊子》有《秋水》篇。揮麈：指談道者。《世説新語·容止》載王夷甫「妙於談玄，恒捉白玉柄麈尾」。麈：古以駝鹿尾爲拂麈，因稱拂麈爲麈尾，或省作「麈」。

〔四〕「得意」句：《列子·湯問》：「伯牙善鼓琴，鍾子期善聽。伯牙鼓琴，志在登高山，鍾子期曰：『善哉，峨峨兮若泰山。』志在流水，鍾子期曰：『善哉，洋洋兮若江河。』伯牙所念，鍾子期必得之。」後用以喻知音。《吕氏春秋·本味》：「鍾子期死，伯牙破琴絶弦，終身不復鼓琴。」

〔五〕太虚：太空。東晉孫綽《游天台賦》：「太虚遼闊而無閡，運自然之妙有。」君：指郭大方。

〔六〕剡溪船：《世説新語·任誕》：「王子猷居山陰，夜大雪，眠覺，開室，命酌酒。四望皎然，因起彷徨，詠左思《招隱詩》。忽憶戴安道，時戴在剡，即便夜乘小船就之。經宿方至，造門不前而返。人問其故，王曰：『吾本乘興而行，興盡而返，何必見戴？』」後因以「剡溪船」指隱居逸游，造訪故友。

〔編年〕

李《譜》附此詩於蒙古太宗七年乙未年下，謂移居冠氏後作，不妥。據「存殁」二句，知詩作於元、郭北渡後初見時，應作於《送仲希兼簡大方》之前，至於是癸巳或甲午則難定。姑編於天興三年甲午。

郭大方自適軒〔一〕

自適還曾自適無，半生枯寂坐禪居。馬卿若也知人意〔二〕，只畫梁家舉案圖〔三〕。

〔注〕

〔一〕自適：悠然閑適而自得快樂。《莊子·駢拇》：「夫適人之適，而不自適其適，雖盜跖與伯夷，是同爲淫僻也。」

〔二〕馬卿：當指金元之際畫家馬雲卿或馬雲漢兄弟。

〔三〕梁家舉案圖：用梁鴻、孟光舉案齊眉典。詳見《南冠行》注〔二八〕。

〔編年〕

本集《送郭大方》有「存殁共驚初劫後，交游空記十年前」句，知元、郭交結在金亡前。姑編於該詩後。李《譜》編於蒙古憲宗七年丁巳下「總附」中，謂晚年返鄉後之作。繆《譜》未編。

贈周良老〔一〕

于公斷獄多平反〔二〕，高門大車在乃孫〔三〕。我居聊城欲二載，喜見周叟醇而温。十年大理書上考〔四〕，宜有陽報如于門〔五〕。大兒書來問安否，兵饑不死天所存。鄭孫毛骨殊秀發〔六〕，寶氣鬱鬱含朝暾〔七〕。機聲嘔啞聒朝昏〔八〕，種瓠五石當酒罇〔九〕。是翁福禄知未艾，昆弟和樂連株根①。白髮阿兄應念我，南雲寂寞賦招魂〔一〇〕。

〔校〕

①昆：李詩本作「兄」。

〔注〕

〔一〕周良老：不詳。按詩意，周爲聊城人，曾掌刑法，「斷獄多平反」，得陽報，晚年子孫滿堂，兄弟和睦。

〔二〕「于公」句：《漢書·于定國傳》：「其父于公爲縣獄史，郡決曹，決獄平，羅文法者于公所決皆不恨。郡中爲之生立祠，號曰于公祠。」後用作決獄寬平的典故。

〔三〕「高門」句：《漢書·于定國傳》：「始定國父于公，其閭門壞，父老方共治之。于公謂曰：『少高大閭門，令容駟馬高蓋車。我治獄多陰德，未嘗有所冤，子孫必有興者。』至定國爲丞相，永

（定國子）爲御史大夫，封侯傳世云。」

〔四〕大理：掌刑法的官。秦爲廷尉，後改名爲大理卿。書上考：謂官吏考績被列爲上等。

〔五〕陽報：在人世間得到報應。《淮南子·人間訓》：「夫有陰德者，必有陽報。」

〔六〕鄭孫：當指周良老的外孫。

〔七〕朝暾：剛出的太陽。

〔八〕嘔啞：形容織布機織布的聲音。

〔九〕種瓠五石：《莊子·逍遥游》：「今子有五石之瓠，何不慮以爲大樽而浮於江湖。」

〔一〇〕「白髮」二句：阿兄，應指元好謙益之。賦招魂：屈原有《招魂賦》，爲招楚懷王客死秦國的亡魂而作。本集《南冠録引》：「歲甲午，羈管聊城，益之兄邈在襄漢，遂有彼疆此界之限。」二句謂兄長在南宋認爲自己已死，作詩賦招收亡魂。

〔編年〕

詩有「我居聊城欲二載」句，以本集《濟南行記》所云「歲乙未秋七月，予來河朔者三年矣」推之，當作於天興三年甲午。李、繆同。

秋夕〔一〕

小簟涼多睡思清〔二〕，一窗風雨送秋聲。頻年但覺貂裘敝〔三〕，萬古何曾馬角生〔四〕。寄食且依嚴尹幕〔五〕，附書誰往鄧州城①〔六〕。澆愁欲問東家酒，恨殺寒鷄不肯鳴〔七〕。

〔校〕

①往：李詩本、毛本作「住」，形訛。據李全本、施本改。

〔注〕

〔一〕夕：夜。

〔二〕簟：竹席。睡思：睡意。困倦欲睡的感覺。

〔三〕頻年：連年。貂裘敝：《戰國策·秦策一》：「蘇秦説秦王，書十上而説不行。黑貂之裘弊，黄金百斤盡，資用乏絶，去秦而歸。」後用作士人落魄的典故。本集《留贈丹陽王煉師》其三：「弊盡貂裘白髮新，京華旅食記前身。」

〔四〕馬角生：指不可能發生的事。典出《史記·荆軻傳》司馬貞索隱引《燕丹子》，詳見《南冠行》注〔三〕。句言一生貧窮，從未騰達。

〔五〕嚴尹幕：指東平行臺萬户嚴實。本集《東平行臺嚴公神道碑》：「庚寅四月，朝於牛心之帳殿……又四年，朝於和林，授東平路行軍萬户。」

〔六〕附書：捎信。鄧州：金州名，今河南省鄧州市。遺山兄元益之時在鄧州，參見《贈周良老》注〔一〇〕引《南冠録引》。

〔七〕「恨殺」句：陶淵明《飲酒》十六：「被褐守長夜，晨鷄不肯鳴。」《怨詩楚調示龐主簿鄧治中》：

「造夕思雞鳴，及晨願烏遷。」

〔編年〕

《元史·嚴實傳》載甲午年被鬝闊台任爲東平路行軍萬户事。其幕府多遺山友人，如徐世隆等，故對負有盛名的遺山特予關顧。詩人急欲將此喜訊函告遠在鄧州城的益之兄，故李、繆皆繫此詩於天興三年甲午（本集《南冠録引》有「歲甲午，羈管聊城，益子兄邈在襄漢，遂有彼疆此界之限」語），從之。

懷益之兄〔一〕

世故伊川歎〔二〕，鄉情越客音〔三〕。天宜他日定，陸已向來沉〔四〕。冉冉愁看老〔五〕，源源事益侵〔六〕。誰言易排遣，自分不勝任。鞭影驚疲馬，鐘聲急暮禽。蹋中無曠迹〔七〕，喧外有幽尋〔八〕。夢失名家筆〔九〕，書存遺子金〔一〇〕。山田和石瘦〔一一〕，茅屋過雲深。春雨蔬成圃，秋霜柿滿林。樹陰涼拂席，花氣澹盈襟。宿鷺窺晨汲，孤猿伴暝吟。溪僧時問字，野客或知琴。抱璞休奇售〔一二〕，臨觴得緩斟。阿兄團聚日〔一三〕，曾語百年心①〔一四〕。

〔校〕

①語：李全本、施本作「話」。

〔注〕

〔一〕益之兄：遺山長兄（《元氏家譜》載，長好謙，次好古。翁《譜》引《静樂舊鈔・遺山詩後世系略》載，長好古，次好謙。從前者），時居鄧州，參見《贈周良老》注〔一〇〕。

〔二〕伊川歎：《左傳・僖公二十二年》：「初，平王之東遷也，辛有適伊川，見被髮而祭于野者，曰：『不及百年，此其戎乎！其禮先亡矣。』」杜預注：「辛有，周大夫。伊川，周地。伊，水也。被髮而祭，有象夷狄。」伊川，指伊水所經之地，即今河南省伊川縣一帶。

〔三〕越客音：《史記・張儀列傳》：「越人莊舄仕楚執珪，有頃而病。楚王曰：『舄故越之鄙細人也，今任楚執珪，貴富矣，亦思越不？』中謝對曰：『凡人之思故，在其病也。彼思越則越聲，不思越則楚聲。』使人往聽之，猶尚越聲也。」後用「越吟」代指鄉思。

〔四〕「陸已」句：《世説新語・輕詆》載，東晉大將桓温眺望中原，感慨曰：「遂使神州陸沉，百年丘墟，王夷甫諸人不得不任其責。」句指金國滅亡。

〔五〕冉冉：時光荏苒。

〔六〕「源源」句：言不稱心的事源源不斷侵凌心靈。

〔七〕跼：屈曲不伸。曠迹：曠達的行爲。

〔八〕「喧外」句：用隱士許由厭瓢喧聲棄擲典，詳見《箕山》注〔六〕。

〔九〕「夢失」句：用江淹才盡典。《太平廣記》卷二七七引《南史》：「宣城太守濟陽江淹，少時嘗夢人授以五色筆，故文彩俊發。後夢一丈夫，自稱郭景純，謂江淹曰：『前借卿筆，可以見還。』探懷得五色筆，與之。自爾淹文章躓矣，故時人有才盡之論。」

〔一〇〕「書存」句：《漢書・韋賢傳》：「遺子黄金滿籯，不如一經。」

〔一一〕「山田」句：宋吴曾《能改齋漫録》卷八：「予嘗記唐人一聯而忘其名云：『山自古來和石瘦，水因秋後漾沙清。』」

〔一二〕「抱璞」句：用卞和獻玉典。漢劉向《新序・雜事五》載，荆人卞和得玉璞而獻之，厲王、武王認爲是石，以欺君罪砍掉卞和的雙足。共王即位，和乃奉玉璞而哭於荆山中，三日三夜，泣盡而繼之以血。奇售：出售珍奇之貨。

〔一三〕阿兄：指元益之。

〔一四〕百年心：指長久不變的思親之情。

〔編年〕

據「陸已向東沉」，知詩作於天興三年甲午正月金哀宗自殺金國滅亡後。遺山天興二年被羈押聊城。至天興三年，驚魂稍定，静而思親思鄉。李、繆繫於是年，從之。

夢歸

顦顇南冠一楚囚〔一〕，歸心江漢日東流〔二〕。青山歷歷鄉國夢〔三〕，黄葉蕭蕭風雨秋〔四〕。貧裏有詩工作祟〔五〕，亂來無淚可供愁。殘年兄弟相逢在，隨分虀鹽萬事休〔六〕。

〔注〕

〔一〕南冠一楚囚：囚犯的代稱，此遺山自指。典出《左傳》，詳見《南冠行》注〔一〕。

〔二〕江漢：長江、漢水。疑此與元益之所在之處有關。本集《南冠録引》：「歲甲午，羈管聊城。益之兄邈在襄漢，遂有彼疆此界之限。」

〔三〕歷歷：分明可數。

〔四〕蕭蕭：風雨急驟的聲響。

〔五〕「貧裏」句：作祟，作怪。句謂貧困中作詩不求工而自工，不知其所以然。宋歐陽修《梅聖俞詩集序》：「蓋愈窮則愈工。然則非詩之能窮人，殆窮而後工也。」

〔六〕「殘年」二句：謂晚年只要能與兄長元益之在一起，隨便吃些粗茶淡飯都可以。隨分：隨便。虀鹽：切碎的醃菜或醬菜，代指清貧生活。

〔編年〕

這首詩反映了階下囚的真切心態，作於羈管聊城時。李、繆繫於天興三年甲午，從之。

白屋〔一〕

白屋寒多愛夕曛，静中歸思益紛紛。長門誰買千金賦〔二〕，祖道虚陳五鬼文①〔三〕。地盡更無錐可置〔四〕，竈閑唯覺井長勤。明年準擬萊蕪住，寄謝東鄰范史雲〔五〕。

〔校〕

①陳：施本作「傳」。

〔注〕

〔一〕白屋：平民的房屋。

〔二〕「長門」句：漢司馬相如《長門賦序》：「孝武皇帝陳皇后，時得幸，頗妒。别在長門宫，愁悶悲思。聞蜀郡成都司馬相如，天下工爲文，奉黄金百斤，爲相如、文君取酒，因於解悲愁之辭。而相如爲文以悟主上，陳皇后復得幸。」本集《寄欽用》：「長門有賦人誰買，坐埸無氈客亦寒。」

〔三〕祖道：古人於出行前祭祀路神稱祖道。五鬼文：指唐韓愈的《送窮文》。文謂「智窮」、「學窮」、「文窮」、「命窮」、「交窮」爲「五鬼」。古代有送窮習俗，正月晦日在巷祭送窮鬼。句謂撰送窮文於路上祭禱送窮而窮不離。本集《學東坡移居八首》言羈管聊城的貧困有「五窮果何神，爲戲乃爾虐」句。

〔四〕「地盡」句：《漢書・王莽傳》：「强者規田以千數，弱者曾無立錐之居。」

〔五〕「明年」二句：《後漢書・范冉傳》：「范冉字史雲，陳留外黄人……桓帝時，以冉爲萊蕪長，遭母憂，不到官……所止單陋，有時糧粒盡，窮居自若，言貌無改。閭里歌之曰：『甑中生塵范史雲，釜中生魚范萊蕪。』」東鄰：用「由東鄰」典，見《送郝講師住崇福宫》詩注〔一〇〕。

〔編年〕

李《譜》謂此詩「有傷貧意，與《移居》第四首意同，當是初至聊城時詩」，遂附録於天興二年癸巳。繆《譜》未編。味末二句，有移居他處告别貧困之意，疑與「寄食且依嚴尹幕」或冠氏帥趙天錫相邀有關，姑繫於天興三年甲午。蒙古太宗七年乙未春遺山移居冠氏，「明年」當指此。

甲午除夜〔一〕

暗中人事忽推遷〔二〕，坐守寒灰望復燃〔三〕。已恨太官餘麯餅〔四〕，争教漢水入膠船〔五〕。神功聖德三千牘〔六〕，大定明昌五十年〔七〕。甲子兩周今日盡〔八〕，空將衰淚洒吴天〔九〕。

〔注〕

〔一〕甲午除夜：甲午年臘月最後一晚。

〔二〕暗中：冥冥之中。推遷：發展變化。

〔三〕寒灰望復燃：《史記·韓長孺傳》載，韓安國被捕入獄，「獄吏田甲辱安國。安國曰：『死灰獨不復然乎？』田甲曰：『然即溺之。』」後因以「死灰復燃」比喻失勢者重新活躍起來。此指金國亡而復興。

〔四〕「已恨」句：太官，《漢書·百官公卿表》注：「太官主膳食。」即掌管皇帝飲食之官。麯餅，用麩皮等做成的餅子，用以發酵釀酒製醬等。《晉書·愍帝紀》：「京師饑甚……太倉有麴數十餅，麴允屑爲粥以供帝。」句指汴京被圍糧盡，金哀宗出奔事，詳見《金史·哀宗紀》和《歸潛志·録大梁事》。

〔五〕「争教」句：《史記·周本紀》：「昭王之時，王道微缺。昭王南巡狩不返，卒於江上。」張守節《正義》引《帝王世紀》曰：「昭王德衰，南征，濟於漢。船人惡之，以膠船進王。王御船至中流，膠液船解，王及祭公俱没於水中而崩。」膠船：用膠粘合的船。此指金哀宗身死蔡州事。

〔六〕神功聖德：指金朝開國皇帝神一般的功績和聖人般的德行。《金史·太祖紀》：「天會十三年，立開天啓祚睿德神功之碑於燕京城南。」三千牘：形容臣下記述功德的文書之多。

〔七〕大定：金世宗年號（一一六一——一一八九）。明昌：金章宗年號（一一九〇——一一九五）。金章宗在位十九年，此代指明昌、承安、泰和三個年號。這五十年是金朝的興盛時期。

〔八〕「甲子」句：古人用十天干十二地支依次搭配紀年，一周六十年。金自太祖完顔阿骨打收國元年（一一一五年）至金哀宗天興三年（一二三四年），正好兩周。本集《續夷堅志二·歷年之讖》：「古人上壽皆以千萬歲壽爲言，國初種人純質，每舉觴惟祝百二十歲而已。蓋武元以政和五年、遼天慶五年乙未爲收國之年，至哀宗天興三年蔡州陷，適兩甲子周矣。」

〔九〕哀淚：老年之淚。昊天：南方的天空。金哀宗死於蔡州，在金國的南邊。

〔編年〕

天興三年甲午末作。李、繆同。

覓神霄道士古銅爵〔一〕

雷章著土紛朱碧〔二〕，秋菌春蒲人不識①〔三〕。若非儀狄墓中來〔四〕，應自杜康祠下得〔五〕。古人我得酒之傳②〔六〕，摸索飲器流饞涎。巧偷豪奪吾何敢，他日酬君九府錢〔七〕。

〔校〕

①菌：毛本作「茵」，形訛，有蘇軾《胡穆秀才遺古銅器，似鼎而小，上有兩柱，可以覆而不蹶，以爲鼎則不足，疑其飲酒器也。胡有詩，答之》「三趾下鋭春蒲短，兩柱高張秋菌細」可證。據李詩本、李全本、施本改。　②我：施本作「偶」。

〔注〕

〔一〕神霄道士：本集《續夷堅志一·李書病目》：「聊城李晝生二子，其一失明，其一生而無目。李去歲一目復枯，問神霄何道士求治療。」由此可知神霄道士姓何，居聊城。神霄：道觀名。

〔二〕雷章：即雷紋，花紋屈折如雷電之形，故名。周有「雷紋鼎」、「雷紋彝」。

〔三〕秋菌春蒲：按「校記」引蘇詩指古銅器上面兩耳似秋菌那樣細，下面三腿像春蒲那樣短。

〔四〕儀狄：相傳夏禹時發明釀酒的人。《戰國策·魏二》：「昔者帝女令儀狄作酒而美，進之禹。」

〔五〕杜康：傳説爲最早造酒的人。《尚書·酒誥》「惟天降命，肇我民惟元祀」孔穎達疏引漢應劭

《世本》：「杜康造酒。」

〔六〕「古人」句：言已獲得古人造酒法之真傳。

〔七〕九府：周代掌管財幣的機構。

〔編年〕

詩作於羈管聊城時。李、繆定在天興三年甲午，從之。

宿神霄北庵夢中作〔一〕

素月流空散紫煙〔二〕，座中人物半神仙。麗川往事渾如夢〔三〕，信手題詩一泫然〔四〕。

〔注〕

〔一〕神霄北庵：道觀名，在聊城。參見《覓神霄道士古銅爵》注〔一〕。

〔二〕素月：明月。紫煙：紫色煙霧。此指觀中香鑪散發之煙。

〔三〕麗川：亭名，在汴京。本集《西園》（七古）詩有「麗川亭上看年芳」句。

〔四〕泫然：流淚貌。

〔編年〕

與上詩同年作。李、繆同。

乙未正月九日立春

十度新正九處家〔一〕，今年癡坐轉堪嗟〔二〕。一冬殘雪不肯盡，連日苦寒殊未涯。重碧總誇燕市酒〔三〕，小紅誰記上林花〔四〕。殘魂零落今無幾〔五〕，乞與春風惱鬢華〔六〕。

〔注〕

〔一〕「十度」句：李《譜》：「自乙酉至上年新正，凡九處家也：乙酉，汴京；丙戌，嵩山；丁亥，洛陽；戊子，長壽；己丑，内鄉；庚寅，鎮平；辛卯，秋林；壬辰、癸巳，汴京；甲午，聊城。」其説不盡確實，可參考。句謂生活如轉蓬，移居頻繁。

〔二〕癡坐：呆坐。此指無變動。堪嗟：可歎。

〔三〕重碧：深緑色。杜甫《宴戎州楊使君東樓》：「重碧粘春酒，輕紅擘荔枝。」後因以爲酒名。宋范成大《吴船録》卷下：「郡醖舊名重碧，取杜子美《戎州》詩……之句。」

〔四〕小紅：淡紅色。杜甫《江雨有懷鄭典設》：「寵光蕙葉與多碧，點注桃花舒小紅。」上林：宫苑名。司馬相如有《上林賦》。此指金宫苑。

〔五〕殘魂：指上林花。喻亡國之臣。

〔六〕「乞與」句：謂乞求殘花與春風一起前來撩撥兩鬢白髮。

〔編年〕

蒙古太宗七年乙未作。李、繆同。

三仙祠

三仙祠下往來頻，憔悴征衫滿路塵。簫鼓未休寒食酒〔一〕，樵蘇時見舊都人〔二〕。吹殘芳樹紅仍在，展放平田緑已勻①。西北并州隔千里，幾時還我故鄉春。

〔校〕

①展放：李全本作「展破」，施本作「碾破」。

〔注〕

〔一〕寒食：節日名。南朝梁宗懔《荆楚歲時記》：「去冬（至）節一百五日，即有疾風甚雨，謂之寒食。禁火三日，造餳大麥粥。」

〔二〕樵蘇：打柴割草，當燃料。舊都：指金都汴京。

〔編年〕

李《譜》謂此詩「原編在《（乙未正月九日）立春》詩後，是一時之作」。遺山詩篇雖按體裁編排，然確實多有如李所説者，如本集卷八在汴京圍城中諸作，再如卷九《乙亥十一月十三日雪晴夜半讀書山東龕看月》、《明日作》，卷十《七月十二日行狼牙嶺》、《十三日度嶽嶺》等皆是。乙未三月前元氏已從聊城遷居冠氏（本集《鵲橋仙》〔槐根夢覺〕題序云：「乙未三月，冠氏紫微觀桃符上開花一枝，予與楊焕然共歎，以爲此亦當却一春耶。」），時冠氏帥趙天錫收羅亡金士官較多，故詩有「時見舊都人」之語，故從李《譜》，編於蒙古太宗七年乙未。繆《譜》未編。

冠氏趙莊賦杏花四首〔一〕

其一

一樹生紅錦不如，乳兒粉抹紫襜褕〔二〕。花中誰有張萱筆〔三〕，畫作宮池百子圖〔四〕。

〔注〕

〔一〕冠氏：金縣名，今山東省冠縣。

〔二〕襜褕：古代一種較長的單衣。因其寬大而長作襜襜然（摇動貌），故名。

〔三〕張萱：唐代畫家，工於人物花鳥。

〔四〕宮池：帝王宮苑中的池沼。百子圖：畫花百朵以祝願子孫衆多之圖。宋辛棄疾《鷓鴣天·祝良顯家牡丹一本百朵》〔占斷雕欄只一株〕：「恰如翠幙高堂上，來看紅衫《百子圖》。」

其二

文杏堂前千樹紅〔一〕，雲舒霞捲漲春風。荒村此日腸堪斷，回首梁園是夢中〔二〕。

〔注〕

〔一〕文杏：即銀杏，俗稱白果樹。

〔二〕梁園：漢梁孝王在汴京所建的苑囿，此代指汴京。

其三

錦樹烘春爛不收〔一〕，看花人自爲花愁。荒蹊明日知誰到，憑仗詩翁爲少留〔二〕。

〔注〕

〔一〕烘：渲染。爛：燦爛，色彩盛麗貌。

〔二〕憑仗：猶煩請。唐元稹《蒼溪縣寄揚州兄弟》：「憑仗鯉魚將遠信，雁回時節到揚州。」

其四

東風誰道太狂生，次第開花却有情。聞道紀園千樹錦〔一〕，一尊猶及醉清明。

〔注〕

〔一〕紀園：紀子正杏園，在冠氏城西。本集《紀子正杏園燕集》有「紀翁種杏城西垠」、「陽平（冠氏的古縣名）一邑多詩豪」句。

〔編年〕

詩作於遺山自聊城移居冠氏之後。李《譜》定在蒙古太宗八年丙申。案：詩有「聞道紀園千樹錦」

句,知此時未曾去過紀子正杏園,故言「聞道」。本集《紀子正杏園燕集》作於蒙古太宗七年乙未(詳考見該詩「編年」),此詩亦作於乙未年未至「紀園」之前夕。繆《譜》未編。

自趙莊歸冠氏二首

其一

春華濇濇曉寒輕〔一〕,野草揺風半白青。誰識杏花墻外客,舊曾家近麗川亭〔二〕。

〔注〕

〔一〕春華濇濇:春天的花朵上面霧氣浮動的様子。

〔二〕麗川亭:在汴京西園,參見《宿神霄北庵夢中作》注〔三〕。

其二

杏園紅過雪披離〔一〕,楊柳無風緑線齊。寒食人家在原野,乳鴉墻外盡情啼。

〔注〕

〔一〕杏園:指冠氏城西紀子正杏園。雪披離:形容杏花花瓣四散紛落。

〔編年〕

此詩編在《冠氏趙莊賦杏花》之後,詩題所敘地點事件前後相連,屬同時之作,故也編在蒙古太宗七年乙未。李《譜》編在丙申，繆《譜》未編。

紀子正杏園燕集〔一〕甲午歲

紀翁種杏城西垠〔二〕，千株萬株紅艷新。今年寒食好天色，曉氣鬱鬱含芳津〔三〕。天公自愛此花好，朝薰暮染煩花神。融霞暈雪一傾倒〔四〕，非煙非霧非卿雲〔五〕。未開何所似，乳兒粉妝深絳脣。能啼能笑癡復騃〔六〕，畫出百子元非真〔七〕。半開何所似，里中處女東家鄰〔八〕。陽和入骨春思動〔九〕，欲語不語時輕顰〔一〇〕。就中爛熳尤更好，五家合隊虢與秦。曲江江頭看車馬，十里羅綺争紅塵〔一一〕。陽平一邑多詩豪〔一二〕，主人買酒邀衆賓。花時此游有成約①，恨少楊子張吾軍〔一三〕。落花著衣紅繽紛，四座慘淡傷精魂②。花開花落十日耳，對花不飲花應嗔。愛花常苦得花晚，争教行樂無閑身。芳苞一破不更合，且看錦樹烘殘春。

〔校〕

①此游：李全本、施本無此二字。　②座：李詩本、毛本、李全本作「坐」，當刊印音訛。據施本改。

〔注〕

〔一〕紀子正：冠氏縣人，年長於遺山，餘不詳。燕集：宴飲聚會。

〔二〕垠：邊。

〔三〕曉氣：清晨的霧氣。鬱鬱：濃厚貌。芳津：芳液，芳味。

〔四〕融霞暈雪：形容融化霞彩，涂抹雪色，形成中心紅濃四周漸淡漸白的花色。一傾倒：十分愛慕。

〔五〕卿雲：亦作「慶雲」，古人以爲祥瑞。《史記·天官書》：「若煙非煙，若雲非雲，鬱鬱輪囷，是謂卿雲。」

〔六〕騃：癡呆。

〔七〕百子：百子圖。見《冠氏趙莊賦杏花四首》其一注〔四〕。

〔八〕東家鄰：鄰居美女。楚宋玉《登徒子好色賦》：「天下之佳人，莫若楚國。楚國之麗者，莫若臣里。臣里之美者，莫若臣東家之子。」

〔九〕陽和：春天的暖氣。春思：春日的思緒情懷。句言半開杏花如青春少女那樣美麗多情。

〔一〇〕顰：皺眉。

〔一一〕「就中」四句：《新唐書·楊貴妃傳》：「每十月，帝幸華清宮，五宅車騎皆從，家别爲隊，隊一色，俄五家隊合，爛若萬花，川谷成錦繡。」杜甫《麗人行》：「三月三日天氣新，長安水邊多麗人」，「就中雲幕椒房親，賜名大國虢與秦。」虢與秦：指楊貴妃三姊虢國夫人與八姊秦國夫人。詩以此形容杏花的盛麗。

〔二〕陽平：冠氏縣爲漢館陶縣地，魏置陽平郡，故稱。

〔三〕楊子：楊奐，陝西學者，有「關西夫子」之譽。金亡北渡，冠氏帥趙天錫待以師友之禮。張吾軍：壯大吾軍（游園人士）的聲勢。

〔編年〕

此詩施、李、繆皆據題注定在天興三年甲午。按：遺山癸巳夏往聊城，乙未春已至冠氏。本集《聊城寒食》唯當作於甲午。詩有「城外杏園人去盡，煮茶聲裏獨支頤」句，與本詩不僅地點不同，心境興致也大有區別，絕非同年之作。本集詩題下之注有些非遺山自注，如《玉溪》詩題注之「端氏」，明顯有誤（詳考見該詩注〔一〕），屬後人所加，不可盡信。故編本詩於蒙古太宗七年乙未。

杏花落後分韻得歸字

獺髓能醫病頰肥〔一〕，鸞膠無那片紅飛〔二〕。殘陽淡淡不肯下，流水溶溶何處歸。煮酒青林寒食過，明妝高燭賞心違〔三〕。寫生正有徐熙在〔四〕，漢苑招魂果是非〔五〕。

〔注〕

〔一〕「獺髓」句：前秦王嘉《拾遺記》：「吴孫和舞水晶如意，傷鄧夫人頰。醫曰：『得白獺髓和琥珀屑敷之，當滅痕。』」蘇軾《再和楊公濟梅花》：「玉頰何勞獺髓醫。」獺，水獸名。

〔二〕鸞膠：傳説中用鳳喙麟角合煎而成的膠。其粘性極强，能續弓弩斷弦。見舊題漢東方朔《十洲記》。無那：無奈。

〔三〕「煮酒」二句：謂寒食節後，人們將在青杏林中煮酒，這種秉燭賞花惜花之事欲求不得了。煮酒：古人以青杏煮酒，以取其酸。明妝：梳妝鮮明的美女。比喻杏花。

〔四〕寫生：描繪實物。徐熙：五代南唐畫家，善畫花卉蟲魚。

〔五〕漢苑招魂：《史記·外戚傳》載，漢武帝自寵妃李夫人死後，日夜思念。方士爲其招魂。帝望見李夫人來而不可近視，作詩曰：「是邪？非邪？立而望之，偏何姍姍而來遲！」上二句謂現在正有徐熙這樣的畫家把杏花形態逼真地畫出，它如人死後的鬼魂一樣真幻難辨。

〔編年〕

李《譜》謂此詩與《三仙祠》連編於《乙未正月九日立春》之後，「是一時之作」。繆《譜》從之。按詩題所言「分韻得歸字」，知詩乃與衆人唱和之作，這與《紀子正杏園燕集》「陽平一邑多詩豪，主人買酒邀衆賓」合，當在冠氏與衆詩友共作。故編在蒙古太宗七年乙未。

送李輔之官青州①〔一〕

親朋離燕日相仍〔二〕，又向扁舟別李膺〔三〕。晚節浮沉疑未害〔四〕，中年哀樂自難勝②〔五〕。
樊籠不畜青田鶴〔六〕，朔吹初翻白錦鷹〔七〕。鄭重雙魚問消息〔八〕，故侯瓜圃在東陵〔九〕。

〔校〕

①輔：施本作「甫」，李詩本、毛本是。本集有《送李輔之之官濟南序》。②中：李詩本、毛本作「終」，郭本、施本作「中」。「中年哀樂」用謝靈運語，且「中年」與「晚節」相對偶，本集《送李輔之之官濟南序》有「況復中年，中年哀樂」語，本集《别程女》也有「中年尤覺感悲歡」句。故據郭本、施本改。

〔注〕

〔一〕李輔之：李天翼字輔之。仕金至右警巡使，汴京陷，被羈管聊城。參見《徐威卿相過，留二十許日，將往高唐，同李輔之贈别二首》其一注〔一〕。青州：金無青州，此用古州名。南朝宋孝武帝孝建初移青州治於歷城，在今山東省濟南市。合觀《送李輔之之官濟南序》，當指此。

〔二〕離燕：飛離之燕。此喻指離開羈管之所的親朋。

〔三〕「又向」句：本集《送李輔之之官濟南序》：「輔之李君，膺剡章（奏章）之招，有汎舟之役。」李膺：東漢末士流領袖。曾以事殺張讓弟，諸黄門常侍皆鞠躬屏氣。士有被接納者，名爲登龍門。《後漢書》有傳。此代指李天翼。

〔四〕晚節浮沉：《舊唐書·裴度傳》：「度素稱堅正，事上不回，故累爲奸邪所排，幾至顛沛。及晚節，稍浮沉以避禍。」《中州集·李天翼傳》言其以非命死，當與他剛正性格有關。句指此。

〔五〕「中年」句：《世説新語·言語》：「謝太傅語王右軍曰：『中年傷於哀樂，與親友别，輒作數日惡。』」本集《寄劉繼先》：「謝公哀樂感中年。」《别程女》：「中年尤覺感悲歡。」

〔六〕「樊籠」句：蘇軾《僧惠勤初罷僧職》：「軒軒青田鶴，鬱鬱在樊籠。」《北史·陽固傳》：「簡率不樂煩職，典選稍久，非其所好，每謂人曰：『此官實自清華，但煩劇，妨吾賞適，真是樊籠矣。』」青田鶴：鶴名。相傳青田産鶴，故名。唐徐堅等《初學記》卷三十引南朝宋鄭緝之《永嘉郡記》：「有洙沭溪，去青田九里。此中有一雙白鶴，年年生子，長大便去。只惟餘父母一雙在耳，精白可愛，多云神仙所養。」

〔七〕白錦鷹：白鷹名。唐鄭繇《失白鷹》：「白錦文章亂，丹霄羽翮齊。」上二句言李輔之出仕事。元王惲《送陳按察赴任山東》：「露盤虚警青冥鶴，朔吹驚翻白錦鷹。」

〔八〕雙魚：指書信。唐唐彦謙《寄臺省知己》：「久懷聲籍甚，千里致雙魚。」

〔九〕「故侯」句：《史記·蕭相國世家》：「召平者，故秦東陵侯。秦破，爲布衣，貧，種瓜於長安城東。瓜美，故世俗謂之『東陵瓜』，從召平以爲名也。」

〔編年〕

本集《送李輔之之官濟南序》：「輔之李君，膺剡章之招，有汎舟之役……時則暮春三月，人則楚囚再期。」味「朔吹初翻」諸句，詩亦李輔之金亡後初次出仕時作，與《送李輔之之官濟南》爲一事。李《譜》繫於蒙古太宗七年乙未，從之。繆《譜》未編。

爲衍聖孔公題張公佐湘江春早圖二首。張自書云「涂水張公佐畫，時年八十一」。先大夫嘗題公佐畫，有「雲静洞庭秋寺月，雨昏湘浦夜船燈」之句，因及之〔一〕

其一

郭熙畫筆老益壯〔二〕，未比并州九十翁〔三〕。想是江南春夢裏，水村曾見酒旗風〔四〕。

〔注〕

〔一〕衍聖孔公：指孔子五十一代孫孔元措，金章宗明昌元年襲封爲衍聖公。張公佐：并州人，工畫山水。金明昌、泰和間聲名藉甚。先大夫：指遺山生父元德明，著有《東巖集》。

〔二〕郭熙：宋代畫家，工繪山水。年老落筆益壯。

〔三〕并州九十翁：指張公佐。詩題謂其涂水（今山西省榆次市）人，故稱并州。

〔四〕「想是」二句：唐杜牧《江南春》：「千里鶯啼緑映紅，水村山郭酒旗風。」

其二

黄陵祠下雨如繩〔一〕，老筆題詩想舊曾〔二〕。今日圖間見晴景，依然愁絶夜船燈〔三〕。

〔注〕

〔二〕黄陵祠：湖南有黄陵廟。北魏酈道元《水經注》：「大湖水西流經二妃廟前，世謂之黄陵廟。」

〔三〕老筆題詩：指詩題所述元德明所題詩。

〔三〕夜船燈：指詩題所言元德明詩句的意境。

〔編年〕

李《譜》據本集《送李輔之之官濟南序》所言「諸公從衍聖孔公賦詩贈别」語，亦繫此詩於蒙古太宗七年乙未，從之。繆《譜》未編。

濟南雜詩十首〔一〕

其一

兒時曾過濟南城〔二〕，暗算存亡只自驚。四十二年彈指過，只疑行處是前生①〔三〕。

〔校〕

①行：施本作「來」。

〔注〕

〔一〕濟南：金府名，今山東省濟南市。雜詩：因物興發，情致不一之詩。

〔二〕「兒時」句：本集《濟南行記》：「予兒時從先隴城君官掖縣，嘗過濟南，然但能憶其大城府而已。」

〔三〕前生：佛教語，指前一輩子。本集《長壽新居三首》其三：「三生可信否？吾亦記前身。」

其二

匡山聞有讀書堂〔一〕，行過山前笑一場。可惜世間無李白，今人多少賀知章〔二〕。

〔注〕

〔一〕「匡山」句：匡山，此指濟南的匡山。本集《濟南行記》：「凡北渚亭所見西北孤峰五：曰匡山，齊河路出其下，世傳李白嘗讀書於此。」

〔二〕「可惜」二句：元辛文房《唐才子傳·李白》：「天寶初，自蜀至長安，道未振，以所業投賀知章。讀至《蜀道難》，歎曰：『子，謫仙人也。』乃解金龜換酒，終日相樂。遂薦於玄宗，召見金鑾殿。」

其三

華山真是碧芙蕖〔一〕，湖水湖光玉不如。六月行人汗如雨，西城橋下見游魚。

〔注〕

〔一〕「華山」句：華山，指濟南的華不注山。本集《濟南行記》：「曰華不注，太白詩云『昔歲游歷下，登華不注峰。此山何峻秀，青翠如芙蓉』，此真華峰寫照詩也。」芙蕖：荷花。

其四

吴兒洲渚似神仙①〔一〕，罨畫溪光碧玉泉〔二〕。別有洞天君不見〔三〕，鵲山寒食泰和年〔四〕。

〔校〕

①似：李全本作「是」。

〔注〕

〔一〕「吴兒」句：謂景色如江南水鄉，似神仙所居。本集《濟南行記》：「水西亭之下，湖曰大明，其源出於舜泉，其大占城府三之一。秋荷方盛，紅緑如繡，令人渺然有吴兒洲渚之想。」

〔二〕罨畫：色彩鮮明的繪畫。明楊慎《丹鉛總録·訂訛·罨畫》：「畫家有罨畫，雜彩色畫也。」

〔三〕別有洞天：謂塵世之外另有仙境。洞天，道教用以稱仙人所居之處。

〔四〕鵲山：亭名，在濟南。本集《濟南行記》言濟南歷下亭「旁近有亭曰環波、鵲山、北渚……」亭因鵲山而名。上文云：「凡北渚亭所見西北孤峰五……曰鵲山，山之民有云：每歲七八月，烏鵲群集其上……此山之所以得名歟？」泰和，金章宗時年號。

其五

石刻燒殘讌集辭〔一〕，雄樓傑觀想當時。只應畫戟清香地，多欠韋郎五字詩〔二〕。

〔注〕

〔一〕石刻：碑石雕刻的文字。讌集辭：有關聚飲的詩文。施注：「案，此辭即指上文泰和寒食事，記文不及，無考。」

〔二〕「只應」二句：唐韋應物《郡齋雨中與諸文士燕集》：「兵衛森畫戟，宴寢凝清香。」遺山常以「畫戟清香」指郡守之居。本集《滿江紅》〔畫戟清香〕題序云：「郝仲經使君守坊州……」句云：「畫戟清香，誰得似，韋郎詩筆？」韋郎：指韋應物。

其六

斫來官樹午陰輕〔一〕，湖畔游人怕晚晴。一夜靈泉庵上宿〔二〕，四山風露覺秋生。

〔注〕

〔一〕斫來：喪亂以來。斫，斧刃，用作動詞指砍殺。官樹：官府栽植的樹。句謂喪亂以來，由於官樹稀少，中午樹蔭稀疏。

〔二〕「一夜」句：本集《濟南行記》：「金線泉有紋若金線，夷猶池面。泉今爲靈泉庵。道士高生妙琴事，人目爲琴高，留予宿者再。」

其七

白煙消盡凍雲凝，山月飛來夜氣澄。且向波間看玉塔，不須橋畔覓金繩〔一〕。

〔注〕

〔一〕金繩：本集《濟南行記》：「金線泉有紋若金線……（解飛卿）説少日曾見所謂『金線』者，尚書安文國寶亦云：『以竹竿約水，使不流，尚或見之。』予與解裴回泉上者三四日，然竟不見也。」

其八

入秋雲物便淒迷，一道湖光樹影齊。詩在鵲山煙雨裏，王家圖上舊曾題王清卿家有鵲山煙雨圖〔一〕。

〔注〕

〔一〕王清卿：《中州集·王仲元傳》：「仲元字清卿，平陰（今山東省平陰縣，屬濟南市）人。承安中進士。以能書名天下。」

其九

荷葉荷花爛熳秋，鷺鷥飛近釣魚舟。北城佳處經行徧，留著南山更一游。

一〇

看山看水自由身〔一〕，著處題詩發興新。日日扁舟藕花裏，有心長作濟南人〔二〕。

〔注〕

〔一〕自由身：遺山自聊城移居冠氏後，羈管放寬，但仍不完全自由。其四十八歲返鄉見州將張安寧時仍言「他日幸脱縶維」（本集《州將張侯墓表》），知其時仍屬管束期。繆《譜》認爲拘管期限於聊城，誤。

〔二〕「日日」：蘇軾《惠州一絶》：「日啖荔枝三百顆，不妨長作嶺南人。」

〔編年〕

本集《濟南行記》：「歲乙未秋七月，予來河朔者三年矣，始以故人李君輔之之故，而得一至焉。」李、繆皆據此定詩於蒙古太宗七年乙未作，從之。

歷下亭懷古分韻得南字〔一〕

東秦富佳境〔二〕，北渚擅名談〔三〕。茲游亦已久，纔得了二三。南山壓城頭，十里奎與函〔四〕。泱流出地底，城隅滿泓潭〔五〕。金絲弄晴光①〔六〕，玉玦響空嵌〔七〕。清漣通畫舫②，秀木深雲龕③〔八〕。華峰水中央〔九〕，鬱鬱堆煙嵐。荷華望不極，緑淨紛紅酣〔一〇〕。毒熱非山陽〔一一〕，卑濕無江南。承平十萬户，他州隔仙凡。劫火土一丘，樹老草不芟。巧盡露天質〔一二〕，到眼皆奇探。千年歷下亭④，規模見覃覃〔一三〕。懷賢成獨詠，勝賞何由參〔一四〕。

〔校〕

①晴：施本作「曉」。　②清：施本作「青」。　③木：李全本、施本作「水」。　④年：施本作「里」。

〔注〕

〔一〕歷下亭：亭名。一名客亭。在山東省濟南市大明湖畔。面山環湖，風景殊勝。本集《濟南行記》：「至濟南，輔之與同官權國器置酒歷下亭故基。此亭在府宅之後，自周、齊以來有之。」

〔二〕東秦：戰國時秦昭王曾稱西帝，齊湣王曾稱東帝。後稱齊國或齊地爲「東秦」。《漢書·高帝紀》載田肯言齊「地方二千里，持戟百萬，縣隔千里之外，齊得十二焉，此東西秦也」。宋晁補之《北渚亭賦》：「山河十二，號稱東秦。」

〔三〕北渚：亭名，在歷下亭旁邊。宋晁補之《北渚亭賦·序》：「亭爲曾子固守齊時所作。取杜詩名之。」名談：出名的評價。

〔四〕奩：清查慎行《詩評》：「『奩』，疑當作『奩』。」奩與函：梳妝用的器具，如鏡匣之類。句謂大明湖周圍十里，猶如明鏡。

〔五〕「洑流」二句：本集《濟南行記》：「瀑流泉在城之西南。泉，濼水源也。山水匯於渴馬崖，洑而不流，近城出而爲此泉。好事者曾以穀糠驗之，信然。往時漫流纔没脛，故泉上湧高三尺許。今漫流爲草木所壅，深及尋丈，故泉出水面纔二三寸而已。」

〔六〕金絲：指金線泉。宋曾鞏《金線泉》：「玉甃常浮灝氣鮮，金絲不定路南泉。」

〔七〕玉玦：佩玉，形如環而有缺口。

〔八〕雲龕：高處供奉佛像、神主之類的小閣。

〔九〕華峰：指華不注峰。

〔一〇〕「荷華」二句：本集《濟南行記》：「湖曰大明，其源出於舜泉，其大占城府三之一。秋荷方盛，紅緑如繡，令人渺然有吴兒洲渚之想。」

〔二〕山陽：金縣名，在今河南省輝縣市西南七十里。

〔三〕天質：此指自然質樸之美。本集《濟南行記》：「大概承平時，濟南樓觀，天下莫與爲比。喪亂二十年，唯有荆榛瓦礫而已。正如南都隆德故宫，頹圮百年，澗溪草樹，有荒寒古澹之趣。雖高甍畫棟無復其舊，而天巧具在，不待外飾而後奇也。」「承平」下數句與此同致。

〔三〕覃覃：深邃貌。

〔四〕勝賞：快意的覽賞。參：參與。

〔編年〕

蒙古太宗七年乙未至濟南之初作。李、繆同。

舜泉效遠祖道州府君體〔一〕

重華初側陋〔二〕，嘗耕歷山田〔三〕。至今歷下城〔四〕，有此東西泉①〔五〕。喪亂二十載〔六〕，祠宇爲灰煙。兩泉廢不治平，漸著瓦礫填。蛙跳聚浮沫，羊飲留餘羶。我行歷荒基〔七〕，涕下何漣漣。舜不一井庇〔八〕，下者何有焉。帝功福萬世，帝澤潤八埏〔九〕。要與天地並，寧待一水傳。甘棠思召伯②〔一〇〕，自是古所然。我欲操畚鍤，浚水及其源③。再令泥濁地，一變清泠淵④〔一一〕。青石壘四周，千祀牢且堅。石渠漱清溜〔一二〕，日聽薰風弦〔一三〕。便爲泉上叟，抔飲終殘年⑤〔一四〕。

〔校〕

①西：李詩本、毛本作「北」，形訛。據李全本、施本改。②召：李全本、施本作「邵」。周召公奭封地在召，故稱召公或召伯，又作邵公、邵伯。③源：李全本作「原」。「原」乃「源」的本字。④泠：李詩本、李全本作「冷」。⑤抔：李詩本、毛本作「杯」。據李全本、施本改。

〔注〕

〔一〕舜泉：泉名，在濟南城内舜祠下，又名舜井。遠祖道州府君：指唐代詩人元結。元結曾任道州刺史，故稱。

〔二〕重華：舜名重華。側陋：處在僻陋之處的賢人或卑賤的賢者。

〔三〕「嘗耕」句：《尚書・大禹謨》：「帝（舜）初于歷山，往于田。」歷山：山名。相傳舜耕之歷山，所指不一。此指濟南之歷山。

〔四〕歷下城：古城名，南對歷山。因城在山下，故名。

〔五〕東西泉：宋蘇轍《舜泉》詩序：「城南舜祠有二泉，今竭矣。」

〔六〕「喪亂」句：金宣宗貞祐二年蒙古軍攻掠山東州縣，至此已二十二年。本集《曲阜紀行十首》其三：「誰言甲戌亂，煨燼入炎燎。」

〔七〕歷荒基：歷山舜祠荒蕪的故基。

〔八〕井：指舜泉。句謂舜不能庇護舜井，致使荒廢。

〔九〕埏：大地的邊際。八埏：八方極遠之地。

〔一〇〕「甘棠」句：《詩·召南·甘棠》：「蔽芾甘棠，勿剪勿伐，召伯所茇。蔽芾甘棠，勿剪勿敗，召伯所憩。」《史記·燕召公世家》：「召公之治西方，甚得兆民和。召公巡行鄉邑，有棠樹，決獄政事其下，自侯伯至庶人各得其所，無失職者。召公卒，而民人思召公之政，懷棠樹而不敢伐，歌詠之，作《甘棠》之詩。」

〔一一〕清泠淵：水名。《山海經·中山經》：「神耕父處之常游清泠之淵，出入有光。」郭璞注：「清泠水，在西鄂縣山上，神來時，水赤有光耀。」此指清澈之淵。

〔一二〕清溜：清澈順滑。句言石渠中水流聲清脆圓潤。

〔一三〕薰風弦：《禮記·樂記》：「昔者舜作五弦之琴，以歌《南風》。」

〔一四〕抔飲：雙手捧掬而飲。

〔編年〕

蒙古太宗七年乙未游濟南時作。李、繆同。

泛舟大明湖待杜子不至〔一〕

長白山前繡江水，展放荷花三十里〔二〕。看山水底山更佳，一堆蒼煙收不起。山從陽丘西來青一灣〔三〕，天公擲下半玉環〔四〕。大明湖上一杯酒，昨日繡江眉睫間〔五〕。晚涼一櫂東城渡〔六〕，水暗荷深若無路。江妃不惜水芝香〔七〕，狼藉秋風與秋露。蘭襟鬱鬱散芳澤〔八〕，羅襪盈盈見微步〔九〕。晚晴一賦畫不成，枉着風標誇白鷺①〔一〇〕。我時驂鸞追散仙〔一一〕，但見金支翠蕤相後先〔一二〕。眼花耳熱不稱意〔一三〕，高唱吴歌叩兩舷〔一四〕。唤取樊川摇醉筆〔一五〕，風流聊與付他年〔一六〕。

〔校〕

①着：毛本作「看」。據李詩本、李全本改。

〔注〕

〔一〕泛舟大明湖待杜子不至：本集《濟南行記》：「至濟南又留二日，泛大明，待杜子，不至。明日，行齊河道中。」杜子：指杜仲梁，名仁傑，長清（今山東省長清縣）人。上文有「初至齊河，約杜仲梁俱東」語。

〔二〕「長白」二句：本集《濟南行記》：「泛大明湖者再，遂東入水柵。柵之水名繡江，發源長白山下，周圍三四十里。」長白山：在今山東省章丘市東北，因山中雲氣常白而得名。

〔三〕陽丘：漢縣名，故城在今章丘市東南。

〔四〕玉環：圓形而中有孔的玉器。

〔五〕「昨日」句：本集《濟南行記》：「府參佐張子鈞、張飛卿觴予繡江亭，漾舟荷花中十餘里。樂府皆京國之舊，劇談豪飲，抵暮乃罷。留五日而還。」眉睫間：謂歷歷如在目前。

〔六〕東城：指濟南府依郭歷城之東。

〔七〕江妃：江中女神。水芝：荷花。

〔八〕蘭襟：芬芳的衣襟。

〔九〕「羅襪」句：三國魏曹植《洛神賦》：「淩波微步，羅襪生塵。」上四句言江妃的神態，襯托荷花之美。

〔一〇〕「晚晴」二句：唐杜牧《晚晴賦》有「復引舟於深灣，忽八九之紅芰」，「白鷺潛來兮，邈風標之公子」之語。風標：風采。

〔一一〕驂鸞：駕馭鸞鳥雲游。散仙：未經玉皇授職的仙人。

〔一二〕金支翠葆：樂器上金製支柱和翠羽製成的下垂的羽葆。《漢書・禮樂志》：「金支秀華，庶旄翠旌。」顔師古注引臣瓚曰：「樂上衆飾，有流遡羽葆，以黄金爲支，其首敷散，若草木之秀華也。」

〔一三〕眼花耳熱：形容醉態。李白《俠客行》：「三杯吐然諾，五嶽倒爲輕。眼花耳熱後，意氣素霓生。」

〔一四〕「高唱」句：韓愈《奉酬盧給事雲夫四兄曲江荷花行見寄，並呈上錢七兄閣老張十八助教》：

「撑舟昆明渡雲錦，脚敲兩舷叫吴歌。」

〔一五〕樊川：本指杜牧，因其有《樊川文集》。此指杜仲梁。

〔一六〕「風流」句：謂記述這段風流事以傳後世。

【編年】

蒙古太宗七年乙未秋游濟南時作。李、繆同。

繡江泛舟有懷李郭二公〔一〕

荷花如錦水如天，狼藉秋香擁畫船①〔二〕。長白風煙最瀟灑〔三〕，外臺賓主重留連〔四〕。勝游每恨隔千里〔五〕，樂事便當論百年〔六〕。咫尺西州兩詩客〔七〕，不來同作飲中仙〔八〕。

【校】

①狼：毛本作「浪」，據李詩本、李全本、施本改。

【注】

〔一〕繡江泛舟：見《泛舟大明湖》注〔五〕。繡江：源出山東省濟南市東北長白山下。李郭二公：不詳。

〔二〕「狼藉」句：《泛舟大明湖》有「江妃不惜水芝香，狼藉秋風與秋露」句。

〔三〕長白：指長白山。詳見《泛舟大明湖》注〔二〕。

〔四〕外臺：官名。後漢刺史，爲州郡的長官，置别駕、治中、諸曹掾屬，號爲外臺。此指東平嚴實萬户府。留連：挽留。

〔五〕勝游：快意的游玩。

〔六〕百年：指人的一生。

〔七〕西州兩詩客：指詩題中李、郭二公。

〔八〕飲中仙：唐李白、賀知章等嗜酒善飲，杜甫《飲中八仙歌》稱頌之。此暗用其典。本集《泛舟大明湖》有「我時驂鸞追散仙」句。

〔編年〕

蒙古太宗七年乙未游濟南時作。李、繆同。

華不注山〔一〕濟南作

元氣遺形老更頑〔二〕，孤峰直上玉孱顔〔三〕。龍頭突出海波沸，鰲足斷來天宇閑〔四〕。齊國伯圖殘照裏〔五〕，謫仙詩興冷雲間〔六〕。乾坤一劍無人識〔七〕，夜夜光芒北斗寒①。

〔校〕

①寒：李詩本、毛本、施本作「殷」，不入韻。據李全本改。

〔注〕

〔一〕華不注山：本集《濟南行記》：「凡北渚亭所見西北孤峰五：……曰華不注，太白詩云：『昔歲游歷下，登華不注峰。茲山何峻秀，青翠如芙蓉。』此真華峰寫照詩也。大明湖由北水門出，與濟水合，彌漫無際。遥望此山，如在水中，蓋歷下城絶勝處也。」

〔二〕元氣遺形：元氏認爲山乃元氣生成。本集《湧金亭示同游諸君》有「太行元氣老不死，上與左界分山河」句。頑：未劈開的囫圇木頭。

〔三〕孱顔：同「巉巖」，高峻貌。

〔四〕「龍頭」二句：喻華不注山爲東海龍頭、擎天之柱。鰲足：《淮南子・覽冥訓》：「于是女媧……斷鰲足以立四極。」

〔五〕伯圖：稱霸的江山。

〔六〕謫仙詩興：李白有詩描繪華不注山，見注〔一〕引。

〔七〕乾坤一劍：指華不注山峰。遺山常以劍喻山峰，借以抒發棄才不用的感慨。本集《岐陽三首》：「三十六峰長劍在，倚天仙掌惜空閑。」

〔編年〕

蒙古太宗七年乙未游濟南時作。李、繆同。

題解飛卿山水卷〔一〕

平生魚鳥最相親，夢寐煙霞卜四鄰。羨殺濟南山水好，幾時真作卷中人。

〔注〕

〔一〕解飛卿：本集《濟南行記》：「進士解飛卿好賢樂善，款曲周密，從予游者凡十許日。」餘不詳。

〔編年〕

據注〔一〕所引，知詩亦蒙古太宗七年乙未游濟南時作。李、繆同。

藥山道中二首〔一〕

其一

石岸人家玉一灣，樹林水鳥静中閑。此中未是無佳句，只欠詩人一往還。

〔注〕

〔一〕藥山：山名，在濟南。本集《濟南行記》：「凡北渚亭所見西北孤峰五……曰藥山，以陽起石得名。」

其二

西風砧杵日相催，著破征衣整未回〔一〕。白雁已銜霜信過①〔二〕，青林閑送雨聲來。

〔校〕

①已：施本作「未」。

〔注〕

〔一〕整：困迫。

〔二〕「白雁」句：宋孔平仲《談苑》卷四：「北方有白雁，似雁而小，色白。秋深至則霜降，河北人謂之霜信。」

〔編年〕

據其一注〔一〕，知詩亦蒙古太宗七年乙未至濟南時作。李、繆同。

送杜子〔一〕

洛陽塵土化緇衣〔二〕，又見孤雲著處飛〔三〕。北渚曉晴山入座〔四〕，東園春好妓成圍①〔五〕。來鴻去燕三年別〔六〕，深谷高陵萬事非〔七〕。轟醉春風有成約〔八〕，可能容易話東歸。

〔校〕

①園：李詩本、李全本、施本作「原」。句用指東平萬户府。東平有「東園」（本集《東園晚眺》詩題注云「東平」）。但遺山也常以「東原」代指東平。如本集《江城子》（江山詩筆仲宣樓）題序云：「東原

幕府諸公子送予西湖，行及陽谷，作此爲寄。」

〔注〕

〔一〕杜子：指杜仲梁。本集《濟南行記》：「初至齊河，約杜仲梁俱東……泛大明，待杜子，不至。明日，行齊河道中。」

〔二〕「洛陽」句：晉陸機《爲顧彦先贈婦二首》其一：「辭家遠行游，悠悠三千里。京洛多風塵，素衣化爲緇。」句用此典言杜仲梁曾游宦京都。緇衣：古代用黑色帛做的朝服。見《詩·鄭風·緇衣》毛傳。

〔三〕孤雲：比喻貧寒或客居的人。陶淵明《詠貧士》：「萬宅各有託，孤雲獨無依。」李善注：「孤雲，喻貧士也。」

〔四〕「北渚」句：本集《濟南行記》：「凡北渚亭所見西北孤峰五。」

〔五〕「東園」句：謂東平萬户府的妓女成群。《濟南行記》：「府參佐張子鈞、張飛卿觴予繡江亭……樂府皆京國之舊。」

〔六〕來鴻去燕：鴻雁和燕子均爲候鳥。在長江一帶，前者秋來春去，後者秋去春來。三年別：指癸巳至乙未出離汴京以來三年。

〔七〕深谷高陵：喻金國滅亡，朝代更替。《詩·小雅·十月之交》：「百川沸騰，山冢萃崩。高岸爲谷，深谷爲陵。」

〔八〕「轟醉」句：本集《與張杜飲》有「轟醉春風一千日，愁城從此不能兵」句。應指此。

〔編年〕

據注〔一〕所引元氏與杜仲梁同游濟南事及本詩「北渚」句，知詩作於蒙古太宗七年乙未。繆《譜》同。李《譜》據「東園」句，謂作於東平，遂附此詩於丁酉年，言自乙未同游濟南至此三年，不妥。

追録乙未八月十七日莘縣夢中所得〔一〕

夢裏哦詩信口成〔二〕，分明濟水道中行〔三〕。夢回真到哦詩處，滿馬西風雲月清。

〔注〕

〔一〕莘縣：金縣名，屬大名府路。今山東省莘縣。

〔二〕哦：吟詠。

〔三〕濟水：古四瀆之一。發源於今河南省濟源市西王屋山，流經山東入渤海。

〔編年〕

據詩題知蒙古太宗七年乙未作，李、繆同。

學東坡移居八首〔一〕

其一

廢地三畝餘，十年長蒿萊〔二〕。瓦礫雜糞壤〔三〕，白骨深蒼苔。孤客無所投，即此營茅齋〔四〕。墾斸豈不苦〔五〕，寢處亦可懷。辱身賤者事〔六〕，寧當惜筋骸〔七〕。伐木荒林中，運甓古城隈〔八〕。辛勤八十日，吾事乃得諧〔九〕。買宅必萬錢，一錢不天來。今晨見此屋，一笑心顏開。

〔注〕

〔一〕學東坡移居八首：蘇軾四十六歲在貶所黄州作《東坡八首》，遺山此詩在年齡、遭際、情事諸方面與蘇相似，故擬學。

〔二〕蒿萊：雜草。

〔三〕瓦礫：破瓦片。

〔四〕茅齋：簡陋的房舍。

〔五〕斸：砍。

〔六〕辱身：指「墾斸」等體力勞動。

〔七〕骸：骨。代指身體。

〔八〕甓：磚。城隈：城牆彎曲的地方。

〔九〕諧：和合。句謂建新居的事已辦妥。

其二

誰謂我屋寬，寢處無復餘〔一〕。誰謂我屋小，十口得安居。南榮坐諸郎〔二〕，課誦所依於〔三〕。西除著僮僕〔四〕，休沐得自如①〔五〕。老我於其間，兀兀窮朝晡〔六〕。起立足欠伸〔七〕，偃卧可展舒〔八〕。窗明火焙煖〔九〕，似欲忘囚拘〔一〇〕。屋前有隙地，客舍不可無。花欄及菜圃，次第當耘鋤。東野載家具，家具少於車〔一一〕。我貧不全貧，尚有百本書。

〔校〕

①休沐：毛本「沐」作「沭」，形訛。李全本、施本「休沐」作「休休」，理解爲「安閑」亦通。然此句與「課誦」句對舉，李詩本善，據改。

〔注〕

〔一〕「寢處」句：謂除却睡覺的地方就很少有空餘之地。

〔二〕南榮：屋南檐。諸郎：指長子阿千、姪孫伯安及汴京變亂中收留的白華之子白樸等。

〔三〕課誦：課讀吟誦。元白樸《水調歌頭》〔韓非死孤憤〕詞序云：「予兒時在遺山家，阿姊嘗教誦先叔《放言》〔古今忽白首〕。」依於：依居。

〔四〕除：門與屏之間的通道。

〔五〕休沐：睡覺洗澡。

〔六〕兀兀：孤獨貌。唐盧延讓《冬除夜抒情》：「兀兀坐無味，思量與誰鄰。」朝晡：朝夕。

〔七〕欠伸：打呵欠，伸懶腰。

〔八〕偃卧：睡卧。

〔九〕焙：微火烘烤。

〔一〇〕「似欲」句：遺山此時仍屬羈管期間，只是寬松而已。故云。

〔一一〕「東野」二句：唐孟郊《移居》：「借車載家具，家具少於車。」東野：孟郊之字。

其三

故書堆滿床，故物貯滿箱。渾渾商寶鬲〔一〕，纍纍漢銅章〔二〕。杖飾昭敬恭〔三〕，嚴卯訶癉剛〔四〕。雷文繞杖節〔五〕，獸面出佩璜〔六〕。私印刻王尊〔七〕，玉斗蛟龍翔〔八〕。逸少留半紙〔九〕，魚網非硬黄〔一〇〕。亦有曇首帖〔一一〕，不辨作雁行〔一二〕。雪景睿思物〔一三〕，宣政舊所藏〔一四〕。晉公古漁父，浩歌濯滄浪〔一五〕。因觀宫騎圖，卧駝識提囊〔一六〕。谿石含餘潤〔一七〕，奚墨凝幽香〔一八〕。南榮掛風轡〔一九〕，雲裾珮鏗鏘①〔二〇〕。鏡背先秦書〔二一〕，八字環中央。讀之三歎息，此日何時光。

〔校〕

①鏗鏘：李全本、施本作「鏘鏘」。

〔注〕

〔一〕渾渾：渾厚淳樸。商：商代。鬲：古代的一種炊器，口圓，似鼎。

〔二〕纍纍：連接成串。漢：漢代。銅章：銅製的官印。

〔三〕杖飾：《後漢書·禮儀志》：「年始七十者授之以玉杖……玉杖長尺，端以鳩鳥爲飾。鳩者，不噎之鳥也，欲老人不噎。」昭：顯示。

〔四〕嚴卯：即「剛卯」，漢代人佩在身上用作避邪的飾物，於正月卯日作成，以金、玉或桃木等爲材料。上刻「正月剛卯既決……疾日嚴卯……庶疫剛癉，莫我敢當」等字樣。參見《後漢書·輿服下》。訶：斥責。癉剛：剛堅之鬼。《文選·張衡〈東京賦〉》：「飛礫雨散，剛癉必斃。」吕向注：「癉，鬼也。言投石雨，剛堅之鬼皆死也。」

〔五〕雷文：即雷紋。如雷電之形的花紋。杖節：執持旄節。此指旄節。

〔六〕佩璜：佩帶的玉器。璜：玉器名。狀如半璧。

〔七〕「私印」句：謂存有王尊的私人印章。王尊：西漢廉吏，《漢書》有傳。

〔八〕玉斗：玉製的酒器。

〔九〕逸少：晉書法家王羲之之字。句謂有王羲之的字幅。

〔一〇〕魚網：代稱紙。南朝梁劉勰《文心雕龍·情采》「織辭魚網之上」范文瀾注：「《後漢書·宦者蔡倫傳》『倫造意用樹膚、麻頭及敝布、魚網以爲紙。』」硬黄：紙名。宋趙希鵠《洞天清禄集·

古翰墨真跡辨》：「硬黄紙，唐人用以書經，染以黄蘗，取其辟蠹，以其紙加漿，澤瑩而滑，故善書者多取以作字。」

〔一二〕曇首：姓王，南朝宋書法家，南朝齊王僧虔之父。見《南齊書·王僧虔傳》。

〔一三〕辨：判别。雁行：同等。《隸釋·石經論語殘碑》宋洪适釋：「予詳玩遺字，《公羊》、《詩》、《書》、《儀禮》又在《論語》上，劉寬碑陰、王曜題名，則《公羊》、《詩》、《書》之雁行也。」二句謂王曇首的字帖可與王羲之比肩。

〔一三〕雪景：畫雪景的圖畫。睿思：宋宫殿名，徽宗藏書畫珍玩於此。

〔一四〕宣政：宋徽宗時有政和、宣和年號。此指宋徽宗的宫廷。

〔一五〕「晉公」二句：《楚辭·漁父》：「滄浪之水清兮，可以濯吾纓。滄浪之水濁兮，可以濯吾足。」晉公：宋王詵字晉卿，能詩善畫，個性放浪，疑指此人。

〔一六〕「因觀」二句：元王惲《玉堂嘉話》卷三：「徽宗臨張萱《宫騎圖》，其侍從有挈金騄駝者。蓋唐制，宫人用金騄駝貯酒，玉龜藏香。」卧駝：指金騄駝酒壺。

〔一七〕谿石：指端谿硯石。宋魏泰《東軒筆録》：「端谿硯石有三種：曰巖石，曰西坑，曰後歷。」

〔一八〕奚墨：指唐末造墨名家奚鼐、奚超父子所創製的一種優質墨。元陶宗儀《輟耕録·墨》：「唐高麗歲貢松煙墨，用多年老松煙和麋鹿膠造成。至唐末，墨工奚超……始集大成，然亦尚用松煙。」

〔一九〕「南榮」句：謂南屋檐下懸掛風鈴作聲。

〔二〇〕雲裾：輕柔飄動如雲的衣襟。句用美女走步的聲響喻風鈴聲之美。

〔二一〕先秦書：先秦的文字。

其四

壬辰困重圍〔一〕，金粟論升勺〔二〕。明年出青城〔三〕，瞑目就束縛〔四〕。毫釐脱鬼手〔五〕，攘臂留空橐〔六〕。聊城千里外〔七〕，狼狽何所託〔八〕。諸公頗相念，餘粒分凫鶴〔九〕。得損不相償，抔土填巨壑①〔一〇〕。一冬不製衣，繒纊如紙薄〔一一〕。一日僅兩食，强半雜藜藿〔一二〕。不羞蓬虆行〔一三〕，粗識瓢飲樂〔一四〕。敵貧如敵寇〔一五〕，自信頗亦慤〔一六〕。兒啼飯籮空，堅陣爲屢却〔一七〕。滄溟浮一葉〔一八〕，渺不見止泊。五窮果何神〔一九〕，爲戲乃爾虐〔二〇〕。

〔校〕

①抔：李詩本作「杯」。李全本作「抷」，義與「抔」同。

〔注〕

〔一〕「壬辰」句：指金天興元年壬辰汴京被蒙古軍圍困事。

〔二〕「金粟」句：謂糧食貴如黃金，用升勺交易。勺：古時容量單位，一勺等於一升的百分之一。汴京被圍十月，城中人多，發生糧荒。劉祁《歸潛志·録大梁事》述當時情形云：「百姓食盡，無以自生，米升值銀二兩，貧民往往食人殍。死者相望，官日載數車出城，一夕皆剮食其肉淨盡。縉紳士女多行丐於街，民間有食其子。錦衣、寶器不能易米數升。人朝出不敢夕歸，懼爲饑者殺而食。」

〔三〕「明年」句：指天興二年癸巳四月蒙古軍入汴遺山被押出京事。見《癸巳四月二十九日出京》詩。青城：此指汴京城外之南青城。遺山等亡金官員被押解到此。

〔四〕瞑目：閉目。形容迫不得已，無可奈何。

〔五〕「毫釐」句：謂與死神相距僅毫釐之間，僥幸逃脱。參見《喜李彦深過聊城》注〔二〕。

〔六〕攘臂：捋衣袖出臂。槖：口袋。劉祁《歸潛志・録大梁事》：「（癸巳）四月二十日，使者發三教醫匠人等出城……在青城側亦被北兵剽奪無遺。」

〔七〕聊城：今山東省聊城市。遺山被押送編管於此。

〔八〕狼狽：困頓窘迫貌。托：依靠。

〔九〕「諸公」二句：遺山在聊城時曾得到蒙古漢人世侯嚴實等關照。本集《秋夕》有「寄食且依嚴尹幕」句。鳧鶴：野鴨和鶴。二句言友人分給自己的糧食如鳧鶴之料那樣少。

〔一〇〕「得損」二句：言衆人資助如杯水車薪。抔：用手捧東西。壑：溝谷或大水坑。

〔一一〕繒纊：絲織品和絲綿的合稱。此指棉襖。

〔一二〕「强半」句：大半摻雜着野菜。藜：草本植物，嫩葉可吃。藿：豆類作物的葉子。

〔一三〕蓬纍行：行跡如飛蓬轉移不定。《史記·老子傳》：「君子得其時，則駕；不得其時，則蓬纍而行。」張守節正義：「蓬，沙磧上轉蓬也；纍，轉行貌也。言君子不遭時，則若蓬轉流移而行。」

〔一四〕瓢飲樂：《論語·雍也》：「一簞食，一瓢飲。在陋巷，人不堪其憂，回也不改其樂。」後人用孔子弟子顔回的「簞食瓢飲」指安貧樂道。

〔一五〕敵：抵抗。

〔一六〕慤：真誠篤實。

〔一七〕堅陣：承「敵貧如敵寇，自信頗亦慤」而來，言己堅守安貧樂道的陣脚。

〔一八〕滄溟：大海。一葉：詩人自喻。

〔一九〕五窮：唐韓愈《送窮文》指智窮、學窮、文窮、命窮、交窮，稱之謂虐害自己的「五鬼」。

〔二〇〕「爲戲」句：謂把人戲弄得如此殘酷。

其五

舊隱嵩山陽〔一〕，筍蕨豐餽餉〔二〕。新齋淅江曲①〔三〕，山水窮放浪〔四〕。乾坤兩茅舍〔五〕，氣壓華屋上〔六〕。一從陵谷變〔七〕，歸顧無復望〔八〕。樵漁憶往還②，風土夢閑曠〔九〕。恍如悟前身③〔一〇〕，姓改心不忘。去年住佛屋〔一一〕，盡室寄尋丈。今年僦民居，卧榻礙盆盎〔一二〕。静言尋禍本〔一三〕，正坐一出妄〔一四〕。青山不能隱，俛首入羈鞅〔一五〕。巢傾卵隨覆〔一六〕，身在顔亦强〔一七〕。空悲龍髯絶〔一八〕，永負魚腹葬〔一九〕。置錐良有餘〔二〇〕，終身志懲創④〔二一〕。

〔校〕

①浙：李詩本、毛本、李全本皆作「浙」，刊印形訛。據施本改。②往還：李全本、施本作「還往」。③悅：李詩本、毛本作「況」。按「況」通「況」，見《玉篇・冫部》。「況」通「悅」，見《説文》。俗作「恍」。從李全本、施本。④懲：李詩本、毛本作「悲」。據李全本、施本改。

〔注〕

〔一〕嵩山：即中嶽，在今河南省登封市。遺山興定二年春從三鄉移居於此，至正大四年初任職内鄉縣，寓居十年。

〔二〕筍蕨：竹筍和蕨菜。餽餉：贈送食物。

〔三〕新齋：本集《新齋賦》序：「予既罷内鄉，出居縣東南白鹿原，結茅菊水之上。」此即「長壽新居」。然此與「淅江曲」不合。疑此指秋林别業。

〔四〕窮放浪：盡情放縱。

〔五〕乾坤：天地。

〔六〕華屋：豪華的住宅。

〔七〕陵谷變：《詩・小雅・十月之交》：「高岸爲谷，深谷爲陵。」此指金國滅亡，蒙古代興。

〔八〕歸顧：指回去看望嵩山、内鄉居游之地。

〔九〕風土：地方風俗和地理環境。閑曠：清閑無事。

〔一〇〕悅：恍惚。前身：佛教語，指上輩子。

〔一一〕「去年」句：本集《密公寶章小集》詩末注：「甲午三月二十有一日，爲輔之書於聊城至覺寺之寓居。」

〔一二〕「今年」二句：乙未年遺山至冠氏縣，先租賃民居，後蓋新居。僦：租賃。盎：盆類盛器。

〔一三〕静言：《詩·邶風·柏舟》：「静言思之，不能奮飛。」余冠英注：「静言，猶静然，就是仔細地。」言，句中語氣詞。禍本：禍根。

〔一四〕坐：因。一出妄：指出仕之不智。

〔一五〕俛：同「俯」。羈鞅：套在牛馬頭頸上的繩索。此指被羈押。

〔一六〕「巢傾」句：漢孔融被曹操逮捕時，有女七歲，子九歲，正下棋，仍坐不動。人問父被捕，爲何不起，答道：「安有巢毁而卵不破乎！」後俱被殺。見《後漢書·孔融傳》。

〔一七〕顔亦强：厚顔。不知羞恥。漢司馬遷《報任少卿書》：「及以至是，言不辱者，所謂强顔耳。」

〔一八〕龍髯絶：指金哀宗去世。《史記·封禪書》：「黄帝採首山銅，鑄鼎於荆山下。鼎既成，有龍垂胡鬚下迎黄帝。黄帝上騎，群臣後宫從上者七十餘人，龍乃上去。餘小臣不得上，乃悉持龍鬚，龍鬚拔，墮，墮黄帝之弓。百姓仰望黄帝既上天，乃抱其弓與胡鬚號。」後用爲皇帝去世之典。

〔一九〕魚腹葬：用屈原忠國赴江而死事。《楚辭·漁父》：「寧赴湘流，葬于江魚之腹中。」

〔二〇〕置錐：安放錐子的地方。比喻地方狹小。疑此句用張良爲報韓仇雇刺客用大鐵椎在博浪沙刺殺秦始皇事（見《史記·留侯世家》），是則「錐」乃「椎」之訛。

〔三〕懲創：懺悔。

其六

國史經喪亂，天幸有所歸〔一〕。但恨後十年，時事無人知〔二〕。廢興屬之天，事豈盡乖違〔三〕。傳聞入讎敵，秖以興罵譏〔四〕。老臣與存亡，高賢死兵飢。身死名亦滅，義士爲傷悲〔五〕。哀哀淮西城，萬夫甘伏屍〔六〕。田横巨擘耳〔七〕，猶爲談者資。我作南冠録〔八〕，一語不敢私。稗官雜家流〔九〕，國風賤婦詩〔一〇〕。成書有作者，起本良在兹〔一一〕。朝我何所營，暮我何所思。胸中有茹噎〔一二〕，欲得快吐之。濕薪煙滿眼，破硯冰生髭〔一三〕。造物留此筆，吾貧復何辭。

〔注〕

〔一〕「國史」二句：國史，指金太祖至宣宗歷朝實録。本集《漆水郡侯耶律公墓誌銘》：「正大初，予爲史院編修官，當時九朝實録已具，正書藏秘閣，副在史院。壬辰喋血後，又復與《遼史》等矣。」由此可見，遺山最初以爲汴京淪陷後金實録已散佚。後來才知它被蒙古漢人世侯張柔收取。本集《南冠録引》：「京城之圍，予爲東曹都事。知舟師將有東狩之役，言於諸相，請小字書國史一本，隨車駕所在，以一馬負之。時相雖以爲然，而不及行也。崔子之變，歷朝《實録》皆人難以了解。

滿城帥所取。」

〔二〕「但恨」二句：謂金哀宗正大八年、天興三年以來時事，滿城帥張柔所取金《實録》尚未具備，後

〔三〕「廢興」二句：言國家的興亡由上天操縱，當時國政不全是錯的。

〔四〕「傳聞」二句：言道聽途説的事情傳到敵國，只能引起謾罵譏笑。

〔五〕「老臣」四句：言朝廷重臣與國共亡，在野高人賢士也死於戰亂饑荒，身死名滅，義士爲之傷悲。

〔六〕「哀哀」二句：淮西城：指蔡州。伏屍：倒在地上的屍體。《金史・完顔仲德傳》天興三年正月下載：「己酉，大兵果復來，仲德率精兵一千巷戰，自卯及巳，俄見子城火起，聞上自縊，謂將士曰：『吾君已崩，吾何以戰爲？吾不能死於亂兵之手，吾赴汝水，從吾君矣。諸君其善爲計。』言訖，赴水死。將士皆曰：『相公能死，吾輩獨不能耶？』於是參政孛术魯婁室、兀林荅胡土，總帥元志，元帥王山兒、紇石烈柏壽、烏古論桓端及軍士五百餘人，皆從死焉。」

〔七〕田横：秦末山東狄縣人，與兄田儋起兵重建齊國。漢朝建立後，他率徒黨五百人逃亡海島。漢高祖命他赴洛陽。田横不願稱臣，途中自殺。留在海島上的黨羽聞訊一齊自殺。見《史記・田横傳》。巨擘：大拇指，比喻在某一方面居於首位的人物。

〔八〕南冠録：本集《南冠録引》載，遺山被拘管聊城時作《南冠録》一書，其中一部分記録金朝時事，其書已佚。南冠：指囚徒。

〔九〕稗官：小官。《漢書·藝文志》：「小説家者流，蓋出於稗官。街談巷語、道聽途説者之所造也。」後稱野史小説爲稗官。雜家：古代學派之一。《漢書·藝文志》：「雜家者流，蓋出議官，兼儒、墨，合名、法。」

〔一〇〕國風：《詩經》中有十五國風，採自各地民間歌謡。賤婦詩：民間婦女所作的詩歌。二句言稗官、雜家、民間歌謡亦都屬《南冠録》採録的範圍。

〔一一〕「成書」二句：謂編寫史書自有史家爲之，其所用基本史料則由此提供。起本：起由。

〔一二〕茹：吞咽。噎：食塞咽喉。

〔一三〕「破硯」句：破裂的硯臺結冰形成鬍鬚紋。

其七

東坡謫黄州〔一〕，符藥行江湖〔二〕。荒田拾瓦礫〔三〕，賤役分僮奴。我讀移居篇〔四〕，感極爲悲欷〔五〕。九原如可作〔六〕，從公把犂鋤〔七〕。我貧公亦貧，賦分無賢愚〔八〕。論人雖甚媿，詩亦豈不如〔九〕。

〔注〕

〔一〕「東坡」句：東坡，蘇軾之號。黄州：宋州名，在今湖北省黄岡市。蘇軾於元豐二年被貶爲黄州團練副使。

〔二〕「符藥」句：謂行醫於江湖。

〔三〕「荒田」句：蘇軾《東坡八首》：「端來拾瓦礫，歲旱土不膏。」

〔四〕移居篇：指蘇軾的《東坡八首》。

〔五〕悲歔：悲歎抽泣。

〔六〕「九原」句：九原：春秋時晉國卿大夫的墓地，後泛指墓地。作：起。此指死而復生。

〔七〕公：指蘇軾。

〔八〕賦分：天賦資質。上二句謂自己與蘇軾都際遇困厄，可知貧困是不區分天賦之賢愚的。

〔九〕「論人」二句：謂若論爲人行事，與東坡相比，自感慚愧，但論詩的成就不比他差。

其八

此州多寓士〔一〕，論年悉肩隨。風波同一舟，奚必骨肉爲。倪家蓮華白〔二〕，每釀必見貽。季昌妙琴事〔三〕，足以相娱嬉。郭侯家多書〔四〕，篇帙得徧窺。趙子篤於學〔五〕，問以問所疑。王生舊鄰舍〔六〕，窮達心不移。千里訪存歿，十口分寒飢。獨有仲通甫〔七〕，天馬不可羈。直以論詩文，稍稍窺藩籬。永懷王與李〔八〕，朔漠行當歸。書來聞吉語，報我脱縶維。慚非一狐腋〔九〕，不直五羖皮〔一〇〕。我作野史亭〔一一〕，日與諸君期。相從一笑樂，來事無庸知。

〔注〕

〔一〕此州：指冠氏縣。寓士：客居的士人。蒙古冠氏帥趙天錫喜愛文士，癸巳汴京淪陷後，中原士人和亡金官員多寓居編管於此。

〔二〕「倪家」句：本集《鷓鴣天》〔月窟秋清桂葉丹〕詞序云：「中秋飲倪文仲家蓮花白，醉中同李仁卿賦。」可知「倪家」指「倪文仲家」，籍貫不詳。

〔三〕季昌：本集《忠武任君墓碣銘》：「女一人，適士子白季昌。」餘不詳。

〔四〕郭侯：不詳。施注疑指本集《費縣令郭明府墓碑》中之「郭嗣祖」或郭輔之等，不足信。

〔五〕趙子：當指理學家趙復。趙復字仁甫，南宋德安（今江西省德安縣）人。蒙古軍伐宋被俘，姚樞救之北歸。曾至山東，後在燕京建太極書院講學。《元史》有傳。

〔六〕王生：指王贊子襄。遺山嵩山舊鄰。本集《雪後招鄰舍王贊子襄飲》有「南溪酒熟梅花香，高聲爲喚牆東王」句。四句言王贊子襄心念舊誼，至千里之外訪問接濟資助遺山，不因窮達而變化。

〔七〕仲通甫：本集有《答郭仲通二首》，疑指此人。

〔八〕王與李：本集有《望王李歸程》詩。施注謂「疑指王百一（鶚）、李仁卿（治）」。按汴京淪陷後李治寓居崞縣（今山西省原平市），王鶚被張柔救於蔡州，館於保州。二人皆無「朔漠行當歸」的行跡。疑「王」指王德新。「李」指李獻卿。詳見下首《望王李歸程》注〔一〕。

〔九〕狐腋：狐腋下的毛皮，貴重之物。《史記·商君列傳》：「千羊之皮，不如一狐之腋；千人之諾諾，不如一士之諤諤。」

〔一〇〕五羖皮：《史記·秦本紀》載，晉獻公滅虞、虢，虜虞國大夫百里傒，使媵于秦。「百里傒亡秦走宛，楚鄙人執之。繆公聞百里傒賢，欲重贖之，恐楚人不與，乃使人謂楚曰：『吾媵臣百里傒在焉，請以五羖羊皮贖之。』楚人遂許與之。」羖：黑羊。

〔一二〕野史亭：遺山建野史亭始見於此。返鄉後及晚年移居獲鹿，皆隨而建。大德碑本《遺山先生墓銘》：「往來四方，採摭遺逸。有所得，輒以寸紙細字，親爲記録……捆束委積，塞屋數楹，名之曰『野史亭』。」野史：私人著述的史書。

〔編年〕

此詩施、李、繆皆繫於蒙古太宗七年乙未。李《譜》謂之云：「此年由聊城遷冠氏，乃定居也。第四首『壬辰困重圍……』，敘兩年被圍北徙之由最爲明晰；第五首『去年住佛屋，蠱室寄尋丈』，即上年甲午之至覺寺也。『今年僦民居，卧榻礙盆盎』，是本年先僦居，冬始營新居也。」本集《戲題新居二十韻》云：「去冬作舍誰資助，縣侯雅以平原故。賢郎檢視日復日，規製從頭盡牢固。」言新居建造在冬，並由趙天錫資助。李《譜》所言正確。從之。

望王李歸程〔一〕

一褐霜寒晚思孤，眼中行李見歸途〔二〕。虞卿仲子死不朽〔三〕，石父晏嬰今豈無〔四〕。義士龍沙元咫尺〔五〕，纍臣駒隙自舒徐〔六〕。何時斗酒歡相勞，驚看燕家頭白烏〔七〕。

〔注〕

〔一〕王李：施注謂「此指王百一、李仁卿。《移居》詩云『永懷王與李，朔漠行當歸』即此」。按：王鶚（百一）於蔡州破後被蒙古漢人世侯張柔迎歸保州（今河北省保定市），李治（仁卿）於汴京陷落後流落崞縣（今山西省原平市），與「朔漠行當歸」不合。考與遺山關係親密又被羈管朔方（「朔漠」句後有「書來聞吉語，報我脱縶維」句）而不在中原的「王與李」，疑指王革德新和李獻卿欽止。《歸潛志》卷五「王革」條載其北渡後先居雲内（今内蒙古呼和浩特市西南），後遷雲中（今山西省大同市）。李欽止也居雲中。本集《寄欽止李兄》有「關塞想望兩禿翁」、「尊酒雲州古城下」句。《金史·地理上》「西京路·懷仁」條下載：「遼析雲中置，貞祐二年五月升爲雲州。」又：本集《九日讀書山用陶詩「露淒暄風息，氣清天曠明」爲韻賦十詩》之七：「往年在南都，閑閑主文衡。九日登吹臺，追隨盡名卿……亦有李與王，玉樹含秋清。」此「李」即指李欽止。《歸潛志》卷八：「閑閑同館閣諸公九日登極目亭（在吹臺），俱有詩……李欽止云：『連朝倥傯簿書堆，辜負黄花酒一杯。』」

〔二〕「眼中」句：本集《學東坡移居八首》之七：「永懷王與李，朔漠行當歸。書來聞吉語，報我脱縶維。」遺山收到王李的信後作上詩及本詩，故有此句。

〔三〕虞卿：戰國游説之士。《史記·平原君虞卿列傳》：「虞卿既以魏齊之故，不重萬户侯卿相之印，與魏齊閒行，卒去趙，困於梁。魏齊已死，不得意，乃著書。」仲子：指戰國時嚴仲子。《史記·刺客列傳》載，嚴仲子與韓國相俠累有仇，奉黄金百鎰爲聶政母壽。及聶政刺殺俠累後，人曰：「嚴仲子亦可謂知人能得士矣！」。

〔四〕石父：春秋時人。齊相晏嬰見其被縛，以左驂贖之，載歸，延爲上客。見《史記·管晏列傳》。晏嬰：春秋時人，爲齊國賢相。

〔五〕龍沙元咫尺：《後漢書·班超傳贊》：「坦步葱、雪，咫尺龍沙。」注云：「葱嶺、雪山、白龍堆沙漠也。八寸曰咫，坦步言不以爲艱，咫尺言不以爲遠也。」

〔六〕纍臣：被拘繫之臣，代指王、李。駒隙：《莊子·知北游》：「人生天地之間，若白駒之過郤（隙）。」後用作光陰易逝的典故。此形容王李返程速度快。句言王、李返程行速雖快而仍嫌慢。

〔七〕燕家頭白烏：《史記·刺客列傳》「天雨粟，馬生角」司馬貞《索隱》引《燕丹子》曰：「丹求歸，秦王曰：『烏頭白，馬生角，乃許耳。』丹乃仰天歎，烏頭即白，馬亦生角。」此以太子丹歸燕喻王李歸中原。

〔編年〕

與《學東坡移居八首》同時作。李、繆皆繫於蒙古太宗七年乙未，從之。

寄欽止李兄〔一〕

征車南北轉秋蓬〔二〕，關塞相望兩禿翁〔三〕。衮衮便當隨世路〔四〕，悠悠難復倚天公〔五〕。銅駝荆棘千年後〔六〕，金馬衣冠一夢中〔七〕。尊酒雲州古城下〔八〕，幾時携手哭春風。

〔注〕

〔一〕欽止李兄：李獻卿字欽止，號定齋，遺山「三知己」中李獻甫欽用之兄。河中（今山西省永濟市西）人。泰和三年進士，任正議大夫充鹽部郎中等職。金亡後編管雲州。

〔二〕征車：遠行人乘的車。秋蓬：秋季的蓬草，因已乾枯，易隨風飄飛，故用喻飄泊不定。

〔三〕兩禿翁：指李欽止和自己。蘇軾《題三逸少帖》：「顛張醉素兩禿翁，追逐世好稱書工。」

〔四〕衮衮：旋轉翻滚貌。喻朝代更疊。隨世路：指隨世浮沉。

〔五〕「悠悠」句：謂世事如大河東注一去不返只能順從上天。

〔六〕銅駝荆棘：形容亡國後的殘破景象。《晉書·索靖傳》：「靖有先識遠量，知天下將亂，指洛陽宫門銅駝歎曰：『會見汝在荆棘中耳！』」

〔七〕金馬衣冠：宫廷官署之官員。金馬：漢代宫門名。東方朔、主父偃等待詔於此。門旁有銅馬，故謂金馬門。見《史記·滑稽列傳》。李欽止與遺山同在翰林院、國史院（詳見《望王李歸程》注〔一〕），故用此典。

〔八〕雲州：金州名。今山西省懷仁縣。

〔編年〕

本集《學東坡移居八首》有「永懷王與李，朔漠行當歸。書來聞吉語，報我脱縶維」句，《望王李歸程》

有「眼中行李見歸途」句，本詩作時應在李欽止未歸前，李《譜》繫於蒙古太宗七年乙未，從之。繆《譜》未編。

楊焕然生子四首〔一〕

其一

掌上明珠慰老懷，愁顔我亦爲君開。異時載酒揚雄宅〔二〕，知有迎門竹馬來〔三〕。

〔注〕

〔一〕楊焕然：楊奂字焕然。金亡北渡後入冠氏趙天錫處。詳見《贈答楊焕然》注〔一〕。

〔二〕揚雄：西漢著名文學家。詳見《漢書・揚雄傳》。此代指楊奂。

〔三〕竹馬：竹竿。小孩跨着竹竿當作馬騎，所以叫竹馬。此代指楊奂之子。

其二

人家歡喜是生兒，巷語街談總入詩。我欲去爲湯餅客〔一〕，買羊沽酒約何時。

〔注〕

〔一〕湯餅：即湯面。此指湯餅會。清胡鳴玉《訂訛雜録・湯餅》：「生兒三日會客，名曰湯餅。」在此慶賀宴會上，因備有象徵長壽的湯面，故名。

其三

半生辛苦坐眈書〔一〕，我笑先生老更迂〔二〕。生子但持門户了〔三〕，玄談何必似童烏〔四〕。

〔注〕

〔一〕坐眈書：因爲嗜愛看書寫書。

〔二〕先生：指楊焕然。楊學養富贍，常以教授爲業，有「關中夫子」之譽。

〔三〕持門户：頂撑門户，主持家業。

〔四〕玄談：指漢魏以來以老莊之道和《周易》爲依據而辨析名理的談論。童烏：西漢揚雄子。九歲時助父著《太玄》，早夭。事見揚雄《法言·問神》。

其四

阿麟學語語牙牙〔一〕，七歲元郎髻已丫〔二〕。更醉使君湯餅局〔三〕，兒曹他日記通家①〔四〕。

阿麟，張君美兒子。

〔校〕

①曹：李全本、施本作「童」。

〔注〕

〔一〕阿麟：尾注謂張君美之兒。張君美：名徽字君美，武功（金縣名，今陝西省武功縣西北）人。楊奂之友。本集《故河南路課税所長官兼廉訪使楊君神道之碑》謂楊奂「初莅政，招致名勝，如蒲陰楊正卿、武功張君美……」

〔二〕元郎：指遺山長子阿千。

〔三〕使君：對人的尊稱。指楊奂。湯餅局：即湯餅會。

〔四〕兒曹：猶兒輩。通家：世輩之交。

〔編年〕

遺山長子阿千生於金正大六年己丑（本集《阿千始生》有「四十舉兒子」之句），至蒙古太宗七年乙未虚歲七歲，時遺山自聊城移居冠氏，楊奂也在冠氏帥趙天錫門下。李、繆繫於是年，從之。

歸潛堂①〔一〕

南山老桂幾枝分〔二〕，翰墨風流屬二君〔三〕。共説人間好歆向〔四〕，争教茅屋著機雲〔五〕。備嘗險阻聊乘化〔六〕，力戰紛華又策勳〔七〕。却恐聲光埋不得〔八〕，皇天久矣付斯文〔九〕。

〔校〕

①此首李詩本、毛本、李全本無，施本據《歸潛志》本補。

〔注〕

〔一〕歸潛堂：劉祁於甲午年在其鄉渾源（今山西省渾源縣）所建。

〔二〕南山：劉祁的高祖劉撝之號。老桂：《晉書·郤詵傳》：「累遷雍州刺史。武帝於東堂會送，問詵曰：『卿自以爲何如？』詵對曰：『臣舉賢良對策，爲天下第一，猶桂林之一枝，崑山之片玉。』」後因稱科舉及第爲「折桂」。劉撝中天會元年詞賦科狀元。其子孫多中進士。《歸潛志》卷七載劉從益贈劉祁詩：「老作一兵吾命也，芳聯七桂汝身之。」句謂劉祁家學淵源深厚，人才輩出。

〔三〕二君：指劉祁及其弟劉郁。本集《寄中書耶律公書》向蒙古中書令耶律楚材薦舉中原秀士，也薦舉此二人。

〔四〕歆向：指西漢末目録學家劉向、劉歆父子。句用以喻劉從益、劉祁父子的文采學問。

〔五〕「争教」句：以西晉初文學家陸機和陸雲比況劉祁、劉郁弟兄，用典詳見《贈麻信之》注〔八〕。

〔六〕備嘗險阻：劉祁《歸潛志·序》言其金亡北歸的艱險：「遭值金亡，干戈流落，由魏過齊入燕，凡二千里。」乘化：順隨自然。

〔七〕力戰紛華：《史記·禮書》：「（子夏）出見紛華盛麗而説，入聞夫子之道而樂，二者心戰，未能自決。」紛華：繁華富麗。策勳：記功勳於書策之上。

〔八〕「却恐」句：針對其「歸潛堂」而言，謂劉祁兄弟的聲名將爲世所知。

〔九〕「皇天」句：《論語·子罕》：「子畏于匡，曰：『文王既没，文不在兹乎？天之將喪斯文也，後死者不得與於斯文也；天之未喪斯文也，匡人其如予何！』」斯文：禮樂教化，典章制度。句謂上天早就想把振興文治教化的重任委付於爾等。

〔編年〕

李《譜》繫於蒙古太宗十三年辛丑，時元、劉早已因爲崔立撰功德碑事互相推諉而交惡，李説不妥。按：歸潛堂建於甲午年，《歸潛志序》寫於乙未夏，其書中内容陸續外傳，非待成書後傳世。其《録崔立碑事》即針對時議而撰，不久即元劉交惡。詩作於交惡前，且應在甲午建成歸潛堂後不久所作，姑繫於蒙古太宗七年乙未。繆《譜》未編。

游泰山〔一〕

泰山天壤間〔二〕，屹如鬱蕭臺〔三〕。厥初造化手〔四〕，辦此何雄哉。天門一何高〔五〕，天險若可階。積蘇與纍塊〔六〕，分明見九垓〔七〕。扶摇九萬里，未可誣齊諧〔八〕。秦皇憺威靈〔九〕，茂陵亦雄材〔一〇〕。翠華行不歸〔一一〕，石壇滿蒼苔〔一二〕。古今一俯仰，感極令人哀。是時夏春交，紅緑無邊涯。奇探忘去聲登頓〔一三〕，意愜自遲回〔一四〕。惜無賞心人，歡然盡餘杯。夜宿玉女祠〔一五〕，崩奔湧雲雷〔一六〕。山靈見光怪〔一七〕，似喜詩人來。雞鳴登日觀〔一八〕，四望無氛霾〔一九〕。六龍出扶桑〔二〇〕，翻動青霞堆。平生華嵩游〔二一〕，兹山未忘懷。十年望齊魯，登臨負吟鞵〔二二〕。孤雲拂層崖，青壁落落雲間開〔二三〕。眼前有句道不得，但覺胸次高崔嵬〔二四〕。徂徠山頭喚李白〔二五〕，吾欲從此觀蓬萊〔二六〕。

〔注〕

〔一〕游泰山：泰山，五嶽之東嶽，在山東省泰安市北。本集《東游略記》：「丙申三月二十有一日，冠氏趙侯將會行臺公（嚴實）於泰安。侯以予宿尚游觀，拉之偕行……遂登天門。」《清平樂》（江山殘照）詞序：「太山上作。」

〔二〕天壤：天地。

〔三〕鬱蕭臺：仙臺名。元郭翼《游仙詞八首》：「鬱蕭臺上會群仙，龍燭飛光曉夜然。」

〔四〕厥：其。造化手：創造大自然的能手。

〔五〕天門：泰山有中天門、南天門。

〔六〕「積蘇」句：《列子·周穆王》：「王俯而視之，其宮榭若纍塊積蘇焉。」纍塊積蘇，堆砌的土塊與積聚的柴草。

〔七〕九垓：九層。指天。《文選·司馬相如〈封禪文〉》：「上暢九垓，下泝八埏。」李善注：「垓，重也……言其德上達於九重之天。」

〔八〕「扶摇」二句：《莊子·逍遥游》：「齊諧者，志怪者也。諧之言曰：『鵬之徙於南冥也，水擊三千里，摶扶摇而上者九萬里。』」扶摇：風名。一種從地面上升的暴風。齊諧：書名，一説人名。

〔九〕秦皇：指秦始皇。憯：足。《淮南子·齊俗》「智伯有三晉而欲不憯」高誘注。

〔一〇〕茂陵：漢武帝陵。代指漢武帝。

〔一一〕翠華：天子儀仗中以翠羽爲飾的旗幟或車蓋。句指秦始皇出游病死於途中事。

〔一二〕石壇：泰山封禪壇。《史記·秦始皇本紀》：「議封禪望祭山川之事。乃遂上泰山，立石，封，祠祀。」本集《東游略記》：「秦觀有封禪壇。壇之下有秦李斯、唐宋磨崖。」

〔一三〕登頓：行止。此指登頓引起的疲勞。

〔一四〕遲回：滯留。此指留連。

〔一五〕玉女祠：祠廟名，在泰山上。明邊貢《登泰山三首》之二：「玉女祠高護碧霞，深澗千年猶凍雪。」

〔一六〕崩奔：崩塌奔馳。山下墮曰崩，水急流曰奔。此形容雲馳雷響。

〔一七〕山靈：山神。見：同「現」。

〔一八〕「雞鳴」句：本集《東游略記》：「嶽頂四峰：曰秦觀、日觀、越觀、周觀……太史公謂太山雞一鳴，日出三丈。而予登日觀，平明見日出。」日觀：泰山東峰名。因其上可觀日出，故名。

〔一九〕氛霾：雲煙。

〔二〇〕六龍：神話言日神乘車，駕以六龍。後用指太陽。扶桑：東海中神樹名。傳説日出其下。

〔二一〕華嵩：指西嶽華山和中嶽嵩山。

〔二二〕吟鞵：詩人的鞋。鞵：同鞋。

〔二三〕落落：高大貌。

〔二四〕崔嵬：高大。

〔二五〕「徂徠」句：《舊唐書·文苑列傳》：「李白，字太白，山東人……少與魯中諸生孔巢父、韓準、裴政、張叔明、陶沔等隱於徂徠山，酣歌縱酒，時號『竹溪六逸』。」徂徠山：在山東省泰安縣東南四十里。

〔二六〕蓬萊：仙山名。《史記·封禪書》載：蓬萊、方丈、瀛洲，此三神山者，其傳在渤海中。蓋嘗有至者，諸仙人及不死藥在焉。

〔編年〕

據本集《東游略記》，知蒙古太宗八年丙申作。李、繆同。

龍泉寺四首〔一〕

其一

懸麻白雨映層崖〔二〕，過盡行雲晚照開。可是登臨動高興，馬頭新自太行來〔三〕。

〔注〕

〔一〕龍泉寺：寺名。在山東省泰安市西平陰縣。本集《東游略記》：「龍泉寺在平陰東南四十里，齊天統中建。」

〔二〕懸麻白雨：雨大密集如麻，故稱。

〔三〕太行：太行山。

其二

泉石煙霞自一家，殘僧隨分了生涯〔一〕。雞鳴山下題詩客，曾到靈巖不用誇〔二〕。

〔注〕

〔一〕隨分：隨處。

〔二〕「雞鳴」二句：本集《東游略記》：「靈巖寺亦長清東南百里所。寺旁近有山曰雞鳴。」翁《譜》：「今靈巖寺中殿西階下党承旨碑陰，有先生手跡石刻云：『冠氏帥趙侯、齊河帥劉侯率將佐來游，好問與焉。丙申三月二十五日題。』」

其三

河邊羖䍽尚能飛〔一〕，無角無麟自一齊〔二〕。甲子紛紛更兒戲〔三〕，壁間休笑阜昌題〔四〕。寺北齊時建，又多劉豫阜昌中石刻并題名。

〔注〕

〔一〕「河邊」句：指北齊高洋代東魏稱齊帝事。《北史·齊文宣紀》：「先是，童謡云：『一束藁，兩頭然，河邊羖䍽飛上天』。藁然兩頭，於文爲高。河邊羖䍽，爲水邊羊，指帝名也。於是徐之才盛陳宜受禪。」羖䍽：一種黑色長毛的公羊。

〔二〕「無角」句：指金立劉豫爲「大齊皇帝」事。元王惲《聞談劉齊王故事並序》：「豫未貴時，一日顧見一白龍現婦翁家大鏡中，但無鱗與角耳。後翁婦亦見，以女妻之，資藉之力甚厚。及生二子，以鱗角爲名。或者謂二子長，當大貴。後果然。」

〔三〕甲子：甲，天干的首位。子，地支的首位。古代以天干和地支遞次相配，用以紀日或紀年，統稱甲子。

〔四〕「壁間」句：本集《東游略記》：「龍泉寺……齊天統中建。下寺有石刻。劉豫阜昌三年，皇子、皇弟符改甲乙院，亦有碑。又阜昌中題名最多。」阜昌：北宋末僞齊劉豫的年號，公元一一三一——一一三七年。

其四

遶渠寒溜夜潺潺〔一〕，說有蛟龍在石間。可惜九天霖雨手〔二〕，一泓泉水伴僧閑。

〔注〕

〔一〕寒溜：寒冷的水流。

〔二〕九天霖雨手：指上句所言「蛟龍」。霖雨手：播撒甘雨的好手。

〔編年〕

據《東游略記》，知蒙古太宗八年丙申作。李、繆同。

登珂山寺三首〔一〕

其一

澹澹長空白鳥回，江山都入妙高臺〔二〕。六鼇只解翻溟渤〔三〕，不駕東南日觀來〔四〕。泰山在東南，而此山不之見①。

〔校〕

①不之見：毛本作「之不見」。據李全本、施本改。

〔注〕

〔一〕珂山寺：據自注知在泰山西北。

〔二〕妙高臺：佛家語。即小世界的中心，須彌山之意譯。句謂山水形勝之地皆被佛寺占盡。

〔三〕六鼇：神話中負載五仙山（岱輿、員嶠、方壺、瀛洲、蓬萊）的六隻大龜。溟渤：泛指大海。句謂六鼇只懂得在渤海裏興風作浪。

〔四〕日觀：指泰山日觀峰。句謂在珂山看不到日觀峰。

其二

悠悠誰了未生前〔一〕，一落泥涂又幾年〔二〕。堪笑長清郭明府〔三〕，再來仍被葛藤纏〔四〕。長清郭明府自省夙世是此寺比丘，及作寺碑，宛然算沙語也〔五〕。

〔注〕

〔一〕「悠悠」句：謂遥遠的前生誰能了解。

〔二〕泥涂：指塵世。

〔三〕長清：今山東省長清縣。郭明府：見尾注。明府：指縣令。

〔四〕葛藤纏：禪林用語。指文字語言一如葛藤之蔓延交錯，本用來解釋説明事相，反遭其纏繞束縛。

〔五〕夙世：前世。比丘：梵語音譯，意譯「乞士」，以上從諸佛乞法，下就俗人乞食得名。爲佛教出家「五衆」之一。算沙：佛教喻指修道者只在文字名相上糾纏，而不能融會悟入。唐玄覺《永嘉證道歌》：「分别名相不知休，入海算沙徒自困。」

其三

白日紅塵往復還，深居那得似禪關〔一〕。出門應被山僧笑，纔得雲林半日閑。

〔注〕

〔一〕禪關：禪門。

〔編年〕

東游泰山時作。李、繆皆繫於蒙古太宗八年丙申，從之。

贈馮内翰二首〔一〕並序

内翰馮丈往在京師日①，渾源雷淵希顏、太原王渥仲澤、河中李獻能欽叔、龍山冀禹錫京甫皆從之問學②〔二〕，某夤緣亦得俎豆於門下士之末〔三〕。然自辛卯壬辰以來，不三四年，而五人者唯不肖在耳〔四〕。丙申夏六月，公自東平將展墓於鎮陽〔五〕，以某在冠氏，枉駕見過。時公方爲髀股所苦〔六〕，吟呻展轉，若非老人之所能堪。然間語及舊事，則危坐終日，往往爲之色揚而神躍，以公初掛冠歸嵩山時較之③〔七〕，其談笑風流固未減也。竊意造物者錫公難老〔八〕，使後生輩望見眉宇，以知百年文章鉅公、敦龐耇艾之士〔九〕，褒衣博帶、坐鎮雅俗者蓋如此〔一〇〕。横流方靡，而砥柱不移〔一一〕；故國已非，而喬木猶在〔一二〕。幸公之可恃，而哀四子之不見也。作詩二章，以道區區之懷，於公之行而爲之獻。

其一

耆舊如公可得親〔一三〕，争教晚節傍風塵〔一四〕。青氈持去故家盡〔一五〕，白帽歸來時事新〔一六〕。扶路不妨驢失脚〔一七〕，守關尤覺虎憎人〔一八〕。只應有似松庵日〔一九〕，時醉中山麴米春〔二〇〕。

〔校〕

①丈：毛本作「文」，形訛。郭本、施本作「公」。據李詩本改。②甫：施本作「父」，兩通。《中州集·小傳》、《歸潛志》卷二「冀禹錫」條及本集《四哀詩》皆作「父」。③較：李詩本、毛本作「校」。據郭本、施本改。

〔注〕

〔一〕馮内翰：指馮璧。詳見《緱山置酒》注〔一〕。

〔二〕渾源雷淵希顔：詳見《示崔雷詩社諸人》注〔一〕。太原王渥仲澤：詳見《丹霞下院同仲澤鼎玉賦》注〔一〕。河中李獻能欽叔：詳見《同希顔欽叔玉華谷分韻得軍華二字二首》其一注〔一〕。龍山冀禹錫京甫：冀禹錫字京甫，惠州龍山（金縣名，今遼寧省建昌縣北）人。崇慶二年進士，有吏能。金哀宗時擢爲應奉翰林文字。金末蒲察官奴之變投水死。參見《四哀詩·冀京父》詩。

〔三〕夤緣：攀附。俎豆：古代祭祀時盛食物用的兩種禮器。引申指崇奉。門下士：猶門生。

〔四〕辛卯：正大八年。壬辰：天興元年。雷淵卒於正大八年，王渥、李欽叔卒於天興元年，冀禹錫卒於天興二年。不肖：自謙之稱。

〔五〕東平：金府名。蒙古時期嚴實置萬户府於此。鎮陽：地名。在真定府，今河北省正定縣。展墓：省視墳墓。

〔六〕髀股：胯和大腿。

〔七〕掛冠：離職。馮璧興定五年離官居嵩山。

〔八〕錫：賜予。

〔九〕敦龐耆艾：敦厚樸實的尊長。

〔一〇〕褒衣博帶：寬衣大帶。古代儒者的裝束。坐鎮：安坐而以德威人。

〔一一〕「横流」二句：用「中流砥柱」典，喻金蒙更迭，故國重臣堅定不移。

〔一二〕「故國」二句：用「故國喬木」典，言故國雖亡，而重臣仍在。

〔一三〕耆舊：年高望重者。親：親近。

〔一四〕「争教」句：杜甫《寄常徵君》：「白水青山空復春，徵君晚節傍風塵。」《九家集注杜詩》：「句謂其晚節末路乃傍塵（風）塵出而爲官也。」此處「風塵」喻指蒙金易代。

〔一五〕「青氊」句：《太平御覽》卷七〇八引晉裴啓《語林》：「王子敬在齋中卧。偷人取物，一室之内略盡。子敬卧而不動。偷遂登榻，欲有所覓。子敬因呼曰：『石染青氊是我家舊物，可特置否？』於是群偷置物驚走。」後遂以「青氊舊物」指仕宦人家的傳世之物或舊業。故家：世代仕宦之家。

〔一六〕白帽：庶人所戴。句謂金亡北歸，淪爲平民。

〔一七〕「扶路」句：宋黄庭堅《題杜子美浣花醉圖》：「宗文守家宗武扶，落日蹇驢駝醉起……兒呼不蘇驢失脚，猶恐醒來有新作。」扶路：相攜於路。

〔一八〕守闕：明王機《鍼灸問對》卷中：「守闕，守四肢而不知血氣邪正之往來也。」句指序「時公方爲髀股所苦，吟呻展轉」事。

〔一九〕松庵：馮璧退居嵩山的屋名。本集《内翰馮公神道碑銘》：「致仕，徑歸嵩山……結茅并玉峰下，旁有長松十餘，名之曰『松庵』。」

〔二〇〕中山：春秋時國名，在今河北省定州市一帶。馮璧屬正定人，故云。麴米春：酒名。杜甫《撥悶》：「聞道雲安麴米春，纔傾一盞即醺人。」

其二

龍門冠蓋日追隨〔一〕，四客翩翩最受知〔二〕。桃李已隨風雨盡〔三〕，柏松獨與雪霜宜〔四〕。元龜華髮渠有幾〔五〕，清廟朱絃誰與期〔六〕。見説常山可歸隱①〔七〕，從公未覺十年遲〔八〕。

〔校〕

①可：施本作「好」。

〔注〕

〔一〕龍門：喻聲望高的人的府第。此指馮璧的住處。冠蓋：官員的冠服和車乘。

〔二〕四客：即詩序所言雷淵、王渥、李獻能、冀禹錫。

〔三〕「桃李」句：謂門客弟子已隨朝代更迭死亡殆盡。桃李：《韓詩外傳》卷七：「夫春樹桃李，夏得陰其下，秋得食其實。」後遂以喻栽培的後輩和所教的門生。

〔四〕「柏松」句：言馮璧在國朝更替中具有遺老氣節。

〔五〕元龜華髮：《後漢書·文苑傳下·邊讓》：「伏維幕府初開，博選清英，華髮舊德，並爲元龜。」元龜：大龜。古代用於占卜。也借指謀士。華髮：老年人。渠：指馮璧。

〔六〕清廟朱絃：《禮記·樂記》：「《清廟》之瑟，朱絃而疏越，壹倡而三歎。」清廟：《詩·周頌》篇名。亦指古帝王祭祀祖先的樂章。朱絃：用熟絲製的琴弦。誰與期：期與誰。句謂掌奏先朝禮樂還能期待與誰共爲。

〔七〕常山：馮氏家鄉正定縣晉代置常山郡，故稱。

〔八〕「從公」句：蘇軾《次荆公韻四絶》：「勸我試求三畝宅，從公已覺十年遲。」

〔編年〕

據詩序知作於蒙古太宗八年丙申六月。李、繆同。

九月初霖雨中感寒痹作〔一〕

留飲工作祟〔二〕，臂股半風淫①〔三〕。風淫喜陽景①〔四〕，旬浹坐秋霖〔五〕。兒寒益跳梁〔六〕，衰暮苦難任〔七〕。病枕怯遥夜②，破窗風露深。兩年魏大名〔八〕，千門響霜碪。客行足繒纊〔九〕，家居但疏衾〔一〇〕。絇絲不易得〔一一〕，候蟲徒自吟〔一二〕。無衣思南州〔一三〕，傷哉非獨今。

〔校〕

①淫：李詩本、毛本、李全本作「滛」。「滛」爲「淫」的訛字，見《五經文字·水部》。從施本。②枕：施本作「疒」，兩通。

〔注〕

〔一〕霖雨：連綿大雨。寒痹：中醫指由風、寒、濕等引起的肢體疼痛或麻木的病症。

〔二〕留飲：中醫痰飲病的一種。因飲邪日久不化，留而不去，故名。漢張仲景《金匱要略·痰飲咳嗽》：「夫心下有留飲，其人背寒冷如掌大。」工作祟：指痰飲病持續發作。

〔三〕風淫：中醫學謂外感性疾病的致病因素之一。《左傳·昭公元年》：「六氣曰陰、陽、風、雨、晦、明……過則爲菑：陰淫寒疾，陽淫熱疾，風淫末疾。」

〔四〕陽景：陽光。

〔五〕旬浹：滿了十天。浹，古以干支記日，自甲日至癸日，周匝十日稱爲「浹日」。坐：居留。

〔六〕跳梁：跳踉，即跳躍。

〔七〕衰暮：晚年，指老年人。元氏自謂。

〔八〕魏大名：指冠氏縣。大名，三國魏陽平郡（冠氏古地名），五代漢置大名府，北宋因之，金曰大名府路。

〔九〕繒纊：繒，古代絲織品的總稱。纊：絲綿。此指用繒帛絲綿製作的寒衣。唐李華《吊古戰場文》："繒纊無温，墮指裂膚。"

〔一〇〕疏衾：薄被子。

〔一一〕絢：古時鞋頭上的裝飾品。此同"束"。

〔一二〕候蟲：隨季節而生或發鳴聲的昆蟲，如蟬。此詩人自喻。

〔一三〕"無衣"句：杜甫《發秦州》："無食問樂土，無衣思南州。"南州：南方州縣。此指内鄉、南陽等遺山曾居住之地。

〔編年〕

遺山乙未春自聊城移居冠氏。李《譜》據詩"兩年魏大名"句，繫於蒙古太宗八年丙申，從之。繆《譜》未編。

戲題新居二十韻〔一〕

去冬作舍誰資助，縣侯雅以平原故〔二〕。賢郎檢視日復日〔三〕，規制從頭盡牢固〔四〕。南風一夕怪事發，突兀赭垣殘半柱〔五〕。乞漿得酒過初望①〔六〕，曲突徙薪忘後慮〔七〕。長淮千里燕巢林〔八〕，明月一枝烏遶樹〔九〕。東家老屋西北走〔一〇〕，衆木枝撑留少住〔一一〕。由來馬隊非講肆〔一二〕，況與彘牢通過路〔一三〕。聚廬託處何暇擇，重爲主人推奬惧〔一四〕。夏秋之交十日陰，抱被倚門愁旦暮。君問新居在何許②，只去火餘纔數步〔一五〕。學宫分地與閑泠〔一六〕，使館有墻遮雜汙〔一七〕。就中此宅尤費手③，官給工材半傭僱④〔一八〕。十寒一暴半載强〔一九〕，纔得安床置鐺釜〔二〇〕。紛紛暗被兒女笑，老虎般彪今幾度〔二一〕。胸中廣厦千萬間〔二二〕，天地一身無著處〔二三〕。北來衣冠日枯槁〔二四〕，十九桃符傍門户〔二五〕。乾坤血肉得此身〔二六〕，剩有把茅能勿懼⑤〔二七〕。上方下比良易見〔二八〕，好惡且當隨所遇。仰看片瓦聊自賀，疾過巖墻寧反顧〔二九〕。合歡明日召諸鄰，狼籍杯盤從飽吐。

〔校〕

①過：毛本作「遇」，形訛。據李詩本、李全本、施本改。②君問：李詩本、毛本、施本作「問君」，與下句意不合。據李全本改。③費：李詩本、毛本作「廢」，與句意不合，音訛。據李全本、施本改。④僱：李全本作「顧」，二字通用。⑤懼：毛本作「瞿」，誤。據李詩本、李全本、施本改。

〔注〕

〔一〕新居：本集《學東坡移居八首》中所言新建居所於次年被火燒毁。此新居在被焚之居旁。

〔二〕縣侯：指冠氏侯趙天錫。平原：古邑名，齊西境地，屬趙。趙惠文王封弟勝爲平原君。平原君雅敬人才，門下食客三千人。後魏置平原郡，轄冠氏、聊城地。句謂趙天錫有平原君遺風。本集《千户趙侯神道碑銘》謂趙氏尊重儒士云：「侯在軍旅中，日以文史自隨，延致名儒……比年以來將佐令長皆興學養士，駸駸乎齊魯禮義之舊，推究原委，蓋自侯發之。」

〔三〕賢郎：指趙天錫之子。本集《千户趙侯神道碑銘》謂其有六子。

〔四〕規制：建築的規劃形制。

〔五〕赭垣：紅色牆壁。形容房屋被焚燒後的情形。唐柳宗元《賀進士王參元失火書》：「乃今幸爲天火之所滌盪，凡衆之疑慮，舉爲灰埃。黔其廬，赭其垣，以示其無有。」

〔六〕乞漿得酒：比喻所得超過所求。唐劉知幾《史通·書志》：「太歲在酉，乞漿得酒；太歲在巳，販妻鬻子。」

〔七〕曲突徙薪：《漢書·霍光傳》：「臣聞客有過主人者，見其灶直突，傍有積薪。客謂主人更爲曲突，遠徙其薪，不者且有火患。主人嘿然不應。俄而家果失火，鄰里共救之，幸而得息。」後以「曲突徙薪」喻防患於未然。突：煙囱。

〔八〕燕巢林：燕本巢於人居。謂其巢於林，失所也。宋汪韶《讀史》：「秋風駝卧棘，春雨燕巢林。」宋劉克莊《題汪薦文卷》謂其「感時傷事，有足悲慨」。

〔九〕「明月」句：曹操《短歌行》：「月明星稀，烏鵲南飛。繞樹三匝，無枝可依。」清沈德潛《古詩源》卷五：「『月明星稀』四句，喻客子無所依托。」

〔一〇〕東家：指遺山原新居失火後借居之屋的主人。西北走：向西北傾斜。

〔一一〕枝：同「支」。

〔一二〕「由來」句：陶淵明《示周續之祖企謝景夷三郎》：「馬隊非講肆，校書亦已勤。」馬隊：指馬肆。講肆：講舍。

〔一三〕彘牢：猪圈。

〔一四〕悞：同「誤」。

〔一五〕火餘：指被火燒毁之屋。

〔一六〕學宫：學校。句謂學校把閑置之地分送。

〔一七〕使館：使者所宿的館舍。

〔一八〕「官給」句：謂此次建房官方供應工匠材料並支付雇用人工費用之半。

〔一九〕「十寒」句：謂建房時常停工，一直拖延了多半年。

〔二〇〕鐺：古代的鍋，有耳和足。

〔二一〕老虎般彪：般，通「搬」。彪，小虎。俗有老虎搬家口銜小虎而行之説。句指自己攜帶兒女幾次搬家。

〔二二〕「胸中」句：用杜甫《茅屋爲秋風所破歌》「安得廣厦千萬間，大庇天下寒士俱歡顔」詩意。

〔二三〕「天地」句：感歎天地之大而無一己存身之地。

〔二四〕北來衣冠：指來冠氏的亡金官員。枯槁：《戰國策·秦策一》載蘇秦説秦失敗返鄉時「形容枯槁，面目犂黑」。

〔二五〕桃符：古代掛在大門上的兩塊畫着神荼、郁壘二神的桃木板，以爲能壓邪。句謂（亡金官員）絶大多數像桃符那樣倚立於權貴之門。

〔二六〕乾坤血肉：指中原板蕩，生靈被屠滅殆盡。

〔二七〕把茅：建茅屋所用的一把茅草。本集《贈汴禪師》：「蓋頭茅一把，繞腹篾三條。」

〔二八〕上方下比：猶言比上不足，比下有餘。《晉書·王湛傳》：「時人謂湛上方山濤不足，下比魏舒有餘。」良：確實。

〔二九〕巖牆：高牆。此指富貴者的院牆。寧：豈能。

〔編年〕

據「去冬作舍」句及《學東坡移居八首》，知再建新居在蒙古太宗八年丙申。詩亦是年作。李、繆同。

松上幽人圖 宋宗婦曹夫人仲婉所畫①，上有曹道沖題詩〔一〕。

秋風謖謖松樹枝〔二〕，仙人骨輕雲一絲〔三〕，不飲不食玉雪姿〔四〕。竹宮月夕頻望祠〔五〕，竟不下視齋房芝〔六〕，人間女手乃得之〔七〕。眼中擾擾昨暮兒〔八〕，畫圖獨在羲皇時〔九〕，予懷渺兮幽林思〔一〇〕。

〔校〕

①婉：毛本作「宿」，訛。據李詩本、李全本、施本改。

〔注〕

〔一〕幽人：幽隱之士，隱士。曹仲婉：北宋女畫家。《宣和書譜》言其「所畫皆非優柔軟媚取悦兒女子者」。曹道沖：北宋詩人。

〔二〕諤諤：勁挺貌。

〔三〕仙人：指詩題「幽人」。骨輕：傳説仙人得道，脱胎换骨，則體輕能高飛。雲一絲：形容仙人白髮飄撒如雲。唐王建《題東華觀》：「白髮道心熟，黄衣仙骨輕。」

〔四〕「不飲」句：《莊子·逍遥游》：「藐姑射之山有神人居焉，肌膚若冰雪，綽約如處子，不食五穀，吸風飲露。」

〔五〕「竹宫」句：言皇帝在竹宫中月夕時也頻頻望拜祭祀。竹宫：用竹建造的宫室。漢佚名《三輔皇圖·甘泉宫》言其在甘泉宫。《漢書·禮樂志》：「夜常有神光如流星止集於祠壇，天子自竹宫而望拜。」後以「竹宫」作壇祠的泛稱。月夕：月夜。望祠：同望祀，猶望拜。

〔六〕齋房芝：植物名。《漢書·武帝紀》載，元封二年六月，甘泉宫後庭産芝，作《芝房之歌》。

〔七〕人間女手：指曹仲婉的畫筆。

〔八〕昨暮兒：初生的嬰兒，極言其幼稚。《隋書·蘇威傳》載，何妥與蘇威之子蘇夔在議樂事上意見不合，百官多附同蘇氏父子。何氏發怒説：「吾席間函丈四十餘年，反爲昨暮兒之所屈也。」

〔九〕羲皇：傳説中上古帝王。

〔一〇〕渺：悠遠貌。

【編年】

此詩李、繆未編年。本集《太常引》（衣冠人物渺翩翩）詞序云：「爲東原范尊師壽。范新得曹夫人所畫《松上幽人圖》，上有曹道沖題詩。」東原范尊師指東平道士范圓曦，後居趙州之慶源。本集《范文正公真贊》：「丁酉四月，獲拜公（范文正公仲淹）像於其七世孫道士圓曦。」此爲二人初次交往，詩應作於蒙古太宗九年丁酉。遺山在東平至范尊師處的行跡還見於下年所作《范煉師真贊》，然「時范煉師已東邁」，與詞題序不合。

内黄道中楚王廟，荆公有「誰合軍中稱亞父，却須推讓内黄兒」之句，因爲范增解嘲①〔一〕

一怒屠城一説留〔二〕，書生剛爲范增羞〔三〕。軍中老子關何事〔四〕，付與兒曹調沐猴〔五〕。

【校】

①内：施本據王安石《范增二首》及有關史事皆改作「外」，不妥。李詩本、毛本、李全本等皆作「内」，接近原稿原貌。却：王安石《范增二首》作「直」，當遺山誤記。

【注】

〔一〕内黄：金縣名，屬大名府路，即今河南省内黄縣。楚王廟：《嘉慶一統志·彰德府》下載，内黄縣西北三十里有楚王鎮及楚王廟。荆公：王安石封荆國公，世稱王荆公。范增：秦末時人，曾任項羽的軍師，被稱爲「亞父」。

〔二〕「一怒」句：《史記·項羽本紀》：「外黄不下。數日，已降，項王怒，悉令男子年十五已上詣城東，欲阬之。外黄令舍人兒年十三，往説項王曰：『彭越彊劫外黄，外黄恐，故且降，待大王。大王至，又皆阬之，百姓豈有歸心？從此以東梁地十餘城皆恐，莫肯下矣。』項王然其言，乃赦外黄當阬者。」

〔三〕書生：遺山自稱。剛：偏。

〔四〕老子：父親的俗稱。范增被項羽尊稱爲亞父，故云。

〔五〕兒曹：兒輩。指外黄小兒。沐猴：指項羽。《史記·項羽本紀》載，項羽攻占咸陽後，「人或説項王曰：『關中阻山河四塞，地肥饒，可都以霸。』項王見秦宫室皆以燒殘破，又心懷欲思東歸，曰：『富貴不歸故鄉，如衣繡夜行，誰知之者！』説者曰：『人言楚人沐猴而冠耳，果然。』」

〔編年〕

本集《興福禪院功德記》：「丁酉之秋，見浄文於山陽，蓋自河南歷大名、東平訪予及之。」《太原昭禪師語録》：「歲丁酉八月，予自大名還太原。」《州將張侯墓表》：「歲丁酉秋八月，北來，乃以州民見侯。」内黄地近冠氏，此詩又與《北歸經朝歌感寓三首》連編，應爲蒙古太宗九年丁酉自冠氏返太原路經内黄時作。李、繆同。

北歸經朝歌感寓三首〔一〕

其一

南來山勢漸坡陀〔二〕，蕩蕩川涂接大河〔三〕。馬上哦詩無好語，聊從白塔記朝歌〔四〕。

〔注〕

〔一〕北歸：指自山東冠氏返歸故鄉忻州。此次北歸獨自一人，乃爲舉家返鄉作準備。朝歌：地名，殷帝乙、帝辛之别都，在今河南省淇縣。感寓：寄托感慨。

〔二〕坡陀：山勢起伏貌。此指低小。

〔三〕川涂：道路。大河：指黄河。

〔四〕「聊從」句：本集《衛州感事二首》其二有「白塔亭亭古佛祠，往年曾此走京師」句，言其早年經衛州往汴京的情形。

其二

黄屋何曾土作階〔一〕，禍基休指九層臺〔二〕。書生不見千秋後①，枉爲君王泣玉杯②〔三〕。

〔校〕

①秋：李全本作「年」。　②杯：李全本、施本作「杯」。

〔注〕

〔一〕黄屋：帝王所居宫室。《太平御覽》卷四三一引漢應劭《風俗通》：「殷湯寐寢黄屋，駕而乘露輿。」《魏書·李彪傳》：「故夏禹卑宫室而惡衣服，殷湯寢黄屋而乘車輅，此示儉於後王。」土作階：用土築的臺階，謂居住簡樸。《新唐書·薛收傳》：「峻宇彫牆，殷辛以亡；土階茅茨，唐堯以昌。」句謂商朝後代帝王未繼承先王艱苦樸素的傳統。

〔二〕九層臺：高臺。紂王曾建鹿臺，「其大三里，其高千尺」（《書·武成》孔穎達疏引《新序》）。

〔三〕玉杯：《史記·宋微之世家》：「箕子者，紂親戚也。（紂）始爲象箸，箕子嘆曰：『彼爲象箸，必爲玉栝。爲栝則必思遠方珍怪之物而御之矣。輿馬宫室之漸，自此始，不可振也。』」晉葛洪《抱朴子·廣譬》：「箕子識殷人鹿臺之禍於象箸之初。」玉杯：杯，「杯」的古字。《史記·孝文本紀》：「十七年，得玉杯，刻曰：『人主延壽』。」二句感歎商紂王未能防微杜漸。

其三

墨翟區區不近情，回車曾此避虚名〔一〕。採薇唯有西山老〔二〕，不逐時人信武成〔三〕。

〔注〕

〔一〕「墨翟」二句：指墨子至朝歌惡其樂而回車事。《淮南子·説山訓》：「墨子非樂，不入朝歌之邑。」《漢書·鄒陽傳》：「邑號朝歌，墨子回車。」注：「晉灼曰：『紂作朝歌之音，朝歌者不時也。』」

〔二〕「採薇」句：《史記·伯夷列傳》：「武王已平殷亂，天下宗周，而伯夷、叔齊耻之，義不食周粟，隱於首陽山，採薇而食之。及餓且死，作歌。其辭曰：『登彼西山兮，採其薇矣……』」

〔三〕武成：謂軍事上的勝利。《書·武成》：「越三日庚戌，柴望，大告武成。」蔡沈集傳：「燔柴祭天，望祀山川，以告武功之成。」

〔編年〕

李、繆皆繫此詩於蒙古太宗九年丁酉隻身返鄉路經朝歌時作，從之。

衛州感事二首〔一〕

其一

神龍失水困蜉蝣，一舸倉皇入宋州〔二〕。紫氣已沉牛斗夜，白雲空望帝鄉秋〔三〕。劫前寶地三千界，夢裏瓊枝十二樓〔四〕。欲就長河問遺事〔五〕，悠悠東注不還流。

〔注〕

〔一〕衛州：金州名，屬河北西路，今河南省汲縣。

〔二〕「神龍」二句：言衛州兵敗事。《金史·哀宗紀》載，天興元年十二月，金哀宗出離汴京至黃河南岸黃陵崗。次年正月，聽從元帥官奴之計，北渡黃河，攻打衛州。金軍半渡之際，南岸萬餘人遭到蒙古軍的突然襲擊，將士多戰死。繼而北岸軍也因蒙古軍渡河追擊而潰逃。金哀宗又聽從丞相白撒謀，夜棄六軍南渡，逃往歸德，諸軍遂潰。這次戰役金兵精鋭部隊損失殆盡，汴京守將崔立聞訊也以城降蒙古，致使金朝迅速滅亡。神龍：古以龍爲天子的象徵，此指金哀宗。蜉蝣：小蟲名，生長期極短，有「朝生暮死」之説。《詩經·曹風》有《蜉蝣》篇，以之比小人，此處喻官奴、白撒等人。宋州：隋唐北宋時州名，金置歸德府，治所睢陽，在今河南省商丘市南。

〔三〕「紫氣」二句：言故國已亡，遺臣懷念故君。「紫氣」句用「豐城劍氣」典（見《南冠行》注〔三〕），指金朝的氣運。「白雲」句語出《莊子·天地篇》：「乘彼白雲，至于帝鄉。」帝鄉：天帝所居之處，詩中指金哀宗靈魂上天的地方——蔡州。

〔四〕「劫前」二句：追憶金朝鼎盛時期的繁華景象。劫：劫難。佛教將天地的形成到毁滅稱爲一劫。詩中指戰亂。三千界：三千大千世界。佛家認爲，以須彌山爲中心的被同一日月照臨的四天下爲一小世界，一千小世界爲中千世界，一千中千世界爲大千世界，又稱三千大千世界。詩中指金國疆域遼闊。瓊枝：玉樹。傳説生長在昆侖山中，食其花可保長生。十二樓：傳説黄帝建王城十二樓以待神人。詩指金國的繁華盛況。

〔五〕長河：黄河。金朝時黄河流經衛州南。二句謂金朝一去不返。

其二

白塔亭亭古佛祠，往年曾此走京師〔一〕。不知江令還家日〔二〕，何似湘纍去國時〔三〕。離合興亡遽如此，棲遲零落竟安之〔四〕。太行千里青如染，落日欄干有所思〔五〕落日，一作獨憑。

〔注〕

〔一〕「白塔」二句：金貞祐二年（一二一四），遺山自忻州到汴京舉試，曾途經衛州。

〔二〕江令：南朝時詩人江總曾爲陳朝尚書令，世稱江令。他在梁時遭侯景之亂，逃難至廣東，輾轉數年，始北歸還家與親人相會。

〔三〕湘纍：指屈原。《漢書·揚雄傳》：「欽吊楚之湘纍。」顏師古注：「諸不以罪死曰纍……屈原赴湘死，故曰湘纍也。」二句謂我像江令那樣亂後還家之時，也像屈原離國時那樣身心憔悴。

〔四〕「離合」二句：謂人生的離合與國家的興亡如此倉促，失意飄零將去何地安身。遽：匆忙。棲遲：游息。《詩經·陳風·衡門》：「衡門之下，可以棲遲。」後引申爲失意飄泊。

〔五〕「太行」二句：謂眼前綿延千里的太行山，色青如染，憑欄遥望落日，陷入沉思。欄干：同欄杆。

〔編年〕

北歸路經衛州時作，李、繆繫於蒙古太宗九年丁酉，從之。

望蘇門〔一〕

諸父當年此往還〔二〕，客衣塵土涙斑斑。太行秀發眉宇見〔三〕，老阮亡來尊俎閑〔四〕。出岫暮雲歸有處〔五〕，投林孤鶴杳難攀。湧金亭上秋如畫〔六〕，興在青林杳靄間。

〔注〕

〔一〕蘇門：山名，在今河南省輝縣市西北。

〔二〕「諸父」句：本集《故物譜》謂《六鶴》圖乃「先大父銅山府君官汲縣時，官賣宣和内府物也」，可知遺山之祖元滋善曾官汲縣（金屬河北西路，今河南省衛輝市）。「諸父」指遺山生父、嗣父和叔父。

〔三〕太行：蘇門山爲太行支脈，故云。眉宇：眉額之間。此代指眼中。

〔四〕「老阮」句：《晉書·阮籍傳》：「籍嘗於蘇門山過孫登，與商略終古及棲神導氣之術，登皆不應，籍因長嘯而退。至半嶺，聞有聲若鸞鳳之音，響乎巖谷，乃登之嘯也。」尊俎：古代盛酒肉的器皿。尊，盛酒器；俎，置肉之几。後用爲宴席的代稱。句謂阮籍死後蘇門山無名士隱居。

〔五〕「出岫」句：陶淵明《歸去來兮辭》：「雲無心以出岫，鳥倦飛而知還。」岫：山峰。

〔六〕湧金亭：亭名。在蘇門山下百門泉側。泉從地中湧出，日照如金，故名。

〔編年〕

北歸路經蘇門山時作。李、繆繫於蒙古太宗九年丁酉，從之。

贈蕭鍊師公弼〔一〕

吾家阿京愛公弼〔二〕，吾家澤兄敬公弼〔三〕。半生夢與公弼游，豈意相逢在今日。春風和氣見眉宇①〔四〕，玉壺冰鑑藏胸臆〔五〕。人間萬事君自知，未必君材人盡識。蘇門水木無纖埃〔六〕，聞君家近公和臺〔七〕。仙家近日多官府，黄帽青鞋歸去來〔八〕。時汰佛老家甚急，故云。

〔校〕

①見：李全本、施本作「在」。

〔注〕

〔一〕蕭鍊師：名道輔，字公弼，號東瀛子，太乙道始祖蕭真人抱珍之再從孫，衛郡汲縣（今河南省衛輝市）人。嗣太乙第四代教主。蕭鍊師博學多才，士論有「中州相」之稱。其事見王若虚《滹南遺老集》卷四十二《太乙三代度師蕭公墓表》等。

〔二〕阿京：指冀京父。詳見《四哀詩·冀京父》注〔一〕。施注謂指劉京叔（祁），誤。時元、劉已交惡，不當如此稱。

〔三〕澤兄：指王渥仲澤。詳見《丹霞下院同仲澤鼎玉賦》注〔一〕。

〔四〕「春風」句：《新唐書·卓行傳·元德秀》：「房琯每見德秀，歎息曰：『見紫芝（元德秀之字）眉宇，使人名利之心都盡。』」

〔五〕玉壺冰鑑：比喻心地純潔清白。《文選·陸機〈漢高祖功臣頌〉》：「周苛慷慨，心若懷冰。」李善注：「應劭《風俗通》曰：言人清高，如冰之潔。」唐王昌齡《芙蓉樓送辛漸》：「洛陽親友如相問，一片冰心在玉壺。」冰鑑：古器物名，置冰於其中，以冷藏食物。

〔六〕蘇門：指蘇門山。

〔七〕公和：三國魏孫登之字。孫隱居於蘇門山中。

〔八〕「黄帽」句：杜甫《發劉郎浦》：「白頭厭伴漁人宿，黄帽青鞋歸去來。」《集千家註杜工部詩集》：「沈曰：黄帽乃籜冠（竹皮編製的帽子），青鞋乃芒鞋（草鞋）。」句用陶淵明《歸去來兮辭》意，謂高蹈遠引。

〔編年〕

元蘇天爵《元朝名臣事略·中書耶律文正王》引《神道碑》：「丁酉，汰三教僧道。」李、繆據此繫于蒙古太宗九年丁酉，從之。

跋蕭師鷺鷥敗荷扇頭 徐榮之畫①〔一〕

蕭蕭煙景帶霜華〔二〕，公子風標浪自誇〔三〕。可道浣花詩境好，鵁鶄鸂鶒滿晴沙〔四〕。

〔校〕

①師：李詩本、毛本作「帥」，形訛。據李全本、施本改。

〔注〕

〔一〕蕭師：指蕭鍊師公弼，詳見《贈蕭鍊師公弼》注〔一〕。鷺鷥：鷺的一種，即白鷺。徐榮之：金代畫家。工畫花鳥。

〔二〕煙景：水霧彌漫的景色。

〔三〕公子風標：唐杜牧《晚晴賦》有「白鷺潛來兮，邈風標之公子」語，後遂以「風標公子」爲鷺的别名。此指畫中的鷺鷥。風標：形容優美的姿容神態。浪：隨意地。

〔四〕「可道」二句：杜甫《曲江陪鄭八丈南史飲》：「雀啄江頭黄柳花，鵁鶄鸂鶒滿晴沙。」浣花：指杜甫。杜甫草堂位於成都浣花溪畔，其《從事行贈嚴二别駕》有「成都亂罷氣蕭索，浣花草堂亦何有」句。鵁鶄：池鷺。鸂鶒：俗稱紫鴛鴦。

〔編年〕

遺山與蕭鍊師見於蒙古太宗九年丁酉，詩亦是年作。李、繆同。

過濁鹿城與趙尚賓談山陽舊事〔一〕

廢邑蕭條照邊〔二〕，山陽遺迹世空傳①〔三〕。肺腸未潰猶可活〔四〕，灰土已寒寧復然〔五〕。負鼎運來元有力〔六〕，考槃人去更堪憐〔七〕。因君憶得曹瞞事〔八〕，銅雀臺荒又幾年〔九〕。

〔校〕

①世：毛本作「是」，音訛。據李詩本、李全本、施本改。

〔注〕

〔一〕濁鹿城：在今河南省修武縣東北。《後漢書·孝獻帝紀》：「奉帝爲山陽公……都山陽之濁鹿城。」趙尚賓：修武人，金末進士。懷州幕府從僚。元王惲《秋澗先生大全文集》卷三八《河内修武縣重修廟學記》：「如近代進士張夢弼……趙尚賓，文采風流，照映一時。」《甘水仙源録》卷九載遺山甲午撰《懷州清真觀記》，有「德明之法兄弟房志起介於幕府參佐祁文舉、郎文炳、趙尚賓，請予爲記」語。山陽舊事：指漢獻帝被廢爲山陽公事。

〔二〕廢邑：指濁鹿城。

〔三〕山陽遺迹：指漢獻帝被廢爲山陽公居濁鹿時的遺迹。

〔四〕「肺腸」句：言漢末其基礎未壞，猶可復興。

〔五〕「灰土」句：用「死灰復燃」典，見《史記·韓長儒列傳》。

〔六〕負鼎：《史記·殷本紀三》：「伊尹名阿衡。阿衡欲奸湯而無由，乃爲有莘氏媵臣，負鼎俎，以滋味説湯，致於王道。」

〔七〕考槃：《詩·衛風·考槃》：「考槃在澗，碩人之寬。」《考槃序》言此詩爲刺莊公「不能繼先公之業，使賢者退而窮處」。後用以喻賢人隱居。

〔八〕曹瞞：曹操小字阿瞞，故稱。

〔九〕銅雀臺：曹操建。《三國志·武帝紀》載，建安十五年「冬，作銅雀臺」。地在今河北省臨漳縣西南。

〔編年〕

繆《譜》定在蒙古太宗九年丁酉北歸路經修武時作，李《譜》定在蒙古定宗二年丁未作。按趙尚賓其人，遺山甲午作《清真觀記》已及之，屬老友，丁酉北歸理當相見。本詩亦旨在吊古傷今，感慨金亡，與初次北歸意興一致，故繆説較妥，從之。

懷州子城晚望少室〔一〕

河外青山展卧屏〔二〕，并州孤客倚高城〔三〕。十年舊隱拋何處〔四〕，一片傷心畫不成〔五〕。谷口暮雲知鄭重，林梢殘照故分明。洛陽見説兵猶滿，半夜悲歌意未平。

〔注〕

〔一〕懷州：金州名，今河南省沁陽市。子城：大城所屬的小城，即内城及附郭的瓮城或月城。少室：指嵩山少室山。

〔二〕河外青山：指黄河南面的嵩山。

〔三〕并州孤客：遺山自謂。金忻州屬太原府。北朝至唐以太原附近地區爲并州，故稱。

〔四〕十年舊隱：遺山自金興定二年隱居嵩山至正大四年遷家内鄉，凡十年。

〔五〕「一片」句：唐高蟾《金陵晚望》：「世間無限丹青手，一片傷心畫不成。」

〔編年〕

北歸路經懷州時作。李《譜》繫於蒙古太宗十年戊戌，繆《譜》定在蒙古太宗九年丁酉。從繆《譜》。

郎文炳心遠齋二首〔一〕

其一

茅齋迫官居，塵土日蓬勃。道人掩關坐〔二〕，掛眼無外物〔三〕。明窗一蒲團〔四〕，濯足晨理髮。一片萬古心，清潭兩明月。

〔注〕

〔一〕郎文炳：覃懷幕府參佐。與遺山有舊交。本集《清真觀記》云：「歲甲午，予自大梁羈管聊城，德明之法兄弟房志起從覃懷來，介於幕府諸君，請予爲記。」《甘水仙源録》卷九《懷州清真觀記》云：「介於幕府參佐祁文舉、郎文炳、趙尚賓，請予爲記。」「幕府諸君」指此。金李俊民《郎文炳心遠齋》：「竊笑濫巾北嶽，那能補衲中條。自有胸中丘壑，不妨隱向市朝。」心遠齋：取陶淵明《飲酒》其五「結廬在人境，而無車馬喧。問君何能爾，心遠地自偏」詩意。

〔二〕掩關：坐關。閉關静坐以修道。

〔三〕外物：身外之物。多指利欲功名之類。

〔四〕蒲團：用蒲草編成的圓形墊子。多爲僧人坐禪和跪拜時所用。

其二

止性如止水〔一〕，惜身如惜玉。婦姑得相安〔二〕，久矣脱羈束。兒童挾書至，燈花催夜讀①。自是周太常〔三〕，生平耐幽獨。

〔校〕

①花：李詩本作「火」。

〔注〕

〔一〕「止性」句：《莊子·德充符》：「仲尼曰：『人莫鑑於流水而鑑於止水。』」成玄英疏：「止水所以留鑑者，爲其澄清故也。」止性：静止的本性。

〔二〕婦姑：婆媳。

〔三〕周太常：《後漢書·周澤傳》：「復爲太常。清絜循行，盡敬宗廟。常卧疾齋宫，其妻哀澤老病，闚問所苦。澤大怒，以妻干犯齋禁，遂收送詔獄謝罪……時人謂之語曰：『生世不諧，作太常妻。一歲三百六十日，三百五十九日齋。』」

〔編年〕

此詩李、繆未編年。蒙古太宗九年丁酉秋遺山返鄉路經懷州（今河南省沁陽市），且與覃懷幕府參佐趙尚賓交往。覃懷幕府參佐郎文炳與遺山有舊交，亦應在交往之列。詩作於此時。

望嵩少二首〔一〕

其一

嵩少飛來昆閬山〔二〕，山家茅屋翠微間。雞豚鄉社相勞苦〔三〕，花木禪房時往還。結習尚餘三宿戀〔四〕，殘年多負半生閑①。長河一葦人千里〔五〕，望斷西城碧玉環〔六〕。

〔校〕

①閑：毛本作「間」，形訛。據李詩本、李全本、施本改。

〔注〕

〔一〕嵩少：指嵩山少室山。

〔二〕昆閬：昆侖山上的閬苑，傳説是神仙所居之地。唐谷神子《博異志·陰隱客》：「修行七十萬日，然後得至諸天，或玉京、蓬萊、崑閬、姑射。」

〔三〕雞豚鄉社：古時祭祀土地神後鄉人聚餐的交誼活動。

〔四〕結習：佛教稱煩惱。《維摩經·觀衆生品》：「結習未盡，華著身耳；結習盡者，華不著也。」三宿戀：佛教語。《後漢書·襄楷傳》：「浮屠不三宿桑下，不欲久生恩愛，精之至也。」李賢注：「言浮屠之人寄桑下者，不經三宿便即移去，示無愛戀之心。」後因以「三宿戀」指對世俗的愛戀之情。

〔五〕長河一葦：捆葦草當筏渡河，形容河淺窄易渡。《詩·衛風·河廣》：「誰謂河廣，一葦杭之。」

〔六〕西城：當指懷州（今河南省沁陽市）。本集有《懷州子城晚望少室》詩。

其二

飲鶴池邊萬木稠〔一〕，養龍崖上五峰秋〔二〕。藤垂絶壁雲添潤，澗落哀湍雪共流。田父占年驚玉旆〔三〕，詩仙留迹歎崑丘〔四〕。西風落日山陽道〔五〕，空對紅塵憶舊游。飲鶴池在緱山。養龍崖在五乳峰下。

〔注〕

〔一〕飲鶴池：尾注言在緱山。緱山，即緱氏山，在今河南省郾師市。

〔二〕五峰：五乳峰，在嵩山。

〔三〕玉旆：指嵩山玉旆。形容嵩山懸崖積雪，如一面白旗。本集《雪後招鄰舍王贊子襄飲》：「嵩山東頭玉旆出，父老知是豐年祥。」

〔四〕「詩仙」句：本集《水調歌頭》（雲山有宮闕）詞題序云：「庚辰六月，游玉華谷回，過少姨廟。壁間得古仙詞。」其詞有「元鼎以來虚昆丘」句，句指此。

〔五〕山陽：金縣名。在今河南省修武縣。

〔編年〕

當與《懷州子城晚望少室》同時作。李《譜》編在蒙古太宗十年戊戌，繆《譜》編於蒙古太宗九年丁酉。從繆《譜》。

寄汴禪師 師舊隱濟源〔一〕

白頭歲月坐詩窮〔二〕，止有相逢一笑同。齋粥空疏想君瘦〔三〕，冠巾收斂定誰公〔四〕。夢魂歷歷山間路〔五〕，世事悠悠耳外風。見説懸泉好薇蕨〔六〕，草堂知我是鄰翁〔七〕。時汰逐釋老家甚急，故有「冠巾收斂」之句①。

〔校〕

①冠巾：李全本作「巾冠」。

〔注〕

〔一〕汴禪師：嵩山僧。參見《贈汴禪師》注〔一〕。本集《告山贇禪師塔銘》言之較詳。濟源：今河南省濟源市。

〔二〕坐詩窮：用宋歐陽修《梅聖俞詩集序》「詩窮而後工」意，言自己生計因作詩而窮愁頭白。

〔三〕齋粥：僧衆吃的粥。空疏：缺少。

〔四〕冠巾：戴上帽子、頭巾，意謂僧人還俗或出仕。宋陸游《老學庵筆記》卷七：「（杭僧思聰）遂還俗，爲御前使臣。方其將冠巾也……」冠巾收斂：唐韓愈《送僧澄觀一首》：「向風長歎不可見，我欲收斂加冠巾。」此指汰逐僧道。元蘇天爵《元朝名臣事略·中書耶律文正王》引《神道碑》：「丁酉，汰三教僧道，試經通者，給牒受戒，許居寺觀，儒人中選者，則復其家。公初言：『僧道中避役者多，合行選試。』至是始行之。」

〔五〕「夢魂」句：指舊隱嵩山時元、汴交往事。

〔六〕薇蕨：薇和蕨。嫩葉皆可作蔬，爲貧苦者所常食。句暗用伯夷、叔齊恥食周粟隱居首陽山採薇而食典，見《史記·伯夷列傳》。

〔七〕「草堂」句：《新唐書·田游巖傳》：「（田）入箕山，居許由祠旁，自號『由東鄰』。」草堂：此指汴禪師舊隱濟源山中之居。舊時文人常以「草堂」名其所居，以標風操之高雅。

〔編年〕

蒙古太宗九年丁酉北歸路經濟源時作。李、繆同。

野谷道中懷昭禪師〔一〕

行行汾沁欲分疆〔二〕，漸喜人聲挾兩鄉。野谷青山空自繞，金城白塔已相望〔三〕。湯翻豆餅銀絲滑〔四〕，油點茶心雪蘂香〔五〕。説向阿師應被笑〔六〕，人生生處果難忘〔七〕。

〔注〕

〔一〕野谷：地名，所在地不詳。趙廷鵬《讀遺山詩札記》（《太原師專學報》一九九三年第二期）謂河南懷慶（今河南省沁陽市）漢爲野王縣。野谷指懷慶取道天井關至山西省晉城市之間的山谷。昭禪師：嵩山法王寺住持，太原僧。詳見本集《太原昭禪師語録引》。

〔二〕汾沁：汾水和沁水。

〔三〕金城：趙廷鵬《讀遺山詩札記》：「有一本鳳臺縣志的序中説，澤州又叫金城。這就是現在的晉城市。」

〔四〕「湯翻」句：指豆面條湯面，風味小吃。

〔五〕「油點」句：趙廷鵬《讀遺山詩札記》：「大約元明之間或更晚，茶由鳳餅龍團改爲散茶，飲茶時就滄沏不煮了……宋、金時代，茶道有鬭茶、分茶、點茶之稱，場合雖異，做法却同。先把茶餅或茶團碾磨成細末，再用細紗羅篩過……中原地區往往把芝蔴或花生與茶餅、茶團同搗……煮茶出現的湯花叫乳茶或雪花，以色澤潔白爲貴，東坡説是『雪湯生璣珠』，遺山説是『雪蕊』。遺山在山東，大概没有品嘗過芝蔴點茶的家鄉茶。」

〔六〕阿師：指昭禪師。出家和尚要忘却父母家鄉，遺山未忘世俗，故有「應被笑」之語。

〔七〕人生生處：指家鄉。

〔編年〕

李《譜》編於蒙古太宗十三年辛丑，繆《譜》未編。按詩中所言情事，當久别而歸之作，且詩與《羊腸坂》等連編，故編於蒙古太宗九年丁酉秋初次返鄉時作。

羊腸坂〔一〕

浩蕩雲山直北看，淩兢羸馬不勝鞍〔二〕。老來行路先愁遠，貧裏辭家更覺難。衣上風沙歎憔悴，夢中燈火憶團欒〔三〕。憑誰爲報東州信〔四〕，今在羊腸百八盤〔五〕。

〔注〕

〔一〕羊腸坂：太行山上的坂道，縈曲如羊腸，故名。在今山西省晉城市天井關之南。

〔二〕「浩蕩」二句：意謂北上高峻的太行，路長且險，瘦弱的坐騎恐懼戰栗承受不起馬鞍的壓力。直北：正北。淩兢：恐懼貌。羸：瘦弱。

〔三〕團欒：團圓。二句謂衣上撲滿了風沙，感歎憔悴，腦中還追憶着夢裏與家人在燈下團聚的情形。

〔四〕東州：指山東。時遺山家在冠氏，故有此句。

〔五〕百八盤：形容羊腸坂的山道曲折。

〔編年〕

李、繆皆定在蒙古太宗九年丁酉北歸時作，從之。

天井關〔一〕

石磴盤盤積如鐵〔二〕，牛領成創馬蹄穴。老天與世不相關，玄聖棲棲此回轍〔三〕。二十年前走大梁①，當時塵土困名場〔四〕。山頭千尺枯松樹，又見單衣下太行②。自笑道涂頭白了，依然直北有羊腸〔五〕。

〔校〕

①走：李詩本、李全本此字後注「去聲」。②衣：李全本、施本作「車」。遺山此次北歸惟一人，當騎馬而不是乘車。有《羊腸坂》「淩兢羸馬不勝鞍」句可證，且「二十年前走大梁」也不會是乘車。

〔注〕

〔一〕天井關：又稱太行關。在今山西省晉城市南太行山頂。因關南有天井泉而得名。

〔二〕石磴：石臺階。積如鐵：積石高峻難逾。

〔三〕「玄聖」句：玄聖，指有大德而無爵位的聖人。此指孔子。天井關上有孔子廟，號曰「回車」。相傳孔子欲見趙簡子，至此而返。

〔四〕「二十」二句：本集《答聰上人書》：「仆自貞祐甲戌南渡，犬馬之齒，二十有五。」遺山甲戌年（貞祐二年）曾至汴京赴試，次年春省試失敗北歸（詳考見拙《譜》）。二句指此。大梁：戰國魏都名，此代指汴京。名場：功名之場，指舉試。

〔五〕羊腸：羊腸彎路。天井關南有羊腸坂。

〔編年〕

李《譜》定爲蒙古太宗九年丁酉北歸時作。繆《譜》據「又見」句，定爲是年南下太行時作。按末句，知仍屬北歸途中。因天井關在太行山頂，所言「下太行」乃北下太行。故從李《譜》。

高平道中望陵川二首此縣先隴城府君泰和中舊治〔一〕

其一

列宿澄明墨綬尊〔二〕，中臺良選到名門①〔三〕。來時珥筆誇健訟〔四〕，去日攀車餘淚痕〔五〕。一片青山幾今昔，百年華屋記生存〔六〕。泰和遺老今誰在〔七〕，向道甘棠有子孫〔八〕。

〔校〕

①名：李詩本、毛本作「明」，音訛。據李全本、施本改。

〔注〕

〔一〕高平：金縣名。今山西省高平縣。陵川：金縣名，今山西省陵川縣，在高平縣東。金章宗泰和年間遺山嗣父元格在陵川任縣令。

〔二〕列宿：衆星宿。《史記·天官書》：「天有五星，地有五行；天則有列宿，地則有州域。」墨綬：結在印環上的黑色絲帶。《後漢書·蔡邕傳》：「墨綬長吏，職典理人。」注：「《漢官儀》曰：『秩六百石，銅章墨綬也。』」後來因以墨綬作爲縣官的典故。句言陵川縣是人才薈萃之地，被人尊重，願意到此爲官。

〔三〕「中臺」句：中臺，指尚書省。名門，有名望的門第。本集《郝先生墓銘》：「泰和初，先人（嗣父元格）調官中都，某甫成童學舉業。先人思所以引而致之者，謀諸親舊間，皆曰：『濩澤風土完厚，人質直而尚義……爲子求師，莫此州爲宜。』於是先人乃就陵川令之選。」

〔四〕珥筆：插筆於冠側以便記録謂之「珥筆」。健訟：《易·訟》：「上剛下險，險而健，訟。」孔穎達疏：「猶人意懷險惡，性又剛健，所以訟也。」宋黄庭堅《江西道院賦》：「江西之俗，士大夫多秀而文，其細民險而健，以終訟爲能，由是玉石俱焚，名曰珥筆之民。」句謂嗣父元格任陵川令之初，其民好争訟。

〔五〕「去日」句：《白孔六帖》卷二十一：「侯霸字君房，爲臨淮太守，被徵。百姓攀轅卧轍，不許去。」句謂嗣父元格離任時縣民依依惜别，戀戀不舍。

〔六〕「一片」二句：曹植《箜篌引》：「生存華屋處，零落歸山丘。」

〔七〕泰和：金章宗年號，公元一二〇一至一二〇八。遺山嗣父元格泰和三年任陵川縣令。

〔八〕甘棠：木名，即棠梨。《史記·燕召公世家》：「周武王之滅紂，封召公於北燕……召公巡行鄉邑，有棠樹，決獄政事其下，自侯伯至庶人各得其所，無失職者。召公卒，而民人思召公之政，懷棠樹不敢伐，歌詠之，作《甘棠》之詩。」後用以稱頌循吏的美政和遺愛。此指嗣父元格。

其二

鈴閣文書到酒卮〔一〕，諸曹小吏亦抄詩〔二〕。座中佳客無虚日，簾下歌童盡雅辭。棠棣有花移舊巧〔三〕，櫻桃和露嚲繁枝〔四〕。書郎零落頭今白〔五〕，腸斷荷衣出拜時〔六〕。棠棣、櫻桃皆當時事。

〔注〕

〔一〕鈴閣：指翰林院或州郡長官辦公事的地方。

〔二〕諸曹：此指陵川縣衙中的六曹。

〔三〕「棠棣」句：本集《續夷堅志·陵川瑞花》：「先人宰陵川。泰和甲子元夕，縣學燒燈，有以杏棣棠枯枝爲剪綵花者。燈罷，家僮乞之，供於縣署佛屋中。四月上七日，先夫人焚誦次，乃見杏棠皆作花，真贋相間。先人會賓示之，以爲文字之祥，爲賦《瑞花詩》。予年始十五矣。」

〔四〕「櫻桃」句：其事已無考。嚲：下垂。

〔五〕書郎：元氏自謂。

〔六〕荷衣出拜：《唐才子傳·李賀》：「（賀）七歲能辭章，名動京邑。韓愈、皇甫湜覽其作，奇之，而未信，曰：『若是古人，吾曹或不知；是今人，豈有不識之理。』遂相過其家，使賦詩。賀總角荷衣而出，欣然承命，旁若無人，援筆題曰《高軒過》。二公大驚，以所乘馬命聯鑣而還，親爲束髮。」本集《題張彦寶陵川西溪圖》言其幼年才華出衆的情形，有「當時膝上王文度，五字詩成衆口傳」句，詩末自注云：「此縣先君子舊治，宴游西溪，僕以童子侍焉。」

〔編年〕

李《譜》繫於蒙古太宗十三年辛丑北歸時，繆《譜》定在蒙古太宗九年丁酉北歸時。按遺山二十年後初次北返，感今思昔，最易激動，繆《譜》較妥，從之。

太原

夢裏鄉關春復秋〔一〕，眼明今得見并州〔二〕。古來全晉非無策〔三〕，亂後清汾空自流〔四〕。南渡衣冠幾人在〔五〕，西山薇蕨此生休〔六〕。十年弄筆文昌府〔七〕，争信中朝有楚囚〔八〕。

〔注〕

〔一〕鄉關：猶故鄉。

〔二〕眼明：驚喜貌。本集《秋懷》：「何時石嶺關頭路，一望家山眼暫明。」并州：太原。

〔三〕「古來」句：晉地表裏山河，易守難攻。此句暗諷金人守衛失策。

〔四〕「亂後」句：化用杜甫《春望》「國破山河在」句，言太原面目全非，唯汾水依舊。

〔五〕南渡衣冠：貞祐二年，金宣宗遷都汴京，大批官僚士紳南渡。衣冠：士大夫的穿戴。

〔六〕西山薇蕨：《史記·伯夷列傳》載，孤竹君兩子伯夷、叔齊認爲周武王伐紂是以下犯上。周滅商後，二人恥食周粟，隱居首陽山，歌：「登彼西山兮，採其薇矣。」此句表示將以伯夷叔齊自勉，歸隱故鄉，以度殘年。薇：菜名。又名野豌豆。蕨：菜名，嫩葉可食，又名拳菜。

〔七〕文昌府：尚書省的别稱。遺山金亡前在尚書省供職三年，自正大元年出仕史館至天興二年被囚，仕金十年。

〔八〕争：怎。中朝：漢代朝官自武帝以後有中朝、外朝之分。中朝即内朝，侍中多用文士。此當指翰林院。楚囚：囚徒。典見《南冠行》詩注〔一〕。

〔編年〕

李《譜》據「十年」句定在蒙古太宗十三年辛丑自東平返鄉時作，謂「自壬辰知制誥，至此十年」。繆《譜》則認爲是「初還故土，百感叢生」之作，故定在蒙古太宗九年丁酉秋自冠氏返鄉經太原時作。從繆《譜》。

外家南寺在至孝社，予兒時讀書處也〔一〕。

鬱鬱楸梧動晚煙①，一庭風露覺秋偏。眼中高岸移深谷〔二〕，愁裏殘陽更亂蟬。去國衣冠有今日〔三〕，外家梨栗記當年〔四〕。白頭來往人間徧，依舊僧窗借榻眠〔五〕。

〔校〕

①楸：李全本、施本作「秋」，與下句「秋」字重複，非。

〔注〕

〔一〕外家：施注引《舊唐書·張道源傳》「并州祁縣人。以孝聞，縣令改其居爲復禮鄉至孝里」，謂「先生母張夫人或即其裔耶」？郝樹侯《元好問詩選》謂「清道光刊《陽曲縣志》卷二：陽曲縣東北六十里有至孝都中社村。當是其地。李峭侖《元好問的「外家」在何處》（《晉陽學刊》一九八五年第四期）認爲「外家」指生母王氏家，在定襄縣趙村。按：元氏自小過繼於元格，理當隨嗣母張氏，其「外家」在陽曲。內證有二：一是本集《姨母·隴西君諱日作三首》，其二「今年得在應猶健，更好從頭説外家」末注：「陽曲劉氏家大寶鏡……姨母能指鏡處。」一是《外家別業上樑文》，其「占松聲之一丘，近桃花之三洞」自注：「予此別業與白子西所居相近。」按《光緒山西通志》卷五十六《古跡考亡》載，宋處士白皡字子西，陽曲人，曾讀書亭子山，歿葬之。詳考見拙《譜》「金章宗明昌元年」下。

〔二〕「眼中」句：《詩經·小雅·十月之交》：「高岸爲谷，深谷爲陵。」比喻世事變遷，高下移位。

〔三〕「去國」句：南朝宋顏延之《和謝靈運》：「去國還故里，幽門樹蓬藜。」句言遺民返鄉之悲慨。

〔四〕梨栗：陶淵明《責子》詩：「通子垂九齡，但覓梨與栗。」因以梨栗代指童年時代。

〔五〕僧窗：代佛寺，即題中之「南寺」。榻：狹長而較矮的牀。

〔編年〕

李《譜》繫於蒙古太宗十一年己亥，繆《譜》繫在蒙古太宗九年丁酉。按：本集《外家别業上樑文》，李、繆皆定在丁酉，且據本集《初挈家還讀書山雜詩四首》，知遺山己亥冬舉家北歸後居讀書山，與「外家」不合，故從繆《譜》。

桐川與仁卿飲〔一〕

蕭蕭茅屋繞清灣①，四面雲開碧玉環〔二〕。已分故人成死别〔三〕，寧知尊酒對生還。風流豈落正始後〔四〕，詩卷長留天地間〔五〕。海内斯文君未老，不須辛苦賦囚山〔六〕。

〔校〕

①蕭蕭：李全本作「瀟瀟」，誤。此處「蕭蕭」爲寂寥貌，在這一含義上二字不通用。

〔注〕

〔一〕桐川：在今山西省原平市東。仁卿：李冶（治）字仁卿。元蘇天爵《元朝名臣事略·内翰李文正公》：「及壬辰北渡，隱於崞山之桐川，聚書環堵中，閉關却掃，以涵泳先王之道爲樂，雖饑寒不能自存，亦不恤也。」

〔二〕碧玉環：指河水縈繞。

〔三〕分：料想。故人：指李仁卿。

〔四〕「風流」句：蘇軾《次韻謝子高讀淵明傳》：「風流豈落正始後，甲子不數義熙前。」正始：三國魏曹芳年號（二四〇——二四九）。時阮籍、嵇康等隱居嘯詠，風流曠放。

〔五〕「詩卷」句：杜甫《送孔巢父謝病歸游江東兼呈李白》：「巢父掉頭不肯住，東將入海隨煙霧。詩卷長留天地間，釣竿欲拂珊瑚樹。」

〔六〕賦囚山：柳宗元有《囚山賦》，被貶永州時作，抒羈囚之情。

〔編年〕

據「已分」二句，知此詩爲金亡後遺山與李冶初見之作。李、繆皆定在蒙古太宗九年丁酉北歸後至桐川作，從之。

寄史同年二首〔一〕

其一

情話通宵慰別離，殷勤釀酒趁花期〔二〕。沁南只道梅花早〔三〕，猶較歸程十日遲。

〔注〕

〔一〕史同年：本集《史邦直墓表》載，史元字邦直，河内（今河南省沁陽市）人。興定五年詞賦進士。歷任武陟簿、尚書省令史等職。金亡，歸居鄉里。歲戊戌十二月卒。年五十七。

〔二〕「殷勤」句：本集《南溪》：「南溪酒熟清而醇，北溪梅花發興新。」趁：追趕。

〔三〕沁南：沁水之南。

其二

相君許送買山錢〔一〕，晚歲鄰居定有緣。一樹梅花一尊酒，知君東望亦淒然。

〔注〕

〔一〕「相君」句：唐范攄《雲谿友議·襄陽傑》：「又有匡廬符載山人遣三尺童子齎數幅之書，乞買山錢百萬，公（指襄陽司空于頔）遂與之，仍加紙墨衣服等。」本集《臨淄縣令完顔公神道碑》等稱東平行臺嚴實爲相君。句當指嚴實許送遺山隱居安置之資。

〔編年〕

作於蒙古太宗十年戊戌史邦直卒前。按「知君」句言史邦直東望遺山，當作於蒙古太宗九年丁酉冬末，遺山自鄉返冠氏路經河内與史邦直分别時。李《譜》編於蒙古太宗七年乙未下「總附」中，謂居冠氏時作。繆《譜》未編。

十二月十六日還冠氏，十八日夜雪〔一〕

少日鶱飛掣臂鷹，只今癡鈍似秋蠅〔二〕。耽書業力貧猶在〔三〕，涉世筋骸老不勝。千里關河高骨馬，四更風雪短檠燈。一瓶一鉢平生了〔四〕，慚愧南窗打睡僧。

〔注〕

〔一〕冠氏：今山東省冠縣。遺山編管山東時所居地。

〔二〕「少日」二句：唐張鷟《朝野僉載》卷四：「蘇味道才學識度，物望攸歸；王方慶體質鄙陋，言詞魯鈍。智不逾俗，才不出凡，俱爲鳳閣侍郎。或問元一曰：『蘇王孰賢？』答曰：『蘇九月得霜鷹，王十月被凍蠅。』或問其故，答曰：『得霜鷹俊捷；被凍蠅頑怯。』時人謂能體物也。」

〔三〕耽書：沉迷於書籍。業力：謂行爲、言語、思想等各方面所表現的能力。此指用力於業。

〔四〕「一瓶」句：明曹學佺《蜀中廣記》卷一百二：「僧貫休入蜀上王建詩曰：『一瓶一鉢垂垂老，萬水千山得得來。』」鉢：梵語鉢多羅的省稱。僧人食具。

〔編年〕

本集《遼然子墓碣銘》：「丁酉冬，復來東州。」李、繆皆繫於蒙古太宗九年丁酉，從之。

和仁卿演太白詩意二首①〔一〕

其一

蕭蕭窗竹動秋聲〔二〕，紫極深居稱野情〔三〕。静坐且留觀衆妙〔四〕，還丹無用説長生〔五〕。風流五鳳樓前客〔六〕，寂寞千秋身後名〔七〕。解道田家酒應熟，詩中只合愛淵明〔八〕。

〔校〕

①意：李詩本、毛本無此字。據李全本、施本補。

〔注〕

〔一〕仁卿：李治（冶）之字。詳見《潁亭留别》注〔一〕。演太白詩意：李白《尋陽紫極宫感秋作》：「何處聞秋聲，翛翛北窗竹。回薄萬古心，攬之不盈掬。静坐觀衆妙，浩然媚幽獨。白雲南山來，就我簷下宿。嬾從唐生決，羞訪季主卜。四十九年非，一往不可復。野情轉蕭散，世道有翻覆。陶令歸去來，田家酒應熟。」演：擴展。太白：李白之字。

〔二〕「蕭蕭」句：李白《尋陽紫極宫感秋作》：「何處聞秋聲，翛翛北窗竹。」

〔三〕「紫極」句：語出李白《尋陽紫極宫》詩題。紫極：道教稱天上仙人居所。唐吴筠《游仙詩》之十六：「高升紫極上，宴此玄都岑。」

〔四〕「静坐」句：李白《尋陽紫極宫感秋作》：「静坐觀衆妙，浩然媚幽獨。」衆妙：一切深奥玄妙的道理。

〔五〕還丹：道家合九轉丹與朱砂再次提煉而成的仙丹。自稱服後可以即刻成仙。見晉葛洪《抱朴子·金丹》。

〔六〕五鳳樓前客：指李白。李白《古風五十九首》之四十六有「隱隱五鳳樓，峨峨横三山」句。本集

《李白騎驢圖》：「風流五鳳樓前客，枉作襄陽雪裏看。」五鳳樓：在洛陽，唐時建。

〔七〕「寂寞」句：李白《將進酒》有「古來聖賢皆寂寞，惟有飲者留其名」句。

〔八〕「解道」二句：李白《尋陽紫極宫感秋作》：「陶令歸去來，田家酒應熟。」解道：猶能吟，會吟。李白《金陵城西樓月下吟》：「解道澄江静如練，令人長憶謝玄暉。」二句本此。

其二

蕭蕭窗竹動秋聲，簷間白雲澹以成〔一〕。白雲朝飛本無意，白雲暮歸如有情〔二〕。淵明太白醉復醉，季主唐生鳴自鳴〔三〕。四十九年堪一笑，昨非今是可憐生〔四〕。

〔注〕

〔一〕「簷間」句：李白《尋陽紫極宫感秋作》：「白雲南山來，就我簷下宿。」

〔二〕「白雲」句：陶淵明《歸去來兮辭》：「雲無心以出岫，鳥倦飛而知還。」

〔三〕「季主」句：李白《尋陽紫極宫感秋作》：「嬾從唐生決，羞訪季主卜。」季主，漢代卜筮者。《史記·日者列傳》：「司馬季主者，楚人也。卜於長安東市。」唐生：戰國時相者，名舉。《史記·范睢蔡澤列傳》：「從唐舉相。」鳴自鳴：説自説。句言不重視季主、唐生之説。

〔四〕「四十」二句：李白《尋陽紫極宫感秋作》：「四十九年非，一往不可復。」《淮南子·原道訓》：「故蘧伯玉年五十，而有四十九年非。」謂年五十而知前四十九年之過失。

〔編年〕

李、繆據「四十九年」句定爲蒙古太宗十年戊戌（遺山虚歲四十九）作，從之。

普照范鍊師寫真三首〔一〕

其一

嚮日神仙看地行〔二〕，只今煙駕想雲程。石梁畫出西流寺〔三〕，無復鏗然曳杖聲。

〔注〕

〔一〕范鍊師：全真道士。宋范仲淹七世孫。《甘水仙源録》卷四宋子貞《普照真人玄通子范公墓誌銘》：「公諱圓曦，姓范氏，號玄通子，寧海（金州名，今山東省煙臺市牟平區）人。」寫真：畫人的真容。

〔二〕神仙看地行：即地行仙，喻隱逸閑適的人。詳見《壬辰十二月車駕東狩後即事五首》其三注〔五〕。

〔三〕石梁：石橋。

其二

傾蓋論交了歲寒〔一〕，眼中人物似君難。流波意在誰真識〔二〕，未絶朱弦已廢彈〔三〕。

〔注〕

〔一〕傾蓋：車上的傘蓋靠在一起。《孔子家語·致思》：「孔子之郯，遭程子於涂，傾蓋而語終日，甚相親。」論交：結交。歲寒：語本《論語·子罕》：「歲寒，然後知松柏之後彫也。」句謂初次相遇，一見傾心，交誼如同歲寒松柏一樣堅定不移。本集《别周卿三首》其一：「古交松柏心，今交桃李顔。」

〔二〕流波：比喻晶瑩流轉的眼波。

〔三〕「未絶」句：《吕氏春秋·本味》：「伯牙鼓琴，鍾子期聽之……鍾子期死，伯牙破琴絶弦，終身不復鼓琴，以爲世無足復爲鼓琴者。」朱弦：用熟絲製的琴弦。《禮記·樂記》：「《清廟》之瑟，朱弦而疏越。」句謂難遇知音。宋黄庭堅《再答明略》其一：「當時朱弦寫心曲，果在高山深水間。」

其三

鶴骨松姿又一奇〔一〕，化身千億更無疑〔二〕。人間只説乘風了〔三〕，覿面相呈却是誰〔四〕。

〔注〕

〔一〕鶴骨松姿：清奇蒼古的氣質，指修道者的形貌。

〔二〕化身：佛三身之一。指佛、菩薩爲化度衆生，在世上現身説法時變化的種種形象。此指范鍊師的畫像。

〔三〕乘風：駕着風。仙道者之術。《列子·黄帝》：「列子……乘風而歸。」此指成仙。

〔四〕覿面：對面。

〔編年〕

本集《范鍊師真贊》云：「戊戌之夏，予過東平，留宿正一宫。時范鍊師已東邁。門弟子王仲徽出其寫真求予爲贊。」繆《譜》據此定爲蒙古太宗十年戊戌作。李《譜》附録於蒙古乃馬真后二年癸卯遣山至趙州慶源道院見范鍊師時作。組詩「只今煙駕想雲程」言范鍊師已外出，故從繆《譜》。

雲峽並序

君璋啓事西涼〔一〕，占對稱旨①。其還也，行臺公以宣和寶石爲貺〔二〕，奇秀温潤，信天壤間之尤物。君璋目之曰「雲峽」②，邀詞客賦詩，予亦同作③。

石盆清冷貯秋水，水面蒼煙飛不起。一堆寒碧几研間〔三〕，寶氣峥嶸插箕尾〔四〕。中山雪浪空影像〔五〕，長安鸊鵜猶紈綺〔六〕。枉著奇章甲乙中〔七〕，槁項纔堪把耕耒〔八〕。不知天壤此尤物〔九〕，鬼刻神劖通有幾。薰蒸似欲出泉脈〔一〇〕，瑩滑定應凝石髓〔一一〕。剥裂雯華漬月秋，辛苦詩仙費模擬④〔一二〕。車箱箭筈連西東〔一三〕，仇池百穴窗玲瓏〔一四〕。飛墮不嫌靈鷲小〔一五〕，奇探已覺太湖空〔一六〕。故都喬木今如此〔一七〕，夢想熙春百花裏〔一八〕。膏血綱船枯九州〔一九〕，亡國愁顔爲誰洗。主人天質粹以温〔二〇〕，天然與山作知聞。退食從容北窗卧〔二一〕，今古起滅真浮雲。仙人王予可賦《石淙》，有「石裂雯華漬月秋」之句。

〔校〕

①旨：毛本、李詩本作「二日」，誤。施本作「首」。據李全本改。②目：李全本、施本作「因」，兩通。③予：施本作「余」。④苦：李詩本作「若」。

〔注〕

〔一〕君璋啓事西涼：《元史・王玉汝傳》：「字君璋，鄆（今山東省鄆城縣）人……版授東平路奏差官。以事至京師，游楚材門……戊戌，以東平地分封諸勳貴，裂而爲十，各私其入，與有司無相關。玉汝曰：『若是，則嚴公事業存者無幾矣。』夜静，哭於楚材帳後。明日，召問其故，曰：『玉汝爲嚴公之使，今嚴公之地分裂，而不能救止，無面目還報，將死此荒寒之野，是以哭耳。』楚材惻然良久，使詣帝前陳愬。玉汝進言曰：『嚴實以三十萬户歸朝廷，崎嶇兵間，三棄其家室，卒無異志，豈與他降者同。今裂其土地，析其人民，非所以旌有功也。』帝嘉玉汝忠款，且以其言爲直，由是得不分。」李《譜》謂「《序》云『啓事西涼』」，即其事也」。

〔二〕行臺公：指東平萬户嚴實。宣和：北宋徽宗年號。貺：賜贈之物。

〔三〕寒碧：給人以清冷感覺的碧色。此指宣和寶石。几研：亦作「几硯」，几案和硯臺。蘇軾《雨中過舒教授》：「窗扉静無塵，几硯寒生霧。」

〔四〕箕尾：箕星座和尾星座。箕尾屬二十八宿的東七星座。

〔五〕中山雪浪：蘇軾《雪浪齋并引序》：「予於中山後圃得黑石白脈，如蜀孫位孫知微所畫石間奔流，盡水之變。又得白石曲陽，爲大盆以盛之，激水其上，名其室曰雪浪齋云。」

〔六〕長安鸜鵒：蘇軾《中隱堂詩》其四：「翠石如鸜鵒，何年别海壖。貢隨南使遠，載壓渭舟偏。」其序有「岐山宰王君紳，其祖故蜀人也。避亂來長安而遂家焉……予之長安王君」語。

〔七〕「枉著」句：唐白居易《太湖石記》：「今丞相奇章公嗜石……石有大小，其數四等，以甲乙丙丁品之。每品有上中下，各刻於石陰，曰牛氏石甲之上，丙之中，乙之下。」奇章：唐牛僧儒封奇章公。

〔八〕槁項：羸瘦貌。耕耒：古代的一種翻土農具。句謂牛僧儒年老才堪鑒别寶石。

〔九〕尤物：珍奇之物。

〔一〇〕泉脈：地下伏流的泉水，類似人體脈絡，故稱。

〔一一〕石髓：即石鍾乳。可服食。《晉書·嵇康傳》：「康又遇王烈，共入山，烈嘗得石髓如飴，即自服半，餘半與康，皆凝而爲石。」

〔一二〕「剥裂」二句：雯華，喻石紋。漬：浸潤。詩仙：指王予可。《中州集·王予可傳》：字南雲，吉州（今山西省吉縣）人。年三十許，大病後忽發狂。「其題嵩山石淙云『石裂雯華漬秋月』。蓋石淙之石皆狀若湖玉，其高有五六十尺者，石之紋如蟲蝕木，如太古篆籀，奇峭秀潤，一一在潭水中。親到其處，知詩爲工也。」

〔一三〕車箱箭筈：西嶽華山峰谷名。杜甫《望嶽》：「車箱入谷無歸路，箭栝（一作筈）通天有一門。」《九家集注杜詩》言，華嶽上之名，有車相谷，有箭栝峰，皆處所也。

〔一四〕「仇池」句：蘇軾《僕所藏仇池石，希代之寶，王晉卿以小詩借觀，意在於奪。僕不敢不借，然以此詩先之》：「海石來珠宮，秀色如蛾緑。坡陀尺寸間，宛轉陵巒足。連娟二華頂，空洞三茅腹。初疑仇池化，又恐瀛洲蹙。」仇池：山名。在今甘肅省成縣西。上有水池，故名。蘇軾《和桃花源》詩序：「（王欽臣）謂余曰：吾嘗奉使過仇池，有九十九泉。」此與詩「仇池百穴」合。

〔一五〕「飛墮」句：浙江杭州西湖西北有飛來峰。宋施諤《咸淳臨安志》卷二三：「晏元獻公《輿地志》云：『晉咸和元年西天僧慧理登茲山，歎曰：此是中天竺國靈鷲山之小嶺，不知何年飛來。佛在世日，多爲仙靈所隱，今此亦復爾邪？因掛錫造靈隱寺，號其峰曰飛來。』」靈鷲：山名。在古印度摩揭陀國王舍城之東北。如來曾在此講經，故佛教以爲聖地。

〔一六〕太湖：在今江蘇、浙江二省間。産石多窟窿和皺紋。

〔一七〕故都喬木：《孟子·梁惠王下》：「孟子見齊宣王，曰：『所謂故國者，非謂有喬木之謂也，有世臣之謂也。』」此指宣和寶石雲峽。

〔一八〕熙春：閣名，在汴京龍德宫。《歸潛志》卷七：「南京同樂園，故宋龍德宫，徽宗所修。其間樓觀花石甚盛……正大末，北兵入河南，京城作防守計，官盡毁之。其樓亭材大者，則爲樓櫓用；其湖石，皆鑿爲砲矣。迄今皆廢區壞壤，荒蕪所存者，獨熙春一閣耳。蓋其閣皆杪木壁飾，上下無土泥，雖欲毁之，不能。」

〔一九〕「膏血」句：《宋史·朱勔傳》：「徽宗頗垂意花石，（蔡）京諷勔語其父，密取浙中珍異以進……至政和中始極盛，舳艫相銜於淮、汴，號『花石綱』。」本集《陳德元竹石二首》其二：「萬石綱船出太湖，九州膏血一時枯。」

〔二〇〕主人：指王君璋。粹：純美。

〔二一〕北窗卧：陶淵明《與子儼等疏》：「常言五六月中，北窗下卧，遇凉風暫至，自謂是羲皇上人。」後用以表示悠閑自適之情。

〔編年〕

王玉汝「啓事西京，占對稱旨」，保全了嚴實的領地，故嚴實贈以寶石。按《元史·王玉汝傳》，其事在戊戌。遺山是年八月離東平，直至後年嚴實卒前未至東平，知詩作於蒙古太宗十年戊戌。李、繆同。

别張御史特立字文舉〔一〕

晚學天教及老成〔二〕，翰林詩裏羡鴻冥馮内翰丈《贈御史詩》有「鴻冥雉媒」之句①〔三〕。簞瓢此日歸顔巷〔四〕，銅墨當時動漢廷②〔五〕。華衮謾勞紆直筆御史見貽之作過有褒拂③〔六〕，絳帷無復與横經〔七〕。只應千里并州道，常並虚危候德星〔八〕。

〔校〕

①丈：李詩本、毛本作「文」，形訛。本集有《跋松庵馮丈書》。據李全本、施本改。②廷：李詩本、李全本、施本作「庭」，二字通用。③貽：李詩本、毛本作「始」，形訛。據李全本、施本改。④作：李詩本、毛本作「付」（疑作「什」），李全本作「行」，從施本。

〔注〕

〔一〕張御史：《金史·張特立傳》：「張特立字文舉，曹州東明人。泰和三年中進士第……（正大）四年，拜監察御史。」晚年在東平教授諸生。《元史》也有傳。

〔二〕老成：年高有德。此指張特立。《金史》言其「卒癸丑歲（一二五三），年七十五」，則生於大定十九年（一一七九），長遺山十一歲。

〔三〕翰林：指馮内翰璧。鴻冥：「鴻飛冥冥」之省。漢揚雄《法言·問明》：「治則見，亂則隱。鴻飛冥冥，弋人何篡焉？」因以喻脱羈遠害。《元史·張特立傳》載，張特立任御史，彈劾權貴，被誣，「遂歸田里」。此喻指張特立全身遠害，脱棄世事。

〔四〕「簞瓢」句：《論語·雍也》：「子曰：『賢哉，回也！一簞食，一瓢飲，在陋巷，人不堪其憂，回也不改其樂。』」顔巷：顔回所居之陋巷。《元史·張特立傳》：「晚教授諸生，東平嚴實每加禮焉。」

〔五〕銅墨：銅印墨綬。《漢書·百官公卿表上》：「縣令、長，皆秦官，掌治其縣。萬户以上爲令，秩千石至六百石。」「秩比六百石以上，皆銅印墨綬。」因以「銅墨」借指縣令。漢廷：指代金廷。《金史·張特立傳》：「正大初，左丞侯摯、參政師安石薦其才，授洛陽令。」句指此。

〔六〕華衮：古代王公貴族多彩的禮服。常用以表示極高的榮寵。晉范甯《〈春秋穀傳〉序》：「一字之褒，寵踰華衮之贈。」句謂張御史贈詩於元氏，榮寵有加，言過其實。貽：贈送。褒拂：獎掖汲引。

〔七〕絳帷：猶絳帳。對師門、講席的敬稱。横經：横陳經籍。指授業或讀書。句謂不能再聆聽張特立的教誨。

〔八〕並：依隨。虚危：二十八宿中北方的兩個星座，爲齊分星。德星：古以景星、歲星等爲德星，認爲國有道有福或有賢人出現，則德星現。用喻指賢士。

〔編年〕

據詩末二句，知爲蒙古太宗十年戊戌夏離東平準備攜家返鄉時與張特立告别之作。李、繆同。

别李周卿三首〔一〕

其一

行路澀於棘〔二〕，單車望千山。歌君歸雲曲〔三〕，清涕留餘潸〔四〕。六年河朔州〔五〕，動輒得謗訕〔六〕。唯君篤高義〔七〕，日來款柴關〔八〕。古交松柏心，今交桃李顔〔九〕。古人去不返，古道挽不還。相思一樽酒，幽恨寄山間。

〔注〕

〔一〕李周卿：其人履歷不詳。本集《御史張君墓表》有「東平幕府從事張昉持文士李周卿所撰先御史君行事之狀」句，《寒食靈泉宴集序》載與宴者亦有「周卿」，知乃東平文士。

〔二〕「行路」句：杜甫《偪側行》：「行路難行澀如棘。」

〔三〕歸雲曲：《漢書·禮樂志》：「流星隕，感惟風。籋歸雲，撫懷心。」

〔四〕清涕：淚水。潸：流淚貌。

〔五〕六年：遺山自癸巳北渡至戊戌舉家北歸凡六年。河朔州：黄河以北之地。此指聊城、冠氏等流寓之地。

〔六〕謗訕：誹謗譏諷。

〔七〕篤：忠實。

〔八〕款：叩。

〔九〕「古交」二句：謂古人交誼如松柏一樣一如既往，堅貞不屈；今人之交趨炎附勢，唯利是圖，如桃李花開一樣短暫難憑。

其二

風雅久不作〔一〕，日覺元氣死〔二〕。詩中柱天手，功自斷鰲始〔三〕。古詩十九首〔四〕，建安六七子〔五〕。中間陶與謝〔六〕，下逮韋柳止〔七〕。詩人玉爲骨〔八〕，往往墮塵滓。衣冠語俳優〔九〕，正可作婢使。望君清廟瑟〔一〇〕，一洗筝笛耳〔一一〕。

〔注〕

〔一〕風雅：指《詩經》「國風」、「大小雅」的詩作傳統。

〔二〕元氣：天地未分前的混沌之氣。唐陳子昂《諫政理書》：「元氣者，天地之始，萬物之祖。」此指詩歌創作的命脈。

〔三〕「詩中」二句：《淮南子・覽冥訓》：「往古之時，四極廢，九州裂，天不兼覆，地不周載……于是女媧煉五色石以補蒼天，斷鰲足以立四極。」二句謂詩歌發展史中有擎天大柱，其功如女媧補天一樣延續了風雅正脈。

〔四〕古詩十九首：漢代一些無名氏五言詩的總名，始見於梁蕭統《文選》。梁鍾嶸《詩品》卷上：「古詩，其體源出於『國風』。」

〔五〕建安六七子：指建安七子（王粲、孔融、陳琳、徐幹、阮瑀、應瑒、劉楨），也包括三曹（曹操、曹丕、曹植）。

〔六〕陶與謝：指東晉田園詩人陶淵明與南朝宋山水詩人謝靈運。

〔七〕韋柳：唐韋應物與柳宗元。上四句主要着眼於五言詩。本集《東坡詩雅引》：「五言以來，六朝之謝、陶，唐之陳子昂、韋應物、柳子厚最爲近風雅，自餘多以雜體爲之，詩之亡久矣。雜體愈備，則去風雅愈遠，其理然也。」

〔八〕「詩人」句：杜甫《徐卿二子歌》：「大兒九齡色清澈，秋水爲神玉爲骨。」遺山論詩主「清」。本集《自題中州集後五首》：「萬古騷人嘔肺肝，乾坤清氣得來難。」《王黄華墨竹》：「雪溪仙人詩骨清，畫筆尚餘詩典刑。」句謂詩人稟賦冰清玉潔的氣骨。

〔九〕「衣冠」句：言匡世濟時的衣冠文士説俳優藝人專供人取笑的話。俳優：古代以樂舞諧戲爲業的藝人。

〔一〇〕清廟：《詩經·周頌》篇名，是周天子祭祀祖先的樂歌。此代指風雅正統。

〔一一〕箏笛：樂器。此代指風雅傳統外的詩歌。唐白居易《廢琴》：「絲桐合爲琴，中有太古聲。古琴淡無味，不稱今人情……何物使之然，羌笛與秦箏。」二句用此典。

其三

城居日蛙黽〔一〕，局促復局促。去作山中客，放浪誰撿束。溪光淡於冰，山骨浄如玉〔二〕。懷我同心人，團茅住深竹〔三〕。垂綸鮮可食〔四〕，種秫酒亦足〔五〕。石壇三萬丈，醉眼天一粟〔六〕。安得萬里風，相從兩黄鵠〔七〕。周卿學有淵源，東州詩人未見其比。與予約西游，如詩中所説。

〔注〕

〔一〕蛙黽：蛙聲。喻市聲噪雜。本集《出京》：「城居苦湫隘，群動日蛙黽。」

〔二〕山骨：山中巖石。

〔三〕團茅：圓形茅屋。
〔四〕垂綸：垂釣。
〔五〕秫：粱米、粟米之黏者。多用以釀酒。陶淵明《和郭主簿》：「春秫作美酒，酒熟吾自斟。」
〔六〕「石壇」二句：《孟子·盡心上》：「登泰山而小天下。」
〔七〕「安得」二句：言遺山與李周卿駕鶴西歸仙游。遺山擬歸鄉後過閑雲野鶴式的隱逸生活，故云。本集《太原》詩有「西山薇蕨此生休」句。

〔編年〕
據「六年河朔州」句，知作於蒙古太宗十年戊戌。李、繆同。

別周卿弟①〔一〕

晚歲論詩辱見收，相從許久重相留。苦心亦有孟東野〔二〕，真賞誰如高蜀州〔三〕。萬疊寒雲度歸雁〔四〕，孤洲春水澹沙鷗。荒城後日思君處，風色蕭蕭人白頭②。

〔校〕
①周：李詩本、毛本作「州」。據李全本、施本改。　②人：施本作「入」。

〔注〕
〔一〕周卿：即李周卿。施注引房希白詩、王惲文，謂郭周卿亦當時人。此人與遺山無直接交往的

記載。

〔二〕「苦心」句：唐孟郊《投所知》有「苦心知苦節，不容一毛髮。鍊金索堅貞，洗玉求明潔」，「君存古人心，道出古人轍。盡美固可揚，片善亦不遏」之句。孟東野：唐代詩人孟郊字東野。

〔三〕「真賞」句：唐高適《人日寄杜二拾遺》有「人日題詩寄草堂，遥憐故人思故鄉」、「今年人日空相憶，明年人日知何處」之句。高蜀州：盛唐詩人高適曾任蜀州刺史，故稱。遺山常以杜甫自比。如本集《天涯山》：「詩狂他日笑遺山，飯顆不妨嘲杜甫。」

〔四〕歸雁：遺山歸鄉，用以代指。

〔編年〕

李《譜》編於蒙古太宗十三年辛丑春自東平北歸時。繆《譜》未編。此詩編在《留別仲經》後，當同時作，姑繫於蒙古太宗十年戊戌攜家北歸時。

留別仲經〔一〕

來時兒女拜燈前〔二〕，此日壺觴是別筵。聚散共知陰有數，笑談爭遣病相先。秋風古道將誰語，殘月長庚更可憐〔三〕。鷄栅魚梁一村落，若爲還似淅江邊①〔四〕。仲經方病中，故有上句。

〔校〕

①淅：毛本、李全本作「浙」，形訛。據李詩本、施本改。

〔注〕

〔一〕仲經：張澄之字。詳見《中州集》小傳。仲經北渡後在東平幕府任職。

〔二〕兒女：本集《訴衷情》〔行齋活計五車書〕詞序云：「仲經舉兒，小字高閭，所居名高齋。」《臨江仙》〔阿楚新年都六歲〕詞序云：「贈仲經女子楚楚。」

〔三〕「殘月」句：韓愈《東方未明》：「東方未明大星没，獨有太白配殘月。」長庚：西天的金星。

〔四〕「若爲」句：本集《行齋賦》序云：……「戊子冬十月，長壽新居成，仲經張君從予卜鄰。」句指此。浙江：水名。在内鄉縣。

〔編年〕

李《譜》謂亦東平話别時作，繫之蒙古太宗十年戊戌。詩有「秋風古道」句，與是年秋八月遺山攜家北返的行跡合，故從李《譜》。繆《譜》未編。

贈楊君美之子新甫〔一〕

書林頭白坐吟呻，青佩横經更幾人〔二〕。總角未逢韓吏部〔三〕，伏膺先就楚靈均〔四〕。嶽蓮盡發三峰秀〔五〕，玉樹初臨二月春①〔六〕。看取楊家伯男子〔七〕，今年天壤姓名新〔八〕。

〔校〕

①臨：李全本作「開」，施本作「含」。二：李全本作「三」。

〔注〕

〔一〕楊君美：楊天德（一一八〇——一二五八），字君美。奉元（今陝西省西安市）人。金興定二年進士，任尚書省掾等職。汴京陷，流寓山東。十年後歸長安。見元蘇天爵《元文類》收録許衡《南京轉運司度支判官楊公墓誌銘》。子恭懿（一二二五——一二九四），字新甫（一作元甫）。隨父逃亂，寓居東平等地，年十七（一二四一）隨父西歸。仕元任集賢學士兼太史院事。蘇天爵《元朝名臣事略》卷十三《太史楊文康公》詳其生平。

〔二〕青佩：《詩·鄭風·子衿》：「青青子佩，悠悠我思。」學子以青爲衣，佩玉而青組綬。横經：横陳經籍。

〔三〕「總角」句：《太平廣記》卷二六五《李賀》：「年七歲，元和中，以歌詩著名。韓退之、皇甫湜覽賀所作，奇之，相謂曰：『若是古人，吾曹有不知者。若是今人，豈有不知之理。』因連騎造門請見。賀總角荷衣而出。」總角：結髮，謂男女未成年時。韓吏部：韓愈曾任吏部侍郎，故稱。

〔四〕「伏膺」句：唐杜牧《李長吉歌詩·序》：「蓋騷之苗裔，理雖不及，辭或過之。」靈均：屈原之字。

〔五〕嶽蓮：指西嶽華山蓮花峰。三峰：指華山之蓮花、毛女、松檜三峰。楊君美屬長安人，故有此句。

〔六〕玉樹：喻佳子弟。《晉書·謝安傳》：「安嘗戒約子姪，因曰：『子弟亦何豫人事，而正欲使其佳？』諸人莫有言者。玄答曰：『譬如芝蘭玉樹，欲使其生於階庭耳。』」

〔七〕伯男子：長子。

〔八〕「今年」句：蘇天爵《元朝名臣事略·廉訪使楊文憲公》：「戊戌，天朝開舉選。」句指此事。

〔編年〕

蘇天爵《元朝名臣事略·太史楊文康公楊新甫》載：「公以正大乙酉生……時艱，從中大夫逃亂而東，不恒其居，于汴，於歸德，於天平，雖間關險阻，未嘗怠弛其業。年十七，侍中大夫西歸。」「天平」指東平。《金史·地理中》「山東西路東平府」條下云：「天平軍節度。」本集《寒食靈泉宴集序》有「出天平北門三十里而近」句，其「天平」即指東平。按此，楊新甫離東平在蒙古太宗十三年辛丑（年十七）。遺山蒙古太宗十年戊戌夏曾至東平，詩作於是時。詩末二句指戊戌舉試。李《譜》編在丙申，不妥。繆《譜》未編。

出東平〔一〕

老馬淩兢引席車〔二〕，高城回首一長嗟〔三〕。市聲浩浩如欲沸〔四〕，世路悠悠殊未涯〔五〕。潦倒本無明日計〔六〕，往來空置六年家〔七〕。東園花柳西湖水〔八〕，剩著新詩到處誇〔九〕。

〔注〕

〔一〕東平：金府名，屬山東西路。金元之際嚴實萬户府所在地。今山東省東平縣。

〔二〕淩兢：顫抖貌。席車：以席爲棚的車。

〔三〕高城：指東平城。長嗟：長長歎息。

〔四〕市聲：市中嘈雜聲。

〔五〕世路：世間人事的經歷，亦指世事、世道。殊：猶。涯：邊際。

〔六〕潦倒：窮困失意。

〔七〕「往來」句：遺山自癸巳羈管聊城，至此已六年。

〔八〕東園：在東平。本集有《同嚴公子大用東園賞梅》。西湖：在東平城西。本集《江城子》〔江山詩筆仲宣樓〕詞序：「東原幕府諸公子送予西湖，行及陽谷，作此爲寄。」

〔九〕剩：多餘。

〔編年〕

據「往來空置六年家」句，知亦蒙古太宗十年戊戌攜家北返前離東平時作。李、繆同。

酬韓德華送歸之作〔一〕

良朋滿東州〔二〕，歲月見忠悃〔三〕。韓侯晚相值，意氣尤懇懇〔四〕。我嘗相斯人，趣向識端本〔五〕。立節柏有心，樹德蘭在畹。官榮睨不顧〔六〕，寄興浮雲巘〔七〕。今世走名場，旗旆幾仆偃〔八〕。賤子本無取〔九〕，玉趾渠往返〔一〇〕。昨聞遂歸養〔一一〕，見謂竹林阮〔一二〕。暑涂三百里，追送不憚遠。觀君木訥姿〔一三〕，百念爲日損〔一四〕。顧方慙衣絅〔一五〕，又被以華衮〔一六〕。桑榆倘可收〔一七〕，歲事在穮蓘〔一八〕。里門眼中見，歸袖勞重挽。鷄黍先有期，升堂未言晚〔一九〕。

渠猶類然①。

〔校〕

①渠猶類然：四字李詩本、毛本無。據李全本、施本補。

〔注〕

〔一〕韓德華：燕京人，曾官汝州倅，後攜家東平。本集《汝州倅韓君德華，其十二世祖相遼，封魯公，故名其伯男子曰「魯」。王父命氏，古蓋有之。予過其家，命魯出拜，謂予言：「魯名矣，而未有字，敢以爲請。」予字之「世公」。德華曰：「願終教之。」乃申之以辭》詩、《寒食靈泉宴集序》文及之。

〔二〕東州：指遺山客居山東的冠氏、東平諸地。

〔三〕忠悃：忠誠。句亦日久見人心之意。

〔四〕懇懇：誠摯殷切貌。

〔五〕端本：始初根本。

〔六〕睨：斜視。

〔七〕雲巘：高聳入雲的山峰。

〔八〕「今世」二句：謂當今世人奔馳於名利之場，改旗換幟，數易其主。仆偃：仆倒。

〔九〕賤子：謙詞，遺山自指。

〔一〇〕玉趾：敬詞，猶言貴步。渠：代指韓德華。

〔一一〕「昨聞」句：本集《千户趙侯神道碑銘》：「戊戌七月，以叔父之命，（元好問）將就養於太原。」句指此。

〔一二〕見謂：被説成。竹林阮：指魏晉之際隱居曠放的「竹林七賢」之阮籍。遺山曠放，常以阮自稱（《岐陽三首》之二「窮途老阮無奇策，空望岐陽淚滿衣」）。友朋多以此稱之（辛愿《寄裕之》「青雲一别阮家郎，甚欲題詩遠寄將」）。

〔一三〕木訥：質樸而不善辭令。

〔一四〕日損：天天減少機巧不純樸的心。《老子》：「爲學日益，爲道日損。損之又損，以至於無爲。」

〔一五〕絅：單布衣。《禮·玉藻》「禪爲絅」注：「有衣裳而無裏。」

〔一六〕華衮：多采的禮服。《中庸》：「《詩》曰衣錦尚絅，惡其文之著也。故君子之道，闇然而日章；小人之道，的然而日亡。君子之道，淡而不厭減。」朱熹章句：「尚，加也。古之學者爲己，故其立心如此。尚絅，故闇然。衣錦，故有日章之實，淡簡温絅之襲於外也。不厭而文且理焉。錦之美在中也。小人反是，則暴於外而無實以繼之，是以的然而日亡也。」上二句用此典，謂韓德華修德有成。

〔一七〕「桑榆」句：《後漢書・馮異傳》：「始雖垂翅回谿，終能奮翼黽池。可謂失之東隅，收之桑榆。」因以喻事之後階段。唐韓愈《除官赴闕至江州寄鄂岳李大夫》：「桑榆儻可收，願寄相思字。」

〔一八〕歲事：一年中應做的事，多指一年的農事。穮蔉：《左傳・昭公元年》：「是穮是蔉。」穮，翻地；蔉，培土。後泛指辛勤勞作。句謂修德有成在於勤勉。

〔一九〕「雞黍」二句：《後漢書・范式傳》載，山陽范式與汝南張劭爲友。二人並告歸鄉里。式謂劭：「後二年當還，將過拜尊親，見孺子焉。」乃共尅期日。至其日果到，升堂拜飲。後用作情誼誠篤、恪守信用的典故。二句言與韓德華預約，後會有期。

〔編年〕

據「昨聞遂歸養」句，知亦蒙古太宗十年戊戌在東平告別時作。李、繆同。

別冠氏諸人 戊戌秋八月初二日

東舍茶渾酒味新，西城紅豔杏園春〔一〕。衣冠會集今爲盛①〔二〕，里社追隨分更親〔三〕。分手共傷千里別，低眉常媿六年貧〔四〕。他時細數平原客〔五〕，看到還鄉第幾人〔六〕。

〔校〕

①今：李詩本、毛本作「令」，形訛。據李全本、施本改。

〔注〕

〔一〕「西城」句：本集《紀子正杏園燕集》：「紀翁種杏城西垠，千株萬株紅豔新。」句指此。

〔二〕「衣冠」句：本集《千户趙侯神道碑銘》：「侯在軍旅中，日以文史自隨，延致名儒，考論今古，窮日夕不少厭……比年以來，將佐令長皆興學養士，駸駸乎齊魯禮義之舊。推究原委，蓋自侯發之。」金元之際，蒙古漢人世侯紛紛收留亡金人才，養士興學。冠氏侯趙天錫領風氣之先，幕下客有衍聖公孔元措、關西夫子楊奐、文壇巨擘元遺山等著名人物，人才濟濟，冠絶一時。句指此。

〔三〕里社：鄉里。此指元氏編管冠氏所在地。分：情誼。

〔四〕低眉：卑躬貌。六年：癸巳編管聊城到戊戌攜家北歸，凡六年。遺山在山東羈管期間多次接受友人饋贈，句指此。

〔五〕平原：古邑名，齊西境地，屬趙。趙惠文王封弟勝爲平原君。平原君雅敬人才，門下食客三千人。後魏置平原郡，轄冠氏、聊城地。詩中既指冠氏縣，也指趙天錫。

〔六〕「看到」句：冠氏爲亡金士大夫集中地之一，後來被陸續遣返。本集有《送杜招撫歸西山》詩。

〔編年〕

據題注，知詩作於蒙古太宗十年戊戌。李、繆同。

雨夜

夢裏孤蓬雨打秋〔一〕，茅齋元更小於舟。無錢正坐詩作祟〔二〕，識字重爲時所讐〔三〕。千里謾思黄鵠舉〔四〕，六年真作賈胡留〔五〕。并州北望山無數，一夜砧聲人白頭。

〔注〕

〔一〕孤蓬：小舟。

〔二〕正坐：正因。宋歐陽修《梅聖俞詩集序》：「蓋愈窮則愈工。然則非詩之能窮人，殆窮而後工也。」

〔三〕「識字」句：本集《别李周卿三首》其一：「六年河朔州，動輒得謗訕。」句指此。

〔四〕「千里」句：《漢書・西域傳》載烏孫公主思鄉，自爲作歌，有「居常土思兮心内傷，願爲黄鵠兮歸故鄉」句。

〔五〕賈胡留：《後漢書・馬援傳》：「伏波類西域賈胡，到一處輒止，以是失利。」李賢注：「言似商胡所至之處輒停留。賈音古。」蘇軾《鬱孤臺》：「不隨猿鶴化，甘作賈胡留。」

〔編年〕

據「六年」句，知作於蒙古太宗十年戊戌，李、繆同。

再到新衛〔一〕

蝗旱相仍歲已荒〔二〕，伶俜十口值還鄉〔三〕。空令姓字喧時輩，不救飢寒趨路傍〔四〕。行帳馬嘶塵澒洞，空村人去雨淋浪〔五〕。河平千里筋骸盡〔六〕，更欲驅車上太行。

〔注〕

〔一〕新衛：《金史·地理中》「衛州」條：「治汲縣……大定二十六年八月以避河患，徙於共城。二十八年復舊治。貞祐二年七月城宜村，三年五月徙治於宜村新城，以胙城爲倚郭。正大八年以石甃其城。」新衛指宜村城，軍事上爲汴京之北門。

〔二〕「蝗旱」句：元蘇天爵《元朝名臣事略·中書耶律文正王》：「戊戌，天下大旱蝗。」《元史·太宗紀》亦載，戊戌「秋八月，陳時可、高慶民等言諸路旱蝗，詔免今年田租」。

〔三〕伶俜：孤單貌。十口：本集《學東坡移居八首》其二：「誰謂我屋小，十口得安居。」

〔四〕「空令」二句：杜甫《暮秋枉裴道州手札率爾遣興寄近呈蘇渙侍御》：「虚名但蒙寒温問，泛愛不救溝壑辱。」元徐世隆《遺山先生集序》：「竊嘗評金百年以來得文派之正而主盟一時者，大定、明昌則承旨党公，貞祐、正大則禮部趙公，北渡則遺山先生一人而已。」趨路傍：倒向路旁。杜甫《莫相疑行》：「往時文彩動人主，此日飢寒趨路傍。」

〔五〕「行帳」二句：言調集軍隊、征發民夫備戰。《續資治通鑒》載，戊戌九月，「蒙古察罕帥兵號八十萬圍廬州」。本集《千户趙侯神道碑銘》：「歲戊戌七月，以叔父之命將就養於太原，侯留連鄭重，數月不能别。軍行河平，予與之偕。分道新鄉，置酒行營中。」澒洞：彌漫無際。淋浪：水不斷流下貌。此指雨水不斷。

〔六〕河平：《金史·地理中》：「衛州，下……明昌三年升爲河平軍節度使。」筋骸盡：筋疲力盡。

〔編年〕

據「伶俜十口值還鄉」句，知詩作於蒙古太宗十年戊戌秋攜家返鄉時。李、繆同。

續小娘歌十首〔一〕

其一

吴兒沿路唱歌行〔二〕，十十五五和歌聲〔三〕。唱得小娘相見曲，不解離鄉去國情〔四〕。

〔注〕

〔一〕詩題：清乾隆《欽定續通志》卷一二七謂唐以後「新題樂府未嘗被管弦者」，屬「佳麗」類。小娘：年輕婦人。

〔二〕吴兒：南方小青年。長江下游蘇州一帶，春秋時屬吴國地，故稱。

〔三〕和歌：應和他人歌聲而歌唱。

〔四〕「唱得」二句：她們唱着《小娘相見曲》，不能理解如今離鄉去國的辛酸。相見曲：應爲南方民間流行的戀歌。

其二

北來游騎日紛紛〔一〕，斷岸長堤是陣雲〔二〕。萬落千村藉不得，城池留著護官軍〔三〕。

〔注〕

〔一〕游騎：流動的騎兵。

〔二〕斷岸：江邊絶壁。陣雲：濃重厚積形似戰陣的雲。古人以爲戰争之兆。句以如斷岸長堤的陣雲喻蒙古游騎的陣勢。

〔三〕「萬落」二句：言官軍有城池庇護，鄉村無險可憑，故而平民被擄。藉：憑借。

其三

山無洞穴水無船〔一〕，單騎驅人動數千〔二〕。直使今年留得在，更教何處過明年〔三〕。

〔注〕

〔一〕「山無」句：言百姓被擄，北徙途中的悲慘。

〔二〕動：常常。

〔三〕「直使」二句：蒙古軍擄掠人口，有的送回漠北，有的留在河朔新封之地。故有上二句。直使：即使。

其四

青山高處望南州，漫漫江水遶城流〔一〕。願得一身隨水去，直到海底不回頭。

〔注〕

〔一〕漫漫：漫無涯際貌。

其五

風沙昨日又今朝，踏碎鴉頭路更遥〔一〕。不似南橋騎馬日〔二〕，生紅七尺繫郎腰〔三〕。

〔注〕

〔一〕鴉頭：指拇趾與其他四趾分開的襪子。

〔二〕南橋：代指南方水鄉。

〔三〕生紅：大紅。

其六

雁雁相送過河來，人歌人哭雁聲哀。雁到秋來却南去，南人北渡幾時回。

其七

竹溪梅塢静無塵〔一〕，二月江南煙雨春。傷心此日河平路〔二〕，千里荆榛不見人〔三〕。

〔注〕

〔一〕梅塢：四面如屏的梅樹深處。

〔二〕河平：河平軍，治衛州。今河南省衛輝市。見《再到新衛》注〔六〕。

〔三〕荆榛：泛指帶刺的小灌木叢。

其八

太平婚嫁不離鄉，楚楚兒郎小小娘〔一〕。三百年來涵養出，却將沙漠換牛羊〔二〕。

〔注〕

〔一〕楚楚：整潔鮮明貌。

〔二〕「三百」二句：宋自公元九六〇年立國，至此近三百年。二句言蒙古人把南宋的青年男女帶到沙漠之地换取牛羊。

其九

飢烏坐守草間人，青布猶存舊領巾〔一〕。六月南風一萬里，若爲白骨便成塵〔二〕。

〔注〕

〔一〕領巾：圍在領子四周的圖案形裝飾性織品。

〔二〕若爲：怎堪。

一〇

黄河千里扼兵衝，虞虢分明在眼中〔一〕。爲向淮西諸將道〔二〕，不須誇説蔡州功〔三〕。

〔注〕

〔一〕「虞虢」句：用春秋時虞虢二國輔車相依脣亡齒寒典言金亡宋亦將繼之。詳見《淮右》注〔四〕。

〔二〕淮西諸將：指鄧州、蔡州等淮河之西金國南邊的宋軍。參見《淮右》詩。

〔三〕蔡州功：金天興三年正月，南宋軍與蒙古軍聯合攻破蔡州（今河南省汝縣南）城，金哀宗自縊，金亡。

〔編年〕

據末二句「爲向淮西諸將道，不須誇説蔡州功」，知詩最早作於甲午蔡州城破金哀宗死後，李《譜》編於癸巳，誤。繆《譜》雖編在甲午，然是時遺山被羈管聊城，與詩「傷心此日河平路」所言親臨衛州寫所見所聞的情形不合。蒙古太宗十年戊戌，蒙古軍大舉進攻南宋，「察罕帥兵號八十萬圍廬州」（《續資治通鑑》），本集《千户趙侯神道碑銘》也言「軍行河平，予與之偕」。詩當是時作。詩中所言被擄難民主要是南宋人，這也與「竹溪梅塢静無塵，二月江南煙雨春」、「吴兒沿路唱歌行」、「三百年來涵養出」等句相吻合。

入濟源寓舍〔一〕戊戌八月二十二日

未辨驅車上太行，主人留此避風霜〔二〕。遺編墜簡文章爛〔三〕，糲食粗衣歲月長〔四〕。奮迅舊嫌扶老杖〔五〕，龍鍾今屬負暄牆〔六〕。睡中剌剌聞人語〔七〕，季子金多過洛陽〔八〕。

〔注〕

〔一〕濟源：金縣名，屬河東南路，今河南省濟源市。寓舍：住所。

〔二〕「未辨」二句：遺山戊戌攜家北歸，中途停留，至次年夏始自濟源起身。本集《戊戌十月山陽雨夜二首》「單車我東來，塵土滿歸鬢。裹糧失先具，閉糴困餘吝」，《讀書山雪中》「前年望歸歸不得，去年中涂脚無力」，言中途停留的原因是行走勞累和物資不足，可參看。

〔三〕遺編墜簡：指散佚而殘缺不全的典籍。文章爛：宋歐陽修《感二子》：「惟有文章爛日星，氣淩山嶽常崢嶸。」句謂搜編故國文獻，文章輝耀於世。

〔四〕「糲食」句：陶淵明《怨詩楚調示龐主簿鄧治中》「造夕思鷄鳴，及晨願烏遷」，言因飢寒覺時長難過。句活用此典。糲食：粗惡的飯食。

〔五〕扶老杖：枴杖名。

〔六〕負暄牆：指冬天受日光曝曬取暖於牆底。杜甫《晚》：「杖藜尋巷晚，炙背近牆暄。」

〔七〕刺刺：應作「刺刺」，多言貌。

〔八〕「季子」句：《戰國策·秦策一》載，蘇秦相趙後將説楚王，過洛陽，嫂蛇行匍伏。蘇秦曰：「嫂何前倨而後卑也？」嫂曰：「以季子之位尊而多金。」

〔編年〕

蒙古太宗十年戊戌作。李、繆同。

太乙蓮舟圖三首爲濟源奉先老師賦老師，吾宗盟①〔一〕。

其一

泠泠風外列仙臞②〔二〕，琢玉羊欣定不如〔三〕。六合空明一蓮葉〔四〕，更須遮眼要文書仙人在蓮葉臥看書。

〔校〕

①乙：李詩本、李全本、施本作「一」。　②列：李全本、施本作「到」。李詩本、毛本善。本集《追用座主閑閑公韻，上致政馮内翰二首》有「草堂人物列仙臞」句。

〔注〕

〔一〕太乙蓮舟圖：太乙、太一通用。北宋名畫家李公麟繪有《太一真人圖》，圖繪真人臥一大蓮葉中，執書仰讀。韓駒題詩有「太一真人蓮葉舟」句。見宋胡仔《苕溪漁隱叢話前集·韓子蒼》。濟源奉先老師：奉先，道觀名，在濟源。老師，元明道。本集《清平樂》〔小橋流水〕詞序：「己亥春，濟源奉先觀賦杏花。」《清平樂》〔丹書碧字〕詞序：「夜宿奉先，與宗人明道談天壇勝游。」《通仙觀記》：「予客濟上……且以吾宗奉先老師明道爲介，故記之。」

〔二〕列仙臞：《漢書·司馬相如傳下》：「相如以爲列仙之儒居山澤間，形容甚臞，此非帝王之仙意也。」清陳大章《戊子生日書懷》：「勳業盡抛青瑣客，形容尚類列仙癯。」臞：清瘦貌。詩指畫中太一真人。

〔三〕琢玉：雕刻加工玉石。用喻形體美。羊欣：字敬元，南朝宋泰山人，少靖默，無競於人。美言笑，善容止。好黄老，善醫術，書法尤有名。《宋書·羊欣傳》：「欣時年十二，時王獻之爲吴興太守，甚知愛之。獻之嘗夏月入縣，欣著新絹裙晝寢，獻之書裙數幅而去。」

〔四〕六合：指天地四方。

其二

仙人寧得此婆娑〔一〕，亡奈丹青狡猾何①〔二〕。我與太虚同一體〔三〕，也無蓮葉也無波。

〔校〕

①猾：施本作「獪」。

〔注〕

〔一〕仙人：指畫中太一真人。婆娑：逍遥。

〔二〕亡奈：無奈。丹青：指畫家。狡猾：機靈。

〔三〕太虚：古代哲學概念。指宇宙萬物最原始的實體——氣。宋張載《正蒙·太和》：「太虚無形，氣之本體，其聚其散，變化之客形爾。」

其三

太一青藜出漢年〔一〕，明窗開卷一欣然。憑君莫問題詩客，不是韓駒第二篇〔二〕。

〔注〕

〔一〕「太一」句：漢佚名《三輔黄圖·閣》：「劉向於成帝之末，校書天禄閣，專精覃思。夜有老人，著黄衣，植青藜杖，叩閣而進。見向暗中獨坐誦書，老父乃吹杖端，煙然，因以見向，授《五行洪範》之文。恐詞説繁廣忘之，乃裂裳及紳以記其言。至曙而去，請問姓名，云：『我是太乙之精，天帝聞卯金之子有博學者，下而觀焉。』」

〔二〕「憑君」二句：《太一蓮舟圖》上有韓駒題詩（見前注）。韓駒：字子蒼，宋代人。曾官著作郎，校正御前文籍。從蘇轍學，其詩似儲光羲。

〔編年〕

詩當蒙古太宗十年戊戌攜家北歸初至濟源與元明道交往時作。李、繆同。

宗人明道老師澹軒二首〔一〕

其一

潞人澹社有來源〔二〕，濟水分流到澹軒〔三〕。莫問軒中賓與主，一家同是洛州元①〔四〕。

〔校〕

①洛：李全本、施本作「潞」。

〔注〕

〔一〕宗人明道老師：即元明道。見《太一蓮舟圖三首爲濟源奉先老師賦》注〔一〕。

〔二〕「潞人」句：本集《送弋唐佐董彦寬南歸且爲潞府諸公一笑》有「潞人本澹新有社」、「他時記籍社中人」句。《送宋省參并寄潞府諸人》：「因君寄問社中人，前日澹公行復過。」潞：金州名，倚上黨，屬河東南路。今山西省長治市。

〔三〕濟水：古「四瀆」之一。發源於濟源王屋山。二句謂濟源元明道的澹軒承潞人澹社而來。

〔四〕洛州元：洛州，指洛陽，後魏改司州置，太和中徙都之。皇族拓跋氏改姓元後居洛州。本集《故物譜》末云：「洛州元氏太原房某引。」

其二

澹中無地著鹹酸①，老口年多不受謾。流外已曾增一董〔一〕，不妨傳法到黃冠〔二〕。

〔校〕

①地：施本作「味」。

〔注〕

〔一〕「流外」句：本集《送弋唐佐董彦寬南歸且爲潞府諸公一笑》有「他時記籍社中人，流外更需增一董」句。流外：指澹社之外。一董：指董彦寬。

〔二〕黃冠：道士之冠。此指道士元明道。與「潞人」二句觀，句謂可將潞人澹社的宗旨趣尚傳給元明道。

〔編年〕

詩當蒙古太宗十年戊戌在濟源初與元明道交往時作。李《譜》繫於己亥。繆《譜》未編。

戊戌十月山陽雨夜二首〔一〕

其一

朔吹作還止，雲意鬱以周。十月雷收聲，陽和自油油〔二〕。此雨非舊雨，春旱歷夏秋。道路土三尺，今朝見浮漚。三城信樂土，凶年未消憂。一蝗食禾盡，半菽不易求〔三〕。流民四方來，斷港魚蝦稠〔四〕。忍死待一麥，秋種且未投。乾溢誰所司，雩壇徧九州〔五〕。醉飽到狐鬼，巫覡自懷羞〔六〕。帝命制江湖①，野語良悠悠〔七〕。龍公爲汝賀，桑榆定可收〔八〕。

〔校〕

①制：李詩本、毛本作「淛（同浙）」，據李全本、施本改。

〔注〕

〔一〕山陽：金縣名。《金史·地理下》「山陽」條：「興定四年以修武縣重泉村爲山陽縣，隸輝州。」今河南省焦作市東南。

〔二〕陽和：春天的暖氣。古人以冬十月爲小春，故云。宋陳元靚《歲時廣記》卷七引《初學記》：「冬月之陽，萬物歸之。以其温暖如春，故謂之小春。」油油：流動貌。

〔三〕「此雨」八句：戊戌年旱蝗，見《再到新衛》注〔二〕。浮漚：水面上的泡沫。三城：當指山陽一帶，下首有「此邦信可樂」句。樂土：《詩·魏風·碩鼠》：「逝將去女，適彼樂土。」

〔四〕魚蝦稠：形容流民之多。

〔五〕雩壇：祈雨所設的高臺。

〔六〕巫覡：古稱女巫爲巫，男巫爲覡。亦泛指裝扮神鬼爲人祈禱的巫師。

〔七〕「帝命」二句：大意蓋謂天帝命令調用江湖之水，但這是村野之語，確實不着邊際。

〔八〕「桑榆」句：《後漢書·馮異傳》：「可謂失之東隅，收之桑榆。」因以喻事之後階段。

其二

霏霏散浮煙〔一〕，靄靄集微坌〔二〕。出門望白塔，但覺襟袖潤。繁聲忽赴節〔三〕，細點復成陣。久渴疑未厭平①，已作寧小靳〔四〕。山陽冬候煖，麥脚易滋分去②〔五〕。土膏入滲漉，破粒容可趁〔六〕。此邦信可樂，風土同一晉。單車我東來，塵土滿歸鬢。裹糧失先具〔七〕，閉羅困餘吝〔八〕。今朝人事改，一雨開百順。僧窗晚色浄，喜極夢爲盡。枕上一詩成，燈花落紅燼〔九〕。

〔校〕

①疑：李全本、施本作「宜」。平：施本無此注。②去：施本無此注。

〔注〕

〔一〕霏霏：飄灑貌。

〔二〕靄靄：雲霧彌漫貌。坌：塵埃。此指霧氣。

〔三〕赴節：響應軍令，奔赴戰場。節，符節，兵符。句言密集的雨聲像軍隊奔赴戰場一樣。

〔四〕小靳：稍微吝惜。

〔五〕麥脚：小麥的根。

〔六〕趁：乘勢。二句意謂此時種麥，容易發芽。

〔七〕裹糧：謂攜帶熟食乾糧，以備出征和遠行。語出《詩·大雅·公劉》：「迺裹餱糧，于橐于囊。」先具：預先具備。

〔八〕閉糴：禁止糴米。語本《左傳·僖公十五年》：「晉饑，秦輸之粟；秦饑，晉閉之糴。」句謂沿路人不出售糧食，詩人陷於斷糧的境地。

〔九〕「燈花」句：舊題漢劉歆《西京雜記》卷三：「陸賈曰：『夫目瞤得酒食，燈火花得錢財。』」

〔編年〕

據詩題知作於蒙古太宗十年戊戌。李、繆同。

馬坊泠大師清真道院三首①〔一〕

其一

水際茅齋星散居，白雲閑伴五溪魚〔二〕。茂林修竹山如畫，蘸碧軒中恐不如〔三〕。

〔校〕

①泠：毛本作「冷」，二字通用。《資治通鑒·漢紀五十八》「璋遣其將劉璝、泠苞……等拒備」胡三省注：「泠，魯杏翻，姓也。按本或作『冷』。泠，魯經翻。」從李詩本、李全本、施本。

〔注〕

〔一〕馬坊泠大師清真道院：馬坊，在修武縣（今河南省修武縣）。泠大師，泠德明，住持清真觀。本集《清真觀記》：「修武清真觀在縣北馬坊，全真諸人爲丘尊師之所建者……正大辛卯，志敏之徒泠德明者復葺居之。」

〔二〕「水際」二句：本集《清真道院》：「舍旁近出大泉，溉千畝，稻塍蓮蕩，東與蘇門接，茂林修竹，往往而在。」五溪魚：泛指隱逸之所。唐陳陶《閑居雜興》：「一顧成周力有餘，白雲閑釣五溪魚。」

〔三〕蘸碧軒：在河南省密縣超化寺。本集《洞仙歌》（青錢白璧）詞序云：「超化蘸碧軒得欽叔書。」

其二

枯蒲折葦障清灣①，十里風荷指顧間②。安得西湖展江手〔一〕，亂鋪雲錦浸青山。

〔校〕

①灣：李全本作「彎」。　②十：施本作「千」。

〔注〕

〔一〕西湖展江手：元陶宗儀《説郛》卷一八：「潁昌西湖展江亭，成公作詩云：『緑鴨東陂已可憐，更因雲竇注新泉。鑿開魚鳥忘情地，展盡江湖極目天。』」

其三

静中人境兩翛然〔一〕，我亦因君有静緣。已約青山來枕上，水亭風榭看明年。

〔注〕

〔一〕翛然：《莊子·大宗師》：「翛然而往，翛然而來而已。」成玄英疏：「翛然，無繫貌也。」

〔編年〕

詩有「枯蒲折葦」句，知作於深秋。遺山丁酉秋曾獨自返鄉，八月到忻（本集《州將張侯墓表》「歲丁酉秋八月，北來，乃以州民見侯」），與此不合。己亥夏已離濟源北歸（本集《銅鞮次村道中》「涉險良獨難，又復觸隆景」），故定詩爲蒙古太宗十年戊戌秋返鄉途中停留於濟源時作。李《譜》編在是年，繆《譜》未編。

蕭仲植長史齋修武作〔一〕

張顛飲豪傾四座，脱帽狂呼誰敢和〔二〕。南宗北宗知幾人〔三〕，醉眼紛紛飛鳥過〔四〕。是公技進不名技〔五〕，元氣淋漓隨咳唾〔六〕。偶然捉筆本無意，自有龍鸞並虎卧〔七〕。當時誰有戰國策《長史帖》云「借《戰國策》可付之」凡七字，門外雷車忽驚墮〔八〕。天星無數不知名，色正芒寒纔七個〔九〕。蕭郎家世陵谷後〔一〇〕，争信空囊蓄奇貨〔一一〕。蕭齋故事今復舉〔一二〕，未怕秋風吹屋破〔一三〕。護持有物世共喜〔一四〕，不獨一時爲子賀〔一五〕。藏舟夜壑未厭深〔一六〕，隄備有人來倚拖①〔一七〕。

〔校〕

①拖：毛本作「抱」，不入韻。李全本作「拖」。李詩本、施本作「柂」。二者爲異體字。據改。

〔注〕

〔一〕蕭仲植：其人不詳。長史齋：因收藏唐代書法家張旭《長史帖》而名其齋。修武：金縣名，今河南省修武縣。

〔二〕「張顛」二句：張顛，唐代書法家張旭。《新唐書·張旭傳》：「嗜酒，每大醉，呼叫狂走，乃下筆，或以頭濡墨而書，既醒自視，以爲神，不可復得也。世呼張顛。」杜甫《飲中八仙歌》：「張旭三杯草聖傳，脱帽露頂王公前，揮毫落紙如雲煙。」

〔三〕「南宗」句：清阮元《南北書派論》：「正書、行草之分爲南北兩派者，則東晉、宋、齊、梁、陳爲南派；趙、燕、魏、齊、周、隋爲北派也……南派乃於江左風流，疏放妍妙，長於啓牘；北派則是中原古法，拘謹拙陋，長於碑榜。」

〔四〕「醉眼」句：形容張旭藐視南宗、北宗諸家的情態。

〔五〕技進不名技：《莊子·養生主》：「庖丁釋刀對曰：『臣之所好者道也，進乎技矣。』」進：超過。

〔六〕「元氣」句：謂張顛氣勢汪洋，咳唾成珠。

〔七〕龍騫並虎卧：明彭大翼《山堂肆考·游天戲海》：「王羲之書如龍跳天門，虎卧鳳闕。」

〔八〕「當時」二句：言持有《戰國策》者聞張旭以《長史帖》换《戰國策》感到像門外響雷一樣震驚。長史帖：指張旭的字帖。宋董逌《廣川書跋·張長史草書》：「莆田方宙子正得君謨所藏《張長史帖》，爲書其後。」雷車：雷神的車。

〔九〕色正芒寒：謂光色清冷而純正。唐劉禹錫《柳河東文集序》：「天下文士争執所長，與時而奮，粲焉如繁星麗天，而芒寒色正，人望而敬者五行而已。」上二句用此典喻《長史帖》之珍奇。

〔一〇〕「蕭郎」句：謂喪亂後蕭仲值家境由盛而衰，發生了很大變化。

〔一一〕奇貨：指《長史帖》。

〔一三〕蕭齋故事：唐張懷瓘《書斷》：「武帝造寺，令蕭子雲飛白大書『蕭』字，至今一字存焉。李約竭産自江南買歸東洛，建一小亭以翫，號曰『蕭齋』。」

〔一三〕「未怕」句：反用杜甫《茅屋爲秋風所破歌》詩意。

〔一四〕護持有物：謂有上天保護維持。

〔一五〕子：猶您。指蕭仲植。

〔一六〕藏舟夜壑：《莊子·大宗師》：「夫藏舟于壑，藏山于澤，謂之固矣。」

〔一七〕倚拖：靠近取走。

〔編年〕

詩亦在修武作，當與上詩《馬坊冷大師清真道院三首》同時。李《譜》繫之於蒙古太宗十年戊戌，遺山此次舉家返鄉，在濟源一帶滯留較久，詩應初見蕭氏時作，從之。繆《譜》未編。

同德秀求田燕川分得同字〔一〕

數家村落翠微中，茅屋真堪著病翁。水竹漸知盤谷近〔二〕，鄉鄰仍與玉川通〔三〕。清泉白石言猶在〔四〕，赤日紅塵夢已空〔五〕。杖屨追隨自今始①，此行聊記與君同。

〔校〕

①屨：施本作「履」。《説文》段注引晉蔡謨語：「今時所謂『履』，自漢以前皆名『屨』。」

〔注〕

〔一〕德秀：姓史，名庭玉，濟源（今河南省濟源市）人。《中州集·史士舉傳》及之。燕川：地名。在濟源盤谷附近。宋文彦博有《熙寧癸丑季冬十月三日某被旨謝雪於濟祠……入盤谷，窮覽山水之佳處，由燕川歸》詩。

〔二〕盤谷：在濟源縣北二十里，泉甘而土肥，草木叢茂。本集《水龍吟》（接雲千丈層崖）詞序云：「同德秀游盤谷。」下闋云：「我愛陂塘南畔，小川平，横岡回抱。野麋山鹿，平生心在，長林豐草。」

〔三〕玉川：井名，在濟源。一名玉泉。唐詩人盧仝喜飲茶，嘗汲此泉水煎煮，因號玉川子。

〔四〕清泉白石：代指隱居生涯。本集《留别仲澤》：「緑水紅蓮慚大府，清泉白石識初心。」

〔五〕赤日紅塵：喻指追求官場名利。元胡祗遹《十五年前識舜俞於京師，後以宦游，不復聚首。舜俞今知濱州，相去不遠，邂逅有日。退食之亭扁名多月，託義卿來求詩，故有是作》：「明朝赤日紅塵底，吏案來前午未休。」

〔編年〕

李《譜》繫在蒙古太宗十年戊戌，繆《譜》未編。詩有「杖屨追隨自今始」句，知乃初與史德秀游從時。且遺山至濟源唯此次留居時間最長，故從李《譜》。

游濟源①〔一〕

地古靈多足勝游，高林六月似涼秋。雲間雉堞横千里〔二〕，水面龍宫倒十洲〔三〕。盤谷村墟幾來往〔四〕，玉川人物自風流〔五〕。一丘一壑平生事〔六〕，獨著南冠是楚囚〔七〕。

〔校〕

①姚本據雍正《河南通志》卷七十四補。

〔注〕

〔一〕濟源：金縣名。今河南省濟源市。

〔二〕雉堞：城上短牆。泛指城牆。

〔三〕十洲：古代傳説中仙人居住的十個島。《海内十洲記》列爲：祖洲、瀛洲、玄洲、炎洲、長洲、元洲、流洲、生洲、鳳麟洲、聚窟洲。句謂水面倒影之奇美。

〔四〕「盤谷」句：見上《同德秀求田燕川分得同字》注〔三〕。

〔五〕玉川人物：唐隱逸詩人盧仝號玉川子。盧仝曾隱居濟源。

〔六〕一丘一壑：《漢書·敘傳上》：「漁釣於一壑，則萬物不奸其志；棲遲於一丘，則天下不易其樂。」後因以「一丘一壑」指退隱在野，放情山水。

〔七〕「獨著」句：指淪爲階下囚被覊管山東事。用典詳見《南冠行》注〔一〕。

〔編年〕

遺山自戊戌八月至濟源，至次年夏四月始北返，其後無至濟源的明確記載。詩當與《同德秀求田燕川分得同字》同時作，姑編於蒙古太宗十年戊戌。李、繆未編。

寄叔能兄〔一〕

星斗龍門姓字新〔二〕，豈知書劍老風塵〔三〕。郎君未省曾開閤〔四〕，王翰何緣得買鄰〔五〕。銀燭對談辭館夜〔六〕，雪梅同醉淅江春〔七〕。只應千里東州月〔八〕，處處相逢即故人。

〔注〕

〔一〕叔能：楊宏道字叔能，淄川（今山東省淄博市）人。詳見《懷叔能》注〔一〕。

〔二〕「星斗」句：星斗，喻超群的才華。龍門，喻聲望高的人的府第。本集《楊叔能小亨集引》：「興定末，叔能與予會於京師，遂見禮部閑閑公及楊吏部之美。二公見其《幽懷久不寫》及《甘羅廟》詩，嘖嘖稱歎，以爲今世少見其比……叔能用是名重天下。」本集《定風波》（白髮相看老弟兄）下闋有「少日龍門星斗近」句，詞末自注引楊叔能贈詞「邂逅梁園對榻眠，舊游回首一淒然。當時好客誰爲最，李、趙風流兩謫仙」，言：「因用其意答之，『李、趙』謂閑閑公與屏山也。」句謂楊叔能在趙秉文、李純甫等門下新被接納。

〔三〕「豈知」句：唐高適《人日寄杜二拾遺》：「一卧東山三十春，豈知書劍老風塵。」句謂叔能文武之才不得用於世，生計坎坷，四處奔波。

〔四〕「郎君」句：《太平廣記》卷一九九《李商隱》：「唐李商隱字義山，爲彭陽公令狐楚從事。彭陽之子綯，繼有韋平之拜。似疏商隱，未嘗展分。重陽日商隱詣宅，於廳事上留題，其略云：『十年泉下無消息，九日樽前有所思。郎君官重施行馬，東閣無因許再窺。』」

〔五〕「王翰」句：杜甫《奉贈韋左丞二十二韻》：「甫昔少年日，早充觀國賓……李邕求識面，王翰願爲鄰。」王翰，盛唐詩人。買鄰：謂擇鄰而居。《南史·吕僧珍傳》：「初，宋季雅罷南康郡，市宅居僧珍宅側。僧珍問宅價，曰『一千一百萬』。怪其貴，季雅曰：『一百萬買宅，千萬買鄰。』」

〔六〕辭館：北宋設立昭文館、史館、集賢院，職掌圖書之編校及國史的編修，任職人員從文學之士中考選。遺山正大初任史館職，句寫是時事。

〔七〕「雪梅」句：遺山官内鄉時，楊叔能曾往謁游從，見本集《西齋夜宴》。淅江，江名，流經内鄉。

〔八〕東州：指楊叔能故鄉山東一帶。

〔編年〕

此詩有「星斗龍門姓字新」句，與本集《定風波》〔白髮相看老弟兄〕之「少日龍門星斗近」句合，屬同時作。詞末自注云：「楊叔能將歸淄州，與予别於山陽。」按《小亨集》卷四《贈仲經》詩序「端平二年清明後出襄陽，攝唐州司户，是歲十二月上旬北遷，寓家濟源。吾友所寄書隔年方達，屠維大淵獻五月相遇於齊河」諸語，楊叔能於乙未十二月北至濟源，己亥（一二三九）已在山東齊河。遺山在濟源送楊叔能東歸應在戊戌年（丁酉年遺山獨身北歸，行跡匆匆，與此不合）。味詩末二句，應爲楊叔能初次返鄉時作，故亦繫詩於蒙古太宗十年戊戌。李《譜》繫在丙申，誤。繆《譜》未編。

濟南廟中古檜同叔能賦〔一〕

亭亭祠宫檜，鬱鬱上雲雨。扶持幾來年，造物心獨苦。青餘玉川潤〔二〕，根入鐵岸古〔三〕。雖含棟梁姿，斤斧安得取。沆洑地中久①〔四〕，駭浪思一鼓。天柱屹不移〔五〕，水國奠平土。乾坤此神物〔六〕，甲乙存世譜〔七〕。瀨鄉留耳孫〔八〕，闕里傳鼻祖〔九〕。秦松徒自汙〔一〇〕，蜀柏聊共數②〔一一〕。會待十抱成，茲焉重摩拊。

〔校〕

①流：李全本、施本作「流」。　②柏：毛本作「相」。與「秦松」對看，李詩本、李全本、施本善。據改。

〔注〕

〔一〕濟南：按「青餘」二句，應指今河南省濟源市附近的濟水之南，非山東之濟南。檜：木名，柏科。叔能：楊宏道字叔能。詳見《懷叔能》注〔一〕。

〔二〕玉川：泉名。清乾隆《河南通志》：「在濟源縣東溴（水名）。」

〔三〕鐵岸：地名。明李賢《明一統志》：「在濟源縣北濟廟東。夾濟河，岸如鐵石，因名。」

〔四〕「沇洑」句：謂濟水上游潛流地下路段較長。沇：水名。即濟源。

〔五〕天柱：應指古檜。

〔六〕神物：指古檜。

〔七〕世譜：家世譜系。

〔八〕瀨鄉：地名。《晉書·藝術傳》：「戴洋行至瀨鄉，經老子祠。」耳：老子李聃之名。

〔九〕闕里：孔子故里，在今山東省曲阜市城内闕里街。因有兩石闕，故名。孔子手植檜兩株於贊德殿前，句指此。

〔一〇〕「秦松」句：明彭大翼《山堂肆考》卷十九「秦松」條：「秦始皇上泰山，風雨暴至，休於松樹下，封松爲五大夫。」

〔一一〕蜀柏：成都蜀相諸葛亮祠多古柏。杜甫有《古柏行》。

〔編年〕

李、繆定在蒙古太宗七年乙未游濟南時作。楊叔能《小亨集》卷四《贈仲經》詩序：「端平二年（即蒙古太宗七年）清明後出襄陽，攝唐州司户。是歲十二月上旬北還，寓家濟源。」據此知遺山乙未七月游濟南時楊叔能尚在南宋，李、繆誤。與上詩合觀，詩當蒙古太宗十年戊戌返鄉時在濟源作。

送楊叔能東至相下〔一〕

海内楊司户〔二〕，聲名三十秋〔三〕。文高徒自苦，食盡與誰謀。老檜風霜飽，芳蘭澗壑幽。東游無可慮，敬客有蕭侯〔四〕。

〔注〕

〔一〕相下：相州，金升彰德府，治所安陽，今河南省安陽市。

〔二〕楊司户：楊叔能《小亨集》卷四《贈仲經》詩序：「端平二年（蒙古太宗七年乙未）清明後出襄陽，攝唐州司户，是歲十二月上旬北還。」司户：官名，主民户。

〔三〕「聲名」句：楊叔能於金興定末以詩名聞文壇。本集《楊叔能小亨集引》：「興定末，叔能與予會於京師，遂見禮部閑閑公及楊吏部之美。二公見其《幽懷久不瀉》及《甘羅廟》詩，嘖嘖稱歎不已……叔能用是名重天下。」

〔四〕蕭侯：不詳。應爲相州權貴。

〔編年〕

李《譜》總附於蒙古憲宗七年丁巳下，繆《譜》未編。詩作於金亡楊叔能北歸後，分别地在「相下」之西，應當作於蒙古太宗十年戊戌遺山滯留山陽、濟源期間。姑附於此。

七賢堂〔一〕

水上盤陀不見人〔二〕，煙中白露玉無塵。竹林未恨風流減〔三〕，負殺共城麴米春〔四〕。是日有餉名酒，獨酌水邊。

【注】

〔一〕七賢堂：七賢指魏晉之際「竹林七賢」，堂在山陽（今河南省焦作市東南）。本集《别覃懷幕府諸君二首》詩末注：「河内有七賢鄉。」

〔二〕盤陀：曲折回旋貌。

〔三〕「竹林」句：《世説新語·任誕》：「七人常集於竹林之下，肆意酣暢，故世謂『竹林七賢』。」

〔四〕共城：古縣名，在今河南省輝縣市。《金史·地理中》：「衛州，下……治汲縣，以滑州爲支郡。大定二十六年八月以避河患，徙於共城。」麴米春：酒名。杜甫《撥悶》：「聞道雲安麴米春，纔傾一盞即醺人。」

【編年】

秋在山陽作，李《譜》編在蒙古太宗十年戊戌，從之。繆《譜》未編。

爲鮮于彦魯賦十月菊〔一〕追録

清霜淅淅散銀沙〔二〕，驚見芳叢閱歲華〔三〕。借煖定誰留翠被〔四〕，鍊顔應自有丹砂〔五〕。秋香舊入騷人賦〔六〕，晚節今傳好事家〔七〕。不是西風苦留客〔八〕，衰遲久已避梅花。

〔注〕

〔一〕鮮于彦魯：濟源人。《中州集·鮮於溥傳》載，溥字彦仁，「坦之子，以門資任，終於櫟陽令。濟源盤谷，天壤佳處，坦父子居其間，飲酒賦詩，翛然塵垢之外。至今人以高士目之。弟彦魯，子忠厚，今居鄉里。」

〔二〕淅淅：象聲詞。形容清霜降落的聲響。

〔三〕歲華：年華。後蜀毛熙震《何滿子》：「寂寞芳菲暗度，歲華如箭堪驚。」古人驚秋歎老，句言驚見秋菊盛開，感歎年華易逝。

〔四〕「借煖」句：謂誰能借來暖氣以保留菊花的緑葉。被：通「帔」。翠被：翡翠羽制成的背帔。詩指緑葉。

〔五〕「鍊顔」句：言人防止容顔衰老還有服食仙丹妙藥之法補救。

〔六〕「秋香」句：屈原《離騷》：「夕餐秋菊之落英。」

〔七〕晚節：指菊花經霜盛開不懼晚秋嚴寒之節。宋韓琦《九日水閣》：「隨慚老圃秋容澹，且看寒花晚節香。」後詩人常以「晚節香」頌菊。

〔八〕「不是」句：本集《入濟源寓舍》：「未辦驅車上太行，主人留此避風霜。」言中途留居濟源是因

「風霜」之故。句指此。

〔編年〕

十月在濟源作。李《譜》編在蒙古太宗十年戊戌，從之。繆《譜》未編。

己亥元日①〔一〕

五十未全老〔二〕，衰容新又新。漸稀頭上髮，别换鏡中人。野史纔張本〔三〕，山堂未買鄰〔四〕。不成騎瘦馬，還更入紅塵〔五〕。

〔校〕

①己：毛本作「乙」，形訛。據李詩本、李全本、施本改。

〔注〕

〔一〕元日：正月初一。

〔二〕「五十」句：己亥年遺山虚歲五十。

〔三〕「野史」句：野史，與正史相對而言，指私人著述的史書。張本：預爲後來的事做工作。《左傳·隱公五年》「曲沃莊伯以鄭人、邢人伐翼……翼侯奔隨」晉杜預注：「晉内相攻伐……傳具其事，爲後晉事張本。」句謂自己撰寫野史的工作已展開。遺山甲午年已開始撰寫《先朝雜事》，見本集《南冠録引》。本集《學東坡移居八首》之六：「國史經喪亂，天幸有所歸。但恨後十年，時事無人知……朝我何所營，暮我何所思。胸中有如噎，欲得快吐之。」知金亡後不久開始撰寫末世時事——《壬辰雜編》。

〔四〕「山堂」句：謂尚未選擇購買與山中隱士所居爲鄰的房屋。買鄰：擇鄰而居。詳見《寄叔能兄》注〔五〕。

〔五〕「不成」二句：謂不願追逐於名利場了。不成：猶云難道。本集《初挈家還讀書山雜詩四首》之四：「乞得田園自在身，不成還更入紅塵。」

〔編年〕

蒙古太宗十一年己亥作。李、繆同。

游天壇雜詩十三首〔一〕

其一

芳樹陰陰鳥語譁，緑雲晴雪映紅霞。青山可是堪人恨，藏著中巖十里花〔二〕。

〔注〕

〔一〕天壇：山名。清嘉慶《大清一統志》載，王屋山在濟源縣西八十里。天壇山即王屋山絶頂。雜詩：隨感而發、興致不一的詩。

〔二〕中巖：在天壇山。本集《續夷堅志·仙貓》：「天壇中巖有仙貓洞。」《續夷堅志·蜜崖題字》：「余過中巖，謁白雲先生祠。」

其二

漫山白白與紅紅，小樹低叢看不供。總道楂花香氣好〔一〕，就中偏愛玉瓏鬆。花名有玉瓏鬆。

【注】

〔一〕總道：老是説。

其三

只願長城没徹頭〔一〕，豈知蒸土更堪憂〔二〕。秦人若見千年後，抱杵臨洮老死休〔三〕。避秦溝〔四〕。

【注】

〔一〕徹頭：盡頭。

〔二〕蒸土：《晉書·赫連勃勃載記》載，以叱干阿利領將作大匠，營起都城。阿性殘忍，乃蒸土，錐入一寸，即殺作者而並築之。上二句言秦修長城以延續國祚事。

〔三〕臨洮：秦長城西起臨洮（今甘肅省岷縣）。二句謂秦人若看到秦國並非亡於胡人，就抱着杵到老至死不築長城了。

〔四〕避秦溝：清雍正《山西通志》卷二百七《王屋山記》：「下有澗，曰避秦溝。」

其四

溪童相對採椿芽，指似陽坡説種瓜〔一〕。想是近山營馬少①〔二〕，青林深處有人家〔三〕。

〔校〕

①是：施本作「得」。

〔注〕

〔一〕指似：指點。陽坡：向陽的山坡。

〔二〕營馬：兵馬。

〔三〕「青林」句：仿唐杜牧《山行》：「遠上寒山石徑斜，白雲生處有人家」句意。

其五

仙貓聲在洞中聞，憑仗兒童一問君①。同向燕家舐丹鼎，不隨雞犬上青雲〔一〕。仙貓洞，是日兒子叔儀呼貓，應者②。土人傳燕家雞犬升天，貓獨不去。

〔校〕

①仗：李全本作「杖」，形訛。《續夷堅志・仙貓》作「仗」。②者：施本此字下有「一」字。

〔注〕

〔一〕「仙貓」四句：本集《續夷堅志・仙貓》：「天壇中巖有仙貓洞。世傳燕真人丹成，鷄犬亦昇仙，而貓獨不去，在洞已數百年。游人至洞前呼『仙哥』，間有應者。王屋令臨漳薛鼎臣呼之而應，親爲予言。己亥夏四月，予自陽臺宮將之上方，過洞前，命兒子叔儀呼之，隨呼而應，聲殊清遠也。因作詩云：『仙貓聲在洞中聞，憑仗兒童一問君。同向燕家舐丹竈，不隨鷄犬上青雲。』」

憑仗：依靠。

其六

諸峰羅列擁朝臺〔一〕，落日行雲一望開。絶似太山山上看〔二〕，分明齊嶺是徂徠〔三〕。

〔注〕

〔一〕朝臺：雍正《山西通志》卷二百七《王屋山記》：「絶頂有天壇……相傳自古仙靈朝會之所。世人謂之西頂。」

〔二〕太山山上看：遺山丙申年曾登泰山，見本集《東游略記》等。

〔三〕齊嶺：不詳。應爲王屋山中的小山巒。徂徠：山名。在今山東省泰安市東南。

其七

空翠霏煙海浪深，鰲頭鵬背半浮沉〔一〕。不知脚底山多少，還盡平生未足心〔二〕。

〔注〕

〔一〕「空翠」二句：清雍正《山西通志·王屋山記》：「絶頂有天壇，常有雲氣覆之，輪囷紛鬱，雷雨在下，飛鳥視其背。」鰲頭：指雲海中的山頭。《列子·湯問》載，渤海之中有壑，其下無底。海上有五座仙山，常隨波漂移。天帝讓巨鰲穩定神山，五山始峙然不動。鵬背：指雲海中的山嶺。《莊子·逍遥游》：「北冥有魚，其名爲鯤。鯤之大，不知幾千里也；化而爲鳥，其名爲鵬。鵬之背，不知幾千里也。」

〔三〕「還盡」句：蘇軾《佛日山榮長老方丈五絶》之四：「腹摇鼻息庭花落，還盡平生未足心。」

其八

湍聲洶洶落懸崖，見説蛟龍擘石開。安得天瓢一翻倒〔一〕，躡雲平下看風雷①〔二〕。時旱甚，故云。

〔校〕

①雷：毛本作「雲」，不入韻。據李詩本、李全本、施本改。

〔注〕

〔一〕天瓢：神話傳説中天神行雨用的瓢。蘇軾《二十六日五更起行至磻溪天未明》：「安得夢隨霹靂駕，馬上傾倒天瓢翻。」

〔二〕躡雲：地名。雍正《山西通志·王屋山記》：「過一天門，登十八盤。山石壁陡絶，旋繞而上，至躡雲嶠，觀煙蘿子登仙石。」

其九

仙壇倒影鳳麟洲〔一〕，一道雲光插素秋〔二〕。也是天公閑不得，海東移着海西頭〔三〕。

〔注〕

〔一〕仙壇：指天壇。鳳麟洲：神話中洲名，在西海之中央。地方一千五百里，洲四面有弱水繞之，鴻毛不浮，不可越也。洲上多鳳麟，數萬各爲群。見《海内十洲記·鳳麟洲》。

〔二〕素秋：秋天。古代五行之説，秋屬金，其色白，故稱素秋。

〔三〕「海東」句：《海内十洲記》言鳳麟洲在西海之中央。詩人把天壇比作鳳麟洲，言天壇自海東移至海西。雍正《山西通志·王屋山記》：「絶頂有天壇……相傳自古仙靈朝會之所，世人謂之西頂。蓋以武當爲南頂，泰山爲東頂，而並稱三頂云。」

一〇

道民終不忘天台〔一〕，姓字依然在蜜崖〔二〕。爲問松臺千歲鶴，白雲何處不歸來〔三〕。近歲盧氏蜜崖人跡不及處有題字云：「道民天台司馬承禎過。」松臺，即白雲老葬地①。

〔校〕

①地：施本此字下有「也」字。

〔注〕

〔一〕「道民」句：道民，唐代道人司馬承禎之自稱。天台，山名。《新唐書·司馬承禎傳》：「司馬承禎字子微，洛州温人……徧游名山，廬天台不出。」此處天台指天壇。

〔二〕「姓字」句：本集《續夷堅志·蜜崖題字》：「明昌末，盧氏山蜜崖，石壁高峻，非人跡所到。忽有題字云：『道民天台司馬承禎過。』字大如碗，黑色光瑩而紫。予過中巖，謁白雲先生祠，碑載：承禎葬松臺。因有詩云：『道民初不忘天台，姓氏分明見蜜崖。爲問松臺千載鶴，白雲何處不歸來？』」

〔三〕白雲：司馬承禎之號。

二

仙人龍蹻玉爲鞭〔一〕，石穴留書世不傳〔二〕。弱水蓬萊三萬里〔三〕，青山今古幾何年。近年人有得司馬先生石穴所藏《丹經》，予獲觀於山陽①。

〔校〕

①予：毛本作「子」，形訛。據李詩本、李全本、施本改。

〔注〕

〔一〕龍蹻：道教所謂飛行之術。晉葛洪《抱朴子·雜應》：「若能乘蹻者，可以周流天下，不拘山河。凡乘蹻道有三法：一曰龍蹻，二曰虎蹻，三曰鹿盧蹻。」

〔二〕「石穴」句：本集《通仙觀記》：「壬辰之變，人有得（司馬）鍊師所藏《丹訣》於此山（指王屋山）石穴中者，曰：『真元君周覽八極，天老相，風后侍，方明、力牧、常界先，昌宇從，六宮宮主悉以天衆會於天壇雲臺，論三洞秘文、普明法要。』……其《後記》云：『余留於王屋清虚洞側，獲真篆仙經二品：一曰《元精》，二曰《丹華》……』此《記》以歲月考之，知其往中巖時所藏也。」

〔三〕弱水：古水名。由于水道水淺或當地人民不習慣造船而不通舟楫，只用皮筏濟渡，古人往往認爲是水弱不能載舟，因稱弱水。蘇軾《金山妙高臺》：「蓬萊不可到，弱水三萬里。」蓬萊：三神山之一。見《史記·封禪書》。

一二

風期身後復身前〔一〕，一讀丹華似有緣〔二〕。八表神游吾豈敢，或能摇筆賦垂天〔三〕。

〔注〕

〔一〕風期：此指情誼。身後復身前：指佛家「三生」中的前生和來生。

〔二〕丹華：司馬承禎所藏書名。本集《通仙觀記》：「獲真篆仙經二品：一曰《元精》，二曰《丹華》。」上詩末注：「近年人有得司馬先生石穴所藏《丹經》，予獲觀於山陽。」句指此。

〔三〕「八表」二句：李白《大鵬賦序》：「余昔於江陵見天台司馬子微（司馬承禎字子微），謂余有仙風道骨，可與神游八極之表。」蘇軾《水龍吟》（古來雲海茫茫）：「八表神游，浩然相對，酒酣箕踞。待垂天賦就，騎鯨路穩，約相將去。」八表：八方之外，指極遠的地方。垂天：即垂天翼。《莊子·逍遥游》：「鵬之背，不知其幾千里也，怒而飛，其翼若垂天之雲。」

一三

擬著茅齋北斗平〔一〕，殘年細讀洗心經〔二〕。詩成應被盧仝笑，曾見青山養伯齡〔三〕。盧仝送伯齡出山〔四〕，云：「伯齡不厭山，山不養伯齡。」予以早當出山〔五〕，故自戲云。北斗平在天壇之後。

〔注〕

〔一〕北斗平：地名。末注言「在天壇之後」。

〔二〕洗心經：《易經》的代稱。因《易・繫辭上》有「聖人以此洗心」句，故稱。

〔三〕「詩成」二句：用盧仝「伯齡不厭山，山不養伯齡」句意，言己曾住在山中，現因旱方出山。盧仝：唐代詩人，曾隱居於濟源盤谷。

〔四〕盧仝送伯齡出山：《全唐詩》其篇名爲《揚州送伯齡過江》。

〔五〕予以旱當出山：本集《發濟源》：「旱暵今年劇，他鄉底處歸。」

〔編年〕

《續夷堅志・仙貓》：「己亥夏四月，予自陽臺宫將之上方，過洞前，命兒子叔儀呼之。」據此，知組詩作於蒙古太宗十一年己亥。李、繆同。

別覃懷幕府諸君二首〔一〕

其一

王後盧前舊往還〔二〕，江東渭北此追攀〔三〕。百年人物存公論，四海虛名只汗顔。詩酒聊堪慰華髮，衡茅終擬共青山〔四〕。相思後日并州夢〔五〕，常在瑶林照映間①〔六〕。

〔校〕

① 在：毛本作「住」，據李詩本、李全本、施本改。

〔編年〕

〔一〕覃懷：指懷州，今河南省沁陽市。《書·禹貢》「覃懷底績」孔安國傳：「覃懷，近河地名。」孔穎達疏：「《地理志》河内郡有懷縣，在河之北。蓋覃懷二字共爲一地。」金履祥《尚書注》：「覃，大也。懷，地名……古所謂覃懷也，即今懷州。」覃懷幕府諸君：本集《清真觀記》云：「歲甲午，予自大梁羈管聊城，德明之法兄弟房志起從覃懷來，介於幕府諸君，請予爲記。」《甘水仙源録》卷九《懷州清真觀記》云：「介於幕府參佐祁文舉、郎文炳、趙尚賓請予爲記。」知祁文舉、郎文炳、趙尚賓皆先生之舊友，「幕府諸君」指此。

〔二〕王後盧前：《舊唐書·楊炯傳》：「吾媿在盧前，恥居王後。」盧，指盧照鄰。王，指王勃。二人皆屬「初唐四傑」。句言與覃懷幕府諸人舊交甚密。

〔三〕江東渭北：杜甫《春日憶李白》：「渭北春天樹，江東日暮雲。」追攀：追隨牽挽，形容惜别。句以李、杜喻遺山與覃懷幕府諸友的情誼。

〔四〕衡茅：衡木爲門，茅草爲屋，指陋室，隱者所居。陶淵明《辛丑歲七月赴假還江陵夜行涂口》：「養真衡茅下，庶以善自名。」

〔五〕并州：指太原。句謂後日到太原會在夢中思念（覃懷幕府諸君）。

〔六〕瑶林：玉林。此喻資質優異、品格高潔的覃懷幕府諸君。

其二

太行醲秀在山陽〔一〕，嵇阮經行舊有鄉〔二〕。林影池煙設清供〔三〕，物華天寶借餘光〔四〕。承平故事嗟猶在，雅詠風流豈易忘〔五〕。稍待秋風入涼冷①，百壺吾欲醉籌堂〔六〕。河内有七賢鄉〔七〕。

〔校〕

①稍：李詩本、毛本作「梢」，形訛。據李全本、施本改。

〔注〕

〔一〕醲秀：穠豔秀麗。山陽：金縣名，在今河南省修武縣。

〔二〕「嵇阮」句：嵇，指嵇康。阮，指阮籍。二人爲竹林七賢的代表人物。《三國志·魏書·嵇康傳》裴松之注引《魏氏春秋》：「康寓居河内之山陽縣……與陳留阮籍、河内山濤、河南向秀、籍兄子咸、琅邪王戎、沛人劉伶相與友善，游於竹林，號爲『七賢』。」

〔三〕清供：清雅的供品。

〔四〕物華天寶：謂物的精華乃天的寶物。餘光：指嵇、阮等名流的影響。

〔五〕「承平」二句：承平：治平相承，即太平。二句謂竹林七賢的故事至今仍有，與幕府諸君雅詠風流之事不易忘記。

〔六〕籌堂：飲酒投壺之所。《投壺記》：「籌室中五扶，堂上七扶，庭中九扶。」

〔七〕河内：金縣名。懷州治所。

〔編年〕

北歸時途中作。李《譜》定爲蒙古太宗十一年己亥舉家北歸時作，繆《譜》定爲蒙古太宗九年丁酉獨身北歸時作。按遺山己亥自濟源舉家北返在夏季，此與詩末二句合。故從李《譜》。

發濟源〔一〕

旱暵今年劇〔二〕，他鄉底處歸。嬴糧失先具〔三〕，涉世本無機。棄擲烏皮几〔四〕，裴回白版扉〔五〕。殷勤雙語燕，媿汝遠相依。

〔注〕

〔一〕濟源：金縣名。在今河南省濟源市。

〔二〕「旱暵」句：本集《游天壇雜詩十三首》其一三尾注云：「予以旱當出山，故自戲云。」旱暵：不雨乾熱。

〔三〕嬴糧：擔負着糧食。《莊子·胠篋》：「某所有賢者，嬴糧而趨之。」三、四兩句言己没有涉世的經驗，未帶足糧食，致使中途受困。

〔四〕烏皮几：烏羔皮裹飾的小几案。古人坐時用以靠身。杜甫《將赴成都草堂途中有作》之五：

「錦官城西生事微，烏皮几在還思歸。」仇兆鰲注：「《高士傳》：『晉宋明不仕，杜門注黄老，孫登惠烏皮裹几。』」句指不能隱居濟源而北歸。

〔五〕白版扉：不施油漆的白板門。形容屋舍簡陋。唐王維《田家》：「雀乳青苔井，雞鳴白板扉。」本集《鷓鴣天》〔華表歸來老令威〕：「舊時逆旅黄粱飯，今日田家白板扉。」

〔編年〕

此詩編在《己亥元日》後，且所言「旱暵今年劇」與《游天壇雜詩十三首》末注「予以旱當出山」合。李、繆皆定在蒙古太宗十一年己亥作，是。然繆《譜》謂《游天壇雜詩十三首》「乃由濟源北返過天壇時之事」，「《發濟源》詩有『殷勤雙語燕，媿汝遠相依』句，則先生發濟源時，蓋在二三月間也」，則不妥。由濟源歸鄉當北登羊腸坂上太行山，不當向西路經王屋山。遺山游天壇乃寓居濟源時專程觀光。是則其發濟源在己亥四月游天壇之後。故詩有「旱暵」句。

銅鞮次村道中〔一〕

山徑一何惡，一澗復一嶺。昂頭一握天〔二〕，放脚百丈井。武鄉有便道〔三〕，故繞銅鞮境。涉險良獨難，又復觸隆景〔四〕。羸驂蹄已穴，怨僕氣將癭〔五〕。與世恒背馳，用力何自省。河汾紹絶業，疑信紛莫整〔六〕。銘石出壙中〔七〕，昧者宜少警。少時曾一讀，過眼不再省。南北二十年〔八〕，夢寐猶耿耿。喻如萬里别，燈火得對影。行役豈不勞，聊當忍俄頃。

〔注〕

〔一〕銅鞮：金縣名，在今山西省沁水縣南。

〔二〕一握天：形容離天很近。宋葉廷珪《海録碎事》卷三上《去天一握》：「興元之南……三日而達於山頂。其絶高處謂之孤雲兩角。諺云：『孤雲兩角，去天一握。』」

〔三〕武鄉：金縣名，在今山西省武鄉縣。便道：近便之道。

〔四〕「又復」句：韓愈《感二鳥賦》：「出國門而東騖，觸白日之隆景。」隆景：指炎灼的日光。

〔五〕癭：頸瘤。句謂僕人怨氣很大。

〔六〕「河汾」二句：言隋末龍門王通繼承孔孟絶業，後人疑信之言紛然不一。《中州集》董文甫《文中子續經》：「紛紛述作史才雄，聽似秋來百草蟲。不是春雷轟蟄窟，蚓蛇會得化成龍。」遺山注云：「『予嘗以王氏六經爲問。先生云：『王氏六經以權道設教，雖孔子亦然，但後人不能知之耳，因以此詩見示。』」本集《送弋唐佐董彦寛南歸且爲潞府諸公一笑》「河汾續經名自重，附會人嫌迫周孔。史臣補傳久已出，浮議至今猶洶洶……沁州破後石故在，爲礎爲矼吾亦恐」，諸句即指此。

〔七〕壙：墓穴。句所言之事不詳。

〔八〕「南北」句：遺山自貞祐四年丙子南渡，至此二十三年。

〔編年〕

詩有「南北二十年」句，知爲晚年返鄉時作。再據「又復觸隆景」及「怨僕氣將癭」句，知作於蒙古太宗十一年己亥舉家返鄉時。丁酉遺山返鄉乃隻身，且在秋季，與此不合。李、繆同。

送母受益自潞府歸嵩山〔一〕

薄俗科名賤〔二〕，孤生志願違①〔三〕。正須謀獨往〔四〕，何暇計群飛〔五〕。泌水真堪樂〔六〕，荆州況可依〔七〕。青山吾舊隱〔八〕，此日羨君歸。

〔校〕

①孤：李全本作「狐」。

〔注〕

〔一〕母受益：當屬潞州幕府賓僚。金李俊民《鶴鳴集》有《送母受益之洛陽》詩。餘不詳。潞府：潞州幕府。州治在今山西省長治市。

〔二〕科名：科舉功名。句言金元之際科舉考試不再正常舉行，習俗不重科舉功名的現狀。

〔三〕孤生：孤獨的人。指母受益。

〔四〕獨往：元劉履《風雅翼》卷下引《淮南子》曰：「山谷之人，輕天下、細萬物而獨往。」

〔五〕群飛：指入世得志。唐韓愈《祭柳子厚文》：「子之視人，自以無前。一斥不復，群飛刺天。」

〔六〕「泌水」句：《詩·陳風·衡門》：「衡門之下，可以棲遲。泌之洋洋，可以樂飢。」

〔七〕「荆州」句：唐韓朝宗曾任荆州長史，爲時人所推重。見李白《與韓荆州書》。後因以「荆州」稱己所推重之士。

〔八〕青山：指嵩山。遺山曾在此地隱居。

【編年】

李《譜》編於蒙古太宗十一年己亥下「附録」中，謂當是年路經潞州時作。繆《譜》未編。遺山自山東返鄉多次路經潞州，唯己亥攜家，旅途停留較久，姑從李《譜》。

答潞人李唐佐贈詩〔一〕

聞道嗟予晚〔二〕，求師愧子賢〔三〕。泥涂終自拔〔四〕，璞玉豈虚捐〔五〕。書破三千牘〔六〕，詩論二百年〔七〕。文章有聖處〔八〕，正脈要人傳。

【注】

〔一〕潞：金州名。今山西省長治市。李唐佐：其人不詳。

〔二〕聞道：《論語·里仁》：「朝聞道，夕死可矣。」韓愈《師説》有「聞道有先後」，「生乎吾後，其聞道也亦先乎吾，吾從而師之」語，合觀下句，句用此典。

〔三〕「求師」句：謂李唐佐拜自己爲師，自己感到慚愧。

〔四〕泥涂：喻求學的迷涂。

〔五〕璞玉：包在石中而尚未雕琢的玉。比喻尚未爲人所知的賢才。

〔六〕三千牘：《史記·滑稽列傳》：「朔（東方朔）初入長安，至公車上書，凡用三千奏牘。」句亦杜甫「讀書破萬卷」之意。

〔七〕「詩論」句：《南史·謝朓傳》：「朓善草隸，長五言詩。沈約常云：『二百年來無此詩也。』」

〔八〕聖：指深微精妙。

〔編年〕

李《譜》編於蒙古太宗十一年己亥下「附録」中，謂當是年返鄉路經潞州時作。繆《譜》未編。按：遺山數次路經潞州，唯此次攜家，滯留較長，姑從李《譜》。

送弋唐佐、董彦寬南歸且爲潞府諸公一笑〔一〕

河汾續經名自重〔二〕，附會人嫌迫周孔〔三〕。史臣補傳久已出〔四〕，浮議至今猶洶洶〔五〕。薛收文志誰所傳〔六〕，貴甚竹書開汲冢〔七〕。沁州破後石故在〔八〕，爲礎爲矼吾亦恐〔九〕。暑涂十日來一觀，面色爲黧足爲腫。澮公澮癖何所笑〔一〇〕，但笑弋卿堅又勇。自言浪走固無益〔一一〕，遠勝閉門親細冗〔一二〕。摩挲石刻喜不勝〔一三〕，忘却崎嶇在岡隴。潞人本澮新有社①〔一四〕，濇事重重非一種。有人六月訪琴材〔一五〕，不爲留難仍從臾〔一六〕。懸知蠟本入渠手②〔一七〕，四座色揚神爲竦。他時記籍社中人，流外更須增一董〔一八〕。

〔校〕

①潞：李全本作「路」。　②知：李全本作「如」。

〔注〕

〔一〕弋唐佐：名彀英，汝州（今河南省汝州市）人。有志道學，遺山曾爲其《集諸家通鑑節要》作序，爲其父作《臨海弋公阡表》。董彦寬：其人不詳。潞府：潞州幕府，在今山西省長治市。

〔二〕河汾續經：宋司馬光《文中子補傳》言王通居河、汾之間，著王氏六經。名自重：司馬光《文中子補傳》：「考諸舊史，無一人語及通名者。《隋史》，唐初爲也，亦未嘗載其名於儒林隱逸之間。豈諸公皆忘師棄舊之人乎，何獨其家以爲名世之聖人而外人皆莫之知也。」

〔三〕「附會」句：言附會王通者認爲其功績接近周公、孔子，世人嫌此評價太高。

〔四〕史臣補傳：應指司馬光所作《文中子補傳》。

〔五〕「浮議」句：參見金董文甫《文中子續經》詩，詳見《銅鞮次村道中》注〔六〕。董文甫乃潞州人，故對潞府諸公言此。

〔六〕「薛收」句：司馬光《文中子補傳》：「今其六經皆亡，而《中説》亦出於其家。雖云門人薛收、姚義所記……」薛收：字伯褒，唐河東汾陰（今山西省萬榮縣）人。隋末文學家薛道衡之子。

〔七〕竹書開汲冢：《晉書·束皙傳》：「太康二年，汲郡人不準盜發魏襄王墓，或言安釐王冢，得竹書數十車。」二句言「薛收文志」比汲冢竹書還珍貴。

〔八〕「沁州」句：本集《銅鞮次村道中》有「銘石出壙中，昧者宜少警。少時曾一讀，過眼不再省。南北二十年，夢寐猶耿耿。」言銘石出於喪亂之前，此句指此石亂後猶存。

〔九〕矼：石橋。句言詩人也擔心銘石的下落，是否被人用去做了柱石或鋪了石橋。

〔一〇〕澮公：不詳，當潞府之人。本集《送宋省參并寄潞府諸人》：「因君寄問社中人，前日澮公行復過。」

〔一一〕浪走：胡亂奔走。

〔一二〕細冗：生活瑣事。

〔一三〕石刻：即本詩「沁州破後石故在」之石。

〔一四〕「潞人」句：言潞府諸公新成立澮社。參見注〔一〇〕。

〔一五〕琴材：製琴的木材，古多指桐。此喻指沁州石刻。

〔一六〕留難：阻留。此指勸阻。從臾：同從諛，慫恿。

〔一七〕懸知：料想。蠟本：以蠟涂絹，臨摹原畫，稱「蠟本」。渠：指弋唐佐。

〔一八〕流外：指潞人新結的澮社之外。一董：指董彥寬。

〔編年〕

此詩李、繆未編年。按所詠「河汾續經」事，當與《銅鞮次村道中》同時作。且詩所及地點、季節「沁州」、「暑涂」，與上詩「銅鞮」（屬沁州）、「隆景」也合，故定在蒙古太宗十一年己亥。

雜詩六首道中作〔一〕

其一

鼠肝蟲臂復何辭〔二〕，坎止流行亦有時〔三〕。已被吴中唤傖父〔四〕，却來河朔作炎兒〔五〕。

〔注〕

〔一〕雜詩：謂興致不一，不拘流例，遇物即言之詩。

〔二〕鼠肝蟲臂：比喻微賤之物。《莊子·大宗師》：「偉哉造化！又將奚以汝爲？將奚以汝適？以汝爲鼠肝乎？以汝爲蟲臂乎？」

〔三〕坎止流行：遇坎而止，乘流則行。比喻依據環境的逆順確定進退行止。《漢書·賈誼傳》：「乘流則逝，得坎則止。」顔師古注：「孟康曰：『《易·坎》爲險，遇險難而止也。』張宴曰：『謂夷易則仕，險難則隱也。』」

〔四〕吴中唤傖父：《晉書·左思傳》載陸機與弟雲書：「此間有傖父（左思），欲作《三都賦》，須其成當以覆酒甕耳。」傖父：鄙賤之夫。南人譏罵北人的話。二陸，吴人；左思，齊人，故云。

〔五〕河朔：黄河以北。炎兒：喻十分受寵的人。

其二

隆州兵騎往來衝〔一〕，客路灰郊更向東。大似天教浣塵土，數程都在水聲中。

〔注〕

〔一〕隆州：五代北漢置，治今山西省祁縣東南。

其三

懸崖飛瀑駭初經，白玉雙龍擊迅霆①〔一〕。却恨暑天行過速，不曾赤脚踏清泠。

〔校〕

①擊：施本作「掣」。

〔注〕

〔一〕白玉雙龍：喻指兩道飛瀑。

其四

黄華北下馬陵南〔一〕，佛屋燒殘有石龕〔二〕。想是故鄉行欲近，粥糜渾覺水泉甘〔三〕。

〔注〕

〔一〕黄華：山名。即今河南省林州市西南的林慮山。馬陵：疑指馬嶺。嘉慶《大清一統志·順德府》「馬嶺」條謂其「在邢臺縣西一百六十里」。本集有《馬嶺》詩。

〔二〕石龕：供奉神像或神主的小石閣。

〔三〕糜：粥。渾：連同。

其五

莊休通蔽互相妨，鄉社情親豈易忘〔一〕。司命果能還舊觀，髑髏端合羨侯王〔二〕。

〔注〕

〔一〕「莊休」二句：《文選》謝靈運《廬陵王墓下作》：「平生疑若人，通蔽互相妨。」莊休：莊子字子休，故稱。清王士禛《送陶季之潞州》：「譬若莊休從惠施，高齋茗飲坐清晝。」通蔽：通達遮蔽。二句謂莊子齊萬物、超生死的觀點過於極端，思鄉的感情是難以忘却的。

〔二〕「司命」二句：司命，掌管生命的神。髑髏：死人的骨頭。端合，應當。《莊子·至樂》：「吾使司命復生子形，爲子骨肉肌膚，反子父母妻子閭里知識，子欲之乎？」髑髏深矉蹙頞，曰：『吾安能棄南面王樂而復爲人間之勞乎！』」二句反用其典，謂鄉社情親使人愛慕，死鬼如能復生也應捨棄樂死之願。

其六

鄉關白日照青天，徒步歸來亦可憐。袖裏新詩一千首，不愁錦繡裏山川。

〔編年〕

此詩李《譜》據「已被吴中唤傖父」，認爲是早年舉試不遇之作，編在金貞祐三年乙亥。繆《譜》則定在蒙古太宗十一年己亥自濟源北歸涂經潞州時作。按詩寫久别來歸的欣喜之情，屬晚年之作，且又在夏季，故從繆《譜》。

倪莊中秋〔一〕己亥

强飯日逾瘦，裌衣秋已寒。兒童漫相憶〔二〕，行路豈知難。露氣入茅屋，溪聲喧石灘。山中夜來月，到曉不曾看。

〔注〕

〔一〕倪莊：地址不詳。

〔二〕漫：隨意。憶：臆度，猜測。

〔編年〕

據題注，詩作於蒙古太宗十一年己亥。李、繆同。

榆社硤口村早發〔一〕

瘦馬長途懶著鞭，客懷牢落五更天〔二〕。幾時不屬鷄聲管，睡徹東窗日影偏。

〔注〕

〔一〕榆社，金縣名，今山西省榆社縣。

〔二〕牢落：孤寂，失落無聊。

〔編年〕

李《譜》編於蒙古太宗十一年己亥攜家北返途中作，從之。繆《譜》未編。

◎羈管山東時期未編年之作

送杜招撫歸西山杜亂後爲黄冠師〔一〕

少日先聲懾虎貔〔二〕，只今騎馬欲雞棲〔三〕。邯鄲枕上人初覺〔四〕，秋水篇中物已齊〔五〕。父老樵漁知有社，將軍桃李自成蹊〔六〕。因君唤起思鄉意，君在西山我更西〔七〕。

〔注〕

〔一〕杜招撫：當指杜先。《金史·宣宗紀》載，元光元年十月，徙彰德招撫使杜先於衛州。《金史·張開傳》載，林州亂，逐招撫使康瑭，推杜先爲招撫使。黄冠師：道士。

〔二〕先聲：兵家指先張揚聲勢，以威懾敵人。此指威名。虎貔：比喻凶猛的敵人。貔：古書中的一種猛獸。

〔三〕「只今」句：杜甫《晚出左掖》：「避人焚諫草，騎馬欲鷄棲。」宋黄希《補注杜詩》：「《文選》：

鷄登棲而斂翼。」《後漢書・陳蕃傳》：「諺曰：『車如鷄棲馬如狗，疾惡如風朱伯厚。』」句謂如今身份低下，就像鷄入窩上架那樣畏縮。

〔四〕「邯鄲」句：唐沈既濟《枕中記》載，盧生於邯鄲客店中遇道者吕翁，自言有志於學，欲建功樹名，而今猶窮困。翁授之枕，使之入夢。生夢中歷經榮華富貴，及醒，店主人所蒸黄粱飯尚未熟。句用此典，意謂金亡，昔日積極入世，建功立業的理想如黄粱一夢終歸破滅。

〔五〕「秋水」句：《莊子・秋水篇》認爲從「道」的角度看，世間萬物無大小貴賤的分別。莊子另有《齊物論》，討論萬物無差别。句謂杜淪爲道士，潛心玄學，超脱塵世名利富貴。

〔六〕「父老」二句：謂故鄉父老打柴捕魚成群結隊，杜招撫魅力四射吸引人來。桃李自成蹊：《史記・李將軍傳》引諺：「桃李不言，下自成蹊。」言桃李以華實招人喜愛，不期而至。

〔七〕「君在」句：西山，當指太行山。遺山家鄉忻州在太行山西側，故云。

〔編年〕

據末二句，知詩作於羈管山東時。李《譜》編在蒙古太宗七年乙未。繆《譜》未編。

眼中

眼中時事益紛然，擁被寒窗夜不眠。骨肉他鄉各異縣〔一〕，衣冠今日是何年〔二〕。枯槐聚蟻無多地〔三〕，秋水鳴蛙自一天〔四〕。何處青山隔塵土，一庵吾欲送華顛〔五〕。

〔注〕

〔一〕「骨肉」句：古樂府《飲馬長城窟行》：「他鄉各異縣，展轉不相見。」本集《南冠録引》：「歲甲午，羈管聊城。益之兄邈在襄漢，遂有彼疆此界之限。侄摶俘絷之平陽，存亡未可知。」

〔二〕衣冠：古時士以上的服裝。代稱士大夫。詩用以自指。

〔三〕「枯槐」句：唐李公佐《南柯太守傳》載，淳于棼與友人酣飲於古槐樹下，醉，夢二紫衣使者邀之，入大槐安國，其王招爲駙馬。醒後，在古槐下尋得一大蟻穴，即夢中之槐安國都。

〔四〕秋水鳴蛙：《莊子·秋水》：「井蛙不可以語於海者，拘於虚也。」郝樹侯《元好問詩選》：「這兩句是説，已經留下一小塊瀕於危亡的地盤，而大家的意見還不能一致。」《金史·哀宗下》天興二年三月下載：「官奴私與國用安謀，邀上幸海州，不從。蔡帥烏古論鎬以糧四百餘斛至歸德，表請臨幸，上遣學士烏古論蒲鮮以幸蔡之意諭其州人。戊辰，官奴以忠孝軍爲亂，攻殺馬用，遂殺尚書左丞李蹊、參知政事石盞女魯歡、點檢徒單長樂，從官右丞已下三百餘人」。疑上二句指此。

〔五〕「何處」二句：言尋避世之所了却殘年。華顛：白頭。指年老。

〔編年〕

據「骨肉」句及注〔一〕所引本集《南冠録引》，知詩爲羈管山東時作。疑金天興二年癸巳在聊城作。李《譜》編在蒙古太宗七年乙未。繆《譜》未編。

得一飛姪安信〔一〕

音問他鄉隔，存亡此日知〔二〕。夢中憂凍餒，意外脱艱危。避地何嗟及〔三〕，還家敢恨遲。衰年吾事了，似有鹿門期〔四〕。

〔注〕

〔一〕一飛姪：本集有《得姪搏信二首》，一飛當爲搏之字。搏爲元好謙之子。本集《承奉河南元公墓銘》：「無子，以從孫好謙之子搏奉其後。」

〔二〕「音問」二句：本集《南冠録引》：「歲甲午，羈管聊城……侄搏俘縶之平陽，存亡未可知。」

〔三〕避地：謂遷地以避災禍。何嗟及：嗟歎無法達到目的。

〔四〕鹿門期：《後漢書・逸民龐公傳》：「（龐公）後遂攜其妻子登鹿門山，因採藥不反。」

〔編年〕

據首二句及《南冠録引》，知也羈管山東時作。李《譜》編在蒙古太宗七年乙未。繆《譜》未編。

得姪搏信二首①

其一

今日鄜州姪，知從虎穴還〔一〕。百年陰德在〔二〕，幾日鬢毛斑。隔闊家仍遠〔三〕，羈棲食更艱〔四〕。誰憐西北夢，依舊遶秦關〔五〕。

〔校〕

①搏：李詩本、毛本作「傳」，形訛。本集《南冠録引》《承奉河南元公墓銘》、《元氏集驗方序》作「搏」。據李全本、施本改。

〔注〕

〔一〕「今日」二句：本集《南冠録引》：「歲甲午，羈管聊城……侄搏俘縶之平陽（戰國秦地，在今陝西省岐山縣西南），存亡未可知。」鄜州：金縣名，今陝西省富縣。

〔二〕陰德：蔭德。古人認爲先輩積德行善，可澤及子孫，故稱。《漢書・丙吉傳》：「臣聞有陰德者，必饗其樂，以及子孫。」

〔三〕隔闊：阻隔闊別。《後漢書・臧洪傳》：「隔闊相思，發於寤寐。」

〔四〕羈棲：淹留他鄉。杜甫《熟食日示宗文宗武》：「消渴游江漢，羈棲尚甲兵。」

〔五〕秦關：戰國秦居關中，故稱。

其二

虢驛傳家信〔一〕，坤牛玩吉占〔二〕。團圓知有望，悲喜亦相兼〔三〕。過眼書重展〔四〕，伸眉酒屢添〔五〕。關河動高興〔六〕，百遶望清蟾〔七〕。

〔注〕

〔一〕虢驛：虢地之驛郵。虢，當指西虢（上引《南冠録引》之「平陽」，當指戰國秦地，在今陝西省岐山縣西南），在今陝西省寶鷄市東。

〔二〕坤牛：牛爲坤之象，坤即坤卦。玩：占卜。吉占：占卜的結果吉利。

〔三〕「團圓」二句：杜甫《得舍弟觀書》：「今茲暮春月末，行李合到夔州，悲喜相兼，團圓有望。賦詩即事，情見乎詞。」

〔四〕書：指侄搏的信。句謂重複展讀報喜的信。

〔五〕伸眉：《前漢書·薛宣傳》：「君其圖進退，可復伸眉於後。」顔師古曰：「伸眉，言無憂也。」

〔六〕關河：秦關、黄河。上首有「誰憐西北夢，依舊遶秦關」句。高興：愉快而興奮的情緒。

〔七〕清蟾：澄明的月亮。傳説月中有蟾蜍，故以蟾代月。

〔編年〕

與《得一飛侄安信》皆作於羈管山東時。李《譜》繫於蒙古太宗七年乙未。繆《譜》未編。

壽趙受之①〔一〕

山東諸將擁行臺②〔二〕，共許元戎有雅懷〔三〕。文字誰如祭征虜〔四〕，威名人識李臨淮〔五〕。

農郊荆棘連新麥，儒館丹青映古槐③〔六〕。看取邦人祝君壽，五雲多處是三台〔七〕。

〔校〕

①受：毛本、郭本作「益」，誤。據李詩本、施本改。　②行：施本作「雲」。　③映：施本作「仰」。

〔注〕

〔一〕趙受之：本集《千户趙侯神道碑銘》：「侯諱天錫，字受之，姓趙氏，世爲冠氏人。」

〔二〕行臺：指地方大吏的官署。詩指行軍萬户嚴實。本集《千户趙侯神道碑銘》「行臺所統百城」即指此。

〔三〕元戎：主將，統帥。此指趙受之。本集《千户趙侯神道碑銘》：「侯在軍旅中，日以文史自隨，延致名儒，考論今古，窮日夕不少厭，時或投壺雅詠，揮麈清坐……行臺所統百城，比年以來，將佐令長皆興學養士，駸駸乎齊魯禮義之舊。推究原委，蓋自侯發之。」

〔四〕祭征虜：《後漢書·祭遵傳》載，少好經書。建武二年拜征虜將軍。爲將軍時，取士皆用儒術，對酒設樂，必雅歌投壺。

〔五〕李臨淮：李光弼進封臨淮郡王。《新唐書·李光弼傳》言其「治師訓整，天下服其威名，軍中指顧，諸將不敢仰視」。

〔六〕丹青：紅色和青色。泛指絢麗的顔色，包括畫像等。

〔七〕五雲：五色瑞雲，多作吉祥的徵兆。三台：星名。《晉書·天文志上》：「三台六星，兩兩而居……在人曰三公，在天曰三台，主開德宣符也。」

〔編年〕

趙受之卒於蒙古太宗十二年庚子夏，詩爲趙在世時作，應作於羈管山東時。李《譜》編在蒙古太宗七年乙未。繆《譜》未編。

蕭齋並引①

故民部長陵蕭公〔一〕，泰和、大安之間〔二〕，名德雅望，朝臣無出其右。其爲太原道漕使時〔三〕，不肖方厠諸生間〔四〕，顧嘗一望眉宇，以爲甚幸！然亦以齒少且賤，不得與横經之末而爲恨也〔五〕。北渡後居陽平〔六〕，見關中人邢公達〔七〕，談公平生，往往色揚而神躍。問之，知其爲公夫人之猶子也〔八〕。蓋公達之先人，於公恩義良厚，而公所以報之者爲甚力。公達初仕部掾，年甫三十，遂爲州上佐，出入臺閣者二十年。雖其材致然，亦藉公爲之司命耳〔九〕。予雅知公達之敬公也，凡欲聞公之故，則就訪之。公達所居之屋，乞名於予，因以「蕭齋」目之，且爲之説云：「士之生世，有一鄉之士，有天下之士；有一人之所私慕，有天下之所共稱。分限所在，不能以强人，而人亦不得而强之也。惟公承王公餘烈，奕葉台鼎〔一〇〕，世譜完具，與當陽杜氏相上下，故言氏族者推其貴；出入經史，優柔饜飫，發擿秘奥，不減前輩蔡無可〔一一〕，故言討論者服其博；奏讞疑獄，致力忠愛，一言之仁，利及永久〔一二〕，故言斷獄者歸其平；彊禦不奪其操②，公相不易其介，幅巾鄉社，坐鎮頹俗，故言進退者推其高。蓋天下所共稱，非一人之私慕，高山仰止〔一三〕，其誰曰不然？古人有愛蕭子雲筆札者，得蕭之一字，遂以名所居〔一四〕，況於其所天乎〔一五〕？」因爲詩以貽公達。有好賢如《緇衣》者〔一六〕，請爲同賦焉。

十年金門客〔一七〕，一日蓬蒿人。煙煤兩椽屋，因公名字新〔一八〕。昔公無恙時，四海望經綸〔一九〕。敦龐一古儒〔二〇〕，風采自名臣。人亡典型在，百世留清塵〔二一〕。師尊世共然，況子夙所親③。愛公入夢想，逶迤見垂紳〔二二〕。教兒多讀書，公言諒諄諄〔二三〕。他時門户改，亦唯公所姻。我嘗望公顔，道左避朱輪〔二四〕。至今誦其詩〔二五〕，喜色爲津津。歸秦如未老，會買東家鄰〔二六〕。

〔校〕

①引：施本作「序」。②操：毛本作「標」，形訛。據李詩本、李全本、施本改。③子：李全本作「予」，亦通。

〔注〕

〔一〕長陵：縣名，西漢高祖十二年築陵置縣。治今陝西省咸陽市東北。蕭公：《中州集·蕭尚書貢傳》載，貢字真卿，咸陽人。大定二十二年進士，官至御史中丞。

〔二〕泰和、大安：金章宗年號。

〔三〕漕使：漕運司的官長。管理催徵税賦，出納錢糧，辦理上供以及漕運等事。

〔四〕不肖：自謙之稱。厠：夾雜。諸生：衆儒生。

〔五〕横經：横陳經籍。指受業或讀書。

〔六〕陽平：冠氏縣之舊稱。魏黄初三年分魏郡置陽平郡。本集屢以陽平稱冠氏，如《紀子正杏園燕集》：「陽平一邑多詩豪。」

〔七〕邢公達：元王惲《秋澗集・碑陰先友記》載，邢敏字公達，秦人。性公直，明法令，以廉自持。用薦授金左司員外郎，終大名府判官。

〔八〕猶子：侄子。

〔九〕司命：左右命運者。

〔一〇〕奕葉：累世，代代。臺鼎：古稱三公爲臺鼎。如星之有三台，鼎之有三足。

〔一一〕蔡無可：指蔡珪。《中州集・蔡太常珪》：「珪字正甫，大丞相松年之子。七歲賦菊詩，語意驚人。日授數千言。天德三年進士擢第後不赴選調，求未見書讀之。其辨博爲天下第一。」

〔一二〕一言之仁，利及永久：《中州集・蕭尚書貢傳》：「累遷右司郎中，預修泰和律令。所上條畫，皆委曲當上心。興陵嘉歎曰：『漢有蕭相國，我有蕭貢，刑獄吾不憂矣。』又奏：死囚獄雖已具，仍責家人伏辨，以申冤抑。詔從之。」

〔一三〕高山仰止：語出《詩·小雅·車舝》：「高山仰止，景行行止。」後用以謂崇敬仰慕。

〔一四〕「古人」三句：蕭子雲，南朝梁蕭子顯弟，字景喬。仕至國子祭酒。善草隸書，爲時楷法。嘗飛白大書「蕭」字。李約得之，建一室曰「蕭齋」（《梁書·蕭子雲傳》）。

〔一五〕所天：所依靠的人。

〔一六〕緇衣：《詩·鄭風》篇名。《詩序》謂贊美鄭武公父子之詩。一説爲贊美武公好賢之詩。

〔一七〕金門：漢宫門金馬門的省稱。學士待詔之處。唐翰林院所在金明門也省稱「金門」。李白《走筆贈獨孤駙馬》：「是時僕在金門裏，待詔公車謁天子。」客：指邢公達。

〔一八〕公：指蕭貢。名字新：遺山命名邢公達所居爲「蕭齋」。句指此。

〔一九〕經綸：整理絲縷、理出絲緒和編絲成繩，統稱爲經綸。引申爲籌畫治理國家大事。

〔二〇〕敦龐：敦厚樸實。

〔二一〕清塵：清高的遺風；高尚的品質。

〔二二〕逶迤：從容謙退之貌。垂紳：大帶下垂。《禮記·玉藻》：「凡侍於君，紳垂。」孔穎達疏：「紳，大帶也。身直則帶倚，磬折則帶垂。」言臣下侍君必恭。後借指在朝爲官。

〔二三〕諒：確實。諄諄：形容懇切教導。

〔二四〕「我嘗」二句：指序中所言少在太原望見蕭貢仰慕不已事。朱輪：古時王侯顯貴所乘的車。

〔三五〕「至今」句：《中州集》選蕭貢詩三十二首。謂其有文集十卷傳於世。

〔三六〕「會買」句：謂擇鄰而居。《南史·吕僧珍傳》：「初，宋季雅罷南康郡，市宅居僧珍宅側。僧珍問宅價，曰『一千一百萬』。怪其貴，季雅曰：『一百萬買宅，千萬買鄰。』」

〔編年〕

序有「北渡後居陽平」語，知詩作於羈管冠氏時。李《譜》附録於蒙古太宗七年乙未。繆《譜》未編。

題邢公達寒梅凍雀圖〔一〕

褐衣相媚不勝情〔二〕，只許乾暉畫得成〔三〕。却被詩人笑寒乞〔四〕，一枝風雪可憐生〔五〕。

〔注〕

〔一〕邢公達：見《蕭齋》注〔七〕。

〔二〕褐衣：黄黑色的衣服。用代畫圖中的凍雀。

〔三〕乾暉：指郭乾暉，南唐畫家。工畫鷙鳥雜禽、疏篁槁木，格力老勁。

〔四〕寒乞：寒酸，小家子氣。本集《臺山雜詠十六首》其一：「知被錢郎笑寒乞，不將錦繡裹山川。」

〔五〕一枝風雪：指畫圖中的寒梅。

〔編年〕

詩當羈管冠氏與邢公達交往時作。李、繆未編。

與張杜飲〔一〕

故人寥落曉天星，異縣相逢覺眼明。世事且休論向日，酒尊聊喜似承平。山公倒載群兒笑〔二〕，焦遂高談四座驚〔三〕。轟醉春風一千日〔四〕，愁城從此不能兵〔五〕。

【注】

〔一〕張杜：施注「即仲經、仲梁」，是。張仲經、杜仲梁，見《西齋夜宴》注〔七〕。

〔二〕山公倒載：《世説新語·任誕》載，山簡鎮襄陽，常酩酊大醉。時人歌曰：「山公時一醉，徑造高陽池。日暮倒載歸，酩酊無所知。」倒載：元李治《敬齋古今黈》卷十：「人説『倒載』甚多，俱不灑脱。吾以爲倒身於車中，無疑也。言『倒』即卧倒，言『載』即其車。」後以「山公倒載」形容醉態。

〔三〕「焦遂」句：杜甫《飲中八仙歌》：「焦遂五斗方卓然，高談雄辯驚四筵。」焦遂：唐人。口吃。醒若不能言，醉後應答如流。

〔四〕「轟醉」句：本集《送杜子》有「轟醉春風有成約」即指此。

〔五〕「愁城」句：謂從此不再被憂愁所困擾。

【編年】

首二句言九死餘生、悲喜交集，當金亡後在山東與張仲經、杜仲梁初見時作。作於《送杜子》（編在乙未年）之前。李《譜》編在蒙古太宗八年丙申。繆《譜》未編。

送張君美往南中〔一〕

南朝辭臣北朝客〔二〕，棲遲零落無顏色〔三〕。陽平城邊握君手〔四〕，不似銅駝洛陽陌〔五〕。去年春風吹雁回，今年雁逐秋風來。春風秋風雁聲裏，行人日暮心悠哉。長江大浪金山下〔六〕，吴兒舟船疾於馬〔七〕。西湖十月賞風煙〔八〕，想得新詩更瀟灑。

〔注〕

〔一〕張君美：張徽字君美，武功（今陝西省武功縣）人。金亡後居冠氏（今山東省冠縣），與陝人楊奂交密。參見《楊焕然生子四首》、《故河南路課税所長官兼廉訪使楊公神道之碑》。施國祁認爲本詩中之張君美是南宋人，此乃對「南朝」理解有誤所致。若屬南宋人，詩題中不當用「往」，而應用「歸」。南中：指南宋。

〔二〕「南朝」句：語本金劉著《月夜泛舟》：「浮世渾如山岫雲，南朝詞客北朝臣。」南朝：指金朝。本集《寄中書耶律公書》向來汴主持接受事宜的耶律楚材推薦的五十四位中原秀士中有「秦人張徽」。辭臣：文學侍從之臣。北朝客：指張君美北渡後依附蒙古冠氏帥趙天錫作幕客事。

〔三〕棲遲零落：飄零落拓的客游。唐李賀《致酒行》：「零落棲遲一杯酒。」

〔四〕陽平：指冠氏縣。見《蕭齋》注〔六〕。

〔五〕銅駝：指銅駝街，在古洛陽城中，因道旁曾有漢鑄銅駝兩枚而得名，是古代著名的繁華游樂區。唐劉禹錫《楊柳枝》：「金谷園中鶯亂飛，銅駝陌上好風吹。」

〔六〕金山：山名。在今江蘇省鎮江市西北，臨長江。

〔七〕吴兒：指南方青年。長江下游一帶，春秋時屬吴國地，因以代稱。

〔八〕西湖：指南宋都城臨安（今浙江省杭州市）之西湖。

〔編年〕

詩有「陽平城邊」句，當羈管冠氏時作。李《譜》附録於蒙古太宗七年乙未。繆《譜》未編。

南湖先生雪景乘騾圖〔一〕並序①

南湖先生，原武人〔二〕。年二十許時，曾以鄉試兩魁鄭州②。然其資倜儻，所以自望者甚高，終不樂爲舉子計，即棄去，學擊刺。當正隆征南〔三〕，頗欲馳逐戎行間。既而大定詔書下，兵各罷歸〔四〕。先生抱利器而無所試，乃浮湛里社，以詩酒自娱。買田南湖之上，築亭種樹，徜徉於其間③，盡置家事，日與賓客酣飲，歌管棊槊，窮日夕不少休。家故饒財，又好施予，其赴人之急，猶疾痛之在己，故人尤以此歸之。所與游如臨洺王逸賓〔五〕、游宗之〔六〕、大定劉之昂〔七〕，其人皆天下名士。至論人物，必曰：「靖達卿，今日之奇男子也！」先生生於天會初〔八〕，歷大定、明昌、泰和，優游於太平和樂之世者五十年。大安兵興④〔九〕，乃下世。平生喜作詩，樂府尤有藴藉。觀《西子棄瓢》詩可見也鬢鬟蕭颯苧蘿秋⑤，千古香溪水自流。吴越兵争竟何得，風流輸與五湖舟。嘗雪中騎青騾，行京水道中〔一〇〕，作長詩，卒章有「安得西都畫史吮筆出新意，寫作南湖老子雪景乘騾圖」之句。其子文煒〔一一〕，北渡後，來東平，始以先生之意，追畫此圖，求僕賦詩。文煒質直好義，讀書作文，有聲時輩中。觀其子，可以想見先生之爲人。故爲道其事，并以致懷賢之思。

大河茫茫白連空，寒雲迢迢度南鴻。汴梁高樓管弦裏，成臯行人西北風〔一二〕。北風吹雪來，飄瞥捲孤蓬〔一三〕。異色變慘澹，元氣開洪濛〔一四〕。襄陽潮陽詩境在〔一五〕，掇拾物色真難工。青騾誰此游，望見知是南湖翁。南湖翁，少日骯髒今龍鍾〔一六〕，猶能吐氣萬丈如長虹。閉門兀坐意不愜〔一七〕，要看銀海翻魚龍。寶華世界瓊瑶宫，江山隨翁入清雄。詩成仰天一大笑，飛花落絮春濛濛。鬱鬱梁宋郊〔一八〕，翁家出强宗〔一九〕。許與必豪右，收去聲入等侯封⑥。翁年十八九，弄筆學彫蟲〔二〇〕。疊取兩解魁，隱隱何隆隆。一旦拂衣去，學劍事猿公〔二一〕。正隆適南征，匹馬走從戎。墨丸磨楯鼻〔二二〕，意與江流東〔二三〕。紫微出東方，淮海亦來同〔二四〕。都將書與劍，田間就春農〔二五〕。仕宦不作邴曼容〔二六〕，醉鄉自愛王無功〔二七〕。鵷鶵從渠致鐘鼓⑦〔二八〕，野鶴豈合棲樊籠。南湖煙景多，魚鳥亦從容。亦有兩小船，綸竿插船蓬。高亭出秀樾〔二九〕，窗户連青紅。清颸隨睡興〔三〇〕，暝色赴吟筇〔三一〕。門前車馬來，日釀日不供。但苦佳客少，焉知清興終〔三二〕。看翁棄瓢詩，調戲鴟夷老子如兒童〔三三〕。雄吞已覺雲夢小〔三四〕，寒縮寧作書生窮。當年我得奉談笑，晝夜肯放清樽空。東家西家不相從，南海北海不相逢〔三五〕。風流耆舊今誰似，惆悵相看是畫中。

〔校〕

①序：李詩本、李全本、施本作「引」。②試：李詩本、李全本、施本作「賦」。③于：李全本、施本作「乎」。④大：李詩本、毛本作「太」。形訛。金年號無「太安」。據李全本、施本改。⑤髻：李全本作「髮」。⑥去聲：施本無此注。⑦鶢鶋：施本作「爰居」，兩通。見《爾雅·釋鳥》。

〔注〕

〔一〕南湖先生：《中州集·南湖靖先生天民》：「天民字達卿，滏陽人。其父國初官原武，因而家焉……晚年買田南湖，葺亭圃，植竹樹，以詩酒爲事。自號『南湖老人』。」

〔二〕原武：金縣名，在今河南省原陽縣西。

〔三〕正隆征南：正隆，金海陵王年號。正隆六年（一一六一），金大舉進攻南宋。

〔四〕大定：金世宗年號(一一六一——一一八九)。大定四年，金宋和議成。

〔五〕王逸賓：《中州集·王隱君磵》：「磵字逸賓，先世家臨洺。至逸賓，遂爲汴梁人。博學能文，不就科舉……明昌中，故相馬吉甫判開封，舉逸賓、王彦功、游宗之德行才能。」

〔六〕游宗之：《金史·章宗一》載，明昌三年十月，「賜河南路提刑司所舉逸民游總同進士出身，以年老不樂仕進，授登仕郎，給正八品半俸終身」。此與《中州集·王隱君磵》所云明昌中之事合。按此，游宗之名總。

〔七〕劉子昂：《中州集·劉左司昂》：「昂字子昂，興州(今遼寧省瀋陽市東北)人。大定十九年進士……爲當涂者所忌，連蹇十年。卜居洛陽，有終焉之志。有薦其才於道陵者。」

〔八〕天會：金太宗年號(一一二三——一一三四)。

〔九〕大安兵興：指蒙古大舉進攻中原。大安：金衛紹王年號(一二〇九——一二一一)。

〔一〇〕京水：今河南省賈魯河。源出滎陽市高渚山。自鄭州市以上，謂之京水。鄭州市以下，謂之賈魯河。

〔一一〕子文煒：字德昭。本集《靖德昭兒子高户部字説》：「德昭之先人南湖翁。」德昭居東平，本集《寒食靈泉宴集序》及之。

〔一二〕成皐：古邑名。原名虎牢，後改。地形險要，秦漢之際劉邦、項羽相持於此。在今河南省滎陽市汜水鎮西。

〔一三〕飄瞥：迅速飄落或飄過。

〔一四〕洪濛：天地形成前的混沌狀態。

〔一五〕襄陽：盛唐詩人孟浩然爲襄陽（今湖北省襄樊市）人，用以代稱。潮陽：中唐詩人韓愈曾被貶官潮州刺史。本集《論詩三十首》「江山萬古潮陽筆」即指韓愈。

〔一六〕骯髒：高亢剛直貌。龍鍾：身體衰老、行動不便貌。

〔一七〕兀坐：獨自端坐。

〔一八〕梁宋郊：靖天民屬原武人。原武爲五代梁和北宋都城汴梁的郊區。

〔一九〕强宗：豪門大族。

〔二〇〕彫蟲：指寫作詩文辭賦。

〔二一〕「學劍」句：李白《結客少年場行》：「少年學劍術，淩轢白猿公。」齊賢注：「越有處女，能劍術。越王聘之。處女將北見王，道逢老翁，自稱『袁公』……袁公飛上樹，化爲白猿而去。」

〔二二〕「墨丸」句：《北史·文苑傳·荀濟》：「濟初與梁武帝布衣交，知梁武當王，然負氣不服，謂人曰：『會楯上磨墨作檄文。』」後用以爲文人從軍研墨草檄的典故。唐韓翃《寄哥舒僕射》：「郡公楯鼻好磨墨，走馬爲君飛羽書。」墨丸：古墨的一種。形圓如丸，故名。楯鼻：盾牌的把手。

〔二三〕「意與」句：謂欲從軍南下攻宋。本集《赤壁圖》：「馬蹄一蹴荆門空，鼓聲怒與江流東。」

〔二四〕「紫微」二句：言金世宗大定初與南宋議和事。紫微：即紫微垣，帝星座。此代指金世宗。淮海：代指南宋。

〔二五〕「都將」二句：謂金宋雙方都息兵事農。

〔二六〕邴曼容：西漢人。「養志自修，爲官不肯過六百石，輒自免去」（《漢書·王貢兩龔鮑傳》）。

〔二七〕王無功：唐王績字無功，自號東皐子，絳州龍門（今山西省河津市）人。唐初隱居鄉里，嗜酒，曾作有《醉鄉記》，極言醉鄉淳樸之美。見《新唐書·隱逸傳》。

〔二八〕「鶢鶋」句：《莊子·至樂》：「昔者海鳥止於魯郊，魯侯御而觴之於廟，奏《九韶》以爲樂，具太牢以爲膳。鳥乃眩視憂悲，不敢食一臠，不敢飲一杯，三日而死。」杜甫《故著作郎貶臺州司户滎陽鄭公虔》：「鶢鶋至魯門，不識鐘鼓饗。」鶢鶋：海鳥，似鳳。一作爰居，見《爾雅·釋鳥》。

〔二九〕秀樾：樹蔭。

〔三〇〕清飆：猶清風。輿：車箱。

〔三一〕笻：竹名。宜於作枴杖，用指手杖。

〔三二〕清興：清雅的興致。

〔三三〕鴟夷老子：指鴟夷子皮。《漢書·貨殖傳》：「（范蠡）乃乘扁舟，浮江湖，變姓名，適齊爲鴟夷子皮，之陶爲朱公。」顔師古注：「自號鴟夷者，言若盛酒之鴟夷，多所容受，而可卷懷，與時張弛也。」句指引中所引靖天民《西子棄瓢》詩句。

〔三四〕雲夢：古大澤名。參見漢司馬相如《子虚賦》。

〔三五〕「南海」句：《左傳·僖公四年》：「君處北海，寡人處南海，唯是風馬牛不相及也。」

〔編年〕

序言「北渡後，來東平。始以先生之意，追畫此圖，求僕賦詩」，則詩當羈管山東時至東平與靖德昭結交時作。李《譜》定在蒙古太宗八年丙申，繆《譜》未編。

續陽平十愛〔一〕

我愛陽平酒，兵厨釀法新〔二〕。百金難著價，一盞即醺人〔三〕。色笑榴華重，香兼竹葉醇〔四〕。爲君留故事，唤作杏園春〔五〕。杏園，指紀子正家園爲言①〔六〕。

〔校〕

①紀：毛本作「鈕」，誤。本集有《紀子正杏園燕集》詩。據李詩本、李全本改。

〔注〕

〔一〕陽平：代指冠氏縣。詳見《紀子正杏園燕集》注〔一二〕。

〔二〕「我愛」二句：《晉書·阮籍傳》：「籍聞步兵厨營人善釀，有貯酒三百斛，乃求爲步兵校尉。」二句暗用此典。

〔三〕「一盞」句：杜甫《撥悶》：「聞道雲安麴米春，纔傾一盞即醺人。」

〔四〕竹葉：古酒名。晉張華《輕薄篇》：「蒼梧竹葉清，宜城九醖醝。」

〔五〕春：唐人呼酒爲春，後沿用之。

〔六〕紀子正家園：在冠氏縣城西。本集《紀子正杏園燕集》有「紀翁種杏城西垠」、「陽平一邑多詩豪」句。

〔編年〕

遺山蒙古太宗十年戊戌北歸後雖屢至東平，却未見到冠氏之記載。詩應作於羈管冠氏時。李、繆未編。

看山

慘慘悲去國〔一〕，鬱鬱賦卜居〔二〕。不採西山薇〔三〕，即當葬江魚〔四〕。今日忽有得，蕩如脱囚拘。青山坐終日，忘讀案上書。皋壤與山林，使我欣然歟〔五〕。我身天地間，託宿真蘧廬〔六〕。無窮閲有限，萬期亦須臾〔七〕。坎止及流行〔八〕，何計疾與徐。百年險與夷，又似萬里涂。良馭馳康莊〔九〕，九折亦摧車。必惟易之就〔一〇〕，遇險當何如。化化復生生〔一一〕，體異理不殊〔一二〕。鷺非浴而白①，烏豈黔而烏②〔一三〕。誰續長脛鶴③，誰截短足鳧〔一四〕。孔墨不煖席〔一五〕，盜跖華堂居〔一六〕。公車困方朔〔一七〕，太倉飽侏儒〔一八〕。杜子露雙肘〔一九〕，朝參出無驢〔二〇〕。軟裘與快馬，照耀輿臺軀〔二一〕。天隨隱笠澤〔二二〕，杞菊供盤盂④〔二三〕。擊鮮日爲具〔二四〕，大嚼皆屠沽〔二五〕。乖逢自乖逢，賦分無賢愚〔二六〕。作計窮一我〔二七〕，造物良區區〔二八〕。嚮也憂不足，乃今樂有餘。

〔校〕

①浴：毛本作「俗」，形訛。據李詩本、李全本、施本改。②黔：李全本作「點」。③脛：李詩本、李全本、施本作「踁」。二字通用。④杞：毛本作「杷」，形訛。據李詩本、李全本、施本改。

〔注〕

〔一〕「慘慘」句：用屈原放逐去國典。去國：離開國都。《楚辭·漁父》：「屈原既放，游於江潭，行吟澤畔，顏色憔悴，形容枯槁。」

〔二〕卜居：《楚辭》篇名。卜，占卜以決疑。居，指處世的方法和態度。

〔三〕西山薇：用伯夷、叔齊採薇首陽山不食周粟典，見《史記·伯夷列傳》。

〔四〕葬江魚：用屈原感傷國微投江而死典，見《史記·屈原列傳》。

〔五〕「皋壤」二句：《莊子·知北游》：「山林與，皋壤與，使我欣欣然而樂與！」宋王安石《寄吴氏女子》：「山泉皋壤間，適志多所經。」皋壤：澤邊之地。

〔六〕「我身」二句：金党懷英《村齋遺事》：「人生天地真蘧廬，外物擾擾吾何須。」蘧廬：古代驛傳中供人休息之室。常用喻人生短促。

〔七〕「萬期」句：魏劉伶《酒德頌》：「天地爲一朝，萬期爲須臾。」期：《書·大禹謨》：「耄期倦于勤。」蔡沈集傳：「九十曰耄，百歲曰期。」須臾：片刻。

〔八〕「坎止」句：遇坎而止，乘流則行。比喻依據環境的逆順確定進退行止。詳見《雜詩六首道中作》其一注〔三〕。

〔九〕良馭：精湛的駕車技術。康莊：四通八達的大道。

〔一〇〕易之就：就易之。趨向於平易之境。

〔一一〕「化化」句：謂萬物相生不絶，變化不已。《素問·天元紀大論》：「生生化化，品物咸章。」

〔一二〕「體異」句：謂世間萬物雖異，但其本源是相同的。此即理學家「理一分殊」觀。

〔一三〕「鶩非」二句：《莊子·天運》：「夫鵠不日浴而白，烏不日黔而黑。」

〔一四〕「誰續」二句：《莊子·駢拇》：「是故鳧脛雖短，續之則憂；鶴脛雖長，斷之則悲。」此處反用，其意則一。

〔一五〕孔墨：指孔子和墨子。煖席：久坐而留有體温的坐席。指安坐閑居。《淮南子·修務訓》：「孔子無黔突，墨子無煖席。」

〔一六〕盜跖：跖，傳爲與孔子同時人，因反抗貴族，被冠之以「盜」。語本《莊子·盜跖》。

〔一七〕「公車」句：方朔即西漢東方朔。《漢書·東方朔傳》：「朔文辭不遜，高自稱譽。上偉之，令待詔公車，奉禄薄，未得省見。」公車：官署名。

〔一八〕「太倉」句：《漢書·東方朔傳》：「臣朔生亦言，死亦言。侏儒長三尺餘，奉一囊粟，錢二百四十。臣朔長九尺餘，亦奉一囊粟，錢二百四十。侏儒飽欲死，臣饑欲死。」太倉：古代京師儲穀的大倉。

〔一九〕「杜子」句：杜甫《述懷》：「麻鞋見天子，衣袖露兩肘。」

〔二〇〕「朝參」句：杜甫《偪仄行》：「東家蹇驢許借我，泥滑不敢騎朝天。」朝參：古代百官上朝參拜君主。

〔二一〕「軟裘」二句：杜甫《後出塞五首》之四：「越羅與楚練，照耀輿臺軀。」輿臺：古代十等人中兩個低微等級的名稱。輿爲第六等，臺爲第十等。泛指操賤業者，奴僕。

〔二二〕天隨：晚唐詩人陸龜蒙之號。笠澤：今江蘇省吴松江的别稱。《新唐書·隱逸傳·陸龜蒙》：「龜蒙不樂，拂衣去，居松江甫里……時謂江湖散人，或號天隨子。」

〔二三〕「杞菊」句：陸龜蒙《杞菊賦》：「天隨子宅荒，少牆屋，多隙地，著圖書所前後皆樹以杞菊。春苗恣肥，日得以採擷之，以供左右杯案。」

〔二四〕「擊鮮」句：《陳書·始興王叔陵傳》：「乃令庖廚擊鮮，日進甘膳。」擊鮮：宰殺活的牲畜禽魚，充作美食。具：飲食之器。引申爲筵席、酒食。

〔二五〕屠沽：宰牲和賣酒的人。

〔二六〕「乖逢」二句：謂命運的背順與人的天賦賢愚無關。

〔二七〕作計：謀畫。

〔二八〕「造物」句：謂上天太吝嗇。

〔編年〕

李《譜》繫於天興三年甲午。繆《譜》未編。據前四句所言心態，詩應作於羈管山東之初。

題商孟卿家晦道堂圖二首〔一〕

其一

松亭竹閣數家村，通德仍餘舊里門〔二〕。喬木未須論巨室〔三〕，青衫今一作誰有讀書孫①〔四〕。

〔校〕

①一作誰：李全本、施本置於句末，云：「一作『青衫誰有讀書孫』。」

〔注〕

〔一〕商孟卿：商挺（一二〇九——一二八八），字孟卿，曹南（今山東省曹縣）人。任東平嚴實諸子師。實子忠濟嗣父職，辟爲經歷。其父商衡，本集《商平叔墓銘》載其生平。晦道堂圖：本集《曹南商氏千秋録》：「宗弼，大中祥符五年徐奭榜擢第，累遷至中書舍人……其後不樂仕進，年未五十乃挂冠，築堂曹南之西園，名曰『晦道』。時賢高其勇退，盛爲稱道之。」

〔二〕「通德」句：《後漢書·鄭玄傳》：「昔東海于公僅有一節，猶或戒鄉人侈其門閭，矧乃鄭公之德，而無駟壯之路！可廣開門衢，令容高車，號爲『通德門』。」

〔三〕喬木：指故國棟梁之材。典出《孟子·梁惠王下》，詳見《壬辰十二月車駕東狩後即事五首》其四注〔五〕。巨室：世家大族。

〔四〕青衫：古時未做官的讀書人穿青衫。本集《初挈家還讀書山雜詩四首》其三：「老樹婆娑三百尺，青衫還見讀書孫。」讀書孫：指商孟卿。

其二

東國人門幾百年〔一〕，素風纔到此公傳〔二〕。卷中甚欲題詩句，慚愧韋家祖德篇①〔三〕。

〔校〕

①篇：施本作「編」。

〔注〕

〔一〕東國：此指山東。人門：人品與門第。本集《曹南商氏千秋録》載商氏家族唐宋以來顯官疊出，句指此。

〔二〕素風：清高的風格。此公：指晦道堂主人商宗弼。

〔三〕韋家祖德篇：《漢書·韋賢傳》載其五世祖韋孟詩有「肅肅我祖，國自豕韋」等句。「或曰其子孫好事，述先人之志而作是詩也」。應劭曰：「在商爲豕韋氏也。」故遺山用此典。

〔編年〕

遺山與商挺之父叔爲故交，羈管山東時數至東平，必到商挺家，詩當初訪時作。李《譜》繫在蒙古太宗八年丙申。繆《譜》未編。

題商孟卿家明皇合曲圖〔一〕

海棠一株春一國〔二〕，燕燕鶯鶯作寒食〔三〕，千古萬古開元日〔四〕。三郎搊管仰面吹〔五〕，天公大笑嗔不得。寧王天人玉不如〔六〕，番綽樂句不可無〔七〕。宫腰不按羽衣譜〔八〕，疾舞底用牧猪奴〔九〕。風聲水聲閟清都〔一〇〕，夢中令人羨華胥〔一一〕。何時却並宫墻聽〔一二〕，恨不將身作李謩①〔一三〕。

〔校〕

①恨不：李全本、施本作「不恨」。

〔注〕

〔一〕商孟卿：見上詩注〔一〕。明皇：唐玄宗（李隆基）謚至道大聖大明孝皇帝。後世詩文多稱爲明皇。

〔二〕海棠：喻楊貴妃。宋釋惠洪《冷齋夜話》引《太真外傳》：「上皇登沉香亭，詔太真妃子……妃

子醉顔殘妝，鬢亂釵横，不能再拜。上皇笑曰：『豈是妃子醉，真海棠睡未足耳。』」（今本《太真外傳》佚此文）

〔三〕燕燕鶯鶯：喻歌舞的伎人。寒食：節日名。在清明前一日或二日。

〔四〕「千古」句：開元，唐玄宗年號（七一三——七四一）。當時經濟繁榮，史家譽爲「開元盛世」。杜甫《憶昔》：「憶昔開元全盛日，小邑猶藏萬家室。稻米流脂粟米白，公私倉廪俱豐實。」

〔五〕「三郎」句：元陶宗儀《説郛》卷一百十一下引《楊太真外傳卷上》載，明皇在禁中賞花，令李龜年歌，貴妃酌美酒，「上因調玉笛以倚曲，每曲遍將换則遲其聲以媚之」。三郎：玄宗兄弟六人，一人早卒，五人中排行老三。天寶中，宫人呼玄宗多曰三郎。見元陶宗儀《説郛》卷一百十四唐牛僧孺《周秦行記》注。搦：握。

〔六〕寧王：唐睿宗長子李憲封寧王，善音律。天人：天上之人。

〔七〕番綽：即黄幡綽。唐玄宗時音樂家。樂句：樂曲的節拍。明王驥德《曲律·論板眼》：「古拍板無譜，唐明皇命黄幡綽始造爲之。牛僧儒目拍板爲『樂句』，言以句樂也。」

〔八〕宫腰：指宫中舞女。羽衣譜：指《霓裳羽衣曲》。本名《婆羅門》，是西域樂舞的一種。開元中，西涼節度楊敬述依曲創聲，才流入中國。見《唐會要》卷三十三及《白氏長慶集》卷二十一《霓裳羽衣歌》「楊氏創聲君造譜」句下自注。

〔九〕「疾舞」句：元陶宗儀《説郛》卷一百十一下引《楊太真外傳卷下》：「（安）禄山晚年益肥，垂肚過膝，自秤得三百五十斤，於上前胡旋舞，疾如風焉。」牧猪奴：指安禄山。《楊太真外傳》：「上嘗與夜燕，禄山醉卧，化爲一猪而龍首。左右遽告帝，帝曰：『此猪龍，無能爲。』」

〔一〇〕「風聲」句：謂《霓裳羽衣曲》從天宮傳來。元陶宗儀《説郛》卷一百一十引《楊太真外傳》注引《逸史》載，羅公遠與唐玄宗同進月宮，「有仙女數百，素練寛衣，舞於廣庭。上前問曰：『此何曲也？』曰：『霓裳羽衣曲也。』」風聲水聲：指霓裳曲。元陶宗儀《説郛》卷十九引唐人《西域記》載，龜茲國王和國中音樂家在大山間聽風水聲，均節成音。其樂傳入中國，如伊州、甘州、涼州等樂曲皆從龜茲傳來。唐王建《霓裳詞》：「弟子部中留一色，聽風聽水作霓裳。」閟：清静幽深。清都：天宮名。《列子·周穆王》：「王實以爲清都、紫微、鈞天、廣樂，帝之所居。」

〔一一〕華胥：《列子·黄帝》：「（黄帝）晝寢而夢，游於華胥之國。」後用以稱理想的太平盛世。

〔一二〕並：通「傍」，挨着。

〔一三〕李謩：唐玄宗時民間音樂家，善吹笛。宋祝穆《古今事文類聚》載，李謩在天津橋上賞月，遠遠聽到唐玄宗在宮中度曲，即插譜記之，此曲遂流傳長安市内。唐元稹《連昌宮詞》：「李謩擪笛傍宮牆，偷得新翻數般曲。」

〔編年〕

詩亦屬管山東期間初至東平商挺家作。李、繆未編年。

跋酒門限邵和卿醉歸圖邵伯禄之父〔一〕

邵公頭白甫三十①〔二〕，高吟大醉無虚日。風流略似靖南湖②〔三〕，每恨聞名不相識③。太平村落自由身，童稚扶攜意更真。醉歸圖上見顔色，喜溢眉宇猶津津。好著蹇驢馱我去，與君同醉杏園春〔四〕。

〔校〕

①公：李全本、施本作「翁」。②略：李全本、施本作「若」。③恨：李詩本作「限」。

〔注〕

〔一〕酒門限：疑爲邵和卿之外號。邵和卿：其人不詳。邵伯禄：遺山之友，當居冠氏。按詩意，當爲邵伯禄攜圖求題，元氏作此「跋」。

〔二〕甫：剛剛。

〔三〕靖南湖：靖天民之號。詳見《南湖先生雪景乘騾圖并引》注〔一〕。

〔四〕杏園春：冠氏酒名。遺山命名。本集《續陽平十愛》：「我愛陽平酒，兵厨釀法新……爲君留故事，唤作杏園春。」

〔編年〕

據末句「杏園春」，應作於羈管冠氏時。李《譜》編在蒙古太宗七年乙未。繆《譜》未編。

過劉子中新居[一]

鄆州城隅兩茅屋[二]，市聲喧喧自幽獨。春風吹盡山杏花，只有青青一叢竹。先生愛畫如惜玉，練鵲翔鸞餘百軸[三]。大兒踉蹡挾書歸[四]，土銼疏煙纔一粥[五]。微官枉負半生閑，也着區區簿領間[六]。何時却與溪南老[七]，紫蓋山前共往還[八]。子中舊與溪南詩老辛敬之游，故有上句①。

〔校〕

①上：李全本、施本作「下」。

〔注〕

〔一〕劉子中：劉翊字子中，號夢庵，又號蓬山散人，上谷（今河北省昌平縣）人。幼依全真道出家，後返俗。頗通儒，與辛敬之、耶律楚材有交。晚年居東平，任萬户府從事。本集《内翰王公墓表》、《寒食靈泉宴集序》等及之。

〔二〕鄆州：隋置。即金東平府治。今山東省東平縣。

〔三〕「練鵲」句：宋郭若虚《圖畫見聞志·李主印篆》：「李後主才高識博，雅尚圖書。蓄積既豐，尤精賞鑒。今内府所有圖軸……有織成大回鸞、小回鸞、雲鶴、練鵲，墨錦褾飾。」練鵲：鳥名。以雄鳥尾羽特長，如拖練帶，故稱。

〔四〕踉蹡：跌跌撞撞，行步歪斜貌。

〔五〕土銼：炊具，猶今之砂鍋。杜甫《聞斛斯六官未歸》：「荆扉深蔓草，土銼冷疏煙。」

〔六〕簿領：謂官府記事的簿册或文書。

〔七〕溪南老：溪南詩老的省稱，辛敬之之號。

〔八〕紫蓋山：在辛敬之所居三鄉女几山附近。

〔編年〕

據首句，知作於東平。李《譜》編於蒙古太宗八年丙申「總附」中，謂「先生來東平不一，其有年可編者編之各年，餘附此」。繆《譜》未編。姑編於羈管山東時。

劉子中夢庵〔一〕

寤寐生與死〔二〕，幻歟爲是真〔三〕。如何夢中境，不屬覺時人。朝徹從渠夜〔四〕，形開亦此神〔五〕。殷勤花上蝶，分我漆園春〔六〕。

〔注〕

〔一〕劉子中：劉翊字子中，號夢庵。參見《過劉子中新居》注〔一〕。

〔二〕寤：醒覺。寐：入睡。句謂醒睡如生死。

〔三〕「幻歟」句：言幻真難辨。

〔四〕朝徹：白日盡。渠夜：其夜。

〔五〕「形開」句：宋黄倫《尚書精義》卷二十一：「張氏曰：『形開而有思，神交而有夢，是夢出於思者也。』」句謂醒後仍是夢境的延續。形開：睡醒。宋張載《横渠易説》卷三：「形開而目睹耳聞，受於陽也。」

〔六〕「殷勤」二句：《莊子·齊物論》：「昔者莊周夢爲胡蝶，栩栩然胡蝶也……俄然覺，則蘧蘧然周也！不知周之夢爲胡蝶與，胡蝶之夢爲周與？」漆園：莊子曾任漆園吏，故稱。

〔編年〕

李《譜》編於蒙古太宗八年丙申下「總録」中，謂在東平作。繆《譜》未編。按：劉子中居東平，本集《劉子中新居》有「鄆州城隅兩茅屋」句。詩當羈管山東時在東平作。

送楊次公兼簡秦彦容、李天成〔一〕

海國山如染〔二〕，雲堆草易荒〔三〕。時危頻虎穴，路絶更羊腸〔四〕。弔影雙蓬鬢〔五〕，攜家一藥囊。殷勤秦與李，無惜借餘光。

〔注〕

〔一〕楊次公：其人不詳。秦彦容：秦志安字彦容，陵川（今山西省陵川縣）人。隨其父秦略避亂南渡，居嵩山，與遺山多有交往。金亡後北歸爲道士，師從上黨披雲先生，號通真子。遵師囑，立局平陽（今山西省臨汾市），刻《道藏》。李天成：襄陵（在今山西省臨汾市西南）縣丞。雍正《山西通志》卷三五：「襄陵縣儒學……元初縣佐李天成修，麻革記。」

〔二〕海國：近海地域。句當指山東。

〔三〕雲堆：即拂雲堆。古地名。在今内蒙古自治區包頭市西北。唐時朔方軍北與突厥以河爲界。河北岸有拂雲堆神祠。張仁願既定漠北，築三受降城，中受降城即在拂雲堆。故拂雲堆又爲中受降城的别稱。

〔四〕羊腸：喻指狹窄曲折的小路。

〔五〕弔影：對影自憐。喻孤獨寂寞。

〔編年〕

李《譜》編於蒙古太宗八年丙申下「總録」中，認爲作于東平，年限不詳。繆《譜》未編。詩有「海國」句，當在山東時作。姑編於「羈管山東」時。

祖唐臣愚庵〔一〕

小智胠篋盜所羞，大智移國鬼與讎〔二〕。浮生匹絹兩盂粥〔三〕，心計擾擾知何求。青州荆州兔三窟〔四〕，古人今人貉一丘〔五〕。唤起羅池柳夫子〔六〕，與君同醉訾家洲〔七〕。

〔注〕

〔一〕祖唐臣：金王若虛《滹南遺老集》卷四五《祖唐臣愚庵序》：「鶴臺祖君唐臣命其居室曰愚庵，因以自號。既經喪亂，流寓河朔，非復庵中主人矣，猶爲題榜以求詩文於士大夫。」《中州集》卷八有王脩齡《黄葉行·送祖唐臣歸柘縣》詩。按此，祖唐臣爲今河南省柘城縣人，金亡後流寓河朔。遺山另有《祖唐臣母挽章》等詩，知二人交誼甚厚。

〔二〕「小智」二句：胠，從旁開物。篋，箱。《莊子·胠篋》宣揚「絶聖棄智，大盜乃止；擿玉毀珠，小盜不起」，二句用其意，謂小智者發箱竊物能引起强盜的羞憎，大智者轉移國柄能引起神鬼的仇視。

〔三〕浮生：語本《莊子·刻意》：「其生若浮，其死若休。」以人生在世，虚浮不定，故稱。本句與下句言人僅需要基本生存條件，不必爲奢求多費心計。

〔四〕「青州」句：《晉書·王衍傳》：「衍雖居宰輔之重，不以經國爲念，而思自全之計……乃以弟澄爲荆州，族弟敦爲青州。因爲澄、敦曰：『荆州有江漢之固，青州有負海之險，卿二人在外，而吾留此，足以爲三窟矣。』識者鄙之。」兔三窟：用「狡兔三窟」典，見《戰國策·齊策四》。

〔五〕「古人」句：《漢書·楊惲傳》：「若秦時但任小臣，誅殺忠良，竟以滅亡；令親任大臣，即至今耳。古與今如一丘之貉。」上二句仿蘇軾《過嶺》：「平生不作兔三窟，今古何殊貉一丘。」

〔六〕羅池柳夫子：唐韓愈《柳州羅池廟碑》：「羅池廟者，故刺史柳侯（宗元）廟也。」王若虛《祖唐臣愚庵序》有「不必嫉邪憤世如柳宗元」句。

〔七〕訾家洲：柳宗元《桂州訾家洲亭記》：「署之左曰灕水。水之中曰訾氏之洲。」

〔編年〕

李《譜》謂王若虛《祖唐臣愚庵序》「既經喪亂，流寓河朔」指寓居冠氏縣，遂將此詩附於蒙古太宗七年乙未下「總附」中。繆《譜》未編。詩當羈管山東時作。

贈祖唐臣〔一〕

詩道壞復壞，知言能幾人。陵夷隨世變〔二〕，巧僞失天真。鬼域姦無盡〔三〕，優伶伎畢陳〔四〕。謗傷應眥裂〔五〕，淫褻亦肌淪〔六〕。珉玉何曾辨〔七〕，風花秪自新〔八〕。憐君用幽意〔九〕，老矣欲誰親。

〔注〕

〔一〕祖唐臣：見《祖唐臣愚庵》注〔一〕。

〔二〕陵夷：陵，丘陵。夷，平地。以丘陵漸變爲平地形容由盛到衰。

〔三〕鬼蜮：鬼或蜮都是暗中害人的精怪。《詩·小雅·何人斯》：「爲鬼爲蜮，則何不得。」

〔四〕優伶：優，俳優；伶，樂工。後通稱戲曲演員爲優伶。

〔五〕眥裂：目眶瞪裂。形容盛怒。

〔六〕淫褻：淫蕩猥褻。肌淪：浹肌淪髓，即深入肌膚。

〔七〕珉：似玉的美石。

〔八〕風花：指用華麗辭藻寫景狀物的詩文。宋胡仔《苕溪漁隱叢話前集·杜少陵五》：「《詩眼》云：『世俗喜綺麗，知文者能輕之；後生好風花，老大即厭之。』」

〔九〕幽意：幽深的思緒。

〔編年〕

李《譜》編於蒙古太宗七年乙未下「總附」中，謂北渡六年在冠氏時作。繆《譜》未編。按：王若虛《祖唐臣愚庵序》作於蒙古太宗八年丙申，與祖唐臣交往之詩當這一時期作。故從李説，編於「羈管山東」時。

祖唐臣母挽章〔一〕

白髮承平一夢過，怡然冠帔見慈和〔二〕。肩輿燕喜今無復〔三〕，手綫留殘恨更多〔四〕。捨肉已甘非潁谷〔五〕，學仙何敢望西河〔六〕。升堂結友平生事〔七〕，重爲王君廢蓼莪〔八〕。

〔注〕

〔一〕祖唐臣：見《祖唐臣愚庵》注〔一〕。挽章：挽詞。

〔二〕怡然：喜悦貌。帔：古代婦女披在肩上的衣飾。

〔三〕肩輿：轎子。晉潘岳《閑居賦》：「太夫人乃御版輿，升輕軒，遠覽王畿，近周家園。」本集《舊國》「客衣留手綫，驛傳失肩輿」即用此典。

〔四〕「手綫」句：唐孟郊《游子吟》：「慈母手中綫，游子身上衣。」

〔五〕「捨肉」句：《左傳·魯隱公元年》：「潁考叔爲潁谷封人……公賜之食，食捨肉。公問之，對曰：『小人有母，皆嘗小人之食矣，未嘗君之羹，請以遺之。』」

〔六〕「學仙」句：清王子接《絳雪園古方選注》卷八「四神丸」條：「西河女子所載服食之法，惟服枸杞子，經歲不輟，能延年耐老。」

〔七〕升堂結友：古代摯友相訪，行登堂拜母禮，結通家之好，表示友誼的篤厚。《後漢書·范式傳》：「范式字巨卿……與汝南張劭爲友。劭字元伯。二人並告歸鄉里，式謂元伯曰：『後二年當還，將過拜尊親，見孺子焉。』乃共尅期日。後期方至，元伯具以白母，請設饌以候之。母曰：『二年之别，千里結言，爾何相信之審邪？』對曰：『巨卿信士，必不乖違。』母曰：『若然，當爲爾醖酒。』至其日巨卿果到，升堂拜飲，盡歡而别。」

〔八〕「重爲」句：《晉書·王裒傳》載，王裒痛父死於非命，讀《詩·蓼莪》至「哀哀父母，生我劬勞」，未嘗不三復流涕。門人受業者以裒悲慘，並廢《蓼莪》之篇，不請講解。蓼莪：《詩·小雅》篇名。此詩表達了子女追慕雙親撫養之德的情思。後因以「蓼莪」指對亡親的悼念。

〔編年〕

羈管山東時作（本集《祖唐臣樗軒畫册二首》有「更覺升平是夢中」句）。李《譜》編於蒙古太宗七年乙未下「總附」中，謂在冠氏作。繆《譜》未編。

祖唐臣所藏樗軒畫册二首〔一〕

其一

緑浄紅香夢已空①，草黄沙白思何窮②。波間野鴨渾無賴〔二〕，長著詩人慘澹中〔三〕。《敗荷野鴨》。

〔校〕

①浄：毛本作「盡」。「緑浄」與「紅香」相對，毛本訛。據李詩本、李全本、施本改。　②何：李全本、施本作「無」，與後句用字重複。

〔注〕

〔一〕祖唐臣：見《祖唐臣愚庵》注〔一〕。樗軒：金密國公完顔璹自號樗軒老人。參見《摘瓜圖二首，樗軒家物》其一注〔一〕。

〔二〕渾：皆。無賴：無所聊賴，無所依托。

〔三〕慘澹：悲慘淒涼。

其二

牧笛無聲畫意工，水村煙景緑楊風。題詩憶得樗軒老，更覺升平是夢中。《風柳牧牛》。

〔編年〕

當羈管山東時作。李《譜》編於蒙古太宗七年乙未下「總附」中，謂北渡六年在冠氏作。繆《譜》未編。

不寐

不寐復不寐，悲吟如自讐。雞棲因失曉〔一〕，蟲語苦争秋。日月虚行橐〔二〕，風霜入敝裘。誰憐庾開府〔三〕，直欲賦澆愁〔四〕。

〔注〕

〔一〕雞棲：雞窩。此形容居室狹小。本集《學東坡移居八首》其五：「去年住佛屋，盡室寄尋丈。今年僦民居，卧榻礙盆盎。」失曉：謂不知天曉。後多指起身晚。

〔二〕「日月」句：謂每日每月行李橐囊空虚。

〔三〕庾開府：南朝梁庾信任北周開府儀同三司，故稱。

〔四〕賦澆愁：庾信《哀江南賦序》：「信年始二毛，即逢喪亂，藐是流離，至於暮齒。燕歌遠别，悲不自勝；楚老相逢，泣將何及！畏南山之雨，忽踐秦庭；讓東海之濱，遂餐周粟……追爲此賦，聊以記言，不無危苦之詞，唯以悲哀爲主。」

〔編年〕

李《譜》編於蒙古太宗七年乙未下「總附」中，謂「至乙未至戊戌，居冠氏者四年」時作。繆《譜》未編。按末二句與《壬辰十二月車駕東狩後即事五首》之五「去去江南庾開府，鳳凰樓畔莫回頭」合，當金亡後作，故從李《譜》，編於「羈管山東」時。

幽蘭〔一〕

仙人來從舜九疑〔二〕，辛夷爲車桂作旗〔三〕。疏麻導前杜若隨〔四〕，披猖芙蓉散江蘺〔五〕。南山之陽草木腓〔六〕，澗崗重複人跡希。蒼崖出泉懸素霓〔七〕，條然獨立風吹衣〔八〕。問何爲來有所期，歲云暮矣胡不歸〔九〕。鈞天帝居清且夷〔一〇〕，瑶林玉樹生光輝。自棄中野誰當知〔一一〕，霰雪慘慘清入肌〔一二〕。寸根如山不可移，雙麋不返夷叔飢〔一三〕。飲芳食菲尚庶幾，西山高高空蕨薇〔一四〕。露槃無人薦湘纍〔一五〕，山鬼切切雲間悲〔一六〕。空山月出夜景微，時有彩鳳來雙栖。

〔注〕

〔一〕宋郭茂倩《樂府詩集》有南朝宋鮑照《幽蘭》，屬「琴曲歌辭」。

〔二〕舜九疑：傳説舜葬九疑山（在今湖南省南部）。

〔三〕「辛夷」句：《楚辭·山鬼》：「辛夷車兮結桂旗。」辛夷：香木名。

〔四〕疏麻：《楚辭·九歌·大司命》：「折疏麻兮瑶華，將以遺兮離居。」王逸注：「疏麻，神麻也。」杜若：香草名。

〔五〕披猖：飛揚。江蘺：香草名。又名蘼蕪。

〔六〕腓：枯萎。

〔七〕素霓：白虹。喻指瀑布。

〔八〕脩然：自由自在。

〔九〕歲云暮：一年將盡。《詩·小雅·小明》：「昔我往矣，日月方除。曷云其還，歲聿云暮。」

〔一〇〕鈞天：天的中央。古代神話傳説中天帝住的地方。清且夷：清潔又平静。

〔一一〕中野：原野之中。《子夏易傳》：「古之葬者，厚衣之以薪，葬之中野。」

〔一二〕霰雪：雪珠和雪花。

〔一三〕夷叔飢：用伯夷、叔齊不食周粟採薇首陽山典。

〔一四〕「西山」句：《史記·伯夷列傳》：「（伯夷叔齊）隱於首陽山，採薇而食之。及餓且死，作歌，其辭曰：『彼西山兮，採其薇兮。』」

〔一五〕露槃：即承露盤。薦：祭奠。湘纍：指屈原。不因罪而死曰纍。屈原赴湘死，故曰「湘纍」。

〔一六〕山鬼：山神。《楚辭·九歌》有《山鬼》篇。

〔編年〕

李《譜》據「西山」句，編在天興三年甲午下「附録」中。繆《譜》未編。按詩「舜九疑」、「鈞天帝居」云云，有憑吊金哀宗死於蔡州之意，與本集《即事》「秋風一掬孤臣淚，叫斷蒼梧日暮雲」、《衛州感事》「紫氣已沉牛斗夜，白雲空望帝鄉秋」意緒合，當「北渡六年」中作。

送輔之、仲庸還大梁〔一〕

驊騮争道渺翩翩〔二〕，誰遣風塵失壯年。四壁舊聞懸罄宅①〔三〕，一囊今有賣書錢。淋浪別酒青燈夜〔四〕，滅没孤帆落照邊。想得還家過春半，故都喬木滿蒼煙②〔五〕。

〔校〕

①罄：李全本作「聲」，誤。施本作「磬」，兩通。　②都：李全本作「山」，誤。故都指詩題「大梁」。

〔注〕

〔一〕輔之仲庸：施注：「輔之當即李天翼。仲庸，僅見三十九卷《與白兄書》云『近得仲庸書報』，未詳其姓。考下詩云『有懷李、郭二公』。又《河汾詩》曹益甫有《送李郭二子還鄉》詩，是仲庸或郭姓耶？俟考。」李天翼字輔之，固安（今河北省固安縣）人。貞祐二年進士，歷滎陽、長社、開封三縣令，遷右警巡使。汴梁既下，僑寓聊城。辟濟南漕司從事，以非命死。見《中州集·李警院天翼》。另輔之有郭姓者，本集《王黄華墨竹》題注云：「爲郭輔之賦。」此人與遺山交往不多，故從施注。郭仲庸：其人不詳。大梁：指汴京。

〔二〕驊騮：周穆王八駿之一。泛指駿馬。

〔三〕四壁：用「家徒四壁」典。懸罄：《國語·魯語》：「室如懸罄，野無青草。」韋昭注：「懸罄，言魯府藏空虚，如懸罄也。」後多比喻家貧一無所有。

〔四〕淋浪：酣飲貌。

〔五〕故都喬木：典出《孟子·梁惠王》，詳見《壬辰十二月車駕東狩後即事五首》其四注〔五〕。

【編年】

李《譜》編於蒙古太宗八年丙申下「總附」中，謂晚年在東平作。繆《譜》未編。按李輔之羈管聊城，出仕濟南，與遺山交往在北渡六年間，詩作於此時。

寄楊飛卿〔一〕

客夢悠悠信轉蓬〔二〕，藜牀殷殷動晨鐘〔三〕。西風白髮三千丈，故國青山一萬重〔四〕。沙水有情留過雁，乾坤多事泣秋蟲。三間老屋知何處，慚愧雲間陸士龍〔五〕。

〔注〕

〔一〕楊飛卿：楊鵬字飛卿，汝海（唐汝州的别名，今河南省汝州市）人。晚年客居東平。工詩，有《陶然集》。詳見本集《陶然集詩序》。

〔二〕客夢：異鄉游子的夢。轉蓬：隨風飄轉的蓬草。喻到處飄泊。

〔三〕藜牀：藜莖編的牀榻。泛指簡陋的坐榻。殷殷：象聲詞。漢司馬相如《長門賦》：「雷殷殷而響起兮，聲象君之車音。」

〔四〕「西風」二句：宋陳與義《傷春》：「孤臣白髮三千丈，每歲煙花一萬重。」李白《秋浦歌》其十五：「白髮三千丈，緣愁似箇長。」

〔五〕「三間」二句：《世説新語·賞譽》：「蔡司徒在洛，見陸機兄弟住參佐廨中，三間瓦屋，士龍住東頭，士衡住西頭。」雲間陸士龍：《晉書·陸雲傳》：「雲字士龍……雲與荀隱素未相識，嘗會華坐，華曰：『今日相遇，可勿爲常語談。』雲因抗手曰：『雲間陸士龍。』」

〔編年〕

李《譜》據楊飛卿晚年客居東平之行迹，編於蒙古太宗七年乙未下「總附」中，謂乙未至戊戌居冠氏時作。繆《譜》未編。遺山晚年返鄉後亦有與楊寄贈之作，按詩言客居他鄉之悲，且辭情痛切，當作於金亡之初，故編在羈管山東時。

與宗秀才陽平作①〔一〕

趙侯雅負平原量〔二〕，楊子今爲四海儒〔三〕。已遣父兄知義訓②〔四〕，肯容兒輩作耕夫。鶯遷高樹音容改，魚得明珠尾鬣殊〔五〕。駟馬高門看他日〔六〕，始知種德有根株〔七〕。

〔校〕

①題注：郭本無。②訓：李詩本、毛本作「所」。據施本、郭本改。

〔注〕

〔一〕宗秀才：名籍不詳。唐宋間應舉者稱秀才。李《譜》謂楊奂弟子。陽平：三國魏縣名。即金冠氏縣地。

〔二〕趙侯：指冠氏帥趙天錫。參見《壽趙受之》注〔一〕。平原：古邑名，齊西境地，屬趙。趙惠文王封弟勝爲平原君。平原君雅敬人才，門下食客三千人。後魏置平原郡，轄冠氏、聊城地。本集《千户趙侯神道碑銘》言趙天錫「侯在軍旅中，日以文史自隨，延致名儒，考論今古，窮日夕不少厭」。

〔三〕楊子：指客居冠氏的著名儒生楊奂。參見《楊焕然生子四首》其一注〔一〕。本集《故河南路課稅所長官兼廉訪使楊君神道之碑》：「癸巳汴梁陷，微服北渡……冠氏帥趙侯壽之延致君，待之師友間。」

〔四〕義訓：大義的垂訓。晉杜預《〈春秋經傳集解〉序》：「曲從義訓，以示大順。」後泛指教誨。

〔五〕「鶯遷」二句：形容人讀書知理後的變化。

〔六〕駟馬高門：《漢書·于定國傳》：「始定國父于公，其閭門壞，父老方共治之。于公謂曰：『少高大門閭，令容駟馬高蓋車。我治獄多陰德，未嘗有所冤，子孫必有興者。』」

〔七〕根株：植物的根和主幹部分。喻指事物的基礎。

〔編年〕

楊奐蒙古太宗十年戊戌舉試後離冠氏，此詩羈管山東時作。李《譜》編於蒙古太宗七年乙未下「總附」中。繆《譜》未編。

題劉才卿湖石扇頭〔一〕

幽澗雲凝雨未乾，曲池疏竹共荒寒。扇頭喚起西園夢〔二〕，好似熙春閣下看〔三〕。

〔注〕

〔一〕劉才卿：劉肅字才卿（一一八八——一二六三），威州洺水（今河北省永年縣）人。金興定二年進士，官至户部主事。金亡，依東平嚴實，辟行尚書省左司員外郎。忽必烈在潛邸，授任邢州安撫使、真定宣撫使。中統四年卒。

〔二〕西園：指汴京西園。詳見《西園》（七古）注〔一〕。

〔三〕熙春閣：在汴京。詳見《俳體雪香亭雜詠十五首》其三注〔一〕。

〔編年〕

按末二句，當羈管山東時在東平與劉才卿交游時作。李《譜》編於蒙古太宗八年丙申下「總附」中。繆《譜》未編。

題李庭訓所藏雅集圖二首〔一〕

其一

萬古文章有至公〔二〕，百年奎壁照河東①〔三〕。衣冠忽見明昌筆〔四〕，更覺升平是夢中。

〔校〕

①壁：李詩本、毛本、李全本作「璧」，形訛。據施本改。

〔注〕

〔一〕李庭訓：名過庭，武亭（今陝西省武功縣）人。貞祐二年進士，仕金官至昌武軍節度副使。金亡，流寓東平。壬寅年卒。少日曾從王特起學，詩文皆有可觀。《中州集》卷八有小傳。

〔二〕至公：科舉時代對主考官的敬稱。謂其大公無私。

〔三〕奎壁：二十八宿中奎宿與壁宿的並稱。舊謂二宿主文運。金代河東北路、河東南路中進士者特多，句指此。

〔四〕明昌：金章宗年號（一一九〇——一一九六）。

其二

景星丹鳳一千年〔一〕，合着丹青與世傳〔二〕。誰畫風流王李郝〔三〕，大河南望淚如川。王謂仲澤，李謂長源，郝謂仲純。

〔注〕

〔一〕景星丹鳳：景星，大星；瑞星。傳説太平盛世才能見到景星和鳳凰。後用指美好的事物和傑出的人才。

〔二〕丹青：圖畫。指《雅集圖》。

〔三〕王：王仲澤。詳見《丹霞下院同仲澤鼎玉賦》注〔一〕。李：李長源。詳見《女几山避兵送李長源歸關中》注〔一〕。郝：郝居中，字仲純。金樞密院令史出身，嘗刺坊州。工詩。《中州集》卷二《郝内翰俣》附其小傳。三人皆太原（屬河東北路）人。

〔編年〕

當羈管山東時在東平與李庭訓交游時作。李《譜》編於蒙古憲宗七年丁巳下「總附」中。繆《譜》未編。

侯相公所藏雲溪圖，曾命賦詩三首，但記其一云：「祖道東門未有涯，田君方駕入宫車。秪應千古狼溪路①，人説山中宰相家。」相公以體重不任步趨，詔許駕小車至朝殿外門，故予詩及之。北渡後往東平，路經雲溪，因爲之賦〔一〕

黄山圖子翰林詩〔二〕，千里東州有所思。前日相公門下客，國亡家破獨來時。

〔校〕

①狼：施本作「浪」。

〔注〕

〔一〕侯相公：侯摯（？——一二三三），字莘卿，東阿（今山東省東阿縣）人。宣宗南渡，爲參知政事。正大初拜平章政事，封蕭國公。汴京降，被蒙古兵所殺。《雲溪圖》：金趙秉文《雙溪記》：「尚書右丞侯（摯）領東平之明年，買田於黄山之下，曰浪溪。酈道元注《水經》所謂狼溪者是也。狼與浪同聲，因以名之。浪溪東二十里而近，有佛屋，即公之舊隱讀書處也，溪源出於此……命之曰『雲溪』。」祖道：古代爲出行者祭祀路神，並餞行。田君：西漢田千秋，《漢書》本傳爲「車千秋」。武帝、昭帝時爲相十二年。本傳稱：「千秋年老，上優之，朝見，得乘小車入宮殿中，故因號曰『車丞相』。」山中宰相：《南史·陶弘景傳》載，陶弘景於句容之句曲山隱居修道，梁武帝屢加禮聘，不出。「國家每有吉凶征討大事，無不前以咨詢。月中常有數信，時人謂爲『山中宰相』。」

〔三〕黄山圖：即《雲溪圖》。因溪出黄山，故稱。翰林詩：指金翰林學士趙秉文《尚書右丞侯公雲溪圖》。

〔編年〕

按詩題「北渡後」諸語，知羈管山東時作。李、繆未編。

又解嘲二首〔一〕

其一

雁後花前日日閑〔二〕，頗思尊酒慰愁顔。憑君細數東州客〔三〕，誰在花花緑緑間。

〔注〕

〔一〕解嘲：《漢書·揚雄傳》：「時雄方草《太玄》，有以自守，泊如也。或嘲雄以玄尚白，而雄解之，號曰《解嘲》。」後因稱受人嘲笑而自己辯解爲解嘲。

〔二〕雁後花前：隋薛道衡《人日思歸》：「人歸落雁後，思發在花前。」此指正月初。

〔三〕東州：指山東的冠氏、東平諸地。

其二

詩卷親來酒盞疏〔一〕，朝吟竹隱暮南湖〔二〕。袖中新句知多少，坡谷前頭敢道無〔三〕。

〔注〕

〔一〕「詩卷」句：謂作詩多而飲酒少。親：親近。「親來」之「來」爲語助詞，與「夜來風雨聲」之「來」同。

〔二〕「朝吟」句：錢鍾書《談藝録》：「『竹隱』，徐淵子也；『南湖』，張功父也。皆參誠齋活法者。」清吴之振《宋詩鈔・戴復古石屏詩鈔》：「從雪巢林景思、竹隱徐淵子講明句法，復登放翁之門。」《四庫全書簡明目録》：「《南湖集》十卷，宋張鎡（字功甫）撰……其詩詞吐言秀拔，乃綽有晚唐風調。」

〔三〕坡谷：指蘇軾（號東坡）、黄庭堅（號山谷）。

〔編年〕

按「憑君」句，當屬管山東時作。李、繆未編。

卷五　晚年奔波時期

初挈家還讀書山雜詩四首〔一〕

其一

并州一别三千里，滄海横流二十年〔二〕。休道不蒙稽古力〔三〕，幾家兒女得安全①。

〔校〕

①得：李全本作「待」。

〔注〕

〔一〕讀書山：原名繫舟山，在忻州城東。《中州集》趙秉文《繫舟山圖裕之先大夫嘗居此山之東巖》有「名字不經從我改，便稱元子讀書山」，後改今名。雜詩：隨物興起、意致不一之詩。

〔二〕「并州」二句：遺山自金貞祐四年丙子避亂南渡，至蒙古太宗十一年己亥返鄉，長達二十三年。滄海横流：喻金蒙更迭的亂世。

〔三〕稽古力：指讀古人書，知爲人之道。《後漢書·桓榮傳》：「榮大會諸生，陳其車馬印綬，曰：『今日所蒙，稽古之力也。』」稽古：考察古來人事。

其二

天門筆勢到閑閑〔一〕，相國文章玉筍班〔二〕。從此晉陽方志上〔三〕，繫舟山是讀書山。繫舟，先大夫讀書之所，閑閑公改爲元子讀書山，又大參楊公叔玉譔先人墓銘。

〔注〕

〔一〕天門筆勢：李白《望天門山》有「兩岸青山相對出，孤帆一片日邊來」句，詩風飄逸。金人以李白稱趙秉文。《全金元詞》趙秉文《水調歌頭》〔四明有狂客〕：「四明有狂客，呼我謫仙人。」閑閑：趙秉文之號。

〔二〕「相國」句：指趙秉文的文章精美，佳作疊出。玉筍班：英才濟濟的士班。《新唐書·李宗閔傳》：「俄復爲中書舍人，典貢舉，所取多名士……世謂之玉筍。」

〔三〕晉陽：古邑名，在今山西省太原市晉源鎮。春秋時趙簡子家臣董安築城，至唐鬱爲大都。詩指并州。方志：即地方志書。

其三

眼中華屋記生存〔一〕，舊事無人可共論。老樹婆娑三百尺，青衫還見讀書孫〔二〕。

〔注〕

〔一〕「眼中」句：魏曹植《箜篌引》：「生存華屋處，零落歸山丘。」華屋：豪華之屋。

〔二〕「老樹」二句：本集《九日讀書山用陶詩「露淒暄風息，氣清天曠明」爲韻賦十詩》：「蒼蒼池上柳，青衫見諸孫。」青衫：古時未做官的讀書人穿青衫。

其四

乞得田園自在身，不成還更入紅塵①〔一〕。只愁六月河堤上，高柳清風睡殺人。

〔校〕

①成：李詩本、毛本作「誠」。本集《己亥元日》有「不成騎瘦馬，還更入紅塵」句，據李全本、施本改。

〔注〕

〔一〕「乞得」二句：遺山羈管山東六年後返鄉，原擬歸隱。本集《太原》有「南渡衣冠幾人在，西山薇蕨此生休」語。不成：難道。

〔編年〕

蒙古太宗十一年己亥初返鄉時作。李、繆同。本集有《己亥十一月十三日雪晴夜半讀書山東龕看月》詩，知遺山於此前已返鄉。

讀書山雪中

前年望歸歸不得〔一〕，去年中涂脚無力〔二〕。殘生何意有今年，突兀家山墮眼前〔三〕。東家西家百壺酒，主人捧觴客長壽〔四〕。先生醉袖挽春回〔五〕，萬落千村滿花柳。山靈爲渠也放顛，世界幻入兜羅綿〔六〕。似嫌衣錦太寒乞〔七〕，别作玉屑妝山川。人言少微照鄉井〔八〕，準備黄雲三萬頃〔九〕。何人辨作陳瑩中〔一〇〕，來與先生共炊餅〔一一〕。陳先生貶官後答京師人書云：「南州有何事，今年好雪，明年炊餅大耳。」

〔注〕

〔一〕「前年」句：本集《州將張侯墓表》載其蒙古太宗九年丁酉隻身返鄉見侯時言：「予不忘還歸，猶痿者之於起而盲者之於視也。他日幸脱縶維，以從吾侯游，夙昔之願。」知其時詩人拘期未滿。

〔二〕「去年」句：指戊戌秋遺山攜家由冠氏行至濟源停滯半載至次年夏始北返事。本集《入濟源寓舍》云：「未辦驅車上太行，主人留此避風霜。」

〔三〕突兀：突然。家山：指讀書山。

〔四〕「主人」句：唐李賀《致酒行》：「零落棲遲一杯酒，主人捧觴客長壽。」

〔五〕先生：詩人自指。

〔六〕兜羅綿：木綿。如柳絮。喻雪。

〔七〕衣錦：唐昭宗改錢鏐所居營曰「衣錦營」，鏐遊其間，山林皆覆以錦（《新五代史・吴越王世家》）。

〔八〕少微：星座名。《史記・天官書》：「廷藩西有隋星五，曰少微，士大夫。」張守節正義：「少微四星，在太微西，南北列：第一星，處士也。」處士指有才能而隱居不仕的人。《晉書・隱逸傳・

謝敷》：「少微名處士星，占者以隱士當之。」少微星照臨之地即有處士隱居。此句詩人以處士自許。本集《答郭仲通二首》有「慚愧詩人比少微」句，自注云：「來詩有『少微星』之句。」知「人言」即郭仲通之詩所言也。

〔九〕黃雲：雪天之雲。宋曾鞏《詠雪》：「黃雲半夜滿千里，大雪平明深一尺。」古有瑞雪兆豐年之說，故此處也兼喻成熟的稻麥。

〔一〇〕辦作：準備當。陳瑩中：名瓘，北宋學者。因與章惇、蔡京不和，被放還鄉里。

〔一一〕先生：詩人自指。炊餅：蒸餅。

〔編年〕

李《譜》云：「『前年望歸歸不得』，指丁酉復來東州也。『去年中涂脚無力』，將歸又留濟源也。『殘生何意有今年，突兀家山墮眼前』，一片欣幸之意。」故定在蒙古太宗十一年己亥作。繆同。從之。

醉後走筆

建茶三盌冰雪香〔一〕，離騷九歌日月光〔二〕。腰金更騎揚州鶴〔三〕，雋永不羨太官羊〔四〕。短燈檠子移近牀〔五〕，秋風吹簾月轉廊。一歌再歌魂魄動，入眼渺渺横沅湘〔六〕。湘妃漸遠望不及〔七〕，金支翠蕤澹飛颺〔八〕。漁父話獨醒〔九〕，孺子歌滄浪〔一〇〕。山鬼獨一脚〔一一〕，拊掌笑我旁。湘纍歸來弔故國〔一二〕，遺臺老樹山蒼蒼。掩書一太息，夜如何其夜未央〔一三〕。東家女兒繡羅裳，銀瓶瀉酒勸客嘗。一酌均酡顔〔一四〕，再酌齊彭殤〔一五〕。宇宙不今古，氣節無陰陽。少年避酒不肯喫，跬步乃有無何鄉〔一六〕。愛茶愛書死不徹〔一七〕，乃以冰炭貯我腸〔一八〕，世間唯有麴生風味不可忘〔一九〕。

〔注〕

〔一〕建茶：福建省建溪一帶所産的名茶。

〔二〕離騷九歌：《楚辭》篇名。《史記·屈原傳》：「推此志也，雖與日月争光可也。」

〔三〕「腰金」句：謂當官、發財、成仙三者兼而有之。典出南朝梁殷芸《小説》：「有客相從，各言所志：或願爲揚州刺史，或願多資財，或願騎鶴上升。其一人曰：『腰纏十萬貫，騎鶴上揚州。』欲兼三者。」

〔四〕雋永：食物甘美有回味。太官：官名。兩漢時掌皇帝膳食及燕享之事。

〔五〕「短燈」句：唐韓愈《短燈檠歌》：「長檠八尺空自長，短檠二尺便且光。黄簾緑幕朱户閉，風露氣入秋堂涼。裁衣寄遠淚眼暗，搔頭頻挑移近牀。」

〔六〕沅湘：指沅江、湘江。入洞庭湖。

〔七〕湘妃：宋郭茂倩《樂府詩集》卷五七引《湘中記》：「舜二妃死爲湘水神，故曰湘妃。」屈原《九歌》之「湘夫人」即此。

〔八〕金支翠蕤：樂器上的飾物，喻指湘水中荷花之類植物。本集《泛舟大明湖》：「我時驂鸞追散仙，但見金支蕤翠相後先。」

〔九〕「漁父」句：《楚辭·漁父》：「屈原曰：『舉世皆濁我獨清，衆人皆醉我獨醒。』」

〔一〇〕「孺子」句：《孺子歌》：「滄浪之水清兮，可以濯我纓；滄浪之水濁兮，可以濯我足。」見《孟子·離婁上》。《楚辭·漁父》亦有此歌。

〔一一〕「山鬼」句：南朝宋鄭緝之《永嘉郡記》：「安固縣有山鬼，形體如人而一脚，裁長一尺許……不甚畏人，人亦不敢犯，犯之即不利也。」杜甫《有懷臺州鄭十八司户虔》：「山鬼獨一脚，蝮蛇長如樹。」山鬼：《楚辭·九歌》中篇名。

〔一二〕湘纍：《漢書·揚雄傳上》載《反離騷》：「因江潭而淮記兮，欽吊楚之湘纍。」顔師古注引李奇曰：「諸不以罪死曰纍……屈原赴湘死，故曰『湘纍』也。」後亦借指被放逐或廢棄的人。此處指遺臣，遺山自指。

〔一三〕「夜如」句：《詩·小雅·庭燎》：「夜如何其？夜未央。」孔穎達疏：「謂夜未至旦。」

〔一四〕跖顔：指孔子時的盜跖和顔回。代指惡者與賢者。

〔一五〕彭殤：彭，指彭祖。相傳姓籛名鏗，唐堯的臣子，封於彭，壽七百餘歲，以久壽著稱。殤：未及成年而死曰殤。

〔一六〕跬步：半步。無何鄉：《莊子·逍遥游》：「今子有大樹，患其無用，何不樹之於無何有之鄉，廣莫之野。」唐成玄英疏：「無何有，猶無有也。莫，無也。謂寬曠無人之處，不問何物，悉皆無有，故曰無何有之鄉也。」莊子的原意是没有任何東西的地方，後用指空想或虚幻的境界。此形容醉後的迷離境界。

〔一七〕死不徹：至死不改。

〔一八〕「乃以」句：唐韓愈《聽穎師彈琴》：「穎乎爾誠能，無以冰炭置我腸。」冰塊和炭火，性質相反，不能相容。句謂心腸被（書本與現實的）矛盾煎熬。

〔一九〕麴生風味：唐鄭棨《開天傳信記》載，道士葉法善，居玄真觀，有朝客數十人來訪，解帶淹留，滿座思酒。突有一人傲睨直入，自稱曲秀才，抗聲談論，一座皆驚，良久暫起，如風旋轉。法善以爲是妖魅，俟其復至，密以小劍擊之，隨手墜於階下，化爲瓶榼，醲醞盈瓶。坐客大笑飲之，其味甚佳。「坐客醉而揖其瓶曰：『麴生風味，不可忘也』」。後因以「麴生」作酒的别稱。

〔編年〕

李《譜》據「湘纍」句，編於蒙古憲宗七年丁巳下「總附」中，謂晚年歸鄉後作。繆《譜》未編。按「湘纍歸來弔故國，遺臺老樹山蒼蒼……東家女兒繡羅裳，銀瓶瀉酒勸客嘗」，與挈家返鄉初作《讀書山雪中》「東家西家百壺酒，主人捧觴客長壽」情形相合，故編在蒙古太宗十一年己亥。

己亥十一月十三日雪晴，夜半讀書山東龕看月

四山寒雪夜深明，未恨崔嵬失舊青〔一〕。青女有功加粉澤〔二〕，素娥無意惜娉婷〔三〕。微雲

河漢非人世，太古鴻荒見典刑〔四〕。剩著新詩記今夕，年年來醉半山亭〔五〕。

〔注〕

〔一〕崔嵬：高聳貌。此指讀書山。青：指蒼青的山色。

〔二〕青女：傳説中掌管霜雪的女神。粉澤：喻指雪。

〔三〕素娥：月中嫦娥的别稱。娉婷：姿態美好貌。

〔四〕鴻荒：洪荒。荒古。典型：典範。句謂雪後月夜的山川景象有似太古鴻荒。

〔五〕半山亭：指讀書山東龕。因在半山，故云。

〔編年〕

蒙古太宗十一年己亥作。李、繆同。

明日作

晴光晃漾入危闌①〔一〕，萬象都歸一色看。摇筆尚堪淩浩蕩〔二〕，舉杯誰與慰荒寒。化成銀界清涼近〔三〕，散盡冰花碧海乾〔四〕。後夜霜空月輪滿，可無秦女共驂鸞〔五〕。

〔校〕

①闌：李詩本作「爛」。

〔注〕

〔一〕晃漾：陽光照雪，光影摇動貌。危闌：高欄。

〔二〕「摇筆」句：謂尚能用筆描繪壯闊之景。

〔三〕清凉：五臺山的别名。

〔四〕碧海：指碧空。唐李商隱《嫦娥》：「嫦娥應悔偷靈藥，碧海晴天夜夜心。」句謂雪花散盡，天空都乾乾净净。

〔五〕秦女共驂鸞：傳説秦穆公女弄玉與其夫蕭史乘鸞鳳飛升仙去，見漢劉向《列仙傳》。上二句用宋王安石《扇》「玉斧修成寶月圓，月邊仍有女驂鸞」詩意。

〔編年〕

此詩原編於《己亥十一月十三日雪晴，夜半讀書山東龕看月》之後，詩境相近，「後夜」句寫農曆十六月滿，與「己亥十一月十三日」合。李、繆皆定在蒙古太宗十一年己亥，從之。

答郭仲通二首〔一〕

其一

白髮歸來一布衣〔二〕，東臯春草映柴扉〔三〕。向時諸老供薰沐〔四〕，此日孤生足罵譏〔五〕。遁世已甘成遠引〔六〕，刺天何暇計羣飛〔七〕。光芒消縮都無幾，慚愧詩人比少微〔八〕來詩有「少微星」之句。

〔注〕

〔一〕郭仲通：按注「來詩」句，知非當地人。元虞集《道園學古録·田氏先友翰墨序》有「郭可畀，字仲通，渾源人」，當即此人。施注：「《移居》詩云：『郭侯家多書，篇帙得編窺。獨有仲通甫，天馬不可羈。』即此人。」按此，郭仲通居冠氏。

〔二〕「白髮」句：本集《鷓鴣天》（華表歸來老令威）：「華表歸來老令威，頭皮留在姓名非……墓頭未要征西字，元是中原一布衣。」布衣：借指平民。古代平民不能衣錦繡，故稱。

〔三〕東皐：唐初詩人王績隱居東皐，故用以代稱隱居之所。

〔四〕薰沐：薰香和沐浴。（句謂前時居冠氏，諸老在生活上多方照顧。本集《别冠氏諸人》：「衣冠會集今爲盛，里社追隨分更親。」句指此。）句謂金亡前承蒙趙秉文等栽培。

〔五〕「此日」句：本集《别李周卿三首》其一：「六年河朔州，動輒得謗訕。」

〔六〕遁世：《易·乾》：「不成乎名，遯世無悶。」孔穎達疏：「謂逃遯避世，雖逢無道，心無所悶。」

〔七〕「刺天」句：唐韓愈《祭柳子厚文》：「子之視人，自以無前；一斥不復，群飛刺天。」刺天：衝入天空。喻名位遽升。本集《臨江仙》（昨日故人留我醉）：「九萬里風安税駕，雲鵬悔不卑飛。」上二句言已甘心避世隱居，再無昔日争先恐後的遠大抱負了。

〔八〕「慚愧」句：本集《讀書山雪中》有「人言少微照鄉井」句，當指此。少微：處士星。詳見《讀書山雪中》注〔八〕。詩人：指郭仲通。

其二

一罇何意復同傾〔一〕，亂後真疑隔死生。吐氣無妨出芒角〔二〕，忍窮尤喜見工程〔三〕。千年老檜盤根古，十丈寒潭照膽清〔四〕。凜凜風期望吾子①〔五〕，不成隨例只時名②〔六〕。

〔校〕

①凜凜：施本作「懍懍」，兩通。②成：李詩本、毛本作「誠」。按本集《己亥元日》有「不成騎瘦馬，還更入紅塵」句，《初挈家還讀書山》有「不成還更入紅塵」句。據施本、郭本改。

〔注〕

〔一〕何意：何曾想到。從此句看，元氏與郭仲通交於羈管冠氏之前。

〔二〕芒角：指人的鋒芒和鋭氣。此指郭仲通詩氣勢充沛。

〔三〕「忍窮」句：宋歐陽修《梅聖俞詩集序》：「詩窮而後工。」工程：功課的日程。

〔四〕「十丈」句：唐王昌齡《芙蓉樓送辛漸》：「洛陽親友如相問，一片冰心在玉壺。」上二句言人當像千年老檜、十丈寒潭一樣，具有堅硬清澈的品格。

〔五〕風期：風度品格。

〔六〕不成：猶云難道。隨例：按照慣例。只時名：僅限於有名於時。

〔編年〕

此詩李、繆皆據施注，認爲郭仲通居冠氏，詩亦遺山蒙古太宗七年乙未移居冠氏之初作，不妥。此詩自注「來詩」云云，知爲二人異地寄贈之作。按「白髮歸來一布衣」二句及《讀書山雪中》之「人言少微照鄉井」句，定爲蒙古太宗十一年己亥初返鄉時。

庚子三月十日作

殘夢忘書帙①〔一〕，餘寒殢酒杯②〔二〕。青銅元懶照〔三〕，白紵更寬裁〔四〕。水際時獨往，花邊知幾回。殷勤雙語燕，應自謝家來〔五〕。

〔校〕

①忘：李詩本、毛本作「志」，訛。據李全本、施本改。②殢：李詩本、毛本作「滯」，訛。唐許渾《送別》有「莫殢酒杯閒過日」句。據李全本、施本改。

〔注〕

〔一〕殘夢：零亂不全之夢。書帙：書籍。帙：書卷的外套。句謂殘夢中的學習上進之事不想它了。

〔二〕殢：迷戀。

〔三〕青銅：青銅鏡。

〔四〕白紵：白色苧麻所織的夏布。亦指白衣，古代士人未得功名時所穿衣服。

〔五〕「殷勤」二句：用唐劉禹錫《烏衣巷》「舊時王謝堂前燕，飛入尋常百姓家」句意。

〔編年〕

蒙古太宗十二年庚子作。李、繆同。

杏花二首 庚子歲南庵賦

其一

芳樹春融絳蠟凝，春風寂寞掩柴荆。畫眉盧女嬌無奈〔一〕，齲齒孫娘笑不成①〔二〕。已怕宿妝添蝶粉〔三〕，更堪煖蘂鬧蜂聲〔四〕。一般疏影黄昏月，獨愛寒梅恐未平〔五〕。

〔校〕

①娘：施本作「孃」，此指年老婦人，非。

〔注〕

〔一〕畫眉：以黛飾眉。盧女：宋郭茂倩《樂府詩集》有《盧女曲》。《樂府解題》謂盧女是魏武帝時宫人。七歲入宫，善鼓琴。至明帝崩後出嫁。一説盧女指古代美女莫愁，她曾嫁作盧家婦，故稱。無奈：猶無比。宋蘇轍《次韻毛君九日》：「手拈香菊香無奈。」

〔二〕孫娘：後漢梁冀之妻，名孫壽。《後漢書·梁冀傳》：「壽色美而善爲妖態，作愁眉、啼妝、墮馬髻、折腰步、齲齒笑，以爲媚惑。」齲齒笑：《風俗通》釋之謂「若齒痛不忻忻」，是一種故意做作表現媚態的笑。此句以孫娘欲笑未笑喻杏花含苞待放的嬌媚狀態。

〔三〕宿妝：舊妝，殘妝。

〔四〕更堪：更難以承受。

〔五〕「一般」二句：宋林逋《山園小梅》：「疏影横斜水清淺，暗香浮動月黄昏。」二句謂杏花與梅姿態一致，而詩人們獨愛梅，很不公平。

其二

一穗蘆鞭一穗塵〔一〕，西園紅艷眼中新。帽簷分去家家喜，酒面飛來片片春〔二〕。梅柳幾曾同故事，櫻桃纔得綴芳辰〔三〕。荒城此日腸堪斷，老却探花筵上人〔四〕。

〔注〕

〔一〕蘆鞭：用蘆葦做成的馬鞭。元耶律楚材《再用韻》：「雲山疊疊復雲山，瘦馬蘆鞭矮面鞍。」句言人們以蘆葦穗當鞭騎驢馬前來觀花的情形。

〔二〕「帽簷」二句：描述人們插杏花於帽簷喜氣洋洋的情形。酒面：代指杏花。

〔三〕「梅柳」二句：言梅柳已盡變舊態，櫻桃繼杏花之後而開。

〔四〕探花筵：科舉時代稱進士及第後的杏園初宴。遺山登金興定五年進士第，曾參加探花筵。本集《探花詞五首》詠其事。

〔編年〕

據題注，詩作於蒙古太宗十二年庚子。李、繆同。

東山四首〔一〕

其一

半欲天陰半欲晴，層巒疊巘各分明〔二〕。去年風雪無多景〔三〕，看盡東山是此行。

〔注〕

〔一〕東山：指繫舟山脈今忻府區至定襄縣一帶。

〔二〕巘：山頂。

〔三〕「去年」句：指己亥歲冬讀書山之雪。參見《讀書山雪中》、《己亥十一月十三日雪晴夜半讀書山東龕看月》等詩。

其二

自笑平生被眼謾〔一〕，看山只向畫中看。天公老筆無今古，枉著千金買范寬〔二〕。

〔注〕

〔一〕謾：欺騙。

〔二〕范寬：宋代山水畫家。詳見《范寬秦川圖》注〔一〕。

其三

錦里春光風馬牛，鳥飛不到太湖秋〔一〕。一丘一壑都堪老，且具神山煙景休〔二〕。

〔注〕

〔一〕「錦里」二句：言錦江春光和太湖秋色雖美，但皆路遠難至。錦里：四川成都因盛産蜀錦，别稱錦城。城外有濯錦江，杜甫建草堂於此，其《登樓》有「錦江春色來天地」句。風馬牛：《左傳·僖公四年》載齊桓公伐楚，楚王遣使言：「君處北海，寡人處南海，唯是風馬牛不相及也。」謂兩國相去甚遠，雖馬牛放逸，也無從相及。太湖：位于江蘇、浙江之間，湖内有湖，山外有山，風光秀麗。

〔二〕神山：在山西省定襄縣東北，平地壘石，孤峰獨峙，突兀如盤，似所遺而成，故又名遺山。古時，山上寺廟衆多，下臨牧馬、滹沱二河，爲古定襄八景之一。詩人曾讀書於此，因自號遺山。休：美。

其四

馬水横陳聖阜前〔一〕，滹沱陂堰遠相連〔二〕。魚多只説牛家匯，何處秋風有釣船。牛家匯在神山下。

〔注〕

〔一〕馬水：指牧馬河。發源於山西省陽曲縣西北白馬山麓，東北流經今忻府區、定襄縣，入滹沱河。聖阜：山名，在定襄神山之東。

〔二〕滹沱：滹沱河。發源於山西省繁峙縣泰戲山，流經定襄神山北部。

〔編年〕

李《譜》據「去年」句，定於蒙古太宗十二年庚子，從之。繆《譜》未編。

同周帥夢卿、崔振之游七巖①〔一〕定襄七巖②

客路頻年別，僧居半日閑〔二〕。同游盡親舊〔三〕，舉目是家山〔四〕。世事風塵外，詩情水石間。悠然一尊酒，落景未知還〔五〕。

〔校〕

①帥：李詩本、毛本作「師」，形訛。本集有《送周帥夢卿至關中》、《追賦定襄周帥夢卿家秋日牡丹》等。據李全本、施本改。　②定襄七巖：李詩本、毛本缺後二字。據李全本、施本補。

〔注〕

〔一〕周帥夢卿：周獻臣字夢卿，定襄（今山西省定襄縣）人。仕蒙古爲定襄帥。《新元史》有傳。崔振之：曾任咸寧令，餘不詳。本集另有《送崔振之迎家汴梁》。《續夷堅志・天裂》及之。七巖：山名，在定襄縣東南十八里。山有七洞，故名。

〔二〕「客路」二句：謂到七巖之路因多年不來如同外鄉之路，與七巖佛寺僧人閑居纔得半日工夫。

〔三〕「同游」句：遺山與周獻臣之兄爲舊友，見本集《陽曲令周君墓表》。

〔四〕家山：故鄉。此指故鄉之山七巖。

〔五〕落景：夕陽。

〔編年〕

李《譜》據「客路頻年別」，謂「是初回時詩」，定在蒙古太宗十二年庚子，從之。繆《譜》未編。

送崔振之迎家汴梁〔一〕

老伴不易得〔二〕，殘年唯有閑。桑麻一村落，鷄犬兩柴關〔三〕。樊守能供酒〔四〕，周侯許買山〔五〕。從今釣溪上〔六〕，日日望君還。

〔注〕

〔一〕崔振之：年里不詳。與定襄帥周獻臣游從，見本集《同周帥夢卿崔振之游七巖》。

〔二〕老伴：老年的伴偶。

〔三〕柴關：柴門。

〔四〕樊守：樊天勝，定襄人，曾任忻州州將。本集《忻州天慶觀重建功德記》、《樊守謝土詞》、《樊侯壽冢記》、《哭樊帥》等及之。句用江州刺史王弘給陶淵明送酒典，見《宋書·陶潛傳》。

〔五〕「周侯」句：唐范攄《雲谿友議·襄陽傑》：「又有匡廬符載山人遣三尺童子齎數幅之書，乞買山錢百萬，公（指襄陽司空于頔）遂與之，仍加紙墨衣服等。」周侯：指定襄帥周獻臣。

〔六〕釣溪：喻隱居之地。

【編年】

李《譜》編於蒙古太宗十二年庚子下「附録」中。繆《譜》未編。詩編於《同周帥夢卿崔振之游七巖》之後，當同時期之作。從李《譜》。

賦瓶中雜花七首予絶愛未開杏花，故末篇自戲①。

其一

老眼驚看節物新②〔一〕，今年更與酒杯親。東山一道花如繡〔二〕，從此他鄉不是春。

【校】

①末篇：施本作「篇末」。　②眼：李全本、施本作「柳」。

【注】

〔一〕節物：各個季節的風物景色。

〔三〕東山：繫舟山以東一帶山脈。

其二

香中人道瑞香濃①〔一〕，誰信丁香臭味同〔二〕。一樹百枝千萬結〔三〕，更應薰染費春工。

〔校〕

①瑞香：李全本作「睡」。按：瑞香也稱睡香，見宋陶穀《清異録·睡香》。

〔注〕

〔一〕瑞香：植物名。春季開花，花集生頂端，有紅紫色或白色等，有濃香。

〔二〕丁香：花木名，花香濃鬱。

〔三〕樹：指丁香樹。

其三

生紅點點弄嬌妍〔一〕，半拆花房更可憐①〔二〕。傳語春風好將護，莫教容易作銀錢〔三〕。

〔校〕

①拆：李全本作「折」，形訛。

〔注〕

〔一〕生紅：大紅。

〔二〕半拆：指花半開。元陶宗儀《説郛・畫梅譜》：「九變：其法一丁而蓓蕾，蓓蕾而萼，萼而漸開，漸開而半拆，半拆而正放，正放而爛漫。」

〔三〕銀錢：喻指飄落的花瓣。

其四

紅抹蘭膏緑染衣〔一〕，緑嬌紅小兩相宜。華邊剩有清香在，木石癡兒自不知〔二〕。

〔注〕

〔一〕蘭膏：一種婦女妝飾品。

〔二〕木石癡兒：形容心如木石、癡呆不懂賞花的人。

其五

素艷來從月姊家〔一〕，温風淑氣發清華〔二〕。人間自有交枝玉〔三〕，天上休開六出花〔四〕。

〔注〕

〔一〕素艷：白色的花。月姊：指傳説中的月中仙子、月宫嫦娥。

〔二〕淑氣：温和之氣。

〔三〕交枝玉：婦女頭上飾物。宋姜夔《觀燈口號十首》其六：「珠絡琉璃到地垂，鳳頭銜帶玉交枝。」

〔四〕六出：花分瓣叫出。雪花六角，因以爲雪的别稱。《太平御覽》卷十二引《韓詩外傳》：「凡草木花多五出，雪花獨六出。」

其六

昨日桃華錦片新〔一〕，兔葵今日到殘春〔二〕。低枝留得稀疏朵，比似全開更惱人〔三〕。

〔注〕

〔一〕錦片：一片錦繡。

〔二〕兔葵：植物名。形容桃花殘落後荒涼的景象。唐劉禹錫《再游玄都觀·序》：「有道士手植仙桃滿觀，如紅霞……重游玄都觀，蕩然無復一樹，惟兔葵、燕麥動摇於春風耳。」

〔三〕惱人：撩撥人。

其七

古銅瓶子滿芳枝，裁剪春風入小詩。看看海棠如有語，杏花也到退房時〔一〕。

〔注〕

〔一〕退房：花房凋殘。

〔編年〕

李《譜》據「從此他鄉不是春」句，定在蒙古太宗十二年庚子作。詩有「東山一道花如繡」句，當作於《東山四首》之後，從之。繆《譜》未編。

追賦定襄周帥夢卿家秋日牡丹〔一〕

千古吴中富貴家〔二〕，秋風吹送洛陽花〔三〕。真妃鏡裏春難老〔四〕，玉女車邊日易斜〔五〕。紀瑞定誰增舊譜〔六〕，换根元自有靈砂〔七〕。來遲不及西堂宴，猶想分香入棣華〔八〕。周有棣華堂。

〔注〕

〔一〕周夢卿：周獻臣字夢卿，定襄（今山西省定襄縣）人。仕蒙古爲定襄帥。

〔二〕吴中：今江蘇省吴縣市一帶。牡丹爲富貴花王，句指此。

〔三〕洛陽花：牡丹的别稱。因唐宋時洛陽牡丹最盛，故稱。

〔四〕真妃：楊貴妃道號太真，故稱「真妃」。唐玄宗和楊貴妃在宫中觀牡丹花，命李白寫新樂章。李白作《清平調詞三首》，以牡丹比楊妃。白居易《長恨歌》有「芙蓉如面柳如眉」句。

〔五〕「玉女」句：唐劉禹錫《和嚴給事聞唐昌觀玉蕊花下有游仙二絶》：「玉女來看玉蕊花，異香先引七香車。攀枝弄雪時回顧，驚怪人間日易斜。」

〔六〕紀瑞：記載祥瑞。

〔七〕换根：脱胎换骨。靈砂：古代道家用朱砂作原料煉成的丹藥。亦泛指靈丹妙藥。上二句謂定有人寫詩作畫，使此牡丹長盛不衰。

〔八〕「猶想」句：本集《朝中措》七題注：「周帥棣華堂紫牡丹。」

〔編年〕

李《譜》編於蒙古太宗十二年庚子下「附録」中，謂返鄉初期作。繆《譜》未編。按本集有《同周帥夢卿崔振之游七巖》、《送周帥夢卿至關中》、《送田益之從周帥西上二首》諸詩，本詩於「周帥」前加「定襄」二字，顯然作於初交時，從李《譜》。

九日讀書山用陶詩「露凄暄風息，氣清天曠明」爲韻賦十詩①〔一〕

其一

行帳適南下〔二〕，居人蹋庭户〔三〕。城中望青山〔四〕，一水不易渡〔五〕。今朝川涂静〔六〕，偶得展衰步〔七〕。蕩如脱囚拘〔八〕，廣莫開四顧〔九〕。半生無根著〔一〇〕，筋力疲世故。大似丁令威，歸來歎墟墓〔一一〕。鄉閭喪亂久〔一二〕，觸目異平素。枌榆雖尚存〔一三〕，歲晏多霜露〔一四〕。

〔校〕

①詩：施本作「首」。

〔注〕

〔一〕陶詩「露凄暄風息，氣清天曠明」：今本陶淵明《九日閑居》作「露凄暄風息，氣澈天象明」。

清：曾本云「『澈』一作『清』」。曠：或别本如此，或爲遺山誤記。

〔二〕「行帳」句：《元史》載，蒙古太宗十二年，命張柔等八萬户伐宋。行帳，行軍時所搭的帳篷。此指代軍隊。

〔三〕踘：跧踘。

〔四〕城：指忻州城。青山：指讀書山。

〔五〕水：指牧馬河。牧馬河流經忻州城東。

〔六〕川涂：路涂，道路。句言軍隊過完了，道路平静下來。

〔七〕偶：正好。

〔八〕蕩：無拘束。

〔九〕莫：通漠。開四顧：開闊視野，四下展望。

〔一〇〕無根著：無處扎根。著：着落。

〔一一〕「大似」二句：用遼東人丁令威學仙成化鶴歸故鄉典，詳見《癸巳四月二十九日出京》注〔五〕。

〔一二〕閭：古時鄉民以二十五家爲一閭。鄉閭指家鄉。

〔一三〕枌榆：白榆。《史記·封禪書》：「高祖初起，禱豐枌榆社。」此「枌榆」爲高祖里社名。後人用以泛稱故鄉。本詩中兼有樹木、故鄉二意。

〔一四〕晏：晚。

其二

今日復何日，霜氣儵已淒〔一〕。登高有佳招〔二〕，山中古招提〔三〕。翩翩劉公子〔四〕，王田重相攜〔五〕。乾坤動詩興，澗壑忘攀躋。霍侯家甚貧〔六〕，劣有酒與雞。城居厭鼙鼓〔七〕，移家此幽棲。世網不易逃，所向皆塵泥。何以濯我纓〔八〕，林間有清溪。

〔注〕

〔一〕儵：極快地。淒：淒冷。

〔二〕佳招：佳友招唤。

〔三〕招提：寺院。

〔四〕劉公子：名濟，字濟川。金初僞齊劉豫諸孫。

〔五〕王田：二人名字不詳。

〔六〕霍侯：名字不詳。

〔七〕鼙：戰鼓。

〔八〕濯我纓：《楚辭·漁父》：「滄浪之水清兮，可以濯我纓。」後用以指隱逸生涯。

其三

山腰抱佛刹〔一〕，十里望家園。亦有野人居，層崖映柴門。昔我東巖君〔二〕，曾此避塵喧。

林泉留杖屨〔三〕，歲月歸琴樽〔四〕。翁今爲飛仙，過眼幾寒暄〔五〕。蒼蒼池上柳，青衫見諸孫〔六〕。疏燈照茅屋，新月入頹垣〔七〕。二句，先人詩也①。依依覽陳跡，惻愴不能言。

〔校〕

①也：李詩本、毛本、施本無。據李全本補。

〔注〕

〔一〕佛刹：此指福田寺。《中州集·先大夫傳》言「居東山福田精舍首尾十五年」，即此地。

〔二〕東巖君：遺山生父元德明。《中州集·先大夫詩》：「『東巖』，其自號也。」

〔三〕杖屨：此指蹤跡。

〔四〕「歲月」句：《中州集·先大夫詩》：「纍舉不第，放浪山水間，未嘗一日不飲酒賦詩。」

〔五〕寒暄：猶冬夏，指歲月。二句言父死已多年。

〔六〕諸孫：本家孫輩。

〔七〕「疏燈」二句：《中州集·先大夫詩·燈下讀林和靖詩》作「疏燈照茅屋，山月入頹垣。」。

其四

霜氣一匽薄〔一〕，杳杳秋山空〔二〕。臨高望煙樹，黄落雜青紅①。造物故豪縱，窮秋變春容。錦障三百里〔三〕，不盡臺山東〔四〕。燦燦黄金華〔五〕，羅生蒿艾叢。野人不知貴，幽香散秋風。秋物自横陳，顧揖苦不供〔六〕。誰能摇醉筆，吐句淩清雄。

〔校〕

①青：李詩本、毛本作「清」。據李全本、施本改。

〔注〕

〔一〕匽薄：掩蔽侵迫。《漢書・王吉傳》：「夏則爲大暑之所暴炙，冬則爲風寒之所匽薄。」顔師古注：「匽與偃同，言遇疾風則偃靡也。」

〔二〕杳杳：幽遠貌。

〔三〕錦障：形容山色秀麗，好像錦製的屏障。

〔四〕臺山東：五臺山在讀書山東三百餘里，故云。

〔五〕黄金華：即金蓮花，夏日開花作金黄色，爲五臺山出産的名花之一。

〔六〕「秋物」二句：謂山中美景太多，觀賞苦於應接不暇。顧：看。揖：拜見。

其五

宇宙有此山，閲世過鳥疾。何人不此游，名姓寧復識。茲辰世所重〔一〕，前代多盛集。柴桑有故事〔二〕，二謝留俊筆〔三〕。併數孟與桓〔四〕，此外誰記憶。人生百年内，踏地皆種跡①〔五〕。獨惟我輩人，興懷念今昔。山林與臯壤，自古長太息〔六〕。

〔校〕

①種：施本作「陳」。

〔注〕

〔一〕茲辰：此日，指九日重陽節。

〔二〕「柴桑」句：陶淵明有《九日閑居》、《己酉九月九日》等詩。柴桑：地名。在今江西省九江市。陶淵明的故里。

〔三〕二謝：指南朝著名山水詩人謝靈運、謝朓。

〔四〕「併數」句：《晉書·孟嘉傳》載：孟嘉爲桓温參軍，九月九日桓温飲宴龍山，風吹孟嘉帽落，温命孫盛爲文嘲之，嘉答文甚美。

〔五〕種跡：不詳。《樂府詩集·烏夜啼》「歌舞諸少年，娉婷無種跡」，清紀容舒《玉臺新詠考異》云：「此句未詳。太抵樂府多雜方言，不能盡通於後世。」施本改作「陳跡」，意通。但李詩本、李全本等皆作「種跡」，當與原本接近。

〔六〕「山林」二句：《莊子·知北游》：「山林與，皐壤與，使我欣欣然而樂與。」皐壤：沼澤旁的洼地。

其六

賞心古難并〔一〕，暮景日易費〔二〕。故人成此游〔三〕，尊酒重相慰。新詩互酬唱，清談見滋味。鱷鯢方偃蹇①〔四〕，鼉黽共騰沸〔五〕。懸險劇褒斜〔六〕，清渾雜涇渭〔七〕。争教十圍腹，滿貯憂與畏。情親到真率，寧復轉喉諱〔八〕。鄭重伯雅生〔九〕，藉汝聊吐氣。

〔校〕

①鱷：李詩本、毛本作「鱷」，非。鱷同「鯨」。本集《岐陽三首》其一有「鯨鯢偃蹇人海涸」句。據李全本、施本改。

〔注〕

〔一〕古難并，難以與古人相提并論。

〔二〕「暮景」句：謂垂老之年，時日快過。

〔三〕故人：指前詩所及劉公子等。

〔四〕鱷鯢：即鯨，比喻强暴之人。此喻指蒙古人。偃蹇：高聳貌。

〔五〕鼉黽：蛙類動物，比喻亂叫讒諛之人。

〔六〕褒斜：陝西古道路名，通道山勢險峻，歷代鑿山架木，於絶壁修成棧道。

〔七〕「清渾」句：涇水清，渭水渾。句喻世道是非混淆。

〔八〕轉喉諱：轉喉觸諱。謂一説話或一寫文章就觸犯忌諱。唐韓愈《送窮文》：「各有主張，私立名字，捩手覆羹，轉喉觸諱。」

〔九〕伯雅：古酒器名。《太平御覽》引曹丕《典論·酒誨》：「荆州牧劉表，跨有南土，子弟驕貴，並好酒，爲三爵：大曰伯雅，次曰仲雅，小曰季雅。」

其七

往年在南都，閑閑主文衡。九日登吹臺，追隨盡名卿〔一〕。酒酣公賦詩，揮灑筆不停。蛟龍起庭户，破壁春雷轟〔二〕。堂堂髯御史〔三〕，痛飲益精明。亦有李與王〔四〕，玉樹含秋清〔五〕。我時最後來，四座頗爲傾。今朝念存殁，壯心徒自驚。

〔注〕

〔一〕「往年」四句：劉祁《歸潛志》卷八：「正大初，趙閑閑長翰苑……同館閣諸公九日登極目亭，俱有詩。」閑閑：趙秉文之號。文衡：文壇的權衡者，即文壇領袖。吹臺：在河南省開封市東南，詳見《雨後丹鳳門登眺》注〔九〕。

〔二〕「蛟龍」二句：唐張彦遠《歷代名畫記》載，張僧繇所畫金陵安樂寺四白龍，不點眼睛，每云點睛即去。人以爲妄誕，固請點之。須臾雷電破壁，兩龍騰雲上天，兩龍未點睛者見在。詩喻趙秉文書法如龍飛鳳舞。

〔三〕髯御史：即雷淵，詳見《示崔雷詩社諸人》注〔一〕。

〔四〕李與王：李，當指李欽止。上引《歸潛志》卷八趙秉文同館閣諸公登極目亭，其中有李欽止。李欽止名獻卿，泰和三年進士。正大間任正議大夫充鹽部郎中等職。王，疑指王德新。參見《望王李歸程》注〔一〕。

〔五〕「玉樹」句：喻「李與王」神清氣爽。

其八

我在正大初，作吏淅江邊①〔一〕。山城官事少，日放淅江船①〔二〕。菊潭秋華滿②〔三〕，紫稻釀寒泉。甘腴入小苦，幽光出清妍。歸路踏明月③，醉袖風翩翩。父老遮我留，謂我欲登仙④。一別半山亭〔四〕，回頭餘十年。江山不可越，目斷西南天。

〔校〕

①淅：李詩本、毛本作「浙」，形訛。據李全本、施本改。②華：施本作「花」。二者通用。③明月：施本作「月明」，非。④我：李詩本、毛本作「老」，據李全本、施本改。

〔注〕

〔一〕「我在」二句：本集《長慶泉新廟記》：「鄧之西百里而遠，是爲内鄉之東鄙……正大丁亥，予承乏是邑。」淅江：源出河南省盧氏縣，流經金内鄉縣。

〔二〕「山城」二句：本集《臨江仙》〔昨夜半山亭下醉〕：「昨夜半山亭下醉，洼尊今日留題。放船直到淅江西。冰壺天上下，雲錦樹高低。」

〔三〕菊潭：又名菊水，源出金内鄉石澗山芳菊谷，源旁遍生菊草。潭間滋液，極爲甘美。參見《宿菊潭》注〔一〕。秋華：指菊花。

〔四〕半山亭：在金内鄉縣北三四十里處。宋張舜民建。本集《滿江紅》〔江上洼尊〕詞序云：「内鄉半山亭，浮休居士張雲叟注尊石刻在焉。」

其九

吾山一何高，清涼屹相望〔一〕。龍頭出白塔〔二〕，佛屋壓青嶂〔三〕。雲光見秋半，旭日發毫相〔四〕。峩峩寶樓閣，金界儼龍象〔五〕。鄉曲二十年，香火闕瞻向〔六〕。金花香綿草〔七〕，夢想雲雨上。福田行欲近〔八〕，重爲詩酒障〔九〕。終當陟層巔，放眼天宇曠。

〔注〕

〔一〕清涼：五臺山歲積堅冰，夏無炎暑，故稱。

〔二〕龍頭：指繫舟山。本集《過晉陽故城書事》有「君不見，繫舟山頭龍角禿」句。

〔三〕佛屋：指繫舟山福田寺。

〔四〕毫相：佛教語。指如來三十二相之一的白毫相。後亦泛稱佛相。據説日出時人站在山頂面向東方，日光仰照，背景會出現佛的影像。

〔五〕金界：佛地，佛寺。龍象：龍與象。水行中龍力大，陸行中象力大。故佛氏用以喻諸阿羅漢中修行勇猛有最大能力者。

〔六〕闕：没有。瞻向：前去瞻仰。

〔七〕金花：指金蓮花。本集《臺山雜詠十六首》其八「佛土休將人境比，誰家隨步得金蓮」即指此。香綿草：俗呼爲零苓香。《臺山雜詠十六首》其七有「香綿穩藉僧鞋草」句。

〔八〕福田：佛寺名。在讀書山腰。

〔九〕「重爲」句：謂又一次因詩酒之故而滯留。

一〇

紫微老仙伯〔一〕，少日見承平。甲子五百餘〔二〕，雙瞳益清明。披莊不盈尺〔三〕，翛然澹無營〔四〕。庭柯挂秋蔬〔五〕，老樹風泠泠①。我有年德尊，公深鄉曲情。思得菊潭酒，爲公制頹齡〔六〕。作詩語同游，明年復尋盟。看公九節杖②〔七〕，翩翩上峥嶸。

〔校〕

①泠泠：李詩本、毛本作「冷冷」。據李全本、施本改。　②公：李全本、施本作作「翁」。

〔注〕

〔一〕紫微：姓劉，名不詳。定襄（今山西省定襄縣）人。道士，畫家。

〔二〕「甲子」句：二「甲子」爲六十日，句謂劉氏已活了三萬多日，即八十多歲。

〔三〕「披莊」句：《隋書·崔廓傳》：「未嘗聚螢映雪，懸頭刺股，讀論唯取一篇，披莊不過盈尺。」披莊：披閲《莊子》。

〔四〕翛然：超脱無束貌。《莊子·大宗師》：「翛然而往，翛然而來而已矣。」

〔五〕庭柯：庭院中的樹木。晉陶潛《歸去來兮辭》：「引壺觴以自酌，眄庭柯以怡顔。」

〔六〕「爲公」句：陶淵明《九日閑居》：「酒能祛百慮，菊爲制頹齡。」頹齡：衰老之年。

〔七〕九節杖：杜甫《望嶽》「安得仙人九節杖，拄到玉女洗頭盆」《集千家注杜工部詩集》注引《列仙傳》云，王烈授赤城老人九節蒼藤杖，行地馬不能追。

〔編年〕

李《譜》編在蒙古太宗十二年庚子，云：「按第一首云『大似丁令威，歸來歎墟墓』，疑是去年初回詩。不知去年中秋方在倪莊，九月僅足抵家，未能與鄰舍諸人遽如此款洽也。又《讀書山雪中》方述前年去年之事，不應九日不及。今考首二句云『行帳適南下，居人蹋庭户』，《元史》是年命張柔等八萬户伐宋，太原亦征兵南下，居人避兵不出也。忠濟以七月見請，而十月始往，亦是避兵，則詩當作於是年。」繆《譜》也編在是年，從之。

紫微劉丈山水爲濟川賦①〔一〕

畫家李范真勍敵〔二〕，方外只今誰第一。自非劉宗祭酒阜昌孫〔三〕，未信仙翁輕落筆。長洲遠浦各清泠②，萬頃風煙一草亭。千章古木散巖谷〔四〕，鶴髮松姿餘典刑〔五〕。紙尾不須題姓字，人人知是老人星〔六〕。

〔校〕

①丈：李全本作「文」。　②泠：毛本、施本作「泠」，據李詩本、李全本改。

〔注〕

〔一〕紫微劉丈：劉丈，道士，畫家，道號紫微，名字不詳，定襄（今山西省定襄縣）人（見本集《跋紫微劉尊師山水》）。濟川：金初僞齊劉豫孫劉濟之字。元虞集《道園學古録》卷十三《福州總管劉侯墓碑》詳其事，但年歲有誤。

〔二〕李范：指宋代著名山水畫家李成和范寬。勍敵：强敵。

〔三〕祭酒：官名。隋唐以後爲國子監的主管官。劉宗祭酒：指西漢劉向。本集《贈答雁門劉仲修》自注：「劉向爲劉氏祭酒。」阜昌：金初僞齊劉豫年號。句指劉濟川。

〔四〕千章：《史記·貨殖傳》：「水居千石魚陂，山居千章之材。」章：大材。

〔五〕鶴髮松姿：白色的頭髮，松樹的姿態，形容仙風道骨，雖老猶健。此指紫微劉丈。典刑：典範。指劉丈的山水畫。

〔六〕老人星：南部天空一顆亮度較大的星。古人認爲它象徵長壽，故又名壽星。用指高壽的人。本集《跋紫微劉尊師山水》作於癸丑（蒙古憲宗三年），謂劉時年九十七。

〔編年〕

李《譜》附於蒙古太宗十二年庚子下。按是年詩《九日讀書山用陶詩「露淒暄風息，氣清天曠明」爲韻賦十詩》其二有「翩翩劉公子，王田重相攜」句，其十有「紫微老仙伯，少日見承平」句，知遺山初返鄉與劉紫微、劉濟川游從。故從李《譜》。繆《譜》未編。

赤石谷①

林罅陰崖霧杳冥〔一〕，石根寒溜玉玎玲〔二〕。雲來朔漠疑秋早，山近清涼覺地靈〔三〕。静愛鳥聲存野調，鬧嫌人跡帶塵腥。南臺説有金銀氣〔四〕，可是并汾處士星〔五〕。繫舟山，僧徒謂之小五臺。九月中，時有景星如佛光云〔六〕。

〔校〕

①赤石谷：毛本作「赤谷口」。據李詩本、李全本、施本改。

〔注〕

〔一〕罅：間隙。

〔二〕寒溜：寒冷的水流。玉玎玲：喻水流聲。

〔三〕清涼：五臺山又名清涼山。

〔四〕南臺：此指小五臺之南臺。金銀氣：杜甫《題張氏隱居二首》「不貪夜識金銀氣」《九家集注杜詩》：「《史・天官書》：敗軍破國之墟，下積金寶，上皆有氣，不可不察。以隱居不貪，故夜識其氣象也。」

〔五〕處士星：即少微星。參見《讀書山雪中》注〔八〕。

〔六〕景星：大星。古謂現於有道之地。

〔編年〕

此詩李、繆以遺山蒙古憲宗四年甲寅曾上五臺山，遂編於是年，誤。尾注明言此指繫舟山之小五臺。按末句「可是并汾處士星」與《讀書山雪中》「人言少微照鄉井」意趣相同，尾注有「繫舟山」、「九月中」語，當與《九日讀書山用陶詩「露淒暄風息，氣清天曠明」爲韻賦十詩》同時作，姑編在蒙古太宗十二年庚子。

十月二十日雪中過石嶺關①〔一〕

老天黯慘入平蕪〔二〕，朔吹崩奔萬竅呼。雪意旋妝行路景②，詩家新有入關圖〔三〕。地爐圍坐慚田父，絮帽衝寒怨僕夫〔四〕。故國煙花重回首，蜀橙山麝記金壺〔五〕。

〔校〕

①十月：毛本作「十二月」。按遺山庚子冬往東平，詩當此行路經石嶺關所作。毛本所言「十二月」，臘月二十出門，於情理不合。且本集有《十月二十日雪》詩，故據李詩本、李全本、施本改。②妝：施本作「裝」。二字通用。

〔注〕

〔一〕石嶺關：在忻州城南。參見《石嶺關書所見》注〔一〕。

〔二〕平蕪：草木叢生的平曠原野。

〔三〕關：指石嶺關。入關：就忻州在石嶺關北而言，過石嶺關而南謂入關。

〔四〕絮帽：綿帽。

〔五〕「故國」二句：意謂回想故國繁榮情形，珍奇物産多麽豐富。金壺：書名。乾隆《御製詩集》四集「雜記金壺頗博詳」注：「宋釋適之《金壺記》。」

〔編年〕

李《譜》編在蒙古太宗十二年庚子，云：「按《己酉石嶺關》詩（指本集《己酉四月十七日度石嶺》『行去行來又十年』，逆溯是此年。時往東平。」繆《譜》亦編在是年。從之。

十月二十日雪

和氣休論歲欲豐〔一〕，且看蕪穢一時空。臨高賞雪人何限〔二〕，誰在瓊瑶世界中〔三〕。

〔注〕

〔一〕和氣：陰陽交合之氣。古人認爲它能導致瑞氣，使五穀豐收。此指雪。民諺：「瑞雪兆豐年。」

〔二〕何限：多少。

〔三〕「誰在」句：用意同王昌齡《芙蓉樓送辛漸》：「洛陽親友如相問，一片冰心在玉壺。」以喻詩人高潔的情懷。

〔編年〕

李《譜》總附於蒙古憲宗七年丁巳，繆《譜》未編。本集有《十月二十日雪中過石嶺關》，月日雪景吻合，故編在蒙古太宗十二年庚子。

別王使君丈從之①〔一〕

謝公每見皆名語〔二〕，白傅相看只故情〔三〕。尊酒風流有今夕，玉堂人物記升平〔四〕。太山北斗千年在〔五〕，和氣春風四座傾。別後殷勤更誰接，只應偏憶老門生〔六〕。

〔校〕

①丈：李詩本作「文」，形訛。

〔注〕

〔一〕王使君丈從之：王若虚字從之，藁城（今河北省藁城縣）人。金承安二年進士，曾任延州刺史，仕至翰林直學士。汴京下，微服北渡，癸卯年卒。使君，漢時稱刺史爲使君。

〔二〕「謝公」句：東晉詩人謝靈運與族弟謝惠連十分友愛，《詩品》引《謝氏家録》稱：「康樂每對惠連，輒得佳語。」

〔三〕「白傅」句：白居易《得湖州崔十八使君書，喜與杭越鄰郡因成長句代賀兼寄微之》：「故情歡喜開書後，舊事思量在眼前。」白傅：白居易曾任太子少傅，故稱。

〔四〕玉堂：官署名。漢侍中有玉堂署。宋以後翰林院稱玉堂。王若虚曾任職翰林院，故稱。

〔五〕太山北斗：太山爲五嶽之首，北斗爲衆星所拱，故常用以比喻衆所崇仰的人。

〔六〕門生：科舉及第者對主考官自稱「門生」。

〔編年〕

李《譜》編於蒙古太宗十二年庚子下「附録」中，謂當是年冬往東平經過藁城時作。「玉堂」句回憶往昔，詩作於金亡後，癸卯前。姑從李《譜》。繆《譜》未編。

寄史德秀兼呈濟上諸交游①〔一〕

久拚身世不相關〔二〕，暫入塵埃亦自難②〔三〕。一旱且當逃赤地〔四〕，二年争得厭青山〔五〕。陽臺寒食林花盛〔六〕，鐵岸南風草閣寒〔七〕。鄉社追隨有成約〔八〕，更教空負老來閑。

〔校〕

①德：施本、郭本作「得」。　②塵埃：施本作「紅塵」。

〔注〕

〔一〕史德秀：居濟源（今河南省濟源市）。詳見《同德秀求田燕山分得同字》注〔一〕。濟上：指濟源。

〔二〕「久拚」句：宋章甫《九日》：「强引兒童追節物，久拚身世任乾坤。」拚：捨棄。句言久欲歸隱，自己與塵世不相關連。

〔三〕暫入塵埃：本集《己亥元日》：「不成騎瘦馬，還更入紅塵。」《初挈家還讀書山》：「不成還更入紅塵。」

〔四〕「一旱」句：指己亥年大旱離濟源北歸事。本集《發濟源》：「旱暵今年劇，他鄉底處歸。」

〔五〕「二年」句：言二年間未能在濟源山中隱居。本集《同德秀求田燕川分得同字》詩有「茅屋真堪着病翁」句。《水龍吟》〔接雲千丈層崖〕詞序云：「同德秀游盤谷。」下闋云：「我愛陂塘南畔，小平川，横岡回抱。野麋山鹿，平生心在，長林豐草……把人間事，從頭放下，只山間老。」

〔六〕陽臺：宫名，在濟源王屋山。本集《仙貓》：「己亥夏四月，予自陽臺宫將之上方。」

〔七〕鐵岸：在濟源縣北濟源廟東。夾濟河岸如鐵石，因名。

〔八〕「鄉社」句：本集《同德秀求田燕川分得同字》：「杖屨追隨自今始，此行聊記與君同。」「成約」指此。

〔編年〕

遺山與史德秀游從在蒙古太宗十年戊戌挈家北歸中涂滯留濟源期間。詩有「二年争得厭青山」句，李《譜》據此附於蒙古太宗十二年庚子，從之。繆《譜》未編。

送宋省參並寄潞府諸人〔一〕

茅齋團團蝸殼大〔二〕，苦被傍人嘲塞破。官家眼孔十萬緡①〔三〕，未與書生供一唾〔四〕。長衫只辦包瘦骨，故紙何緣變奇貨。不因三致大耳兒，老雪屯門甘凍卧〔五〕。國中腐鼠凡幾嚇〔六〕，玉上青蠅非一箇〔七〕。荆人美璞刖足招②〔八〕，君足幸存仍可賀②。雲間太行青在眼，上客歸來傾四座〔九〕。因君寄問社中人，前日澹公行復過〔一〇〕。

〔校〕

①家：李全本作「豪」。　②足：李全本、施本作「之」。

〔注〕

〔一〕宋省參：宋子貞（一一八六——一二六六），字周臣。潞州長子（今山西省長子縣）人。在東平嚴實幕府任行臺右司郎中等職。實卒，子忠濟襲爵，授子貞爲參議東平路事兼提舉太常禮樂。詳見元蘇天爵《元朝名臣事略》卷十《平章宋公》。潞府：潞州幕府。潞州治所即今山西省長治市。

〔二〕蝸殼：蝸牛的外殼。喻矮小簡陋的房屋。

〔三〕緡：成串的錢。

〔四〕一唾：表示鄙視。本集《玉泉墨》：「萬竈元珠一唾輕。」

〔五〕「不因」二句：用劉備三顧茅廬典。大耳兒：吕布罵劉備的話，見《後漢書·吕布傳》。此指宋子貞。元蘇天爵《元朝名臣事略·平章宋公》：「公貌清奇，耳聳過眉一寸許，相者以爲必壽且貴。」

〔六〕「國中」句：《莊子·秋水篇》：「惠子相梁，莊子往見之。或謂惠子曰：『莊子來，欲代子相。』於是惠子恐，搜於國中，三日三夜。莊子往見之，曰：『南方有鳥，其名爲鵷雛，子知之乎？夫鵷雛發於南海，而飛於北海，非梧桐不止，非練實不食，非醴泉不飲。於是鴟得腐鼠，鵷雛過之，仰而視之曰，嚇！今子欲以子之梁國嚇我耶？』」

〔七〕「玉上」句：唐釋貫休《古意》：「一朝力士脱靴後，玉上青蠅非一箇。」唐陳子昂《宴胡楚真禁所》：「青蠅一相點，白璧遂成冤。」《詩·小雅·青蠅》：「營營青蠅，止于樊。豈弟君子，無信讒言。」鄭箋：「蠅之爲蟲，污白使黑，污黑使白，喻佞人變亂善惡也。」

〔八〕「荊人」句：用卞和獻玉典。漢劉向《新序·雜事》五：「荊人卞和得玉璞而獻之，荊厲王使玉尹相之，曰：『石也。』王以和爲謾而斷其左足。厲王薨，武王即位，和復奉玉璞而獻之武王。武王使玉尹相之，曰：『石也。』又以爲謾而斷其右足。」

〔九〕上客歸來：宋子貞官任省參，故稱「上客」。其故鄉在潞州長子，故言「歸來」。傾四座：言潞府諸人爲之傾倒。雍正《江西通志·繆穆》：「咸淳中以賦舉第一，博記覽，談論輒傾四座。」

〔一〇〕澮公：姓名不詳。潞府中人。本集《送弋唐佐董彦寬南歸且爲潞府諸公一笑》有「澮公澮癖何所笑，但笑弋卿堅且勇」，「潞人本澮新有社，澮事重重非一種」語。

〔編年〕

按元蘇天爵《元朝名臣事略》所載「行臺薨，子忠濟襲爵，以公耆德宿望，表於朝，授參議東平路事」及本集《東平行臺嚴公神道碑銘》所載嚴實「以庚子四月己亥，春秋五十有九，薨於私第之正寢」，宋子貞任省參在庚子、辛丑二年間。詩應遺山在這二年間由東平送宋省參回長治時作。李《譜》繫在庚子。然遺山庚子十月二十日始上石嶺關，至東平應在年底，不如繫在蒙古太宗十三年辛丑作爲妥。繆《譜》未編。

德華小女五歲，能誦予詩數首①，以此詩爲贈〔一〕

牙牙嬌語總堪誇，學念新詩似小茶〔二〕。好個通家女兄弟〔三〕，海棠紅點紫蘭芽〔四〕。唐人以茶爲小女美稱。

〔校〕

①予：施本作「余」。

〔注〕

〔一〕德華：指韓德華。詳見《酬韓德華送歸之作》注〔一〕。

〔二〕小茶：與下句合觀，應指遺山第四女阿茶。

〔三〕通家：世交。女兄弟：指德華小女與遺山四女阿茶。

〔四〕蘭芽：喻子弟挺秀。典出《晉書·謝安傳》「芝蘭玉樹」。

〔編年〕

德華居東平。李《譜》編於蒙古乃馬真后四年乙巳在東平作。按詩意，德華小女與遺山四女阿茶年齡相仿。阿茶約生於丁酉（見本集《即事》〔七絕，丙午作〕編年下），此詩當蒙古太宗十三年辛丑在東平時作。繆《譜》未編。

官園探梅同康顯之賦①〔一〕

柳麥榆椒寂寞邊〔二〕，盡饒梅事得春偏〔三〕。留殘瘦骨猶堪畫〔四〕，未展幽香已可憐〔五〕。千里移根自何許〔六〕，數枝臨水記當年。開時重約花前醉，試手東風第一篇。

〔校〕

①賦：施本缺此字。

〔注〕

〔一〕康顯之：康曄字顯之，高唐州（今山東高唐縣）人。金末進士。東平帥嚴忠濟創府學，署曄儒林祭酒以主之。有《澹軒文集》。

〔二〕柳麥：指柳芽，形似麥粒。榆椒：榆葉嫩芽。因形似椒，故稱。金馮延登《春雨》其二：「已見鵝黄勾柳麥，更看檀紫上榆椒。」

〔三〕饒：讓。

〔四〕瘦骨：指梅樹枝。

〔五〕幽香：清淡的香氣。

〔六〕千里移根：宋范成大《次王正之提刑韻謝袁起巖知府送茉莉二檻》：「千里移根自海隅，風飄破浪走天吴。」

〔編年〕

《元朝名臣事略·平章宋公》載：「（庚子四月）行臺薨，子忠濟襲爵……授參議東平路事兼提舉太常禮樂。公（宋子貞）倡新廟學，敦命前進士康曄、王磐爲教官。」據此知宋子貞任省參在庚子年，康曄在東平任教官也在庚子年。此詩當蒙古太宗十三年辛丑春遺山在東平時作。李《譜》繫在上年，與「盡饒梅事得春偏」句不合。繆《譜》未編。

别康顯之〔一〕

玉川文字五千卷〔二〕，鄭監才名四十年〔三〕。誰謂華高吾豈敢〔四〕，恥居王後子當然〔五〕。河亭笑語歸陳跡，里社追隨失後緣〔六〕。後夜并州月千里，南窗尊酒且留連①〔七〕。

〔校〕

①留：施本作「流」。

〔注〕

〔一〕康顯之：見上詩《官園探梅同康顯之賦》注〔一〕。

〔二〕「玉川」句：唐盧仝《走筆謝孟諫議寄新茶》：「三椀搜枯腸，惟有文字五千卷。」玉川：盧仝之號。

〔三〕「鄭監」句：杜甫《戲簡鄭廣文虔兼程蘇司業源明》：「才名四十年，坐客寒無氈。」鄭監：鄭虔，盛唐時人。曾任職廣文館，時號鄭廣文。詩、書、畫皆精，唐玄宗譽爲「鄭虔三絶」。一生才高命薄，仕途坎坷。上二句言康顯之贍富詩文，早有才名。

〔四〕誰謂華高：《漢書·韋賢傳》載其子韋玄成詩：「誰謂華高，企其齊而。」師古注：「華，華山也。華山雖高，企仰則能齊觀。」句言康顯之贈遺山詩有過譽之稱。

〔五〕恥居王後：《舊唐書·楊炯傳》：「吾媿在盧前，恥居王後。」王，指王勃。句謂康顯之恥居元氏後是當然的事，意即康詩不在元氏後。

〔六〕里社：古代里中祭祀土地神的處所。借指鄉里。

〔七〕「後夜」二句：言一別之後，千里迢遥，相見甚難，只好抓緊餞別之時，留連尊酒。

〔編年〕

繆《譜》據詩末二句，定爲蒙古太宗十年戊戌攜家北返前告别東平諸友時作。李《譜》附於蒙古太宗十三年辛丑離東平時。康任東平府教官在庚子年（考見上詩），故從李《譜》。

答公茂〔一〕

文昌除目入驚看〔二〕，似覺規模到漢官〔三〕。冀北已空天下馬〔四〕，江東全倚謝家安〔五〕。黄圖赤縣風流在〔六〕，碧落銀河病眼寬〔七〕。林下升平有他日〔八〕，草堂應許駐金鞍〔九〕。

〔注〕

〔一〕公茂：姚樞字公茂，營州柳城（今遼寧省朝陽市）人，後遷洛陽。仕蒙古，任燕京行臺郎中，未幾辭去。後爲忽必烈朝重臣。詳見元蘇天爵《元朝名臣事略》卷八《左丞姚文獻公》。《元史》有傳。

〔二〕文昌：文昌省，尚書省的别稱。除目：除授官吏的文書。

〔三〕「似覺」句：言蒙古除授官吏的程序設置與漢地傳統官制相仿。

〔四〕「冀北」句：唐韓愈《送温處士赴河陽軍序》：「伯樂一過冀北之野，而馬群遂空。夫冀北馬多天下，伯樂雖善知馬，安能空其群邪？解之者曰：吾所謂空，非無馬也，無良馬也。伯樂知馬，遇其良輒取之，群無留良馬。苟無良，雖謂無馬，不爲虚語矣。」後因以「空群」比喻善於識别人才的人，能把賢才選拔一空。

〔五〕「江東」句：東晉時，前秦苻堅率百萬之師來攻，謝安遣侄謝玄等迎戰，大敗苻堅。詳見《晉書·謝安傳》。

〔六〕黃圖赤縣：泛指記載京都形勝的著作。清顧炎武《帝京篇》：「赤縣名三毫。《黃圖》號二京。」黃圖：《三輔黃圖》的略稱。《隋書·經籍志二》：「《黃圖》一卷，記三輔宮觀陵廟明堂辟雍郊畤等事。」赤縣：唐、宋、元各代京都所治的縣。

〔七〕碧落：道教語，指天空。

〔八〕林下：指山林田野退隱之處。升平：民有三年之儲曰升平。見《漢書·梅福傳》「升平可致」顏師古注。

〔九〕「草堂」句：言姚樞應許官家的徵聘。

【編年】

《元朝名臣事略·左丞姚文獻公》：「歲辛丑，賜金符。以郎中牙魯瓦赤行臺於燕，時惟事貨賂……乃一切拒絕。遂攜家來輝，墾荒雲門。」李、繆定於蒙古太宗十三年辛丑遺山自東平返鄉路經輝州與姚樞相見時作，從之。

游黃華山〔一〕

黄華水簾天下絶，我初聞之雪溪翁〔二〕。丹霞翠壁高歡宫〔三〕，銀河下濯青芙蓉〔四〕。昨朝一游亦偶爾，更覺摹寫難爲功。是時氣節已三月，山木赤立無春容①。湍聲洶洶轉絶壑，雪氣凛凛隨陰風。懸流千丈忽當眼，芥蔕一洗平生胸〔五〕。雷公怒擊散飛雹，日脚倒射垂長虹〔六〕。驪珠百斛供一瀉，海藏翻倒愁龍公〔七〕。輕明圓轉不相礙，變見融結誰爲雄。歸來心魄爲動蕩，曉夢月落春山空。手中仙人九節杖〔八〕，每恨勝景不得窮。携壺重來巖下宿，道人已約山櫻紅。

〔校〕

①木：施本作「水」。

〔注〕

〔一〕黄華山：原名隆慮山。在今河南省林州市西北。山勢險要，瀑布懸掛，有「太行之秀」的美稱。

〔二〕雪溪翁：金詩人王庭筠字子端，號雪溪。曾隱居黄華山。

〔三〕高歡宫：高歡，東魏時人，執魏政十六年。其子以北齊代魏，追尊歡爲神武帝。歡曾在黄華山插天峰下築避暑宫。

〔四〕銀河：喻瀑布。青芙蓉：形容山色青翠，形似蓮花。

〔五〕「芥蔕」句：把平生胸中的憾恨全洗乾净。蘇軾《路送都曹》：「恨無乖崖老，一洗芥蔕胸。」芥蒂：喻鬱積於胸中的不快。

〔六〕「日脚」句：謂層雲中的夕陽反射到高空瀑布上形成一道垂天長虹。日脚：穿過雲隙下射的日光。

〔七〕「驪珠」二句：言瀑布噴珠濺玉，如千斗驪珠傾瀉，把海底寶藏都倒空，使龍王發愁。驪珠：寶珠。傳説出驪龍的頷下，故名。斛：古時容量單位，十斗。

〔八〕九節杖：《列仙傳》載王烈授赤城老人九節杖，行地，馬不能追。杜甫《望嶽》：「安得仙人九節杖，拄到玉女洗頭盆。」

〔編年〕

本集《水簾記異》題注云：「癸卯九月四日同杜仲梁賦。」詩有「七年長路今一到」句，《游黄華山》所述即七年前之事，逆推在蒙古太宗九年丁酉三月作，而是年三月遺山尚在冠氏，無由至此。遺山行跡記述多有誤。如本集《曹徵君墓表》所云「癸卯冬，予自新興將之燕中，乃枉道而過之」，遺山是年八九月已在燕京，「冬」當爲「秋」之誤。關於《水簾記異》題注「癸卯」有誤的證據有：本集《即事呈邦瑞》詩有「今年連醉兩中秋」句，此可爲遺山癸卯閏八月十五尚在燕都的明證。《朝列大夫同知河間府事張公墓表》又云「歲癸卯秋九月，某客燕中」。《南鄉子》〔樓觀鬱嵯峨〕詞題序云：「九日，同燕中諸名勝登瓊（華）故基」，此又説明遺山在癸卯九月仍在燕都。《通玄大師李君墓碑》、《太古觀記》均言癸卯冬出燕都，《内翰王公墓表》、《龍山趙氏新塋之碑》皆謂癸卯冬十月至藁城、趙州。其間不可能南至黄華。李《譜》編《水簾記異》等詩於蒙古定宗二年丁未（詳考見是詩下），遂定《游黄華山》於蒙古太宗十三年辛丑春三月由東平北歸時，從之。繆《譜》未編。

送詩人李正甫〔一〕

陽和入枯株〔二〕，靄靄含芳津〔三〕。山頭太古石，不與萬物春。朝從木客游〔四〕，暮將山鬼鄰〔五〕。紫芝僅盈掬〔六〕，幽蘭不充紉〔七〕。青雲入長吁〔八〕，肝膽空輪囷〔九〕。我嘗讀君詩，天趣觸眼新〔一〇〕。秦游得豪宕，晉産餘真淳。怒虎不受唾，駭鹿未易馴。安坐誰不如，半生走逡逡①〔一一〕。蒼蒼不可問〔一二〕，藐藐誰當親〔一三〕。青山碾爲塵，白日無閑人〔一四〕。空歌東野曲〔一五〕，不救西州貧。

〔校〕

①逡逡：李全本、施本作「逡巡」，兩通。

〔注〕

〔一〕李正甫：本集《刀生花》云：「濟源關侯廟大刀，辛丑歲，忽生花十許莖……予同舍李慶之子正甫爲予言。」參諸本詩「晉産餘真淳」句，李正甫當爲河東濟源（今河南省濟源市）人。輩份小於遺山。《河汾諸老詩集》卷五有房皞《送李正甫九日詩》。

〔二〕陽和：春天的暖氣。

〔三〕靄靄：旺盛貌。

〔四〕木客：山居野人。蘇軾《虔州八境圖》之八「山中木客解吟詩」王十朋注引趙次公曰：「《寰宇記》所載上洛山多木客，乃鬼類也。形似人，語也似人。」

〔五〕山鬼：山中女神。屈原《九歌》中有《山鬼》篇。

〔六〕紫芝：真菌的一種。也稱木芝。似靈芝。可入藥，古人以爲瑞草。

〔七〕「幽蘭」句：屈原《離騷》：「扈江離與辟芷兮，紉秋蘭以爲佩。」

〔八〕青雲：高空的雲。

〔九〕「肝膽」句：宋陸游《綿州録參廳觀姜楚公畫鷹少陵爲作詩者》：「老眼還憂不及見，詩成肝膽空輪囷。」輪囷：碩大貌。

〔一〇〕天趣：自然的情趣。

〔一一〕逡逡：却行，恭順貌。

〔一二〕蒼蒼：指蒼天。

〔一三〕藐藐：高遠貌。

〔一四〕「青山」二句：謂世人爲名利奔波。

〔一五〕東野：唐代詩人孟郊之字。孟郊生計困窮，詩情淒苦，本集《論詩三十首》稱之爲「詩囚」。末二句言李正甫作詩雖似孟郊，但無濟於其生計貧困的改善。

〔編年〕

注〔一〕「辛丑歲」即蒙古太宗十三年。遺山與李正甫交唯見於此，詩當是年自東平返鄉路經濟源時作。李《譜》附此詩於興定三年下嵩山時期總録中。繆《譜》未編。

答晁公憲世契二首晁文元公之後，游仙李承旨之外孫〔一〕。

其一

文元道院玉爲淵〔二〕，卧治堂中宅相賢〔三〕。名氏共知先德在①〔四〕，詩書仍自外家傳〔五〕。獨先月旦宜無愧〔六〕，久辱泥涂恐未然。子弟他年拜矜式，萬鍾應待餞華顛〔七〕。

〔校〕

①氏：施本、郭本作「世」。

〔注〕

〔一〕晁公憲：《中州集·晁洗馬會傳》：「會字公錫，高平（今山西省高平縣）人。道院文元公之後……孫國章，字公憲，李承旨外孫。教授鄉里，樂於提誨。諸生經指授者，肅然如在官府，進退拱揖，皆有可觀。蓋其家法云。」世契：猶世交。晁文元公：宋仁宗時晁迥謚文元，著有《道院集》。游仙李承旨：《中州集·李承旨晏傳》：「晏字致美，高平人……自號『游仙野人』。」

〔二〕玉爲淵：《尸子》卷下：「玉淵之中，驪龍蟠焉，頷下有珠。」喻指美德賢才的淵藪。晁回曾任翰林學士、禮部尚書，有《道院集》。句指此。

〔三〕卧治堂：堂名。在潞州（今山西省長治市）。元胡祇遹《送伯禄都司之官潞州》：「從今卧治堂前草，更比鄰郊雨露偏。」宅相：《晉書·魏舒傳》：「（舒）少孤，爲外氏甯氏所養。甯氏起宅，相宅者曰：『當出貴男。』外祖母以魏氏小而慧，意謂應之。舒曰：『當爲外氏成此宅相。』」

〔四〕「名氏」句：《中州集·晁洗馬會傳》：「澤人經靖康之亂，生徒解散，公錫稍誘進之。貧不能就舉者，必厚爲津遺……士論歸焉。」「先德」指此。

〔五〕「詩書」句：外祖李晏父子皆工詩。

〔六〕月旦：《後漢書·許劭傳》：「初，劭與靖俱有高名，好共覈論鄉黨人物，每月輒更其品題，故汝南俗有『月旦評』焉。」

〔七〕「子弟」二句：《孟子·公孫丑下》：「我欲中國而授孟子室，養弟子以萬鍾，使諸大夫、國人皆有所矜式。」趙岐注：「矜，敬也；式，法也。欲使諸大夫、國人皆敬法其道。」華顛：白頭。指年老。

其二

通家能有幾人存〔一〕，華屋生平得細論〔二〕。入座舊曾稱小友〔三〕，挾書今復授諸孫。已煩學舍分餘俸〔四〕，更約田家共老盆〔五〕。一諾知君重山嶽，車行五日是并門〔六〕。

〔注〕

〔一〕通家：猶世交。

〔二〕「華屋」句：曹植《箜篌引》：「生存華屋處，零落歸山丘。」言昔盛今衰，繁華不再。華屋：豪華之屋。代指富足的生活。

〔三〕小友：年長者對所敬佩的年輕者的稱呼。

〔四〕學舍：指學校。

〔五〕田家共老盆：杜甫《少年行二首》：「莫笑田家老瓦盆，自從盛酒長兒孫。」

〔六〕并門：遺山家鄉并州(太原)爲中原門户，故稱。

〔編年〕

李《譜》編於蒙古太宗十三年辛丑春自山東返鄉路經高平時作，從之。繆《譜》未編。

代州門外南樓二首〔一〕

其一

東洛西秦往復回，幾番風雨與塵埃。家山最與南樓近〔二〕，三十三年恰再來〔三〕。

〔注〕

〔一〕代州：金州名，治所在今山西省代縣。

〔二〕家山：指詩人故鄉忻州。

〔三〕「三十」句：遺山金大安元年己巳經代州到燕都省試，至蒙古太宗十三年辛丑已三十三年。詳見編年。

其二

汀樹微茫岸草青〔一〕，滹河四月水泠泠〔二〕。鳳山可是生來巧〔三〕，堪與南樓作臥屏①。

〔校〕

①堪：李詩本、毛本作「勘」。據李全本改。施本作「恰」。

〔注〕

〔一〕汀樹：河岸之樹。汀：水邊平地，小洲。

〔二〕滹河：滹沱河，發源於山西省繁峙縣泰戲山，流經代州東。

〔三〕鳳山：亦名鳳凰山，在代州南。

〔編年〕

此詩施、李據「三十三年」句皆繫於蒙古太宗十三年辛丑。繆《譜》未編。本集中無明文言辛丑到代州。本集《兩山行記》：「予二十許時，自燕都試，乃與客登南樓。」遺山十九歲在長安參加府試（見本集《送秦中諸人引》），「燕都試」指省試。金大安元年舉行省試，故施《譜》繫之於「二十歲」己巳下。下次府試在崇慶元年，遺山在太原結夏課（見本集《十七史蒙求序》）。崇慶二年有省試，然即使遺山參加這次省試，年已二十四，不當説「二十許」了。故從施、李。

南樓月夕望鳳山，有懷武鍊師子和〔一〕

相望不相見，山中君得知。南樓今夜月，也到洗參池〔二〕。

〔注〕

〔一〕南樓：指代州（今山西省代縣）南樓。本集有《代州門外南樓二首》。月夕：月夜。鳳山：鳳凰山，在代州。武鍊師子和：代州壽寧觀道士。本集《兩山行記》：「北渡又十年，每過雁門，壽寧武尊師子和、圓果慶上人鍾秀、李文必以此山（鳳凰山）爲言。」

〔二〕洗參池：本集《兩山行記》：「（鳳山來儀觀）觀北少西，洗蔘（蔘與參同）池。」

〔編年〕

李《譜》編於蒙古太宗十三年辛丑夏過代州時，從之。繆《譜》未編。

發南樓度雁門關二首〔一〕

其一

鷄聲未動發南樓，澗水隨人向北流。欲望讀書山遠近〔二〕，雁門關上懶回頭。

〔注〕

〔一〕南樓：指代州門外南樓。雁門關：在今山西省代縣城西北二十公里處。

〔二〕讀書山：遺山故鄉繫舟山之别稱。

其二

棱磳石磴倚高梯〔一〕，穹谷無人緑樹齊〔二〕。總爲古來征戍苦，宿雲常傍塞垣低〔三〕。

〔注〕

〔一〕棱磳：形容亂石突兀、重疊。石蹬：石臺階。

〔二〕穹谷：深谷。

〔三〕宿雲：夜晚的雲氣。

〔編年〕

李《譜》繫在蒙古太宗十三年辛丑，認爲作於《代州門外南樓二首》之後，從之。繆《譜》未編。

過應州〔一〕

平野風埃接戍樓，邊城三月似窮秋。人家土屋纔容膝，驛路旃車不斷頭〔二〕。隨俗未甘嘗馬湩〔三〕，敵寒直欲御羊裘①。十年紫禁煙花繞〔四〕，此日雲山是應州。

〔校〕

①直：李全本作「重」，亦通。

〔注〕

〔一〕應州：金州名，屬西京路。今山西省應縣。

〔二〕旃：同「氈」。

〔三〕馬湩：馬奶酒。

〔四〕「十年」句：謂自己在京城仕宦十年。本集《太原》有「十年弄筆文昌府」句。紫禁：古以紫微垣比喻皇帝的居處，因稱宫禁爲「紫禁」。

〔編年〕

李《譜》云：「蓋先生出關只此年及癸卯繞道宏州二次。彼則在秋，此則在夏四月出關。」遂繫此詩於蒙古太宗十三年辛丑。按：遺山晚年出雁門關不止辛丑、癸卯二次，本集《雁門道中書所見》即作於冬，與辛丑夏、癸卯秋不合。此詩所言「三月」，亦與《代州門外南樓二首》所云「四月」不盡吻合。疑非同時作。姑從李《譜》。繆《譜》未編。

應州寶宫寺大殿〔一〕

縹渺層簷鳳翼張，南山相望鬱蒼蒼。七重寶樹圍金界〔二〕，十色雯華擁畫梁〔三〕。竭國想從遼盛日〔四〕，閲人真是魯靈光〔五〕。請看孔釋誰消長〔六〕，林廟而今草又荒〔七〕。

〔注〕

〔一〕寶宫寺：即今應縣木塔所在之佛宫寺。遼清寧二年建。

〔二〕「七重」句：謂寺院四周圍有多行樹木。七重寶樹：《阿彌陀經》言西方浄土有「七重行樹」，都是珍寶所成。金界：佛地，寺院。

〔三〕雯華：祥雲。

〔四〕「竭國」句：應州舊屬遼地，遼崇尚佛教。《元史·張德輝傳》：「遼以釋廢，金以儒亡。」施注引《談遷棗林雜俎》：「應州治西佛宫寺，遼清寧二年，田和尚奉勅立。有釋迦塔高三百六十尺，圍半之，六簷角上下，皆巨木爲之，層如樓閣，玲瓏宏敞。」竭國：竭盡國力。

〔五〕魯靈光：漢代魯恭王建有靈光殿，屢經戰亂而巋然獨存。後因以「魯殿靈光」稱碩果僅存的人和事物。此指寶宫寺大殿。

〔六〕孔釋：指儒教和佛教。

〔七〕林廟：孔林和孔廟。孔子墓地，史稱弟子各持其鄉異種來植，遂成林，故稱孔林或聖林。

〔編年〕

李《譜》繫在蒙古太宗十三年辛丑，謂與《過應州》同時作，從之。繆《譜》未編。

渾源望湖川見百葉杏花二首〔一〕

其一

四月山泉凍未開，東君纔爲挽春回〔二〕。多情丹杏知人意，留著雙華待我來。

〔注〕

〔一〕渾源：金縣名，屬應州。今山西省渾源縣。

〔二〕東君：司春之神。

其二

兒時憶向西溪廟〔一〕，丹杏曾看百葉花。今日山中見雙朵，自憐顦悴老天涯。陵川西溪二仙廟有百葉杏兩株，在殿前。

〔注〕

〔一〕「兒時」句：遺山十五歲時從嗣父元格宴游陵川西溪二仙廟，十六歲再游。本集《西溪二仙廟留題》有「期歲之間一再來」句。

〔編年〕

李《譜》繫於蒙古太宗十三年辛丑過應州時作，從之。繆《譜》未編。

金鳳井①〔一〕

此地曾云海眼開②〔二〕，古今人喜暢奇哉〔三〕。料應丹穴相穿透〔四〕，飛出摩天金鳳來。

〔校〕

①此詩毛本、李全本、施本無。姚本據明成化十一年《山西通志》卷一六補。②此：姚本作「北」，形訛。據雍正《山西通志》卷五八及二二六改。

〔注〕

〔一〕金鳳井：在應州城東北金鳳城。雍正《山西通志》卷五八：「金鳳城天王祠前，後唐明宗生此中，有金鳳井。」

〔二〕海眼：井眼。古人認爲井泉的水，潛流地中通江海，故稱。

〔三〕暢奇：暢談奇異。

〔四〕丹穴：仙山名，上有鳳凰。《山海經·南山經》：「又東五百里曰丹穴之山，其上多金玉，丹水出焉……有鳥焉，其狀如鷄，五彩而文，名曰鳳凰。」

〔編年〕

此詩亦當蒙古太宗十三年辛丑在應州時作。李、繆未編。

三崗四鎮①〔一〕

南北東西俱有名，三崗四鎮護金城〔二〕。古來險阻邊陲地，威鎮羌胡萬里驚。

〔校〕

①此詩毛本、李全本、施本無。姚本據明成化十一年《山西通志》卷一六補。

〔注〕

〔一〕三崗四鎮：宋潘自牧《記纂淵海》謂「俱在(應)州境」。

〔二〕金城：金縣名，應州州治。

〔編年〕

此詩亦當蒙古太宗十三年辛丑在應州時作。李、繆未編。

晨起壬寅正月九日

燈火青熒語夜闌〔一〕，柴荆寂寞掩春寒。歡悰已向杯中減〔二〕，老態何堪鏡裏看。多病所須惟藥物〔三〕，一錢不直是儒冠〔四〕。掣鯨莫倚平生手〔五〕，只有東溪把釣竿。時欲經營神山別業〔六〕，故云。

〔注〕

〔一〕青熒：青光閃映貌。夜闌：夜殘。

〔二〕歡悰：歡樂。

〔三〕「多病」句：杜甫《江村》：「多病所須惟藥物，微軀此外更何求。」

〔四〕「一錢」句：杜甫《奉贈韋左丞丈二十二韻》：「紈袴不餓死，儒冠多誤身。」

〔五〕「掣鯨」句：杜甫《戲爲六絶句》：「或看翡翠蘭苕上，未掣鯨魚碧海中。」掣鯨：比喻才大氣雄。

〔六〕神山別業：神山，即遺山。在山西省定襄縣城東北二十里。按郝經《壽元内翰》「遺山山頭有舊廬，歸來亦足爲歡娛」語，遺山確在此建有別業。

〔編年〕

蒙古乃馬真后元年壬寅在鄉作。李、繆同。

都運李丈哀挽有之①〔一〕

平日剛稜觸禍機〔二〕，老年天遺故鄉歸。登車攬轡名空在〔三〕，濯足臨流事已非〔四〕。白鶴會須尋舊約〔五〕，青蠅猶解避餘威。李丈歿於壬寅夏六月，異香滿室三日，蠅不近。西州正有花千樹，涙盡羊曇醉後衣〔六〕。

〔校〕

①丈：李詩本、李全本作「文」。

〔注〕

〔一〕都運李丈：李特立（？——一二四二），字有之。按《續夷堅志·三秀軒》「李都運有之，高戶部唐卿、趙禮部廷玉讀書永平西一山寺……故名所居爲三秀軒」，當永平（今河北省完縣）人。金宣宗時任南京都轉運使，重刑罰。《歸潛志》卷七、《金史》卷一〇二、一二九載其事。

〔二〕「平日」句：《歸潛志》卷七：「宣宗喜刑法，政尚威嚴。故南渡之在位者，多苛刻……李運使特立有之號半截劍。」《金史·僕散安貞傳》：「南京都轉運使行六部事李特立……奪三官，降三等。」

〔三〕登車攬轡：《後漢書·范滂傳》：「時冀州饑荒，盜賊群起，乃以滂爲清詔使，案察之。滂登車攬轡，慨然有澄清天下之志。」

〔四〕濯足臨流：《楚辭·漁父》：「滄浪之水清兮，可以濯吾纓。滄浪之水濁兮，可以濯吾足。」

〔五〕「白鶴」句：謂李丈卒後駕鶴成仙，會實踐生前的隱逸宿願。

〔六〕「西州」二句：西州，古城名。東晉置，故城在今江蘇省南京市。晉謝安死於此。《晉書·謝安傳》載，謝安扶病乘輿入西州門，尋薨。其甥羊曇素爲安所愛重，特感傷，行不由西州路。曾因大醉，不覺至西州門，悲感不已。以馬策叩扉，誦曹子建詩曰：「生存華屋處，零落歸山丘。」慟哭而去。二句謂正當花開千樹之時，詩人悼亡故人。

〔編年〕

按詩中自注，李特立卒於壬寅，詩亦蒙古乃馬真后元年壬寅作。李、繆同。

感興 夜宿讀書山作

倚梯從昔望煙霄〔一〕，七葉何人竟珥貂〔二〕。道路常教車歷鹿〔三〕，功名惟有鬢飄蕭〔四〕。勤如韓子初無補〔五〕，晚似馮公豈見招〔六〕。五十三年等閑裏，一窗風葉雨瀟瀟。

〔注〕

〔一〕煙霄：雲霄。此喻顯赫的地位。句謂年少時在讀書山讀書，抱負宏偉。本集《出山》：「少日漫思爲世用。」

〔二〕「七葉」句：七葉，七世。珥貂：漢代侍中官冠旁插貂鼠尾爲飾。晉左思《詠史》其二：「金張籍舊業，七葉珥漢貂。」晉戴逵《釋疑論》：「張湯酷吏，七世珥貂。」

〔三〕歷鹿：形容車輪行走之聲。

〔四〕飄蕭：鬢髮稀疏貌。

〔五〕「勤如」句：唐韓愈《進學解》：「業精於勤，荒於嬉。」

〔六〕「晚似」句：馮公，馮唐，漢安陵（今陝西省咸陽東北）人。景帝時爲中郎署長，武帝時爲楚相。

《史記・馮唐傳》：「武帝立，求賢良，舉馮唐。唐時年九十餘，不能復爲官，乃以唐子馮遂爲郎。」蘇軾《江城子・密州出獵》〔老夫聊發少年狂〕：「持節雲中，何日遣馮唐。」

〔編年〕

據「五十三年」，詩作於蒙古乃馬真后元年壬寅鄉居時。李、繆同。

跋紫微劉尊師所畫山水横披四首①〔一〕劉時年八十六

溪橋獨步

納納溪橋逗晚風〔二〕，水村山閣往來通。馬蹄踏遍黄塵路，畫裏初逢避俗翁。

〔校〕

①跋：毛本無此字。據李詩本、李全本、施本補。

〔注〕

〔一〕紫微劉尊師：劉尊師，山西省定襄縣人。道士，畫家，道號紫微。《九日讀書山用陶詩「露淒暄風息，氣清天曠明」爲韻賦十詩》之一〇及之。

〔二〕納納：沾濕貌。

胸次江山老更奇〔一〕，太初元氣入淋灕〔二〕。仙翁不是人間客〔三〕，俗筆休將比郭熙〔四〕。①

〔校〕

①此首毛本、李詩本、李全本無題，施本始補入，作「夏山欲雨」。其題下注云：「案：「胸次江山」一首，諸刻本皆無題，係脱刊，今補入。」施氏既云「諸刻本皆無題」，又不説「今補入」所據何本，當爲自擬。不從。

〔注〕

〔一〕胸次：胸間。

〔二〕太初元氣：天地未分之前的混沌元氣。此句形容畫筆氣勢飽滿酣暢。

〔三〕仙翁：指劉尊師。

〔四〕郭熙：宋代畫家，工畫山水。

江亭會飲

瓦盆濁酒憶同傾，鄉社豐年有笑聲。世外華胥誰復夢〔一〕，且從圖畫看升平。

〔注〕

〔一〕華胥：《列子·黄帝》載，黄帝晝寢，夢游於華胥氏之國。其國無師長。後用指理想中的太平盛世。

秋江待渡

筆頭雲景性中天，誰似仙舟有静緣〔一〕。只合此間添此老，脱巾和月弄江煙。

〔注〕

〔一〕静緣：静因之道。意謂心要保持虚静，並能順應事物之理。

〔編年〕

題下注云「劉時年八十六」。本集《跋紫微劉尊師山水》作於癸丑年，文謂劉「今年九十有七」。逆數十一年，詩作於蒙古乃馬真后元年壬寅。李、繆同。

送王亞夫舉家歸許昌〔一〕

一日兩食藜藿葵，三冬一褐骭與齊〔二〕。監河貸粟困欲死，望望江水澌塵泥〔三〕。故書一束手自攜，汴兒跳梁翠女啼〔四〕。出門疾走勿反顧，正恐五鬼從之西〔五〕。馬中豈是無龍媒〔六〕，世人徒知牝牡黄與驪〔七〕。只知黄金絡頭亦不惡①，誰謂茅索能相羈。天公醉著百不問，汝偶而偶奇而奇〔八〕。前涂兀兀黑於漆，昨日把笏今扶犂〔九〕。乃知世間倚伏不可料〔一〇〕，井底容有青雲梯。春風兩淮多鼓鼙②〔一一〕，軍中少年舞荒鷄〔一二〕。因君南望一大笑，落日澹澹青山低。

〔校〕

①知：李詩本、李全本作「如」。　②鼓鼙：毛本作「鼙鼓」，不入韵。據李詩本、李全本改。

〔注〕

〔一〕王亞夫：其人不詳。許昌：金許州，宋置許昌郡。今河南省許昌市。

〔二〕「三冬」句：甯戚《飯牛歌》：「短布單衣適至骭，從昏飯牛薄夜半。」（《史記·鄒陽列傳》）骭：小腿骨。

〔三〕「監河」二句：《莊子·外物》：「莊周家貧，故往貸粟於監河侯。監河侯曰：『諾。我將得邑金，將貸子三百金，可乎？』莊周忿然作色曰：『周昨來，有中道而呼者。周顧視車轍中，有鮒魚焉。周問之曰：「鮒魚來，子何爲者邪？」對曰：「我東海之波臣也。君豈有斗升之水而活我哉？」周曰：「諾！我且南游吴越之王，激西江之水迎子，可乎？」鮒魚忿然作色曰：「吾失我常與，我無所處，吾得斗升之水然活耳。君乃言此，曾不如早索我於枯魚之肆。」』」後用此典喻處於困境急待援助的人。

〔四〕跳梁：跳蹦。

〔五〕五鬼：唐韓愈《送窮文》把智窮、學窮、文窮、命窮、交窮稱之謂虐害自己的「五鬼」。

〔六〕龍媒：《漢書·禮樂志》：「天馬徠，龍之媒。」顏師古注引應劭曰：「言天馬者神龍之類，今天馬已來，此龍必至之效也。」後因稱駿馬爲「龍媒」。

〔七〕「世人」句：《列子·説符》：「秦穆公謂伯樂曰：『子之年長矣，子姓有可使求馬者乎？』伯樂對曰：『……有九方皋，此其於馬非臣之下也，請見之。』穆公見之，使行求馬。三月而反，報曰：『已得之矣，在沙丘。』穆公曰：『何馬也？』對曰：『牝而黄。』使人往取之，牡而驪。」

〔八〕偶：遇合。奇：不遇。命運不好。

〔九〕笏：古代臣朝見君時所執的狹長板子。此借指仕宦。

〔一〇〕倚伏：《老子》：「禍兮福所倚，福兮禍所伏。」

〔一一〕「春風」句：《元史·太宗紀》「壬寅」年下：「秋七月，張柔自五河口渡淮，攻宋揚、滁、和等州。」

〔一二〕「軍中」句：用祖逖、劉琨聞鷄起舞典。荒鷄：指三更前啼叫的鷄。

〔編年〕

李《譜》據「兩淮」句編於乃馬真后元年壬寅下「附録」中，云：「是年張柔正攻淮也。乙巳亦攻淮，未知何年，附此。」從之。繆《譜》未編。

癸卯歲杏花

南州景氣煖〔一〕，杏花間紅梅①。讀書山前二月尾，向陽杏花全未開。待開竟不開，怕寒貪睡嗔人催。愛花被花惱不徹〔二〕，一日遶樹空千回。牙牙嬌語山櫻破，稠爛成團稀作顆②。小蕾從教絳蠟封〔三〕，繁枝未要晴雲裹〔四〕。兩月不舉酒，半歲不作詩，更教古銅瓶子無一枝〔五〕，緑陰青子長相思。今年閏年好寒節，花開不妨遲一月。「留船買魚作寒節」，宋方舟先生李知幾語。

〔校〕

①間：李詩本、李全本、施本作「見」。　②爛：李詩本、李全本、施本作「鬧」。

〔注〕

〔一〕南州：指河南内鄉一帶。

〔二〕惱：撩撥。徹：盡，完。

〔三〕絳蠟：深紅色的蠟。

〔四〕晴雲：晴天白色之雲。此喻指盛開的杏花。本集《賦瓶中雜花七首》題注：「我絶愛未開杏花。」二句指此。

〔五〕古銅瓶子：遺山家中之物。本集《賦瓶中雜花七首》之七有「古銅瓶子滿芳枝，裁剪春風入小詩」句。

〔編年〕

蒙古乃馬真后二年癸卯二月鄉居時作。李、繆同。

病中 病因食猪動氣而作，癸卯四月二十一日晨起書。

戰勝頗自恃，寧知徒外腴①〔一〕。文章工作祟〔二〕，時運迫摧枯〔三〕。止酒嗟何及〔四〕，燒猪本不圖〔五〕。膏粱無急變②〔六〕，山澤有真臞〔七〕。詩信藤條戲〔八〕，方遭鐵彈誣〔九〕。鹽去聲紅忘後顧③，黧黑見先驅〔一〇〕。眩入投床仆，晨淹伏枕呼〔一一〕。萬錢誰嘔泄〔一二〕，一臠爾乘除〔一三〕。静伏心仍悸〔一四〕，深調息亦麤。跼嫌囚宇宙，渴憶捲江湖〔一五〕。風柳留蟬蜕〔一六〕，霜松映鶴孤〔一七〕。養和懲往失几名養和，事見天隨子詩④，扶老念時須〔一八〕。杯杓歸神誓〔一九〕，垣墻任佛踰〔二〇〕。回谿且垂翅，望或在桑榆〔二一〕。

〔校〕

①徒：李詩本、毛本作「從」，訛。據李全本、施本改。　②粱：李全本作「梁」，二字通用。　③去聲：二字施本無。　④几名養和，事見天隨子詩：施本無此注。

〔注〕

〔一〕「戰勝」二句：意謂戰勝疾病憑借身體尚健頗有自信，不想徒有其表。

〔二〕「文章」句：本集《夢歸》：「貧裏有詩工作祟。」即「窮而後工」之意。句謂文章之工似有神助。

〔三〕時運：古人認爲人的一生吉凶遭際均由命運決定，並通過時間的運轉表現出來，稱爲時運。摧枯：摧折枯枝朽木。《漢書·異姓諸侯王表序》：「鐫金石者難爲功，摧枯朽者易爲力，其勢然也。」句謂厄運摧折枯朽之身。

〔四〕「止酒」句：陶淵明有《止酒》詩。本集《癸卯歲杏花》：「兩月不舉酒，半歲不作詩。」知其時遺山在病中。句謂停止飲酒，但仍未阻止病情的發展。嗟何及：嗟歎無法達到目的。

〔五〕燒猪：燒烤猪肉。蘇軾《戲答佛印》：「遠公沽酒飲陶潛，佛印燒猪待子瞻。」

〔六〕膏粱：肥美的食物。膏，肉之肥者；粱，食之精者。句謂人一下吃得太好難以消化。

〔七〕「山澤」句：《漢書·司馬相如傳下》：「相如以爲列仙之儒居山澤間，形容甚臞。」

〔八〕藤條戲：宋僧惠洪《冷齋夜話》卷二《僧賦蒸豚詩》：「王中令平蜀捕捉餘寇，入一村寺中，饑甚。僧餽之以蒸猪頭，賦詩曰：『嘴長毛短淺含膔，久向山中食藥苗。蒸處已將蕉葉裹，熟時兼用杏漿澆。紅鮮雅稱金盤薦，軟熟真堪玉筯挑。共把羶根來比並，羶根共合喫藤條。』」

〔九〕「方遭」句：白居易《歸田三首》：「化吾手爲彈，吾因以求肉。」

〔一〇〕「鹽紅」二句：謂面容黯紅忘却後顧之憂，臉色變黑而後病情發作。鹽：通「黯」。

〔一一〕「晨淹」句：謂早晨仍昏睡於牀待人到枕邊呼叫。淹：至。

〔一二〕萬錢：用萬錢餐典。《晉書·何曾傳》言其「日食萬錢」。

〔一三〕臠：碎塊狀的肉。乘除：抵消。句謂吐出一堆碎肉，吃進的與吐出的相抵消。

〔一四〕悸：驚懼而心跳。

〔一五〕「跼嫌」二句：謂身曲如嫌宇宙拘束，口渴直想盡飲江湖。跼：曲身。

〔一六〕「風柳」句：意謂身似風擺柳條，如蟬蜕那樣脱胎換骨。

〔一七〕「霜松」句：蘇軾《次韻劉景文見寄》：「細看落墨皆松瘦，想見掀髯正鶴孤。」

〔一八〕「養和」二句：《中州集》宇文虚中《和高子文秋興》：「散步雙扶老，棲身一養和。」注云：「好問按：養和，几名，見《江湖散人集》。扶老，見《歸去來》詞。」養和：靠背椅的别稱。扶老：手杖。二者作動詞用，意謂以往的過失是只坐在椅子裹，應當懲戒，如今時時要走動鍛煉，需要枴杖。天隨子：唐詩人陸龜蒙之號。有《江湖散人集》。

〔一九〕杯杓：盛酒器。此作動詞用。神誓：對神發誓。句指發誓停止飲酒。

〔二〇〕「垣墻」句：謂斷肉。錢鍾書《談藝録》：「舊日吴烹、閩庖等有饌名『佛跳牆』或『爬牆佛』，蓋砂罐燉鷄也。謂雖佛戒行卓絶，而隔牆聞此香味，亦饞口不能自勝，踰垣攫食。觀遺山此句，則當時已有此諺矣。」

〔二一〕「回谿」二句：《東觀漢記·馮異傳》：「垂翅回谿，奮翼澠池，失之東隅，收之桑榆。」二句意謂要沉痛吸取教訓，希望將來有所補益。

〔編年〕

蒙古乃馬真后二年癸卯在鄉時作。李、繆同。

走筆題十老會請疏〔一〕

痛飲形骸百不成，天教鄉社送餘生。病夫近日添新喜①，十老圖中有姓名。

〔校〕

①近：毛本作「延」，訛。據李詩本、李全本、施本改。

〔注〕

〔一〕走筆：揮毫疾書。請疏：請帖。

〔編年〕

晚年在鄉作。本集《癸卯歲杏花》有「兩月不舉酒，半歲不作詩」句，「痛飲」句與之合，故編於蒙古乃馬真后二年癸卯。李《譜》編於蒙古憲宗七年丁巳下「總附」中。繆《譜》未編。

癸卯望宿中霍道院〔一〕

疊巘沉沉轉素蟾〔二〕，長松栩栩擁高簷〔三〕。湖山已爲新晴好，風露還疑此夜添。身外作緣良自苦〔四〕，世間除睡更無甜。溪堂借宿從今始，便約兒童具米鹽①。

〔校〕

①約：李詩本、毛本作「見」，與詩意不合。據李全本、施本改。

〔注〕

〔一〕望：《初學記》卷一引《釋名》：「望，月滿之名也，日月遥相望也。」太陽從西方落下時，月亮正好從東方升起。這種情況下看見的月亮最圓滿，這種月相叫望。亦用指農曆十五。中霍道院：李《譜》云：「注：定襄中霍村。」中霍村在今定襄城南二十里南山下。

〔二〕疊巘：重疊的山峰。素蟾：月亮。傳説月中有蟾，故以「蟾」代月。

〔三〕栩栩：高聳林立貌。

〔四〕身外作緣：與身外世界發生聯系、瓜葛。

〔編年〕

蒙古乃馬真后二年癸卯在鄉時作。李、繆同。

游龍山〔一〕

曩予魏大梁①〔二〕，得交此州雷與劉〔三〕。自聞兩公誇南山，每恨南海北海風馬牛〔四〕。老龍面目今日始一見，更信造物工雕鎪〔五〕。是時山雨晴，平田緑油油。并山涼氣多〔六〕，況得通深幽。山泉谷口出迎客，石罅戛擊琳琅球〔七〕。蜿蜒入微行〔八〕，漸覺藤蘿罥衣樹打頭〔九〕。惡木拉颯棲〔一〇〕，直幹比指稠。石門無風白日静，自是林響寒颼颼。一峰忽當眼，仰看看不休。一峰一峰千百峰，雖欲一一顧揖知無由。金城偃蹇不得上〔一一〕，瑶甕回合如相留②〔一二〕。苔花萬錦石，丹碧爛不收〔一三〕。天關守虎豹，武庫開戈矛〔一四〕。小山隨起隨偃仆〔一五〕，獨立千仞絶頂縹緲之飛樓〔一六〕。百花崗頭藉草坐〔一七〕，瀟灑正值金蓮秋〔一八〕。亭亭妙高臺〔一九〕，玉斧何年修〔二〇〕。登高覽元化③〔二一〕，快如鷹脱韝〔二二〕。山靈故爲作開闔，巧與詩境供冥搜〔二三〕。白雲何許來〔二四〕，纖絲弄輕柔。蓬蓬作霧湧〔二五〕，飄飄與煙浮。玉衣仙人鞭素虬④〔二六〕，翕忽變化令人愁〔二七〕。須臾視六合〔二八〕，浩蕩不可求〔二九〕。初疑陶輪比運甓⑤，今悟夜壑真藏舟⑥〔三〇〕。劫石拂未窮〔三一〕，杞國浪自憂〔三二〕。斷鰲立極萬萬古，争遣起滅如浮漚〔三三〕。快哉萬里風，一掃天四周。誰言太始再開闢〔三四〕，日馭本自無停輈〔三五〕。舉手謝山靈，就無清涼毫相非神羞〔三六〕。賤子貪名山〔三七〕，客刺已屢投〔三八〕。黄華挂鏡臺〔三九〕，天壇避秦溝〔四〇〕。太山神明觀〔四一〕，二室汗漫游〔四二〕。胸中隱然復有此大物，便可揮斥八極隘九州〔四三〕。玉峰有佳招〔四四〕，絶唱須一酬。爲君探囊擲下珊瑚鈎〔四五〕，白雲相望空悠悠。異時華表見老鶴，姓字莫忘元丹丘⑦〔四六〕。

〔校〕

①魏：施本作「尉」。②饔：毛本作「壅」，二字通用。從李詩本、李全本、施本。③登：李全本作「燈」，訛誤。覽：李全本、施本作「攬」。④虬：李詩本、李全本作「蚪」。⑤比：李全本作「北」。⑥悟：李詩本、毛本作「悮（誤）」，據李全本、施本改。⑦忘：李詩本、毛本作「志」，形訛。據李全本、施本改。

〔注〕

〔一〕龍山：在今山西省渾源縣西南。嘉慶《大清一統志》：「在渾源州西南四十里。夏時雨過，山氣上騰如龍，故名。」

〔二〕魏大梁：金都汴京在戰國魏都大梁，故稱。

〔三〕雷與劉：指雷淵與劉從益。二人皆渾源人。

〔四〕「自聞」二句：自從聽了雷、劉誇耀龍山之後，常恨南北遥隔難見。南海北海風馬牛：典出《左傳·僖公四年》，見《東山四首》其三注〔一〕。

〔五〕鎪：鏤刻。

〔六〕并：靠近。

〔七〕罅：縫隙。戛：輕輕敲打。琳琅球：玉石球，比喻白水珠。

〔八〕微行：小徑。

〔九〕罥：纏繞。

〔一〇〕惡木：材質不好的樹。拉颯：零亂。棲：鳥類止息。此指惡木生長於斯。

〔一一〕金城：險要的城池。比喻山勢。偃蹇：高聳貌。

〔一二〕瑶甕：形容山形環繞如玉甕。

〔一三〕「苔花」二句：言苔蘚遍布於美石上，紅緑相間，色彩鮮明，美不勝收。錦石：有紋理的美石。

爛：華美鮮明貌。

〔一四〕「天關」二句：形容山勢如虎豹看守的關隘、武庫中的戈矛。天關：地勢險要的關隘。武庫：存放武器之所。

〔一五〕偃仆：傾倒。

〔一六〕「獨立」句：杜甫《白帝城最高樓》：「城尖徑仄旌旆愁，獨立縹緲之飛樓。」縹緲：隱隱約約。

〔一七〕百花崗：即萱草坡，龍山絶頂。劉祁《歸潛志・游西山記》載，寺僧云：「每當秋夏交，萬花被坡錦繡堆，花多金蓮，如燈照山谷。又萱草無數，故以云。又號百花崗。」

〔一八〕瀟灑：清爽舒暢。金蓮秋：因崗上盛開金蓮，故云。

〔一九〕妙高臺：妙高，佛教指須彌山。此疑指文殊巖。麻革《游龍山記》言其在龍山西嶺，「有磴懸焉。下瞰無底之壑」，「試一臨之，毛骨森竪」。劉祁《游西山記》言有文殊殿在孤峰上，號捨身崖。

〔二〇〕玉斧：神話中的伐月斧。二句謂妙高臺懸崖峭壁似劈削而成。

〔二一〕元化：造化。大自然的變化。此指雲霧變化。

〔二二〕韝：革制臂衣。打獵時用以停止獵鷹。

〔二三〕「山靈」二句：山神故意開合變化，這正巧爲詩境提供了搜訪幽遠的素材。冥搜：搜訪及於幽遠之處。

〔二四〕何許：何處。

〔二五〕蓬蓬：繁盛貌。

〔二六〕「玉衣」句：形容白雲飄移如白衣仙人用鞭抽趕着白龍。虯：有角的龍。

〔二七〕翕忽：迅速貌。

〔二八〕須臾：片刻。六合：天地四方。

〔二九〕浩蕩：視野開闊的壯景。

〔三〇〕「初疑」二句：言雲霧運動變化，來去迅速。陶輪運甓：《維摩經》：「菩薩斷取三千大千世界，如陶家輪著右掌中，擲過恒河世界之外。」陶輪：製作陶器所用的轉輪。喻指天地造化。甓：磚。夜壑藏舟：《莊子·大宗師》：「夫藏舟于壑，藏山于澤，謂之固矣。然有夜半有力者負之而走，昧者不知也。」此喻雲霧合圍，山間萬物被遮蓋。

〔三一〕「劫石」句：《大智度論》載佛比喻「劫」的時間久遠，説有四十里石山，有長壽人每百年一來，用細軟衣把石山磨平，而劫未盡。此言山峰經白雲拂磨後猶在。

〔三二〕「杞國」句：用杞人憂天典。《列子·天瑞》：「杞國有人憂天地崩墜，身亡所寄，廢寢食者。」浪：徒然。

〔三三〕「斷鰲」二句：謂天地自上古以來已億萬年，怎教形成與消滅就像水面的泡沫那樣迅速無常。斷鰲立極：《淮南子·覽冥訓》載女媧氏斷鰲足爲柱以撑天。漚：水泡。

〔三四〕太始：物質形成的原始狀態，此指自然界。

〔三五〕日馭：太陽。其形如輪，周行不息，故稱。軥：車轅。

〔三六〕「就無」句：謂即使没有佛祖現相，山神也不必感到羞恥。就：即使。清涼：佛家聖地。毫相：如來三十二相中的白毫相。

〔三七〕賤子：自指的謙稱。貪：愛慕。

〔三八〕客刺：名片。古時官場客訪主人，要先投名刺。

〔三九〕「黄華」句：黄華：山名，在今河南省林州市西北。掛鏡臺在黄華山瀑布之東，詩人曾游此地，參見《游黄華山》。

〔四〇〕天壇：王屋山頂。王屋山有避秦溝。參見《游天壇雜詩十三首》其三自注。詩人於己亥春游此地。

〔四一〕神明：指太陽神。《史記·封禪書》：「長安東北有神氣，成五采，若人冠絻焉。或曰東北，神明之舍。」裴駰集解引張晏曰：「神明，日也。」詩人於丙申年曾游東嶽泰山看日出。參見《游泰山》、《東游略記》。

〔四二〕二室：指中嶽嵩山之太室和少室二山。汗漫游：盡興游覽，放浪不羈。杜甫《奉送王信州崟北歸》詩：「復見陶唐理，甘爲汗漫游。」詩人在嵩山安家達十年，多次游歷二室。

〔四三〕「胸中」二句：謂胸中再有龍山這一龐然大物，便能揮斥八方小視九州了。隱然：威重貌。揮斥：任意。

〔四四〕玉峰：魏璠號玉峰，渾源人。金哀宗時任翰林修撰，時歸鄉。二句謂魏璠邀請游龍山，其極好的詩作需要酬和。

〔四五〕探囊：唐李商隱《李賀小傳》言李賀「背一古破錦囊，遇有所得，即書投囊中」，晚上取以作詩。珊瑚鈎：杜甫《奉同郭給事湯東靈湫作》：「飄飄青瑣郎，文采珊瑚鈎。」宋黄希《補注杜詩》：「蘇曰：『相如見枚叔文，謂友人曰，如珊瑚之鈎，璠璵之器，非世間尋常所見也。』」句謂此詩可爲魏璠作詩用作素材，抛磚引玉。

〔四六〕「異時」二句：意謂將來魏璠像仙人丁令威化鶴歸來落在華表上那樣作歌抒發物是人非之悲時，切不要忘了我。華表老鶴：見《癸巳四月二十九日出京》注〔五〕。元丹丘：隋末道士。詩人引以自喻。時人也因遺山有仙風道骨，以此稱之。如趙秉文《游華山寄裕之》「乘風更覓元丹丘」、李汾《古月一篇爲裕之賦》「萬里只有元丹丘」。

〔編年〕

據《中令耶律公祭先妣國夫人文》，知遺山癸卯八月初五日已到燕京。此詩有「瀟灑正值金蓮秋」句，李《譜》謂蒙古乃馬真后二年癸卯秋赴燕京涂中作，從之。繆《譜》未編。

李峪園亭看雨〔一〕

龍山右脇松十里〔二〕，細路蜿蜒繞龍尾〔三〕。松林迫塞悶煞渠，北望玉泉疑井底〔四〕。玉泉元自別一天，眼界廓廓無神川〔五〕。金城百里纔一俯〔六〕，半尖浮圖插蒼煙〔七〕。行行下絶巘，招提忽當眼〔八〕。未到倦不勝，小憩遂忘返。玉泉一杯甘以洌，未須張陸誇冰雪〔九〕。主人不在客不留〔一〇〕，烈風崖下風颼颼。石頭路滑馬蹄怯①，山雨未落雲先愁。將軍林園永安下〔一一〕，秋霽村墟絶瀟灑。濃雲壓屋風打頭，僅得羈御脱疲馬②〔一二〕。只知龍山之神神更神，永安亦能撼詩人。晦暝變化千萬態，畫出風雨元非真。山靈亦愁歸厚夜③〔一三〕，半面時時見雲罅〔一四〕。天瓢細洒供晚涼〔一五〕，不似草堂回俗駕〔一六〕。層陰一掃群峰出，一洗深青徹山骨〔一七〕。夕陽展放紫翠屏，只欠松梢一輪月。山中一石回萬牛〔一八〕，況是一壑復一丘。不如一詩招將入南州〔一九〕，先生興來時卧游〔二〇〕。

〔校〕

①蹄：李全本作「路」。　②御：施本作「銜」。　③厚：李全本作「後」。

〔注〕

〔一〕李峪：嘉慶《大清一統志》有「李峪水」，謂在渾源州西南十里，北流入渾河。《歸潛志·游西山記》：「初出（渾源）西城，日方中，望西山而行。一二里，涉水。又前七八里，至李谷。谷在永安山下。」李谷即李峪。

〔二〕龍山：在今山西渾源縣西南。

〔三〕龍尾：龍山的末端。

〔四〕玉泉：山名。清雍正《山西通志·渾源州》：「玉泉山在龍山東北五里，高半里，盤踞三里。有玉泉水，瑩潔似玉，泉出石罅，環玉泉寺，所謂玉泉寒溜也。」本集有《玉泉二首》。

〔五〕神川：指渾源。劉祁爲渾源人，號「神川遯士」。

〔六〕金城：金縣名，屬應州。今山西省應縣。

〔七〕半尖浮圖：指應縣大木塔。遼時建。

〔八〕招提：梵語「四方」，音譯「拓提」的誤傳。北魏太武帝造伽藍，創招提之名，後遂爲寺院的别稱。

〔九〕張陸：指唐張又新、陸羽。二人皆善品茗，張又新作《煎茶水記》，陸羽作《茶經》。《唐才子傳》及之。

〔一〇〕客不留：不留客。

〔一一〕永安：山名。見注〔一〕引《歸潛志·游西山記》。

〔一二〕「僅得」句：謂趕在風雨之前到達躲藏之地下馬休息。

〔一三〕山靈：山神。厚夜：長夜。此喻不明之境。

〔一四〕雲罅：雲縫。

〔一五〕天瓢：天神行雨用的瓢。

〔一六〕草堂回俗駕：南朝齊周顒曾隱居鍾山，應詔爲海鹽令。後顒經過鍾山，孔稚珪作《北山移文》借山神拒絶之。孔稚珪《北山移文》：「鍾山之英，草堂之靈……請回俗士駕，爲君謝逋客。」

〔一七〕徹：同「澈」，清澄。山骨：山中巖石。

〔一八〕「山中」句：杜甫《古柏行》：「大廈如傾要梁棟，萬牛回首丘山重。」句謂山中美景吸引力强大。

〔一九〕南州：指忻州。

〔二〇〕先生：詩人自謂。

〔編年〕

此詩有「龍山右脇松十里，細路蜿蜒繞龍尾」句，李《譜》亦繫於蒙古乃馬真后二年癸卯秋至燕京涂經渾源游龍山時，從之。繆《譜》未編。

宿翠屏口①〔一〕

鬔鬆蒼白葛衣寬〔二〕，事外閑身也屬官。授簡如聞數枚叔〔三〕，乘車初不少馮驩〔四〕。沙城雨塌名空在〔五〕，石峽風來夏亦寒。兩飽三飢已旬日，虚勞兒女勸加餐。

〔校〕

①宿：施本作「過」。

〔注〕

〔一〕翠屏口：翠屏山口。名翠屏山者多處，據遺山行跡，此當指渾源縣之翠屏山口。明李賢《明一統志》：「翠屏山，在渾源州恒山之南，其秀麗如翠屏然。」參見編年。

〔二〕葛衣：用葛布製成的夏衣。

〔三〕授簡：給予簡札。謂屬人寫作。語出南朝宋謝惠連《雪賦》：「梁王不悦，游於兔園……授簡於司馬大夫，曰：『抽子秘思，騁子妍辭，侔色揣稱，爲寡人賦之。』」枚叔：漢枚乘字叔。曾從梁孝王兔園游。以賦知名。句指受耶律楚材之托爲其父兄撰碑文事。本集《尚書右丞耶律公神道碑》：「中令君使謂好問言：『先公神道碑……今屬筆於子，幸而論次之。』」

〔四〕「乘車」句：《戰國策·齊策四》：「齊人有馮諼（《史記》作「馮驩」）者，貧乏不能自存，使人屬孟嘗君，願寄食門下……居有頃，復彈其鋏，歌曰：『長鋏，歸來乎，出無車。』左右皆笑之，以告。孟嘗君曰：『爲之駕，比門下之車客。』於是乘其車，揭其劍，過其友，曰：『孟嘗君客我。』」

〔五〕沙城雨塌：喻金國滅亡。

〔編年〕

蒙古乃馬真后二年癸卯秋七月上旬遺山往燕京路經渾源時所作《李峪園亭看雨》詩有「夕陽展放紫翠屏，只欠松梢一輪月」句，與本詩「宿翠屏口」及「葛衣寬」的時間、地點及季節盡合，二詩同時作。李《譜》據「事外」句編於正大三年丙戌，謂是年夏往商帥完顏鼎幕府時作。繆《譜》未編。

玉泉二首〔一〕

其一

神嶽提封入寺基〔二〕，上公官秩見僧碑〔三〕。雲藏佛屋晴猶暗〔四〕，樹近禪窗老更奇。竹杖只供行險易，藜床偏與望川宜〔五〕。同時不及髯中令〔六〕，猶得泉名比鳳池〔七〕。

〔注〕

〔一〕玉泉：寺名。在玉泉山。參見《李峪園亭看雨》注〔四〕。

〔二〕神嶽：劉祁《歸潛志》卷十三《游西山記》：「起尋玉泉……東則嶽神山如屏，青松翠柏間隱隱有樓觀。」此「嶽神山」即指今山西省渾源縣之北嶽恒山。相傳舜帝巡狩四方至此，見山勢雄偉，遂封爲北嶽。史書以今河北省曲陽縣之恒山爲北嶽，至明、清始以此山爲北嶽。提封：疆域。

〔三〕上公官秩：指對北嶽的分封。上公：周制，三公出封加一命，稱爲上公。

〔四〕「雲藏」句：《歸潛志・游西山記》：「既入（玉泉）寺，寺宇歲深，且經亂，多摧毁。廚堂鐘閣雨崩草翳，僧寮多壞址。獨萬聖殿完麗可觀。」

〔五〕藜床：藜莖編的牀榻。泛指簡陋的坐榻。川：神川，在渾源。

〔六〕髯中令：疑指蒙古中書令耶律楚材。遺山此次往燕京乃受耶律楚材的邀請。《尚書右丞耶律公神道碑》：「癸卯秋八月，中令君使謂好問言：『先公神道碑……今屬筆於子，幸而論次之。』」

〔七〕泉名：玉泉之名。鳳池：中書省之鳳凰池。南朝齊謝朓《直中書省》：「茲言翔鳳池，鳴珮多清響。」耶律楚材家居燕都玉泉山，故有上二句。

其二

玉水泓澄古殿隅〔一〕，又新名第不關渠〔二〕。每因天日流金際，更憶風雷裂石初。百里官壺分韻勝〔三〕，千人齋粥薦甘餘〔四〕。八功德具休誇好〔五〕，玩景臺荒有破除〔六〕。寺東北有玩景臺，盡得神川之勝。導者誤引之荒山，一笑①，故有上句②。

〔校〕

①笑：李全本作「尖」。與上句連讀，亦通。②上：李全本作「二」。

〔注〕

〔一〕玉水：玉泉之水。古殿：玉泉寺之萬聖殿。

〔二〕又新名第：唐張又新著《煎茶水記》一卷，品評水之等級。見《唐才子傳》卷六。渠：指玉泉水。

〔三〕官壺：官釀的酒。分韻勝：謂衆人分韻賦詩風流高雅。

〔四〕齋粥：僧家吃的粥。薦甘餘：謂用甘冽的泉水佐食，餘味無窮。

〔五〕八功德具：佛教語。謂西方極樂世界浴池中具有八種功德之水。爲：一甘，二冷，三軟，四輕，五清浄，六不臭，七不損喉，八不傷腹。《無量壽經》卷上：「八功德水湛然盈滿，清浄香潔，味如甘露。」

〔六〕破除：敗壞。

〔編年〕

李《譜》繫於蒙古乃馬真后二年癸卯秋至燕京途經渾源時，從之。繆《譜》未編。

贈玉峰魏丈邦彦①〔一〕

夢想南山掩靄間〔二〕，眼明驚見玉峰寒〔三〕。風波舊憶横身過〔四〕，世事今歸袖手看〔五〕。販婦傭兒識名姓②〔六〕，故鄉遺俗見衣冠③〔七〕。臨流卜築平生事，會就遼東管幼安〔八〕。

〔校〕

①丈：毛本作「文」，形訛。本集有《玉峰魏丈哀挽》詩，據李詩本、施本改。②傭：李詩本、毛本作「庸」，二字通用。從施本、郭本。③俗：施本、郭本作「族」，亦通。

〔注〕

〔一〕玉峰魏丈邦彦：魏璠，字邦彦，號玉峰。渾源人。金貞祐三年進士，仕至翰林修撰。金亡，北還鄉里。《歸潛志》卷十三附麻革《游龍山記》：「今年（己亥）夏，因赴試武川，歸道渾水，脩謁於玉峰先生魏公。公野服蕭然，見余於前軒。」

〔二〕南山：指龍山。

〔三〕玉峰寒：指魏邦彦高峻之致。

〔四〕「風波」句：《金史·武仙傳》載，哀宗走歸德，遣翰林修撰魏璠召武仙入援。仗義直言，幾乎被殺。仙又奏請誅璠，哀宗不聽。「風波」指此。横身：挺身。

〔五〕「世事」句：宋陸游《書憤》：「關河自古無窮事，誰料如今袖手看。」句謂故國已亡，不參與新朝政事。

〔六〕販婦傭兒：男女商販。

〔七〕遺俗：前代流傳下來的風俗。

〔八〕「臨流」二句：《三國志·管寧傳》載，管寧字幼安。居宅離水七八十步，曾避亂遼東，隱居不仕。

〔編年〕

李《譜》繫於蒙古乃馬真后二年癸卯秋往燕京涂經渾源時，從之。繆《譜》未編。

弘州贈曹丈子玉①〔一〕

丘園舊憶詢幽仄〔二〕，裘褐今聞識姓名〔三〕。故國衣冠有遺老〔四〕，歲寒松柏見交情〔五〕。寄書千里空頭白，握手一杯俱眼明。來往襄陰從此始〔六〕，剩將歌笑慰生平〔七〕。

〔校〕

①弘：施本作「宏」。丈：李詩本、李全本作「文」。

〔注〕

〔一〕弘州：金州名，屬西京路。今河北省陽原縣。曹丈子玉：曹珏（一一七三——一二四六），字子玉，磁州滏陽（今河北省磁縣）人。避亂河南方城，以教授爲業。金末北渡，居弘州。丙午歲卒，年七十四。本集《曹徵君墓表》：「始予在京師，登君鄉先生禮部閑閑公之門。公每論人物及君姓名必極口稱道，謂今人少見其比。其後見君於方城，介於太原右司仲澤，乃定交焉。君長予十七歲，予以兄事之。壬辰之兵，君流寓弘州。癸卯冬，予自新興將之燕中，乃枉道過之。死生契闊，始一見如顔色，握手而語，恍如隔世，不覺流涕之覆面也。」

〔二〕幽仄：指隱居之士。句謂方城訪曹事。

〔三〕裘褐：粗陋衣服。借指高人隱士。

〔四〕衣冠：古代士以上戴冠。後用以代稱士大夫。句謂曹子玉爲金之遺老，不仕蒙古。

〔五〕歲寒松柏：《論語·子罕》：「子曰：『歲寒，然後知松柏之後彫也。』」本集《別李周卿三首》：「古交松柏心，今交桃李顔。」

〔六〕襄陰：金縣名，弘州治所。

〔七〕剩：更。

〔編年〕

據注〔一〕，知作於蒙古乃馬真后二年癸卯秋（本集《曹徵君墓表》所言「癸卯之冬」有誤。詳説見《游黄華山》編年）往燕京涂中。李、繆同。

懷安道中寄懷曹徵君子玉〔一〕

赭水歡游事已非〔二〕，襄山回首重依依〔三〕。義熙留在陶元亮〔四〕，華表來歸丁令威〔五〕。袖裏短書懷老筆〔六〕，夢中皤腹見褒衣〔七〕。祝君飽喫殘年飯〔八〕，會有鄰牆白版扉〔九〕。

〔注〕

〔一〕懷安：金縣名，屬大同府。今河北省懷安縣。曹徵君子玉：指曹珏。本集《曹徵君墓表》：「正大末，京南大司農楊公叔玉、丞康公伯禄，薦君及……等六人文章德行，乞加官使，以厲風俗。事聞，徵聘有期，會兵動而罷。」

〔二〕赭水：嘉慶《大清一統志·南陽府》：「赭水又名堵水，在方城縣西，去縣三十五里。《水經注》謂其出棘陽縣北，數源並發。南流經於赭鄉，謂之赭水。」句謂往昔在方城與曹子玉歡游已事往人非。

〔三〕「襄山」句：曹子玉寓居弘州襄陰，故云。

〔四〕義熙：晉安帝年號（四〇五——四一九）。陶元亮：陶淵明字元亮。句謂曹氏經歷朝代更替，以隱居名高一世。

〔五〕「華表」句：用丁令威化鶴歸鄉典。詳見《癸巳四月二十九日出京》注〔五〕。

〔六〕「袖裏」句：南朝梁江淹《雜體詩·效李陵〈從軍〉》：「袖裏有短書，願寄雙飛燕。」短書：漢代凡經、律等官書用二尺四寸竹簡書寫。官書以外的書均以短於二尺四寸的竹簡書寫，稱爲「短書」。此指曹子玉的書信。

〔七〕皤腹：大肚子。褒衣：寬大之衣。

〔八〕飽喫殘年飯：杜甫《病後遇王倚飲贈歌》：「但使殘年飽喫飯，只願無事長相見。」

〔九〕鄰牆：用擇鄰而居典。詳見《寄叔能兄》注〔五〕。白版扉：無油漆的大門。喻居所簡陋。

〔編年〕

蒙古乃馬真后二年癸卯秋拜見曹子玉後往燕京涂中作。李、繆同。

右丞文獻公著色鹿圖〔一〕

野鹿標枝氣象閑〔二〕，老皇頻歲赦秋山〔三〕。不妨右相丹青筆〔四〕，時到霜林紫翠間。

〔注〕

〔一〕右丞文獻公：耶律楚材之父，名履，字履道。金明昌元年進尚書右丞。本集有《尚書右丞耶律公神道碑》。《中州集》有傳。

〔二〕野鹿標枝：《莊子·天地》：「至治之世，不尚賢，不使能，上如標枝，民如野鹿。」標枝，樹梢之枝，比喻上古之世在上之君恬淡無爲。野鹿，比喻在下之民放而自得。後因以「標枝野鹿」指太古時代。

〔三〕「老皇」句：謂金世宗連年不秋山圍獵。

〔四〕右相：指耶律履。右丞亦稱右相。《中州集》本傳作《右相文獻公耶律履》。

〔編年〕

本集《中令耶律公祭先妣國夫人文》云：「癸卯歲八月乙巳朔五日己酉，哀子某謹以家奠，敢昭告於先妣國夫人蘇氏之靈。」王國維《耶律文正公年譜》云：「此代文……癸卯春，蘇夫人卒。公（耶律楚材）使其子鑄奉其喪歸燕京，殯於玉泉山東五里之甕山。」李《譜》謂蒙古乃馬真后二年癸卯秋至燕京耶律鑄家作，從之。繆《譜》未編。

跋文獻公張果老圖〔一〕

耆舊能談相國賢〔二〕，功名欲占冷巖前〔三〕。清風萬古猶應在〔四〕，未用仙公甲子年〔五〕。

〔注〕

〔一〕文獻：耶律履謚號。張果：唐時人，隱中條山。道教中「八洞神仙」之一。

〔二〕相國：耶律履官尚書右丞，故云。

〔三〕泠巖：《歸潛志》卷十：「金朝女直宰相中，最賢者曰完顔（守）貞。相章宗，屢正言，有重望，自號泠巖。」參見《金史·完顔守貞傳》。

〔四〕清風：高潔的品格。

〔五〕「未用」句：本集《汾亭古意圖》尾注：「神仙張果，生帝堯甲子年，詩家亦傳習用之。」仙公：指畫圖中張果老。

〔編年〕

李《譜》謂蒙古乃馬真后二年癸卯秋在耶律鑄家作，從之。繆《譜》未編。

東丹騎射〔一〕

意氣曾看小字詩〔二〕，畫圖今又識雄姿。血毛不見南山虎，想得弦聲裂石時①〔三〕。

〔校〕

①裂：李全本作「列」。

〔注〕

〔一〕東丹騎射：《遼史·宗室傳·義宗》載，義宗名倍，小字圖欲，太祖長子。太祖破忽汗城，改其國曰東丹，以倍爲人皇王主之。倍「善畫本國人物，如《射騎》、《獵雪騎》、《千鹿圖》，皆入宋秘府」。

〔二〕小字詩：用契丹小字寫成的詩。

〔三〕「血毛」二句：《史記·李將軍列傳》載，李廣屏居藍田南山中射獵，「見草中石，以爲虎而射之，中石没鏃」。二句用漢李廣射石事寫義宗《騎射》圖中雄姿。

〔編年〕

本集《尚書右丞耶律公神道碑》云：「公諱履……遼太祖長子東丹王突欲之七世孫。」此詩也當蒙古乃馬真后二年癸卯秋在燕京耶律鑄家作。李、繆未編。

賦南中楊生玉泉墨〔一〕墨不用松煙而用燈煤

萬竈玄珠一唾輕〔二〕，客卿新以玉泉名〔三〕。御團更覺香爲累〔四〕，冷劑休誇漆點成〔五〕。浣袖秦郎無藉在〔六〕，畫眉張遇可憐生〔七〕。晴窗弄筆人今老，孤負松風入硯聲〔八〕。宫中以張遇麝香小團爲畫眉墨。

〔注〕

〔一〕南中楊生玉泉墨：施注引陸友《墨史》：「楊文秀，字伯達，本左江人。仕金之季，以善墨聞。其法不用松煙，而用燈煤。子彬得其遺法，以授耶律楚材，楚材授子鑄，使造一萬丸，曰『玉泉萬笏』。」玉泉：山名，在燕都。耶律楚材父子家在此地，故稱。

〔二〕玄珠：指墨。竈：竈上煙煤可製墨。

〔三〕客卿：指墨。漢揚雄《〈長楊賦〉序》：「上《長楊賦》，聊以筆墨之成文章，故藉翰林以爲主人，子墨爲客卿以諷。」後因以「客卿」爲墨的典故。

〔四〕御團：指張遇麝香小團。清陳元龍《格致鏡原》卷三十七：「楊慎《外集》：金章宗宮中以張遇麝香小御團爲畫眉墨。」

〔五〕冷劑：墨之別名。《中州集》劉雲卿《戲答侯威卿覓墨》：「冷劑香螺夔一足，破慳分與畫眉人。」

〔六〕涴：污染。秦郎：疑指秦得真。元王惲《贈墨卿秦得真》謂其墨云：「麝團小印柳枝龍，不減唐人入漆工。」《河汾詩》段成已有《跋秦得真墨》。無藉在：無聊賴或無顧忌。杜甫《送韋書記赴安西》：「白頭無藉在，朱髮有哀憐。」

〔七〕張遇：宋代墨匠。施注引《墨史》：「張遇，易水人。遇墨有題光啓年者，妙不減廷珪，宫中取其墨燒去煙，用以畫眉，謂之畫眉墨。」可憐生：可愛。「生」，詞尾，無義。

〔八〕「孤負」句：《中州集》劉雲卿《戲答侯威卿覓墨》：「萬松火厄化緇塵，依舊徂來雪裏春。」

〔編年〕

李《譜》謂蒙古乃馬真后二年癸卯秋在耶律鑄家作，從之。繆《譜》未編。

即事呈邦瑞〔一〕

鄭莊父子重相留〔二〕，似爲良辰散客愁。陋巷新成一茅屋，今年連醉兩中秋①。開尊便覺賢人近，污足寧論力士羞②〔三〕。明日燕臺傳盛事〔四〕，坐中賓客盡名流。

〔校〕

①兩：施本作「雨」，形訛。　②污：李全本作「汗」，當爲「汙」之形訛。

〔注〕

〔一〕邦瑞：李《譜》謂：「邦瑞，李昌國，臨潼人，《元史》有傳。」按《元史》卷一百五十三《李邦瑞傳》，李卒於「乙未夏六月」，知非其人。《湛然居士集》卷四、七、十有和李邦瑞詩六首，其《用李邦瑞韻》，王國維《耶律文正公年譜》繫之於丙申年，似與元史非一人，此人與耶律楚材家關係較密。

〔二〕「鄭莊」句：《史記·鄭當時傳》：鄭當時字莊。「常置驛馬長安諸郊，請謝賓客，夜以繼日」，

「爲太史，誡門下：『客至，無貴賤無留門者。』執賓主之禮，以其貴下人。莊廉，又不治其産業，仰奉賜以給諸公……聞人之善言，進之上，唯恐後。山東士諸公以此翕然稱鄭莊」。

〔三〕「污足」句：《舊唐書・李白傳》：「嘗沉醉殿上，引足令高力士脱靴，由是斥去。」句言邦瑞禮賢下士。

〔四〕燕臺：指戰國時燕昭王所築的黄金臺。故址在今河北省易縣東南。相傳燕昭王築臺以招納天下賢士，故亦稱招賢臺。見南朝梁任昉《述異記》卷下。後爲君主和長官禮賢之典。

〔編年〕

李《譜》繫於蒙古乃馬真后二年癸卯秋在燕京耶律鑄處時，從之。繆《譜》未編。

梁都運亂後得故家所藏無盡藏詩卷，見約題詩，同諸公賦〔一〕

飛亭四望水雲寬，亭上高人杳莫攀。已就湖山攬奇秀，更教鄉社得安閑〔二〕。風流豈落正始後〔三〕，詩卷常留天地間〔四〕。勝賞休言隔今昔，肩吾新自會稽還〔五〕。

〔注〕

〔一〕梁都運：梁陟字斗南，良鄉（今北京市房山區）人。金明昌進士，官至同知南京路都轉運使。金亡，任燕京編修所長官。終老於家。參見《續夷堅志・天賜夫人》、元袁桷《封薊國公謚忠哲梁公行狀》。無盡藏詩卷：「無盡藏」語本蘇軾《前赤壁賦》「是造物者之無盡藏也」。元耶律楚材有《無盡藏詩》，末注云：「梁斗南所藏畫。」元王惲有《跋梁中憲無盡藏手卷四首》、《跋梁斗南先生無盡藏手軸》。元胡祗遹《題梁氏無盡藏詩卷》題注云：「斗南之孫家藏。」

〔二〕「更教」句：指梁陟金亡後歸居鄉里事。

〔三〕「風流」句：蘇軾《次韻謝子高讀淵明傳》：「風流豈落正始後，甲子不數義熙前。」正始：三國魏曹芳年號。時阮籍、嵇康等隱居嘯詠，風流曠放。

〔四〕「詩卷」句：杜甫《送孔巢父謝病歸游江東兼呈李白》：「詩卷長留天地間，釣竿欲拂珊瑚樹。」

〔五〕「肩吾」句：南朝梁庾信字肩吾。唐李賀《還自會稽歌序》：「庾肩吾於梁時嘗作宫體謡引以應和皇子。及國勢淪敗，肩吾先潛難會稽，後始還家。」句指梁陟自京都汴京回到家鄉燕京。

〔編年〕

李《譜》編於蒙古乃馬真后二年癸卯下「總附」中，繆《譜》未編。按：元蘇天爵《元朝名臣事略·中書耶律文正王》：「初汴京未下，奏遣使入城……及取名儒梁陟等數輩，於燕京置編修所、平陽置經籍所，以開文治。」《元史·太宗紀》八年夏六月下：「耶律楚材請立編修所於汴京，經籍所於平陽，編集經史，召儒士梁陟充長官，以王萬慶、趙著副之。」知梁晚年居燕京。詩作於蒙古乃馬真后二年癸卯在燕京時，從李《譜》。

梁移忠詩卷〔一〕

一箭功成塞上歸，廼翁垂白藉扶持〔二〕。燕雲義俠風流遠〔三〕，里社陰功父老知。龍種作駒元自異，虎頭食肉未應遲〔四〕。高門更與增華表，丁令還家先有期〔五〕。時都運丈已下世，故詩中及之。

〔注〕

〔一〕梁移忠：良鄉（今北京市房山區内）人。金南京轉運使梁斗南子。參見《梁都運亂後得故家所藏無盡藏詩卷，見約題詩，同諸公賦》。

〔二〕廼翁：指梁斗南。扶持：服侍。

〔三〕「燕雲」句：燕雲諸州戰國時屬燕趙之地，尚義俠，多悲歌慷慨之士。

〔四〕虎頭食肉：《東觀漢記·班超傳》：「相者曰：『生燕頷虎頭，飛而食肉，此萬里侯相也。』」

〔五〕「高門」二句：用丁令威成仙後化鶴歸鄉落於華表之典，詳見《癸巳四月二十九日出京》注〔五〕。

〔編年〕

晚年在燕都作。李《譜》編於蒙古乃馬真后二年癸卯下「總附」中，姑從之。繆《譜》未編。

梁氏先人手書〔一〕

玄蚪飛跳九天門①，秦火驚看片紙存〔二〕。耆舊風流知未滅，青衫還見讀書孫〔三〕。

〔校〕

①蚪：施本作「虯」。

〔注〕

〔一〕詩題：本集有《梁都運亂後得故家所藏無盡藏詩卷，見約題詩，同諸公賦》，元王惲《秋澗集》有《跋梁中憲無盡藏手卷四首》。「先人手書」當指此。

〔二〕「玄蚪」二句：蚪，蝌蚪文字，指異於通行字體的古文字。秦火，指秦始皇焚書事。此二句謂金末戰火後，「無盡藏詩卷」意外保存下來。

〔三〕讀書孫：指梁氏後人梁移忠。本集有《梁移忠詩卷》。

〔編年〕

當與《梁都運亂後得故家所藏無盡藏詩卷，見約題詩，同諸公賦》、《梁移忠詩卷》同時作。李《譜》編於蒙古乃馬真后二年癸卯在燕京時，姑從之。繆《譜》未編。

贈答趙仁甫仁甫名復，雲夢人，江表奇士也〔一〕。

我友高御史〔二〕，愛君曠以真。昨朝識君面，所見勝所聞〔三〕。江國辭客多，玉骨無泥塵〔四〕。軒昂見野鶴，過眼無雞群〔五〕。想君夜醉潯陽時〔六〕，明月對影成三人〔七〕。散著紫綺裘，草裹烏紗巾〔八〕。浩歌魚龍舞，水伯不敢嗔〔九〕。何意醉夢間，失脚墮燕秦〔一〇〕。萬世一旦暮，萬里猶比鄰①〔一一〕。世無魯連子〔一二〕，黑頭萬蟻徒紛紛。君居南海我北海〔一三〕，握手一杯情更親。老來詩筆不復神，因君兩詩發興新。都門回望一大笑②，袖中知有江南春〔一四〕。

〔校〕

①猶：毛本作「一」，據李全本、施本改。　②望：李全本、施本作「首」。

〔注〕

〔一〕趙仁甫：《元史·趙復傳》：趙復字仁甫，德安（今江西省德安縣）人。本詩題注「雲夢」，則爲今湖北雲夢縣。按本詩「想君夜醉潯陽時」，《元史》是）人。太宗乙未歲，命太子闊出帥師伐宋，德安以嘗逆戰，被屠。姚樞救之北歸。「先是，南北道絶，載籍不相通。至是，復以所記程、朱所著諸經傳注，盡録以付樞。自復至燕，學子從者百餘人」。

〔二〕高御史：高嶷字士美，正大初任監察御史。《中州集·高有鄰傳》及之。本集《過寂通庵别陳丈》詩序：「陳丈（即寂通老人陳時可，字秀玉，在燕京）未識某而愛其詩，曾對高御史士美言，我他日見遺山，當快飲百醉。」

〔三〕「所見」句：《唐書·文藝傳·崔信明》：「揚州録事參軍鄭世翼者，亦驁倨，數恌輕忤物，遇信明江中，謂曰：『聞公有「楓落吴江冷」，願見其餘。』信明欣然多出衆篇，世翼覽未終，曰：『所見不逮所聞！』投諸水，引舟去。」

〔四〕「江國」二句：謂江南水鄉的詩人多清氣而少濁氣。杜甫《徐卿二子歌》：「大兒九齡色清澈，秋水爲神玉爲骨。」

〔五〕「軒昂」二句：《晉書·嵇紹傳》：「紹始入洛，或謂王戎曰：『昨於稠人中始見嵇紹，昂昂然如野鶴之在鷄群。』」

〔六〕潯陽：江名。長江流經江西省九江市北一段的別名。

〔七〕「明月」句：李白《月下獨酌》其一：「花間一壺酒，獨酌無相親。舉杯邀明月，對影成三人。」

〔八〕「散著」二句：李白《玩月金陵城西孫楚酒樓，達曙歌吹，日晚乘醉著紫綺裘烏紗巾，與酒客數人棹歌秦淮，往石頭訪崔四侍御》：「草裹烏紗巾，倒披紫綺裘。」

〔九〕「浩歌」二句：放聲高歌，水中魚龍隨之共舞，水神對此也不敢責怪。水伯：水神。

〔一〇〕「何意」二句：指乙未北歸事。《元史·趙復傳》：「時楊惟中行中書省軍前，姚樞奉詔即軍中求儒、道、釋、醫、卜士，凡儒生掛俘籍者，輒脱之以歸，復在其中。樞與之言，信奇士。以九族俱殘，不欲北，因與樞訣。樞恐其自裁，留帳中共宿。既覺，月色皓然，惟寢衣在，遽馳馬周號積屍間，無有也。行及水際，則見復已被髮徒跣，仰天而號，欲投水而未入。樞曉以徒死無益：『汝存，則子孫或可以傳緒百世；隨吾而北，必可無他。』復强從之。」

〔一一〕「萬里」句：三國魏曹植《贈白馬王彪》其六：「丈夫志四海，萬里猶比鄰。」

〔三〕「世無」句：魯連子，即魯仲連，戰國時齊國人。《史記·魯仲連列傳》載，聞魏將欲令趙尊秦爲帝，魯仲連曰：「彼秦者，棄禮義而上首功之國也，權使其士，虜使其民。彼即肆然而爲帝，過而爲政於天下，則連有蹈東海而死耳，吾不忍爲之民也。」句用此典。

〔三〕「君居」句：《左傳·僖公四年》：「楚子使與師言曰：『君處北海，寡人處南海，唯是風馬牛不相及也。』」趙復是南方人，遺山是北方人，故云。

〔四〕「袖中」句：蘇軾《喜劉景文至》：「别後新詩巧摹寫，袖中知有錢塘湖。」本集《送詩人秦略簡夫歸蘇墳别業》：「蹇驢馳入醉鄉去，袖中知有眉山春。」江南春：指酒。

〔編年〕

蒙古乃馬真后二年癸卯在燕京作。李、繆同。

贈答趙仁甫

南冠牢落坐貧居〔一〕，却爲窮愁解著書〔二〕。但見室中無長物〔三〕，不聞門外有軒車〔四〕。六朝人物風流在〔五〕，兩月燕城笑語疏〔六〕。寒士歡顔有他日〔七〕，晚年留看定何如。

〔注〕

〔一〕南冠：囚徒的别稱。詳見《南冠行》注〔一〕。此指趙仁甫。牢落：孤寂，無聊。

〔二〕「却爲」句：《史記·虞卿列傳》：「卒去趙，困於梁。魏齊已死，不得意，乃著書，上採《春秋》，下觀近世……凡八篇。」太史公曰：「然虞卿非窮愁，亦不能著書以自見於後世云。」

〔三〕長物：多餘的東西。《世説新語・德行》：「（王大）見其坐六尺簟，因語恭：『卿東來，故應有此物，可以一領及我。』恭無言。大去後，即舉所坐者送之。既無餘席，便坐薦上。後大聞之，甚驚曰：『吾本謂卿多，故求耳。』對曰：『丈人不悉恭，恭作人無長物。』」

〔四〕軒車：古代一種前頂較高而有帷幕的車，供大夫以上乘坐。

〔五〕六朝人物：指注〔三〕所及王恭一類人物。六朝：指三國的吴、東晉、宋、齊、梁、陳六個朝代。句言趙復有六朝人物的遺風餘韻。

〔六〕「兩月」句：遺山癸卯秋至燕京爲耶律楚材父兄撰寫碑文，又引起士議。本集《答中書令成仲書》云：「癸卯之冬，蓋嘗從來使一到燕中，承命作先相公碑。初不敢少有所望，又不敢假借聲勢。悠悠者若謂鳳池被奪，百謗百罵，嬉笑姍侮，上累祖禰，下辱子孫。與渠輩無血仇，無骨恨，而乃樹立黨與，撰造事端，欲使之即日灰滅。」句當指此。

〔七〕「寒士」句：杜甫《茅屋爲秋風所破歌》：「安得廣廈千萬間，大庇天下寒士俱歡顔。」在金元之際儒士的生存甚爲困頓的情況下，遺山不忍傳統文化中絶，先上書蒙古中書令耶律楚材，後來又進見主管漢南漢地軍政的忽必烈。然這些事有交結新貴之嫌，故招來謗傷。《元史・趙復傳》：「元好問文名擅一時。其南歸也，復贈之言，以博溺心、末喪本爲戒，以自修讀《易》求文王、孔子之用心爲勉。」其旨在勸遺山以修己爲本，也着眼於此。但遺山的價值觀不同於趙復，末二句表現了他旨在淑世的趣尚。

〔編年〕

蒙古乃馬真后二年癸卯在燕京作。李、繆同。

感事〔一〕

富貴何曾潤髑髏〔二〕，直須淅米向矛頭〔三〕。血讎此日逢三怨〔四〕，風鑒生平備九流〔五〕。瓢飲不甘顏巷樂〔六〕，市鉗真有楚人憂〔七〕。世間安得如川酒，力士鐺頭醉死休〔八〕。

〔注〕

〔一〕感事：施注謂因爲耶律楚材父兄撰碑受謗而發。

〔二〕「富貴」句：《莊子·至樂》：「髑髏深矉蹙頞曰：『吾安能棄南面王樂而復爲人間之勞乎？』」髑髏：死人的骨頭。此遺山以殘年自謂。

〔三〕直須：竟至於，還要。淅米向矛頭：典出《世説新語·排調》：桓南郡與殷荆州作危語，桓曰：「矛頭淅米劍頭炊。」淅米：淘米。二句意爲富貴什麽時候曾經滋潤過骷髏？時至今日難道還要爲它做危及名節之事？意謂自己年事已高，爲耶律履撰碑，並非攀結新貴，謀圖富貴。

〔四〕三怨：三種招人怨恨的事。《文子·符言》：「老子曰：人有三怨：爵高者人妒之，官大者主惡之，禄厚者人怨之。」

〔五〕風鑒：以風貌品人。九流：《漢書·藝文志》載，孔子既没，諸弟子各編成一家之言，凡爲九流。句謂自我鑒定平生僅爲一介儒士。

〔六〕顔巷樂：《論語·雍也》：「子曰：『賢哉，回也！一簞食，一瓢飲，在陋巷，人不堪其憂，回也不改其樂。』」句謂自己不甘隱居，而欲有所爲。

〔七〕「市鉗」句：《漢書·楚元王劉交傳》載，劉交敬重穆生，常設醴以待。及其子即位，忘記設醴。穆生退曰：「可以逝矣！醴酒不設，王之意怠，不去，楚人將鉗我於市。」後因以「楚人鉗」喻殺身之禍。鉗：古刑名，以鐵束頸。

〔八〕力士鐺：釜屬，温器。李白《襄陽歌》詩有「舒州杓，力士鐺，李白與爾同死生」句。二句謂面對謗傷，唯當以酒解憂。

〔編年〕

施注謂詩作於蒙古乃馬真后二年癸卯在燕京爲耶律楚材父兄撰碑時，從之。李、繆同。

別緯文兄〔一〕

玉壘浮雲變古今〔二〕，燕城名酒足浮沉〔三〕。眼中誰復承平舊〔四〕，言外驚聞正始音〔五〕。異縣他鄉千里夢，連枝同氣百年心〔六〕。行期幾日休相問，觸撥羈愁恐不禁。

〔注〕

〔一〕緯文兄：張緯字緯文，號愚齋、噥齋，太原陽曲（今山西太原市）人。本集《朝列大夫同知河間府事張公墓表》言張公著「二侄：經、緯」，並云：「歲癸卯秋九月，某客燕中，緯以世舊之故，徵銘於某。」《外家別業上梁文》自注云：「張緯文，留滯燕京。」

〔二〕「玉壘」句：杜甫《登樓》：「錦江春色來天地，玉壘浮雲變古今。」玉壘：山名，在成都西北岷山界，多作成都的代稱，見晉左思《蜀都賦》。浮雲變古今：喻世事變幻不定。句謂金國淪亡。

〔三〕燕城：指燕京。浮沉：隨波逐流，追隨世俗。

〔四〕「眼中」句：言張緯仍具太平盛世的故態。

〔五〕「言外」句：正始，三國魏齊王芳的年號。當時玄風漸興，士大夫唯老莊是宗，競尚清談，世稱「正始之音」。當時詩人嵇康、阮籍等的詩，稱爲「正始體」。句謂張緯文言語高遠，意旨遥深，有正始意在言外之趣。

〔六〕連枝同氣：《呂氏春秋·精通》：「故父母於子也，子之於父母也，一體而兩分，同氣而異息。」舊題漢蘇武《詩》之一：「況我連枝樹，與子同一身。」後以「連枝同氣」比喻同胞兄弟姐妹或情如兄弟的親密關係。

〔編年〕

作於蒙古乃馬真后二年癸卯在燕京時。李、繆同。

歸義僧山水卷〔一〕

嵩少經行二十春〔二〕，野麋山鹿盡情親。而今身落京塵底〔三〕，畫出林泉亦可人。

〔注〕

〔一〕歸義：佛寺名。在燕京。施注引魏坤《倚晴閣雜抄》曰：「燕京歸義寺，遼刹也。」

〔二〕嵩少：嵩山西爲少室山，故稱嵩少。遺山居此十年。經行：佛教語。謂在一定的處所緩慢地往返步行。

〔三〕京塵：即京洛塵。晉陸機《爲顧彦先贈婦》：「京洛多風塵，素衣化爲緇。」

〔編年〕

遺山興定二年移居嵩山，正大四年遷居内鄉。按一、二句，詩應蒙古乃馬真后二年癸卯在燕京作。李《譜》編於蒙古乃馬真后二年下「總附」中，繆《譜》未編。

歸義興侍者溪山蕭寺横軸〔一〕

石磴雲松百八盤〔二〕，東峰日上海波寒。老來丘壑風流減〔三〕，却就禪房覓畫看。雲漢此畫甚有泰山典刑①〔四〕，因記東峰看日出時〔五〕，故有上句。

〔校〕

①漢：施本作「溪」。

〔注〕

〔一〕歸義：佛寺名，在燕京。詳見《歸義僧山水卷》。興侍者：其人不詳。横軸：横幅。

〔二〕石磴：石臺階。

〔三〕「老來」句：謂如今年老，游玩山川丘壑的興趣减少了。

〔四〕雲漢：當指馬雲漢。馬天徠（《中州集》卷七有傳）弟，介休（今山西省介休縣）人。金元之際畫家，見明朱謀亜《畫史會要》。亦稱馬卿。本集有《介山馬卿雲漢爲仲晦甫寫真……贊云》。

〔五〕「因記」句：遺山曾於蒙古太宗八年丙申登泰山。見本集《東游略記》。

〔編年〕

與《歸義僧山水卷》同時作。李《譜》編於蒙古乃馬真后二年癸卯下「總附」中，從之。繆《譜》未編。

出山像〔一〕

不見恒星莫漫驚，日頭從此向西生〔二〕。只知大事因緣了，依舊雲門望太平〔三〕。

〔注〕

〔一〕出山像：爲佛傳畫題之一。又作出山如來、出山相。相傳釋迦牟尼在雪山苦行林中修苦行，成道之後，頭頂明星，全身放光而出山。自宋以降，此一故事成爲水墨畫描繪之畫題和文人賞玩之題材。金完顏璹《釋迦出山息軒畫》：「龐眉袖手出巖阿，及至拈花事已訛。千古雪山山下路，杖藜無處避藤蘿。」

〔二〕「不見」二句：《歷代三寶紀》卷一：「魯春秋莊公七年夏四月辛卯夜，恒星不見，夜中星隕如雨。案此即是如來誕生王宫時也。」《法苑珠林》卷十二：「案春秋魯莊公七年夏四月，恒星不現，夜明如日，即佛生時之瑞應也。」日頭：喻指佛陀。佛家以佛陀之智德慈悲，可破衆生迷妄，如日輪破夜之暗，故喻佛如日，稱之「佛日」。向：表示動作的起點，猶從，由。西：指佛陀誕生地西天印度。

〔三〕「只知」二句：謂人信佛是爲求得開悟，不必崇拜偶像。大事因緣：全稱「一大事因緣」，指佛陀出現於世，爲世人開示説法，使衆生轉迷爲悟，入佛知見。《法華經·方便品》：「諸佛世尊，唯以一大事因緣故，出現於世。」雲門望太平：《五燈會元》卷十五「雲門文偃禪師」條：「舉：世尊初生下，一手指天，一手指地，周行七步，目顧四方，云：『天上天下，唯我獨尊。』師曰：『我當時若見，一棒打殺與狗子吃却，貴圖天下太平。』」雲門：佛教禪宗宗派名。此指五代雲門宗之祖文偃禪師。詩有感慨改朝换代之寓意。末二句意謂儘管知道金國淪亡有内在的因果聯係，但感情上依舊懷戀金亡前的太平盛世。

〔編年〕

李《譜》編於蒙古乃馬真后二年癸卯下「總附」中，認爲與《歸義僧山水卷》同時作，從之。繆《譜》

未編。

出都二首①〔一〕

其一

漢宫曾動伯鸞歌〔二〕，事去英雄不奈何②〔三〕。但見觚稜上金爵〔四〕，豈知荆棘卧銅駝〔五〕。神仙不到秋風客〔六〕，富貴空悲春夢婆〔七〕。行過盧溝重回首〔八〕，鳳城平日五雲多〔九〕。

〔校〕

①二首：施本無此二字。②不：施本作「可」。

〔注〕

〔一〕都：指金中都燕京。

〔二〕伯鸞歌：梁鴻字伯鸞，東漢人。因事至京都洛陽，見宫城壯麗，作《五噫歌》抨擊統治者的豪奢。句用此典言金廷在燕都大興土木，宫闕壯麗，盛極一時。

〔三〕不奈何：無可奈何。句言一旦國朝傾倒，英雄也無力挽回。

〔四〕「但見」句：漢班固《西都賦》：「設璧門之鳳闕，上觚稜而棲金爵。」觚稜：宫殿脊棱。稜同「棱」。金爵：金雀。

〔五〕「豈知」句：《晉書·索靖傳》載，索靖有遠見，知天下將亂，指洛陽宮門銅駝，歎曰：「會見汝在荆棘中耳。」

〔六〕秋風客：唐李賀《金銅仙人辭漢歌》：「茂陵劉郎秋風客，夜聞馬嘶曉無跡。」以漢武帝曾作《秋風辭》，故稱。句言漢武帝聽從方士之言追求長生不老而終歸丘土。

〔七〕「富貴」句：謂富貴榮華如同春夢一樣短暫易逝，令人徒然傷悲。春夢婆：趙德麟《侯鯖録》載，蘇軾晚年被貶到海南島，一日行吟田野，一位老婆婆對他説：「内翰昔日富貴，一場春夢。」人們便稱這位婦人爲春夢婆。

〔八〕盧溝：即盧溝橋，在北京市西南，跨永定河（金時稱蘆溝河）上。建成於明昌三年，工程浩大，石雕精細，是金朝盛世的傑作。

〔九〕鳳城：京城。五雲：五色雲彩，古人以爲祥瑞。

其二

歷歷興亡敗局棋〔一〕，登臨疑夢復疑非〔二〕。斷霞落日天無盡，老樹遺臺秋更悲。滄海忽驚龍穴露〔三〕，廣寒猶想鳳笙歸〔四〕。從教盡劃瓊華了，留在西山儘淚垂〔五〕。壽寧宮有瓊華島①〔六〕，絶頂廣寒殿，近爲黄冠輩所撤。

〔校〕

①壽：施本作「萬」，誤。見《金史·地理上·中都路》。從李詩本、毛本、李全本。

〔注〕

〔一〕「歷歷」句：謂金朝由興盛到衰亡如敗局之棋那樣步步清晰。歷歷：分明可數。

〔二〕「登臨」句：登臨之地即詩末自注「瓊華島」。本集《南鄉子》〔樓觀鬱嵯峨〕題序云：「九日，同燕中諸名勝登瓊華故基。」

〔三〕龍穴：指金壽寧宮，遺址在今故宮西北北海公園一帶。金時爲離宮。古以皇帝爲真龍天子，故云。

〔四〕廣寒：傳説月中之宮殿。此指瓊華島廣寒殿。鳳笙：即笙。因其有十二簧，像鳳身，故名。二句謂忽然驚見滄海乾涸，龍穴暴露，而廣寒殿中吹着鳳笙送天子回歸的情形仍在腦際縈回。

〔五〕「從教」二句：乾脆讓人把瓊華島鏟平吧，只西山留在那裏就能使我把眼淚流盡。剗：同鏟。瓊華：元陶宗儀《輟耕録》：「萬歲山在大内西北太液池之陽，金人名瓊華島。山上有廣寒殿七間。金亡，世皇徙都之。」地在今北京市北海公園内。西山：今北京市西郊之山。

〔六〕壽寧宮：《金史·地理上·中都路》載，京城北離宮有太寧宮，大定十九年建，後改名壽寧。黄冠：道士，此指全真教。元陳時可《長春真人本行碑》載，丘處機於一二二三年春住燕京大天長觀。繼而行省又以瓊華島爲全真觀。撤：拆除。

〔編年〕

蒙古乃馬真后二年癸卯離燕京時作。李、繆同。

贈利州侯神童〔一〕生十四月識字。予見時生二十一月，識字無算。

牙牙點妝杏蕾紅〔二〕，阿兄抱之來學宫〔三〕。今春學語語未正，已能見書識名姓①。隨指隨讀無數重，多生想曾文字中〔四〕。極知之無不足訝〔五〕，更恐洛誦難爲功〔六〕。土中松粒龍爪脱，萬牛丘山起毫末②〔七〕。君不見，黄金寶鼎翡翠青〔八〕，未要春官許衣鉢〔九〕。人間失却麻神童③〔一〇〕，明星煌煌出蒼龍〔一一〕。只知江陵圖籍盡一火④〔一二〕，誰謂死草生華風〔一三〕。遺山老子未老在，見汝吐焰如長虹。兒字金鼎。

〔校〕

①名姓：李全本作「姓名」。②毫：李全本作「豪」。③間：李全本作「聞」。④盡：毛本作「晝」，形訛。據李詩本、李全本、施本改。

〔注〕

〔一〕利州：金州名。今遼寧省建昌縣。侯神童：字金鼎（見尾注），餘不詳。

〔二〕牙牙：小兒學語聲。

〔三〕學宫：學校。

〔四〕多生：佛教以衆生造善惡之業，受輪回之苦，生死相續，謂之「多生」。此指前世。句謂神童前世是文人。

〔五〕「極知」句：《新唐書·白居易傳》：「其始生七月能展書，姆指『之』、『無』兩字，雖試百數不差。」

〔六〕洛誦：反復誦讀。

〔七〕「土中」二句：喻侯神童後日將成松柏棟梁之材。萬牛丘山：杜甫《古柏行》：「大廈如傾要棟梁，萬牛回首丘山重。」言棟梁材重如丘山，需萬牛挽運。

〔八〕黄金寶鼎：神童字金鼎，故以此喻。

〔九〕「未要」句：《宋史·范質傳》：「質力學强記，性明悟。舉進士時，和凝以翰林學士典貢部，覽質所試文字，重之，自以登第名在十三，亦以其數處之。貢闈中謂之『傳衣鉢』。」春官：禮部的别稱。衣鉢：佛教僧尼的袈裟與飯盂，是師徒傳授之法器，因引申指一般師徒間學藝的傳承。

〔一〇〕麻神童：《中州集·麻徵君九疇傳》：「三歲識字，七歲能草書。作大字有及數尺者，故所至有『神童』之目。」

〔一一〕明星：喻指侯神童。蒼龍：指東方。利州在中原東北，故云。

〔一二〕江陵圖籍盡一火：《隋書·經籍志》：「元帝克平侯景，收文德之書及公私經籍歸於江陵，大凡七萬餘卷。周師入郢，咸自焚之。」《太平御覽》卷六一九引《三國典略》：「周師陷江陵，梁王知事不濟，入東閣竹殿，命舍人高善寶焚古今圖書十四萬卷，欲自投火與之俱滅。」

〔一三〕「誰謂」句：唐李賀《高軒過·韓員外愈皇甫侍御湜見過因而命作》：「龐眉書客感秋蓬，誰知死草生華風。」華風：猶光風。天晴日出時的和風。喻指文運。

〔編年〕

李《譜》以利州地近燕京，謂遺山晚年在燕京時作，編在乃馬真后二年癸卯「總附」中，姑從之。繆《譜》未編。

蜀昭烈廟〔一〕

合散扶傷老益堅〔二〕，荒祠重過爲淒然。君臣灑落知無恨〔三〕，庸蜀崎嶇亦可憐〔四〕。一縣山陽堯故事〔五〕，三年章武魏長編〔六〕。錦官羽葆今何處①〔七〕，半夜樓桑叫杜鵑〔八〕。

〔校〕

①官：李詩本、毛本、李全本作「宫」，形訛。據《成都記》及施本改。

〔注〕

〔一〕蜀昭烈廟：昭烈，劉備謚號。其廟在劉備故鄉涿州（今河北省涿州市）。王庭筠《涿州重修漢昭烈帝廟碑記》：「涿，先主之故家也。廟距州西南十里而遠。」

〔二〕「合散」句：指劉備當陽之役不捨隨行民衆事。元郝經《陵川集》卷三十六《先大父墓銘》言其祖郝天挺上書金廷曰：「昔昭烈當陽之役，既窘甚，猶徐其行，以俟荆襄遺民。曰成大事者必資於衆人，歸而棄之，不祥。君子謂漢統四百年，此一言可以續之。」遺山尊此師訓。本集《新野先主廟》：「一軍南北幾扶傷，長坂安行氣已王。」

〔三〕「君臣」句：杜甫《公安縣懷古》：「灑落君臣契，飛騰戰伐名。」仇兆鰲注引胡夏客曰：「先主之待關、張，誼同兄弟。其得孔明，如魚得水。」灑落：融洽無拘謹。

〔四〕庸蜀：《尚書·牧誓》「及庸、蜀、羌、髳、微、盧、彭、濮」，《傳》：「八國皆蠻夷。」此指蜀國。

〔五〕「一縣」句：指漢獻帝被迫禪讓帝位於曹丕事。《三國志·魏書·文帝二》：「黄初元年十一月癸酉，以河内之山陽邑萬户奉漢帝爲山陽公。」堯故事：指堯禪位於舜。

〔六〕三年章武：章武，劉備年號。劉備卒於章武三年，故云。魏長編：長編，原指撰寫編年史之前，先行搜集資料，按次排列。後亦指彙集資料有待删訂撰寫成書的其他著作的草稿本。陳壽撰《三國志》，以魏爲正統，故云。

〔七〕錦官：指蜀都成都。《成都記》：「府城亦呼爲錦官城，以江山明麗，錯雜如錦也。」羽葆：《三國志·先主傳二》：「舍東南角籬上有桑樹生高五丈餘，遥望見童童如小車蓋。往來者皆怪此樹非凡，或謂當出貴人。先主少時，與宗中諸小兒於樹下戲，言：『吾必當乘此羽葆蓋車。』」

〔八〕樓桑：劉備故里名，在今河北省涿州市。本集《摸魚兒》〔問樓桑故居無處〕題序：「樓桑呼漢昭烈廟。」杜鵑：鳥名。傳説蜀王杜宇死後化爲此鳥。《華陽國志·蜀志》：「杜宇稱帝，號曰望帝……會有水災，其相開明決玉壘山以除水害。帝遂委以政事，法堯舜禪授之義，遂禪位於開明，帝升西山隱焉。時適二月，子鵑鳥鳴，故蜀人悲子鵑鳥鳴也。」

〔編年〕

蒙古乃馬真后二年癸卯離燕京返鄉路經涿州時作。李、繆同。

周才卿拙庵〔一〕

詩筆看君有悟門，春風過水略無痕。庵名未便遮藏得①，拙裏元來大巧存〔二〕。

〔校〕

①名：施本作「門」。

〔注〕

〔一〕周才卿：在真定史天澤幕府任職，餘不詳。本集《龍山趙氏先塋之碑》云：「癸卯冬十月，侯介於同官李稚川、周才卿爲予言……」

〔二〕「拙裏」句：《老子·洪德》：「大直若屈，大巧若拙。」

〔編年〕

李《譜》據注〔一〕所引繫在蒙古乃馬真后二年癸卯，從之。繆《譜》未編。

爲程孫仲卿作①〔一〕

繡褥錦爲褓②〔二〕，蘭湯金作盆〔三〕。名駒出洼水③〔四〕，萬馬浮雲奔。參軍愛友親弟昆〔五〕，御史風節海内聞〔六〕。諸郎楚楚皆玉立，王謝定自超人群〔七〕。高樹出大根，源清流不渾。千年洛陽陌〔八〕，赫赫于公門〔九〕。外翁老去住山村〔一〇〕，正要兒童侍酒樽。他日新詩一千首，不愁無物餉吾孫。

〔校〕

①仲卿：李詩本、毛本、郭本作「中鄉」，訛。據施本改。②褓：毛本、郭本作「欄」，不通。據李詩本、施本改。③洼：施本作「渥」。兩通。

〔注〕

〔一〕程孫仲卿：程孫，遺山的外孫。長女真嫁程思温，故稱。仲卿：李《譜》謂指《示程孫四首》之簡孫。

〔二〕褓：包裹嬰兒的布。

〔三〕蘭湯：熏香的浴水。《楚辭·九歌·雲中君》：「浴蘭湯兮沐芳，華采衣兮若英。」

〔四〕「名駒」句：《史記·樂書》：「又嘗得神馬渥洼水中，復次以爲《太一》之歌。」渥洼：水名。在今甘肅省安西縣境。傳説産神馬處。

〔五〕「參軍」句：本集《御史程君墓表》：「大中子八人：長曰鼎，孝弟仁讓，閨門肅睦，有古君子之風。以六赴廷試賜第，調濮州司候。」施注謂「參軍」句指此。

〔六〕「御史」句：御史，指程思温之父震，曾任監察御史，彈劾不避權貴，以直聞名於世。見本集《御史程君墓表》。風節：風骨氣節。

〔七〕王謝：六朝望族王氏、謝氏的並稱。後用作高門世族的代稱。

〔八〕「千年」句：本集《御史程君墓表》：「先世居洛陽。元魏遷兩河豪右實雲中三州，遂爲東勝人。」

〔九〕于公門：西漢于定國父于公爲縣獄吏，治獄公平，自謂有陰德，子孫必有興者。因高大其門，令能容高車駟馬。見《漢書・于定國傳》。後因以指爲官賢明而子孫顯貴的人。

〔一〇〕外翁：詩人自指。

〔編年〕

李《譜》云：「按《示程孫詩》云『簡孫甫勝衣』即其人也。時先生五十九。第一首云『六年念兒女』，逆溯在是年。蓋簡孫方生，趙州與南宫近，嘗一過也。是是年冬詩。」從之。繆《譜》未編。

宿張靖田家地屬壽陽〔一〕

川涂盡坡陀〔二〕，嶺路入荒梗〔三〕。微茫望煙火，向背得廬井〔四〕。殘民安樸陋，倦客喜幽屏〔五〕。兒童聞叩扉，租吏有餘警〔六〕。兩崖紛叢薄〔七〕，砂石立頑獷〔八〕。湍流落空嵌〔九〕，百折不容騁〔一〇〕。山深饒風露，夜氣凄以耿〔一一〕。園花澹相望，邊月空照影。深居苦不早，素髮忽垂領。誰謂林野人，茲焉惜清景〔一二〕。

〔注〕

〔一〕張靖：地名。今作「張浄」，在壽陽縣東三十里。壽陽：金縣名，屬太原府。今山西省壽陽縣。

〔二〕坡陀：不平坦。

〔三〕荒梗：荒涼閉塞。

〔四〕向背：朝着山背。

〔五〕幽屏：隱僻之處。

〔六〕「兒童」二句：謂兒童聽到詩人的叩門聲，還以爲是上門催租的官吏，驚悸不已。

〔七〕叢薄：叢生的草木。

〔八〕頑獷：堅峭粗笨貌。

〔九〕空嵌：空凹處。

〔一〇〕騁：放任。

〔一一〕耿：强硬。

〔二〕清景：清麗的景色。

〔編年〕

本集《壽陽縣學記》：「甲辰之春，予歸自燕、雲，道壽陽。」李、繆據此定於蒙古乃馬真后三年甲辰作，從之。

甲辰三月旦日以後雜詩三首〔一〕

其一

應接紛紛又浹旬〔二〕，枉教虚負杏園春。尋芳自分無閑日，載酒寧知有故人〔三〕。花柳得時俱作態〔四〕，川原經雨更無塵。憑君莫惜尊前醉，看即青梅入座新①〔五〕。

〔校〕

①青：施本作「春」。

〔注〕

〔一〕旦日：農曆初一。雜詩：興致不一的詩。

〔二〕浹旬：滿了十天。浹，古以干支記日，自甲日至癸日，周匝十日稱爲「浹日」。

〔三〕「尋芳」二句：陶淵明九月九日無酒，出宅邊菊叢中，望見白衣人至，乃王弘送酒（見《宋書·陶潛傳》)。二句暗用此典。

〔四〕作態：表現姿態。

〔五〕青梅入座新：指以青梅(按「杏園春」語，此當指青杏。古人以青杏煮酒，取其酸味)爲佐酒之物的例行節令性飲宴活動。

其二

溅溅猩紅鬧曉晴〔一〕，攢頭真似與春争〔二〕。舒開楊柳聊相映，瘦殺寒梅枉自清。粉艷低回工作態〔三〕，絳唇寂寞獨含情〔四〕。畫圖只愛殘妝好，未信徐郎解寫生〔五〕。

〔注〕

〔一〕「溅溅」句：詠杏花。宋宋祁《玉樓春·春景》：「紅杏枝頭春意鬧。」溅溅：聚集貌。猩紅：像猩猩血那樣鮮紅的顔色。

〔二〕攢頭：猶言群頭攢動。

〔三〕工作態：善於表現情態。

〔四〕絳唇：指杏花深紅色的花蕾。

〔五〕徐郎：指徐熙，五代南唐著名畫家，善寫花卉蟲魚。本集《杏花落後分韻得歸字》：「寫生正有徐熙在，漢苑招魂果是非。」寫生：描繪實物。上二句謂徐熙只愛畫凋殘的花卉，不懂寫生的佳處。本集《賦瓶中雜花七首》題注：「予絶愛未開杏花。」詩人基此批駁徐熙。

其三

密霧輕塵細灑均①〔一〕，緑雲紅雪一番新。風光爛熳供歡席②，酒味清醇似主人〔二〕。落落湖山如有喜〔三〕，欣欣魚鳥亦相親。新詩寫入奚奴錦③〔四〕，從此他鄉不算春。

〔校〕

①均：李全本、施本作「匀」。②熳：施本作「漫」，兩通。③奚：李詩本、毛本作「溪」，訛。據李全本、施本改。

〔注〕

〔一〕密霧輕塵：指群花盛開籠罩其上的塵霧狀。

〔二〕主人：詩人自指。

〔三〕落落：磊落瀟灑。

〔四〕奚奴錦：詩囊。唐李商隱《李賀小傳》：「每旦日出……恒從小奚奴，騎疲驢，背一古破錦囊，遇有所得，即書投囊中。」奚奴，奴僕。

〔編年〕

據詩題，編於蒙古乃馬真后三年甲辰。李、繆同。

天涯山〔一〕

九州上游推大鹵〔二〕，獨恨山形頗椎魯〔三〕。天涯一峰今日看，快似昂頭出環堵〔四〕。何年氣母此融結〔五〕，鬼鑿神鑱未奇古〔六〕。八窗玲瓏透朝日①〔七〕，洞穴慘澹藏雷雨。苔花錦石粲可喜，乞與雲煙相媚嫵〔八〕。半空擲下金芙蕖〔九〕，想得飛來自玄圃〔一〇〕。傳聞絕頂更靈異，云是清都羣玉府〔一一〕。五雲飛步吾未能〔一二〕，風袂泠泠已輕舉②。東州死愛華不注〔一三〕，向在陋邦何足數〔一四〕。敬亭不着謝宣城，斷岸何緣比天姥〔一五〕。酒船何時朝復暮〔一六〕，倒卷滹沱浣塵土〔一七〕。喚起山靈搥石鼓〔一八〕，漢女湘妃出歌舞〔一九〕。詩狂他日笑遺山，飯顆不妨嘲杜甫〔二〇〕。山有石鼓神祠③。

〔校〕

①八：施本作「入」。　②泠泠：李詩本、李全本作「冷冷」。　③有：李全本作「川」。

〔注〕

〔一〕天涯山：山名。在今山西省原平市東。因山形峭立，雪花不掛，故有「天涯掃雪」之譽。爲舊崞縣八景之一。

〔二〕大鹵：古指太原晉陽縣，以其地多鹽鹼不生草木而名。

〔三〕椎魯：方言稱禿頭爲椎。此指山形光禿平緩。

〔四〕環堵：四周土牆。二句謂今日看到天涯山峭壁聳立，其美姿如翹首挺出於四周土牆中。快：美好。

〔五〕氣母：元氣的本原。古人認爲山川萬物皆由元氣生成。融結：融化凝結。晉孫綽《游天臺山賦》：「融而爲川瀆，結而爲山阜。」

〔六〕鬼鑿神鑱：猶鬼斧神工。鑱：古代鐵制的一種刨土工具。

〔七〕八窗：形容山多豁口。

〔八〕「苔花」二句：謂有紋理的美石上生長斑斑苔蘚，色彩鮮明可愛，期望與雲煙一起討人喜歡。

〔九〕「半空」句：芙蕖，蓮花的別稱。天涯山形似蓮花，又名蓮花山。

〔一〇〕玄圃：《水經注》：昆侖山分三級，中曰玄圃。句用飛來峰典，詳見《雲峽》注〔一五〕。

〔一一〕清都：道教以爲天帝所居的宫闕。羣玉府：羣玉山西王母府第。

〔一二〕「五雲」二句：謂我不會騰飛駕御五色彩雲，清涼之風吹拂衣袖已有飄飄欲仙之感。

〔一三〕華不注：山名，在今山東省濟南市。

〔一四〕陋邦：邊遠之地。

〔一五〕「敬亭」二句：謂敬亭山不是因謝朓寫詩歌頌，它怎能與壁立於剡溪邊的天姥山比美？敬亭：山名，在安徽省宣城縣。謝宣城：南朝齊詩人謝朓曾任宣城太守，故稱。其詩有《游敬亭山》。

斷岸：江邊絶壁。天姥：山名，在今浙江省新昌縣東。

〔一六〕「酒船」句：《晉書·畢卓傳》：「卓嘗謂人曰：『得酒滿數百斛船，四時甘味置兩頭，右手持酒杯，左手持蟹螯，拍浮酒船中，便足了一生矣。』」

〔一七〕滹沱：即滹沱河，流經天涯山前。李白《江夏贈韋南陵冰》：「我且爲君搥碎黄鶴樓，君亦爲我倒却鸚鵡洲。」

〔一八〕石鼓：天涯山腰有幾塊巨石互爲撑架，風吹其孔，聲響如鼓聲，故名。

〔一九〕漢女：傳説中漢水的女神。《文選》李善注揚雄《羽獵賦》「漢女水潛」云：「漢女，鄭交甫所逢二女也。」湘妃：舜二妃娥皇、女英，相傳没於湘水，遂爲湘水之神。

〔二〇〕「詩狂」二句：唐孟棨《本事詩·高逸》載，李白才逸氣高，作詩戲杜甫曰：「飯顆山頭逢杜甫，頭戴笠子日卓午。借問别來太瘦生，總爲從前作詩苦。」蓋譏其拘束也。二句謂將來有狂放不羈的詩人評論我，像李白嘲笑杜甫那樣也無妨。遺山身材清瘦似杜甫，故云。

〔編年〕

本集《兩山行記》：「甲辰夏五月八日，予以事當至崞縣……是日行八十里，野宿天涯山前。」據此知詩作於蒙古乃馬真后三年甲辰。李、繆同。

前高山雜詩七首〔一〕

其一

夢寐煙霞卜四鄰〔二〕，眼明今日出紅塵。山中景趣君休問，谷口泉聲已可人。

〔注〕

〔一〕前高山：雍正《山西通志》卷二十六：「前高山在（崞）縣西南四十里，崞山之西南峰也。距崞巔十五里。」雜詩：興致不一的詩。

〔二〕卜四鄰：選擇鄰居。《左傳·昭公三年》：「且諺曰：『非宅是人，唯鄰是人。』二三子先卜鄰矣。」杜預注：「卜良鄰。」此指卜居。句謂對隱逸生活夢寐以求。

其二

山經地志總難憑〔一〕，鄉社流傳太俗生〔二〕。前後兩高從我改，合教松海作新名〔三〕。

〔注〕

〔一〕山經地志：指《山海經》及地方志之類書籍。

〔二〕鄉社流傳：指民間流播的傳聞。

〔三〕「前後」二句：金趙秉文《繫舟山圖裕之先大夫嘗居此山之東巖》：「名字不經從我改，便稱元子讀書山。」二句本此。前後兩高：指前高山與後高山。松海：本集《兩山行記》引先東巖詩：「想得松聲滿巖谷，秋風無際海波寒。」「松海」新名本此。

其三

蚊聚蛙喧杳不聞〔一〕，已甘麋鹿與同群〔二〕。胸中所得知多少，半是青松半白雲。

〔注〕

〔一〕蚊聚蛙喧：比喻人衆群聚而喧雜。

〔二〕麋鹿與同群：《莊子·盜跖》：「神農之世……民知其母，不知其父，與麋鹿共處。」後用指隱逸山林。《論語·微子》：「鳥獸不可與同群。」孔安國曰：「隱居於山林，是與鳥獸同群也。」

其四

天池一雨洗氛埃〔一〕，全晉堂堂四望開〔二〕。不上朝元峰北頂〔三〕，真成不到此山來。

〔注〕

〔一〕天池：天上之池。此指天空下雨。

〔二〕全晉：全三晉之地。

〔三〕朝元峰：當爲崞山峰頂。

其五

世上初無物外緣〔一〕，人間却有洞中天〔二〕。如何長伴王居士〔三〕，買盡青山不用錢〔四〕。

〔注〕

〔一〕物外緣：超脱於塵世之外的因緣。

〔二〕洞中天：道教稱神仙的居處，意謂洞中別有天地。後泛指風景勝地。

〔三〕王居士：指王純甫。本集《兩山行記》：「舊聞行臺員外廣寧王純甫棄官學道……純甫先隱前高。」

〔四〕「買盡」句：用匡廬符載山人乞買山錢百萬典，詳見《送崔振之迎家汴梁》注〔五〕。

其六

白驢前日鳳山回，爲愛朝元復此來〔一〕。却憶廣陵劉老子〔二〕，醉吟應在釣魚臺〔三〕。

〔注〕

〔一〕「白驢」二句：本集《兩山行記》載其游代州鳳凰山之後「又明日，爲前高之游」。朝元：崞山山峰名。

〔二〕劉老子：指道士劉海蟾。本集《兩山行記》：「守真又言：神仙劉海蟾以天聖九年游歷名山，所至並有留跡。代州壽寧……題云『廣寧閑民劉操書』。」疑「陵」爲「寧」之訛。

〔三〕釣魚臺：西周姜子牙、東漢嚴子陵垂釣處。泛指隱釣之所。

其七

白首同歸未省曾，青山獨往竟誰能。莫嫌麋鹿無情識〔一〕，比似人間少愛憎。

〔注〕

〔一〕情識：感情知識。

〔編年〕本集《兩山行記》：「甲辰夏五月……又明日，爲前高之游。」詩作於蒙古乃馬真后三年甲辰。李、繆同。

甲辰夏五月積雨十餘日不止，遣悶二首

其一

甲子霖霖雨〔一〕，巡簷悶不禁〔二〕。幻泡成實相〔三〕，水樂激哀音〔四〕。瘴海聞天漏①〔五〕，堯年見陸沉〔六〕。鶱飛想雲表〔七〕，癡坐若爲心〔八〕。《南史·王景文傳》：「人居貴要，但問心若爲耳。」

〔校〕

①瘴：李全本、施本作「瘴」。

〔注〕

〔一〕「甲子」句：唐張鷟《朝野僉載》卷一：「諺云：春雨甲子，赤地千里；夏雨甲子，乘船入市；秋雨甲子，禾頭生耳；冬雨甲子，鵲巢下地。」霖霖雨：連綿大雨。

〔二〕巡簷：指被雨所阻，在屋簷下徘徊。

〔三〕幻泡：佛教語，比喻事物虚幻無常。此指雨泡。實相：佛教語。指宇宙事物的真相或本然狀

態。此指真實的物體。

〔四〕水樂：原指流泉所發出的悦耳聲響。唐元結有《水樂説》。此指雨水聲。

〔五〕瘴海：指濕熱氣很盛。天漏：謂雨量過多。

〔六〕「堯年」句：上古堯舜時期，大地曾洪水泛濫。

〔七〕騫飛：騰飛。雲表：雲外。

〔八〕若爲心：何以爲情。

其二

甲子霖霖雨，農郊搏手空①〔一〕。排牆寧有禮〔二〕，爲壑竟何功〔三〕。戰蟻侯王上〔四〕，鳴蛙意氣中〔五〕。掃晴應曉夕，少忍待秋風。排牆事見《王衍論》②，云「排牆之壓③，猶有禮也④。」

〔校〕

①搏：李詩本、毛本作「摶」，形訛。據李全本、施本改。②論：「傳」之誤。見《晉書·王衍傳》。蘇轍《欒城後集》有《王衍論》，無「排牆之壓，猶有禮也」句。③排：《晉書·王衍傳》作「積」。④禮：李詩本、毛本作「爲」，非。《晉書·王衍傳》作「禮」。據李全本、施本改。壓：《晉書·王衍傳》作「隕」。

〔注〕

〔一〕搏手：兩手相拍。表示無計可施。《後漢書·龐參傳》：「田疇不得墾闢，禾稼不得收入，搏手困窮，無望來秋。」李賢注：「兩手相搏，言無計也。」

〔二〕排牆：推倒牆壁。《晉書・王衍傳》：「勒曰：『要不可加以鋒刃也。』使人夜排牆填殺之。」句指雨浸牆倒。

〔三〕爲壑：《孟子・告子下》：「孟子曰：『禹之治水，水之道也。是故禹以四海爲壑，今吾子以鄰國爲壑。』」

〔四〕「戰蟻」句：黄庭堅《次韻王荆公題西太乙宫壁二首》：「風急啼烏未了，雨來戰蟻方酣。」侯王上：形容戰蟻爲争王奪地争鬥激烈。螞蟻搬家是下雨的徵兆。

〔五〕「鳴蛙」句：謂雨前蛙叫聲的稠密高亢。

〔編年〕

蒙古乃馬真后三年甲辰五月在鄉作。李、繆同。

七月十二日行狼牙嶺〔一〕

狼牙路滑馬伶俜〔二〕，老鶴超超欲上征〔三〕。一曲松風寫幽致，九秋雲物愴離情〔四〕。天開
員嶠方壺境〔五〕，澗落銀河月窟聲〔六〕。靦面青山入渠手〔七〕，定誰胸次玉崢嶸。

〔注〕

〔一〕狼牙嶺：與下首《十三日度嶽嶺》及《嶽祠齋宫夜宿》合觀，知此指今河北省唐縣倒馬關西南之

狼牙嶺。「嶽祠」即在今河北省曲陽縣西北之北嶽恒山。抗戰時期的狼牙山五壯士事，其山在今河北省易縣西南。

〔二〕伶傳：艱難貌。

〔三〕超超：高高在上貌。

〔四〕九秋：指秋天。雲物：景色。

〔五〕員嶠方壺：神話中仙山名。《列子·湯問》：「渤海之東不知幾億萬里有大壑焉……其中有五山焉：一曰岱輿，二曰員嶠，三曰方壺，四曰瀛洲，五曰蓬萊。」楊伯峻集釋：「《釋文》云：嶠，渠廟切，山鋭而高也。」

〔六〕銀河：傳説中的天河。月窟：傳説中月的歸宿處。

〔七〕覿面：迎面。

〔編年〕

李《譜》謂蒙古乃馬真后二年癸卯秋往燕京途中作。按本集《曹徵君墓表》「癸卯冬，予自新興（忻州在晉爲新興郡）將至燕中，乃枉道過之」，遺山癸卯至燕都乃路經宏州（今河北省陽原縣），與此次途經靈丘、唐縣之狼牙嶺、曲陽之恒山非一時事。甲辰夏五月在鄉作《甲辰夏五月積雨十餘日不止，遣悶二首》，秋在燕都作《過寂通庵别陳丈》，此詩當是年秋來燕時作。下詩之「丹青萬木秋風老」及《嶽山道中》「野禾成穗石田黄」，時序與本詩「九秋雲物」亦合。故編于蒙古乃馬真后三年甲辰。繆

《譜》未編。

十三日度嶽嶺〔一〕

神嶽規模亦壯哉，上階絶境重裴回〔二〕。丹青萬木秋風老，金翠千峰落照開。川路漸分猶暗澹，湍聲已遠更淒哀。石門剩比靈丘遠〔三〕，正坐登臨欠一來〔四〕。

〔注〕

〔一〕嶽嶺：《大清一統志》：「嶽嶺口在唐縣西北一百二十里古恒山口也。」

〔二〕上階：上方之階。

〔三〕石門：其地不詳。剩：更。靈丘：金縣名。今山西省靈丘縣。

〔四〕正坐：正因。

〔編年〕

蒙古乃馬真后三年甲辰自鄉至燕都時作。李《譜》謂蒙古乃馬真后二年癸卯往燕京途中作，繆《譜》未編。

嶽祠齋宮夜宿〔一〕

煌煌德寧宮，望秩年祀永〔二〕。唐來幾焚蕩，規制仍峻整。龍旗嚴黼座〔三〕，金爵散光炯〔四〕。嶽拜行且周，偉觀竊欣幸。青紅留壞壁①，兵衛自馳騁。木杪見龜趺②〔五〕，雄筆映鐘鼎。中和昔喪亂〔六〕，已溺寧再拯。有來鴈門公，赤手探虎鯁。經營入慘澹，灑落出鋒穎。凶豎竟自摧③，神鑒益彪炳〔七〕。青山閱人代，今古一炊頃。摩挲盤根槐，甲子誰記省〔八〕。揭來石門道〔九〕，煙岫接雲嶺〔一〇〕。霄漢瞻上階〔一一〕，濃碧插秋影〔一二〕。青林雨聲集，懸瀑激奔猛。森然心魄動，冰雪凄以耿〔一三〕。飄飄想僊袂，飛下玉蓮井〔一四〕。昨夢知是非，復此造真境。妙香浄餘習〔一五〕，灝氣發新警〔一六〕。鶴書來何遲〔一七〕，素髮迫垂領。玄壇展衰步④，似欲逐幽屏⑤〔一八〕。高柯月紛紛〔一九〕，裴回惜清景〔二〇〕。

〔校〕

①壁：李全本作「璧」，形訛。　②趺：李全本作「跌」，形訛。　③摧：李全本作「擢」，形訛。　④玄：施本作「元」，避玄燁諱。　⑤逐：施本作「遂」。

〔注〕

〔一〕嶽祠：指今河北省曲陽縣西北恒山之北嶽廟。齋宮：供齋戒用的屋舍。此指嶽廟中的齋宮。

〔二〕望秩：謂按等級望祭山川。

〔三〕黼座：帝座。天子座後設黼扆，故名。

〔四〕金罽：金色毛布。

〔五〕木杪：樹梢。龜趺：碑下的龜形石座。

〔六〕中和：唐僖宗年號（八八一——八八四）。中和元年農民起義軍復入長安，黃巢加尊號爲承天應運啓聖睿文宣武皇帝。唐召沙陀李克用赴援。

〔七〕「有來」六句：中和二年，李克用趨河中，唐授以雁門節度使。中和三年，李克用擊黄巢，尋取長安。中和四年，黄巢自殺于泰山狼虎谷，起義軍失敗。清顧炎武《金石文字記》卷五：「宋沈括《筆談》云，嶽祠在曲陽祠中，多唐人故碑。殿前一亭中有李克用題名。」清林侗《來齋金石刻考略》卷下《晉王李克用北嶽廟題記》：「河東節度使檢校太保同中書門下平章事隴西郡王李克用以幽鎮侵擾中山，領番、漢步騎五十萬衆親來救援，與易定司空同申祈禱。翌日過常山問罪。時中和五年二月二十一日，克用記。易定節度使檢校司空王處存看題。至三月十七日，以幽州請就和好，遂却班師，再謁睟容兼申賽謝，便取飛狐路，却歸河東。克用重記。天會十二年七月六日，尚書都官員外郎知曲陽縣事高君陳摹刊。」詩兼指此事。神鑒：指北嶽神扶正抑邪的神力。

〔八〕甲子：古人用干支紀年，一甲子爲六十年。此指唐末喪亂以來的歲月。

〔九〕朅來：猶言來，來到。石門：本集《十三日度嶽嶺》有「石門剩比靈丘遠」句，二者爲一地。

〔一〇〕煙岫：雲霧繚繞的山巒。

〔一一〕霄漢：喻高遠。上階：上方臺階。

〔一二〕濃碧：指青山。秋影：秋雲。

〔一三〕耿：悲傷。

〔一四〕玉蓮井：其地不詳。

〔一五〕妙香：佛教謂殊妙的香氣。餘習：佛教語。謂雖斷除煩惱，然猶存殘餘的習氣。

〔一六〕灝氣：彌漫在天地間之氣。新警：新的警示。

〔一七〕鶴書：書體名。古時用于招賢納士的詔書。亦借指徵聘的詔書。

〔一八〕幽屏：隱僻之處。借指隱居。

〔一九〕高柯：高樹枝。

〔二〇〕清景：清麗的月光。

〔編年〕

蒙古乃馬真后三年甲辰秋到燕京路經北岳時作。李《譜》編在癸卯，繆《譜》未編。

北嶽〔一〕

太茂維嶽古帝孫〔二〕，大樸未散真巧存①〔三〕。乾坤自有靈境在，地位豈合他山尊。中原旌旗白日暗，上階樓觀蒼煙屯〔四〕。誰能借我兩黃鵠，長袖一拂玄都門〔五〕。

〔校〕

①大：李詩本、毛本作「太」，與上句「太」重。據李全本、施本改。

〔注〕

〔一〕北嶽：今河北省曲陽縣西北恒山的古稱。明代始以今山西省渾源縣東南恒山爲北嶽，此指前者。

〔二〕太茂：北嶽絶頂名太茂山，故用以爲北嶽的别稱。宋韓琦《定州重修北嶽廟記》：「天下之嶽五，獨北之常，方人目之爲太茂山，而嶽名不著。」維：乃。古帝：宋李思聰《洞淵集》載，恒山，洞名太乙總玄之天，即顓頊爲黑帝，治北嶽。

〔三〕大樸：謂原始質樸的大道。

〔四〕上階：上方之階。

〔五〕玄都：北方玄武神之都。此指北嶽。

〔編年〕

蒙古乃馬真后三年甲辰秋到燕京路經北嶽時作。李《譜》編在癸卯，繆《譜》未編。

嶽山道中〔一〕

野禾成穗石田黄，山木無風雨氣涼。流水平岡儘堪畫，數家村落更斜陽。

〔注〕

〔一〕嶽山：指今河北省曲陽縣西北北嶽恒山。

〔編年〕

當蒙古乃馬真后三年甲辰由忻至燕京時作。李《譜》謂蒙古乃馬真后二年癸卯秋往燕京途中作，繆《譜》未編。

過寂通庵别陳丈〔一〕甲辰秋①

陳丈未識某而愛其詩，曾對高御史士美言〔二〕：「我他日見遺山，當快飲百醉。」後見之而公已病，乃相約易百醉爲百杯。每見以酒籌計之〔三〕，至七八十杯，復有此别，故詩中及之。

心遠由來地自偏〔四〕，不離城市得林泉。從教上界多官府，且放閑身作地仙〔五〕。三月有期何敢負，百杯未滿會須填〔六〕。違離更覺從公晚，却望都門一慨然〔七〕。

〔校〕

①秋：此字下施本有「並序」二字。

〔注〕

〔一〕寂通庵陳丈：元鮮于樞《困學齋雜録》：寂通老人陳時可，字秀玉，燕人。金翰林學士。仕國朝爲燕京課税所長官。

〔二〕高御史士美：高嶷字士美，遂城（今河北省徐水縣）人。金正大初任監察御史。《中州集·高有鄰傳》及之。

〔三〕酒籌：飲酒記數之具。

〔四〕「心遠」句：陶淵明《飲酒》其五：「結廬在人境，而無車馬喧。問君何能爾，心遠地自偏。」

〔五〕「從教」二句：宋張嵲《再次韻寄朱希真》之二：「天上足官府，人間有地仙。」上界：天界。指仙佛所居之地。地仙：方士稱住在人間的仙人。晉葛洪《抱朴子·論仙》：「按《仙經》云：『上士舉形昇虚，謂之天仙；中士游於名山，謂之地仙。』」

〔六〕「百杯」句：指序所言「易百醉爲百杯」事。

〔七〕都門：指燕京城門。

〔編年〕

蒙古乃馬真后三年甲辰秋在燕京作。李、繆同。

甲辰秋留别丹陽〔一〕

疏疏衰柳映金溝〔二〕，祖道都門復此留〔三〕。千里關河動歸興，九秋雲物發詩愁〔四〕。嚴城鐘鼓月清曉〔五〕，老馬風沙人白頭。後夜相思渺何許，西山西畔是并州〔六〕。

〔注〕

〔一〕丹陽：燕京道觀名。《中州集》李欽叔有《丹陽觀竹宫中移賜》詩。

〔二〕金溝：謂宫中溝渠。《文選·徐悱〈古意酬到長史溉登琅邪城〉》：「金溝朝灞滻，甬道入鴛鴦。」

〔三〕祖道：古代爲出行者祭祀路神，並設宴送行。都門：指燕京城門。

〔四〕九秋：此指九月深秋。雲物：景物。

〔五〕嚴城：戒備森嚴的城池。

〔六〕西山：指太行山。因在河北平原之西，故云。并州：指詩人的故鄉太原。

〔編年〕

蒙古乃馬真后三年甲辰在燕京作。李、繆同。

留贈丹陽王鍊師三章〔一〕

其一

信得人間比夢間，一巵芳酒且開顔。當時笑伴今誰在，詩客淒涼飯顆山〔二〕。

〔注〕

〔一〕王鍊師：燕京丹陽觀道士，餘不詳。鍊師：對道士的尊稱。凡道士修行，德高思精，謂之鍊師。

〔二〕詩客：詩人自謂。飯顆山：唐孟棨《本事詩·高逸》載李白作詩戲杜甫，曰：「飯顆山頭逢杜甫，頭戴笠子日卓午。借問別來太瘦生，總爲從前作詩苦。」遺山清瘦似杜甫，故云。

其二

爛醉玄都有舊期〔一〕，百年人事不勝悲〔二〕。桃花一簇開無主〔三〕，留著東風與兔葵〔四〕。

〔注〕

〔一〕爛醉：極醉。玄都：唐代長安寺觀名。劉禹錫有《再游玄都觀》詩。此指燕都丹陽觀。

〔二〕百年人事：指金朝由興而亡百餘年間的世事變遷。

〔三〕「桃花」句：杜甫《江畔獨步尋花》：「桃花一簇開無主，可愛深紅愛淺紅。」遺山常用無主的桃花寄托亡國的感慨。本集《鷓鴣天·薄命妾辭 一》〔複幕重簾十二樓〕：「桃花一簇開無主，儘著風吹雨打休。」

〔四〕「留著」句：唐劉禹錫《再游玄都觀·序》：「重游玄都觀，蕩然無復一樹，惟兔葵、燕麥動摇於春風耳。」兔葵：草名。似葵而小。

其三

敝盡貂裘白髮新〔一〕，京華旅食記前身〔二〕。仙翁相見休相笑〔三〕，同是邯鄲枕上人〔四〕。

〔注〕

〔一〕敝盡貂裘：《戰國策·秦第一》：「（蘇秦）説秦王書十上而説不行，黑貂之裘敝，黄金百斤盡。」

〔二〕京華旅食：指赴燕都省試。本集《兩山行記》：「予年二十許時，自燕都試。」前身：佛教語。猶前世。此言世事變遷，恍若隔世。

〔三〕仙翁：指王鍊師。

〔四〕邯鄲枕上人：用唐沈既濟《枕中記》典，指黄粱夢中人。

〔編年〕

此詩李《譜》繫在蒙古憲宗三年癸丑，謂「詩是春令。春自燕（都）回者，惟此年」。繆《譜》未編。李所謂「春令」者，指「桃花」二句，此實抒亡國之悲，不必看作實寫。本集涉及「丹陽」者唯此首及上首，當亦蒙古乃馬真后三年甲辰在燕都時作。

下黄榆嶺〔一〕

北厓玄武暮〔二〕，黕黑如積鐵〔三〕。東厓劫火餘，絢爛開錦纈〔四〕。就中嶺頭一峰凸樸奇，剩費寒雲幾千疊〔五〕。摩圍可望不可到〔六〕，青壁無梯猿叫絶。林煙日射彩翠新，跬步疑有黄金闕〔七〕。畫工胸次墨汁滿，那得冰壺貯秋月〔八〕。直須潮陽老筆回萬牛〔九〕，露頂張顛揮醉帖〔一〇〕。石門細路無澗泉，行人飢渴挽不前。辛苦黃榆三十里，豈知却有看山緣。

〔注〕

〔一〕黃榆嶺：山名。在今河北省邢臺市西北。

〔二〕玄武：處於北方或後面的事物多稱玄武。

〔三〕黕：黑貌。

〔四〕纈：染花的絲織品。

〔五〕剩：更。

〔六〕摩圍：俗語稱天爲圍。言山高摩天，故稱。

〔七〕跬步：半步。黃金闕：指壯麗的宮殿。此喻指色彩豔麗的山巒。

〔八〕冰壺貯秋月：喻人的冰清玉潔。蘇軾《贈潘谷》：「布衫漆黑手如龜，未害冰壺貯秋月。」上二句言一般畫工俗氣，畫不出黃榆嶺清新明麗的氣韻。

〔九〕潮陽老筆回萬牛：黃庭堅《以團茶洮州緑石硯贈無咎文潛》：「晁子智囊可以括四海，張子筆端可以回萬牛。」潮陽：指唐韓愈。韓曾任潮州刺史。本集《論詩三十首》其一八：「江山萬古潮陽筆，合在元龍百尺樓。」

〔一〇〕「露頂」句：《新唐書·張旭傳》：「嗜酒，每大醉，呼叫狂走，乃下筆，或以頭濡墨而書。既醒自視，以爲神，不可復得也。世呼張顛。」杜甫《飲中八仙歌》：「張旭三杯草聖傳，脱帽露頂王公前，揮毫落紙如雲煙。」

〔編年〕

本集《與樞判白兄書》云：「自乙巳歲往河南舉先夫人旅殯，首尾閲十月之久。」李《譜》據以繫在乙巳年，不妥。本集有《甲辰秋，洛陽得黄葵子，種之南庵，明年夏六月作花……余方以病止酒，故卒章及之》詩，知乙巳夏六月遺山已在鄉，在洛陽屬上年秋，至河南遷墳在甲辰秋。本集《廣威將軍郭君墓表》「歲甲辰冬，予過洛西」、《顯武將軍吴君阡表》「歲甲辰冬，予過洛西」，皆屬甲辰來河南遷葬路經洛西時事。本集《馬嶺》末注「予去歲往河南遷奉，亦取黄榆嶺路」，則亦爲甲辰秋往河南遷母、妻旅殯時事。故繆《譜》繫此詩於蒙古乃馬真后三年甲辰秋往河南涂中作，從之。

洛陽

千年河嶽控喉襟〔一〕，一日神州見陸沉〔二〕。已爲操琴感衰涕〔三〕，更須同輩夢秋衾①〔四〕。城頭大匠論蒸土〔五〕，地底中郎待摸金〔六〕。擬就天公問翻覆②，蒿萊丹碧果何心〔七〕。

〔校〕

①輩：李全本作「輩」。　②覆：李詩本、毛本、李全本作「復」，二字通用。從施本。

〔注〕

〔一〕河嶽：指黄河和嵩山。喉襟：咽喉襟帶，喻指險要之地。洛陽「前向嵩高，後介大河」（《漢書·冀奉傳》），是控制中原的軍事要地。金宣宗遷都開封後，即派兵修建洛陽城，築營少室山，以之爲軍事屏障。

〔二〕神州陸沉：典出《世説新語·輕詆》，詳見《癸巳四月二十九日出京》注〔四〕。此指汴京淪陷，金國滅亡。

〔三〕操琴感哀涕：漢劉向《説苑·善説》載，雍門子周見到孟嘗君田文，引琴而鼓之。孟嘗君涕泣欷歔，曰：「先生之鼓琴，令文若破國亡邑之人也。」

〔四〕同輦夢秋衾：語出李賀《還自會稽歌》：「臺城應教人，秋衾夢銅輦。」銅輦：太子車飾。其詩序言，南朝梁時庾肩吾與太子作宫體詩唱和。及梁朝淪敗，肩吾先避難會稽，後始歸家。遺山改「銅」爲「同」，意指入朝爲官事。衾：被子。上二句意謂聽到别人琴聲淒涼尚且引發亡國的悲傷，更何況自己爲亡國之臣，怎能不懷戀感傷不已呢。

〔五〕「城頭」句：《晉書·赫連勃勃載記》載，以叱干阿利領將作大匠，營起都城。阿性殘忍，乃蒸土築城，錐入一寸，即殺作者而並築之。此指金朝修城戍守事。《歸潛志》載：興定初，术虎高琪爲相，修汴京内城，周方四十里，壞民屋舍甚衆。工役大興，河南之民皆以爲苦。《金史·撒合輦傳》：「初，宣宗改河南府爲金昌府，號中京。又擬少室山頂爲御營，命移剌粘合築之。」

〔六〕「地底」句：漢陳琳《爲袁紹檄豫州》：「（曹）操又特置發丘中郎將、摸金校尉，所過隳突，無骸不露。」蘇軾《游聖女山石室》有「會有中郎解摸金」句，誤以校尉爲中郎。遺山沿襲其誤。

〔七〕蒿萊丹碧：言没於蒿萊的昔日宫殿殘跡。丹碧：指丹砂碧石，是兩種礦物顔料，常用以涂飾宫殿。

〔編年〕

本集有《甲辰秋，洛陽得黄葵子，種之南庵。明年夏六月作花，佛經所謂「閻浮檀金，明浄柔軟，令人愛樂」者，此花可以當之。因爲賦長韻。予方以病止酒，故卒章及之》詩，本詩作於蒙古乃馬真后三年甲辰秋往河南遷母妻旅殯路經洛陽時。李、繆同。

洛陽衛良臣以星圖見貺，漫賦三詩爲謝〔一〕

其一

敗筆成丘死不神〔二〕，侯門書卷欲誰親〔三〕。鰥鰥魚目漫漫夜〔四〕，盼到明星老却人〔五〕。

〔注〕

〔一〕衛良臣：洛陽人。餘不詳。漫賦：隨意而作。

〔二〕敗筆成丘：蘇軾《石蒼舒醉墨堂》：「君於此藝亦云至，堆墻敗筆如山邱。」宋施元之《施注蘇詩》：「《國史補》：長沙僧懷素好草書，棄筆堆積埋於山下，號曰筆冢。」句謂已廢棄的毛筆頭堆積成丘而詩思仍極不神妙。

〔三〕「侯門」句：謂藏書如侯門之多不知該讀哪些。

〔四〕鰥鰥魚目：憂愁難寐目不閉貌。《釋名·釋親屬》：「無妻曰鰥。鰥，昆也；昆，明也。愁悒不寢，目恒鰥鰥然也。其字從魚，魚目恒不閉者也。」

〔五〕明星：啓明星。此指畫圖之老人星。

其二

參旂亦自遇災年〔一〕，横被狐星射右肩〔二〕。牽牛只有楮機石①〔三〕，送與天公折聘錢〔四〕。

〔校〕

①楮：施本作「𢭹」。二字通用。從李詩本、毛本、李全本。

〔注〕

〔一〕參旂：星名。屬畢宿，共九星，在參星西。又名「天旗」、「天弓」。主用弓弩出戰。

〔二〕狐星：星名。《唐開元占經·箕宿七》：「箕星，一名風星，月宿之必大風。一名天陣，一名狐星，主狐貉。」《唐大昭令集·册李德裕太尉文》：「日者狐星耀芒，朔漢之人，若墜沸鼎。惟爾總合智力，撲其氛焰。」上二句疑指蒙古滅金身遭厄運事。

〔三〕牽牛：星座名。俗稱牛郎星。楮機石：明陳耀文《天中記》卷二「楮機石」條：「漢武帝令張騫使大夏，尋河源。乘槎經月而至一處，見城郭如州府。室内有一女織。又見一丈夫牽牛飲河。騫問曰：『此是何處？』答曰：『可問嚴君平。』織女取楮機石與騫而還。」楮：支撑。機：織布機。

〔四〕聘錢：指娶織女所用聘禮。二句謂衛良臣爲自己畫老人星圖無以報答。

其三

西虎東龍總伏雌〔一〕，老蟇却是可憐兒〔二〕。星圖何物堪相報〔三〕，借用盧仝月蝕詩〔四〕。

〔注〕

〔一〕西虎東龍：西方白虎與東方青龍。伏雌：母鷄。《樂府詩集·琴曲歌辭四·秦百里奚妻琴歌一》：「百里奚，五羊皮，憶别時，烹伏雌。」

〔二〕老蟇：指傳説中月内蛤蟆。蟇：同「蟆」。可憐：可愛。上二句言世事大改。昔雄勁者變爲弱小者，昔可憎者變爲可愛者。

〔三〕星圖：指詩題中的「星圖」。

〔四〕盧仝月蝕詩：唐盧仝《月蝕詩》：「傳聞古老説，蝕月蝦蟇精。」

〔編年〕

作於金亡後，當蒙古乃馬真后三年甲辰往河南遷葬路經洛陽時作。李《譜》附録於金正大八年辛卯，據「緜緜」二句，謂「是悼亡之作」，不妥。繆《譜》未編。

送子微二首〔一〕

其一

老年鞍馬不勝勞，更問狐裘與緼袍〔二〕。到了龍門有何好〔三〕，伊川清淺石樓高〔四〕。

〔注〕

〔一〕子微：李微字子微，號九山居士，雲中（今山西省大同市）人。遺山癸巳上書向蒙古中書耶律楚材推薦中原秀士中及之。同年十月，李微爲耶律楚材《湛然居士文集》作序。劉祁《歸潛志》有李微《歸潛堂》詩，勉劉有所作爲。

〔二〕「更問」句：《論語・子罕》：「衣敝緼袍，與衣狐貉者立而不恥者，其由也與？」更：豈。緼袍：以亂麻爲絮的袍子。古爲貧者所服。句謂難道還在意貧賤富貴的差别嗎？

〔三〕龍門：指今河南省洛陽市南龍門山。

〔四〕伊川：伊河。出河南省盧氏縣東南。東北流經嵩縣、伊川、洛陽到偃師入洛河。在洛陽市南有伊闕。東有香山，西有龍門山。二句謂子微所至之地景物美好。

其二

古來何物是經綸〔一〕，一片青山了此身。亂後洛陽花木盡，不妨閑作水南人〔二〕。

〔注〕

〔一〕經綸：整理絲縷，理出絲緒叫經，編絲成繩叫綸，統稱經綸。引申爲籌畫治理國家大事。《禮・中庸》：「唯天下至誠，爲能經綸天下之大臣，立天下之大本，知天地之化育。」

〔二〕水南：在洛陽。本集《送李同年德之歸洛西二首》有「水南水北相逢在，剩醉酴醾十日春」句。《滿江紅》〔問柳尋花〕詞序云：「再過水南。」

〔編年〕

晚年在洛陽作。編於蒙古乃馬真后三年甲辰秋到河南遷葬經洛陽時。李《譜》編於蒙古憲宗七年丁巳下「總附」中。繆《譜》未編。

送李同年德之歸洛西二首①〔一〕

其一

千佛名經有幾人〔二〕，棲遲零落轉情親〔三〕。承平盛集今無復〔四〕，哀樂中年語最真〔五〕。衣上緇塵元自化〔六〕，鏡中白髮爲誰新。水南水北相逢在〔七〕，剩醉酴醾十日春〔八〕。

〔校〕

①送：毛本作「贈」，據李詩本、李全本、施本改。

〔注〕

〔一〕李同年德之：李國維字德之，淄川（今山東省淄博市南）人，興定五年進士，歷符離、葉令，淳正古雅，爲時聞人。見本集爲其父所作《沁州刺史李君神道碑》。同年：此指同榜進士。

〔二〕千佛名經：本爲佛經名。後借指登科名榜。以登科喻成佛。唐封演《封氏聞見記·貢舉》：「進士張繟……時初落第，兩手奉登科記頂戴之，曰：『此千佛名經也。』其企羡如此。」遺山與李德之同登金興定五年進士，故云。

〔三〕棲遲零落：指飄零落拓的客游。唐李賀《致酒行》：「零落棲遲一杯酒，主人奉觴客長壽。」

〔四〕承平盛集：太平盛會。本集《定風波》〔離合悲歡酒一壺〕末注：「永寧范使君園亭，會汝南周國器、汾陽任亨甫、北燕吴子英、趙郡蘇君顯、淄川李德之，用東坡體擬《六客詞》。」句當指此。

〔五〕哀樂中年：《世説新語·言語》：「謝太傅（謝安）語王右軍（王羲之）曰：『中年傷於哀樂，與親友别，輒作數日惡。』」

〔六〕緇塵：黑色灰塵。南朝齊謝朓《酬王静安》：「誰能久京洛，緇塵染素衣。」此喻功名利禄等世俗追求。

〔七〕水南水北：指洛陽的洛水南北。本集《滿江紅》〔問柳尋花〕詞題序：「再過水南。」詞云：「問柳尋花，津橋路，年年寒節。佳麗地，梁園池館，洛陽城闕……記水南，昨暮賞春回，今華髮。」

〔八〕剩：更。酴醿：酒名。春：唐人呼酒爲「春」。

其二

亡奈流光冉冉何，逢君聊得慰蹉跎〔一〕。飛黄老去空奇骨〔二〕，拙燕歸來只舊窠。舉世盡從愁裏過，一尊獨愛醉時歌。洛中定有人相問，休道今年白髮多。

〔注〕

〔一〕蹉跎：虚度的年華。

〔二〕飛黄：傳説中的神馬名。《淮南子·覽冥訓》：「青龍進駕，飛黄伏皁。」高誘注：「飛黄，乘黄也，出西方，狀如狐，背上有角，壽千歲。」此用以自喻。

〔編年〕

此詩作於金亡後。李《譜》據「承平」二句總附於蒙古太宗七年乙未下，謂乙未至戊戌在冠氏時作。按「拙燕歸來只舊窠」，知作於返鄉後。再據「水南水北」句，知晚年到洛陽與李相聚時作，故繫於蒙古乃馬真后三年甲辰往河南遷葬路經洛陽時。繆《譜》未編。

吴子賢樗庵二首〔一〕

其一

人道樗形百醜全〔二〕，我知造物向君偏。世間正有明堂柱〔三〕，偃蹇風霜得幾年〔四〕。

〔注〕

〔一〕吴子賢：本集《顯武將軍吴君阡表》謂表主吴璋，長春人。「子男二人……次仲傑，鄧州教授」。《廣威將軍郭君墓表》「歲甲辰冬，予過洛西，仲文（墓主郭琩之四子）方從事鄧州之行幕，介於教授吴子賢，涕泗百拜，以墓表爲請」。知吴子賢字仲傑，長春人。時任鄧州教授。

〔二〕樗形百醜全：《莊子·逍遥游》：「惠子謂莊子曰：『吾有大樹，人謂之樗。其大本擁腫而不中繩墨，其小枝卷曲而不中規矩。立之涂，匠者不顧。』」樗：亦稱臭椿，一種劣質的大木。因其材質劣而保其全，故詩曰「造物向君偏」。

〔三〕明堂柱：喻指國家的棟樑。明堂：古代帝王宣明政教的地方。凡朝會、祭祀、慶賞、選士、養老、教學等大典，都在此舉行。

〔四〕偃蹇：高聳貌。二句謂棟梁之材命不長久。

其二

廣莫初無匠石過〔一〕，一丘一壑奈君何〔二〕。世間正有明堂柱，春草輸贏校幾多①〔三〕。

〔校〕

①校：毛本作「挍」，因避明熹宗朱由校諱而改。施本作「較」，從李詩本、李全本。

〔注〕

〔一〕「廣莫」句：《莊子·逍遥游》：「莊子曰：『……今子有大樹，患其無用，何不樹之於無何有之鄉，廣莫之野，彷徨乎無爲其側，逍遥乎寢卧其下；不夭斧斤，物無害者。無所可用，安所困苦哉？』」莫：大。匠石：古代名石的巧匠。後亦用以泛稱能工巧匠。

〔二〕「一丘」句：言僻處丘壑更無人賞識砍伐。君，指樗。

〔三〕「春草」句：本集《論詩三十首》之十九：「無人説與天隨子，春草輸贏校幾多。」自注云：「天隨子詩：『無多藥草在南榮，合有新苗次第生。稚子不知名品上，恐隨春草鬥輸贏。』」上二句謂「明堂柱」與一般木料相比，相差無多。

〔編年〕

本集《廣威將軍郭君墓表》：「歲甲辰冬，予過洛西，仲文方從事鄧州之行幕，介於教授吴子賢……」李《譜》據此繫於蒙古乃馬真后三年甲辰，從之。繆《譜》未編。

贈修端卿、張去華、韓君傑三人六首〔一〕

其一

姓字舊熟相知新，三子皆我眼中人〔二〕。洛西荒山有此客〔三〕，酒光灧灧梅花春〔四〕。

〔注〕

〔一〕修端卿張去華韓君傑：據「洛西荒山有此客」句，知三人居洛西。餘不詳。

〔二〕眼中人：《文選·晉陸雲〈答張士然〉》：「感念桑梓城，髣髴眼中人。」吕延濟注：「眼中人，謂親識也。」

〔三〕洛西：洛陽之西。

〔四〕梅花春：酒名。

其二

去華手中倒樹槊〔一〕，亦要筆力挽千鈞。知君辦作南山豹，霧雨七日蔚成文〔二〕。

〔注〕

〔一〕槊：同「槊」，長矛。

〔二〕「知君」二句：《列女傳》：「陶答子治陶三年，名譽不興，家富三倍。其妻獨抱兒而泣。姑怒，以爲不祥。妻曰：『妾聞南山有玄豹，隱霧而七日不食，欲以澤其衣毛，成其文章。至於犬豕，肥而取之，逢禍必矣。』期年，答子之家果被盜誅。」君：指張去華。二句勸張去華要像南山豹在隱霧中澤其衣毛一樣收斂形跡，注重涵養。

其三

掃地焚香樂有餘，情知怏怏米鹽書①〔一〕。枉教棄擲泥涂了，緑髮修郎玉不如〔二〕。

〔校〕

①鹽：李全本作「監」。

〔注〕

〔一〕情知：明知。怏怏：不服氣或悶悶不樂的神情。米鹽書：書寫米鹽之類細碎繁雜的事物。

〔二〕緑髮：烏黑而有光澤的頭髮。修郎：指修端卿。

其四

古來馬隊非講肆〔一〕，韓生頗似周生勤〔二〕。舉家都無擔石粟〔三〕，老氣仍有垂天雲〔四〕。

〔注〕

〔一〕「古來」句：陶淵明《示周續之祖企謝景夷三郎》：「馬隊非講肆，校書亦以勤。」馬隊：馬肆。馬肆有馬成隊，故稱。講肆：講舍。明楊慎《丹鉛雜録·讀書不求甚解》：「又是時，周續之與學士祖企、謝景夷，從刺史檀韶聘，講禮城北，加以讎校，所住公廨，近於馬肆。淵明示以詩云：『周生述孔業，祖謝響然臻。馬隊非講肆，校書亦以勤。』蓋不屑之也。」

〔二〕韓生：指韓君傑。周生：指陶詩中周續之。句謂韓君傑與周續之相似，在校讎古籍上下功夫。

〔三〕「舉家」句：唐王勃《上郎都督啓》：「性惡儲斂，家無擔石。」擔石：一擔十斗之糧。比喻微小。

〔四〕老氣：指老年的氣概。垂天雲：《莊子·逍遥游》：「鵬之背，不知幾千里也；怒而飛，其翼若垂天之雲。」此喻韓君傑年雖老而猶有鯤鵬之氣。

其五

中庸胡公隔天壤〔一〕竇臣近日客死。大木失望工師來〔二〕。明堂老手李明府〔三〕，我知此公無棄材〔四〕。斥李順陽吉甫①。

〔校〕

①斥：施本作「謂」，妄改。斥，指。如《詩·周頌·雝》「假哉皇考」鄭玄箋：「皇考，斥文王也。」

〔注〕

〔一〕中庸：儒家的政治、哲學思想。主張待人處事不偏不倚，無過無不及。此當指「胡公」的字號。胡公：即自注中的「寶臣」，餘不詳。

〔二〕「大木」句：謂棟梁之材失望之後能識别人材的工師才來。

〔三〕明堂：古代帝王宣明政教舉行大典的地方。明堂老手：謂對識别棟梁材有經驗的人。明府：唐以來多用專稱縣令。

〔四〕此公：指李明府，即尾注李順陽吉甫。

其六

乳虎守穴子可探〔一〕，斫頭不屈貧所甘。異時三客俱焰焰，人倫東國吾無慚〔二〕。

〔注〕

〔一〕「乳虎」句：用「不入虎穴，焉得虎子」典，見《後漢書·班超傳》。句謂三人有入虎穴探虎子的勇氣。

〔二〕人倫東國：《文選·劉孝標〈廣絶交論〉》：「陸大夫燕喜西都，郭有道人倫東國。」人倫：謂品評或選拔人才。《北史·崔浩傳》：「浩有鑒識，以人倫爲己任……外國遠方名士，拔而用之。皆浩之由也。」東國：指東都洛陽。

〔編年〕

李《譜》據「洛西」句，繫於蒙古乃馬真后三年甲辰往河南遷葬時，從之。繆《譜》未編。

大簡之畫松風圖，爲修端卿賦二首①〔一〕

其一

董元老筆鬱盤盤〔二〕，萬壑蒼雲復此看。絶似鳳凰山下路，秋風無際海波寒〔三〕。

〔校〕

①大：李全本作「太」。

〔注〕

〔一〕大簡之：明朱謀垔《畫史會要》：「大簡之，渤海人。工鬆石小景。」修端卿：居洛西。見上詩《贈修端卿、張去華、韓君傑三人六首》。元王惲《跋松風醉歸圖》尾注云：「此卷爲修端卿所藏。」

〔二〕董元：元一作源，字叔達，又字北苑，南唐畫家，善畫秋風遠景，多以奇峭之筆寫江南諸山。盤盤：鬱結曲折回繞貌。

〔三〕「絶似」二句：本集《兩山行記》：「先東巖君生平愛鳳山，然竟不一到，故詩有『鳳凰聞説似天壇，北去南來馬上看。想得松聲滿巖谷，秋風無際海波寒』之句。」鳳凰山：在今山西省代縣。

其二

新亭相泣血沾襟〔一〕，一日神州見陸沉〔二〕。好就崆峒山叟問，醉眠春晝果何心〔三〕。

〔注〕

〔一〕「新亭」句：《世説新語·言語》：「過江諸人，每至佳日，輒相邀新亭，藉卉飲宴。周侯中坐而歎曰：『風景不殊，正自有山河之異！』皆相視流淚。」

〔二〕神州見陸沉：《世説新語·輕詆》載，東晉大將桓温眺望中原，慨然説：「遂使神州陸沉，百年丘墟，王夷甫諸人不得不任其責。」後以神州陸沉指國家滅亡。

〔三〕「好就」二句：宋洪邁《容齋隨筆·記張元事》：「西夏曩霄之叛，其謀皆出於華州士人張元與吴昊，而其事本末，國史不書。比得田書承君集實紀其事云，張元、吴昊、姚嗣宗皆關中人……嘗薄游塞上，觀覘山川風俗，有經略西鄙意。姚題詩崆峒山寺，壁在兩界間，云：『南粤干戈未息肩，五原金鼓又轟天。崆峒山叟笑無語，飽聽松聲春晝眠。』」

〔編年〕

遺山與修端卿交往僅見上詩與本詩，當同時作。李《譜》繫於蒙古乃馬真后三年甲辰往河南遷葬時，從之。繆《譜》未編。

過三鄉望女几邨，追懷溪南詩老辛敬之二首〔一〕

其一

雲際虚瞻處士星〔二〕，案頭多負讀書螢〔三〕。筆端有口傳三篋〔四〕，石上無禾養伯齡〔五〕。從昔葛陂終變滅〔六〕，只今韓嶽漫英靈〔七〕。因君重爲前朝惜〔八〕，枉破青衫買一經〔九〕。女几山，土人謂之韓嶽。

〔注〕

〔一〕三鄉：金福昌縣鎮名。今屬河南省宜陽縣。女几邨：在三鄉女几山。溪南詩老辛敬之：辛願字敬之，號溪南詩老，居縣西南女几山下。

〔二〕處士星：即少微星。《晉書·隱逸傳·謝敷》：「少微一名處士星，占者以隱士當之。」此指辛敬之。

〔三〕讀書螢：讀書時借以取光的螢火蟲。《晉書·車胤傳》：「胤恭勤不倦，博學多通。家貧，不常得油，夏月則練囊盛數十螢火蟲以照書，以夜繼日焉。」後用作刻苦讀書的典故。

〔四〕三篋：猶三箱。《漢書·張安世傳》載，武帝幸河東，「嘗亡書三篋，詔問莫能知，惟安世識之，具作其事。後購求得書，以相校，無所遺失」。句謂辛願知識淵博。

〔五〕「石上」句：本集《游天壇雜詩十三首》末注：「盧仝送伯齡出山（《揚州送伯齡過江》）云：『伯

齡不厭山，山不養伯齡。』」辛愿居女几山，生事狼狽。《中州集·溪南詩老辛愿》：「不二三年，日事大狼狽。田五六十畝，歲入不足。一牛屢爲追胥所奪，竟賣之以爲食。衆雛嗷嗷，張口待哺。」

〔六〕葛陂：湖沼之名。在今河南省新蔡縣北。《水經·汝水注》：「澺水左迤爲葛陂。陂方數十里，水物含靈，多所包育。昔費長房投杖於陂，而龍變所在也。」句謂辛愿亡故。《歸潛志》卷二載辛愿病殁于洛下。

〔七〕漫：飄蕩。英靈：指辛愿的靈魂。

〔八〕前朝：指金朝。

〔九〕枉破：徒用。青衫：周代學子之服。句謂可惜辛愿只以讀書學子終其身，未能盡其所能。

其二

萬山青繞一川斜〔一〕，好句真堪字字誇〔二〕。棄擲泥涂豈天意，折除時命是才華①〔三〕。百錢卜肆成都市〔四〕，萬古詩壇子美家〔五〕。欲就溪南問遺事，不禁衰涕落煙霞②〔六〕。

〔校〕

①折：毛本作「新」。據李詩本、李全本、施本改。②煙：李詩本、毛本作「塵」。據李全本、施本及注〔六〕引韓愈詩句改。

〔注〕

〔一〕「萬山」句：《中州集·辛願傳》注引辛願《三鄉光武廟》「萬山青繞一川斜」句，云：「到其處知爲工也。」

〔二〕「好句」句：《中州集·辛願傳》：「敬之佳句極多，如……之類，恨不能悉記耳。」

〔三〕折除：減損。時命：命運。

〔四〕「百錢」句：《漢書·王貢兩龔鮑傳》載，蜀人嚴君平卜筮於成都市，得百錢足自養，則閉肆下簾而授《老子》。《中州集·辛願傳》載其貧困嗜學事。

〔五〕「萬古」句：言其詩學杜甫在創作和評論方面的成就。《中州集·辛願傳》謂其「杜詩韓筆，未嘗一日去其手」。「詩律深嚴，而有自得之趣」。「敢以是非白黑自任。每讀劉、雷、李、張、杜、王、麻諸人詩，必爲之探源委，發凡例，解絡脈，審音節，辨清濁，權輕重……至論朋輩中有公鑒而無姑息者，必以敬之爲稱首」。

〔六〕「不禁」句：唐韓愈《題蕭郎中舊堂》：「中郎有女能傳業，伯道無兒可保家。偶到匡山曾住處，幾行衰涕落煙霞。」

〔編年〕

蒙古乃馬真后三年甲辰往河南遷葬路經三鄉時作。李、繆同。

題山亭會飲圖二首

其一

女几樵人塞上詞劉景玄號〔一〕，溪南老子坐中詩〔二〕。因君喚起山亭夢〔三〕，好似三鄉共醉時〔四〕。

〔注〕

〔一〕劉景玄：劉昂霄（一一八五——一二二二）字景玄，陵川（今山西省陵川縣）人，避亂洛西三鄉，號女几樵人。

〔二〕溪南老子：辛願號溪南詩老。

〔三〕君：指《山亭會飲圖》。

〔四〕三鄉：金福昌縣三鄉鎮。遺山貞祐四年至興定二年寓居三鄉，與劉景玄、辛敬之常聚飲，句指此。《中州集》有劉景玄《中秋日同辛敬之、魏邦彦、馬伯善、麻信之、元裕之燕集三鄉光武廟，諸君有詩，昂霄亦繼作》詩。

其二

曾將心事許煙霞〔一〕，酒榼書囊便是家〔二〕。前日山亭亭上客，而今鞍馬老風沙〔三〕。

〔注〕

〔一〕「曾將」句：本集《浣溪沙》〔爲愛劉郎駐玉華〕有「爲愛劉郎駐玉華，暗將心事許煙霞」句。

〔二〕榼：古代盛酒或貯水的器具。

〔三〕「而今」句：金吴激《題宗之家初序瀟湘圖》：「忽見畫圖疑是夢，而今鞍馬老風沙。」

〔編年〕

蒙古乃馬真后三年甲辰往河南遷葬路經三鄉時作。李《譜》繫在是年，繆《譜》未編。

高門關〔一〕

高門關頭霜樹老，細路千山萬山繞。亂餘村落不見人，霰雪霏霏暗清曉〔二〕。莘川百里如掌平〔三〕，閑田滿眼人得耕。山中樹藝亦不惡〔四〕，誰遣多田知姓名。許李申楊竟何得，只今唯有石灘聲。許致忠、楊湯臣、申伯勝、李仲常名宦四家〔五〕，隱盧氏，時以多田推之〔六〕，亂後俱不知所在矣。

〔注〕

〔一〕高門關：唐置，在今河南省洛寧縣西南。

〔二〕霰雪：雪珠和雪花。霏霏：雨雪盛貌。

〔三〕莘川：在盧氏縣。本集《寄趙宜之》有「北人南來向何處，共説莘川今樂土」句，題注云：「趙時在盧氏。」

［四］樹藝：種植，栽培。

［五］許致忠：《歸潛志》載，許國至忠，懷州人。少擢第，有能名。性閑澹，不鋭仕進。居盧氏西山下。申伯勝：《中州集》載，申萬全字伯勝，高平人。貞祐二年進士，調福昌簿，不赴。隱居盧氏山中，以讀書爲業。楊湯臣、李仲常：不詳。

［六］盧氏：金縣名，今河南省盧氏縣。

〔編年〕

蒙古乃馬真后三年甲辰往河南遷旅殯路經洛西時作。李、繆同。

舊國

舊國分崩久［一］，孤兒展省初［二］。客衣留手綫［三］，驛傳失肩輿［四］。夢拜悲兼喜，心飛疾亦徐［五］。殷勤南去雁，先爲到商於［六］。

〔注〕

［一］舊國分崩：指金國滅亡。

［二］孤兒：古時無父或無母者稱孤兒。展省：省視。此指看望母親的墳墓。詩人自四十二歲離内鄉，到此已十四年。

〔三〕「客衣」句：唐孟郊《游子吟》：「慈母手中綫，游子身上衣。」

〔四〕驛傳：驛站。肩輿：用人力抬扛的代步工具。晉潘岳《閑居賦》：「太夫人乃御版輿，升輕軒，遠覽王畿，近周家園。」二句寫物是人非之感，謂如今我還穿着慈母縫補的衣裳，而路涂中母親坐肩輿的情形一逝不返。

〔五〕「夢拜」二句：夢中拜見母親悲喜交集，心馳神往，盡管快速趕路但仍覺得很慢。

〔六〕「殷勤」二句：用大雁傳書之典，謂熱情的大雁南飛涂經商於時先爲我報信。商於：古地名。詩中指内鄉。遺山母葬於内鄉西北熊耳山。

〔編年〕

蒙古乃馬真后三年甲辰往河南遷母葬時作。李、繆同。

望盧氏西南熊耳嶺〔一〕

不到中鄉十五年①〔二〕，忽驚行色是盧川〔三〕。已占介福歸王母〔四〕，未信覊魂似粤阡〔五〕柳文。時爲顧存慚吏報先夫人墓②，亂後故吏輩歲時致祭〔六〕，偶成期會殆天憐馬范二師遠在千里外③，予往盧氏皆得會面〔七〕。荒林破屋江聲裏，坐想孤城一泫然〔八〕。

〔校〕

①十五：李詩本、毛本作「五十」，倒。據李全本、施本改。②夫：毛本作「大」，訛。據李詩本、李

全本、施本改。　③師：李詩本、毛本作「帥」，形訛。據李全本、施本改。

〔注〕

〔一〕盧氏：金縣名，今河南省盧氏縣。

〔二〕中鄉：内鄉縣的古稱。西魏置，治今西峽縣城。因當時境内有南鄉、北鄉和中鄉而得名。隋開皇三年避文帝父楊忠諱，改爲内鄉縣。遺山正大八年離内鄉，至蒙古乃馬真后四年，虛算爲十五年。

〔三〕行色：行旅。盧川：指盧氏縣。

〔四〕「已占」句：《易·晉》：「受茲介福于其王母。」高亨注：「蓋謂王母嘉其功勞，錫之爵禄，爵禄即大福也。」介福：大福。句謂自己多受母親的恩惠。

〔五〕羈魂：客死者的魂魄。遺山母張氏旅殯於盧氏，故稱。粵阡：自注云：「柳文。」唐柳宗元客死柳州，廣西古稱「粵」，疑指此。柳宗元文集中無「粵阡」二字。

〔六〕顧存：照拂存問。先夫人：指遺山嗣母張氏。

〔七〕期會：機會。馬范二師：馬，其人不詳。范，疑指范鍊師。本集《太古觀記》：「癸卯冬，予自燕都南歸。（范）鍊師館於慶源（趙州）道院。」甲辰遺山自燕都南下，疑路經趙州時與范鍊師談河南遷葬事。

〔八〕孤城：指内鄉城。

〔編年〕

本集《與樞判白兄書》："自乙巳歲往河南舉先夫人旅殯，首尾閲十月之久。"本詩有"不到中鄉十五年"句，遺山自金正大八年辛卯離内鄉至乙巳，恰爲十五年。李、繆皆繫於蒙古乃馬真后四年乙巳，從之。

贈張主簿偉〔一〕

江岸墳荒草棘秋，朱陽南下重君憂〔二〕。弓刀近塞人煙少〔三〕，林壑經霜虎跡稠。究竟畏涂知有漸〔四〕，激昂高義報無由〔五〕。從今弟姝通家了〔六〕，莫向瓜田認故侯〔七〕。戒爲究竟伴，能過險惡道。

〔注〕

〔一〕張主簿偉：居内鄉縣板橋鎮，曾官内鄉縣主簿。本集《張仲經詩集序》："及來内鄉，嘗阻雨板橋張主簿草堂，同賦《淅江觀漲》詩。"本集另有《阻雨張主簿草堂》詩。

〔二〕"江岸"二句：江岸墳荒，遺山母張氏墳在盧氏西南熊耳嶺淅江畔。朱陽：金縣名。與盧氏同屬虢州，見《金史·地理下》。君：指張主簿偉。句謂詩人到盧氏遷葬使張偉擔憂。

〔三〕弓刀近塞：謂人多持弓刀，尚武習俗與塞北相似。内鄉一帶與南宋接壤，故云。

〔四〕"究竟"句：語本尾注"戒爲究竟伴，能過險惡道"（《摩訶僧只律大比丘戒本》偈句）。究竟：佛教指最高境界。《大智度論》卷七二：「究竟者，所謂諸法實相。」句謂通過艱險曲折的經歷才知人心。

〔五〕「激昂」句：本集《望盧氏西南熊耳嶺》注云：「先夫人墓，亂後故吏輩歲時致祭。」當指此。高義：深情厚誼。

〔六〕通家：世交。句謂從此晚輩們成爲通家之交。

〔七〕「莫向」句：《史記·蕭相國世家》：「召平者，故秦東陵侯。秦破，爲布衣，貧，種瓜於長安城東。」後用作時移世遷的典故。故侯：詩人曾任内鄉令，故稱。

〔編年〕

蒙古乃馬真后四年乙巳在河南内鄉遷葬時作。李、繆同。

爲鄧人作詩〔一〕

再見州人本不期，相留相挽忍相違。攜盤渭水堪流涕①〔二〕，種柳金城已合圍②〔三〕。事去恍疑春夢過，眼明還似故鄉歸。題詩未要題名字，今是中原一布衣③〔四〕。

〔校〕

①堪：施本作「空」。②城：李詩本、毛本、李全本作「陵」。施本作「城」，是。據改。③今：李詩本、毛本作「令」。據李全本、施本改。

〔注〕

〔一〕鄧人：鄧州人。此指内鄉人。金内鄉縣屬鄧州，故稱。

〔二〕「攜盤」句：用唐李賀《金銅仙人辭漢歌》「空將漢月出宫門，憶君清淚如鉛水」，「攜盤獨出月荒涼，渭城漸遠波聲小」詩意。

〔三〕「種柳」句：《世説新語·言語》：「桓公（温）北征經金城，見前爲琅邪時種柳，皆已十圍，慨然曰：『木猶如此，人何以堪！』攀枝執條，泫然流涕。」二句言巢傾卵覆之悲與世事滄桑之傷。

〔四〕布衣：指平民。

〔編年〕

蒙古乃馬真后四年乙巳在河南内鄉遷葬時作。李、繆同。

贈答要襄叔二首〔一〕

其一

長洲連日遠相迎〔二〕，展讀新詩眼倍明。鄧下舊人多念我〔三〕，感君兼有故鄉情。

〔注〕

〔一〕要襄叔：按本詩「感君兼有故鄉情」句，當與遺山同鄉。餘不詳。

〔二〕長洲：水中長形陸地。當指内鄉。

〔三〕鄧下：指鄧州。《金史·地理中》載鄧州轄穰城、南陽、内鄉三縣。

其二

文擬邳侯下筆難〔一〕，韜春一讀不知寒〔二〕。名家未覺風流減，洗眼青雲看阿端〔三〕。襄叔之先人擬《下邳侯傳》，作《竇韜春》①，以賦火焙〔四〕。又其兒子小字端平者方就學。

〔校〕

①竇韜春：施本作「竇韜春傳」。

〔注〕

〔一〕邳侯：《五百家注昌黎文集》卷三六有《下邳侯革華傳》。《東雅堂昌黎集注》謂僞篇。革華，指皮靴。

〔二〕韜春：即自注中「竇韜春」。

〔三〕阿端：指自注中要襄叔兒子端平。

〔四〕火焙：烘茶之具。

〔編年〕

蒙古乃馬真后四年乙巳在河南内鄉遷葬時作。李、繆同。

同漕司諸人賦紅梨花二首〔一〕

其一

梨花曾比太真妃〔二〕，別有風流一段奇〔三〕。白雪爲肌玉爲骨〔四〕，淡妝濃抹總相宜〔五〕。

〔注〕

〔一〕漕司：漕運司。管理催征税賦、出納錢糧、辦理上供以及漕運等事的官署或官員。

〔二〕「梨花」句：唐白居易《長恨歌》：「玉容寂寞淚闌干，梨花一枝春帶雨。」用帶露的梨花比楊貴妃落淚之態。太真：《舊唐書·后妃傳上·玄宗楊貴妃》：「時妃衣道士服，號曰『太真』。」

〔三〕「別有」句：指白居易《長恨歌》所言唐玄宗與楊貴妃之情事。

〔四〕「白雪」句：杜甫《徐卿二子歌》：「大兒九齡色清澈，秋水爲神玉爲骨。」

〔五〕「淡妝」句：蘇軾《飲湖上初晴後雨》：「水光瀲灩晴方好，山色空濛雨亦奇。欲把西湖比西子，淡妝濃抹總相宜。」

其二

瓊枝玉蘂静年芳〔一〕，知是何人與點妝〔二〕。可道海棠羞欲死，能紅能白更能香。

〔注〕

〔一〕年芳：芳年，青春年華。句謂白梨花如閑静的少女。

〔二〕「知是」句：以少女搽紅喻紅梨花。

〔編年〕

在「漕司」官邸，且爲春季，當蒙古乃馬真后四年乙巳春到汴京遷三女阿秀墳在楊奂處（本集《故河南路課税所長官兼廉訪使楊君神道之碑》有「前乎此，蓋未有漕司惠吾屬之如是也」之語）作。李《譜》編於正大八年辛卯，認爲在汴京作，不妥。繆《譜》未編。

寄劉繼先〔一〕

清霜茅屋耿無眠〔二〕，坐憶分攜一慨然。楚客登臨動歸興〔三〕，謝公哀樂感中年〔四〕。淒涼古驛人煙外，迤邐荒山雪意邊。千樹春風水楊柳，待君同繫晉溪船〔五〕。

〔注〕

〔一〕劉繼先：劉述（一二〇七——一二六八）字繼先，太原（今山西省太原市）人。貞祐南渡，述六歲，從親南下。壬辰之變後還歸故里，環堵蕭然，刻意於學，尤好性學、史學。至順天，隱居教授，至元五年卒。見元劉因《静修拾遺·先世雜事記》。曾從楊奂在河南路課税所任職，見編年。

〔二〕耿無眠：《詩·邶風·柏舟》：「耿耿不寐，如有隱憂。」耿：煩躁不安。

〔三〕楚客：遺山自指。河南鄧州戰國時屬楚國地，遺山由此返鄉，故稱。

〔四〕「謝公」句：謝公，指東晉謝安。《世說新語・言語》：「謝太傅語王右軍曰：『中年傷於哀樂，與親友別，輒作數日惡。』」

〔五〕晉溪：指晉水。發源於今太原市西南懸甕山麓。本集《過晉陽故城書事》：「惠遠祠前晉溪水，翠葉銀花清見底。」

〔編年〕

此詩李《譜》總附於蒙古憲宗七年丁巳下，繆《譜》未編。案：《寄劉繼先》、《寄楊弟正卿》（此詩爲楊正卿在河南爲官時作）二詩連編，且編於《望盧氏西南熊耳嶺》、《贈張主簿偉》、《爲鄧人作詩》後，按集中編排體例，應爲乙巳離河南時作。本集《故河南路課稅所長官兼廉訪使楊君神道之碑》云：「君蒞政，招致名勝，如蒲陰楊正卿、武功張君美、華陰王元禮、下邽薛微之、澠池翟致忠、太原劉繼先之等，日與商略，條畫約束，一以簡易爲事。」楊奂己亥春三月到汴京任職（見楊奂《還山遺稿・汴故宮記》），在官十年（見本集《神道碑》）。遺山到河南遷葬，除嗣母外，理應還有妻子張氏（旅殯於南陽）、三女阿秀（旅殯於汴京，見本集《孝女阿秀銘》），且本集《朝中措》（秋鴻社燕偶相逢）題注曰「寄楊漕」（指楊奂。本集《神道碑》有「前乎此，蓋未有漕司惠吾屬之如是也」語），詞云：「秋鴻社燕偶相逢，鞍馬又西東。孤負水南（指洛陽）三月，安排萬紫千紅。」可見遺山乙巳年春曾到汴京。《寄劉繼先》及《寄楊弟正卿》屬蒙古乃馬真后四年乙巳自汴京返鄉時的寄贈之作。

寄楊弟正卿〔一〕

馬跡車塵漫白頭，蒼生初不待君憂〔二〕。且從少傅論中隱〔三〕，儘要元規擁上流〔四〕。東閣官梅動詩興〔五〕，洞庭春色入新篘〔六〕。歸程未覺西庵遠〔七〕，夜夜清伊繞石樓〔八〕。正卿西庵以名酒甲洛中①，嘗賦《觀漲》詩，有「狂瀾竟逐西風落，依舊清伊繞石樓」之句，故兼及之。

〔校〕

①洛：李全本作「落」，訛。

〔注〕

〔一〕楊正卿：楊果（一一九七——一二六九），字正卿，號西庵，祁州蒲陰（今河北省安國縣）人。金正大甲申進士，任偃師令。金亡，楊奐徵收河南課税，任經歷官。繼爲史天澤幕府參議。官至參知政事。至元六年卒，年七十三。有《西庵集》。見元蘇天爵《元朝名臣事略·參政楊文獻公》。《元史》有傳。

〔二〕蒼生：百姓。君：指楊正卿。句謂百姓不需要楊正卿那樣憂慮。《晉書·謝安傳》載，謝安「將發新亭，朝士咸送，中丞高崧戲之曰：『卿累違朝旨，高卧東山，諸人每相與言：安石不肯出，將如蒼生何？』」

〔三〕「且從」句：唐白居易《中隱》詩：「大隱住朝市，小隱入丘樊。丘樊太冷落，朝市太囂諠。不如作中隱，隱在留司官。」少傅：白居易曾任太子少傅，故稱。中隱：指閑官。

〔四〕「儘要」句：《晉書·王導傳》：「時（庾）亮雖居外鎮，而執朝廷之權，既據上流，擁强兵，趣向者多歸之。導内不能平，常遇西風塵起，舉扇自蔽，徐曰：『元規（庾亮之字）塵污人。』」儘：聽任。

〔五〕「東閣」句：杜甫《和裴迪登蜀州東亭送客逢早梅相憶見寄》：「東閣官梅動詩興，還如何遜在揚州。」宋吕祖謙《詩律武庫》卷十四《官梅詩興》：「梁何遜……爲揚州法曹，廨舍有梅花盛開，遜吟詠其下。」

〔六〕洞庭春色：酒名。以黄柑釀就。蘇軾《洞庭春色詩序》：「安定郡王以黄甘釀酒，謂之洞庭春色，色香味三絶。」篘：用篾編成的濾酒器。

〔七〕西庵：楊正卿之號。此指其住所。

〔八〕伊：水名。流經洛陽市南。句言夜夜夢繞清伊石樓。

〔編年〕

楊正卿任河南課税所經歷官時所寄，作於蒙古乃馬真后四年乙巳自汴京返鄉時。李《譜》總附於蒙古憲宗七年丁巳。繆《譜》未編。

奉酬子京禪師見贈之什三首①〔一〕

其一

南風穩送北歸船，留得虚名一指禪②〔二〕。嵩少詩僧幾人在〔三〕，因君回望一淒然。

〔校〕

①三：毛本作「二」，並缺第三首。李詩本題作「三」，正文亦缺第三首。據李全本、施本補改。②名：李詩本、毛本作「明」。從李全本、施本。

〔注〕

〔一〕子京禪師：嵩山寺僧。餘不詳。什：《詩經》中《雅》、《頌》部分多以十篇爲一組，稱之爲「什」。後用以泛指詩篇、文卷。

〔二〕一指禪：佛教禪宗用語，即「一指頭禪」。喻萬法歸一。《景德傳燈録·俱胝和尚》載，宋俱胝和尚向天龍和尚詢問佛教教義時，天龍豎一手指，俱胝立即大悟。臨死前謂衆人曰：「吾得天龍一指頭禪，一生用不盡。」

〔三〕嵩少：嵩山少室山。

其二

舊游重憶故人詩，一點青燈兩鬢絲〔一〕。不似戒壇明月夜，杏花香裏唱歌時〔二〕。往在嵩山時，陪馮内翰、雷御史游戒壇〔三〕，詩中所道，蓋當時事也。

〔注〕

〔一〕絲：喻指白髮。

〔二〕「不似」二句：本集《遺山自題樂府引》引宋陳與義《懷舊》：「憶昔午橋橋下飲，坐中都是豪英。長溝流月去無聲。杏花疏影裏，吹笛到天明。」

〔三〕馮内翰：指馮璧，詳見《緱山置酒》注〔一〕。雷御史：雷淵，詳見《示崔雷詩社諸人》注〔一〕。

其三

兵塵千里邈相望，亂後相逢話更長。若見山堂憑借問〔一〕，幾時同宿贊公房〔二〕。

〔注〕

〔一〕山堂：疑指嵩山寺僧英禪師。英禪師有「山堂夜岑寂」詩句，遺山極爲稱賞。本集《寄英禪師師時住龍門寶應寺》云：「愛君山堂句，深静如幽蘭。詩僧第一代，無愧百年間。」

〔二〕宿贊公房：杜甫《宿贊公房》詩自注：「贊，京師大雲寺主，謫此（秦州）安置。」

〔編年〕

李《譜》附於蒙古太宗七年乙未下，謂在冠氏時期作。繆《譜》未編。據「亂後相逢」句，知詩作於金亡後。據「舊游重憶」句及子京爲嵩山詩僧事，知本詩作於金亡後再來河南時。遺山蒙古憲宗五年乙卯曾在汴京，時間不長，姑繫於蒙古乃馬真后四年乙巳在河南遷葬時。

清明日改葬阿辛〔一〕

掌上青紅記點妝①〔二〕，今朝哀感重難忘。金環去作誰家夢〔三〕，綵勝空期某氏郎〔四〕。一瞥風花纔過眼，百年冰蘗若爲腸〔五〕。孟郊老作枯柴立，可待吟詩哭杏殤〔六〕。

〔校〕

①點：李詩本、毛本作「點」，形訛。據李全本、施本改。

〔注〕

〔一〕阿辛：本集《孝女阿秀墓銘》：「孝女阿秀……好問第三女也，興定己卯生於登封。年十三，予爲南陽令，其母張病歿，孝女日夜哭泣……竟以開興壬辰三月朔死。」大德碑本《遺山先生墓銘》載遺山「女五人，長曰真……次嚴……次順，早卒」。「阿秀」與「順」應爲一人。據「空期某氏郎」，知阿辛爲女兒，疑即指「阿秀」。

〔二〕青紅：青黛和胭脂，古代女子用來畫眉和搽臉的顏料。

〔三〕「金環」句：《晉書·羊祜傳》：「祜年五歲，時令乳母取所弄金環。乳母云：『汝先無此物。』祜即詣鄰人李氏東垣桑樹中探得之。主人驚曰：『此吾亡兒所失物也，云何持去。』乳母具言之，李氏悲惋。時人異之，謂李氏子則祜之前身也。」

〔四〕綵勝：古代的一種飾物。立春日用五色紙或絹剪製成小旌旗、燕、蝶、金錢等形狀，簪于髻上，以示迎春。宋高承《事物紀原·歲時風俗·綵勝》：「《歲時紀》曰：『人日剪綵爲勝，起於晉代賈充夫人所作，取黄母（即西王母）戴勝之義也。』」

〔五〕冰蘖：喻心境淒苦。蘖，即黄檗，性寒味苦。若爲腸：難以爲腸，猶情懷難堪。

〔六〕「孟郊」二句：唐孟郊《杏殤》之八：「此兒自見災，花發多不諧。窮老收碎心，永夜抱破懷。聲死更何言，意死不必喈。病叟無子孫，獨立猶束柴。」

〔編年〕

遺山三女阿秀，壬辰年寄埋於汴京報恩寺。乙巳河南遷葬必及之。詩作於蒙古乃馬真后四年乙巳。李《譜》總附於蒙古憲宗七年丁巳下。繆《譜》未編。

過詩人李長源故居〔一〕

楚些招魂自往年〔二〕，明珠真見抵深淵〔三〕。巨鰲有餌雖堪釣〔四〕，怒虎無情可重編〔五〕。千丈氣豪天也妬〔六〕，七言詩好世空傳〔七〕。傷心鸚鵡洲邊淚〔八〕，却望西山一泫然〔九〕。

〔注〕

〔一〕李長源：李汾字長源。詳見《女几山避兵送李長源歸關中》注〔一〕。故居：當指李長源在汴京所居。

〔二〕楚些招魂：《楚辭·招魂》句尾皆有「些」字，後因以「楚些」指招魂歌。本集《四哀詩·李長源》

有「方爲騷人箋楚些，更禁書客墮秦坑」句，「招魂自往年」指此。

〔三〕「明珠」句：《莊子·列禦寇》：「夫千金之珠，必在九重之淵而驪龍頷下。」

〔四〕「巨鼇」句：《莊子·外物》：「任公子爲大鉤巨緇，五十犗以爲餌，蹲乎會稽，投竿東海，旦旦而釣……已而大魚食之。」句指李長源四處求職任史院從事、行尚書省講議官等事。

〔五〕「怒虎」句：本集《孫伯英墓銘》：「其鬱鬱不平者，時一發見，如縛虎之急，一怒故在。」重編：重加羈束。句謂李長源個性桀驁不馴，被世俗所困。《中州集·李講議汾》：「長源素高亢，不肯一世……（武仙）懼長源言論，欲除之。」《中州集》王元粹《哭李長源》：「以才見殺人皆惜，忤物能全我未聞。」《歸潛志》卷九：「李長源雖才高，然不通世事，傲岸多怒，交游多畏之。李欽叔嘗云：『長源上頗通天文，下粗知地理，中間全不曉人事也。』」

〔六〕「千丈」句：《中州集·李講議汾》：「辛卯秋，遇予襄城，杯酒間誦關中往來詩十數首……雖辭旨危苦，而耿耿自信者故在，鬱鬱不平者不能自掩，清壯磊落，有幽并豪俠歌謡慷慨之氣。」天也妬：《歸潛志》卷二「李汾」條：「爲人尚氣，跌宕不羈。性褊躁，觸之輒怒，以是多爲人所惡。」卷七：「南渡後，士風甚薄，一登仕籍，視布衣諸生遽爲兩途……李長源憤其如此，嘗曰：『以區區一第傲天下士邪？』已第者聞之多怒，至逐長源出史院，又交訟於官。士風如此，可歎！」

〔七〕「七言」句：《中州集·李講議汾》：「同輩作七言詩者，皆不及也。」《歸潛志》卷二「李汾」條：「工于詩，專學唐人，其妙處不減太白、崔顥。」

〔八〕鸚鵡洲：《輿地紀勝》：「荆湖北路鄂州：鸚鵡洲舊自城南跨城西大江中，尾直黄鵠磯。黄祖殺禰衡處。衡嘗作《鸚鵡賦》，故遇害之處得名。」

〔九〕西山：《中州集·李講議汾》：「恒山公仙在鄧之西山，長源往説之……竟爲所害。」本集《蘧然子墓碣銘》：「長源瘐死西山獄中。」

〔編年〕

李《譜》編於蒙古憲宗七年丁巳下「總附」中，謂晚年返鄉後之作。繆《譜》未編。按：遺山正大初在史院任編修官時，李長源也任史院從事。遺山所知李長源之居唯此。詩當金亡後遺山再次至汴時作，故編在蒙古乃馬真后四年乙巳春在汴時。

甲辰秋，洛陽得黄葵子，種之南庵。明年夏六月作花，佛經所謂「閻浮檀金，明浄柔軟①，令人愛樂」者，此花可以當之。因爲賦長韻。予方以病止酒②，故卒章及之〔一〕

芳蕤浥露嬌黄濕〔二〕，五疊湘裙輕襞積③〔三〕。晨妝午醉一日間，白白紅紅總狼籍④。上陽宫女要頭冠，摹寫雖工破的難〔四〕。看來明浄復柔軟，花中乃有閻浮檀。千里移根洛陽陌，主人不飲誰看客〔五〕。乞與金杯自傾側，明年爲渠當舉白〔六〕。

〔校〕

①浄：李全本、施本作「静」。　②予：毛本作「子」，形訛。施本作「余」。據李詩本、李全本改。　③裙：毛本作「君」。據李詩本、李全本、施本改。　④總：李全本作「揔」。

〔注〕

〔一〕閻浮檀金，明浄柔軟，令人愛樂：語出唐法崇《佛頂尊勝陀羅尼經疏》。《疏》云：「金有多種。一切現在金不如佛在世金。一切佛在世金不如閻浮檀金。」佛教常用此金喻花，如《諸法集要經》：「閻浮檀金花，諸天來奉獻。」

〔二〕芳蕤：盛開而下垂的花。浥露：濕潤形成露珠。

〔三〕湘裙：湘地絲織品製成的女裙。襞積：衣服上的褶襉。

〔四〕「上陽」句：唐李涉《黄葵花》：「此花莫遣俗人看，新染鵝黄色未乾。好逐秋風天上去，紫陽宫女要頭冠。」詩人誤記「紫陽」爲「上陽」。上陽宫：唐宫名。在東都洛陽皇城西南。白居易有《上陽白髮人》詩。句謂李涉詩描寫黄葵雖工但不中肯。

〔五〕主人：詩人自指。客：指黄葵花。

〔六〕白：古時罰酒用的酒杯。

〔編年〕

據詩題，知蒙古乃馬真后四年乙巳夏在鄉作。李、繆同。

乙巳九月二十八日作

關山小雪後〔一〕，絮帽北風前〔二〕。殘月如新月，今年老去年。

〔注〕

〔一〕關：指石嶺關。詳見《石嶺關書所見》注〔一〕。

〔二〕絮帽：棉帽。

〔編年〕

本集《與樞判白兄書》：「自乙巳歲往河南舉先夫人旅殯，首尾閲十月之久，幾落賊手者屢矣。狼狽北來，復以葬事往東平。」繆《譜》云：「蓋先生家貧，葬事不克舉，故往東平乞助於嚴忠濟耳。」詩蒙古乃馬真后四年乙巳九月末自忻州動身往東平路經石嶺關時作。李、繆同。

過皋州寄聶侯〔一〕

澗岡重複並湍流，斜日黄榆嶺上頭〔二〕。地底寶符臨趙國〔三〕，眼中佛屋見皋州。雲沙浩浩雁良苦，木葉蕭蕭風自秋。别後故人應念我〔四〕，一詩聊與話離憂。

〔注〕

〔一〕皋州：《金史·地理下》「平定州樂平縣」條下云：「興定四年正月昇爲皋州。」聶侯：指聶圭

（一一九六——一二五二）。圭字廷玉，壽陽（今山西省壽陽縣）人。仕蒙古官至平定、皐、晉、威、盂等州總帥。卒年五十六。元李冶有《大元故平定等州大總帥聶公神道碑銘》。《新元史》有傳。

〔二〕黄榆嶺：在今山西省和順縣東七十里、河北省邢臺市西北一百五十里處，嶺頭有關，是東達的要路。

〔三〕寶符：古代朝廷用作信物的符節。《史記·趙世家》：「簡子乃告諸子曰：『吾藏寶符於常山上，先得者賞。』諸子馳之常山上，求，無所得。毋卹還，曰：『已得符矣。』簡子曰：『奏之。』毋卹曰：『從常山上臨代，代可取也。』簡子於是知毋卹果賢，乃廢太子伯魯，而以毋卹爲太子。」後遂以「寶符」爲稱美趙之地勢或趙氏子孫的典實。

〔四〕故人：舊交。此指聶侯。

〔編年〕

李《譜》繫於蒙古憲宗二年壬子，繆《譜》從之。元李冶《大元故平定等州大總帥聶公神道碑銘》謂：「龍集辛亥之冬，平定等州大總帥聶公北覲□庭。越明年春三月，乃膺□□。無何，以勤瘁被疾，是月廿有三日，薨於和林□之寓居。」據此知聶圭在辛亥（一二五一）冬已離平定北覲，壬子三月卒於和林，此足證李、繆之繫年有誤。遺山與聶圭交游在本集中有明文可考者，惟見卷三十一《徽公塔銘》。文云：「今年秋九月過平定，游冠山，聶帥廷玉指似予……及到大名，而帥之逝已三日矣。」文載徽公卒於乙巳冬十一月十日，據之知乙巳秋九月遺山曾過平定與聶圭游，後離平定至大名。而《過皋州寄聶侯》所言季節與之恰合。故繫於蒙古乃馬真后四年乙巳秋往東平經平定時。

馬嶺〔一〕

仙人臺高鶴飛度〔二〕，錦秀堂傾去無路〔三〕。人言馬嶺差可行，比似黄榆猶坦步①〔四〕。石門木落風颼颼，僕夫衣單望南州〔五〕。皋落東南三百里②〔六〕，鬢毛衰颯兩年秋。予去歲往河南還奉，亦取黄榆嶺路。

〔校〕

①比：李全本作「此」。　②皋：毛本作「星」。皋落爲地名，據李詩本、李全本、施本改。

〔注〕

〔一〕馬嶺：在今河北省邢臺市西北一百六十里處。

〔二〕鶴飛度：指鶴度嶺。詳見下條。

〔三〕錦秀堂：嘉慶《大清一統志·順德府》「鶴度嶺」條：「在内邱縣西一百七十里。其北二十五里爲錦秀堂口，形類龜坼，故云。又北十里爲凹口，皆接山西平定州界。」

〔四〕黄榆：指黄榆嶺，在馬嶺南十餘里處。

〔五〕「僕夫」句：杜甫《發秦州》：「無食問樂土，無衣思南州。」

〔六〕皋落：地名。在今山西省昔陽縣東南。

〔編年〕

詩末注有「予去歲往河南遷奉」句，李《譜》據本集《與樞判白兄書》之「自乙巳歲往河南舉先夫人旅殯」，繫於蒙古定宗元年丙午。繆《譜》謂「先生往河南遷奉在甲辰秋」，遂繫於蒙古乃馬真后四年乙巳。按《與樞判白兄書》「乙巳歲往河南舉先夫人旅殯，首尾閱十月之久」，應指甲辰秋至乙巳夏這段時間，故從繆《譜》。

大名贈答張簡之①〔一〕

營平豪宕變温文〔二〕，所見今知勝所聞。只道生涯無長物〔三〕，争教詩壘策奇勳〔四〕。伐薪未敢煩名士〔五〕，載酒能來過子雲〔六〕。後日山陽養衰疾〔七〕，藥籠仙品正須君〔八〕。

〔校〕

①名：李詩本、毛本作「明」，音訛。據李全本、施本改。

〔注〕

〔一〕大名：金府路名，見《金史·地理下》。張簡之：其人不詳。

〔二〕營平：唐五代州名，在今河北省東北部。

〔三〕無長物：用「別無長物」典，詳見《贈答趙仁甫》(七律)注〔三〕。句言張簡之生計窮困。

〔四〕詩壘：詩人的陣營。金趙秉文《送宋飛卿》：「瘦李髯雷隔存没，只愁詩壘不能軍。」

〔五〕伐薪：《詩經・小雅・伐木》：「伐木丁丁，鳥鳴嚶嚶……嚶其鳴矣，求其友聲。」後因以表示宴請故舊或思念友人。

〔六〕「載酒」句：子雲，漢揚雄之字。《漢書・揚雄傳》：「家素貧，嗜酒，人希至其門。時有好事者載酒肴從游學。」

〔七〕山陽：金縣名。《金史・地理下》「河東南路懷州山陽」條載：「興定四年以修武縣重泉村爲山陽縣，隸輝州。」

〔八〕藥籠：《新唐書・儒學傳下・元行沖》：「(行沖)嘗謂仁傑曰：『……門下充旨味者多矣，願以小人備一藥石可乎？』仁傑笑曰：『君正吾藥籠中物，不可一日無也。』」仙品：罕見的非凡之品。

〔編年〕

本集《國子祭酒權刑部尚書内翰馮君神道碑銘》：「乙巳冬，好問過大名。」李《譜》據之繫於蒙古乃馬真后四年乙巳，從之。繆《譜》未編。

雲巖 並序

觀州倅武伯英〔一〕，崞縣人〔二〕。少日舉進士，有詩名。其賦《剪燭刀》，有「啼殘瘦玉蘭心吐①，蹴落春紅燕尾香」之句，甚爲時輩所稱。家故饒財，第宅園亭爲河東之冠〔三〕。貯書有萬卷樓。嘉花珍果，悉自他州移植。爲人多伎巧，山水雜畫，斲琴和墨〔四〕，皆極其工。嘗得宣和湖石一〔五〕，竅竅穿漏〔六〕，殆若神劖鬼鑿。炷香其下，則煙氣四起，散布盤水上，濃澹霏拂，有煙江疊嶂之韻。吾鄉衣冠家〔七〕，法書名畫及藏書之多，亦有伯英相上下者，伯英獨恃寶石以擅奇汾晉間耳。興定末②，伯英歿於關中，楊户部叔玉購石得之〔八〕。壬辰圍城中以示予③，且命作詩。危急存亡之際，不暇及也。乙巳冬十一月，來東平，過聖與張君之新軒〔九〕，而此石在焉。聖與名之曰「雲巖」。予問石所從來，聖與言夏津王帥得之汴梁泥涂中，而以見貽。予因歎一物之微，經歷世變，遷徙南北，乃復爲好事者之所寶玩，似不偶然。乃爲詩道其故。聖與三世相家，以文章名海内，其才情風調，不減前世賀東山、晏叔原〔一〇〕，故卒章以蕭閑明秀峰故事屬之〔一一〕。

壺中九華玉孱顔〔一二〕，紫煙著水往復還。小窗虚明澹相對，不數漢宮銅博山〔一三〕。會稽禹穴深無底〔一四〕，寶石偷來定山鬼〔一五〕。一堆寒碧殊不凡〔一六〕，滿谷春雲更堪喜。阿欣秀發見眉宇〔一七〕，小杜才情淪骨髓〔一八〕。摩挲不作几上看，繚白紆青便千里。渾沌日鑿餘空嵌〔一九〕，漏天蒸濕饒風嵐。世外元無種香國，海南真有補陁巖④〔二〇〕。觀州愛玩頻湔祓⑤〔二一〕，民部平生幾薰沐〔二二〕。藏舟夜壑未厭深〔二三〕，竟作新軒坐中物〔二四〕。一天星月入金尊，翠射娉婷自有人。只欠宣和鄭先覺，爲君留寫五湖真〔二五〕。

〔校〕

①玉：李全本作「王」。②末：毛本作「求」，形訛。據李詩本、李全本、施本改。③予：施本作「余」。④南：施本作「内」。⑤愛：李詩本、毛本作「受」，形訛。據李全本、施本改。祓：施本作「袚」。

〔注〕

〔一〕觀州：《金史·地理中》：「河北東路·景州」條下云：「大安間更爲觀州，避章廟諱也。」

〔二〕崞縣：金縣名，今山西省原平市。

〔三〕河東：金置河東北路、河東南路。

〔四〕斲琴：斫木制琴。和墨：調制筆墨。

〔五〕宣和：北宋徽宗年號。

〔六〕窾：空。

〔七〕衣冠家：指士族。

〔八〕楊户部叔玉：楊慥（？——一二三二）字叔玉，代州五臺人。詳見《雙峰競秀圖爲參政楊侍郎賦》注〔一〕。

〔九〕聖與張君之新軒：張德謙字聖與，號新軒。本集《新軒樂府引》：「新軒三世遼宰相家，從少日滑稽玩世。」此「新軒」指書齋。

〔一〇〕賀東山：北宋詞人賀鑄有《東山詞》，故稱。晏叔原：北宋詞人晏幾道字叔原。

〔一一〕蕭閑：金初蔡松年自號「蕭閑老人」，見《中州集·蔡丞相松年》。明秀峰故事：《中州樂府》蔡松年《江城子》詞注：「公有詩『八尺五湖明秀峰』，又云『十丈琅玕倒冰玉，明年爲寫五湖真』，正用此詞意。」

〔一二〕壺中九華：蘇軾《壺中九華》序：「湖口人李正臣，蓄異石九峰，玲瓏宛轉，若窗櫺然，予……名之壺中九華，且以詩紀之。」孱顔：參差不齊貌。本集《華不注山》：「元氣遺形老更頑，孤峰直上玉孱顔。」

〔一三〕銅博山：鑪名。漢五鳳年間造。宋薛尚功《歷代鍾鼎彝器款式法帖》卷一九「博山鑪」條載，按漢故事曰，太子服用則有銅博山香爐。「象海中博山，下槃貯湯，使潤氣蒸香，以象海之回環」。

〔一四〕會稽禹穴：明何景明《述歸賦》：「極禹穴之幽冥兮，窮會稽之勝概。」會稽：山名，在今浙江省紹興市東南。相傳大禹曾在此大會諸侯計功，故名。

〔一五〕山鬼：指山神。

〔一六〕寒碧：清冷之水。

〔一七〕阿欣：不詳。

〔一八〕小杜：指唐詩人杜牧。《新唐書·杜牧傳》：「牧於詩，情致豪邁，人號爲『小杜』，以别杜甫云。」疑此指遺山友杜仲梁。本集《南冠行》「暈碧裁紅須小杜」即指此人。淪骨髓：滲入骨髓。喻程度或感受很深。

〔一九〕渾沌日鑿：《莊子·應帝王》：「儵與忽謀報渾沌之德，曰：『人皆有七竅以視聽食息，此獨無有，嘗試鑿之。』日鑿一竅，七日而渾沌死。」

〔二〇〕「世外」二句：清周嘉胄《香乘》卷四「迦闌香」條載：「香出迦闌國，故名。亦占香之類也。或云生南海補陀巖。」疑「種香國」即《維摩詰經》所言之「衆香國」。補陀巖即《華嚴經》所言印度南海之普陀山。宋黄庭堅《觀世音贊六首》「海岸孤絶補陀巖，有一衆生圓正覺」即指此。

〔二一〕觀州：指觀州倅武伯英。湔祓：洗滌。

〔二二〕民部：指户部楊叔玉。

〔二三〕藏舟夜壑：《莊子·大宗師》：「夫藏舟于壑，藏山于澤，謂之固矣。」

〔二四〕新軒：張聖與之號。

〔二五〕「一天」四句：《中州樂府》蔡松年《江城子》（半年無夢到春温）：「翠射娉婷雲八尺，誰爲寫，五湖真。好風歸路軟紅塵，暖冰魂，縷金裙，喚起一天星月入金尊。」鄭先覺：鄭天民字先覺，宣和中爲郎官。山水師巨然（《御定佩文齋書畫譜》引《圖繪寶鑒》）。

〔編年〕

蒙古乃馬真后四年乙巳冬在東平張聖與家作，李、繆同。

贈張文舉御史〔一〕

安穩藜牀坐欲穿〔二〕，合教絶學到真傳〔三〕。清貧自苦知何負，神理無憑恐未然〔四〕。麋乳尚憐孤竹餓〔五〕，龍頭誰識管寧賢〔六〕。無窮白日青天在，會有先生引鏡年〔七〕。先生新失明。

〔注〕

〔一〕張文舉：即張特立。詳見《別張御史》注〔一〕。

〔二〕「安穩」句：南朝梁庾信《小園賦》：「管寧藜牀，雖穿而可坐。」藜牀：藜莖編的床榻。泛指簡陋的坐榻。

〔三〕「合教」句：《元史·隱逸傳·張特立》：「特立通程氏《易》。晚教授諸生，東平嚴實每加禮焉。歲丙午，世祖在潛邸受王印，首傳旨諭特立曰：『前監察御史張特立，養素丘園，易代如一，今年幾七十，研究聖經，宜錫嘉名，以光潛德，可特賜號曰中庸先生。』……特立所著書有《易集説》、《歷年係事記》。」絶學：造詣獨到之學。

〔四〕神理：猶神道。謂冥冥之中具有無上威力，能顯示靈異、賜福降災的神靈之道。

〔五〕孤竹餓：《史記·伯夷列傳》：「伯夷、叔齊，孤竹君之二子也……武王已平殷亂，天下宗周，而伯夷、叔齊恥之，義不食周粟，隱於首陽山，採薇而食之。」

〔六〕「龍頭」句：《三國志·魏書·管寧傳》：「明帝即位，太尉華歆遜位讓寧，遂下詔曰：『太中大夫管寧耽懷道德，服膺六藝，清虛足以侔古，廉白可以當世……望必速至，稱朕意焉。』」龍頭：指華歆。《三國志·魏書·華歆傳》裴松之注引《魏略》：「歆與北海邴原、管寧俱游學，三人相善，時人號三人爲『一龍』，歆爲龍頭，原爲龍腹，寧爲龍尾。」

〔七〕引鏡年：《文選·王融〈三月三日曲水詩序〉》：「引鏡皆明目，臨池無洗耳。」李善注引三國蜀譙周《考史》：「公孫述竊位於蜀，蜀人任永乃託目盲。及述誅，永澡盥引鏡自照曰：『時清則目明也。』」二句謂時世清明，張氏眼疾會復明。

〔編年〕

《元史·張特立傳》載：「歲丙午，世祖在潛邸受王印，首傳旨諭特立曰：『前監察御史張特立養素丘園，易代如一。今年幾七十，研究聖經，宜錫嘉名……』又諭曰：『先生年老目病，不能就道。』」本詩作於丙午年前，故不稱賜號「中庸先生」而仍稱「御史」。詩末自注云：「先生新失明。」當丙午歲前不久作。李《譜》繫在蒙古乃馬真后四年乙巳在東平時，從之。繆《譜》未編。

曲阜紀行十首〔一〕

其一

荒城卧魯甸〔二〕，寒日澹平蕪。千年素王宫〔三〕，突兀此城隅。我昔入小學〔四〕，首讀仲尼居〔五〕。百讀百不曉，但有唾成珠〔六〕。少長授魯論〔七〕，稍與義理俱〔八〕。攝齊念升堂〔九〕，壞壁想藏書〔一〇〕。翩翩七十子〔一一〕，佩服見舒徐。慨然望闕里〔一二〕，日思膏吾車〔一三〕。五原東北晉〔一四〕，因循迫桑榆〔一五〕。今日復何日，南冠預庭趨〔一六〕。隱隱金石聲〔一七〕，恍如夢清都①〔一八〕。偉哉神明觀〔一九〕，欣幸當何如。

〔校〕

①恍：李詩本、毛本作「怳」，二字通用，從李全本、施本。

〔注〕

〔一〕曲阜：金縣名，屬山東西路兖州。見《金史·地理中》。

〔二〕魯甸：曲阜屬春秋時魯國之地，故稱「魯」。甸：原野。

〔三〕素王：謂具有帝王之德而未居帝王之位者。此指孔子。漢王充《論衡·定賢》：「孔子不王，素王之業在《春秋》。」

〔四〕小學：對兒童、少年實施初等教育的學校。朱熹《〈大學章句〉序》：「人生八歲，則自王公之下，至庶人之子弟，皆入小學，而教之以灑掃、應對、進退之節，禮、樂、射、御、書、數之文。」本集

《古意二首》：「七歲入小學，十五學時文。」

〔五〕仲尼：孔子之字。仲尼居：《孝經·開宗明義章第一》首句，用指《孝經》。

〔六〕唾成珠：即咳唾成珠。比喻言語的珍貴。《後漢書·趙壹傳》：「勢家多所宜，咳唾自成珠。」此指唾沫大。

〔七〕魯論：即《魯論語》。《論語》的漢代傳本之一。後世稱《論語》爲《魯論》。

〔八〕義理：指講求儒家經義的學問。

〔九〕「攝齊」句：《論語·鄉黨》：「攝齊升堂，鞠躬如也。」朱熹集注：「攝，摳也。齊，衣下縫也。禮，將升堂，兩手摳衣，使去地尺，恐躡之而傾跌失容也。」

〔一〇〕「壞壁」句：漢孔安國《尚書序》：「及秦始皇滅先代典籍，焚書阬儒，天下學士逃難解散，我先人用藏其家書於屋壁……至魯共王好治宮室，壞孔子舊宅，以廣其居，於壁中得先人所藏古文虞、夏、商、周之書及《傳》、《論語》、《孝經》，皆科斗文字。」

〔一一〕七十子：指配祀孔子的七十二位賢弟子。

〔一二〕闕里：孔子故里。在今山東省曲阜城内闕里街。因有兩石闕，故名。孔子曾在此講學。

〔一三〕膏吾車：爲車上油。唐韓愈《送李愿歸盤谷序》：「膏吾車兮秣吾馬，從子於盤兮，終吾生以徜徉。」

〔一四〕「五原」句：五原，地名合稱，在今陝西省。仇兆鰲注杜詩「五原空壁壘，八水散風濤」（《喜聞官軍已臨賊境》）引《長安志》曰：「長安、萬年二縣之外，有畢原、白鹿原、少陵原、高陽原、細柳原，謂之五原。」唐歐陽詹《初發太原，涂中寄太原所思》：「五原東北晉，千里西南秦。」《太平廣記》卷二七四「歐陽詹」條載，歐陽詹薄游太原，於樂籍中因有所悦。及歸，乃贈此詩。句借此言對曲阜孔廟的渴慕。

〔一五〕因循：拖延。桑榆：指日暮。《太平御覽》卷三引《淮南子》：「日西垂，景在樹端，謂之桑榆。」借喻垂老之年。

〔一六〕南冠：囚徒的代稱。詳見《南冠行》注〔一〕。此遺山自稱。庭趨：趨庭參拜。趨：古禮。小步疾行，以示莊敬。

〔一七〕金石聲：使用鐘磬等樂器演奏的樂聲。

〔一八〕清都：神話傳説中天帝居住的宫闕。《列子·周穆王》：「清都、紫微、鈞天、廣樂，帝之所居。」

〔一九〕神明：神聖。

其二

殿屋劫火餘，瓦礫埋荒基。入門拜壇下〔一〕，儼然想光儀〔二〕。憶當講授初，佩服何逶迤〔三〕。登降幾何人〔四〕，鸞鳳相追隨〔五〕。千年仰階級〔六〕，天險不可躋。文杏誰此栽〔七〕，世世傳清規〔八〕。植根得所託，在木將何知①。

〔校〕

①知：毛本作「如」，據李詩本、李全本、施本改。

〔注〕

〔一〕壇：指杏壇。杏壇相傳爲孔子聚徒授業講學處，在孔廟大成殿前。北宋時，將大殿北移，在其舊基上築壇，環植杏樹。

〔二〕儼然：形容莊嚴。光儀：光彩的儀容。稱人容貌的敬詞，猶言尊顔。

〔三〕逶迤：雍容舒展貌。

〔四〕登降：指登階下階進退揖讓之禮。《墨子·非儒下》：「（孔丘）繁登降之禮以示儀，務趨翔之節以觀衆。」

〔五〕鸞鳳：比喻賢俊之士。

〔六〕仰階級：高臺階。

〔七〕文杏：即銀杏。

〔八〕清規：供人遵循的規範。

其三

堂堂魯三檜〔一〕，培植出天巧。規摹欲十抱①，奇秀供百繞。誰言甲戌亂，煨燼入炎燎〔二〕。
青煙干雲上，群鶴空自矯〔三〕。哀哀嶧陽人〔四〕，腸肺痛如攪。魯郊木何限，名取唯一少〔五〕。神明信扶持，厄運豈易曉。雩臺滿荒榛〔六〕，逵宮餘曲沼〔七〕。紛紛閱成壞，何異晏與早〔八〕。道存有汙隆〔九〕，物齊無壽夭〔一〇〕。霜皮眼中見〔一一〕，鬱鬱自塵表〔一二〕。君看太山石，萬古青未了〔一三〕。

〔校〕

①摹：施本作「模」。

〔注〕

〔一〕三檜：元楊奐《東游記》：「手植檜三，而兩株在贊殿之前，一株在壇之南，焚擷無復孑遺。好事者或爲聖像，或爲簪笏，而香氣特異。趙大學秉文、麻徵君九疇有頌有詩，世多傳誦之。」清孔毓圻《幸魯盛典》卷七《御製闕里古檜賦》附録引孔涇《聖檜記》：「手植檜歷周、秦、漢、晉幾千年，到懷帝永嘉三年己巳而枯。枯三百有九年，子孫守之，不敢有毁。至隋恭帝義寧元年丁丑復生。生五十一年，於唐高宗乾封二年丁卯再枯。枯三百有七年，至宋仁宗康定元年再榮。金宣宗貞祐二年甲戌罹於兵燹，枝葉無遺。」

〔二〕「誰言」二句：金孔元措《手植檜刻像記》：「貞祐甲戌春正月，兵火及曲阜，焚我祖廟，延及三檜。」煨燼：灰燼。燃燒後的殘餘物。炎燎：烈火。

〔三〕矯：高飛。

〔四〕嶧陽：嶧山的南面。嶧山在山東鄒縣東南。

〔五〕「魯郊」二句：謂曲阜城外樹木很多，爲何單焚燒爲數少而珍貴的「魯三檜」呢？

〔六〕雩臺：祈雨的高臺。《論語·先進》：「風乎舞雩，詠而歸。」

〔七〕逵宫：曲阜郊外古宫室名。因逵泉而得名。楊奂《東游記》：「折而北渡雩水，入大明禪院觀逵泉，水中石出，如伏黿怒鼉，寺碑云魯之泉宫也。」

〔八〕晏：遲。

〔九〕汙隆：升與降。常指世道的興衰和政治的興替。

〔一〇〕「物齊」句：《莊子·齊物論》認爲宇宙間的一切事物，如生死壽夭，是非得失，物我有無，都應當同等看待。

〔一一〕霜皮：指三檜。

〔一二〕塵表：塵土之外。

〔一三〕「君看」二句：杜甫《望嶽》：「岱宗夫何如，齊魯青未了。」

其四

陋巷陋復陋〔一〕，老屋在人境。門前軒蓋多，閉户自幽屏。近郊無百畝，負郭纔半頃〔二〕。饘粥聊自供，取足唯一井〔三〕。此井閱千歲，清節傳箕潁①〔四〕。尚想瓢飲初〔五〕，至味久益永。德鄰與周旋〔六〕，聖域容造請〔七〕。貧中有此樂，日暮獨何炳〔八〕。泓然窺古甃〔九〕，一勺試甘冷②。上池果能神〔一〇〕，轉眄得深省③〔一一〕。塵埃竟何有〔一二〕，素髪忽垂領。共學誰我容，從之抱修綆〔一三〕。

〔校〕

①箕：李詩本、毛本作「笄」。《集韻・之韻》：「箕，古作笄。」李詩本、毛本誤「笄」爲「笄」。據李全本、施本改。②冷：毛本作「泠」。據李詩本、李全本、施本改。③盻：施本作「盼」，兩通。

〔注〕

〔一〕陋巷：曲阜巷名。元楊奐《東游記》：「出北偏門，由襲封廨署讀姓氏碑。又北行，由陋巷觀顏井亭。」

〔二〕負郭：指近郊良田。《史記・蘇秦列傳》：「蘇秦喟然歎曰：『……且使我有洛陽負郭田二頃，吾豈能佩六國相印乎！』」司馬貞索隱：「負者，背也，枕也。近城之地，沃潤流澤，最爲膏腴，故曰『負郭』也。」

〔三〕「饘粥」二句：《論語・雍也》：「子曰：『賢哉，回也！一簞食，一瓢飲，在陋巷，人不堪其憂，回也不改其樂。』」饘粥：稀飯。井：指顏井。

〔四〕「清節」句：謂顏回的清高之節類似上古隱居箕潁的高士許由。

〔五〕瓢飲：指顏回「一瓢飲」。

〔六〕德鄰：有德之人相聚爲伴。《論語・里仁》：「子曰：『德不孤，必有鄰。』」何晏集解：「方以類聚，同志相求，故必有鄰，是以不孤。」

〔七〕造請：登門晉見。

〔八〕「日暮」句：陶淵明《飲酒二十首》之十三：「寄言酣中客，日没獨何炳（一作燭當秉）。」謂夜以繼日而樂。

〔九〕泓然：水深滿貌。古甃：指顔井。甃：以磚瓦等砌的井壁。借指井。

〔一〇〕上池：《史記·扁鵲倉公列傳》：「（長桑君）乃出其懷中藥予扁鵲：『飲是以上池之水，三十日當知物也。』」司馬貞索隱：「案：舊説云上池水謂水未至地，蓋承取露及竹木上水，取之以和藥。」此指顔井之水。

〔一一〕轉眄：轉眼。喻時間短促。

〔一二〕塵埃：喻世俗的牽累。

〔一三〕修綆：汲水用的長繩。

其五

泮宫何所有〔一〕，舞雩但荒臺〔二〕。泮水涸已久〔三〕，北風捲黄埃。顧瞻魯公宫，感極令人哀。獻馘亦盛事〔四〕，規摹到平淮〔五〕。作計萬萬古，而今安在哉。獨愛鼓瑟翁，不與三子偕〔六〕。宗周方訖籙〔七〕，聖師猶捲懷〔八〕。但欲春服成，風乎詠歸來〔九〕。我亦澹蕩人〔一〇〕，涉世寡所諧。浴沂行有日〔一一〕，一笑心顔開。

〔注〕

〔一〕泮宫：周代鲁侯的学宫。《诗·鲁颂·泮水》：「既作泮宫，淮夷攸服。」元杨奂《东游记》：「薄暮自稷门望两观，登泮宫台。」

〔二〕舞雩：鲁国祭天求雨的场所。

〔三〕泮水：古代学宫前的水池，形状如半月。《诗·鲁颂·泮水》：「思乐泮水，言采其芹。」毛传：「泮水，泮宫之水也。」郑笺：「泮之言半也。半水者，盖东西门以南通水，北无也。」

〔四〕「献馘」句：《诗·鲁颂·泮水》：「矫矫虎臣，在泮献馘。」献馘：古时出战杀敌，割取左耳，以献上论功。馘：被杀者之左耳。

〔五〕「规摹」句：谓策划势力到淮水一带。《诗·鲁颂·泮水》：「既作泮宫，淮夷攸服。」

〔六〕「独爱」二句：《论语·先进》：「（子曰）『点，尔何如？』鼓瑟希，铿尔，舍瑟而作。对曰：『异乎三子者之撰。』」鼓瑟翁：指曾晳，曾参之父。三子：指子路、冉有、公西华。

〔七〕宗周：指周王朝。因周为所封诸侯国之宗主国，故称。讫箓：谓天命已终。

〔八〕圣师：指孔子。捲怀：《论语·卫灵公》：「邦无道，则可捲而怀之。」刘宝南正义：「捲，收也。怀，与『褱』同，藏也。」后以之谓藏身隐退，收心息虑。

〔九〕「但欲」二句：《论语·先进》：「（点）曰：『莫春者，春服既成，冠者五六人，童子六七人，浴乎沂，风乎舞雩，咏而归。』夫子喟然叹曰：『吾与点也。』」

〔一〇〕「我亦」句：李白《古風》之十：「吾亦澹蕩人，拂衣可同調。」澹蕩：散澹。悠閑自在。

〔一一〕浴沂：指像曾皙「浴乎沂，風乎舞雩，詠而歸」一樣過悠閑自在的隱逸生活。沂：沂水。源出山東省曲阜市東南的尼山，西流合於泗水。

其六

大姦何所如，猰貐雄且猛〔一〕。雖然弭耳伏〔二〕，擇肉會一騁①〔三〕。卯也不敗露，名與聖師並②。天刑竟莫逃，不待七日頃〔四〕。曹瞞盜漢璽〔五〕，僅得保腰領③。與卯均小人，脱網乃差幸。小偷學不至，適足污鍖鼎〔六〕。不從市朝肆，必就遠方屏〔七〕。兩觀餘坡陁〔八〕，萬世示頑獷〔九〕。神兵懍可怖，過者宜少儆〔一〇〕。

〔校〕

①肉：李全本作「内」。　②名：李全本作「各」。　③腰：李詩本、毛本作「要」。二者古今字，從李全本、施本。

〔注〕

〔一〕猰貐：古代傳説中的食人猛獸。見《淮南子·本經訓》。

〔二〕弭耳：帖耳。馴服安順貌。

〔三〕擇肉：選取吞噬的對象。

〔四〕「卯也」四句：卯，少正卯，少正爲氏，名卯，春秋魯國人。傳説他聚徒講學，使孔子之門三盈三虚。《孔子家語·始誅》載，孔子爲魯司寇，爲政七日而誅亂政大夫少正卯，戮之於兩觀之下。

〔五〕「曹瞞」句：謂曹操篡漢權柄事。瞞：曹操小字阿瞞。

〔六〕錤：砧板。《漢書·項籍傳》「孰與身伏斧質」唐顔師古注：「質，謂錤也。古者斬人，加於錤上而斫之也。」

〔七〕「不從」二句：市朝，人衆會集之處。肆，古時處死刑後陳尸於市。《文選·曹植〈責躬詩〉》：「不忍我刑，暴之朝肆。」李善注：「杜預《左氏傳》注曰：肆，市列也。」二句謂不暴尸於市朝，就一定會貶逐於邊遠地區。

〔八〕兩觀：曲阜闕名。元楊奂《東游記》：「薄暮，自稷門望兩觀。」孔子誅少正卯於此。坡陁：不平坦。

〔九〕示：警示。頑獷：指頑劣粗野的人。

〔一〇〕儆：警戒。

其七

不見講堂處〔一〕，指似存世譜①〔二〕。遺基洙泗間〔三〕，荒惡餘十畝。聖師既已老，自衛歸在魯。正樂修六經〔四〕，卒業此其所。當時季路室，完整逮建武。太僕忠且壯，持用方禦侮〔五〕。如何唐盛日，一廢不重舉。中和天地位〔六〕，寧復俟庭廡〔七〕。所嗟世道衰，師授日莽鹵〔八〕。空餘千歲井〔九〕，黕黑昭終古②〔一〇〕。

〔校〕

①似：李詩本、毛本作「以」。據李全本、施本改。　②昭：毛本作「眼」，李全本、施本作「照」。從李詩本。

〔注〕

〔一〕講堂：元楊奂《東游記》：「林東三里，講堂也。林與堂俱在洙北泗南。按《世家》云，周敬王三十六年，孔子自衛返魯，删《詩》、《書》，定《禮》、《樂》，繫《易》於此。」

〔二〕指似：指點。世譜：家世譜系。

〔三〕洙泗間：洙水和泗水之間。古時二水自今山東省泗水縣北合流而下，至曲阜北，又分爲二水，洙水在北，泗水在南。春秋時屬魯國地。孔子在洙泗之間聚徒講學。

〔四〕六經：六部儒家經典。《莊子·天運》：「孔子謂老聃曰：『丘治《詩》、《書》、《禮》、《樂》、《易》、《春秋》六經。』」

〔五〕「當時」四句：《後漢書·祭肜傳》載，永平十二年，徵爲太僕。「後從東巡狩，過魯，坐孔子講堂，顧指子路室謂左右：『此太僕之室。太僕，吾之禦侮也』」。唐李賢注引《尚書大傳》：「孔子曰：『吾有四友焉……自吾得由（子路之名）也，惡言不至門，是非禦侮邪？』」季路：即子路。建武：東漢光武帝年號（二五——五六）。

〔六〕「中和」句：儒家認爲「致中和」，則天地萬物均能各得其所，達於和諧境界。
〔七〕庭廡：堂下四周的廊屋。句謂對儒學不够重視。
〔八〕莽鹵：粗疏。句謂世道衰微，師不尊，道不嚴，師授儒家學説日益粗疏模糊。
〔九〕千歲井：指顏井。
〔一〇〕黮黑：深黑貌。昭：顯示。終古：久遠。

其八

白塔表佛屋〔一〕，萬瓦青粼粼。何年勝果寺，西與姬公鄰〔二〕。塔廟恣汝爲，豈合魯城闉〔三〕。魯人惑異教〔四〕，吾道宜湮淪〔五〕。許行學神農，耒耜手自親①。當時子孟子，直以爲匪民②〔六〕。況彼桑門家，糞壤待其身。一朝斷生化，萬國隨荆榛〔七〕。孟氏非所期，安得楊與荀③〔八〕。丹青贊神化〔九〕，舊染爲一新。坐令鐘魚地④〔一〇〕，再睹籩豆陳〔一一〕。吾謀未及用，勿謂秦無人〔一二〕。

〔校〕

①耒：李全本作「未」。②匪：毛本作「生」。據李詩本、李全本、施本改。③楊：施本作「揚」。④坐：毛本作「空」，據李詩本、李全本、施本改。

〔注〕

〔一〕「白塔」句：謂勝果寺的白塔高出寺內廟宇。

〔二〕「何年」二句：元楊奂《東游記》：「辛亥，謁周公廟，廟居孔廟之東……廟北雙石梁井，石上綆痕有深指許者。百步許，得勝果寺，魯故宫地也。」姬公：指周公旦。

〔三〕魯城闉：魯國都城曲阜的屈曲處。

〔四〕異教：指佛教。

〔五〕吾道：指儒教。湮淪：淪落。

〔六〕「許行」四句：《孟子·滕文公上》言戰國時農家學説代表人物許行倡導學習傳説中遠古帝皇——農業和醫藥的發明者神農氏，主張帝王與民並耕而食。孟子從社會分工的角度反對其學説。匪民：非人，謂不被當人看待。

〔七〕「況彼」四句：言佛教僧侶禁戒自身，不嫁娶生育，若人皆效仿，則萬國無民。桑門：「沙門」的異譯。指僧侣。

〔八〕楊與荀：指楊朱和荀況。楊朱倡導爲我之説，與墨家「兼愛」相反。孟子斥爲異端。荀況爲儒家學派重要代表人物，尚法制，與孟子主張仁政不同。

〔九〕丹青：指畫像。

〔一〇〕坐：遂。鐘魚地：寺廟地。鐘魚：寺院撞鐘之木。因爲魚形，故稱。

〔一一〕籩豆：古代祭祀及宴會時常用的兩種禮器。竹製爲籩，木製爲豆。此指儒家學術。

〔一二〕「吾謀」二句：《左傳·文公十三年》：「繞朝贈之以策，曰：『子無謂秦無人，吾謀適不用也。』」

其九

天地有至文，六籍留聖謨〔一〕。聖師極善誘〔二〕，小智秪自愚。文章何物技，不直咳唾餘。操戈競虛名，望塵拜高車〔三〕。所得不毫髮，咎責滿八區。公論懸日星，豈直小人儒〔四〕。喻彼失相者，倀不知所如①〔五〕。指南一授轡〔六〕，聖門有修途。陽光照薄暮，尚堪補東隅〔七〕。悠哉發深省，灑掃今其初。

〔校〕

①倀：毛本作「倀」，據李詩本、李全本、施本改。

〔注〕

〔一〕六籍：指六經。聖謨：聖人治天下的宏圖大略。《書·伊訓》：「聖謨洋洋，嘉言孔彰。」

〔二〕聖師：指孔子。

〔三〕「望塵」句：《晉書·潘嶽傳》：「嶽性輕躁，趨世利，與石崇等諂事賈謐，每候其出，與崇輒望塵而拜。」後用作譏刺諂事權貴之詞。

〔四〕小人儒：《論語·雍也》：「子謂子夏曰：『女爲君子儒，無爲小人儒。』」何晏集解引孔安國曰：「君子爲儒將以明道；小人爲儒，則矜其名。」

〔五〕「喻彼」二句：《禮記·仲尼燕居》：「治國而無禮，譬猶瞽之無相與，倀倀乎其何之。」相：導引盲者的人。倀：無所適從貌。

〔六〕指南：指南車，我國古代用來指示方向的車。相傳爲黄帝所造。此處用以比喻治學的正確方向。

〔七〕「陽光」二句：《後漢書·馮異傳》：「赤眉破平，士吏勞苦，始雖垂翅回谿，終能奮翼黽池，可謂失之東隅，收之桑榆。」東隅：東角。因日出東隅，故用指早晨，初始。

一〇

林墓連魯城，方廣十里間。林間百草具，棘荆死不蕃①〔一〕。楷槐作横理〔二〕，青青閲千年。懷人成一慨，何止召公賢〔三〕。博陵石翁媪，名字無留鐫。兩獸墓前物，歲久乃訛傳〔四〕。昨我游魯門，規作孔林篇〔五〕。聖人與天大，聖道難爲言。所見不一記，來者何述焉。詩成私自媿，小子良斐然〔六〕。

〔校〕

①荆：李詩本、李全本、施本作「刺」。

〔注〕

〔一〕「林墓」四句：元楊奂《東游記》：「北出龍門入孔林……林廣十餘里，竹木繁盛，未見其比。而楷木以文，爲世所貴。無荆棘，無烏巢。」林墓：孔子墓地多植林木，人稱孔林或林墓。

〔二〕楷槐：孔林中的一種槐樹。宋周必大《文忠集》卷一八二「楷木」條：「槐簡以楷木爲上……木文縱者如點，横者特異於他木，出於兖州之孔林……階州境内産楷槐。疑即此木。蓋孔子時，武都屬氐羌，未通中國。弟子自遠方攜植墓林中。後世轉『階』從木，而音則同。」注〔一〕楊奂文「楷木以文，爲世所貴」即指此。

〔三〕「懷人」二句：《詩·召南·甘棠》：「蔽芾甘棠，勿剪勿伐，召伯所茇。蔽芾甘棠，勿剪勿敗，召伯所憩。」毛傳：「蔽芾，小貌。甘棠，杜也。剪，去。伐，擊也。」鄭箋：「茇，草舍也。召伯聽男女之訟，不重煩勞百姓，止舍小棠之下而聽斷焉。國人被其德，説其化，思其人，敬其樹。」召伯：即召公，姓姬名奭，周武王之臣。

〔四〕「博陵」四句：元楊奂《東游記》：「北出龍門入孔林……由輦路而北，夾路石表二，石獸四，石人二。獸作仰號之狀。」博陵：東漢本初元年，桓帝以蠡吾侯入立，追尊父翼爲孝崇皇。陵曰博陵。此當指孔墓。

〔五〕規：文體名。吴曾祺《文體芻言·箴銘類》：「規，亦告勉之辭。謂之規者，約之使合於法度也。」唐元結有「五規」。

〔六〕小子：學生，晚輩。斐然：發憤貌。魏曹丕《與吴質書》：「德璉常斐然有述作之意。」

〔編年〕

本集《手植檜聖像贊》：「乙巳冬十二月，拜林廟還。」清王昶《金石萃編·曲阜題名》：「太原元好問、劉浚明，京兆邢敏，上谷劉翊，東光句龍瀛，蕩陰張知剛，汝陽楊雲鵬，東平韓讓，恭拜聖祠，遂奠林墓。乙巳冬十二月望日題。」詩作於蒙古乃馬真后四年乙巳。李、繆同。

感事

壯事本無取，老謀何所成〔一〕。人皆傳已死，吾亦厭餘生〔二〕。潦倒封侯骨，淹留混俗情〔三〕。百年堪一笑，辛苦惜虛名。

〔注〕

〔一〕「壯事」二句：《國語·晉語一》：「郤叔虎曰：『既無老謀，而又無壯事，何以事君？』」韋昭注：「言己無謀，又恥無功也。」壯事：壯舉。老謀：深遠的謀略。

〔二〕「人皆」二句：蘇軾《謝量移汝州表》：「疾病連年，人皆相傳爲已死；饑寒並日，臣亦自厭其餘生。」

〔三〕淹留：虛度光陰。混俗：混同世俗，不清高超脱。

〔編年〕

本集《哭曹徵君》云：「去歲流言到處疑，聞君哭我不勝悲。今年我在君先殁，淚盡荒城君得知。」《曹徵君墓表》云：「歲丙午秋九月日，曹徵君子玉以疾終於襄陰寓舍。」又云：「妄人有傳予下世者，君聞之，寢食俱廢。」《與樞判白兄書》也云：「比來數處傳某下世，已有作祭文挽辭者。」按此，妄傳遺山下世事在乙巳年。本詩有「人皆傳已死」句，當作於蒙古乃馬真后四年乙巳。李《譜》定在此年。繆《譜》未編。

王黄華墨竹爲郭輔之賦〔一〕

古來畫竹尊右丞〔二〕，東坡斂袂不敢評〔三〕。開元石本出摹寫〔四〕，燕市駿骨留空名〔五〕。亦有文湖州〔六〕，畫意不畫形。一爲坡所賞，四海知有篔簹亭①〔七〕。深衣幅巾老明經，老死不敢言縱横〔八〕。豈知遼江一派最後出〔九〕，運斤成風刃發硎〔一〇〕。雪溪仙人詩骨清〔一一〕，畫筆尚餘詩典刑〔一二〕。月中看竹寫秋影，清鏡平明白髮生。娟娟略似萱草詠〔一三〕，落落不減叢臺行〔一四〕。千枝萬葉何許來，但見醉帖字欹傾。君不見，忠恕大篆草書法〔一五〕，趙生怒虎噀墨成〔一六〕。至人技進不名技〔一七〕，游戲亦復通真靈。百年文章公主盟，屏山見之跽且擎。聲光舊塞天壤破，議論今着兒曹輕〔一八〕。有物於此鳴不平，悲耶嘯耶誰汝令。只恐破窗風雨夜，怒隨雷電上青冥②〔一九〕。

〔校〕

①知：毛本作「非」。據李詩本、李全本、施本改。　②怒：毛本作「心」。據李詩本、李全本、施本改。

〔注〕

〔一〕王黄華：王庭筠自號黄華山主。詩、書、畫皆精，書畫學宋米芾，「墨竹殆天機所到，文湖州以下不論也」（《中州集》）。生平詳見《王子端内翰山水同屏山賦二詩》其一注〔一〕。郭輔之：施注：「《彰德志》，金郭輔之得鄴南城注雨瓦筒，以之支琴，王庭筠爲之賦詩云云，即此。」按此，郭輔之爲彰德人，歲輩長於遺山。

〔二〕右丞：盛唐詩人兼畫家王維官尚書右丞，世稱王右丞。

〔三〕「東坡」句：蘇軾《王維吴道子畫》：「門前兩叢竹，雪節貫霜根。交柯亂葉動無數，一一皆可尋其源。吴生雖妙筆，猶以畫工論。摩詰得之於象外，有如仙翮謝籠樊。吾觀二子皆神俊，又於維也斂衽無間言。」

〔四〕開元石本：清倪濤《六藝之一録》卷一四八：「余嘗見開元石本，褚河南臨本……其後模者日益，楷而小，非復故步矣。」開元：唐玄宗年號。石本：石刻的拓本。此指王羲之蘭亭帖。

〔五〕「燕市」句：用燕昭王千金買千里馬尸骨典，謂開元石本摹寫呆板無神空有其名。

〔六〕文湖州：北宋畫家文同守湖州，故稱。

〔七〕「一爲」二句：蘇軾《文與可畫篔簹谷偃竹記》載文同所言胸有成竹之畫法。文同守洋州時，曾在篔簹谷建篔簹亭，朝夕游處，畫竹愈工。

〔八〕「深衣」二句：以死啃經書的儒生喻循規蹈矩的畫者，謂其遵循陳説，缺乏創新精神。

〔九〕遼江一派：王庭筠爲蓋州熊嶽（今遼寧省蓋州市）人，故稱。

〔一〇〕運斤成風：謂揮斧成風聲。形容技術高妙。語出《莊子·徐無鬼》：「郢人堊慢其鼻端，若蠅翼，使匠石斲之。匠石運斤成風，聽而斲之，盡堊而鼻不傷。」刃發硎：指刀新磨好。喻才思敏捷，畫藝嫻熟。語出《莊子·養生主》：「今臣之刃十九年矣，所解數千牛矣，而刀刃若新發於硎。」硎：磨刀石。

〔一一〕雪溪：王庭筠之號。

〔一二〕典刑：即典型。此指風範。

〔一三〕娟娟：長曲貌。萱草詠：《中州集》卷三王庭筠《獄中賦萱》：「沙麓百戰場，舄鹵不敏樹。況復幽圄中，萬古結愁霧。寸根不擇地，於此生意具……晚雨沾濡之，向我泫如訴。志憂定漫説，相對清淚雨。」萱草：俗稱金針菜。

〔一四〕落落：孤高貌。叢臺行：王若虚《滹南詩話》卷三引王庭筠《叢臺》絶句：「猛拍欄杆問廢興，野花啼鳥不應人。」叢臺，戰國趙築，在邯鄲城内。數臺相連，故名。

〔一五〕忠恕：明陶宗儀《書史會要》卷六：「郭忠恕字恕先，洛陽人。仕周爲博士。入朝，（宋）太宗素知其名，召爲國子監主簿。能屬文。工篆隸，而楷法尤精。

〔一六〕「趙生」句：元王惲《玉堂嘉話》卷三：「趙邈𪅂撰墨虎，至兩目夾鏡，睛隨人轉。同史左丞觀於田尚書和卿家。」趙邈𪅂，也稱趙邈齪，宋代畫家。亡其名，樸野不事修飾，故人以邈齪稱。見

《宣和畫譜》。

〔一七〕「至人」句：《莊子・養生主》：「庖丁釋刀對曰：『臣之所好者道也，進乎技矣。』」

〔一八〕「百年」四句：見《王子端内翰山水同屏山賦二詩》其一注〔三〕。

〔一九〕「怒隨」句：用「畫龍點睛」典。

〔編年〕

李《譜》編於蒙古定宗元年丙午下「附録」中，云：「按輔之，彰德人。曾與王黄華爲友，是時未知存亡也。然從前過彰德無明據，附此（本集《朝散大夫同知東平府事胡公神道碑》云：「歲丙午，某過彰德」）。從之。繆《譜》未編。

宋周臣生子三首〔一〕

其一

試手君家助喜詩，秋風丹桂長新枝〔二〕。昂霄聳壑他年見〔三〕，木月同宮記此時①〔四〕。

木月同宮①，五星家謂人以此時生者，長必貴。

〔校〕

①木：施本作「水」。

〔注〕

〔一〕宋周臣：宋子貞字周臣，東平萬户幕府官。詳見《送宋省參并寄潞府諸人》注〔一〕。

〔二〕丹桂：喻秀拔的人才。五代馮道《竇氏五子》：「燕山竇十郎，教子以義方。靈椿一株老，丹桂五枝芳。」

〔三〕昂霄聳壑：形容出人頭地。《新唐書·房玄齡傳》：「僕觀人多矣，未有如此郎者，當爲國器，但恨不見其聳壑昂霄云。」

〔四〕木月同宫：明萬民英《星學大成》卷十九載，「月宫主性密口敏」，「木宫主稟性沉厚，好慈善，有威名，多財禄」。「月、木同宫，致學出衆，更得大貴人見知」。

其二

玉季金昆世共賢〔一〕，天將文筆付家傳。清新未要梅花賦〔二〕，射虎留看第一篇。鄉先生宋濟川以射虎詩著名〔三〕。

〔注〕

〔一〕玉季金昆：對人兄弟的美稱。

〔二〕「清新」句：唐宋璟有《梅花賦》，皮日休謂其「清便豔發，得南朝徐庾體」。見蘇軾《牡丹記敘》。

〔三〕尾注：《中州集·宋孟州楫》：「楫字濟川，長子人……泰和三年，以省掾從吏部尚書梁肅使宋。副趙王府長史直臣獵淮上，射一虎，斃之。濟川有詩記其事，語意俊拔，泗州守刻石於鎮淮堂。」

其三

雛鳳來時鶴卵成〔一〕，兩兒前後不多争〔二〕。阿寧解語應須道〔三〕，猶是渠家百日兒。

〔注〕

〔一〕雛鳳：幼鳳。比喻有才華的子弟。此指宋周臣子。鶴卵：鶴蛋。比喻美石或珠玉。此指己子阿寧。

〔二〕争：差。

〔三〕阿寧：遺山次子叔開的小字。

〔編年〕

李《譜》據本集《定風波》〔五色蓮盆玉雪肌〕詞序「兒子阿中百晬日作」及「六十平頭年運好」、「阿齡扶路阿中隨」詞句，謂阿齡（即寧兒）至己酉尚扶路，當生於丙午年。遂編此詩於蒙古定宗元年丙午在東平時。按：遺山己酉前在東平，一爲乙巳冬至丙午春，再推則爲庚子冬至辛丑春。後者與元詞所云不合，故從李《譜》。繆《譜》未編。

即事

四長東州貢姓名〔一〕，阿茶能誦木蘭行〔二〕。元家近日添新喜，掌上寧兒玉刻成〔三〕。寧兒，叔開小字。阿茶，第四女，字叔閑①。

〔校〕

①閑：毛本作「開」，形訛。據李詩本、李全本、施本改。

〔注〕

〔一〕「四長」句：疑指山東的四位長者曾爲阿茶起名。李《譜》定寧兒生於丙午，時阿茶十歲左右，則生於冠氏。故有「東州」語。

〔二〕木蘭行：即《木蘭詩》，北朝樂府民歌。

〔三〕寧兒：遺山次子。

〔編年〕

李《譜》編於蒙古定宗元年丙午。從之，理由見《宋周臣生子三首》編年。繆《譜》未編。

益都宣撫田侯器之燕子圖詩傳本，己亥秋七月予得於馮翊宋文通家①。會侯之子仲新自燕中來，隨以歸之。仲新謂予言：「兵間故物，一失無所復望，乃今從吾子得之，焕若神明，頓還舊觀，似非偶然者。方謁時賢，以嗣前作，幸吾子發其端。」因賦三詩。丙午春三月河東元某謹題②〔一〕

其一

紅線還驚掌上看，十年音信海漫漫③。渠家王謝堂前慣〔二〕，暗認曹劉可是難〔三〕。

〔校〕

①予：施本作「余」。②丙午春三月河東元某謹題：李詩本、毛本缺。據李全本、施本補。③信：李全本、施本作「息」。

〔注〕

〔一〕田器之：名琢，蔚州（今河北省蔚縣）定安人。明昌五年進士，仕至山東東路益都府事（《金史·田琢傳》）。燕子圖詩：《中州集》卷五龐鑄《田器之燕子圖》詩有器之自敘，言田從軍塞外時，曾與一對燕子相識，别時田贈詩裝於蠟丸繫於燕足。後九年移居潞州，燕子復來尋，繫詩如舊。因請同年龐鑄畫燕子圖，求諸公賦詩。《中州集》中楊雲翼、趙秉文、李獻能、王大用皆有詠該圖的詩作。

〔二〕「渠家」句：唐劉禹錫《烏衣巷》：「舊時王謝堂前燕，飛入尋常百姓家。」王謝：東晉以王導、謝安爲代表的大家世族。

〔三〕曹劉：曹植、劉楨。本集《論詩三十首》之二：「曹劉坐嘯虎生風，四海無人角二雄。」此用以代指田琢。《中州集》龐鑄《田器之燕子圖》序末注：「器之……慷慨有志節，閑閑公所謂『田侯落落奇男子者也』。」

其二

古錦詩囊半陸沉〔一〕，吴楓句好入江深〔二〕。世間妾婦争相妬，禽鳥區區却賞音〔三〕。首句謂怨家投李長吉詩厠中。

〔注〕

〔一〕古錦詩囊：李商隱《李賀小傳》：「恒從小奚奴，騎蹇驢，背一古破錦囊，遇有所得，即投書囊中。」陸沉：埋没不爲人知。此指詩末所説事，詳見唐張固《幽閒鼓吹》。

〔二〕「吴楓」句：《新唐書·文藝傳·崔信明》：「揚州録事參軍鄭世翼者，亦驁倨，數恌輕忤物，遇信明江中，謂曰：『聞公有「楓落吴江冷」，願見其餘。』信明欣然多出衆篇，世翼覽未終，曰：『所見不逮所聞！』投諸水，引舟去。」

〔三〕「禽鳥」句：謂田器之繫詩於燕足，燕子數年後復來尋事。

其三

才氣田侯絶世奇，山丘零落更堪悲〔一〕。休驚燕子詩留在，化鶴歸來未可知〔二〕。

〔注〕

〔一〕山丘零落：曹植《箜篌引》：「生存華屋處，零落歸山丘。」山丘：墳墓。

〔二〕化鶴歸來：用丁令威成仙化鶴歸故鄉典，詳見《癸巳四月二十九日出京》注〔五〕。此指田器之的靈魂。

【編年】

蒙古定宗元年丙午在鄉作。李、繆同。

喬千户挽詩〔一〕

高冢驚看石表新〔二〕，空將事業望麒麟〔三〕。燕遼部曲千夫長，楚漢風雲百戰身。赤羽有神留絶藝〔四〕，素旗無誄記連姻〔五〕。陰功未報天心在〔六〕，累將重侯又幾人〔七〕。潘安仁《楊使君誄》有「表之素旗」之句。喬與予皆毛氏之婿。

【注】

〔一〕喬千户：喬維忠（一一九二——一二四六），字孝先，涿州定興（今河北省定興縣）人。少爲俠，游燕趙間。仕蒙古，任張柔萬户府副元帥，以功封千户。本集有《千户喬公神道碑銘》。《新元史》有傳。

〔二〕石表：石碑。

〔三〕麒麟：麒麟閣的省稱。《漢書·蘇武傳》：「甘露三年，單于始入朝。上（漢宣帝）思股肱之美，乃圖畫其人於麒麟閣。」後用作建功立業、流芳百世的典故。

〔四〕「赤羽」句：本集《千户喬公神道碑銘》：「公……驍勇善騎射，志膽堅決。」赤羽：羽箭名。

〔五〕素旗：指古代靈柩前的白色旗幡。上寫死者姓名、官銜等。誄：悼念死者的文章。連姻：喬維忠娶大名毛伯朋之長女，遺山續娶彭城毛端卿之女。二毛以宗盟之故，通譜牒，相友善。

〔六〕陰功：迷信的人指在人世間所爲而在陰間可以記功的好事。

〔七〕累將重侯：指世代顯貴。

〔編年〕

本集《千户喬公神道碑銘》載喬「竟以丙午年五月二十有七日，春秋五十有五，終於正寢」。詩作於蒙古定宗元年丙午，李、繆同。

聖阜危樓①〔一〕

聖母留殘此混融〔二〕，一堆寒碧現神功〔三〕。巨鰲突出海波沸〔四〕，靈鷲飛來天竺空〔五〕。文石異時傳勝概②，危亭何日架晴虹③〔六〕。搏扶九萬非吾事〔七〕，且放雲山入座中。

〔校〕

①此詩原本無。姚增訂本據康熙五十一年《定襄縣志》補。今從雍正《山西通志》本。②文：姚本作「水」。雍正《山西通志》、《山右石刻叢編》皆作「文」，從之。③日：姚本作「月」。雍正《山西通志》、《山右石刻叢編》皆作「日」，從之。

〔注〕

〔一〕聖阜：山名。在山西省定襄縣東北。宋樂史《太平寰宇記》載，聖阜，今名聖人山，在縣東北二十里，石上手足跡猶存。危：高。

〔二〕聖母：古代民間尊稱有殊功於民的婦女。此指女媧。留殘：言聖皐山是女媧鍊石補天遺留下來的殘石。混融：混和融合。

〔三〕寒碧：指水中聖皐山的倒影。本集《泛舟大明湖》有「看山水底山更佳，一堆蒼煙收不起」句。聖皐山「下有温泉，聖皐水出焉」（清乾隆《大清一統志》）。下句「文石」指此。

〔四〕「巨鰲」句：以鰲背喻水中山。傳説海中巨龜，背負神山，見《列子·湯問》。本集《臺山雜詠十六首》其二有「茫茫松海露靈鰲」句。

〔五〕「靈鷲」句：杭州西湖的飛來峰，傳説是佛教聖地天竺（印度）的靈鷲峰飛來的。此指聖皐山。

〔六〕晴虹：燈的别名。

〔七〕摶扶九萬：《莊子·逍遥游》：「諧之言曰：鵬之徙於南冥也，水擊三千里，摶扶摇而上者九萬里。」摶：拍，附。扶：扶摇，風名。一種從地面上升的暴風。

〔編年〕

此詩李、繆未編年。按《山右石刻叢編》卷三十有李治撰《重修聖皐祠記》及遺山此詩。《記》云聖皐祠乃忻州郡守樊天勝重修，末題「丙午夏六月中庚日記」。聖皐祠爲定襄一大景觀，又與遺山神山别業近鄰，樊天勝亦遺山老友，新祠落成，遺山當往觀之。詩當蒙古定宗元年丙午作。

中國古典文學基本叢書

元好問詩編年校注

下册

〔金〕元好問 著
狄寶心 校注

中華書局

丙午九日詠菊二首

其一

秋菊有何好，只緣風露清。花中誰比數〔一〕，霜後獨鮮明。九日惜虛過，一尊還自傾。今年病居士〔二〕，吟繞更關情。

【注】

〔一〕比數：相提並論。

〔二〕居士：猶處士。在家隱居不仕的人。詩人自指。

其二

几案得新供，小窗幽更宜。風霜寧小怯，根撥要深移〔一〕。黄素金行正〔二〕，芳甘藥品奇〔三〕。三薰復三沐〔四〕，歲晏與君期〔五〕。

【注】

〔一〕根撥：花木的根株。

〔二〕「黄素」句：清吴景旭《歷代詩話》卷六四「金行」條云：「元遺山詠菊詩：『黄素金行正，芳甘藥品奇。』吴旦生曰：『范石湖《菊譜》：黄者，中之色。土王季月，而菊以九月花。金土之應，相生而相得者也。其次白色。西方金氣之應。此遺山所謂『黃素金行正』也。又《月令》注菊色，言黃者，秋令，在金。金有五色，而黃爲貴，故菊色以黃爲正。』」宋李廌《濟南集・松菊堂賦》：「惟衆草之弱兮，菊則有芳。鍾靈氣兮異稟，挺正操兮能剛。若乃金行正秋，玉律司商。清風戒寒，殺氣霣霜。」

〔三〕「芳甘」句：古人用菊花泡酒，認爲可作長生之藥。

〔四〕三薰三沐：再三薰香沐浴。表示鄭重虔敬。《國語・齊語》：「（管仲）比至，三釁三浴之，桓公親迎之於郊。」

〔五〕晏：晚。句謂晚節與菊花共香。

〔編年〕

蒙古定宗元年丙午重九日在家作。李、繆同。

哭曹徵君子玉二首〔一〕

其一

去歲流言到處疑〔二〕，聞君哭我不勝悲〔三〕。今年我在君先殁，淚盡荒城君得知。

〔注〕

〔一〕曹徵君子玉：指曹珏。詳見《弘州贈曹丈子玉》注〔一〕。

〔二〕「去歲」句：指乙巳歲世傳遺山已逝事。詳見《感事》（五律）編年。

〔三〕「聞君」句：本集《曹徵君墓表》：「妄人有傳予下世者，君聞之，寢食俱廢。」

其二

遶墳三匝去無因，千里冰霜半病身。斗酒隻鷄孤舊約〔一〕，素車白馬屬何人〔二〕。

〔注〕

〔一〕「斗酒」句：《後漢書·范式傳》：「范式字巨卿，山陽金鄉人。一名氾。少游太學，爲諸生，與汝南張劭爲友。劭字元伯。二人並告歸鄉里，式謂元伯曰：『後二年當還，將過拜尊親，見孺子焉。』乃共尅期日。後期方至，元伯具以白母，請設饌以候之。母曰：『二年之別，千里結言，爾何相信之審邪？』對曰：『巨卿信士，必不乖違。』母曰：『若然，當爲爾醞酒。』至其日巨卿果到，升堂拜飲，盡歡而別。」孤：辜負。

〔二〕素車白馬：送葬之辭。《後漢書·范式傳》載，劭死，式馳赴之，未至而喪已發引。既至壙，將窆，柩不肯進。遂停柩移時，乃見素車白馬，號哭而來。劭母望之曰：「是必范巨卿也。」式因執紼而引，柩於是乃前。

〔編年〕

本集《曹徵君墓表》：「歲丙午秋九月日，曹徵君子玉以疾終於襄陰之寓舍……予爲位而哭，且爲文以哀之。」詩作於蒙古定宗元年丙午。李《譜》同。繆《譜》繫在下年，不妥。

追懷曹徵君

生死論交不易忘〔一〕，一回言別淚千行〔二〕。空勞結伴歸蓮社〔三〕，無復題詩寄草堂〔四〕。楚國先賢宜有傳〔五〕，粵阡羈鬼謾思鄉〔六〕。因君錯怨天公了，且道今誰晚節昌。

〔注〕

〔一〕生死論交：評定可共生死的情誼。

〔二〕「一回」句：本集《曹徵君墓表》：「壬辰之兵，君流寓宏州。癸卯冬，予自新興將至燕中，乃枉道過之。死生契闊，始一見顏色。握手而語，恍如隔世，不覺流涕之覆面也。」句指此。

〔三〕蓮社：晉代廬山東林寺高僧慧遠，與僧俗十八賢結社念佛。因寺池有白蓮，故稱。

〔四〕題詩寄草堂：唐高適《人日寄杜二拾遺》：「人日題詩寄草堂，遥憐故人思故鄉。」句以杜甫自比。

〔五〕「楚國」句：地方志有爲本地先賢立傳的體例，西晉張方撰《楚國先賢傳》。曹子玉寓居方城二十年，文章德行，聞於朝野，方城屬戰國楚地。句謂後世修《楚國先賢傳》時應當爲曹徵君立傳。

〔六〕「粵阡」句：本集《望盧氏西南熊耳嶺》「未信羈魂似粵阡」句下注：「柳文。」廣西古稱「粵」；阡，通往墓地之路。柳宗元《故襄陽丞趙君墓誌》有「客死於柳州」「羈鬼相望」語。曹珏乃磁州滏陽（今河北省磁縣）人，客死宏州（今河北省陽原縣）。謾，空，徒然。

〔編年〕

李《譜》繫在蒙古定宗元年丙午曹子玉卒後作，從之。繆《譜》未編。

酬中條李隱君邦彦〔一〕

川路限南北①〔二〕，相逢今白頭。蟲沙非故國〔三〕，人物自名流〔四〕。學道慚高步，留詩惜暗投〔五〕。歸秦如有便，終伴竹林游〔六〕。邦彦自關中徒步省其季父於集寧〔七〕，故有「竹林」之句。

〔校〕

①川：李全本、施本作「州」，訛。本集《送邦彦北行》有「川涂即睽隔」語，意同此。

〔注〕

〔一〕中條：山名。在今山西省西南部，黄河以北。李邦彦：芮城（今山西省芮城縣）人，隱居於中條山。本集《藏雲先生袁君墓表》及之。

〔二〕川路：路涂。

〔三〕蟲沙：《太平御覽》卷九一六引《抱朴子》：「周穆王南征，一軍盡化。君子爲猿爲鶴，小人爲蟲爲沙。」句謂故國鼎革。

〔四〕人物：指李邦彦。

〔五〕「學道」二句：謂李氏隱居中條山學道，其造詣令自己慚愧。李氏留贈之詩，自己也可惜其暗投。

〔六〕竹林游：魏晉之間阮籍、嵇康等七人在竹林宴游。竹林七賢中有阮籍及其兄子阮咸。尾注言李邦彦省其季父，故用此典。

〔七〕集寧：金縣名，屬西京路撫州。見《金史·地理上》。

〔編年〕

本集《藏雲先生袁君墓表》：「丁未春，芮城李邦彦過吾州。」李、繆據之繫詩於蒙古定宗二年丁未春作，從之。

送邦彦北行

比數推前輩〔一〕，陪從結後緣〔二〕。川涂即暌隔〔三〕，詩酒重留連。白鶴歸華表〔四〕，青牛得老仙〔五〕。秦山好行脚〔六〕，倚杖待明年。紫微劉丈雅有游秦之興〔七〕，故篇中有及。

〔注〕

〔一〕比數：比較而數。

〔二〕後緣：後期交結的緣分。

〔三〕暌隔：分離，乖隔。

〔四〕「白鶴」句：用仙人丁令威化鶴歸來典（詳見《癸巳四月二十九日出京》注〔五〕），喻已年老返鄉。

〔五〕「青牛」句：《史記・老子韓非列傳》：「於是老子迺著書上下篇……莫知其終。」司馬貞索隱引漢劉向《列仙傳》：「老子西游，關令尹喜望見有紫氣浮關，而老子果乘青牛而過也。」後以「青牛」爲神仙道士之坐騎。老仙：指尾注劉紫微。

〔六〕行脚：謂僧人道士爲尋師求法而游食四方。

〔七〕紫微劉丈：道士，定襄人。見《九日讀書山用陶詩「露凄暄風息，氣清天曠明」爲韻賦十詩》其一〇注〔一〕。

〔編年〕

與上詩同時作。李、繆繫在蒙古定宗二年丁未，從之。

丁未寒食歸自三泉〔一〕

春山晴煖紫生煙①，山下分流百汊泉〔二〕。未放小桃妝野景〔三〕，已看茅屋映秋千〔四〕。飢烏得食争相唤，醉叟行歌只自顛。寒食明年定何許，故人尊酒且留連〔五〕。

〔校〕

①春：施本作「青」。

〔注〕

〔一〕寒食：節日名。清明節前一日或二日。三泉：在今山西省繁峙縣東北泰戲山，爲滹沱河之上源。本集《創開滹水渠堰記》：「滹水之源，出於雁門東山之三泉。」

〔二〕汊：水流的分支。

〔三〕未放小桃：指山桃花尚未開放。

〔四〕秋千：舊俗，清明節前後，村人玩秋千戲。諺曰：「三月三，亮藍衫。」即指清明節打秋千，婦女穿藍衫。

〔五〕故人尊酒：本集《春日抒懷呈劉濟川》有「周侯見説應相笑，共隱三泉先有盟」句，知遺山與劉濟川等同游三泉，且有隱居於此之意。本集《滿江紅》〔桃李漫山〕詞題序云：「三泉醉飲。」

〔編年〕

蒙古定宗二年丁未春作。李、繆同。

春日書懷呈劉濟川〔一〕

鄉社荒殘住不成，無端蓬蓽掩柴荆〔二〕。流年又見東風菜〔三〕，樂土空懷北斗城〔四〕。父老只供留我醉，兒童也喜從君行。周侯見説應相笑〔五〕，共隱三泉先有盟〔六〕。東風菜，見《本草·菜部》。

〔注〕

〔一〕劉濟川：名濟，字濟川，景州阜城（今河北省阜城縣）人。金初僞齊劉豫諸孫。參見《九日讀書山用陶詩「露淒暄風息，氣清天曠明」爲韻賦十詩》其二注〔四〕。

〔二〕無端：無奈。蓬蓽：用草莖編成的門户。柴荆：用柴荆做的簡陋門户。

〔三〕流年：流逝的年華。東風菜：菜名。可入藥。先春而生，故有東風之號。見宋唐慎微《證類本草》。

〔四〕樂土：歡樂之地。語出《詩·魏風·碩鼠》：「逝將去汝，適彼樂土。」北斗城：《三輔黄圖》：「長安故城，城南爲南斗形，城北爲北斗形。故號北斗城。」此指金故國的繁盛。

〔五〕周侯：指定襄帥周獻臣。

〔六〕三泉：地名。詳見《丁未寒食歸自三泉》注〔一〕。

〔編年〕

《丁未寒食歸自三泉》後不久作。姑編於蒙古定宗二年丁未。李《譜》據《九日讀書山用陶詩「露淒暄風息，氣清天曠明」爲韻賦十詩》「翩翩劉公子」句，編於蒙古太宗十二年庚子，不妥。繆《譜》未編。

耀卿西山歸隱三首 馬卿爲耀卿張君寫真，未幾被召北上①〔一〕。

其一

静裏簞瓢不厭空〔二〕，北窗元自有清風〔三〕。傅巖只道無人識〔四〕，已落君王物色中〔五〕。

〔校〕

①召：毛本無此字。據李詩本、李全本、施本補。

〔注〕

〔一〕耀卿：張德輝（一一九三——一二七四），字耀卿，冀寧交城（今山西省交城縣）人。金亡入史天澤幕府爲經歷官，興滯補弊，多所裨益。未幾，兼提領真定府事，升真定府參議，聲望「隆於諸鎮而上達於龍庭」。丁未歲應忽必烈之召北赴和林，陳請行孔子之道。壬子歲與遺山偕行，請忽必烈爲儒教大宗師。馬卿：馬雲卿，介休（今山西省介休縣）人。畫家，見明朱謀垔《畫史會要》。本集有《馬雲卿畫紙衣道者像》詩。其弟馬雲漢亦稱馬卿。如本集《介山馬卿雲漢爲仲晦甫寫真……贊云》。

〔二〕「静裏」句：《論語·雍也》：「子曰：『賢哉，回也！一簞食，一瓢飲，在陋巷，人不堪其憂，回也不改其樂。」

〔三〕「北窗」句：陶淵明《與子儼等疏》：「常言五、六月中，北窗下卧，遇涼風暫至，自謂是羲皇上人。」

〔四〕傅巖：古地名。相傳商代賢士傅説爲奴隸時版築於此，故稱。清顧祖禹《讀史方輿紀要·山西三・平陽府》：「傅巖，縣（平陸縣）東三十五，即殷相傅説隱處。」

〔五〕「已落」句：君王，指忽必烈。本集《令旨重修真定廟學記》：「王以丁未之五月，召真定總府參佐張德輝北上。」此即題注所言「未幾被召北上」事。

其二

馬卿似與物爲春〔一〕，難狀靈臺下筆親〔二〕。預拂青山一片石〔三〕，異時真是卷中人。

〔注〕

〔一〕與物爲春：《莊子・德充符》：「使日夜無却，而與物爲春，是接而生時于心者也。」句謂馬雲卿的畫藝達到與萬物融洽如和煦陽春的境界。

〔二〕靈臺：指心靈境界。

〔三〕「預拂」句：預先畫青山一片石作爲肖像背景以顯示其將來的歸隱情趣。拂，畫。

其三

冠劍雲臺大縣侯①〔一〕，富春漁釣一羊裘〔二〕。山林鐘鼎無心了〔三〕，誰是人間第一流。

〔校〕

①雲：毛本作「靈」，形訛。據李詩本、李全本、施本改。

〔注〕

〔一〕雲臺：漢明帝時因追念前世功臣，圖畫鄧禹等二十八將於南宮雲臺，後用以泛指紀念功臣名將之所。大縣侯：宋楊侃輯《兩漢博聞》卷十：「漢法，大縣侯位視三公，小縣侯位視上卿。」

〔二〕「富春」句：《後漢書·嚴光傳》載，嚴光字子陵，少有高名。漢光武帝思其賢，乃令訪查。人言「有一男子，披羊裘釣澤中」。光武帝疑爲光，遣使聘之，「除爲諫議大夫，不屈，乃耕於富春山，後人名其釣處爲『嚴陵瀨』焉」。富春：江名。在今浙江省中部，是錢塘江從桐廬至蕭山聞堰段的別稱。

〔三〕山林鐘鼎：指高蹈山林的隱者和鐘鳴鼎食的顯達。本集《論詩三十首》其一四云：「出處殊塗聽所安，山林何得賤衣冠。」句謂於仕隱無所軒輊。

〔編年〕

題注所云「未幾，被召北上」，即指本集《令旨重修真定廟學記》「王以丁未之五月，召真定總府參佐張德輝北上」事。詩作於蒙古定宗二年丁未五月在鎮州時。李、繆同。

出鎮州〔一〕

汾水歸心日夜流〔二〕，孤雲飛處是松楸〔三〕。無端行近還鄉路，却傍西山入相州〔四〕。

〔注〕

〔一〕鎮州：金真定府。宋置常山郡鎮州成德軍節度，故稱。治所即今河北省正定縣。

〔二〕汾水：汾河。代指詩人家鄉。

〔三〕孤雲飛處：《新唐書・狄仁傑傳》：「薦授并州法曹參軍，親在河陽。仁傑登太行山，反顧，見白雲孤飛，謂左右曰：『吾親舍其下。』瞻悵久之。雲移，乃得去。」後以「白雲親舍」爲客中思念父母之詞。句用此典。松楸：松樹與楸樹。墓地多植，因以代稱墳墓。句謂客中懷念嗣母張氏的新墳。本集《與樞判白兄書》「向前八月大葬之後」即指改葬嗣母事。

〔四〕相州：金彰德府，宋置相州鄴郡彰德軍節度。治安陽，今河南省安陽市。

【編年】

李《譜》繫於蒙古定宗二年丁未。繆《譜》未編。關於丁未年由鎮州至相州再游黃華山的行跡，本集無明文可考。李《譜》推測有理，故從之。理由詳見《水簾記異》編年。

善應寺五首〔一〕

其一

平崗回合盡桑麻，百汊清泉兩岸花。更得青山作重複，武林何處覓仙家〔二〕。

【注】

〔一〕善應寺：在相州（今河南省安陽市）。本集《浣溪沙》（湖上春風散客愁）題序云：「相州西南善應，洹水所從出。風物絕似吾嵩山玉溪，但寒藤老屋差及也。」

〔二〕武林：舊時杭州的別稱，以武林山得名。蘇軾《送子由使契丹》：「沙漠回看清禁月，湖山應夢武林春。」

其二

石潭高樹映寒藤，閑有沙鷗静有僧。總愛山陽竹林好①〔一〕，七賢來了更誰曾。

〔校〕

①愛：施本作「恨」。

〔注〕

〔一〕山陽竹林：《三國志·魏書·嵇康傳》裴松之注引《魏氏春秋》：「康寓居河内之山陽縣……與陳留阮籍、河内山濤、河内向秀、籍兄子咸、琅琊王戎、沛人劉伶相與友善，游於竹林，號爲『七賢』。」

其三

夕陽人影卧平橋，倦客登臨不自聊。且放游魚覓歸宿，争教白鷺逞風標〔一〕。

〔注〕

〔一〕白鷺逞風標：唐杜牧《晚晴賦》：「白鷺潛來兮，邈風標之公子。」風標：形容優美的姿容神態。

其四

山中魚鳥夙相親，問舍求田有主人〔一〕。自讀舊題還自笑〔二〕，七年鞍馬只紅塵。前題善應寺壁有「紅塵鞍馬幾時休」之句，又七年矣。

〔注〕

〔一〕問舍求田：買屋置田。《三國志・魏書・陳登傳》：「許汜曰：『昔遭亂過下邳，見元龍。元龍無客主之意，久不與相語，自上大牀卧，使客卧小牀。』劉備曰：『君有國士之名，今天下大亂，帝主失所，望君憂國忘家，有救世之意。而君求田問舍，言無可採。是元龍所諱也，何緣當與君語？』」

〔二〕舊題：本集《浣溪沙》（湖上春風散客愁）下闋云：「楊柳青旗酤酒市，桃花流水釣魚舟。紅塵鞍馬幾時休。」

其五

困不成眠百感生，田家燈火夜深明。無因洗耳風沙底〔一〕，枉費潺潺落枕聲。

〔注〕

〔一〕洗耳：晉皇甫謐《高士傳》卷上：「堯又召許由爲九州長，由不欲聞之，洗耳於潁水濱。時其友巢父牽犢欲飲之，見由洗耳，問其故，對曰：『堯欲召我爲九州長，惡聞其聲，是故洗耳。』」後用作超然物外的典故。

〔編年〕

李、繆定於蒙古乃馬真后三年甲辰秋往河南遷葬路經相州時作。按詩有「七年鞍馬只紅塵」句，由甲辰逆數七年在丁酉，而丁酉春遺山絶無至相州事。故知李、繆誤。本集《水簾記異》有「七年長路今一到」句，「水簾」在相州黄華山，二詩當同時作。故繫在蒙古定宗二年丁未。理由詳見《水簾記異》編年。

呂國材家醉飲〔一〕

世事悠悠殊未涯，七年回首一長嗟〔二〕。虚傳庾信淩雲筆〔三〕，無復張騫犯斗槎〔四〕。去國衣冠有今日〔五〕，春風桃李是誰家〔六〕。螺臺剩有如川酒〔七〕，暫爲紅塵拂鬢華。

〔注〕

〔一〕呂國材：家相州（今河南省安陽市），餘不詳。

〔二〕「七年」句：本集《善應寺五首》其四「自讀舊題還自笑，七年鞍馬只紅塵」末注：「前題善應寺壁，有『紅塵鞍馬幾時休』之句，又七年矣。」《水簾記異》也有「七年長路今一到」句。善應寺在相州（本集《浣溪沙》〔湖上春風散客愁〕題序云：「相州西南善應，洹水所從出。」）；「水簾」指黄華山水簾，也在相州；本詩中「螺臺」，也在相州（詳見下）。三處「七年」應指一事，即蒙古太宗十三年辛丑自東平返鄉路經相州事。二句感歎自己未能歸隱，脱棄世事。

〔三〕庾信淩雲筆：杜甫《戲爲六絶句》其一：「庾信文章老更成，淩雲健筆意縱横。」庾信：南朝梁詩人。

〔四〕張騫犯斗槎：用漢張騫乘木槎尋河源至天河典，詳見《洛陽衛良臣以星圖見貺，漫賦三詩爲謝》其二注〔三〕。此喻指壯舉豪情。

〔五〕去國衣冠：指失去故國的士大夫。本集《外家南寺》：「去國衣冠有今日，外家梨栗記當年。」

〔六〕春風桃李：喻指得勢的新貴。宋黄庭堅《寄黄幾復》：「桃李春風一杯酒，江湖夜雨十年燈。」

〔七〕螺臺：清雍正《河南通志》卷五一：「彰德府」（即金相州）條：「抱螺臺在府城北園中。有廢臺如抱螺，基圍盤曲而上，故名。宋韓琦判相州時闢而新之。」

〔編年〕

與《善應寺五首》同時，作於蒙古定宗二年丁未。李《譜》編於蒙古太宗十年戊戌下「附録」中，謂「『七年』指癸巳」，不妥。繆《譜》未編。

水簾記異癸卯九月四日同杜仲梁賦〔一〕

黄華絶境探未窮〔二〕，道人曾約山櫻紅〔三〕。鏡臺懸流不易得〔四〕，世俗名取香爐峰〔五〕。七年長路今一到〔六〕，刺鯁欲滿平生胸。豈知旱久泉脈絶，快意一濯無由供。神明自足還舊觀，湧浪争敢徼靈通①〔七〕。何因狡獪出變化，勝概轉盻增清雄②〔八〕。天孫機絲拂夜月〔九〕，佛界珠網摇秋風〔一〇〕。稱奇叫絶喜欲舞，恨不百繞青芙蓉〔一一〕。銀橋清涼巔〔一二〕，玉鏡嵩丘東〔一三〕。世外果無物，邂逅乃一逢。書生眼孔塞易破〔一四〕，勺水已復誇神功。東坡拊掌應大笑，不見蟄窟鞭魚龍〔一五〕。

〔校〕

①湧：李詩本、毛本作「漫」。據李全本、施本改。　②盻：施本作「盼」。

〔注〕

〔一〕水簾：黃華山瀑布。本集《游黃華山》：「黃華水簾天下絶，我初聞之雪溪翁。」杜仲梁：即杜仁傑，長清（今山東省長清縣）人。

〔二〕黃華：山名。本名隆慮山，因避東漢殤帝劉隆諱，改名林慮山。在今河南省林州市西北。

〔三〕「道人」句：本集《游黃華山》：「攜壺重來巖下宿，道人已約山櫻紅。」

〔四〕鏡臺懸流：劉祁《歸潛志・游林慮西山記》：「又里餘，路窮，大巖合，若環屏幛。稍南，孤峰削成，拔地劃出，號『掛鏡臺』。臺西樹木間，望山脊玉虹蜿蜒下垂，摇曳有聲，迫觀之，懸泉也。」本集《游龍山》：「黃華掛鏡臺，天壇避秦溝。」

〔五〕香爐峰：晉慧遠《廬山記略》：「東南有香爐山，孤峰秀起。游氣籠其上，則氤氳若香煙。」李白《望廬山瀑布》：「日照香爐生紫煙，遥看瀑布掛前川。」

〔六〕「七年」句：初游黃華，作《游黃華山》詩。至此再游，時隔七年。

〔七〕徼靈通：祈求神靈通告。

〔八〕轉盻：轉眼。形容時間短暫。

〔九〕天孫：指織女。

〔一〇〕佛界珠網：指莊嚴帝釋天宫殿之寶網，用寶珠結成，珠光互相輝映，重重無盡。

〔一一〕青芙蓉：指掛鏡臺山色青翠，形似蓮花。本集《游黄華山》：「丹霞翠壁高歡宫，銀河下濯青芙蓉。」

〔一二〕「銀橋」句：宋曾慥《類説》卷二七《明皇游月宫》：「羅公遠中秋侍明皇宫中翫月，曰：『陛下要至月宫否？』以拄杖向空擲之，化爲銀橋。與帝升橋，寒氣侵人，遂至大城，曰：『此月宫也！』」句疑指此。

〔一三〕「玉鏡」句：本集有《嵩山玉鏡》，云：「玉鏡見何許，今旦東山陲。積雨洗昏霾，旭日發光輝……初如秋月圓，漸如曙星微。曙星未能久，併與晨露稀。此鏡何從來，造化秘莫窺。」

〔一四〕「書生」句：言書生眼界閉塞容易被神奇事物所激動。

〔一五〕「東坡」二句：蘇軾《登州海市》：「歲寒水冷天地間，爲我起蟄鞭魚龍。」序云：「登州海市舊矣。父老云嘗出於春夏，今歲晚，不復見矣……禱於海神廣德王之廟，明日見焉。」

〔編年〕

此詩題注云：「癸卯九月四日同杜仲梁賦。」詩有「七年長路今一到」句，上推七年，初游黄華在丁酉三月，然是時遺山居冠氏，秋始還太原，不能三月中游黄華。繆《譜》疑「七」字有誤，故從題注，定

《水簾記異》等詩爲癸卯年作。按本集《善應寺五首》有「七年鞍馬只紅塵」句，末注「前題善應寺壁，有『紅塵鞍馬幾時休』之句，又七年矣」。善應寺與黄華山同在相州，兩個「七年」應同指一事。本集《吕國材家醉飲》也有「七年回首一長嗟」句，據詩末「螺臺賸有如川酒，暫爲紅塵拂鬢華」二句，知吕國材家也在相州（「螺臺」即抱螺臺，在彰德府城北苑中。宋韓琦判相州時闢而新之，見明李賢《明一統志》）。這也是遺山七年間兩至相州的證據。由此可見，「七」字非誤。再者，癸卯九月，遺山在燕都，證據繁多：本集《朝列大夫同知河間府事張公墓表》云：「歲癸卯秋九月，某客燕中。」且九月九日曾登瓊華故基。本集《南鄉子》［樓觀鬱嵯峨］題序云：「九日，同燕中諸名勝登瓊華故基。」詞雖未言作於何年，而按本集《出都二首》其二自注「壽寧宮有瓊華島，絶頂廣寒殿，近爲黄冠輩所撤」，知遺山癸卯離燕都時曾至瓊華島，詞當癸卯九月九日作。故知繆説不足據。李《譜》定此詩爲蒙古定宗二年丁未作，云：「先生兩游黄華，相距七年，揆之小注，多不合……此行前游三月，後游九月，無論或癸或卯，固無安置。即歷考各年，絶少合者。惟湧金亭在蘇門，相距不遠，應同再游時。考《環宇訪碑録》云，《湧金亭》詩，元好問撰，正書，定宗后稱制元年三月立於輝縣。知此爲先生親書原刻……得此一證，群疑頓釋。案定宗后稱制在下年戊申，其詩之作，必在此一二年間。去年丙午亦有彰德之行，而逆溯七年爲庚子三月，則先生方在家，無至黄華之事。而由是年溯辛丑，則春由東平回忻，取道了然……先生於是年五月已至真定，復由真定至相州，於情事殊合。此雖集中無考，而唯此兩年可以安放，亦無據之據，況夫蘇門詩之尚有據耶！今此下半年無事，以鎮州詩合之，已朗若列眉。而《水簾》小注之『癸卯』則『丁未』之訛也。」

還有兩條證據可以補充李《譜》之説。

本集《黄華峪十絶句》一〇云：「乞得三泉住不成，風沙鞍馬負平生。故山定已移文了，又被黄華識姓名。」「三泉」指滹沱河之源繁峙之三泉，遺山丁未年三月游此地（本集有《丁未寒食歸自三泉》詩），曾有與人共隱此地之想，後又違背初衷（本集《春日抒懷呈劉濟川》有「周侯見説應相笑，共隱三泉先有盟」句）。據此可知再游黄華山在丁未三月游三泉之後。

本集《出鎮州》云：「汾水歸心日夜流，孤雲飛處是松楸。無端行近還鄉路，却傍西山入相州。」「松楸」指遺山嗣母改葬後之新墳（見《出鎮州》注〔三〕）。「入相州」當與再游黄華爲一事。關於改葬事，本集《與樞判白兄書》云：「自乙巳歲往河南舉先夫人旅殯，首尾閲十月之久，凡落賊手者屢矣。狼狽北來，復以葬事往東平，連三年不寧居……向前八月大葬之後……」遺山往河南遷葬在甲辰。「連三年」指甲辰、乙巳、丙午。「向前八月大葬」事也應在丙午。《出鎮州》詩及入相州再游黄華事應在丙午改葬後一二年間。遺山丙午秋九月在鄉（見本集《丙午九日詠菊二首》），戊申秋在南宮長女處，九月初七返鄉（本集《別董德卿》詩有「懸知後日登高地，賸爲行人望太行」句。董，南宮人，詩作於離南宮時），入相州再游黄華事唯當在丁未年。

據此，繫《水簾記異》詩及再游黄華事於蒙古定宗二年丁未。

黄華峪十絶句

其一

岱嵩王屋舊經過〔一〕，自倚胸中勝概多〔二〕。獨欠太行高絶處，青天白日看山河。

〔注〕

〔一〕「岱嵩」句：岱，指泰山。遺山丙申年曾登泰山，作《游泰山》詩。嵩，指嵩山，遺山曾隱居嵩山十年。王屋，山名。遺山己亥年曾登王屋山，見《游天壇雜詩十三首》。

〔二〕勝概：美景。

其二

樹經涷雨半青黄，山入高秋老更蒼。且就同游盡佳客，不妨五日未重陽〔一〕。

〔注〕

〔一〕「且就」二句：本集《水簾記異》題注：「九月四日同杜仲梁賦。」《祺谷聖燈》題注：「九月五日作。」二句謂雖是九月五日，尚未到重陽節，可同游者都是「佳客」，不影響登高游觀的雅興。

其三

紅葉黄花風露清，比來春色不多争。秋山却也堪人恨①，白與高歡作錦城〔一〕。

〔校〕

①恨：李全本作「限」，形訛。

〔注〕

〔一〕高歡：東魏時人，執魏政十六年。其子以北齊代魏，追尊歡爲神武帝。歡曾在黄華山插天峰下築避暑宫，本集《游黄華山》：「丹霞翠壁高歡宫，銀河下濯青芙蓉。」錦城：四川成都因盛産蜀錦，别名錦城。此指錦繡的秋山。

其四

絶壁孤雲仔細看①，雲間龍穴想高寒〔一〕。碧瀾寸寸横秋色〔二〕，空對山靈説到難〔三〕。唐人《到難》篇有「碧瀾之下，寸寸秋色」之句，見《文粹》②。

〔校〕

①仔：李詩本、毛本、李全本作「子」，二字通用。從施本。②文粹：施本作「唐文粹」。

〔注〕

〔一〕龍穴：指黄華山瀑布。詩人曾往觀，見《游黄華山》。

〔二〕碧瀾：緑色波瀾。此指林海。

〔三〕到難：《唐文粹》卷七一有周夔《到難》。

其五

玉立千峰畫不如，天公自有范寬圖〔一〕。閭山要著黃華老〔二〕，千尺珠簾得似無〔三〕。前輩閭山詩有「向使早逢周處士〔四〕，子端應不號黃華〔五〕」之句。處士指周先生德卿。

〔注〕

〔一〕范寬：北宋山水畫家。所作境界雄偉，筆法老硬。

〔二〕閭山：醫巫閭山，位於今遼寧省北寧市西南。金人對此遼西名山多有讚頌，如蔡珪《醫巫閭》。要著：迎着，對着。黃華老：王庭筠。平生愛黃華山水，居相下十餘年，自號「黃華山主」。

〔三〕千尺珠簾：指黃華山瀑布。二句謂閭山面對黃華山，能否寫出像王庭筠描繪黃華山的壯麗詩篇。

〔四〕周處士：周昂字德卿，真定人。第進士。嘗以詩坐謗訕，謫東海上十數年。

〔五〕子端：王庭筠字子端。

其六

團團石甕琢青瑶，仰面看雲覺動摇。誰著天瓢灑飛雨〔一〕，半空翻轉玉龍腰。

〔注〕

〔一〕天瓢：神話傳説中天神行雨用的瓢。

其七

萬古飛流瀉不供，枉教噴薄困魚龍〔一〕。謫仙剩有銀河句，不道香爐更一峰〔二〕。

〔注〕

〔一〕噴薄：洶湧激蕩。

〔二〕「謫仙」二句：李白《望廬山瀑布》：「日照香爐生紫煙，遥看瀑布掛前川。飛流直下三千尺，疑是銀河落九天。」謫仙：指李白。唐孟棨《本事詩·高隱》：「李太白初自蜀至京師，舍於逆旅。賀監知章聞其名，首訪之。既奇其姿，復請所爲文。出《蜀道難》以示之。讀未竟，稱歎者數四，號爲『謫仙』。」剩有：頗有。不道：不料。香爐更一峰：黄華山亦有香爐峰。本集《水簾記異》有「鏡臺懸流不易得，世俗名取香爐峰」句。

其八

天漢何因有蚌胎〔一〕，無窮冰雹落懸崖。只愁駝背模糊錦〔二〕，翻倒龍宫復此來〔三〕。

〔注〕

〔一〕蚌胎：珍珠。古人以爲蚌孕珠如人懷妊，並與月的虧盈有關，故稱。此喻指瀑布飛濺的水珠。

〔二〕駝背模糊錦：杜甫《送蔡希魯都尉還隴右寄高三十五書記》：「馬頭金匼匝，駝背錦模糊。」宋黄希《補注杜詩》注：「越曰：駝之背負物矣，而以錦帕蒙之，此之謂模糊。」此形容弧形瀑布。

〔三〕「翻倒」句：本集《游黄華山》：「驪珠百斛供一瀉，海藏翻倒愁龍宫。」

其九

落峽飛流散不收，湍聲洶洶動高秋。也應嫌被紅塵涴①〔一〕，才近山門便洑流〔二〕。

〔校〕

①涴：李全本作「浣」。

〔注〕

〔一〕涴：弄髒。

〔二〕洑流：水潛流地下。

一〇

乞得三泉住不成〔一〕，風沙鞍馬負平生。故山定已移文了〔二〕，又被黄華識姓名。

〔注〕

〔一〕「乞得」句：本集《春日抒懷呈劉濟川》云：「周侯見説應相笑，共隱三泉先有盟。」三泉：指滹沱水源繁峙三泉。遺山丁未三月游此地（本集有《丁未寒食歸自三泉》詩），曾有與人共隱三泉之想。句指此。

〔二〕「故山」句：南朝齊孔稚珪《北山移文》假設山靈口吻，揭出了周顒隱居時道貌岸然，得到徵召時志變神動的假隱士面目，抒發了山中景物蒙恥的心情。故山：指繁峙之三泉。移文：是古代文體的一種，旨在宣述自身旨意，曉喻對方。

〔編年〕

李《譜》編在蒙古定宗二年丁未，從之。繆《譜》編在癸卯，不妥。詳見《水簾記異》編年。

寶巖紀行①〔一〕

陰崖轉清深，秋老木堅瘦。城居望已遠，步覺脱氛垢〔二〕。寶巖夙所愛，丈室方再叩。曛黑纔入門，徑就石泉漱。遥遥金門寺〔三〕，寶焰出巖竇〔四〕。我豈無盡公〔五〕，昔見今乃又。同來二三子，寢飯故相就。況有杜紫微〔六〕，琴築終雅奏。曈曈上初日〔七〕，深樾烱穿漏〔八〕。逶迤陟西巘②，萬景若迎候③。絶壁三面開④，仰看勞引脰⑤〔九〕。兩山老突兀，屹立柱圓覆〔一〇〕。諸峰出頭角，隨起隨偃仆。不可無煙霞，朝暮爲先後。横亘連巨鼇，飛墮集靈鷲〔一一〕。九華與奇巧〔一二〕，五老失渾厚〔一三〕。想當位置初，遂欲雄宇宙。太行有谼谷〔一四〕，勝絶無出右。大似塵外人，眉宇見高秀〔一五〕。哀湍下絶壑，電擊龍怒鬭。崩奔翻雪窖〔一六〕，瑩滑瀉瓊甃〔一七〕。窮源得懸流，偉觀駭初遘〔一八〕。仙人寶樓閣，白雨散簷溜。天孫拂機絲〔一九〕，素錦絢清晝〔二〇〕。永懷登高賦〔二一〕，意匠困馳驟〔二二〕。窘於游暴秦，百説不一售〔二三〕。林間太古石，稍復抔飲舊⑥〔二四〕。已約銘窪尊，細鑿留篆籀〔二五〕。茲山緣未了，僧夏容宿留〔二六〕。終當丏餘年，奇探盡雲岫。

〔校〕

①嚴：施本、王庭筠《五松亭記》、劉祁《游林慮西山記》作「巖」，二字通用。②西：李全本作「兩」，形訛。③景：李全本作「里」，形訛。④壁：李詩本、毛本作「避」，音訛。據李全本、施本改。⑤脰：毛本作「照」，誤。據李詩本、李全本、施本改。⑥抔：李詩本、李全本作「杯」，形訛。

〔注〕

〔一〕寶嚴：佛寺名，在今河南省林州市西林慮山。金王庭筠《五松亭記》：「惟淇峪寶巖寺爲獨完。寺創於高齊天保初，至本朝大定中，寶公革爲禪居，鐘鼓清新，林泉改色，始爲天下聞寺。」

〔二〕氛垢：塵霧。

〔三〕金門寺：劉祁《游林慮西山記》：「石起高齊峰端，有檐甍隱隱，號金門寺云。有僧居，路險林深，游者罕到。」

〔四〕寶焰：指下句「無盡公」《聖燈圖記》中所説的聖燈。巖竇：巖穴。

〔五〕無盡公：北宋張商英號無盡居士，故人稱無盡公。金趙秉文《滏水集》卷二十有《書東坡寄無盡公書後》。張商英在淇谷有《聖燈圖記》，見劉祁《游林慮西山記》。

〔六〕杜紫微：疑指杜仲梁。《水簾記異》題注云：「癸卯九月四日同杜仲梁賦。」

〔七〕曈曈：日初出漸明貌。

〔八〕炯：光明。

〔九〕引脰：伸長脖子。

〔一〇〕圓覆：形容天。

〔一一〕靈鷲：指佛教聖地靈鷲山。句用飛來峰典。

〔一二〕九華：山名，在今安徽省，著名佛教聖地。唐劉禹錫《九華山》詩序：「九華山在池州青陽縣，九峰競秀，神采奇異。」

〔一三〕五老：山峰名。在廬山。中條山王官谷亦有五老峰。金麻革《游龍山》：「余生中條王官五老之下。」

〔一四〕𥙊谷：山名，林慮西山諸峰名，寶嚴寺所在地。

〔一五〕「大似」二句：《新唐書·卓行傳·元德秀》：「房琯每見德秀，歎息曰：『見紫芝眉宇，使人名利之心都盡。』」

〔一六〕雪窖：比喻水珠飛濺的水潭。

〔一七〕瓊甃：玉井。

〔一八〕遘：遇。

〔一九〕天孫：指傳説中的織女。機絲：喻飛濺之水。本集《水廉記異》：「天孫機絲拂夜月，佛界珠網搖秋風。」

〔二〇〕素錦：未染色的白錦。

〔二一〕登高賦：疑指杜甫《登高》詩。

〔二二〕意匠：謂作文、繪畫等事的精心構思。

〔二三〕「窘於」二句：用蘇秦説秦王失敗典，喻文思困窘。

〔二四〕抔飲：以手掬水而飲。

〔二五〕「已約」二句：本集《滿江紅》〔江上窪尊〕序：「内鄉半山亭，浮休居士張雲叟窪尊石刻在焉。」窪尊：形狀凹陷，可以盛酒的山石。

〔二六〕僧夏：《荆楚歲時記》：「四月十五日，天下僧尼就禪刹掛搭，謂之結夏。」

〔編年〕

李《譜》編於蒙古定宗二年丁未秋再游黄華時作，從之。繆《譜》繫於癸卯。

禩谷聖燈〔一〕九月五日作

金門寺前山突起〔二〕，井底寶巖三十里。舊聞聖燈在山上，紫微侍郎宜不妄〔三〕。山空月黑無人聲，林間宿鳥時一鳴〔四〕。游人燒香仰天立，不覺紫煙峰頭一燈出。一燈一燈續一燈，山僧失喜見未曾。金繩脱串珠散迸，玉丸走柈光不定〔五〕。飛行起伏誰控摶〔六〕，華麗清圓自殊勝①。北荒燭龍開晦冥〔七〕，南極入地多異星〔八〕。豈知心光毫相有真遇〔九〕，物外恍惚終難憑。腐儒心魄爲動蕩，再拜中庭謝靈貺。何曾辨作劉更生，下照乃辱青藜杖〔一〇〕。昨朝黄華瀑流神所憐〔一一〕，今朝金門佛燈佛作緣。紛紛世議何足道，盡付馬耳春風前〔一二〕。

〔校〕

①勝：毛本缺此字。據李詩本、李全本、施本補。

〔注〕

〔一〕谼谷聖燈：金曹居一《寶巖寺記》：「隆慮谼谷山，上有寶巖寺……又於陰厓絶壁間，夜或作金光，如燈火然，神幻不可致詰。前賢詠詩最多，行於世，目曰《金燈集》是也。歲己亥夏六月，宣差奉御江淮安撫使粘合公，道出相下，爲蕭使君作寶巖之游，主僧因語及此異，乃夜禱之。未幾，從者皆曰：『異哉，初如螢，漸如燭，微而墜者如星隕，疾而飛者如電掣，或焰或燼，乍隱乍見。』一時賓僚，稽首恍然。僧衆詣公賀曰：『相公福人也。』僧因乞予文記之。」聖燈：山谷間因光綫通過雲霧經衍射作用而産生的光環。古人以爲神異，謂之聖燈。

〔二〕金門寺：谼谷寺名。參見《寶嚴紀行》注〔三〕。

〔三〕「紫微」句：劉祁《游林慮西山記》：「繼飯餘，讀張天覺《聖燈圖記》及邊德舉寺碑文。」宋張商英字天覺，曾任中書省侍郎。中書省也稱紫微省，故稱。

〔四〕「山空」二句：《梁書·王籍傳》：「其詩略云：蟬噪林逾静，鳥鳴山更幽。」

〔五〕柈：同槃，盤子。

〔六〕控摶：控制。

〔七〕「北荒」句：《山海經·大荒北經》：「西北海之外，赤水之北，有章尾山。有神，人面蛇身而赤，直目正乘，其瞑乃晦，其視乃明，不食不寢不息，風雨是謁。是燭九陰，是謂燭龍。」

〔八〕「南極」句：宋朱鑑《朱文公易説》卷八：「天者，乾之形。乾者，天之用。天形蒼然，南極入地下三十六度，北極出天上三十六度，狀如倚杵。其用則一晝一夜。」

〔九〕心光：佛教謂佛心所照之光。毫相：本指如來三十二相之一的白毫相，後泛稱佛相。

〔一〇〕「何曾」二句：漢佚名《三輔黄圖·閣》：「劉向於成帝之末，校書天禄閣，專精覃思。夜有老人，著黄衣，植青藜杖，叩閣而進。見向暗中獨坐誦書，老父乃吹杖端，煙然，因以見向，授《五行洪範》之文。恐詞説繁廣忘之，乃裂裳及紳以記其言，至曙而去，請問姓名，云：『我是太乙之精，天帝聞卯金之子有博學者，下而觀焉。』」後以「青藜」指夜讀照明的燈燭。劉更生：劉向的本名。

〔一二〕「昨朝」句：指《水簾記異》所説原本乾涸、瀑布突流事。

〔一三〕馬耳春風：李白《答王十二寒夜獨酌有懷》：「世人聞此皆掉頭，有如東風射馬耳。」

〔編年〕

李《譜》繫在蒙古定宗二年丁未秋再游黄華時，從之。繆《譜》定在癸卯。

郭熙溪山秋晚二首〔一〕

其一

煙中草木水中山，筆到天機意態閑〔二〕。九十仙翁自游戲〔三〕，不應辛苦作荆關〔四〕。

〔注〕

〔一〕郭熙：宋代山水畫家。

〔二〕天機：大自然的奥秘。本集《范寬秦川圖》：「變化開闔天機全，濃淡覆露清而妍。」

〔三〕九十仙翁：指郭熙。

〔四〕荆關：指五代時著名山水畫家荆浩、關仝。上二句言郭熙山水畫屬南派，不像以荆、關爲代表的北派山水畫那樣取景雄偉，重形似。

其二

雲樹微茫石崦開〔一〕，吴兒洲渚不塵埃〔二〕。憑君記取題詩處，杖屨適從祺谷來〔三〕。

〔注〕

〔一〕石崦：山曲。

〔二〕吴兒洲渚：指江南山水。

〔三〕「杖屨」句：指詩人游谼谷事，見《谼谷聖燈》。

【編年】

據末句，知亦再游黄華時詩。李《譜》繫在蒙古定宗二年丁未，從之。繆《譜》繫在癸卯。

湧金亭示同游諸君〔一〕

太行元氣老不死①〔二〕，上與左界分山河〔三〕。有如巨鼇昂頭西入海，突兀已過餘坡陀〔四〕。我從汾晉來〔五〕，山之面目腹背皆經過。濟源盤谷非不佳〔六〕，煙景獨覺蘇門多。湧金亭下百泉水，海眼萬古留山阿〔七〕。觱沸濼水源〔八〕，淵淪晉溪波〔九〕。雲雷涵鬼物，窟宅深蛟鼉〔一〇〕。水妃簸弄明月璣〔一一〕，地藏發泄天不訶〔一二〕。平湖油油碧於酒〔一三〕，雲錦十里翻風荷〔一四〕。我來適與風雨會，世界三日漫兜羅〔一五〕。山行不得山〔一六〕，北望空長哦。今朝一掃衆峰出，千鬟萬髻高峩峩。空青斷石壁②〔一七〕，微茫散煙蘿③〔一八〕。山陽十月未摇落，翠蕤雲旓相盪摩〔一九〕。雲煙故爲出濃澹，魚鳥似欲留婆娑。石間仙人跡，石爛跡不磨。仙人去不返，六龍忽蹉跎〔二〇〕。江山如此不一醉，拊掌笑煞孫公和〔二一〕。長安城頭烏尾訛〔二二〕，并州少年夜枕戈〔二三〕。舉杯爲問謝安石〔二四〕，蒼生今亦如卿何〔二五〕，元子樂矣君其歌〔二六〕。

〔校〕

①死：毛本作「老」，誤。據李詩本、李全本、施本改。②壁：李全本作「璧」，訛。③蘿：今存遺山手書此詩石刻作「螺」。

〔注〕

〔一〕湧金亭：今河南省輝縣市西北有蘇門山，又名百門山。山下泉眼甚多，稱百門泉。湧金亭在百門泉側，泉從地中湧出，日照如金，故名。

〔二〕「太行」句：謂元氣凝聚成太行山久不散滅。

〔三〕左界：天界。《白虎通》：「天左旋，地右周。」

〔四〕坡陀：傾斜不平貌。太行山南北蔓延，而以山西省晉城市南者爲主峰。蘇門山爲太行山餘脈，南臨平原，山勢漸趨平緩。

〔五〕汾晉：指山西省中部地區。汾水源出今山西省寧武縣。

〔六〕濟源：金縣名，在今河南省西北部的黄河北岸。盤谷：在濟源縣北二十里。唐韓愈《送李愿歸盤谷序》稱之「泉甘而土肥，草木叢茂」。

〔七〕海眼：即泉眼。古人認爲井泉的水，潛流地中，通江海，隨潮漲落，故稱海眼。山阿：山的曲折處。

〔八〕觱沸：泉水湧出貌。濼水：水名，源出今山東省濟南市。《水經注》：「濼水出歷城縣西南，水湧若輪。」

〔九〕淵淪：波浪回旋貌。晉溪：晉水，源出太原市西南晉祠。

〔一〇〕「雲雷」二句：雲雷紛呈，容含着鬼怪；洞穴幽深，匿藏着蛟鼉。蛟：蛟龍。古代傳説中興風作浪、能發洪水的龍。鼉：鼉龍，即揚子鱷，通稱猪婆龍。穴居江河岸邊。

〔一一〕明月璣：古人謂珍珠隨明月而盈虚。璣：不圓的珠。詩中以喻泉水噴湧時的水泡和水花。

〔一二〕地藏：地下藏物處。

〔一三〕平湖：指湧金亭前的水池，由百泉水匯聚而成。油油：平静光潤貌。

〔一四〕雲錦：彩霞，比喻荷花。

〔一五〕兜羅：木棉，比喻雲霧。

〔一六〕「山行」句：言在山中行走而看不到山。

〔一七〕空青：青空。杜甫《不離西閣》：「江雲飄素練，石壁斷空青。」句謂山谷中青色天空如被峭壁截斷。

〔一八〕煙蘿：草樹茂密，煙聚蘿纏，謂之「煙蘿」。

〔一九〕「山陽」二句：山的陽面十月樹葉尚未摇落，如緑色的旗飾與飄帶似的白雲互相摩擦摇蕩。杜甫《魏將軍歌》：「欃槍熒惑不敢動，翠蕤雲旓相蕩摩。」翠蕤：旗飾。雲旓：旌旗上的飄帶。

〔二〇〕「六龍」句：杜甫《别唐十五誡因寄禮部賈侍郎》：「歌罷兩淒惻，六龍忽蹉跎。」六龍：神話中駕日車的六條龍。《太平御覽》卷三引《淮南子》：「爰止羲和，爰息六螭，是謂懸車。」注：「日乘車駕以六龍，羲和御之，日至此而薄于虞淵，羲和至此而回。六螭，即六龍也。」後以「六龍」指太陽或時間。蹉跎：遲暮衰老。

〔二一〕孫公和：孫登，字公和，三國魏人，隱居蘇門山中。

〔二二〕城頭烏尾訛：杜甫《日暮》：「日落風亦起，城頭烏尾訛。」訛：通吪，動貌。

〔二三〕「并州」句：晉劉琨曾任并州刺史。《晉書·劉琨傳》：「琨少負志氣，有縱横之才，善交勝己……與范陽祖逖爲友，聞逖被用，與親故書曰：『吾枕戈待旦，志梟逆虜，常恐祖生先吾著鞭。』」夜枕戈：枕著兵器以待天明，表示時刻準備作戰。

〔二四〕謝安石：東晉政治家謝安字安石。

〔二五〕「蒼生」句：《晉書·謝安傳》載，謝安中年隱居東山，後被桓温請爲司馬。臨行，有人戲之曰：「卿累違朝旨，高卧東山，諸人每相與言：『安石不肯出，將如蒼生何？』蒼生今亦將如卿何！」句謂百姓到了這個地步，你又能怎麽辦呢？

〔二六〕元子樂：唐元結《五規·心規》載，元子病游世，歸於商於山中，以酒自肆。有《醉歌》曰：「元子樂矣！」俾和者曰：「何樂亦然？」元子曰：「我雲我山，我林我泉。」元子：遺山自指。君：指詩題中「同游諸君」。

〔編年〕

李《譜》謂詩碑刻石於戊申，詩當蒙古定宗二年丁未再游黄華山後繼游蘇門山時作，從之。繆《譜》未編。

嘯臺感遇〔一〕

裴回五巖上，浩歌彌激烈〔二〕。望望蟾房翁〔三〕，倒影乍明滅。地古足靈異，祠廢餘像設。子規夜啼山竹裂〔四〕，老鶴亂踏枯松折。嘯臺音響杳不聞，蕩蕩青天一明月。荒山破瓦色，十步九窪疊。水泉出沮洳〔五〕，一綫僅不絶。翁乎何意留此居，可是他山無地穴。大道既下衰①，日鑿聰明開〔六〕。玉從珪璋毁〔七〕，木以青黄災〔八〕。天和散不留〔九〕，去浪無東回。咄咄此老蒼〔一〇〕，骯髒作怪魁②〔一一〕。堯年生甲子，含德如未孩〔一二〕。標枝野鹿致足樂〔一三〕，火食屋居良所哀③。史筆亦厚誣，何曾校計識與材④。纏身正有一丈髮⑤，直以何物觀形骸。大笑黄冠師金丹〔一四〕，羽化之説何從來〔一五〕。豈知大人先生獨立萬物表〔一六〕，太古元氣同胚胎。不見今日孫公和〔一七〕，横絶四海隘九垓，嵇康養生安在哉〔一八〕。

〔校〕

①大：李全本作「太」。　②作：李全本、施本作「仰」。　③食：李全本作「倉」。　④何曾：李詩本、毛本無，據李全本、施本補。　⑤丈：李全本作「文」。

〔注〕

〔一〕嘯臺：嘉慶《大清一統志》謂在衛輝府輝縣西北蘇門山，孫登隱居於此。《晉書・阮籍傳》：「籍嘗於蘇門山遇孫登，與商略終古及棲神導氣之術，登皆不應。籍因長嘯而退。至半嶺，聞有聲如鸞鳳之音，響乎巖谷，乃登之嘯也。」

〔二〕「浩歌」句：杜甫《自京赴奉先縣詠懷五百字》：「取笑同學翁，浩歌彌激烈。」浩歌：大聲歌唱。

〔三〕蟾房翁：按後句「翁乎何意留此居」，當指孫登廟像。元王惲《輝州重修玉虛觀碑》「將以挹蟾房之景氣，接鸞鳳之遺音」即指此。

〔四〕「子規」句：杜甫《玄都壇歌寄元逸人》：「子規夜啼山竹裂，王母晝下雲旗翻。」

〔五〕沮洳：低濕之地。

〔六〕「日鑿」句：《莊子・應帝王》：「儵與忽謀報渾沌之德，曰：『人皆有七竅以視聽食息，此獨無有，嘗試鑿之。』日鑿一竅，七日而渾沌死。」

〔七〕「玉從」句：《莊子・馬蹄》：「白玉不毁，孰爲珪璋。」

〔八〕「木以」句：《莊子・天地》：「百年之木，破爲犧尊，青黄而文之，而斷在溝中。」唐韓愈《祭柳子厚文》：「凡物之生，不願爲材。犧尊青黄，乃木之災。」

〔九〕天和：天地之和氣。《莊子・知北游》：「若正汝形，一汝視，天和將至。」成玄英疏：「汝形容端雅，勿爲邪僻，視聽純一，勿多取境，自然和理歸至汝身。」

〔一〇〕咄咄：感歎聲。表示感慨。老蒼：鬢髮灰白的老人，指孫登。

〔一一〕骯髒：高亢剛直貌。

〔一二〕「堯年」二句：意謂唐堯出現以甲子計時的年代，人們的德性如同嬰兒那樣純真。未孩：孩，小兒笑。《老子》：「如嬰兒之未孩。」意謂如嬰兒未能孩笑之時，不知外物之爲樂。

〔一三〕標枝野鹿：《莊子·天地》：「至治之世，不尚賢，不使能，上如標枝，民如野鹿。」標枝：樹梢之枝，比喻上古之世在上之君恬淡無爲。野鹿：比喻在下之民放而自得。

〔一四〕黄冠：道士之冠，借指道士。金丹：道士鍊金石爲丹藥，認爲服之可以長生不老。

〔一五〕羽化：指飛升成仙。

〔一六〕大人先生：阮籍《大人先生傳》：「夫大人者，乃與造物同體，天下並生，逍遥浮世，與道俱成。」《晉書·阮籍傳》載阮籍見過孫登後，作《大人先生傳》。

〔一七〕公和：孫登之字。

〔一八〕嵇康養生：《晉書·嵇康傳》：「常修養性服食之事，彈琴詠詩，自足於懷。以爲神仙稟之自然，非積學所得，至於導養得理，則安期、彭祖之倫可及，乃著《養生論》。」

〔編年〕

李《譜》繫於蒙古定宗二年丁未游黄華山、蘇門山時作，從之。繆《譜》未編。

九月晦日①〔一〕

松楸千里動悲哀〔二〕，説道回家早晚回。九月忽驚今日盡，滿城風散紙錢灰〔三〕。

〔校〕

①日：李全本、施本無。

〔注〕

〔一〕晦日：農曆每月最後一天。

〔二〕松楸：松樹與楸樹。墓地多植，因以代稱墳墓。此當指嗣母張氏改葬之新墳。

〔三〕「九月」二句：忻州鄉俗，十月初一爲鬼節，應上墳。

〔編年〕

本集《出鎮州》有「孤雲飛處是松楸」句，李《譜》謂《九月晦》「與《鎮州》詩應」，繫於蒙古定宗二年丁未，從之。繆《譜》未編。

贈史子桓尋親之行〔一〕

七十老親頭雪白①，滿意晨昏慰顔色〔二〕。兵塵澒洞君不憂〔三〕，萬里天心不相隔〔四〕。八月秋霖九月霜，破帽北風官路長。瓜田故侯貧且病〔五〕，愛莫助之徒自傷。後日書來聞吉語，通家猶得似南陽〔六〕。

〔校〕

①親：施本作「翁」。

〔注〕

〔一〕史子桓：太原人。曾任順慶教官。孝子，其父壬辰兵亂失散，徒步千里尋之。元郝經有《送太原史子桓序》。元魏初《青崖集》卷五《申氏父子慶會詩引》述其事。

〔二〕滿意：決意，一心一意。晨昏：「晨昏定省」的略語。謂朝夕慰問奉侍。

〔三〕澒洞：瀰漫無際。

〔四〕天心：指愛父的天生稟性。上二句指史子桓尋親事。

〔五〕瓜田故侯：用故秦東陵侯召平種瓜事。遺山仕金曾任縣令，故用以自指。

〔六〕通家：猶世交。南陽：金縣名。遺山正大八年任南陽令。按句意，史子桓屬遺山任南陽時的友人。

〔編年〕

郝經《陵川集·送太原史子桓序》云：「丁未冬，太原史子桓索父不獲，過保下，適燕都，書此以贈。」李《譜》據此附於蒙古定宗二年丁未，姑從之。繆《譜》未編。

示程孫四首〔一〕

其一

并州望南宫〔二〕，東南千里餘。六年念兒女，鬱鬱心不舒。程孫問安否〔三〕，一月兩寄書。老我倦出門，況是涉畏涂。鞍馬二十日，面色爲焦枯。白兒應見笑〔四〕，此行亦區區〔五〕。

〔注〕

〔一〕程孫：遺山長女真與婿程思温之諸子。

〔二〕并州：指太原府。《金史·地理下》「太原府」：「國初依舊爲次府，復名并州太原郡河東軍總管府。」南宫：金縣名，屬河北東路冀州。見《金史·地理中》。程思温金亡北渡，移家於此。

〔三〕程孫：當指大外孫程鐵安。本集有《寄程孫鐵安》詩。

〔四〕白兒：應指白華。

〔五〕區區：形容奔波勞碌。區：通「驅」。

其二

吾女在吾家，先以安卑弱。雖然適貴門〔一〕，一味甘儉薄。財廉出仁讓〔二〕，語省見端慤〔三〕。婦道化一州〔四〕，母女皆願學。州人聞我至，相與喜且愕。謂我六十翁，齒髮未衰落。擊鮮日爲具〔五〕，和氣動城郭。爲説婿女賢，宅相知有託〔六〕。乃公私有賀〔七〕，一月醉杯杓。生女四十年，今有爲父樂。

〔注〕

〔一〕適貴門：遺山長女嫁金名御史程震之子。

〔二〕財廉：廉於取財。

〔三〕端愨：正直誠謹。

〔四〕婦道：爲婦之道。舊多指貞節、孝敬、卑順、勤謹而言。

〔五〕擊鮮：宰殺活的牲畜禽魚，充作美食。

〔六〕宅相：《晉書·魏舒傳》：「(舒)少孤，爲外氏甯氏所養。甯氏起宅，相宅者云：『當出貴甥。』外祖母以魏氏小而慧，意謂應之。舒曰：『當爲外氏成此宅相。』」

〔七〕乃公：遺山自稱。

其三

直孫年志學〔一〕，玉立無纖瑕〔二〕。簡孫甫勝衣〔三〕，芳蘭出其芽①。爍燦彩翠翔②〔四〕，鵷雛映朝霞〔五〕。諸孫獻公壽，喜極復長嗟。吾母河南君，閨門靜無譁〔六〕。殷勤教女孫，乃今成汝家。老我何足道，外舍儘得誇〔七〕。

〔校〕

①出：李全本、施本作「茁」。　②爍燦：李全本、施本作「粲粲」。

〔注〕

〔一〕直孫：當指程鐵安。

〔二〕「玉立」句：謂資質純潔優美，無任何污點缺陷。

〔三〕簡孫：當指程中卿。本集有《爲程孫中卿作》詩。勝衣：謂兒童稍長，能穿起成人的衣服。

〔四〕爍燦：光彩燦爛。彩翠：指羽毛鮮豔的鳥。

〔五〕鵷雛：鳳凰一類鳥。

〔六〕「吾母」二句：本集《太夫人五七青詞》：「伏念臣母張，婦德成家，母儀範世。」河南君：指遺山嗣母張氏。本集《爲第四女配婿祭家廟文》：「顯考廣威隴城府君、顯妣河南縣太君張氏。」

〔七〕外舍：外家。

其四

會聚樂不貲〔一〕，言别凄以惻。風雲動老懷，車馬見行色。明年吾六十，家事斷關白〔二〕。惟當近酒醆，亦復抛書册。提攜兩童子，款段或下澤〔三〕。玉雪念吾孫，未覺千里隔。乘興徑一來，髯壻當速客〔四〕。

〔注〕

〔一〕貲：估量。

〔二〕「家事」句：宋陸游《東籬》之三：「家事猶令罷關白，固應黜陟不曾知。」關白：通其意以言之。句謂家中斷絶與外界交往應酬之事。

〔三〕「款段」句：《後漢書·馬援傳》載馬少游勸説馬援曰：「士生一世，但取衣食裁足，乘下澤車，御款段馬，爲郡掾史，守墳墓，鄉里稱善人，斯可矣！致求盈餘，但自苦耳。」款段：李賢注：「款，猶緩也，言形段遲緩也。」下澤：李賢注：「《周禮》曰『車人爲車，行澤者欲短轂，行山者欲長轂；短轂則利，長轂則安』也。」

〔四〕髯壻：指程思温。速客：請客。

〔編年〕

詩有「明年吾六十」句，作於蒙古定宗三年戊申。李、繆同。

别董德卿〔一〕

爛醉秋風四十場，此回歌笑重難忘。揚雄詞賦今誰識①〔二〕，陶令田園先已荒〔三〕。同甲弟兄雖異姓〔四〕，宦游州郡即吾鄉〔五〕。懸知後日登高地，剩爲行人望太行〔六〕。

〔校〕

①揚：李詩本、李全本作「楊」。今：李全本作「金」。

〔注〕

〔一〕董德卿：南宮（今河北省南宮縣）人。《續夷堅志》卷四「西陰井移」云：「南宮士人董德卿親見之。」施國祁《元遺山詩集箋注·金史文藝傳》後注謂與遺山同榜進士。

〔二〕揚雄：西漢末著名辭賦家，有《長楊賦》、《甘泉賦》、《羽獵賦》等。

〔三〕「陶令」句：陶淵明《歸去來兮辭》：「歸去來兮，田園將蕪胡不歸。」

〔四〕同甲：指同榜進士。

〔五〕宦游：外出求官或做官。

〔六〕剩：頗。

〔編年〕

蒙古定宗三年戊申在南宮與董德卿告別時作。李、繆同。

寄程孫鐵安〔一〕

御史陰功在〔二〕，孫兒玉不如。已能騎竹馬〔三〕，想亦愛銀魚〔四〕。異縣關山闊，衡門骨肉疏〔五〕。幾時隨阿舅〔六〕，盡讀外家書。

〔注〕

〔一〕程孫鐵安：遺山外孫。其長女適程思温，故稱。本集《示程孫四首》有「直孫年志學，玉立無纖瑕。簡孫甫勝衣，芳蘭出其芽」句，另有《爲程孫仲卿作》詩。鐵安當即直孫，仲卿當即簡孫。

〔二〕御史：指鐵安祖父程震。震仕金曾任監察御史，故稱。陰功：迷信者指人世間所做而在陰間可以記功的好事。

〔三〕竹馬：即竹竿。小孩跨着竹竿當作馬騎，故稱。

〔四〕「想亦」句：宋莊綽《鷄肋編》卷上：「白樂天罷忠州刺史，《還朝》詩云：『無奈嬌癡三歲女，繞腰啼哭覓銀魚。』」銀魚：銀質魚符。唐代授予五品以上官員佩帶，用以表示品級身份。

〔五〕「異縣」二句：謂兩地遥隔，歸隱鄉里，使骨肉之親亦顯得疏遠。異縣：鐵安所居之地爲南宫縣，金屬河北東路冀州，故稱。衡門：横木爲門，隱者所居。《詩·陳風·衡門》：「衡門之下，可以棲遲。」

〔六〕阿舅：指遺山之子阿千等。

〔編年〕

詩「孫兒玉不如」、「已能騎竹馬」、「幾時隨阿舅，盡讀外家書」，與戊申所作《示程孫四首》之「直孫年志學，玉立無纖瑕」的容貌、年齡及愛學皆合，當蒙古定宗三年戊申自南宫返鄉後寄贈之作。李《譜》編於蒙古太宗七年乙未下「總附」中，謂「此指直孫，時年三歲」。遺山不會給不識幾個字的三歲小兒寄信，李説不足據。繆《譜》未編。

送弋唐佐還平陽〔一〕

我從商餘之山過庵羅〔二〕，聞君六經百家富研摩①〔三〕。會最上指冠巍峩〔四〕，豈肯俯首春官科〔五〕。覃懷變生十載後〔六〕，我時避兵方北走。通家弋宋共有無〔七〕，行輩許之爲老友。晉州一書君肯來〔八〕，握手大笑心顏開。春風著人不覺醉，快卷更須三百杯〔九〕。鶴骨騫飛法當壽〔一〇〕，況是丹房藥鏡留心久〔一一〕。崑崙神泉參术芝②，乞與餘膏潤衰朽。天府學士登瀛洲〔一二〕，松頂仙人垂直鈎。愛君直欲抵死留，自言世事非所求。千古黄金鑛中淚，不獨盧仝并馬異〔一三〕。蘇州韋郎交分深〔一四〕，香山白傅金玉音〔一五〕，借渠兩詩寫我心〔一六〕。相知非不多，但苦心不同。同心一人去，坐覺長安空〔一七〕。離愁何從生，生從情愛中。不見行路人，拂袖自西東。汾流滔滔兮日千里，青眼高歌吾老矣〔一八〕。寳豐山中有庵羅寺，唐佐嘗從程内翰天益問學於此③。

〔校〕

①研：李詩本、毛本作「緣」，音訛。本集《論詩三十首》之十七有「研摩雖苦果何心」句。據李全本、施本改。②參：李全本、施本作「蓡」，「蓡」的古字，今寫作「參」。李詩本、毛本作「浸」，訛。據

改。③問：毛本作「開」，訛。據李詩本、李全本、施本改。

〔注〕

〔一〕弋唐佐：名彀英，汝州（今河南省汝州市）人。詳見《送弋唐佐董彦寬南歸且爲潞府諸公一笑》注〔一〕。平陽：金府名。今山西省臨汾市。

〔二〕商餘山：在魯山縣東南，唐元結嘗居於此。庵羅：寺名。見尾注。

〔三〕「聞君」句：宋歐陽修《讀〈徂徠集〉》：「宦學三十年，六經老研摩。」六經：六部儒家經典。即《詩》、《書》、《禮》、《樂》、《易》、《春秋》。研摩：研究揣摩。李《譜》謂上二句所言事在正大三年丙戌遺山入商帥完顔鼎幕府時。

〔四〕會最：亦作「會撮」。《莊子·人間世》：「支離疏者，頤隱於臍，肩高於頂，會撮指天。」陸德明釋文引司馬彪曰：「會撮，髻也。古者髻在頂中，脊曲頭低，故髻指天也。」

〔五〕春官科：指禮部主持的科舉考試。

〔六〕覃懷：指懷州。今河南省沁陽市。本集《史邦直墓表》言邦直「歲戊戌十月二十有六日，春秋五十有七，以疾終於州之私第」，「邦直殁七日而懷州亂，老幼奔潰，城爲之空」。知懷州亂在己亥正月。「覃懷變生」指此。

〔七〕通家：猶世交。弋：應指弋唐佐。本集《答弋唐佐》有「鄉鄰存世譜，骨肉到情親」句。宋：其人不詳。

〔八〕晉州：唐州名，金平陽府。《金史·地理下》「平陽府」條：「本晉州。」本集《集諸家通鑑節要序》：「汝下弋唐佐集諸家通鑑爲一書……時授館平陽張存惠魏卿家……過某於太原，以定本見示。」句指來忻請作序事。

〔九〕「快卷」句：李白《將進酒》：「烹羊宰牛且爲樂，會須一飲三百杯。」

〔一〇〕鶴骨：修道者清奇不凡的氣質。騫飛：飛騰。

〔一一〕丹房：道家煉丹的地方。藥鏡：指玄元崔真人所著《入藥鏡》，道家書。元陳致虚《周易參同契分章注》：「因看崔君入藥鏡，令人心地轉分明。」

〔一二〕「天府」句：唐太宗爲天策上將軍時，置文學館，以房玄齡、杜如晦、虞世南、孔穎達等十八人爲學士，討論典籍，商略政事。時人傾慕，稱入館者爲「登瀛洲」。

〔一三〕「千古」二句：言與弋唐佐相見恨晚之情。唐盧仝《與馬異結交》：「白玉璞裏斲出相思心，黄金鑛裏鑄出相思淚。」

〔一四〕「蘇州」句：韋應物《寄别李儋》：「宿昔同文翰，交分共綢繆。忽枉别離札，涕淚一交流……想子臨長路，時當淮海秋。」蘇州韋郎：指唐代詩人韋應物。因曾任蘇州刺史，故稱。

〔一五〕「香山」句：唐白居易《崔湖州贈紅石琴薦焕如錦文無以答之以詩酬謝》：「引出山水思，助我金玉音。人間無可比，比我與君心。」香山白傅：唐代詩人白居易晚年以太子少傅分司東都，居香山，故稱。

〔一六〕渠：指韋應物與白居易。

〔一七〕「相知」四句：白居易《别元九後詠所懷》：「相知豈在多，但問同不同。同心一人去，坐覺長安空。」

〔一八〕青眼高歌：杜甫《短歌行·贈王郎司直》：「仲宣樓頭春色深，青眼高歌望吾子。」青眼：與「白眼」相對，指對人喜愛或器重。

〔編年〕

李《譜》編於蒙古憲宗七年丁巳下「總附」中，謂晚年返鄉後作。詩有「晉州一書」、「汾流滔滔」諸語，知晚年在鄉作。繆《譜》未編。詩有「覃懷變生十載後」句，按注〔六〕，「覃懷變生」在己亥歲，下推十年，應作於蒙古海迷失後元年己酉。

己酉四月十七日度石嶺

四海虚名值幾錢，世間何限好林泉。無情石嶺關頭路，行去行來又十年。

〔編年〕

蒙古海迷失后元年己酉自忻往真定路經石嶺關時作。李、繆同。

種松

百錢買松羔〔一〕，植之我東牆。汲井涴塵土〔二〕，插籬護牛羊〔三〕。一日三摩挲〔四〕，愛比添丁郎。昨宵入我夢，忽然變昂藏〔五〕。昂藏上雲霄①，慘澹含風霜〔六〕。起來月中看，細鬣攢針芒②〔七〕。惘然一太息〔八〕，何年起明堂〔九〕。鄰叟向我言，種木本易長〔一〇〕。不見河畔柳，顧盻百尺強③〔一一〕。君自作遠計，今者何所望④。

〔校〕

①霄：李全本、施本作「雨」。②攢：李全本、施本作「錯」。③盻：施本作「盼」。④者：李全本、施本作「日」。

〔注〕

〔一〕松羔：松樹苗。

〔二〕涴：污染。句謂汲井次數太多，把井水也攪渾了。

〔三〕護：防范。

〔四〕摩挲：撫弄。

〔五〕昂藏：高峻，軒昂。指松苗長成大樹。

〔六〕慘澹：陰暗貌，形容老松枝葉陰森。

〔七〕鬣：指馬、獅等動物頸上的長毛，詩指松針。攢：聚集。

〔八〕惘然：失意貌。

〔九〕明堂：古代天子宣明政教之地。句謂松樹生長緩慢，什麽年月才能長成建築明堂的棟梁呢？

〔一〇〕「種木」句：種樹本來應選擇容易生長的。

〔一一〕顧眄：轉眼之間，形容時間短暫。

〔編年〕

本集《楊叔能小亨集引》：「今年，其所撰《小亨集》成……予既以如上語爲《集》引，又申之以《種松》之詩……己酉秋八月初吉，河東元某序。」李《譜》繫於蒙古海迷失后元年己酉在鎮州作，從之。繆《譜》未編。

壽張復從道〔一〕

鎮州城中金粟岡〔二〕，移來河東萬卷堂〔三〕。先生弦歌教胄子〔四〕，子亦詩禮沾餘芳〔五〕。齒如編貝髮抹漆，玉樹臨風未二十〔六〕。爲渠欲作寫真詩〔七〕，老我慚無敬齋筆〔八〕。復也美材具，璞玉未雕飾。良工在汝心〔九〕，苦卓與真積〔一〇〕。捧檄毛義喜〔一一〕，受杖伯瑜泣〔一二〕。親年當喜懼〔一三〕，寸晷真尺璧〔一四〕。桓榮家世傳一經，何患不蒙稽古力〔一五〕。綵服庭闈趨〔一六〕，繡衣霄漢立〔一七〕。但願頤齋壽金石〔一八〕，歲歲年年作生日。

〔注〕

〔一〕張復從道：真定史天澤幕府張德輝之子。

〔二〕鎮州：金真定府治所，即今河北省正定縣。宋置常山郡鎮州成德軍節度，故稱。金粟岡：真定廟學所在地。《畿輔通志》卷一百七《真定路宣聖廟碑》：「（世祖）淵潛朔庭，聞鎮之學未即敘。龍集丁未，敕有司勿怠其事。於是以金粟岡廟址，崇殿廡，辟黌舍。太原元好問有《記》。」

〔三〕河東萬卷堂：疑指平陽經籍所。元蘇天爵《元朝名臣事略》卷五《中書耶律文正王》：「初汴京未下，奏遣使入城……及取名儒梁陟等數輩，於燕京置編修所，平陽置經籍所，以開文治。」

〔四〕「先生」句：《元史·張德輝傳》載，戊申夏張德輝自和林告歸，「奉旨教胄子孛羅等」。弦歌：依琴瑟而詠歌。《周禮·春官·小師》：「小師掌教鼓鼗、柷、敔、塤、簫、管、弦、歌。」鄭玄注：「弦，謂琴瑟也。歌，依詠詩也。」胄子：帝王或貴族的長子。《書·舜典》：「夔，命汝典樂，教胄子。」孔傳：「胄，長也。謂元子以下至卿大夫子弟。」

〔五〕子：指張復。

〔六〕玉樹：喻佳子弟。典見《贈楊君美之子新甫》注〔六〕。

〔七〕寫真：畫人的真容。

〔八〕敬齋：李治仁卿之號。李治晚年居元氏縣封龍山，與遺山及張復父張德輝爲「封龍三老」，亦善作詩。

〔九〕良工：技藝高超的人。

〔一〇〕苦卓：艱苦振奮。真積：認真積累。《荀子·勸學》：「真積力久則入。」

〔一一〕「捧檄」句：《後漢書·劉平等傳序》：「中興，廬江毛義少節，家貧，以孝行稱。南陽人張奉慕其名，往候之。坐定而府檄適至，以義守令。義奉檄而入，喜動顔色。奉者，志尚士也，心賤之，自恨來，固辭而去。及義母死，去官行服。數辟公府，爲縣令，進退必以禮。後舉賢良，公車徵，遂不至。張奉歎曰：『賢者固不可測。往日之喜，乃爲親屈也。斯蓋所謂「家貧親老，不擇官而仕」者也。』」後用爲孝養父母而出仕的典故。

〔一二〕「受杖」句：漢劉向《説苑·建本》：「伯俞有過，其母笞之，泣。其母曰：『他日笞之，未嘗見泣；今泣，何也？』對曰：『他日俞得罪，笞嘗痛；今母之力衰，不能使痛，是以泣也。』」伯瑜，一作伯俞，姓韓，漢時人。後用作孝順的典故。

〔一三〕「親年」句：《論語·八佾》：「子曰：『父母之年，不可不知也。一則以喜，一則以懼。』」句謂父母雙親年已高壽。

〔一四〕寸晷：寸陰。晷，日影。借指一小段時間。

〔一五〕「桓榮」二句：《後漢書·桓榮傳》：「桓榮字春卿，沛郡龍亢人也。少學長安，習《歐陽尚書》……以榮爲少傅，賜以輜車、乘馬。榮大會諸生，陳其車馬印綬，曰：『今日所蒙，稽古之力也，可不勉哉。』」後用作學而優則仕的典故。稽古，考察古來人事。此指讀書。

〔一六〕綵服：唐歐陽詢《藝文類聚》卷二十引《列女傳》：「老萊子孝養二親，行年七十，嬰兒自娱，着五色彩衣。」庭闈：父母居住處。《文選·束皙〈補亡〉詩》：「眷戀庭闈，心不遑安。」李善注：

「庭闈，親之所居。」

〔一七〕霄漢：天河。此喻高位。

〔一八〕頤齋：張德輝之號。

〔編年〕

李《譜》以丁未年遺山曾在張德輝處，而「從道爲頤齋德輝之子」，故推測「此作於真定」，附録於丁未年下，誤。繆《譜》未編。本集《令旨重修真定廟學記》言張德輝丁未年北上和林，次年夏返真定。修復真定廟學明言始於己酉年二月，「乃八月落成，弦誦洋洋，日就問學，冑子漸禮讓之訓」。因學生乃王室子弟，故又「移來河東萬卷堂」，張德輝親自執教，故其子張復亦入學「沾餘芳」。己酉八月，遺山在鎮州。八月上丁日，真定廟學「釋菜禮成，教官李謙暨諸生合辭屬好問爲記」。詩作於蒙古海迷失后元年己酉秋真定廟學開學之初。

送王彦華〔一〕

中朝名勝龍山冀〔二〕，喜色門闌得佳壻〔三〕。一朝天府效驅馳〔四〕，萬里青雲在平地〔五〕。金粟岡頭俊造多〔六〕，莫從人品問如何。迂齋受學青衿日〔七〕，殷重遺山爲拊摩〔八〕。東國人倫吾豈敢〔九〕，只憑月旦決巍科〔一〇〕。

〔注〕

〔一〕王彦華：其人不詳。當係龍山冀禹錫之婿，與真定府學趙振玉爲連襟，故在府學。

〔二〕「中朝」句：冀禹錫，龍山人，金哀宗時擢爲應奉翰林文字。句當指此。中朝：内朝。漢代朝官自武帝以後有中朝、外朝之分。文學侍從等屬中朝。

〔三〕喜色門闌：杜甫《李監宅》之一：「門闌多喜色，女壻近乘龍。」門闌：門框。借指門庭。

〔四〕天府：指朝廷。

〔五〕「萬里」句：用「平地青雲」典。唐曹鄴《杏園宴呈同年》：「一旦公道開，青雲在平地。」青雲：喻高官顯爵。

〔六〕金粟岡：真定廟學所在地。詳見《壽張復從道》注〔二〕。俊造：才智傑出的人。《禮記·王制》：「司徒論選士之秀者而升之學，曰俊士。升於司徒者不徵於鄉，升於學者不徵於司徒，曰造士。」

〔七〕迂齋：施注謂之周馳。周卒於貞祐兵亂，故知施説非。真定府學教官李謙有室名「迂軒」。「迂齋」當指此人。李謙，字進之，太原太谷（今山西太谷縣）人。本集有《李進之迂軒二首》。本集《令旨重修真定廟學記》所云「丁酉……教官李謙暨諸生合辭屬好問爲記」即此人。《癸巳上耶律中書書》有「太原李謙」。青衿：借指學子。

〔八〕殷重：懇切深厚。

〔九〕東國人倫：《文選·劉孝標〈廣絶交論〉》：「陸大夫燕喜西都，郭有道人倫東國。」人倫：言品評或選拔人才。

〔一〇〕月旦：《後漢書·許劭傳》：「劭與靖俱有高名，好共覈論鄉黨人物，每月輒更其品題，故汝南俗有『月旦評』焉。」巍科：猶高第。科舉考試名次在前者。

〔編年〕

按「金粟」句，詩作於真定廟學開學後。李《譜》繫於蒙古海迷失后元年己酉，從之。繆《譜》未編。

李成之、王彦華、趙孝先以提學命見餉佳酒〔一〕，且求制名，輒以詩記之①

子雲寂寞將誰親〔二〕，延之麤豪意自真〔三〕。君家公壻兩冰玉〔四〕，酒味自合清而醇。雲腴俗士無風神②，紅珠女兒茜裙新〔五〕。一杯香絶韻亦絶，只今唯有醁醽春〔六〕。

〔校〕

①輒：李詩本、毛本作「取」，形訛。據李全本、施本改。之：李全本無。②腴：李全本作「腴」。

〔注〕

〔一〕李成之：其人不詳。王彦華：見《送王彦華》注〔一〕。趙孝先：其人不詳。提學：提舉學校之官，指趙振玉。元張德輝《中州集·後序》：「遺山北渡後，網羅遺逸，首以纂集爲事……己酉秋，得真定提學龍山趙侯國寶（振玉字國寶）資藉之，始鋟木以傳。」

〔二〕「子雲」句：子雲，西漢揚雄之字。《漢書·揚雄傳》：「雄以病免，復召爲大夫。家素貧，嗜酒，人希至其門。時有好事者載酒肴從游學。」

〔三〕「延之」句：《南史·顔延之傳》：「文帝嘗召延之，傳詔頻不見，常日但酒店裸袒挽歌，了不應對。他日醉醒乃見。帝嘗問以諸子才能，延之曰：『竣得臣筆，測得臣文，㚟得臣義，躍得臣酒。』何尚之嘲曰：『誰得卿狂？』答曰：『其狂不可及。』」

〔四〕君家公壻：公，指龍山冀禹錫。壻，指王彦華。本集《送王彦華》中有「中朝名勝龍山冀，喜色門闌得佳壻」句。冰玉：「冰清玉潤」的省稱。岳父和女婿的美稱。《世説新語·言語》「衛洗馬初欲渡江」南朝梁劉孝標注引《衛玠别傳》：「世咸謂諸王三子，不如衛家一兒。娶樂廣女。裴叔道曰：『妻父有冰清之資，壻有璧潤之望，所謂秦晉之匹也。』」《晉書·衛玠傳》作「婦公冰清，女婿玉潤」。

〔五〕「雲腴」二句：形容酒的味色。雲腴：酒名。元宫天挺《范張鷄黍》：「何必釀雲腴，若但殺鷄炊黍。」紅珠女兒：即女兒酒。清梁紹壬《兩般秋雨盦隨筆·品酒》：「女兒酒者，鄉人於女子初生之年，便釀此酒，迨出嫁時，始開用之。」茜裙：絳紅色的裙子。

〔六〕酴醿春：酒名。一種經幾次復釀而成的甜米酒叫酴醿春。春，唐人常名酒爲「春」。

〔編年〕

詩亦當真定廟學開學後作。李《譜》附於蒙古海迷失后元年己酉，從之。繆《譜》未編。

李進之迂軒二首〔一〕

其一

白髮歸來世事新，書生風味是清貧。欹嵚歷落從人笑①〔二〕，潦倒麤疏我自真。

〔校〕

①嵚：毛本作「欽」，李全本作「斜」，施本作「嵚」。從施本。

〔注〕

〔一〕李進之：真定教官李謙。詳見《送王彦華》注〔七〕。

〔二〕「欹嵚」句：《世説新語·容止》：「周伯仁道：桓茂倫嵚崎歷落，可笑人。」欹嵚歷落：比喻品格卓異磊落。

〔三〕「潦倒」句：三國魏嵇康《與山巨源絶交書》：「吾潦倒麤疏，不切事情，自惟亦皆不如今日之賢能也。若以俗人皆喜榮華，獨能離之，以此爲快。」

其二

舉世營營共一途〔一〕，要來閑處費工夫。入門且莫分賓主，不但君迂我更迂。

〔注〕

〔一〕營營：忙碌。

〔編年〕

李進之與遺山初次直接交往的記載見於本集《令旨重修真定廟學記》，詩當作於蒙古海迷失后元年己酉真定府廟學開學前後。李《譜》繫在壬子，繆《譜》未編。

自題中州集後五首〔一〕

其一

鄴下曹劉氣儘豪〔二〕，江東諸謝韻尤高〔三〕。若從華實評詩品〔四〕，未便吴儂得錦袍〔五〕。

〔注〕

〔一〕《中州集》：遺山選編。詩十卷，詞一卷，始編於金天興二年甲午，己酉年在真定提學趙振玉資助下付梓。

〔二〕鄴下曹劉：指以「三曹」和「七子」爲中心的建安文人集團。鄴：古都邑名。曹操爲魏王，定都於此。舊址在今河北省臨漳縣。曹劉：曹植和劉楨。本集《論詩三十首》其二：「曹劉坐嘯虎生風，四海無人角兩雄。」

〔三〕江東諸謝：指以南朝宋謝靈運爲首的謝氏家族詩人群，如謝惠連、謝混、謝朓等。

〔四〕華實：華美的形式和實在的内容。詩品：書名。南朝梁鍾嶸撰。評漢魏以來詩人，分上中下三品。品評標準偏重華美。

〔五〕吴儂：指南方詩人。得錦袍：《隋唐嘉話》：「武后游龍門，命群臣賦詩，先成者賜錦袍。東方虬受賜未安，宋子問隨就，文理兼美，乃就奪錦袍賜之。」

其二

陶謝風流到百家〔一〕，半山老眼净無花〔二〕。北人不拾江西唾〔三〕，未要曾郎借齒牙〔四〕。

〔注〕

〔一〕陶謝風流：陶淵明和謝靈運詩歌的流風餘韻。百家：宋王安石編《唐百家詩選》。

〔二〕半山：宋王安石之號。句謂王安石編《唐百家詩選》很有眼光。

〔三〕江西：江西詩派。

〔四〕曾郎：宋人曾慥，字端伯，自號至游居士。晉江人。曾官尚書郎。編有《宋百家詩選》。上二句謂北方詩人不繼承江西派的詩風，無需看重借鑒曾慥編選的《宋百家詩選》。齒牙：稱譽，説好話。蘇軾《與王荆公書》：「顧公少借齒牙，使增重於世。」

其三

萬古騷人嘔肺肝〔一〕，乾坤清氣得來難〔二〕。詩家亦有長沙帖〔三〕，莫作宣和閣本看〔四〕。

〔注〕

〔一〕騷人：詩人。屈原作《離騷》，後世詩人多仿效，故稱。嘔肺肝：唐李商隱《李賀小傳》：「恒從小奚奴，騎蹇驢，背一古破錦囊，遇有所得，即書投囊中。及暮歸，太夫人使婢受囊出之，見所書多，輒曰：『是兒要當嘔出心乃已耳。』」後用作嘔心瀝血作詩的典故。

〔二〕「乾坤」句：《全唐詩話》卷六貫休《古意》：「乾坤有清氣，散入詩人脾……千人萬人中，一人兩人知。」清氣：與「濁氣」相對而言，不塵俗。

〔三〕長沙帖：宋曾宏父《石刻鋪敘》卷下：「《長沙帖》，十卷，實秘閣前帖翻本……慶曆間慧昭師錢希白摹鐫……（東坡）云：『希白作字，自有江左風味，故《長沙法帖》比淳化待詔所摹爲勝。世俗不察，争訪閣本，誤矣。』」

〔四〕宣和：宋殿閣名。宣和閣本：指注〔三〕，所云淳化待詔所摹秘閣前帖。清王澍《淳化秘閣法帖考正·叙》：「宋太宗淳化中出内府所藏古帖，詔侍書王著釐定，勒成十卷，名曰《淳化秘閣法帖》。真僞雜出，錯亂失序，識者病焉。」二句謂《中州集》的詩作雖學唐宋，但已具有金代文學的風格特色。

其四

文章得失寸心知〔一〕，千古朱絃屬子期〔二〕。愛一作恨殺溪南辛老子①，相從何止十年遲〔三〕。

〔校〕

①愛：施本作「恨」。注「一作恨」：李全本、施本無。

〔注〕

〔一〕「文章」句：杜甫《偶題》：「文章千古事，得失寸心知。」

〔二〕「千古」句：《列子·湯問》：「伯牙善鼓琴，鍾子期善聽。伯牙鼓琴，志在登高山，鍾子期曰：『善哉！峨峨兮若泰山！』志在流水，鍾子期曰：『善哉！洋洋兮若江河！』伯牙所念，鍾子期必得之。」後人遂用子期代表知音者。

〔三〕「愛殺」二句：溪南辛老子，辛愿字敬之，號溪南詩老。《中州集·辛愿傳》：「敬之業專而心通，敢以是非黑白自任。每讀劉、趙、雷、李、張、杜、王、麻諸人之詩，必爲之探原委，發凡例，解絡脈，審音節，辨清濁，權輕重……至論朋輩中，有公鑒而無姑息者，必以敬之爲稱首。」蘇軾《次荆公韻四絶》：「勸我試求三畝宅，從公已覺十年遲。」

其五

平世何曾有稗官〔一〕，亂來史筆亦燒殘〔二〕。百年遺稿天留在〔三〕，抱向空山掩淚看。

〔注〕

〔一〕稗官：小官。採風之官。《漢書·藝文志》：「小説家者流，蓋出於稗官。」如淳注：「王者欲知閭巷風俗，故立稗官使講説之。」

〔二〕史筆：保存、整理、記載國史的史官之筆。

〔三〕百年遺稿：指金代詩歌總集《中州集》。金享國一百二十年，此舉整數而言之。

〔編年〕

元張德輝《中州集·後序》：「遺山北渡後，網羅遺逸，首以纂集爲事。歷二十寒暑，僅成卷帙。己酉秋，得真定提學龍山趙國寶資藉之，始鋟木以傳。」李、繆據之定在蒙古海迷失后元年己酉，從之。

寄英上人①〔一〕

世事都銷酒半醺〔二〕，已將度外置紛紜〔三〕。乍賢乍佞誰爲我〔四〕，同病同憂只有君〔五〕。白首共傷千里別，青山真得幾時分。相思後夜并州月，却爲湯休賦碧雲〔六〕。

〔校〕

①上：毛本作「土」，形訛。本集有《夜宿秋香亭有懷木庵英上人》詩等。據李詩本、李全本、施本改。

〔注〕

〔一〕英上人：英禪師，名性英，字粹中，號木庵。著名詩僧。住洛陽龍門、嵩山少林二十年，仰山五六年。詳見本集《木庵詩集序》。

〔二〕銷：熔化。

〔三〕度外：心意計慮之外。紛紜：指雜亂的世事。

〔四〕乍賢乍佞：《漢書·王尊傳》：「尊以京師廢亂，群盜並興，選賢徵用，起家爲卿，賊亂既除，豪猾伏辜，即以佞巧廢黜。一尊之身，三期之間，乍賢乍佞，豈不甚哉！」誰爲我：佛教禪宗話頭，指誰是真我。句謂有人説我好，有人説我壞，究竟誰説的是真實的我。

〔五〕同病同憂：漢趙曄《吴越春秋·闔閭内傳》：「子不聞《河上歌》乎？同病相憐，同憂相救。」謂憂患相同者互相同情救助。

〔六〕湯休：南朝宋僧惠休。《宋書·徐湛之傳》：「時有沙門釋惠休……世祖命使還俗。本姓湯，位至揚州從事史。」賦碧雲：《文選·休上人〈怨别〉》：「日暮碧雲合，佳人殊未來。」

〔編年〕

本集《木庵詩集序》：「乙酉冬十月，將歸太原，侍者出《木庵集》，求予爲序引。」姚本「校記」云：「按『乙酉』爲一二二五年，而上句曰楊、趙諸公不及見之。楊雲翼卒於一二二八年，趙秉文卒於一二三二年。故疑爲『己酉』，即一二四九年。」《序》謂英上人「住龍門、嵩少二十年，仰山又五六年」，「仰山」在燕都宛平縣西七十里，見嘉慶《大清一統志·順天府》，遺山己酉冬曾至燕都，見《信武曹君墓表》、《毛氏家訓跋》，故知姚「校記」所言是。本詩「白首共傷千里别」、「相思後夜并州月」句，知晚年歸鄉時作。故定爲蒙古海迷失后元年己酉在燕都時作。李《譜》附於甲辰秋往河南遷葬路經洛陽時作，不妥。繆《譜》未編。

寄答仰山謙長老渠住招隱〔一〕

木庵推出謙書記〔二〕，乞與雲林百自由〔三〕。想得驅驢入招隱，勝於騎鶴上揚州〔四〕。衆狙皆喜芧初熟〔五〕，一鳥不鳴山更幽〔六〕。日暮王城市聲合〔七〕，松風亭上莫回頭。

〔注〕

〔一〕仰山：嘉慶《大清一統志·順天府》謂在燕都宛平縣西七十里。謙長老：名里不詳。招隱：佛寺名。

〔二〕木庵：英上人之號。

〔三〕雲林：山林。上二句謂英禪師讓謙長老出面勸遺山隱居山林。

〔四〕騎鶴上揚州：南朝梁殷芸《小説》：「有客相從，各言所志：或願爲揚州刺史，或願多財，或願騎鶴上升。其一人曰：『腰纏十萬貫，騎鶴上揚州。』語兼三者。」

〔五〕狙：猿猴。芧：橡子。

〔六〕「一鳥」句：王安石《鍾山即事》：「茅簷相對坐終日，一鳥不鳴山更幽。」

〔七〕王城：都城。

〔編年〕

李《譜》謂「王城」指洛陽，遂繫此詩於蒙古乃馬真后三年甲辰秋往河南遷葬路經洛陽時，不妥。繆《譜》未編。按：此詩與己酉所作《寄英上人》連編，據詩題及「木庵推出謙書記」句，謙爲英上人住仰山之僧人。「王城」當指燕都。詩當蒙古海迷失后元年己酉在燕都時作。

贈答郝經伯常，伯常之大父，予少日從之學科舉①〔一〕

故家珠玉自成淵〔二〕，重覺英靈賦予偏〔三〕。文陣自憐吾已老，名場誰與子爭先。撑腸正有五千卷〔四〕，下筆須論二百年〔五〕。莫把青春等閑了，蔡邕書籍待渠傳〔六〕。

〔校〕

①予：施本作「余」。

〔注〕

〔一〕郝經伯常：郝經（一二二三——一二七五），字伯常，澤州陵川（今山西省陵川縣）人。元光間生於河南。金亡北渡徙順天，張柔延爲座上客。忽必烈朝使宋，被羈留十六年乃還。《元史》有傳。伯常之大父，予少日從之學科舉：指遺山隨從郝經之祖父郝天挺問學事，詳見本集《郝先生墓銘》。

〔二〕「故家」句：宋趙蕃《寄徐季益四首》其三：「吕氏多人物，譬之珠玉淵。」故家：世家大族。珠玉：比喻豐姿俊秀的人。

〔三〕英靈：英明靈秀的資質。二句謂世家大族的優秀人才自成淵源，上天更把英明靈秀的資質賦予你。

〔四〕「撑腸」句：宋劉過《吕大方以改之下第賦贈》：「撑腸文字五千卷，吟哦得意揚修鞭。」

〔五〕「下筆」句：《南史・謝朓傳》：「朓善草隸，長五言詩。沈約常云：『二百年來無此詩也。』」宋歐陽修《贈王介甫》詩：「翰林風月三千首，吏部（指韓愈）文章二百年。」

〔六〕「蔡邕」句：《三國志・王粲傳》：「蔡邕見而奇之……曰：『此王公孫也，有異才，吾不如也。吾家書籍文章，盡當與之。』」蔡邕，東漢末文學家、史學家。蔡邕續撰漢史。郝經著有《續後漢書》。

〔編年〕

詩作於與郝經初次見面時。郝經《原古上元學士》：「作噩建子月，投我以照乘……今乃得溟渤，問津有龜鏡。」《爾雅・釋天》謂太歲在酉曰「作噩」。本集《毛氏家訓後跋語》云：「己酉冬，某自燕還，幕府館客勤甚。公夫人，予姨也。」遺山繼娶毛夫人與張柔之夫人毛氏聯親，「幕府」指張柔萬户府。由上可知，遺山與郝經己酉在順天張柔幕府初見。詩作於蒙古海迷失后元年己酉冬。李、繆同。

贈答樂丈舜咨中京副留守〔一〕

舟車何地得通津，書疏相忘意更親。但愛柏臺推峭直〔二〕，豈知梅賦更清新〔三〕。兩都秋色皆喬木〔四〕，耆舊風流有幾人。詩酒陪從約他日，鷄川已許濯纓塵〔五〕。

〔注〕

〔一〕樂舜咨：樂夔字舜咨，武安（今河北省武安市）人。仕金任郎中、中京（洛陽）副留守。晚年居順天（今河北省保定市）。大德碑《遺山先生墓銘》：「國史實録在順天道萬户張公府，乃言於張，使之奏聞，願爲撰述。奏可，方辟館，爲武安樂夔所沮而止。」本集《感寓》有「樂丈張兄病且貧」句。

〔二〕柏臺：御史臺的别稱。樂夔曾任監察御史。本集《資善大夫武寧軍節度使夾谷公神道碑銘》：「御史張特立、樂夔上書言……」峭直：嚴峻剛正。

〔三〕「豈知」句：唐皮日休《桃花賦》：「余常慕宋廣平（唐宋璟曾任左御史臺中丞，封廣平郡公）之爲相，貞姿勁質剛態毅狀，疑其鐵腸與石心，不解吐婉媚辭。然睹其文，而有《梅花賦》，清便富豔，得南朝徐庾體，殊不類其爲人也。」本集《蝶戀花》〔梅信初傳金點小〕詞序云：「同樂舜咨郎中夢梅。」疑「梅賦」指此。

〔四〕「兩都」句：古人常在都城外種植樹木，故以喬木象徵故國。本集《壬辰十二月車駕東狩後即事五首》之四有「喬木他年懷故國」句。兩都：指金中都（今北京市）、南京（今河南省開封市）。宋黄庭堅《讀曹公傳》：「兩都秋色皆喬木，二祖恩波在細民。」

〔五〕鷄川：地名。在今河北省保定市。元王惲《題保定醫學劉教授慶八十詩卷》有「雞川如畫郎山秀，好在春風十二稟」句。李《譜》海迷失后二年下「附録」中編入此詩，謂「鷄川在順天」。元魏初《青崖集》卷五《故總管王公神道碑銘》：「蔡國武康張公自滿城移治於保……喜收士類。癸巳，河南平，如前狀元王鶚、監察御史樂夔、進士敬鉉，皆在其門下。」據此知樂夔晚年居保州（《元史·地理一》「保定路」條：「宋升保州，金改順天軍。元太宗十三年，升順天路，置總管府。」）。濯纓塵：《楚辭·漁父》：「滄浪之水清兮，可以濯吾纓。」後用爲隱居典。

〔編年〕

詩當作於遺山初至保州時。按元郝經《原古上元學士》「作噩建子月，投我以照乘」，遺山初至保州在蒙古海迷失后元年己酉。故編詩於是年。李《譜》編於是年「附録」中，繆《譜》未編。

聽姨女喬夫人鼓風入松〔一〕

白雪朱絃一再行〔二〕，春風纖指十三星〔三〕。雲窗霧閣有今夕，寶靨羅裙無此聲〔四〕。瀟灑寒松度虚籟〔五〕，悠颺飛絮攪青冥。胎仙不比湘靈瑟〔六〕，五字錢郎莫漫驚〔七〕。

〔注〕

〔一〕喬夫人：張柔之長女，適喬維忠之子琚。元郝經《陵川集·張公夫人毛氏墓銘》：「二女，長適喬侯之子琚。幽閑執禮，有母氏風。賦詩彈琴，窈窕物外。」風入松：古琴曲名。《樂府詩集·琴曲歌辭四·風入松歌》宋郭茂倩題解：「《琴集》曰：『《風入松》，晉嵇康所作也。』」

〔二〕白雪：用「陽春白雪」典，指高雅的歌曲。一再行：《史記·司馬相如列傳》：「相如辭謝，爲鼓一再行」司馬貞索隱：「行者，曲也。此言鼓一再行，謂一兩曲。」

〔三〕十三星：疑指所鼓之弦。宋張先《菩薩蠻·詠箏》：「纖指十三弦，細將幽恨傳。」

〔四〕寶靨羅裙：杜甫《琴臺》：「野花留寶靨，蔓草見羅裙。」寶靨：花鈿。古代婦女首飾。

〔五〕虚籟：指風。杜甫《游龍門奉先寺》：「陰壑生虚籟，月林散清影。」楊倫箋注：「虚籟謂風也。」

〔六〕胎仙：道教神名。《黄庭内景經·上清章》：「琴心三疊儛胎仙。」務成子注：「胎仙即胎靈大神，亦曰胎真，居明堂中。」此指琴樂。湘靈瑟：《楚辭·遠游》：「使湘靈鼓瑟兮，令海若舞馮夷。」湘靈：湘水女神。

〔七〕五字錢郎：五字，當指五言詩。錢郎：元辛文房《唐才子傳·錢起》：「（錢起）與郎士元齊名，士林語曰：『前有沈、宋，後有錢、郎。』」按：錢起有《省試·湘靈鼓瑟》詩。此當單指錢起。

〔編年〕

本集《千户喬公神道碑銘》載，喬琚時任「順天路人匠總管」，家應在順天。詩當蒙古海迷失后元年己酉冬路經順天時作。李《譜》同。繆《譜》未編。

喬夫人墨竹二首〔一〕

其一

萬葉千梢下筆難，一枝新緑儘高寒〔二〕。不知霧閣雲窗晚，幾就扶疏月影看〔三〕。

〔注〕

〔一〕喬夫人墨竹：元劉因《静華君張氏墨竹詩序》謂喬琚夫人張氏「素善墨竹，而元、郝諸公見之，因爲詩歌，以比其德」。

〔二〕儘：任。

〔三〕扶疏：枝葉繁茂分披貌。

其二

只待驚雷起蟄龍〔一〕，忽從女手散春風。渭川雲水三千頃〔二〕，悟在香嚴一擊中〔三〕。夫人參洞下禪有省①〔四〕。

〔校〕

①下：毛本作「山」。據李詩本、李全本、施本改。

〔注〕

〔一〕驚雷起蟄龍：《禮記·月令》謂仲春之月：「是月也，日夜分，雷乃發聲，始電，蟄蟲咸動，啓户始出。」

〔二〕「渭川」句：元郝經《静華君墨竹賦》：「吞八九之雲夢，小渭川之千畝。」

〔三〕香嚴一擊：《景德傳燈録》卷十一「香嚴禪師」條：「鄧州香嚴智閑禪師，青州人也……一日因山中芟除草木，以護瓦礫擊竹作聲，俄失笑間，廓然省悟。」

〔四〕洞下：曹洞宗之門下。

〔編年〕

當蒙古海迷失后元年己酉冬在順天時作。李《譜》同。繆《譜》未編。

喬夫人彩繡仙人圖

彩服仙童畫不如，直疑萊子戲庭除〔一〕。青紅未是春風巧〔二〕，一頌椒花更有餘①〔三〕。

〔校〕

①椒：李全本作「根」。

〔注〕

〔一〕萊子戲庭除：唐歐陽詢《藝文類聚》卷二十引《列女傳》：「老萊子孝養二親，行年七十，嬰兒自娱，著五色彩衣。嘗取漿上堂，跌仆，因卧地爲小兒啼。或弄烏鳥於親側。」庭除：庭階。

〔二〕青紅：青黛和胭脂。古代女子用來畫眉和搽臉的顔料。

〔三〕頌椒花：《晉書·列女傳·劉臻妻陳氏》：「劉臻妻陳氏者，亦聰辨能屬文，嘗正旦獻《椒花頌》。其詞曰：『旋穹周回，三朝肇建。青陽散輝，澄景載焕。標美靈葩，爰採爰獻。聖容映之，永壽於萬。』」

〔編年〕

當蒙古海迷失后元年己酉冬在順天時作。李《譜》同。繆《譜》未編。

與張仲傑郎中論文〔一〕

文章出苦心，誰以苦心爲。正有苦心人，舉世幾人知。工文與工詩，大似國手棋〔二〕。國手雖漫應〔三〕，一着存一機〔四〕。不從着着看，何異管中窺。文須字字作，亦要字字讀。咀嚼有餘味，百過良未足。功夫到方圓，言語通眷屬〔五〕。只許曠與夔〔六〕，聞弦知雅曲〔七〕。今人誦文字，十行誇一目。閼顫失香臭〔八〕，瞀視紛紅緑〔九〕。毫釐不相照，覿面楚與蜀〔一〇〕。莫訝荆山前，時聞刖人哭〔一一〕。

〔注〕

〔一〕張仲傑：名弘略。易州定興（今河北省定興縣）人。順天萬户侯張柔第八子，曾官元順天路管民總管，行軍萬户。《元史》卷一四七有傳。

〔二〕國手棋：國家水平的棋手下棋。

〔三〕漫應：不經意隨手對應。

〔四〕着：下棋落子。亦謂招數。機：機巧，機變。

〔五〕「功夫」二句：到掌握了閲讀的方法、準則時，便能從字裏行間通曉作者的深微意趣。

〔六〕曠：指師曠，春秋時晉國樂師。夔：堯時樂官。

〔七〕「聞弦」句：施注：「《吴志·周瑜傳》：「瑜曰：『吾雖不及夔、曠，聞弦賞音，足知雅曲。』」雅曲：典雅純正之曲。

〔八〕閼顫：閼，堵塞。顫，鼻通能辨氣味。《列子·楊朱》：「鼻之所欲向者椒蘭，而不得嗅，謂之閼顫。」

〔九〕瞀視：猶色盲。

〔一〇〕覿面：迎面。二句謂毫釐之近不能觀照，竟像楚、蜀一樣遥遥相望。

〔一一〕「莫訝」二句：用卞和獻玉以欺君之罪斷足典。詳見《韓非子·和氏》。刖：斷足。

〔編年〕

李《譜》編於蒙古太宗七年乙未下「總附」中，謂張仲傑乃王若虚門人（本集《内翰王公墓表》有「門人張仲傑爲縣」語），認爲作於羈管山東時（乙未至戊戌）。此人與張柔之子皆未有「郎中」之職的記載。「郎中」一職較顯貴，當張柔子擔任爲是。遺山晚年數過保州，與張柔子見面的機會多。故從施注，姑附於蒙古海迷失后元年己酉路經保州時。繆《譜》未編。

二月十五日鶴①

九龍崗上玄元祠，人言尊像神所遺。年年二月降靈鶴，來無定數有定期。城頭曉露生新警，萬首望穿雲際影。不知濁世誰下臨，只許霜毛見修整〔一〕。石壇花落松風冷，戛然長鳴人語定。百年黧老誇見聞〔二〕，萬里黃冠赴靈應〔三〕。只從游騎突重圍，城郭并與人民非。可憐陊殿荒墟裏②，無復當年丁令威〔四〕。

〔校〕

①月：李全本缺此字。　②陊：李詩本、毛本作「侈」，形訛。據李全本、施本改。

〔注〕

〔一〕「九龍」八句：《續夷堅志·天慶鶴降》：「忻州西城，半在九龍岡之上。置宣聖廟、鐵佛寺、天慶觀，爲州之鎮。天慶觀老君殿尊像極高大，唐七帝列侍。父老云是神人所塑。晉天福二年重修。每歲二月十五日，道家號『貞元節』。是日有鶴來會，多至數十，少亦不絶一二，翔舞壇殿之上，良久乃去。州人聚觀旁近城上。州刺史約：先見鶴者有賞。」玄元祠：指老君殿。唐初追號老子爲「太上玄元皇帝」，故稱。曉露生新警：明胡居仁《易像鈔》卷十二：「《風土記》：鶴性警，至八月白露降，即高鳴相警，移徙所宿，慮有變害。白居易《鷄贈鶴》：『一聲警露君能薄，五德司晨我用多。』」修整：秀美端莊。

〔二〕黧老：老人。

〔三〕「萬里」句：《續夷堅志·天慶鶴降》：「四遠黃冠及游客，來者三日不絶。」本集《忻州天慶觀重建功德記》：「每歲二月望，道家以爲真元節，云是玄元誕彌之日。及其期，有鶴降此殿……黃冠千里來會者，項背相望。」

〔四〕「只從」四句：《續夷堅志·天慶鶴降》：「貞祐兵亂，殿廢，鶴遂不至。」隳：破敗。丁令威：舊題晉陶潛《搜神後記》卷一：「丁令威，本遼東人，學道於靈虚山。後化鶴歸遼……曰：『有鳥有鳥丁令威，去家千年今始歸。城郭如故人民非，何不學仙冢纍纍。』」此指鶴。

〔編年〕

李《譜》繫在蒙古海迷失后二年庚戌，繆《譜》未編。本集《忻州天慶觀重建功德記》云：「歲庚戌春二月，予還自鎮州，管（觀）内道士王守沖謂予言……」從李《譜》。

常山姝生四十月，能搦管作字，筆意開廓，有成人之量，喜爲賦詩，使洛誦之〔一〕

大兒小兒舞商羊〔二〕，東家西家捉迷藏。牙牙作羣雁雁行〔三〕，是中乃有常山郎。常山嬌嬌可憐蟲，四歲未有三歲强。黑鷹破殼自神駿，黄犢放脚須跳梁〔四〕。只知見紙即涂抹，誰謂轉腕能低昂。渠家兩翁破天荒①〔五〕，劉煇夢靈果專場〔六〕。滎鄉亭中詩版在〔七〕，岐山名字香山香〔八〕。此郎晚出西樞房〔九〕，虎穴虎子不可當。天驚地怪見落筆，便合抱送中書堂〔一〇〕。文星煌煌照燕南〔一一〕，青青子衿滿恒陽〔一二〕。教官連被鳳尾諾，瑞物多生金粟岡〔一三〕。兒曹變化不作難，何必二十始乖張。明年作字一丈大，當有稜角垂光芒。回頭却看元叔綱〔一四〕，鼻涕過口尺許長。常山，白寓齋第三子。叔綱，遺山之季子也〔一五〕。

〔校〕

①翁：李全本、施本作「公」。

〔注〕

〔一〕常山妷：白華之子，白樸之弟。妷，同侄。本集《善人白公墓表》云：「男孫五人……曰常山，曰中山，皆尚幼。」元袁桷《清容居士集》卷二七《朝列大夫同僉太常禮儀院事白公神道碑銘》：「恪，字敬甫。少警敏，三歲善作字，書八卦八字，有以見於鄉先生元公好問，作詩深器之。」知「恪」即「常山妷」。搦管：握筆。洛誦：反復誦讀。洛，通「絡」。連絡。

〔二〕舞商羊：《孔子家語・辯政》：「齊有一足之鳥，飛集於公朝下，止於殿前，舒翅而跳。齊侯大怪之，使使聘魯問孔子。孔子曰：『此鳥名曰商羊，水祥也。昔童兒有屈其一脚，振訊兩眉而跳，且謡曰：「天將大雨，商羊鼓舞。」今齊有之，其應至矣。急告民趨治溝渠，修隄防，將有大水爲災。』頃之大霖，雨水溢泛。」此指一種單腿跳躍的游戲。

〔三〕牙牙：小兒學語聲。

〔四〕放脚：放開脚步行走。跳梁：亦作「跳浪」。跳躍。

〔五〕破天荒：五代王定保《唐摭言·海述解送》：「荆南解比，號天荒。大中四年劉蜕舍人以是府解及第。時崔魏公作鎮，以破天荒錢七十萬資蜕，蜕謝書略曰：『五十年來，自是人廢；一千里外，豈曰天荒！』」本集《善人白公墓表》載白華中貞祐三年進士。其兄白賁中泰和三年進士，「維火山自太平興國中升爲軍（陝州宋置火山軍，治今山西省河曲縣），雖有學校，而肄業者無幾。宣和末，僅有上舍宋生。歷大定、明昌官學之盛，然後公之二子擢巍科」。句指此。

〔六〕劉煇：宋鉛山（今江西省鉛山縣）人，原名幾，字之道。因主考官歐陽修不喜其爲文險怪，屢黜之，遂改名煇，嘉祐四年擢進士第一。見宋沈括《夢溪筆談》。宋范鎮《東齋記事》卷五：「有堂吏嘗夢火山軍姓劉人作狀元，閲火山軍解文，無姓劉人。明年劉煇作狀元。」專場：謂在一定場所無所匹敵。

〔七〕榮鄉亭：本集《善人白公墓表》：「公之二子擢巍科，取美仕。邦人築亭，以『榮鄉』名之。」

〔八〕岐山：白賁曾官岐山令，疑其子小名「岐山」。白樸弟兄的小名爲「鐵山」、「常山」、「中山」。香山：唐白居易晚號香山居士。

〔九〕西樞：宋熙寧間建東西兩府於京師，樞密使掌握兵柄，居西府，故稱「西樞」。常山父白華仕金曾任樞密院判官，故稱。

〔一〇〕中書堂：中書省的政事堂。宋陸游《送襄陽鄭帥唐老》：「武能防秋北平道，文合落筆中書堂。」

〔一一〕文星：即文昌星。主文才。燕南：燕都之南。此指真定府。

〔一二〕青青子衿：《詩・鄭風・子衿》：「青青子衿，悠悠我心。」青衿是周代學子的服裝。恒陽：恒山之陽。此指真定府（今河北省正定縣）。

〔一三〕「教官」二句：指忽必烈批示重建真定廟學事，詳見本集《令旨重修真定廟學記》。鳳尾諾：古代帝王批示箋奏，表示認可，則署「諾」字，字尾形如鳳尾，因以得名。《南史・齊江夏王鋒傳》：（江夏王鋒）五歲，高帝使學鳳尾諾，一學即工。」金粟岡：真定府廟學所在地。參見《壽張復從道》注〔二〕。

〔一四〕元叔綱：即大德碑《遺山先生墓銘》所云「次曰摠，尚書省都省監印」。小名阿中。本集《定風波》〔五色蓮盆玉雪肌〕題序云：「兒子阿中百晬（宋孟元老《東京夢華録》卷五《育子》：「生子百日置會，謂之『百晬』。」）日作。」詞有「六十平頭年運好」句，可知元叔綱生於戊申或己酉。

〔一五〕季子：小兒子。

〔編年〕

元袁桷《清容居士集》卷二七《朝列大夫同僉太常禮儀院事白公神道碑銘》載白恪（常山）「生于丙午年十有二月」，則「常山姝生四十月」爲庚戌四月。詩作于蒙古海迷失后二年庚戌在真定時。李、繆認爲此詩與《善人白公墓表》同時作，故繫之辛亥年，誤。

玉峰魏丈哀挽①〔一〕

風馭翩翩渺獨征〔二〕，幾人終始復哀榮〔三〕。秖緣大事存遺藁〔四〕，重爲斯文惜主盟。北斗太山初未滅〔五〕，秋霜烈日凜如生〔六〕。莫疑知己無從報，直筆君看戮進明〔七〕。

〔校〕

①丈：李詩本、李全本作「文」。

〔注〕

〔一〕玉峰魏丈：魏璠（一一八一——一二五〇），字邦彦，號玉峰，渾源（今山西省渾源縣）人。金貞祐三年進士，仕至翰林修撰。金亡，北還鄉里。庚戌歲被忽必烈徵至和林，條陳三十餘事，以疾卒。《元史·魏初傳》及之。

〔二〕風馭：指古代神話傳説中由風駕馭的神車。句指庚戌應徵至和林事。

〔三〕哀榮：《論語·子張》：「其生也榮，其死也哀。」何晏集解：「故能生則榮顯，死則哀痛。」後因指生前死後皆蒙受榮寵。《元史·魏初傳》載，魏璠「以疾卒于和林，年七十，賜謚『靖肅』」。

〔四〕大事存遺藁：《元史·魏初（魏璠從孫，璠無子，以初爲後）傳》：「庚戌歲，世祖居潛邸，聞璠名，徵至和林，訪以當世之務。璠條陳便宜三十餘事，舉名士六十餘人以對。世祖嘉納，後多採用焉。」

〔五〕北斗太山：《新唐書·韓愈傳贊》：「自愈没，其學盛行，學者仰之如泰山北斗。」後用以喻受人敬仰。

〔六〕秋霜烈日：用以喻氣勢威嚴，言辭嚴厲，心志壯烈。凛：嚴肅；令人敬畏的樣子。《元史·魏初傳》：「繼聞（武）仙率餘衆保留山，璠直趣仙所宣諭之。或讒於仙，謂璠欲奪其軍，仙怒，命士拔刃若欲鏦璠然，且引一吏與璠辨。璠不爲動，大言曰：『王人雖微，序于諸侯之上。將軍縱不加禮，奈何聽讒邪之言，欲以小吏置對邪！且將軍跳山谷，而左右無異心者，以天子大臣故也。苟不知尊天子，安知麾下無如將軍者。不然，吾有死，無辱命。』仙不能屈。」句指此。

〔七〕「莫疑」二句：告慰魏璠不要懷疑知己之感無從報答，自己撰《金史》將像《唐書·張巡傳》中鞭笞賀蘭進明一樣鞭笞武仙這位金末悍將。《新唐書·張巡傳》載張巡困守睢陽，派南霽雲向賀蘭進明求援，「進明懼師出且見襲，又忌巡聲威，恐成功，初無出師意」。《金史·哀宗紀》載天興元年十二月、二年七月遣魏璠屢徵兵于武仙而不得，故以賀蘭進明事喻之。

〔編年〕

此詩李、繆未編年。施《譜》繫之本年，李《譜》末尾《附辨》駁斥云「無據」。按《元史》卷一百六十四《魏初傳》載，「庚戌歲，世祖居潛邸，聞璠名，徵至和林……以疾卒於和林」，未言其卒年。魏初《青崖集》卷六《先君墓碣銘》謂「庚戌歲被徵，是歲卒，享年七十」，明言魏璠卒于庚戌。郝經《陵川集》卷二十一《祭魏先生文》云：「歲舍辛亥正月壬戌朔越三日甲子，陵川郝經謹以清酌之奠，致祭于故徵君魏先生之靈。」璠卒在和林，郝《文》作于辛亥歲正月初三，此亦可證魏初所載璠卒在庚戌無誤。詩作于蒙古海迷失后二年庚戌。

贈王仙翁道成〔一〕

覽照休驚白髮新，弈棋翻覆見來頻〔二〕。燕南趙北留詩卷〔三〕，王後盧前盡故人〔四〕。平地青雲一爐藥〔五〕，舊都喬木百年身〔六〕。憑君剩醉浮香酒館名〔七〕，梁苑而今不算春〔八〕。

〔注〕

〔一〕王道成：居順天府（今河北省保定市）。餘不詳。

〔二〕弈棋翻覆：南朝梁任昉《述異記》卷上：「信安郡石室山，晉時王質伐木至，見童子數人棋而歌，質因聽之。童子以一物與質，如棗核，質含之，不覺飢。俄頃，童子謂曰：『何不去？』質起，視斧柯盡爛。既歸，無復時人。」後用作時光飛逝，人世滄桑的典故。此指金亡。

〔三〕燕南趙北：指順天府（今河北省保定市，在戰國時燕國之南，趙國之北）一帶。

〔四〕王後盧前：《舊唐書·楊炯傳》：「炯與王勃、盧照鄰、駱賓王以文詞齊名，海内稱爲『王楊盧駱』……楊聞之，謂人曰：『吾愧在盧前，恥居王後。』」

〔五〕平地青雲：語本唐曹鄴《杏園宴呈同年》：「一旦公道開，青雲在平地。」後用「平地青雲」比喻一下達到很高的地位。爐藥：指道士煉丹養生。

〔六〕喬都喬木：典出《孟子·梁惠王上》：「所謂故國者，非謂有喬木之謂也，有世臣之謂也。」參見《壬辰十二月車駕東狩後即事五首》其四注〔五〕。

〔七〕剩：更。浮香：本集《順天府營建記》：「爲酒館二：曰浮香、金臺。」

〔八〕梁苑：西漢梁孝王在今河南省開封市建的苑囿。此指金都汴京。

〔編年〕

晚年在順天時作。姑編於蒙古海迷失后二年庚戌經順天作《順天府營建記》時。李《譜》據「梁苑而今不算春」句，編於蒙古憲宗五年乙卯再至汴京時，誤。繆《譜》未編。

十一月五日暫往西張〔一〕

城隈細路入沙汀〔二〕，絮帽衝風日再經〔三〕。歉歲村虚更荒惡〔四〕，窮冬人影亦伶俜〔五〕。林煙漠漠鴉邊暗，山骨稜稜雪外青〔六〕。四十年來此寒苦，凍吟猶記隴關亭〔七〕。

〔注〕

〔一〕蹔：踱步。西張：村名。在忻州城東南。

〔二〕城隈：城牆彎曲的地方。沙汀：水邊或水中的平沙地。

〔三〕絮帽：棉帽。

〔四〕歉歲：歉收之年。村虛：村莊。虛同「墟」。

〔五〕窮冬：深冬。伶俜：稀疏貌。

〔六〕山骨：山巖。稜稜：形容山石突兀、重疊。

〔七〕隴關：指隴山一帶地方。泰和末大安初遺山曾隨同嗣父元格居隴城，故有是句。

〔編年〕

李《譜》謂末句「指庚午隴城護喪時事」，順延四十年，編於蒙古海迷失后二年庚戌下「附録」中。繆《譜》未編。按：「四十年來」並非確數，且元格卒於庚午春，護喪事與「凍吟」也不合。然詩即此一二年間作，姑附於庚戌。

辛亥寒食

寒食年年好，今年迴不同〔一〕。秋千與花影，併在月明中。

〔注〕

〔一〕迥不同：差别很大。

〔編年〕

蒙古憲宗元年辛亥作。李、繆同。

赤壁圖〔一〕

馬蹄一蹴荆門空，鼓聲怒與江流東〔二〕。曹瞞老去不解事〔三〕，誤認孫郎作阿琮〔四〕。孫郎矯矯人中龍〔五〕，顧盼叱咤生雲風〔六〕。疾雷破山出大火，旗幟北捲天爲紅〔七〕。至今圖畫見赤壁，髣髴燒虜留餘蹤。令人長憶眉山公，載酒夜俯馮夷宫〔八〕。事殊興極憂思集，天澹雲閑今古同〔九〕。得意江山在眼中〔一〇〕，凡今誰是出羣雄〔一一〕。可憐當日周公瑾〔一二〕，憔悴黄州一秃翁〔一三〕。

〔注〕

〔一〕赤壁：山名。在今湖北省赤壁市西北長江南岸。漢獻帝建安十三年，曹操率大軍約三十萬南下，孫權和劉備聯軍以五萬拒之，在赤壁隔江對峙。孫劉聯軍在周瑜的指揮下，用火攻擊敗北軍，從而形成曹、劉、孫三方鼎峙的局面。赤壁圖：金代武元真畫，上有趙秉文書蘇軾《赤壁賦》。本集《題閑閑書〈赤壁賦〉後》：「夏口之戰，古今喜稱道之……赤壁，武元真所畫。」明李日華《六研齋筆記》卷二：「丙寅夏，余購得《東坡游赤壁圖》……元遺山跋云，畫係武元直所作。」按此，《赤壁圖》指蘇軾所游之赤壁，在今湖北省黄岡市。參見趙秉文《東坡赤壁圖》、李晏《題武元直赤壁圖》、曹益甫《東坡赤壁圖》。

〔二〕「馬蹄」二句：寫曹操率軍南下勢如破竹，氣勢洶洶。蹴：踩踏。荆門：山名。在今湖北省宜都縣西北長江南岸。《水經注·江水》：「江水東歷荆門、虎牙之間，荆門在南，上合下開，其狀似門。虎牙山在北。此二山，楚之西塞地也。」詩中指荆州之地。時劉琮投降，劉備南逃，故云「荆門空」。

〔三〕曹瞞：曹操小字阿瞞。

〔四〕孫郎：指孫權。阿琮：劉表之子，時以荆州降曹。《三國志·吴主傳》裴松之注引《吴歷》載：曹操見孫權舟船軍隊整肅，喟然歎曰：「生子當如孫仲謀，劉景升兒子若豚犬耳。」

〔五〕人中龍：譽人之辭，比喻傑出的人物。

〔六〕顧眄：環視。叱咤生雲風：形容聲勢、威力極大。《晉書·乞伏熾磐載記論》：「熾磐叱咤風雲，見機而動。」叱咤：怒喝。

〔七〕「疾雷」二句：《莊子·齊物論》：「疾雷破山飄風震海而不能驚。」《三國志·周瑜傳》：「瑜部將黄蓋取蒙沖斗艦十艘，實以薪草，膏油灌其中。蓋放諸船，同時發火。時風正猛，延燒岸上營落。頃之煙炎漲天，人馬燒溺，死者甚衆。」

〔八〕「令人」二句：蘇軾《後赤壁賦》：「攜酒與魚，復游於赤壁之下……俯馮夷之幽宫。」眉山公：蘇軾是四川眉山人，故稱。馮夷：傳説中的水神名。

〔九〕「事殊」二句：上句用杜甫《渼陂行》原句，下句用杜牧《題宣州開元寺水閣》原句。言自然景物古今相同而世事變遷不一，興致勃發之餘不禁百憂交集。

〔一〇〕得意：稱心如意。

〔一一〕「凡今」句：杜甫《戲爲六絶句》之四：「才力應難誇數公，凡今誰是出羣雄。」

〔一二〕周公瑾：周瑜字公瑾。此代指蘇軾。

〔一三〕黄州一秃翁：蘇軾因烏臺詩案，宋神宗元豐三年被貶至黄州。秃翁：因悲愁脱髮，容貌衰老。

〔編年〕

此詩李、繆未編年。詩前十句寫赤壁之戰，後八句及蘇軾《赤壁賦》之内容，所言内容與本集《題閑閑書〈赤壁賦〉後》所云「夏口之戰，古今喜稱道之。東坡《赤壁》詞，殆戲以周郎自況也……《赤壁》，武元真所畫」合，當同時作。《題閑閑書〈赤壁賦〉後》云：「辛亥夏五月，以事來太原，借宿大悲僧舍。田侯秀實出此軸見示……因題其後。」詩當作於蒙古憲宗元年辛亥。

辛亥九月末見菊①

黄菊霜華日日添，也應有意醉陶潛〔一〕。鬢毛不屬秋風管，更揀繁枝插帽簷。

〔校〕

①末：李全本作「未」，訛。菊：毛本作「菊花」。據李詩本、李全本、施本删。

〔注〕

〔一〕「也應」句：《宋書·陶潛傳》：「嘗九月九日無酒，出宅邊菊叢中坐久，值（王）弘送酒至，即便就酌，醉而後歸。」

〔編年〕

蒙古憲宗元年辛亥作。李、繆同。

常仲明教授挽辭〔一〕

雲際虚瞻處士星〔二〕，豈知談笑已忘形〔三〕。鎮州肥膩無毫髮〔四〕，晉産真淳有典刑〔五〕。白帽枉教淹晚節〔六〕，緑囊元擬濟含靈〔七〕。汝南後日先賢傳〔八〕，猶欠知幾爲勒銘〔九〕。常，代州崞縣人。客鄜城，與知幾游從，知醫。臨終殊明了。

〔注〕

〔一〕常仲明：常用晦（一一七八——一二五一），字仲明。平山（今河北省平山縣東南）人。少强學自立，有聲場屋間。南渡後，居郾城，與文士麻知幾、醫者張子和等游從。金亡北渡後，任真定府學教授數年。辛亥卒，年七十四。詳見本集《真定府學教授常君墓銘》。

〔二〕虛：没有雜念，心神專注。處士星：即少微星。《晉書·隱逸傳·謝敷》：「初，月犯少微。少微一名處士星，占者以隱士當之。」此指常仲明。

〔三〕忘形：謂朋友相處不拘形跡。

〔四〕鎮州：指真定府。常氏籍貫平山縣屬真定府。肥膩：喻渾濁；塵俗。唐白居易《和錢華州題少華清光絶句》：「高情雅韻三峰守，主領清光管白雲。自笑亦曾爲刺史，蘇州肥膩不如君。」句謂常氏没有沾染鎮州的塵俗。

〔五〕晉産真淳：本集《送詩人李正甫》：「秦游得豪宕，晉産餘真淳。」常仲明上世爲代州崞縣（今山西省原平市）人，故云。

〔六〕白帽：明彭大翼《山堂肆考》卷一八九：「魏管寧不應州郡之辟，在家常著白帽。」常仲明與管寧皆以治學教授爲業，故用此典。淹：淹留。

〔七〕緑囊：緑色藥袋。《太平廣記》卷四一一《紫花梨》：「青城山邢道士者，妙於方藥，帝即召見之。道士以肘後緑囊中青丹兩粒及取梨數枚，絞汁而進之。帝疾尋愈。」含靈：衆生。本集《真定府學教授常君墓銘》：「國醫宛丘張子和推明岐黄之學，爲説累數十萬言，求知幾爲之潤文，君（常仲明）頗能探微旨。親識間有謁醫者，助爲發藥，多所全濟，病家賴焉。」句指此。

〔八〕汝南：常仲明流寓郾城在汝水之南。先賢傳：地方志中爲本地先世賢人所立的傳記。

〔九〕知幾：即麻知幾。見《繼愚軒和党承旨雪詩四首》其三注〔一〕。

〔編年〕

本集《真定府學教授常君墓銘》謂常仲明卒於辛亥九月十九日。詩作於蒙古憲宗元年辛亥。李、繆同。

與同年敬鼎臣宿順天天寧僧舍〔一〕

蕭蕭風雨打僧窗，耿耿青燈對客牀〔二〕。每恨相望隔關塞，豈知連日醉壺觴。蓱虀味薄堪良久①〔三〕，茅屋寒多且閉藏。三十餘年老兄弟，此回情話獨難忘。

〔校〕

①良：李全本、施本作「長」。

〔注〕

〔一〕同年：同榜進士之互稱。敬鼎臣：敬玄，字鼎臣，易水（今河北省易縣）人。金興定五年進士，主郟城簿，改白水令。北渡後隱居。仕蒙古爲中都提舉學校官。著有《春秋備忘》四十卷。《元史·敬儼傳》及之。順天：金保州置順天軍節度使，故稱。今河北省保定市。

〔二〕「蕭蕭」二句：用「對牀夜雨」典。唐白居易《雨中招張司業宿》：「能來同宿否，聽雨對牀眠。」宋蘇轍《後省初成直宿呈子瞻》：「射策當年偶一時，對牀夜雨失前期。」後以「對牀夜雨」寫親友、兄弟聚首傾心交談的欣慰之情。

〔三〕蓱虀：蓱，通「蘋」，草名，可食。《文選·謝靈運〈擬魏太子鄴中集詩·阮瑀〉》：「自從食蓱來，唯見今日美。」虀，同「齏」，作調味用的葱、韭等菜的碎末。《晉書·石崇傳》：「崇爲客作豆粥，咄嗟便辦。每冬，得韭蓱虀……韭蓱虀是擣韭根雜以麥苗耳。」

〔編年〕

本集《抱陽二龍》云：「順天西北四十里抱陽巖寶教院，大小二青龍在龍潭中……辛亥冬，予與毛正卿、德義昆仲、郝伯常、劉敬之諸人一游。」詩有「三十餘年老兄弟」句，自興定五年辛巳至辛亥已三十一年。李、繆定爲蒙古憲宗元年辛亥在順天作，從之。

贈寫真田生三章〔一〕

其一

人物翩翩美少年，書生穎悟亦天然①。燕南只道丹青好〔二〕，棄擲泥涂自可憐。〔三〕

〔校〕

①生：李全本作「中」。

〔注〕

〔一〕寫真：畫像。田生：田漢卿，字景延。清苑（今河北省清苑縣）人。工書畫，善寫真，多識古字。與郝經爲好友。參見劉因《静修文集》卷二《田景延寫真詩序》、卷五《田先生真贊》、卷七《贈寫真田漢卿，别字景延》等，卷二四《書饕餮圖後》言及田景延與遺山交往事。

〔二〕燕南：田漢卿籍貫清苑在古燕地之南，故稱。丹青：指繪畫。

〔三〕泥涂：比喻困苦的境地。

其二

萬態千形畫裏看，人人眉目與衣冠。情知不是裴中令，一片靈臺狀亦難〔一〕。

〔注〕

〔一〕「情知」二句：《晉書·顧愷之傳》：「每寫起人形，妙絶於時。嘗圖裴楷象，頰上加三毛，觀者覺神明殊勝。」裴中令：裴楷曾任中書令。靈臺：謂心。《莊子·庚桑楚》：「不可内於靈臺。」《釋文》：「郭（象）云：心也。案謂心有靈智能任持也。」此指人的個性氣度。元劉因《田景延寫真詩序》：「清苑田景延善寫真，不惟極其形似，並舉夫東坡所謂意思，朱文公所謂風神氣韻之天者而得之。」以此觀之，田生寫真首重形似。遺山以顧氏重神似爲例，爲田氏指出向上一路。

其三

市井公卿萬（一作邈）不同，依然見解一兒童〔一〕。張顛草聖雄千古，却在孫娘劍器中〔二〕。

〔注〕

〔一〕「市井」二句：宋郭若虚《圖畫見聞志·論制作楷模》：「畫人物者，必分貴賤氣貌，朝代衣冠。」此仍是重形似、類型化的説法。蘇軾《書鄢陵王主簿所畫折枝二首》：「論畫以形似，見與兒童鄰。」

〔二〕「張顛」二句：杜甫《觀公孫大娘弟子舞劍器行並序》：「昔者吴人張旭，善草書書帖，數常於鄴縣見公孫大娘舞西河劍器，自此草書長進，豪蕩感激，即公孫可知矣。」

〔編年〕

李《譜》據「燕南」句定於蒙古憲宗元年辛亥冬在順天（保州）時作。田景延爲清苑（保州治所）人，李説可從。繆《譜》未編。

寄答商孟卿①〔一〕

窈渺朱絃寂寞心〔二〕，得詩何啻得南金②〔三〕。冷猿挂夢山月暝，老雁叫羣江渚深〔四〕。異縣五年仍隔闊〔五〕，荒城連日想登臨。書來且只平安了，撥觸離愁恐不禁。

〔校〕

①卿：施本作「鄉」。　②南：施本作「黄」。

〔注〕

〔一〕商孟卿：商挺之字。詳見《題商孟卿家晦道堂圖二首》注〔一〕。

〔二〕「窈渺」句：謂商孟卿的詩作語言精美，意致幽遠。本集《論詩三十首》其二〇評謝靈運、柳宗元詩云：「朱弦一拂遺音在，却是當年寂寞心。」

〔三〕南金：南方出産之銅。後亦借指貴重之物。《詩·魯頌·泮水》：「元龜象齒，大賂南金。」

〔四〕「冷猿」二句：象喻自己對商氏及東平諸友的思念。

〔五〕異縣五年：遺山返鄉後數往東平，時隔最長者爲丙午至壬子，凡六年。其次爲辛丑到乙巳，僅四年。

〔編年〕

按「異縣」句，詩作於蒙古憲宗元年辛亥。李《譜》附於丁酉，謂「五年」云「自癸巳至此五年也」，與詩意「南金」等不合。繆《譜》未編。

鄉郡雜詩五首

余家自五代以後自汝州遷于平定①，宋末又自平定遷忻，故文字中以平定爲鄉郡②〔一〕。

其一

百年喬木鬱蒼蒼〔二〕，耆老風流趙與楊〔三〕。爲向榆關使君道，郡中合有二賢堂〔四〕。楊吏部之美，皐落人。閑閑曾守此郡〔五〕。

〔校〕

①于：李全本、施本缺此字。　②字：施本缺此字。

〔注〕

〔一〕鄉郡：家鄉所在之郡。汝州：金州名。今河南省臨汝縣。平定：金州名。今山西省平定縣。忻：金州名。今山西省忻州市忻府區。

〔二〕喬木：高樹。此用《孟子·梁惠王下》「所謂故國者，非謂有喬木之謂也，有世臣之謂也」典，指故國人物。

〔三〕趙與楊：指趙秉文與楊雲翼。

〔四〕「爲向」二句：元蘇天爵《元朝名臣事略·李冶傳》：「初，聶侯珪以土豪歸國，帥平定者最久，雅親文儒，聞敬齋李公之名而賢之，輦至郡舍。會遺山元公還太原過之，爲數日留，因追憶閑閑、文獻二老，作詩云：『百年喬木鬱蒼蒼，耆舊風流趙與楊。爲向榆關使君道，郡中合有二賢堂。』聶侯起謝曰：『此珪志也。』方經始而聶侯卒。」榆關：平定州城。清雍正《山西通志》：「韓信擊趙，駐兵於今平定州，築城爲塞，以榆塞門，遂名榆關。」使君：漢時稱刺史爲使君。

〔五〕楊吏部之美：即楊雲翼。詳見《楊之美尚書挽章》注〔一〕。皋落：古鎮名，在今山西省昔陽縣。閑閑：金禮部尚書趙秉文之號。詳見《送欽叔内翰並寄劉達卿郎中、白文舉編修五首》其三注〔六〕。趙秉文於大安二年任平定州刺史。

其二

神仙官府在瀛洲〔一〕，何意閑閑得此留。莫笑山城小於斗，他州誰有湧雲樓〔二〕。樓，閑閑所建①。

〔校〕

①閑閑：施本二字後有「公」字。

〔注〕

〔一〕瀛洲：傳説中渤海三神山之一。

〔二〕湧雲樓：趙秉文《滏水集》有《湧雲樓記》。

其三

一溝流水幾橋横，岸上人家種柳成。來歲春風一千樹，緑煙和雨暗重城〔一〕。

〔注〕

〔一〕重城：有戰略意義的重要城市。平定地處太行山中段要衝，故稱。

其四

新堂縹緲接飛樓〔一〕，雲錦周遭霜樹秋〔二〕。若道使君無妙思，冠山移得近城頭〔三〕。

〔注〕

〔一〕縹緲：高遠隱約貌。

〔二〕周遭：四周。

〔三〕冠山：在平定州西南八里，以高冠群山而名。

其五

故鄉飛鳥亦裴回，更覓何鄉養不才〔一〕。見説陽泉好春色〔二〕，野夫乘興欲東來〔三〕。

〔注〕

〔一〕不才：詩人謙稱。

〔二〕陽泉：古村名。今山西省陽泉市，在平定縣西北十五里。

〔三〕野夫：詩人自指。

〔編年〕

李、繆皆編於蒙古憲宗二年壬子。《山右石刻叢編》卷二十八有李治撰《大元故平定等州大總帥聶公神道碑銘》，云「龍集辛亥之冬，平定等州大總帥聶公北覲□庭，越明年春三月，乃膺□□。無何，以勤瘁被疾，是月廿有三日，薨於和林□之寓居」，知聶珪辛亥冬離平定，壬子春卒於和林，李、繆編年誤。按組詩其一注〔四〕所引「方經始而聶侯卒」語，當蒙古憲宗元年辛亥冬聶珪離平定前不久作，姑編於是年。

壬子寒食〔一〕

兒女青紅笑語譁〔二〕，秋千環索響嘔啞。今年好箇明寒食〔三〕，五樹來禽恰放花〔四〕。

〔注〕

〔一〕寒食：節日名。在清明前一日或二日。南朝梁宗懍《荆楚歲時記》：「去冬節一百五日，即有疾風甚雨，謂之寒食。禁火三日，造餳大麥粥。」

〔二〕青紅：青黛和胭脂。古代女子用來畫眉和搽臉的顔料。譁：喧鬧。

〔三〕明：指晴朗。

〔四〕來禽：果樹名。其果實味美，易招來禽鳥，故名。又名林檎。

〔編年〕

蒙古憲宗二年壬子作。李、繆同。

寒食壬子清明後作

上苑春風盛物華〔一〕，天津雲錦赤城霞〔二〕。輕舟矮馬追隨遠，翠幕青旗笑語譁〔三〕。化國樓臺隔瀛海〔四〕，吴兒洲渚記仙家〔五〕。山齋此日腸堪斷，寂寞銅瓶對杏花。

〔注〕

〔一〕上苑：皇家園林。物華：美好的景物。

〔二〕天津：天河。赤城：傳説中仙境。北周庾信《奉答賜酒》：「仙童下赤城，仙酒餉王平。」

〔三〕翠幕：翠色的帷幕。

〔四〕化國：指仙境。蘇軾《葉待制求先墳永慕亭詩》：「靈區有異産，化國無潛珍。」此指前四句所云故國盛況。瀛海：大海。

〔五〕吴兒洲渚：指江南水鄉。本集《濟南行記》：「湖曰大明……秋荷方盛，紅緑如繡，令人渺然有吴兒洲渚之想。」

〔編年〕

蒙古憲宗二年壬子作。李、繆同。

祁陽劉器之以墨竹得名，今年春薄游鹿泉，因爲予寫真，重以小景見餉，凡以求予詩而已。賦二十韻答之〔一〕

去國二十年〔二〕，跬步即異境〔三〕。中間歷齊晉，陡下如墮井〔四〕。轍涸困波神〔五〕，祠廢卧土梗〔六〕。垂翅附危柯〔七〕，飢腹得畫餅〔八〕。皁櫪並牛驥〔九〕，泥淖鬨蛙黽〔一〇〕。紛紛疲應接，碌碌陪造請〔一一〕。尚賴麴生賢〔一二〕，真味留雋永。蹉跎鐘鼎意〔一三〕，盡付銅尾秉①〔一四〕。劉生工寫照〔一五〕，游戲出俄頃。高懸大圓鏡，寓我形神影②。青衿昨日爾〔一六〕，素髮忽垂領。詩餘飯山瘦〔一七〕，智縮武庫癭〔一八〕。霄漢邈南宮，寂寂媿鄧耿〔一九〕。包虎錦衾爛〔二〇〕，薛鶴霜毛整〔二一〕。鼠目與麞頭③〔二二〕，何堪污毛穎〔二三〕。厚貺久未報〔二四〕，重以大年景〔二五〕。蓑篠點棲禽〔二六〕，樹石帶煙暝。知君深意在④，勸我事幽屏〔二七〕。衡茅方卜築〔二八〕，亦復謀一頃〔二九〕。封龍有佳招〔三〇〕，因之發深省〔三一〕。

〔校〕

①付：施本作「副」，音訛。②形神影：施本作「神形影」。③麞：李詩本、毛本作「麋」，形訛。據施本及注〔二二〕改。④深意在：施本作「有深意」，兩通。

〔注〕

〔一〕祁陽：縣名，在今湖南省。劉器之：工畫，餘不詳。鹿泉：隋朝縣名，今河北省鹿泉市。寫真：畫人的真容。小景：小幅山水景物畫。

〔二〕去國：離開京都朝廷。句指癸巳汴京淪陷離京以來二十多年事。

〔三〕跬步：半步。異境：猶異國。

〔四〕「中間」二句：指離汴京後羈管山東，晚年返鄉，由京官淪爲囚徒遺民的生涯。

〔五〕「轍涸」句：《莊子·外物》：「莊周家貧，故往貸粟於監河侯。監河侯曰：『諾，我將得邑金，將貸之三百金，可乎？』莊子忿然作色曰：『周昨來，有中道而呼者。周顧視車轍中，有鮒魚焉。周問之曰：「鮒魚來，子何爲者邪？」對曰：「我，東海之波臣也，君豈有斗升之水而活我哉？」周曰：「諾，我且南游吴越之王，激西江之水而迎之，可乎？」鮒魚忿然作色曰：「吾失我常與，我無所處。我得斗升之水然活耳，君乃言此，曾不如早索我於枯魚之肆。」』」後用此典喻處於困境、急待援助的人。清黄遵憲《述聞》詩之四：「火焚祆廟連烽燧，轍涸羈臣乞海波。」

〔六〕土埂：泥塑偶像。《莊子·田子方》：「吾所學者，直土埂耳。」成玄英疏：「自覺所學，土人而已，逢雨則壞，並非其物。」句謂國亡，巢傾卵覆，成爲輕賤無用之人。

〔七〕垂翅：垂翼。喻沮喪失意。《東觀漢記·馮異傳》：「垂翅回谿，奮翼澠池，失之東隅，收之桑榆。」危柯：高枝。

〔八〕「飢腹」句：用畫餅充飢典。本集《學東坡移居八首》其四：「聊城千里外，狼狽何所托。諸公頗相念，餘粒分鳧鶴。得損不相償，抔土填巨壑。」上二句當指此。

〔九〕「皁櫪」句：《漢書·鄒陽傳》：「今使不羈之士，與牛驥同皁。」皁櫪：養馬之所。

〔一〇〕閧：哄鬧。衆聲並作。蛙黽：指蛙聲。遺山初羈管聊城，居住條件極差。本集《密公寶章小集》末注：「甲午三月二十有一日，爲輔之書於聊城至覺寺之寓居。」《學東坡移居八首》其五：

「去年住佛屋，盡室寄尋丈。今年僦民居，卧榻礙盆盎。」上二句當指此。

〔一二〕造請：登門晉見。

〔一三〕麴生：酒的別稱。用典詳見《醉後走筆》注〔一九〕。

〔一三〕蹉跎：失意貌。鐘鼎：鐘鳴鼎食。喻指富貴。

〔一四〕銅尾秉：指道士秉持的麈尾。本集《兩山行記》：「神仙劉海蟾以天聖九年游歷名山，所至並有留跡。《代州壽寧石詩十韻》云：『醉走白驢來，倒提銅尾秉。引個碧眼奴，擔著獨壺癭……』」二句言失意於功名，歸心於隱逸。

〔一五〕劉生：指劉器之。生：讀書人的通稱。

〔一六〕青衿：青色交領長衫，學子所服。此指青少年。

〔一七〕飯山瘦：指杜甫。用典詳見《天涯山》注〔一九〕。

〔一八〕「智縮」句：《晉書·杜預傳》：「預在内七年，損益萬機，不可勝數，朝野稱美，號曰『杜武庫』，言其無所不有也……初，攻江陵，吴人知預病癭，憚其智計，以瓠繫狗頸示之。每大樹似癭，輒斫使白，題曰『杜預頸』。」

〔一九〕「霄漢」二句：用漢末鄧禹、耿弇佐光武帝中興事，言己無功于故國。

〔二〇〕「包虎」句：《禮記》：「武王克殷反商，倒載干戈，包之以虎皮。」鄭玄注：「包干戈以虎皮，明能以武服兵也。」錦衾爛：《詩·唐風·葛生》：「角枕粲兮，錦衾爛兮。」

〔二一〕薛鶴：唐畫家薛稷以畫鶴知名，故稱。上二句謂仕途顯達無望，只有歸隱可取。

〔二二〕「鼠目」句：言出身卑賤。《舊唐書·李揆傳》載，揆秉政，苗晉卿數次舉薦元載。揆自持門望，因元載出身寒門，説：「龍章鳳姿之士不見用，獐頭鼠目之子乃求官。」

〔二三〕毛穎：毛筆的别稱。唐韓愈作寓言《毛穎傳》以筆擬人，而得此稱。此指劉器之的畫筆。

〔二四〕厚貺：豐厚的贈禮。

〔二五〕大年景：宋趙令穰字大年，工小景。「汀渚水鳥，有江湖意。」（宋鄧椿《畫繼》）

〔二六〕蓑篠：叢生的小竹。

〔二七〕幽屏：隱僻之處。

〔二八〕衡茅：衡門茅屋，簡陋的居室。陶淵明《辛丑歲七月赴假還江陵夜行涂口》：「養真衡茅下，庶以善自名。」卜築：擇地建築住宅，即定居之意。句言意欲移居獲鹿。遺山晚年移居於此。

〔二九〕謀二頃：《史記·蘇秦列傳》：「蘇秦喟然歎曰：『……且使我有洛陽負郭二頃田，吾豈能佩六國相印乎？』」後多用作歸隱之詞。

〔三〇〕封龍：山名。在今河北省元氏縣。元蘇天爵《元朝名臣事略·内翰李文正公（冶）》：「晚家元氏，買田封龍山下。」句當指李冶之招。

〔三一〕深省：深刻的省悟。杜甫《游龍門奉先寺》：「欲覺聞晨鐘，令人發深省。」

〔編年〕

李《譜》據詩首句「去國二十年」，謂「自癸巳出都，至此二十年」，定爲蒙古憲宗二年壬子作。繆《譜》

謂「詩中所謂『十年』、『二十年』、『三十年』，往往舉成數而言，非必恰爲十年、二十年、三十年也。故二詩苟無他證，僅據此『二十年』之語，無由斷爲本年作」。按甲辰年王鶚被徵北上，「故人馬雲漢以宣聖畫像爲贈」，丁未年張德輝北上，馬卿又爲其寫真。這似乎是一種時興。若此，先生壬子年春夏間覲見忽必烈，亦讓畫一幅歸隱肖像以表示其北覲旨在促使忽必烈以儒治國，非爲個人名利，亦情理中事。再考卷十一《自題寫真二首》第一首云：「山林日月老潛夫，骨入窮泉未擬枯。幽澗有冰含太古，無人和玉試洪爐。」末注云：「孫綽：『雖没泉壤，屍且不朽。』」按《晉書》卷五十六《孫綽傳》載其上疏曰：「今温唱高議，聖朝互同，以臣輕微，獨獻管見。出言之難，實在今日。而臣區區必聞天聽者，竊以無諱之朝，狂瞽進説，芻蕘之謀，聖賢所察，所以不勝至憂，觸冒干陳。……如以干忤罪大，欲加顯戮，使丹誠上達，退受刑誅，雖没泉壤，屍且不朽。」詩用此意以自題寫真，極可能與本年北覲忽必烈有關。末句「無人和玉試洪爐」，施注引韓偓《和孫舍人》詩句「熾炭一爐真玉性，濃霜千澗老松心」，又引其《此翁》「金勁任從千口鑠，玉寒曾試幾爐烘」詩句，按此，先生此句蓋亦感歎世人不識己之爲延續傳統文化不得顧及個人氣節的良苦用心，故第二首末句又有「莫問人間第幾流」之句。如此看來，此詩及《自題寫真二首》當作於蒙古憲宗二年壬子春夏間北覲前夕。

自題寫真二首〔一〕

其一

山林日月老潛夫〔二〕，骨入窮泉未擬枯〔三〕。幽澗有冰含太古，無人和玉試洪鑪〔四〕。孫綽：「雖没泉壤，屍且不朽。」①〔五〕

〔校〕

①屍：施本作「死」。

〔注〕

〔一〕寫真：肖像畫。

〔二〕潛夫：隱者。

〔三〕窮泉：猶九泉。指墓中。

〔四〕玉試洪鑪：唐韓偓《此翁》：「金勁任從千口鑠，玉寒曾試幾爐烘。」二句謂幽隱的堅貞節操無人真正懂得。

〔五〕尾注：見《晉書·孫綽傳》。

其二

一派春煙澹不收，漁家已許借扁舟。山林且漫蹉跎去〔一〕，莫問人間第幾流。

〔注〕

〔一〕漫：姑且。蹉跎：遲暮衰老。

〔編年〕

蒙古憲宗二年壬子作。考見《祁陽劉器之以墨竹得名，今年春薄游鹿泉，因爲予寫真，重以小景見餉，凡以求予詩而已。賦二十韻答之》編年。李《譜》編於興定三年己卯下「總録」中，謂居嵩山時作。繆《譜》未編。

自題寫真

東涂西抹竊時名〔一〕，一線微官誤半生。不畫幼輿巖穴裏〔二〕，野麋山鹿欲何成。

〔注〕

〔一〕東涂西抹：五代王定保《唐摭言·慈恩寺題名游賞賦詠雜記》載，唐薛逢晚年宦涂失意，曾策瘦馬赴朝，值新科進士列隊而出，前導責逢回避，逢曰：「報導莫貧相！阿婆三五少年時，也曾東涂西抹來。」本以婦女裝飾爲喻，謂自己少年時亦曾憑文章取士。後用以爲自己寫作或繪畫的謙詞。

〔二〕「不畫」句：《晉書·顧愷之傳》：「又爲謝鯤象在石巖裏，云：『此子宜置丘壑中。』」幼輿：晉謝鯤之字。《晉書·謝鯤傳》：「（明帝）問曰：『論者以君方庾亮，自謂何如？』答曰：『端委廟堂，使百僚準則，鯤不如亮。一丘一壑，自謂過之。』」

〔編年〕

當蒙古憲宗二年壬子作，考見《祁陽劉器之以墨竹得名，今年春薄游鹿泉，因爲予寫真，重以小景見餉，凡以求予詩而已。賦二十韻答之》編年。李《譜》據「一綫」句，編於正大四年丁亥官内鄉時。繆《譜》未編。

再題

高談世事真何者，多竊時名亦偶然。山鹿野麋君自看，擬從何地著貂蟬〔一〕。

〔注〕

〔一〕貂蟬：以貂尾和附蟬爲飾的冠冕。《宋史·輿服志四》：「貂蟬冠一名籠巾，織藤漆之。形正方，如平巾幘。」古代爲侍中、常侍等貴近之臣的冠飾。

〔編年〕

當蒙古憲宗二年壬子作。見《祁陽劉器之以墨竹得名，今年春薄游鹿泉，因爲予寫真，重以小景見餉，凡以求予詩而已。賦二十韻答之》編年。李《譜》編於興定三年己卯下「總録」中，謂居嵩山時作。繆《譜》未編。

壬子月夕〔一〕

明月復明月，今年還遠游。關河動歸興，時節重離憂。老眼耿無寐，病身偏覺秋。遥憐小兒女，把酒望東州〔二〕。

〔注〕

〔一〕月夕：此指八月十五中秋節。宋吴自牧《夢粱録·中秋》：「八月十五日中秋節，此日三秋恰半，故謂之『中秋』。此夜月色倍明於常時，又謂之『月夕』。」明田汝成《西湖游覽志餘·熙朝樂事》：「世俗恒言，二、八兩月爲春、秋之中，故以二月半爲『花朝』，八月半爲『月夕』也。」月末及月夜也稱「月夕」。按詩有「明月」、「時節」、「秋」諸語，知指中秋節。

〔二〕「遥憐」二句：杜甫《月夜》：「遥憐小兒女，未解憶長安。」東州：指真定府。本集《送高雄飛序》載壬子秋七月二十七日在真定送高雄飛北上事。

〔編年〕

蒙古憲宗二年壬子中秋夜在真定作。李、繆同。

游承天鎮懸泉①〔一〕

詩人愛山愛徹骨〔二〕，十月東來犯冰雪。懸流百里行不前，但覺飛湍醒毛髮。閑閑老仙仙去久〔三〕，石壁姓名苔蘚滑。此翁可是六一翁〔四〕，四十三年如電抹〔五〕。并州之山水所湫〔六〕，駭浪幾轟山石裂。只知晉陽城西天下稀〔七〕，娘子關頭更奇劂②〔八〕。周南留滯何敢歎〔九〕，投老天教探禹穴〔一〇〕。君不見，管涔汾源大車輪〔一一〕，平泉丈八玻璃盆。不知承天此水何所本，乃與沇瀆争雄尊〔一二〕。平地突出隨崩奔〔一三〕，洶如頽波射天門〔一四〕。太初元氣未凝結〔一五〕，更欲何處留胚腪〔一六〕。素虯騰擲翠蛟舞③〔一七〕，衮衮後出皆鱷鯤④〔一八〕。雷車怒擊冰雹散〔一九〕，石峽峻滑蒼煙屯〔二〇〕。憑崖下視心魄動，自愧氣衰筆老勝概過眼無由吞〔二一〕。少東水簾亦瀟灑，珠琲一一明朝暾〔二二〕。陽龍暗滋瑶草活〔二三〕，磐石自與蓮湯温⑤〔二四〕。神祠水之滸〔二五〕，儀衛盛官府〔二六〕。頗怪祠前碑〔二七〕，稽考失莽鹵⑥〔二八〕。吾聞允格臺駘宣汾洮障大澤⑦，自是生有自來歸有所〔二九〕。假而自經溝瀆便可尸祝之〔三〇〕，祀典紛紛果何取⑧〔三一〕。子胥鼓浪怒未洩〔三二〕，精衛銜薪心獨苦〔三三〕。楚臣百問天不酬⑨〔三四〕，肯以誕幻虚荒驚聾瞽。宇宙有此水⑩，萬古萬萬古⑪。人言主者介山氏〔三五〕，且道未有介山之前復誰主。山深地古自是有神物，不假靈真誰敢侮〔三六〕。稗官小説出閭巷〔三七〕，社鼓邨簫走翁媪⑫〔三八〕。當時大曆十才子〔三九〕，争遣李譓鑱陋語〔四〇〕。石林六月清無暑，人家青紅濕窗户〔四一〕。射鹿有場魚有浦，好築糟臺俯洲渚〔四二〕，甕面椰瓢挹膏乳⑬〔四三〕。醉扶紅袖别吴歌〔四四〕，風雨不憂驚妒女。閑閑公守平定，以大安庚午來游，迄今壬子，四十三年矣！土俗傳介子推被焚⑭，其妹介山氏恥兄要君，積薪自焚，號曰妒女。祠碑大曆中制官李譓所譔，辭旨殊謬⑮，至有「百日積薪，一日燒之」之語。鄉社至今以百五日積薪而焚之，謂之祭妒女云。

〔校〕

①鎮：施本、顧嗣立《元詩選》本（下稱「顧本」）、郭本無此字。②嶥：郭本作「崛」，兩通。③虯：李詩本作「蚪」，形訛。④鱷：毛本、郭本作「鱷」。按鱷同鯨，本集《鹿泉新居二十四韻》有「西南諸峰不知數，蕩海鯤鱷尻背露」句，據李詩本、施本改。⑤礐：李詩本、毛本作「譽」，形訛。施本作「礐」，亦誤。據顧本、郭本改。⑥莽魯：李詩本作「魯莽」。施本作「鹵莽」。郭本作「莽鹵」。⑦允格：李詩本、毛本作「尹革」，非。據施本、郭本改。駘：李詩本、毛本作「胎」，非。郭本作「鮐」。據施本改。⑧取：李詩本、毛本作「敢」，形訛。據施本、顧本、郭本改。⑨百：毛本作「有」。據李詩本、施本改。⑩宇宙：施本此前有「自有」二字。⑪萬古萬萬古：施本作「此水綿綿萬萬古」。⑫媪：施本作「嫗」。⑬椰：毛本作「揶」，形訛。據李詩本、施本、顧本、郭本改。⑭土：李詩本、毛本作「士」，形訛。據施本、顧本、郭本改。⑮辭：施本作「詞」。旨：李詩本、毛本作「二日」，形訛。據施本、顧本、郭本改。

〔注〕

〔一〕承天鎮：鎮名，在平定縣。見《金史·地理下》河東北路平定州下。承天山在今山西省平定縣東八十五里，唐宋立承天軍。

〔二〕詩人：遺山自指。徹骨：入骨。

〔三〕閑閑：趙秉文之號。詳見《送欽叔内翰并寄劉達卿郎中、白文舉編修五首》其三注〔六〕。

〔四〕六一翁：宋歐陽修晚號六一居士。

〔五〕「四十」句：蘇軾《玉樓春》（霜餘已失長淮闊）：「佳人猶唱醉翁詞，四十三年如電抹。」趙秉文《游懸泉賦》：「庚午之歲，九月既望，趙子與客游於承天之廢關。」尾注所云「以大安庚午來游」指此。

〔六〕并州：指太原一帶。湫：水潛流地下。

〔七〕晉陽城：太原故城。詳見《過晉陽故城書事》注〔一〕。句指晉祠泉水。

〔八〕娘子關：在今山西省平定縣東北，河北省井陘縣西。相傳唐平陽公主率娘子軍駐此，故名。奇𡾊：同「奇崛」，奇特挺拔。

〔九〕周南：舊指東周東都洛陽。此指金都汴京。

〔一〇〕投老：臨老。禹穴：夏禹所住的洞穴。

〔一一〕管涔：山名，在今山西省寧武縣。汾河發源於此。大車輪：形容汾水源頭泉眼之大。金趙秉文《游懸泉賦》：「向者泉出祠下，大如車輪。」

〔一二〕沇瀆：濟源，出今河南省濟源市西北天壇太乙池。《書·禹貢》：「導沇水，東流爲濟，入於河。」

〔一三〕崩奔：水流衝激堤岸而奔湧。

〔一四〕頽波：向下流的水勢。
〔一五〕太初元氣：天地未分之前的混沌之氣。
〔一六〕胚腪：同「胚渾」。混沌。
〔一七〕素虯：白龍。與「翠蛟」皆喻瀑布。
〔一八〕鯤：大魚。《莊子·逍遥游》：「北溟有魚，其名爲鯤。鯤之大，不知幾千里也。」
〔一九〕雷車：雷聲。喻轟鳴的濤聲。冰雹：指飛濺的水珠。
〔二〇〕蒼煙：指水濺起的霧氣。
〔二一〕「自愧」句：言自己年老氣衰對雄壯之景膽顫心驚無法盡情領略。
〔二二〕珠琲：珠串。形容形似珠串的水珠。朝暾：早晨的陽光。
〔二三〕陽龍：應指陽氣。瑶草：傳説中的香草。
〔二四〕礜石：一種性熱的石頭。《本草》言礜石大熱。晋張華《博物志》卷四：「鸛，水鳥也。伏卵時則不鳴。卵冷，取礜石用繞卵，以時助燥氣。」蓮湯：宋樂史《楊太真外傳》載，華清有蓮花湯，即貴妃澡沐之室。唐李賀《堂堂》：「華清源中礜石湯，徘徊白鳳隨君王。」
〔二五〕神祠：指妒女祠。滸：水邊。
〔二六〕儀衛：儀仗與衛士的統稱。
〔二七〕祠前碑：指尾注所言唐李諲所撰之碑。

〔二八〕莽魯：草率。

〔二九〕「吾聞」二句：《左傳·昭公元年》：「昔金天氏有裔子曰昧，爲玄冥師，生允格、臺駘。臺駘能業其官，宣汾、洮，障大澤，以處大原，帝用嘉之，封諸汾川。」

〔三〇〕自經溝瀆：拘於小節小信，在山溝中自殺。《論語·憲問》：「微管仲，吾其被髮左衽矣。豈若匹夫匹婦之爲諒也，自經於溝瀆而莫之知也。」此指妒女自焚事。尸祝：祭祀。

〔三一〕祀典：祭祀的儀禮。

〔三二〕子胥鼓浪：東漢趙曄《吴越春秋》卷五《夫差内傳》：「吴王賜伍子胥劍，子胥遂伏劍而死。吴王乃取子胥尸，盛以鴟夷之器，投之於江中，言曰：『胥，汝一死之後，何能有知？』子胥因隨流揚波，依潮來往，蕩激崩岸。」

〔三三〕精衛銜薪：《山海經·北山經》：「炎帝之少女，名曰女娃。女娃游於東海，溺而不返，故爲精衛，常銜西山之木石，以堙於東海。」

〔三四〕楚臣百問：指屈原《天問》。

〔三五〕介山氏：指介子推之妹妒女山神。

〔三六〕靈真：得道的真人。此指介子推之妹妒女神。

〔三七〕「稗官」句：《漢書·藝文志》：「小説家者流，蓋出於稗官。街談巷語，道聽涂説者所造也。」稗官：小官。小説家出於稗官，後因稱野史小説爲稗官。

〔三八〕社鼓：舊時社日祭神所鳴奏的鼓樂。

〔三九〕大曆十才子：唐代宗大曆年間齊名的十位詩人。見《新唐書·文藝傳下·盧綸》。

〔四〇〕李諲：唐德宗子，見《新唐書·十一宗諸子》。鑱陋語：雕刻鄙陋之語。意即李諲的碑文寫得不好。句指尾注所言李諲撰碑事。

〔四一〕青紅：指緑葉紅花。

〔四二〕糟臺：李白《襄陽歌》：「此江若變作春酒，壘麴便築糟丘臺。」

〔四三〕甕面：酒甕上面的酒。宋蘇轍《九日三首》：「籬根菊初綻，甕面酒新蒭。」膏乳：此比喻甘美的酒。

〔四四〕吴歌：吴地之歌。亦指江南民歌。

〔編年〕

尾注有「迄今壬子」語，知蒙古憲宗二年壬子十月在平定作。李、繆同。

九日登平定湧雲樓故基，樓即閑閑公所建〔一〕

詩翁曾此宴重陽〔二〕，老樹遺臺認醉鄉〔三〕。流水浮生幾今昔〔四〕，高秋雲物自凄涼〔五〕。飛來野鶴聊堪喜，望隔長鯨又可傷〔六〕。賴是風流未全減〔七〕，白頭門客有王楊。時王無咎、楊子昭在坐①，公在郡時學生也②。

〔校〕

①昭：李詩本、毛本作「招」。據李全本、施本改。②時：施本缺。學：施本作「門」。

〔注〕

〔一〕平定：金縣名。今山西省平定縣。湧雲樓：參見金趙秉文《湧雲樓記》。

〔二〕詩翁：指趙秉文。

〔三〕醉鄉：醉酒後神志不清的狀態。句謂詩人從眼前的老樹樓址想像閑閑公重陽宴會的情景。

〔四〕浮生：語本《莊子·刻意》：「其生若浮，其死若休。」以人生在世，虛浮不定，因稱人生爲「浮生」。

〔五〕雲物：景物。

〔六〕「望隔」句：應指趙秉文逝世事。時人以李白比趙（趙秉文《水調歌頭》〔四明有狂客〕：「四明有狂客，呼我謫仙人。」），白有「騎鯨客」之譽，故稱。

〔七〕賴是：幸好。

〔編年〕

李、繆皆繫於蒙古憲宗二年壬子在平定作，從之。

平定鵲山神應王廟〔一〕

古柳輪囷欲十圍〔二〕，鵲山祠廟此遺基。萬金良藥移造化〔三〕，老眼天公誰耦奇①〔四〕。已爲養生誣單豹〔五〕，不應遭網廢元龜〔六〕。平生磊塊澆仍在②〔七〕，擬問靈君乞上池〔八〕。

〔校〕

①奇：李詩本、李全本、施本作「畸」，兩通。本集《奉國上將軍武廟署令耶律公墓誌銘》：「材則人，耦奇則天。」②平：李詩本、李全本、施本作「半」。

〔注〕

〔一〕鵲山神應王廟：祠古代神醫扁鵲。施注引《河朔訪古記》：「扁鵲廟碑，在湯陰縣東南二十里伏道村……題曰神應王扁鵲之墓。」

〔二〕輪囷：盤曲貌。圍：計量周長的約略單位。舊説尺寸長短不一，現多指兩手合拱的長度。

〔三〕「萬金」句：《漢書・灌夫傳》：「夫身中大創十餘，適有萬金良藥，故得無死。」造化：自然界的創造者。此指天賦的壽數。

〔四〕耦奇：占卜中代表陰陽的雙數和單數，喻指變化不定的命運之數。

〔五〕單豹：人名。《莊子・達生》：「魯有單豹者，巖居而水飲，不與民共利。行年七十，而猶有嬰兒之色。不幸遇餓虎，餓虎殺而食之……豹養其内而虎食其外。」三國魏嵇康《答難養生論》：「單豹以營内致斃。」

〔六〕「不應」句：《莊子・外物》載，宋元君夜夢披髮人窺門，卜之，爲神龜。即命漁人余且上朝。宋元君問余且「漁何得」，對曰：「且之網得白龜焉，其圓五尺。」君曰：「獻若之龜。」龜至，君再欲殺之，再欲活之。心疑，卜之，曰：「殺龜以卜，吉。」乃刳龜，七十二鑽而無遺算。上二句用單豹、大龜典，言人的命運之數變化不定，不應指斥單豹養內不養外，大龜雖智不免於禍。

〔七〕「半生」句：《世説新語·任誕》：「王孝伯問王大：『阮籍何如司馬相如？』王大曰：『阮籍胸中壘塊，故須酒澆之。』」磊塊：比喻鬱積在胸中的不平之氣。

〔八〕靈君：指扁鵲神。上池：即上池水。《史記·扁鵲倉公列傳》：「（長桑君）乃出其懷中藥予扁鵲：『飲是以上池之水，三十日當知物矣。』」司馬貞索隱：「案：舊説云上池水謂水未至地，蓋承取露及竹木上水，取之以和藥。」

〔編年〕

李、繆定於蒙古憲宗二年壬子在平定作，從之。

陽泉棲雲道院①

方外復方外〔一〕，翛然心跡清〔二〕。開窗納山影，推枕得溪聲。川路遠誰到，石田平可耕。霜林不嫌客，留看錦峥嶸。

〔校〕

①棲：李全本作「樓」。

〔注〕

〔一〕方外：世外。

〔二〕倏然：迅疾貌。

〔編年〕

李《譜》編於蒙古憲宗二年壬子，謂是年至平定時作，從之。繆《譜》未編。

從孫顯卿覓平定小山〔一〕

愛殺熙春萬玉峰〔二〕，綱船回首太湖空〔三〕。一拳秀碧煙霞了，早晚東山入袖中〔四〕。

〔注〕

〔一〕孫顯卿：其人不詳。

〔二〕熙春：閣名，在汴京，宋徽宗時所修。參見《俳體雪香亭雜詠十五首》其三注〔一〕。

〔三〕綱船：宋徽宗於東京汴梁造萬歲山，使朱勔搜刮江南的奇花異石。當時運花石的船隊不斷往來於淮汴之間，號稱「花石綱」。綱：謂成幫結隊地運輸貨物。太湖：位於江蘇、浙江之間，其石多孔竅和皺紋。汴京園林中堆疊假山所用之石，採自太湖。

〔四〕東山：即詩題中「平定小山」。因在縣治東，故稱。

〔編年〕

此詩亦當蒙古憲宗二年壬子在平定時作。李《譜》附於蒙古憲宗七年丁巳。繆《譜》未編。

賈漕東城中隱堂①〔一〕

智水仁山德有鄰〔二〕，柳塘花塢静無塵〔三〕。家僮解誦閑居賦〔四〕，田父争持社甕春〔五〕。安吉總輸中隱士〔六〕，典刑真見老成人。明年恰入非熊運〔七〕，共看青蒲裹畫輪〔八〕。

〔校〕

①漕：李詩本、毛本作「曹」。據李全本、施本改。

〔注〕

〔一〕賈漕：施注謂指賈益謙從孫賈起。賈起字顯之，東平（今山東省東平縣）人。少日爲名進士。仕東平行臺，歷平陰簿、提領堂邑歲課、提點河倉。見《東平賈氏千秋録後記》。中隱：白居易《中隱》：「大隱住朝市，小隱入丘樊。丘樊太冷落，朝市太囂諠。不如作中隱，隱在留司官。」

〔二〕智水仁山：《論語·雍也》：「知者樂水，仁者樂山。知者動，仁者静。知者樂，仁者壽。」德有鄰：蘇軾《用前韻再和孫志舉》：「我室思無邪，我堂德有鄰。」

〔三〕「柳塘」句：本集《續小娘歌十首》其七：「竹溪梅塢静無塵，二月江南煙雨春。」花塢：四周高起中間凹下種植花木的地方。

〔四〕閑居賦：晉潘岳作，述恬淡高潔的情懷。本集《論詩三十首》其六：「高情千古閑居賦，争信安仁拜路塵。」

〔五〕社甕春：鄉社之酒。

〔六〕「安吉」句：白居易《中隱》：「人生處一世，其道難兩全。賤即苦凍餒，貴則多憂患。唯此中隱士，致身吉且安。」

〔七〕非熊運：隱士被起用的年運。《六韜·文師》載，文王將往渭水邊打獵，行前占卜，卜辭曰：「田於渭陽，將大得焉，非龍非螭，非虎非羆，兆得公侯。天遣汝師以之佐昌。」後果見太公坐渭水邊垂釣，與之語而大悦，遂同車而歸，拜爲師。古熊羆連稱，後遂以「非熊」爲姜太公代稱。

〔八〕青蒲裹畫輪：用蒲草裹車輪，轉動時震動較小。古時常用於迎接賢士，以示禮敬。《史記·平津侯主父列傳》：「始以蒲輪迎枚生，見主父而歎息。」二句謂明年賈起會交好運，朝廷將用蒲車請其出山。

〔編年〕

本集《東平賈氏千秋録後記》云：「壬子冬十月，自真定來東原，顯之以此本見示。」李、繆據之定在蒙古憲宗二年壬子在東平時作，從之。

壬子冬至，新軒張兄聖與求爲兒子阿平制名，予名之曰琥①，以仲耽字之，小字明復，有善禱之義焉。詩不工，當令阿耽灑落誦之〔一〕

阿平玉雪絶可憐，皎如鶴雛下青田〔二〕。呼來拜客挽不前，啼聲如聞過秦篇〔三〕。陳王人門漢韋賢②〔四〕，新軒文筆尤翩翩。大招掛壁誰使然〔五〕，我知一經會有傳〔六〕。玄默之冬客須城〔七〕，問平之年纔五齡。迺公爲兒求制名，兒名從虎玉與并，仲耽爲字以字行。佛書舊説無空青〔八〕，豈知空青今有形。紫公紫公還我明〔九〕，看兒著脚青雲平。

〔校〕

①予：施本作「余」。　②人：施本作「入」。

〔注〕

〔一〕新軒張兄聖與：張聖與（一作「俞」，又作「予」），號新軒。遺山癸巳上書稱之爲燕人。本集《新軒樂府引》謂其「三世遼宰相家，從少日滑稽玩世」，「隨計兩都，作霸諸彦。時命不偶，僅得補掾中臺」。金亡後流寓東平，生計窮困。《元朝名臣事略》卷十《宣慰使張德輝》：「張新軒子琥已結婚，無以成禮，公輟俸以給。」

〔二〕青田：縣名，今浙江省青田縣。相傳青田産鶴。唐徐堅等《初學記》卷三十引南朝宋鄭緝之《永嘉郡記》：「有洙沐溪，去青田九里。此中有一雙白鶴，年年生子，長大便去，只惟餘父母一雙在耳，精白可愛，多云神仙所養。」

〔三〕過秦篇：指西漢賈誼的《過秦論》。

〔四〕陳王人門：《三國志·魏書·曹植傳》：「陳思王植字子建，年十歲餘，誦讀《詩》、《論》及辭賦數十萬言，善屬文。」疑用此典。人門：人品門第。韋賢：西漢人，昭、宣二帝之師。《漢書·韋賢傳》：「賢爲人質樸少欲，篤志於學，兼通《禮》、《尚書》，以《詩》教授，號稱鄒魯大儒。」

〔五〕弨：弓。

〔六〕「我知」句：《漢書·韋賢傳》載賢四子。「少子玄成復以明經歷位至丞相。故鄒魯諺曰：『遺子黄金滿籯，不如一經。』」

〔七〕玄黓：《爾雅》：「太歲在壬曰玄黓。」須城：金縣名，屬東平府。今山東省東平縣。

〔八〕空青：天空。佛教借以説法，言「空無有青」，以「空」喻法的本真，以「青」喻法的外相。

〔九〕紫公：指燈。《清異録》載，唐武宗獨映琉璃燈籠觀書，退謂王才人曰：「與紫明供奉相守，熟讀《尚書·無逸》篇。」

〔編年〕

蒙古憲宗二年壬子冬在東平作。李、繆同。

贈蕭漢傑〔一〕並序①

蕭漢傑，大興人。金國初，嘗賜姓奥里氏，故時人又謂之奥里漢傑。父仲寬居之，飛龍牓登科，同知清州軍州事②，致仕。有子六人，皆使宦學，獨漢傑不樂去聲，遂作舉子。爲人慷慨有志膽，好讀書，古兵法及陰陽、孤虚、禄命之術〔二〕。從軍二十年③，積官從三品，領虢州倅、關陝總帥府提控，佩金符。蓋自燕城圍解之後〔三〕，間關南渡④〔四〕，出入行陣間，瀕於死者屢矣。鐵嶺之潰〔五〕，復入陝州。陝州亂〔六〕，羣不逞輩繫漢傑獄中。漢傑乘昏暮破械而出，懼爲追者及，駕浮壺亂黄流，筋疲力涸，僅達北岸。爲失侯故將者又二十年，流離頓踣，人所不能，而意氣都不少衰。以人情觀之，豈碌碌者所可辦耶⑤？壬子冬，與予相值於東原〔七〕。問其世，知其爲故人大鈞之同母弟也⑥〔八〕。問其日事，則曰：「止以唐生季主之業游時貴間耳〔九〕！」因與論余之行年〔一〇〕，而有契於余心者。私竊慨歎，以爲倚伏叵測〔一一〕，哀與樂相尋，生也有涯而跼於憂畏，浩浩乎如乘舟而遇風波，非知其亡可奈何而安之⑦，其何以收利涉之功乎〔一二〕？漢傑爲有得矣！其别也，因爲長句以贈。

射虎將軍右北平〔一三〕，短衣憔悴宿長亭〔一四〕。雷轟寶劍無留跡〔一五〕，火借青囊爲乞靈〔一六〕。四壁不知貧作祟〔一七〕，一瓢誰識醉中醒。相逢莫話棔機石，自省枯槎是客星〔一八〕。

〔校〕

①並序：二字李全本無。施本作「有序」。②清：李全本、施本作「青」。按《金史·地理志》，有清州，屬河間府。無「青州」。「益都府」條下云國初置南青州節度使，後升爲總管府。本集有《送李輔之官青州》未知孰是，姑從李詩本、毛本。③二：李全本作「一」。④間：李全本作「關間」。⑤辨：李詩本、李全本作「辨」。⑥弟：李全本、施本缺。⑦何：李全本作「可」。

〔注〕

〔一〕蕭漢傑：大興（金縣名，今北京市大興縣）人。詳見序。

〔二〕孤虚：古代方術用語。即計日時，以十天干順次與十二地支相配爲一旬，所餘的地支稱之爲「孤」，與「孤」相對者爲「虚」。古時常用以推算吉凶禍福及事之成敗。

〔三〕燕城圍解：指金宣宗貞祐二年金蒙和議成，蒙古解中都（今北京市）圍，宣宗遷都開封事。

〔四〕間關：猶輾轉。

〔五〕鐵嶺之潰：鐵嶺在今河南省盧氏縣北四十五里。金天興元年，徒單兀典率軍由秦、藍諸隘撤軍入援汴京被蒙古軍擊敗於鐵嶺。詳見《金史·徒單兀典傳》。

〔六〕陝州亂：陝州，今河南省陝縣。天興元年十一月，金河解元帥趙偉發動兵變。詳見《金史·徒單兀典傳》。

〔七〕東原：指東平。

〔八〕故人大鈞：不詳。

〔九〕唐生季主之業：指占卜之業。唐生，名舉，戰國時相者。見《史記·范雎蔡澤列傳》。季主，姓司馬，漢代卜筮者。見《史記·日者列傳》。

〔一〇〕行年：流年。舊時星命家謂人當年所行的運，亦稱「小運」。

〔一一〕倚伏：語本《老子》：「禍兮福之所倚，福兮禍之所伏。」倚，依托。伏，隱藏。意謂禍福相因，互相倚存，互相轉化。

〔一二〕利涉：順利渡河。《易·需》：「貞吉，利涉大川。」

〔一三〕「射虎」句：《史記·李將軍列傳》載，李廣「出獵，見草中石，以爲虎而射之，中石没鏃，視之，石也。因復更射之，終不能復入石矣。廣所居郡聞虎，嘗自射之。及居右北平，射虎，虎騰傷廣，廣亦竟射殺之」。後用作稱頌武將勇猛藝高的典故。

〔一四〕「短衣」句：《史記·李將軍列傳》載，李廣家居數歲，「嘗夜從一騎出，從人田間飲。還至霸陵亭，霸陵尉醉，呵止廣。廣騎曰：『故李將軍。』尉曰：『今將軍尚不得夜行，何乃故也！』止廣宿亭下」。短衣：平民所服。

〔一五〕「雷轟」句：指蕭漢傑成爲失侯故將事。

〔一六〕「火借」句：指蕭漢傑以占卜爲業事。《晉書·郭璞傳》：「有郭公者，客居河東，精於卜筮，璞從之受業。公以《青囊中書》九卷與之，由是遂洞五行、天文、卜筮之術……璞門人趙載嘗竊《青囊書》，未及讀，而爲火所焚。」乞靈：向神靈求助。

〔一七〕「四壁」句：用司馬相如「家徒四壁」典。

〔一八〕「相逢」二句：宋胡仔《苕溪漁隱叢話》前集卷十一引《荆楚歲時記》曰：「張華《博物志》云：漢武帝令張騫窮河源，乘槎經月而去，至一處，見城郭如官府，室内有一女織，又見一丈夫牽牛飲河，騫問云：『此是何處？』答曰：『可問嚴君平。』織女取支機石與騫而還。後至蜀，問君平，君平曰：『某年月日，客星犯牛斗。』所得支機石爲東方朔所識。」楮機石：支機石。

〔編年〕

蒙古憲宗二年壬子在東平時作。李、繆同。

賀中庸老再被恩綸〔一〕

萬古千秋麗澤堂〔二〕，紫泥恩詔姓名香〔三〕。治朝例有高年敬，神理終歸晚節昌〔四〕。東魯儒生傳舊學〔五〕，曹南方志發幽光〔六〕。季春羔雁秋風酒〔七〕，準擬年年薦壽觴。

〔注〕

〔一〕中庸老：《元史·張特立傳》：「歲丙午，世祖在潛邸受王印，首傳旨諭特立曰：『前監察御史張特立，養素丘園，易代如一，今年幾七十，研究聖經，宜錫嘉名，以光潛德，可特賜號曰中庸先生。』」生平見《别張御史》注〔一〕。恩綸：猶恩詔。語本《禮記・緇衣》：「王言如絲，其出如綸。」再被恩綸：《元史・張特立傳》：「壬子歲，復降璽書諭特立曰：『白首窮經，誨人不倦，無過不及，學者宗之。昔已賜嘉名，今復諭意。』」施注謂「再被恩綸」指此。

〔二〕麗澤堂：《元史・張特立傳》：「（世祖）又諭曰：『先生年老目病，不能就道，故令趙寶臣諭意，且名其讀書之堂曰麗澤。』」

〔三〕紫泥：古人以泥封書信，泥上蓋印。皇帝詔書則用紫泥。

〔四〕神理：謂冥冥之中能賜福降災的神靈之道。

〔五〕「東魯」句：《元史・張特立傳》：「特立通程氏《易》，晚教授諸生，東平嚴實每加禮焉。」

〔六〕「曹南」句：張特立爲曹州東明（今山東省東明縣）人。東明在曹州之西南，故稱「曹南」。方志：地方志。其體例有載當地鄉賢的内容。幽光：潛隱的光輝。常用以指人的品德。

〔七〕羔雁：小羊和雁。古代用爲卿、大夫的贄禮。《周禮・春官・大宗伯》：「卿執羔，大夫執雁。」

〔編年〕

蒙古憲宗二年壬子冬在東平時作。李、繆同。

中庸先生垂示先大夫教子詩及裴内翰擇之所述家傳，愛仰不足，情見於辭①〔一〕

嚴訓常如天日照〔二〕，名家元自古今同。只知楊秉餘清節〔三〕，争信譙玄有素風〔四〕獨行傳第一人。通德里門傳故事〔五〕，安平韻語到兒童〔六〕。青青留在懷賢樹〔七〕，愛殺曹南一畝宮〔八〕。

〔校〕

①於：李詩本、毛本作「乎」。從李全本、施本。

〔注〕

〔一〕中庸先生：指張特立。詳見上詩《賀中庸老再被恩綸》注〔一〕。先大夫：指張特立已逝之父。裴内翰擇之：《續夷堅志·鬼市》：「裴翰林擇之，陽武（今河南省原陽縣東南）人。」本集《傷寒會要引》及之。家傳：記載父兄及先祖事跡的傳記。

〔二〕嚴訓：父訓，父命。

〔三〕「只知」句：《後漢書·楊秉傳》：「秉字叔節，少傳父業，兼明《京氏易》，博通書傳，常隱居教授……有詔公車徵秉及處士韋著，二人各稱疾不至。」清節：高潔的節操。

〔四〕「争信」句：《後漢書·獨行傳·譙玄》：「譙玄字君黄，巴郡閬中人也。少好學，能説《易》、《春秋》……王莽居攝，玄於是縱使者車，變易名姓，間竄歸家，因以隱遁。後公孫述僭號於蜀，連聘不詣。」素風：清高的風格。

〔五〕通德里門：《後漢書·鄭玄傳》：「昔東海于公僅有一節，猶或戒鄉人侈其門閭，矧乃鄭公之德，而無駟壯之路！可廣開門衢，令容高車，號爲『通德門』。」

〔六〕「安平」句：唐初李百藥，博陵安平人。《册府元龜》卷七七五載，百藥幼而聰敏，年數歲，其父德林「於燈下教以四聲，一聞便解。七歲，頗能屬文」。

〔七〕「青青」句：用《詩·召南·甘棠》所述召伯決獄甘棠樹下，鄉人懷念召公而不敢伐棠樹典。見《元魯縣琴臺》注〔四〕。

〔八〕曹南：曹州之南。張特立是曹州東明人，故稱。一畝宫：《禮記·儒行》：「儒有一畝之宫，環堵之室，蓽門圭窬，蓬户甕牖。」

〔編年〕

李《譜》謂與《賀中庸老再被恩綸》同年作，編在蒙古憲宗二年壬子。按張特立被忽必烈賜名「中庸先生」事在丙午，卒於癸丑。遺山丙午春自東平返鄉，賜名事當未及見。本詩稱「中庸先生」，作於丙午後、癸丑前，當壬子冬來東平時作。繆《譜》未編。

送崔夢臣北上〔一〕並序①

子真抱關②〔二〕，買臣負薪〔三〕，朝奏暮召，名動縉紳〔四〕，此有志之士所以自奮於昌辰者耶〔五〕！夢臣崔卿，玉樹清姿〔六〕，土門華胄③〔七〕。成童授學〔八〕，與鷄俱興〔九〕。肆筆成書，倚馬可待。雖泌水之洋洋堪樂〔一〇〕，舜門之穆穆方開〔一一〕，惜歲月之虛捐，欲雲霄之坐致，遇順風而縱大壑〔一二〕，其孰禦之？登金馬而上玉堂〔一三〕，在此行矣！詩以勸駕④，序寧闕乎？癸丑二月望日，新興元某序。

并州書郎年少客〔一四〕，細馬金鞭日三百〔一五〕。生平意氣淩青雲，未怕天山雪花白。西園此日盛徐陳〔一六〕，鳳閣鸞臺氣象新〔一七〕。由來草創資潤色〔一八〕，況復天造須經綸〔一九〕。他日南歸吾未老，與君同醉晉溪春。

〔校〕

①並序：李全本、施本無。②真：毛本作「貢」。據李詩本、李全本、施本改。③土：李詩本、毛本作「士」。據李全本、施本改。④勸：李詩本作「觀」。

〔注〕

〔一〕崔夢臣：太原人。出身於北方少數民族貴族。本集《故帥閻侯墓表》中「太原崔君卿」疑即此人。是則客居東平。

〔二〕子真抱關：《後漢書·崔寔傳》：「寔字子真……除爲郎。明於政體，吏才有餘，論當世便事數十條，名《政論》。指切時要，言辯而確，當世稱之。」抱關：監守關門。借指職位卑微。

〔三〕買臣負薪：《漢書·朱買臣傳》：「朱買臣字翁子，吴人也。家貧，好讀書，不治產業，常艾薪樵，賣以給食。擔束薪，行且誦書……上（漢武帝）拜買臣會稽太守。」

〔四〕縉紳：插笏於紳帶間，舊時官宦的裝束。借指士大夫。

〔五〕昌辰：猶盛世。

〔六〕「玉樹」句：杜甫《飲中八仙歌》：「宗之瀟灑美少年」，「皎如玉樹臨風前」。玉樹：喻佳子弟。典見《贈楊君美之子新甫》注〔六〕。

〔七〕土門：東突厥第一代可汗名土門。後用指北方少數民族。華胄：顯貴者的後代。

〔八〕成童：年齡稍大的兒童。或謂八歲以上，或謂十五以上。

〔九〕與鷄俱興：用晉祖逖「聞鷄起舞」典。

〔一〇〕「泌水」句：《詩·陳風·衡門》：「衡門之下，可以棲遲。泌之洋洋，可以樂飢。」

〔一一〕「舜門」句：《書·舜典》：「賓於四門，四門穆穆。」曾運乾正讀：「賓讀爲儐。四方諸侯來朝者，舜賓迎之也。」穆穆：恭敬貌。

〔一二〕「遇順風」句：南朝梁王褒《聖主得賢臣頌》：「翼乎若鴻毛遇順風，沛乎若巨魚縱大壑。」

〔一三〕金馬玉堂：金馬門和玉堂署。漢時學士待詔之處，後因以稱翰林院或翰林學士。

〔一四〕并州：太原府的別稱。《金史·地理下》「太原府」：「復名并州太原郡河東軍總管府。」

〔一五〕細馬：駿馬。

〔一六〕西園：三國魏曹植《公宴》：「清夜游西園，飛蓋相追隨。」徐陳：指建安七子之徐幹、陳琳。曹丕《典論・論文》：「今之文人……廣陵陳琳孔璋……北海徐幹偉長。」

〔一七〕鳳閣鸞臺：唐時中書省和門下省的别稱。泛指朝廷高級政務機構。

〔一八〕「由來」句：謂歷來國家政權都是由武力創建再以文潤色。

〔一九〕天造：謂天之創始。語出《易・屯》：「天造草昧。」經綸：整理絲縷、理出絲緒和編絲成繩，統稱經綸。引申爲籌畫治理國家大事。《易・屯》：「雲雷屯，君子以經綸。」

〔編年〕

蒙古憲宗三年癸丑二月在東平時作。李《譜》認爲「土門」指井陘，謂癸丑作於鹿泉，不妥。遺山癸丑二、三月在東平，見本集《曹南商氏千秋録》、《寒食靈泉宴集序》、《鳩水集引》。繆《譜》同。

付阿珫誦〔一〕

昨得商子書〔二〕，知有阿珫名。今朝見阿珫，驚喜喜復驚。廼翁雅望傾漢廷〔三〕，仕才千石埋九京〔四〕。我知渠孫不虛生，虎穴生虎子，墮地骨骼成。舉頭爲城尾爲旌〔五〕，幾人雄猛得寧馨〔六〕。繡衣青春佳御史〔七〕，路人望見行且止。老夫從旁當説似，前日晦道堂前小兒子〔八〕。雷動風行自應耳〔九〕，藜藿不採今其始〔一〇〕。

〔注〕

〔一〕阿珫：商挺長子。名琥，字台符，小字阿珫，曹南（今山東省曹縣）人。《元史》本傳附《商挺傳》。

〔二〕商子：指商挺。其生平詳見《題商孟卿家晦道堂圖二首》其一注〔一〕。

〔三〕「廼翁」句：廼翁，指阿耽之祖父商平叔。本集《商平叔墓銘》云：「（許古）及論天下事，乃首以公爲可相，則公之材爲可知矣。」

〔四〕「仕才」句：本集《商平叔墓銘》：「（公）平居以大事自任，而人亦以大任期之。至今評者以公用違其長，使之卒然就一死，爲世所惜也。」九京：九原，春秋時晉大夫的墓地。泛指墓地。《禮記・檀弓下》：「是全要領以從先大夫於九京也。」鄭玄注：「晉卿大夫之墓地在九原。京蓋原字之誤。」清胡鳴玉《訂訛雜録》卷二：「方氏曰：『九京即九原。指其家之高曰京，指其地之廣曰原。』則九京、九原本通用。」

〔五〕「舉頭」句：唐李賀《猛虎行》：「舉頭爲城，掉尾爲旌。」

〔六〕「幾人」句：唐劉禹錫《贈日本僧智藏》：「爲問中華學道者，幾人雄猛得寧馨。」寧馨：晉宋時的俗語，「如此」、「這樣」之意。

〔七〕佳御史：商平叔曾任監察御史，故云。句言阿耽像商平叔青年時。

〔八〕晦道堂：商挺祖先之堂。本集《曹南商氏千秋録》：「宗弼……年未五十乃掛冠，築堂曹南之西園，名曰『晦道』。」

〔九〕雷動風行：比喻商氏家世風範之上行下效。

〔一〇〕藜藿不採：《漢書·蓋寬饒傳》載鄭昌上書曰：「臣聞山有猛獸，藜藿爲之不採；國有忠臣，姦邪爲之不起。」句言商琥威猛如虎。

〔編年〕

晚年在東平商挺家時作。本集《曹南商氏千秋録》：「正叔以通家之故，請爲《千秋録》作《後記》，因得件右之……癸丑二月吉日，河東元好問裕之謹書。」知是時遺山在商挺家。詩當作於蒙古憲宗三年癸丑。李《譜》編在上年。繆《譜》未編。

贈别孫德謙〔一〕

津橋垂楊雪花白，挽斷春衫苦留客〔二〕。西湖一雨春意濃〔三〕，絶似銅駝洛陽陌〔四〕。湖亭轟醉卧春風〔五〕，到手金杯不放空。鵲山一帶傷心碧〔六〕，羡殺孫郎馬首東。

〔注〕

〔一〕孫德謙：東平府學學生。年里不詳。

〔二〕「津橋」二句：垂楊，垂柳。古詩文中楊柳常通用。因「柳」與「留」諧音，古人折柳贈别有此寓意。二句由此而來。

〔三〕西湖：東平城西有西湖。本集《江城子》〔江山詩筆仲宣樓〕題序云：「東原幕府諸公送予西湖，行及陽谷，作此爲寄。」「東原」即東平。「陽谷」在東平西北。

〔四〕銅駝洛陽陌：即銅駝街，在洛陽城中，以道旁曾有漢鑄銅駝兩枚相對而得名。爲古代著名的繁華區域。《太平御覽》卷一五八引晉陸機《洛陽記》：「俗語曰：『金馬門外集衆賢，銅駝陌上集少年。』」

〔五〕轟醉：謂狂飲而大醉。

〔六〕鵲山：濟南、平定皆有鵲山。此當指河北省邢臺市内邱縣西之鵲山。

〔編年〕

遺山戊戌返鄉後凡六出東平：辛丑三月、丙午正月、癸丑三月、甲寅冬、乙卯冬、丁巳夏。詩作於暮春，非辛丑即癸丑。李、繆繫在辛丑，不妥。其理由如下：

一、本集《答大用萬户（第一）書》云：「東平留宿幾半歲之久，辱公家賢弟昆慰藉之厚，内省衰謬，媿無以當之耳……孫德謙、張夢符津送至魏京，今東歸矣。」詩即「東歸」時作。李《譜》謂「魏京」「恐指大名」。本集《盧太醫墓誌銘》：「盧尚藥諱昶，世家霸州文安，人爲大名人。」其《銘》曰：「遥遥華胄，復起魏京。」按此，李説是。《元史·張孔孫（夢符）傳》言張「大德十一年卒，年七十有五，則辛丑年張夢符始九歲，不當派如此小兒送先生於數百里之外的大名。

二、元盛如梓《庶齋老學叢談》載：「張寓齋相公（即張夢符）少年與孫德謙於東平嚴侯府從元遺山讀書。其歸也，命二子送行。及别，求詩，以『東平』二字爲韻。孫得詩云：『鵲山一帶傷心碧，羨煞孫郎馬首東。』公得詩云：『汝伯年年髮如漆，看渠著脚與雲平。』孫竟不永年。」即謂此詩。是書又云：「閲四十年，公簽汴省，分治揚州。」《元史·世祖紀十三》載，至元二十八年立河南江北行中書省。《張孔孫傳》謂其至元二十八年後「拜僉河南江北行中書省事」，所云「簽汴省」，應指此。如事在辛丑，當云五十年而不當説「四十年」。

三、本集《寒食靈泉宴集序》：「出天平北門三十里而近，是爲鳳山之東麓，有寺曰靈泉……昭陽蔿歲，維莫之春……不期而至者：德謙、夢符。」「天平」指東平。《金史·地理中》「山東西路·東平府」條下云：「天平軍節度，宋東平軍，舊鄆州。」「昭陽蔿歲」指太歲在癸（《爾雅》）。癸卯年遺山未至東平，故應在癸丑。知該年春德謙、夢符曾隨遺山游從。基此，詩應作於蒙古憲宗三年癸丑春。

王敦夫祥止庵〔一〕

三樂人推二樂全，有親可事子能傳〔二〕。舊時詩禮聞家學，此日丹砂見地仙〔三〕。蕩蕩天光虛室外〔四〕，融融和氣彩衣前〔五〕。情知不羨燕山桂，一樹靈椿歲八千〔六〕。

〔注〕

〔一〕王敦夫：一作惇甫。本集《致樂堂記》：「癸丑之夏，予以事來故都。進士新城王惇甫……謂予言。」元郝經《曲肱亭銘序》云：「往歲靖肅徵士魏君（魏璠）過保下，以祥止王氏父子語予，而予未之見也。今年春，始得入燕，祥止先生已仙去。其子惇甫，明敏純粹，質而不華，謙而有守，與物無競。於别墅作亭曰『曲肱』，將以全天下之至樂，踵聖賢之高躅，故爲引其端而係之銘。」祥止庵：用《莊子·人間世》「虚室生白，吉祥止止」意。

〔二〕「三樂」二句：本集《致樂堂記》：「孟子有言曰：『君子有三樂，而王天下不與存焉。』其一曰有親可事。」三樂：《孟子·盡心上》：「孟子曰：『君子有三樂，而王天下不與存焉。父母俱存，兄弟無故，一樂也；仰不愧於天，俯不怍於人，二樂也；得天下英才而教育之，三樂也。』」

〔三〕地仙：方士稱住在人間的仙人。晉葛洪《抱朴子·論仙》：「按《仙經》云：『上士舉形昇虚，謂之天仙；中士游於名山，謂之地仙。』」

〔四〕「蕩蕩」句：語本《莊子》「虚室生白」，言心空虚而生純白之光。

〔五〕「融融」句：《藝文類聚》卷二十引《列女傳》：「老萊子孝養二親，行年七十，嬰兒自娱，着五色彩衣。嘗取漿上堂，跌仆，因卧地爲小兒啼。或弄烏鳥於親側。」

〔六〕「情知」二句：五代馮道《贈竇十》：「燕山竇十郎，教子有義方。靈椿一株老，丹桂五枝芳。」王敦夫居燕京，故用此典，言不羡子女顯貴，但願父親長壽。桂：比喻科舉及第。古稱科舉及第爲「折桂」。靈椿：《莊子·逍遥游》中的長壽樹。後因喻指父親和長輩，用作祝人長壽之詞。

〔編年〕

據注〔一〕，蒙古憲宗三年癸丑夏在燕京時作。李、繆同。

賈氏怡齋二首〔一〕

其一

兒女青紅薦壽觴〔二〕，階庭蘭玉立諸郎〔三〕。黄金甲第知何限〔四〕，誰有怡齋致樂堂〔五〕。

〔注〕

〔一〕賈氏：指賈仲德。本集《致樂堂記》：「癸丑之夏，予以事來燕都，進士王惇甫、温陽張無咎謂予言：『武川賈仲德、仲温，貪慕高誼。』」尾注「仲德」即其人。怡：和悦。

〔二〕青紅：青黛與胭脂。古代女子用以畫眉搽臉的顔料。薦壽：祈禱長壽。

〔三〕「階庭」句：稱美佳子弟。典出《世説新語·言語》，詳見《贈楊君美之子新甫》注〔六〕。

〔四〕甲第：豪門貴族的宅第。何限：多少，幾何。

〔五〕致樂堂：本集《致樂堂記》言賈氏事母至孝，與之共學者，因以「致樂」名其堂，取「養則致其樂」者。

其二

一門難弟復難兄〔一〕，籍甚州閭月旦評〔二〕。見説病中王處士〔三〕，感君兼有急難情〔四〕。王敦夫寒病勞復，歷兩月之久，委頓殊甚。仲德躬自調護，迄於平善，州里稱焉。故上句及之①。

〔校〕

①故上句及之：施本、郭本作「故有上句」。

〔注〕

〔一〕難弟難兄：南朝宋劉義慶《世説新語·德行》：「陳元方子長文，有英才，與季方子孝先各論其父功德，争之不能決。咨之太丘。太丘曰：『元方難爲兄，季方難爲弟。』」意謂元方卓爾不群，他人難爲其兄；季方也俊異出衆，他人難爲其弟。後遂以「難兄難弟」指兄弟兩人才德俱佳，難分高下。此指賈仲德、仲温弟兄，見《致樂堂記》。

〔二〕籍甚：盛多。《漢書·陸賈傳》：「賈以此游漢廷公卿間，名聲籍甚。」王先謙補注引周壽昌曰：「蓋籍即藉，用白茅之藉，言聲名得所藉而益盛也。」州閭：古代地方基層行政單位州和閭的連稱。月旦評：《後漢書·許劭傳》：「初，劭與靖俱有高名，好共覈論鄉黨人物，每月輒更其品題，故汝南俗有『月旦評』焉。」句言賈仲德、仲温兄弟才德俱佳，在鄉里名聲很大。

〔三〕王處士：即尾注所言「王敦夫」。處士：有才德而隱居不仕的人。

〔四〕君：指賈仲德。急難：解救危難。《詩·小雅·常棣》：「脊令在原，兄弟急難。」

〔編年〕

按其一注〔一〕，知蒙古憲宗三年癸丑夏在燕京作。李《譜》同。繆《譜》未編。

柳亭雨夕與高御史夜話〔一〕

闗塞無緣笑語同，偶然情話此從容。青天蜀道不得過〔二〕，山色歸心空自濃。九日茱萸藍澗酒〔三〕，十年朝馬景陽鐘〔四〕。三間老屋知何處，惆悵雲間陸士龍〔五〕。高曾自藍田令入拜監察御史，北渡後謀還保塞〔六〕，而困於無資者二十年矣。

〔注〕

〔一〕高御史：高嶷字士美，遂城（今河北省徐水縣）人。正大初任監察御史。晚年居燕京。本集《贈答趙仁甫》「我友高御史，愛君曠以真」及《過寂通庵别陳丈》序「陳丈未識某而愛其詩，曾對高御史士美言」並是。《中州集》卷八有其父高有鄰小傳。元郝經《哭高監察》末注：「先生諱嶷，字士美，遂州人。以才幹精絶，拔爲樞密院都事。學術純正，轉監察御史。金亡入燕，喪子感疾而卒。」

〔二〕青天蜀道：李白《蜀道難》：「蜀道難，難於上青天。」此喻世途。

〔三〕九日茱萸：王維《九月九日憶山東兄弟》：「遥知後日登高處，徧插茱萸少一人。」句指高嶷任藍田令時事。

〔四〕朝馬：大臣入朝時，在禁城中所乘之馬。是帝王對年老宰輔和功臣的恩賜。景陽鐘：南朝齊武帝以宫深不聞端門鼓漏聲，置鐘於景陽樓上。宫人聞鐘聲，早起妝飾。後人稱之爲「景陽鐘」。句指高嶷入拜監察御史事。

〔五〕「三間」二句：用晉陸機、陸雲兄弟隱居典，詳見《寄楊飛卿》注〔五〕。

〔六〕保塞：金清宛縣，宋名保塞。今河北省保定市。

〔編年〕

李《譜》編於蒙古憲宗二年壬子，謂「自癸巳至此二十年」。按壬子年遺山未至燕京。本集《致樂堂記》云：「癸丑之夏，予以事來燕都。」詩當作於蒙古憲宗三年癸丑夏。繆《譜》未編。

題張彦寶陵川西溪圖①〔一〕

松林蕭蕭映靈宇〔二〕，爍石流金不知暑〔三〕。太平散人江表來，自訝清涼造仙府〔四〕。不到西溪四十年〔五〕，溪光林影想依然。當時滕上王文度〔六〕，五字詩成衆口傳〔七〕。忽見畫圖疑是夢〔八〕，而今塵土浣華顛〔九〕。本送字，今改作浣字。陵川在太行之巔，蓋天壤間清涼境界也。江淮太平散人題詩東廟，自謂已造仙府②，恨居民不知其樂耳。此縣，先君子舊治〔一〇〕。宴游西溪，僕以童子侍焉。彦寶出此圖求賦詩，感今懷昔，爲之愴然，故篇中有及。癸丑十一月三日題。

〔校〕

①題：施本缺此字。　②謂：李全本缺此字。

〔注〕

〔一〕張彦實：不詳。陵川：金縣名，屬河東南路澤州，今山西省陵川縣。西溪：在陵川縣城南。參見《西溪二仙廟留題》。

〔二〕靈宇：廟宇。當指二仙廟。

〔三〕爍石流金：謂温度極高，能將金石熔化。陵川縣處太行山巔，盛夏清涼，故有此句。

〔四〕「太平」二句：尾注言「江淮太平散人題詩東廟，自謂已造仙府」。仙府：神仙洞府。此指陵川，因其爲「天壤間清涼境界也」。

〔五〕「不到」句：遺山自戊辰離陵川至癸丑已四十五年。

〔六〕膝上王文度：《世説新語·方正》：「藍田愛念文度，雖長大，猶抱著膝上。」王文度名坦之，字文度。見《晉書·王坦之傳》。

〔七〕「五字」句：遺山少工五言詩。《中州集》元敏之《讀裕之弟詩藁》，有「鶯聲柳巷深」之句，漫題三詩其後》有「慚愧阿兄無好語，五言城下把降旌」之句。

〔八〕「忽見」句：金吴激《題宗之家初序瀟湘圖》：「忽見畫圖疑是夢，而今鞍馬老風沙。」

〔九〕華顛：白頭。

〔一〇〕先君子：指嗣父元格。元郝經《遺山先生墓銘》：「年十有四，其叔父爲陵川令。」

〔編年〕

蒙古憲宗三年癸丑十一月三日作。李、繆同。據本集《宣武將軍孫君墓碑》「癸丑之冬，予以行臺之召東來」，知作於東平。

劉時舉節制雲南〔一〕

雲南山高去天尺〔二〕，漢家弦聲雷破壁〔三〕。九州之外更九州〔四〕，海色澄清映南極〔五〕。幽并豪俠喜功名，咄嗟顧盻風雲生①〔六〕。今年肘後印如斗〔七〕，過眼已覺烏蠻平〔八〕。諭蜀相如今老矣〔九〕，不妨銅柱有新名〔一〇〕。

〔校〕

①盻：施本作「盼」。

〔注〕

〔一〕詩題：《元史·世祖一》載癸丑十二月克大理，「留大將兀良合帶戍守，以劉時中爲宣撫使，與段氏同安輯大理，遂班師」。劉時舉，疑即劉時中。節制：管轄。雲南：蜀漢時置雲南郡。宋屬大理，蒙古憲宗三年統一雲南。

〔二〕去天尺：形容山極高。清雍正《陝西通志》引梁清寬《贈大司馬修棧歌》：「君不見棧道高去天尺五，馬盡縮足人咸傴。」

〔三〕漢家：指蒙古軍。雷破壁：用畫龍點睛、電雷破壁典（見唐張彦遠《歷代名畫記》），形容弦聲的聲威。本集《贈郝萬户》：「阿卿袖中五色筆，弦聲裂石雷破壁。」

〔四〕「九州」句：《書·禹貢》分中國爲九州。戰國時鄒衍稱中國爲赤縣神州，謂「中國外如赤縣神州者九，乃所謂九州也」。此謂大九州。見《史記·孟子荀卿列傳》。

〔五〕「海色」句：蘇軾《六月二十日夜渡海》：「雲散月明誰點綴，天容海色本澄清。」

〔六〕咄嗟：呵叱。宋蘇轍《三國論》：「（項籍）咄嗟叱咤，奮其暴怒。」顧盻：環視。句用《晉書·乞伏熾磐載記論》「熾磐叱咤風雨」典，形容聲勢、威力極大。

〔七〕「今年」句：《晉書·同顗傳》：「顗不與言，顧左右曰：『今年殺諸賊奴，取金印如斗大繫肘。』」肘後：謂隨身攜帶的。

〔八〕過眼：經過眼前。喻迅疾短暫。烏蠻：大理國主要民族之一。《元史·兀良合臺傳》：「憲宗即位之明年，世祖以皇弟總兵討西南夷烏蠻、白蠻、鬼蠻諸國。」烏蠻多居大理國東部，時尚未下。

〔九〕諭蜀相如：《漢書·司馬相如傳》載相如奉旨作《喻巴蜀檄》，溝通西南夷。

〔一〇〕銅柱：銅製的作爲邊界標志的界樁，後漢馬援平定西南時立。《後漢書·馬援傳》「嶠南悉平」李賢注引《廣州記》：「援到交阯，立銅柱，爲漢之極界也。」

〔編年〕

按注〔一〕所引《元史》，詩作於蒙古憲宗三年癸丑。李、繆同。

哭延孫〔一〕

兒生去年冬，閭里日相慶〔二〕。今年迫周晬①〔三〕，疹痘俱已竟〔四〕。斕斑綴錦衫〔五〕，未與玉雪稱〔六〕。宅相望此孫〔七〕，惜愛均氣命〔八〕。一宵誰奪去，遽有亡辜横。情鍾果難忘②，力挽將安勝〔九〕。憶昔點妝初，季女抱臨鏡③〔一〇〕。灼灼芙蓉花，澹與清波映〔一一〕。霜風入芳渚，瘦緑餘荷柄。嬌紅耿在眼，百唤不一應。寂寞空鏡前，老眼淚如迸。

〔校〕

①晬：毛本作「睟」，誤。據李詩本、李全本、施本改。②果：李全本、施本作「未」。③臨：李詩本、毛本作「隣」。據李全本、施本改。

〔注〕

〔一〕延孫：按「宅相」句用典，此爲外孫。李《譜》蒙古憲宗七年丁巳下總録中謂「當是女珍之子」。降大任《元遺山新論·親屬考》謂延當長女真之子。詩有「季女抱臨鏡」句，當爲遺山第四女阿茶之子。

〔二〕閭里：鄰里。

〔三〕周晬：宋吴自牧《夢粱録·育子》：「（生子）至來歲得周，名曰『周晬』。」

〔四〕疹痘：因患天花出現的疱疹。清和邦額《夜譚隨録·那步軍》：「自是小兒多患痘疹，百無一生。」竟：終止。

〔五〕斕斑：色彩錯雜貌。

〔六〕玉雪：形容延孫肌膚白嫩。稱：匹配。

〔七〕宅相：《晉書·魏舒傳》：「（舒）少孤，爲外氏甯氏所養。甯氏起宅，相宅者曰：『當出貴男。』外祖母以魏氏小而慧，意謂應之。舒曰：『當爲外氏成此宅相。』」

〔八〕均氣命：等同性命。元馬志遠《耍孩兒·借馬》：「近來時買得匹蒲梢騎，氣命兒般看承愛惜。」

〔九〕安勝：安好。句謂努力克制使身體安康。

〔一〇〕季女：第四女。本集《即事》（七絶）：「阿茶能誦木蘭行」，注云：「阿茶，第四女，字叔閑。」《爲第四女配婿祭家廟文》：「先以庚戌八月，爲第四女擇配，得世官張氏之長子興祖作婿。」

〔一一〕清波：喻指鏡面。

〔編年〕

李《譜》編於蒙古憲宗七年丁巳下「總附」中，謂詩作於「六十以後」。繆《譜》未編。本集《爲第四女配婿祭家廟文》言四女出嫁在辛亥十二月，其子卒時當在兩年以後，姑繫於蒙古憲宗三年癸丑。

甲寅正月二十三日故關道中三首①〔一〕

其一

雪磵不得過，陽坡如見留②〔二〕。林煙常暗澹，木葉自颼飀〔三〕。齒髮悲行役，鶯花惜舊游〔四〕。塵埃與風雨，看待幾時休。

〔校〕

①首：李詩本作「詩」。②坡：李詩本、毛本作「陂」。據李全本、施本改。

〔注〕

〔一〕故關：施注引劉郊祖《四鎮三關志》：「故關東至井陘縣四十里，西至平定州八十里，南至泉木頭口六十里，北至娘子關二十里。」

〔二〕陽坡：朝陽的山坡。陽坡較暖和，故云「如見留」。

〔三〕颼飀：風聲。

〔四〕鶯花：鶯啼花開。泛指春日景色。

其二

千里不易到，三冬須少留〔一〕。居情猶晉産，去意已雕丘〔二〕。遠出每爲苦，雄誇還自羞〔三〕。君心未肯在〔四〕，應待肯時休。

【注】

〔一〕「千里」二句：指癸丑冬客居東平事。

〔二〕雕丘：地名，在真定。宋歐陽修《鎮陽殘杏》「雕丘新晴暖已動」注云：「雕丘水在州西十五里，以長渠引走城中。」金王寂《人月圓》〔錦標彩鷁追行樂〕題序云：「再過真定贈蔡特夫。」詞云：「憑君問舍雕丘側，準擬乞閑身。」二句蓋謂雖喜鄉居，然離鄉移居真定之意已決。

〔三〕雄誇：猶言誇誇其談。此指盛談游觀。遺山晚年往復奔波於燕都、保州（今河北省保定市）、東平（今山東省東平縣）、鎮州（今河北省正定縣）、故鄉間，爲免長涂奔波之勞，遂決定移家鎮州，二句由此而來。

〔四〕君：指故關。遺山晚年卒於獲鹿寓舍。獲鹿地近故關，故云。

其三

六十復半十〔一〕，年年添白頭。只知詩遣興，未覺酒忘憂。人七因循過〔二〕，元宵塊坐休〔三〕。殷勤行記上〔四〕，今日是東州。

【注】

〔一〕「六十」句：甲寅年遺山華歲六十五，故云。

〔二〕人七：正月初七爲人日，故稱。因循：漂泊。隋薛道衡有《人日思歸》詩，故有此句。

〔三〕塊坐：獨坐。

〔四〕行記：行涂的記載。

〔編年〕

蒙古憲宗四年甲寅作。李、繆同。

臺山雜詠十六首〔一〕甲寅六月①

其一

登臨夙有故鄉緣，試手清涼第一篇〔二〕。知被錢郎笑寒乞，不將錦繡裹山川〔三〕。

〔校〕

①題注：施本無。

〔注〕

〔一〕臺山：五臺山，在今山西省五臺縣東北。明釋鎮澄《清涼山志》卷一：「清涼山者，乃曼殊大士之化宇也，亦名五臺山。以歲積堅冰，夏仍飛雪，曾無炎暑，故曰清涼。五峰聳出，頂無林木，有如壘土之臺，故曰五臺。」山中佛寺星羅棋佈，佛家奉之爲四大名山之首。雜詠：即物起興，意致不一之詩。

〔二〕清涼：五臺山的別名。

〔三〕「知被」二句：《新五代史·吴越王世家》載，唐昭宗改錢鏐所居營曰「衣錦營」。後又爲「衣錦城」。鏐遊其間，山林皆覆以錦。寒乞：寒陋。

其二

西北天低五頂高〔一〕，茫茫松海露靈鼇〔二〕。太行直上猶千里，井底殘山枉叫號。

〔注〕

〔一〕西北天低：《淮南子·天文訓》載，不周山被共工撞倒，天柱折斷。於是天向西北傾斜，地向東南塌陷。五頂：五臺山的五座主峰。

〔二〕靈鼇：《列子·湯問》載，渤海之東有壑，其下無底，海上有五座仙山，常隨波漂移。天帝讓巨鼇穩定神山，五山始巋然不動。

其三

萬壑千巖位置雄，偶從天巧見神功〔一〕。湍溪已作風雷惡〔二〕，更在雲山氣象中。

〔注〕

〔一〕天巧：不假雕飾，自然工巧。神功：神靈的功力。

〔二〕風雷惡：形容湍溪的聲音巨大。

其四

顛風作力掃陰霾〔一〕，白日青天四望開。好個臺山真面目，争教坡老不曾來〔二〕。

〔注〕

〔一〕顛風：狂風。陰霾：天氣陰晦。

〔二〕「好個」二句：蘇軾《題西林壁》有「不識廬山真面目」句。坡老：蘇軾號東坡，人們尊稱爲「坡老」。

其五

山雲吞吐翠微中〔一〕，淡緑深青一萬重。此景只應天上有，豈知身在妙高峰〔二〕。

〔注〕

〔一〕翠微：青翠掩映的山腰幽深處。

〔二〕「此景」二句：套用杜甫《贈花卿》：「此曲只應天上有，人間能得幾回聞。」妙高峰：即須彌山，佛經説七寶合成，故名妙高。

其六

山上離宫魏故基〔一〕，黄金佛閣到今疑〔二〕。異時人讀清涼傳〔三〕，應記諸孫賦黍離〔四〕。

〔注〕

〔一〕離宫：帝王外出所居之宫。唐釋慧祥《古清涼傳》：「（大孚圖）寺，本元魏文帝所立。帝曾游止，具奉聖儀，爰發聖心，創茲寺宇。」

〔二〕黄金佛閣：《舊唐書·王縉傳》：「五臺山有金閣寺，鑄銅爲瓦，涂金於上，照耀山谷。」

〔三〕清涼傳：書名，記載五臺山山川地理、佛教史跡。金以前有唐釋慧祥《古清涼傳》、宋釋延一《廣清涼傳》、宋張商英《續清涼傳》。

〔四〕諸孫：後裔。作者自指。黍離：《詩經·王風》中篇名，爲周大夫感傷西周宗廟丘墟所作。

其七

一國春風帝子家〔一〕，緑雲晴雪間紅霞。香綿穩藉僧溪草①〔二〕，蜀錦驚看佛鉢花〔三〕。

〔校〕

①溪：施本作「鞵（古「鞋」字）」。從李詩本、毛本、李全本。

〔注〕

〔一〕「一國」句：釋迦牟尼佛原爲古印度迦毗羅衛國净飯王之子。五臺山爲佛教聖地，故云。

〔二〕「香綿」句：謂踩着僧溪（鞵）草，又香又綿。

〔三〕蜀錦：蜀地出産的有彩色花紋的絲織品，在同類産品中最鮮美，有盛名。佛鉢花：五臺山名花之一，形似佛鉢。傳説爲羅漢遺鉢囊所化，故又稱鉢囊花。

其八

沉沉龍穴貯雲煙〔一〕，百草千花雨露偏。佛土休將人境比，誰家隨步得金蓮〔二〕。

〔注〕

〔一〕沉沉：幽深貌。龍穴：指山洞。

〔二〕「誰家」句：《佛本行集經·樹下誕生品》載釋家牟尼在藍毗尼園「生已，無人扶持，即行四方。面各七步，步步舉足，出大蓮花」。五臺山名花之一，亦名金芙蕖。

其九

兜羅綿界寶光雲〔一〕，雲際同瞻化現身〔二〕。解脱文殊俱有説〔三〕，是中知有木强人〔四〕。

〔注〕

〔一〕兜羅綿：佛經所云兜羅（木棉）樹之綿。本集《湧金亭示同游諸君》：「我來適與風雨會，世界三日兜羅綿。」

〔二〕化現身：指佛菩薩爲濟度衆生變化示現種種身象。《無量壽經》：「化現其身，猶如電光。」句言文殊菩薩在寶光雲中現身事。

〔三〕「解脱」句：唐釋慧祥《古清涼傳》卷上載，解脱，隋時五臺山昭果寺禪師。俗姓邢，本土人。數往大孚寺，追尋文殊師利，於東台之左「再三逢遇」文殊大聖，「親承音訓」而得道。「厥後，大聖躬臨試驗。脱每清旦爲衆營粥，大聖忽現於前，脱殊不顧視。大聖警曰：『吾是文殊！吾是文殊！』脱應聲曰：『文殊自文殊，解脱自解脱。』大聖審其真悟，還隱不現」。

〔四〕木强人：剛直不撓、不知圓通之人。指解脱和尚。

一〇

真向華嚴見化城〔一〕，翻嫌金屑翳雙明〔二〕。惡惡不可惡惡可〔三〕，未要雲門望太平〔四〕。

〔注〕

〔一〕「真向」句：《法華經》卷三《化城喻品》載，有衆人將過五百由旬險難惡道，以達寶處，疲極欲返。其導師爲振奮衆人，以方便力，於道中過三百由旬處化作一城，令彼等得蘇息，終能向寶處前進。華嚴：佛經名。因經中載清涼山（五臺山别稱）名，故借指五臺山。句謂現在真的在五臺山看到佛經所説的化城了。

〔二〕金屑翳雙明：《五燈會元》卷十五「雲門文偃禪師」條載其語：「金屑雖貴，落眼成翳。」

〔三〕「惡惡」句：《莊子·人間世》：「顏回曰：『端而虚，勉而一，則可乎？』曰：『惡惡可。』」郭象注：「言未可也。」

〔四〕「未要」句：《五燈會元》卷十五「雲門文偃禪師」條：「舉：世尊初生下，一手指天，一手指地，周行七步，目顧四方，云：『天上天下，唯我獨尊。』師曰：『我當時若見，一棒打殺與狗子吃却，貴圖天下太平。』」雲門：佛教禪宗宗派名。此指五代雲門宗之祖文偃禪師。二句意謂無可無不可，不必非要憑借佛教求得天下太平。

一一

總爲毗耶口不開〔一〕，龍宫華藏頓塵埃〔二〕。對談石在維摩在①〔三〕，珍重曼殊更一來〔四〕。

〔校〕

①石在：施本作「石上」。

〔注〕

〔一〕毗耶口不開：即禪宗公案「毗耶杜口」。《净名玄論》卷二：「不二法門……故釋迦掩實於摩揭，净名杜口於毗耶。」言文殊就不二法門問衆僧，維摩（亦稱净名）杜口不答，文殊歎服事。毗耶：毗耶離城，維摩所住城市，借以代指維摩。

〔二〕龍宫：佛教傳説在大海之底，龍王以神力化作宫殿，以護持財寶、經卷。華藏：指龍宫所藏之佛經。頓塵埃：言其頓時變得無用。因不二法門是言説文字所不能詮釋的。

〔三〕對談石：亦名二聖（文殊和維摩）對談石，在五臺山西臺頂北。《清涼山志》卷二：「唐法林見緇白二叟坐談石上，近之則失，因爲名。」

〔四〕珍重：鄭重地勸告。曼殊：「文殊」的别譯。

二二

咄嗟檀施滿金田〔一〕，遠客游臺動數千①。大地嗷嗷困炎暑〔二〕，山中多少地行仙〔三〕。

〔校〕

①臺：施本作「人」。

〔注〕

〔一〕咄嗟：歎息感慨。檀施：梵漢合成詞。即布施。金田：金地，佛寺的别稱。

〔二〕嗷嗷：哀呼聲。

〔三〕地行仙：《楞嚴經》所説十種仙之一。此指僧人。

一三

石罅飛泉冰齒牙〔一〕，一杯龍焙雪生花〔二〕。車塵馬足長橋水〔三〕，汲得中泠未要誇①〔四〕。

〔校〕

①泠：李全本作「冷」。

〔注〕

〔一〕石罅：山崖間的縫隙。

〔二〕龍焙：茶名。蘇軾《西江月·茶詞》：「龍焙今年絶品，谷簾自古珍泉。」

〔三〕長橋水：在蘇州太湖至吴松江之間。宋張鎡《橋廊上作》：「吾行不汲長橋水，要煮青山陸羽泉。」

〔四〕中泠：泉名，在今江蘇省鎮江市西北金山下的長江中，相傳其水烹茶最佳。上二句謂驅車騎馬遠程取回長橋、中泠之水，也不值得誇贊。

一四

凜凜長松卧澗阿，提壺悲嘯撫寒柯〔一〕。萬牛不道丘山重〔二〕，細路沿雲奈爾何。

〔注〕

〔一〕「提壺」句：陶淵明《飲酒》其八：「提壺掛（一作撫）寒柯，遠望時復爲。」柯：樹枝。

〔二〕「萬牛」句：杜甫《古柏行》：「大廈如傾要梁棟，萬牛回首丘山重。」與下句意謂且不說「凜凜長松」沉重如丘山需萬牛挽運，就是「沿雲」的「細路」也難以運出。詩感慨棟梁人才難爲世用。

一五

熱惱消除佛作緣〔一〕，山頭冰雪過尖天。法王悲智無窮盡〔二〕，更看清涼遍大千〔三〕。

〔注〕

〔一〕熱惱：佛教語，謂焦灼苦惱。

〔二〕法王：僧人對佛祖釋迦牟尼的尊稱。悲智：慈悲與智慧。佛教言智謂上求菩提，屬於自利；悲謂下化衆生，屬於利他。

〔三〕清涼：清爽涼快，喻指無熱惱的涅槃境界。大千：大千世界，指廣大無邊的世界。

一六

靈蛇不與世相關〔一〕，時復蜿蜒水石間。何處天瓢待霖雨〔二〕，一龕香火梵仙山〔三〕。

〔注〕

〔一〕靈蛇：神異的蛇，有靈應的蛇。明彭大翼《山堂肆考》卷二百二十三「興雲」條：「螣蛇，龍類也……能興雲霧而游其中。螣蛇一名神蛇，亦曰靈蛇。」

〔二〕天瓢：神話傳説中天神行雨用的瓢。霖雨：及時雨。

〔三〕梵仙山：五臺山台懷鎮南的一座小山，山上建有靈應寺。

〔編年〕

蒙古憲宗四年甲寅六月在五臺山作。李、繆同。

贈答普安師〔一〕

入座臺山景趣新〔二〕，因君鄉國重情親〔三〕。金芝三秀詩壇瑞〔四〕，寶樹千花佛界春。聞道舊傳言外意〔五〕，忘言今得眼中人①〔六〕。種蓮結社風流在〔七〕，會向籃輿認後身〔八〕。

〔校〕

①言：李全本作「年」。

〔注〕

〔一〕普安師：五臺山僧人，餘不詳。

〔二〕臺山：五臺山的省稱。

〔三〕鄉國：家鄉。

〔四〕金芝三秀：三國魏嵇康《憂憤詩》：「煌煌靈芝，一年三秀。」金芝：金色芝草。

〔五〕「聞道」句：本集《陶然集詩序》：「詩家所以異於方外者，渠輩談道不在文字，不離文字。」句指此。

〔六〕忘言：《莊子・外物》：「言者所以在意，得意而忘言。」後引申爲彼此默契，心照不宣。

〔七〕「種蓮」句：佚名《蓮社高賢傳》：「謝靈運至廬山，一見遠公（慧遠），肅然心伏，乃即日築臺，翻《涅槃經》，鑿池植白蓮。時遠公諸賢同修浄土之業，因號『白蓮社』。」「時遠法師與諸賢結蓮社，以書招（陶）淵明。淵明曰：『若許飲則往。』許之，遂造焉。」

〔八〕籃輿：交通工具，形似轎。《晉書・陶潛傳》：「（王）宏要之還州，問其所乘，答云：『素有脚疾，向乘籃輿，亦足自反。』」後身：佛教有「三世」的説法。謂轉世之身爲「後身」。

〔編年〕

據首聯，知亦蒙古憲宗四年甲寅六月在五臺山時作。李、繆同。

超禪師晦寂庵〔一〕

無波古井静中天〔二〕，三尺藜牀坐欲穿〔三〕。一語調君君莫笑①，妙高峰頂更超然〔四〕。

〔校〕

①調：毛本作「憑」。據李詩本、李全本、施本改。

〔注〕

〔一〕超禪師：疑爲五臺山僧人。餘不詳。

〔二〕無波古井：唐白居易《贈元稹》：「無波古井水，有節秋竹竿。」静中天：指禪悟的寂滅境界。明朱同《宿江頭不了寺》：「分得禪房半榻眠，譚空因悟静中天。」

〔三〕「三尺」句：北周庾信《小園賦》：「管寧藜牀，雖穿而可坐。」藜牀：藜莖編的床榻。泛指簡陋的坐榻。

〔四〕妙高峰：即佛經中的須彌山。此喻五臺山。本集《臺山雜詠十六首》之五有「豈知身在妙高峰」句。

〔編年〕

據注〔四〕，當作於五臺山。李《譜》編在蒙古憲宗四年甲寅，從之。繆《譜》未編。

題蘇氏寶章〔一〕

二老風流有典刑〔二〕，諸郎蘭玉映階庭〔三〕。峨眉寶氣千年在〔四〕，未數陳家聚德星〔五〕。長公忠義似顔平原①〔六〕，次公沖澹似林西湖②〔七〕，故字畫有不期合而合者。最後數帖，所謂「蘇氏三虎，叔黨爲最怒」

耳③〔八〕。

〔校〕

①似：施本作「如」。②沖：李詩本、毛本作「仲」，訛。據李全本、施本改。③爲：施本無。

〔注〕

〔一〕蘇氏：指蘇軾弟兄父子。寶章：珍貴的書法真跡。

〔二〕「二老」句：謂蘇軾、蘇轍弟兄的書法藝術有字帖在。

〔三〕「諸郎」句：以芝蘭玉樹喻佳子弟。典出《世説新語·言語》，詳見《贈楊君美之子新甫》注〔六〕。

〔四〕峨眉：山名。蘇軾等出生於峨眉山下的眉山縣，故云。

〔五〕陳家聚德星：古以景星、歲星等爲德星，認爲國有道或有賢人出現，則德星現。南朝宋劉敬叔《異苑》卷四：「陳仲弓從諸子姪造荀季和父子，於時德星聚。太史奏：五百里内有賢人聚。」金趙秉文《三蘇帖二首》之二：「君家一日會三蘇，翰墨人間今古無。時向明窗展横幅，不須更寫德星圖。」

〔六〕長公：蘇軾一字長公，爲行次居長之意。顔平原：唐顔真卿曾任平原太守，故稱。

〔七〕次公：蘇轍一字次公，爲行次居次之意。林西湖：宋林逋隱居西湖，故稱。本集《跋蘇氏父子墨帖》：「次公字畫，端願而靖深，類其爲人。」

〔八〕叔黨：蘇軾幼子蘇過之字，善書畫，時稱小坡。本集《跋蘇叔黨帖》云：「叔黨文筆雄贍，殊有鳳毛。」《跋蘇氏父子墨帖》云：「小坡筆意稍縱放，然終不能改家法。」「蘇氏三虎，叔黨爲最怒」指此。

〔編年〕

本集《跋蘇氏父子墨帖》云：「甲寅閏月十有七日，同覺師太中清涼僧舍敬覽。」《跋蘇叔黨帖》云：「閏月十八日書。」參之《臺山雜詠十六首》題注「甲寅六月」，其「清涼僧舍」當在五臺山。詩作於蒙古憲宗四年甲寅閏六月在五臺山時。李、繆同。

甲寅九日同臨漳提領王明之、鹿泉令張奉先、賈千户令春、李進之、冀衡甫游龍泉寺，僧顒求詩二首〔一〕

其一

遠水寒煙接戍樓，黄花白酒浣羈愁〔二〕。霜林染出雲錦爛，春色併歸風露秋〔三〕。鄉社歲時容客醉，石牆名姓爲僧留〔四〕。登高舊説龍山好〔五〕，從此龍泉是勝游〔六〕。

〔注〕

〔一〕臨漳：金縣名，屬河北西路彰德府，見《金史·地理中》。王明之：不詳。施注引元王惲《玉淵潭燕集詩序》，其事在「甲午秋孟」，非同時人。鹿泉：隋朝縣名。今河北省鹿泉市。張奉先：本集有《送奉先從軍》，或是。賈千户令春：本集《續夷堅志・炭中二仙》云：「皋州人賈令春，前鄜畤丞。」李進之：名謙，字進之，太原人，真定府學教官。參見《送王彦華》注〔七〕。冀衡甫：施注疑爲冀京父之弟。龍泉寺：在河北省鹿泉市。僧顥：不詳。

〔二〕黄花：指菊花。

〔三〕「霜林」二句：杜牧《山行》：「停車坐愛楓林晚，霜葉紅於二月花。」

〔四〕「石牆」句：指詩題所言「游龍泉寺，僧顥求詩」事。

〔五〕龍山：指元氏縣封龍山。《元史・張德輝傳》：「與元裕、李治游封龍山，時人號爲『龍山三老』云。」

〔六〕龍泉：指龍泉寺。

其二

柿葉殷紅松葉青，黄花霜後獨鮮明。西風浩浩欲吹帽〔一〕，石溜泠泠堪濯纓〔二〕。皇統貞元見題字〔三〕，良辰美景記升平。何人解得登臨意，滅没疏雲雁一聲。

〔注〕

〔一〕「西風」句：暗用晉孟嘉九日宴龍山帽被風吹落典，其事見《晉書・孟嘉傳》。

〔二〕「石溜」句：《楚辭・漁父》：「滄浪之水清兮，可以濯我纓。」石溜：巖石間的水流。

〔三〕皇統：金熙宗年號。貞元：金海陵王年號。

〔編年〕

蒙古憲宗四年甲寅秋在獲鹿作。李、繆同。

十日作

關樹蕭條返照明〔一〕，井陘西北算歸程①。青黄大似溝中斷〔二〕，文字空傳海内名。平地煙霄遽如許〔三〕，秋風茅屋可憐生〔四〕。重陽擬作登高賦，一片傷心畫不成〔五〕。

〔校〕

①井：李全本作「并」。

〔注〕

〔一〕關：指井陘關，在今河北省井陘縣西，是太行山中部的險要關口。

〔二〕「青黄」句：用青黄溝木典。《莊子·天地》：「百年之木，破爲犧樽，青黄而文之，其斷在溝中。比犧樽於溝中之斷，則美惡有間矣，其於失性一也。」後因以「青黄溝木」爲無心仕進的典故。

〔三〕平地煙霄：猶平步青雲。典出唐曹鄴《杏園宴呈同年》：「一旦公道開，青雲在平地。」《中州集》卷九郝天挺《送門生赴省闈》：「此行占取鼇頭穩，平地煙霄屬後生。」遽：疾速。

〔四〕秋風茅屋：用杜甫《茅屋爲秋風所破歌》典，言晚年生計悲涼。

〔五〕「一片」句：唐高蟾《金陵晚望》：「世間無限丹青手，一片傷心畫不成。」

〔編年〕

與前詩《甲寅九日……詩二首》連編，且作於井陘之東（應在獲鹿），李、繆皆定在蒙古憲宗四年甲寅，從之。

甲寅十二月四日出鎮陽寄宰魯伯〔一〕

滹水曉光動〔二〕，灞橋詩境同〔三〕。衝寒騎瘦馬，認影識衰翁①。長路風聲裏，孤城雪意中。回頭歌笑處，淒絶意何窮。

〔校〕

①翁：李詩本、毛本作「公」。據李全本、施本改。

〔注〕

〔一〕鎮陽：金真定府，治今河北省正定縣。宰魯伯：宰沂字魯伯，洛陽（今河南省洛陽市）人。曾與楊惟中説降西山主帥，後爲王府徵士。其事參見元王惲《碑陰先友記》、郝經《鄰野堂記》。

〔二〕滹水：滹沱河。流經鎮陽南。

〔三〕灞橋：在今陝西省西安市東郊。宋尤袤《全唐詩話·相國鄭綮善詩》：「或問：『近有新詩否？』曰：『詩思在灞橋風雪中，驢子背上，此何以得之。』」句指此。

〔編年〕

蒙古憲宗四年甲寅作。李、繆同。

智仲可月下彈琴圖〔一〕

莫春舞雩鼓瑟希〔二〕，琴語解吐胸中奇〔三〕。誰言手揮七弦易，大笑虎頭真絶癡〔四〕。北風蕭蕭路何永①，流波湯湯君自知。三尺絲桐儘堪老〔五〕，兒童休訝鶴書遲〔六〕。

〔校〕

①蕭蕭：李全本作「瀟蕭」。

〔注〕

〔一〕智仲可：《續夷堅志·鷄澤神變》言「智仲可説」。元蘇天爵《元朝名臣事略》卷七《平章廉文正王》：「延訪耆宿……辟河南智仲可參幕府。」餘不詳。

〔二〕「莫春」句：《論語·先進篇·子路曾皙冉有公西華侍坐章》：「（曾皙）鼓瑟希……曰：『莫春者，春服既成，冠者五六人，童子六七人，浴乎沂，風乎舞雩，詠而歸。』」

〔三〕「琴語」句：謂從曾晳的琴語中瞭解到他胸中的清奇志趣。

〔四〕「誰言」二句：《晉書·顧愷之傳》：「愷之每重嵇康四言詩，因爲之圖，恒云：『手揮五弦易，目送歸鴻難。』」虎頭真絶癡：《晉書·顧愷之傳》：「初，愷之在桓温府，常云：『愷之體中癡黠各半，合而論之，正得平耳。』故俗傳愷之有三絶：才絶、畫絶、癡絶。」虎頭：顧愷之字長康，小字虎頭（唐張彦遠《歷代名畫記》卷五）。

〔五〕絲桐：指琴。古多用桐木製琴，練絲爲弦，故稱。

〔六〕鶴書：書體名。古時用於招賢納士的詔書。亦借指徵聘的詔書。

〔編年〕

此詩李《譜》附在蒙古憲宗七年丁巳下「總附」中，謂屬己亥返鄉後無年可編者。繆《譜》未編。按：《元朝名臣事略·平章廉文正王》載，甲寅廉希憲任京兆宣撫使，延訪耆宿，薦許衡充京兆提學，辟河南智仲可參幕府。詩中「鶴書」當指此。詩當作於此事前後，姑繫在蒙古憲宗四年甲寅。

鹿泉新居二十四韻〔一〕

土門西邊井陘渡①〔二〕，野日荒荒下汀樹〔三〕。榆關石嶺都幾程〔四〕，客夢往往迷歸路。塵埃風雨半生過，儘著筋骸支世故。寧州假館又兩年〔五〕，未保東來不西去。山城百家家有山，覿面呈山誰一顧〔六〕。賣書買得吕氏園，不謂全山舉相付。北崖老作土灰色，擁腫形模一夸父②〔七〕。娟娟正有小峨嵋③〔八〕，却立不容親杖屨〔九〕。就中抱犢尤峭拔〔一〇〕，望見韓山即攀附。韓王砦頭四望闊，全趙米如纔數聚〔一一〕。眼中麾蓋天上來〔一二〕，泜水鼓旗紛偃仆④〔一三〕。漢家威靈萬萬古，石子連岡猶虎距〔一四〕。夏秋衆壑會鹿泉，浩浩湍聲瀉餘怒。西南諸峰不知數，蕩海鯤鱷尻背露⑤〔一五〕。霏煙空翠有無中〔一六〕，百態陰晴變朝暮。靈巖龍泉曾一到〔一七〕，獨欠封龍展衰步〔一八〕。學仙不愛徐童花〔一九〕，李相書龕心所慕〔二〇〕。生平懷抱向山盡，老氣崔嵬如有助。巖居枯寂朝市喧，喧寂兩間差有趣〔二一〕。得行固願留不惡〔二二〕，流坎且當隨所遇〔二三〕。何曾萬錢何用許，方丈有山容下筯〔二四〕。管城初無食肉相〔二五〕，黃帽非供折腰具〔二六〕。明年高築野史亭〔二七〕，天已安排看山處。多慚不及謝宣城〔二八〕，標出敬亭天一柱〔二九〕。一本「尚慚不及謝宣城，標出敬亭天一柱」在「方丈有山容下筯」之下。

〔校〕

①土：毛本作「上」，訛。據李詩本、李全本、施本改。②模：李詩本、毛本作「摸」，訛。據李全本、施本改。③峨：李詩本、李全本作「娥」。④泜：李詩本、毛本作「泜」，形訛。據李全本、施本改。⑤鱷：毛本作「鱷」，據李詩本、李全本、施本改。

〔注〕

〔一〕鹿泉：《舊唐書·地理二》河北道鎮州獲鹿縣下載：「漢石邑縣地，隋置鹿泉縣……至德元年，改爲獲鹿。」遺山晚年移居於此。郝經《遺山先生墓銘》所云「卒於獲鹿寓舍」即此。

〔二〕土門：關名，井陘口。在今河北省井陘縣西。《新唐書·地理三》河北道鎮州常山郡獲鹿縣下載：「有故井陘關，一名土門關。」

〔三〕汀樹：岸邊之樹。

〔四〕榆關：在平定州（今山西省平定縣）。本集《鄉郡雜詩五首》：「爲向榆關使君道，郡中合有二賢堂。」詩題注云：「余家自五代以後，自汝州遷平定。」「榆關使君」指平定帥聶珪，見蘇天爵《元朝名臣事略·李文正公（冶）》。石嶺：指石嶺關，在忻州南。

〔五〕寧州：指獲鹿縣。《金史·地理中》河北西路真定府獲鹿縣下載：「興定三年三月升爲鎮寧州。」《元史·地理一》真定路獲鹿縣下載：「太宗在潛邸改西寧州，既即位七年，復爲獲鹿縣，隸真定。」假館：借用館舍，引申爲作客旅居。

〔六〕覿面：迎面。

〔七〕夸父：指夸父山。在今河南省靈寶市西。

〔八〕「娟娟」句：《文選·鮑照〈翫月城西門廨中〉》：「始出西南樓，纖纖如玉鉤。未映東北墀，娟娟似蛾眉。」娟娟：彎曲貌。小峨嵋：似峨嵋山而小。峨嵋山：因山勢委迤，有山峰相對如蛾眉，故名。

〔九〕却立：仰立。

〔一〇〕抱犢：山名。在獲鹿縣（今鹿泉市）西八里，見《新唐書・地理三》、《大清一統志》。

〔一一〕全趙：指戰國趙地。

〔一二〕「眼中」句：指韓信破趙事。《史記・淮陰侯列傳》：「夜半傳發，選輕騎二千人，人持一赤幟，從間道萆山而望趙軍，誡曰：『趙見我走，必空壁逐我，若疾入趙壁，拔趙幟，立漢赤幟。』」萆山即抱犢山。麾蓋：將帥用的旌旗傘蓋。

〔一三〕「泜水」句：指趙軍大敗事。《史記・淮陰侯列傳》：「大破虜趙軍，斬成安君（陳餘）泜水上，禽趙王歇。」泜水：古水名。即今槐河。源出河北省贊皇縣西南，東流入滏陽河。

〔一四〕虎距：如虎之蹲踞，比喻威武。距：通踞。

〔一五〕鯤鱷：鯤，大魚名。《莊子・逍遥游》：「北冥有魚，其名爲鯤。鯤之大，不知幾千里也。」鱷，「鯨」的異體字。尻：脊骨末端。

〔一六〕霏煙：飄飛的雲霧。空翠：指碧空。

〔一七〕「靈巖」句：本集有《甲寅九日同臨漳提領王明之……游龍泉寺，僧顥求詩二首》，句指此。靈巖：施注：「《金石考》：獲鹿縣靈巖院深公塔銘，大定十四年立。或是。」

〔一八〕封龍：指封龍山。在獲鹿縣（今鹿泉市）南及元氏縣。本集《甲寅九日同臨漳提領王明之……游龍泉寺，僧顥求詩二首》：「登高舊説龍山好，從此龍泉是勝游。」

〔一九〕徐童花：花名。元王惲《至元癸未夏四月廿五日同獲鹿主簿蓋義甫同游封龍上觀》題注：「宋人碑云，昔越駱元遇徐來勤，授丹元素，服之，返老還童，白日飛升。又云徐童花，徐所種。」

〔二〇〕李相書龕：在封龍山。元蘇天爵《元朝名臣事略·内翰李文正公（冶）》：「鄉人相與言曰：『封龍山中有李相昉讀書堂。』」李相：指李昉。宋初人。太宗朝拜平章事，奉勅撰《太平御覽》、《文苑英華》、《太平廣記》等書。

〔二一〕差有趣：趣致有差别。

〔二二〕得行：謂得志行事。留不惡：滯留而不能得志行事亦不抱怨。

〔二三〕流坎：《漢書·賈誼傳》：「乘流則逝，得坎則止。」比喻依據環境的順逆確定進退行止。坎：《易》卦名，象險難。

〔二四〕「何曾」二句：何曾，字穎考，晉代人。武帝受禪，拜太尉，進爵爲公。性豪奢，日食萬錢，猶曰無下箸處。方丈：一丈見方之食。極言肴饌之豐盛。《孟子·盡心下》：「食前方丈，侍妾數百人，我得志，弗爲也。」趙岐注：「極五味之饌食，列於前，方一丈。」

〔二五〕「管城」句：宋黄庭堅《戲呈孔毅父》：「管城子無肉食相，孔方兄有絶交書。」管城：毛筆的别稱。韓愈《毛穎傳》：「聚其族而加束縛焉。秦皇帝使恬賜之湯沐，而封諸管城，號曰管城子。」肉食相：《後漢書·班超傳》：「相者指曰：『生燕頷虎頸，飛而食肉，此萬里侯相也。』」

〔二六〕「黄帽」句：杜甫《有懷臺州鄭十八司户》：「黄帽映青袍，非供折腰具。」黄帽：老年之所服。杜詩「黄帽」一本作「鳩仗」。《隋書·禮儀志》：都下及外州人，年七十以上，賜鳩仗黄帽。折腰具：《晉書·陶潛傳》：「吾不能爲五斗米折腰，拳拳事鄉里小兒耶。」

〔二七〕野史亭：遺山著史之所，隨所居之地而建。

〔二八〕謝宣城：南朝齊謝朓曾任宣城太守，故稱。

〔二九〕敬亭：山名。謝朓《游敬亭山》：「茲山亘百里，合沓與雲齊。」

〔編年〕

此詩繆《譜》未編。李《譜》編於庚戌，謂「寧州假館又兩年」指己酉、庚戌居鎮州事。按：本集《常山侄生四十月，能搦管作字，筆意開廓，有成人之量，喜爲賦詩，使洛誦之》乃庚戌在鎮州作，詩有「回頭却看元叔綱，鼻涕過口尺許長」句，知其時已攜家小居鎮州。壬子年所作《祁陽劉器之以墨竹得名，今年春薄游鹿泉，因爲予寫真，重以小景見餉，凡以求予詩而已。賦二十韻答之》「衡茅方卜築，亦復謀二頃」，言其在獲鹿有定居意。本詩有「靈巖龍泉曾一到」，應指《甲寅九日同臨漳提領王明之、鹿泉令張奉先、賈千户令春、李進之、冀衡甫游龍泉寺，僧顥求詩二首》所言事，知詩作於甲寅九月游龍泉寺之後。「寧州借館又兩年」指壬子至甲寅，故繫於蒙古憲宗四年甲寅。

出都

春闈斜月曉聞鶯〔一〕，信馬都門半醉醒〔二〕。官柳青青莫回首〔三〕，短長亭是斷腸亭〔四〕。

〔注〕

〔一〕春閨：女子的閨房。

〔二〕信馬：讓馬自由行走。

〔三〕官柳：官道旁栽種的柳樹。

〔四〕短長亭：古時在城外道路旁，五里設短亭，十里設長亭，以爲餞别行人之所。

〔編年〕

李《譜》編於蒙古憲宗五年乙卯，謂是年春出汴京時作。本集有《乙卯二月二十一日歸自汴梁，二十五日夜久旱而雨，偶記内鄉一詩，追録於此，今三十年矣》，從之。繆《譜》未編。

乙卯端四日感懷〔一〕

衰年那與世相關①，苦被詩魔不放閑〔二〕。好箇舊家長樂老〔三〕，無才無德只癡頑。

〔校〕

①衰：施本作「百」。

〔注〕

〔一〕端四日：五月初四。

〔二〕詩魔：詩癮。

〔三〕舊家長樂老：五代馮道字可道，自號長樂老。歷仕後唐、後晉、契丹、後漢、後周，在相位二十餘年，視喪君亡國，未嘗以屑意。

〔編年〕

蒙古憲宗五年乙卯五月作。李、繆同。

陀羅峰二首〔一〕

其一

念念靈峰四十年，一來真欲斷凡緣①。鑿開混沌露元氣〔二〕，散布兜羅彌梵天〔三〕。雲卧無時不閑在，棲居何處得超然。殊祥莫詑清涼傳〔四〕，會與茲山續後篇。

〔校〕

①真：李詩本、毛本作「直」。從李全本、施本。

〔注〕

〔一〕陀羅峰：山峰名。在今忻州市西北五十五里。怪石淩空，懸崖欲墜。有清涼石、香爐石、滴水巖、青龍池諸勝（《大清一統志》）。

〔二〕鑿開混沌：《莊子·應帝王》：「南海之帝爲儵，北海之帝爲忽，中央之帝爲渾沌……儵與忽謀報渾沌之德，曰：『人皆有七竅以視聽食息，此獨無有，嘗試鑿之。』日鑿一竅，七日而渾沌死。」《釋文》：「崔譔云：『渾沌，無孔竅也。』李頤云：『清濁未分也。』」元氣：陰陽未分之氣。

〔三〕兜羅：佛經樹名。《楞嚴經》注：「兜羅樹上出綿。」上二句形容雲霧繚繞彌漫。

〔四〕殊祥：不同尋常的祥瑞。《清涼傳》：書名。記載五臺山山川地理、佛教史跡。金以前有唐釋慧祥《古清涼傳》、宋釋延一《廣清涼傳》、宋張商英《續清涼傳》。

其二

每恨奇探負盛年，松崖今喜入攀緣。初驚靈鷲多飛石〔一〕，更信金牛有漏天〔二〕。鄉國登臨乃如此，名場馳逐亦徒然①。留詩便與香泉約〔三〕，起本西游第一篇〔四〕。僧行，平陽；僧慧，太原②〔五〕。

〔校〕

①場：李全本作「揚」。　②末注：毛本無。據李詩本、李全本、施本補。

〔注〕

〔一〕「初驚」句：用杭州飛來峰典。形容陀羅山孤峰獨峙，壁立千仞。《咸淳臨安志》卷二三：「晏元獻公《輿地志》云：『晉咸和元年西天僧慧理登茲山，歎曰：此是中天竺國靈鷲山之小嶺，不知何年飛來……因掛錫造靈隱寺，號其峰曰飛來。』」

〔二〕金牛：陀羅山頂有「孤松獨石」奇觀，石大如屋，似天漏所致。句疑指此。

〔三〕香泉：陀羅山頂有泉。

〔四〕起本：起始。

〔五〕末注：二僧當陀羅山寺僧。餘不詳。

〔編年〕

李《譜》據「念念靈峰四十年」句，編於蒙古憲宗五年乙卯下「附録」中，謂「自丙子（貞祐四年）南渡，至此四十年」。從之。繆《譜》未編。

約嚴侯泛舟〔一〕

風物當年小洞庭〔二〕，西湖此日展江亭〔三〕。詩貪勝概題難遍，酒怯清秋醉易醒。白鳥無心自來去，紅蕖照影亦娉婷①。仙舟共載平生事，未分枯槎是客星〔四〕。

〔校〕

①蕖：李全本、施本作「渠」。

〔注〕

〔一〕嚴侯：施注：「即忠嗣。」嚴忠嗣，字大用，東平萬户嚴實第三子。少從張澄、商挺、李楨學，辛亥授以東平人匠總管，乙卯充東平路管軍萬户。遺山與嚴忠嗣交誼甚厚，本集有《同嚴公子大用東園賞梅》、《答大用萬户書》等。與其兄、弟則無直接交往的資料。施説是。

〔二〕風物：風光景物。洞庭：湖名。在今湖南省北部。

〔三〕西湖：湖名，在東平城西。本集《江城子》〔江山詩筆仲宣樓〕題序「東原（即東平）幕府諸公送予西湖，行及陽谷，作此爲記」即是。展江亭：在許昌城西西湖中，宋維翰建。見清乾隆《大清一統志》，此乃借用。

〔四〕「未分」句：晉張華《博物志》卷十《雜説下》載，有海客乘槎泛海至天河見牽牛者，歸蜀問嚴君平，曰：「某年月日有客星犯牽牛宿。」後用作游仙的典故。槎：木筏。

〔編年〕

本集《濮州刺史畢侯神道碑銘》云：「乙卯秋八月，予來（東平）自鎮陽。」李、繆據詩有「酒怯清秋醉易醒」句，謂秋在東平者惟此年，故繫於蒙古憲宗五年乙卯，從之。

乙卯十一月往鎮州〔一〕

村静鳥聲樂，山低雁影遥。野陰時滉朗〔二〕，冷雨只飄蕭〔三〕。涉遠心先倦，衝寒酒易消。

紅塵忘南北，渺渺見長橋。

【注】

〔一〕鎮州：金真定府。治今河北省正定縣。

〔二〕滉朗：形容雲開之狀。

〔三〕飄蕭：零落飄墜貌。

【編年】

蒙古憲宗五年乙卯作。李、繆同。

送張書記子益從嚴相北上〔一〕並序

子益省郎，觀國之光〔二〕，從公于邁〔三〕。揚雄詞賦，良借力於吹噓〔四〕；鄧禹功名，本無心於禄仕〔五〕。詩以送别，亦以趣其歸云〔六〕。

故家人物饒奇俊〔七〕，聳壑昂霄今已信〔八〕。康侯晝接拜寵光〔九〕，百里自應沾海潤〔一〇〕。六月貂裘風雪深，天河天駟日駸駸〔一一〕。莫把聲華動臺閣〔一二〕，東方書檄要陳琳〔一三〕。

【注】

〔一〕張書記子益：任省郎、書記官，餘不詳。嚴相：應指嚴實次子東平路行軍萬户嚴忠濟。

〔二〕觀國之光：《易·觀》：「觀國之光，利用賓于王。」言居近至尊，明習國之禮儀。

〔三〕邁：遠行。

〔四〕「揚雄」二句：《漢書·揚雄傳》：「孝成帝時，客有薦雄文似相如者，上方郊祠甘泉泰畤、汾陰后土，以求繼嗣，召雄待詔承明之庭。」

〔五〕「鄧禹」二句：《後漢書·鄧禹傳》：「光武見之（鄧禹）甚歡，謂曰：『我得專封拜，生遠來，寧欲仕乎？』禹曰：『不願也。』」

〔六〕趣其歸：督促張子益南歸。

〔七〕故家：世代爲官的大家。

〔八〕聳壑昂霄：跳出溪谷，直入雲霄。喻出人頭地。《新唐書·房玄齡傳》：「吏部侍郎高孝基名知人，謂裴矩曰：『僕觀人多矣，未有如此郎者，當爲國器，但恨不見其聳壑昂霄云。』」

〔九〕「康侯」句：《易·晉》：「康侯用錫馬蕃庶，晝日三接。」孔穎達疏：「晝日三接者，言非惟蒙賜蕃多，又被親寵頻數，一晝之間，三度接見也。」句指「嚴相北上」被召見事。

〔一〇〕「百里」句：言嚴相受恩，澤及張氏。《公羊傳·僖公三十一年》：「河海潤于千里。」

〔一一〕天駟：天馬。騠騠：馬快行貌。

〔一二〕臺閣：漢時指尚書臺。後泛指中央政府機構。

〔一三〕陳琳：字孔璋。漢末文學家，「建安七子」之一。避難冀州，袁紹使典文章。見《三國志·陳琳傳》。此借指張子益。上二句勸張子益在漠北龍廷要收斂才華，莫被截留，東方東平幕府還急需要他。

〔編年〕

本集《答大用萬户書》其二云：「即欲東行，繼聞相君北上，且留待他日。」知書與詩同時作。書無撰作年月。李《譜》繫在癸丑，繆《譜》繫於乙卯，云「惟《書》中有『時暑』之語，可知作於夏日。又有『奔詣太原留百許日』之語，可知嚴氏之聘先生，蓋在先生作書前百許日，可推知爲春日。考先生自辛丑年由東平歸後，至是年凡四往東平（自注：乙巳、壬子、癸丑、乙卯）。乙巳冬往東平營葬事，壬子係應聘而往，然來聘之時在孟冬，與此書情事不合。癸丑之行，亦由應聘，然是年春方在東平，亦與《書》中情事不合。惟是年情事，與《書》恰合。是年二月先生自汴梁北歸。《書》中即所謂『西歸鹿泉』也。是時蓋得嚴氏之書，而以女病往太原，留百許日，則已至夏日矣。方欲東行，而聞相君（嚴忠濟）北上，又復少留，故至八月始成行。嚴氏之聘先生，蓋以東平府學將落成，欲請先生撰文記之，並邀先生校士也。又據《元史》卷一百四十八《嚴忠濟傳》：『乙卯，朝命括新軍，山東益兵二萬有奇，忠濟弟忠嗣、忠範爲萬户，以次諸弟暨勳將之子爲千户，城戍宿州、蘄縣，而忠濟皆統之。』《書》中所謂『相君北上』者，蓋爲山東益兵事，則尤足證是《書》之作於是年矣。李《譜》謂是《書》作於癸丑，蓋考之未審也。」從繆《譜》，繫詩於蒙古憲宗五年乙卯。

夜宿秋香亭有懷木庵英上人①〔一〕

兄弟論交四十年〔二〕，相從旬日却無緣。去程冰雪詩仍在〔三〕，晚節風塵私自憐〔四〕。蓮社舊容元亮酒〔五〕，藤溪多負子猷船②〔六〕。茅齋一夕愁多少，窗竹蕭蕭耿不眠。

〔校〕

①木：李全本作「本」。　②猷：施本作「猶」。

〔注〕

〔一〕秋香亭：施注：「秋香亭，嘉靖《河南志》，在唐縣治。」唐縣屬南陽府。遺山六十以後無由至此。按秋香亭別地也有（宋范仲淹《秋香亭賦》所在地在江西饒州），本詩之亭所在地不詳。木庵英上人：即英禪師。詳見《寄英禪師師時住龍門寶應寺》注〔一〕。

〔二〕「兄弟」句：遺山丙子（貞祐四年）南渡居三鄉，與英禪師結交（見本集《木庵詩集序》）。

〔三〕去程：去路。

〔四〕晚節風塵：杜甫《寄常徵君》：「白水青山空復春，徵君晚節傍風塵。」《九家集注杜詩》：「句謂其晚節末路乃傍塵（風）塵出而爲官也。」

〔五〕「蓮社」句：佚名《蓮社高賢傳》：「時遠（慧遠）法師與諸賢結蓮社，以書招（陶）淵明。淵明曰：『若許飲則往。』許之，遂造焉。」元亮：陶淵明之字。

〔六〕「藤溪」句：子猷，晉王羲之之子王徽之之字。《世說新語·任誕》：「王子猷居山陰，夜大雪……忽憶戴安道。時戴在剡，即便夜乘小船就之。經宿方至，造門不前而返。人問其故，王曰：『吾本乘興而行，興盡而返，何必見戴？』」藤溪：剡溪多古藤，藤紙聞名於世，故「藤溪」即指剡溪。

〔編年〕

李《譜》據首句編於蒙古憲宗五年乙卯下「附録」中。從之。繆《譜》未編。

與馮吕飲秋香亭三子皆吾友之純席生〔一〕

龐眉書客感秋蓬〔二〕，更在京塵澒洞中〔三〕。莫對青山談世事，且將遠目送歸鴻〔四〕。龍江文采今誰似〔五〕謂之純，鳳翼永寧地名年光夢已空〔六〕。剩著新詩記今夕，尊前四客一衰翁。

〔注〕

〔一〕馮、吕：二人不詳。秋香亭：本集有《夜宿秋香亭有懷木庵英上人》詩。子純：張澄字子純，別字仲經。洺水（今河北省永年縣）人。客居永寧，與遺山、辛願等結交。隨遺山居内鄉。金亡居東平，任幕府參議。有《橘軒集》行世。《中州集》有傳。席生：即學生。

〔二〕龐眉：眉毛黑白雜色。年老貌。秋蓬：形容行跡如秋季蓬草飄轉不定。

〔三〕澒洞：彌漫。

〔四〕「且將」句：三國魏嵇康《贈秀才入軍》其十五：「目送歸鴻，手揮五弦。俯仰自得，游心太玄。」

〔五〕龍江文采：本集《張仲經詩集序》：「仲經出龍山貴族。」

〔六〕「鳳翼」句：本集《張仲經詩集序》：「客居永寧。永寧有趙宜之、辛敬之、劉景玄，其人皆天下之選，而仲經師友之，故蚤以詩文見稱。」永寧，金縣名。今河南省洛寧縣。

〔編年〕

與《夜宿秋香亭有懷木庵英上人》同時作。李《譜》編於蒙古憲宗五年乙卯下「附録」中，從之。繆《譜》未編。

丙辰九月二十六日挈家游龍泉〔一〕

風色澄鮮稱野情〔二〕，居僧聞客喜相迎。藤垂石磴雲添潤，泉漱山根玉有聲。庭樹老於臨濟寺〔三〕，霜林渾是漢家營〔四〕。明年此日知何處，莫惜題詩記姓名。

〔注〕

〔一〕龍泉：寺名。在獲鹿縣（今鹿泉市）。參見《甲寅九日同臨漳提領王明之……游龍泉寺，僧顥求詩二首》。

〔二〕澄鮮：清新。

〔三〕臨濟：禪宗南宗五家之一。

〔四〕「霜林」句：獲鹿縣西十里之井陘是漢將韓信用計「拔趙幟，立漢赤幟」破趙處，與霜林紅葉相似，故有此句。渾是：全是。

〔編年〕

蒙古憲宗六年丙辰在獲鹿作。李、繆同。

張村杏花〔一〕丁巳三月初二日①

昨日櫻唇絳蠟痕〔二〕，今朝紅袖已迎門〔三〕。只應芳樹知人意，留著殘妝伴酒樽。濃李尚須羞粉豔，寒梅空自怨黄昏〔四〕。詩家元白無今古，從此張村即趙村〔五〕。

〔校〕

①三：李全本、施本作「二」。

〔注〕

〔一〕張村：「詩家」句之「白」指白華。按此，張村應在真定（白華居真定）一帶。

〔二〕櫻唇：女子小而紅潤的嘴唇。此喻花蕾。

〔三〕紅袖：女子的衣袖。此喻花瓣。

〔四〕「寒梅」句：語本宋林逋《山園小梅》：「疏影横斜水清淺，暗香浮動月黄昏。」

〔五〕「詩家」二句：《舊唐書·元稹傳》：「稹聰警絶人，年少有才名，與太原白居易友善，工爲詩，善狀詠風態物色，當時言詩者稱元白焉。」白居易《洛陽春贈劉李二賓客》：「明日期何處，杏花遊趙村。」遺山與白華友善，故舉以類比。

〔編年〕

蒙古憲宗七年丁巳在獲鹿作。李、繆同

病中感寓贈徐威卿兼簡曹益甫、高聖舉先生絶筆①〔一〕

讀書略破五千卷〔二〕，下筆須論二百年〔三〕。正賴天民有先覺〔四〕，豈容文統落私權〔五〕。東曹掾屬冥行廢〔六〕，鄉校迂儒自聖癲〔七〕。不是徐卿與高舉，老夫空老欲誰傳〔八〕。

〔校〕

①詩題：郭本、施本「先生」二字並作詩題，無「絶筆」二字。按：詩題中所及諸人年齡行輩皆小於遺山，不當稱「先生」，故從李詩本、毛本。然「先生絶筆」也係後人所加。

〔注〕

〔一〕徐威卿：徐世隆字威卿，詳見《徐威卿相過，留二十許日，將往高唐，同李輔之贈別二首》其一注〔一〕。曹益甫：名之謙，號兑齋，應州（今山西省應縣）人。北渡居平陽三十年，以教授爲業。高聖舉：元魏初《贈高道凝》序：「侍御道凝之尊君侍郎先生，在中統未建元之前十年，我先大夫玉峰被召，薦中州名士大夫六七十人，有曰西京高聖舉，年三十已上。博學，善屬文，通世務，有器識，廉介有守。可使臨財，亦可以臨政。歲丙辰，遺山元先生入燕，初朝夕奉杖屨，曾聞其説，今之能文者李之和、高聖舉，人莫之識也。」元郝經《陵川集》有《送高聖舉至關西》。元王惲《中堂事記下》載高聖舉在都堂酒宴事。按詩題意，高聖舉頗受遺山信任推崇，應爲老友，此與魏氏所言高聖舉「在中統未建元之前十年」、「年三十已上」不合。施注疑高聖舉即高鳴，符合情理。

〔二〕「讀書」句：唐盧仝《走筆謝孟諫議寄新茶》：「三椀搜枯腸，惟有文字五千卷。」

〔三〕「下筆」句：《南史·謝朓傳》：「朓善草隸，長五言詩。沈約常云：『二百年來無此詩也。』」宋歐陽修《贈王介甫》：「翰林風月三千首，吏部文章二百年。」二句化用杜甫《奉贈韋左丞丈二十二韻》「讀書破萬卷，下筆如有神」句意。

〔四〕天民有先覺：《孟子·萬章上》：「天之生此民也，使先知覺後知，使先覺覺後覺。」先覺：覺悟早於常人的人。

〔五〕文統：詩文傳統。私權：別於公權而言，謂私法上之權利。韓愈等認爲天道至尊，聖賢傳道，道統爲體，正統爲用，文以載道。遺山亦認爲「文章，聖心之正傳。達則爲經綸之業，窮則爲載道之器」（本集《鳩水集引》）。此句謂文章不能淪爲爲某一政權服務的工具。

〔六〕東曹掾屬：詩人自稱。本集《贈鎮南軍節度使良佐碑》：「天興元年六月乙亥……尚書省擇文臣與相往來而知其生平者爲《褒忠廟碑》，宰相以東曹掾吏部主事臣某應詔。」冥行廢：對出處進退盲無所知。

〔七〕鄉校：古代地方學校。聖癲：狂妄自大。本集《東平府新學記》：「心失位不已，合謾疾而爲聖癲，敢爲大言，居之不疑。始則天地一我，既而古今一我。」句亦自謔。

〔八〕老夫：遺山自稱。

〔編年〕

此詩全集系統無，來自詩集系統。李量《元好問絶筆詩考》（《山西大學學報》二〇〇五年第四期）謂「先生絶筆」屬元曹益甫刊刻時所加，詩作於蒙古憲宗七年丁巳。姑從之。李《譜》編於蒙古太宗八年丙申下「總附」中。繆《譜》未編。

◎晚年在鄉未編年之作

留月軒〔一〕

丈室何所有，琴一書數册。花竹結四鄰，繁陰散芳澤。閑門無車馬〔二〕，明月即佳客。三人成邂逅〔三〕，又復得驩伯①〔四〕。驩伯屬我歌①，蟾兔爲動色〔五〕。商聲隱金石〔六〕，桂樹風索索。乾坤月與我，光滅即生魄〔七〕。元精貫當中〔八〕，寧有天壤隔。卯君尚奚待〔九〕，言論累數百。多談令人厭，坐睡驚墮幘〔一〇〕。一笑雞未鳴，虛窗自生白〔一一〕。

〔校〕

①驩：施本作「歡」。

〔注〕

〔一〕留月軒：在定襄遺山。清樊焕章《元遺山志》載，元至元十年神峰居士元邦固、致仕進士元文廣豎碑於留月軒内，曰「元遺山先生讀書處」。

〔二〕「閑門」句：陶淵明《飲酒》其五：「結廬在人境，而無車馬喧。」

〔三〕「三人」句：李白《月下獨酌四首》其一：「舉杯邀明月，對影成三人。」

〔四〕驩伯：酒的别名。

〔五〕蟾兔：指月亮。

〔六〕商聲：五音中的商音。金石：指鐘、磬一類樂器。

〔七〕魄：通「霸」，月初出或將没時的微光。一説指月圓而始缺時不明亮處。

〔八〕「元精」句：唐李賀《高軒過》：「二十八宿羅心胸，元精耿耿貫當中。」元精：指月光。

〔九〕卯君：卯年出生的人。蘇軾《子由生日以檀香觀音像及新合印香銀篆盤爲壽》：「東坡持是壽卯君，君少與我師黄墳。」趙次公注：「卯君，子由也。子由己卯生，故云。」蘇軾《水調歌頭》〔明月幾時有〕題序云「作此篇兼懷子由」，詞末二句云：「但願人長久，千里共嬋娟。」二句疑指此。

〔一〇〕幘：頭巾。

〔一一〕虛窗：能透光的窗。暗用「虛室生白」典。《莊子・人間世》：「虛室生白，吉祥止止。」

〔編年〕

本集《晨起》詩題注：「壬寅正月九日。」尾注：「時欲經營神山別業。」據郝經《壽元内翰》「遺山山頭有舊廬，歸來亦足爲歡娛」句，元氏晚年確在定襄遺山（神山）居住。此詩作於晚年鄉居時。李《譜》附於蒙古乃馬真后元年壬寅。繆《譜》未編。

雁門道中書所見〔一〕

金城留旬浹〔二〕，兀兀醉歌舞〔三〕。出門覽民風〔四〕，慘慘愁肺腑。去年夏秋旱，七月黍穗吐〔五〕。一昔營幕來，天明但平土。調度急星火〔六〕，逋負迫捶楚〔七〕。網羅方高懸〔八〕，樂國果何所〔九〕。食禾有百螣〔一〇〕，擇肉非一虎〔一一〕。呼天天不聞，感諷復何補〔一二〕。單衣者誰子，販糴就南府〔一三〕。傾身營一飽〔一四〕，豈樂遠服賈。盤盤雁門道，雪澗深以阻①。半嶺逢驅車，人牛一何苦〔一五〕。

〔校〕

①雪：毛本作「雲」。據李詩本、李全本、施本改。

〔注〕

〔一〕雁門：山名，在今山西省代縣北，中有路，崎嶇盤旋。山頂有雁門關，是雁北盆地到忻州盆地的重要關口。

〔二〕金城：縣名。金、元時屬應州。在今山西省應縣。旬浹：滿十天。浹，周遍。

〔三〕兀兀：昏沉貌。

〔四〕覽民風：觀察民情。

〔五〕黍：穀物名，性粘，去皮後稱黄米。生長期短，是雁北主要農作物。

〔六〕調度：徵斂税賦。

〔七〕逋負：拖欠租税。迫：逼迫。捶楚：用杖捶打。楚，木名。枝幹堅勁，可以作杖。

〔八〕網羅：捕魚用網，捕鳥用羅。

〔九〕樂國：安樂的地方。《詩·魏風·碩鼠》：「逝將去汝，適彼樂國。」

〔一〇〕螣：吃禾苗的害蟲。

〔一一〕「擇肉」句：《逸周書·寤敬》：「無爲虎傅翼，將飛人邑，擇人而食也。」

〔一二〕感諷：猶諷諭。用委婉的詩作規勸。

〔一三〕販糴：販買糧食。南府：雁南州縣。

〔一四〕「傾身」句：陶淵明《飲酒二十首》其十：「傾身營一飽，少許便有餘。」傾身：用盡全身之力。

〔一五〕一何：多麽。

〔編年〕

李《譜》繫於蒙古太宗十三年辛丑，繆《譜》未編。辛丑年遺山至雁北乃春末夏初，與詩中所言冬季不合。詩作於遺山晚年返鄉後自雁北南歸時。

野史亭雨夜感興〔一〕

私録關赴告〔二〕，求野或有取〔三〕。秋兔一寸毫，盡力不易舉〔四〕。衰遲私自惜，憂畏當誰語。展轉天未明〔五〕，幽窗響疏雨。

〔注〕

〔一〕野史亭：《金史·文藝傳·元德明》：「（遺山）晚年尤以著作自任，以金源氏有天下，典章法度，幾及漢唐，國亡史作，己所當任。時金國實録在順天張萬户家，言及於張，願爲撰述，既而爲樂夔所沮而止。好問曰：『不可令一代之跡泯而不傳。』乃構亭於家，著述其上，因名曰『野史』。」野史：私家撰寫的史書。

〔二〕私録：私人記述。赴告：春秋時各國以薨崩及禍福之事相告，薨崩曰赴，禍福曰告。此泛指國家大事。

〔三〕求野：向田野之人訪求史事。隋王通《文中子》：「吾將退而求諸野矣。」俗語：若知朝中事，山中問野人。

〔四〕「秋兔」二句：謂毛筆雖輕而責任重大，力不從心。元王惲《秋澗集·遺山先生口誨》記録遺山語：「文章，千古事業，如日星昭回，經緯天度，不可少易。顧此握管，銛鋒雖微，其重也，可使纖埃而爲太山；其輕也，可使太山散而爲微塵，其柄用有如此者。」

〔五〕展轉：翻身不眠貌。

〔編年〕

晚年鄉居時作。李《譜》附於蒙古憲宗元年辛亥。繆《譜》未編。

讀書山月夕二首〔一〕

其一

層崖多古木，細路深莓苔。柴門開曉日，雲際青山來。静中有真趣〔二〕，孤賞何悠哉。

〔注〕

〔一〕讀書山：即繫舟山。在忻州東南。詳見《初挈家還讀書山雜詩四首》其一注〔一〕。月夕：此指月夜。

〔二〕真趣：陶淵明《飲酒》其五：「此中有真意，欲辨已忘言。」

其二

久旱雨亦好，既雨晴亦佳。胡牀對明月〔一〕，樹影含清華〔二〕。牆東有洿池〔三〕，欹枕聽鳴蛙。

〔注〕

〔一〕胡牀：一種可以折疊的輕便坐具。亦稱交牀。

〔二〕清華：樹影中斑駁的月光。

〔三〕洿池：水塘。

〔編年〕

作於晚年鄉居時。李《譜》編於蒙古乃馬真后元年壬寅下「附録」中。繆《譜》未編。

答王輔之〔一〕

我宅西山隅〔二〕，君居潁之濱①〔三〕。昨朝與君語或作晤②，憶我山中春。君家縣豪傑，交結通周秦〔四〕。四海盧御史〔五〕，肯來作師賓。風流被諸郎，文質猶彬彬〔六〕。乃知父兄意，潤屋亦潤身〔七〕。喪亂幾何時〔八〕，孤身走踆踆〔九〕。貂裘風霜老，獨有佳句新。被褐懷珠玉，知君未全貧。我詩初不工，研磨出艱辛。雖欲尸祝之〔一〇〕，芻狗難重陳〔一一〕。顧方媿盈川，況敢同照鄰[一一]。汾流清復清，堪君濯纓塵[一二]。居人與行客[一四]，早晚期相親。

〔校〕

①潁：李詩本作「穎」。　②語：施本作「晤」。

〔注〕

〔一〕王輔之：其人不詳。

〔二〕西山：指嵩山。遺山自興定二年至正大四年寓居嵩山十年。

〔三〕潁：水名。發源於嵩山。

〔四〕周秦：指洛陽、關中等地。

〔五〕盧御史：其人不詳。

〔六〕「文質」句：《論語·雍也》：「質勝文則野，文勝質則史，文質彬彬，然後君子。」

〔七〕「潤屋」句：《禮記·大學》：「富潤屋，德潤身。」潤屋：使居室華麗生輝。潤身：使自身的品德受益。

〔八〕喪亂：時勢動亂。此指金亡。

〔九〕踆踆：行走貌。

〔一〇〕尸祝：古代祭祀時對神主掌祝的人。《莊子·逍遥游》：「庖人雖不治庖，尸祝不越樽俎而代之。」成玄英疏：「尸者，太廟之神主也；祝者，今太常太祝是也。」此用作動詞，喻敬奉推崇。

〔二〕芻狗：古代祭祀時用草紮成的狗。《莊子・天運》：「夫芻狗之未陳也，盛以篋衍，巾以文繡，尸祝齋戒以將之。及其已陳也，行者踐其首脊，蘇者取而爨之而已。」陸德明釋文引李頤曰：「芻狗，結芻爲狗，巫祝用之。」後因以喻微賤無用的事物或言論。

〔三〕「顧方」二句：盈川，初唐詩人楊炯曾任盈川令，故稱。照鄰：指初唐詩人盧照鄰。《舊唐書・楊炯傳》：「吾愧在盧前，恥居王後。」本集《别覃懷幕府諸君》有「王後盧前舊往還，江東渭北此追攀。百年人物存公論，四海虚名只汗顔」句，知時人稱許如此。

〔三〕「汾流」二句：《楚辭・漁父》：「滄浪之水清兮，可以濯吾纓。」此喻隱逸生涯。汾流：源出今山西省寧武縣，流經太原等地。

〔四〕居人：遺山自指。行客：指王輔之。

〔編年〕

按「喪亂」、「汾流」等句，王輔之金亡後流寓汾水流域，詩當晚年在鄉作。李《譜》據「君居潁之濱」句，附於蒙古乃馬真后三年甲辰秋至河南遷葬時。遺山遷葬路經洛陽、盧氏，未至嵩山潁水一帶，知李《譜》不妥。繆《譜》未編。

醉中送陳季淵〔一〕

寒食不數日，天氣殊未佳。翩翩金門客〔二〕，行行指龍沙①〔三〕。朝發忻城暮隴頭②〔四〕，隴頭地寒無草芽③。拂雲堆邊春更晚〔五〕，雪花茫茫揚白沙④。紇干山高凍煞雀⑤〔六〕，榆莢離離小叢薄。愛君只欲苦死留，不道南飛何所樂。書生弓馬能幾何，乃今寶校金盤陁〔七〕。孔璋文筆妙天下〔八〕，敕勒不數陰山歌〔九〕。向年賦奇雨，擁海驅雲筆頭注。快如懷素書布障〔一〇〕，狂笑劉乂寫冰柱⑥〔一一〕。李汾王鬱俱灰塵〔一二〕，天意乃在溵陽陳〔一三〕。舌吐萬里唾一世〔一四〕，眼高四海空無人〔一五〕。殘民假息仍瘡痏〔一六〕，誰作東山謝安起〔一七〕。恨我不比長桑君〔一八〕，一月觴君上池水〔一九〕。眼中之人不易忘，誰作冰炭置我腸〔二〇〕。衰顔明鏡兩寂寞，別意春江誰短長。但願年年見顔色，與君連日醉壺觴。

〔校〕

①沙：施本作「堆」。②頭：李全本作「隴」。③隴：李全本作「頭」。④揚：李詩本、李全本作「楊」。沙：李全本作「雪」。⑤紇干：毛本作「絶于」。據李詩本、李全本、施本改。⑥乂：李詩本、李全本、毛本作「义」，訛。據施本改。

〔注〕

〔一〕陳季淵：京兆（今陝西省西安市）人，寓居灃水之陽。有詩名。元戴表元《剡源集》卷八《陳季淵詩集序》：「季淵，京兆人。與遺山元裕之同輩，遺山盛推下之。他詩文極多。」元王惲《秋澗集》卷十五有《挽陳季淵三首》。

〔二〕金門客：此指擅長文詞的人。金門：金馬門，漢代宫門名，學士待詔之處。

〔三〕龍沙：即白龍堆。《後漢書·班超傳贊》：「定遠慷慨，專功西遐。坦步葱、雪，咫尺龍沙。」李賢注：「葱嶺、雪山，白龍堆沙漠也。」

〔四〕忻城：指忻州城。隴頭：隴山的頂上。隴山在今陝西省隴縣北。句出《樂府詩集·隴頭歌辭》其二：「朝發欣城，暮宿隴頭。」

〔五〕拂雲堆：古地名。在今内蒙古自治區包頭市西北。唐時朔方軍北與突厥以河爲界。河北岸有拂雲堆神祠。張仁願既定漠北，築三受降城，中受降城即在拂雲堆。故拂雲堆又爲中受降城的别稱。

〔六〕「紇干」句：《新五代史·寇彦卿傳》：「俚語云：『紇干山頭凍死雀，何不飛去生處樂。』」紇干山：在古鄯陽縣（治今山西省朔州市）東北三十里，一名紇真山或紇千山。清趙一清《水經注釋》卷十一：「虜語『紇真』，華言『千里』。」「干」蓋「千」之訛。

〔七〕寶校金盤陁：杜甫《魏將軍歌》之四：「星纏寶校金盤陀，夜騎天駟超天河。」寶校：精美的裝飾。校，當作「鉸」。金盤陁：金屬製成的馬鞍。仇兆鰲注：「《唐書·食貨志》云：『先是諸鑪鑄錢窳薄，鎔破錢及佛像，謂之盤陀。』蓋雕飾鞍勒，以銅雜金爲之。」

〔八〕孔璋：東漢末「建安七子」之陳琳字孔璋。

〔九〕「敕勒」句：北朝樂府民歌《敕勒歌》：「敕勒川，陰山下。」

〔一〇〕懷素：唐代草書名家。元陶宗儀《説郛》：「釋懷素援毫掣電，隨身萬變。」

〔一一〕劉叉：唐元和時人。少任俠，曾因酒殺人亡命。後折節讀書，能爲歌詩。冰柱：劉叉詩篇名，雄奇險怪，寄托遥深，是劉詩的代表作。

〔一二〕李汾：字長源。金末著名詩人，遺山「三知己」之一。卒於天興元年。王鬱：字飛伯。金末著名詩人。卒於元興元年。

〔一三〕溵陽陳：指居於濦水之陽的陳季淵。溵，同「濦」。

〔一四〕「舌吐」句：唐余知古《渚宫舊事》卷三：「襄王與唐勒、景差、宋玉游於雲陽之臺，王曰：『能爲大言者上坐。』……至景差曰：『校士猛毅臯陶嘻，大笑至兮摧罘罳。鋸牙裾雲晞甚大，吐舌萬里唾一世。』」

〔一五〕「眼高」句：蘇軾《書丹元子所示李太白真》：「西望太白横峨岷，眼高四海空無人。」

〔一六〕假息：苟延殘喘。瘡痏：凋敝困苦。

〔一七〕「誰作」句：《晉書·謝安傳》載：謝安中年隱居東山，後被桓温請爲司馬。臨行，有人戲之曰：「卿累違朝旨，高卧東山，諸人每相與言：『安石不肯出，將如蒼生何？』蒼生今亦將如卿何！」

〔一八〕長桑君：戰國時神醫。傳説扁鵲與之交往甚密，事之唯謹，乃以禁方傳扁鵲，又出藥使扁鵲飲服，忽然不見。

〔一九〕「一月」句：《史記·扁鵲倉公列傳》：「（長桑君）乃出其懷中藥予扁鵲：『飲是以上池水，三十日當知物矣。』」上池水：指淩空承取或取之於竹木上的雨露。

〔二〇〕「誰作」句：韓愈《聽穎師彈琴》：「穎乎爾誠能，無以冰炭置我腸。」句以冰塊炭火之不相容喻好友離别的難受之情。

【編年】

李《譜》編於蒙古憲宗七年丁巳下「總附」中，謂晚年歸鄉後作。詩有「朝發忻城」語，又有「李汾王鬱俱灰塵」句，知晚年在鄉作。繆《譜》未編。

寄答飛卿〔一〕

一首新詩一紙書〔二〕，喜於滄海得遺珠〔三〕。古來獻玉猶難售〔四〕，此日聞韶本不圖〔五〕。白雪任教春事晚〔六〕，青天終放月輪孤〔七〕。并州命駕纔千里，嵇吕風流未可無〔八〕。

【注】

〔一〕飛卿：楊鵬之字。詳見《寄楊飛卿》注〔一〕。

〔二〕「一首」句：本集《陶然集詩序》：「飛卿每作詩必以示予，相去千餘里亦以見寄。」

〔三〕滄海遺珠：《新唐書·狄仁傑傳》：「（仁傑）舉明經，調汴州參軍，爲吏誣訴。黜陟使閻立本召訊，異其才，謝曰：『仲尼稱觀過知仁，君可謂滄海遺珠矣。』」

〔四〕「古來」句：用卞和獻玉典。見《韓非子·和氏》。

〔五〕「聞韶」：《論語·述而》：「子在齊，聞《韶》，三月不知肉味，曰：『不圖爲樂之至于斯也。』」此指讀楊詩後的美感。

〔六〕白雪：用《陽春》、《白雪》典，見《贈答楊焕然》注〔三〕。句謂楊詩典雅而不媚俗。

〔七〕「青天」句：唐釋寒山《寒山詩集》：「寒山頂上月輪孤，照見晴空一物無。可貴天然無價寶，埋在五陰溺身軀。」

〔八〕「并州」二句：用吕安思嵇康千里命駕典，詳見《有寄》注〔三〕。

〔編年〕

李《譜》編於蒙古憲宗七年丁巳下「總附」中。繆《譜》未編。遺山與楊飛卿交於編管山東後，按「并州」二句，知晚年在鄉作。

送周帥夢卿之關中二首〔一〕

其一

狼藉麻衣見酒痕〔二〕，憶君醉别柳邊村。離愁擾擾理還亂〔三〕，來事悠悠誰與論〔四〕。瘴海漸添春浪闊〔五〕，冰崖惟覺暮煙屯。人間底似三峰好〔六〕，箭筈通天有一門〔七〕。

〔注〕

〔一〕周帥夢卿：即定襄帥周獻臣。參見本集《同周帥夢卿、崔振之游七巖》等。關中：在今陝西省。《史記・項羽本紀》：「關中阻山河四塞，地肥饒，可都以霸。」裴駰集解引徐廣曰：「東函谷，南武關，西散關，北蕭關。」

〔二〕「狼藉」句：唐韓偓《春盡》：「惜春連日醉昏昏，醉後衣裳見酒痕。」麻衣：即深衣。古代諸侯、大夫、士家居時穿的常服。《詩・曹風・蜉蝣》：「蜉蝣掘閲，麻衣如雪。」鄭玄箋：「麻衣，深衣。諸侯之朝，朝服；朝夕則深衣也。」

〔三〕「離愁」句：南唐後主李煜《烏夜啼》：「剪不斷，理還亂，是離愁。别是一般滋味在心頭。」

〔四〕悠悠：衆多貌。

〔五〕瘴海：指南方海域。

〔六〕三峰：指華山之蓮花、毛女、松檜三山峰。唐陶翰《望太華贈盧司倉》：「行吏到西華，乃觀三峰壯。」

〔七〕「箭筈」句：杜甫《望嶽》：「車箱入谷無歸路，箭栝通天有一門。」《九家集注杜詩》：「《華山記》云，箭栝峰上有穴，才見天。攀緣自穴而上，有至絶處者。」

其二

風華漠漠水迢迢〔一〕，長記金鞍入灞橋〔二〕。鬢鬢而今滿霜雪，羽毛此日是雲霄〔三〕。火餘函谷青猶峙〔四〕，春動長陵紫未消〔五〕。射虎南山付公等〔六〕，可能仙掌不相招〔七〕。

〔注〕

〔一〕風華：指優美的景色。漠漠：廣闊貌。

〔二〕灞橋：橋名。在今陝西省西安市東郊。句指遺山青年時（泰和八年戊戌）至長安事。

〔三〕「羽毛」句：杜甫《詠懷古跡五首》其五（詠諸葛亮）：「三分割據紆籌策，萬古雲霄一羽毛。」上二句謂自己如今年老體弱，行動不便，而心已像飛鳥高入雲霄，隨周帥到關中。

〔四〕函谷：關名。在今河南省靈寶縣境。因其路在谷中，深險如函，故名。

〔五〕長陵：漢高祖劉邦墓。在今陝西省咸陽市東。紫：指紫氣。帝王之氣。

〔六〕射虎南山：用李廣射虎藍田南山中石没鏃典。見《史記·李將軍列傳》。公：指周帥。

〔七〕仙掌：華山東峰朝陽峰又名仙掌峰。

〔編年〕

周帥爲定襄人，遺山晚年歸鄉後結交。詩作於晚年鄉居時。李《譜》編在蒙古憲宗七年丁巳下「總附」中，繆《譜》未編。

哭樊帥①〔一〕

自倚沉冤有舌存〔二〕，争教無路叩天閽〔三〕。裝囊已竭千金賜〔四〕，絶幕誰招萬里魂〔五〕。東道漫悲梁苑客〔六〕，南園多負壽張孫〔七〕。春風花落歌聲在，夢裏能來共酒尊。

〔校〕

①帥：毛本作「師」，據李詩本、李全本、施本改。

〔注〕

〔一〕樊帥：樊天勝，仕蒙古任定襄知郡，九原府元帥。本集《樊守謝土詞》、《樊侯壽冢記》、《忻州天慶觀重建功德記》等及之。

〔二〕「自倚」句：《史記·張儀傳》：「其妻曰：『嘻！子毋讀書游説，安得此辱乎？』張儀謂其妻曰：『視吾舌尚在不？』其妻笑曰：『舌在也。』儀曰：『足矣。』」

〔三〕天閶：天宫之門。借指帝王宫廷。

〔四〕裝囊：出行時所帶的存放財物的口袋。

〔五〕絶幕：橫渡沙漠。

〔六〕東道：通往東方的道路。梁苑客：西漢梁孝王在今河南省開封市建築東苑，園林規模宏大，在其中廣納賓客。當時名士司馬相如、枚乘、鄒陽等均爲座上客。唐韋應物《送李學士山東游》：「立馬望東道，白雲滿梁園。」遺山曾在汴京，故用以自謂。

〔七〕「南園」句：柳宗元《冉溪》：「却學壽張樊敬侯，種漆南園待成器。」宋童宗説注：「後漢樊重字君雲。嘗欲作器物，先種梓漆，時人嗤之。然積以歲月，皆得器用。重封壽張侯，謚曰敬。」按

《後漢書・樊宏傳》，重子宏謚爲壽張敬侯。

【編年】

遺山與樊天勝交於己亥返鄉後，詩晚年在鄉作。李《譜》編於蒙古憲宗七年丁巳下「總附」中。繆《譜》未編。

送樊順之〔一〕

弓刀十驛嶽蓮州①〔二〕，渭水秦川得意秋②〔三〕。王粲從軍正年少〔四〕，庾郎入幕更風流〔五〕。寒鄉況味真鷄肋〔六〕，清鏡功名屬虎頭〔七〕。寄謝溪風亭上月，老夫乘興欲西游。

【校】

①州：施本作「洲」。　②川：李全本、施本作「山」。

【注】

〔一〕樊順之：《續夷堅志》卷四「臨晉異瓜」條：「定襄士人樊順之親見之。」降大任《元遺山交游考》謂其名大臨，字順之。樊天勝之侄。至元初出仕。雍正《山西通志》卷一四四：「樊大臨，定襄人。任宣德路稅課副使。父天用語曰，吾家不甚貧，毋苟取以累我。大臨廉謹自持。」

〔二〕嶽蓮州：指今陝西省華陰市一帶。嶽蓮指西嶽華山蓮花峰。

〔三〕渭水秦川：指今甘肅、陝西一帶山水。

〔四〕王粲：字仲宣。建安七子之一，有《從軍詩》。

〔五〕「庾郎」句：《南史·庾杲之傳》：「任昉嘗戲之曰：『誰謂庾郎貧，食鮭嘗有二十七種。』……（王儉）用杲之爲衛將軍長史。安陸侯蕭緬與儉書曰：『盛府元僚，實難其選。庾景行汎淥水，依芙蓉，何其麗也。』」

〔六〕況味：景況和情味。雞肋：雞的肋骨。《三國志·魏書·武帝紀》：「（建安二十四年）三月，王自長安出斜谷，軍遮要以臨漢中。」裴松之注引《九州春秋》：「時王欲還，出令曰『雞肋』，官屬不知所謂。主簿楊修便自嚴裝。人驚問修：『何以知之？』修曰：『夫雞肋，棄之如可惜，食之無所得，以比漢中，知王欲還也。』」後用喻没有多大意思而又不忍捨棄的事物。

〔七〕「清鏡」句：《東觀漢記·班超傳》：「超行詣相者，曰：『祭酒，布衣諸生爾，而當封侯萬里之外。』超問其狀，相者曰：『生燕頷虎頭，飛而食肉，此萬里侯相也。』」

〔編年〕

晚年在鄉作。李《譜》編於蒙古憲宗七年丁巳下「總附」中。繆《譜》未編。

贈答雁門劉仲修①〔一〕

仲修省郎乘傳過新興〔二〕，有詩見及，推激過稱，甚非衰謬所宜得者〔三〕。媿汗之餘，輒用韻爲謝。仲修詩律深密，得於尊公鳳山老人過庭之訓〔四〕，且其顔狀絶類吾友李從事長源〔五〕，故篇中有及。

車騎雍容一坐傾〔六〕，并州人物未凋零〔七〕。共知祭酒傳家學劉向爲劉氏祭酒〔八〕，獨愛中郎餘典刑〔九〕。東壁圖書欣有託〔一〇〕，南溟風浪駭初經〔一一〕。少微見比吾何敢〔一二〕，洗眼仙槎候客星〔一三〕。

〔校〕

①詩題下施本有「並序」二字。

〔注〕

〔一〕雁門：縣名。今山西省代縣。劉仲修：鳳山老人劉克明之子。元王惲《秋澗集》有《和劉仲修見示十一首》詩。

〔二〕省郎：行省郎官。傳：驛站的馬車。新興：郡名。後漢、隋置，治今山西省忻州市。

〔三〕衰謬：年老糊涂。詩人謙稱。

〔四〕鳳山老人：劉克明之號。本集《挽雁門劉克明》：「鳳山後日先賢傳，再有劉宗祭酒無。」過庭之訓：《論語·季氏》：「鯉趨而過庭，曰：『學《詩》乎？』對曰：『未也。』『不學《詩》，無以言。』鯉退而學《詩》。他日又獨立，鯉趨而過庭，曰：『學《禮》乎？』對曰：『未也。』『不學

《禮》，無以立。』鯉退而學《禮》。」後因以「過庭」指承受父訓或指父訓。

〔五〕李從事長源：李汾字長源，遺山「三知己」之一，曾任國史院從事。詳見《女几山避兵送李長源歸關中》注〔一〕。

〔六〕「車騎」句：《史記·司馬相如列傳》：「臨邛令不敢嘗食，自往迎相如。相如不得已，强往，一坐盡傾……相如之臨邛，從車騎，雍容閑雅甚都。」一坐傾：滿座的人都傾慕。

〔七〕「并州」句：本集《雪後招鄰舍王贊子襄飲》「君不見并州少年作軒昂，鷄鳴起舞望八荒」，尾注云：「并州少年，謂李汾長源。」句由序所言劉仲修顔狀絶像李汾語而來。

〔八〕祭酒：漢魏以後官名。漢代有博士祭酒，爲博士之首。後亦以泛稱文壇的首腦人物。劉向：西漢末人。曾主持整理宫廷圖書，與其子劉歆編寫我國第一部圖書分類著録《七略》。

〔九〕中郎：東漢蔡邕曾任中郎將，博學多才。劉仲修爲次子，故稱。

〔一〇〕東壁圖書：《晉書·天文志上》：「東壁二星，主文章，天下圖書之秘府也。」因以稱皇宫藏書之所。劉向曾主管宫廷圖書。句謂劉仲修能繼承劉向的事業。

〔一一〕南溟風浪：《莊子·逍遥游》：「諧之言曰：『鵬之徙於南冥也，水擊三千里，摶扶摇而上者九萬里。』」句言劉仲修才能出衆，使人驚奇。

〔一二〕少微：星名。又名處士星。此比喻遺山。詳見《讀書山雪中》注〔八〕。

〔一三〕仙槎候客星：用漢張騫乘木槎尋河源至天河典，詳見《洛陽衛良臣以星圖見貺，漫賦三詩爲謝》

其二注〔三〕。用指劉仲修才華輝耀於世。

〔編年〕

晚年在鄉作。李《譜》編于蒙古憲宗七年丁巳下「總附」中。繆《譜》未編。

餘慶堂〔一〕

五年霜戟照康莊〔二〕，萬里春風擁畫梁〔三〕。已覺并汾增勝氣，更從王郝借餘光〔四〕。靈椿丹桂知難老〔五〕，玉節金符豈易量〔六〕。剩著餞毫授辭客〔七〕，南堂兼是棣華堂〔八〕。

〔注〕

〔一〕餘慶堂：雍正《山西通志》卷六十謂定襄帥周獻臣之堂。餘慶：《易·坤》：「積善之家，必有餘慶。」

〔二〕康莊：四通八達的大道。

〔三〕畫梁：有彩繪妝飾的屋梁。

〔四〕王郝：疑郝指九原府主帥後任太原等五路萬户郝和尚拔都。王，不詳。

〔五〕靈椿丹桂：五代馮道《竇氏五子》：「燕山竇十郎，教子以義方。靈椿一株老，丹桂五枝芳。」靈椿：《莊子·逍遥游》中的長壽樹。後因喻指父親和長輩。亦用作祝人長壽之詞。桂：喻指秀拔人才。

〔六〕玉節：玉製的符節。古代天子、王侯的使者持以爲憑。金符：古代帝王授予臣屬的信物。

〔七〕剩：更。牋毫：紙筆。辭客：指周帥的文人幕客。

〔八〕棣華堂：本集《追賦定襄周帥夢卿（獻臣）家秋日牡丹》詩末注：「周有棣華堂。」棣華：語本《詩·小雅·常棣》「常棣之華」，詩爲召公宴兄弟所作。

〔編年〕

晚年在鄉作。李《譜》編於蒙古太宗十二年庚子下「附録」中。繆《譜》未編。

寄答劉生〔一〕

西州消息到東山〔二〕，懷袖新詩百過看。白璧明珠驚照座〔三〕，朔雲寒雪入憑欄。省郎共結交情厚，野老還欣禮數寬〔四〕。後日秋風一尊酒，草堂應得駐金鞍〔五〕。

〔注〕

〔一〕劉生：當指劉仲修。本集《贈答雁門劉仲修》序云：「仲修省郎乘傳過新興，有詩見及。」這與本詩「西州消息到東山，懷袖新詩百過看」，「省郎共結交情厚」的身份、志趣及姓氏、所在方位合。

〔二〕「西州」句：東晉謝安初隱東山，出仕後位至宰相，晚年回京路經西州門，以隱志不遂，病卒。句以西州指代州仕者劉生，以東山指忻州繫舟山隱者自己。

〔三〕白璧明珠：喻指劉詩可貴。

〔四〕野老：村野老人。遺山自指。

〔五〕「草堂」句：謂劉生將來訪。

〔編年〕

晚年在鄉作。李《譜》編於蒙古憲宗七年丁巳下「總附」中，繆《譜》未編。

送武誠之往渼陂太原酒政端甫之父，此時爲黄冠①〔一〕

行李中春發晉溪〔二〕，離筵辭客賦新題〔三〕。青雲有路人看老〔四〕，秋水無言物自齊〔五〕。杜曲舊游頻入夢〔六〕，兵厨佳釀惜分攜〔七〕。因君爲向蓮峰道〔八〕，不待移文我亦西〔九〕。

〔校〕

①渼：李全本、施本作「漢」。端：李全本、施本作「瑞」。按「端甫」語本《論語·先進·子路、曾晳、冉有、公西華侍坐章》公西華語：「如會同，端章甫，願爲小相焉。」

〔注〕

〔一〕武誠之：見題注，餘不詳。渼陂：古代湖名，在今陝西省户縣西。端甫：不詳。本集有《送端甫西行》，句云「瀛洲人物早知名，車騎雍容一座傾」，與本詩題注中所云「太原酒政」不合。二者非一人。黄冠：指道士。

〔二〕中春：農曆二月。晉溪：晉水源。在今太原市西南晉祠。

〔三〕辭客：詩人。遺山自指。

〔四〕青雲有路：喻路涂遥遠艱險。人：指武誠之。

〔五〕「秋水」句：《莊子》有《秋水》、《齊物論》。

〔六〕杜曲：地名。在今陝西省西安市東南，樊川、御宿川流經其間。唐大姓杜氏世居於此，故名。遺山十九歲時曾在長安八九月，「杜曲舊游」在此時。

〔七〕「兵厨」句：暗用《晉書·阮籍傳》「籍聞步兵營厨人善釀」典，謂太原酒政端甫置佳釀爲父武誠之餞行。

〔八〕蓮峰：指西嶽華山東峰。

〔九〕移文：是古代文體的一種，旨在宣述自身旨意，曉喻對方。南朝齊孔稚珪有《北山移文》，借山靈口吻，諷刺周顒的假隱士情態。

〔編年〕

晚年在太原作。李《譜》編於蒙古憲宗七年丁巳下「總附」中。繆《譜》未編。

送劉子東游〔一〕

劉郎世舊出雄邊〔二〕，生長幽并氣質全〔三〕。陣馬風檣見豪舉〔四〕，雪車冰柱得真傳〔五〕。書空咄咄知誰解〔六〕，擊缶嗚嗚頗自憐〔七〕。後日東州飽歸載，且休多送酒家錢。

〔注〕

〔一〕劉子：李《譜》謂指劉仲修。按詩意，此人曾爲官，善詩，籍貫等皆與《贈答雁門劉仲修》、《寄答劉生》合。從之。

〔二〕雄邊：地勢險要的邊地。

〔三〕幽并：幽州和并州。約當今河北、山西北部和内蒙古、遼寧一部分地方。其俗尚氣任俠。

〔四〕陣馬風檣：破陣的戰馬，乘風的帆船。形容行進迅速，氣勢雄勁。唐杜牧《〈太常侍奉禮郎李賀歌詩集〉序》：「秋之明潔，不足爲其格也；風檣陣馬，不足爲其勇也。」

〔五〕雪車冰柱：宋佚名《錦繡萬花谷》前集卷二：「退之（韓愈）門人劉叉作《雪車》、《冰柱》二詩，出盧仝、孟郊之右。」

〔六〕「書空」句：《世説新語·黜免》：「殷中軍（浩）被廢，在信安，終日恒書空作字……唯作『咄咄怪事』四字而已。」書空：用手指在空中虚畫字形。咄咄：歎詞。表示驚詫。

〔七〕擊缶嗚嗚：《漢書·楊惲傳》載《報孫會宗書》：「田家作苦，歲時伏臘，亨羊炰羔，斗酒自勞。家本秦也，能爲秦聲。婦，趙女也，雅善鼓瑟。奴婢歌者數人。酒後耳熱，仰天拊缶而呼烏烏。」此楊惲免爲庶人後之詞。後用作曠達自適或抒發憤懣的典故。缶：瓦質打擊樂器，此指瓦盆。此句感歎貧困，謂敲擊空瓦盆驚歎無儲糧。二句參見本集《鎮平縣齋感懷》。

〔編年〕

李《譜》編於蒙古憲宗七年丁巳下「總附」中，謂晚年在鄉作，從之。繆《譜》未編。

挽雁門劉克明〔一〕

詩骨翛然野鶴孤〔二〕，兩年清坐記圍爐〔三〕。金初宋季聞遺事〔四〕，草靡波流見古儒①〔五〕。已分幽人嗟古柏〔六〕，争教孺子奠生芻〔七〕。鳳山後日先賢傳〔八〕，再有劉宗祭酒無〔九〕。

〔校〕

①草：李全本作「第」。

〔注〕

〔一〕劉克明：雁門（今山西省代縣）人。號鳳山老人。子劉仲修。參見《贈答雁門劉仲修》。

〔二〕詩骨：詩人的氣骨。翛然：灑脱貌。

〔三〕清坐：安閑静坐。

〔四〕宋季：北宋末。

〔五〕草靡波流：喻亂世。

〔六〕已分：一直以爲。幽人：隱士。嗟古柏：贊歎古柏不畏嚴寒的氣節，以之自勉。

〔七〕争教：怎教。孺子：古代稱天子、諸侯、世卿的繼承人。生芻：新割的青草。《後漢書·徐穉傳》：「林宗（郭泰）有母憂，穉往吊之，置生芻一束於廬前而去。」後世因稱弔喪禮物爲生芻。

〔八〕鳳山：代縣有鳳凰山，見本集《兩山行記》。劉克明號鳳山老人蓋基此。先賢傳：地方志有爲當地先世賢人作傳的體例。

〔九〕劉宗祭酒：本集《贈答雁門劉仲修》自注：「劉向爲劉氏祭酒。」此借指劉克明。

〔編年〕

晚年在鄉作。李《譜》編於蒙古乃馬真后元年壬寅下「附録」中，謂「兩年清坐」指辛丑四月至雁門事。繆《譜》未編。按遺山晚年多次至代州，非獨辛丑，李説不妥。

贈答平陽仇舜臣〔一〕

兩辱攜詩過草堂〔二〕，曹君師席有輝光〔三〕。飛騰自是功名具①〔四〕，潦倒何堪翰墨場。滄海驪珠能幾見〔五〕，酆城龍劍不終藏〔六〕。太行殘雪春風近，且趁梅花薦壽觴。仇乃曹益父門生也②。

〔校〕

①騰：李全本作「勝」。②父：李全本、施本作「夫」。按：曹之謙字益甫，本集有《病中感寓贈徐威卿兼簡曹益甫、高聖舉先生》。「甫」一作「父」，本集有《益父曹弟見過……》詩。

〔注〕

〔一〕仇舜臣：平陽（今山西省臨汾市）人。曹益甫門生。

〔二〕草堂：暗用杜甫草堂典。引以自謂。

〔三〕曹君：即尾注之曹益父。名之謙，號兑齋，應州（今山西省應縣）人。北渡居平陽三十年，以教授爲業。

〔四〕飛騰：用「飛黄騰達」典。功名具：科舉及第的材料。

〔五〕驪珠：喻珍貴的人才。《莊子·列禦寇》：「夫千金之珠，必在九重之淵而驪龍頷下。」

〔六〕鄠城龍劍：用鄠城劍氣典，詳見《南冠行》注〔一三〕。

〔編年〕

按首句，晚年在鄉作。李《譜》編於蒙古憲宗七年丁巳下「總附」中。繆《譜》未編。

蘭仲文郎中見過①〔一〕

玉臺辭客富年華〔二〕，樂府風流有故家。水碧金膏步兵酒〔三〕，天香國色洛陽花〔四〕。皇居鬱鬱今何在〔五〕，世事悠悠日又斜〔六〕。後夜雲州古城下〔七〕，故應回首一長嗟。

〔校〕

①仲文：施本、郭本作「文仲」。

〔注〕

〔一〕蘭仲文：蘭光庭字仲文，金城（今山西省應縣）人。仕金任郎中。晚年教授鄉里。劉祁《歸潛志》卷十四有「金城蘭光庭仲文」贈詩。《續夷堅志》卷四「日中見異物」條云「蘭仲文説」。元張之翰《大元故榮禄大夫中書平章政事趙公（璧）神道碑銘》：「公稍長，從九山李微、金城蘭光庭學。」《元史·李冶傳》：「今儒生有如魏璠、王鶚、李獻卿、蘭光庭、趙復、郝經、王博文輩，皆有用之才。」

〔二〕玉臺：指詩壇。語本南朝陳徐陵所編詩集《玉臺新詠》。辭客：詩人。

〔三〕水碧金膏：清吴景旭《歷代詩話》卷四八「水碧金膏」條：「吴旦生曰，江淹《擬王徵君》詩『水碧驗未黷，金膏靈詎緇』注云：水碧，水玉也；金膏，仙藥也。」步兵酒：用阮籍求爲步兵校尉以飲酒典。見《續陽平十愛》注〔二〕。

〔四〕天香國色：唐李濬《松窗雜録》：「上（唐文宗）頗好詩，因問脩己曰：『今京邑傳唱牡丹花詩，誰爲首出？』脩己對曰：『臣嘗聞公卿間多吟賞中書舍人李正封詩，曰：天香夜染衣，國色朝酣酒。』」洛陽花：牡丹的别稱。因唐宋時洛陽牡丹最盛，故稱。

〔五〕皇居：指京都皇宫。蘭仲文曾任郎中，故有此句。

〔六〕「世事」句：宋陳與義《次韻周教授秋懷》：「天機衮衮山新瘦，世事悠悠日自斜。」

〔七〕雲州：金州名。今山西省懷仁縣治。

〔編年〕

晚年在鄉作。李《譜》編於蒙古憲宗七年丁巳下「總附」中。繆《譜》未編。

益父曹弟見過，挽留三數日，大慰積年傾系之懷。其行也，漫爲長句以贈①。弟近詩超詣，殆欲度驊騮前，故就其所可至者而勉之②〔一〕

九萬扶摇先有程〔二〕，秖應貧病坐時名〔三〕。暫同寢飯聊堪喜，細話艱危却自驚〔四〕。從事舊慚三語掾〔五〕，通家猶記十年兄〔六〕。文章正脉須公等，如我何年畫虎成③〔七〕。

〔校〕

①漫：李詩本、毛本作「謾」，二字通用。從施本、郭本。　②者：施本缺此字。　③虎：施本作「得」。

〔注〕

〔一〕益父曹弟：曹之謙字益父（一作甫），金亡後任平陽（今山西省臨汾市）府學教授。參見《贈答平陽仇舜臣》注〔三〕。驊騮：周穆王八駿之一。泛指駿馬。

〔二〕九萬扶摇：《莊子·逍遥游》：「鵬之徙於南冥也，水擊三千里，摶扶摇而上者九萬里。」扶摇：

一種從地面上升的暴風。曹益父曾任金尚書省省掾，句指此。

〔三〕「秪應」句：謂貧病因昔日時名而致。

〔四〕「細話」句：元、曹同在汴京圍城中，親歷金末亂亡。句指此。《元遺山詩集》段成己序：「余亡友曹君益甫嘗謂予曰：『昔與元遺山爲東曹同舍郎。雖在艱危警急之際，未嘗一日不言詩。』」

〔五〕從事：官名。此指元、曹同爲尚書省掾事。三語掾：《晉書・阮瞻傳》：（瞻）見司徒王戎。戎問曰：『聖人貴名教，老莊明自然，其旨同異？』瞻曰：『將無同。』戎咨嗟良久，即命辟之。時人謂之『三語掾』。」

〔六〕通家：世交。十年兄：《禮記・曲禮上》：「十年以長，則兄事之。」

〔七〕畫虎：《後漢書・馬援傳》：「效季良不得，陷爲天下輕薄子，所謂畫虎不成反類狗者也。」後用喻好高騖遠，拙於模倣以致不倫不類。

〔編年〕

晚年在鄉作。李《譜》編於蒙古憲宗七年丁巳下「總附」中。繆《譜》未編。

贈李文伯〔一〕

鳳凰在山天下奇，泰和以來王李倪〔二〕。承平人物天未絕，耆舊風流今復誰〔三〕。青紅自是兒女事〔四〕，老幹寧與春風期〔五〕。萬壑松聲一壺酒，從公未覺去年遲〔六〕。

〔注〕

〔一〕李文伯：本集《兩山行記》：「北渡又十年，每過雁門，壽寧武尊師子和、圓果慶上人鍾秀、李文必以此山（代州鳳凰山）爲言。」疑「李文」即「李文伯」。文中所云「此山時有鳳凰見」及「想得松聲滿巖谷，秋風無際海波寒」也與本詩一、七句合。

〔二〕泰和：金章宗年號。王李倪：所指三人不詳。

〔三〕耆舊：年高望重者。

〔四〕青紅：代指胭脂粉黛。本集《壬子寒食》有「兒女青紅笑語譁」句。

〔五〕老幹：老樹。

〔六〕「從公」句：蘇軾《次荊公韻四絶》其三：「勸我試求三畝宅，從公已覺十年遲。」

〔編年〕

晚年在鄉作。李《譜》編於蒙古憲宗七年丁巳下「總附」中。繆《譜》未編。

德修家兒子①

犀插隆顱玉作肌〔一〕，名郎風骨見來奇〔二〕。靈椿丹桂詩將應〔三〕，玉杵玄霜夢已知〔四〕兒未生時夢得一兔。竹馬乍騎猶未慣〔五〕，斑衣才着更相宜〔六〕。鳳山自有鵷雛種〔七〕，九子相從不厭遲〔八〕。

〔校〕

①修：毛本、郭本作「秀」。李詩本、施本作「修」。按：「鳳山」指鳳山老人劉克明，本集《挽雁門劉克明》有「鳳山後日先賢傳，再有劉宗祭酒無」句。其子劉仲修，見《贈答雁門劉仲修》詩序。其詩有「獨愛中郎餘典刑」句，知「仲」乃就排行言。其正名當爲「德修」。遺山友人有史德秀，乃今河南濟源人，金朝遺老。本集《同德秀求田燕山分得同字》有「杖屨追隨自今始，此行聊記與君同」句。此與「名郎」、「鳳山」無涉。故據李詩本、施本改。

〔注〕

〔一〕犀插隆顱：形容人額上髮際之骨隆起，相士以爲貴相。

〔二〕名郎：宋代禮部郎中的別稱。劉仲修任省郎，本集《贈答雁門劉仲修》序有「仲修省郎乘傳過新興」句，故稱。

〔三〕靈椿丹桂：五代馮道《竇氏五子》：「燕山竇十郎，教子以義方。靈椿一株老，丹桂五枝芳。」靈椿：《莊子·逍遥游》中的長壽樹。後因喻指父親和長輩。亦用作祝人長壽之詞。桂：喻指秀拔人才。靈椿指德修，丹桂指其子。劉仲修能詩，故句有「詩將應」語。

〔四〕玉杵玄霜：傳説月中有白兔持杵搗藥。玄霜：神話中的一種仙藥。

〔五〕竹馬：竹竿。小孩跨着竹竿當作馬騎，故稱。

〔六〕斑衣：彩衣。幼兒之服。

〔七〕鳳山：指鳳山老人劉克明。鵷雛：鳳凰。

〔八〕「九子」句：《佩文韻府》「九子池」條：「《海録碎事》：晉穆帝升平四年，鳳凰將九子，見於鄴鄉之酆城。故亦稱鳳凰池曰九子池。」

〔編年〕

晚年在鄉作。李《譜》編於蒙古憲宗七年丁巳下「總附」中。繆《譜》未編。

賀德卿王太醫生子〔一〕

喜色門闌笑語譁〔二〕，新兒浴罷試鉛華〔三〕。嶽蓮盡發三峰秀〔四〕，夢筆驚看五色花〔五〕。此日壽筵分象果〔六〕，異時雲漢望仙槎〔七〕。并州金馬君知否，藥籠陰功是故家〔八〕。

〔注〕

〔一〕德卿王太醫：其人不詳。疑與太原醫家王清卿爲昆弟行。參見注〔八〕。太醫：宫廷中掌管醫藥的官。

〔二〕喜色門闌：杜甫《李監宅》之一：「門闌多喜色，女壻近乘龍。」門闌：門框。借指門庭。

〔三〕鉛華：婦女小孩化妝用的鉛粉。舊俗嬰兒生後三天或滿月，要替嬰兒洗身，落胎髮。然後遍謝衆客。上二句指此。

〔四〕「嶽蓮」句：西嶽華山有蓮花、毛女、松檜三山峰。《詩·大雅·嵩高》：「維嶽降神，生甫及申。」後遂用「嶽降」稱頌誕生或誕辰。句暗用此典。

〔五〕「夢筆」句：《舊五代史·和凝傳》：「忽夢人以五色筆一束以與之，謂曰：『子有如此才，何不舉進士？』自是才思敏捷，十九登進士第。」

〔六〕象果：仙果。

〔七〕仙槎：神話中來往於大海和天河間的木筏。用典詳見《洛陽衛良臣以星圖見貺，漫賦三詩爲謝》其二注〔三〕。

〔八〕「并州」二句：《中州集·王璹傳》：「璹字君玉，太原人……家世業醫，有陰德。閭里中嘗有金鼊、金馬之瑞……金馬在部掾清卿房，迄今寶之。」藥籠：盛藥的器具。《新唐書·儒學傳下·元行沖》：「（行沖）嘗謂仁傑曰：『……門下充旨味者多矣，願以小人備一藥石可乎？』仁傑曰：『君正吾藥籠中物，不可一日無也。』」後用「藥籠」喻儲備人才之所。

〔編年〕

當晚年在鄉作。李《譜》編於蒙古憲宗七年丁巳下「總附」中。繆《譜》未編。

題石裕卿郎中所居四詠〔一〕

寓樂堂

此心安處是真歸〔二〕，念念今知故習非〔三〕。一首新詩一杯酒，五陵裘馬自輕肥〔四〕。

〔注〕

〔一〕石裕卿：太原人。仕金爲郎中，本集有《追懷友生石裕卿》詩。餘不詳。

〔二〕「此心」句：唐白居易《初出城留别》：「我生本無鄉，心安是歸處。」《種桃杏》：「無論海角與天涯，大抵心安即是家。」真歸：真正的歸宿。

〔三〕「念念」句：陶淵明《歸去來兮辭》：「寔迷途其未遠，覺今是而昨非。」

〔四〕「五陵」句：杜甫《秋興八首》其三：「同學少年多不賤，五陵衣馬自輕肥。」五陵：豪門貴族聚居之地。漢朝皇帝每立陵墓，都將四方富家豪族和外戚遷至陵墓附近居住。最著名的爲五陵，即長陵、安陵、陽陵、茂陵和平陵。

德恒齋

養心如虎亦良勤〔一〕，血戰紛華老册勳〔二〕。百草千花過春雨，白衣蒼狗看浮雲〔三〕。

〔注〕

〔一〕養心如虎：古人認爲心欲之可畏，甚於惡獸。宋黄庭堅《次韻寄晁以道》：「念公坐臛禪，守心如縛虎。」本集《臨汾李氏任運堂二首》：「此心未馴初，養虎時飽饑。」《孫伯英墓銘》：「束以詩禮，優柔厭飫，偶以藴藉見名。其鬱鬱不能平者，時一發見，如縛虎之急，一怒故在。」

〔二〕血戰紛華：《史記·禮書》：「自子夏，門人之高弟也，猶云『出見紛華盛麗而説，入聞夫子之道而樂，二者心戰，未能自決』。」

〔三〕「白衣」句：杜甫《可歎》：「天上浮雲如白衣，斯須改變如蒼狗。」

雪巖

貞松勁柏四時春，霽月光風一色新。置屋懸崖儘堪老〔一〕，層冰千里只愁人〔二〕。

【注】

〔一〕儘：聽憑。

〔二〕「層冰」句：《楚辭・招魂》：「層冰峨峨，飛雪千里些。歸來兮，不可以久些。」層冰：厚冰。

聱齋〔一〕

弓刀陌上未知還〔二〕，心寄漁郎笭箵間〔三〕。名作聱齋疑未盡，峿山衣鉢在遺山〔四〕。

【注】

〔一〕聱：不聽取別人意見，不隨世俗。《新唐書・元結傳》：「既客樊上……樊左右皆漁者，少長相戲，更曰聱叟。彼誚以聱者，爲其不相從聽，不相鉤加，帶笭箵而盡船，獨聱齖而揮車。」

〔二〕弓刀陌上：宋黄庭堅《寄上叔父夷仲三首》「弓刀陌上望行色」宋任淵等注：「韓退之《送鄭尚書序》曰：府帥必戎服，左握刀，右屬弓矢，帕首袴鞾迎於郊。」

〔三〕笭箵：裝魚的竹籠，也總稱漁具爲笭箵。

〔四〕峿山：代指元結。元結任道州刺史時築峿臺（在今湖南省祁陽縣南浯溪上），並撰《峿臺銘》。衣鉢：佛教僧尼的袈裟與飯盂。中國禪宗初祖至六祖師徒間傳授道法，常付衣鉢爲信。元結爲元好問遠祖，故有是句。

〔編年〕

晚年在鄉作（參見《追懷友生石裕卿》）。李《譜》編於蒙古憲宗七年丁巳下「總附」中。繆《譜》未編。

追懷友生石裕卿〔一〕

人物休評第幾流，依然豪俠數并州。壯懷歌闋尊爲破〔二〕，連句才多筆不休〔三〕。金馬只教聊避世〔四〕，玉犀誰遣失封侯〔五〕。酒酣握手今無復，惆悵西園是舊游〔六〕。

〔注〕

〔一〕友生：朋友。石裕卿：太原人。仕金爲郎中，本集有《題石裕卿郎中所居四詠》。餘不詳。

〔二〕「壯懷」句：《晉書·王敦傳》：「每酒後輒詠魏武帝樂府歌曰：『老驥伏櫪，志在千里。烈士暮年，壯心不已。』以如意打唾壺爲節，壺邊盡缺。」

〔三〕連句：即聯句，作詩的方式之一。由兩人或多人各成一句或幾句，合而成篇。

〔四〕金馬：漢代宮門名，學士待詔之處。後因稱翰林院或翰林學士。《史記·滑稽列傳》：「（東方朔）時坐席中，酒酣，據地歌曰：『陸沈於俗，避世金馬門。宮殿中可以避世全身，何必深山之中，蒿廬之下！』金馬門者，宦者署門也，門傍有銅馬，故謂之曰『金馬門』。」後以「避世金馬」謂身爲朝官而逃避世務，也指在喧鬧的環境中隱居。

〔五〕「玉犀」句：《新唐書·袁天綱傳》：「見竇軌曰：『君伏犀貫玉枕，輔角完起，十年且顯，立功其在梁益間邪。』」

〔六〕西園：當指汴京西園。見《西園》（七古）注〔一〕。

【編年】

晚年在鄉作。李《譜》編於蒙古憲宗七年丁巳下「總附」中。繆《譜》未編。

贈張潤之〔一〕

許年不唱龍津第〔二〕，人物尤難到衰世〔三〕。明堂他日要梗楠①〔四〕，造物也須論蚤計。晉人稟賦例真醇〔五〕，兒能讀書知養親。遺山門客富儒雅，緑髮張郎名姓新〔六〕。莫道琴工有師法，海山深絶解移人〔七〕。潤之資甚美，故就其可致者而勉之。他日學業有成，老夫當以風鑒自負矣〔八〕。

【校】

①梗：李全本作「楩」。

【注】

〔一〕張潤之：晉人，遺山弟子，餘不詳。

〔二〕龍津第：進士及第。金張大節《同新進士吕子成輩宴集狀元樓》：「龍津橋上黄金牓，三見門生是狀元。」句言多年不舉行科考。

〔三〕「人物」句：蘇軾《子由新修汝州龍興寺吴畫壁》：「丹青久衰工不藝，人物尤難到今世。」

〔四〕明堂：古代帝王宣明政教的地方。楩楠：黄楩木與楠木，可爲棟梁之材。

〔五〕「晉人」句：本集《送詩人李正甫》：「秦游得豪宕，晉産餘真淳。」

〔六〕緑髮：烏黑而有光澤的頭髮。

〔七〕「莫道」二句：《琴操》：「伯牙學琴於成連。成連曰：『吾師子春在海中，能移人情。』乃與伯牙從至蓬萊山，但聞海水汩没漰湃之聲，山林窅冥，群鳥悲號，愴然歎曰：『先生將移我情。』乃援琴而鼓之。」移人：變移人的情志。

〔八〕風鑒：相面術。

〔編年〕

李《譜》編於蒙古憲宗七年丁巳下「總附」中，謂作於晚年歸鄉後，從之。繆《譜》未編。

汾亭古意圖

堯民羲皇去未遠①〔一〕，日作日息天機全〔二〕。杜侯袖裏姑汾筆〔三〕，辦與南華談窅然②〔四〕。
廢興知經幾今昔，淳樸别有一山川。白雲亭上秋風客〔五〕，不比仙翁甲子年〔六〕。元祐以來郭熙③〔七〕，明昌、泰和間張公佐〔八〕，皆年過八十，而以山水擅名。今雲中杜丈莘老與張④、郭年相若，而畫品不下古人。

爲侯廣道作《汾亭古意》横披⑤，灑然有塵外意。爲題四韻其後。神仙張果生帝堯甲子年，詩家亦傳習用之，故末句有及。

〔校〕

①民：李詩本、毛本作「氏」。據李全本、施本改。②窅：李全本作「胃」。③祐：李全本作「裕」。④丈：李詩本、毛本作「文」，訛。據李全本、施本改。⑤意：李詩本、毛本缺此字。據李全本、施本補。

〔注〕

〔一〕堯民：堯，傳説中上古帝王名。堯都唐，地在今山西省臨汾市一帶。故稱《汾亭古意圖》中之民爲「堯民」。羲皇：即伏羲氏，傳説中上古三皇之一。

〔二〕日作日息：漢王充《論衡·藝增》：「傳曰，有年五十擊壤於路者，觀者曰：『大哉，堯德乎！』擊壤者曰：『吾日出而作，日入而息，鑿井而飲，耕田而食，堯何等力！』」句言上古時代的人們天性淳樸，未有機詐之心。

〔三〕杜侯：即尾注中「杜莘老」，金元之際畫家。本集另有《寄杜莘老三首》。姑汾：指今山西省臨汾市一帶。因其地有姑射山、汾水，故稱。

〔四〕南華：《南華真經》的省稱，即《莊子》的别名。窅然：《莊子·逍遥游》：「堯治天下之民，平海内之政，往見四子藐姑射之山，汾水之陽，窅然喪其天下焉。」陸德明釋文：「窅然，猶悵然。」

〔五〕秋風客：秋風中的過客，指漢武帝劉徹。唐李賀《金銅仙人辭漢歌》有「茂陵劉郎秋風客」句，言漢武帝崇尚神仙長生不果。

〔六〕仙翁：即尾注所言張果。張果，唐人，諱鄉里世系以自神，隱中條山。往來汾晉間，嘗自言生於堯丙子歲。武后使使召之，果詐死。開元中遣使迎至京。見《新唐書·張果傳》。

〔七〕元祐：宋哲宗時年號。郭熙：宋代畫家。

〔八〕明昌、泰和：金章宗時年號。張公佐：金代畫家。

〔編年〕

李《譜》編於蒙古憲宗七年丁巳下「總附」中，謂晚年返鄉後作。杜莘老乃雲中即今山西省大同市人，故從之。繆《譜》未編。

太原贈張彥遠〔一〕

并州城邊十月末〔二〕，清霜稜稜風入骨〔三〕。因君夜話吴江春①〔四〕，酒光瀲灔金杯滑。閑閑騎鯨去滅没〔五〕，當年愛君俊於鶻。平生我亦識翁人，惆悵流年如電抹〔六〕。官家新築文昌臺〔七〕，蒼生不憂墮巔崖。眼看東閣奇士滿②〔八〕，如君豈得藏蒿萊〔九〕。晨雞未鳴子當發，明星煌煌大於月〔一〇〕，野夫一笑冠纓絶〔一一〕。

〔校〕

①昊：李全本、施本作「旲」。　②眼：毛本作「限」，據李詩本、李全本、施本改。

〔注〕

〔一〕張彦遠：本集《孔道輔擊蛇笏銘》及之。楊叔能《小亨集》有《送張景賢張彦遠引》，郝經《擊蛇笏賦並引》也及之。餘不詳。

〔二〕并州：古州名。三國至唐以太原附近地區爲并州。

〔三〕稜稜：嚴寒貌。

〔四〕吴江：吴淞江的别稱。吴江春：疑爲酒名。唐人呼酒爲春。

〔五〕閑閑：金末禮部尚書趙秉文之號。騎鯨：指仙逝。俗傳李白醉騎長鯨，溺死潯陽。趙秉文亦被稱爲「謫仙人」，故用此典。

〔六〕「惆悵」句：蘇軾《玉樓春》［霜餘已失長淮闊」：「佳人猶唱醉翁詞，四十三年如電抹。」本集《游承天鎮懸泉》憶趙秉文有「此翁可是六一翁，四十三年如電抹」句。流年：如水般流逝的光陰、年華。

〔七〕文昌臺：指尚書省。唐時稱文昌臺。句謂朝廷開始注重文治。

〔八〕東閣：古代稱宰相招致、款待賓客的地方。唐李商隱《九日》：「郎君官貴施行馬，東閣無因再得窺。」

〔九〕「如君」句：金楊叔能《小亨集》卷六《送張景賢張彦遠引》：「因二君之赴省也，爰書此以贈之焉。」蒿萊：草野。

〔一〇〕明星：指啓明星。《詩·鄭風·女曰雞鳴》：「子興視夜，明星有爛。」朱熹集傳：「明星，啓明之星，先日而出者也。」上二句用此典。

〔一一〕野夫：村野之民。遺山自稱。

〔編年〕

李《譜》編於乃馬真后元年壬寅下《附録》中，繆《譜》未編。本集《孔道輔擊蛇笏銘》乃己酉十月在燕京作，詩作於并州，二者非一時事，應作於遺山晚年返鄉之後。

贈郝萬户〔一〕

阿卿袖中五色筆〔二〕，弦聲裂石雷破壁〔三〕。繡衣千騎東方來，俊氣峥嶸蜀山碧〔四〕。詩書義府無古今〔五〕，祭遵軍中亦歌吟〔六〕。密侯勳業君自識〔七〕，計算不數韓淮陰〔八〕。莫看仁柔待儒雅①，朱輪畫轂見天心〔九〕。鄧禹封高密侯。

〔校〕

①仁：郭本作「人」。待：施本作「行」。

〔注〕

〔一〕郝萬户：郝和尚拔都，太原人。通譯語，善騎射。蒙古太宗十二年庚子進拜宣德、西京、太原、平陽、延安五路萬户。戊申奉詔還治太原，壬子三月卒（《元史》本傳）。本集有《安肅郝氏先塋碑》。其子郝天挺爲遺山弟子，曾注《唐詩鼓吹》。

〔二〕阿卿：指郝和尚。五色筆：五彩妙筆。南朝梁鍾嶸《詩品》卷中：「（江淹）夢一美丈夫，自稱郭璞，謂淹曰：『我有筆在卿處多年矣，可以見還。』淹探懷中，得五色筆以授之。爾後爲詩，不復成語，故世傳江淹才盡。」句謂郝和尚擅長翻譯。

〔三〕弦聲裂石：用李廣射虎中石没鏃典，見《史記·李將軍列傳》。雷破壁：唐張彦遠《歷代名畫記》七：「（張僧繇畫）金陵安樂寺四白龍，不點眼睛，每云：『點睛即飛去。』人以爲妄誕，固請點之。須臾雷電破壁，兩龍乘雲騰去上天，兩龍未點眼者見在。」句謂郝善射。

〔四〕「俊氣」句：《元史·郝和尚拔都傳》：「丙申，從都元帥塔海征蜀，下興元，宋將王連以重兵守劍閣。乃募敢死士十二人，乘夜破關，入蜀，諸城悉下……由是以善戰名。」

〔五〕詩書義府：《左傳·僖公二十七年》：「《詩》、《書》，義之府也。」義府：義理的府藏。

〔六〕「祭遵」句：《後漢書·祭遵傳》：「遵爲將軍，取士皆用儒術，對酒設樂，必雅歌投壺。」

〔七〕密侯勳業：後漢鄧禹封高密侯，佐光武帝率兵打天下功勳最著。見《後漢書·鄧禹傳》。

〔八〕韓淮陰：西漢韓信封淮陰侯，故稱。

〔九〕「朱輪」句：南朝梁丘遲《與陳伯之書》：「朱輪華轂，擁旄萬里，何其壯也。」朱輪畫轂：紅漆車輪，彩繪車轂。顯貴者的車乘。天心：猶天意。

〔編年〕

李《譜》據郝和尚戊申還治太原，編此詩於蒙古海迷失后元年戊申下「附録」中。繆《譜》未編。按：本集《資善大夫武寧軍節度使夾谷公神道碑銘》言墓主葬於壬寅，將葬，五路萬户郝和尚以行狀來請，「予素善郝侯，義不可辭」。由是可知遺山與郝和尚定交在壬寅年前。李説不足據。詩作於遺山晚年歸鄉後，壬子郝卒之前。

題劉紫微堯民野醉圖〔一〕

蒼苔濁酒同歌呼，白鬚紅頰醉相扶。堯時皇質未全散〔二〕，不論朝野皆歡虞。望雲雲非雲，就日日非日〔三〕。先秦迂儒强解事，極口譽堯初未識。堯民與酒同一天，此外更誰爲帝力〔四〕。仙老曾經甲子年〔五〕，戲將陳跡畫中傳。山川淳樸忽當眼，回望康衢一概然〔六〕。不見只今汾水上，田翁鞭背出租錢。堯甲子年，仙人張果事。

〔注〕

〔一〕劉紫微：道士，道號紫微。定襄（今山西省定襄縣）人，善畫。

〔二〕皇質：謂遠古人民樸實無僞的本質。

〔三〕「望雲」二句：《史記・五帝紀》：「帝堯者……就之如日，望之如雲。」司馬貞索隱：「如日之照臨，人咸依就之，若葵藿傾心以向日也。」「如雲之覆渥，言德化廣大而浸潤生人，人咸仰望之，故曰如百穀之仰膏雨也。」

〔四〕「堯民」二句：意謂堯時野民的質樸與酒的陶冶作用密切相連。除酒之外還有什麼能幫助帝王施行教化呢？ 本集《飲酒五首》其二「聖教難爲功，乃見酒力神。誰能釀滄海，盡醉區中民」即此意。帝力：宋鄭樵《通志・帝堯》：「有老人擊壤而歌於路曰：『吾日出而作，日入而息，鑿井而飲，耕田而食，帝力於我何有哉？』」

〔五〕「仙老」句：詩末自注：「堯甲子年，仙人張果事。」本集《汾亭古意圖》詩末自注亦云：「神仙張果，生帝堯甲子年。」按：張果自言生於堯丙子歲，見《新唐書・張果傳》。遺山此説有誤。句以神仙張果稱譽劉紫微。甲子年暗指金國盛世。

〔六〕康衢：四通八達的大道。《爾雅・釋宫》：「四達謂之衢，五達謂之康。」《列子・仲尼》：「堯治天下五十年，微服游於康。」

〔編年〕

李《譜》編於蒙古憲宗七年丁巳下「總附」中，謂晚年返鄉後作。按劉紫微乃定襄人，遺山晚年返鄉後與之游從，詩晚年在鄉時作。繆《譜》未編。

綦威卿毅挽辭〔一〕

東海于門舊〔二〕，桐鄉邑墓遷〔三〕。綦，東海人，威卿之祖待制公知忻州，因家焉。芝蘭宜有種〔四〕，珠玉自成淵〔五〕。慈母依鄰切〔六〕，名郎獲譽先。豪華非日損〔七〕，信厚出天然〔八〕。詣理言猶訥〔九〕，持心静益專。笑談千里到〔一〇〕，咳唾百金捐①〔一一〕。論齒推予長〔一二〕，垂髫得子賢〔一三〕。通家仍孔李〔一四〕，知己與王田②〔一五〕。刻責誰斯切，推扶最所偏〔一六〕。孤嫠平日託〔一七〕，昆季再生緣〔一八〕。摧割詩寧寫〔一九〕，精微夢或傳。都將百年淚，一慟夜臺前〔二〇〕。

〔校〕

①唾：李全本作「垂」。　②王：李全本作「玉」。

〔注〕

〔一〕綦威卿毅：綦毅字威卿，山東膠東（今山東省東部一帶）人。其祖父戩知忻州，遂落籍。毅幼長於忻州，與王萬鍾、田紫芝善。

〔二〕東海：指綦毅祖籍膠東。于門舊：《漢書·于定國傳》：「始定國父于公，其閭門壞，父老方治之。于公謂曰：『少高大閭門，令容駟馬高車。我治獄多陰德，未嘗有所冤，子孫必有興者。』至定國爲丞相，永（定國子）爲御史大夫，封侯傳世云。」

〔三〕「桐鄉」句：《漢書·循吏·朱邑傳》載，朱曾任桐鄉吏，廉平不苛，吏民愛敬。臨終遺囑：「葬我桐鄉。後世子孫奉嘗我，不如桐鄉民。」句指自注所云「威卿之祖待制公知忻州，因家焉」事。

〔四〕「芝蘭」句：喻佳子弟。典見《贈楊君美之子新甫》注〔六〕。

〔五〕「珠玉」句：《世説新語·容止》：「有人詣王太尉，遇安豐、大將軍、丞相在坐……語人曰：『今日之行，觸目見琳琅珠玉。』」宋趙蕃《寄徐季益四首》其三：「吕氏多人物，譬之珠玉淵。」

〔六〕「慈母」句：漢劉向《列女傳》卷一《母儀》：「鄒孟軻之母也，號孟母。其舍近墓，孟子少也，嬉游爲墓間之事，踴躍築埋。孟母曰：『此非吾所以居處子也。』乃去，舍市傍。其嬉戲爲賈人衒賣之事。孟母又曰：『此非吾所以居處子也。』復徙，舍學宮之傍。其嬉戲乃設俎豆，揖讓進退。孟母曰：『真可以居吾子矣。』遂居之。」

〔七〕豪華：豪奢華麗。日損：《老子》：「爲學日益，爲道日損。」句謂綦天稟淳樸，非日損豪華而致。本集《送欽叔内翰并寄劉達卿郎中、白文舉編修五首》其四：「聞君作損齋，似覺豪華非。」《論詩三十首》之四：「豪華落盡見真淳。」

〔八〕信厚：誠實敦厚。

〔九〕詣理：合理。言猶訥：説話謹慎。《論語·里仁》：「君子欲訥於言而敏於行。」

〔一〇〕千里到：喻指實現遠大志向。

〔一一〕咳唾：咳唾成珠，比喻言辭珍貴。李白《妾薄命》：「咳唾落九天，隨風生珠玉。」

〔一二〕齒：年齡。予：遺山自指。

〔一三〕垂髫：兒童垂下的頭髮。句謂童年與賢友綦毅結交。

〔一四〕通家：世交。孔李：《後漢書·孔融傳》載，河南尹李膺不妄接賓客，非當世名人及通家，皆不得白。孔融欲觀其人，言：「先君孔子與君先人李老君同德比義，而相師友，則融與君累世通家。」

〔一五〕王田：王，指王萬鍾。《中州集·王萬鍾傳》載，萬鍾，字元卿，秀容人。少有逸才，讀書有先後，不欲速成。詩文閑適，似其爲人。貞祐四年死於兵禍。田，指田紫芝。《中州集·田紫芝傳》載，紫芝字德秀，滄州人。少孤，養於外家定襄趙氏，故多居於忻。資性穎悟，一覽萬言。年二十，讀經傳子史幾遍。與同郡王萬鍾齊名。貞祐二年死於兵禍。

〔一六〕「刻責」二句：言綦毅學習自覺努力，嚴格要求，得到他人的獎掖偏愛。

〔一七〕孤嫠：孤兒寡婦。句謂有人將照顧孤寡的重任托付於綦威卿。

〔一八〕昆季：兄弟。本集《朝中措》〔添盆新喜萬家傳〕詞序：「綦君美，東海名家。大父内翰，海陵朝以文章顯，出刺吾州。君美以蔭補。嘗令湖城。晚得兒子石柱。」綦君美與綦毅當屬昆弟行。句謂兄弟間情意篤厚，有前世、今世累結的交誼。

〔一九〕摧割：形容心情悲痛。

〔二〇〕夜臺：墳墓。南朝梁沈約《傷美人賦》：「曾未申其巧笑，忽淪軀於夜臺。」

〔編年〕

晚年在鄉作。李《譜》編於蒙古憲宗七年丁巳下「總附」中。繆《譜》未編。

送田益之從周帥西上二首〔一〕

其一

市近厨無肉，書香橐有蟲①。深居誰不樂去聲，兀坐竟何功〔二〕。天日伸眉後〔三〕，江山洗眼中〔四〕。蓬萊如可到，賸借玉川風〔五〕。有所謂。

〔校〕

①橐：李全本、施本作「蠹」，兩通。

〔注〕

〔一〕田益之：其人不詳。周帥：指定襄帥周獻臣。詳見《同周帥夢卿、崔振之游七巖》注〔一〕。

〔二〕兀坐：獨自端坐。

〔三〕天日：喻光明的前程。伸眉：舒展眉頭。形容得志。

〔四〕洗眼：猶試目。謂仔細觀賞。

〔五〕「蓬萊」二句：唐詩人盧仝號玉川子。其《走筆謝孟諫議寄新茶》云：「七椀喫不得也，唯覺兩腋習習清風生。蓬萊山，在何處？玉川子乘此清風欲歸去。」蓬萊：神山名。傳説爲東海三神山之一。

其二

一室盆歌後〔一〕，供樵只短僮。求凰可無日〔二〕，牧犢未成翁〔三〕。桂樹春風近〔四〕，楊荑煖律通〔五〕。明年孟德耀〔六〕，應與伯鸞東〔七〕。

〔注〕

〔一〕盆歌：《莊子·馬蹄》：「莊子妻死，惠子吊之，莊子則方箕踞鼓盆而歌。」

〔二〕求凰：《史記·司馬相如列傳》：「是時卓王孫有女文君新寡，好音，故相如繆與令（臨邛令）相重，而以琴心挑之。」司馬貞《索隱》：「其詩曰：『鳳兮鳳兮歸故鄉，游遨四海求其凰。』」後用爲男子求偶的典故。

〔三〕「牧犢」句：晉崔豹《古今注》卷中《音樂第三》：「《雉朝飛》者，牧犢子所作也。齊處士，湣、宣時人。年五十無妻，出薪於野，見雉雄雌相隨而飛，意動心悲，乃作《朝飛》之操。」

〔四〕「桂樹」句：喻科第仕宦順利如意。

〔五〕楊荑：荑，嫩芽。通「稊」。《易·大過》：「枯楊生稊，老夫得其女妻，無不利。」煖律：温暖的節候。

〔六〕孟德耀：東漢梁鴻妻孟光字德耀。《後漢書·逸民傳·梁鴻》載，鴻爲傭工，每食時，光必舉案齊眉，以示敬愛。後作爲古代賢妻的典型。

〔七〕伯鸞：梁鴻之字。

〔編年〕

詩及定襄周帥，晚年在鄉作。李《譜》編於蒙古憲宗七年丁巳下「總附」中，繆《譜》未編。

十月四日往關南二首〔一〕

其一

短日晨光澹，高風宿靄澄。山寒渾欲雪，水涸劣能冰〔二〕。振厲時何有〔三〕，躋攀倦不勝。哦詩聊自遣①，松液已香凝。予方釀松醪②〔四〕，當以今日熟③，故及之。

〔校〕

①哦：李全本作「我」。　②予：毛本作「子」，據李詩本、李全本、施本改。　③熟：毛本作「燕」，據李詩本、李全本、施本改。

〔注〕

〔一〕關：當指石嶺關。忻州至太原的關塞。

〔二〕劣：僅。

〔三〕振厲：振奮激動。

〔四〕松醪：用松肪或松花釀製的酒。

其二

行路見新月，獨行還獨謡〔一〕。勞生塵衮衮，晚色鬢蕭蕭〔二〕。野曠無遺穗，林疏有墮樵。回頭麥山嶺〔三〕，更覺馬蹄遥。

〔注〕

〔一〕謡：吟唱。

〔二〕蕭蕭：稀疏貌。

〔三〕麥山嶺：不詳。

〔編年〕

晚年在鄉作。李《譜》編於蒙古定宗元年丙午下「附録」中，謂「是年及戊申十月俱在家，不知何年」。繆《譜》未編。

同冀丈明秀山行①〔一〕

暮景披横幅〔二〕，山間一老同〔三〕。雲如愁戍苦，雪亦笑詩窮。古木凍欲折，斷崖行復通。

從今胡谷夢〔四〕，時到水聲中。

〔校〕

①丈：李詩本、毛本作「文」，據李全本、施本改。

〔注〕

〔一〕冀明秀：其人不詳。按末二句，當雁門（今山西省代縣）人。

〔二〕横幅：横的字、畫、標語。此以畫喻景。

〔三〕二老：指遺山與冀明秀。

〔四〕胡谷：雍正《山西通志》：「《宋志》：雁門有西陘、胡谷、雁門三砦。《金志》：「雁門……鎮三：雁門、西陘、胡谷。」

〔編年〕

李《譜》編於蒙古憲宗七年丁巳下「總附」中，謂晚年返鄉後作，從之。繆《譜》未編。

婁生北上〔一〕

并府虚荒久〔二〕，大城如廢村。草茅知世故〔三〕，泉壤隔天閽〔四〕。六月甘霖浹〔五〕，一言陰理存〔六〕。明年佩符節〔七〕，知有奉春孫〔八〕。

〔注〕

〔一〕婁生：按「并府」句，當太原人。餘不詳。

〔二〕并府：指太原府。《金史·地理下》「太原府」條：「國初……復名并州太原郡河東軍總管府。」

〔三〕世故：世態變故。

〔四〕泉壤：泉下，地下。天閶：天宮之門。句言世態變故之大如天地之差。

〔五〕甘霖：適時好雨。浹：沾潤。《漢書·高帝紀》載，婁敬首次建議定都長安，從之，封婁爲奉春君，「六月壬辰，大赦天下」。

〔六〕陰理：因果報應之理。句指婁敬建言定都長安事。

〔七〕符節：官員佩持的信物。

〔八〕奉春：奉春君，指婁敬。奉春孫：指婁生。

〔編年〕

李《譜》編於蒙古憲宗七年丁巳下「總附」中，謂晚年返鄉後作。繆《譜》未編。「并府」二句寫金元之際太原府之荒涼，當晚年在鄉作。

送文生西行〔一〕

今夜東山月〔二〕，隨人知幾程。從軍少年事，分手故鄉情。渭水風露早〔三〕，秦川煙樹平〔四〕。相招有仙掌〔五〕，無計與君行。

【注】

〔一〕文生：忻州人，餘不詳。

〔二〕東山：繫舟山東北一帶山脈。本集有《東山四首》。

〔三〕渭水：水名。源出甘肅省鳥鼠川，橫貫陝西中部，至潼關入黃河。

〔四〕秦川：古地區名。泛指今陝西、甘肅的秦嶺以北平川地帶，因春秋、戰國時地屬秦國而得名。

〔五〕仙掌：西嶽華山東峰名仙掌峰。因山巖上有裂隙，下窺山勢如人之五指狀，故稱。

【編年】

晚年在鄉作。李《譜》編於蒙古憲宗七年丁巳下「總附」中。繆《譜》未編。

晉溪〔一〕

石磴雲松著色屏〔二〕，岸花汀草展江亭。青瑤疊甃通懸甕〔三〕，白玉雙龍掣迅霆〔四〕。地脈何嘗間今昔〔五〕，尾閭真解泄滄溟〔六〕。乾坤一雨兵塵了，好就川妃問乞靈〔七〕。

【注】

〔一〕晉溪：晉水之源。在今山西省太原市西南晉祠。本集《過晉陽故城書事》：「惠遠祠前晉溪水，翠葉銀花清見底。」

〔二〕色屏：染色的屏風。《過晉陽故城書事》：「水上西山如卧屏，鬱鬱蒼蒼三百里。」

〔三〕青瑶：青石的美稱。甃：指砌壘的磚石。懸甕：山名，即晉溪發源地。

〔四〕白玉雙龍：喻晉溪。本集《惠遠廟新建外門記》：「山之麓出兩大泉，噴薄湍駛，流不數步，遂可以載舟楫。」

〔五〕地脈：指地下水。

〔六〕「尾閭」句：《莊子·秋水》：「天下之水，莫大於海，萬川歸之，不知何時止而不盈；尾閭泄之，不知何時已而不虚。」成玄英疏：「尾閭，泄海水之所也。」又，尾閭，尾椎名。晉水源出水母神座下。當地民間傳説言，一女甚賢，頗受婆家虐待，所挑水桶底尖不能中涂休息。神見憐之，授長鞭致甕中使引水。婆婆拔鞭，水從甕湧出。媳見狀坐甕上堵水，遂坐化爲水母。

〔七〕川妃：洛川妃。即曹植《洛神賦》中洛神宓妃。元王惲《題洛神賦畫後》：「陳王正是無聊賴，流眄川妃欲目成。」此借指水母神。

〔編年〕

晚年在鄉作。李《譜》編於蒙古憲宗七年丁巳下「總附」中，謂晚年返鄉後作。繆《譜》未編。

金山在忻口南①〔一〕

攢青疊翠幾何般〔二〕，玉鏡修眉十二環。常著一峰煙雨裏，苦才多思是金山〔三〕。

〔校〕

①題注：李全本無。

〔注〕

〔一〕忻口：在今山西省忻州市北。

〔二〕般：樣。幾何般：多少樣。

〔三〕苦才：竭盡才力。

〔編年〕

晚年在鄉作。李《譜》編於蒙古憲宗七年丁巳下「總附」中。繆《譜》未編。

神山古刹①〔一〕

平地孤峰屹一拳〔二〕，伊誰建寺在危巔〔三〕。金身入夢基初立，白馬馱經刹始全〔四〕。碑斷猶存蝌蚪字，梁空不辨漢唐年〔五〕。山前借問緇衣老〔六〕，屈指桑田幾變遷。

〔校〕

①姚本據康熙五十一年《定襄縣志》補，方志難憑，姑編於此。②全：雍正《山西通志》作「安」。

〔注〕

〔一〕神山：在今山西省定襄縣東北十五里處，也名遺山。元氏早年在此讀書，因以爲號。晚年返鄉後在此建别業。

〔二〕「平地」句：清樊焕章《元遺山志》載，遺山又名神山。平地壘石，孤峰獨峙，突兀如盤，似所遺而成，故稱遺山。孤峰屹一拳：語本《禮記·中庸》：「今夫山，一卷石之多。」卷，通「拳」。形容山峰甚小。

〔三〕「伊誰」句：清樊焕章《元遺山志》謂山頂佛寺建於宋嘉祐七年，金泰和八年重修。

〔四〕「金身」二句：《廣弘明集》、《洛陽伽藍記》等載，東漢明帝於永平七年夜夢金人，占之爲西方大聖人。遣十八人西訪，至月氏遇正要東來的摩騰、法蘭二僧，於是以白馬馱經像，於永平十年相隨回到洛陽。後建白馬寺，爲中原建佛寺之始。

〔五〕梁空：指古刹屋梁已無題字等痕跡。

〔六〕緇衣：僧尼的服裝。

〔編年〕

按詩意當初至神山時作。本集《忻州天慶觀重建功德記》：「曩予嬰年，先大夫攜之四方，十八乃一歸。」按此，詩當作於泰和七年丁卯。方志難憑，姑編於此。

過雁門關①〔一〕

四海於今正一家，生民何處不桑麻。重關獨據千尋嶺〔二〕，深夏猶飛六出花〔三〕。雲暗白楊連馬邑〔四〕，天低青冢渺龍沙〔五〕。憑高吊古情無極，空對西風數去鴉。

〔校〕

①姚本據雍正《山西通志》卷二二四補。按「四海」二句，不像遺山詩，姑從姚本。詩題姚本作《雁門關外》，據雍正《山西通志》卷二二四改。

〔注〕

〔一〕雁門關：古關名。在今山西省代縣北。

〔二〕重關：險要的關塞。

〔三〕六出花：雪花。雪花六瓣，故稱。

〔四〕馬邑：古郡縣名。今山西省朔州市。

〔五〕青冢：漢王昭君墓。在今内蒙古呼和浩特市南。相傳冢上草色常青，故名。龍沙：原指今新疆羅布泊以東至甘肅玉門關之間的白龍堆沙漠。此泛指沙漠。

〔編年〕

當晚年路經雁門關時作。

◎晚年在東平未編年之作

汝州倅韓君德華，其十二世祖相遼①，封魯公，故名其伯男子曰「魯」。王父命氏，古蓋有之。予過其家，命魯出拜，謂予言：「魯名矣，而未有字，敢以爲請。」予字之「世公」②。德華曰：「願終教之。」乃申之以辭〔一〕

昌黎諸韓散盧龍〔二〕，魯公相遼開邑封〔三〕。雁行先後六侍中③，大參高文紀神功〔四〕。龜石穹窿與天終〔五〕，百年故家餘素風〔六〕。汝州有子今成童〔七〕，考古制名龜筮從〔八〕。貴以道義飭汝躬〔九〕，良璞不治凡石同〔一〇〕。貞而絶俗孰子容〔一一〕，濟質以文介而通〔一二〕。顧雖宗起其起宗④〔一三〕，魯也不慚袁氏公〔一四〕。

〔校〕

①十二世祖：李全本、施本作「十祖二世」。按《遼史·韓延徽傳》，韓延徽爲遼相，封魯國公。子德樞也爲相，封趙國公，言二世相遼也通。然下句僅提「封魯公」，可知只指韓延徽，故知李詩本、毛本

是。②字：李詩本作「家」。③先後：李詩本、毛本作「後先」，據李全本、施本改。④顧：施本作「碩」。

〔注〕

〔一〕汝州：金州名。今河南省汝州市。倅：州郡長官的副職。韓德華：燕京人，金亡後寓居東平。本集《寒食靈泉宴集序》等及之。參見《酬韓德華送歸之作》注〔一〕。王父：祖父。命氏：賜姓。此指命名。

〔二〕昌黎：韓氏的郡望爲昌黎。盧龍：古縣名。今河北省盧龍縣。

〔三〕魯公：指韓延徽。

〔四〕大參高文：任參知政事的高官爲韓延徽撰寫墓碑的高手大作。何人不詳。

〔五〕龜石：碑石。因其底座爲龜形，故稱。穹窿：高大貌。

〔六〕素風：舊風。

〔七〕汝州：指汝州倅韓德華。

〔八〕龜筮：占卦。古時占卜用龜，筮用蓍，視其象與數以定吉凶。

〔九〕「貴以」句：謂起名字貴在用道義勉勵被名者躬行。

〔一〇〕璞：未雕琢的玉。

〔一一〕貞而絶俗：《後漢書·郭太傳》：「或問汝南范滂曰：『郭林宗何如人？』滂曰：『隱不違親，貞不絶俗，天子不得臣，諸侯不得友，吾不知其它。』」句反用此典，謂品性高潔而與世俗隔絶，則不爲世所容。

〔二〕濟質以文：以文華濟質樸。《論語·雍也》：「質勝文則野，文勝質則史。文質彬彬，然後君子。」介而通：耿介正直而通權達變。

〔三〕宗起其起宗：《資治通鑑》卷一百四十載，後魏主重門族，薛氏不許入郡姓。薛宗起應對明白，乃入郡姓。帝曰：「卿非宗起，乃起宗也。」

〔四〕袁氏公：疑指漢末袁紹四世三公。

〔編年〕

李《譜》定於蒙古乃馬真后三年乙巳在東平作，繆《譜》未編。詩當晚年在東平作，年限難定。

東平送張聖與北行〔一〕

天山曾望使車還〔二〕，官柳青青此重攀〔三〕。去國衣冠元易感〔四〕，中年親友更相關。簫雲自可無千里〔五〕，隱霧誰教見一斑①〔六〕。海内文章在公等兼謂李主簿仁卿②〔七〕，不應空老道涂間。

〔校〕

①誰：李全本、施本作「難」。　②兼謂李主簿仁卿：李全本無此注。

〔注〕

〔一〕東平：金府名。蒙古萬户嚴實幕府所在地，今山東省東平縣。張聖與：張德謙字聖予，或作聖與、勝予、聖俞。大興（今北京市）人。以文章名海内，工樂府。在東平築新軒而居，故以之爲號。詳見本集《新軒樂府引》。

〔二〕天山：山名。在今新疆。使車：使者所乘之車。句指張聖與曾出使蒙古和林。

〔三〕官柳：大道上的柳樹。句言折柳贈别。

〔四〕去國衣冠：指亡國士大夫。

〔五〕籋雲：籋，通「躡」，追蹤。《漢書·禮樂志》：「籋浮雲，晻上馳。」顏師古注引蘇林曰：「籋音躡。言天馬上躡浮雲也。」

〔六〕隱霧：《列女傳》：「陶答子治陶三年，名譽不興，家富三倍。其妻……曰：『妾聞南山有玄豹，隱霧而七日不食，欲以澤其衣毛，成其文章。至於犬豕，肥以取之，逢禍必矣。』期年，答子之家果被盜誅。」句謂張聖與的才華被他人所知。

〔七〕李主簿仁卿：李冶字仁卿，真定欒城（今河北省欒城縣）人。金正大七年進士，釋褐高陵主簿。金亡後居崞縣（今山西省原平市）、元氏（今河北省元氏縣）。《元史》有傳。

〔編年〕

晚年在東平作。李《譜》編於蒙古太宗八年丙申下「總附」中，繆《譜》未編。

賀威卿徐弟得雄〔一〕

利市金錢四座俱〔二〕，阿卿新喜到充閭〔三〕。跨牛楊樸空顛酒〔四〕，秣驥王良已問涂〔五〕。桂出孫枝知秀發〔六〕，鳳離丹嶠亦舒徐〔七〕。明年别作飛黄句〔八〕，來賀君家第二雛〔九〕。

〔注〕

〔一〕威卿徐弟：徐世隆字威卿。詳見《徐威卿相過，留二十許日，將往高唐，同李輔之贈别二首》注〔一〕。得雄：得子。

〔二〕利市：節日、喜慶所賞的喜錢。

〔三〕阿卿：對徐威卿的昵稱。充閭：光大門庭。《晉書·賈充傳》：「賈充字公閭……（父逵）晚始生充，言後當有充閭之慶，故以爲名字焉。」後用爲賀人生子之詞。

〔四〕「跨牛」句：《明一統志》卷二七：「（宋）楊樸，新鄭人。善歌詩，士大夫多傳誦。每乘牛往來郭店，自稱東里野人。」顛酒：發酒瘋。

〔五〕「秣驥」句：《淮南子·覽冥訓》：「昔者王良、造父之御，上車攝轡，馬爲整齊而斂諧，投足調均，勞逸若一……左右若鞭，周旋若環，世皆以爲巧。」高誘注：「王良，晉大夫郵無恤子良也，所謂御良也，一名孫無政，爲趙簡子御。」《孟子·滕文公下》亦謂王良爲趙簡子御者。句謂徐氏子前程遠大。

〔六〕「桂出」句：《晉書·郤詵傳》：「詵對曰：『臣舉賢良對策，爲天下第一，猶桂林一枝，昆山片玉。』」孫枝：從樹幹上長出的新枝。

〔七〕「鳳離」句：《山海經·南山經》：「丹穴之山……有鳥焉，其狀如雞，五采而文，名曰鳳凰。」丹嶠：指丹穴之山。

〔八〕飛黄：神馬名。又名乘黄。《淮南子·覽冥訓》：「昔者黄帝治天下……青龍進駕，飛黄伏皂。」高誘注：「飛黄，乘黄也。出西方，狀如狐，背上有角，壽千歲。」

〔九〕「來賀」句：蘇軾《賀陳述古弟章生子》：「鬱葱佳氣夜充閭，始見徐卿第二雛。」

〔編年〕

徐威卿在東平幕府任職，詩當晚年至東平作。李《譜》編於蒙古太宗八年丙申下「總附」中，繆《譜》未編。

東園晚眺東平〔一〕

霜鬢蕭蕭試鑷看，怪來歌酒百無歡〔二〕。舊家人物今誰在〔三〕，清鏡功名歲又殘〔四〕。楊柳攙春出新意，小梅留雪弄餘寒。一詩不盡登臨興，落日東園獨倚欄。

〔注〕

〔一〕東平：金府名。今山東省東平縣。蒙古萬户嚴實幕府所在地。

〔二〕怪來：難怪。

〔三〕舊家：世家。此指故國金朝。

〔四〕清鏡：明鏡。《中州集·李汾傳》載其句：「清鏡功名兩行淚，浮雲親舊一囊錢。」

〔編年〕

晚年在東平作。李《譜》編於蒙古太宗八年丙申下「總附」中，繆《譜》未編。

同嚴公子大用東園賞梅〔一〕

東閣官梅要洗妝〔二〕，青雲公子不相忘〔三〕。翰林風月三千首〔四〕，樂府金釵十二行〔五〕。佳節屢從愁裏過〔六〕，老夫聊發少年狂〔七〕。花行更比梳行好①〔八〕，誰道并州是故鄉〔九〕。

〔校〕

①更：李詩本、毛本作「正」。據李全本、施本改。

〔注〕

〔一〕嚴公子大用：疑指嚴忠嗣（嚴實長子早卒，次子忠濟嗣襲。故施注推斷「大用」指三子忠嗣。李《譜》謂「大用」指未官時，當指四子忠傑。案本集有《答大用萬户書》，可知「大用」非指未官時，姑從施説）。泰安長清（今山東省長清縣）人。《元史》有傳。東園：在東平，見上詩。

〔二〕東閣：古代稱宰相招致、款待賓客的地方。洗妝：梳洗妝飾。喻花盛開。

〔三〕青雲：喻顯貴。

〔四〕「翰林」句：宋歐陽修《贈王介甫》：「翰林風月三千首，吏部文章二百年。」風月：指詩文。

〔五〕樂府金釵：指官方樂伎。

〔六〕「佳節」句：宋蘇洵《九日和韓魏公》：「佳節已從愁裏過，壯心偶傍醉中來。」

〔七〕「老夫」句：蘇軾《江城子・密州出獵》：「老夫聊發少年狂。」

〔八〕梳行：汴京街道名。《金史・崔立傳》：「行及梳行街，伯淵欲送立還二王府。」宋范成大《市街》有「梳行訛雜馬行殘」、「惆悵軟紅佳麗地」之句。按此，「花行」也當爲東平紅粉佳人聚集之地。

〔九〕「誰道」句：遺山是忻州人，故稱并州（太原）爲故鄉。

〔編年〕

晚年在東平作。李《譜》編於蒙古太宗八年丙申下「總附」中。繆《譜》未編。

東平李漢卿草蟲卷二首〔一〕

其一

蟻穴蜂衙筆有靈，就中秋蝶最關情①。知君夢到南華境〔二〕，紅穗碧花風露清。

〔校〕

①蝶：李全本作「蜍」。

〔注〕

〔一〕李漢卿：元夏文彦《圖繪寶鑑·金》：「李漢卿，東平人，工草蟲。」元初東平人王旭《蘭軒集》有《寄李漢卿》詩。元劉因《静修集》有《挽李漢卿》詩。

〔二〕「知君」句：《莊子·齊物論》：「昔者莊周夢爲胡蝶，栩栩然胡蝶也。」句謂李漢卿畫蝴蝶到物我合一的境界。南華：指莊子。唐玄宗時封莊子爲南華真人，所著書爲《南華真經》。

其二

過眼千金一唾輕〔一〕，畫家元有老書生〔二〕。草蟲莫道空形似，正欲爾曹鳴不平。李資高亢，視錢幣如糞土，貴人求畫，或大罵而去，故不與世合。

〔注〕

〔一〕一唾：表示鄙視、唾棄。句謂李漢卿視錢幣如糞土。

〔二〕「畫家」句：謂李漢卿有傲世不羈的書生意氣。

〔編年〕

金亡後在東平作。李《譜》編於蒙古太宗八年丙申下「總附」中。繆《譜》未編。

口號三首①〔一〕

其一

今年堂邑有清官〔二〕，三尺兒童也喜歡。縣帖追來不驚擾，丁絲納去得餘殘〔三〕。

〔校〕

①據本集《東平賈氏千秋録後記》補。組詩歌頌金左丞賈益謙之從孫賈起。其文云：「某北渡後，獲從公從孫河倉提領起游。起字顯之，少日爲名進士……仕東平行臺，歷平陰簿、提領堂邑歲課、提點河倉。惠養疲民，歡謡載路。某嘗以三口號紀之云……」

〔注〕

〔一〕口號：標題用語，表示隨口吟成。

〔二〕堂邑：金縣名。在今山東省聊城市西。清官：指賈起提領堂邑歲課事。

〔三〕丁絲：按人丁徵收的税賦。餘殘：指除税賦外賸餘的部分錢糧。

其二

休言清慎少人知〔一〕，三十年來更數誰。今代取魚須密網，東州新有放生池〔二〕。

〔注〕

〔一〕清慎：清廉謹慎。

〔二〕放生池：唐劉餗《隋唐嘉話》卷下：「太平公主於京西市掘池，贖水族之生者置其中，謂之放生池。」此喻輕賦薄徭安居樂業之地。

其三

三歲終更舊有期〔一〕，吏民安習枉遷移〔二〕。平陰奪得來堂邑〔三〕，却是行臺未盡知〔四〕。

〔注〕

〔一〕「三歲」句：指三年一任，届時考核，變動官職。

〔二〕「吏民」句：謂吏民已安於賈起的治政，現在任期已滿，又要調動了。

〔三〕平陰：金縣名。今山東省平陰縣。句謂賈起由平陰簿調任提領堂邑歲課。

〔四〕行臺：指東平行臺。

〔編年〕

按「三十」句，當金亡後在東平作。李、繆未編。

◎晚年在真定未編年之作

同白兄賦瓶中玉簪〔一〕

畏景衆芳歇〔二〕，仙葩此夷猶〔三〕。冰姿出新沐①，娟娟倚清秋〔四〕。昨夢今見之，風鬟玉搔頭②〔五〕。誰言閨房秀，高情渺林丘。碧筳古銅壺③〔六〕，一室香四周。懷人成獨詠，遠思徒悠悠。

〔校〕

①冰：李全本作「水」。②鬢：毛本作「裏」。據李詩本、李全本、施本改。③筳：毛本作「莛」，據李詩本、李全本、施本改。

〔注〕

〔一〕白兄：指白華。詳見《送欽叔内翰并寄劉達卿郎中、白文舉編修五首》注〔一〕。玉簪：多年生草本植物。秋季開花，色白如玉。未開時如簪頭，有芳香（明李時珍《本草綱目·草六·玉簪》）。

〔二〕畏景：指夏天。

〔三〕夷猶：亦作「夷由」。從容自得。

〔四〕娟娟：長曲貌。

〔五〕風鬟：指女子美麗的頭髮。玉搔頭：玉簪。此指玉簪花。明李時珍《本草綱目·草六·玉簪》：「未開時，正如白玉搔頭簪形。」

〔六〕筳：《玉篇·竹部》：「筳，小簪也。」

〔編年〕

李《譜》附於蒙古乃馬真后元年壬寅，謂白華「時與先生爲鄰居，後至己酉，遷居真定」。按：白華自南宋北返後流寓真定，未見至忻的記載。詩當晚年在真定時作。繆《譜》未編。

挽趙參謀二首〔一〕

其一

偃息參戎幕〔二〕，敦龐一褐寬〔三〕。儒宫新俎豆①〔四〕，賓榻老衣冠〔五〕。石動心寧轉〔六〕，河清笑自難〔七〕。殷勤題畫像，留與後生看一云「留作典刑看」②。

〔校〕

①新：施本、郭本作「親」。　②末注「一云『留作典刑看』」：施本作「一本作『典刑看』」。

〔注〕

〔一〕趙參謀：趙振玉字國寶，龍山（今遼寧省建昌縣北）人。蒙古史天澤破金北京，趙歸附之，歷任慶源軍節度使、河北西路按察使兼帥府參謀、真定路工匠都總管。好儒學，接文士，出家財與張德輝合力修真定廟學，曾資助刊印《中州集》。

〔二〕偃息：偃兵息民。句指趙任帥府參謀事。

〔三〕敦龐：敦厚樸實。褐：粗布衣。

〔四〕「儒宮」句：本集《趙州學記》：「歲癸卯，真定路工匠總管趙侯慨然以修復爲事，發貲於家，顧工於民……八月上丁，諸生釋菜如禮，衣冠俎豆，駸駸乎承平之舊。」俎豆：奉祀。

〔五〕「賓榻」句：衣冠：指士人。本集《趙州學記》：「侯名振玉……其與文士游，蓋其素尚云。」句謂趙振玉延請亡金故老教學。

〔六〕「石動」句：謂心志堅定。《詩·邶風·柏舟》：「我心非石，不可轉也。」

〔七〕河清：黄河水濁，少有清時，古人以「河清」爲升平祥瑞的象徵。《文選·張衡〈歸田賦〉》：「徒臨川以羨魚，俟河清乎未期。」吕延濟注：「河清喻明時。」本集《龍山趙氏新塋之碑》載趙振玉治慶源的政績。

其二

篇什中州選〔一〕，兵間僅補完〔二〕。風人定誰採〔三〕，墨本賴君刊〔四〕。雅道湮沉易〔五〕，幽光發越難〔六〕。高門有孫息，玉立看儒冠〔七〕。

〔注〕

〔一〕篇什：《詩經》的「雅」和「頌」以十篇爲一什，所以詩章又稱「篇什」。中州選：指遺山編選的金代詩詞總集《中州集》。

〔二〕「兵間」句：《中州集》編選始於金天興二年癸巳，至蒙古海迷失后元年己酉由趙振玉資助付梓，歷十六年。

〔三〕風人：古代採集民歌等以觀民風的官員。

〔四〕墨本：碑帖的拓本。代指刻本。賴君刊：元張德輝《中州集·後序》：「己酉秋，得真定提學龍山趙侯國寶資藉之，始鋟木以傳。」

〔五〕雅道：風雅傳統。本集《贈答楊焕然》：「詩亡又已久，雅道不復陳。」

〔六〕幽光：微弱之光。發越：播散。

〔七〕「高門」二句：暗用「于公高門」所言祖宗積德，子孫顯貴典。詳見《贈周良老》注〔三〕。孫息：子孫。

〔編年〕

晚年在真定作。李《譜》編於蒙古憲宗七年丁巳下「總附」中，謂作於己酉刻《中州集》後，從之。繆《譜》未編。

鎮州與文舉、百一飲〔一〕

翁仲遺墟草棘秋〔二〕，蒼龍雙闕記神州〔三〕。只知終老歸唐土〔四〕，忽漫相看是楚囚〔五〕。日月盡隨天北轉，古今誰見海西流〔六〕。眼中二老風流在，一醉從教萬事休。

〔注〕

〔一〕鎮州：唐宋時州名，金置真定府，蒙古時期漢人世侯史天澤幕府所在地，治所在今河北省正定縣。文舉：白華之字。華金亡前夕隨鄧州帥移剌瑗入宋，蒙古太宗八年北歸，居鎮州。百一：王鶚字百一，曹州東明（今河南省開封市東北）人。金正大元年狀元，官至左右司員外郎。金亡，蒙古萬户張柔迎請至保州。

〔二〕「翁仲」句：柳宗元《衡陽與夢得分路贈别》：「伏波故道風煙在，翁仲遺墟草樹平。」翁仲：傳説爲秦時巨人名，勇力過人。後指銅像或墓道石像。遺墟：廢墟。

〔三〕蒼龍雙闕：宫門前兩邊飾有蒼龍的望樓。

〔四〕唐土：堯都唐，時爲太平盛世。周成王弟叔虞封於唐，後爲晉國。詩指故鄉。

〔五〕忽漫：偶然。杜甫《送路六侍御入朝》：「更爲後會知何地，忽漫相逢是别筵。」

〔六〕「日月」二句：《白虎通》：「天左旋，地右周。」二句以天倒轉、水逆流喻世事盡與願違。

〔編年〕

李《譜》編於蒙古海迷失后二年己酉下「附録」中，繆《譜》未編。按：遺山晚年多次至鎮州，詩當在鎮州與白華、王鶚初聚時作。

龍興寺閣〔一〕

全趙堂堂入望寬〔二〕，九層飛觀儘高寒。空聞赤幟疑軍壘〔三〕，真見金人泣露盤〔四〕。桑海幾經塵劫壞〔五〕，江山獨恨酒腸乾〔六〕。詩家總道登臨好，試就遺臺老樹看。

〔注〕

〔一〕龍興寺閣：施注：「《曝書亭集》真定府龍藏寺隋碑跋略云，真定府治東龍興寺，隋龍藏故址也。寺創於開皇六年……宋太祖曾幸其地，重建於乾德元年，龍興之額所由更也。今入門有殿，北閣五層，廣九楹，崇十有三丈。」

〔二〕「全趙」句：真定府（治今河北省正定縣）戰國時爲趙地。

〔三〕「空聞」句：用韓信在井陘口破趙典。《史記·淮陰侯列傳》：「（韓信）選輕騎二千人，人持一赤幟，從間道萆山而望趙軍，誡曰：『趙見我走，必空壁逐我，若疾入趙壁，拔趙幟，立漢赤幟。』」

〔四〕「真見」句：唐李賀《金銅仙人辭漢歌序》：「魏明帝青龍元年八月，詔宫官牽車西取漢武帝捧露盤仙人，欲立置殿前。宫官既拆盤，仙人臨載乃潸然淚下。」句指金亡。

〔五〕桑海：「桑田滄海」的略語。本晉葛洪《神仙傳·麻姑》。塵劫：佛教稱一世爲一劫，無量無邊劫爲塵劫。後泛指塵世的劫難。

〔六〕「江山」句：謂江山换色，欲以酒澆愁，導致乾渴。

〔編年〕

晚年在真定作。李《譜》編於蒙古定宗二年丁未，比較勉强。繆《譜》未編。

和白樞判，李定齋有詩寄白，以「因風何惜數行書」爲落句。白酬答云：「欲搜春草池塘句，藥裹關心夢不成。」余平解之〔一〕

金粟崗頭有髮僧〔二〕，遥知默坐對龕燈。書郵但覺浮沉久〔三〕，詩卷何緣唱和曾。白日放歌須縱酒〔四〕，清朝有味是無能〔五〕。相逢定有池塘句〔六〕，藥裹關心恐未應。

〔注〕

〔一〕白樞判：白華曾任樞密院判官，故稱。詳見《送欽叔内翰并寄劉達卿郎中、白文舉編修五首》注〔一〕。李定齋：李獻卿號定齋。詳見《望王李歸程》注〔一〕。春草池塘句：南朝宋謝靈運《登池上樓》：「池塘生春草，園柳變鳴禽。」藥裹關心：杜甫《酬郭十五判官》：「藥裹關心詩總廢，花枝照眼句還成。」裹：袋。平解：排解。

〔二〕金粟岡：真定廟學所在地。詳見《壽張復從道》注〔二〕。白華晚年曾在此執教。

〔三〕「書郵」句：《晉書·殷浩傳》：「父羡，字洪喬，爲豫章太守，都下人士因其致書者百餘函，行次石頭，皆投之水中，曰：『沉者自沉，浮者自浮，殷洪喬不爲致書郵。』其資性介立如此。」句謂寄信久無音訊。

〔四〕「白日」句：杜甫《聞官軍收河南河北》：「白日放歌須縱酒，青春作伴好還鄉。」

〔五〕「清朝」句：唐杜牧《將赴吴興登樂游原》：「清時有味是無能，閑愛孤雲静愛僧。」句謂在清明的朝政下斂才藏拙很有意味。

〔六〕「相逢」句：用謝靈運與謝惠連典故。謝靈運與其族弟謝惠連十分友愛，《詩品》引《謝氏家録》稱：「康樂每對惠連，輒得佳語。」後因夢見惠連而得佳句「池塘生春草」。

〔編年〕

白華晚年居滹陽。按首句當在真定廟學執教。在金粟岡建的真定廟學落成於己酉（詳見《壽張復從道》編年），詩當蒙古海迷失后元年己酉後在真定作。李《譜》編於蒙古憲宗七年丁巳下「總附」中。繆《譜》未編。

慶高評事八十之壽〔一〕

圖畫堯民大樸存〔二〕，衣冠兼得見高門〔三〕。種松千歲如種德，教子一經今教孫〔四〕。化日舒長留暮景〔五〕，秋風摇落變春温。聘君羔雁休疑晚①〔六〕，正及新年薦壽尊。

〔校〕

①君：李詩本、毛本作「來」。據李全本、施本改。

〔注〕

〔一〕高評事：其人不詳。施注疑爲高鳴之父。金張子和《儒門事親》有「高評事中風」語。

〔二〕大樸：原始質樸。

〔三〕「衣冠」句：暗用「于公高門」典（詳見《贈周良老》注〔三〕），謂祖宗積德，子孫顯貴同時並見。

〔四〕教子一經：《漢書·韋賢傳》：「鄒魯諺曰：『遺子黄金滿籯，不如一經。』」

〔五〕化日：氣候温和，萬物生化之日。《宋史·樂志》中《祀先蠶》之三：「化日初長，時當暮春。」

〔六〕聘君：施注引本集《送高雄飛序》「壬子七月，被賢王之教」，謂「『聘君』當即高鳴」。羔雁：小羊與雁。古代卿大夫相見時所持禮品。《禮記·曲禮下》：「凡贄，天子鬯，諸侯圭，卿羔，大夫雁。」後也用爲徵召或定婚的禮物。

〔編年〕

李《譜》編於蒙古憲宗七年丁巳下「總附」中，謂晚年返鄉後之作。按高鳴居真定，詩當晚年在真定時作。繆《譜》未編。

◎晚年在燕京未編年之作

趙吉甫西園〔一〕園名種德

王城比民居〔二〕，近市無閑田〔三〕。閑田八九畝，乃在城西偏。久矣瓦礫場，莽爲狐兔阡。高人一留顧〔四〕，老木生雲煙。築屋臨清流，開窗見西山。人境偶相值，遂無城市喧〔五〕。趙侯嗜讀書，兀坐守遺編〔六〕。性情入吟詠，古澹無妖妍〔七〕。酸鹹與世殊〔八〕，至味久乃全。我作别墅詩，請爲子孫傳。耕耘有定業，歉豐屬之天。寧作鹵莽兒，袖手待逢年〔九〕。汲古先有齋〔一〇〕，種德今有園。期君在晚歲，無庸計目前。

〔注〕

〔一〕趙吉甫：號汲古先生，居燕京。元郝經《種德園記》：「趙氏，燕膴仕之家也。汲古先生置園別第……故名之曰『種德』……丁未夏，敬君鼎臣自燕致命於僕以爲記。」

〔二〕王城：都城。燕城爲金中都，故稱。比：排列。

〔三〕市：集市。

〔四〕高人：高雅之人。此指趙吉甫。

〔五〕「人境」二句：陶淵明《飲酒》其五：「結廬在人境，而無車馬喧。」人境：指高雅的人情物境。

〔六〕兀坐：獨自端坐。遺編：前人留下的著作。

〔七〕古澹：古樸恬澹。妖妍：豔麗。

〔八〕「酸鹹」句：韓愈《酬司門盧四兄雲夫院長望秋作》：「雲夫吾兄有狂氣，嗜好與俗殊酸鹹。」

〔九〕逢年：遇到豐年。《史記·佞幸列傳》：「諺曰：『力田不如逢年，善仕不如遇合』，固無虛言。」

〔一〇〕「汲古」句：謂趙吉甫先有齋名「汲古」。汲古：謂專研或收藏古籍、古物，如汲水於井。

〔編年〕

晚年至燕京作。李《譜》謂「王城」指洛陽，遂認爲乃馬真后三年甲辰秋到河南遷葬路經洛陽時作，不妥。繆《譜》未編。

贈李春卿〔一〕

竇十郎家指顧間〔二〕，因君我亦愛西山〔三〕。丹房藥鏡平生了〔四〕，禪榻茶煙歲月閑〔五〕。春甕有情供白墮〔六〕，秋風無力損紅顔。重來已有明年約，賸破都城幾往還〔七〕。

〔注〕

〔一〕李春卿：居燕京，餘不詳。

〔二〕竇十郎家：《欽定日下舊聞考》：「原（竇）禹鈞仕後周爲諫議大夫，五子皆登第。馮道贈詩『燕山竇十郎，教子有義方』是也。今涿州西二十里有禹鈞墓，人呼爲『十郎冢』。」指顧間：手指目視之間，形容距離近。

〔三〕西山：指燕京西山。

〔四〕丹房藥鏡：指道士養生生涯。詳見《送弋唐佐還平陽》注〔一二〕。

〔五〕「禪榻」句：杜牧《醉後題僧院二首》：「今日鬢絲禪榻畔，茶煙輕颺落花風。」

〔六〕春甕：酒甕。蘇軾《廣陵會三同舍各以其字爲韻仍邀同賦・劉貢父》：「況逢賢主人，白酒潑春甕。」白墮：北魏楊衒之《洛陽伽藍記・法雲寺》：「河東人劉白墮善能釀酒。季夏六月，時暑赫晞，以甖貯酒，暴於日中。經一旬，其酒不動，飲之香美而醉，經月不醒。」後因用作美酒的别稱。

〔七〕儹破：儘不妨安排。破，猶云安排。宋黄庭堅《次韻游景叔聞洮河捷報寄諸將》：「中原日月九夷知，不用禽胡釁鼓旗。更向天階舞干羽，降書儹破一年遲。」都城：指燕京。

〔編年〕

晚年在燕京作。李《譜》編於蒙古乃馬真后二年癸卯下「總附」中，繆《譜》未編。

空山何巨川虚白庵二首〔一〕

其一

舊向韋編悟括囊〔二〕，肯隨文木被青黄〔三〕。吉祥止處無餘物〔四〕，知見薰來有底香〔五〕。空谷自能生地籟〔六〕，浮雲争得翳天光〔七〕。只愁八月風濤壯，夢裏江聲撼客牀〔八〕。何，臨安人。

〔注〕

〔一〕何巨川：臨安（今浙江省杭州市）人。燕京長春宫道士。元陶宗儀《輟耕録》卷六：「何公巨川者，京師長春宮道士也。會世皇將取宋，乃上疏抗言宋未有可伐之罪。遂命副國信使翰林學士郝文忠公使江南，殁於真州。」元王惲《秋澗集》卷十四有《題何錬師巨川虚白庵》詩。

〔二〕韋編：韋，皮繩。古代用竹簡書寫，用皮繩編綴，稱「韋編」。《史記·孔子世家》：「讀《易》，韋編三絶。」後以「韋編」借指《易》。括囊：結紮袋口。喻緘口不言。《易·坤》：「括囊，無咎無譽。」孔穎達疏：「括，結也；囊，所以貯物，以譬心藏知也。閉其知不用，故曰括囊。」

〔三〕文木：《莊子·人間世》：「若將比予於文木邪？」郭象注：「凡可用之木爲文木。」被青黄：用色彩加以修飾，喻因材致災。語出《莊子·天地》：「百年之木，破爲犧尊，青黄而文之，其斷在溝中。」句謂不肯用世。

〔四〕吉祥止處：《莊子·人間世》：「虚室生白，吉祥止止。」郭象注：「夫視有若無，虚室者也。室虚而純白獨生矣……吉祥之所集者，至虚至静也。」

〔五〕知見：識别事理，區辨是非。

〔六〕地籟：風吹大地發出的聲響。語本《莊子·齊物論》：「地籟則衆竅是已，人籟則比竹是已。」

〔七〕天光：喻自然的智慧之光。《莊子·庚桑楚》：「宇泰定者，發乎天光。」成玄英疏：「其發心照物，由乎自然之智光。」

〔八〕「只愁」二句：錢塘江潮，每年農曆八月，海水倒灌，極爲壯觀。按詩末注「何，臨安人」，二句指此。

其二

露菊霜茱薦枕囊〔一〕，石泉崖蜜破松黄〔二〕。只緣山遠無來客，更覺心清聞妙香〔三〕。碁局儘堪銷日晷①〔四〕，吟毫真合染溪光〔五〕。劇談不盡江湖景〔六〕，重與青燈約對牀〔七〕。

〔校〕

①銷：李全本、施本作「消」。

〔注〕

〔一〕茱：茱萸，香氣辛烈，可入藥。薦，墊。

〔二〕破，剖開。松黄：明李時珍《本草綱目》卷三四：「松花，别名松黄。」

〔三〕「更覺」句：杜甫《大雲寺贊公房四首》：「燈影照無睡，心清聞妙香。」《九家集注杜詩》：「《維摩經》曰：有國名衆香，佛號香積。其界皆以香作樓閣……聞斯妙香，即獲得藏三昧。」

〔四〕日晷：古代測日影定時刻的儀器。代指時光。

〔五〕吟毫：寫詩的筆。

〔六〕劇談：暢談。

〔七〕對牀：白居易《雨中招張司業宿》：「能來同宿否？聽雨對牀眠。」

〔編年〕

晚年在燕都作。李《譜》編於蒙古乃馬真后二年癸卯下「總附」中，繆《譜》未編。

燕都送馬郎中北上〔一〕

功曹此日漢蕭何〔二〕，家世當年老伏波〔三〕。但愛紅蓮映芳渚〔四〕，豈知寒谷變陽和〔五〕。珠囊不載模糊錦〔六〕，銀管先書茂異科〔七〕。太史占天應有喜〔八〕，一星朝處五雲多〔九〕。

〔注〕

〔一〕燕都：金中都。今北京市。馬郎中：其人不詳。郎中：官名。隋唐迄清，各部皆設郎中，分掌各司事務，爲尚書、侍郎之下的高級官員。

〔二〕功曹：官名。漢代郡守有功曹史，簡稱功曹。唐時，在府的稱爲功曹參軍。蕭何：西漢初開國元勳。

〔三〕伏波：指東漢初伏波將軍馬援。

〔四〕「但愛」句：《南史·庾杲之傳》：「（王儉）乃用杲之爲衛將軍長史。安陸侯蕭緬與儉書曰：『盛府元僚，實難其選。庾景行（杲之字）泛渌水，依芙蓉，何其麗也！』時人以入儉府爲蓮花池，故緬書美之。」

〔五〕「豈知」句：寒谷一名黍谷，在今北京市密雲縣。相傳爲鄒衍吹律生黍之地。漢劉向《七略别録·諸子略》：「鄒衍在燕，有谷地美而寒，不生五穀。鄒子居之，吹律而温至黍生。至今名黍谷。」

〔六〕珠囊：珠飾之囊。《舊唐書·玄宗紀上》：「上御花萼樓，以千秋節百官獻賀，賜四品已上金鏡、珠囊、縑綵。」模糊錦：杜甫《送蔡希魯都尉還隴右寄高三十五書記》：「馬頭金匼匝，駝背錦模糊。」《九家集注杜詩》：「駝背負物而以錦帕蒙之。」

〔七〕銀管：指飾銀的毛筆管或白色筆管。茂異科：選拔才德出衆者的科目。

〔八〕太史：官名，掌管天文曆法。

〔九〕朝處：指朝會止集。五雲：五色雲彩，古人以爲吉祥。本集《出都二首》其二：「行過盧溝重回首，鳳城平日五雲多。」

〔編年〕

晚年在燕都作。李《譜》編於蒙古乃馬真后二年癸卯下「總附」中。繆《譜》未編。

趙汲古南園〔一〕分得軍字

林園近與六街鄰〔二〕，塵漲都歸一水分。魚樂定從濠上得〔三〕，竹香偏向雨中聞。接䍦倒著容山簡①〔四〕，老屋高眠稱陸雲〔五〕。尊酒相陪有今日，却慚詩壘不能軍〔六〕。

〔校〕

①䍦：李詩本、李全本作「籬」。二字通用，見《世説新語·任誕》。

〔注〕

〔一〕趙汲古：即趙吉甫（本集《趙吉甫西園》：「趙侯嗜讀書，兀坐守遺編……汲古先有齋，種德今有園。」），居燕都（元王惲《慶趙汲古八秩之壽》：「汲古園中趙夫子，燕京城裏地行仙。」）。

〔二〕六街：泛指京都的大街和鬧市。

〔三〕「魚樂」句：《莊子·秋水》：「莊子與惠子游于濠梁之上。莊子曰：『鯈魚出游從容，是魚之樂也。』」濠：水名。成玄英疏謂「在淮南鍾離郡」。

〔四〕「接䍦」句：《晉書·山簡傳》載，山簡放任狂誕，有歌：「山公出何許，徑至高陽池。日夕倒載歸，酩酊無所知。時時能騎馬，倒著白接䍦。」接䍦：帽名。古代頭巾的一種。

〔五〕「老屋」句：《晉書·陸雲傳》：「雲字士龍……與荀隱素未相識，嘗會華坐，華曰：『今日相遇，可勿爲常談。』雲因抗手曰：『雲間陸士龍。』」《世説新語·賞譽》：「蔡司徒在洛，見陸機兄弟住參佐廨中，三間瓦屋，士龍住東頭，士衡住西頭。」按本集《寄楊飛卿》「三間老屋知何處，慚愧雲間陸士龍」，句用二典。

〔六〕「却慚」句：金趙秉文《送宋飛卿》：「瘦李髯雷隔存没，只愁詩壘不能軍。」詩壘：詩人的陣營。句謂作詩力不從心。

〔編年〕

晚年在燕京作。李《譜》編於蒙古乃馬真后二年癸卯下「總附」中。繆《譜》未編。

孝純宛丘遷奉張弟新舉第二雛，聞其玉雪可念，因以字之①〔一〕。

鬢毛衰颯面塵埃〔二〕，孝子牽車古所哀。千里長河限南北，一丘寒土見蒿萊〔三〕。遼東華表何人在〔四〕，柳氏玄堂此日開〔五〕。十月知君有新喜，小雛先與喚迎來。

〔校〕

①題注：施本置於詩末。

〔注〕

〔一〕孝純：元虞集《道園學古録・田氏先友翰墨序》云：「張樸字孝純。」元王惲《秋澗集・中堂事記上》云：「詳定官三人……張永錫字孝純，太原人。」元郝經《陵川集・鄰野堂記》：「乙巳秋，魯伯自燕來，以孝純張君之書示予云：近卜居故宫基，構一室。」按此，張孝純爲太原人，寓居燕京，仕蒙古。宛丘：金縣名，屬南京路陳州，今河南省淮陽縣。遷奉：奉侍靈柩遷葬。張弟：指張孝純。雛：指幼女。

〔二〕衰颯：衰老憔悴。

〔三〕蒿萊：野草。

〔四〕遼東華表：用遼東人丁令威學仙化鶴歸鄉落於故城華表典。詳見《癸巳四月二十九日出京》注〔五〕。

〔五〕柳氏玄堂：唐柳宗元《故殿中侍御史柳公墓表》：「故友諸生宗人外姻號慟葬，哀禮咸申，克窆玄堂。」玄堂：指墳墓。

〔編年〕

按注〔一〕，詩當晚年在燕京作。李《譜》編於蒙古憲宗七年丁巳下「總附」中。繆《譜》未編。

送曹幹臣〔一〕

和林音驛日懷思〔二〕，燕市歌歡有此時〔三〕。老我真成鐵爐步〔四〕，感君時送草堂貲〔五〕。黄楊舊厄三年閏〔六〕，赤驥非無萬里姿〔七〕。平地煙霄付公等〔八〕，不妨閑和鳳池詩〔九〕。

〔注〕

〔一〕曹幹臣：元耶律楚材《用曹楨韻》序：「楨，金城（今山西省應縣）人，字幹臣。始冠，上詩於我，文采可觀。」餘不詳。

〔二〕和林：蒙古都城。在今蒙古國前杭愛省鄂爾渾河東岸厄爾得尼召北哈拉和林。音驛：書信傳遞。

〔三〕燕市：指燕京。

〔四〕鐵爐步：唐柳宗元《永州鐵爐步志》：「江之滸凡舟可縻而上下者曰步。永州北郭有步曰鐵爐步。」步：嶺南人稱津浦曰「步」。此形容步履蹣跚。

〔五〕草堂貲：杜甫《王録事許修草堂，貲不到，聊小詰》：「爲嗔王録事，不寄草堂貲。昨屬愁春雨，能忘欲漏時？」

〔六〕「黄楊」句：蘇軾《監洞霄宫俞康直郎中所居四詠·退圃》：「園中草木春無數，只有黄楊厄閏年。」自注：「俗説，黄楊一歲長一寸，遇閏退三寸。」後用此典比喻境遇困難。

〔七〕赤驥：傳説中的駿馬名，爲周穆王八駿之一。

〔八〕平地煙霄：猶「平地青雲」，比喻境遇突然變好一下達到很高的地位。典出唐曹鄴《杏園宴呈同年》：「一日公道開，青雲在平地。」

〔九〕「不妨」句：杜甫《紫宸殿退朝口號》：「晝漏聲聞高閣報，天顔有喜近臣知。宫中每出歸東省，會送夔龍集鳳池。」鳳池：鳳凰池，禁苑中池沼。魏晉南北朝時設中書省於禁苑，掌管機要，接近皇帝，故稱中書省爲鳳凰池。

〔編年〕

按「燕市」句，知晚年在燕京作。李《譜》編於蒙古乃馬真后二年癸卯下「總附」中。繆《譜》未編。

龍門公墨竹風煙夕翠二首〔一〕

其一

渭川東望水雲寬，雨潤煙濃下筆難。今日龍門圖上看，蕭郎只合老荒寒〔二〕。

〔注〕

〔一〕龍門公：劉敏字德柔，一字有功。宣德龍門（治今河北省赤城縣西南）人。仕蒙古官至行尚書省事。自太宗十三年至憲宗四年行省事於燕京，與回回人牙魯瓦赤等主持漢地事務。本集《大丞相劉氏先塋神道碑》《龍門川大清安禪寺碑》稱劉敏爲「龍門公」。元夏文彦《圖繪寶鑒·劉敏》：「賜號龍門居士，自號年豐老人。善畫墨竹，學顧正之，有《風煙夕翠圖》傳於世。」

〔二〕蕭郎：唐代畫家，善畫竹。詳見《右司正之家渭川千畝圖二首》其二注〔一〕。

其二

煙梢露葉捲秋山，揮灑縱横意自閑。莫問筆頭龍未化〔一〕，看看霖雨滿人間。

〔注〕

〔一〕化：布雨。寓指龍門公的施政恩澤。

〔編年〕

李《譜》編於蒙古乃馬真后二年癸卯下「總附」中，謂晚年在燕京作，從之。繆《譜》未編。

燕省掾屬張彦通舉釋菜之廢①，仁卿以詩美之，亦賦二詩②〔一〕

其一

一奠區區入詠歌，請看文治竟如何。李侯落筆非無意〔二〕，告朔羊存得已多〔三〕。

〔校〕

①廢：施本「廢」下有「典」字。　②亦：施本無此字。詩：施本作「首」。

〔注〕

〔一〕燕省：燕京行省。張彦通：其人不詳。釋菜：古代入學時祭祀先聖先師的一種典禮。仁卿：李治(治)字仁卿。詳見《潁亭留別》注〔一〕。

〔二〕李侯：指李仁卿。

〔三〕「告朔」句：《論語·八佾》：「子貢欲去告朔之餼羊。子曰：『爾愛其羊，我愛其禮。』」朱熹注：「告朔之禮，古者天子常以季冬頒來歲十二月之朔於諸侯，諸侯受而藏之祖廟。月朔，則以特羊告廟，請而行之。魯自文公始不視朔，而有司猶供此羊，故子貢欲去之。」句謂舉釋菜之廢典關乎禮樂文治，所得甚多。

其二

一日新儀見泮宮〔一〕，共驚綿蕝有遺風〔二〕。他州亦可燕中比①〔三〕，只枉今無百彦通。

〔校〕

①他：李全本作「化」。

〔注〕

〔一〕泮宮：西周諸侯所設大學。後泛指學宮。

〔二〕綿蕝：《史記·叔孫通傳》載，叔孫通欲爲漢高祖創立朝儀，「遂與所徵三十人西，及上左右爲學者與其弟子百餘人爲綿蕞野外」，習肄月餘始成。按：引繩爲「緜」，束茅以表位爲「蕞」。後因謂制訂整頓朝儀典章爲「綿蕞」或「綿蕝」。

〔三〕燕中：指燕京一帶。

〔編年〕

癸卯年在燕都作。本集卷三十二《壽陽縣學記》：「會臺牒下，於壬寅之冬，課所在舉上丁釋菜之典。」劉敏初在燕京「興學校，進名士爲之師」（《元史·劉敏傳》），此時任主管漢地事務的燕京行省長官，故有「臺牒」之命。

無塵亭二首〔一〕

其一

霧廓雲開病未能〔二〕，波流草靡亦何曾〔三〕。胸中自有西風扇〔四〕，身外休論有髮僧。

〔注〕

〔一〕無塵亭：按詩末自注及元耶律鑄《無塵亭白蓮池》詩，亭當在燕京。

〔二〕霧廓雲開：喻消除世亂。

〔三〕波流草靡：喻隨波逐流，隨風而倒，胸無定見，趨勢而行。上二句謂自己既不能消弭世亂，也不曾隨波逐流。

〔四〕西風扇：《晉書·王導傳》：「時（庾）亮雖居外鎮，而執朝廷之權，既據上流，擁强兵，趣向者多歸之。導内不能平，常遇西風塵起，舉扇自蔽，徐曰：『元規（庾亮之字）塵污人。』」句謂不被世俗污染。

其二

日日門前車馬喧，玉壺冰簟酒如川〔一〕。亭中賸有題詩客〔二〕，獨欠雲間李謫仙〔三〕時仁卿尚未到燕。

〔注〕

〔一〕玉壺：酒壺的美稱。冰簟：涼席。唐李商隱《可嘆》：「冰簟且眠金鏤枕，瓊筵不醉玉交杯。」酒如川：飲酒如水。句指縱酒閑適、脱棄世事的隱逸生涯。

〔二〕賸：更。題詩客：遺山自謂。

〔三〕李謫仙：以李白代指李仁卿。

〔編年〕

晚年在燕京作。李《譜》編於蒙古海迷失后二年己酉下「附録」中。繆《譜》未編。

爲橄子醲金二首①〔一〕

其一

明珠評價敵連城〔二〕，棄擲泥涂意未平。十萬人家管弦裏，獨憐金石隱商聲〔三〕。

〔校〕

①橄：郭本作「闞」。李詩本、毛本、施本作「橄」。

〔注〕

〔一〕橄子：元虞集《道園學古録・田氏先友翰墨序》：「橄舉字彦舉，關東人。不羈。詩有律。」元鮮于樞《困學齋雜録》：「彦舉，陝人，性嗜酒，工於詩，客京師十餘年，竟流落以死。」元郝經《陵川集》有《同闞彦舉南湖晚步四首》、《送闞彦舉》。今人孫楷第《元曲家考略》詳考其人。醲：湊錢聚飲。

〔二〕「明珠」句：用「價值連城」典，謂橄子的詩曲成就很高。

〔三〕金石：鐘磬一類的樂器。喻詩文音調文辭之美。商聲：以商調爲主音的樂聲。其聲悲涼哀怨。

其二

秋來聞説酒杯疏，却爲窮愁解著書〔一〕。知是還山亭上客①〔二〕，無衣無褐欲何如〔三〕。

〔校〕

①還：李詩本、毛本作「遺」。據施本、郭本改。

〔注〕

〔一〕窮愁解著書：《史記·平原君虞卿列傳》：「(虞卿)困於梁……不得意，乃著書。」

〔二〕還山：楊奂有《還山集》。楊、橄同爲陝人，故云橄舉在鄉親楊奂家中作客。

〔三〕無衣無褐：《詩·豳風·七月》：「無衣無褐，何以卒歲。」

〔編年〕

李《譜》謂「橄，陝人，字彦舉，客死燕京」，遂編於蒙古乃馬真后二年癸卯下「總附」中，認爲晚年在燕京作，從之。繆《譜》未編。

◎晚年返鄉後未編年之作

賦澤人郭唐臣所藏山谷洮石硯

硯有銘云：「王將軍爲國開臨洮，有司歲餽，可會者六百鉅萬。其於中國得用者，此硯材也。」硯作壁水樣①〔一〕

舊聞鸜鵒曾化石〔二〕，不數䴙鵜能瑩刀〔三〕。縣官歲費六百萬，纔得此硯來臨洮。玄雲膚寸天下偏〔四〕，璧水直上文星高①〔五〕。辭翰今誰江夏筆〔六〕，三錢無用試鷄毛〔七〕。

〔校〕

①璧：李全本作「壁」。

〔注〕

〔一〕澤：金州名，治今山西省晉城市。郭唐臣：其人不詳。山谷：宋代詩人黄庭堅之號。洮石硯：古硯名。採自甘肅省洮河中的緑石製成。宋趙希鵠《洞天清録集·古硯辨》：「除端、歙二石外，惟洮河緑石，北方最貴重。緑如藍，潤如玉，發墨不減端溪下巖。然石在臨洮大河深水之底，非人力所致，得之爲無價之寶。」臨洮：金府名，治今甘肅省臨洮縣。璧水：硯名。以硯圓如璧，外環以水，故名。

〔二〕「舊聞」句：金馮延登《洮石硯》：「鸚鵡州前抱石歸，琢來猶自帶清輝。」鸚鵡石：淺緑色的孔雀石。

〔三〕鸊鵜能瑩刀：《爾雅》謂鸊鵜似野鴨而小，其脂肪涂刀劍不銹。

〔四〕玄雲：指墨。蘇軾《和范子功月石硯屏》「紫潭出玄雲」王十朋集注引趙次公曰：「紫潭言硯，玄雲言墨也。」膚寸：古長度單位。一指寬爲寸，四指寬爲膚。膚寸天下偏：《公羊傳·僖公三十一年》：「觸石而出，膚寸而合，不崇朝而偏雨乎天下者，唯泰山爾。」阮福《膚寸而合解》：「如人以兩手之四指平鋪，先分兩處向下覆之，由分而合，漸肖雲合之狀，合之甚易，故云膚寸而合，不崇朝而雨徧天下。」此形容墨在硯中分流聚合之狀。

〔五〕文星：又名文曲星，主文才。

〔六〕江夏筆：《後漢書·禰衡傳》：「（江夏太守黄祖長子）射時大會賓客，人有獻鸚鵡者，射舉卮於衡曰：『願先生賦之，以娱嘉賓。』衡攬筆而作，文無加點，辭采甚麗。」

〔七〕「三錢」句：宋黄庭堅《山谷集》卷二十五《題自書卷後》：「此卷實用三錢買雞毛筆書。」句謂不要用劣筆（配洮硯）。

〔編年〕

李《譜》附於蒙古太宗十三年辛丑，謂當是年自山東返鄉路經澤州時作。繆《譜》未編。按：遺山自山東返鄉路經澤州多次，非必辛丑作，姑編於晚年返鄉之後。

劉遠筆〔一〕

老兔力能舉玉杵〔二〕，文陣挽强猶百鈞〔三〕。惜哉變化太狡獪，鄉也褐衣今虎文〔四〕。宣城諸葛寂無聞〔五〕，前後兩劉新冊勳〔六〕。謝郎神鋒恨太雋①〔七〕，雖然豈不超人羣。三錢雞毛吐皇墳〔八〕，尖奴定能張吾軍〔九〕。何時酌我百壺酒，爲汝醉草垂天雲〔一〇〕。狡獪變化事，見《麻姑傳》〔一一〕。

〔校〕

①鋒：李詩本、毛本作「風」，據李全本、施本改。

〔注〕

〔一〕劉遠：金元之際遼東人，寓居幽燕，善製筆。元郝經《鼠毫筆行贈劉遠》有「巫閭山色來幽燕，鴨緑巨浸涵中邊」句。

〔二〕「老㕙」句：㕙，狡兔。泛指兔。漢樂府《董逃行》：「採取神藥若木端，玉兔長跪搗藥蛤蟆丸。奉上陛下一玉柈，服此藥可得神仙。」

〔三〕文陣：猶文壇。强：硬弓。

〔四〕虎文：漢代武官服。

〔五〕宣城諸葛：黄庭堅《山谷集·跋東坡書帖後》：「蘇翰林用宣城諸葛齊鋒筆，作字疏疏密密，隨意緩急，而字間妍媚百出。」

〔六〕「前後」句：應指劉遠及另一姓劉者製筆取得新成就。

〔七〕謝郎：不詳。雋：深長。

〔八〕三錢雞毛：用三錢所買的雞毛筆。典出黄庭堅《山谷集·題自書卷後》。詳見《賦澤人郭唐臣所藏山谷洮石硯》注〔七〕。皇墳：傳説三皇時代的典籍。

〔九〕尖奴：指毛筆。宋林希逸《鼠鬚筆》：「安得如椽筆，晴窗弄鼠鬚。知渠來某氏，爲我作尖奴。」

張吾軍：韓愈《醉贈張秘書》：「詩成使之寫，亦足張吾軍。」張：壯大。

〔一〇〕垂天雲：《莊子·逍遥游》：「鵬之背，不知其幾千里也，怒而飛，其翼若垂天之雲。」

〔一一〕麻姑傳：言神仙事，晉葛洪撰。「狡獪變化事」，指麻姑撒米變珠事。陶宗儀《説郛》卷一一三《麻姑傳》：「（麻姑）求少許米，便撒之擲地，視其米，皆成真珠矣。方平笑曰：『姑故年少，吾老矣，了不喜復作此狡獪變化也。』」卷四一引宋陸游《老學庵續筆記》云：「古語謂戲爲狡獪。」

〔編年〕

李、繆未編年。按注〔一〕，詩當遺山晚年在燕京或張柔幕府（今河北省保定市）時作，故編在晚年返鄉之後。

過井陘〔一〕

北山亭亭如驛堠〔二〕，南山耽耽虎翹首。土門東頭望井陘①〔三〕，漢家風雲自奔走〔四〕。市人豈識英雄材，金鼓一朝天上來〔五〕。此山行人萬萬古，幾不磨滅隨蒿萊。白鹿祠前一杯水，蒼顔聊爲洗塵埃。

〔校〕

①土：李詩本、毛本作「上」，據李全本、施本改。

〔注〕

〔一〕井陘：太行山中部關口名。在今河北省井陘縣西。

〔二〕驛堠：古時築在驛道旁用以計里程的土壇。

〔三〕土門：即井陘口。

〔四〕漢家：西漢大將韓信破趙於井陘，故云。

〔五〕「市人」二句：《史記·淮陰侯列傳》：「夜半傳發，選輕騎二千人，人持一赤幟，從間道萆山而望趙軍，誡曰：『趙見我走，必空壁逐我。若疾入趙壁，拔趙幟，立漢赤幟。……且信非得素拊循士大夫也，此所謂「驅市人而戰之」，其勢非置之死地，使人人自爲戰。』」市人：指韓信部將。

〔編年〕

李《譜》編於金貞祐二年甲戌下，謂是年秋自忻赴汴京府試路經井陘口時作。不妥。「土門」句明言由東頭西望井陘，屬西返所作。且「蒼顔」應屬老年容貌。詩當晚年西返經井陘時作。繆《譜》未編。

賦邢州鵲山〔一〕

去時唐山道〔二〕，望望鵲山背。今朝西北看，奇秀益可愛。蒼茫失層疊，解駮見縈帶①〔三〕。浮雲自來去，盡巧寧變壞。吴妝入小筆，隱隱拂殘黛〔四〕。城隅静女人不知〔五〕，擁髻低顰如有待②。太行横截九州半〔六〕，一掩一重俱有態。只知天平六峰天下稀〔七〕，此山東來亦閑在。煙埋雨没今幾時，殆天所藏予發之。郭熙未足語平遠〔八〕，摹寫誰有韋郎詩〔九〕。

〔校〕

①駿：施本作「駁」。帶：李詩本、毛本作「滯」，據李全本、施本改。②髻：李全本作「髮」。

〔注〕

〔一〕邢州：金州名。治今河北省邢臺市。鵲山：在邢臺西北，戰國時名醫扁鵲將號太子游此山採藥，因名（《畿輔通志》）。

〔二〕唐山：金縣名。屬邢州。

〔三〕解駮：離散間雜。韓愈《南海神廟碑》：「雲陰解駮，日光穿漏。」

〔四〕「吴妝」二句：謂鵲山奇秀如江南女子畫妝的黛眉。

〔五〕城隅静女：《詩・邶風・静女》：「静女其姝，俟我於城隅。」

〔六〕「太行」句：言太行山縱貫南北，横截天下九州之半。

〔七〕天平：金東平府置天平軍，故稱。本集《寒食靈泉宴集序》「出天平北門」即指東平。

〔八〕「郭熙」句：宋郭思纂集《林泉高致》載其父郭熙之説：「山有三遠：自山下而仰山顛，謂之『高遠』；自山前而窺山後，謂之『深遠』；自近山而望遠山，謂之『平遠』。」郭熙：宋代山水畫家。「學李成善，得煙雲出没、峰巒隱顯之態」（《畫鑒》）。

〔九〕韋郎：指唐代詩人韋應物。其五言詩以清澹著稱。本集《李道人嵩陽歸隱圖》：「南山小平遠，澹若韋郎詩。」

〔編年〕

李《譜》編於蒙古憲宗四年甲寅下，謂「先生過邢不一，而來去皆經者惟此年」。李説證據不足。詩當晚年返鄉後路經邢州時作。繆《譜》未編。

聚仙臺夜飲〔一〕

永夜留歡席，高懷遠市塵。月涼衣有露，風細酒生鱗。鄉社情親舊，仙臺姓字新。殷勤詩卷在，長記坐中人。

〔注〕

〔一〕聚仙臺：乾隆《大清一統志》載，聚仙臺在山西省懷仁縣西南六十里。

〔編年〕

李《譜》編於蒙古太宗十二年庚子下「附録」中，繆《譜》未編。按：庚子年遺山未到雁北。詩有「鄉社情親舊，仙臺姓字新」句，爲晚年歸鄉後在懷仁作。

同姚公茂徐溝道中聯句〔一〕

路轉川塗闊，天低雨氣昏。綿山連漢壘〔二〕，汾水入并門〔三〕。姚①。來往頻鞍馬，登臨負酒尊。聯詩强一笑，淒絶恐銷魂〔四〕②。

〔校〕

①姚：施本作「姚公茂」。②銷魂：施本在二字下注「元裕之」。

〔注〕

〔一〕姚公茂：姚樞字公茂。詳見《答公茂》注〔一〕。徐溝：金縣名，屬太原府，治今山西省清徐縣徐溝鎮。聯句：作詩方式之一。由兩人或多人各成一句或幾句，合而成篇。

〔二〕綿山：山名。在今山西省介休縣。漢壘：漢代堡壘。

〔三〕汾水：水名。源出今山西省寧武縣，流經太原、晉南入黄河。并門：并州之門。并州在唐代指太原周圍地區。上四句姚樞作。

〔四〕「來往」四句：遺山自作。

〔編年〕

李《譜》編於蒙古乃馬真后四年乙巳下「附録」中，謂是年往内鄉路經徐溝時作。繆《譜》未編。李説不足據，當晚年歸鄉後在徐溝作。

送閻子實、焦和之北上〔一〕

秦府賢初聚〔二〕，瀛州路匪遥①〔三〕。謨謀在廊廟②〔四〕，物色到漁樵〔五〕。布褐豈終隱，旌車行見招③〔六〕。春風兩黄鵠〔七〕，老眼看雲霄。

【校】

①匪：李全本、施本作「不」。②謨謀：李詩本、李全本作「謀謨」。③行：李全本作「匪」。

【注】

〔一〕閻子實：其人不詳。焦和之：元王惲《秋澗先生大全文集》卷七四有《水龍吟·送焦和之西夏行省》詞。餘不詳。

〔二〕秦府：初唐秦王李世民之府。

〔三〕瀛洲：唐太宗爲天策上將軍時，置文學館，以房玄齡、杜如晦、虞世南、孔穎達等十八人爲學士，討論典籍，商略政事。時人傾慕，稱入館者爲「登瀛洲」。

〔四〕謨謀：制定謀略。廊廟：殿下屋和太廟。代指朝廷。

〔五〕物色：訪求。

〔六〕旌車：古時徵聘賢士所用的旌帛和蒲車。行：將要。

〔七〕兩黄鵠：喻指閻子實和焦和之。

【編年】

李《譜》編於蒙古憲宗七年丁巳下「總附」中，謂晚年返鄉後作。繆《譜》未編。按：閻、焦北上應出仕蒙古。「秦府」應指忽必烈潛邸。《元史·世祖一》：「歲甲辰（乃馬真后三年），帝在潛邸，思大有爲於天下，延藩府舊臣及四方文學之士，問以治道。」詩作於此後。故編在晚年返鄉之後。

庫城〔一〕

浩浩庫城水，岸高知幾尋〔二〕。疏林護懸險，絶壁入清深。跼步無曠跡〔三〕，勞歌惟苦音〔四〕。年年一來此，老我亦何心。

〔注〕

〔一〕庫城：村名。雍正《山西通志》載，樂平（今山西省昔陽縣）有庫城村。

〔二〕尋：古代長度單位。一般一尋爲八尺。

〔三〕跼步：小步。曠跡：曠放之跡。晉陸機《長安有狹斜行》：「規行無曠跡，矩步豈逮人。」

〔四〕勞歌：勞作者之歌。

〔編年〕

李《譜》編於蒙古憲宗七年丁巳下「總附」中，謂晚年歸鄉後之作。從之。繆《譜》未編。

遣興

几案滿書史〔一〕，欣然忘百憂。一篇詩遣興，三醆酒扶頭〔二〕。千載陶元亮〔三〕，平生馬少游〔四〕。但留强健在，老矣復何求。

〔注〕

〔一〕書史：典籍，指經史一類書籍。

〔二〕「三醆」句：白居易《早飲湖州酒寄崔使君》：「一榼扶頭酒，泓澄瀉玉壺」。

〔三〕陶元亮：陶淵明之字。宋朱熹《陶公醉石歸去來館》：「予生千載後，尚友千載前。」本集《虞鄉麻長官成趣園二首》其二：「蹉跎匡山游，爛熳彭澤酒。既然千載上，懷我平生友。」句指此。

〔四〕馬少游：後漢馬援弟。《後漢書·馬援傳》載，馬少游勸説馬援曰：「士生一世，但取衣食裁足，乘下澤車，御款段馬，爲郡掾吏，守墳墓，鄉里稱善人，斯可矣！致求盈餘，但自苦耳。」句謂此。

〔編年〕

李、繆未編。按末四句，當晚年返鄉後之作。

示白誠甫〔一〕

之子吟爆竹〔二〕，迺翁欣樹萱①〔三〕。昆山多美玉〔四〕，江水發初源〔五〕。名教有樂地〔六〕，詩書皆雅言。通家吾未老〔七〕，倚杖望高軒〔八〕。

〔校〕

①翁：李全本、施本作「公」。

〔注〕

〔一〕白誠甫：陝州（今山西省河曲縣）人，白華子，白樸兄。本集《善人白公墓表》：「男孫五人……曰忱，曰恒，皆習進士。」施注：「忱或即此。」

〔二〕爆竹：古時在節日或喜慶日，用火燒竹，畢剥發聲，謂之「爆竹」。後來用火藥做成的炮仗也稱「爆竹」。

〔三〕廼公：你的父親。此指白華（本集《南陽縣太君墓誌銘》謂白華兄弟輩「賁、瑩、麟及次女皆早卒」）。樹萱：種植萱草。《詩·衛風·伯兮》：「焉得諼草，言樹之背。」毛傳：「諼草，令人忘憂。」陸德明釋文：「諼，本又作萱。」後以「樹萱」爲消憂之詞。

〔四〕「昆山」句：《至元嘉禾志》：「《輿地廣記》云：昆山，（東吴）陸氏之先葬此。後機、雲兄弟有辭學，時人以『玉出昆岡』，因名之。」

〔五〕「江水」句：喻前程遠大。

〔六〕「名教」句：《晉書·樂廣傳》：「是時王澄、胡毋輔之等，皆亦任放爲達，或至裸體者。廣聞而笑曰：『名教内自有樂地，何必乃爾。』」名教：指以正名定分爲主的儒家禮教。

〔七〕通家：世交。白樸《天籟集》王博文序載遺山贈詩云：「元白通家舊，諸郎獨汝賢。」

〔八〕「依杖」句：《新唐書·李賀傳》：「七歲能辭章。韓愈、皇甫湜始聞未信，過其家，使賀賦詩。援筆輒就，如素構，自目曰『高軒過』。二人大驚，自是有名。」高軒：高車。顯貴者所乘。

〔編年〕

李《譜》編於蒙古憲宗七年丁巳下「總附」中，謂晚年返鄉後之作，從之。繆《譜》未編。

嗣侯大總管哀挽二首〔一〕

其一

北俗資財劲，將軍迥不羣。賓筵推雅量〔二〕，戰艦望奇勳。運隔黄圖日〔三〕，神馳紫塞雲〔四〕。只應吴季子，撫樹惜徐君〔五〕。

〔注〕

〔一〕嗣侯大總管：其人不詳。嗣侯指蒙古世襲爵位。

〔二〕雅量：漢荆州牧劉表好酒，爲三爵，大曰伯雅，受七升；次曰中雅，受五升；小曰季雅，受三升（三國魏曹丕《典論·酒誨》）。後世因稱人善飲爲「雅量」。

〔三〕黄圖：書名。《三輔黄圖》的略稱，亦泛指稱記載京都形勝的著作。此借指京都。句謂嗣侯官運與京都朝廷遥隔。

〔四〕紫塞：北方邊塞。晉崔豹《古今注·都邑》：「秦築長城，土色皆紫，漢塞亦然，故稱紫塞焉。」

〔五〕「只應」二句：漢劉向《新序》載，吴季札將西聘晉，帶寶劍以過徐君。徐君觀劍不言而色欲之。

吴季札因有上國之使未獻，然其心許之矣。及返，徐君已卒。季札以劍掛徐君墓樹而去。句以「徐君」代指嗣侯大總管。

其二

倚伏難前料〔一〕，乘除忌蚤成〔二〕。老親如宿昔，世爵見哀榮①〔三〕。劍鬱雙龍氣〔四〕，碑留九虎名〔五〕。感歌凡幾解〔六〕，千載賁佳城〔七〕。

〔校〕

①爵：施本作「德」。

〔注〕

〔一〕倚伏：《老子》：「禍兮福之所倚，福兮禍之所伏。」倚，依托；伏，隱藏。

〔二〕乘除：比喻人事命運的消長盛衰。

〔三〕世爵：世襲爵位。哀榮：《論語·子張》：「其生也榮，其死也哀。」何晏集解：「故能生則榮顯，死則哀痛。」後因指生前死後皆蒙受榮寵。

〔四〕「劍鬱」句：《晉書·張華傳》載，張華見斗牛之間有紫氣，問於雷煥，答曰：「寶劍之精，上徹於天。」華派雷煥至豐城，在獄基下得龍泉、太阿二劍。後煥子華攜劍經延平津，劍從腰間躍入水中，化爲雙龍。

〔五〕九虎：《漢書·王莽傳》：「拜將軍九人，皆以虎爲號，號曰九虎。」

〔六〕感歌：由感動而作的詩歌。解：樂曲、詩歌或文章的章節。

〔七〕賁：通「墳」，隆起。佳城：喻指墓地。

〔編年〕

李《譜》編於蒙古憲宗七年丁巳下「總附」中，謂晚年返鄉後之作。繆《譜》未編。按「嗣侯」、「北俗」，此人仕蒙古，故從李《譜》。

五月十一日樗軒老忌辰追懷〔一〕

遺後交情老更傷〔二〕，每逢此日倍難忘。神光何處埋泉壤〔三〕，落月無言滿屋梁〔四〕。秘閣圖書疑外府〔五〕，謝家蘭玉記諸郎〔六〕。靈均謾倚騷經在〔七〕，宗國河山半夕陽〔八〕。公墓今爲亂家所迷，故有上句。

〔注〕

〔一〕樗軒：完顏璹自號樗軒老人。詳見《摘瓜圖二首，樗軒家物》其一注〔一〕。忌辰：逝世的日子。本集《如庵詩文序》：「天興壬辰……公（完顏璹）感疾，以其夏五月十有二日薨。」此與詩題所言「五月十一日」不合，未知孰是。

〔二〕遺後：死後。杜甫《哭嚴僕射歸櫬》：「一哀三峽暮，遺後見君情。」楊倫箋注：「遺後猶云身後。」

〔三〕神光：神采。

〔四〕「落月」句：杜甫《夢李白二首》其一：「落月滿屋梁，猶疑照顏色。」

〔五〕「秘閣」句：《中州集・密國公璹》：「家所藏法書名畫，幾與中秘等。」外府：外庫。與皇宮的倉庫稱内府相對。

〔六〕「謝家」句：用「芝蘭玉樹」典美稱佳子弟。詳見《贈楊君美之子新甫》注〔六〕。

〔七〕靈均：屈原《離騷》：「名余曰正則兮，字余曰靈均。」騷經：指《離騷》。清黎庶昌《周以來十一書應立學議》：「王逸注《楚辭》，遵《離騷》曰經，朱子從而不廢。」

〔八〕宗國：祖宗之國。

〔編年〕

李《譜》編於蒙古憲宗七年丁巳下「總附」中，謂己亥返鄉後之作。從之。繆《譜》未編。

岳解元生日 邦獻〔一〕

天日晴明見岳時，只君消得謫仙詩〔二〕。鶯花到處供杯酒，霜雪何緣點鬢絲。已辦紫雲新活計〔三〕，又添驥子好男兒〔四〕。扶風里社他年看〔五〕，鬧簇靈椿桂五枝〔六〕。

〔注〕

〔一〕岳邦獻：扶風（今陝西省扶風縣）人，曾中解元。本集有《岳邦獻壽》、《吊岳家千里駒》詩，餘不詳。解元：科舉時，鄉試第一名稱解元。

〔二〕消得：配得。謫仙：指李白。李白《對酒憶賀監詩序》：「太子賓客賀公，於長安紫極宮一見余，呼余爲『謫仙人』。」

〔三〕紫雲：樂妓名。唐孟棨《本事詩·高逸》載，杜牧爲御史分司洛陽時，李司徒願罷鎮閑居，聲妓豪奢，高會朝客。「杜獨坐南行，瞪目注視，引滿三卮，問李云：『聞有紫雲者，孰是？』李指示之。杜凝睇良久，曰：『名不虛傳，宜以見惠。』」

〔四〕「又添」句：《北史·裴延儁傳》：「二子景鸞景鴻，並有逸才。河東呼景鸞曰驥子，景鴻爲龍文。」驥子：良馬。比喻英俊的人才。

〔五〕扶風：金縣名。岳邦獻故鄉。

〔六〕「鬧簇」句：五代馮道《竇氏五子》：「燕山竇十郎，教子以義方。靈椿一株老，丹桂五枝芳。」靈椿：《莊子·逍遥游》中的長壽樹。後因喻指父親和長輩。亦用作祝人長壽之詞。桂：喻指秀拔人才。

〔編年〕

李《譜》編於蒙古憲宗七年丁巳下「總録」中，謂晚年返鄉後作。從之。繆《譜》未編。

岳邦獻壽〔一〕

見君誰不愛清醇，壽席今年樂事新。八十老翁持酒勸，酣歌一曲太平春。

〔注〕

〔一〕岳邦獻：見《岳解元生日》注〔一〕。

〔編年〕

李《譜》編於蒙古憲宗七年丁巳下「總附」中，謂晚年返鄉後之作，從之。繆《譜》未編。

答石子章因送其行〔一〕

石梁詩好先知名〔二〕，尊酒相逢意自傾。寶劍沉埋惜元振〔三〕，鐵檠豪宕見胡鉦①〔四〕。藍田月出多重暈〔五〕，豐嶺霜餘即大鳴〔六〕。後日天山望征騎〔七〕，燕鴻歸處是雲程〔八〕。

〔校〕

①鉦：應作「証」。遺山誤記。

〔注〕

〔一〕石子章：名建中，大都（今北京市）人。工曲。其事見孫楷第《元曲家考略》丁稿。

〔二〕「石梁」句：石子章曾作《趙州石橋》詩，見孫楷第《元曲家考略》。

〔三〕「寶劍」句：《唐詩紀事》卷八「郭元振」條載其《古劍歌》：「良工鍛鍊凡幾年，鑄得寶劍名龍泉……何言中路遭棄捐，零落飄淪古獄邊。」

〔四〕「鐵檠」句：《新唐書·胡証傳》：「証膂力絶人。晉公裴度未顯時，羸服私飲，爲武士所窘。証聞，突入坐客上，引觥三釂，客皆失色。因取鐵燈檠，摘枝葉，摎合其跗，横膝上，謂客曰：『我欲爲酒令，飲不釂者，以此擊之。』……故時人稱其俠。」

〔五〕「藍田」句：藍田，今陝西省藍田縣，有玉山，良玉生煙，故月多重暈。重暈，日月周圍光線經雲層中冰晶折射而形成的光圈。古人以爲瑞徵。

〔六〕「豐嶺」句：《山海經·中山經》：「（豐山）有九鐘焉，是知霜鳴。」郭璞注：「霜降則鐘鳴，故言知也。」豐山，在今河南省南陽市東北三十里。上二句謂石子章將有騰達的好運。

〔七〕天山：山名。在新疆。此代指漠北。

〔八〕雲程：遥遠的路程。

〔編年〕

李《譜》編於蒙古憲宗七年丁巳下「總附」中，謂晚年返鄉之後作，從之。繆《譜》未編。

吊岳家千里駒〔一〕

蜀客淒涼土一丘，後身還有化身愁①〔二〕。靈椿丹桂偶相值〔三〕，蕙草清霜寧久留〔四〕。掌中玉雪恩憐在〔五〕，筆底雲煙取次休〔六〕。過眼空華只如此，不如無子却無憂。

〔校〕

①後身：李全本作「身後」，倒。

〔注〕

〔一〕岳家：岳邦獻家。參見《岳解元生日》注〔一〕。千里駒：美稱少年人才。

〔二〕後身：佛教有「三世」的説法，謂轉世之身爲「後身」。化身：指後身再轉世。

〔三〕靈椿丹桂：喻岳家父子。典見《岳解元生日》注〔六〕。相值：相遇。

〔四〕蕙草：《爾雅翼·薰草》謂蕙草即薰草。此草朝生夕死，飲其露者尤不可遲也。

〔五〕掌中玉雪：用「掌上明珠」典。玉雪：指岳家千里駒。

〔六〕筆底煙雲：遺山《岳解元生日》讚揚岳邦獻子有「鬧簇靈椿桂五枝」語，當指此。取次：倉促。

〔編年〕

李《譜》編於蒙古憲宗七年丁巳下「總附」中，謂晚年返鄉後作。從之。繆《譜》未編。

玄都觀桃花〔一〕

前度劉郎復阮郎〔二〕，玄都觀裏醉紅芳。非關小雨能留客，自是桃花要洗妝〔三〕。人世難逢開口笑〔四〕，老夫聊發少年狂〔五〕。一杯盡吸東風了，明日新詩滿晉陽〔六〕。

〔注〕

〔一〕玄都觀：道觀名。所在地不詳。

〔二〕「前度」句：《太平御覽》卷四一引南朝宋劉義慶《幽明録》：漢明帝時，剡縣劉晨、阮肇共入天台山，迷不得返。見山中有大桃，取食之。後遇女仙。

〔三〕洗妝：梳洗打扮。

〔四〕「人世」句：唐杜牧《九日齊山登高》：「人世難逢開口笑，菊花須插滿頭歸。」

〔五〕「老夫」句：語出蘇軾《江城子·密州出獵》「老夫聊發少年狂」。

〔六〕晉陽：晉陽城，故址在今山西省太原市西南晉源鎮附近。此指太原。

〔編年〕

按末句，當晚年返鄉後之作。李《譜》編於蒙古憲宗七年丁巳下「總附」中，繆《譜》未編。

馬雲漢方鏡背有飛魚〔一〕

劫火依然百鍊初〔二〕，護持元自有神魚〔三〕。影寒似覺雲屏透〔四〕，光落應分玉斗餘〔五〕。開朗休嫌露圭角〔六〕，圓通寧復滯方隅〔七〕。衣冠正了渾閑在〔八〕，一片靈臺欲付渠〔九〕。

〔注〕

〔一〕馬雲漢：馬天徠（《中州集》卷七有傳）弟，介休（今山西省介休縣）人。善畫。參見《耀卿西山歸隱三首》注〔一〕。

〔二〕劫火：佛教語。謂壞劫之末所起的大火。此指金末喪亂。百鍊初：銅鏡鍛成之初，形容嶄新。

〔三〕神魚：指詩題中「飛魚」。

〔四〕雲屏：畫雲的屏風。

〔五〕玉斗：北斗星。金楊雲翼《應制白兔》：「光摇玉斗三千丈，氣傲金風五百霜。」

〔六〕開朗：直爽。圭角：圭的棱角，猶言鋒芒。

〔七〕圓通：通達事理，處事靈活。方隅：指（方鏡）邊和角。

〔八〕「衣冠」句：唐歐陽詢《藝文類聚》卷七十：「漢李尤《鏡銘》曰：『鑄鏡爲鑑，整飾容顏。修爾法服，正爾衣冠。』」渾閑在：言閑適情趣還在。

〔九〕靈臺：指心。渠：指鏡。

〔編年〕

按元陶宗儀《南村輟耕録》卷二「丁祭」條「内翰王文康公鶚……國初自保定應聘北行（指蒙古乃馬真后三年甲辰應忽必烈之邀北至和林事），時故人馬雲漢以宣聖（孔子）畫相爲贈」及本集《耀卿西山歸隱三首》題注「馬卿爲耀卿張君寫真，未幾被召北上（指蒙古定宗二年丁未張德輝應忽必烈之徵聘事）」，遺山與馬雲漢交往在晚年。本詩當晚年返鄉後作。李《譜》編於蒙古乃馬真后二年癸卯下「總録」中，謂在燕都作，證據不足。繆《譜》未編。

讀李狀元朝宗禪林記〔一〕

李守濟州〔二〕，城破不屈節死，贈鄉郡刺史①。

偶向禪林見舊文〔三〕，濟陽南望爲沾巾〔四〕。張巡許遠古亦少〔五〕，烈日秋霜今更新〔六〕。千字豐碑誰國手〔七〕，百城降虜盡王臣〔八〕。知君不假科名重〔九〕，元是中朝第一人〔一〇〕。

〔校〕

①詩序：毛本置於「禪林記」後併作詩題。從李詩本、李全本、施本。

〔注〕

〔一〕李狀元：《金史·李演傳》：「李演字巨川，任城（今山東省濟寧市）人。泰和六年進士第一，除應奉翰林文字。再丁父母憂，居鄉里。貞祐初，任城被兵，演墨縗爲濟州刺史，畫守禦策。召集州人爲兵，搏戰三日，衆皆市人，不能戰，逃散。演被執，大將見其冠服非常，且知其名，問之曰：『汝非李應奉乎？』演答曰：『我是也。』使之跪，不肯。以好語撫之，亦不聽。許之官禄，演曰：『我書生也，本朝何負於我，而利人之官禄哉？』大將怒，擊折其脛，遂曳出殺之，時年三十餘。贈濟州刺史，詔有司爲立碑云。」

〔二〕濟州：今山東省濟寧市。

〔三〕禪林：寺廟。舊文：指李演之《朝宗禪林記》。

〔四〕濟陽：金縣名。今山東省濟陽市。

〔五〕「張巡」句：指張巡、許遠堅守睢陽抵抗安禄山叛軍食盡城破被俘不屈死節事。詳見《唐書·張巡傳》。

〔六〕烈日秋霜：指李演的大義凜然。元王惲《平原行》：「故應烈日秋霜氣，千古堂堂凜若神。」

〔七〕國手：一國中某項技藝最出衆的人。句謂哪位高手爲李演堅守不屈死節事撰碑大書特書呢？

〔八〕王臣：指蒙古主的臣民。語出《詩·小雅·北山》：「溥天之下，莫非王土；率土之濱，莫非王臣。」

〔九〕科名：指李演中狀元事。

〔一〇〕「元是」句：《新唐書·李揆傳》：「揆美風儀，善奏對，帝歎曰：『卿門地、人物、文學皆當世第一，信朝廷羽儀乎！』故時稱三絶。」蘇軾《送子由使契丹》：「單于若問君家世，莫道中朝第一人。」中朝：漢代朝官自武帝以後有中朝、外朝之分。中朝即内朝，侍中多用文士。此當指李演所在的翰林院。

〔編年〕

李《譜》編於蒙古憲宗七年丁巳下「總附」中，謂晚年返鄉後之作，從之。繆《譜》未編。

追懷趙介叔〔一〕

今古人門各一時①〔二〕，燕南賸有桂林枝〔三〕。清風明月懷玄度〔四〕，緑水紅蓮見杲之〔五〕。善政傳歸遺愛頌〔六〕，陰功留在稱家兒〔七〕。哀歌不盡平生意〔八〕，空想翛然瘦鶴姿〔九〕。

〔校〕

①門：毛本作「間」，訛。據李詩本、李全本、施本改。

〔注〕

〔一〕趙介叔：趙克剛字介叔。永平（今河北省定州市）人。金禮部尚書趙思文之次子。《中州集·趙思文傳》：「三子：敬叔、介叔、方叔，今居鄉里。」

〔二〕人門：人的才品與門第。

〔三〕燕南：燕地之南，指趙介叔籍里永平。賸：更。桂林枝：喻才學出衆。用典詳見《賀威卿徐弟得雄》注〔六〕。

〔四〕「清風」句：《世説新語·言語》：「劉尹云：『清風朗月，輒思玄度。』」玄度：東晉名士許詢之字。許有才不仕，喜談玄理，時人仰慕。

〔五〕「緑水」句：用南朝齊庾杲之入王儉幕府時譽甚隆典。詳見《留别仲澤》注〔四〕。

〔六〕遺愛：留於後世而被人追懷的德行、恩惠、貢獻等。

〔七〕陰功：在人世間所做而在陰間可以記功的好事。稱家兒：唐韓愈《唐故殿中少監馬君墓誌》：「幼子娟好静秀，瑶環瑜珥，蘭茁其芽，稱其家兒也。」

〔八〕哀歌：悲傷地歌唱。

〔九〕「空想」句：蘇軾《姚屯田挽詩》：「七年一别真如夢，猶記蕭然瘦鶴姿。」翛然：無拘無束貌。

〔編年〕

按詩意及《中州集·趙思文傳》，屬晚年返鄉後之作。李《譜》編於蒙古憲宗七年丁巳下「總附」中，繆《譜》未編。

感寓

南楊北李閑中老〔一〕，樂丈張兄病且貧〔二〕。叔夜吕安誰命駕〔三〕，牧童田父實爲鄰。功名富貴知何物，風雨塵埃惜此身。歌酒逢場蹔陶寫①〔四〕，不應嫌我醉時真。李仁卿、楊正卿、樂舜咨、張緯文②。

〔校〕

①逢場：毛本作「相逢」。據李詩本、李全本、施本改。　②尾注：施本無。

〔注〕

〔一〕南楊：楊果字正卿，祁州蒲陰（今河北省安國縣）人。幼失父母，從人南渡。參見《寄楊弟正卿》注〔一〕。北李：李冶字仁卿，真定欒城（今河北省欒城縣）人。參見《潁亭留別》注〔一〕。

〔二〕欒丈：欒夔字舜咨。參見《贈答欒丈舜咨》注〔一〕。張兄：張緯字緯文。參見《別緯文兄》注〔一〕。

〔三〕「叔夜」句：用呂安思叔夜（嵇康）千里命駕典。詳見《有寄》注〔三〕。

〔四〕逢場：遇到某場合。

【編年】

李仁卿金亡後北渡，詩當晚年返鄉後之作。李《譜》編於蒙古憲宗七年丁巳下「總附」中。繆《譜》未編。

存殁 辛老敬之，劉兄景玄①〔一〕。

行間楊趙提衡早〔二〕，老去辛劉入夢頻。案上酒杯聊自慰，袖中詩卷欲誰親。兩都秋色皆喬木〔三〕，一代名家不數人。汲冢遺編要完補〔四〕，可能虛負百年身。

【校】

①題下注：施本無。

【注】

〔一〕辛敬之：辛愿字敬之。詳見《三鄉雜詩三首》其三注〔一〕。劉景玄：劉昂霄字景玄。參見《寄答景玄兄》注〔一〕。

〔二〕行間：行輩之間。指文章的字句之間亦通。楊趙：指金末文壇領袖楊雲翼與趙秉文。提衡：用秤稱物，以平輕重。引申爲衡量選拔。《中州集》卷四楊雲翼《李平甫爲裕之畫繫舟山圖，閑閑公有詩，某亦繼作》：「禮部天下士，文盟今歐韓。一見折行輩，殆如平生歡……他日傳吾道，政要才行完。會使兹山名，與子俱不刊。」

〔三〕「兩都」句：宋黄庭堅《讀曹公傳》：「兩都秋色皆喬木，二祖恩波在細民。」喬木：高大的樹木。《孟子·梁惠王》：「所謂故國者，非謂有喬木之謂也，有世臣之謂也。」後因以喬木形容故國。

〔四〕汲冢遺編：《晉書·束皙傳》載，晉太康二年，汲郡人不準盜發魏襄王墓（或言安釐王冢），得數十車竹書。今已失傳。《金實録》哀宗朝事不完備。本集《學東坡移居八首》之六「國史經喪亂，天幸有所歸。但恨後十年，時事無人知」。遺山撰《壬辰雜編》等書即補此缺。句指此。

〔編年〕

按「老去」句，當晚年返鄉後之作。李《譜》編於蒙古憲宗七年丁巳下「總附」中。繆《譜》未編。

人日有懷愚齋張兄緯文〔一〕

書來聊得慰懷思，清鏡平明見白髭〔二〕。明月高樓燕市酒〔三〕，梅花人日草堂詩〔四〕。風光流轉何多態，兒女青紅又一時〔五〕。澗底孤松二千尺〔六〕，殷勤留看歲寒枝〔七〕。

〔注〕

〔一〕人日：正月初七。愚齋張兄緯文：張緯字緯文，號愚齋。詳見《别緯文兄》注〔一〕。

〔二〕清鏡：明鏡。

〔三〕「明月」句：《史記·刺客列傳》：「荆軻既至燕，愛燕之狗屠及善擊筑者高漸離。荆軻嗜酒，日與狗屠及高漸離飲於燕市。酒酣以往，高漸離擊筑，荆軻和而歌於市中。」燕市：燕京都市。本集《外家别業上梁文》自注：「張緯文留滯燕京。」

〔四〕「梅花」句：唐高適《人日寄杜二拾遺》：「人日題詩寄草堂，遥憐故人思故鄉。柳條弄色不忍見，梅花滿枝空斷腸。」杜甫晚年在成都居浣花草堂，有《人日》詩。詩人引以自喻。

〔五〕青紅：青鬢紅顔。狀少年。

〔六〕「澗底」句：晉左思《詠史》其二：「鬱鬱澗底松，離離山上苗。」句喻地位低微而志向孤高。

〔七〕歲寒枝：《論語·子罕》：「歲寒，然後知松柏之後彫也。」

〔編年〕

晚年返鄉後之作。李《譜》據「明月」二句編於蒙古定宗二年丁未下「附録」中，謂「上句指癸卯，下句指今書也。自癸卯至此年，人日始在家」，比較牽强。繆《譜》未編。

趙元德御史兄七秩之壽①〔一〕

總道浮雲世態新②〔二〕，典刑依舊老成人〔三〕。松身鶴骨詩千狀〔四〕，玉潤冰清德有鄰③〔五〕。已卜新居近泉石，不應晚節傍風塵〔六〕。平頭七十從頭數，才是梅溪第一春〔七〕。

〔校〕

①詩題：施本「兄」前有「之」字。②總道：李全本、施本作「富貴」。③潤：李全本作「淵」，形訛。

〔注〕

〔一〕趙元德：金遺老中較爲知名者。《元史·張德輝傳》：「（戊申）夏，德輝得告將還，更薦白文舉、鄭顯之、趙元德、李造之、高鳴、李槃、李濤數人。」餘不詳。秩：十年爲一秩。

〔二〕浮雲：喻變幻迅速。

〔三〕典刑：即「典型」。《詩·大雅·蕩》：「雖無老成人，尚有典刑。」鄭玄箋：「猶有常事故法可案用也。」

〔四〕松身鶴骨：形容儀容清癯、軒昂。

〔五〕玉潤冰清：像玉一樣潤澤，像冰一樣清潔。《禮記·聘義》：「君子比德於玉焉，温潤而澤，仁也。」德有鄰：蘇軾《用前韻再和孫志舉》：「我室思無邪，我堂德有鄰。」

〔六〕「不應」句：杜甫《寄常徵君》：「白水青山空復春，徵君晚節傍風塵。」《九家集注杜詩》：「句謂其晚節末路乃傍塵（風）塵出而爲官也。」

〔七〕「平頭」二句：宋王十朋字龜齡，有《梅溪集》，疑用此典。

〔編年〕

按注〔一〕，當晚年返鄉後之作。李《譜》編於蒙古憲宗七年丁巳下「總附」中。繆《譜》未編。

送奉先從軍〔一〕

潦倒書生百戰場，功名都屬繡衣郎〔二〕。虎頭食肉無不可〔三〕，鼠目求官空自忙〔四〕。捲月清笳渭城曉〔五〕，倚天長劍蜀山蒼〔六〕。習池老去風流減〔七〕，醉後揚鞭媿葛彊〔八〕。

〔注〕

〔一〕奉先：其人不詳。施注疑指張奉先（本集有《甲寅九日同臨漳提領王明之、鹿泉令張奉先、賈千户令春、李進之、冀衡甫游龍泉寺，僧顥求詩二首》）。

〔二〕繡衣郎：貴家子弟。古代貴者穿彩繡絲綢衣服，故稱。

〔三〕虎頭食肉：用漢班超「燕頷虎頭，飛而食肉」典，詳見《送樊順之》注〔七〕。

〔四〕鼠目求官：鼠目喻卑賤者。用典詳見《寄欽用》注〔七〕。

〔五〕「捲月」句：謂淒厲的笳聲高入雲霄，遏流雲，捲殘月。喻寫悲涼慷慨之情。渭城曉：唐王維《送元二使安西》有「渭城朝雨」句，詩暗用此典，有惜别意。

〔六〕倚天長劍：戰國楚宋玉《大言賦》：「方地爲車，圓天爲蓋，長劍耿耿倚天外。」後用寫豪情壯志、英雄氣概。

〔七〕「習池」句：《世説新語·任誕》劉孝標注引《襄陽記》曰：「漢侍中習郁，於峴山南依范蠡養魚法作魚池……是游燕名處也。山簡每臨此池，未嘗不大醉而還，曰：『此是我高陽池也。』襄陽小兒歌之。」

〔八〕「醉後」句：《世説新語·任誕》：「山季倫爲荆州，時出酣暢。人爲之歌曰：『山公時一醉，徑造高陽池。日莫倒載歸，茗艼無所知。復能乘駿馬，倒著白接䍦。舉手問葛彊，何如并州兒？』高陽池在襄陽。彊是其愛將，并州人也。」

〔編年〕

「蜀山蒼」應指送奉先從軍之處，此爲蒙古軍。詩作於晚年。末句用葛彊典，奉先當爲并州人。詩當晚年返鄉後作。李《譜》編於蒙古憲宗七年丁巳下「總附」中。繆《譜》未編。

九日午後入府，知曹子凶問，夜爲不能寐，爲作詩二首〔一〕

其一

角逐文場早決機〔二〕，晚年書卷不停披。詩如魯望何多態〔三〕，檄比賓王又一奇〔四〕。題品自當高等級，搜求誰復盡毫氂。遺編綴葺非吾事①〔五〕，千古朱絃有子期〔六〕。

〔校〕

①葺：施本作「輯」。

〔注〕

〔一〕曹子：施注謂指曹通甫。本集《曹子歸葬疏》云：「通甫曹君，牧之風調，張祐才名……風霜十月，身去國而不歸。」施説可從。元王惲《碑陰先友記》：「曹居一字通甫，北燕人（元鮮于樞《困學齋雜録》謂太原人）。有文章，善談議。以謨畫佐征南幕府官員外郎卒。」凶問：死訊。

〔二〕「角逐」句：曹通甫金末進士及第（元鮮于樞《困學齋雜録》）。決機：依據形勢採取適宜對策。

〔三〕魯望：唐詩人陸龜蒙字魯望。本集《校笠澤叢書後記》云：「龜蒙，高士也。學既博贍，而才亦峻潔，故其成就卓然爲一家。然識者尚恨其多憤激之辭而少敦厚之義……標置太高，分別太甚，鎪刻太苦，譏罵太過。」

〔四〕「檄比」句：《新唐書・駱賓王傳》：「徐敬業亂，署賓王爲府屬，爲敬業傳檄天下，斥武后罪。后讀，但嘻笑，至『一抔之土未乾，六尺之孤安在』，矍然曰：『誰爲之？』或以賓王對，后曰：『宰相安得失此人！』」

〔五〕遺編：指散佚而殘缺不全的典籍。句指詩人編輯《中州集》、《金源君臣言行録》等。

〔六〕「千古」句：用伯牙子期高山流水典。見《送郭大方》注〔四〕。朱絃：《禮記・樂記》：「《清廟》之瑟，朱弦而疏越，壹唱而三歎，有遺音者矣。」後用指音樂的美妙。曹通甫亦注重搜集金末史事，今存《李伯淵奇節傳》（見蘇天爵《元文類》），故遺山引爲知音。

其二

造物無心賦耦奇〔一〕，敢從窮達計前期〔二〕。參軍桓府得君重〔三〕，奮翼澠池徒爾爲〔四〕。一瞥風花才過眼〔五〕，半生歌笑幾伸眉〔六〕。陸家正有諸郎在，寶劍千金更屬誰〔七〕。

〔注〕

〔一〕耦奇：指命數好壞。耦同「偶」，即遇合，幸運。本集《送王亞夫舉家歸許昌》：「天公醉着百不問，汝偶而偶奇而奇。」

〔二〕前期：對未來的預期。

〔三〕「參軍」句：晉郗超被大司馬桓温任爲參軍，深得器重（《晉書·郗鑒傳》、《世説新語·寵禮》）。參軍：參謀軍事，軍府所置官員。曹居一曾任蒙古征南幕府官。

〔四〕奮翼澠池：《後漢書·馮異傳》載馮異大破赤眉於崤，「璽書勞異曰：『赤眉破平，士吏勞苦，始雖垂翅回谿，終能奮翼澠池，可謂失之東隅，收之桑榆。』」

〔五〕風花：指用華麗辭藻寫景狀物的詩文。

〔六〕伸眉：舒展眉頭。形容得志。

〔七〕「陸家」二句：《漢書·陸賈傳》：「有五男，乃出所使越槖中裝，賣千金，分其子，子二百金，令爲生産。賈常乘安車駟馬，從歌鼓瑟侍者十人，寶劍直百金，謂其子曰：『與女約：過女，女給人馬酒食極欲，十日而更。所死家，得寶劍車騎侍從者。』」

〔編年〕

曹通甫金亡後曾任蒙古征南幕府官，詩屬晚年返鄉後作。李《譜》編於蒙古憲宗元年辛亥下「附録」中，謂「『府』指太原。九日在太原者，惟此年（本集《真定學府教授常君墓銘》「辛亥九月晦，自太原東來，過仲明之門」）」，不足據。繆《譜》未編。

過陽泉馮使君墓①

一笛悠然此地聞，住山還憶大馮君〔一〕。已看引水澆靈藥〔二〕，更約築亭留野雲。前日褒衣笑皤腹〔三〕，今年宿草即荒墳〔四〕。東鄰誰舉游巖例〔五〕，秋菊寒泉尚可分。

〔校〕

①此首姚本據清張穆本補。其校記云：「詩刻在陽泉北嶺圍窪馮氏香亭之壁。末署：『己亥秋八月十有四日，自太原道往山陽，留宿於此東山。元好問裕之題。』遺山親筆也。行書，無年月。」趙廷鵬《元遺山詩集未收和誤收的詩》（《晉陽學刊》一九八七年六期）謂獲得金大定以來的《馮氏家譜》與元大德三年的《圍嶺老塋墓志》，從而證實遺山追悼馮泰亨的詩就刻在香亭的東亭上截。按：「己亥秋」等二十八字，又見於《山右石刻叢編》卷二十九《元裕之題名》。石在平遥超山。光緒《山西通志》卷九十七《金石記·九》謂此即《環宇訪碑録》卷十一所録「大德六年，古陶禪院元好問題名，行

書，在陽曲縣」者。遺山己亥夏自濟源攜家北歸，中秋節仍在路上，本集《倪莊中秋》題注「己亥」，可證上述碑刻有誤。關於詩，趙説言之鑿鑿，故從之。

〔注〕

〔一〕「一笛」二句：晉向秀《思舊賦序》：「余與嵇康、吕安，居止接近。其人益有不羈之才，然嵇志遠而疏，吕心曠而放。其後各以事見法。……余將西邁，經其舊廬……鄰人有吹笛者，發聲寥亮。追思曩昔游宴之好，感音而歎，故作此賦云。」後以「向秀聞笛」用作傷悼亡友的典故。

〔二〕靈藥：有靈效的藥。

〔三〕褒衣：寬大之衣。皤腹：大肚子。句指馮氏。

〔四〕宿草：隔年的草。《禮記·檀弓上》：「朋友之墓，有宿草而不哭焉。」孔穎達疏：「宿草，陳根也。草經一年則根陳也，朋友相爲哭一期，草根陳乃不哭也。」後多用爲悼亡之辭。

〔五〕「東鄰」句：《舊唐書·田游巖傳》：「田游巖，京兆三原人也。初補太學生，後罷歸。游於太白山，每遇林泉會意，輒留連不能去……後入箕山，就許由廟東築室而居，自稱『許由東鄰』。」

〔編年〕

晚年返鄉後路經陽泉時作。

銅雀臺瓦硯〔一〕

愛惜鉛花洗又看〔二〕，畫欄桂樹雨聲寒〔三〕。千年不作鴛鴦去〔四〕，唤得書生笑老瞞〔五〕。

〔注〕

〔一〕詩題：宋蘇易簡《文房四譜》卷三：「魏銅雀臺遺址，人多發其古瓦，琢之爲硯。甚工。而貯水數日不燥。」銅雀臺：漢末建安十五年曹操建，在鄴都，今河北省臨漳縣。

〔二〕「愛惜」句：施注引《道山清話》：「世傳銅雀瓦，驗之有三：錫花、鮮疵、雷斧是也。然皆風雨雕鐫，不可得而僞。」

〔三〕「畫欄」句：寫魏銅雀臺的淒涼景象。唐李賀《金銅仙人辭漢歌》：「畫欄桂樹懸秋香，三十六宫土花碧。」

〔四〕「千年」句：唐温庭筠《懊惱曲》：「野土千年怨不平，至今燒作鴛鴦瓦。」

〔五〕老瞞：曹操小字阿瞞，故稱。

〔編年〕

遺山晚年路經臨漳時曾游銅雀臺，本集《木蘭花慢》〔擁巖巖雙闕〕題序云：「游三臺二首。」詩亦有感傷興亡意，當同時作。李、繆未編。

過邯鄲四絶〔一〕

其一

富貴榮華一歎嗟，依然夢裏説韶華①〔一〕。千年幾度山河改②，空指遺臺是趙家〔二〕。

〔校〕

①韶：李全本作「苕」。　②千：施本作「十」。

〔注〕

〔一〕邯鄲：金縣名。今河北省邯鄲市。

〔二〕韶華：美好的時光。二句用「邯鄲夢」典。唐沈既濟《枕中記》載，盧生於邯鄲客店遇道士呂翁，自歎貧困。在呂所授瓷枕入睡，夢中享盡榮華富貴。夢醒，店主人蒸黍尚未熟。

〔三〕「空指」句：邯鄲爲戰國趙之國都，故云。

其二

人事存亡不易知，及時娛樂恨君遲〔一〕。後人共指叢臺笑〔二〕，三尺堯堦竟屬誰〔三〕。

〔注〕

〔一〕君：人們。

〔二〕叢臺：臺名。戰國趙築，在邯鄲城内，數臺相連，故名。《漢書·鄒陽傳》：「夫全趙之時，武力鼎士袨服叢臺之下者一旦成市，而不能止幽王之湛患。」

〔三〕堯堦：帝堯宮室的土堦。《新唐書・薛收傳》：「土階茅茨，唐堯以昌。」

其三

川原落落曙光開〔一〕，四顧河山亦壯哉。前日少年今白髮，只應孤塔記曾來〔二〕。

【注】

〔一〕落落：清晰分明貌。

〔二〕「前日」二句：暗用盧生赴考在邯鄲「黄粱夢」典。本集《衛州感事二首》其二「白塔亭亭古佛祠，往年曾此走京師」言其年輕時赴京趕考事。

其四

死去生來不一身〔一〕，定知誰妄復誰真。邯鄲今日題詩客，猶是黄粱夢裏人〔二〕。

【注】

〔一〕「死去」句：佛家轉世説，言人有前世、今世、後世三世之説。

〔二〕黄粱夢：即「邯鄲夢」。

【編年】

晚年返鄉後路經邯鄲時作。李《譜》編於蒙古定宗二年丁未下「附録」中，謂是年由鎮州往彰德經邯鄲時作，證據不足。繆《譜》未編。

南關二首

其一

風裏秋蓬不自由，一生幾度過隆州〔一〕。無情團柏關前水〔二〕，流盡朱顔到白頭。

〔注〕

〔一〕隆州：五代北漢置。治今山西省祁縣東南。

〔二〕團柏：金祁縣鎮名。在今山西省祁縣東。

其二

路轉川回失繫舟〔一〕，更教兩驛過徐溝〔二〕。多情團柏關前水，却共清汾一處流。是日自徐溝宿南關。

〔注〕

〔一〕繫舟：遺山家鄉山名。詳見《家山歸夢圖三首》其二注〔一〕。

〔二〕驛：驛站。徐溝：金縣名。在今山西省祁縣東北。

〔編年〕

晚年返鄉後路經團柏作。李《譜》編於蒙古乃馬真后四年乙巳下「附録」中，謂是年再來内鄉時作，不妥。繆《譜》未編。

曉起

鬢毛衰颯病淩兢〔一〕，暫入紅塵倦不勝。學似玉山樵客了〔二〕，八年流落醉騰騰〔三〕。予痛飲至是八年，故用韓致光此句①。

〔校〕

①光：李全本、施本作「堯」。按晚唐詩人韓偓之字，《四庫全書總目·韓内翰别集》云：「《唐書》本傳謂偓字致光，計有功《唐詩紀事》作字致堯。胡仔《漁隱叢話》謂字致元。毛晉作是集跋，以爲未知孰是。案劉向《列仙傳》稱：偓佺，堯時仙人。堯從而問道。則偓字致堯，於義爲合。致光、致元皆以字形相近誤也。」《新唐書》本傳謂其兄儀字羽光。且同卷孫偓字龍光，可見《四庫全書總目》所云不妥。從李詩本、毛本。

〔注〕

〔一〕衰颯：衰落。淩兢：哆嗦貌。

〔二〕玉山樵客：唐末詩人韓偓自號玉山樵人。見元辛文房《唐才子傳》。

〔三〕「八年」句：語本唐韓偓《騰騰》詩。醉騰騰：酒醉貌。

〔編年〕

李《譜》編於蒙古憲宗七年丁巳下「總附」中，謂晚年返鄉後之作，從之。繆《譜》未編。

感興四首

其一

夢中驚見白頭新，信口成篇却自神。天上近來詩價重，一聯直欲换青春。後二句夢中所得。

其二

詩印高提教外禪〔一〕，幾人針芥得心傳〔二〕。并州未是風流域①，五百年中一樂天〔三〕。

〔校〕

①域：李詩本、毛本、李全本作「減」，於義不合，且絶句第三句皆不當押韻，當刊印之訛。據施本改。

〔注〕

〔一〕詩印：詩作的刻本。句謂作詩與參禪相通。

〔二〕「幾人」句：《三國志·吴志·虞翻傳》裴松之注引三國吴韋昭《吴書》：「虎魄不取腐芥，磁石不受曲鍼。」磁石引針，琥珀拾芥，因以「針芥相投」謂相投契。《續傳燈録·紹燈禪師》：「造玉泉芳禪師法席，一見針芥相投，筌蹄頓忘。」

〔三〕「并州」二句：唐詩人白居易，字樂天，祖籍太原。晚年參佛，號香山居士。知詩禪相通之妙。

其三

廓達靈光見太初〔一〕，眼中無復野狐書〔二〕。詩家關捩知多少〔三〕，一鑰拈來便有餘。

〔注〕

〔一〕廓達：開朗通達。靈光：佛道指人的本性。謂在萬念俱寂時，良善的本性會發出光耀。太初：古代指天地未分以前的元氣。句謂參禪覺悟，心光開朗，看到最初的本性。

〔二〕野狐書：野狐禪。佛家稱外道異端爲野狐禪，言僅能欺世惑衆不足證實的道聽涂説。

〔三〕關捩：機關的扭轉處。

其四

好句端如緑綺琴〔一〕，静中窺見古人心。陽春不比黄華曲①〔二〕，未要千人作賞音。

〔校〕

①華：施本作「蕚」。

〔注〕

〔一〕端：恰巧。緑綺琴：古琴名。傳説漢司馬相如作《玉如意賦》，梁王悦之，賜以緑綺琴。晉張載《擬四愁詩》：「佳人遺我緑綺琴，何以贈之雙南金。」

〔三〕陽春：古樂曲名。《文選》楚宋玉《對楚王問》：「客有歌於郢中者，其始曰《下里巴人》，國中屬和者數千人……其爲《陽春》、《白雪》，國中屬而和者不過數十人。」黄華：古俗曲名。即《皇華》。黄庭堅《送彦孚主簿》：「《黄華》雖衆笑，《白雪》不同腔。」本作《皇荂》。《莊子·天地》：「大聲不入於里耳，《折陽》、《皇荂》，則嗑然而笑。」

【編年】

李《譜》編於蒙古憲宗七年丁巳下「總附」中，謂晚年返鄉後之作。按所言詩學觀點及「一聯」句，從之。繆《譜》未編。

講武城〔一〕

作計千年復萬年，似嫌蒸土不能堅〔二〕。只今講武人何在，衰柳殘楊有亂蟬。

【注】

〔一〕講武城：《明一統志》：「講武城有二：一在漳河之上，一在滏陽縣，皆魏曹操所築。」

〔二〕「似嫌」句：《晉書·赫連勃勃載記》：「以叱干阿利傾爲將作大匠，營起都城。阿性殘忍，乃蒸土築城，錐入一寸即殺作者而再築之。」句謂築城時唯恐不堅固。

【編年】

晚年返鄉之後經滏陽（今河北省磁縣）、臨漳時作。李《譜》編於蒙古憲宗七年丁巳下「總附」中。繆

《譜》未編。

蒼崖遠渚圖二首

其一

深谷高林自一天，紅塵無路近風煙。兩椽茅屋平生了，況是清溪有釣船。

其二

竹帛功名一筆無〔一〕，殘年那復計榮枯。青山未得攜家去，惆悵題詩是畫圖。

〔注〕

〔一〕竹帛：竹簡和白絹。古代初無紙，用竹帛書寫文字。引申指書册。

〔編年〕

按「殘年」句，當作於晚年。李《譜》編於蒙古憲宗七年丁巳下「總附」中，謂晚年返鄉後之作，從之。繆《譜》未編。

息軒秋江捕魚圖三首〔一〕

其一

擲網牽罾太俗生〔二〕，煙波名利不多争〔三〕。緑蓑衣底玄真子〔四〕，可是詩翁畫不成〔五〕。

〔注〕

〔一〕息軒：金楊邦基字德茂，號息軒，華陰（今陝西省華陰縣）人。大定中進士，仕至秘書郎、禮部尚書。善畫鞍馬，時人與北宋成就卓越的李公麟相比。本集《奚官牧馬圖息軒畫》：「息軒筆底真龍出，凡馬一空無古今。」金趙秉文《題楊秘監畫馬》：「驊騮萬匹落人間，一紙千金不當價。」稱他爲「三百年來無此筆」。

〔二〕擲網牽罾：指撒網捕魚。罾：用木棍或竹竿做支架的方形魚網，形似仰傘。

〔三〕争：差。句謂秋江捕魚與塵世追名奪利相差無幾。

〔四〕「緑蓑」句：唐張志和放浪江湖，自稱煙波釣徒，又號玄真子。其《漁歌子》詞：「青箬笠，緑蓑衣，斜風細雨不須歸。」

〔五〕可是：却是。詩翁：指楊邦基。楊亦善詩。金趙秉文《題楊秘監畫馬》：「楊侯詩人寓於畫，後身韓幹前身霸。」

其二

擊瓮喧天網截河，得魚何啻一罾多〔一〕。漁郎不作明年計，奈此纖鱗細甲何〔二〕。

〔注〕

〔一〕啻：止。

〔二〕「漁郎」二句：有反對「竭澤而漁」的寓意。

其三

正始風流一百年〔一〕，竹谿衣鉢有真傳〔二〕。玉堂人物今安在〔三〕，紙尾題詩一慨然。

〔注〕

〔一〕正始：三國魏齊王曹芳年號。正始風流：指以阮籍、嵇康爲代表的文風。南朝梁劉勰《文心雕龍·時序》：「於時正始餘風，篇體輕澹，而嵇、阮……並馳文路矣。」句指金初繼承正始之風。金蔡松年《永遇樂·正始風流》：「正始風流，氣吞余子，此道如線。」

〔二〕竹谿：指金中期文壇領袖党懷英。党有《竹谿集》，故稱。衣鉢：佛教僧尼的袈裟與飯盂。中國禪宗初祖至六祖師徒間傳授道法，常付衣鉢爲信。句指党懷英繼承正始風流。金趙秉文《中大夫翰林學士承旨文獻党公神道碑》：「詩似陶、謝，奄有魏晉。」

〔三〕玉堂：本爲漢代宫殿名，唐宋以後稱翰林院爲玉堂。

〔編年〕

李《譜》編於蒙古憲宗七年下「總附」中，謂晚年返鄉後之作，從之。繆《譜》未編。

七賢寒林圖〔一〕

萬古騷人有賞音〔二〕，畫家滿意與幽尋〔三〕。題詩記得嵩前事①，絶似馮雷入少林〔四〕。

〔校〕

①得：施本作「取」。嵩：李詩本、毛本作「松」，「崧」之訛。據李全本、施本改。

〔注〕

〔一〕七賢：指魏晉間阮籍、嵇康等竹林七賢。詳見《別覃懷幕府諸君二首》其二注〔二〕。

〔二〕騷人：詩人，文人。此指七賢。賞音：賞識的知音。

〔三〕滿意：一心一意。

〔四〕「題詩」二句：嵩前事指馮璧、雷淵游歷嵩山事。《中州集》卷六有馮璧《元光間，予在上龍潭。每春秋二仲月，往往與元、雷歷嵩少諸藍。禪師汴公方事參訪，每相遇，輒揮毫賦詩，以道閑適之樂……》詩。馮雷：指馮璧、雷淵。少林：指少林寺。在嵩山少室。

〔編年〕

李《譜》編於蒙古憲宗七年丁巳下「總附」中，謂晚年返鄉後之作，從之。繆《譜》未編。

同兒輩賦未開海棠二首

其一

翠葉輕籠豆顆勻，胭脂濃抹蠟痕新〔一〕。殷勤留著花梢露，滴下生紅可惜春。

【注】

〔一〕「胭脂」句：宋梅堯臣《海棠》：「胭脂色欲滴，紫蠟蒂何長。」

其二

枝間新緑一重重，小蕾深藏數點紅。愛惜芳心莫輕吐〔一〕，且教桃李鬧春風。

【注】

〔一〕芳心：花蕊。喻指情懷。

【編年】

李《譜》編於蒙古憲宗七年丁巳下「總附」中，謂晚年返鄉後之作，從之。繆《譜》未編。

隱秀君山水爲范庭玉賦〔一〕

萬壑風煙入座寒，六銖仙帔想驂鸞〔二〕。多少金閨畫眉手，吴山纔得鏡中看〔三〕。

【注】

〔一〕隱秀君：應爲秀隱君。金代畫家。本集有《秀隱君山水》詩。清王毓賢《繪事備考》卷七：「秀隱君，不詳其姓氏。貞祐中於檀州善果寺畫初祖面壁圖，觀者雲集，歡喜贊歎。主者因求再畫，笑而不答。明日訪之，已無跡矣。」范庭玉：元夏文彦《圖繪寶鑒》卷五「元」：「范庭玉，保定人。善墨竹，師樂善老人筆法。」

〔二〕六銖仙帔：佚名《博異記·岑文本》載，岑文本見上清童子「衣服輕細如霧，非齊紈魯縞之比」，「問曰：『衣服皆輕細，何土所出？』對曰：『此是上清五銖服。』又問曰：『此聞六銖者，天人衣，何五銖之異？』對曰：『尤細者則五銖也。』」驂鸞：謂仙人駕馭鸞鳥雲游。

〔三〕「多少」二句：金閨，指閨閣。吴山，指代眉峰。二句謂秀隱君所畫山水如女子所畫小山眉，秀麗可愛。

〔編年〕

當晚年在保定時作。李《譜》編於蒙古憲宗七年丁巳下「總附」中。繆《譜》未編。

楊秘監馬圖〔一〕

天閑誰省識真龍〔二〕，金粟堆前草色空〔三〕。忽見畫圖疑是夢，東華馳道麝香驄〔四〕。

〔注〕

〔一〕楊秘監：楊邦基，字德茂，號息軒，金朝畫家。詳見《息軒秋江捕魚圖三首》其一注〔一〕。

〔二〕天閑：皇帝養馬的地方。宋梅堯臣《傷馬》：「況本出天閑，因之重怊悵。」

〔三〕「金粟」句：杜甫《韋諷録事宅觀曹將軍畫馬圖歌》：「君不見金粟堆前松柏裏，龍媒去盡鳥呼風。」宋黄希《補注杜詩》：「洙曰：『漢武歌曰：天馬騋龍之媒。金粟堆，在玄宗泰陵南……』

師曰：『自禄山反，馬政荒廢，天子又不偏車騎，良馬戰歿殆盡。甫傷之，故云。』」句謂皇家也無駿馬。

〔四〕東華：汴京宫門名。麝香驄：金趙秉文《題楊秘監畫馬》：「曾貌先帝麝香驄，紙上飛出天池龍。」

〔編年〕

李《譜》編於蒙古憲宗七年丁巳下「總附」中，謂晚年返鄉後之作，從之。繆《譜》未編。

寄杜莘老三首〔一〕

其一

夢裏雲山一卧屏，先生畫筆果通靈。不妨行藥長安市，纔是前生許道寧〔二〕。

〔注〕

〔一〕杜莘老：金代畫家，雲中（今山西省大同市）人。參見本集《汾亭古意圖》尾注。

〔二〕許道寧：北宋畫家，長安人。工畫山水，學李成。初在汴京端門外賣藥，隨藥送畫，逐漸得名。擅寫林木、平遠、野水三景色。老年所作，峰巒峭拔，林木勁硬，筆墨簡快，爲當時稱賞。張士遜贈詩有「李成謝世范寬死，惟有長安許道寧」之句。

其二

一片青山共白雲，春林煙景入晴曛〔一〕。祝君老眼明於鏡，毫末清妍子細分①〔二〕。

〔校〕

①毫：李全本、施本作「豪」。末：李詩本作「木」。

〔注〕

〔一〕晴曛：日光照射。

〔二〕「毫末」句：蘇軾《書王定國所藏〈煙江疊嶂圖〉》：「使君何從得此本，點綴毫末分清妍。」清妍：美好。子細：清晰。杜甫《觀李固請司馬弟山水圖》：「野橋分子細，沙岸繞微茫。」

其三

杯酒殷勤興不孤，更教懷袖得新圖。緑囊自是君家物〔一〕，醫得煙霞痼疾無〔二〕。

〔注〕

〔一〕緑囊：緑色藥囊。見《常仲明教授挽辭》注〔七〕。

〔二〕煙霞痼疾：《新唐書·田游巖傳》：「臣所謂泉石膏肓，煙霞痼疾者。」指對山水的癖好，無限喜愛。

〔編年〕

遺山晚年返鄉後始與杜莘老結交，李《譜》編於蒙古憲宗七年丁巳下「總附」中，謂晚年返鄉後之作，從之。繆《譜》未編。

劉君用可庵二首〔一〕

其一

末節繁文費討論，經生規矩是專門〔二〕。惡惡不可惡惡可〔三〕，笑殺田家老瓦盆〔四〕。

〔注〕

〔一〕劉君用可庵：劉君用，金元之際人。元王惲有《題劉君用可庵手卷》詩。可庵當是劉君用的室名。

〔二〕「末節」二句：言儒家尚禮，講究繁瑣的儀式或細小的禮節，成爲專門之學，費人研討。經生：治經之儒生。

〔三〕「惡惡」句：言未可未不可。詳見《臺山雜詠十六首》其一〇注〔三〕。施注：「丁亥集可庵詩云：『莫道無衣不可身，更從裘葛辨春冬。惡惡不可惡惡可，等是無心恐誤人。』」此就「可庵」而論。王惲《題劉君用可庵手卷》「忤物能全古未聞，正須多可應時人」，亦着眼於此。

〔四〕「笑殺」句：杜甫《少年行二首》：「莫笑田家老瓦盆，自從盛酒長兒孫。」

其二

著脚繩橋已足憂〔一〕，邯鄲匍匐更堪羞〔二〕。惡惡不可惡惡可，大步寬行老死休〔三〕。惡，音

「烏」①。

〔校〕

①尾注：施本無。

〔注〕

〔一〕繩橋：用繩索連結兩岸，鋪以竹木而成的橋。

〔二〕邯鄲匍匐：用邯鄲學步典。《莊子·秋水》：「且子獨不聞夫壽陵餘子之學行於邯鄲與？未得國能，又失其故行矣，直匍匐而歸耳。」後世用以指一味摹仿別人，最後連自己看家本領都丢掉的人。

〔三〕老死：到老至死。

〔編年〕

李《譜》編於蒙古憲宗七年丁巳下「總附」中，謂晚年返鄉後之作，從之。繆《譜》未編。

題劉威卿小字難素册後二首〔一〕

其一

伎道精微得處難〔二〕，書林頭白一儒冠。陰功厚薄君休問〔三〕，只就蠅頭細字看。

〔注〕

〔一〕劉威卿：其人不詳。小字難素册：用蠅頭小字抄寫的中醫醫書《難經》和《素問》。

〔二〕伎：即技。伎道：此指醫學之道。

〔三〕陰功：陰德。此指治病救人之功德。

其二

齒牙餘論足輝光〔一〕，東國人倫趙與楊〔二〕。曾是兩翁門下客，殘年袖手亦無妨〔三〕。

〔注〕

〔一〕齒牙餘論：隨口稱譽的話。《南史·謝朓傳》：「士子名聲未立，應共獎成，無惜齒牙餘論。」

〔二〕人倫：品評或選拔人才。趙與楊：趙秉文和楊雲翼。二句謂劉威卿曾得到善于獎掖人物的趙、楊的褒獎，足以爲榮。

〔三〕袖手：指不關心世事。

〔編年〕

按「曾是」句，當晚年返鄉後之作。李、繆未編。

龐都運山水〔一〕

門闌喜色到崔盧〔二〕，文賦聲名逼兩都〔三〕。重爲溪山感疇昔，風流還有此翁無。

〔注〕

〔一〕龐都運：龐鑄，字才卿。大興（今北京市大興縣）人。金明昌五年進士。文采風流，字畫藴藉，自號「默翁」。仕至京兆運使。《中州集》有傳。

〔二〕「門闌」句：金趙秉文《贈少中大夫開國伯史公神道碑》：「始余聞季宏父名於相知間，行高而學博，能文翰，善談論，下至博奕，亦絶人遠甚……又與其壻陝西東路轉運使龐鑄才卿有冰玉之譽。」句當指此。杜甫《李監宅》之二「門闌多喜色，女壻近乘龍」、本集《送王彦華》「中朝名勝龍山冀，喜色門闌得佳婿」即其例。崔盧：初唐時的名門望族。《舊唐書·竇威傳》：「高祖笑曰：『比見關東人與崔盧爲婚，猶自矜伐。』」

〔三〕「文賦」句：元王惲有《跋龐才卿〈悲潼關賦〉後》：「此賦都運龐才卿所作，其步驟全類《思子臺賦》……前世士大夫學藝精妙如此，豈勝效慕。」兩都：東漢班固有《兩都賦》，文采斐然。

〔編年〕

「重爲」二句有傷悼故國之感，李《譜》編於蒙古憲宗七年丁巳下「總附」中，謂晚年返鄉後之作，從之。繆《譜》未編。

客意

雪屋燈青客枕孤，眼中了了見歸涂〔一〕。山間兒女應相望，十月初旬得到無。

〔注〕

〔一〕了了：明晰。

〔編年〕

晚年作。李《譜》編於蒙古定宗三年戊申下「附録」中，謂「當自寧晉回時」，不妥。繆《譜》未編。

馬雲卿畫紙衣道者像〔一〕

太古清風匝地來〔二〕，紙衣長往亦悠哉〔三〕。鐵牛力負黄河岸〔四〕，生被曹山挽鼻回〔五〕。

〔注〕

〔一〕馬雲卿：馬天來弟，金正大六年太學生。以畫名世，《畫史會要》載之。紙衣道者像：紙衣，紙製之衣服，屬粗衣之一類。紙衣道者，僧人。《曹山大師語録》中有紙衣道者。金密國公完顔璹《題紙衣道者圖》：「紫袍拔上金横帶，藜杖拖來紙掩襟。富貴山林争幾許，萬緣唯要總無心。」

〔二〕匝地：遍地。

〔三〕長往：避世隱居。晉潘岳《西征賦》：「悟山潛之逸士，卓長往而不返。」

〔四〕「鐵牛」句：古人建橋往往鑄鐵牛置於堤下，用以加固。《太平寰宇記》載，唐開元十二年於河東縣開東西澗，各造鐵牛四。其牛下並鐵柱連腹入地尺餘，負橋跨河。蘇軾《次韻子由送陳侗知陝州》：「誰能如鐵牛，横身負黄河。」佛教禪宗有「風穴鐵牛機」公案，以鐵牛之機表祖師心印。

〔五〕「生被」句：謂紙衣道人硬被曹山逼迫勘驗回歸到本來面目（自性）。《古尊宿語録》卷四十八：「昔紙衣道者參曹山。山云：『如何是紙衣下事？』道者云：『一裘才掛體，萬法悉皆如。』山云：『如何是紙衣下用？』道者近前應諾，便脱去。山云：『汝只解恁麼去，不解恁麼來。』道者忽然開眼。」曹山：唐代禪僧本寂，因居曹山，故稱。

〔編年〕

馬雲卿活躍於金元之際，元王惲《秋澗集・宣聖小像後跋語》及之。李《譜》編於蒙古憲宗七年丁巳下「總附」中，謂晚年返鄉後之作，從之。繆《譜》未編。

過威州鎬厲王故居①〔一〕

天道循環只眼前，果誰烈焰與寒煙。種瓜四摘渾閑事〔二〕，抱蔓無人更可憐〔三〕。

〔校〕

①州：毛本作「卿」，誤。據李詩本、李全本、施本改。

〔注〕

〔一〕詩題：《金史・世宗諸子・永中傳》載，永中於明昌三年進封鎬王。明昌五年其家奴告發鎬王曾與侍妾言「我得天下，子爲大王，以爾爲妃」，被賜死。泰和七年賜謚曰「厲」，於威州擇地改葬。威州：金州名。治今河北省井陘縣。

〔二〕「種瓜」句：用唐武則天殺戮宗室典，詳見《摘瓜圖二首，樗軒家物》其一注〔二〕。渾閑事：尋常事。

〔三〕「抱蔓」句：指金末崔立兵變，送皇家宗室五百人至青城被蒙古屠殺事。

【編年】

晚年路經井陘時作。李《譜》編於蒙古海迷失后元年己酉下「附録」中，謂是年來鎮陽時作，欠妥。繆《譜》未編。

覃彥清飛雨亭橫披〔一〕

百道懸流注夜光，畫中亭榭亦清涼。何人與問長安客，赤日黄塵有底忙。

【注】

〔一〕覃彥清：覃澄（一一一四——一二七五）字彥清。德興懷來（今河北省懷來縣）人。仕蒙古，有惠政。爲忽必烈潛邸近臣。入《元史·良臣傳》。橫披：橫幅。

【編年】

晚年作。李《譜》認爲晚年在燕京作，編於蒙古乃馬真后二年癸卯下「總附」中。繆《譜》未編。

舊與趙景温〔一〕

浮雲流水易西東，回首梁園似夢中〔二〕。一别十年今又别，酒尊能得幾回同。

〔注〕

〔一〕趙景温：其人不詳。

〔二〕梁園：代指汴京。

〔編年〕

晚年作。李《譜》據「回首梁園」、「一别十年」，謂「自癸巳出都，至此十年」，遂編於蒙古乃馬真后元年壬寅下「附録」中。繆《譜》未編。

贈司天王子正二首〔一〕

其一

慣見河邊織女機，枯楂八月未成歸〔二〕。棲遲零落今如此，枉却星翁比少微〔三〕。

〔注〕

〔一〕司天：掌管有關天象的事務。王子正：此人非《中州集》之王元粹。《中州集·王元粹傳》載元粹字子正，「年四十餘，癸卯九月卒」，此與詩「七十」不合。且王元粹在金亡前任南陽酒官，與「司天」不合。此王子正當另一人。

〔二〕「慣見」二句：晉張華《博物志·雜説下》：「舊説云天河與海通。近世有人居海渚者，年年八月有浮槎去來，不失期。」是書又言漢張騫窮河源乘槎至天河見牛郎織女，並得織女支機石而還事。槎：木筏。

〔三〕星翁：指司天王子正。少微：星名。一名處士星，共四星，在太微西南，屬獅子座。後常用以比處士高人。此指遺山。

其二

天容海色本澄清〔一〕，萬古東方有啓明。七十七年强健在①，不妨林下看升平②。

〔校〕

①七十七：施本作「六十七」。②妨：李全本作「方」。

〔注〕

〔一〕「天容」句：蘇軾《過海》詩：「雲散月明誰點綴，天容海色本澄清。」

〔編年〕

時人把遺山比作少微星，在其晚年歸鄉後，見《讀書山雪中》。詩應晚年作。李、繆未編。

杜莘老夏日汾亭横軸〔一〕

杜侯老筆堯民意〔二〕，黄閣清風有故家〔三〕。庸俗紛紛小兒女，枉教塵土涴煙霞〔四〕。

〔注〕

〔一〕杜莘老：金代畫家，雲中（今山西省大同市）人。參見本集《汾亭古意圖》尾注。

〔二〕「杜侯」句：本集有《汾亭古意圖》，尾注言杜莘老畫，灑然有塵外意。堯民：古史傳説堯帝能法天以推行教化，天下太平，百姓安居樂業。

〔三〕黄閣：漢代丞相聽事閣及漢以後三公官署廳門涂黄色，故稱黄閣。唐時門下省也稱黄閣。故家：謂世家大族。

〔四〕涴：污染。

〔編年〕

本集有《寄杜莘老三首》詩，知杜氏活動於金元之際，詩當晚年作。李《譜》編於蒙古憲宗七年丁巳下「總附」中。繆《譜》未編。

武元直秋江罷釣〔一〕

暮山明月曉溪雲，今古仙凡此地分。醉後狂歌問漁叟，殘年何計得隨君〔二〕。

〔注〕

〔一〕武元直：字善夫，北平（今北京市）人，金代畫家。明昌中名士，長於山水。元陳賡有《題善夫桃溪圖》詩。

〔二〕君：指漁叟。

〔編年〕

按「殘年」句，當晚年作。李《譜》編於蒙古憲宗七年丁巳下「總附」中。繆《譜》未編。

薊北杜國寶以真定教官李進之所撰大父中憲公及其先人帥府從事行狀見示，用題三絶其後〔一〕

其一

總道清流解致君〔二〕，白袍唐日已紛紛〔三〕。科名屈殺漁陽老〔四〕，章甫何人不惠文〔五〕。

〔注〕

〔一〕薊：金州名。今河北省薊縣。杜國寶：其人不詳。真定教官李進之：見《送王彦華》注〔七〕。中憲：中憲大夫，金代文官正五品中階。帥府從事：將帥幕府的屬員。行狀：文體名。專指記述死者世系、籍貫、生卒年月和生平概略的文章。

〔二〕清流：喻指德行高潔負有名望的士大夫。解：能。致君：謂輔佐國君，使其成爲聖明之主。杜甫《奉贈韋左丞丈二十二韻》：「致君堯舜上，再使風俗淳。」

〔三〕白袍：唐士子未仕者服白袍，故以爲入試士子的代稱。句謂唐代士人重視科舉。

〔四〕科名：科舉功名。漁陽：薊州的古名。漁陽老：指杜國寶之先人。

〔五〕章甫：商代的一種冠。《禮記·儒行》謂孔子「長居宋，冠章甫之冠」，後用以稱儒者之冠。惠文：冠名。戰國趙惠文王創製，後爲武官之冠。句謂文人把武官的風光占盡。

其二

兒戲將軍百不知〔一〕，枉將壁壘付安危〔二〕。論功纔得鹽山令，堂上奇兵果是誰〔三〕。

〔注〕

〔一〕兒戲將軍：用「霸上兒戲」典，詳見《史記·絳侯周勃世家》。

〔二〕壁壘：軍營的圍牆。作爲進攻或退守的工事。

〔三〕「論功」二句：謂杜國寶之先人任帥府從事能獻奇策出奇兵致勝，封功才得鹽山縣令。

其三

堂掾談經見早成〔一〕，諸郎難弟復難兄〔二〕。長留北海文章在〔三〕，千古雲麾有姓名〔四〕。

〔注〕

〔一〕堂掾：指杜國寶之父。其曾任帥府從事，故稱。

〔二〕「諸郎」句：用「難兄難弟」典（詳見《賈氏怡齋二首》其二注〔一〕），謂兄弟才德俱佳，難分高下。

〔三〕北海：孔融，東漢末魯人，字文舉。獻帝時爲北海相。有文才，爲建安七子之一。

〔四〕雲麾：古將軍名號。始置於南朝梁，唐時定爲武散階從三品上。

〔編年〕

詩題中「真定教官李進之」見本集《令旨重修真定廟學記》（蒙古海迷失后元年己酉作）等，知組詩作於晚年。李《譜》編於蒙古乃馬真后二年癸卯下「總附」中，謂晚年至燕京時作。繆《譜》未編。

贈訾子野高士三章〔一〕

其一

仙翁高弟獨君優〔二〕，胸次清明辨九流〔三〕。我是愚溪一愚叟〔四〕，不妨同醉訾家洲〔五〕。

〔注〕

〔一〕訾子野：當指元初道士訾洞春。元王惲《秋澗集》卷十五有《題相者訾洞春》詩。元劉因《訾相士詩卷》有「不向訾家洲上醉」句。《元史·世祖一》中統二年十月下載：「遣道士訾洞春代祀東海廣德王廟。」

〔二〕仙翁：道士。

〔三〕九流：先秦至漢初的學術流派總稱，即：法、名、墨、儒、道、陰陽、縱横、雜、農家。

〔四〕愚溪：唐柳宗元《愚溪詩序》：「灌水之陽有溪焉，東流入於瀟水……余以愚觸罪，謫瀟水上，愛是溪……故更之爲愚溪。」

〔五〕砦家洲：唐柳宗元《桂州砦家洲亭記》：「署之左曰灕水。水之中曰砦氏之洲。」

其二

月旦今誰許與陳〔一〕，乍賢乍佞日紛紜〔二〕。鳶肩燕頷非吾事〔三〕，一片靈臺欲付君〔四〕。

〔注〕

〔一〕「月旦」句：《後漢書·許劭傳》：「劭與靖俱有高名，好共覈論鄉黨人物，每月輒更其品題，故汝南俗有『月旦評』焉。」陳：陳蕃，東漢名臣，字仲舉，汝南平輿人。靈帝時與大將軍竇武「同心盡力，徵用名賢，共參政事」，見《後漢書·陳蕃傳》。

〔二〕乍賢乍佞：《漢書·王尊傳》：「羣盜並興，選賢徵用，起家爲卿。賊亂既除，豪猾伏辜，即以佞巧廢黜。一尊之身，三期之間，乍賢乍佞，豈不甚哉！」

〔三〕鳶肩：雙肩上聳如鳶。燕頷：下巴寬大如燕。舊時相家以爲貴相。見《新唐書·馬周傳》、《後漢書·班超傳》。

〔四〕靈臺：指心靈。

其三

虛名玉表或碣中〔一〕，薄命何堪與共功。東國人倫要真識〔二〕，好將傳與黑頭公〔三〕。

〔注〕

〔一〕碣：外表像玉的石頭。

〔二〕東國人倫：《文選・劉孝標〈廣絶交論〉》：「陸大夫燕喜西都，郭有道人倫東國。」人倫：言品評或選拔人才。

〔三〕黑頭公：指青壯年。

〔編年〕

李《譜》編於蒙古憲宗七年丁巳下「總附」中，謂晚年返鄉後之作，從之。繆《譜》未編。

柏鄉光武廟〔一〕

老樹刳心不更春，當年曾見漢儀新〔二〕。憑君莫話舂陵事〔三〕，笑殺中原逐鹿人①〔四〕。

〔校〕

①殺：施本作「煞」。

〔注〕

〔一〕柏鄉：金縣名。在今河北省邢臺市北。光武：東漢開國皇帝劉秀謚號光武皇帝。宋樂史《太平寰宇記》卷五九：「銅馬祠，東漢光武廟也。光武擊銅馬於館陶，大破降之……號光武爲銅馬帝，故祠取名焉。」祠在柏鄉縣西。

〔二〕漢儀：即漢官威儀。指漢朝官吏的服飾禮儀。《後漢書·光武帝紀上》：「老吏或垂涕曰：『不圖今日復見漢官威儀。』」

〔三〕春陵：鄉名。本屬零陵，漢元帝時徙南陽。劉秀是南陽人，故用以代指。

〔四〕中原逐鹿：比喻争奪天下。《史記·淮陰侯列傳》：「秦失其鹿，天下共逐之。於是高材疾足者先得焉。」《晉書·石勒載記》：「勒笑曰：『朕若逢（漢）高皇，當北面而事之，與韓、彭競鞭而争先耳。脱遇（漢）光武，當並驅於中原，未知鹿死誰手！』」

〔編年〕

晚年在柏鄉作。李《譜》編於蒙古憲宗三年癸丑下「附録」中，謂是年往東平路經柏鄉時作，證據不足。繆《譜》未編。

與西僧倫伯達二首①〔一〕

其一

行雲孤鶴萬緣輕②〔二〕，遥見鄉關眼便明〔三〕。不似遺山元老子〔四〕，塵埃風雨過平生。

〔校〕

①倫伯達：郭本作「婁博克」。　②行：李詩本、毛本作「珩」，訛。據施本、郭本改。

〔注〕

〔一〕倫伯達：西域僧。餘不詳。

〔二〕行雲孤鶴：喻出家之人四處雲游，行蹤不定。

〔三〕鄉關：故鄉。此指禪家「本地風光」，即精神的本源。

〔四〕遺山元老子：詩人自稱。

其二

半世秦川在夢中〔一〕，幾時蓮社與君同。淵明自比吾何敢，或有新詩及遠公〔二〕。

〔注〕

〔一〕秦川：指秦嶺以北甘肅、陝西一帶山川。

〔二〕「幾時」三句：用陶淵明與東晉高僧慧遠結蓮社於廬山典。詳見《贈答普安師》注〔七〕。

〔編年〕

按「不似」句，作於晚年。李《譜》編於蒙古憲宗七年丁巳下「總附」中。繆《譜》未編。

◎金亡後未編年之作

贈休粮張錬師〔一〕

金砂霧散風雨疾〔二〕，一點黄金鑄秋橘①〔三〕。中林宴坐人不知〔四〕，野鹿銜花蜂課蜜。富兒盤饌羅羶葷，擾擾飛蠅復聚蚊〔五〕。見説西山好薇蕨〔六〕，一枝青竹願隨君〔七〕。

〔校〕

①鑄：毛本作「擣」，據李詩本、李全本、施本改。

〔注〕

〔一〕休粮：停食穀物。道家謂之「辟穀」。張錬師：其人不詳。本集有《張幾道錬師真贊》，未知是一人否。錬師：舊時以某些道士懂得「養生」、「錬丹」之法，尊稱爲「錬師」。

〔二〕「金砂」句：《參同契》卷上：「金砂入五内，霧散若風雨。」金砂：指古時道家用金石錬成的丹藥。

〔三〕「一點」句：蘇軾《送楊傑》：「歸來平地看跳丸，一點黄金鑄秋橘。」清查慎行《蘇詩補注》：「《抱朴子·微旨篇》：始青之下日與月，兩半同昇合成一。出彼玉池入金室，大如彈丸黄如橘。」道家錬内丹轉周天時在意念中運動一火球，句疑指此。

〔四〕中林：林野。宴坐：静坐。

〔五〕「富兒」二句：唐韓愈《醉贈張秘書》：「長安衆富兒，盤饌羅羶葷。不解文字飲，惟能醉紅裙。

雖得一餉樂，有如聚飛蚊。」

〔六〕西山好薇蕨：用伯夷、叔齊西山採薇典。

〔七〕一枝青竹：以竹之節喻己之節。

〔編年〕

李《譜》據末二句附於金天興三年甲午。繆《譜》未編。按末二句表述遺民心志，作年難定，姑編於金亡之後。

世宗御書田不伐望月婆羅門引，先得楚字韻〔一〕

瑶光樓前按歌舞〔二〕，桂樹秋香月三五〔三〕。白頭誰解記開元〔四〕，四海歡聲沸簫鼓①。兩都秋色皆喬木〔五〕，三月阿房已焦土〔六〕。天人亦有離別情②，可是田郎心獨苦〔七〕。承平舊物霓裳譜〔八〕，寶氣暉暉映千古〔九〕。銀橋望極竟不歸〔一〇〕，滅没燕鴻下平楚。

〔校〕

①沸：李詩本、毛本作「自」。據李全本、施本改。　②人：李全本、施本作「上」。離别：李全本、施本作「别離」。

〔注〕

〔一〕世宗：金完顏雍廟號。田不伐：宋人。政和間在太常樂供職。婆羅門引：詞牌名。

〔二〕瑤光樓：在臨潼華清宫津陽門東。唐鄭嵎《津陽門詩》：「瑶光樓南皆紫禁，梨園仙宴臨花枝。」注：「樓即飛霜殿北門。」按歌舞：按樂歌舞。

〔三〕「桂樹」句：桂樹八月開花。月三五：此指八月十五。

〔四〕開元：唐玄宗時年號。歷史上稱「開元盛世」。

〔五〕「兩都」句：宋黄庭堅《讀曹公傳》：「兩都秋色皆喬木，二祖恩波在細民。」喬木：高大的樹木。《孟子·梁惠王》：「所謂故國者，非謂有喬木之謂也，有世臣之謂也。」後因以喬木形容故國。

〔六〕「三月」句：《史記·項羽本紀》：「項羽引兵西屠咸陽，殺秦降王子嬰，燒秦宫室，火三月不滅。」阿房：秦宫名。

〔七〕可是：豈是。

〔八〕霓裳譜：即《霓裳羽衣曲》。原名《婆羅門曲》。唐鄭嵎《津陽門詩》「宸聽聽覽未終曲，却到人間迷是非」自注：「葉法善引上入月宫，時秋已深，上苦淒冷，不能久留，歸，於天半尚聞仙樂。及上歸，且記憶其半，遂於笛中寫之。會西涼都督楊敬述進《婆羅門曲》，與其聲調相符。遂以月中所聞爲之散序，用敬述所進曲作其腔，而名《霓裳羽衣》法曲。」

〔九〕暉暉：清輝閃耀貌。

〔一〇〕「銀橋」句：用仙人羅公遠擲杖爲橋與唐明皇上月宫事（《唐逸史》）。

〔編年〕

李《譜》編於蒙古憲宗七年丁巳下「總附」中，謂金亡返鄉後之作。繆《譜》未編。據「兩都」句，知作於金亡後。

送李參軍北上①〔一〕

五日過居庸〔二〕，十日渡桑乾〔三〕。受降城北幾千里〔四〕，出塞入塞沙漫漫。古來丈夫淚，不灑別離間〔五〕。今朝送君行，清涕留餘潸②〔六〕。生女莫作王昭君③〔七〕，一去紫臺空珮環〔八〕。生男莫作班定遠〔九〕，萬里馳書望玉關〔一〇〕。我知驥子墮地無齊燕〔一一〕，我知鴻鵠意氣青雲端〔一二〕。草間尺鷃亦自樂，扶摇直上何勞摶④〔一三〕。一衣敝緼袍〔一四〕，一飽苜蓿盤⑤〔一五〕。歲時壽翁媪〔一六〕，團欒有餘歡。就令一朝便得八州督，争似綵衣起舞春斕斑〔一七〕。去年雒陽人，今年指天山〔一八〕。地遠馬韉破〔一九〕，霜重貂裘寒。朔風浩浩來，客子慘在顔。扼胡嶺上一回首〔二〇〕，未必君心如石頑。君不見桓山鳥，乳哺不得須臾閑。衆鶵一朝散，孤雌四顧聲悲酸⑥〔二一〕。寒雁來時八九月，白頭阿母望君還。

〔校〕

①送：李詩本、毛本無此字。據李全本、施本補。②清涕：毛本作「情深」。據李詩本、李全本、施本改。③昭：李詩本、李全本、施本作「明」。④摶：李全本作「搏」。⑤飽：李全本、施本作「飯」。⑥四：李全本、施本作「回」。

〔注〕

〔一〕李參軍：本集有《李參軍友山亭記》，謂其名曰麟，鎮州（今河北省正定縣）人。貞祐初避亂南渡，寓居陽翟（今河南省禹州市）。陽翟地近洛陽，與本詩「去年洛陽人」句亦合，疑即一人。

〔二〕居庸：關名。在今北京市北。

〔三〕桑乾：河名。流經今北京。清改名爲永定河。

〔四〕受降城：漢受降城在九原北塞外。唐受降城有三，皆在黄河之外。

〔五〕「古來」二句：唐王勃《送杜少府之任蜀州》：「無爲在歧路，兒女共沾巾。」

〔六〕潸：淚水。

〔七〕王昭君：字嬙，漢元帝時宫女，嫁於南匈奴呼韓邪單于。

〔八〕「一去」句：杜甫《詠懷古跡五首》之三：「一去紫臺連朔漠，獨留青冢向黄昏。畫圖省識春風面，環珮空歸月夜魂。」紫臺：指漢宫。

〔九〕班定遠：後漢班超立功西域，被封爲定遠侯。

〔一〇〕「萬里」句：《後漢書·班超傳》：「超自以久在絶域，年老思土。十二年，上書曰：『……臣不敢望到酒泉郡，但願生入玉門關。』」

〔一一〕驥子墮地：宋黄庭堅《次韻子瞻送李豸》：「驥子墮地追風日，未試千里誰能識。」

〔一二〕「我知」句：《史記·陳涉世家》：「陳涉曰：『嗟乎，燕雀安知鴻鵠之志哉！』」

〔一三〕「草間」二句：《莊子・逍遥游》：「有鳥焉，其名爲鵬，背若泰山，翼若垂天之雲；摶扶摇羊角而上者九萬里……斥鴳笑之曰：『彼且奚適也！我騰躍而上，不過數仞而下，翱翔蓬蒿之間，此亦飛之至也。』」扶摇：風名。一名飈，一種從地面上升的暴風。摶：拍，附。

〔一四〕緼袍：以亂麻爲絮的袍子。古爲貧者所服。

〔一五〕苜蓿盤：唐薛令之《自悼》：「朝日上團團，照見先生盤。盤中何所有，苜蓿長闌干。」苜蓿：植物名。豆科。漢時從大宛傳入。可作飼料，也可食用。

〔一六〕翁媼：指年老的父母。

〔一七〕「争似」句：唐歐陽詢《藝文類聚》卷二十引《列女傳》：「老萊子孝養二親，行年七十，嬰兒自娱，著五色彩衣。嘗取漿上堂，跌仆，因卧地爲小兒啼。或弄烏鳥於親側。」

〔一八〕天山：在今新疆維吾爾自治區。此指漠北。

〔一九〕韉：馬鞍下的墊子。

〔二〇〕扼胡嶺：又名野狐嶺。在今河北省萬全縣北。

〔二一〕「君不見」四句：《孔子家語・顔回》：「回聞桓山之鳥，生四子焉，羽翼既成，將分於四海，其母悲鳴而送之。」

〔編年〕

李《譜》編此詩於興定四年庚辰下「總附」中，謂遺山金亡前至洛陽時作，非。按本詩所及地名「天山」等，李參軍當至漠北任職。詩當作於金亡後。繆《譜》未編。

七月十六日送馮揚善提領關中三教〔一〕

爲愛秦中好，西游日苦遲。青雲動高興〔二〕，白首得新知〔三〕。道在貧何病〔四〕，官閑老更宜〔五〕。相思詩酒社，無計與追隨。

〔注〕

〔一〕馮揚善：仕蒙古，習儒，工詩。元耶律楚材《湛然居士文集》有和詩數首。

〔二〕「青雲」句：杜甫《北征》：「青雲動高興，幽事亦可悦。」句指馮出仕提領關中三教事。

〔三〕新知：指任用馮揚善的人。知，知己。

〔四〕「道在」句：元耶律楚材《和馮揚善韻》：「我愛馮公子，孔教窮高堅。憂道不憂貧，一室如磬懸。」《論語·衛靈公》：「君子憂道不憂貧。」

〔五〕官：指提領關中三教之職。

〔編年〕

李、繆未編。按馮揚善與耶律楚材之交游，詩作於金亡之後。

贈張致遠〔一〕

茅屋蕭蕭潁水濱〔二〕，兩山相望即比鄰。禪房道院留連夜，酒榼詩囊浩蕩春①〔三〕。老鶴千年見城郭〔四〕，徵君晚節旁風塵②〔五〕。相逢不盡平生意〔六〕，耆舊風流有幾人〔七〕。

〔校〕

①詩：施本作「書」。　②旁：施本作「傍」。

〔注〕

〔一〕張致遠：遺山居嵩山時友人，餘不詳。

〔二〕蕭蕭：淒清冷寂貌。潁水：源出今河南省嵩山。

〔三〕榼：盛酒器。

〔四〕「老鶴」句：用丁令威學仙成化鶴歸遼東見城郭皆非典。詳見《癸巳四月二十九日出京》注〔五〕。

〔五〕「徵君」句：杜甫《寄常徵君》：「白水青山空復春，徵君晚節傍風塵。」《九家集注杜詩》：「徵君者，以其曾爲朝廷禮聘而不起，故謂之徵君也……句謂其晚節末路乃傍塵（風）塵出而爲官也。」

〔六〕平生意：平素的志趣、情誼。

〔七〕耆舊：年高望重者。

〔編年〕

李《譜》編於蒙古乃馬真后二年癸卯下「總附」中，謂「原編在《秋香亭》詩前，亦燕都詩」。繆《譜》未編。李説不足據。詩上四句寫昔，下四句寫今，按「老鶴」、「耆舊」諸句，屬金亡後之作。

哀武子告〔一〕

生氣曾思作九原〔二〕，迷涂争得背南轅〔三〕。梁鴻故事要離墓〔四〕，衛國孤兒只樹園①〔五〕子今爲僧②。舊説布衣甘絶脰〔六〕，今傳史筆記歸元〔七〕。知君禄仕無心在，旌孝終當到李源〔八〕。

〔校〕

①衛：毛本缺此字。據李詩本、李全本、施本補。　②子今爲僧：此四字施本置於詩末。

〔注〕

〔一〕武子告：其人不詳。

〔二〕生氣：平生氣概。九原：春秋時晉國卿大夫的墓地。

〔三〕「迷涂」句：用「南轅北轍」典(《戰國策·魏策四》)，言其抱負與境遇相去甚遠。

〔四〕「梁鴻」句：《後漢書·逸民傳·梁鴻》：「及卒，伯通等爲求葬地於吴要離冢傍。咸曰：『要離，烈士，而伯鸞清高，可令相近。』」要離：春秋時吴之刺客。

〔五〕「衛國」句：杜甫《贈蜀僧閭邱師兄》：「我住錦官城，兄居祇樹園。」《九家集注杜詩》：「《金剛經》：『佛在舍衛國祇樹給孤獨園。』」孤兒：指武子告之子。父死曰孤。

〔六〕「舊説」句：《史記·田單列傳》：「（王蠋）遂經其頸於樹枝，自奮絶脰而死。齊亡大夫聞之，曰：『王蠋，布衣也，義不北面於燕，況在位食禄者乎！』」絶脰：斷頸。

〔七〕「今傳」句：歸元，歸還人頭。語出《左傳·僖公三十三年》：「（先軫）免冑入狄師，死焉。狄人歸其元，面如生。」

〔八〕「旌孝」句：《新唐書·李憕傳》：「（子源）以父死賊手，常悲憤，不仕不娶，絶酒葷。惠林佛祠者，憕舊墅也，源依祠居，闔户一食。祠殿，其先寢也，每過必趨，未始踐階。自營墓爲終制，時偃卧埏中。」

〔編年〕

李《譜》編於蒙古憲宗七年丁巳下「總附」中，謂晚年返鄉以後之作。繆《譜》未編。按「舊説」之用典，當金亡後之作。

甯掾端甫北上〔一〕

馬頭風雪遠相迎，颯沓弓刀四十程〔二〕。自是青雲動高興〔三〕，未甘白髮老諸生〔四〕。書來沙漠燈花喜〔五〕，夢到秦川煙樹平〔六〕。長句送君還自媿〔七〕，半山已有雁飛行。

〔注〕

〔一〕甯端甫：《元史·張立道傳》：「（至元間）與侍郎甯端甫使安南。」元王惲《熙春阮賦並序》：「至元戊寅春，同甯尹端甫、劉御史叔謙、趙太博彦伯坐心遠軒，師爲鼓《緑水》、《悲風》二曲，清越悲壯。坐客感歎興亡，有愴然於懷者。」

〔二〕颯沓：迅疾貌。程：指以驛站、郵亭或其他停頓止宿地點爲起訖的行程段落。

〔三〕青雲動高興：杜甫《北征》：「青雲動高興，幽事亦可悦。」此指出仕。本集《七月十六日送馮揚善提領關中三教》：「青雲動高興，白首得新知。」

〔四〕諸生：衆儒生。

〔五〕燈花喜：燈心燃燒時結成的花狀物，舊時認爲是喜事的預兆。舊題漢劉歆《西京雜記》卷三：「陸賈曰：『夫目瞤得酒食，燈火華得錢財，乾鵲噪而行人至，蜘蛛集而百事嘉。』」

〔六〕秦川：指秦嶺之北甘肅、陝西一帶山川。代指關中之地。

〔七〕長句：原指七言古詩，後兼指七言律詩。

〔編年〕

送甯氏仕蒙古，金亡後作。李《譜》編於蒙古憲宗七年丁巳下「總附」中。繆《譜》未編。

送端甫西行〔一〕

瀛洲人物早知名①〔二〕，車騎雍容一座傾〔三〕。美酒清歌良有味〔四〕，緑波春草若爲情〔五〕。渭城朝雨三年别〔六〕，平地青雲萬里程〔七〕。老我秦游舊曾約，夢中仙掌已相迎〔八〕。

【校】

①洲：施本作「州」，訛。

【注】

〔一〕端甫：當指甯端甫。詳見《甯掾端甫北上》注〔一〕。

〔二〕瀛洲人物：唐太宗選十八學士入文學館，時人稱之爲「登瀛洲」。詳見《送弋唐佐還平陽》注〔三〕。

〔三〕車騎雍容：《史記·司馬相如列傳》：「相如之臨邛，從車騎，雍容閑雅甚都。」一座傾：滿座的人都爲他的風采所傾倒。

〔四〕清歌：不用樂器伴奏的歌唱。

〔五〕「緑波」句：白居易《賦得古原草送别》：「離離原上草，一歲一枯榮……又送王孫去，萋萋滿别情。」緑波：比喻風吹緑草之狀。若爲：怎樣的。

〔六〕渭城朝雨：唐王維《送元二使安西》：「渭城朝雨裛輕塵，客舍青青柳色新。勸君更進一杯酒，西出陽關無故人。」後用指贈别歌詩。

〔七〕平地青雲：喻聲譽地位驟然提高。典詳見《贈王仙翁道成》注〔五〕。

〔八〕仙掌：峰名。西嶽華山東峰名仙掌峰。

〔編年〕

甯氏仕蒙古，知詩作於金亡後。李《譜》編於蒙古憲宗七年丁巳下「總附」中。繆《譜》未編。

答定齋李兄〔一〕

小山叢桂姓名香，舉世何人得雁行〔二〕。滄海揚塵幾今昔〔三〕，長庚配月獨淒涼〔四〕。虚勞裴相求白傅〔五〕，正倚源明識漫郎〔六〕。十載相從未言晚〔七〕，城南泉石有雲莊。

〔注〕

〔一〕定齋李兄：李獻卿字欽止，號定齋。詳見《望王李歸程》注〔一〕。

〔二〕「小山」二句：小山叢桂，《楚辭·招隱士》，王逸謂「淮南小山之所作也」。其首句爲「桂樹叢生兮山之幽」。宋葉夢得《避暑録話》卷四：「世以登科爲『折桂』。」句用此典。劉祁《歸潛志》卷二「李獻能」條：「迨欽叔昆弟，皆以文學有名。從兄欽止獻卿先擢第，繼以欽叔，又繼以仲兄欽若獻誠、從弟欽用獻甫，故李氏有四桂堂。」雁行：同列。

〔三〕滄海揚塵：宋李燾《續資治通鑒長編》四二四：「又『滄海揚塵』事，出葛洪《神仙傳》，此乃時運之大變。」

〔四〕長庚配月：唐韓愈《東方半明》：「東方半明大星没，獨有太白配殘月。」本集《有寄》：「千里吕安思叔夜，五更殘月伴長庚。」長庚：傍晚出現在西方天空的金星。亦名太白星。

〔五〕「虚勞」句：《新唐書·裴度傳》：「度野服蕭散，與白居易、劉禹錫爲文章把酒，窮晝夜相歡，不問人間事。」白傅：白居易曾任太子少傅，故稱。

〔六〕「正倚」句：《新唐書·元結傳》：「國子司業蘇源明見肅宗，問天下士，薦結可用。」漫郎：《新唐書·元結傳》：「後家瀼濱，乃自稱浪士。及有官，人以爲浪者亦漫爲官乎，呼爲漫郎。」遺山用以自稱。

〔七〕「十載」句：蘇軾《次荆公韻四絶》其三：「勸我試求三畝宅，從公已覺十年遲。」本集《自題〈中州集〉後五首》其四：「愛殺溪南辛老子，相從何止十年遲。」

〔編年〕

李《譜》編於蒙古憲宗七年丁巳下「總附」中，謂晚年返鄉後之作。繆《譜》未編。按「滄海」句，詩作於金亡後。

超然王翁哀挽〔一〕

直擬期頤薦壽尊〔二〕，却從圖畫記生存。百年喬木衣冠古〔三〕，一夕西庵笑語温。故事未霑通德里〔四〕，素風多負讀書孫〔五〕。吴陳諸老今誰在〔六〕，滅没歸鴻是薊門〔七〕。

〔注〕

〔一〕超然王翁：其人不詳。

〔二〕期頤：一百歲。語本《禮記·曲禮上》：「百年曰期、頤。」薦：進獻。壽尊：上壽的酒尊。

〔三〕喬木：典出《孟子·梁惠王下》：「所謂故國者，非謂有喬木之謂也，有世臣之謂也。」句謂王氏有亡金士大夫遺風雅致。

〔四〕通德里：東漢時里人爲表彰鄭玄之德在其故鄉造通德門。見《後漢書·鄭玄傳》。

〔五〕素風：純樸的風尚。負：承受。

〔六〕吴陳諸老：不詳。

〔七〕薊門：古地名。即薊丘，在今北京市德勝門外。

〔編年〕

按「百年喬木」句，應作於金亡後。李《譜》編於蒙古憲宗七年丁巳下「總附」中。繆《譜》未編。

曹壽之平水之行〔一〕

關塞相望首重搔，相逢衰颯歎顛毛〔二〕。驪珠可忍輕彈雀〔三〕，犗餌何緣得釣鰲〔四〕。從昔丘園昌晚節〔五〕，向來山嶽總秋毫〔六〕。西風先有龍門約〔七〕，共舉一杯持兩螯〔八〕。

〔注〕

〔一〕曹壽之：曹松年（一二〇一——一二七五）字壽之，隰川（今山西省隰縣）人。金時以兄（椿年）蔭祇候承奉班，後仕爲行尚書省左右司郎中。本集《信武曹君阡表》及之。元王惲《秋澗集·哀曹府君詞》述其生平。平水：金縣名。屬河東南路絳州（今山西省絳縣）。

〔二〕衰颯歎顛毛：感歎頭髮蒼白稀疏。

〔三〕「驪珠」句：《莊子·讓王》：「今且有人於此，以隋侯之珠，彈千仞之雀，世必笑之。是何也？則其所用者重而所要者輕也。」驪珠：《莊子·列禦寇》：「夫千金之珠，必在九重之淵而驪龍頷下。」

〔四〕「犗餌」句：《莊子·外物》：「任公子爲大鈎巨緇，五十犗以爲餌，蹲乎會稽，投竿東海，旦旦而釣，期年不得魚。」犗：閹割過的牛。上二句謂曹氏大材小用，徒勞無功。

〔五〕丘園：《易·賁》：「六五，賁于丘園，束帛戔戔。」王肅注：「失位無應，隱居丘園。」孔穎達疏：「丘謂丘墟，園謂園圃。唯草木所生，是質素之所。」後用指隱居之處。

〔六〕「向來」句：《莊子·齊物論》：「天下莫大於秋毫之末而太山爲小。」句謂仕隱富貧之差可等量齊觀。

〔七〕西風：暗用張翰故事以抒發歸思。《晉書·張翰傳》：「翰因見秋風起，乃思吴中菰菜、蒓羹、鱸魚膾，曰：『人生貴得適意，何能羈宦數千里以要名爵乎！』遂命駕而歸。」龍門：指龍門山，在今山西省河津市。因地近曹氏家鄉隰川，故及之。

〔八〕「共舉」句：《世説新語·任誕》：「畢茂世（卓）云：『一手持蟹螯，一手持酒杯。拍浮酒池中，便足了一生。』」後用作縱情豪飲、放蕩世外的典故。

〔編年〕

按「歎顛毛」、「昌晚節」諸語，作於金亡後。李《譜》編於蒙古憲宗七年丁巳下「總附」中。繆《譜》未編。

答吴天益〔一〕

兵中曾共保嵩丘〔二〕，忽漫相逢在此州。鵝鴨何嘗厭喧聒①〔三〕，燕鴻無計得遲留〔四〕。白頭親舊常千里，黄葉關河又一秋。三徑他時望羊仲，却應松菊未消憂〔五〕。來詩有「三徑松菊」之句。

〔校〕

①嘗：施本作「常」。

〔注〕

〔一〕吴天益：其人不詳。

〔二〕嵩丘：嵩山。

〔三〕「鵝鴨」句：蘇軾《白鶴新居上梁文》：「東坡先生，南遷萬里……願同父老賽鄉社之鷄豚，已戒兒童惱北鄰之鵝鴨。」

〔四〕燕鴻：燕爲夏候鳥，鴻爲冬候鳥。因多以喻相距之遠，相見之難。

〔五〕「三徑」二句：《文選·謝靈運〈田南樹園激流植援〉》李善注引漢趙岐《三輔決録》曰：「蔣詡字元卿，隱於杜陵。舍中三徑，唯羊仲、求仲從之游。二仲皆挫廉逃名。」陶淵明《歸去來兮辭》：「三徑就荒，松菊猶存。」

〔編年〕

據首二句，知金亡後作。李《譜》編於蒙古憲宗七年丁巳下「總附」中。繆《譜》未編。

贈任丈耀卿〔一〕

袖手名城得海藏〔二〕，不妨身與世相忘。故居非復烏衣巷①〔三〕，勝事仍餘緑野堂〔四〕。茶竈漫煎雲脚散②〔五〕，蓮舟清嘯月波涼〔六〕。投詩未覺追隨遠，預怯君家百罰觴。

〔校〕

①居：毛本作「君」。施本、郭本作「人」。蓋「居」訛作「君」，又訛作「人」。據李詩本改。②漫：李詩本、毛本作「謾」，二字通用。從施本、郭本。

〔注〕

〔一〕任耀卿：其人不詳。

〔二〕海藏：喻藏身於海難以尋覓。

〔三〕烏衣巷：東晉都城建康（今南京市）高門士族的聚居區。

〔四〕緑野堂：《新唐書·裴度傳》：「度不復有經濟意，乃治第東都集賢里……涼臺號『緑野堂』，激波其下。度野服蕭散，與白居易、劉禹錫爲文章把酒，窮晝夜相歡，不問人間事。」

〔五〕雲脚：茶的别稱。宋梅堯臣《宋著作寄鳳茶》：「雲脚俗所珍，鳥觜誇仍衆。」

〔六〕清嘯：清越悠長的嘯鳴。

〔編年〕

按「故居」二句，當金亡後作。李《譜》編於蒙古憲宗七年丁巳下「總附」中。繆《譜》未編。

惠崇蘆雁三首〔一〕

其一

寒沙折葦静相依，故國春風早晚歸。意外羈棲誰畫得〔二〕，羽毛單薄稻粱微〔三〕。

〔注〕

〔一〕惠崇：宋初僧人，工詩善畫。宋郭若虚《圖畫見聞誌》卷四：「建陽僧慧崇工畫鵝雁鷺鷥，尤工小景，善爲寒汀遠渚、蕭灑虚曠之象，人所難到也。」元王惲《秋澗集》有《惠崇蘆雁圖》詩。

〔二〕羈棲：淹留他鄉。

〔三〕稻粱：稻和粱。穀物的總稱。

其二

雁奴辛苦候寒更〔一〕，夢破黄蘆雪打聲。休道畫工心獨苦，題詩人也白頭生。

〔注〕

〔一〕雁奴：雁群夜宿沙渚時，在周圍專司警戒、遇敵即鳴的雁。

其三

江湖牢落太愁人〔一〕，同是天涯萬里身。不似畫屏金孔雀，離離花影澹生春〔二〕。

〔注〕

〔一〕牢落：猶寥落。零落荒蕪貌。

〔二〕離離：濃密貌。澹：摇動貌。元趙孟頫《梅花》：「瀟灑江梅似玉人，倚風無語澹生春。」

〔編年〕

李《譜》據「故國春風早晚歸」、「江湖牢落太愁人，同是天涯萬里身」諸句，謂羈管山東時在東平作，編於蒙古太宗八年丙申下「總附」中，較勉强。姑編於金亡後。繆《譜》未編。

聞歌懷京師舊游

樓前誰唱緑腰催〔一〕，千里梁園首重回〔二〕。記得杜家亭子上〔三〕，信之欽用共聽來〔四〕。

〔注〕

〔一〕緑腰催：唐代樂曲名。貞元時樂工進曲，德宗令録出要者，故稱「録要」，後轉呼「緑腰」。唐白居易《琵琶行》：「輕攏慢撚抹復挑，初爲《霓裳》後《緑腰》。」

〔二〕梁園：指汴京。

〔三〕杜家：指杜仲梁家。本集《去歲君遠游送仲梁出山》：「憶初識子梁王臺，清風入座無纖埃。」

〔四〕信之：麻革之字。欽用：李獻甫之字。

〔編年〕

金亡後作。李《譜》編於蒙古太宗七年乙未下「總附」中，謂居冠氏時作。繆《譜》未編。

鄭先覺幽禽照水扇頭〔一〕

臨水華枝淡淡春，水光華影兩無塵。風流一枕西園夢〔二〕，惆悵幽禽是故人。

〔注〕

〔一〕鄭先覺：元夏文彦《圖繪寶鑒》：「宋鄭天民字先覺，宣和中爲郎官，山水師巨然。」本集《雲巖》：「只欠宣和鄭先覺，爲君留寫五湖真。」

〔二〕西園：指汴京西園。見《西園》（七古）注〔一〕。

〔編年〕

按「風流」句，金亡後作。李《譜》編於蒙古太宗七年乙未下「總附」中，謂居冠氏時作。繆《譜》未編。

贈絶藝杜生〔一〕

迢迢離思入哀絃①〔二〕，非撥非彈有別傳。解作江南斷腸曲，新聲休數李龜年〔三〕。

〔校〕

①入：李全本作「父」，訛。

〔注〕

〔一〕絶藝：卓絶的技藝。杜生：其人不詳。

〔二〕哀絃：悲涼的絃樂聲。

〔三〕「解作」二句：杜甫《江南逢李龜年》：「正是江南好風景，落花時節又逢君。」解作：能作。李龜年：唐代樂師。通音律，能自撰曲，善歌唱，專長羯鼓。開元中與弟彭年、鶴年在梨園中供職。安史之亂後流落江南，不知所終。

〔編年〕

按末二句，金亡後作。李《譜》編於蒙古憲宗七年丁巳下「總附」中。繆《譜》未編。

趙大年秋溪戲鴨二首〔一〕

其一

寒沙折葦浙江灣①，詩在波痕滅没間〔二〕。前日扁舟人老矣，却從圖畫羨君閑。

〔校〕

①浙：李詩本、毛本、李全本作「淅」。施本改作「浙」，不妥。此指趙畫中之景而非遺山在内鄉之淅江。灣：李全本作「彎」。

〔注〕

〔一〕趙大年：趙令穰，字大年。宋太祖五世孫。長於小景，常以江南水鄉汀渚水鳥爲題。

〔二〕「詩在」句：意與本集《王都尉山水》「詩在巖姿隱顯間」同，指畫面虚實相映的言外之意、象外之象可用詩補畫之處。

其二

畫家朱粉不到處，淡墨自覺天機深〔一〕。賣酒壚邊見崔白〔二〕，王孫真有五湖心〔三〕。米元章

《畫史》：「趙昌、王友、崔白，但可爲酒家遮墻壁耳。」〔四〕

〔注〕

〔一〕天機：指高雅的情懷。

〔二〕崔白：宋代畫家，字子西，濠梁人，工花竹翎毛，體制清贍，雅以敗荷鳧雁得名。

〔三〕王孫：指趙大年。五湖心：用范蠡攜西施駕扁舟泛五湖典，指歸隱之心。

〔四〕米元章：北宋書畫家米芾字元章。趙昌：宋代畫家，見宋劉道醇《宋朝名畫評》。王友：趙昌門人。

〔編年〕

按「前日」句，當晚年作，編於金亡後。李《譜》編於蒙古憲宗七年丁巳下「總附」中。繆《譜》未編。

自題二首〔一〕

其一

共笑詩人太瘦生，誰從慘淡得經營〔二〕。千秋萬古回文錦，只許蘇娘讀得成〔三〕。

〔注〕

〔一〕自題：自我品題。

〔二〕「共笑」二句：唐孟棨《本事詩·高逸》謂李白作詩戲杜甫：「飯顆山頭逢杜甫，頭戴笠子日卓午。借問别來太瘦生，總爲從前作詩苦。」杜甫《丹青引》：「詔謂將軍拂絹素，意匠慘淡經營中。」

〔三〕「千秋」二句：《晉書·列女傳》載，前秦竇滔遠徙，妻子蘇蕙思念不已，織錦爲《回文旋圖詩》以贈，宛轉循環皆可誦讀。

其二

千首新詩百首文，藜羹不糝日欣欣〔一〕。鏡中自照心語口，後世何須揚子雲①〔二〕。

〔校〕

①揚：李詩本、毛本、李全本作「楊」，當刊印之訛。據施本改。

〔注〕

〔一〕藜羹不糝：指粗劣的飯菜。《莊子·讓王》：「七日不火食，藜藿不糝。」藜羹：野菜湯。糝：米粒。

〔二〕「鏡中」二句：漢揚雄字子雲。其《法言·問神篇》云：「故言，心聲也；書，心畫也。聲畫形，君子小人見矣。」

〔編年〕

晚年作。李《譜》編於蒙古憲宗七年丁巳下「總附」中。繆《譜》未編。

劉氏明遠庵三首〔一〕

其一

豪氣元龍百尺樓〔二〕，功名場上早抽頭〔三〕。路人不識閑居士，袖手雍容活兩州〔四〕。

〔注〕

〔一〕劉氏：其人不詳。李《譜》謂指雁門劉克明，非。

〔二〕「豪氣」句：用漢末陳登湖海氣典。見《論詩三十首》其一八注〔四〕。

〔三〕抽頭：抽身、脱身。及時早退，遠離官場。

〔四〕活兩州：救活兩州人民。

其二

世上無物礙虛空①，宴坐經行一體同〔一〕。老眼不應隨境轉②，江山元只在胸中。

〔校〕

①上：李全本、施本作「間」。　②境：李全本作「鏡」。

〔注〕

〔一〕宴坐：静坐。佛教指坐禪。經行：佛教語，謂在一定的處所緩慢地往返步行，爲防坐禪時瞌睡，或爲養身療病。

其三

落落雲間晚照開〔一〕，上方别有妙高臺〔二〕。栽花種柳明年了，拄杖敲門日日來。

〔注〕

〔一〕落落：清晰明朗貌。

〔二〕上方：住持僧居住的内室，亦借指佛寺。妙高臺：妙高峰，即須彌山，佛經説七寶合成，故名妙高。

〔編年〕

按「拄杖」句，當晚年作。李《譜》編於蒙古太宗十三年辛丑下「附録」中。繆《譜》未編。

陳德元竹石二首〔一〕

其一

一片春雲雨未乾，兩枝新緑倚高寒。瘦龍不見金書字〔二〕，試就宣和石譜看〔三〕。

〔注〕

〔一〕陳德元：其人不詳。

〔二〕「瘦龍」句：元陶宗儀《書史會要》卷六載，宋徽宗行草正書，筆勢勁逸。初學薛稷，變其法度，自號瘦金書。

〔三〕宣和石譜：《四庫全書總目·雲林石譜》：「末附《宣和石譜》，皆記艮岳諸石，有名無説，不知誰作。」宣和：宋徽宗年號。

其二

萬石綱船出太湖，九州膏血一時枯〔一〕。阿誰種下中原禍，猶自昂藏入畫圖。

〔注〕

〔一〕「萬石」二句：宋徽宗於東京（今河南省開封市）造壽山艮岳，亦稱「萬歲山」。崇寧四年，使朱勔置應奉局於平江，搜刮南方奇花異石。民間有一石一木可用者，使者往往直入其家，破牆拆屋，劫往東京。所費以億萬計，民怨沸騰。當時運送花石的船隊，不斷往來於淮汴之間，號稱花石綱。綱，謂成幫結隊地輸運貨物。事見宋趙彦衛《雲麓漫鈔》、《宋史·朱勔傳》等。

〔編年〕

按所引發花石綱的感慨，當金亡後作。李、繆未編。

杜生絶藝〔一〕

杜生絶藝兩弦彈，穆護沙詞不等閑〔二〕。莫怪曲終雙淚落，數聲全似古陽關〔三〕。

〔注〕

〔一〕杜生：其人不詳。本集有《贈絶藝杜生》詩。

〔二〕穆護沙：樂府曲名。宋郭茂倩《樂府詩集》編入「近代（隋唐）曲辭二」中。此指杜生所彈之樂曲。等閑：平常。

〔三〕古陽關：指古曲《陽關三疊》。因唐王維《送元二使安西》詩「渭城朝雨裛輕塵，客舍青青柳色新。勸君更進一杯酒，西出陽關無故人」而得名。又稱《渭城曲》。後入樂府，以爲送別之曲。反復誦唱，遂謂之《陽關三疊》。

〔編年〕

金亡後作，參見《贈絶藝杜生》。李《譜》編於蒙古憲宗七年丁巳下「總附」中。繆《譜》未編。

劉壽之買南中山水畫障，上有朱文公元晦淳熙甲辰中春所題五言，得於太原酒家〔一〕

蜀山青翠楚山蒼，愛玩除教寳繪堂〔二〕。且道中州誰具眼〔三〕，晦庵詩挂酒家牆。

〔注〕

〔一〕劉壽之：其人不詳。南中：指南宋地區。障：屏風。朱文公元晦：朱熹字元晦，號晦庵，謚文。有詩《淳熙甲辰仲春精舍閒居戲作武夷棹歌十首》。淳熙：南宋孝宗年號。

〔二〕愛玩：喜愛而玩賞。寶繪堂：宋王詵建寶繪堂，蓄其所有書畫，蘇軾爲作《王君寶繪堂記》。

〔三〕中州：中原。

〔編年〕

按詩題「得於太原酒家」，應金亡後在太原作。李《譜》編於蒙古憲宗七年丁巳下「總附」中。繆《譜》未編。

錢過庭煙溪獨釣圖二首〔一〕

其一

鞍馬風沙萬里身，眼明驚見楚江春。緑蓑衣底玄真子〔二〕，不解吟詩亦可人〔三〕。

〔注〕

〔一〕錢過庭：金代畫家。元夏文彦《圖繪寶鑒·金》：「錢過庭畫山水以米老《楚山清曉》圖爲法。」

〔二〕「緑蓑」句：唐張志和放浪江湖，自稱煙波釣徒，又號玄真子。其《漁歌子》詞：「青箬笠，緑蓑衣，斜風細雨不須歸。」本集《息軒秋江捕魚圖三首》其一：「緑蓑衣底玄真子，可是詩翁畫不成。」

〔三〕可人：使人歡喜。

其二

小景風流二百年〔一〕，典刑來自米家船〔二〕。詩人無復承平舊，重爲遺音一慨然。畫學米元章《楚山清曉》，故有上句。

〔注〕

〔一〕小景：小幅山水風物畫。

〔二〕典刑：即舊法、常規。後引伸爲模範典範。米家船：黄庭堅《戲米元璋》：「滄江盡夜虹貫月，定是米家書畫船。」米芾，字元章，宋代書畫家。書法得王獻之筆意，山水自成一派。《宋史·文苑》有傳。

〔編年〕

按「詩人」二句，當作於金亡之後。李《譜》編於蒙古憲宗七年丁巳下「總附」中。繆《譜》未編。

書扇贈李湛然〔一〕

江楓摇落海門秋〔二〕，江水無風月半樓。未要吴儂誇勝概〔三〕，已從詩境得天游〔四〕。

〔注〕

〔一〕李湛然：金元之際人，金段成己有《送李山人湛然之燕》詩。餘不詳。

〔二〕海門：内河通海之處。

〔三〕吴儂：吴人的代稱，吴俗自稱我儂，指他人亦曰渠儂、他儂、個儂。勝概：美景。

〔四〕詩境：指扇面畫。天游：謂放任自然。《莊子・外物》：「胞有重閬，心有天游。」

〔編年〕

按注〔一〕，當晚年作。李《譜》編於蒙古憲宗七年丁巳下「總附」中。繆《譜》未編。

讀漢書〔一〕

室方隆棟非難構①〔二〕，水到頹波豈易回〔三〕。豐沛帝鄉多將相〔四〕，莫從興運論人材〔五〕。

〔校〕

①室：李全本作「窒」。

〔注〕

〔一〕漢書：東漢班固撰。清列入「二十四史」。

〔二〕隆棟：高大的棟梁。

〔三〕頹波：向下奔流的水波。

〔四〕「豐沛」句：沛縣豐邑是漢高祖劉邦的故鄉。秦末劉邦起兵於沛，後當地人多爲將相。

〔五〕興運：時運昌隆。

〔編年〕

詩有感歎金末人才濟濟未能挽回將傾大厦之意，當金亡後作。李《譜》編於蒙古憲宗七年丁巳下「總附」中。繆《譜》未編。

雪谷早行圖二章①〔一〕卷中多國朝名勝題詠②

其一

雪擁雲横下筆難，争教萬景入荒寒。詩翁自有無聲句〔二〕，畫裏憑君細覓看。

〔校〕

①章：毛本作「首」，據李詩本、李全本、施本改。　②題注：李全本無。

〔注〕

〔一〕雪谷早行圖：金代畫家楊邦基畫。金王寂有《跋楊德懋（邦基之字）雪谷早行圖》。本集有《楊秘監雪谷早行圖》。

〔二〕詩翁：楊邦基善詩，故稱。無聲句：指畫。清康熙《御定佩文齋書畫譜·宋趙孟濚論畫》：「畫謂之無聲詩。」

其二

畫到天機古亦難〔一〕，遺山詩境更高寒〔二〕。貞元朝士今誰在〔三〕，莫厭明窗百過看。

〔注〕

〔一〕天機：指畫家的情懷。

〔二〕遺山：元氏之號。

〔三〕「貞元」句：唐劉禹錫《聽舊宮人穆氏唱歌》：「休唱貞元供奉曲，當時朝士已無多。」貞元：唐德宗年號。句指題注所云「國朝名勝」。

〔編年〕

「貞元」二句有懷戀故國意，應金亡後作。李《譜》編於蒙古憲宗七年丁巳下「總附」中。繆《譜》未編。

三門集津圖〔一〕

南北争教限大江〔二〕，吴家纔了又陳亡〔三〕。畫工只説三門險，不記茅津一葦航〔四〕。

〔注〕

〔一〕三門集津圖：未詳何人作。《中州集》閻長言有《三門集津圖》詩。三門集津：施注引《金史·地理中》云：「南京路陝州湖城縣有三門、集津二鎮。」非。《金史·百官三》「孟津渡」條下云：「提舉三門、集津南北岸……南遷後置。」唐開元二十二年，轉運使裴耀卿以三門峽險阻，有覆舟之虞，遂在三門峽北岸山崖上鑿開陸道八里，並在峽東置集津倉。按此及詩意，「三門集津」指三門山（又稱砥柱山、底柱山）一帶之黄河。

〔二〕争：怎。

〔三〕吴家：東吴。陳：南朝陳。

〔四〕茅津：黄河渡口，在今山西省平陸縣城南四公里處。北魏酈道元《水經注》：「陝城北對茅城，故名茅亭，茅戎邑也，津亦取名。」又叫陝津渡，與河南三門峽隔河相望。葦航：語出《詩經·衛風·河廣》：「誰謂河廣？一葦航之！」貞祐二年，金宣宗由中都遷汴京，在黄河南岸構築工事，企圖憑借天塹拒蒙古。貞祐四年，進入河南的蒙古軍由三門集津北渡攻太原。天興元年，蒙古汗窩闊台先遣部隊由洛陽東白坡徒涉過河。黄河天塹並未起到南北阻隔的作用。句當指此。

〔編年〕

金亡後作。李、繆未編。

工部趙侍郎下世日作〔一〕

鶴骨翛然卧石牀〔二〕，情知合眼即仙鄉。安時處順吾儒事〔三〕，枉却南華説坐忘〔四〕。

〔注〕

〔一〕趙侍郎：其人不詳。降大任《元遺山交游考》（《元遺山新論》，北岳文藝出版社，一九八八年版）謂指趙述。趙述，字勉叔，高平（今山西省高平縣）人。金承安二年進士。

〔二〕儵然：超脱貌。《莊子·大宗師》：「儵然而往，儵然而來。」

〔三〕安時處順：《莊子·養生主》：「適來，夫子時也；適去，夫子順也。安時而處順，哀樂不能入也。」謂安於時運，順應變化。

〔四〕枉却：猶辜負。南華：唐天寶元年二月號莊子爲南華真人，稱其著書《莊子》爲《南華真經》。坐忘：道家謂物我兩忘、與道合一的精神境界。《莊子·大宗師》：「墮肢體，黜聰明，離形去知，同於大通，此謂坐忘。」

〔編年〕

按「安時」句，當作於金亡後。李《譜》編於蒙古憲宗七年丁巳下「總附」中。繆《譜》未編。

元夕〔一〕

花影燈光一萬重，青衫駿馬踏東風①。彰陽舊事無人記〔二〕，二十三年似夢中。

〔校〕

①駿：施本作「驄」。

〔注〕

〔一〕元夕：即正月十五夜元宵節。

〔二〕彰陽舊事：所指不詳。

〔編年〕

李《譜》據「二十三年」句，編於崇慶元年壬申，謂二十三歲時在燕京作。味詩意，「花影」二句非實寫，乃「二十三年」後回憶之辭。詩當作於金亡後。繆《譜》未編。

卷六　姑從原編之作

黄公廟〔一〕

羈客無恒居，六月走長路。清風黄公祠，地古欣所遇。劍飛素靈哭〔二〕，龍躍雲雨赴〔三〕。堂堂文成君〔四〕，談笑取帝傅〔五〕。功名要有命，陰相果何預〔六〕。誰謂圯上人，異事驚竹素〔七〕。河清不可俟〔八〕，筋力疲世故。袖間一編書，塵埃歎遲暮。

〔注〕

〔一〕黄公廟：黄公指秦末之黄石公。又稱圯上老人。見《史記·留侯世家》。其廟有多處，詩中所指不詳。

〔二〕「劍飛」句：指漢高祖劉邦斬白蛇有老嫗夜哭之事。素靈：白蛇的精靈。

〔三〕「龍躍」句：指劉邦起義群雄隨從事。

〔四〕文成君：西漢張良的謚號。

〔五〕帝傅：帝王之師。上二句言張良爲劉邦重要謀士事。

〔六〕陰相：（鬼神）暗中相助。

〔七〕「誰謂」二句：指《史記・留侯世家》所載張良在下邳圯（橋）上遇黄石公授《太公兵法》事。竹素：竹帛，代指史書。

〔八〕河清：黄河水濁，少有清時，古人以「河清」爲升平祥瑞的象徵。漢張衡《歸田賦》：「徒臨川以羨魚，俟河清乎未期。」

〔編年〕

李《譜》繫於蒙古太宗八年丙申，云：「案《漢書》云：『孺子待我於濟北穀城山下。』廟當在此。穀城在東阿東北，此亦往東平時詩。」繆《譜》未編。按：黄公祠廟有多處，且詩感歎有才無命，功名難就，不似羈管山東時所作，作時難定，姑從原編（卷二）。

梨花海棠二首

其一

梨花如静女〔一〕，寂寞出春暮〔二〕。春工惜天真〔三〕，玉頰洗風露〔四〕。素月澹相映，蕭然見風度〔五〕。恨無塵外人，爲續雪香句〔六〕。孤芳忌太潔，莫遣凡卉妬。

〔注〕

〔一〕静女：語出《詩・邶風・静女》，指閑雅的女子。

〔二〕「寂寞」句：梨花開於暮春桃李争豔之後，故云。

〔三〕春工：春神。

〔四〕「玉頰」句：唐白居易《長恨歌》：「玉容寂寞淚闌干，梨花一枝春帶雨。」

〔五〕蕭然：超塵脱俗貌。

〔六〕雪香句：李白《雜曲歌辭·宫中行樂詞八首》有「柳色黄金嫩，梨花白雪香」之句。

其二

妍花紅粉妝〔一〕，意態工媚嫵〔二〕。窈窕春風前〔三〕，霞衣欲輕舉〔四〕。金盤滲華屋〔五〕，國豔徒自許〔六〕。依依如有意，脈脈不得語〔七〕。詩人太冷落，愁絶殘春雨。

〔注〕

〔一〕妍花：美花。此指海棠花。

〔二〕工媚嫵：善於招人喜愛。

〔三〕窈窕：柔順閑静的樣子。《詩·周南·關雎》：「窈窕淑女，君子好逑。」

〔四〕霞衣：輕柔美麗的外衣。此指花瓣。

〔五〕「金盤」句：蘇軾《寓居定慧院之東，雜花滿山，有海棠一株，土人不知貴也》：「自然富貴出天姿，不待金盤薦華屋。」

〔六〕國豔：國中最豔麗的花。

〔七〕「脈脈」句：《古詩十九首·迢迢牽牛星》：「盈盈一水間，脈脈不得語。」

〔編年〕

李《譜》蓋據此詩與《留月軒》連編，故附於蒙古乃馬真后元年壬寅。繆《譜》未編。按詩之寓意，當晚年返鄉後作。惜無確據，姑依原編（卷二）。

臨汾李氏任運堂二首〔一〕並序

彦仁從軍〔二〕，久厭於事物之纍，念欲脱去之而不可得也。故嘗鬱鬱不自聊，求予發藥之。予名其居曰「任運堂」，且爲賦詩。

其一

官職有何好，凜凜蹈危機。車塵及馬足，捧手仍低眉〔三〕。棄去何足道，無從脱縶維〔四〕。不如聽其然，歲晚儻可期。此心未馴初〔五〕，養虎時飽飢〔六〕。一爲金石止〔七〕，坐閲萬物馳。汩泥揚其波，哺糟歠其醨。漁父我所學，靈均竟奚爲〔八〕。上堂壽慈親，兄弟如塤篪〔九〕。菽水足致樂〔一〇〕，況有甘與肥。人生天地間，長路有險夷。遇險即欲避，安得皆通逵。君家北山翁〔一一〕，百世留清規。樂天而知命，行矣君何疑。北山翁，彦仁之伯祖。泰和間①，以高道提點天長。胥莘公贈詩有「百世清規」之語〔一二〕，故及之。

〔校〕

①間：施本作「中」，兩通。

〔注〕

〔一〕臨汾：金縣名，今山西省臨汾市。任運：任憑命運播遷。

〔二〕彦仁：臨汾人。其伯祖爲金著名道士李大方。餘不詳。

〔三〕低眉：李白《夢游天姥吟留别》：「安能低眉折腰事權貴，使我不得開心顔。」

〔四〕縶維：拴馬的繩索，引伸指束縛。

〔五〕馴：喻教化。

〔六〕「養虎」句：《莊子·人間世》：「汝不知夫養虎者乎……時其飢飽，達其怒心。」二句謂心未經教化時，率性而發，桀驁不馴。

〔七〕金石：鐘、磬之類樂器。此借指禮樂教化。

〔八〕「汨泥」四句：《楚辭·漁父》：「世人皆濁，何不淈其泥而揚其波？衆人皆醉，何不餔其糟而歠其醨？」漁父：代指隱者。靈均：屈原之小字。《離騷》：「名余曰正則兮，字余曰靈均。」

〔九〕塤篪：皆古代樂器，二者合奏時聲音相應和，因以比喻兄弟親密和睦。《詩·小雅·何人斯》：「伯氏吹壎（塤），仲氏吹篪。」

〔一〇〕「菽水」句：《禮·檀弓下》：「子路曰：『傷哉，貧也！生無以爲養，死無以爲禮也。』孔子曰：

『啜菽飲水，盡其歡，斯之爲孝。』」後以「菽水」指晚輩對長輩的供養。

〔二〕北山翁：李彦仁伯祖李大方之號。本集《通玄大師李君墓碑》：「貞祐南渡，君還居鄉邑，因自號北山退翁。」

〔三〕胥莘公：胥鼎，繁峙（今山西省繁峙縣）人。仕金官至平章政事，封莘國公。

其二

履危恨無機〔一〕，避禍欣有策。後慮徒自密，前路寧汝測。七戰殁牖下，坐談得刺客。周身容孔智，伐樹不宋厄①〔二〕。九折怯乘險〔三〕，瘴海悲遠謫。就令家長安，獨不死牀簀〔四〕。人生多憂畏，年壽幾至百。惴惴首尾間〔五〕，天宇坐成窄。重泉青雲梯，平地黄土陌〔六〕。乖逢有定在，拙計徒巧擇。行樂當及時，莫待頭雪白。「黄土陌」，見《初學記·奴僕門》②。

〔校〕

①樹：施本作「木」。　②記：施本作「詩」。

〔注〕

〔一〕機：機巧。

〔二〕「周身」二句：用孔子至宋國遭危難典。《史記·孔子世家》：「孔子去曹適宋，與弟子習禮大樹下。宋司馬桓魋欲殺孔子，拔其樹。」

〔三〕乘險：冒險。

〔四〕牀簀：牀席。泛指牀鋪。

〔五〕惴惴：憂懼戒慎貌。

〔六〕「重泉」二句：意謂危險之地常可仕涂顯達，平安之地常有喪身之禍。重泉：深淵。黄土陌：指墳墓。《初學記·奴婢第六》：「不如早歸黄土陌，蚯蚓鑽額，早知當爾。」

〔編年〕

作時難定，姑依原編（卷二）。李《譜》編於蒙古憲宗七年丁巳下《總附》中。繆《譜》未編。

蕭寺僧歸横軸〔一〕

山空秋草寒，露暗光已夕。悠悠松門月，静照禪客入。遥知夜堂深，疏鐘動幽寂〔二〕。

〔注〕

〔一〕横軸：横幅。以軸在左右兩端，故名。

〔二〕幽寂：幽暗寂静。

〔編年〕

作時不詳，姑從原編（施本卷二）。李、繆未編。

寄題沁州韓君錫耕讀軒〔一〕

束帶見督郵，甘以辭華軒〔二〕。嘯傲南窗下，且樂我所然〔三〕。斜川今在亡，問津有遺編〔四〕。行尋柴桑里〔五〕，遂得桃花源〔六〕。桃源無漢魏，況復義熙前〔七〕。讀書與躬耕，兀兀送殘年〔八〕。淵明不可作〔九〕，尚友乃爲賢〔一〇〕。田家豈不苦，歲功聊可觀〔一一〕。讀書有何味①，有味不得言②。遥知一樽酒，琴在已亡弦〔一二〕。

〔校〕

①書：施本作「詩」。　②得：郭本作「可」。

〔注〕

〔一〕沁州：今山西省沁縣。韓君錫：其人不詳。

〔二〕「束帶」二句：《晉書·陶潛傳》：「郡遣督郵至縣，吏白應束帶見之，潛歎曰：『吾不能爲五斗米折腰，拳拳事鄉里小人邪！』義熙二年，解印去縣。」

〔三〕「嘯傲」二句：陶淵明《與子儼等疏》：「少學琴書，偶愛閑静。開卷有得，便欣然忘食。見樹木交蔭，時鳥變聲，亦復歡然有喜。常言五六月中，北窗下卧，遇涼風暫至，自謂是羲皇上人。」

〔四〕「斜川」二句：斜川，地名，在今江西省九江市。陶淵明有《游斜川》詩。問津：尋訪。遺編：

前人留下的著作。

〔五〕柴桑：陶淵明故里。

〔六〕桃花源：陶淵明有《桃花源記》。

〔七〕「桃源」二句：《桃花源記》：「問今是何世，乃不知有漢，無論魏、晉。」羲熙：東晉安帝年號。

〔八〕兀兀：猶矻矻。勤勉貌。

〔九〕作：起身。此借指死而復活。

〔一〇〕尚友：上與古人爲友。《孟子·萬章下》：「以友天下之善士爲未足，又尚論古之人；頌其詩，讀其書，不知其人，可乎？是以論其世也，是尚友也。」宋朱熹《陶公醉石歸去來館》：「予生千載後，尚友千載前。」

〔一一〕「田家」二句：句出陶淵明《庚戌歲九月中於西田獲早稻》詩。歲功：一年的收成。

〔一二〕「遥知」二句：《晉書·陶潛傳》：「性不解音，而畜素琴一張，絃徽不具。每朋酒之會，則撫而和之，曰：『但識琴中趣，何勞絃上聲。』」

〔編年〕

李《譜》編於蒙古憲宗七年丁巳下「總附」中，繆《譜》未編。作時不詳，姑從原編（施本卷二）。

巨然松吟萬壑圖〔一〕

胸中刺鯁無九澤〔二〕，畫裏風煙纔一漚〔三〕。阿師定有維摩手，斷取江山著筆頭〔四〕。石林蒼蒼崖寺古，銀河浩浩松聲秋。方外賞音誰具眼〔五〕，莫將輕比李營丘〔六〕。

〔注〕

〔一〕巨然：南唐僧人，後隨後主李煜至開封。以畫山水名重於時，畫史上常與五代時江南畫派開創者董源並稱。

〔二〕「胸中」句：漢司馬相如《子虛賦》：「傍徨乎海外，吞若雲夢者八九於其胸中，曾不蔕芥。」蔕芥：《索隱》張揖曰：「刺鯁也。」郭璞云：「言不覺有也。」句言巨然胸懷萬物。

〔三〕漚：水泡。句言畫境是作者胸中之景的一小部分。

〔四〕「阿師」二句：《維摩詰經》：「菩薩斷取三千大千世界，如陶家輪着右掌中，擲過恒河世界之外。」維摩：維摩詰的簡稱。《維摩詰經》説他是毗耶離城的一位大乘居士，與釋迦牟尼同時，極善於應機化導。唐詩人兼畫家王維字摩詰，此指王維亦通。斷取：截取。

〔五〕方外：世俗之外。指佛、老二教。

〔六〕李營丘：五代宋初畫家李成曾居青州營丘，故稱。

〔編年〕

作年不詳，姑從原編（卷三）。李、繆未編。

太白獨酌圖 宣和所藏李伯時筆〔一〕

謫仙去世三百年〔二〕，海中鯨魚渺翩翩〔三〕。豈知龍眠天馬筆〔四〕，忽有玉樹秋風前〔五〕。金鑾歸來身散仙〔六〕，世事悠悠白髮邊〔七〕。會稽賀老何處在，千里名山入酒船〔八〕。清景已隨詩句盡〔九〕，風流合向畫圖傳。往時長安酒家眠，焦遂不狂張不顛〔一〇〕。想得三更風露下，醉和江月弄江煙〔一一〕。

〔注〕

〔一〕太白：李白之字。宣和：北宋徽宗年號。李伯時：北宋畫家李公麟之字。李伯時創立白描畫法，用墨筆勾勒形象，佛像、人物、花鳥、山水皆精。

〔二〕謫仙：李白詩文神思飄逸，賀知章讀之，歎爲謫仙。李白《對酒憶賀監二首》：「四明有狂客……呼我謫仙人。」

〔三〕「海中」句：杜甫《送孔巢父謝病歸游江東兼呈李白》：「幾歲寄我空中書，南尋禹穴見李白。」清仇兆鰲注：「『南尋』句，一作『若逢李白騎鯨魚』。按：騎鯨魚，出（揚雄）《羽獵賦》。俗傳太白醉騎鯨魚，溺死潯陽，皆緣此句而附會之耳。」後用爲詠李白之典。

〔四〕龍眠：李公麟晚年居龍眠山莊，號龍眠居士。天馬筆：形容繪畫運筆如天馬行空。喻才氣橫溢，不受拘束。

〔五〕「忽有」句：形容李白資質潔白，風度翩翩。杜甫《飲中八仙歌》：「宗之瀟灑美少年，舉觴白眼望青天，皎如玉樹臨風前。」

〔六〕金鑾歸來：指天寶初李白自供奉翰林任懇求還山唐玄宗賜金放還事（《新唐書·李白傳》）。散仙：道教語，指仙人未受仙職者。用以喻放曠不羈、自由閑散之人。

〔七〕悠悠：懶散不盡心貌。

〔八〕「會稽」二句：李白《重憶一首》：「欲向江東去，定將誰舉杯。稽山無賀老，却掉酒船回。」賀老：賀知章。

〔九〕清景：清麗的景色。

〔一〇〕「往時」二句：杜甫《飲中八仙歌》：「李白一斗詩百篇，長安市上酒家眠……張旭三杯草聖傳，脱帽露頂王公前，揮毫落紙如雲煙。焦遂五斗方卓然，高談雄辯驚四筵。」《新唐書·李白傳》：「白自知不爲親近所容，益驁放不自脩，與知章、李適之、汝陽王璡、崔宗之、蘇晉、張旭、焦遂爲『酒八仙人』。」張：指張旭。旭善草書，常飲醉揮毫大呼，以頭投水墨中，時人呼爲張顛。

〔一一〕「想得」二句：《新唐書·李白傳》：「白浮游四方，嘗乘月與崔宗之自採石至金陵，著宫錦袍坐舟中，旁若無人。」

〔編年〕

李、繆未編。作年不詳，姑從原編（卷三）。

贈答張教授仲文〔一〕

秋燈摇摇風拂席，夜聞歎聲無處覓。疑作金荃怨曲蘭畹辭①〔二〕，元是寒螿月中泣〔三〕。世間刺綉多絶巧，石竹殷紅土花碧〔四〕。窮愁入骨死不銷〔五〕，誰與渠儂洗寒乞〔六〕。東坡胸次丹青國〔七〕，天孫繅絲天女織〔八〕。倒鳳顛鸞金粟尺〔九〕，裁斷瓊綃三萬疋〔一〇〕。辛郎偷發金錦箱，飛浸海東星斗濕〔一一〕。醉中握手一長嗟，樂府數來今幾家〔一二〕。賸借春風染華髮〔一三〕，筆頭留看五雲花〔一四〕。七言長詩，於中獨一句九言，韋郎有此例〔一五〕，長吉亦有此例〔一六〕。

〔校〕

①荃：毛本作「筌」，訛。據李詩本、李全本、施本改。蘭：李全本作「欄」。

〔注〕

〔一〕張教授仲文：彰德教授。元胡祇遹《跋元遺山與怡軒先生張仲文教授書帖》及之。

〔二〕金荃：詩集名，唐温庭筠撰。蘭畹：詞集名。宋洪邁《容齋隨筆·秦杜八六子》：「予家舊有建本《蘭畹曲集》，載杜牧之一詞。」

〔三〕寒螿：寒蟬。

〔四〕土花：苔蘚。

〔五〕死不銷：至死不消散。

〔六〕渠儂：指張仲文。寒乞：寒酸。

〔七〕東坡：蘇軾之號。丹青國：畫家的天地。

〔八〕天孫：傳説中巧於織造的仙女，即織女。繰絲：煮繭抽絲。天女：亦指織女。

〔九〕倒鳳顛鸞：指絲織品上的圖案。金粟尺：杜甫《白絲行》：「繰絲須長不須白，越羅蜀錦金粟尺。」仇兆鰲注：「尺以金粟飾之，富貴家之物。」

〔一〇〕瓊綃：瑩潔的生絲綢。上四句喻蘇軾詞之錦繡高闊。

〔一一〕「辛郎」二句：言南宋詞人辛棄疾繼承蘇軾豪放詞風，境界高遠。本集《新軒樂府引》：「坡以來，山谷、晁無咎、陳去非、辛幼安諸公，俱以歌詞取稱……皆自東坡發之。」

〔一二〕「樂府」句：本集《遺山自題樂府引》：「樂府以來，東坡爲第一，以後便到辛稼軒。」

〔一三〕賸：更。

〔一四〕五雲花：喻指張仲文詞像蘇、辛一樣繡麗。

〔一五〕韋郎：唐詩人韋應物。詩例如《馬明生遇神女歌》：「安期先生來起居，請示金鐺玉佩天皇書。」

〔一六〕長吉：唐詩人李賀之字。詩例如《苦篁調嘯引》：「伶倫采之自昆丘，軒轅詔遣中分作十二。」

〔編年〕

李《譜》認爲張仲文是彰德府教授，遂附此詩於蒙古定宗元年丙午下（本集《朝散大夫同知東平府事胡公神道碑》：「歲丙午，某過彰德。」）。繆《譜》未編。按此前之太宗十三年及此後之定宗二年、憲宗三年遺山皆路經彰德，此詩作年難定，姑從原編（卷四）。

奚官牧馬圖息軒畫〔一〕

曹韓畫樣出中秘〔二〕，燕市死骨空千金〔三〕。息軒筆底真龍出，凡馬一空無古今〔四〕。安閑自與人意熟，蕭灑更覺天機深。奚官有知應解笑，世無坡仙誰賞音〔五〕。

〔注〕

〔一〕奚官：官名。職司養馬。息軒：金楊邦基之號，畫家。詳見《息軒秋江捕魚圖三首》其一注〔一〕。

〔二〕曹韓：指唐代畫家曹霸、韓幹。畫樣：繪畫的樣本。中秘：宫庭珍藏圖書文物之所。

〔三〕「燕市」句：《戰國策·燕策一》：「郭隗先生曰：『臣聞古之君人，有以千金求千里馬者，三年不能得。涓人言於君曰：請求之。君遣之。三月得千里馬，馬已死。買其首五百金，反以報君。』」

〔四〕「息軒」二句：杜甫《丹青引·贈曹將軍霸》：「斯須九重真龍出，一洗萬古凡馬空。」

〔五〕「奚官」二句：蘇軾《韓幹馬十四匹》：「老髯奚官騎且顧，前身作馬通馬語。」坡仙：蘇軾號東坡，人稱「坡仙」。

〔編年〕

李《譜》附於蒙古憲宗七年丁巳下「總附」中，謂屬己亥返鄉後無可編年者。繆《譜》未編。此詩作時難定，姑從原編（卷四）。

王右丞雪霽捕魚圖〔一〕

江雲滉滉陰晴半〔二〕，沙雪離離點江岸〔三〕。畫中不信有天機〔四〕，細向樹林枯處看。漁浦移家媿未能，扁舟蕭散亦何曾。白頭歲月黄塵底，笑殺高人王右丞〔五〕。

〔注〕

〔一〕王右丞：唐詩人兼畫家王維曾任尚書右丞之職，故稱。雪霽捕魚圖：宋晁無咎《鷄肋集》云：「畫捕魚一卷，或王右丞草也。紙廣不充幅，長丈許。水波渺瀰，洲渚隱隱見其背，岸木葭菼向摇落……蓋畫江南初冬欲雪時也。」

〔二〕滉滉：浮動貌。

〔三〕離離：衆多密集貌。

〔四〕「畫中」句：《宣和畫譜》卷十《草堂圖一》：「（王）維善畫，尤精山水，當時之畫家者流，以謂天機所到而所學者皆不及……觀其思致高遠，初未見於丹青，時時詩篇中已自有畫意。」天機：天賦靈機。與下句合觀，此指王維畫中枯寂的禪意禪趣。

〔五〕「笑殺」句：杜甫《解悶十二首》之八：「不見高人王右丞，藍田丘壑漫寒藤。」

〔編年〕

李《譜》據「白頭」句謂「此亦在官時詩」，編於正大六年己丑下《附録》中。繆《譜》未編。李説不穩妥，作時難定，姑從原編（卷四）。

許道寧寒溪古木圖爲翟器之賦①〔一〕

道人醉袖蟠蛟龍〔二〕，掃出古木牙須雄〔三〕，開卷颯颯來陰風②。翟卿論畫凡馬空〔四〕，能知畫與詩同宗〔五〕，解衣盤礴非衆工〔六〕。遺山筆頭有關仝〔七〕，意匠已在風雲中〔八〕，留待他日不忽忽。

〔校〕

①爲翟器之賦：李全本無此五字。　②颯颯：李全本作「飄飄」。

〔注〕

〔一〕許道寧：北宋畫家。學李成山水。老年惟以筆畫簡快爲己任，故峰巒峭拔，林木勁挺，别成一家體（宋郭若虚《圖畫見聞志》）。翟器之：其人不詳。

〔二〕道人：指許道寧。

〔三〕牙須：「須」通「鬚」。宋黄庭堅《次韻子瞻以紅帶寄王宣義》：「滄江鷗鷺野心性，陰壑虎豹雄牙鬚。」

〔四〕凡馬空：杜甫《丹青引》：「斯須九重真龍出，一洗萬古凡馬空。」句言翟器之的論畫觀點識見卓異。

〔五〕畫與詩同宗：蘇軾《書鄢陵王主簿所畫折枝二首》：「詩畫本一律，天工與清新。」

〔六〕「解衣」句：《莊子·田子方》：「宋元君將畫圖，衆史皆至，受揖而立，舐筆和墨，在外者半。有一史後至者，儃儃然不趨，受揖不立，因之舍。公使人視之，則解衣般礴臝。君曰：『可矣，是真畫者也。』」般礴本謂箕坐，後作「盤礴」，指恣意作畫。

〔七〕關仝：後梁時畫家，工山水。

〔八〕意匠：謂作文、繪畫、設計等事的精心構思。

〔編年〕

李《譜》據題注編在蒙古憲宗七年丁巳下「總附」中，謂晚年返鄉後作。繆《譜》未編。按：翟器之其人無考，李説不足據，作時難定，姑從原編（卷四）。

換得雲臺帖喜而賦詩〔一〕

周官武臣奉朝請〔二〕，劍佩束縛非天真。世間曾有華陀帖，神物已化延平津〔三〕。米狂雄筆照萬古〔四〕，北宗草書纔九人①〔五〕。今日雲臺見遺墨，黄金牢鎖玉麒麟〔六〕。

〔校〕

①草：李全本作「華」，形訛。

〔注〕

〔一〕雲臺帖：魏韋誕書。宋姜夔《續書譜·書丹》：「韋仲將（誕之字）升高書淩雲臺榜，下則鬚髮已白。藝成而下，斯之謂歟！若鍾繇、李邕又自刻之，可謂癖矣。」

〔二〕奉朝請：古代諸侯春季朝見天子曰朝，秋季朝見爲請。因稱定期參加朝會爲奉朝請。二句謂字體拘謹。

〔三〕「世間」二句：《續夷堅志·華佗帖》：「米元章《華佗帖》，二十八字。靖康之變，流落民間。歷三四傳，乃入越王府。王懼爲内府所收，秘之二十年，無知者。」延平津：用豐城劍化龍典。《晉書·張華傳》：「煥卒，子華爲州從事，持劍行經延平津，劍忽於腰間躍出墮水。使人没水取之，不見劍，但見兩龍各長數丈，蟠縈有文章。」

〔四〕「米狂」句：米狂，指北宋書法家米芾。本集《米帖跋尾》：「東坡愛海岳翁（米芾號海岳外史），有云：『米元章書如快劍斫蒲葦，無不如意。信乎，子敬以來一人而已。』又云：『清雄絶俗之文，超邁入神之字。』其稱道如此。」

〔五〕「北宗」句：參見《蕭仲植長史齋》注〔三〕。元王惲《與叔謙太常論書》其六：「篆隸中追三代古，風雲重策二王功。遺山不見斐旻帖，枉著雲臺詫米雄。」米芾學王獻之，屬南宗。

〔六〕「黄金」句：喻珍藏《雲臺帖》。

〔編年〕

李《譜》編於蒙古憲宗七年丁巳下「總附」中，謂晚年返鄉之後作。繆《譜》未編。按：此詩定爲晚年作的證據不足，故從原編（卷四）。

王學士熊嶽圖〔一〕

洗參池水甜於蜜①〔二〕，玉堂仙翁髮如漆〔三〕。膝前文度更風流〔四〕，盡捲風流入詩筆。長松手種欲摩天，海嶽樓空落照邊〔五〕。古來説有遼東鶴〔六〕，仙語星星誰爲傳。五百年間異人出，却將錦繡裹山川〔七〕。

〔校〕

①蜜：毛本作「密」，訛。據李詩本、施本改。

〔注〕

〔一〕王學士：王庭筠，蓋州熊嶽（今遼寧省蓋州市）人，曾任翰林修撰。詳見《王子端内翰山水同屏山賦二詩》其一注〔一〕。

〔二〕洗參池：清雍正《河南通志》：「洗參池，在林縣治西，相傳爲王母洗藥地。」王庭筠曾隱居於林縣（今林州市）黄華山。味詩意，此「洗參池」應在王氏故鄉。

〔三〕玉堂仙：翰林學士的雅號。宋以後稱翰林院爲玉堂，故云。詩指王庭筠之父王遵古。

〔四〕膝前文度：《世説新語·文正》：「藍田愛念文度，雖長大，猶抱著膝上。」文度：王坦之之字，詳見《晉書·王坦之傳》。此指王庭筠。

〔五〕海嶽樓：當王庭筠家鄉樓名。《中州集》卷八王璹下有王汝玉《王元仲（庭筠父王遵古之字）海嶽樓同諸公賦》，卷四李純甫《子端（王庭筠之字）山水同裕之賦》有「只留海嶽樓中景，長在經營慘澹中」句。

〔六〕遼東鶴：用仙人丁令威化鶴歸遼東典。詳見《癸巳四月二十九日出京》注〔五〕。

〔七〕「五百」二句：蘇軾《錦溪》詩：「楚人休笑沐猴冠，越俗徒誇翁子賢。五百年間異人出，盡將錦繡裹山川。」末句用吴越王錢鏐典。本集《臺山雜詠十六首》其一：「知被錢郎笑寒乞，不將錦繡裹山川。」

〔編年〕

李、繆未編。作時難定，姑從原編（施本卷四）。

食榆莢〔一〕

露葵滑寒羊蕨羶〔二〕，春榆作莢絶可憐。榆令人瞑何暇計〔三〕，田舍年例須濃煎〔四〕。簫聲吹暖賣餳天〔五〕，人家鑽火分青煙①〔六〕。長鈎矮籃走童稚，頃刻緑萍堆滿前〔七〕。炊飯雲子白〔八〕，剪韭青玉圓。一杯香美薦新味，何必烹龍炮鳳誇肥鮮。鼠肝蟲臂萬化涂〔九〕，神奇腐朽相推遷〔一〇〕。夢中鸜鵒亦大樂〔一一〕，隨意飲啄真飛仙②。先生捫腹一莞然③〔一二〕，此日何功食萬錢〔一三〕。

〔校〕

①人家：李全本、施本作「家人」。　②啄：毛本作「喙」，訛。據李詩本、李全本、施本改。

③莞：李全本、李詩本作「筦」。

〔注〕

〔一〕榆莢：榆樹果實。初春時先於葉而生，聯綴成串，形似銅錢，俗呼榆錢。

〔二〕露葵：明李時珍《本草綱目・草五・葵》：「古人採葵必待露解，故曰露葵。今人呼爲滑菜……古者葵爲五菜之主，今人不復食之。」羊蕨：一種蕨菜。因有羊羶味，故名。

〔三〕榆令人瞑：宋鄭樵《通志》卷七十六：「（榆）生莢如錢，古人採其初生者作糜羹，食之令人多睡，故嵇康謂『榆令人瞑』也。」

〔四〕年例：歷年如此的常例。

〔五〕「簫聲」句：《毛詩注疏》卷二十七：「簫，編小竹管，如今賣餳者所吹也。」宋黄朝英《靖康緗素雜記》卷九《餳粥》：「本朝宋子京《寒食》詩云：『草色引開盤馬路，簫聲吹暖賣餳天。』」餳：

古「糖」字。

〔六〕鑽火分青煙：鑽木取火，把火種分散至各家。

〔七〕緑萍：喻指榆錢。

〔八〕雲子白：米粒。杜甫《與鄠縣源大少府宴渼陂得寒字》：「飯抄雲子白，瓜嚼水精寒。」

〔九〕鼠肝蟲臂：《莊子·大宗師》：「偉哉造化，又將奚以汝爲？將奚以汝適？以汝爲鼠肝乎？以汝爲蟲臂乎？」意謂以人之大，亦可以化爲鼠肝蟲臂等微賤之物。

〔一〇〕「神奇」句：《莊子·知北游》：「是其所美者爲神奇，其所惡者爲臭腐。臭腐後化爲神奇，神奇後化爲臭腐。」

〔一一〕「夢中」句：明孫緒《沙溪集》卷十四：「莊生夢爲蝴蝶，歐陽公夢爲鸜鵒。《幽怪録》載薛偉病，夢爲魚。」鸜鵒：鳥名。俗稱八哥。

〔一二〕先生：詩人自指。莞然：微笑貌。

〔一三〕「此日」句：《晉書·何曾傳》：「(曾)性奢豪……日食萬錢，猶曰無下箸處。」錢：此指榆錢。

〔編年〕

李《譜》編於興定三年己卯下「總録」中，謂家居嵩山時期作。繆《譜》未編。按：詩確多嵩山時期感歎一己之窮厄的意興，惜無確證定作時，姑從原編(卷五)。

湘夫人詠〔一〕

木蘭芙蓉滿芳洲〔二〕，白雲飛來北渚游〔三〕。千秋萬歲帝鄉遠〔四〕，雲來雲去空悠悠。秋風秋月沅江渡〔五〕，波上寒煙引輕素〔六〕。九疑山高猿夜啼〔七〕，竹枝無聲墮殘露〔八〕。

〔注〕

〔一〕詩題：宋郭茂倩《樂府詩集》有《湘夫人》，屬琴曲歌辭。唐郎士元有《湘夫人詠》。詠：詩體名。唐元稹《樂府古題序》：「《詩》訖於周，《離騷》訖於楚，是後，詩之流爲二十四名：賦、頌、銘、贊、文、誄、箴、詩、行、詠、吟……」湘夫人：傳説舜妃溺於湘水爲神，故稱。見《楚辭·九歌·湘夫人》洪興祖注。

〔二〕木蘭：香木名。又名杜蘭、林蘭。芙蓉：即荷花。

〔三〕北渚游：《楚辭·九歌·湘夫人》：「帝子降兮北渚。」

〔四〕千秋萬歲：古人諱言帝王之死，用千秋萬歲代之。此指舜死。帝鄉：帝王的居處。句言舜死於蒼梧之後，不能回到帝都。

〔五〕沅江：水名。在今湖南省西部。《楚辭·九歌·湘夫人》有「沅有茝兮醴有蘭」句。

〔六〕「波上」句：沈約《宿東園》：「夕陰帶層阜，長煙引輕素。」輕素：輕薄的白色絲織品。

〔七〕九疑山：傳説中的舜所葬地，在湘水南。

〔八〕「竹枝」句：晉張華《博物志》卷八：「堯之二女，舜之二妃，曰湘夫人。舜崩，二妃啼，以涕揮竹，竹盡斑。」

【編年】

李、繆未編。作時難斷，姑從原編（卷六）。

渚蓮怨〔一〕

阿溪何許來①，素面涴風雨〔二〕。寂寞煙中魂，依依欲誰語。

【校】

①溪：毛本作「漢」，據李詩本、李全本、施本改。

【注】

〔一〕詩題：清乾隆《欽定續通志》卷一二七謂唐以後「新題樂府未嘗被管弦者」，屬「草木」類。渚蓮：水邊荷花。怨：古詩體之名。唐元稹《樂府古題序》列其名。

〔二〕素面：不施脂粉之天然美顔。喻渚蓮。

【編年】

李、繆未編。作時難斷，姑從原編（卷六）。

秋風怨〔一〕

碧瓦高梧響疏雨，坐倚薰籠時獨語〔二〕。守宫一著死生休〔三〕，狗走鷄飛莫爲女。雲間簫鼓夜厭厭〔四〕，禁漏誰將海水添。一春門外羊車過〔五〕，又見秋風拂翠簾。總把丹青怨延壽〔六〕，不知猶有竹枝鹽〔七〕。

〔注〕

〔一〕詩題：宋郭茂倩《樂府詩集》無，遺山因事名篇。

〔二〕薰籠：有籠覆蓋的熏爐。可用以薰烤衣服。唐孟浩然《寒夜》：「夜久燈花落，薰籠香氣微。」

〔三〕守宫：晉張華《博物志》卷四：「蜥蜴或名蝘蜓。以器養之，食之朱砂，體盡赤。所食滿七斤，治擣萬杵，點女人支體，終身不滅。唯房室事則滅，故號守宫。」古時用以防女子不貞。

〔四〕厭厭：綿長貌。

〔五〕羊車：宫中用羊牽引的小車。《晉書·后妃傳上·胡貴嬪》：「（晉武帝）常乘羊車，恣其所之，至便宴寢。宫人乃取竹葉插户，以鹽汁灑地，而引帝車。」

〔六〕延壽：姓毛，漢元帝時宫廷畫師。《西京雜記》卷二：「元帝後宫既多，不得常見，乃使畫工圖形，案圖召幸之。諸宫人皆賂畫工……畫工有杜陵毛延壽，爲人形，醜好老少必得其真……同日棄市。」

〔七〕竹枝鹽：見注〔五〕。

〔編年〕

李《譜》編於興定元年丁丑下「附録」中，謂是年府試不遇之作。繆《譜》未編。李説證據不足。作時難定，姑從原編（卷六）。

歸舟怨〔一〕

渡頭楊柳青復青，閨中少婦動離情〔二〕。只從問得狂夫處〔三〕，夜夜夢到洛陽城。南風吹櫓聲，北雁鳴嚶嚶。江流望不極，相思春草生。

〔注〕

〔一〕詩題：清乾隆《欽定續通志》卷一二七謂唐以後「新題樂府未嘗被管弦者」，屬「怨思」類。

〔二〕「渡頭」二句：唐王昌齡《閨怨》：「閨中少婦不知愁，春日凝妝上翠樓。忽見陌頭楊柳色，悔教夫婿覓封侯。」

〔三〕只從：自從。狂夫：放蕩不羈之夫。

〔編年〕

李、繆未編。作時難定，姑從原編（卷六）。

征人怨〔一〕

瀚海風煙掃易空〔二〕，玉關歸路幾時東〔三〕。塞垣可是秋寒早，一夜清霜滿鏡中〔四〕。

〔注〕

〔一〕詩題：唐柳中庸有此題。

〔二〕瀚海：地名。其含義隨時代而變。或曰即今呼倫湖、貝爾湖，或曰即今貝加爾湖，或曰爲杭愛山的音譯。唐代是蒙古高原大沙漠以北及其以西今准噶爾盆地一帶廣大地區的泛稱。風煙：喻指戰爭。

〔三〕玉關：玉門關的省稱。在今甘肅省敦煌縣西。

〔四〕清霜：喻指白髮。

〔編年〕

李、繆未編。作時難定，姑從原編（卷六）。

塞上曲〔一〕

平沙細草散羊牛，幾簇征人在戍樓①。忽見隴頭新雁過〔二〕，一時回首望南州〔三〕。

〔校〕

①幾：李全本、施本作「一」，與末句「一時」重複。

〔注〕

〔一〕詩題：宋郭茂倩《樂府詩集》有此題。

〔二〕隴頭：隴山，六盤山南段。借指邊塞。

〔三〕南州：指中原内地州縣。唐李益《夜上受降城聞笛》：「不知何處吹蘆管，一夜征人盡望鄉。」後二句本此。

〔編年〕

李、繆未編。作時難定，姑從原編（卷六）。

西樓曲〔一〕

游絲落絮春漫漫，西樓晚晴花作團①。樓中少婦弄瑶瑟，一曲未終坐長歎。去年與郎西入關，春風浩蕩隨金鞍。今年匹馬妾東還，零落芙蓉秋水寒。并刀不剪東流水〔二〕，湘竹年年露痕紫〔三〕。海枯石爛兩鴛鴦〔四〕，只合雙飛便雙死。重城車馬紅塵起〔五〕，乾鵲無端爲誰喜〔六〕。鏡中獨語人不知，欲插花枝淚如洗。

〔校〕

①晚：李全本、施本作「曉」。

〔注〕

〔一〕詩題：清乾隆《欽定續通志》卷一二七謂唐以後「新題樂府未嘗被管弦者」，屬「宫苑」類。

〔二〕「并刀」句：杜甫《戲題王宰畫山水圖歌》：「焉得并州快剪刀，剪取吴松半江水。」并刀：亦稱并州刀。即并州剪。古時并州所産剪刀以鋒利著稱。

〔三〕湘竹：用「湘妃啼竹」典。詳見《湘夫人詠》注〔八〕。

〔四〕海枯石爛：形容歷時長久，萬物已變。反襯意志堅定不變。

〔五〕重城：古代城市在外城中又建内城，故稱。

〔六〕乾鵲：即喜鵲。舊時民間傳説鵲能報喜。舊題漢劉歆《西京雜記》卷三：「陸賈曰：『夫目瞤得酒食，燈火花得錢財，乾鵲噪而行人至，蜘蛛集而百事佳。』」

〔編年〕

李、繆未編。作時難定，姑從原編（卷六）。

後平湖曲〔一〕

越女顔如花〔二〕，吴兒潔於玉。天教並墻居，不著同被宿。美人一笑千黄金〔三〕，連城不博百年心〔四〕。樓上墻頭無一物，暮孌朝春一生足。秋風拂羅裳，秋水照紅妝。舉頭見郎至，低頭採蓮房。郎心只如菱刺短，妾意未覺藕絲長。與郎期何許，眼礙同舟女。春波澹澹無盡情，雙星盈盈不得語〔五〕。十里平湖艇子遲，岸花汀草伴人歸。鴛鴦鷺起東西去①，唯有蜻蜓接翅飛②〔六〕。

〔校〕

①去：毛本此字缺。據李詩本、李全本、施本補。②接：毛本此字缺。據李詩本、李全本、施本補。

〔注〕

〔一〕詩題：《樂府詩集》無此題。當屬遺山因事名篇的樂府新題。

〔二〕「越女」句：唐宋之問《浣紗篇贈陸上人》：「越女顔如花，越王聞浣紗。」

〔三〕「美人」句：李白《白紵辭》其一：「月寒江清夜沉沉，美人一笑千黄金。」

〔四〕連城：《史記·廉頗藺相如列傳》載，趙惠文王得和氏璧，秦昭王寄書，願以十五城易璧。後以「連城」指和氏璧或極珍貴之物。

〔五〕「雙星」句：《文選·古詩十九首·迢迢牽牛星》：「迢迢牽牛星，皎皎河漢女……盈盈一水間，脈脈不得語。」

〔六〕接翅：翅膀碰着翅膀。形容蜻蜓多。

〔編年〕

李、繆未編。作時不詳，姑從原編（卷六）。

解劍行〔一〕

古劍黑於漆，鬱鬱動星文〔二〕。摩挲二十年，今日持贈君〔三〕。長鯨鼓浪三山没①〔四〕，知君不是泥中物〔五〕。袖間一卷白猿書〔六〕，未分持刀買黄犢〔七〕。壯懷風雲鬱沉沉，慚媿漂母無千金〔八〕。長安侏儒飽欲死〔九〕，萬古不解天公心。北風浩浩吹行客，隴水無聲雪花白〔一〇〕。荆卿墓頭秋草乾〔一一〕，擊筑行歌欲誰識〔一二〕。君不見秦相五羖皮，去時烹雞炊扊扅〔一三〕。又不見敝裘蘇季子，合從歸來印纍纍〔一四〕。丈夫墮地自有萬里氣〔一五〕，翕忽變化安能知。大冠如箕望吾子〔一六〕，富貴同生亦同死。

〔校〕

①没：毛本作「渡」。據李詩本、李全本、施本改。

〔注〕

〔一〕詩題：清乾隆《欽定續通志》卷一一七謂唐以後「新題樂府未嘗被管弦者」，屬「游俠」類。

〔二〕星文：星象。唐王維《老將行》：「試拂鐵衣如雪色，聊持寶劍動星文。」

〔三〕「摩挲」二句：唐賈島《劍客》：「十年磨一劍，霜刃未曾試。今日把示君，誰爲不平事。」

〔四〕「長鯨」句：喻被贈劍者氣魄雄壯。三山：傳説東海上有三神山。

〔五〕君：指被贈劍者。泥中物：田螺之類。喻指卑微無大志的小人物。

〔六〕白猿書：白猿，指白猿公，善劍術。唐杜牧《題永崇西平王宅太尉愬院六韻》：「授符黄石老，學劍白猿公。」

〔七〕「未分」句：《漢書·龔遂傳》載，宣帝任遂爲渤海太守。遂見齊俗好末技，不田作，勸民務農桑。民有帶持刀劍者，使賣劍買牛。分：甘願。

〔八〕「慚媿」句：用韓信感謝漂母一飯之惠報以千金之典，見《史記·淮陰侯列傳》。陶淵明《乞食》：「感子漂母惠，愧我非韓才。」

〔九〕「長安」句：《漢書·東方朔傳》：「侏儒長三尺餘，奉一囊粟，錢二百四十。臣朔長九尺餘，亦奉一囊粟，錢二百四十。侏儒飽欲死，臣朔飢欲死。」後用形容無用之人常得温飽。

〔一〇〕隴水無聲：古樂府《隴頭歌》：「隴頭流水，鳴聲幽咽。」

〔一一〕荆卿：《史記·刺客列傳》：「荆軻……之燕，燕人謂之荆卿。」

〔一二〕擊筑行歌：《史記·刺客列傳》：「荆軻既至燕，愛燕之狗屠及善擊筑者高漸離。荆軻嗜酒，日與狗屠及高漸離飲於燕市，酒酣以往，高漸離擊筑，荆軻和而歌於市中，相樂也，已而相泣，旁若無人者。」

〔一三〕「君不見」二句：《史記·秦本紀》：「（秦穆公）五年，晉獻公滅虞、虢，虜虞君與其大夫百里傒，以璧馬賂於虞故也。既虜百里傒，以爲秦繆（穆）公夫人媵於秦。百里傒亡秦走宛，楚鄙人執之。繆公聞百里傒賢，欲重贖之，恐楚人不與，乃使人謂楚曰：『吾媵臣百里傒在焉，請以五羖（黑色公羊）贖之。』……授以國政，號曰五羖大夫。」古樂府歌《百里傒詞》：「百里傒，五羊皮。憶别時，亨伏雌，吹（炊）扊扅；今日富貴忘我爲！」扊扅：門閂。

〔一四〕「又不見」二句：用蘇秦合縱成功任六國丞相典（《戰國策·秦策一》）。季子：蘇秦之字。

〔一五〕「丈夫」句：蘇軾《故李承之待制六丈挽詞》：「天驥墮地走，萬里端可期。」

〔一六〕大冠如箕：漢劉向《説苑·指武》載戰國齊田單攻翟不能下，齊嬰兒謡之曰：「大冠如箕，長劍拄頤。」

〔編年〕

李《譜》編於大安元年己巳下「附録」中，謂「少年時詩，附此」。繆《譜》未編。作時不確，姑從原編（卷六）。

征西壯士謡〔一〕

三十未有二十强，手内蛇矛丈八長。總爲官家金印大，不怕百死向沙場。捉却賀蘭山下賊〔二〕，金鞍繡帽好還鄉。

〔注〕

〔一〕詩題：《樂府詩集》無此題。遺山以事名篇。

〔二〕賀蘭山：山名。在今寧夏回族自治區西北邊境與内蒙古自治區接界處。

〔編年〕

李、繆未編。作年不詳，姑從原編（卷六）。

望雲謡〔一〕

涉江採芙蓉〔二〕，芙蓉待秋風。登山採蘭苕〔三〕，蘭苕霜早彫。美人亭亭在雲霄，鬱摇行歌不可招〔四〕。湘絃沉沉寫幽怨①〔五〕，愁心歷亂如曳繭。金支翠蕤紛在眼〔六〕，春草迢迢春波遠。

〔校〕

①怨：李全本作「悠」。

〔注〕

〔一〕詩題：清乾隆《欽定續通志》卷一二七謂唐以後「新題樂府未嘗被管弦者」，屬「時景」類。

〔二〕「涉江」句：《文選·古詩十九首》有《涉江採芙蓉》詩。

〔三〕蘭苕：蘭花。

〔四〕鬱摇：憂思貌。行歌：行走歌詠。

〔五〕湘絃：即湘瑟，湘妃（舜妃，死後爲湘水女神）所彈之瑟。《楚辭・遠游》：「使湘靈鼓瑟兮，令海若舞馮夷。」

〔六〕金支翠蕤：湘妃瑟上的金製支柱和翠羽製成的下垂的羽葆。《漢書・禮樂志》：「金支秀華，庶旄翠旌。」顔師古注引臣瓚曰：「樂上衆飾，有流遡羽葆，以黄金爲支，其首敷散，若草木之秀華也。」此喻荷花荷葉。如本集《泛舟大明湖》：「我時驂鸞追散仙，但見金支翠蕤相後先。」

〔編年〕

李、繆未編。作時不詳，姑從原編（卷六）。

獵城南〔一〕

翩翩游俠兒，白馬如匹練。朝出城南獵，暮趁軍中宴①〔二〕。北平有真虎〔三〕，愛惜腰間箭。

〔校〕

①趁：施本作「趨」。

〔注〕

〔一〕詩題：清乾隆《欽定續通志》卷一二七謂唐以後「新題樂府未嘗被管弦者」，屬「征戍」類。

〔二〕趁：趕赴。

〔三〕「北平」句：《新唐書・裴旻傳》：「後以龍華軍使守北平。北平多虎，旻善射，一日得虎三十一。休山下，有老父曰：『此彪也。稍北，有真虎，使將軍遇之，且敗。』旻不信，怒馬趨之。有虎出叢薄中，小而猛，據地大吼，旻馬辟易，弓矢皆墮，自是不復射。」

〔編年〕

李、繆未編。作時不詳，姑從原編（卷六）。

春風來〔一〕

春風來時瑶草芳〔二〕，緑池珠樹宿鴛鴦〔三〕。春風去後瑶草歇，來鴻去燕遥相望〔四〕。鴛鴦不得雙，燕鴻天一方。娟娟愁眉色〔五〕，静與遥山長。錦衾復羅薦〔六〕，夢語相思怨。月明烏夜啼，空閨淚如霰〔七〕。

〔注〕

〔一〕詩題：《樂府詩集》等無此題，遺山取首三字名篇。

〔二〕瑶草：傳説中的香草。泛指珍美的草。

〔三〕珠樹：樹的美稱。

〔四〕來鴻去燕：鴻雁和燕子，均爲候鳥。於長江一帶，前者秋來春去，後者秋去春來。

〔五〕娟娟：長曲貌。

〔六〕羅薦：絲織席褥。

〔七〕霰：雪珠。

〔編年〕

李、繆未編。作時不詳，姑從原編（卷六）。

梅華〔一〕

去歲梅華晚，今歲梅花早。和羹要佳實〔二〕，春風莫草草。

〔注〕

〔一〕詩題：《樂府詩集》等無此題。

〔二〕「和羹」句：明馮復京《六家詩名物疏》卷七「梅」引賈思勰語：「梅可以調鼎，杏則不任此用。」

〔編年〕

李、繆未編。作時不詳，姑從原編（卷六）。

寶鏡〔一〕

寶鏡掛秋水〔二〕，青娥紅粉妝〔三〕。春風不相識〔四〕，白地斷肝腸〔五〕。

〔注〕

〔一〕詩題：《樂府詩集》等無此題。遺山取首二字名篇。

〔二〕秋水：形容鏡面明净如澄澈的秋水。

〔三〕青娥：少女。唐杜審言《戲贈趙使君美人詩》：「紅粉青娥映楚雲，桃花馬上石榴裙。」

〔四〕「春風」句：李白《春思》：「春風不相識，何事入羅幃？」

〔五〕「白地」句：李白《越女詞》之四：「相看月未墮，白地斷肝腸。」白地：平白地。

〔編年〕

李、繆未編。作時不詳，姑從原編（卷六）。

惡雨

惡雨惡復惡，龍公何遽然〔一〕。霆轟冰塔碎〔二〕，電掣玉繩連〔三〕。高岸皆深谷〔四〕，層霄一漏泉〔五〕。黑來疑擁海，白散忽成煙。市響千門合〔六〕，潮頭萬弩穿〔七〕。天瓢休盡建〔八〕，枯旱有他年。

〔注〕

〔一〕遽然：急怒貌。

〔二〕冰塔碎：形容雷響的聲音劇烈。冰塔：冰柱。

〔三〕玉繩：喻指閃電。

〔四〕「高岸」句：《詩·小雅·十月之夜》：「高岸爲谷，深谷爲陵。」

〔五〕層霄：高空。

〔六〕市響：市井噪雜。喻雨聲。

〔七〕弩：指雨點。

〔八〕天瓢：神話傳説中天神行雨用的瓢。盡建：全部傾覆。建：傾倒。《史記·高祖本紀》：「（秦中）地勢便利，其以下兵於諸侯，譬猶居高屋之上建瓴水也。」

〔編年〕

李、繆未編。作時不詳，姑從原編（卷七）。

送曹吉甫兼及通甫〔一〕

意氣羨君豪，憐君屈騎曹〔二〕。安能事筆硯，且復混弓刀〔三〕。風雪貂裘暗，關山馬骨高。南飛見鴻雁，應爲惜哀勞〔四〕。

〔注〕

〔一〕曹吉甫：太原人。曹通甫之弟。《中州集》劉少宣有《傷曹吉甫之死》詩。通甫：曹居一字通甫，一字聽翁，太原人。金末進士，仕元爲行臺員外郎。本集有《曹子歸葬疏》。劉祁《歸潛志·録崔立碑事》謂曹通甫有詩指責遺山爲金末叛將崔立撰功德碑事。

〔二〕「意氣」二句：《晉書·王徽之傳》：「徽之字子猷，性卓犖不羈……又爲車騎桓沖騎兵參軍，沖問：『卿署何曹？』對曰：『似是馬曹。』又問：『管幾馬？』曰：『不知馬，何由知數。』又問：『馬比死多少？』曰：『未知生，焉知死！』」二句用此典，謂曹氏以放蕩不羈的士人任部隊低微官職。《中州集》劉少宣《傷曹吉甫之死》：「官職雖低首不低，争教有志竟空齎。」騎曹：指騎曹參軍之類小官。

〔三〕「安能」二句：謂文人任武職，用非其才。

〔四〕哀勞：大雁的哀鳴聲。

〔編年〕

李《譜》編於興定三年乙卯下「總録」中，謂居嵩山時作。繆《譜》未編。按：李説不足據，詩作於蒙古海迷失后元年己酉《中州集》編成之前，姑從原編（卷七）。

短日

短日磓聲急〔一〕，重雲雁影深〔二〕。風霜侵晚節，天地入歸心。零落溝中斷，酸嘶爨下音〔三〕。五年朝與夕，清血幾沾襟〔四〕。

〔注〕

〔一〕碪：搗衣石。

〔二〕重雲：重疊的雲層。

〔三〕「零落」二句：宋黄庭堅《歲寒知松柏》：「犧象溝中斷，徽絃爨下殘。」任淵注：「《莊子》曰：百年之木，破爲犧尊，青黄而文之。其斷在溝中，美惡有間矣，其于失性，一也……《後漢書·蔡邕傳》：吴人有燒桐以炊者，邕聞火烈之聲，知其良木，請而爲琴，時號焦尾琴。」二句以美木被毁焚自喻。

〔四〕清血：指眼淚。

〔編年〕

李《譜》編於興定四年庚辰下，謂是年赴汴京府試不遇之詩。繆《譜》未編。按：庚辰遺山府試中選，李説不足據。作時難定，姑從原編（卷七）。

京兆漕司官居三首〔一〕

其一

符節推通貴〔二〕，江山入勝游〔三〕。名園隨地改，高棟與雲浮。簿領歸閑暇〔四〕，鶯花接獻酬〔五〕。不知秋夜月，何似庾公樓〔六〕。

〔注〕

〔一〕京兆：金府名。治今陝西省西安市。漕司：漕運司。管理催徵税賦、出納錢糧、辦理上供以及漕運等事的官署或官員。

〔二〕符節：代指朝廷委派的地方長官或專使。通貴：通達顯貴。

〔三〕勝游：快意的游覽。

〔四〕簿領：官府記事的簿册或文書。此指公務。

〔五〕鶯花：指樂妓。元石德玉《曲江池》第二折：「誰著你戀鶯花，輕性命，喪風塵。」獻酬：謂飲酒時主客互相敬酒。

〔六〕庾公樓：《晉書·庾亮傳》：「亮在武昌，諸佐吏殷浩之徒，乘秋夜往共登南樓，俄而不覺亮至，諸人將起避之。亮徐曰：『諸君少住，老子於此處興復不淺。』便據胡牀，與浩等談詠竟坐。」後用作賞月清談的典故。

其二

複嶺雲橫野〔一〕，孤峰玉柱天①。遥知開館日〔二〕，别破見山錢〔三〕。夢出紛華外〔四〕，詩來寂寞邊。亭中誰舉酒，高興想悠然②〔五〕。

〔校〕

①柱：施本作「拄」。　②想：李全本作「相」。

〔注〕

〔一〕複嶺：重疊的山嶺。

〔二〕館：接待賓客的館舍。

〔三〕「别破」句：謂不用花費專程外出看山之錢。

〔四〕紛華：繁華。

〔五〕高興：高雅的興致。

其三

聞説梅軒好①，長吟有所思。入簷看瘦影，挂月見横枝〔一〕。東閣今千載，風流彼一時〔二〕。西游曾有約，到日更題詩。

〔校〕

①聞：李全本作「間」。

〔注〕

〔一〕「入簷」二句：宋林逋《山園小梅》：「疏影横斜水清淺，暗香浮動月黄昏。」

〔二〕「東閣」二句：用何遜詠梅典。宋吕祖謙《詩律武庫》卷十四《官梅詩興》：「梁何遜字仲言，有詩名。爲揚州法曹，廨舍有梅花盛開，遜吟詠其下云：『枝横却月觀，花繞淩風臺。應知早飄落，故逐上春來。』」杜甫《和裴迪登蜀州東亭送客逢早梅相憶見寄》：「東閣官梅動詩興，還如何遜在揚州。」

〔編年〕

李《譜》編於正大八年辛卯。繆《譜》未編。李説不足據，作時不詳，姑從原編（卷七）。

劉丈仲通哀挽〔一〕

拙宦深辜遠業期〔二〕，無兒更結下泉悲。温純如此豈復見〔三〕，報施言之尤可疑〔四〕。四葉名家今日盡〔五〕，百年潛德幾人知〔六〕。元劉交分平生重〔七〕，才薄猶堪第二碑〔八〕。

〔注〕

〔一〕劉仲通：其人不詳。

〔二〕遠業：遠大的事業。

〔三〕温純：温和純厚。

〔四〕報施：報應。古云：「善有善報，惡有惡報。」句謂善施未得善報。

〔五〕四葉：四世。

〔六〕潛德：不爲人知之美德。

〔七〕元劉：指遺山與劉仲通。

〔八〕「才薄」句：唐劉禹錫《哭吕衡州時余方謫居》：「朔方徙歲行當滿，欲爲君刊第二碑。」

〔編年〕

李《譜》謂「拙宦」句指遺山罷内鄉縣令事，詩作於「初罷官時」，遂編在正大六年己丑下「附録」中。繆《譜》未編。按：「拙宦」句指劉丈而非自指，李《譜》解讀有誤。此詩作年不詳，姑從原編（卷八）。

紫牡丹三首

其一

金粉輕粘蝶翅勻，丹砂濃抹鶴翎新〔一〕。儘饒姚魏知名早〔二〕，未放黄徐下筆親〔三〕。映日定應珠有淚〔四〕，淩波長恐襪生塵〔五〕。如何借得司花手〔六〕，偏與人間作好春。

〔注〕

〔一〕丹砂：朱砂，色深紅。鶴翎：鶴的羽毛。喻指白色的花瓣。

〔二〕儘饒：儘先厚賜。姚魏：「姚黄魏紫」的省稱。牡丹花的兩個名貴品種。姚黄爲千葉黄花，出於民姚氏家；魏紫爲千葉肉紅花，出於魏相仁溥家。見宋歐陽修《洛陽牡丹記·花釋名》。

〔三〕黄徐：指後蜀畫家黄筌和南唐畫家徐熙。二人入宋，同隸圖書院。句謂即使是著名畫家黄、徐等亦難以畫得維妙維肖。

〔四〕珠有淚：《博物志》卷九：「南海外有鮫人……其眼能泣珠。」此指露珠。

〔五〕「淩波」句：曹植《洛神賦》：「淩波微步，羅襪生塵。」

〔六〕司花：司花女。唐顔師古《隋遺録》卷上：「時洛陽進合蒂迎輦花……帝命（袁）寶兒持之，號曰司花女。」後指管理百花的女神。

其二

夢裏華胥失玉京〔一〕，小闌春事自昇平〔二〕。只緣造物偏留意，須信凡花浪得名〔三〕。蜀錦浪淘添色重〔四〕，御爐風細覺香清。金刀一剪腸堪斷①〔五〕，緑鬢劉郎半白生〔六〕。

〔校〕

①剪：施本作「折」。

〔注〕

〔一〕夢裏華胥：《列子·黄帝》：「（黄帝）晝而夢，游於華胥氏之國……其國無師長，自然而已。」後用指理想中的太平盛世。玉京：天帝居處。晉葛洪《枕中書》引《真書》：「元始天王在天中心之上，名曰玉京山。」借指京都。

〔二〕闌：栅欄。

〔三〕浪：輕易。

〔四〕「蜀錦」句：《文選·蜀都賦》注：「譙周《益州志》云：成都織錦既成，濯於江水，其文分明，勝於初成，他水濯之不如江水也。」

〔五〕金刀：剪子。喻秋風。

〔六〕緑鬢：烏黑而有光澤的鬢髮。劉郎：疑指劉、阮遇仙典中之劉晨。

其三

天上真妃玉鏡臺〔一〕，醉中遺下紫霞杯。已從香國偏薰染①〔二〕，更借花神巧剪裁②。微度麝薰時約略〔三〕，驚移鸞影却低回。洗妝正要春風句〔四〕，寄謝詩人莫漫來〔五〕。

【校】

①偏：施本作「徧」。　②借：李全本、施本作「惜」。

【注】

〔一〕真妃：疑指楊貴妃。楊曾爲女道士，號太真，故稱。

〔二〕香國：《維摩經》卷下載，有國名衆香，佛號香積，其樓閣苑囿皆香。

〔三〕約略：輕微。句寫花香。

〔四〕洗妝：紫牡丹的别稱。元陶宗儀《説郛》：「洗妝紅，千葉肉紅花（即魏紫）也……劉公伯壽見而愛之，謂如美婦人洗去朱粉而見其天真之肌，瑩潔温潤，因命今名。」

〔五〕漫：空。

【編年】

李《譜》編於蒙古乃馬真后元年壬寅下「附録」中，繆《譜》未編。按其二「夢裏」二句，當金亡後作。

證據不足，姑從原編（卷九）。

寄謝常君卿〔一〕

百過新篇卷又披，得君重恨十年遲〔二〕。文除嶺外初無例〔三〕，詩學江西又一奇〔四〕。楊柳不隨春事老，貞松惟有歲寒知。仙鄉白鳳瀛洲近〔五〕，洗眼雲霄看後期。

〔注〕

〔一〕寄謝：傳告。常君卿：其人不詳。

〔二〕「得君」句：蘇軾《次荆公韻四絶》其三：「勸我試求三畝宅，從公已覺十年遲。」

〔三〕「文除」句：指文學蘇軾。清乾隆《御選唐宋詩醇》卷四十一：「方回曰，前輩論詩文，謂子美夔州後詩，東坡嶺外文，老筆愈勝少作，而中年亦未若晚年也。」

〔四〕江西：指江西詩派。

〔五〕仙鄉白鳳：相傳漢揚雄著《太玄經》時夢吐白鳳。後因以喻出衆的才華。瀛洲：用唐太宗置文學館典，詳見《送弋唐佐還平陽》注〔三〕。

〔編年〕

作時難定，姑從原編（卷十）。李《譜》編于蒙古憲宗七年丁巳下「總附」中，謂晚年返鄉後之作。繆《譜》未編。

國醫王澤民詩卷〔一〕

萬石君家父事兄①〔二〕，豈知衰俗有王卿〔三〕。一篇華衮中書筆〔四〕，滿紙清風月旦評〔五〕。鴻雁自分先後序，鶺鴒兼有急難情②〔六〕。閨門雍睦君須記〔七〕，方伎成名恐未平〔八〕。

〔校〕

①石：李全本作「古」。②鶺：李全本作「鶴」。

〔注〕

〔一〕國醫：國内最傑出的醫生。王澤民：其人不詳。

〔二〕萬石君：《漢書·石奮傳》：「奮長子建，次甲，次乙，次慶，皆以馴行孝謹，官至二千石。於是景帝曰：『石君及四子皆二千石，人臣尊寵乃舉集其門。』凡號奮爲萬石君。」

〔三〕衰俗：衰落的世俗。本集《清真觀記》謂當時習俗云：「父不能召其子，兄不能克其弟，禮儀無以制其本，刑罰無以懲其末。」王卿：指王澤民。

〔四〕華衮：王公多彩的禮服。晉范寧《〈春秋穀梁傳〉序》：「一字之褒，寵踰華衮之贈。」此指王澤民詩卷華麗典雅。中書筆：謂王詩筆法有起草詔誥的中書省的臺閣體風範。

〔五〕月旦評：指權威人士的評價。典見《賈氏怡齋二首》其二注〔二〕。

〔六〕鶺鴒：《詩·小雅·常棣》：「脊令在原，兄弟急難。」後以鶺鴒比喻兄弟。

〔七〕闉門：内室之門，指家庭。雍睦：和睦。

〔八〕方伎：醫藥及養生之類的技術。句謂王澤民以醫術成名而非以人品詩作出名未必公允。

〔編年〕

作時不確，故從原編（卷十）。李《譜》編於蒙古乃馬真后二年癸卯下「總附」中，認爲晚年在燕京作。繆《譜》未編。

梁父吟扇頭 孔明箕踞坐大石上望月，作《梁父吟》〔一〕。

盤礴萬古心〔二〕，塊石入危坐〔三〕。青天一明月，孤唱誰與和。

〔注〕

〔一〕梁父吟：宋郭茂倩《樂府詩集·相和歌辭十六》：「《蜀志》曰：諸葛亮好爲《梁父吟》。然則不起於亮矣。李勉《琴説》曰：《梁父吟》，曾子撰。《琴操》曰：曾子耕泰山之下，天雨雪凍，旬月不得歸，思其父母，作《梁山歌》……按梁甫，山名，在泰山下。《梁父吟》，蓋言人死葬此山，亦葬歌也。」扇頭：扇面。孔明：三國蜀丞相諸葛亮之字。箕踞：隨意張開兩腿而坐，形似簸箕。

〔二〕盤礴：箕坐。

〔三〕危坐：正身而坐。

〔編年〕

李《譜》編於大安元年己巳下「附録」中，謂「少時詩」。繆《譜》未編。作時不確，姑從原編（卷十一）。

得緯文兄書〔一〕

鵲語喜復喜〔二〕，山城誰與娱。青燈一杯酒，千里故人書〔三〕。

〔注〕

〔一〕緯文：張緯字緯文。詳見《别緯文兄》注〔一〕。

〔二〕「鵲語」句：舊題師曠《禽經》：「靈鵲兆喜。」張華注：「鵲噪則喜生。」

〔三〕「千里」句：庾信《寄王琳》：「獨下千行淚，開君萬里書。」

〔編年〕

李《譜》謂「『山城誰與娱』，應在内鄉時」，故編於正大四年丁亥下「附録」中。繆《譜》未編。按：遺山與張緯文頻繁交往在金亡後，李説證據不足，姑從原編（卷十一）。

定齋兄寫真〔一〕

朱黄筆底三篋〔二〕，白黑胸中兩棋。畫作蕭然野服〔三〕，雲龍終日騤騤①〔四〕。

〔校〕

①終：李全本、施本作「蔽」。

〔注〕

〔一〕定齋兄：李獻卿，字欽止，號定齋。詳見《望王李歸程》注〔一〕。寫真：畫人真容。即肖像。

〔二〕朱黄：指朱黄兩色筆墨。古人校點書籍時用之以示區别。篋：書箱。

〔三〕蕭然：蕭灑悠閑貌。野服：村野平民服裝。

〔四〕雲龍：駿馬的美稱。騤騤：馬强壯貌。《詩經·小雅·採薇》：「駕彼四牡，四牡騤騤。」

〔編年〕

作時不確，姑從原編（卷十一）。李《譜》編於蒙古憲宗七年丁巳下「總附」中。繆《譜》未編。

德和墨竹扇頭〔一〕

静裏離離新粉〔二〕，動時細細清香。明月清風自在〔三〕，紅塵白日何妨〔四〕。「嫩香新粉墨離離」，李長吉竹詩〔五〕。

〔注〕

〔一〕德和：其人不詳。扇頭：扇面。

〔二〕離離：濃重貌。新粉：竹節間的白色粉末。唐王維《山居即事》：「緑竹含新粉，紅蓮落故衣。」

〔三〕明月清風，本意即明亮的月，清涼的風。《南史·謝譓傳》：「有時獨醉，曰：『入吾室者，但有清風；對吾飲者，唯當明月。』」後用以喻高人雅士。

〔四〕紅塵白日：喻攘攘塵世。二句言扇子自有明月清風，就是炎熱的紅塵白日又有何妨。寓高人雅士悠閑自在，紅塵世俗也奈何不了他。

〔五〕尾注：唐李賀《昌谷北園新筍四首》其二：「斫取青光寫楚辭，膩香春粉黑離離。」「嫩香新粉墨離離」有誤。

〔編年〕

作時不確，姑從原編（卷十一）。李《譜》編於蒙古憲宗七年丁巳下「總附」中。繆《譜》未編。

唐子達扇頭〔一〕

溪光冷於冰，山骨浄如玉〔二〕。白雲自老人自閑，莫遣秋風破茅屋〔三〕。

〔注〕

〔一〕唐子達：其人不詳。

〔二〕山骨：山巖。

〔三〕秋風破茅屋：杜甫有《茅屋爲秋風所破歌》。

〔編年〕

作年不確，姑從原編（卷十一）。李、繆未編。

藍采和像〔一〕

長板高歌本不狂，兒曹自爲百錢忙〔二〕。幾時逢著藍衫老，同向春風舞一場。

〔注〕

〔一〕藍采和：相傳爲唐末逸士，傳説中八仙之一。常衣破藍衫，脚跣行。夏則衫内加絮，冬則卧於雪中。每行歌於城市乞索，持大拍板，常醉踏歌。見《太平廣記》二二「藍采和」條引《續神仙傳》。

〔二〕兒曹：猶兒輩。

〔編年〕

作時難定，姑從原編（卷十一）。李、繆未編。

鴛鴦扇頭〔一〕

雙宿雙飛百自由，人間無物比風流。若教解語終須問，有底愁來也白頭〔二〕。

〔注〕

〔一〕鴛鴦：鳥名。雌雄偶居不離，古稱「匹鳥」。

〔二〕底：何。

〔編年〕

作時難定，姑從原編（卷十一）。李、繆未編。

風雨停舟圖

老木高風作意狂〔一〕，青山和雨入微茫。畫圖喚起扁舟夢，一夜江聲撼客牀。

〔注〕

〔一〕作意：故意。

〔編年〕

作時難定，姑從原編（卷十一）。李《譜》編於興定二年戊寅下「附録」中，證據不確。繆《譜》未編。

贈眼醫武濟川〔一〕

世眼紛紛眯是非①，不應刮膜在金鎞〔二〕。知君聖處工夫到，且道心盲作麽醫。

〔校〕

①眼：施本作「事」。

〔注〕

〔一〕武濟川：其人不詳。

〔二〕金鎞：古代治眼病的工具。形如箭頭，用來刮眼膜，使盲者復明。

〔編年〕

李《譜》編於興定三年己卯下「總録」中，謂居嵩山時作。繆《譜》未編。作時難定，姑從原編（卷十一）。

無題二首

其一

七十鴛鴦五十弦〔一〕，酒薰花柳動春煙。人間只道黄金貴，不問天公買少年。

〔注〕

〔一〕七十鴛鴦：詞牌《鴛鴦怨曲》雙調七十二字，當指此。五十弦：古瑟有五十弦，見《史記·封禪書》。唐李商隱《錦瑟》：「錦瑟無端五十弦，一弦一柱思華年。」

其二

春風也解惜多才，嫁與桃花不問媒①〔一〕。死恨天台老劉阮，人間何戀却歸來〔二〕。

〔校〕

①問：李全本、施本作「用」。

〔注〕

〔一〕「春風」二句：活用宋張先《一叢花》（傷高懷遠幾時窮）「沉恨細思，不如桃杏，猶解嫁東風」句意。

〔二〕「死恨」二句：南朝宋劉義慶《幽明録》載，東漢劉晨、阮肇在天台山遇仙，巧結良緣，旋即分離。明都穆《南濠詩話》：「元微之《題劉阮山》詩：『芙蓉脂肉緑雲鬟，罨畫樓臺青黛山。千樹桃花萬年藥，不知何事憶人間。』後元遺山云：『死恨天台老劉阮，人間何戀却歸來？』正祖此意。」

〔編年〕

作時難定，姑從原編（卷十一）。李、繆未編。

雜著九首〔一〕

其一

萬期流轉不須臾〔二〕，物物觀來定有無〔三〕。玉席紙衣同一盡〔四〕，枉將白骨計榮枯。

〔注〕

〔一〕雜著：猶雜詩。指隨興而發，内容不一之作。

〔二〕期：百年曰期。

〔三〕物物：各樣事物。句謂萬物皆有盡期。

〔四〕玉席：玉作之席。紙衣：紙作之衣。《資治通鑒·後周記二》顯德元年下載：「帝屢戒晉王曰：『昔吾西征，見唐十八陵無不發掘者，此無他，惟多藏金玉故也。我死，當衣以紙衣，斂以瓦棺；速營葬，勿久留宫中……惟刻石置陵前云：周天子平生好儉約，遺令用紙衣、瓦棺，嗣天子不敢違也。汝或吾違，吾不福汝。』」句謂玉席堅固，紙衣易碎，但均同歸一盡。

其二

鳧短何如鶴有餘〔一〕，非魚誰謂子知魚〔二〕。一枝莫作鷦鷯看〔三〕，水擊三千不羡渠〔四〕。

〔注〕

〔一〕「鳧短」句：《莊子·駢拇》：「鳧脛雖短，續之則憂；鶴脛雖長，斷之則悲。」謂鶴長鳧短，宜順其自然，不可損益。

〔二〕「非魚」句：《莊子·秋水》：「莊子與惠子游于濠梁之上。莊子曰：『鯈魚出游從容，是魚之樂也？』惠子曰：『子非魚，安知魚之樂？』莊子曰：『子非我，安知我不知魚之樂？』」

〔三〕「一枝」句：《莊子·逍遥游》：「鷦鷯巢于深林，不過一枝。」鷦鷯：一種善于築巢的小鳥。

〔四〕「水擊」句：《莊子·逍遥游》：「鵬之徙于南冥也，水擊三千里，摶扶摇而上者九萬里。」

其三

太虛空裏一游塵〔一〕，造物雖工未易貧〔二〕。臧獲古來多鼎食〔三〕，可能夷叔是飢人〔四〕。

〔注〕

〔一〕太虛：天空。游塵：浮游之塵。

〔二〕「造物」句：《莊子·大宗師》：「天無私覆，地無私載，天地豈私貧我哉！」未易貧：没有改變貧困的境遇。

〔三〕臧獲：奴婢的賤稱。

〔四〕「可能」句：《史記·伯夷列傳》載，伯夷、叔齊以武王伐紂爲不仁，恥食周粟，餓死首陽山。夷叔：伯夷、叔齊。代指賢人。

其四

青蓋朝來帝座新〔一〕，豈知衛瓘是忠臣。洛陽荊棘千年後，愁絶銅駝陌上人〔二〕。

〔注〕

〔一〕青蓋：青色的車蓋。漢制用於皇太子、皇子所乘之車。《後漢書·輿服志上》：「皇太子，皇子皆安車，朱班輪，青蓋。」帝座新：《晉書·衛瓘傳》：「惠帝之爲太子也，朝臣咸謂純質，不能親政事。瓘每欲陳啓廢之，而未敢發。後(武帝)會宴陵雲臺。瓘託醉，因跪帝牀前曰：『臣有所啓。』帝曰：『公所言何耶？』瓘欲言而止者三，因以手撫牀曰：『此座可惜！』帝意乃悟，因謬曰：『公真大醉耶。』」

〔三〕「洛陽」二句：《晉書・索靖傳》：「靖有先識遠量，知天下將亂，指洛陽宫門銅駝，歎曰：『會見汝在荆棘中耳！』」陌：街。

其五

六國孱王走下風〔一〕，神人鞭血海波紅〔二〕。無端一片云亭石〔三〕，殺盡蒼生有底功。

〔注〕

〔一〕六國：指戰國後期秦以外六國。孱王：懦弱的君王。

〔二〕「神人」句：唐歐陽詢《藝文類聚》卷七十九引晉人伏琛《三齊略記》曰：「始皇作石橋，欲過海觀日出處。於時有神人，能驅石下海。城陽一山石，盡起立，嶷嶷東傾，狀似相隨而去。云石去不速，神人輒鞭之，盡流血，石莫不悉赤，至今猶爾。」

〔三〕云亭：云云、亭亭二山的並稱。二山在泰山東南。《史記・封禪書》載上古黄帝等封泰山，禪云云、亭亭。句指秦争霸天下。唐李商隱《寄太原盧司空三十韻》：「公乎來入相，皇欲駕云亭。」

其六

天上河源地上流〔一〕，黄金浮世等閑休〔二〕。埋愁不著重泉底〔三〕，儘向人間種白頭〔四〕。

〔注〕

〔一〕「天上」句：宋胡仔《苕溪漁隱叢話》引《荆楚歲時記》曰：「張華《博物志》載，漢武帝令張騫窮河源，乘槎經月，至天河，見牛郎、織女。」句以地上水横流喻亂世。

〔二〕浮世：人世。舊時認爲人世間是浮沉聚散不定的，故稱。句謂昔日繁華似過眼雲煙。

〔三〕「埋愁」句：《後漢書·仲長統傳》載其詩：「寄愁天上，埋憂地下。」重泉：土壤的深層。

〔四〕儘：全都。

其七

泗水龍歸海縣空〔一〕，朱三王八竟言功〔二〕。圍棋局上猪奴戲〔三〕，可是乾坤鬬兩雄。

〔注〕

〔一〕泗水龍歸：漢高祖劉邦曾任泗上亭長。《漢書·高帝紀》載其母「嘗息大澤之陂，夢與神人遇。是時雷電晦冥，父太公往視，則見交龍於上。已而有娠，遂産高祖」。海縣：指中國。《資治通鑒·晉海西公太和四年》胡三省注引騶衍曰：「中國有赤縣神州。赤縣神州内有九州，禹所敘九州是也。其外有裨海環之。海縣之説，蓋本於此。」句謂真龍天子歸天後無人統領，中國大亂。

〔二〕朱三：即五代時後梁建國者朱温。其排行第三，故稱。王八：指五代十國時前蜀建立者王建。《新五代史·前蜀世家第三王建》：「王建字光圖……少無賴，以屠牛、盜驢、販私鹽爲事，里人謂之『賊王八』。」

〔三〕猪奴戲：即牧猪奴戲，對賭博的鄙稱。《晉書·陶侃傳》：「樗蒱者，牧猪奴戲耳。」

其八

昨日東周今日秦，咸陽煙火洛陽塵。百年蟻穴蜂衙裏〔一〕，笑煞昆崙頂上人〔二〕。

〔注〕

〔一〕蟻穴蜂衙：微小擁擠混亂之處。代指混亂紛争的人世間。

〔二〕昆崙頂上人：仙人。《史記·大宛列傳》：「昆侖其高二千五百餘里，日月所相避隱爲光明也。其上有醴泉、瑶池。」《穆天子傳》卷三：「乙丑，天子觴西王母於瑶池之上。」

其九

半紙虚名百戰身〔一〕，轉頭高冢卧麒麟〔二〕。山間曾見漁樵説，辛苦淩煙閣上人〔三〕。

〔注〕

〔一〕半紙：指記載功績的史册等。

〔二〕高冢卧麒麟：唐杜甫《曲江二首》：「江上小堂巢翡翠，岸邊高冢卧麒麟。」麒麟：指墓道石麒麟。

〔三〕淩煙閣：古代帝王爲表彰功臣而建築的高閣，繪有功臣圖像。庾信《周柱國大將軍紇干弘神道碑》：「天子畫淩煙之閣，言念舊臣。」

〔編年〕

李《譜》編於正大元年甲申下「附録」中，云：「此借古事以傷金之失。應在汴京作，附此。」繆《譜》未編。按組詩興致不一，恐非一時之作。姑從原編（卷十一）。

戚夫人〔一〕

鴻鵠冥冥四海飛，戚夫人舞淚霑衣〔二〕。無端恨殺商山老〔三〕，剛出山來管是非。

〔注〕

〔一〕戚夫人：漢高祖劉邦妾，趙王如意母。高祖屢欲廢太子，立如意，爲呂后所深忌。高祖死，戚夫人被呂后截斷手足，挖眼熏耳，飲以啞藥置於廁中，名曰「人彘」。

〔二〕「鴻鵠」二句：《漢書·張良傳》：「四人（商山四皓）爲壽畢，趨去。上目送之，召戚夫人指視曰：『我欲易之，彼四人爲之輔，羽翼已成，難動矣。呂氏真乃主矣。』戚夫人泣涕，上曰：『爲我楚舞，吾爲若楚歌。』歌曰：『鴻鵠高飛，一舉千里。羽翼以就，横絶四海。』」

〔三〕商山老：指漢初商山四隱士園公、綺里季、夏黄公、甪里先生，四人鬚眉皆白，故稱四皓。高祖召，不應。後高祖欲廢太子，呂后用留侯計，迎四皓，使輔太子。一日四皓侍太子見高祖，高祖曰：「羽翼成矣。」遂輟廢太子之議。事見《史記·留侯世家》。

〔編年〕

作時難定，姑從原編（卷十一）。李《譜》編於蒙古憲宗七年丁巳下「總附」中。繆《譜》未編。

題山谷小豔詩〔一〕

法秀無端會熱謾，笑談真作勸淫看〔二〕。只消一句修修利〔三〕，李下何妨也整冠〔四〕。

〔注〕

〔一〕山谷：宋代詩人黄庭堅之號。豔詩：以男女愛情爲題材的詩歌。

〔二〕「法秀」二句：黄庭堅《小山集序》云：「余少時間作樂府，以使酒玩世。道人法秀獨罪予以筆墨勸淫，於我法中，當下犁舌之獄。」宋惠洪《冷齋夜話》卷十：「魯直悟法秀語，罷作小詞。」熱謾：空泛無稽之談。笑談：能引人發笑的談話或故事。

〔三〕修修利：《大正藏·大阿彌陀佛經序》：「浄口業真言（咒語）：唵，修利，修利，摩訶修利，修修利，娑婆訶。」

〔四〕「李下」句：宋郭茂倩《樂府詩集·來羅》其二：「君子防未然，莫近嫌疑邊。瓜田不躡履，李下不正冠。」

〔編年〕

作時難定，姑從原編（卷十一）。李、繆未編。

四皓圖〔一〕

身墮安車厚幣中〔二〕，白頭塵土涴西風①〔三〕。當時且不山間老，羽翼區區有底功〔四〕。

〔校〕

①涴：李全本作「浣」。

〔注〕

〔一〕四皓：指漢初商山四老。詳見《戚夫人》注〔三〕。

〔二〕安車：可以坐乘的小車。古時車立乘，此爲坐乘，故稱安車。徵召有重望之人，往往賜乘安車。

〔三〕「白頭」句：指四皓老年應聘參政事。涴：爲塵土所沾污。

〔四〕「羽翼」句：見《戚夫人》注〔二〕。底：何，什麽。

〔編年〕

作時難定，姑從原編（卷十一）。李、繆未編。

雜著

老優慣著沐猴冠〔一〕，却笑傍人被眼謾〔二〕。造物若留殘喘在〔三〕，我儂試舞你儂看〔四〕。

〔注〕

〔一〕優：以樂舞、戲謔爲業的藝人。沐猴冠：同「沐猴而冠」，即獮猴戴帽子。典出《史記·項羽本紀》。句謂優人外表裝扮相似，但内在本質不類。

〔二〕謾：欺騙。

〔三〕殘喘：殘生。詩人自指。

〔四〕儂：人稱代詞。「我儂」、「你儂」即我、你。

〔編年〕

作時難定，姑從原編（卷十一）。李、繆未編。

春夕〔一〕

數枝殘雪梅仍在，幾日東風柳已嬌。春酒價高無可典〔二〕，小紅燈影莫相撩。

〔注〕

〔一〕春夕：春日的傍晚。

〔二〕典：抵押。杜甫《曲江二首》其二：「朝回日日典春衣，每日江頭盡醉歸。」

〔編年〕

作時難定，姑從原編（卷十二）。李《譜》編於興定三年己卯下「總附」中，謂居嵩山時作。繆《譜》

未編。

梅花

一樹寒梅古寺邊，荒山老木動春妍①。東家賴有詩人在〔一〕，照影横枝莫自憐〔二〕。

〔校〕

①老：李全本、施本作「草」。

〔注〕

〔一〕東家：美貌的女子。語本戰國楚宋玉《登徒子好色賦》：「臣里之美者，莫若臣東家之子。」此指梅花。

〔二〕照影横枝：宋林逋《山園小梅》：「疏影横斜水清淺，暗香浮動月黄昏。」

〔編年〕

作時難定，姑從原編（卷十二）。李《譜》編於興定三年己卯下「總附」中，謂居嵩山時作。繆《譜》未編。

息軒楊秘監雪行圖〔一〕

長路單衣怨僕僮，無人説向息軒翁。長安多少貂裘客，偏畫書生著雪中。

〔注〕

〔一〕息軒楊秘監：金初畫家楊邦基號息軒，曾任秘書監。《金史》有傳。見《息軒秋江捕魚圖三首》其一注〔一〕。

〔編年〕

作時難定，姑從原編（卷十二）。李《譜》編於蒙古憲宗七年丁巳下「總附」中，謂晚年返鄉後作。繆《譜》未編。

眉二首

其一

香墨燒殘水麝塵①〔一〕，内家新樣入輕勻〔二〕。郭熙只爲吴山老〔三〕，争信窗間有小顰〔四〕。

〔校〕

①水：施本作「冰」。

〔注〕

〔一〕「香墨」句：香墨，帶香味的墨。水麝：麝的一種。明李時珍《本草綱目·獸二·麝》（集解）引蘇頌曰：「水麝，其香更奇，臍中皆水，瀝一滴於斗水中，用灑衣物，其香不息。」句謂用作畫眉的香墨是用水麝分泌的麝香製成的。

〔二〕内家新樣：宫女時新的式樣。

〔三〕郭熙：宋代畫家。善畫山水，師李成畫法，得雲煙出没、峰巒隱顯之態。吴山：南方小山。

〔四〕小顰：小山。顰，皺眉。此指代女子美眉。

其二

石緑香煤淺淡間〔一〕，多情長帶楚梅酸〔二〕。小詩擬寫春愁樣，憶著分明下筆難〔三〕。

〔注〕

〔一〕石緑：用孔雀石製成的緑色顔料。香煤：用以畫眉的化妝品。

〔二〕「多情」句：用吃梅而酸的模樣形容雙眉緊皺之愁態。

〔三〕憶：記。

〔編年〕

作時難定，姑從原編（卷十二）。李、繆未編。

送窮〔一〕

煎餅虚拋墻撒堆〔二〕，滿城都道送窮回。不如留取窮新婦，貴女何曾喚得來〔三〕。

〔注〕

〔一〕詩題：古時正月晦日有送窮鬼的習俗。

〔二〕壒撒堆：垃圾堆。

〔三〕「不如」二句：施注謂唐代畫家陳維岳作送窮畫，中有開門送貧女、迎富女之事。

〔編年〕

作時不詳，姑從原編（卷十二）。李《譜》據末二句，認爲妻張氏卒後作，故編在正大八年辛卯下「附録」中，不妥。繆《譜》未編。

夢中作 夢人請賦四禽語，其一「泥滑滑」也〔一〕。

春泥滑滑滿春山，慚愧幽禽喚客還。安得便乘雙翼去，緑陰清晝伴君閑〔二〕。

〔注〕

〔一〕題注：宋梅堯臣《四禽言》：「泥滑滑，苦竹岡。」泥滑滑：竹雞的别名。

〔二〕君：指竹雞。

〔編年〕

作時不詳，姑從原編（卷十二）。李、繆未編。

杏花

桃李前頭一樹春，絳唇深注蠟猶新。只嫌憨笑無人管〔一〕，鬧簇枯枝不肯匀〔二〕。

〔注〕

〔一〕憨笑：樸實天真地笑。本集《杏花雜詩十三首》其一：「看盡春風不回首，寶兒元是太憨生。」

〔二〕鬧簇：簇聚擁擠。形容杏花簇擠在枝頭。

〔編年〕

作時不詳，姑從原編（卷十二）。李、繆未編。

戲贈白髮二首

其一

鏡中昨日又明朝，破屋春深雪未消。摘下數莖聊自笑，貴人頭上不相饒〔一〕。

〔注〕

〔一〕饒：饒恕。

其二

問愁何怨復何讐，直要青春便白頭。拚却鏡中渾似雪①〔一〕，且看渠待幾時休〔二〕。

〔校〕

①似：施本作「是」。

〔注〕

〔一〕拚：豁出去，不顧惜。渾：全。

〔二〕渠：指白髮。

〔編年〕

作時不詳，姑從原編（卷十二）。李《譜》編於蒙古憲宗七年丁巳下「總附」中。繆《譜》未編。

戲題醉仙人圖

醉鄉初不限東西①，桀日湯年一理齊〔一〕。門外山禽喚沽酒，胡蘆今後大家提〔二〕。提胡蘆，沽美酒，禽語也。

〔校〕

①限：李全本作「恨」。

〔注〕

〔一〕桀：夏末暴君。湯：商初賢君。二句謂在醉鄉中齊生死，等萬物，不分良暴盛衰。

〔三〕「胡蘆」句：即葫蘆提，糊涂之意。元周仲彬《鬥鵪鶉·自悟》：「葫蘆今後大家提，別辨是和非。」

〔編年〕

作時不詳，姑從原編（卷十二）。李、繆未編。

趙士表山林暮雪圖爲高良卿賦二首〔一〕

其一

颼颼林響四山風，雪後人家閉户中。應被火爐頭上説〔二〕，水邊清殺兩詩翁〔三〕。

〔注〕

〔一〕趙士表：元夏文彦《圖繪寶鑒》：「趙士表，宋宗室。善山水，尤喜作墨竹。思致如鄆王，秀潤過之。」高良卿：其人不詳。

〔二〕頭：邊。句謂火爐邊的人説。

〔三〕清殺：清，冷。殺，程度副詞，表示程度深。清殺即冷殺。

其二

黄塵遮斷山間夢，白髮重尋畫裏詩。好似玉溪溪上路，醉和王老唤船時〔一〕。

〔注〕

〔一〕「好似」二句：本集《水調歌頭》〔空濛玉華曉〕詞注：「賦德新王丈玉溪，溪在嵩前費莊，兩山絶勝處也。」王老：指王革（字德新）。《中州集》卷七有小傳。

〔編年〕

作時不詳，姑從原編（卷十二）。李《譜》編於蒙古憲宗七年丁巳下「總附」中，謂晚年返鄉後作。繆《譜》未編。

楊秘監馬圖〔一〕

大青小青天馬姿〔二〕，楊侯房星非畫師〔三〕。忽見奚官記前事〔四〕，東華馳道晚涼時〔五〕。

〔注〕

〔一〕楊秘監：楊邦基曾任秘書監，金朝畫家。詳見《息軒秋江捕魚圖三首》其一注〔一〕。

〔二〕「大青」句：《中州集》趙秉文《二青圖》：「大青天驥之雲仍，小青八尺猶龍騰。」

〔三〕房星：星宿名。古時以之象徵天馬。唐李賀《馬詩二十三首》其四：「此馬非凡馬，房星本是星。向前敲瘦骨，猶自帶銅聲。」

〔四〕奚官：養馬官。宋蘇軾《韓幹馬十四匹》：「老髯奚官騎且顧，前身作馬通馬語。」

〔五〕東華：汴京宮城東門名。見《金史·地理中·南京路》。

〔編年〕

作時不詳，姑從原編（卷十二）。李《譜》編於蒙古憲宗七年丁巳下「總附」中，謂晚年返鄉後作。繆《譜》未編。

竹溪夢游圖

意外荒寒下筆親〔一〕，經營慘淡似詩人〔二〕。何時萬頃風煙裏，白髮刁騷一幅巾〔三〕。

〔注〕

〔一〕意外：意在言外。親：真切。

〔二〕經營慘澹：即慘澹經營。作畫前，先用淺淡顏色勾勒輪廓，苦心構思，經營位置。

〔三〕白髮刁騷：白髮短而亂。

〔編年〕

作時不詳，姑從原編（卷十二）。李、繆未編。

藥正卿餉酒〔一〕

宿酲未解渴生塵〔二〕，驚見王弘餉酒人〔三〕。獨恨文書困佳客〔四〕，不來同醉五更春〔五〕。

〔注〕

〔一〕藥正卿：其人不詳。餉：饋贈。

〔二〕宿酲：宿醉。謂經宿尚未全醒的餘醉。渴生塵：唐盧仝《訪含曦上人》：「轆轤無人井百尺，渴心歸去生塵埃。」

〔三〕「驚見」句：《宋書·陶潛傳》：「嘗九月九日無酒，出宅邊菊叢中坐久，值（王）弘送酒至，即便就酌，醉而歸。」

〔四〕佳客：指藥正卿。

〔五〕春：唐人呼酒爲「春」。

〔編年〕

作年不詳，姑從原編（卷十二）。李《譜》編於蒙古憲宗七年丁巳下「總附」中。繆《譜》未編。

王都尉山水〔一〕

平林漠漠數峰閑，詩在巖姿隱顯間〔二〕。自是秦樓畫眉手〔三〕，不能辛苦作荆關〔四〕。

〔注〕

〔一〕王都尉：王詵，字晉卿，祖籍太原。爲北宋開國功臣王全斌之後。宋神宗熙寧二年娶公主，爲駙馬都尉。喜愛書畫，收藏甚豐。也作畫，以山水見長。

〔二〕「平林」二句：佚名《宣和畫譜》：「駙馬都尉王詵……寫煙江遠壑柳溪漁浦……皆詞人墨。」此謂王詵山水畫虛實神形兼備，象外有象，畫中有詩。

〔三〕「自是」句：謂王詵畫山水簡淡平遠，側重神韻，如妓院女子畫遠山眉。

〔四〕荊關：指荊浩、關仝，五代畫家。荊浩山水畫取景廣闊，有大氣磅礴之勢，宋人稱爲「全景山水」。畫風以雄偉、深厚、峻拔、堅凝見長。關仝，師法荊浩，筆力雄勁，氣勢峭拔。有「出藍」之譽，故畫史常「荊關」並稱。句謂王都尉畫風與「荊關」重形似相異。

〔編年〕

作時不詳，姑從原編（卷十二）。李、繆未編。

惠崇獐猿圖〔一〕

月嘯煙呼本不群〔二〕，筆頭同是一溪雲〔三〕。野情山態令人羨，世路機關不似君〔四〕。

〔注〕

〔一〕惠崇：宋初畫家。宋郭若虛《圖畫見聞志》：「建陽僧慧崇工畫鵞雁鷺鷥，尤工小景。」

〔二〕「月嘯」句：言其出世志趣。

〔三〕筆頭：代指畫家惠崇的情懷。

〔四〕機關：計謀，心機。君：指惠崇。

〔編年〕

作時難定，姑從原編（卷十二）。李《譜》編於蒙古太宗八年丙申下「附録」中，謂在東平作，不妥。繆《譜》未編。

乞酒示皇甫季貞〔一〕

醉頭慵舉睡昏昏，夢裏青旗雪擁門〔二〕。枕上一杯風味好，糟牀何處得茶渾〔三〕。

〔注〕

〔一〕皇甫季貞：其人不詳。

〔二〕青旗：酒旗。

〔三〕糟牀：榨酒之器。唐陸龜蒙《看壓新醅寄懷襲美》：「曉壓糟牀漸有聲，旋如荒澗野泉清。」茶渾：疑爲酒名。本集《別冠氏諸人》：「東舍茶渾酒味新。」

〔編年〕

作時不詳，姑從原編（卷十二）。李《譜》編於蒙古憲宗七年丁巳下「總附」中。繆《譜》未編。

李白騎驢圖

八表神游下筆難〔一〕，畫師胸次自酸寒〔二〕。風流五鳳樓前客〔三〕，枉作襄陽雪裏看〔四〕。

【注】

〔一〕八表神游：李白《大鵬賦》序：「余昔江陵見天臺司馬子微，謂余仙風道骨，可與神游八極之表。」句謂李白的仙風道骨很難畫出。

〔二〕酸寒：喻貧士窘迫之態。句指是畫風神不足。

〔三〕五鳳樓：古樓名。在唐都長安。李白《古風五十九首》其四十六：「隱隱五鳳樓，峨峨横山川。王侯象星月，賓客如雲煙。」

〔四〕襄陽：代指襄陽詩人孟浩然。句言畫面中騎驢的李白缺少仙風道骨，倒像是風雪中失意的布衣詩人孟浩然。

【編年】

作時不詳，姑從原編（卷十二）。李、繆未編。

許由擲瓢圖〔一〕

不知黄屋不知堯〔二〕，喧寂何心計一瓢〔三〕。我是許由初不爾〔四〕，只將盛酒杖頭挑。

【注】

〔一〕許由擲瓢：宋李昉等《太平御覽》卷五百七十一：「許由者，古之貞固之士也。堯時爲布衣。徒步不與遠方交通，衣食財得自足。夏則巢居，冬則穴處。無杯杅，每以手捧水而飲之。人有見其飲無杯，以瓢遺之。許由受以操飲畢，輒掛於樹枝。風吹樹，瓢搖動，歷歷有聲。許由尚以爲繁擾，取而棄之。」後人用以喻傲世隱逸的生活。

〔二〕黃屋：帝王車蓋，因以黃繒爲車蓋，故稱。指代帝王。

〔三〕「喧寂」句：指風吹樹動瓢響，許由以爲煩擾之事。

〔四〕爾：這樣，指擲瓢。

【編年】

作時不詳，姑從原編（卷十二）。李、繆未編。

雜著

燒殘芻狗不能神，一色貂裘繡帽新〔一〕。好個路傍官堠子〔二〕，經年端坐看行人。

【注】

〔一〕「燒殘」二句：《莊子·天運》：「夫芻狗之未陳也，盛以篋衍，巾以文繡，尸祝齊（齋）戒以將之；及其已陳也，行者踐其首脊，蘇者取而爨之而已。」芻狗：古代祭祀時用草紮成的狗。

〔二〕堠子：築在路旁用以分界或計里數的土壇。

【編年】

作時不詳，姑從原編（卷十二）。李、繆未編。

送窮〔一〕

送君君去欲何之，暫去還來也不辭。但愧苦無相贈物，柳船輕似去年時〔二〕。

〔注〕

〔一〕詩題：古時正月晦日有送窮鬼的習俗。

〔二〕柳船：韓愈《送窮文》：「主人使奴星結柳作車，縛草爲船，載糗與糧。」

〔編年〕

作時不詳，姑從原編（卷十二）。李《譜》據首句編於天興三年甲午下「附録」中，不妥。繆《譜》未編。

贈羅友卿三首〔一〕

其一

一般花木各榮枯，筦庫區區亦仕涂〔二〕。前日江東羅給事〔三〕，只今城裏范萊蕪〔四〕。

〔注〕

〔一〕羅友卿：其人不詳。

〔二〕筦：通「管」，鑰匙。筦庫：管理庫倉之職。

〔三〕羅給事：《舊五代史·羅隱傳》載，開平初，魏博節度使羅紹威表薦，授羅隱給事中。此用指羅友卿。

〔四〕范萊蕪：東漢范冉曾任萊蕪長，晚年去官窮居自若。典見《白屋》注〔五〕。

其二

不離城市得幽棲〔一〕，未要坊名改碧鷄〔二〕。種下五株桃樹子〔三〕，本無心學浣花溪〔四〕。

〔注〕

〔一〕「不離」句：陶淵明《飲酒》其五：「結廬在人境，而無車馬喧。」

〔二〕碧鷄：街巷名。在今四川省成都市。唐詩妓薛濤曾住此。其地所種海棠特富豔。宋陸游《病中止酒有懷成都海棠之盛》：「碧鷄坊裏海棠時，彌月兼旬醉中知。」「未要」三句又見本集《外家别業上梁文》。

〔三〕「種下」句：杜甫草堂外有五桃四松，相傳爲杜甫親植。碧鷄坊與杜甫草堂鄰近（杜甫《西郊》詩：「時出碧鷄坊，西郊向草堂。」），故有此句。

〔四〕浣花溪：一名濯錦江，在四川省成都市西郊，爲錦江支流。溪旁有杜甫故居浣花草堂。杜甫《院中晚晴懷西郭茅舍》：「浣花溪裏花饒笑，肯信吾兼吏隱名。」句謂羅友卿並無心學杜甫兼吏隱名。

其三

閑中日月病中身，寂寞相求有幾人。莫怪門前可羅雀〔一〕，詩家所得是清貧。

【注】

〔一〕「莫怪」句：用「門可羅雀」典。詳見《寄西溪相禪師》注〔四〕。

【編年】

作時難定，姑從原編（卷十三）。李《譜》編於蒙古憲宗七年丁巳下「總附」中。繆《譜》未編。

以玉連環爲吕仲賢壽〔一〕

玉環何意兩相連，環取無窮玉取堅。願得主人如此物，吕翁他日作回仙〔二〕。

【注】

〔一〕吕仲賢：其人不詳。

〔二〕吕翁：指吕仲賢。回仙：指八洞神仙之吕洞賓。吕洞賓在終南山得道成仙後，自稱回道人。

【編年】

作時不詳，姑從原編（卷十三）。李《譜》編於蒙古憲宗七年下「總附」中，謂晚年返鄉後之作。繆《譜》未編。

墨竹扇頭

嫩香新粉玉交加〔一〕，小筆風流自一家。只欠雪溪王處士〔二〕，醉來肝肺出枯槎〔三〕。

〔注〕

〔一〕「嫩香」句：本集《德和墨竹扇頭》尾注：「『嫩香新粉墨離離』，李長吉竹詩。」唐李賀《昌谷北園新筍四首》其二：「斫取青光寫楚辭，膩香春粉黑離離。」

〔二〕雪溪王處士：金王庭筠子端號雪溪。曾隱居黄華山，故稱「處士」。王氏善畫墨竹。

〔三〕「醉來」句：蘇軾《郭祥正家醉畫竹石壁上》：「空腸得酒芒角出，肝肺槎牙生竹石。」本集《王黄華墨竹》：「娟娟略似萱草詠，落落不減叢臺行。千枝萬葉何許來，但見醉帖字欹傾。」槎：樹的杈枝。

〔編年〕

作時不詳，姑從原編（卷十三）。李、繆未編。

王希古乞言〔一〕

支幹空虛不救貧①〔二〕，素衣空染洛陽塵〔三〕。一龜早晚揞牀了〔四〕，袖手風簾閲市人。

〔校〕

①空：施本作「孤」。

〔注〕

〔一〕王希古：其人不詳。乞言：古代帝王及其嫡長子養一些德高望重的老人，以便向他們求教，叫乞言。見《禮·文王世子》「凡祭與養老乞言合語之禮」鄭玄注。

〔二〕支幹空虛：支幹，亦作支干，指地支天干。空虛：指旬空。如甲子旬中戌亥空。占卜時得空虛，主事不成。

〔三〕「素衣」句：南朝齊謝朓《酬王晉安》：「誰能久京洛，緇塵染素衣。」素衣：白衣。句謂求仕京都，徒勞無獲。

〔四〕「一龜」句：《史記·龜策列傳》：「南方老人用龜支牀足，行二十餘歲。老人死，移牀，龜尚生不死。」搘：支撑。

〔編年〕

作時不詳，姑從原編（卷十三）。李《譜》編於蒙古憲宗七年丁巳下「總附」中。繆《譜》未編。

戲贈柳花

誰擘輕綿亂眼飄〔一〕，不教翠紐綴長條〔二〕。只愁更作浮萍了〔三〕，風捲波衝去轉遥①〔四〕。

〔校〕

①捲：李全本、施本作「轉」。

〔注〕

〔一〕擘：分開。此指撕裂。

〔二〕紐：帶的結扣。此指柳花結絛處。

〔三〕浮萍：蘇軾《水龍吟·次韻章質夫楊花詞》自注：「楊花落水爲浮萍，驗之信然。」古人誤認浮萍爲楊花所化。其實浮萍是浮生在水面的一種草本植物。

〔四〕轉遥：飄轉遠去。

〔編年〕

詩言飄泊無定之悲。作時難定，姑從原編（卷十三）。李、繆未編。

醉貓圖二首，何尊師畫，宣和内府物〔一〕

其一

窟邊癡坐費工夫，側輥横眠却自如〔二〕。料得仙師曾細看〔三〕，牡丹花下日斜初〔四〕。

〔注〕

〔一〕何尊師：宋劉道醇《宋朝名畫評》卷二載：「何尊師，江南人，亡其名，善畫貓兒，罕見其比。所畫有寢者，覺者，展博者，聚戲者，皆造於妙。」宣和：宋徽宗年號。

〔二〕輥：躺。

〔三〕仙師：指何尊師。尊師指道士，故稱。

〔四〕「牡丹」句：宋沈括《夢溪筆談·書畫》：「歐陽公嘗得一古畫。牡丹叢，其下有一貓，未知其精粗。丞相正肅吳公與歐公姻家，一見曰：此正午牡丹也。何以明之？其花披哆而色燥，此日中時花也。貓眼黑睛如線，此正午貓眼也……貓眼早暮則睛圓。日漸中，狹長。正午則如一線耳。此亦善求古人心意也。」

其二

飲罷鷄蘇樂有餘①〔一〕，花陰真是小華胥〔二〕。但教殺鼠如丘了〔三〕，四脚撩天一任渠。

〔校〕

①蘇：施本作「酥」。

〔注〕

〔一〕鷄蘇：草名。即水蘇。其葉辛香，可以烹鷄，故名。

〔二〕華胥：《列子·黃帝》：「（黃帝）晝寢而夢，游於華胥氏之國……其國無師長，自然而已。其民無嗜慾，自然而已。」

〔三〕殺鼠如丘：唐柳宗元《三戒·永某氏之鼠》：「假五、六貓，闔門撤瓦灌穴，購僮羅捕之，殺鼠如丘，棄之隱處，臭數月乃已。」

〔編年〕

作時不詳，姑從原編（卷十三）。李、繆未編。

秋江待渡横披〔一〕

物外琴尊合往還〔二〕，争教俗駕點溪山〔三〕。畫師果識閑中趣，只作横舟落照間。

〔注〕

〔一〕横披：長條形的横幅書畫，其軸在左右兩端。

〔二〕物外：超脱塵世之外。琴尊：琴和酒樽，代指文士悠閑高雅的生活。

〔三〕俗駕：指詩題中「待渡」營生的俗人與舟楫。南朝齊孔稚珪《北山移文》：「請回俗士駕，爲君謝逋客。」

〔編年〕

作時不詳，姑從原編（卷十三）。李、繆未編。

秋江曉發圖

百轉羊腸挽不前〔一〕，旃車轆轆共流年〔二〕。畫圖羨殺扁舟好，萬里清江萬里天。

〔注〕

〔一〕「百轉」句：寓指人生道路的曲折坎坷。

〔二〕旃車：用毛氈作車棚的車。轆轆：象聲詞。形容車行聲。流年：如水般流逝的光陰、年華。

〔編年〕

作時不詳，姑從原編（卷十三）。李《譜》編於蒙古憲宗七年丁巳下「總附」中。繆《譜》未編。

題鷺鷥敗荷扇頭〔一〕

荷經涷雨緑全枯，葦到窮秋影亦疏。爲問風標兩公子〔二〕，此中能有幾多魚。

〔注〕

〔一〕鷺鷥：鷺的一種，即白鷺。

〔二〕風標兩公子：指鷺鷥。唐杜牧《晚晴賦》：「白鷺潛來兮，邈風標之公子。」風標：形容優美的姿容神態。

〔編年〕

作時不詳，姑從原編（卷十三）。李、繆未編。

西山樓爲王仲理賦二首〔一〕

其一

天日晴明四望開，樓中舒嘯亦悠哉〔二〕。闌干十萬人家裏〔三〕，只有青山入眼來。

〔注〕

〔一〕王仲理：其人不詳。

〔二〕舒嘯：長嘯。放聲歌嘯。

〔三〕闌干：縱横散亂貌。

其二

拄笏西山老騎曹，朝來爽氣與秋高〔一〕。休將人物輕題品，湖海元龍也未豪①〔二〕。

〔校〕

①也：施本作「興」。

〔注〕

〔一〕「拄笏」二句：《世説新語·簡傲》：「王子猷作桓車騎參軍。桓謂王曰：『卿在府久，比當相料理。』初不答，直高視，以手版拄頰曰：『西山朝來，致有爽氣。』」手版，即笏。後以「拄笏看山」用作在官而有閑情雅興的典故。

〔二〕「湖海」句：典出《三國志·陳登傳》：「陳元龍湖海之士，豪氣不除。」後以「湖海士」指具有豪俠氣概的人。

〔編年〕作時不詳，姑從原編（卷十三）。李《譜》謂西山屬鹿泉（今河北省獲鹿縣），遂編於蒙古海迷失后元年己酉，證據不足。繆《譜》未編。

樂天不能忘情圖二首〔一〕

其一

得便宜是落便宜〔二〕，木石癡兒自不知〔三〕。就使此情忘得了①，可能長在老頭皮〔四〕。

〔校〕

①得了：毛本作「不得」，與意不合。據李詩本、李全本、施本改。

〔注〕

〔一〕詩題：唐白居易《不能忘情吟》序云：「樂天既老，又病風，乃録家事，會經費，去長物。妓有樊素者，年二十餘，綽綽有歌舞態，善唱《楊枝》，人多以曲名名之。由是名聞洛下。籍在經費中，將放之。馬有駱者，駔壯駿穩，乘之亦有年，籍在經物中，將鬻之。圉人牽馬出門，馬驤首反顧一鳴，聲音間似知去而旋戀者。素聞馬嘶，慘然立，且拜。婉孌有辭，辭畢泣下。予聞素言，亦慇默不能對，且命回勒反袂，飲素酒，自飲一杯。快吟數十聲，聲成文……予非聖達，不能忘情。又不至於不及情者。事來攪情，情動不可柅，因自哂，題其篇曰《不能忘情吟》。」

〔二〕落便宜：吃虧。

〔三〕木石癡兒：以木石心腸喻癡呆不慧的人。

〔四〕老頭皮：《東坡志林》卷六：「真宗既東封，訪天下隱者，得杞人楊朴，能爲詩。召對，自言不能。上問：『臨行有人作詩送卿否？』朴曰：『唯臣妻有一首云：更休落魄耽杯酒，且莫猖狂愛詠詩。今日捉將官裏去，這回斷送老頭皮。』上大笑，放還山。」後人遂用「老頭皮」代指老人、老命。

其二

芙蓉脂肉紫霞漿〔一〕，别是仙家暖老方〔二〕。只枉柳枝棄不得①〔三〕，忘情一馬亦何妨〔四〕。

〔校〕

①只：李全本作「不」。不：李全本作「下」。

〔注〕

〔一〕芙蓉脂肉：形容女子皮膚細膩柔潤。唐元稹《劉阮山》：「芙蓉脂肉緑雲鬟，罨畫樓臺青黛山。」紫霞漿：指酒。元許恕《題海月樓》：「笑吸紫霞漿，醉吹青琅玕。」

〔二〕「别是」句：杜甫《獨坐二首》其一：「暖老須燕玉，充饑憶楚萍。」宋黄鶴《補注杜詩》：「趙曰：『燕玉，婦人也。古詩云：燕趙多佳人，美者顔如玉。得燕玉而暖，則孟子所謂七十非人不暖也。』」

〔三〕柳枝：指樊素。白居易有《别柳枝》詩。

〔四〕「忘情」句：指「馬驤首反顧一鳴」事。

〔編年〕

作時不詳，姑從原編（卷十三）。李、繆未編。

採菊圖二首

其一

信口成篇底用才，淵明此意亦悠哉〔一〕。枉教詩景分留在，百繞斜川覓不來〔二〕。

〔注〕

〔一〕「信口」二句：陶淵明《飲酒》其五云「採菊東籬下，悠然見南山」。二句謂此類詩出口成章，意態悠遠。

〔二〕斜川：古地名。在今江西省星子、都昌兩縣縣境。瀕鄱陽湖，風景秀麗。東晉詩人陶淵明曾游於此，作《游斜川》詩並序。二句對只能看到詩中景而看不到可愛的實景表示遺憾。

其二

夢寐煙霞卜四鄰〔一〕，争教晚節傍風塵〔二〕。詩成應被南山笑，誰是東籬採菊人〔三〕。

〔注〕

〔一〕卜四鄰：《左傳·昭公三年》：「且諺曰：『非宅是卜，惟鄰是卜。』二三子先卜鄰矣，違卜不詳。」晉杜預注：「卜良鄰。」

〔二〕「争教」句：杜甫《寄常徵君》：「白水青山空復春，徵君晚節傍風塵。」《九家集注杜詩》：「句謂其晚節末路乃傍（風）塵出而爲官也。」

〔三〕「詩成」二句：語本陶淵明《飲酒》詩其五「採菊東籬下，悠然見南山」。

〔編年〕

作時不詳，姑從原編（卷十三）。李、繆未編。

李廣道寫真二首〔一〕

其一

華髮蕭蕭玉鍊顏〔二〕，一篇秋水想高閑〔三〕。須知八表神游客〔四〕，不在披裘擁絮間〔五〕。

〔注〕

〔一〕李廣道：本集《通玄大師李君墓碑》：「君諱大方，字廣道（姚本作「廣遠」，從李全本），世爲汾西人。」文載廣道七歲入道，年十二以誦經通得度。大定初游關中，主盟秦、雍者二十餘年。泰和七年，詔提點中都太極宮事，賜號「體玄大師」。大安初，加號「通玄大師」。元光元年卒。

〔二〕華髮：蒼髮。蕭蕭：稀疏貌。玉鍊顏：面顏白皙。鍊顏：指道士修鍊成返老還童的面色。

〔三〕秋水：《莊子》篇名。

〔四〕八表神游客：指李廣道。語本李白《大鵬賦》序：「余昔江陵見天臺司馬子微，謂余仙風道骨，可與神游八極之表。」本集《通玄大師李君墓碑》：「君天質沖遠，蟬蜕俗外……從容雅道，而無山林高蹇之陋。」

〔五〕披裘擁絮：指當時全真道一般修鍊者。本集《太古堂銘》：「余嘗讀《太古堂集》，見其論超詣，非今日披裘擁絮、囚首喪面者之所萬一。」

其二

擁絮披裘動數千，肉身那得盡飛仙。玄門此老留教在〔一〕，滄海横流未必然。

〔注〕

〔一〕玄門：指道教。此老：指李廣道。

〔編年〕

作時不詳，姑從原編（卷十三）。李《譜》編於蒙古憲宗七年丁巳下「總附」中。繆《譜》未編。

三十醉樂圖

依樣胡盧畫不成〔一〕，三家兒女日交兵〔二〕。瓦盆一醉糊涂了，比似高談却較争〔三〕。

【注】

〔一〕「依樣」句：宋魏泰《東軒筆録》卷一：「谷（陶谷）自以久次舊人，意希大用……乃俾其黨與，因事薦引，以爲久在詞禁，宣力實多，亦以微伺上旨。太祖笑曰：『頗聞翰林草制，皆檢前人舊本，改换詞語，此乃俗所謂依樣畫葫蘆耳，何宣力之有？』谷聞之，乃作詩書於玉堂之壁，曰：『官職須由生處有，才能不管用時無。堪笑翰林陶學士，年年依樣畫葫蘆。』」

〔二〕「三家」句：疑指三士比賽飲酒。

〔三〕比似：假使。較争：差些。

【編年】

作時不詳，姑從原編（卷十三）。李、繆未編。

楚山清曉圖〔一〕

雨潤煙濃十二峰〔二〕，雲間合有楚王宫〔三〕。遥知别後西州夢〔四〕，一抹春愁淺淡中。

〔注〕

〔一〕詩題：本集《錢過庭煙溪獨釣圖二首》尾注云：「畫學米元章《楚山清曉》，故有上句。」

〔二〕十二峰：巫山群峰連綿，其尤著有十二峰。

〔三〕楚王宮：戰國楚宋玉《高唐賦序》載楚王夢巫山神女事，故有此句。

〔四〕西州夢：指楚王在高唐夢神女薦枕席事。

〔編年〕

作時不詳，姑從原編（卷十三）。李、繆未編。

贈李子範家兒子〔一〕

神理乘除不偶然〔二〕，只疑陽報向君偏〔三〕。試評掌上明珠價，幾倍諸家覓藥錢〔四〕。

〔注〕

〔一〕李子範：本集有《李子範生子》，餘不詳。

〔二〕神理：冥冥之中具有無上威力，能顯示靈異，賜福降災的神靈之道。乘除：比喻人事的消長盛衰。

〔三〕陽報：在人世間得到的報應。《淮南子·人間訓》：「夫有陰德者必有陽報。」

〔四〕「試評」二句：謂李家兒子是掌上明珠，是無價之寶，比諸家尋覓的仙丹貴重多了。藥：指仙丹。

〔編年〕

作時不詳，姑從原編（卷十三）。李《譜》編於蒙古憲宗七年丁巳下「總附」中。繆《譜》未編。

二十六日早發安生道中雨木冰①〔一〕

玉樹瓊林世界寬②，木冰真作雨花看。青青也被糊涂盡③〔二〕，松柏何曾保歲寒〔三〕。

〔校〕

①木：李全本作「水」。②瓊：李全本、施本作「瑶」。③青青：李詩本、毛本作「青春」，誤。據李全本、施本改。盡：李詩本、毛本作「了」。據李全本、施本改。

〔注〕

〔一〕安生：其地不詳。《山西通志》謂孝義縣有安生村。遺山無至孝義的行跡。木冰：雨雪沾附於樹枝凝結成冰，故稱。

〔二〕「青青」句：謂青蒼的松柏枝葉被木冰包裹，呈一片白色。

〔三〕「松柏」句：《論語·子罕》：「歲寒，然後知松柏之後彫也。」

〔編年〕

作時不詳，姑從原編（卷十四）。李《譜》編於蒙古憲宗七年丁巳下「總附」中。繆《譜》未編。

雪行圖

太一仙舟雲錦重〔一〕，新郎走馬杏園紅〔二〕。騎驢虧殺吟詩客〔三〕，到處相逢是雪中。

〔注〕

〔一〕太一仙舟：指北宋李公麟《太一真人圖》。圖繪真人卧一大蓮葉中，執書仰讀。本集有《太一蓮舟圖》詩。雲錦：彩雲。

〔二〕新郎：新郎君。唐時新進士的别稱。杏園：在唐都長安曲江池西南，爲新進士游宴之地。

〔三〕虧殺：猶難爲。

〔編年〕

作時不詳，姑從原編（卷十四）。李、繆未編。

雪岸鳴鶬〔一〕

離離殘雪點荒叢〔二〕，更著幽禽慘淡中①〔三〕。笑殺畫簾雙燕子，秋千紅索海棠風。

〔校〕

①著：李全本作「看」。

〔注〕

〔一〕鶬：同「鶬」。鶬鶊。

〔二〕離離：濃密貌。

〔三〕慘淡：悲慘淒涼。

〔編年〕

作時不詳，姑從原編（卷十四）。李、繆未編。

虚名

虚名不直一錢輕，唤得呶呶百謗生〔一〕。可惜客兒頭上髮，也隨春草鬬輸贏〔二〕。

〔注〕

〔一〕呶呶：多言；喋喋不休。

〔二〕「可惜」二句：客兒，南朝宋謝靈運小名客兒。春草鬬輸贏：唐陸龜蒙《自譴詩三十首》之二十四：「無多藥圃近南榮，合有新苗次第生。稚子不知名品上，恐隨春草鬥輸贏。」唐劉餗《隋唐嘉話》卷下：「謝靈運鬚美，臨刑，施爲南海祇洹寺維摩詰鬚。寺人寶惜，初不虧損。中宗朝，安樂公主五日鬬百草，欲廣其物色，令馳驛取之。又恐爲他人所得，因剪棄其餘，遂絶。」

〔編年〕

作時不詳，姑從原編（卷十四）。李《譜》編於蒙古太宗七年乙未下「總附」中，引《别李周卿》「六年河朔州，動輒得謗訕」句，謂「北渡六年」時作。遺山一生得謗甚多，感慨不止於此。繆《譜》未編。

投書圖二首〔一〕

其一

一束空書不療飢，浮沉隨水恰相宜。醬蒙藥楮輕抛却①〔二〕，却是洪喬見事遲〔三〕。

〔校〕

①楮：李全本作「掿」。

〔注〕

〔一〕投書圖：晉人殷羨，字洪喬，出爲豫章太守，都下人士托其致書百餘函。行至石頭，將書悉投入水中，曰：「沉者自沉，浮者自浮，殷洪喬不爲致書郵。」見《世説新語·任誕》。

〔二〕醬蒙藥楮：指投水之書。醬蒙，醬甕上的覆蓋物。引申爲對自己作品的謙稱。藥楮，包藥的紙。

〔三〕見事遲：《史記·范雎蔡澤列傳》：「吾聞穰侯智士也，其見事遲。」見事：識别時勢。

其二

屈作書郵未肯心，百函隨水聽浮沉。虛名底用寒温問〔一〕，却是洪喬最賞音。

〔注〕

〔一〕「虛名」句：杜甫《暮秋枉裴道州手札率爾遣興寄近呈蘇渙侍御》：「虛名但蒙寒温問，泛愛不救溝壑辱。」

〔編年〕

作時不詳，姑從原編（卷十四）。李、繆未編。

武善夫桃溪圖二章〔一〕

其一

物外煙霞卜四鄰〔二〕，武陵不是避秦人〔三〕。軟紅香土君休羡，千樹桃花滿意春。

〔注〕

〔一〕武善夫：武元直字善夫，金代畫家。詳見《武元直秋江罷釣》注〔一〕。元陳賡有《題善夫桃溪圖》詩。

〔二〕「物外」句：謂卜居以物外煙霞爲四鄰。用「卜鄰」典，詳見《採菊圖二首》其二注〔一〕。

〔三〕「武陵」句：反用陶淵明《桃花源記》典，謂武陵人是喜煙霞的世外雅士。

其二

金罽毿毿六月寒〔一〕，桃花春夢隔征鞍。青山歸計何時辦，畫卷空留馬上看。

〔注〕

〔一〕罽：一種毛織物。毿毿：毛髮等細長貌。

〔編年〕

作時不詳，姑從原編（卷十四）。李《譜》編於蒙古憲宗三年癸丑下「附録」中，謂善夫至燕京時作。按元夏文彦《圖繪寶鑒》所云武氏爲「明昌名士」，時善夫恐不在世。繆《譜》未編。

巢雲曙雪圖，武元直筆，明昌名士題詠〔一〕

風流人物見承平〔二〕，半向巢雲有姓名。畫手休輕武元直，胸中誰比玉峥嶸〔三〕。

〔注〕

〔一〕元夏文彦《圖繪寶鑒》：「武元直字善夫，明昌名士，能畫。有《巢雲》、《曙雪》等作。」明昌：金章宗完顏景年號。

〔二〕承平：指社會秩序較持久的安定局面。

〔三〕「畫手」二句：金趙秉文《武元直畫喬君章蓮峰小隱圖》：「武君非畫師，勝概飽胸臆。」峥嵘：不平凡，不尋常。

〔編年〕

作時不詳，姑從原編（卷十四）。李、繆未編。

七夕〔一〕

天街奕奕素光移①〔二〕，雲錦機閑漏箭遲〔三〕。誰與乘槎問銀漢〔四〕，可無風浪借佳期。

〔校〕

①奕奕：李詩本、李全本作「弈弈」。

〔注〕

〔一〕七夕：農曆七月初七之夕。民間傳説牛郎織女每年此夜在鵲橋相會。

〔二〕天街：《史記·天官書》「昴畢間爲天街」張守節正義：「天街二星，在畢昴間。」奕奕：亮光閃耀貌。

〔三〕雲錦機：織女的織布機。傳説彩雲由織女織成。漏箭：古代用來計時的漏壺的部件，上刻時辰度數，隨水浮沉以計時。

〔四〕乘槎：槎：木筏。句用漢張騫尋河源乘槎至天河事，詳見《洛陽衛良臣以星圖見貺，漫賦三詩爲謝》其二注〔三〕。

〔編年〕

作時不詳，姑從原編（卷十四）。李《譜》編於泰和七年丁卯，欠妥。繆《譜》未編。

真味齋

麤飯寒虀老此身〔一〕，高人那計甑生塵〔二〕。味無味處君知否，道著琴書已失真〔三〕。

〔注〕

〔一〕虀：細切後用鹽醬等浸漬的蔬果。

〔二〕甑生塵：用范冉窮居典，詳見《白屋》注〔五〕。甑：古代蒸食炊器。

〔三〕「道著」句：謂借彈琴讀書以示清雅便失却本真。

〔編年〕

作時不詳，姑從原編（卷十四）。李、繆未編。

胡壽之待月軒三首〔一〕

其一

一幅清風竹寫生〔二〕，月華霜白紙如冰。天公老筆無今古，枉却坡詩説右丞〔三〕。

〔注〕

〔一〕胡壽之：其人不詳。

〔二〕寫生：直接以實物或風景爲對象進行描繪的作畫方式。

〔三〕「枉却」句：宋蘇軾，號東坡居士，其《王維吴道子畫》云：「門前兩叢竹，雪節貫霜根……摩詰得之於象外，有如仙翮謝樊籠。吾觀二子皆神俊，又於維也斂衽無間言。」右丞：唐王維官至尚書右丞，故稱。

其二

愛竹髯參發巧新〔一〕，能教一影具形神。千門萬户清光裏，袖手東窗有幾人。

〔注〕

〔一〕髯參：晉郗超爲桓温記室參軍，多髯，時人稱髯參軍。此處指胡壽之。

其三

形似何曾有定名〔一〕，每從游戲得天成。墨君解語應須道〔二〕，猶欠風琴一再行〔三〕。

〔注〕

〔一〕「形似」句：蘇軾《書鄢陵王主簿所畫折枝二首》：「論畫以形似，見與兒童鄰。」定名：指定論。

確定名分。

〔二〕墨君：墨竹的雅稱。宋孫奕《履齋示兒編·雜記·易物名》：「文與可畫竹，亦名之曰墨君。」

〔三〕風琴：《禮記·樂記》：「昔者舜作五弦之琴以歌《南風》。」後以「風琴」指古琴。

〔編年〕

作時不詳，姑從原編（卷十四）。李《譜》編於蒙古憲宗七年丁巳下「總附」中。繆《譜》未編。

論詩三首

其一

坎井鳴蛙自一天〔一〕，江山放眼更超然〔二〕。情知春草池塘句〔三〕，不到柴煙糞火邊。

〔注〕

〔一〕「坎井」句：坎井，淺井。坎井蛙鳴，喻見識短淺的話。《荀子·正論》：「語曰：淺不可與測深，愚不足與謀知，坎井之蛙不可與語東海之樂，此之謂也。」

〔二〕超然：超脱塵俗。

〔三〕春草池塘句：南朝宋謝靈運《登池上樓》：「池塘生春草，園柳變鳴禽。」

其二

詩腸搜苦白頭生，故紙塵昏枉乞靈〔一〕。不信驪珠不難得〔二〕，試看金翅擘滄溟〔三〕。

〔注〕

〔一〕乞靈：求助於神靈。句謂不宜從古人書中尋覓靈感詩材。

〔二〕驪珠：寶珠。傳説出自於驪龍頷下，故名。《莊子·列禦寇》：「夫千金之珠，必在九重之淵，而驪龍頷下。」

〔三〕金翅：古印度傳説中的大鳥。《法苑珠林》其十：「金翅鳥有四種：一卵生，二胎生，三濕生，四化生……若卵生金翅鳥飛下海中，以翅搏水，水即兩披，深二百由旬。取卵生龍，隨意而食之。」滄溟：大海。後以金翅擘海喻文辭氣魄的雄偉。宋嚴羽《滄浪詩話》：「李杜數公金翅擘海，香象渡河，下視郊島輩，直蛩吟草間耳。」杜甫《戲爲六絶句》其四：「才力應難跨數公，凡今誰是出群雄。或看翡翠蘭苕上，未掣鯨魚碧海中。」

其三

暈碧裁紅點綴匀〔一〕，一回拈出一回新。鴛鴦繡了從教看，莫把金針度與人〔二〕。

〔注〕

〔一〕暈碧裁紅：指詩作中精心構思。出處見《南冠行》注〔一六〕。

〔二〕「鴛鴦」二句：《五燈會元》卷十四：「鴛鴦繡出從君看，不把金針度與人。」金針：比喻秘法、訣竅。唐馮翊子《桂苑叢談·史遺》：「（采娘）七夕夜陳香筵祈於織女……曰：『願丐巧耳。』（織女）乃遺一金針，長寸餘，綴於紙上，置裙帶中。令三日勿語，汝當奇巧。」《宋史·藝文志》

録白居易「白氏金針詩格」三卷。

〔編年〕

作時不詳，姑從原編（卷十四）。李《譜》編於蒙古憲宗七年丁巳下「總附」中，謂晚年返鄉後作，欠妥。繆《譜》未編。

贈高君用君益從弟①〔一〕

杏苑仙郎合探花〔二〕，虚傳佳句滿京華。丁寧王謝堂前燕〔三〕，文采風流有故家〔四〕。

〔校〕

①從：施本作「仲」。

〔注〕

〔一〕高君用：其人不詳。君益：其人不詳。

〔二〕杏苑：即杏園，在唐都長安曲江池西南，爲新進士游宴之地。探花：探花郎。新進進士年齡最小者。參見《探花詞五首》其一注〔一〕。

〔三〕「丁寧」句：唐劉禹錫《烏衣巷》：「舊時王謝堂前燕，飛入尋常百姓家。」

〔四〕故家：世家大族。

〔編年〕

作時不詳，姑從原編（卷十四）。李《譜》編於蒙古乃馬真后二年癸卯下「總附」中，認爲晚年在燕京作。繆《譜》未編。

風柳鳴蟬

輕明雙翼曉風前，一曲哀箏續斷絃。移向别枝誰畫得，只留殘響客愁邊。

〔編年〕

作時不詳，姑從原編（卷十四）。李、繆未編。

晴景圖

白日青天下筆難，要從明潤細尋看。藏山只道雲煙好，畫史而今盡熱謾①〔一〕。

〔校〕

①盡：李詩本、毛本作「晝」，形訛。據李全本、施本改。

〔注〕

〔一〕畫史：猶畫師。熱謾：空泛無稽之談。

〔編年〕

作時不詳，姑從原編(卷十四)。李、繆未編。

僧寺阻雨

山氣森岑入葛衣〔一〕，砧聲偏與客心期〔二〕。僧窗連夜瀟瀟雨，又較歸程幾日遲。

〔注〕

〔一〕森岑：陰冷。葛衣：用葛布製成的夏衣。

〔二〕砧聲：擣衣聲。

〔編年〕

作時不詳，姑從原編(卷十四)。李《譜》編於蒙古憲宗七年丁巳下「總附」中。繆《譜》未編。

石勒問道圖〔一〕

輕比韓彭作李陽〔二〕，高僧久已笑君狂〔三〕。中原果有劉文叔〔四〕，肯説鈴聲替戾岡〔五〕。

〔注〕

〔一〕詩題：隋展子虔有《石勒問道圖》。清康熙《御定佩文齋書畫譜》：「《石勒問道圖》一卷。石勒拱而問，佛圖澄踞石座，以手支頤而寐。」石勒：東晉後趙的創建者，羯族，上党武鄉（今山西省武鄉縣）人，字世龍。詳見《晉書·石勒載記》。

〔二〕「輕比」句：韓彭，漢代名將淮陰侯韓信和建成侯彭越的並稱。《晉書·石勒載記》載，勒笑曰：「朕若逢高皇，當北面而事之，與韓彭競鞭而争先耳。脱遇光武，當並驅於中原，未知鹿死誰手。」初，勒與李陽鄰居，歲常争麻池，迭相毆擊。至是，謂父老曰：「李陽，壯士也，何以不來？漚麻是布衣之恨，孤方崇信於天下，寧讎匹夫乎！」乃使召陽。既至，勒與酣謔，引陽臂笑曰：「孤往日厭卿老拳，卿亦飽孤毒手。」因賜甲第一區，拜參軍都尉。

〔三〕高僧：指佛圖澄。

〔四〕劉文叔：東漢光武帝劉秀字文叔。

〔五〕「肯説」句：《晉書·佛圖澄傳》載，石勒將攻劉曜，群下咸諫以爲不可。勒問佛圖澄，澄曰：「相輪鈴音云：『秀支替戾岡，僕谷劬秃當。』此羯語也。秀支，軍也；替戾岡，出也。僕谷，劉曜胡位也；劬秃當，捉也。此言軍出捉得曜也。」後石勒果生擒劉曜。

〔編年〕

作時不詳，姑從原編（卷十四）。李、繆未編。

華光梅①〔一〕

草聖前頭一樹春〔二〕，豪華落盡只天真〔三〕。寫生今向君家見，疑是華光有兩身①。

〔校〕

①華：李詩本、毛本、李全本作「花」，當刊印之訛。從施本。

〔注〕

〔一〕華光：宋僧仲仁，會稽人。居南嶽衡山華光寺，自號華光道人。以畫墨梅著稱。

〔二〕「草聖」句：清康熙《御定佩文齋書畫譜》引《畫繼》：釋仲仁，會稽人，住衡州華光山。一見山谷，出秦蘇詩卷，且爲作梅數枝及煙外遠山。山谷感而作詩紀卷末：「雅聞華光能墨梅，更乞一枝洗煩惱。寫盡南枝與北枝，更作千峰倚晴昊。」草聖：黄庭堅善草書，故稱。

〔三〕「豪華」句：《五燈會元》卷五載，馬祖問藥山：「子近日見處怎麽生？」藥山曰：「皮膚脱落盡，唯有一真實。」黄庭堅《次韻楊明叔見餞十首》：「皮毛剥落盡，唯有真實在。」

〔編年〕

作時不詳，姑從原編（卷十四）。李、繆未編。

夏山風雨〔一〕

慘澹經營有許功〔二〕，吴僧誰得嗣宗風〔三〕。情知一雨收晴了〔四〕，更没塵沙到坐中。

〔注〕

〔一〕詩題：宋代畫家許道寧有《夏山風雨》四，見《宣和畫譜》。

〔二〕慘淡經營：杜甫《丹青引》：「詔謂將軍拂絹素，意匠慘淡經營中。」

〔三〕吳僧：不詳。

〔四〕情知：深知。

〔編年〕

作時不詳，姑從原編（卷十四）。李、繆未編。

春雲淡冶〔一〕

一抹平林素練橫〔二〕，數堆寒碧白煙生〔三〕。春雲可是多姿態，五字韋郎畫不成〔四〕。

〔注〕

〔一〕淡冶：素雅而秀麗。

〔二〕一抹：一片。平林：平原上的林木。

〔三〕寒碧：指叢叢濃密的緑蔭。

〔四〕五字韋郎：唐詩人韋應物的五言詩頗受人推崇。白居易《與元九書》：「近歲韋蘇州歌行，才麗之外頗近興諷。其五言詩，又高雅閑淡，自成一家之體。今之秉筆者，誰能敵之？」蘇軾《觀浄觀堂效韋蘇州詩》：「樂天長短三千首，却愛韋郎五字詩。」

【編年】

作時不詳，姑從原編（卷十四）。李、繆未編。

胡叟楚山清曉〔一〕

剪得吴松一片秋①，江山小筆也風流。卷中未有題詩客②，留待才情趙倚樓③〔二〕。

【校】

①松：施本作「淞」。　②未：施本作「大」。　③待：李全本作「得」。

【注】

〔一〕胡叟：金代畫家。元夏文彦《圖繪寶鑒・金》：「胡先生又號胡叟，不知何許人，工山水。」

〔二〕趙倚樓：唐趙嘏爲詩贍美，多興味。杜牧嘗愛其《長安秋望》「殘星幾點雁横塞，長笛一聲人倚樓」中的「長笛一聲人倚樓」之句，吟歎不已。時人因目爲「趙倚樓」。

【編年】

作時不詳，姑從原編（卷十四）。李、繆未編。

夜宿山中

月華人影共徘徊，未算歸程夢已回。澗水悲鳴易愁絶，長松休送雨聲來。

〔編年〕

作時不詳，姑從原編（卷十四）。李《譜》編於蒙古憲宗四年甲寅，認爲與《臺山雜詠十六首》同時作。繆《譜》未編。

跨牛圖〔一〕

才子，唐人冠服，作哦詩狀，牛後帶琴書。

畫出升平古意同，江村渺渺緑楊風。看來總是哦詩客，遠勝騎驢著雪中。隨駕張珪〔二〕，似是摹古人本。

〔注〕

〔一〕跨牛圖：佚名。《宣和畫譜》載董源有《跨牛圖》一。

〔二〕張珪：金正隆時畫家，以工畫人物名。衣褶清勁，勾勒生動。

〔編年〕

作時不詳，姑從原編（卷十四）。李、繆未編。

山村風雨扇頭

總爲詩翁發興新，直教畫筆亦通神〔一〕。莫嫌風雨無多景，截斷黄塵亦可人〔二〕。

〔注〕

〔一〕直教：真教。

〔二〕可人：稱人意。

〔編年〕

作時不詳，姑從原編（卷十四）。李、繆未編。

袁顯之扇頭〔一〕

雙鷺聯拳只辦愁〔二〕，枯荷折葦更窮秋。風流緑影紅香底，好個鴛鴦百自由。

〔注〕

〔一〕袁顯之：其人不詳。

〔二〕聯拳：屈曲貌。

〔編年〕

作時不詳，姑從原編（卷十四）。李、繆未編。

貞燕二首

其一

杏梁雙宿復雙飛〔一〕，海國爭教隻影歸〔二〕。想得秋風漸涼冷①，謝家兒女亦依依〔三〕。

【校】

①漸：李詩本、毛本作「逼」。據李全本、施本改。

【注】

〔一〕「杏梁」句：宋晏殊《採桑子》「春風不負東君信」：「燕子雙雙，依舊銜泥入杏梁。」杏梁：文杏木所製的屋梁，言屋宇之豪華。

〔二〕海國：近海地域，指南方。

〔三〕謝家兒女：指燕。語本唐劉禹錫《烏衣巷》：「舊時王謝堂前燕，飛入尋常百姓家。」

其二

污潔難將一類推，舊家紅綫可無疑〔一〕。豚魚自是詩家語〔二〕，輕擬庭闈恐未宜①〔三〕。

【校】

①闈：李詩本、毛本作「圍」，據李全本、施本改。

〔注〕

〔一〕「舊家」句：本集《益都宣撫田侯器之燕子圖詩傳本，己亥秋七月，予得於馮翊宋文通家……》有「紅綫還驚掌上看，十年音息海漫漫」句。田器之從軍塞外，有雙燕巢其屋，晝出夜歸，必開户待之。燕子秋南歸時，田寫別詩裝入臘丸繫於燕足，後八年任潞州觀察判官時又見此燕。句指此事。

〔二〕豚魚：小猪和魚。多比喻微賤之物。《子夏易傳·中孚》：「中發之信，恒及於豚魚。雖豚魚而信，不遺其微小焉。」金龐鑄《田器之燕子圖》有「天生萬物禽最微，固耶偶耶吾不知」句。

〔三〕庭闈：内舍。多指父母居住處。《文選·補亡詩六首·南陔》：「眷戀庭闈，心不遑安……嗷嗷林烏，受哺於子。」末二句所指不詳，疑當時有人題詩及之。

〔編年〕

作時不詳，姑從原編（卷十四）。李、繆未編。

楊秘監雪谷早行圖〔一〕

息軒畫筆老龍眠〔二〕，雪谷冰橋自一天。六月高樓汗如雨，豈知方外有詩仙〔三〕。

〔注〕

〔一〕楊秘監：金代畫家楊邦基官秘書監。詳見《息軒秋江捕魚圖三首》其一注〔一〕。

〔二〕息軒：楊邦基之號。龍眠：宋代畫家李公麟號龍眠居士。

〔三〕方外：世外。詩仙：指楊邦基。楊善詩，故稱。

〔編年〕

作時不詳，姑從原編（卷十四）。李《譜》編於蒙古憲宗七年丁巳下「總附」中，謂晚年返鄉後之作。繆《譜》未編。

題馮澧綏之碩人在澗横軸胡先生畫〔一〕

見説雲霄意氣豪，幾回攬鏡惜顛毛〔二〕。不争畫得林泉好〔三〕，轉使山人索價高〔四〕。

〔注〕

〔一〕馮澧綏之：其人不詳。澧指澧司。碩人：賢德之人。《詩經·衛風·考槃》：「考槃在澗，碩人之寬。」胡先生：指金代畫家胡叟。見《胡叟楚山清曉》注〔一〕。

〔二〕惜顛毛：感歎衰老。顛毛：頭髮。

〔三〕不争：猶言「只因爲」。

〔四〕「轉使」句：韓愈《寄盧仝》：「少室山人索價高，兩以諫官徵不起。」山人：隱士。

〔編年〕

作時不詳，姑從原編（卷十四）。李《譜》編於蒙古憲宗七年丁巳下「總附」中。繆《譜》未編。

秀隱君山水〔一〕

烏鞢踏破軟紅塵①〔二〕，未信溪山下筆親〔三〕。圖上風煙看蕭灑，畫家亦有魏夫人〔四〕。

〔校〕

①鞢：施本作「鞍」，訛。

〔注〕

〔一〕秀隱君：金末畫家。詳見《隱秀君山水爲范庭玉賦》注〔一〕。

〔二〕鞢：同「鞋」。軟紅塵：指京都繁華。蘇軾《次韻蔣穎叔錢穆父從駕景靈宫》「軟紅猶戀屬車塵」自注：「前輩戲語，有西湖風月，不如東華（汴京宫門名）軟紅香土。」

〔三〕親：真切。

〔四〕魏夫人：代指善文者。典見《書貽第三女珍》注〔四〕。此以魏夫人喻指秀隱君。本集《隱秀君山水爲范庭玉賦》「多少金閨畫眉手，吴山纔得鏡中看」，謂秀隱君山水畫如女子畫遠山眉。其意同此。

〔編年〕

作時不詳，姑從原編（卷十四）。李、繆未編。

同梅溪賦秋日海棠二章①〔一〕

其一

錦水休驚散彩霞〔二〕，換根元自有靈砂〔三〕。瓊枝不逐秋風老，自是人間日易斜。

〔校〕

①章：施本作「首」。

〔注〕

〔一〕梅溪：其人不詳。《御定佩文齋書畫譜·畫家傳·元》有吴梅溪。

〔二〕錦水：錦江。傳説蜀人織錦濯其中則錦色鮮豔，故稱。錦水旁碧鷄坊（今四川省成都市西）海棠花最著名，故有此句。

〔三〕換根：猶脱胎換骨。靈砂：靈丹妙藥。句指把海棠畫成畫。

其二

翠袖紅妝又一新，秋風秋露發清真。丹青寫入梅溪筆，桃李從今不算春。

〔編年〕

作時不詳，姑從原編（卷十四）。李《譜》編於蒙古憲宗七年丁巳下「總附」中。繆《譜》未編。

酴醿〔一〕

枕幃餘韻最清真〔二〕，夢裏猶來著莫人〔三〕。擬借濃陰作羅幕，玉纓多處卧殘春〔四〕。

〔注〕

〔一〕酴醿：花名。落葉小灌木，攀緣莖。花白色，有香氣。本酒名，以花顔色似之，故取以爲名。

〔二〕枕幃：即枕心。宋黄庭堅《見諸人唱和酴醿詩輒次韻戲詠》：「名字因壺酒，風流付枕幃。」任淵注：「《韻書》曰：幃，囊也。今人或取落花以爲枕囊。」句言枕在用酴醿落花裝成的枕頭上，其餘味清淡真切。

〔三〕著莫：撩撥。唐鄭谷《梓潼歲暮》：「酒美消磨日，梅香著莫人。」

〔四〕玉纓：以玉爲飾的冠帶。代指酴醿花。

〔編年〕

作時不詳，姑從原編（施本卷十四）。李《譜》編於泰和七年丁卯，不妥。繆《譜》未編。

李子範生子〔一〕

六峰靈氣未消沉〔二〕，雛鳳翩翩翠作衿〔三〕。名姓定知書小録〔四〕，作詩先與喚瓊林〔五〕。

〔注〕

〔一〕李子範：當爲李澥之子孫。本集有《贈李子範家兒子》，餘不詳。

〔二〕六峰：元陶宗儀《書史會要》卷八：「李澥字公渡，號六峰居士。少從王庭筠游，詩及字畫皆得法，尤工行書。」《中州集》卷七有李澥傳。

〔三〕雛鳳：比喻有才華的子弟。唐李商隱《韓冬郎即席爲詩相送，一座盡驚，因成二絶寄酬兼呈畏之員外》之一：「桐花萬里丹山路，雛鳳清於老鳳聲。」翠衿：鸚鵡胸前的翠色羽毛。杜甫《鸚鵡》：「翠衿渾短盡，紅嘴漫多知。」

〔四〕小録：宋新科進士的題名録。《宋史·選舉志一》：「（端拱元年）知貢舉宋白等定貢院故事……綴行期集，列敘名氏、鄉貫、三代之類書之，謂之小録。」

〔五〕瓊林：宋宮苑名。宴請新進士之所。《宋史·選舉志一》：「（太平興國九年）進士始分三甲，自是錫宴就瓊林苑。」

〔編年〕

作時不詳，姑從原編（施本卷十四）。李《譜》編於蒙古憲宗七年丁巳下「總附」中。繆《譜》未編。

滄浪圖〔一〕

萬頃煙波入夢頻，眼中魚鳥覺情親。而今塵滿西風扇〔二〕，愧爾青山獨往人。

〔注〕

〔一〕滄浪：隱者居處之地。詳見《後灣别業》注〔六〕。

〔二〕西風扇：用晉王導嫌庾亮塵污人典。見《無塵亭二首》其一注〔四〕。

〔編年〕

作時不詳，姑從原編（施本卷十四）。李《譜》據「而今」句，編於正大元年甲申，謂在汴京任史院編修官時作。繆《譜》未編。

倦繡圖〔一〕

香玉春來困不勝〔二〕，啼鶯唤夢幾時應〔三〕。可憐憔悴田家女，促織聲中對曉燈〔四〕。

〔注〕

〔一〕倦繡圖：元陶宗儀《説郛》卷八十四：「白樂天詩云：『倦倚繡牀愁不動，緩垂緑帶髻鬟低。遼陽春盡無消息，夜合花開日又西。』好事者畫爲《倦繡圖》。」

〔二〕香玉：指畫面的繡女。

〔三〕「啼鶯」句：唐金昌緒《春怨》：「打起黄鶯兒，莫教枝上啼。啼時驚妾夢，不得到遼西。」句用此典以照應白居易「遼陽春盡無消息」句。

〔四〕促織：蟋蟀的别名。

〔編年〕

作時不詳，姑從原編（施本卷十四）。李、繆未編。

雪谷曉行圖〔一〕

漫漫長路幾時休，風雪無情夢亦愁。羨殺田家老翁媪，瓦盆濁酒火爐頭〔二〕。

〔注〕

〔一〕雪谷曉行圖：疑金代畫家楊邦基畫。本集有《楊祕監雪谷早行圖》。

〔二〕「羨殺」二句：杜甫《少年行二首》：「莫笑田家老瓦盆，自從盛酒長兒孫。」

〔編年〕

作時不詳，姑從原編（施本卷十四）。李、繆未編。

風柳歸牛圖 爲張伯英賦①〔一〕

陂塘渺渺緑楊風，牛背升平萬古同。忽見畫圖還自笑，枉將書策課兒童〔二〕。

〔校〕

①題注：施本無。

〔注〕

〔一〕張伯英：其人不詳。此與張伯玉（㲉）之兄張伯英（㲉）非一人。

〔二〕書策：書籍。古代没有紙，把文字寫在竹簡上，把簡連起來謂之策，因稱書籍爲書策。

〔編年〕

作時不詳，姑從原編（施本卷十四）。李《譜》據「枉將」句編於正大三年丙戌下「附録」中。繆《譜》未編。

附録　元好問年譜簡編

金章宗明昌元年庚戌(一一九〇)

一歲。秋生於忻州秀容(今山西省忻州市)韓岩村。

金章宗明昌二年辛亥(一一九一)

二歲。過繼爲叔父元格子。

金章宗明昌三年壬子(一一九二)

三歲。

金章宗明昌四年癸丑(一一九三)

四歲。始讀書。

金章宗明昌五年甲寅(一一九四)

五歲。嗣父元格官掖縣(今山東省掖縣),從往,經濟南。

金章宗明昌六年乙卯(一一九五)

六歲。

金章宗承安元年丙辰(一一九六)

七歲。入小學。能詩,人稱「神童」。

金章宗承安二年丁巳（一一九七）

八歲。學作詩。

金章宗承安三年戊午（一一九八）

九歲。

金章宗承安四年己未（一一九九）

十歲。

金章宗承安五年庚申（一二〇〇）

十一歲。嗣父元格官冀州，從往。學士路宣叔賞其俊爽，教之爲文。

金章宗泰和元年辛酉（一二〇一）

十二歲。嗣父元格調官中都，從往。

金章宗泰和二年壬戌（一二〇二）

十三歲。

金章宗泰和三年癸亥（一二〇三）

十四歲。嗣父元格任陵川令，從陵川學者郝天挺問學。

金章宗泰和四年甲子（一二〇四）

十五歲。在陵川。學時文。與秦略父子相識。

金章宗泰和五年乙丑（一二〇五）

十六歲。在陵川。清明前夕游西溪。赴太原秋試。生父元德明卒。

金章宗泰和六年丙寅（一二〇六）

十七歲。元格離陵川任。留學陵川。

金章宗泰和七年丁卯（一二〇七）

十八歲。始歸鄉里。父格教以民政。與田德秀諸人游。娶張氏。

金章宗泰和八年戊辰（一二〇八）

十九歲。與郝天挺別，往隴城從嗣父。以秋試留長安八九月。

金衛紹王大安元年己巳（一二〇九）

二十歲。正月赴燕都省試，游代州。長女真生。

金衛紹王大安二年庚午（一二一〇）

二十一歲。父格病卒於隴城，扶靈還鄉。

金衛紹王大安三年辛未（一二一一）

二十二歲。家居，曾避兵陽曲。

金衛紹王崇慶元年壬申（一二一二）

二十三歲。在太原準備秋試。

金衛紹王崇慶二年癸酉（一二一三）

二十四歲。

金宣宗貞祐二年甲戌（一二一四）

二十五歲。春避兵陽曲。取道衛州至汴京準備秋試。在汴京岳父户部尚書張翰家，曾見張翰於户曹。張翰卒。

金宣宗貞祐三年乙亥（一二一五）

二十六歲。春在汴京。返鄉。

金宣宗貞祐四年丙子（一二一六）

二十七歲。春避兵。夏舉家南渡。夏五月路經虞阪（今山西省安邑縣南），至三鄉（今河南省宜陽縣）。因劉景玄薦引，訪孫伯英於洛陽。十月，避兵三鄉女几山，與李汾别。

金宣宗興定元年丁丑（一二一七）

二十八歲。至汴京以詩文謁見禮部尚書趙秉文。中秋節，與劉景玄等燕集三鄉光武廟。赴秋試不中。冬編撰《錦機》，作《錦機引》、《論詩三十首》。十一月，至北舞往吊恩師郝天挺。以詩贈郝天祐。叔父元昇卒於嵩山。

金宣宗興定二年戊寅（一二一八）

二十九歲。春自三鄉移家嵩山。至嵩山之初，作《示崔雷詩社諸人》。與清涼相禪師、秦略、張景賢等往還唱酬。秋與王德新交。與築御營於少室山的移剌瑗交。

金宣宗興定三年己卯（一二一九）

三十歲。三女生於嵩山。登封令薛居中罷任，以詩頌之。

金宣宗興定四年庚辰（一二二〇）

三十一歲。居嵩陽。六月望日與雷淵、李獻能同游玉華谷、少姨廟、會善寺。至汴京赴秋試，游西園。

金宣宗興定五年辛巳（一二二一）

三十二歲。春在汴京參加省試、廷試，及詞賦進士第。李平甫爲畫《繫舟山圖》，趙秉文、楊雲翼等師友題詩，作《家山歸夢圖三首》。與楊叔能會於汴京，同往見趙秉文、楊雲翼。與楊奐交，作《贈答楊焕然》。與李欽叔同游孟津、氾水，冬末送欽叔下嵩山回汴京。

金宣宗元光元年壬午（一二二二）

三十三歲。春與李欽叔等在孟津。

金宣宗元光二年癸未（一二二三）

三十四歲。春在嵩山，與馮璧、雷淵游龍母潭、會善寺、緱山等。春借地、借種種麥。至郾城，與麻知幾、常仲明游從。夏過昆陽（今河南省葉縣），作《葉縣中嶽廟記》。秋，在葉縣令劉從益處，與李長源、李欽叔、王鬱、史學優等游從。

金哀宗正大元年甲申（一二二四）

三十五歲。春與李欽叔在孟州。春在嵩山與崔懷祖作詩相和。五月應宏詞科試。夏歸嵩山。旋赴召入史館爲編修官。九月初九，與趙秉文等在汴京吹臺作詩會。

金哀宗正大二年乙酉（一二二五）

三十六歲。春在史館，奉命赴鄭州見賈益謙，訪先朝遺事。與李汾在史館作詩唱和。夏，辭史館職，西歸嵩山。夏六月，閒居嵩山，編《杜詩學》。十一日作《杜詩學引》。秋至襄城田宅，作《飲酒五首》。

金哀宗正大三年丙戌（一二二六）

三十七歲。春三月在嵩山，爲馮璧所藏完顏璹《九歌遺音》字幅題詞。夏四月，在汜南爲完顏彝作《鏡銘》。被徵從軍方城完顏鼎幕府。秋隨商帥完顏鼎至南陽射獵。秋末返嵩山。

金哀宗正大四年丁亥（一二二七）

三十八歲。春在嵩山。將赴任内鄉，與崔遵等唱和。夏五月，在内鄉任。至菊潭考察。張仲經、杜仲梁、麻信之、高信卿、康仲寧、劉光甫等攜家來内鄉，設宴款待之。

金哀宗正大五年戊子（一二二八）

三十九歲。正月至菊潭、丹水，作詩寄答嵩前故友張仲昇。六月，阻雨内鄉縣板橋鎮張主簿草堂，與張仲經等賦詩。七月二十四日，自内鄉往盧氏。至秋林夏館山游覽，並擬在此營建别業。丁母憂，罷内鄉任。十月，出居内鄉白鹿原長壽新居。臘月，與張仲經、杜仲梁等在菊水（菊潭）吟酒賦詩。

金哀宗正大六年己丑（一二二九）

四十歲。正月十五在長壽村。長子阿千生。閒居白鹿原，潛心讀書，作《新齋賦》。在劉光甫家作《東坡詩雅目録》。代任鎮平令。從鄧州相公移剌瑗覓酒。

金哀宗正大七年庚寅（一二三〇）

四十一歲。春罷鎮平任，歸内鄉秋林别業。應移剌瑗之辟，至鄧州幕府。夏秋間在鄧州游石門山、湍水、五松平等地。秋辭鄧州幕府從事職歸家。

金哀宗正大八年辛卯（一二三一）

四十二歲。夏四月在南陽縣令任，應武勝軍觀察判官曹德甫之請，作《鄧州新倉記》。七月，奉農司檄按秦陽陂田，作《宛丘歎》。夫人張氏病卒，葬之南陽。秋，詔爲尚書都省掾，離南陽任赴京。秋自南陽入汴，道經襄城，與李汾相會。八月初六日，在京作詩。八月二十五日，與王仲澤等葬雷淵。

金哀宗天興元年壬辰（一二三二）

四十三歲。春，追和趙秉文爲馮璧作《慶學士叔獻七秩壽二首》詩，祝馮璧壽。三月初一日，三女阿秀卒。圍城時，至參政楊慥家。爲東曹掾，與馮延登、劉光甫約纂《中州集》。四月，蒙古兵退，奉平章政事白撒命作《致仕表》。秋，登丹鳳門，作《雨後丹鳳門登眺》。冬，見趙秉文等薦引十七章，感念之。十二月，聞車駕將東狩，薦寫國史隨之。續娶毛氏夫人。

金哀宗天興二年癸巳（一二三三）

四十四歲。正月二十一、二十二日，以左司都事領講議兼看讀陳言文字向二相白事，建議降蒙，以保全汴京民命。正月二十三日，崔立兵變，賴李仲華營救得釋。二月，爲聶元吉及其女撰墓銘，稱崔立爲「賊」，謂其兵變曰「反」。四月，參與爲崔立撰功德碑事。四月甲午兩宫北遷後，至汴故宫，作《俳體雪香亭雜詠十五首》。四月二十二日，上《寄中書耶律公書》。四月二十九日，以亡金故官，被羈縶至青城，作《癸巳四月二十九日出京》詩。五月三日，自青城北渡黄河往山東聊城，作《癸巳五月三日北渡三首》。十月二十二日，在聊城作《中州集序》。

金哀宗天興三年甲午（一二三四）

四十五歲。三月二十一日，在聊城至覺寺爲李輔之書《密公寶章小集》詩。春，徐世隆過聊城，留二十餘日，徐往高唐，作贈别詩。夏四月二十一日，在聊城作《校笠澤叢書後記》。夏六月十六日，在聊城從房志起請，爲全真教作《清真觀記》。夏六月，崔立被部將李伯淵所殺，作《即事》詩。冬十月初五日，自編《遺山新樂府》成，作引。是年，作《南冠録》。

蒙古太宗七年乙未（一二三五）

四十六歲。正月初九日，在聊城作《立春》詩。三月，遷居冠氏，暫租賃民屋。與楊奂游。寒食節，在紀子正杏園宴會。三月，送李輔之官濟南，從衍聖公孔元措等賦詩贈别，並爲之作序。秋七月，應李輔之之邀游濟南，凡二十許日。八月十七日，在莘縣。冬自建新居成，作《東坡移居八首》。

蒙古太宗八年丙申（一二三六）

四十七歲。三月二十一日，從趙天錫游長清、泰山等地，凡三十日。六月，馮璧來冠氏，作詩贈之。夏秋間，所建新屋被火焚，遂賃居危房暫居。八月二十二日，作《故物譜》。九月初一日，作《東坡樂府集選引》。九月，在霖雨中感寒痹。

蒙古太宗九年丁酉（一二三七）

四十八歲。春在冠氏，何道士來訪。四月，至東平，拜范仲淹像，作贊文。秋，自冠氏還太原安置遷家事宜。經内黄、衛州、輝縣。離懷州，與幕府諸人作詩告别。經高平道中，懷念陵川時事。至太原，作《太原》詩。在忻州，曾往謁九原府帥張安寧。至陽曲外家營建别業，作《外家别業上梁文》。在崞縣桐川，與故友李冶相會，贈詩。十二月十六日還冠氏。

蒙古太宗十年戊戌（一二三八）

四十九歲。夏，至東平，留宿正一宫，作《范鍊師真贊》。四月十五日，在正一宫作《傷寒會要引》。在東平，告别諸友。八月初二日，别冠氏諸人，攜家北返。經河平、新鄉，與趙天錫别。八月二十二日，入濟源寓舍。秋在濟源，從袁守素之請，作《通仙觀記》。十月，至山陽。在山陽，送楊叔能歸淄川。至修武。

蒙古太宗十一年己亥（一二三九）

五十歲。正月在濟源游濟瀆祠。春，在濟源奉仙觀賦杏花。夜宿奉仙觀，與元明道談天壇勝游。夏四月，與兒子叔儀游天壇。夏，離濟源北歸。夏，至銅鞮。在沁州，送弋唐佐、董彦寬南歸，贈詩。八月十五日，在倪莊。冬初返鄉。

蒙古太宗十二年庚子（一二四〇）

五十一歲。春在鄉里，得滕茂實詩於鄉先生李鍾秀。春沿東山脚至定襄神山。九月初九日，登讀書山。十月二十日，過石嶺關，往東平。冬至東平，作《東平行臺嚴公神道碑》。

蒙古太宗十三年辛丑（一二四一）

五十二歲。正月初一日，在東平閻載之家宴集。過輝州，與姚樞作贈答詩。三月，游黄華山，作詩。四月，至代州、應州、渾源。

蒙古乃馬真后元年壬寅（一二四二）

五十三歲。正月初九日作《晨起》詩，時準備經營神山别業。三月，從太原五路萬户郝醜和尚之請，作《夾谷公神道碑》。冬，閒居故里，編《元氏集驗方》。

蒙古乃馬真后二年癸卯（一二四三）

五十四歲，春二月家居，作《癸卯歲杏花》。四月二十一日，病中作詩。夏至定襄，宿中霍道院。秋，應耶律楚材及子鑄之請，往中都燕京。經渾源，往拜魏邦彦，作《游龍山》諸詩。過宏州，往謁曹珏，贈詩。八月初五日在耶律鑄家。八月，爲耶律楚材父耶律履作神道碑。閏八月十五日，作詩呈邦瑞。九月初九日，與燕中諸名流游瓊華故基。與趙復交，作贈答詩。離燕京，耶律鑄送行。經蘆溝橋，作《出都》詩。至涿州，作《通玄大師李君墓碑》等。十月，至藁城，拜王若虛墓，作《墓表》。十月，過趙州，作《太古觀記》。爲真定路工匠都總管趙振玉作《龍山趙氏新塋之碑》。

蒙古乃馬真后三年甲辰（一二四四）

五十五歲。春，自燕南歸，經壽陽，作《壽陽縣學記》。二月下旬歸鄉，三月旦日後作雜詩三首。三月，在鄉作《創開滹水渠堰記》。四月，在鄉作《郡守天池祈雨狀》。五月八日動身至崞、代，作《兩山行記》等。秋在燕都，與陳時可等交。秋，留別燕都丹陽擬返鄉。秋在真定，作《順安縣令趙公墓碑》。秋，經邢臺黄榆嶺，往河南遷葬。秋過洛陽。冬，過洛西，作《廣威將軍郭君墓表》等。冬，過三鄉。自三鄉過高門關往盧氏縣。

蒙古乃馬真后四年乙巳（一二四五）

五十六歲。春在内鄉，營太夫人遷葬事。離内鄉，賦《爲鄧人作詩》。三月至汴京。四月間扶旅殯歸鄉。六月在家，作《黄葵》詩。秋八月，與梁辨疑、李輔之、武伯佐游崞山祠。九月二十八日往東平。過平定，與聶帥庭玉游冠山。經馬嶺、邢臺往大名。十一月十三日至大名，作《徽公塔銘》。冬十一月，至東平，過張聖與家。在東平拜訪張特立，贈詩。冬十二月十五日，在曲阜瞻拜孔廟。自曲阜還東平，刻手植檜爲十哲像，並爲之贊。

蒙古定宗元年丙午（一二四六）

五十七歲。二月初九日，在東平作《五峰山重修洞真觀記》。春，自東平返鄉，經彰德。三月，在鄉作《燕子圖》詩。夏六月，鄉帥樊天勝重修定襄聖阜祠畢，作詩。秋九月，家居養病，重九日作詠菊詩。

蒙古定宗二年丁未（一二四七）

五十八歲。春二月在家，從梁辨疑之請，作《朝元觀記》。春，從李邦彦之請，作《藏雲先生袁君墓表》。三月清明節前夕，游繁峙之三泉。寒食節，自三泉歸鄉。夏四月，在鄉作《圓明李先生墓表》。五月，至鎮州張德輝處。秋，自鎮州到相州。自相州西出，過善應寺。九月初四日，與杜仲梁等游黄華山。九月初五日，游寶嚴。南游蘇門山、山陽七聖堂。

蒙古定宗三年戊申（一二四八）

五十九歲。在南宫大女婿程思温家，作《示程孫四首》。秋在南宫，作《南宫廟學大成殿上梁文》。九月初，離南宫，與董德卿别，贈詩。秋九月自南宫歸，路經寧晉，爲康錫作墓表。

蒙古海迷失后元年己酉（一二四九）

六十歲。春在忻州，從李進之之請，爲太原醫師、惠民局直長趙國器作《三皇堂記》。初夏前，爲三子叔綱過百晬。夏四月十七日度石嶺關往真定。七月望日，在真定爲李杲《脾胃論》作序。八月初，楊叔能遣子來真定，求作詩集序。八月，真定廟學落成，作《壽張復從道》諸詩。九月，至燕都，作《信武曹君阡表》。九月晦日，作《恒州刺史馬君神道碑》。十月初一日，作《令旨重修真定廟學記》。十月，自燕都將歸，作《木庵詩集序》。十一月，自燕都還。經保州，作《毛氏家訓後跋語》、《贈答郝經伯常》。

蒙古海迷失后二年庚戌（一二五〇）

六十一歲。正月在真定。二月返鄉，道士王守沖請爲天慶觀作《記》。四月，與三子叔綱在真定白華家，作詩。五月晦日，在真定作《十七史蒙求序》。秋七月過順天，作《順天府營建記》。八月，爲四女擇配，擇世官張氏之長子興祖作婿。九月初九日，爲楊飛卿詩集作序。

蒙古憲宗元年辛亥（一二五一）

六十二歲。春寒食節作詩。夏五月十二日在太原，作《題閑閑書赤壁賦後》。九月末，至真定，爲常仲明作《墓銘》。冬在順天，作《順天萬户張公勳德第二碑》，與毛正卿昆仲、郝經等游抱陽寶教院，與同年敬鼎臣宿天寧僧舍，作詩。冬十二月十四日，爲第四女配婿，作《祭家廟文》。冬十二月，從白華之請，作《善人白公墓表》。

蒙古憲宗二年壬子（一二五二）

六十三歲。春，作《壬子寒食》等詩。春夏間，與張德輝覲見忽必烈。秋七月二十七日，在真定送友高雄飛北上。八月十五日，在真定作《壬子月夕》詩。十月，至娘子關，游承天鎮懸泉，作詩。嚴忠濟遣人至真定，請作《東平行臺嚴公祠堂碑銘》。冬至日，在東平張聖與家爲其子起名並作詩。

是年冬，與蕭漢傑相見於東平，贈詩。是年冬，爲張特立作賀詩。

蒙古憲宗三年癸丑（一二五三）

六十四歲。二月望日，在東平送崔夢臣北上。二月，在東平，從商正叔之請，作《商氏千秋録》。清明日，爲宋子貞作《鳩水集引》。春三月，離東平，幕府諸公送至西湖。至魏京，與孫德謙、張夢符告别贈詩。六月在燕都，從王萬慶之請，爲其父作墓碑。十月旦日，在鄉，從邵抱質之請，爲其師劉尊師山水作跋。冬應行臺之召至東平。十一月初三日，在東平從張彦實之請，爲其《陵川西溪圖》題詩。

蒙古憲宗四年甲寅（一二五四）

六十五歲。正月二十三日，自真定返鄉，過故關，作詩。六月，至五臺山，作《臺山雜詠十六首》。閏六月十八日，作《跋蘇叔黨帖》。七月從五臺山至太原。九月初九日在真定同臨漳提領王明之、鹿泉令張奉先等游獲鹿縣龍泉寺。十月望日，爲張聖與作《新軒樂府引》。冬至日，從張夢符之請，爲亡友作《張仲經詩集序》。十二月初四日，出鎮陽，作《寄宰魯伯》詩。

蒙古憲宗五年乙卯（一二五五）

六十六歲。二月二十一日歸自汴梁。夏在真定，作《答大用萬户（第二）書》等。秋八月，自鎮陽至東平，作畢侯碑。九月初一日，作《東平府新學記》。九月望日，作《陸氏通鑑詳節序》。十一月，離東平往鎮州。

蒙古憲宗六年丙辰(一二五六)

六十七歲。六月二十一日作《題許汾陽詩後》。八月十二日,作《跋東坡和淵明飲酒詩後》。九月二十六日攜家游獲鹿縣龍泉寺。十月,在獲鹿爲楊奂作墓碑。

蒙古憲宗七年丁巳(一二五七)

六十八歲。二月初二日,作《張村杏花》。五月二十五日,在東平,汴禪師以書請爲其師作銘。五月二十六日,在東平爲張仲可《東阿鄉賢記》作跋。秋七月,從東平府醫官吴辨夫請,作《壽冢記》。八月初一日,苗君瑞請作《琴辨引》。九月初四日,卒於獲鹿縣寓舍。